TOUT SIMENON

W0320333

collection omnibus

GEORGES SIMENON

ŒUVRE ROMANESQUE

25

Les nouvelles enquêtes de Maigret (2)
L'improbable Monsieur Owen
Ceux du Grand-Café
Menaces de mort
L'aîné des Ferchaux
Les noces de Poitiers
Le cercle des Mahé
Le clan des Ostendais
Le bilan Malétras
Le bateau d'Émile

Index complet des romans et nouvelles de Georges Simenon

PRESSES DE LA CITÉ

Note de l'éditeur

En 1945, Georges Simenon rencontre Sven Nielsen qui va devenir son éditeur et son ami. Entre 1945 et 1972 — année où le romancier prend la décision de cesser d'écrire — paraissent aux Presses de la Cité près de 120 titres, « Maigret » et « romans » confondus, qui constituent la majeure partie de l'œuvre romanesque de Georges Simenon. Présentés dans l'ordre de leur publication, ces romans forment les quinze premiers volumes de *Tout Simenon*.

Les dix volumes suivants regroupent les romans — et les nouvelles, dont plusieurs inédites — écrits par Georges Simenon de 1931 à 1945 et publiés à la Librairie Arthème Fayard (tomes 16 à 18) puis aux éditions Gallimard (tomes 19 à 25).

L'ensemble — vingt-cinq volumes — constitue une édition complète des romans que Georges Simenon signa de son nom. C'est aussi l'ultime hommage que son éditeur a voulu rendre à celui en qui Gide voyait « le plus grand de tous, le plus vraiment romancier que nous ayons eu en littérature ».

© Copyright by Éditions Gallimard. Tous droits réservés.
Les nouvelles enquêtes de Maigret, 1944. *L'aîné des Ferchaux,* 1945.
Les noces de Poitiers, 1946. *Le cercle des Mahé,* 1946.
Le clan des Ostendais, 1947. *Le bilan Malétras,* 1948.
Le bateau d'Émile, 1954.

© Georges Simenon, 1992, pour *L'improbable Monsieur Owen,*
Ceux du Grand-Café, Menaces de mort.
ISBN 2-258-03531-7
N° Editeur : 6050
Dépôt légal : août 1992

SOMMAIRE

LES NOUVELLES ENQUÊTES DE MAIGRET (2)

L'amoureux de Mme Maigret
La vieille dame de Bayeux
L'Auberge aux Noyés
Stan le Tueur
L'Étoile du Nord
Tempête sur la Manche
Mademoiselle Berthe et son amant
Le notaire de Châteauneuf

Avant d'être regroupées dans le recueil *Les Nouvelles enquêtes de Maigret,* ces huit nouvelles avaient paru en 1938-1939 en fascicules dans la collection *Police Film/Police Roman* de la Société parisienne d'édition.

LES NOUVELLES ENQUÊTES DE MAIGRET (2)

L'amoureux de Mme Maigret
La vieille dame de Bayeux
[illegible]
[illegible]
[illegible]
[illegible]
[illegible]
[illegible]

[illegible]

L'AMOUREUX DE Mme MAIGRET

1

Chez les Maigret, comme dans la plupart des familles, il y avait un certain nombre de traditions qui finissaient par prendre autant d'importance que, pour d'autres, les rites d'une religion.

Ainsi, depuis des années et des années qu'ils habitaient place des Vosges, le commissaire avait-il l'habitude, en été, dès qu'il commençait à gravir l'escalier qui s'amorçait sur la cour, de dénouer sa cravate sombre, ce qui lui donnait le temps d'atteindre le premier étage.

L'escalier de l'immeuble qui, comme tous ceux de la place, avait été jadis un somptueux hôtel particulier, cessait, dès cet instant, de s'élever avec majesté le long d'une grille en fer forgé et de murs en faux marbre ; il devenait étroit et raide, et Maigret, qui soufflait un peu, atteignait le second étage, le faux col ouvert.

Il lui restait à suivre un couloir mal éclairé jusqu'à sa porte, la troisième à gauche, et, quand il introduisait la clef dans la serrure, le veston sur le bras, il lançait un traditionnel :

— C'est moi !

Et il reniflait, devinait à l'odeur ce qu'il y avait à déjeuner, pénétrait dans la salle à manger, dont la grande fenêtre était ouverte sur le spectacle éblouissant de la place où chantaient quatre fontaines.

On était en juin. Le temps était particulièrement chaud et toute la P.J. ne s'entretenait que des vacances. Parfois, en pleins boulevards, on apercevait des gens avec le veston sur le bras et la bière coulait à flots à toutes les terrasses.

— Tu as vu ton amoureux ? questionnait le commissaire, campé devant la fenêtre et s'épongeant le front.

Nul n'aurait pu dire à ce moment qu'il venait, des heures durant, dans cette sorte de laboratoire anticriminel qu'est la Police Judiciaire, de se pencher sur les replis les plus sombres et les plus décourageants de l'âme humaine.

En dehors du travail, un rien l'amusait, surtout quand il s'agissait de taquiner la toute naïve Mme Maigret. Depuis quinze jours, la plaisanterie classique était de demander à celle-ci des nouvelles de son amoureux.

— Il a fait ses deux petits tours de piste autour de la place ?

Toujours aussi mystérieux et distingué ? Quand je pense que tu as un faible pour les hommes distingués et que tu m'as épousé !

Mme Maigret allait et venait, dressait la table, car elle ne voulait pas de bonne et se contentait d'une femme de ménage le matin pour le gros travail. Elle se piquait au jeu.

— Je n'ai pas dit qu'il était distingué !

— Mais tu me l'as décrit : chapeau gris perle, bordé, petites moustaches retroussées et probablement teintes, canne à pommeau d'ivoire sculpté...

— Tu peux rire !... Un jour ou l'autre, tu constateras que c'est moi qui ai raison... Je prétends que ce n'est pas un homme comme un autre et que sa conduite cache certainement quelque chose de grave...

De la fenêtre, on suivait machinalement les allées et venues de la place, assez déserte le matin, mais où, l'après-midi, les mamans et les bonnes du quartier s'asseyaient sur les bancs en surveillant les jeux des enfants.

Tout autour du square qui, avec sa ceinture de grilles, est un des plus classiques de Paris, les maisons sont toutes pareilles, avec leurs arcades et leurs toits d'ardoises en pente raide...

Au début, Mme Maigret n'avait prêté qu'une attention fortuite à l'inconnu qui pouvait difficilement passer inaperçu, car tout, dans sa mise et dans son attitude, retardait de vingt ou trente ans, puisqu'il ressemblait encore au vieux beau tel qu'on ne le trouve plus que sur les dessins des journaux amusants.

Il était tôt dans la matinée. C'était l'heure où les fenêtres des maisons étaient ouvertes et où on voyait dans les appartements les servantes s'affairer au ménage.

— On dirait qu'il cherche quelque chose ! avait remarqué Mme Maigret.

L'après-midi, elle était allée chez sa sœur et le lendemain, exactement à la même heure, elle retrouvait son inconnu qui, d'un pas égal, faisait le tour de la place, une fois, deux fois, et disparaissait enfin dans la direction de la République.

— Sûrement un bonhomme qui aime les petites bonnes et qui vient les regarder secouer les tapis ! avait dit Maigret quand sa femme, parlant de choses et d'autres, avait évoqué son vieux beau.

Or, cet après-midi-là, elle n'avait pas été peu surprise de le voir, dès trois heures, assis sur un banc, juste en face de chez elle, immobile, les deux mains sur la poignée de sa canne.

A quatre heures, il était encore là. A cinq heures encore. Vers six heures seulement il se levait et s'éloignait par la rue des Tournelles, sans avoir adressé la parole à quiconque, sans seulement avoir déployé un journal.

— Tu ne trouves pas ça drôle, toi, Maigret ?

Car Mme Maigret avait toujours appelé son mari par son nom de famille.

— Je te l'ai déjà dit : il y avait sûrement de jolies petites bonnes autour de lui...

Et le lendemain, Mme Maigret revenait à la charge :

— Je l'ai bien observé, car il est encore resté trois heures sur le même banc, à la même place...

— Dis donc ! C'était peut-être pour te contempler ! De ce banc-là, on doit voir dans notre appartement et ce monsieur est amoureux de toi...

— Ne dis pas de stupidités !

— D'abord, il se sert d'une canne et tu as toujours aimé les hommes qui marchent avec une canne... Je parie qu'il porte lorgnon...

— Pourquoi ?

— Parce que tu as un faible pour les hommes qui portent lorgnon !

Ils se chamaillaient doucement, après vingt ans de mariage, en savourant la paix de leur intérieur.

— Écoute... J'ai regardé attentivement autour de lui... Il y avait une bonne, en effet, juste en face, sur une chaise... C'est une bonne que j'ai déjà remarquée chez le fruitier, d'abord parce qu'elle est très jolie, ensuite parce qu'elle paraît distinguée...

— Et voilà ! triompha Maigret. Ta servante distinguée était assise en face du vieux monsieur. Tu as déjà remarqué que les femmes s'assoient parfois sans faire trop attention aux perspectives qu'elles découvrent et ton amoureux a passé l'après-midi à se rincer l'œil.

— Tu ne penses qu'à cela !

— Tant que je n'aurai pas vu ton homme-mystère...

— Est-ce que j'y peux quelque chose s'il ne vient pas aux heures où tu es ici !

Et Maigret, qui côtoyait tant de drames, se retrempait dans ces plaisanteries faciles, n'oubliait jamais de demander des nouvelles de celui qui était devenu, dans leur langage, l'amoureux de Mme Maigret.

— Tu peux rire tant que tu voudras ! N'empêche qu'il y a quelque chose en lui, je ne sais pas quoi, qui me fascine et qui me fait un peu peur... Je ne sais pas comment dire... Quand on le regarde, on ne peut pas détourner les yeux de lui... Des heures durant, il est capable de rester à sa place sans faire un mouvement et ses prunelles ne remuent même pas sous les lorgnons...

— Tu as vu ses prunelles d'ici ?

Mme Maigret rougit presque, comme prise en faute.

— Je suis allée le voir de plus près... Je voulais surtout savoir si tu avais dit vrai... Eh bien, la bonne blonde, qui est toujours accompagnée de deux enfants, se tient très convenablement et on ne peut rien remarquer...

— Elle reste là tout l'après-midi, elle aussi ?

— Elle arrive vers trois heures, généralement après l'homme. Elle a toujours avec elle un travail de crochet. Ils partent à peu près au même moment. Des heures durant, elle manie son crochet sans lever la tête, sinon parfois pour rappeler les enfants qui s'éloignent...

— Tu ne crois pas, chérie, qu'il y a dans les squares de Paris des centaines de bonnes qui font du crochet ou du tricot des heures durant en surveillant les enfants de leurs patrons ?

— C'est possible !

— Et des tas de vieux rentiers qui n'ont plus d'autre souci que de se chauffer au soleil en regardant avec plus ou moins de concupiscence une personne agréable ?

— Celui-là n'est pas vieux...

— Tu m'as dit toi-même que ses moustaches étaient certainement teintes et qu'il devait porter perruque...

— Oui, mais il ne fait pas vieux...

— Le même âge que moi ?

— Tantôt il fait plus âgé et tantôt plus jeune...

Et Maigret, feignant d'être jaloux, grommelait :

— Il faudra qu'un jour ou l'autre je vienne le regarder sous le nez, ton amoureux...

Pas plus que Mme Maigret, il n'y pensait sérieusement. De la même manière ils s'étaient intéressés tout un temps, par jeu, à deux amoureux qui se retrouvaient chaque soir sous les arcades, à leurs disputes et à leurs raccommodages, jusqu'au jour où la jeune fille, qui était servante chez la crémière, avait rejoint, à la même place exactement, un autre jeune homme.

— Tu sais, Maigret...

— Quoi ?

— J'ai réfléchi... Je me suis demandé si cet homme n'est pas là pour espionner quelqu'un...

Les jours passaient et le soleil devenait de plus en plus chaud ; le soir, la foule était plus dense sur la place, la foule de tous les petits artisans des rues voisines qui venaient prendre le frais autour des quatre fontaines.

— Ce qui me paraît étrange, c'est que le matin il ne s'asseye jamais. Et pourquoi fait-il le tour de la place deux fois, comme s'il attendait un signal ?

— Que fait ta jolie blonde, à ce moment-là ?

— Je ne peux pas la voir... Elle est placée dans une maison de droite et d'ici on ne voit rien de ce qui s'y passe... Je la retrouve au marché, où elle ne parle à personne, sinon pour dire aux marchands ce qu'elle désire... Jamais elle ne discute un prix, si bien qu'elle se fait voler d'au moins vingt pour cent... Elle a toujours l'air de penser à autre chose...

— Eh bien, quand j'aurai encore une surveillance délicate à faire faire, je t'en chargerai à la place de mes hommes...

— Moque-toi ! On verra bien un jour ou l'autre si...

Il était huit heures. Maigret avait déjà dîné, ce qui était rare, car d'habitude il était retenu assez tard au Quai des Orfèvres.

En manches de chemise, il était accoudé à sa fenêtre, la pipe aux dents, et il regardait vaguement le ciel rose que le crépuscule ne tarderait pas à envahir, la place des Vosges toute peuplée d'une foule alanguie par l'été précoce.

Derrière lui, il entendait des bruits qui indiquaient que Mme Maigret achevait de ranger sa vaisselle et qu'elle ne tarderait pas à le rejoindre avec un ouvrage quelconque.

Des soirs comme celui-là, sans une sale affaire à élucider, sans un assassin à découvrir, sans un voleur à surveiller, des soirs où la pensée pouvait errer en paix dans le rose du ciel étaient rares et jamais peut-être Maigret n'avait trouvé sa pipe aussi bonne quand soudain, sans se retourner, il appela :

— Henriette ?

— Tu veux quelque chose ?

— Viens voir...

Du tuyau de sa pipe, il lui désignait un banc, juste en face d'eux. Au coin de ce banc, un vieux bonhomme du type clochard prenait un acompte de sommeil. A l'autre coin...

— C'est lui ! déclara Mme Maigret. Par exemple !...

Il lui paraissait presque indécent que « son » promeneur de l'après-midi eût dérangé son horaire et se trouvât à pareille heure sur le banc.

— On dirait qu'il s'est endormi, murmura Maigret en rallumant sa pipe. S'il n'y avait pas deux étages à remonter, j'irais le voir de plus près, ton amoureux, histoire de savoir au juste comment il est fait...

Mme Maigret retourna à sa cuisine. Maigret suivit la dispute de trois gamins qui finirent par rouler dans la poussière, tandis que d'autres tournaient autour d'eux, montés sur des patins à roulettes.

La seconde pipe était déjà finie que Maigret était toujours à sa place, l'inconnu aussi, tandis que le clochard s'était mis lourdement en marche vers les quais de la Seine. Mme Maigret s'installait, un ouvrage de couture sur les genoux, en ménagère incapable de rester une heure sans rien faire.

— Il est encore là ?

— Oui.

— On ne va pas fermer les grilles ?

— Dans quelques minutes... Le gardien commence à refouler les promeneurs vers les sorties...

Or, il se fit que le gardien ne vit pas l'inconnu. Celui-ci ne bougea toujours pas et trois des portes étaient déjà refermées, le garde allait tourner la clef dans la serrure de la quatrième quand Maigret, sans rien dire, prit son veston et descendit.

D'en haut, Mme Maigret le vit discuter avec l'homme en vert, qui prenait fort au sérieux son métier de surveillant de square. L'homme finit pourtant par laisser entrer le commissaire qui marcha droit vers l'inconnu au lorgnon.

Mme Maigret s'était levée. Elle sentait qu'il s'était passé quelque chose et elle adressait à son mari un geste qui signifiait :

— Ça y est ?

Elle n'aurait pas pu préciser quoi, mais depuis des jours et des jours elle appréhendait un événement. Maigret hochait affirmativement la tête, postait le gardien de square près de la grille et remontait chez lui.

— Mon col, ma cravate...

— Il est mort ?

— Tout ce qu'il y a de plus mort ! Depuis deux heures au moins ou alors je ne m'y connais pas...

— Tu crois qu'il a eu une attaque ?

Silence de Maigret qui avait toujours quelque peine à nouer sa cravate.

— Qu'est-ce que tu vas faire ?

— Commencer l'enquête, tiens ! Avertir le Parquet, le médecin légiste et toute la lyre...

Une obscurité veloutée était tombée sur la place où s'était intensifié le chant des fontaines dont la quatrième, toujours la même, avait un son plus aigrelet que les autres.

Quelques instants plus tard, Maigret pénétrait chez le marchand de tabac de la rue du Pas-de-la-Mule, donnait une série de coups de téléphone, trouvait un gardien de la paix qu'il postait à la place du surveillant du square à la porte de la grille.

Mme Maigret ne voulait pas descendre. Elle savait que son mari avait horreur de la voir se mêler à ses affaires. Elle comprenait aussi que, pour une fois, il était tranquille, car personne n'avait remarqué le mort au lorgnon, ni les allées et venues du commissaire.

La place, au surplus, était presque déserte. Les fleuristes d'en bas, seuls, étaient assis devant leur seuil et le marchand d'accessoires pour autos, en longue blouse grise, était venu tenir la conversation.

Ils s'étonnèrent en voyant une première voiture s'arrêter devant la grille et pénétrer dans le square ; ils finirent par s'approcher quand ils aperçurent une seconde auto et un monsieur solennel qui devait appartenir au Parquet. Enfin, lorsque l'ambulance arriva, le groupe de curieux se trouva être d'une cinquantaine de personnes, mais nul ne soupçonnait la raison de cet étrange rassemblement, car les arbustes cachaient la scène principale.

Mme Maigret n'avait pas allumé les lampes : cela lui arrivait souvent quand elle était seule. Elle regardait toujours la place, voyait s'ouvrir les fenêtres, mais elle n'apercevait pas la bonne blonde et si jolie.

L'ambulance partit la première, en direction de l'Institut médico-légal.

Puis une auto avec quelques personnes...

Puis Maigret, sur le trottoir, bavarda quelques instants avec des messieurs avant de traverser la rue et de rentrer chez lui.

— Tu n'allumes pas ? questionna-t-il, grognon, en essayant d'y voir dans l'obscurité.

Elle tourna le commutateur.

— Ferme la fenêtre... Il ne fait plus chaud...

Ce n'était plus le Maigret détendu de tout à l'heure, mais celui de la P.J., dont les accès de mauvaise humeur faisaient trembler les jeunes inspecteurs.

— Cesse donc de coudre ! Tu es énervante, à la fin ! Tu ne peux pas rester un instant sans un ouvrage à la main ?

Elle cessa de coudre. Il arpentait le petit appartement, les mains derrière le dos, lançant parfois à sa femme un étrange regard.

— Pourquoi m'as-tu dit qu'il paraissait tantôt jeune et tantôt vieux ?

— Je ne sais pas... C'est une impression... Pourquoi ?... Quel âge a-t-il ?

— Il n'a en tout cas pas trente ans.

— Qu'est-ce que tu dis ?

— Je dis que ton bonhomme n'est pas du tout ce qu'il paraissait être... Je dis que sous sa perruque se cachaient des cheveux blonds, que sa moustache était postiche et qu'il portait une sorte de corset qui le rendait raide comme un vieux beau...

— Mais...

— Il n'y a pas de mais... Je me demande encore par quel miracle tu es allée flairer cette affaire-là...

Il la rendait presque responsable de ce qui était arrivé, de cette soirée gâchée, du travail en perspective.

— Tu sais ce qui se passe, non ? Eh bien, ton amoureux a été assassiné, sur ce banc...

— Ce n'est pas possible !... Devant tout le monde ?...

— Devant tout le monde, oui, et sans doute précisément au moment où il y avait le plus de monde...

— Tu crois que cette bonne... ?

— Je viens d'envoyer la balle à un expert qui doit me téléphoner dans quelques minutes...

— Comment a-t-on pu tirer un coup de revolver et...

Maigret haussa les épaules, attendit le coup de téléphone qui, en effet, ne tarda pas.

— Allô !... Oui, je le pensais aussi... Mais j'avais besoin de votre confirmation...

Mme Maigret était impatiente ; mais lui faisait exprès de prendre tout son temps, de grogner comme si cela ne la regardait pas :

— Carabine à air comprimé d'un modèle spécial, extrêmement rare...

— Je ne comprends pas...

— Cela signifie que le bonhomme a été tué de loin, par quelqu'un, par exemple, embusqué à une des fenêtres de la place et qui a pu prendre tout son temps pour viser... C'est d'ailleurs un tireur de première force, puisqu'il a atteint exactement le cœur et a provoqué la mort instantanée...

Ainsi, dans le soleil, tandis que la foule...

Mme Maigret se mit soudain à pleurer d'énervement, s'excusa gauchement :

— Je te demande pardon... C'est plus fort que moi... Il me semble que j'y suis un peu pour quelque chose... C'est bête, mais...

— Quand tu seras remise, je t'entendrai comme témoin...

— Moi ? Comme témoin ?

— Parbleu ! Tu es jusqu'à présent la seule personne qui puisse donner des renseignements utiles, étant donné que ta curiosité t'a poussée à...

Et Maigret voulut bien, mais toujours comme se parlant à lui-même, donner quelques renseignements.

— L'homme ne portait pas un papier sur lui... Des poches à peu près vides, en dehors de quelques billets de cent francs, d'un peu de monnaie, d'une clef très petite et d'une lime à ongles... On va quand même essayer de l'identifier...

— Trente ans ! répéta Mme Maigret.

C'était déroutant ! Et elle comprenait maintenant l'impression quasi fascinante que pouvait faire ce jeune homme figé dans des attitudes de vieillard comme un personnage de cire.

— Tu es prête à répondre ?

— Je t'écoute !

— Je te prie de remarquer que je t'interroge dans l'exercice de mes fonctions et que demain je serai obligé de rédiger un procès-verbal de cet interrogatoire...

Mme Maigret sourit, d'un sourire pâle, car elle était impressionnée.

— As-tu remarqué cet homme aujourd'hui ?

— Le matin, je ne l'ai pas vu, car je suis allée aux Halles. L'après-midi, il était à sa place...

— Et la servante blonde ?

— Elle y était aussi, comme d'habitude.

— Jamais tu ne les as surpris s'adressant la parole ?

— Ils auraient dû parler fort, car ils étaient à plus de huit mètres l'un de l'autre...

— Et ils restaient ainsi, immobiles, tout l'après-midi ?

— Sauf que la femme faisait du crochet...

— Toujours du crochet ? Depuis quinze jours ?

— Oui...

— Tu n'as pas remarqué de quel point de crochet il s'agissait ?

— Non... Si cela avait été du tricot, je m'y connais, mais...

— A quelle heure la femme est-elle partie ?

— Je ne sais pas... J'étais occupée à préparer la crème... Probablement vers cinq heures, comme d'habitude...

— Et d'après le médecin légiste, la mort remonte en effet à cinq heures de l'après-midi environ... Seulement, c'est maintenant une question de minutes... La femme est-elle partie avant cinq heures ou après cinq heures, avant la mort ou après la mort ?... Je me demande quel besoin tu as eu, justement aujourd'hui, de faire une crème... Tant qu'on y est d'espionner les gens, on le fait jusqu'au bout, consciencieusement !...

— Tu crois que cette femme... ?

— Je ne crois rien du tout ! Je sais seulement que je n'ai comme base à mon enquête que tes renseignements et qu'ils ne sont pas fameux. Sais-tu seulement chez qui elle travaille, cette servante blonde ?

— Elle rentre toujours au 17 *bis*...

— Et qui habite au 17 *bis* ?

— Je ne sais pas non plus... Des gens qui ont une grosse voiture américaine et un chauffeur à l'air étranger...

— C'est tout ce que tu as remarqué, toi ? Eh bien, tu ferais un joli policier, je t'en fiche mon billet !... Une grosse voiture américaine et un chauffeur qui...

Ce n'était qu'une comédie qu'il se donnait à lui-même dans les moments d'embarras et sa colère finit dans un bon sourire.

— Sais-tu, ma vieille, que si tu n'avais pas été intéressée par le manège de ton amoureux, je serais dans un joli pétrin à l'heure qu'il est ? Je ne dis pas que la situation soit brillante, ni que l'enquête ira comme sur des roulettes, mais il y a quand même une base, si légère soit-elle...

— La belle blonde ?

— La belle blonde, comme tu dis ! Cela me fait penser...

Il se précipita vers le téléphone et alerta un inspecteur qu'il mit en faction devant le 17 *bis* en lui recommandant, si une belle fille blonde venait à sortir, de ne la quitter à aucun prix.

— Et maintenant, au lit... Il sera temps demain matin...

Il s'endormait quand la voix timide de sa femme risqua :

— Tu ne crois pas qu'il serait peut-être prudent de...

— Non, non et non ! cria-t-il en se dressant à demi dans son lit. Ce n'est pas parce que tu as presque failli avoir du flair qu'il faut commencer à me donner des conseils ! D'abord, c'est l'heure de dormir...

L'heure où la lune argentait les toits d'ardoises de la place des Vosges et où les quatre fontaines continuaient une sorte de musique de chambre, avec la quatrième qui se pressait toujours et qui était comme désaccordée.

2

Quand Maigret, le visage barbouillé de savon à barbe, les bretelles pendant sur les cuisses, jeta, par sa fenêtre, un premier coup d'œil sur la place des Vosges, il y avait déjà un rassemblement important autour du banc, où, la veille au soir, un mort avait été découvert.

La fleuriste, mieux renseignée que les autres, puisqu'elle avait assisté de loin à la descente du Parquet, donnait des explications volubiles et, même à distance, on comprenait à ses attitudes catégoriques qu'elle était sûre de ses opinions.

Tout le quartier était là, et des passantes qui, un peu plus tôt, couraient pour arriver à l'heure à l'atelier ou au bureau, avaient soudain le temps de s'arrêter, parce qu'il s'agissait d'un crime.

— Tu la connais, cette femme-là ? questionna le commissaire en désignant du bout de son rasoir une personne assez jeune qu'un tailleur anglais très élégant et très clair, fait pour les promenades matinales au bois de Boulogne, distinguait de ses voisines.

— Je ne l'ai jamais vue... Du moins je ne le crois pas...

Cela ne signifie rien. Les premiers étages de la place des Vosges sont habités par de gros bourgeois et par des gens du monde. N'empêche qu'une femme de la classe de celle que Maigret examinait avec mauvaise humeur se promène rarement à huit heures du matin, à moins que ce soit pour faire prendre l'air à son chien.

— Voilà ! Tu feras ce matin un marché copieux... Tu iras dans toutes les boutiques... Tu écouteras ce que l'on dit et tu essaieras surtout de te renseigner sur ta servante blonde et sur ses patrons...

— Cette fois-ci, tu ne me traiteras pas de commère ! plaisanta Mme Maigret. Quand comptes-tu rentrer ?

— Est-ce que je sais ?

Car, s'il avait dormi, l'enquête n'en avait pas moins continué et il espérait trouver à son arrivée au Quai des Orfèvres des bases solides à ses investigations.

Ainsi, à onze heures, le docteur Hébrard, le fameux médecin légiste, qui assistait en habit à une première à la Comédie-Française, avait reçu un message. Il était resté jusqu'au dernier acte, était allé féliciter dans sa loge une actrice dont il était ami et un quart d'heure plus tard, à l'Institut médico-légal, qui n'est autre que la nouvelle morgue, un de ses aides lui passait sa blouse de travail tandis qu'un préparateur retirait d'un des nombreux casiers qui tapissaient les murs le corps glacé de l'inconnu de la place des Vosges.

A la même heure, sous les combles du Palais de Justice, là où les sommiers contiennent la fiche de tous les criminels de France et de la plupart des criminels du monde, deux hommes en blouse grise comparaient patiemment des empreintes digitales.

Non loin d'eux, séparés par un escalier en colimaçon, les spécialistes de garde au laboratoire commençaient leur travail minutieux sur un certain nombre d'objets : un complet sombre, de coupe ancienne, des souliers à boutons, une canne en jonc à pommeau d'ivoire sculpté, une perruque, un lorgnon et une touffe de cheveux blonds coupés sur la tête du mort.

Quand Maigret, après avoir serré la main de ses collègues et avoir eu un court entretien avec le chef, pénétra dans son bureau, qui sentait la pipe froide, en dépit de la fenêtre ouverte, trois rapports l'attendaient, bien rangés sur son bureau, dans des chemises de teintes différentes.

Le rapport du docteur Hébrard d'abord : la victime avait succombé presque aussitôt après avoir reçu la balle et celle-ci avait été tirée à plus de vingt mètres, peut-être à cent, avec une arme de petit calibre mais donnant aux projectiles une grande force de pénétration.

Age probable : vingt-huit ans.

Étant donné l'absence de déformations professionnelles, il était vraisemblable que l'homme ne s'était jamais livré à un travail manuel suivi. Par contre, il avait beaucoup pratiqué les sports et en particulier l'aviron et la boxe.

Santé parfaite. Robustesse remarquable. Une cicatrice à l'épaule gauche indiquait que le jeune homme avait reçu, environ trois ans auparavant, une balle de revolver qui s'était écrasée sur l'omoplate.

Enfin, un certain tassement de l'extrémité des doigts laissait supposer que l'inconnu devait faire d'assez importants travaux de dactylographie.

Maigret lisait lentement, en fumant sa pipe à petites bouffées, en s'interrompant parfois pour regarder couler la Seine dans l'éblouissement matinal du soleil. D'autres fois, il écrivait un mot ou deux que lui seul pouvait comprendre dans son calepin qui était célèbre autant par sa vulgarité que parce que, depuis des années qu'il servait, il avait des annotations en tous sens, les unes sur les autres, à se demander comment on pouvait s'y retrouver.

Le rapport du laboratoire n'était pas beaucoup plus sensationnel.

Les vêtements avaient été portés par d'autres personnes avant d'appartenir à leur dernier propriétaire et tout indiquait que celui-ci les avait rachetés sur le carreau du Temple ou chez quelque brocanteur.

Même origine pour la canne et pour les chaussures à boutons.

La perruque, d'assez bonne qualité, était quelconque, d'un modèle qu'on peut se procurer chez tous les perruquiers.

Enfin, l'examen des poussières trouvées dans les vêtements permettait de découvrir une assez grande quantité de farine très fine, non pas de farine pure, mais de farine encore mêlée de débris de son.

Lorgnon : à verres plats, sans aucune utilité pour la vue.

Aux sommiers, rien ! Aucune fiche portant des empreintes digitales correspondant à celles de la victime.

Maigret resta quelques minutes rêveur, accoudé à son bureau, et peut-être était-il envahi par une certaine paresse ? L'affaire ne se présentait ni bien ni mal, plutôt mal cependant, puisque le hasard, d'habitude assez généreux, n'apportait pas la plus petite collaboration.

Enfin, il se leva, mit son chapeau, s'approcha de l'huissier en faction dans le corridor.

— Si on me demande, je serai ici dans une heure environ...

Il était trop près de la place des Vosges pour prendre un taxi, s'y rendit à pied, en longeant la Seine, et aperçut, dans la boutique du fruitier de la rue des Tournelles, Mme Maigret en conversation animée avec trois ou quatre commères.

Il détourna la tête pour cacher son sourire et poursuivit sa route.

Au temps où Maigret débutait dans la police, un de ses chefs qui s'était engoué des méthodes scientifiques, alors toutes nouvelles, avait l'habitude de lui répéter :

— Attention, jeune homme ! Pas tant d'imagination ! On ne fait pas de la police avec des idées, mais avec des faits !

Ce qui n'avait pas empêché Maigret de continuer et de se tailler un assez joli succès.

Ainsi, maintenant qu'il atteignait la place des Vosges, se souciait-il moins des détails techniques contenus dans les rapports du matin que de ce qu'il aurait appelé volontiers l'ambiance du crime.

Il essayait d'imaginer la victime, non plus morte comme il l'avait vue, mais vivante : ce garçon de vingt-huit ans, blond, solide, musclé, sans doute élégant, revêtant chaque matin cette tenue de vieux beau, ce costume peut-être racheté à la foire aux Puces, sous lequel il n'en portait pas moins du linge fin...

Et tournant deux fois autour de la place, puis s'éloignant par la rue de Turenne.

Où allait-il ? Que faisait-il jusqu'à trois heures de l'après-midi ? Gardait-il son aspect de héros d'une comédie de Labiche ou se changeait-il dans quelque local voisin ?

Comment pouvait-il rester ensuite immobile trois heures durant, sur un banc, sans ouvrir la bouche, sans faire un geste, à fixer un point de l'espace ?

Depuis combien de temps durait ce manège ?

Enfin, la nuit, où disparaissait l'inconnu ? quelle était sa vie privée ? qui voyait-il ? à qui parlait-il ? à qui livrait-il le secret de sa personnalité ? Pourquoi cette farine et ces débris de son dans ses vêtements ? Cela indiquait un moulin et non une boulangerie. Qu'allait-il faire dans un moulin ?

Maigret en oubliait de s'arrêter devant le 17 *bis*, devait revenir sur ses pas, pénétrait sous la voûte et s'adressait à la concierge. Celle-ci ne sourcilla pas quand il lui montra sa médaille de la police.

— Qu'est-ce que vous voulez ?

— Je désirerais savoir quel est celui de vos locataires qui occupe une bonne assez jolie, blonde, élégante...

Elle l'interrompit, déjà fixée :

— Mlle Rita ?

— Peut-être bien. Chaque après-midi, elle promène deux enfants sur la place...

— Les enfants de ses patrons, M. et Mme Krofta, qui habitent le premier étage depuis quinze ans et plus... Même qu'ils étaient ici avant moi. M. Krofta s'occupe d'importation et d'exportation... Il doit avoir des bureaux rue du 4-Septembre...

— Il est chez lui ?

— Il vient de sortir, mais madame doit être là-haut...

— Et Rita ?

— Je ne sais pas... Je ne l'ai pas encore vue ce matin... Il est vrai que je faisais mes escaliers...

Quelques instants plus tard, Maigret sonnait au premier étage et longtemps, bien qu'il entendît du bruit dans le lointain de l'appartement, on fut un grand moment sans lui ouvrir la porte. Il sonna à nouveau. Enfin l'huis s'entrouvrit. Il aperçut une femme assez jeune qui essayait de se cacher le corps, car elle était à peine vêtue d'un peignoir bleu pâle.

— Vous désirez ?

— Parler à M. ou Mme Krofta... Je suis commissaire à la Police Judiciaire...

Elle se résigna à ouvrir, croisant son peignoir sur elle, et Maigret pénétra dans un magnifique appartement, aux pièces vastes et hautes de plafond, aux meubles de bon goût et aux bibelots de valeur.

— Excusez-moi de vous recevoir ainsi, mais je suis seule avec les enfants. Comment se fait-il que vous soyez déjà ici ? Il y a à peine un quart d'heure que mon mari est parti...

Elle était étrangère, comme l'indiquait un léger accent et un charme très Europe centrale. Maigret avait déjà reconnu en elle la femme qu'il avait remarquée le matin, en tailleur clair, écoutant les commères au milieu de la place des Vosges.

— Vous m'attendiez ? murmura-t-il en essayant de dissimuler son étonnement.

— Vous ou un autre... Mais j'avoue que j'ignorais que la police fût si rapide... Je suppose que mon mari va rentrer ?

— Je l'ignore...

— Vous ne l'avez pas vu ?

— Non...

— Mais alors... ?

Il y avait évidemment un quiproquo et Maigret, qui ne pouvait qu'y gagner un renseignement quelconque, ne faisait rien pour le dissiper.

La jeune femme, de son côté, peut-être pour se donner le temps de la réflexion, balbutiait :

— Vous permettez une seconde ? Les enfants sont dans la salle de bains et je me demande... s'ils ne font pas de bêtises.

Elle s'éloigna d'une démarche souple ; elle était vraiment belle, de corps comme de visage, avec, en plus de la grâce, une certaine majesté.

On l'entendit dans la salle de bains qui échangeait quelques mots à mi-voix avec les enfants, puis elle revint, un léger sourire d'accueil aux lèvres.

— Excusez-moi, mais je ne vous ai même pas fait asseoir... J'aurais aimé que mon mari soit ici, car c'est lui qui connaît le mieux la valeur des bijoux, puisque c'est lui qui les a achetés.

De quels bijoux s'agissait-il ? Et que signifiait cette nouvelle histoire, et la légère angoisse de la jeune femme qui attendait avec impatience l'arrivée de son mari ?

On aurait dit qu'elle avait peur de parler, qu'elle essayait de faire traîner la conversation sans rien dire de compromettant.

Maigret, qui le sentait, avait garde de l'aider et la regardait d'un air aussi neutre que possible, faisant ce qu'il appelait sa « tête de bon gros ».

— On lit sans cesse des récits de vols dans les journaux, mais, chose curieuse, on n'imagine pas que cela pourrait vous arriver. Aussi, hier au soir, n'avais-je aucun soupçon... C'est ce matin...

— Quand vous êtes rentrée ?... insinua Maigret.

Elle tressaillit.

— Comment savez-vous que je suis sortie ?

— Parce que je vous ai vue...

— Vous étiez déjà dans le quartier ?

— J'y suis toute l'année, car je suis un de vos voisins.

Elle en fut troublée. Elle se demanda évidemment ce que cachaient ces paroles mystérieuses dans leur simplicité.

— Je suis sortie, en effet, comme cela m'arrive souvent, pour prendre l'air avant de m'occuper de la toilette des enfants... C'est pourquoi vous me trouvez déshabillée... En rentrant, je me mets en tenue d'intérieur et...

Elle ne put contenir un soupir de soulagement. Des pas s'étaient arrêtés sur le palier. Une clef tournait dans la serrure.

— Mon mari... murmura-t-elle.

Et elle appela :

— Boris ! Venez par ici... Il y a quelqu'un qui vous attend...

Ma foi, l'homme était très bien, lui aussi, plus âgé qu'elle, quarante-cinq ans environ, élégant, soigné, Hongrois ou Tchèque, pensa Maigret, mais parlant un français parfait, voire choisi.

— Le commissaire est arrivé avant toi et je lui disais que tu ne tarderais pas à rentrer...

Boris Krofta examinait Maigret avec une attention polie qui cachait plus ou moins sa méfiance.

— Je vous demande pardon... murmura-t-il. Mais... Je ne comprends pas tout à fait...

— Commissaire Maigret, de la Police Judiciaire.

— C'est curieux... C'est à moi que vous voulez parler ?

— Au patron d'une certaine Rita qui promenait deux enfants chaque après-midi place des Vosges...

— Oui... Mais... vous n'allez pas me dire que vous l'avez déjà retrouvée, ni que vous avez récupéré les bijoux ?... Je sais que je dois vous paraître bizarre... La coïncidence est tellement curieuse que je cherche à me l'expliquer... Pensez que je reviens à l'instant du commissariat de police du quartier où je suis allé porter plainte contre Rita... Quand je rentre, je vous trouve ici et vous me déclarez...

Il y avait de la nervosité dans ses gestes. Sa femme ne songeait pas à laisser les deux hommes seuls et elle examinait curieusement le commissaire.

— A quel sujet avez-vous porté plainte ?

— Au sujet du vol de bijoux... Cette fille a disparu hier, sans nous en avertir... J'ai pensé qu'elle s'était enfuie avec un amoureux et je me suis promis de faire insérer ce matin une annonce dans le journal... Hier soir, nous n'avons pas quitté la maison... Ce matin, pendant que ma femme était sortie, j'ai eu tout à coup l'idée de regarder dans son coffre à bijoux... C'est alors que j'ai compris pourquoi Rita s'était enfuie, car le coffre était vide...

— Il était quelle heure quand vous avez fait cette découverte ?

— A peine neuf heures du matin. J'étais en robe de chambre. Le temps de m'habiller et je me suis précipité au commissariat...

— Sur ces entrefaites, votre femme est rentrée ?

— C'est cela... Pendant que je m'habillais... Ce que je ne comprends toujours pas, c'est que vous soyez venu ici ce matin...

— Simple coïncidence ! murmura Maigret d'un ton bon enfant.

— Pourtant, j'aimerais être au courant... Vous saviez, ce matin, que les bijoux avaient été volés ?

Geste évasif de Maigret, qui ne signifiait rien et qui eut le don d'augmenter la nervosité de Boris.

— Du moins me ferez-vous le plaisir de me dire le motif de votre visite. Je ne pense pas qu'il soit dans les habitudes de la police française de pénétrer chez les gens, de s'asseoir, et...

— Et d'écouter ce qu'on leur dit ! acheva Maigret. Avouez que je n'y suis pour rien. Depuis que je suis ici, vous me parlez d'un vol de bijoux qui ne m'intéresse pas, alors que je suis venu pour un crime...

— Un crime ? s'exclama la jeune femme.

— Vous ignoriez qu'un crime a été commis hier place des Vosges ?

Il la vit nettement réfléchir, se souvenir que Maigret lui avait dit être son voisin et, alors qu'elle aurait peut-être dit non, elle murmura en souriant :

— J'ai vaguement entendu parler de quelque chose, ce matin, en traversant le square... Des commères étaient rassemblées...

— Je ne vois pas en quoi... intervint le mari.

— ... En quoi cette affaire vous intéresse ? Je l'ignore aussi jusqu'à présent, mais je suis persuadé que nous le saurons un jour ou l'autre. A quelle heure Rita a-t-elle disparu hier après-midi ?

— Un peu après cinq heures, répondit Boris Krofta sans l'ombre d'une hésitation.

» N'est-ce pas, Olga ?

— C'est exact. Elle est rentrée à cinq heures, avec les enfants. Elle est montée dans sa chambre et je ne l'ai pas entendue descendre. Vers six heures, je suis montée, car je commençais à m'étonner qu'elle ne préparât pas le dîner... Or, la chambre était vide...

— Voulez-vous m'y conduire ?

— Mon mari va vous accompagner. Il m'est difficile, dans cette tenue...

Maigret connaissait déjà la maison, puisque, aussi bien, c'était exactement la même que la sienne. Après le second étage, l'escalier se rétrécissait et s'assombrissait encore et on finit par atteindre les chambres mansardées. Krofta ouvrit la troisième.

— C'est ici... J'ai laissé la clef sur la serrure...

— Votre femme vient de dire que c'était elle qui était montée !

— C'est exact. Mais, ensuite, je suis monté à mon tour...

La porte ouverte laissa voir une chambre de bonne qui aurait été banale, avec son lit de fer, son armoire et sa toilette, sans la vue de la place des Vosges qu'on dominait de la fenêtre à tabatière.

A côté de l'armoire, il y avait une valise en fibre d'un modèle courant. Dans l'armoire, des vêtements et du linge...

— Votre bonne serait donc partie sans ses bagages ?

— Je suppose qu'elle a préféré emporter les bijoux, qui valent environ deux cent mille francs...

Maigret tripotait de ses gros doigts un petit chapeau vert, puis en prenait un autre, garni d'un ruban jaune.

— Vous pourriez me dire combien votre bonne avait de chapeaux ?

— Je l'ignore... Ma femme vous renseignera peut-être, mais j'en doute...

— Depuis quand était-elle à votre service ?

— Six mois...

— Vous l'avez trouvée par une annonce ?

— Par un bureau de placement, qui nous l'avait chaudement recommandée... Son service, d'ailleurs, était impeccable...

— Vous n'avez pas d'autres domestiques ?

— Ma femme tient à s'occuper elle-même des soins à donner aux enfants, ce qui explique qu'une bonne soit suffisante... En outre, nous vivons une grande partie de l'année sur la Côte d'Azur où nous avons un jardinier et sa femme qui aident au ménage...

Maigret éprouva le besoin de se moucher, en dépit de la saison, puis il laissa tomber son mouchoir, le ramassa.

— C'est curieux... grommela-t-il en se redressant.

Puis, regardant son interlocuteur des pieds à la tête, il ouvrit la bouche, la referma.

— Vous vouliez dire quelque chose ?

— Je voulais encore vous poser une question. Mais elle est tellement indiscrète que vous la jugerez déplacée...

— Je vous en prie !

— Vous y tenez ? Eh bien, je voulais vous demander à tout hasard si, votre bonne étant très jolie, il ne vous était pas arrivé d'avoir avec elle des rapports autres que ceux de patron à domestique... Question toute machinale, vous le voyez, et à laquelle je vous permets de ne pas répondre...

Chose curieuse, Krofta réfléchissait, soudain beaucoup plus préoccupé qu'auparavant. Il prenait son temps pour répondre, jetait un lent regard circulaire autour de lui, soupirait enfin :

— Ma réponse doit-elle devenir officielle ?

— Il y a toutes les chances pour qu'il n'en soit jamais question.

— Dans ce cas, je préfère vous avouer qu'il m'est arrivé, en effet...

— Dans l'appartement du premier ?

— Non... C'est difficile, à cause des enfants...

— Vous aviez des rendez-vous au-dehors ?

— Jamais !... Je montais ici de temps à autre, et...

— Je comprends le reste ! fit Maigret en souriant. Et je suis très heureux de votre réponse. En effet, j'avais remarqué qu'il manquait un bouton à la manche de votre veston. Ce bouton, je viens de le retrouver par terre, au pied du lit. Il est évident que, pour l'arracher, il a fallu un exercice assez violent et...

Il tendit le bouton à son interlocuteur qui s'en saisit avec une avidité étonnante.

— Quand cela se passait-il, la dernière fois ? questionna Maigret du bout des lèvres en se dirigeant vers la porte.

— Il y a trois ou quatre jours... Attendez !... Quatre jours, oui...

— Et Rita était docile ?

— Je crois...

— Elle était amoureuse ?

— Du moins me le laissait-elle croire.

— Vous ne vous connaissiez pas de rival ?

— Oh ! monsieur le commissaire... Il n'était pas question de cela et, si Rita avait eu un amant, je n'aurais pas considéré cela comme un rival... J'adore ma femme, mes enfants, et je ne sais pas moi-même pourquoi j'ai...

Et Maigret, en descendant l'escalier, soupirait à part lui :

— Toi, mon bonhomme, j'ai l'impression que, pas un instant, tu n'as cessé de mentir !

Il s'arrêta chez la concierge, s'assit en face de la femme qui écossait des petits pois.

— Alors, vous les avez vus ? Ils sont bien ennuyés avec cette affaire de bijoux...

— Vous étiez dans votre loge, hier, à cinq heures ?

— Sûr que j'y étais... Même que mon fils était à la place où vous êtes, occupé à faire ses devoirs...

— Vous avez vu rentrer Rita et les enfants ?

— Comme je vous vois !

— Et vous l'avez vue redescendre quelques minutes plus tard ?

— C'est ce que M. Krofta est venu me demander tout à l'heure. Je lui ai répondu que je n'avais rien vu. Il prétend que ce n'est pas possible, que j'ai dû quitter ma loge, ou que je ne faisais pas attention. Après tout, il passe tant de monde ! Pourtant, il me semble que je l'aurais remarquée, parce que ce n'était pas son heure...

— Avez-vous déjà rencontré M. Krofta dans l'escalier du troisième étage ?

— Qu'est-ce qu'il serait allé faire là ? Ah ! Je comprends... Vous pensez peut-être qu'il serait allé retrouver sa bonne ? On voit que vous ne connaissez pas Mlle Rita... On prétend maintenant que c'est une voleuse... Possible !... Mais, pour ce qui est de courir ou de se laisser faire par un patron...

Maigret, résigné, alluma sa pipe et s'éloigna.

3

— Alors, madame la commissaire Maigret ? railla-t-il affectueusement en se campant devant la fenêtre où, dans le soleil, les manches de sa chemise faisaient deux taches éclatantes.

— Alors, ce midi, il faudra te contenter d'une grillade et d'un artichaut. Encore l'ai-je acheté tout cuit pour aller plus vite. A écouter ces racontars...

— Qu'est-ce qu'on dit ? Allons ! Donne les résultats de ton enquête...

— D'abord, la demoiselle Rita n'était pas une bonne...

— Comment le sais-tu ?

— Tous les commerçants ont remarqué qu'elle ne savait pas compter en sous, ce qui indique qu'elle n'a jamais fait le marché. Le jour où le boucher a voulu pour la première fois lui donner le sou du franc, elle l'a regardé avec étonnement et, si elle a ensuite accepté, je suis sûre que c'était pour ne pas se faire remarquer...

— Bon ! Donc, une jeune fille de bonne famille qui joue la domestique chez M. Krofta...

— Je crois plutôt que c'est une étudiante. Dans les boutiques du quartier, on parle un peu toutes les langues, l'italien, le hongrois, le polonais... Il paraît qu'elle avait toujours l'air de comprendre et que, quand on disait une plaisanterie devant elle, elle souriait...

— Et sur ton amoureux, on ne raconte rien ?

— Des gens l'avaient remarqué, mais pas autant que moi... Ah ! Il y a encore une chose... La bonne des Gastambide, qui va souvent l'après-midi s'asseoir sur la place, prétend que Rita ne savait pas faire de crochet et qu'on n'aurait jamais pu se servir de son travail, sinon comme torchon...

Les petits yeux de Maigret riaient de l'application de sa femme à réunir ses souvenirs et à les exprimer avec ordre et méthode.

— Ce n'est pas tout ! Avant elle, les Krofta avaient une fille de leur pays qu'ils y ont renvoyée parce qu'elle était enceinte.

— De Krofta ?

— Oh ! non ! Il est trop amoureux de sa femme. Il paraît qu'il est tellement jaloux qu'ils ne reçoivent presque personne...

Ainsi, tous ces petits racontars, ces affirmations vraies ou fausses, sincères ou non, venaient-elles changer à chaque instant la physionomie des personnages et parfois la compléter.

— Puisque tu as bien travaillé, murmura Maigret en allumant une nouvelle pipe, je vais à mon tour te donner un tuyau. Le coup de feu qui a tué notre inconnu à perruque et à lorgnon a été tiré de la mansarde de Rita, ainsi que ce ne sera pas difficile à prouver lors d'une reconstitution. J'ai vérifié l'angle de tir qui concorde absolument avec la position du corps et la trajectoire de la balle...

— Tu crois que c'est elle qui...

— Je n'en sais rien... Cherche !...

Et, en soupirant, il remit son col, sa cravate ; elle l'aida à passer son veston. Une demi-heure plus tard, il se laissait tomber dans son fauteuil de la P.J. et s'épongeait le visage, car il faisait encore plus chaud que la veille et il y avait de l'orage dans l'air.

Une heure plus tard, les trois pipes de Maigret étaient chaudes, le cendrier plein de cendres et le buvard couvert de mots, de bouts de phrases qui s'enchevêtraient dans tous les sens. Quant au commissaire, il bâillait, visiblement assoupi, fixant de ses yeux ronds tout ce qu'il venait d'écrire au cours de sa rêverie.

En supposant que Krofta eût fait disparaître Rita, le vol de bijoux était bien trouvé pour détourner de lui les soupçons.

C'était très joli, mais cela ne prouvait rien et la bonne pouvait s'être enfuie avec les bijoux de sa patronne.

Krofta avait hésité à dire qu'il était l'amant de sa servante.

Cela pouvait signifier que c'était vrai et qu'il en était gêné ; cela pouvait signifier aussi que ce n'était pas vrai, mais qu'il avait surpris le geste de Maigret ramassant le bouton ou qu'il soupçonnait la question du commissaire de cacher un piège de ce genre.

Le bouton serait resté quatre jours sur le plancher, alors que celui-ci paraissait balayé de fraîche date.

Et pourquoi Mme Krofta s'était-elle promenée ce matin-là de bonne heure ? Pourquoi avait-elle hésité à avouer qu'elle avait entendu parler du crime, alors que Maigret l'avait vue rester longtemps auprès des commères ?

Pourquoi Krofta avait-il demandé à la concierge si elle avait vu sortir Rita ?

Enquête personnelle ? N'était-ce pas plutôt parce qu'il savait que la police poserait la même question et qu'en en parlant déjà il avait des chances de suggestionner la brave femme ?

Soudain Maigret se leva. Tout cet ensemble de menus faits et de remarques finissait non seulement par l'agacer, mais par créer en lui une sourde angoisse, car il était impossible de n'en pas arriver à la question :

— Où est Rita ?

En fuite, si elle avait tué et volé. Mais si elle n'avait tué ni volé, alors...

L'instant d'après, il était dans le bureau du chef et, jouant les bourrus, prononçait :

— Vous pourriez m'obtenir un mandat de perquisition en blanc ?

— Ça ne va pas ? plaisanta le directeur de la P.J. qui connaissait mieux que quiconque les humeurs de Maigret. On va essayer d'obtenir ça. Mais il faudra être prudent, hein !

Comme par hasard, alors que le chef s'occupait du mandat de perquisition, on appela Maigret au téléphone. C'était sa femme, qui avait une voix angoissée :

— Je viens de penser à quelque chose... Je ne sais pas si je dois le dire au téléphone...

— Dis-le toujours !

— En supposant que ce ne soit pas celle que tu crois qui a tiré...

— Je comprends. Continue...

— En supposant, par exemple, que ce soit son patron... Tu me suis ?... Je me demande si, par hasard, elle ne serait pas encore dans la maison ?... Peut-être déjà morte ?... Ou peut-être prisonnière ?...

C'était attendrissant de voir Mme Maigret lancée ainsi sur une piste pour la première fois de sa vie.

Mais ce que le commissaire n'avouait pas, c'est qu'en somme elle en arrivait à peu près au même point que lui.

— C'est tout ? ironisa-t-il cependant.

— Tu te moques de moi ?... Tu ne crois pas que...

— En somme, tu t'imagines qu'en fouillant le 17 *bis* de la cave au grenier...

— Pense que, si elle était encore vivante...

— On verra ça ! En attendant, essaie que le dîner soit un peu plus consistant que le déjeuner...

Il raccrocha, trouva chez le chef le mandat qu'il avait demandé.

— Ça ne vous a pas tout l'air d'une affaire d'espionnage, à vous, Maigret ?

Mais le commissaire, dans ces cas-là, avait horreur de se compromettre et il se contenta de hausser les épaules.

Puis, déjà dans le couloir, il revint sur ses pas en lançant :

— Je vous répondrai ce soir.

Mme Lécuyer, la concierge du 17 *bis*, était certainement une brave femme, qui faisait son possible pour élever convenablement ses enfants, mais elle avait le terrible défaut de s'affoler facilement.

— Vous comprenez, avouait-elle, moi, avec tout ce monde qui me questionne depuis le matin, je ne sais plus où donner de la tête...

— Calmez-vous, madame Lécuyer, articulait Maigret, installé près de la fenêtre, non loin du gamin qui, comme la veille, faisait ses devoirs.

— Je n'ai jamais fait de mal à personne et...

— On ne vous accuse pas d'avoir fait du mal à quelqu'un... On vous demande seulement d'essayer de vous souvenir... Combien avez-vous de locataires ?

— Vingt-deux, parce qu'il faut vous dire qu'au second et au troisième ce sont de petits logements, de une et deux chambres, ce qui fait beaucoup de monde...

— Aucun de ces locataires n'entretenait de rapports avec les Krofta ?

— Comment voulez-vous ? Les Krofta sont des gens riches, qui ont leur auto et leur chauffeur...

— Au fait, savez-vous où ils garent leur voiture ?

— Du côté du boulevard Henri-IV... Le chauffeur ne vient presque jamais ici, car il prend ses repas dehors...

— Est-il venu hier après-midi ?

— Je ne sais plus... Je crois que oui...

— Avec l'auto ?

— Non ! L'auto n'a pas stationné hier, ni ce matin... Il est vrai que les patrons ne sont pour ainsi dire pas sortis...

— Voyons ! Est-ce que le chauffeur était dans la maison hier vers cinq heures ?

— Non ! Il est reparti à quatre heures et demie... Je me souviens, parce que mon gamin venait de rentrer de l'école...

— C'est vrai ! approuva le gosse en levant la tête.

— Maintenant, une autre question : de gros colis ont-ils été sortis depuis hier cinq heures ?... Par exemple, une voiture de déménagement a-t-elle stationné dans les environs ?

— Sûr que non !

— Personne n'a emporté de meubles, ou de caisses, ou de paquets encombrants ?

— Qu'est-ce que vous voulez que je vous dise, moi ? gémit-elle. Est-ce que je sais seulement ce que c'est un paquet encombrant ?

— Un paquet susceptible, par exemple, de contenir un corps humain...

— Jésus, Marie ! C'est à ça que vous pensez ? Vous vous figurez à présent qu'on a tué quelqu'un dans mon immeuble ?

— Reprenez vos souvenirs heure par heure...

— Non ! Je n'ai rien vu de pareil...

— Aucun camion, aucune charrette, même à bras, n'est entrée dans la cour ?

— Puisque je vous le dis !

— Il n'y a pas de chambre vide dans la maison ? Tous les locaux sont occupés ?

— Tous, sans exception ! Il n'y avait qu'une chambre au troisième et elle est louée depuis deux mois.

A ce moment, le gamin leva la tête et, le porte-plume entre les lèvres, articula :

— Et le piano, m'man ?

— Quel rapport veux-tu que cela ait ? Ce n'est pas un colis qu'on a sorti, mais un colis qu'on a entré... même qu'ils ont eu assez de mal dans l'escalier !...

— On a livré un piano ?

— Hier à six heures et demie...

— Quelle maison ?

— Je ne sais pas... Il n'y avait pas de nom écrit sur le camion...

Celui-ci n'est pas entré dans la cour... Il y avait une grande caisse et trois hommes ont travaillé pendant une bonne heure...

— Ils ont emmené la caisse avec eux ?

— Non... M. Lucien est descendu avec les ouvriers pour aller leur offrir à boire au bistrot du coin.

— Qui est ce M. Lucien ?

— Le locataire de la petite chambre dont je vous parlais... Il y a deux mois qu'il est là-haut... Il est très calme, très convenable... Il paraît que c'est un compositeur de musique...

— Il connaît les Krofta ?

— Je parie qu'il ne les a seulement jamais vus...

— Il était chez lui hier à cinq heures ?

— Il est rentré vers quatre heures et demie... A peu près quand le chauffeur s'en allait...

— Il vous a annoncé alors qu'il allait recevoir un piano ?

— Non... Il m'a simplement demandé s'il y avait du courrier...

— Il en recevait beaucoup ?

— Fort peu.

— Je vous remercie, madame Lécuyer... Continuez à garder votre calme... Ce n'est pas la peine de vous faire du mauvais sang...

Maigret sortit, donna des instructions à deux inspecteurs qui faisaient les cent pas sur la place des Vosges, puis il rentra à nouveau dans l'immeuble, mais passa vite devant la loge afin que la concierge ne puisse à nouveau lui poser des questions et lui faire part de son affolement.

Au premier étage, Maigret ne s'arrêta pas, ni au second. Au troisième, en se penchant, il remarqua les éraflures que le piano avait faites, traîné par les hommes. Il crut remarquer que les éraflures s'arrêtaient à la quatrième porte et il y frappa, entendit des pas feutrés, comme ceux d'une vieille femme en pantoufles, puis une voix prudente qui murmurait :

— Qui est là ?

— M. Lucien, s'il vous plaît ?

— C'est à côté...

Mais, au même moment, une autre voix balbutiait quelques mots et la porte s'entrouvrait, une grosse vieille femme essayait de distinguer le visage de Maigret dans la demi-obscurité.

— Il n'est pas là pour le moment, M. Lucien... Mais je pourrais peut-être lui faire la commission ?...

Machinalement, Maigret se pencha pour voir la seconde personne qui se trouvait dans la pièce.

Dans le demi-jour, on n'y voyait guère. La chambre était encombrée de vieux meubles, de vieux tissus, de bibelots affreux et il y régnait cette odeur particulière aux logements de vieilles gens.

Près de la machine à coudre une femme était assise, toute droite comme une personne en visite, et le commissaire fut plus étonné qu'il ne l'avait jamais été de sa vie en reconnaissant sa propre femme.

4

— J'ai appris que Mlle Augustine se chargeait de petits travaux de couture, se hâta de dire Mme Maigret. Je suis venue la voir à ce sujet. Nous avons bavardé. Elle occupe justement la chambre voisine de celle de cette bonne qui a volé...

Maigret haussa les épaules, se demandant où sa femme voulait en venir.

— Le plus curieux, c'est qu'hier on a livré un piano chez l'autre voisin, une énorme caisse, qui doit être toujours là...

Cette fois, Maigret fit la grimace, furieux que sa femme en soit arrivée, Dieu sait comment, aux mêmes résultats que lui.

— Puisque M. Lucien n'est pas ici, il faut que je descende, annonça-t-il.

Et il ne perdit pas une minute. Les deux inspecteurs qu'il avait laissés place des Vosges, devant la maison, furent postés dans l'escalier, non loin de la porte des Krofta. Un serrurier fut appelé, ainsi que le commissaire de police du quartier.

Si bien qu'un peu plus tard la porte de la chambre de M. Lucien était forcée. Dans la pièce, on ne trouvait qu'un piano assez ordinaire, un lit, une chaise, une armoire et, contre le mur, la caisse dans laquelle on avait apporté l'instrument de musique.

— Qu'on ouvre cette caisse... commanda Maigret qui jouait une grosse partie et qui avait une frousse intense.

Il ne voulait pas y toucher lui-même, par crainte de la trouver vide. Il feignait de bourrer sa pipe avec calme, comme il feignit de ne pas tressaillir quand on lui cria :

— Commissaire !... Une femme !...

— Je sais !

— Elle vit !

Et il répéta :

— Je sais !

Bien sûr ! Du moment qu'il y avait une femme dans la caisse, c'était la fameuse Rita et il était à peu près certain qu'elle était vivante, entravée et bâillonnée étroitement !

— Essayez de la faire revenir à elle... Appelez un médecin...

Il passa devant sa femme qui était dans le corridor avec Mlle Augustine et qui lui adressait un sourire unique dans les annales du ménage, un sourire capable de laisser croire que Mme Maigret allait oublier son rôle de docile épouse pour celui de détective.

Comme le commissaire arrivait au premier étage, la porte de l'appartement des Krofta s'ouvrait. Krofta était là en personne, surexcité, mais cependant maître de lui.

— M. Maigret n'est pas ici ? demanda-t-il aux deux inspecteurs qui montaient la garde.

— Me voici, monsieur Krofta.

— On vous demande au téléphone... Du ministère de l'Intérieur...

Ce n'était pas tout à fait exact. C'était le chef de la P.J. qui téléphonait à son subordonné.

— C'est vous, Maigret ?... J'ai bien pensé que c'était là que je pourrais vous joindre... Pendant que vous faisiez Dieu sait quoi dans la maison, le type chez qui je vous téléphone a alerté son ambassade... Celle-ci a alerté les Affaires étrangères... Les Affaires étrangères...

— Je comprends ! grogna Maigret.

— Je vous l'avais dit ! Affaire d'espionnage ! La consigne est de ne rien ébruiter, d'éviter toute déclaration à la presse... Krofta est depuis longtemps l'agent officieux en France de son pays ; c'est lui qui centralise les rapports d'agents secrets...

Ce Krofta se tenait dans un coin de la pièce, pâle mais souriant.

— Je puis vous offrir quelque chose, monsieur le commissaire ?

— Merci !

— Il paraît que vous avez retrouvé ma servante ?

Et le commissaire de répondre en martelant les syllabes :

— Je l'ai retrouvée à temps, oui, monsieur Krofta ! Je vous salue !

— Moi, disait Mme Maigret en achevant sa crème au chocolat, quand on m'a affirmé que cette fille ne savait pas faire de crochet...

— Parbleu ! approuva son mari.

— Ils ont vraiment pu se communiquer des choses intéressantes par ce système, pendant des heures chaque jour ? En somme, si je comprends bien, cette fille, cette Rita qui était entrée au service des Krofta comme bonne, passait en réalité son temps à espionner ses patrons ?

Maigret n'aimait jamais expliquer une affaire, mais en l'occurrence il aurait été par trop cruel de laisser Mme Maigret dans le vague.

— Elle espionnait des espions ! grogna-t-il.

Et, bourru, haussant les épaules :

— Voilà pourquoi, au moment où je peux enfin mettre la main sur la bande, on m'ordonne :

» — Passez la main ! Silence et discrétion !

— C'est vrai que ce n'est pas très agréable, soupira-t-elle comme si elle excusait ainsi toutes les mauvaises humeurs passées de Maigret.

— Une jolie affaire, pourtant, parsemée d'éclairs de génie. Comprends bien la situation. Les Krofta d'une part, tous les renseignements qui leur passent par les mains, qu'ils transmettent à leur gouvernement...

» D'autre part, une femme de ménage et un homme, Rita et le vieux monsieur du banc, ton étrange amoureux. Pour qui ceux-ci travaillent-ils ? Maintenant, cela ne me regarde plus. C'est au tour du deuxième bureau. Vraisemblablement sont-ils les agents d'une autre puissance, peut-être aussi d'une faction adverse, car la politique intérieure et extérieure de certains pays est curieusement enchevêtrée.

» Toujours est-il qu'ils ont besoin des renseignements centralisés chaque jour par Krofta, et Rita s'empare sans trop de peine de ces renseignements. Mais comment les communiquer au-dehors ? Les espions sont méfiants. La moindre démarche suspecte la perdrait.

» D'où cette idée du vieux beau et du banc ! Cette idée aussi du crochet qui, manié par des mains plus expertes qu'elles n'en ont l'air, exprime en réalité par ses saccades de longs messages en alphabet morse.

» En face de Rita, son complice enregistre tout dans sa mémoire. C'est un exemple de plus de la patience incroyable de certains agents secrets, car ce qu'il vient d'apprendre, il devra le retenir mot pour mot pendant des heures, jusqu'au moment où, dans son logement de Corbeil, près des Moulins, il passera la nuit à le dactylographier.

» Je me demande comment ce manège si astucieux fut découvert par les Krofta. Sans doute par le chauffeur qui, vers quatre heures, apporta la nouvelle ?

Mme Maigret écoutait sans oser manifester le moindre sentiment, tant elle craignait de voir Maigret s'arrêter.

— Maintenant, tu en sais autant que moi. Il s'agit, pour les Krofta, de supprimer l'homme d'abord, ensuite de cuisiner Rita, de savoir par elle pour le compte de qui elle travaille et quels services elle a déjà pu rendre.

» Depuis longtemps Krofta a installé dans sa propre maison un homme de main, M. Lucien, qui est un tireur de première force. Il lui téléphone. M. Lucien arrive, ne perd pas une minute et, de la chambre de la jeune fille, abat, à l'aide d'une carabine à air comprimé, l'adversaire qu'on lui a désigné.

» Personne n'a rien vu, rien entendu, sauf Rita qui doit cependant reconduire les enfants, qui doit feindre sous peine d'être abattue à son tour.

» Elle sait ce qui l'attend. On s'efforce de lui arracher son secret. Elle tient bon. On la menace de mort et on fait apporter chez M. Lucien ce piano dont la caisse pourra servir à faire sortir son cadavre. D'ailleurs, qui donc irait la chercher dans la chambre du musicien ?

» Déjà Krofta orchestre sa défense, porte plainte, annonce la disparition de sa bonne, invente le vol des bijoux et...

Un silence. Le soir tombait. Le ciel bleuissait et les fontaines accordaient leur son argentin à l'argent liquide de la lune.

— Et tu t'en es occupé ! dit soudain Mme Maigret avec admiration.

Il la regarde, mi-figue, mi-raisin. Elle continue :

— C'est vexant qu'au bon moment on t'empêche d'aller jusqu'au bout...

Alors lui, dans un faux emportement :

— Sais-tu ce qui est encore plus vexant ? C'est de t'avoir trouvée chez cette demoiselle Augustine ! Car, en somme, tu étais sur les lieux avant moi... Il est vrai qu'il s'agissait de ton amoureux !

LA VIEILLE DAME DE BAYEUX

1

— Asseyez-vous, mademoiselle, soupira Maigret en retirant à regret sa pipe de la bouche.

Et il jeta à nouveau les yeux sur le billet du magistrat qui disait : *Affaire de famille. Entendre Cécile Ledru, mais n'agir qu'avec la plus grande circonspection.*

C'était à Caen, à l'époque où Maigret avait été envoyé là-bas pour réorganiser la brigade mobile. Il n'était pas encore habitué à cette province âpre et secrète et s'y sentait les coudées beaucoup moins franches que dans son bureau du quai des Orfèvres.

Cette note encore le déroutait : *Affaire de famille... plus grande circonspection...*

Cela signifiait-il qu'il allait tomber, une fois de plus, sur la famille de quelque haut fonctionnaire ou de quelque personnage considérable de la région ? C'était inouï ce que, dans le pays, les gens en place avaient de cousins, de beaux-frères ou de belles-sœurs ayant mal tourné !

— Je vous écoute, mademoiselle Ledru.

Elle était plutôt bien, Mlle Cécile, et même très bien, avantagée, il est vrai, par un vêtement noir qui poétisait son teint naturellement pâle et mat.

— Votre âge ?

— Vingt-huit ans.

— Profession ?

— Je suppose qu'il vaut mieux tout vous expliquer, pour que vous compreniez ma situation. J'étais orpheline et j'ai débuté dans la vie, à quinze ans, comme petite bonne à tout faire. J'avais encore mes cheveux dans le dos et je ne savais ni lire ni écrire...

C'était d'autant plus étonnant que la personne que le commissaire avait devant lui possédait un air de distinction assez marqué.

— Continuez, je vous en prie...

— Le hasard m'a placée chez Mme Croizier, à Bayeux. Vous en avez entendu parler ?

— J'avoue que non.

Tous les mêmes, en province, s'imaginant que leurs personnages locaux sont connus du monde entier !

— Je vous parlerai d'elle après. Sachez seulement qu'elle s'est prise d'affection pour moi et qu'elle m'a fait étudier. Plus tard, c'est à titre de demoiselle de compagnie qu'elle m'a gardée auprès d'elle et elle voulait que je l'appelle tante Joséphine...

— Donc, vous habitez Bayeux avec Mme Joséphine Croizier ?

Les yeux de la jeune fille se voilèrent de larmes et elle dut avoir recours à son mouchoir pour les essuyer.

— Tout cela est du passé, dit-elle en reniflant. Tante Joséphine est morte hier, ici à Caen, et c'est pour vous dire qu'elle a été assassinée que...

— Pardon ! Vous êtes sûre que Mme Croizier a été assassinée ?

— J'en mettrais ma main au feu.

— Vous étiez là ?

— Non !

— Quelqu'un vous l'a dit ?

— Ma tante elle-même !

— Comment ! votre tante vous a dit qu'elle avait été assassinée ?

— Je vous en prie, monsieur le commissaire... Ne me prenez pas pour une folle... Je sais ce que je dis... Ma tante m'a répété maintes fois que, s'il lui arrivait malheur dans la maison de la rue des Récollets, mon premier soin devrait être d'exiger une enquête...

— Un instant ! Quelle est cette maison de la rue des Récollets ?

— La maison de son neveu, Philippe Deligeard... Tante Joséphine était venue passer quelques semaines à Caen pour se faire soigner les dents car, à soixante-huit ans, elle commençait seulement à en souffrir... Elle était descendue chez son neveu et j'étais restée à Bayeux parce que Philippe ne m'aime guère...

Sur un bout de papier, Maigret nota : *Philippe Deligeard*.

— Quel âge, ce neveu ?

— Quarante-quatre ou quarante-cinq ans...

— Profession ?

— Il n'en a pas. Il avait de la fortune, celle de sa femme, mais je crois que depuis plusieurs années cette fortune n'existe plus qu'à l'état de souvenir. Le ménage n'en continue pas moins à habiter un hôtel particulier, rue des Récollets, et à avoir cuisinière, valet de chambre et chauffeur. Plusieurs fois, Philippe est venu à Bayeux supplier sa tante de lui prêter de l'argent.

— Elle en a prêté ?

— Jamais ! Elle répondait à son neveu qu'il n'avait qu'à prendre patience et attendre sa mort...

Tandis que la jeune fille parlait, Maigret arrangeait en esprit un petit résumé à sa manière.

D'abord, à Bayeux, dans une de ces rues calmes qui avoisinent la cathédrale et où les bruits d'un pas font tressaillir tous les rideaux des fenêtres, habitait Mme Joséphine Croizier, veuve de Justin Croizier.

Or l'histoire de sa fortune était à la fois macabre et drôle. Croizier, simple clerc d'avoué quand il s'était marié, était maniaque et sa manie était celle des assurances. Il passait son temps à signer des polices avec toutes les compagnies possibles et imaginables et chacun de se moquer de lui.

Une fois, une seule, il avait pris le bateau pour Southampton. La mer était mauvaise. Un coup de roulis avait envoyé Croizier si malencontreusement sur le bastingage qu'il s'était ouvert le crâne et sa veuve, peu après, avait été étonnée de toucher un million de diverses compagnies d'assurances.

Depuis lors, la seule distraction de Joséphine Croizier, dans sa sombre maison de Bayeux, était de gérer cette fortune qui s'était arrondie et de bavarder des après-midi entiers avec Cécile Ledru, sa protégée.

On prétendait que le million de jadis avait fait des petits et que, grâce à des placements heureux, Joséphine Croizier était à la tête de quatre ou cinq millions.

Philippe Deligeard, le fils de sa sœur, avait au contraire débuté fastueusement en épousant la fille d'un riche marchand de chevaux. Il avait meublé un magnifique hôtel particulier et sa maison passait pour une des mieux montées de Caen.

A l'encontre de sa tante, il avait fait des placements désavantageux et, d'après la rumeur publique, il y avait déjà trois ou quatre ans qu'il ne vivait que sur son crédit, empruntant chez les usuriers sur le futur héritage de sa tante.

— En somme, mademoiselle Cécile, il n'y a aucune base sérieuse à votre accusation, sinon que Philippe avait besoin d'argent et que la mort de sa tante lui en procurerait ?

— Je vous ai déjà dit que Mme Croizier elle-même a toujours prétendu que, si elle mourait rue des Récollets...

— Excusez-moi, mais vous devez savoir ce que valent ces craintes de vieilles femmes... Voulez-vous, maintenant, me mettre au courant des faits proprement dits ?

— Ma tante est morte hier, vers cinq heures de l'après-midi. On essaie de prétendre qu'elle a succombé à une crise cardiaque.

— Elle avait une maladie de cœur ?

— Comme tout le monde ! Pas de quoi en mourir...

— Vous étiez à Bayeux à ce moment ?

Il sembla à Maigret — mais ce n'était peut-être qu'une impression ? — que la jeune fille marquait une certaine hésitation.

— Non... J'étais à Caen...

— Je croyais que vous n'aviez pas accompagné Joséphine Croizier...

— C'est exact... Mais, avec l'autobus, il y a à peine une demi-heure de route entre Caen et Bayeux... J'étais venue faire certains achats...

— Et vous n'avez pas essayé de voir votre tante, puisque c'est ainsi que vous l'appeliez ?

— Je suis passée rue des Récollets...

— A quelle heure ?

— Vers quatre heures... On m'a répondu que Mme Croizier était sortie...

— Qui vous a fait cette réponse ?

— Le valet de chambre...

— Après avoir consulté ses patrons ?

— Non ! De son propre chef.

— Donc, il faut croire que c'était la vérité ou qu'alors on lui avait donné d'avance des instructions ?

— C'est ce que j'ai pensé.

— Où êtes-vous allée ensuite ?

— En ville. J'avais des tas de menues courses à faire... Puis je suis retournée à Bayeux et, ce matin, dans le journal de Caen que nous recevons, j'ai appris que ma tante était morte...

— Curieux...

— Vous dites ?

— Je dis que c'est curieux. A quatre heures de l'après-midi, quand vous vous présentez rue des Récollets on vous annonce que votre tante est sortie. Vous rentrez à Bayeux et, dès le lendemain matin, vous apprenez par le journal qu'elle est morte quelques minutes seulement, une heure au plus, après votre visite... Est-il exact que vous ayez porté plainte, mademoiselle Cécile ?

— Oui, monsieur le commissaire. Je n'ai aucune fortune, mais je donnerais le peu que je possède pour qu'on découvre la vérité et qu'on punisse les coupables...

— Une seconde ! Puisque vous parlez de votre situation financière, puis-je vous demander si vous comptez hériter de Joséphine Croizier ?

— Je suis sûre que je n'hériterai pas car c'est moi qui ai rédigé le testament et j'ai formellement refusé de toucher quoi que ce soit. Sinon, nul n'aurait voulu croire à mon désintéressement pendant les années que j'ai consacrées à ma bienfaitrice...

Elle était presque trop bien. Maigret avait beau l'observer, il ne trouvait pas le défaut de la cuirasse.

— De telle sorte que vous êtes sans un centime ?

— Je n'ai pas dit cela, monsieur le commissaire. Mme Croizier me payait comme demoiselle de compagnie. Étant donné que je n'avais pas de frais, j'ai pu mettre de côté une somme assez coquette qui me permet de voir venir... Cette somme, je la dépenserai entièrement s'il le faut pour que ma tante soit vengée...

— Vous permettez encore une question ? Philippe est l'héritier, n'est-ce pas ? En supposant qu'il soit prouvé qu'il a tué sa tante, il ne peut plus en hériter. Que deviendraient les millions ?

— Ils iraient à des œuvres de protection de la jeune fille.

— Mme Croizier s'intéressait à ces œuvres ?

— Elle avait pitié des jeunes filles et connaissait les dangers qui les entourent...

— Elle était très prude ?

Cécile hésita un moment, réfléchit.

— Très prude, oui !

— Un peu maniaque à ce sujet ?

— Presque...

— Je vous remercie, mademoiselle.

— Vous allez faire une enquête, n'est-ce pas ?

— Je vais me renseigner et, si besoin est... Au fait, où pourrai-je vous trouver ?

— Pendant les deux jours qui précéderont les obsèques, lesquelles auront lieu à Caen, je passe la plus grande partie de mon temps dans la chapelle ardente, rue des Récollets...

— Malgré Philippe ?

— Nous ne nous adressons pas la parole et je ne mets pas les pieds dans le reste de la maison. Je pleure et je prie... La nuit, je couche à l'*Hôtel Saint-Georges*...

Maigret finissait sa pipe en regardant avec de drôles de petits yeux la vaste maison grise, la porte cochère à anneau de cuivre, la cour d'honneur aux candélabres de bronze.

C'était ce qu'il appelait une affaire sans pipe, autrement dit une enquête se déroulant dans les endroits où le commissaire ne pouvait décemment pas garder son brûle-gueule à la bouche.

C'est pourquoi il fumait encore un peu, avant d'entrer, observant les gens qui allaient et venaient, des dames en noir, des messieurs très corrects, toute la haute bourgeoisie de Caen, en somme, qui venait présenter ses condoléances.

— Ça va être gai ! soupira-t-il en frappant enfin le fourneau de sa pipe contre son talon.

Et il entra comme les autres, passa devant le plateau d'argent plein de cartes de visite cornées, arriva au fond d'un couloir dallé de bleu et de blanc et, au-delà d'une grande porte tendue de noir, aperçut la chapelle ardente, le cercueil entouré de fleurs et de cierges, des silhouettes noires, debout ou agenouillées.

Rien que l'odeur de cire brûlée et de chrysanthèmes mettait tout de suite dans l'ambiance, et les chuchotements, les mouchoirs dont on se tamponnait les narines, un grand air de dignité que les gens ne prennent que devant la Justice et devant la mort...

Cécile Ledru était là, dans un coin, sur un prie-Dieu, le visage couvert d'un voile de crêpe assez fin pour qu'on pût distinguer ses traits réguliers et ses lèvres qui remuaient tandis que les doigts égrenaient un chapelet de jade.

Un homme, tout en noir, lui aussi, les yeux rouges, le visage irrégulier, regardait Maigret avec l'air de lui demander ce qu'il venait faire et le commissaire s'approcha de lui.

— Monsieur Philippe Deligeard, je suppose ? Commissaire Maigret. Si vous pouviez m'accorder un moment d'entretien.

Maigret eut l'impression que son interlocuteur lançait un assez vilain regard à la jeune fille avant de sortir de la pièce tendue de noir.

— Veuillez me suivre, monsieur. Mon bureau est au premier étage...

Escalier de marbre avec une très belle rampe forgée. Au mur du palier, un véritable Aubusson, puis un bureau Empire très vaste, aux trois fenêtres donnant sur un parc qu'on ne s'attendait pas à trouver aussi vaste en pleine ville.

— Asseyez-vous, je vous en prie. Je suppose que cette fille continue ses manœuvres et que c'est à elle que je dois votre visite ?

— Vous parlez de Mlle Cécile Ledru ?

— Je parle en effet de cette intrigante de bas étage qui, pendant un certain temps, était parvenue à prendre un funeste ascendant sur ma tante... Un cigare ?

— Merci... Vous venez de dire pendant un certain temps... Dois-je comprendre que cet ascendant n'a pas duré ?

Maigret n'avait pas besoin d'examiner Philippe Deligeard qui, dans son deuil, était vêtu avec recherche. C'était le type même qu'on rencontre dans toutes les villes de province du grand bourgeois riche, et à la page, menant grand train, tenant par-dessus tout au décorum, à certains détails de toilette, à certaines façons de parler et de se tenir qui le distinguent du commun des mortels.

— Vous comprenez, monsieur le commissaire, qu'il me soit extrêmement pénible, extrêmement désagréable aussi, de recevoir, en des moments aussi douloureux, la visite d'un policier. Je répondrai néanmoins à vos questions, parce que je veux que cette affaire soit tirée au clair et que Cécile reçoive la punition qu'elle mérite...

— C'est-à-dire ?

— Comme votre précédente question me prouve que vous l'avez compris, ma pauvre tante n'a pas été dupe jusqu'au bout des airs patelins de cette fille et de son fameux dévouement désintéressé. C'est si vrai que, quand ma tante est venue passer un mois avec nous, nous lui avons proposé, pour ne rien changer à ses habitudes, d'héberger également sa demoiselle de compagnie, car la maison est assez grande... Or ma pauvre tante a refusé, nous confiant qu'elle en avait assez de cette fille et qu'elle cherchait un moyen de s'en débarrasser... Elle craignait seulement que, si elle opérait trop brutalement, Cécile n'essayât de se venger...

Cela vint malgré lui ! Maigret, pris par l'ambiance, murmura avec une ironie que son interlocuteur ne comprit pas :

— Que le monde est faux et méchant !

— Je disais donc que, tôt ou tard, ma tante se serait séparée de cette créature qui a essayé en vain de nous brouiller...

— Elle a fait ça ?

— En prétendant, entre autres choses, que j'avais des maîtresses... Nous sommes entre hommes, commissaire... A mon âge et dans ma situation, vous admettrez qu'il est naturel que... Discrètement, bien entendu ! En homme du monde... Évidemment, ma pauvre tante, entichée de vertu, ne pouvait pas le comprendre... Aussi sont-ce des détails dont il est inutile de parler aux vieilles gens...

— Cécile l'a fait ?

— Sinon, comment ma tante l'aurait-elle su ? Mauvaise manœuvre, d'ailleurs, de la part de cette fille perfide, car cela s'est retourné contre elle. Quand ma tante Joséphine a su que sa chaste demoiselle de compagnie recevait sous son toit, en cachette, un jeune homme dont le moins qu'on puisse dire est que sa famille n'est pas très honorable...

— Cécile avait un amant ?

Ou l'indignation de Maigret était réelle, ou elle était admirablement jouée. Il est vrai qu'il en profitait pour tirer sa pipe de sa poche avec un air parfaitement innocent, comme s'il oubliait l'endroit fastueux où il se trouvait et les havanes qui attendaient sur le bureau.

— Depuis deux ans ! Il y a deux ans qu'ils sont amants et qu'ils se retrouvent presque chaque nuit. Lui s'appelle Jacques Mercier. Il s'occupe d'une affaire de transports avec un ami, mais il est à noter que ses parents ont fait faillite voilà quelques années...

— Est-ce croyable ! Et vous l'avez dit à votre tante ?

— Bien entendu... Pourquoi ne l'aurais-je pas dit ?... N'était-ce pas mon devoir ?...

— Évidemment...

— Aussi ma tante était-elle décidée à mettre enfin Cécile à la porte... Encore une fois, seule la peur d'une vengeance la retenait... C'est pourquoi j'avais proposé à ma tante de la garder dorénavant avec nous... J'aurais mis tout le second étage de notre hôtel à sa disposition et...

— Ces questions ont été discutées quand ?

— Mais... avant-hier encore...

— Et la décision était prise ?

— Pas formellement... Le principe commençait à être admis...

— Je suppose que, néanmoins, vous n'accusez pas Cécile d'avoir tué votre tante ?

Philippe leva brusquement vers Maigret un visage bouleversé.

— Mais... ma tante n'a pas été tuée !... Il faut que cette fille soit à la fois folle et vicieuse pour avoir raconté de pareilles sornettes... Ma tante est morte d'une crise cardiaque et le médecin de l'état civil l'a expressément reconnu... Je ne vois pas comment...

— Bref ! Vous n'accusez pas Cécile d'avoir tué votre tante ?

— Je l'accuserais si je n'étais sûr que ma tante est morte de mort naturelle, ce qui n'est pas le cas... Par contre, si cette fille continue à colporter de tels ragots sur notre compte, je me verrai obligé de porter plainte contre elle pour calomnie.

— Une question, monsieur Deligeard... Votre tante est morte vers cinq heures, n'est-ce pas ?

— Cinq heures et quelques minutes, oui... C'est ma femme qui me l'a dit, car j'étais personnellement absent...

— Très bien... Or, vers quatre heures, Joséphine Croizier n'était pas dans la maison ?

— Chaque jour, à quatre heures, elle avait rendez-vous chez son dentiste, car il s'agissait d'un très long travail de prothèse...

— Savez-vous à quelle heure votre tante est rentrée ?

— On me l'a dit... A peu près cinq heures... C'est presque aussitôt après son arrivée que la crise l'a prise et elle est morte sans avoir le temps de prendre des dispositions...

— La crise a eu lieu dans sa chambre ?

— Oui... La chambre Louis XIV du second étage...

— Votre femme était là-haut ?

— Ma femme est montée peu après, au moment où ma tante ouvrait sa porte pour appeler à l'aide...

— Puis-je vous demander où vous étiez ?

— Je suppose, commissaire, qu'il ne s'agit pas d'un interrogatoire, car je ne le supporterais pas.

— Nullement ! Il s'agit, précisément, de répondre à cette fille audacieuse qui...

— Je devais être à mon cercle... Je quitte généralement mon hôtel vers quatre heures et demie ou cinq heures moins le quart, à pied, afin de me donner un peu d'exercice... Je traverse ainsi une partie de la ville... Vers cinq heures, je fais un bridge et à sept heures et demie la voiture vient me reprendre pour le dîner...

— Vous avez été averti à votre cercle par un coup de téléphone ?

— C'est cela...

— Et quand vous êtes arrivé ?...

— Ma tante était morte et le médecin était déjà présent...

— Le médecin de la famille ?

— Non ! Il habite trop loin et ma femme avait appelé un docteur des environs, un jeune médecin qui n'a pas eu à intervenir...

— Vous avez un fils ?

— Gérard, oui, qui a vingt ans et qui suit les cours des Hautes Études commerciales... A l'heure de la mort, il devait être à son cours ou dans quelque café de la ville... C'est de son âge... Les jeunes gens d'aujourd'hui ne comprennent pas que la place d'un homme du monde est au cercle et non dans un établissement ouvert à tout venant...

— Les domestiques ?

— Arsène, le chauffeur, avait congé... Le valet de chambre ne quitte jamais, l'après-midi, son poste du rez-de-chaussée. Quant à la cuisinière, je suppose que, comme son nom l'indique, elle était dans la cuisine... Y a-t-il encore quelque chose que vous veuillez savoir, commissaire ?... Je me dois à ceux qui viennent me présenter leurs condoléances et j'attends d'un instant à l'autre le président du tribunal qui est aussi président de mon cercle... Prévenez cette jeune fille, je crois que c'est ce que vous avez de mieux à faire !... Si elle continue ses racontars ignobles, je la fais coffrer...

Philippe Deligeard devait se demander ce qui, dans un pareil moment, pouvait faire naître un étrange sourire sur les lèvres de Maigret. C'est que le commissaire, depuis un bon moment, avait le regard fixé sur une glace qui se trouvait au-dessus de la cheminée. Dans cette glace, il apercevait une porte, masquée par une tenture. Plusieurs fois, déjà, cette tenture avait bougé. Une fois, le commissaire avait aperçu un pâle visage de femme et il était persuadé que c'était Mme Deligeard.

Avait-elle entendu ce que son mari avouait au sujet de la nécessité, pour un homme du monde, d'aventures aussi discrètes que galantes ?

— Adieu, commissaire... Je veux croire qu'après les explications que je me suis donné la peine de fournir, mon deuil ne sera plus troublé par cette sotte et indécente histoire... Le valet de chambre va vous reconduire...

Philippe sonna, se contenta d'un salut sec à l'adresse du policier, se dirigea dignement vers la fameuse tenture derrière laquelle on entendit du bruit.

Un quart d'heure plus tard, Maigret était chez le procureur de la République, un Maigret placide et ironique qui tripotait sa pipe dans sa poche car le procureur de Caen n'était pas un personnage à laisser fumer dans son bureau.

— Eh bien, vous avez entendu cette demoiselle ?

— Je suis allé également sur les lieux.

— Votre avis ? Des ragots, n'est-ce pas ?

— J'ai l'impression, au contraire, que cette bonne vieille Joséphine Croizier a été aidée à mourir... Mais par qui ?... Voilà la question... Et il y en a une autre, de question : Tenez-vous à ce que ça se sache ?

2

L'*Hôtel Saint-Georges* était un de ces petits hôtels d'habitués comme il y en a dans toutes les villes, mais dont on ne soupçonne pas l'existence si l'on n'y est envoyé par quelqu'un, hôtels fréquentés surtout par de vieilles gens, par des prêtres, par des jeunes filles farouches et, en général, par tout ce qui touche, de près ou de loin, à la piété, depuis le bedeau jusqu'au fabricant de cierges.

Dans le salon meublé de fauteuils de rotin, où une vieille dame occupée à broder lui jetait parfois un regard sévère, il y avait déjà une bonne demi-heure que Maigret attendait et la fumée de sa pipe allait tout doucement s'amasser autour du lustre qu'elle auréolait d'un voile bleuâtre.

— Toi, mon garçon, je parierais que tu attends la même personne que moi, s'était-il dit dès qu'il avait vu un jeune homme faire assez nerveusement les cent pas et tirer à chaque instant sa montre.

Maintenant, après une demi-heure d'attente, et bien qu'ils ne se fussent pas dit un mot, les deux hommes se connaissaient. Examinant Maigret des pieds à la tête, le jeune homme pensait à coup sûr : « C'est cela, le fameux commissaire dont Cécile m'a parlé ? Il m'a plutôt l'air d'un bon gros ! Mais il faut croire qu'il y a du nouveau, puisqu'il vient attendre Cécile à l'hôtel... »

Maigret, de son côté, se disait : « Pas mal, le jeune Jacques Mercier ! Très bien, même ! Presque trop bien ! Pas du tout le jeune homme sage de province tel qu'on l'imagine, mais plutôt des allures d'affranchi ! Une jolie gueule, des cheveux ondulés, des yeux brillants et du feu dans les veines... Hé ! Hé ! mademoiselle Cécile... Il me semble que vous aimez les contrastes et que votre sagesse n'est pas aussi guindée la nuit que le jour... »

Quand elle arriva, elle vit d'abord Jacques Mercier et un sourire illumina son visage. Mais le jeune homme lui désigna le commissaire et elle fronça les sourcils, s'avança de trois pas.

— Vous désirez me parler ? questionna-t-elle, gênée évidemment d'être rencontrée en compagnie de son amant.

— Je voudrais vous demander quelques précisions, oui. Mais l'endroit me semble mal choisi dans cet hôtel tellement silencieux qu'on y entend voler les mites. Vous ne voulez pas que nous entrions quelques minutes dans un café ?

Cécile regarda Mercier, qui fit signe que oui, et quelques instants plus tard le trio était installé dans une brasserie où des hommes jouaient au billard.

— Tout d'abord, laissez-moi vous faire remarquer, mademoiselle Cécile, que ce n'est pas très gentil de ne m'avoir pas parlé de M. Mercier.

— J'ai pensé qu'il n'avait rien à voir dans cette affaire, mais j'aurais dû me douter que Philippe vous en parlerait. Que vous a-t-il encore dit de moi ?

— Des choses désagréables, vous le devinez. Je crois que c'est ce qu'on appelle un parfait homme du monde, mais il a la dent plutôt dure. Un demi, garçon ! Qu'est-ce que vous prenez, mademoiselle ? Un porto ? Vous aussi ? Deux portos...

Bien étalé sur la banquette de moleskine, son regard suivant machinalement les billes de billard, Maigret, qui fumait à toutes petites bouffées voluptueuses, semblait savourer la paix grise mais pénétrante de la province.

— En somme, il y a deux ans que cela dure ?

— Deux ans que nous nous connaissons, oui.

— Et depuis combien de temps M. Mercier a-t-il pris l'habitude de passer ses nuits dans la maison de la vieille dame ?

— Plus d'un an...

— Vous n'avez pas eu l'idée de vous marier ?

— La vieille dame, comme vous dites, ne l'aurait pas permis. Plus exactement, elle aurait considéré ce projet comme une trahison à son égard. Elle était jalouse de mon affection. N'ayant plus personne dans la vie, sinon des neveux qu'elle détestait, elle me considérait un peu comme sa chose. C'est pour elle que j'ai accepté de n'avoir avec Jacques que des relations cachées, uniquement pour ne pas la décevoir et pour lui éviter un chagrin...

Ainsi répondait-elle avec docilité aux questions de Maigret, tandis que son compagnon sourcillait de temps en temps, désireux, semblait-il, de lui conseiller la prudence.

— A vous, monsieur Mercier...

— Je ne vois pas en quoi je suis mêlé à...

— Il ne s'agit pas de cela. Il s'agit de m'aider dans une tâche que Mlle Cécile a réclamée de la police. Philippe Deligeard prétend que vos affaires ne sont pas brillantes... Est-ce vrai ?

— C'est-à-dire...

— Est-ce vrai ?

— Réponds, Jacques !

— C'est vrai ! Je me suis associé avec un ami et nous avons acheté trois camions pour faire le ramassage du poisson dans les petits ports du Cotentin. Malheureusement les camions, qui n'étaient pas neufs, nous ont coûté très cher de réparation...

— Pour quand est-ce ?

— Quoi ?

— La faillite ?

— Il y a trois jours que les camions ne roulent plus parce que la location du garage n'est pas payée...

— Je vous remercie. Voulez-vous me rappeler, mademoiselle, l'heure à laquelle vous êtes arrivée rue des Récollets ?

— Avant-hier ?... Vers quatre heures... N'est-ce pas, Jacques ?

— Pardon ! Vous étiez avec elle ?

— Je l'ai amenée en voiture... J'attendais au coin de la rue... Il devait être quatre heures cinq...

— Vous l'avez amenée en voiture de Bayeux ?

Et Maigret regardait sévèrement Cécile qui lui avait raconté qu'elle était venue en autocar.

— Très bien ! Maintenant, mademoiselle, dites-moi... Quand vous avez appris la mort de Joséphine Croizier par le journal, je suppose que vous avez demandé à Mercier de vous conduire à Caen... Vous êtes arrivée rue des Récollets à quelle heure ?

— Vers neuf heures et demie du matin.

— Il y avait donc une nuit entière que la vieille dame était morte. Voulez-vous me préciser ce que vous avez vu ?

— Que voulez-vous dire ? J'ai d'abord vu le valet de chambre, puis des hommes dans le grand corridor, puis Philippe Deligeard qui s'est avancé vers moi en ricanant :

» — Je me doutais que vous alliez accourir !

» Ensuite, j'ai vu ma tante...

— Attention ! C'est ici que votre récit m'intéresse. Vous avez vu le cadavre de votre tante. Où ?

— Dans le cercueil.

— Donc, il était déjà dans le cercueil, mais celui-ci n'était pas encore fermé ?

— On l'a fermé un peu plus tard, en ma présence. Les hommes que j'avais rencontrés dans le couloir étaient les employés des pompes funèbres.

— Vous avez donc reconnu le visage de votre tante ? Vous en êtes certaine ?

— Absolument ! Qu'est-ce que vous allez penser ?

— Vous n'avez rien remarqué d'anormal ?

— Mais non... Je pleurais... J'étais très émue... J'aurais voulu rester seule un moment avec elle pour me recueillir, mais c'était impossible...

— Une dernière question. Je connais l'entrée principale de l'hôtel de la rue des Récollets. Mais je suppose qu'il y a une autre issue ?

— Il y a une petite porte, derrière, qui donne rue de l'Échaudé. C'est plutôt une ruelle qu'une rue, car elle ne comporte pas de maisons, mais seulement des murs de jardins.

— En entrant par cette porte, peut-on gagner l'étage sans passer près du valet de chambre ou de la cuisinière ?

— Oui ! On prend le petit escalier, comme on l'appelle, qui conduit au second étage.

— Je vous dois, garçon ? Je vous remercie, mademoiselle. Vous aussi, monsieur Mercier.

Et, ayant réglé les consommations, il se leva, plus guilleret que les circonstances ne semblaient l'imposer. Quelques minutes plus tard, la pipe toujours aux dents, il pénétrait au cercle que Deligeard fréquentait et se faisait introduire dans le bureau du secrétaire à qui il posait un certain nombre de questions. Puis il notait minutieusement les réponses dans son calepin, avec une satisfaction toujours accrue.

— Donc vous dites que vous êtes certain d'avoir vu Philippe Deligeard arriver avant-hier à cinq heures et quart... C'est bien cela, n'est-ce pas ? Ses trois partenaires habituels l'attendaient pour la partie qui devait commencer régulièrement à cinq heures... Il a pris place à sa table... Le temps de donner les cartes et il était appelé au téléphone... Quand il sortait de la cabine, il était très pâle et il annonçait que sa tante venait de mourir à son domicile... Vous ne voyez rien à ajouter ?... Je vous remercie... Bonsoir, monsieur...

Et Maigret haussa les épaules en traversant les salons solennels où de tristes vieillards, affalés au fond des fauteuils, sommeillaient derrière l'écran d'un journal.

Chez le docteur Liévin, qu'on avait fait appeler quand Joséphine Croizier avait eu sa crise cardiaque, Maigret trouva un homme très jeune, aux cheveux roux vif, occupé à faire cuire une côtelette sur un réchaud à gaz. Le jeune homme était en blouse blanche et la scène se passait dans le cabinet de consultation.

— Je vous dérange, docteur ? Excusez-moi mais j'ai besoin de quelques précisions au sujet de la mort de Mme Croizier.

Liévin avait à peine vingt-sept ans et venait de s'installer à Caen où sa clientèle, à en juger par l'aspect des lieux, ne devait guère être nombreuse.

— Je suppose, tout d'abord, que vous êtes le médecin le plus proche de la rue des Récollets ?

— A peu près... Je crois cependant qu'il y a un confrère installé rue des Minimes, mais je ne le connais pas...

— Aviez-vous déjà eu l'occasion d'être appelé chez M. Deligeard ?

— Jamais ! Comme vous avez compris en entrant ici, je débute et ma clientèle est de condition très modeste. J'ai été assez surpris quand on m'a appelé dans un des plus beaux hôtels particuliers de la ville...

— Quelle heure était-il ? Pouvez-vous fixer ce point avec certitude ?

— Avec une certitude rigoureuse, car j'ai une petite infirmière qui vient chaque après-midi pour ma consultation et qui part à cinq heures. Or elle avait son chapeau sur la tête et j'étais occupé à l'embrasser quand la sonnerie du téléphone a retentit.

— Donc, il était cinq heures exactement. Combien de temps avez-vous mis à vous rendre rue des Récollets ?

— En tout, sept à huit minutes.

— Vous avez été reçu par le valet de chambre qui vous a conduit au second étage ?

— Non ! Pas précisément. Le valet de chambre m'a ouvert la porte, mais, presque aussitôt, une femme s'est penchée sur la rampe de l'escalier et a crié :

» — Venez vite, docteur...

» C'était Mme Deligeard, qui m'a conduit en personne dans la chambre de droite...

— Pardon ! Vous avez dit la chambre de droite ? Il s'agit bien d'une chambre à tapisserie bleu pâle ?

— Vous faites erreur, commissaire. La chambre de droite est une chambre au papier de tenture bouton-d'or...

— Meublée en Louis XIV ?

— Excusez-moi ! Je connais assez bien les styles et je puis vous affirmer que la chambre de droite est meublée en style Régence...

A l'étonnement du docteur, qui ne comprenait pas l'importance de cette question, Maigret écrivit tout au long de son calepin ce qu'il venait d'entendre.

— Soit ! Vous voici là-haut et il est à peu près cinq heures dix. Où est le corps ?

— Sur le lit, bien entendu.

— Déshabillé ?

— Mais oui ! Naturellement...

— Pardon ! Il était cinq heures dix et Joséphine Croizier était déshabillée. Quelle était sa tenue ?

— Une chemise de nuit et une robe de chambre.

— Des vêtements traînaient-ils dans la pièce ?

— Je ne pense pas... Non !... Il n'y avait aucun désordre...

— Et il ne s'y trouvait que Mme Deligeard ?

— Oui... Elle était très nerveuse... Elle m'a décrit l'attaque que sa tante avait eue... J'ai aussitôt compris que la mort avait été pour ainsi dire instantanée... J'ai néanmoins examiné la morte et j'ai constaté qu'il s'agissait d'une femme extrêmement usée... C'était au moins sa dixième crise...

— Vous avez pu déterminer approximativement l'heure de la mort ?

— C'est machinal... A quelques minutes près, la mort a eu lieu vers quatre heures et quart...

Le médecin sursauta, effrayé, en voyant Maigret bondir et lui saisir les épaules.

— Hein ?... Quoi ?... Quatre heures et quart ?

— Mais oui ! Mme Deligeard ne m'a d'ailleurs pas caché qu'avant de m'appeler, elle avait tenté de joindre deux autres médecins, ce qui avait pris quelque temps...

— Quatre heures et quart !... répétait Maigret en se passant la main sur le front. Je ne voudrais pas vous vexer, docteur... Mais vous êtes débutant... Êtes-vous certain de ce que vous avancez ?... Maintiendriez-vous votre affirmation si la tête d'un homme ou d'une femme était en jeu ?...

— Je ne pourrais que répéter...

— Bien !... Je vous crois... Mais j'aime mieux vous prévenir qu'il faudra presque sûrement recommencer cette déposition à la barre et que les avocats feront l'impossible pour anéantir votre témoignage...

— Ils n'y parviendront pas.

— Avez-vous autre chose à me dire ? Que s'est-il passé ensuite ?

— Rien... J'ai signé l'acte de décès... Mme Deligeard a tenu à me payer tout de suite et m'a remis deux cents francs...

— C'est votre prix ?

— Non, mais elle l'a fixé elle-même... Elle m'a reconduit jusqu'à mi-chemin de l'escalier... Le valet de chambre m'a ouvert la porte...

— Et vous n'avez rencontré personne d'autre ?

— Personne.

— Tant pis ! grogna Maigret en sonnant à la porte d'une petite maison derrière les fenêtres de laquelle on voyait une famille à table.

Il voulait poser quelques questions au médecin de l'état civil et celui-ci, un petit vieux à moitié sourd, le reçut la serviette à la main, s'excusa, le fit entrer dans un bureau qui sentait la soupe aux choux, tandis que des bruits de cuillers arrivaient de la salle à manger voisine.

— Vous connaissiez M. et Mme Deligeard avant d'être appelé à constater officiellement le décès de leur tante ?

— J'avais vaguement aperçu M. Deligeard en ville... C'est un homme connu, n'est-ce pas ?... Mais nous ne fréquentons pas le même monde...

— Quand êtes-vous allé constater le décès ?

— La mairie m'a prévenu vers six heures et demie. Je me suis présenté rue des Récollets avant sept heures...

— Vous connaissiez Mme Croizier ?

— Non. Le valet de chambre m'a fait attendre pendant qu'il avertissait M. Deligeard. Celui-ci m'a conduit au second étage et m'a fait pénétrer dans une chambre jaune...

— Vous êtes certain que la chambre était jaune ?

— Absolument certain. Cela m'a frappé parce que ma fille veut une chambre jaune et que ma femme prétend que cela ne fait pas sérieux... J'ai constaté que la vieille dame était morte d'une crise cardiaque et j'ai rempli les formules habituelles...

— Elle était dévêtue ?

— En tenue de nuit, oui.

— Il n'y avait pas de désordre dans la chambre ?

— Je n'ai pas remarqué.

— Vous n'avez rencontré personne ?

— Personne... Pourquoi ?

— Enfin, avez-vous une idée de l'heure de la mort ?

— Je ne m'en suis guère préoccupé... Entre quatre et cinq heures, sans doute...

— Je vous remercie...

Et, l'odeur de soupe lui ayant donné faim, Maigret alla s'attabler dans un restaurant célèbre pour ses soles normandes et ses tripes à la mode de Caen. Le restaurant, comme tous les milieux dans lesquels Maigret avait évolué ce jour-là, avait quelque chose de poussiéreux et de solennel, de volontairement austère.

— N'empêche qu'il y a de fameux cochons dans le patelin ! songeait Maigret en dégustant son dîner. Je me demande si, dans toute ma carrière, il m'a été donné de voir quelque chose d'approchant...

Au fond, c'était une affaire comme il les aimait : une façade digne, des gens graves et pudibonds, toutes les apparences de la vertu poussée au degré où elle sue l'ennui.

Et lui, Maigret, devait gratter tout cela, fouiller dans les coins, renifler à gauche et à droite pour arriver enfin, sous les lambris, les pierres de taille, les vêtements sombres et les visages hautains ou renfrognés, à découvrir la bête humaine, la vilaine bête, la plus inexcusable, celle qui tue par intérêt sordide, pour des questions d'argent !

Contrairement à son habitude, il ne se pressait pas et prenait un malin plaisir à travailler avec une lenteur quasi voluptueuse, comme s'il eût joué au chat et à la souris avec l'assassin.

Le procureur lui avait répété :

— Faites le nécessaire mais soyez prudent !... Une maladresse vous coûterait cher, et à moi aussi... Philippe Deligeard est un homme connu qui a peut-être des dettes mais qui est reçu partout... Quant à cette jeune fille, Cécile, comme vous l'appelez, si vous y touchez, vous aurez la presse de gauche qui la défendra en la donnant comme une victime des riches... Soyez prudent, commissaire !

Et Maigret murmurait irrespectueusement à part lui :

— Mais oui, ma vieille ! Seulement, on les aura...

Les tripes étaient savoureuses et quand Maigret quitta la table il était dans un état de béatitude d'autant plus souligné qu'il n'avait pas su refuser le calvados du patron.

— Tout à l'heure, je mettrai tout cela en ordre ! se promit-il. Auparavant, il faut que j'aie un entretien avec ce fameux valet de chambre...

Et il alla sonner rue des Récollets, retint le domestique qui voulait l'introduire dans l'antichambre.

— Non, mon vieux, c'est à vous que j'ai à parler. Vous savez qui je suis, n'est-ce pas ? Que faisiez-vous quand j'ai sonné ?

— On prenait le café dans la cuisine...

— J'irai donc prendre le café avec vous !

Il s'invitait. Il s'imposait. L'homme n'osait pas protester, annonçait à la cuisinière et à Arsène, le chauffeur :

— C'est le commissaire qui demande une tasse de café...

Arsène portait un uniforme gris très élégant, mais qu'il avait déboutonné pour être à l'aise et la cuisinière était une grosse femme aux joues couperosées que l'intrusion de Maigret dans son domaine ne paraissait pas rassurer.

— Ne vous dérangez pas pour moi, les enfants ! J'aurais pu vous convoquer à la brigade mobile, mais j'ai pensé que cela ne valait pas la peine pour si peu. Restez à votre aise, Arsène !... Au fait, pourquoi avez-vous pris congé avant-hier ?... C'était votre jour ?

— Pas précisément... Le matin, le patron m'a dit comme ça que, puisqu'il ne pourrait pas me donner de congé la semaine prochaine, à cause d'un voyage dans le Midi, je n'avais qu'à prendre mon jour... J'en ai profité pour aller chez ma sœur qui est mariée à un boulanger du Havre...

— M. Philippe a donc conduit lui-même ?

— Oui... Je croyais qu'il n'aurait pas besoin de l'auto, mais j'ai remarqué qu'il s'en était servi...

— A quoi ?

— A ce qu'il y avait des traces de boue à l'intérieur.

— Comme il ne pleuvait pas, il est donc allé à la campagne ?

— Vous savez, ici, la campagne ne commence pas bien loin de la maison... Quelques centaines de mètres et ce ne sont déjà plus des rues pavées...

Quant au valet de chambre, qui s'appelait Victor, il affectait dans ses réponses une précision toute mathématique et Maigret apprit sans étonnement que c'était un ancien sous-officier d'artillerie.

— Dans quelle pièce vous tenez-vous l'après-midi ?

— Dans l'office, qui n'est pas loin du hall d'entrée. Avant-hier, je m'occupais de l'argenterie...

— Pouvez-vous me dire à quelle heure Mme Croizier est sortie ?

— Quelques minutes avant quatre heures, comme tous les jours. C'est à quatre heures qu'elle avait rendez-vous chez son dentiste qui habite à deux pas d'ici.

— Elle était bien portante ?

— Comme toujours ! C'était une personne très bien conservée, très gaie, pas fière, qui ne passait jamais sans nous adresser la parole.

— Elle ne vous a rien dit de spécial ?

— Non ! Elle m'a lancé :

» — A tout à l'heure, Victor...

— Elle allait à pied chez le dentiste ?

— Mme Croizier n'aimait pas l'auto. Même quand elle retournait à Bayeux, elle préférait prendre le train.

— Pourriez-vous me dire où était la voiture à ce moment ?

— Non, monsieur !

— Elle n'était pas au garage ?

— Non, monsieur... Monsieur et Madame étaient sortis avec, tout de suite après le déjeuner... Ils sont rentrés environ une heure plus tard, mais ils avaient dû laisser l'auto dehors... Il faut vous dire qu'on ne la laisse jamais dans la rue, qui est étroite, mais dans la rue voisine, où je ne peux pas la voir en ouvrant la porte...

— Donc, Monsieur et Madame, comme vous dites, sont rentrés vers trois heures... Une heure après, un peu avant quatre heures, Mme Joséphine Croizier est sortie... Ensuite ?

— Il est venu Mlle Cécile...

— A quelle heure ?

— Quatre heures dix... Je lui ai appris que sa tante venait de sortir et elle est partie...

— Elle n'a vu que vous dans la maison ?

— Que moi.

— Ensuite ?

— Monsieur est sorti... Il était quatre heures vingt-cinq... J'ai regardé l'heure, car il était un peu en avance sur l'heure à laquelle il se rend chaque jour au cercle...

— Il ne portait pas de paquet ?

— Jamais !

— Il avait son allure normale ?

— Je crois...

— Continuez...

— J'ai commencé à faire les couteaux... Oui... Il n'y a rien eu d'autre à ce moment... Et il allait être cinq heures quand Mme Croizier est rentrée...

— Toujours bien portante ?

— Elle était même de bonne humeur. Elle m'a dit comme ça, en passant, qu'on a tort de croire que les dentistes sont des gens qui font mal... Je lui ai répondu que le mien m'avait arraché une dent pour une autre...

— Elle est montée dans sa chambre ?

— Elle est montée, oui !

— Sa chambre est bien la chambre Louis XIV ?

— Bien sûr !

— Celle de droite, avec des tentures bouton-d'or ?

— Mais non ! Celle-là est la chambre Régence, qui ne sert pour ainsi dire jamais.

— Que s'est-il passé alors ?

— Je ne sais pas... Des minutes se sont écoulées... Madame est descendue, tout émue...

— Pardon ! Combien de minutes se sont écoulées ?

— Vingt... En tout cas, il était plus de cinq heures quand Madame m'a demandé de téléphoner à Monsieur, au cercle, pour l'avertir que sa tante venait d'avoir une crise...

— Et en téléphonant au cercle, vous avez dit qu'elle avait eu une crise ?

— Oui...

— Vous n'avez pas dit qu'elle était morte ?

— Non... Je ne savais pas encore qu'elle était morte...

— Vous êtes monté là-haut ?

— Non... Personne de nous n'est monté... Un jeune docteur est venu et Madame est allée à sa rencontre... Ce n'est qu'à sept heures qu'on nous a annoncé officiellement la mort de Mme Croizier et il était huit heures quand nous sommes tous montés la voir...

— Dans la chambre jaune ?

— Non ! Dans la chambre bleue...

Un timbre résonna. Victor grogna :

— C'est le patron qui réclame son infusion...

Et Maigret se dirigea lentement vers la sortie.

3

— M. le procureur vous prie d'attendre...

Maigret se trouva sur un bout de banc dur, dans le couloir poussiéreux du Palais de Justice de Caen, où passaient parfois des avocats en robe dont les manches voletaient comme des ailes de caneton.

Il était dix heures du matin. Maigret, qui avait laissé sa femme à Paris et pris pension dans une famille de braves gens, avait reçu le matin, par un agent de police, une convocation assez sèche du procureur, le priant d'être à son cabinet à dix heures précises.

A dix heures dix, il se leva de son banc et s'approcha de l'huissier.

— Il y a quelqu'un chez le procureur ?

— Oui.

— Vous ne savez pas s'il en a pour longtemps ?

— Je suppose ! Il est déjà là depuis neuf heures et demie. C'est M. Deligeard...

Un drôle de sourire flotta sur les lèvres de Maigret qui n'hésita plus à bourrer sa pipe, et, chaque fois qu'il passait devant certaine porte matelassée, il entendait un murmure de voix. Chaque fois aussi, le même sourire retroussait ses lèvres.

Enfin, alors qu'il était la demie passée, un coup de timbre appela l'huissier, qui revint annoncer :

— M. le procureur vous attend !

Or Philippe Deligeard n'était pas sorti. Maigret enfonça sa pipe brûlante dans sa poche et entra avec une lourdeur où il y avait peut-être une bonne part d'affectation. Il lui arrivait ainsi, en certaines occasions, surtout quand il était de très bonne humeur, d'aimer avoir l'air plus bête que nature, et alors il paraissait plus gros, pataud, véritable policier de caricature, à qui il ne manquait que les fortes moustaches.

— Mes hommages, monsieur le procureur. Bien le bonjour, monsieur Deligeard...

— Fermez la porte, commissaire... Avancez... Vous me mettez dans une situation extrêmement délicate et désagréable... Que vous avais-je recommandé hier ?

— La prudence, monsieur le procureur...

— Ne vous avais-je pas dit aussi que je n'ajoutais aucune foi aux racontars de cette jeune fille, cette Cécile qui me fait plus que jamais l'effet d'une intrigante ?

— Vous m'avez dit en tout cas que M. Deligeard est un personnage important de la ville et que, dans ces conditions, il fallait user de ménagements à son égard...

Et Maigret, souriant avec affabilité, lançait un petit coup d'œil vers Philippe qui, en grand deuil, avait l'air encore plus solennel que le magistrat. Il affectait une désinvolture totale, évitait de se tourner vers le commissaire, attendait avec l'air de dire :

— Vous verrez tout à l'heure !

Quant au procureur, il regardait férocement le commissaire dont il n'était pas sans deviner l'ironie et, pour un peu, il eût donné libre cours à sa colère.

— Asseyez-vous ! Cessez de marcher ! J'ai horreur des gens qui marchent quand on leur parle...

— Volontiers, monsieur le procureur.

— Où étiez-vous hier vers neuf heures du soir ?

— Vers neuf heures ?... Attendez !... Je devais être chez M. Deligeard...

— Qu'entendez-vous par être chez quelqu'un ?

— Dans la maison, évidemment !

— C'est entendu ! Mais vous y étiez à son insu ! Vous y étiez frauduleusement, étant donné qu'aucun mandat de perquisition ne vous a été délivré.

— J'avais quelques questions à poser aux domestiques.

— C'est bien ce que je vous reproche et contre quoi M. Deligeard, ici présent, porte plainte. Cette plainte, je suis obligé de l'enregistrer, car vous avez outrepassé vos droits. Peut-être auriez-vous pu interroger les domestiques, mais dans ce cas, il était élémentaire d'en avertir leur patron. Je suppose, commissaire, que vous me comprenez ?

— Volontiers, monsieur le procureur.

Et Maigret se donnait le malin plaisir de baisser humblement les yeux comme un petit fonctionnaire pris en faute.

— Ce n'est pas tout et le reste est beaucoup plus grave, d'une gravité telle que j'ignore encore les suites qui seront données en haut lieu à vos agissements. Après avoir écouté avec complaisance et avoir, je dirai, provoqué des ragots d'office, vous êtes sorti de la maison, mais vous n'avez pas tardé à y rentrer par une autre porte. Je suppose que vous ne le niez pas ?

— Hélas ! monsieur le procureur !

— Avec quelle clef avez-vous ouvert la porte du jardin ? Est-ce par hasard Cécile Ledru qui vous l'aurait remise ? Pesez bien les conséquences de votre réponse...

— Je n'avais pas la clef de la petite porte. A vrai dire, je ne pensais pas entrer dans le jardin. Je voulais seulement savoir par où on avait introduit le cadavre...

— Qu'est-ce que vous dites ?

Le procureur s'était levé, Philippe aussi, et ils étaient aussi pâles l'un que l'autre, mais sans doute pour des raisons différentes.

— Je vous en parlerai tout à l'heure, si vous le désirez. Pour ce qui est de la porte, j'ai constaté que la serrure en était d'une simplicité enfantine et qu'un honnête passe-partout pouvait aisément l'ouvrir. J'ai voulu en faire la preuve et j'ai essayé. Il faisait noir. Le jardin était désert. Je me suis rendu compte que le garage n'était pas loin et, ne voulant pas déranger M. Deligeard pour si peu, surtout en de douloureuses circonstances, je suis allé voir les traces de boue qu'Arsène m'avait signalées...

Le procureur fronçait les sourcils, inquiet désormais. Philippe, ses gants à la main, essayait de parler à son tour, mais le commissaire ne lui en laissait pas le temps.

— C'est tout !... Je me rends compte que j'ai commis une faute... Je vous en demande pardon et je m'en expliquerai comme je pourrai...

— C'est-à-dire qu'il s'agit tout bonnement d'effraction ! Vous, un commissaire de la brigade mobile, qui vous permettez de...

— Je suis désolé, monsieur le procureur... Encore une fois, si j'avais su ne pas déranger M. Deligeard, à qui on venait de monter sa tisane, je me serais fait annoncer à lui pour lui poser quelques questions...

— Cela suffit ! J'ajoute que je n'aime pas le ton de raillerie que vous semblez vous croire en droit de prendre... Je transmets aujourd'hui, au ministère, la plainte de M. Deligeard et il est entendu que je vous interdis de vous occuper de cette affaire où vous avez voulu faire du zèle... Monsieur Deligeard, je crois que, jusqu'à nouvel ordre, nous pouvons considérer cet incident comme clos et que je vous ai donné toutes satisfactions désirables...

— Je vous remercie, monsieur le procureur. La conduite de cet homme était d'une outrecuidance telle que je ne pouvais décemment, fût-ce pour le bon renom de la police...

Et il s'avançait pour serrer la main du magistrat qui, de son côté, s'apprêtait à le reconduire jusqu'à la porte.

— Merci ! Et à bientôt...

— Je serai d'ailleurs demain aux obsèques et...

Soudain, on entendait la voix paisible de Maigret qui disait :

— Monsieur le procureur de la République, je voudrais, si vous le permettez, poser une question, une seule, à cet homme.

Le procureur fronça les sourcils. Deligeard, déjà sur le seuil, attendit machinalement et Maigret murmura :

— Pourriez-vous me dire, monsieur, si vous irez aux obsèques de Caroline ?

Le procureur fut stupéfait du résultat de ces paroles. En un instant, le visage de Philippe se décomposa, l'homme perdit contenance, laissa tomber ses gants et faillit, dans un réflexe, se précipiter sauvagement sur le commissaire.

Celui-ci, toujours placide, trop placide, refermait la porte.

— Vous voyez bien que nous n'avons pas tout à fait terminé ! Je vous demande pardon de vous retarder, mais je crains que ce soit pour assez longtemps...

— Commissaire... commença le procureur.

— Ne craignez rien et ne croyez pas qu'avec cette Caroline je vais, comme disent les journaux, soulever le mur de la vie privée. Il ne s'agit ni d'une demi-mondaine, ni d'une ouvrière séduite par M. Deligeard, mais bien de la vieille nourrice de celui-ci...

— Je vous prie de vous expliquer plus clairement...

— Aussi clairement que je le pourrai sans abuser de votre temps et sans vous emmener sur les lieux... Je vais commencer, si vous le voulez bien, par le mystère du bleu et du jaune, qui est à la base de mes découvertes, ou plutôt qui m'a confirmé dans mes soupçons... Ne regardez pas vers la porte, monsieur Deligeard... Vous savez bien que c'est inutile...

— J'attends ! soupira nerveusement le procureur en jouant avec un coupe-papier.

— Sachez donc qu'au second étage de la rue des Récollets, Mme Joséphine Croizier occupait la chambre de gauche, appelée chambre Louis XIV, dont les tentures étaient bleu pâle. Or, à cinq heures moins quelques minutes, Joséphine Croizier, bien en vie, rentrait à l'hôtel, plaisantait avec le valet de chambre et montait chez elle. Elle pénétrait donc dans la chambre bleue qui était la sienne.

» Or quand le médecin, appelé par téléphone, le docteur Liévin, arrivait, à cinq heures dix, on l'introduisit dans la chambre de droite, la chambre Régence, qui est du plus beau jaune. Et dans cette chambre, la pauvre vieille dame était, non seulement morte, mais déjà dévêtue, déjà en toilette de nuit, sans même autour d'elle le désordre qui suit un hâtif déshabillage... Que pensez-vous de ce problème, monsieur le procureur ?

— Continuez ! riposta sèchement celui-ci.

— Ce mystère n'est pas le seul en l'occurrence. En voici un autre : le jeune docteur Liévin, qui vient seulement de s'installer dans le quartier et qui donne des consultations à dix francs aux pauvres gens, est appelé dans le fastueux hôtel des Deligeard de préférence à tout autre praticien. Or il constate que la mort remonte à quatre heures vingt environ. Qui ment ? Le docteur, ou le valet de chambre qui a vu entrer Mme Croizier un peu avant cinq heures ? Et, dans ce cas, le dentiste ment aussi, qui prétend qu'à quatre heures vingt la vieille dame de Bayeux était dans son cabinet...

— Je ne comprends pas...

— Patience ! Je n'ai pas compris tout de suite... Comme je n'ai pas compris non plus pourquoi, ce jour-là, parti plus tôt que d'habitude de son domicile, M. Deligeard est arrivé à son cercle à cinq heures un quart, alors que ses partenaires habituels s'impatientaient et étaient sur le point de chercher un autre quatrième...

— On peut marcher plus ou moins vite...

C'était le procureur qui répondait, car Deligeard, le visage blême, gardait une immobilité rigoureuse.

— Alors répondez à cette question, monsieur le procureur. M. Philippe est à peine arrivé que son valet de chambre lui téléphone que sa tante vient d'avoir une crise. Le valet n'en dit pas davantage, puisqu'il ne sait rien de plus. Cependant, M. Deligeard rentre au salon de jeu, tout bouleversé, et annonce que sa tante vient de mourir...

Le procureur jeta un assez vilain regard à Philippe qui ne bougeait toujours pas et qui avait fini par baisser les yeux.

— Maintenant, en vrac, des questions secondaires. Pourquoi, ce jour-là précisément, M. Deligeard donne-t-il congé à son chauffeur sous prétexte qu'il aura besoin de lui tous les jours de la semaine suivante ? Hasard ? Soit ! Pourquoi sort-il la voiture à deux heures de l'après-midi et la laisse-t-il ensuite dehors ? Où se rend-il, avec sa femme, de deux à trois heures ?

— Au chevet d'une personne malade ! répliqua soudain Philippe.

— Au chevet de Caroline, c'est exact, de Caroline qui habite dans la banlieue, ce qui explique les traces de boue. Or je peux prouver que ces traces viennent bien d'en face de chez elle, où il y a précisément un four à chaux.

Maigret, comme machinalement, mais peut-être avec une intention maligne, se mit à bourrer sa pipe en arpentant le bureau.

— Nous sommes en présence, monsieur le procureur, d'un des crimes les plus ignobles que je connaisse, en même temps que d'un crime presque parfait... Pour que vous compreniez, il faut que je vous fasse parcourir rapidement le chemin que j'ai moi-même parcouru... Philippe Deligeard, qui n'a jamais rien fait dans la vie, sinon épouser une femme riche, mener grand train et spéculer avec si peu de bon sens qu'il a perdu toute sa fortune, est aux abois depuis trois ans et sa seule ressource est sa tante, qui refuse de le secourir...

» C'est clair ! C'est net !

» M. Deligeard ne me démentira pas quand j'ajouterai que certains jours, malgré la vie à grandes guides que l'on continuait à mener, il n'y avait pas cent francs d'argent liquide dans la maison.

» Au point que plusieurs fois, on a failli couper le gaz et l'électricité...

» On n'apprend pas un métier à son âge... On ne change pas d'existence du jour au lendemain...

» La tante est vieille... Malgré cette fille inquiétante, Cécile Ledru, elle ne déshéritera pas son neveu, d'autant plus que la brave Cécile s'y oppose...

» Philippe, d'ailleurs, prend ses précautions en révélant à la vieille dame que la jeune fille n'est pas une oie blanche, mais reçoit chaque nuit un amant dans la maison de sa protectrice...

» Vous me suivez, monsieur le procureur ?... On pourrait dire que le crime est décidé, qu'il est nécessaire... Il faut que Joséphine Croizier meure pour que les Deligeard continuent à vivre selon leurs goûts...

» Par contre, s'il est assez facile de faire passer quelqu'un de vie à trépas, il est difficile de cacher aux médecins la cause du décès...

» Dans le cas d'héritage surtout, et en province en particulier, le poison est dangereux, car c'est la première chose à laquelle pensent les mauvaises langues. Or tout le monde sait que les Deligeard sont aux abois...

» Le revolver est impossible... Le couteau laisse des traces... D'autre part, Mme Croizier est assez solide pour s'en tirer si on la bousculait dans l'escalier...

» Je répète que le crime est virtuellement décidé.

» Ce qui manque, c'est l'occasion, l'occasion de supprimer la vieille dame sans aucun risque...

» Et voilà que tout à coup cette occasion se présente. Philippe a une vieille nourrice, à peu près de l'âge de Mme Croizier, qui vit seule dans une maison de banlieue et n'a pas de famille.

» Cette nourrice, qui a déjà eu plusieurs crises cardiaques, en a une nouvelle et le couple, alerté, va la voir à deux heures de l'après-midi, revient une heure plus tard sachant que Caroline — c'est son nom — n'en a plus que pour deux heures à vivre...

» La disposition de la maison est favorable, mais il ne faut négliger aucun détail.

» Mme Deligeard repart aussitôt par la porte de derrière et retourne au chevet de la nourrice dont elle recueille le dernier soupir vers quatre heures vingt minutes.

» Philippe, lui, ne quitte l'hôtel qu'à peu près à son heure habituelle, un tout petit peu plus tôt, à cause de son impatience. Il retrouve sa voiture au coin de la rue, va chez Caroline, charge le corps dans la voiture et ramène sa femme par la même occasion.

» Tous deux, toujours par la porte de derrière, introduiront le cadavre dans la maison et l'installeront dans la chambre jaune du second étage.

» Pour les domestiques, Mme Deligeard n'est pas sortie. Quant au mari, il est en route pour son cercle...

» Ils sont dans la maison. Ils attendent le retour de la tante, qui ne peut tarder...

» Elle arrive, pénètre dans sa chambre, la chambre bleue, et est aussitôt assassinée...

» Il ne reste à Philippe qu'à aller à son cercle — par la porte de derrière, en auto — afin de se créer un alibi.

» Au médecin, qu'on choisit parmi ceux qui ne connaissent pas la maison ni Joséphine Croizier, on montre le corps de Caroline, morte de mort naturelle, et il délivre évidemment un acte de décès dans ce sens.

» Il en sera de même le soir avec le médecin de l'état civil.

» Il suffira ensuite de transporter à nouveau le corps de la nourrice dans son logis...

— Qu'est-ce qui vous a fait penser à Caroline ? questionna le procureur après un silence.

— La logique ! Les deux médecins n'avaient pas pu examiner le corps de Joséphine Croizier. J'ai donc acheté le journal du lendemain. J'ai lu la liste des décès. J'étais sûr d'y trouver un nom de vieille femme et quand je l'ai trouvé j'ai fait une enquête à son sujet... Les voisins ont constaté plusieurs allées et venues en auto, mais ne s'en sont pas inquiétés, sachant que les anciens patrons de la vieille venaient assez souvent la voir... C'est d'ailleurs le seul bon point à l'actif de Philippe Deligeard...

Le silence pesa. Un coup de coupe-papier résonna soudain et le magistrat questionna d'une voix hésitante :

— Vous avouez, Philippe Deligeard ?

— Je ne répondrai qu'en présence de mon avocat.

Formule traditionnelle ! Il était exsangue. Quand il se leva, il vacillait et il fallut lui donner un verre d'eau.

L'autopsie de la pauvre Joséphine Croizier révéla avant tout que le cœur était en excellent état, ensuite qu'elle avait été tuée maladroitement, d'abord à l'aide d'un lacet avec lequel on avait essayé de l'étrangler, puis, sans doute parce qu'elle s'agitait encore, de deux coups de couteau dans la poitrine.

— Je ne peux que vous féliciter, dit le procureur à Maigret, en accompagnant ces mots d'un sourire glacial. Vous êtes bien l'as qu'on nous avait annoncé. Cependant j'aime mieux vous avouer que vos méthodes, dans une petite ville, sont pour le moins périlleuses...

— Ce qui signifie, n'est-ce pas, que je ne ferai pas long feu à Caen.

— Il est certain que...

— Je vous remercie, monsieur le procureur.

— Mais...

— Je me sentais, moi aussi, assez mal à l'aise dans le pays. Ma femme m'attend à Paris. Tout ce que je souhaite, c'est que les jurés de cette ville ne se laissent pas impressionner par l'hôtel particulier de cette crapule intégrale de Philippe et qu'ils exigent sa tête...

Et il grommela entre ses dents une mauvaise plaisanterie :

— Ainsi, il pourra continuer à faire le mort au bridge !

L'AUBERGE AUX NOYÉS

1

— Vous ne voulez vraiment pas vous abriter ? insista, non sans quelque gêne, le capitaine de gendarmerie.

Et Maigret, les mains dans les poches de son pardessus, le chapeau melon transformé en réservoir d'eau qui se vidait tout d'un coup au moindre mouvement, le Maigret renfrogné, massif, immobile des mauvais jours, de grogner sans desserrer les dents du tuyau de sa pipe :

— Non !

Une remarque à faire, c'est que les histoires ennuyeuses, celles dont on a toutes les peines du monde à se dépêtrer et qui finissent d'une façon plus ou moins désagréable, sont toujours celles dans lesquelles on se laisse engager assez sottement par le hasard, ou simplement faute du courage de dire non quand il en est encore temps.

C'était le cas pour Maigret, une fois de plus. Il était venu la veille à Nemours pour une affaire d'importance secondaire qu'il avait à mettre au point avec le capitaine de gendarmerie Pillement.

Le capitaine était un homme charmant, cultivé, sportif, qui sortait de Saumur. Il avait tenu à faire au commissaire les honneurs de sa table et de sa cave puis, comme il pleuvait à torrents, il l'avait invité à dormir dans la chambre d'amis.

On était au plus mauvais de l'automne et depuis quinze jours on vivait sous la pluie et le brouillard tandis que le Loing en crue charriait des branches d'arbres dans ses eaux bourbeuses.

— Cela ne pouvait pas manquer ! soupira Maigret quand, à six heures du matin, alors que le jour n'était pas encore levé, il entendit la sonnerie du téléphone.

Quelques instants plus tard, le capitaine murmurait derrière la porte :

— Vous dormez, commissaire ?

— Non, je ne dors pas !

— Cela ne vous dit rien de venir avec moi à quinze kilomètres d'ici ? Il s'y est produit cette nuit un curieux accident...

Maigret y était allé, bien entendu ! Au bord du Loing, là où la route nationale suit la rivière, entre Nemours et Montargis. Un décor à vous dégoûter de vous lever de bon matin. Un ciel bas et froid. De grosses hachures de pluie. La rivière d'un brun sale et au-delà les peupliers bordant le canal.

Pas un village. La seule auberge, l'*Auberge des Pêcheurs*, était à sept cents mètres et Maigret savait déjà que dans le pays on l'appelait plus couramment l'*Auberge aux Noyés*.

Quant aux noyés de cette fois-ci, on n'en savait encore rien ! La grue travaillait en grinçant tandis qu'on voyait deux hommes en ciré, comme des marins, manier la pompe d'un scaphandre. Des autos étaient arrêtées, cinq ou six en bordure de la route. D'autres, dans les deux sens, ralentissaient, stoppaient parfois pour savoir ce qui se passait et continuaient leur chemin.

Uniformes de gendarmes, voitures d'ambulance qu'on avait fait venir à tout hasard au cours de la nuit, mais qui ne pourrait évidemment plus servir.

Il fallait attendre, attendre que l'auto qui était là, en plein courant, sous les eaux rapides, fût solidement accrochée à la grue et retirée de la rivière.

Un camion de dix tonnes, un de ces monstres puants qui gravitent jour et nuit le long des grandes routes, était rangé avant le tournant.

Ce qui s'était passé, on ne le savait pas au juste. La veille au soir, le camion de dix tonnes, qui effectuait un service régulier Paris-Lyon, passait sur cette même route, un peu après huit heures. Dans le tournant, il avait heurté une auto qui était arrêtée, tous feux éteints, et l'auto avait été projetée dans le Loing.

Le chauffeur, Joseph Lecoin, avait cru entendre des cris et le marinier de la *Belle Thérèse*, dont la péniche était amarrée dans le canal, à moins de cent mètres, prétendait avoir, lui aussi, perçu des appels au secours.

Les deux hommes s'étaient rencontrés sur la berge et avaient effectué de vagues recherches à l'aide d'un fanal. Puis le chauffeur du camion avait continué sa route jusqu'à Montargis où il avait alerté la gendarmerie.

L'endroit où avait eu lieu l'accident étant du ressort de Nemours, la gendarmerie de cette ville avait été prévenue à son tour mais, comme on ne pouvait rien tenter avant le jour, ce n'était qu'à six heures que le lieutenant avait éveillé son capitaine.

C'était morne. Chacun avait froid et on rentrait les épaules en lançant vers cette eau bourbeuse des regards qui n'étaient même pas anxieux.

Le propriétaire de l'auberge était là, abrité sous un vaste parapluie, et il discutait la question en connaisseur.

— Si les corps ne sont pas coincés dans la voiture, on ne les retrouvera pas d'ici longtemps, car tous les barrages sont couchés et ils atteindront la Seine, à moins qu'ils s'accrochent à des racines...

— Ils ne sont sûrement plus dans l'auto, répliquait le chauffeur du camion, puisque c'est une auto découverte !

— C'est curieux !

— Pourquoi ?

— Parce qu'hier j'avais deux petits clients en voiture découverte. Ils ont couché et déjeuné à l'auberge. Ils devaient y coucher encore et je ne les ai pas revus.

On ne peut pas dire que Maigret écoutait ces bavardages, mais il entendait et enregistrait malgré lui.

Le scaphandrier émergeait enfin et on s'empressait de dévisser sa grosse tête de cuivre.

— On peut y aller, annonçait-il. Le palan est bien accroché.

Sur la route, des autos cornaient, ne comprenant pas la cause de ce rassemblement. Des têtes apparaissaient aux portières.

La grue, qu'on avait amenée de Montargis, faisait un vacarme insupportable et on voyait enfin sortir de l'eau la partie supérieure d'une carrosserie grise, puis le capot, les roues...

Maigret avait les pieds mouillés, le bas du pantalon boueux. Il aurait bu volontiers une tasse de café chaud, mais il ne voulait pas quitter les lieux pour aller jusqu'à l'auberge, et le capitaine de gendarmerie n'osait plus essayer de le distraire.

— Attention, les gars !... Dégagez un peu sur la gauche...

L'avant de l'auto portait des traces nettes de la collision, prouvant ainsi, comme l'avait déjà affirmé le chauffeur du camion, que le roadster, au moment de l'accident, était tourné dans la direction de Paris.

— Hisse !... Un... Deux... Hisse !...

L'auto se trouva enfin sur la berge. Machine étrange, aux roues tordues, aux ailes froissées comme du papier, aux banquettes déjà couvertes de boue et de détritus.

Le lieutenant de gendarmerie notait le numéro minéralogique, tandis que le capitaine cherchait, sur le tableau de bord, la plaque avec le nom du propriétaire. Cette plaque portait la mention : *R. Daubois, 135, avenue des Ternes, Paris*.

— Je fais téléphoner là-bas, n'est-ce pas, commissaire ?

Maigret semblait dire : « Faites ce qu'il vous plaît ! Moi, ça ne me regarde pas !... »

C'était de la besogne de gendarme et non de la besogne de commissaire à la Police Judiciaire. Déjà un brigadier s'était éloigné à moto pour téléphoner à Paris. Tout le monde, y compris une dizaine de curieux descendus d'autos de passage, entourait l'épave retirée des flots et certains, machinalement, tâtaient la carrosserie, ou se penchaient pour voir à l'intérieur.

Ce fut précisément un anonyme qui eut la curiosité de tourner la poignée du spider. Celui-ci, contre toute attente, tant la voiture était déformée, s'ouvrit sans effort et l'homme poussa un cri, recula de deux ou trois pas tandis que ses voisins se précipitaient pour voir.

Maigret s'approcha comme les autres, fronça les sourcils et, pour la première fois depuis le matin, fit entendre sa voix autrement que dans un grognement :

— Allons ! Reculez !... Qu'on ne touche à rien !

Il avait vu aussi. Il avait vu une forme humaine étrangement repliée sur elle-même, tassée au fond du spider comme si on eût fait un effort pour refermer le couvercle de celui-ci. Au-dessus du tas, des cheveux blonds platinés indiquaient qu'il s'agissait d'une femme.

— Capitaine ! Faites dégager le terrain, voulez-vous ? Il y a du nouveau, de l'assez vilain...

Et de la vilaine besogne en perspective ! Rien que pour retirer le corps de femme de son baquet dégoulinant d'eau !...

— Vous ne sentez rien ?

— Oui...

— Vous ne croyez pas que...

Eh oui ! on en eut la preuve un quart d'heure plus tard. Un des badauds en auto était médecin. Il examina le cadavre, sur le talus de la route. Il fallait repousser sans cesse les gens et même des enfants qui voulaient voir.

— La mort remonte à trois jours au moins...

On tirait Maigret par la manche. C'était Justin Rozier, le patron de l'*Auberge aux Noyés*.

— Je reconnais la voiture, déclara-t-il en prenant à plaisir un air mystérieux. C'est celle de mes petits clients !

— Vous avez leur nom ?

— Ils ont rempli leur fiche.

Le médecin, à nouveau, intervenait.

— Vous savez qu'il s'agit d'un crime ?

— Commis avec quoi ?

— Un rasoir. Cette femme a eu la gorge tranchée...

Et il pleuvait toujours, sur l'auto comme sur le cadavre et sur toutes ces silhouettes noires qui s'agitaient dans la grisaille.

Une moto... Le brigadier qui sautait à terre...

— L'auto n'appartient plus à M. Daubois, que j'ai eu en personne au téléphone. Il l'a vendue la semaine dernière à un garagiste de la porte Maillot.

— Et le garagiste ?

— J'ai téléphoné. Le garage a revendu la voiture voilà trois jours à un jeune homme qui a payé comptant et dont, par conséquent, on n'a pas pris le nom.

— Mais puisque moi j'ai le nom ! s'impatienta l'aubergiste qui trouvait qu'on ne s'occupait pas assez de lui. Venez seulement jusque chez moi et...

On vit d'abord arriver un rouquin qui était rédacteur de l'unique journal de Montargis et correspondant d'un grand quotidien de Paris. Dieu sait comment il fit son enquête, car Maigret l'envoya paître, le capitaine Pillement aussi, ce qui ne l'empêcha pas, à peine arrivé, d'occuper pendant plus d'un quart d'heure la cabine téléphonique.

Une heure plus tard, c'était à qui montrerait une carte de presse au gendarme chargé d'empêcher les curieux d'envahir l'auberge. Les photographes étaient là aussi, grimpant sur les tables et sur les chaises, prenant des clichés qui n'avaient aucun rapport avec le drame.

Quant à Maigret, il recevait téléphoniquement la réponse de Paris.

— La Sûreté Nationale est d'accord. Puisque vous êtes sur les lieux, continuez officieusement l'enquête. On vous enverra dans le courant de la journée un inspecteur de la rue des Saussaies...

Curieuse affaire, en somme ! Curieuse auberge aussi, étrangement placée à un coude brusque de la route. Maigret ne venait-il pas d'apprendre qu'en cinq ans c'était la troisième voiture qui tombait dans le Loing à cet endroit ?

Les deux autres cas étaient moins mystérieux : des autos lancées à toute vitesse qui n'avaient pas prévu le tournant et qui, ne pouvant se redresser à temps, s'étaient jetées dans la rivière. Dans l'une d'elles, une famille de cinq personnes était restée prisonnière. Dans la seconde, il n'y avait eu qu'une victime.

Le surnom n'en avait pas moins été donné à l'auberge, d'autant plus qu'un dimanche de Pentecôte une jeune femme s'était noyée volontairement à la suite de chagrins intimes cependant que son mari, à cent mètres de là, pêchait à la ligne.

L'*Auberge aux Noyés* ! Il n'y avait qu'à se rapprocher de la cabine téléphonique, où les journalistes pénétraient tour à tour, pour se rendre compte qu'avant le soir elle serait célèbre.

... *Le Mystère de l'Auberge aux Noyés... Le Crime de l'Auberge aux Noyés... Un cadavre dans un spider... L'Énigme de l'auto grise...*

Maigret, calme et lourd, fumait sa pipe, dévorait un gigantesque sandwich au jambon arrosé de bière et regardait sans curiosité cette agitation traditionnelle qui complique toujours la tâche de la police.

Dans tout ce monde, deux personnages seuls l'intéressaient : le marinier de la *Belle Thérèse* et le chauffeur du camion.

Le marinier était venu le trouver humblement.

— Vous savez que nous avons une prime à la vitesse... J'aurais déjà dû partir ce matin... Alors, si c'était possible...

— Où allez-vous décharger ?

— Quai des Tournelles, à Paris... Encore un jour de canal... Puis pas tout à fait un jour de Seine... On y sera après-demain soir...

Maigret lui fit répéter sa déposition :

— On avait fini de dîner et ma femme était déjà couchée. J'allais me coucher aussi quand j'ai entendu un drôle de bruit... De l'intérieur du bateau, on ne se rend pas très bien compte... J'ai passé la tête par l'écoutille... Il m'a semblé entendre une voix qui appelait au secours...

— Quel genre de voix ?

— Une voix... Il y avait le crépitement de la pluie sur le pont qui est en tôle... Une voix qui était déjà loin...

— Une voix d'homme ou de femme ?

— Plutôt d'homme !

— Combien de temps après le premier bruit ?

— Je ne dirais pas tout de suite, parce que j'étais occupé à me déchausser et que j'ai pris le temps de passer mes pantoufles...

— Qu'avez-vous fait ensuite ?

— Je ne pouvais pas sortir en pantoufles. Je suis redescendu. J'ai mis ma veste de cuir et mes galoches. J'ai dit à ma femme qui ne dormait pas encore :

» — Peut-être quelqu'un qui se noie...

Maigret insista :

— Pourquoi avez-vous pensé que c'était quelqu'un qui se noyait ?

— Parce que nous, sur la rivière et le canal, quand on entend crier au secours, c'est généralement pour ça ! Avec ma gaffe, j'en ai sauvé plus de cinq...

— Vous vous êtes donc dirigé sur la rivière ?

— J'y étais pour ainsi dire, vu qu'entre le canal et le Loing, à cet endroit, il n'y a pas vingt mètres. J'ai vu les lumières d'un camion. Puis j'ai aperçu un gros homme qui marchait...

— Le chauffeur... C'est bien celui-là ?

— Oui... Il m'a dit qu'il avait heurté une auto ct que celle-ci avait roulé dans la rivière... Je suis allé prendre ma torche électrique...

— Autrement dit, tout cela a duré un certain temps ?

— Quand même, oui !

— Que faisait le chauffeur, pendant ce temps-là ?

— Je ne sais pas... Je suppose qu'il essayait de voir quelque chose dans l'obscurité...

— Vous vous êtes approché de son camion ?

— Peut-être bien... Je ne me souviens pas... Je pensais surtout à voir si un corps ne paraissait pas à la surface...

— Vous ne savez donc pas si le chauffeur était seul dans sa voiture ?

— Je suppose... S'il y avait eu quelqu'un, il serait venu nous aider...

— Quand vous avez constaté qu'il n'y avait rien à faire, que vous a dit le chauffeur ?

— Qu'il allait prévenir la gendarmerie.

— Il n'a pas précisé laquelle ?

— Non... Je ne crois pas...

— Vous n'avez pas pensé à lui dire qu'il pouvait téléphoner de l'auberge qui n'est qu'à sept cents mètres ?

— J'y ai pensé après, quand j'ai vu qu'il continuait sa route...

Le chauffeur était un de ces routiers taillés en hercule. Il avait prévenu téléphoniquement son entreprise qu'il était retenu par la police à la suite d'un accident et il attendait sans impatience les événements, se faisant offrir à boire par les journalistes à qui, en échange, il répétait sans cesse son histoire.

Maigret le prit à part, dans une petite salle à manger particulière où un divan indiquait assez que l'auberge au nom sinistre était accueillante aux amoureux.

— Je croyais que les routiers, d'habitude, surtout pour les grands trajets, sont toujours deux à bord ?

— Souvent, oui ! Depuis huit jours que mon compagnon s'est blessé à la main et qu'il est aux assurances sociales, je circule seul.

— A quelle heure avez-vous quitté Paris ?

— A deux heures. J'ai un chargement de divers et, avec les routes glissantes, je ne pouvais pas aller vite...

— Je suppose que vous vous êtes arrêté pour dîner dans un restaurant fréquenté par d'autres routiers ?

— Comme vous dites ! On a ses maisons ! On s'y retrouve à peu près aux mêmes heures. Je me suis arrêté tout de suite après Nemours, chez la mère Catherine qui fait de la fameuse cuisine.

— Combien y avait-il de camions à la porte ?

— Quatre ! Deux tapissières de déménagement de la maison Morin, puis un tank à essence et un service rapide...

— Vous avez mangé avec les autres chauffeurs ?

— A trois. Les autres étaient à une table voisine...

— Dans quel ordre êtes-vous partis ?

— Les autres, je ne sais pas... Moi, je suis parti le dernier parce que j'attendais la communication avec Paris...

— A qui avez-vous téléphoné ?

— Au patron, pour qu'on prépare des segments de piston, à Moulins. Je m'étais aperçu que le moteur ne tournait pas rond et que le troisième cylindre...

— Bon ! A quelle distance considérez-vous que vous étiez de vos compagnons ?

— Je suis parti dix minutes après le dernier, qui était une tapissière. Comme j'allais plus vite, il devait être à quatre ou cinq kilomètres de moi...

— Et vous n'avez vu le roadster qu'au moment de l'accident ?

— A quelques mètres, alors qu'il était trop tard pour empêcher le choc.

— Il n'y avait aucune lumière ?

— Aucune !

— Et vous n'avez aperçu personne ?

— Je ne peux pas vous dire... Il pleuvait... Mon essuie-glace n'est pas fameux... Tout ce que je sais, c'est que, quand l'auto a été dans l'eau, il m'a semblé que quelqu'un, dans l'obscurité, essayait de nager. Puis j'ai entendu comme un appel au secours...

— Encore une question : tout à l'heure, dans le coffre qui est en dessous de votre siège, j'ai aperçu une torche électrique en parfait état... Pourquoi n'êtes-vous pas allé la prendre ?

— Je ne sais pas... J'étais affolé... J'avais peur que mon camion glisse, lui aussi, dans le Loing...

— Cette auberge, lorsque vous êtes passé, n'était-elle pas éclairée ?

— Peut-être que oui !

— Vous faites souvent la route ?

— Deux fois par semaine.

— L'idée ne vous est pas venue de téléphoner à l'auberge ?

— Non ! j'ai pensé que Montargis n'était pas loin et j'y suis allé...

— Personne, pendant que vous cherchiez, au bord de la rivière, n'a pu se cacher dans votre voiture ?

— Je ne pense pas.

— Pourquoi ?

— Parce qu'il aurait fallu dénouer les cordons de la bâche.

— Je vous remercie ! Bien entendu, vous restez ici à ma disposition.

— Si cela peut vous être utile !

Son seul souci était de bien manger et de bien boire et Maigret le vit se diriger vers la cuisine pour y faire son menu de midi.

C'était Mme Rozier, une femme maigre et jaunâtre, qui cuisinait et se trouvait débordée par une aussi soudaine affluence. Sans compter qu'elle ne pouvait même pas attraper le téléphone, entre deux journalistes, pour faire ses commandes à la ville !

Une jeune bonne, Lili, à la mine trop éveillée pour son âge, plaisantait avec tout le monde en servant les apéritifs, et le patron, au comptoir, n'avait pas un instant de libre.

C'était la morte-saison. Si l'été l'auberge pouvait compter sur les touristes, les amoureux et les pêcheurs à la ligne, elle n'avait guère comme clientèle d'automne que quelques chasseurs de Paris qui louaient une chasse dans la région et qui commandaient à jour fixe leur repas.

Rozier avait déclaré à Maigret :

— Avant-hier, dans la soirée, j'ai vu arriver un jeune couple dans une auto grise, celle qui a été retirée de la rivière. J'ai pensé aussitôt que c'était des jeunes mariés. Voici la fiche que j'ai fait remplir.

L'écriture de la fiche était pointue et tourmentée. On lisait :

Jean Vertbois, 20 ans, courtier en publicité, 18, rue des Acacias, à Paris.

La réponse aux questions de la fiche était : *venant de Paris, allant à Nice.*

Enfin, en travers, alors qu'on lui demandait la fiche de sa compagne, le jeune homme avait ajouté : *Et madame.*

Le renseignement avait déjà été téléphoné à Paris et on enquêtait rue des Acacias, dans le XVIIe arrondissement, non loin du garage où la voiture avait été achetée.

— ... Une jeune personne très jolie, de dix-sept à dix-huit ans, répondait le patron à Maigret. Je l'appelais, entre nous, le Tendron ! Elle était vêtue d'une robe trop légère pour la saison et d'un manteau de sport...

— Le couple avait des bagages ?

— Une valise, elle est toujours là-haut...

Or la valise ne contenait que des vêtements et du linge d'homme, ce qui laissait supposer que le départ de la mystérieuse jeune fille avait été inopiné.

— Ils paraissaient nerveux ?

— Pas spécialement... A vous dire vrai, ils pensaient plutôt à l'amour et ils ont passé une bonne partie de la journée d'hier dans leur chambre... Ils s'y sont fait monter à déjeuner et Lili a remarqué que ce n'était pas drôle de servir des gens qui ne cachaient pas davantage leurs sentiments... Vous me comprenez ?...

— Ils ne vous ont pas dit pourquoi, allant à Nice, ils s'arrêtaient à moins de cent kilomètres de Paris ?

— Je crois qu'ils se seraient arrêtés n'importe où, pourvu qu'ils aient une chambre...

— Et l'auto ?

— Elle était dans le garage... Vous l'avez vue... Une auto de luxe, mais vieille de plusieurs années, comme en achètent les gens qui n'ont pas beaucoup d'argent... Cela fait riche et cela coûte moins cher qu'une voiture de série...

— Vous n'avez pas eu la curiosité d'ouvrir le spider ?

— Je ne me permettrais jamais...

Maigret haussa les épaules, car le bonhomme ne lui disait rien qui vaille et il connaissait la curiosité de ce genre d'hôtelier.

— En somme, le couple devait revenir chez vous pour coucher ?

— Pour dîner et pour coucher. Nous avons attendu jusqu'à dix heures du soir pour desservir...

— A quelle heure la voiture est-elle sortie du garage ?

— Attendez... Il faisait déjà noir... Vers quatre heures et demie... J'ai supposé que nos jeunes gens avaient envie, après être restés si longtemps enfermés dans leur chambre, de s'ébrouer à Montargis ou ailleurs... La valise était toujours là, si bien que je ne m'inquiétais pas pour la note...

— Vous n'avez rien su de l'accident ?

— Rien avant l'arrivée de la gendarmerie, vers onze heures du soir...

— Et vous avez pensé aussitôt qu'il s'agissait de vos locataires ?

— J'en ai eu peur... J'avais remarqué que, pour sortir du garage, le jeune homme s'y prenait assez mal... C'était évidemment un chauffeur novice... Or nous connaissons le virage du bord de l'eau...

— Rien ne vous a paru suspect dans les conversations du couple ?

— Je n'ai pas écouté les conversations...

Si bien que cela se résumait ainsi :

Le lundi, vers cinq heures de l'après-midi, un certain Jean Vertbois, vingt ans, publiciste, demeurant 18 rue des Acacias, à Paris, achetait dans un garage proche de son domicile une voiture luxueuse mais démodée qu'il payait avec cinq billets de mille francs. (Le garagiste, on venait de le téléphoner à Maigret, avait l'impression que le portefeuille de son client contenait encore une liasse assez importante de billets. Vertbois n'avait pas marchandé et avait annoncé qu'il ferait changer le lendemain la plaque d'identité. Au garage, il s'était présenté seul.)

De la journée du mardi, on ne savait encore rien.

Le mercredi, à la soirée, le même Vertbois, avec sa voiture, arrivait à l'*Auberge aux Noyés*, à moins de cent kilomètres de Paris, en compagnie d'une très jeune fille que le patron de l'auberge, qui avait d'excellentes raisons pour s'y connaître, prenait pour une personne de bonne famille.

Le jeudi, le couple sortait en auto comme pour une simple promenade dans la région et quelques heures plus tard l'auto, tous feux éteints, était heurtée par un camion à sept cents mètres de l'auberge et le chauffeur du camion, ainsi qu'un marinier, croyaient entendre des appels dans la nuit.

De Jean Vertbois et de la jeune fille, aucune trace. Toute la gendarmerie du pays enquêtait depuis le matin dans la région. Dans les gares, rien ! Dans les fermes, dans les auberges, sur les routes, personne répondant aux deux signalements.

Par contre, dans le spider de l'auto, on découvrait le cadavre d'une femme de quarante-cinq à cinquante ans, très soignée, très coquette.

Et le médecin légiste confirmait les dires du médecin de passage, à savoir que cette femme avait été assassinée le lundi à coups de rasoir !

Avec moins d'assurance, le médecin légiste laissait entendre en outre que le corps avait été mis dans le spider et tassé maladroitement quelques heures seulement après la mort.

La conclusion était que, quand le couple était arrivé à l'auberge, il y avait déjà un cadavre dans la voiture !

Vertbois le savait-il ?

Sa jeune compagne le savait-elle ?

Que faisait leur voiture, à huit heures du soir, tous feux éteints, au bord de la route ?

S'agissait-il d'une panne qu'un conducteur novice n'avait pu réparer ?

Qui était dans l'auto à ce moment ?

Et qui avait crié dans la nuit ?

Le capitaine de gendarmerie, très homme du monde, évitant de déranger Maigret dans son enquête, s'efforçait par contre de recueillir avec ses hommes le plus d'éléments possible.

Dix barques à fond plat sillonnaient le Loing qu'on fouillait avec des crochets. Des hommes pataugeaient sur les berges et d'autres s'affairaient autour des barrages.

Les journalistes considéraient l'auberge comme terrain conquis et s'installaient en maîtres, emplissant toutes les pièces de leur vacarme.

La *Belle Thérèse* était partie vers le quai des Tournelles avec son chargement de tuiles, et le chauffeur du camion, indifférent à tant d'agitation, profitait en philosophe de ce nouveau congé payé.

Sur les rotatives des journaux, les titres s'écrasaient déjà en caractères d'autant plus gras qu'ils étaient plus sensationnels et le record venait à un reporter qui avait écrit :

DEUX AMOUREUX DE VINGT ANS

TRANSPORTENT UN CADAVRE DANS LEUR SPIDER

Puis en italique :

Les flots bourbeux du Loing engloutissent les criminels et leur victime

C'était la période maussade de l'enquête, celle pendant laquelle un Maigret, à cran, ne parlait à personne, grognait, buvait des demis et fumait des pipes en tournant comme un ours en cage, la période de flottement, celle où tous les éléments qu'on entasse semblent se contredire les uns les autres et où on cherche en vain, dans un fatras de renseignements, un fil conducteur, avec l'angoisse d'en choisir un mauvais qui ne mènera nulle part.

L'auberge, pour comble de malheur, était mal chauffée, et au chauffage central, ce que le commissaire avait en particulière horreur ! Enfin, la cuisine était médiocre et on allongeait les sauces pour faire face aux demandes multiples.

— Vous m'excuserez de vous dire ce que je vais vous dire, commissaire...

Le capitaine Pillement souriait finement en s'asseyant enfin en face d'un Maigret plus bourru que nature.

— Je sais que vous m'en voulez. Pour ma part, je suis enchanté de vous avoir retenu, car je commence à croire que cet accident de la route, si banal au début, va devenir petit à petit une des affaires les plus mystérieuses qu'il soit possible d'imaginer.

Maigret se contenta de se servir de salade de pommes de terre, de sardines et de betteraves, qui sont les hors-d'œuvre classiques des mauvaises auberges.

— Quand nous saurons qui est cette jeune fille belle et amoureuse...

Une grosse auto, conduite par un chauffeur en livrée, s'arrêtait, boueuse, devant la porte, et un homme à cheveux gris en descendait, reculait d'instinct devant les photographes qui le mitraillaient à tout hasard.

— Tenez ! murmura Maigret. Je parie que voici son père !

2

Le commissaire ne s'était pas trompé, mais s'il appréhendait une scène pénible elle lui fut épargnée par la dignité remarquable du notaire La Pommeraye. Après avoir écarté les journalistes en homme habitué à faire preuve d'autorité, il avait suivi Maigret dans le petit salon particulier et s'était présenté :

— Germain La Pommeraye, notaire à Versailles.

Et sa profession, comme la ville royale, seyait à merveille à sa longue silhouette racée, à son teint mat, à ses traits qui frémissaient à peine tandis qu'il questionnait, le regard fixé sur le plancher :

— Vous l'avez retrouvée ?

— Je vais être obligé, soupira Maigret, de vous poser un certain nombre de questions assez précises dont je m'excuse.

Le notaire esquissa un geste de la main qui signifiait : « Allez-y ! Je sais ce que c'est... »

— Pouvez-vous me dire tout d'abord ce qui vous a fait penser que votre fille pouvait être mêlée à cette affaire ?

— Vous allez comprendre. Ma fille Viviane a dix-sept ans et en paraît vingt. Je dis *a* alors que, sans doute, je devrais déjà dire *avait*... C'est une impulsive, comme sa mère... Et, à tort ou à raison, surtout depuis mon veuvage, je me suis toujours refusé à contrarier ses instincts... J'ignore où elle a fait la connaissance de ce Jean Vertbois, mais je crois me souvenir que c'est à la piscine, ou dans un club sportif qui a son terrain aux environs de Boulogne...

— Vous connaissez personnellement Jean Vertbois ?

— Je l'ai vu une fois. Ma fille, je le répète, est une impulsive. Un soir, elle m'a déclaré tout à trac : « Papa, je me marie ! »

Maigret se leva, ouvrit brusquement la porte, se contenta d'un regard de mépris pour le journaliste qui y avait collé l'oreille.

— Continuez, monsieur !

— J'ai d'abord pris la chose en plaisantant. Puis, voyant que c'était sérieux, j'ai demandé à voir le candidat. C'est ainsi qu'un après-midi Jean Vertbois est venu à Versailles. Tout de suite, un détail m'a déplu : il était arrivé dans une auto de grand sport empruntée à un camarade. Je ne sais pas si vous me comprenez ? Les jeunes gens ont le droit strict de nourrir de l'ambition, mais je n'aime pas qu'à vingt ans on satisfasse ainsi à bon marché certains goûts de luxe, surtout d'un luxe d'assez mauvais ton...

— Bref, l'entrevue a été plutôt fraîche ?

— Elle a été nettement houleuse. J'ai demandé au jeune homme avec quelles ressources il comptait faire vivre une femme et il m'a répondu avec une franchise assez déroutante qu'en attendant une situation plus brillante la dot de ma fille empêcherait en tout cas celle-ci de mourir de faim. Comme vous le voyez, le type même du petit arriviste cynique dans ses propos comme dans ses attitudes ! Au point que je me suis demandé un instant si ce cynisme n'était pas de pose et ne cachait pas une certaine timidité.

» Vertbois m'a tenu de longs discours sur les droits que les parents s'arrogent et sur les idées retardataires d'une certaine bourgeoisie dont il a bien voulu me considérer comme le type achevé...

» Après une heure, je l'ai mis à la porte.

— Combien de temps y a-t-il de cela ? questionna Maigret.

— Une semaine à peine. Lorsque j'ai vu ma fille, ensuite, elle m'a déclaré qu'elle n'épouserait pas d'autre homme que Vertbois, que je ne le connaissais pas, que je l'avais mal jugé, etc. Et, ma foi, elle m'a menacé, si je ne consentais pas au mariage, de s'enfuir avec lui...

— Vous avez résisté ?

— Hélas ! J'ai cru à une menace en l'air... J'ai compté sur le temps pour tout arranger... Or, depuis mardi après-midi, Viviane a disparu... Dès mardi soir, je me suis rendu au domicile de Vertbois, rue des Acacias, mais on m'a répondu qu'il était parti en voyage... J'ai interrogé la concierge et j'ai acquis la certitude qu'il était accompagné d'une très jeune fille, c'est-à-dire de Viviane... Voilà pourquoi quand, ce midi, j'ai lu dans les journaux le récit des événements de la nuit...

Il restait calme et digne. Un peu de sueur perla cependant à son front tandis qu'il articulait en regardant ailleurs :

— Je vous demande une seule chose, commissaire : la franchise ! Je suis encore assez solide pour recevoir un coup direct, mais je résisterais mal à de longues alternatives d'espoir et de désespoir. A votre avis, ma fille est-elle vivante ?

Maigret fut un bon moment sans répondre. Enfin, il murmura :

— Laissez-moi tout d'abord vous poser une dernière question. Vous me semblez connaître très bien votre fille. Son amour pour Vertbois a l'air d'un amour entier, aussi romantique qu'exalté. Croyez-vous que votre fille, apprenant que Vertbois était un assassin, se serait faite sa complice par amour ? Ne répondez pas trop vite. Supposez que votre fille arrive chez son amant... Je vous demande pardon, mais le mot est malheureusement exact... Elle apprend que, pour pouvoir s'enfuir avec elle et trouver l'argent nécessaire à cette fuite, il a été amené à tuer...

Les deux hommes se turent. Enfin M. La Pommeraye soupira :

— Je ne sais pas... Cependant, je puis vous dire une chose, commissaire, une chose que personne ne sait... Je vous ai annoncé tout à l'heure que j'étais veuf... C'est vrai ! Ma femme est morte voilà trois ans en Amérique du Sud où elle avait suivi, huit ans plus tôt, un planteur de café. Or, au moment de son départ, elle a pris cent mille francs dans le coffre de l'étude... Viviane ressemble à sa mère...

Il tressaillit en entendant Maigret soupirer :

— Je le souhaite !

— Comment ?

— Parce que, si Jean Vertbois n'a rien à craindre de sa compagne, il n'a aucune raison de la faire disparaître. Si, au contraire, par exemple, en découvrant le cadavre dans le spider, votre fille a manifesté son indignation et a proféré des menaces...

— Je comprends ce que vous voulez dire, mais je ne comprends pas la suite des événements tels que les journaux nous les ont retracés. L'auto, au moment de la collision, n'était pas vide, puisque le chauffeur du camion et un marinier ont entendu des cris. Vertbois et Viviane n'avaient aucune raison de se quitter... Il est donc probable...

— Depuis ce matin, on drague la rivière. Jusqu'ici on n'a obtenu aucun résultat. Puis-je vous demander de m'accompagner un instant dans la chambre qu'occupait le couple dans cette auberge ?

C'était une chambre banale, aux murs couverts d'un papier à fleurs, au lit de cuivre, à l'armoire à glace en acajou. Sur la toilette, quelques objets, un rasoir, un blaireau, deux brosses à dents, dont une neuve.

— Vous voyez, remarqua Maigret. L'homme avait ses effets personnels. Mais le couple a dû s'arrêter en route pour acheter une brosse à dents destinée à la jeune fille et ces pantoufles de voyage que je vois près du lit. J'aurais pourtant aimé trouver une preuve que c'est bien votre fille qui...

— La voici ! dit tristement le père en désignant sur la carpette un bijou qui brillait faiblement. Viviane portait toujours ces boucles d'oreilles qui ont appartenu à sa mère. Une des deux fermait mal, elle la perdait régulièrement et la retrouvait comme par miracle. C'est celle-ci ! Croyez-vous encore, maintenant, qu'il me reste des chances de retrouver ma fille vivante ?

Maigret n'osa pas lui répondre que, dans ce cas, Mlle Viviane La Pommeraye serait vraisemblablement inculpée de complicité d'assassinat !

Il avait fallu insister pour décider le notaire à rentrer à Versailles et, la pluie continuant, l'*Auberge aux Noyés* ressemblait de plus en plus à un quartier général.

Des journalistes, las de suivre sous l'averse les travaux des mariniers occupés à sonder la rivière, jouaient philosophiquement à la belote. Le capitaine de gendarmerie avait mis son auto à la disposition du commissaire qui ne s'en servait pas et dont l'activité décousue n'était pas faite pour donner confiance à quelqu'un ignorant ses méthodes.

Ainsi, quand ils le virent pénétrer dans la cabine téléphonique, les reporters imaginèrent-ils qu'ils allaient apprendre du nouveau et, indiscrets par profession, n'hésitèrent-ils pas à s'approcher de la porte.

Or c'était à l'Observatoire de Paris que Maigret téléphonait, en faisant d'abord communiquer le dernier bulletin météorologique, insistant sur certains détails.

— Vous dites qu'il n'y avait pas de lune hier vers huit heures du soir ? En sera-t-il de même aujourd'hui ? Vous dites ? Elle se lève à minuit douze ?... Je vous remercie...

En sortant, il paraissait vraiment satisfait ! Il se donnait même le malin plaisir de lancer aux journalistes :

— Messieurs, une bonne nouvelle : nous en avons pour trois jours au moins de pluie diluvienne...

On le vit ensuite en longue conversation avec le capitaine Pillement qui disparut et qu'on ne revit plus de la journée.

On buvait ferme. Quelqu'un avait découvert un vouvray dont tout le monde réclamait et Lili, qui allait d'une table à l'autre, rencontrait partout des mains curieuses qu'elle ne repoussait pas trop farouchement.

La nuit, qui tombait à quatre heures et demie, mit fin aux recherches dans le Loing et il devenait improbable de retrouver le ou les corps qui avaient eu le temps d'atteindre la Seine au fil du courant.

Pour désencombrer la route, une voiture de dépannage était venue chercher l'auto retirée de la rivière et l'avait emmenée à Montargis où elle était gardée à la disposition de la police.

Il était six heures quand un reporter appela le patron et lui lança :

— Qu'allez-vous nous faire de bon à dîner ?

Et on entendit une voix répondre :

— Rien du tout !

Le moins surpris ne fut pas le patron, qui chercha qui avait osé parler à sa place et surtout parler dans un sens aussi anticommercial. C'était Maigret, qui s'approchait, placide.

— Je vais vous demander en effet, messieurs, de ne pas dîner ici ce soir. Je ne vous interdis pas de revenir vers dix heures si cela vous chante et même de coucher à l'auberge. Mais, de sept à neuf heures, je désire vivement que les lieux ne soient occupés que par les personnes qui s'y trouvaient hier au soir...

— Reconstitution ? lança un malin.

— Même pas ! Je vous avertis tout de suite qu'il est inutile de vous embusquer aux environs, car vous ne verriez rien. Par contre, si vous êtes sages, vous aurez sans doute un beau papier pour vos éditions de demain matin...

— A quelle heure ?

— Mettons avant onze heures... Je connais, à Montargis, un endroit où l'on mange à merveille : l'*Hôtel de la Cloche*... Allez-y tous... Dites au patron que vous venez de ma part et vous serez soignés à la perfection. Quand je viendrai vous rejoindre...

— Vous ne dînez pas avec nous ?

— Je suis déjà invité... Mais je ne tarderai pas... Maintenant, c'est à prendre ou à laisser et, si quelqu'un veut faire le malin, je lui garantis qu'il n'aura pas le plus petit bout de renseignement... Messieurs, à tout à l'heure et bon appétit !

Quand ils furent partis, il respira plus librement, regarda avec malice le patron furieux.

— Allons ! C'est sur la limonade que vous gagnez et non sur les repas. Or ils boivent depuis le matin...

— Ils auraient continué !

— Écoutez-moi ! Il est essentiel que, de sept à dix heures, chacun dans l'auberge soit à la place qu'il occupait hier, que les lumières soient les mêmes...

— Ce n'est pas compliqué.

Il restait quelqu'un qu'on semblait avoir oublié, Joseph Lecoin, le chauffeur du camion. Il observait Maigret avec étonnement, ouvrait enfin la bouche.

— Et moi ?

— Toi, tu vas me conduire à Nemours.

— En camion ?

— Ma foi, pourquoi pas ? Faute d'une limousine de grand luxe...

— Comme vous voudrez. Si cela peut vous rendre service...

Et c'est ainsi que le commissaire Maigret quitta l'*Auberge aux Noyés* sur le siège d'un camion de dix tonnes qui faisait un vacarme infernal.

3

— Où est-ce que je vous dépose ?

Ils avaient fait la route en silence, dans l'obscurité, dans la pluie, croisant parfois des autos qui se mettaient en code, et l'essuie-glace faisait un bruit régulier, comme un gros bourdon.

— Tu ne me déposes pas, mon vieux !

Le chauffeur regarda son compagnon avec étonnement, croyant que celui-ci plaisantait :

— Alors quoi ? On retourne à Paris ?

— Non ! Attends que je regarde l'heure...

Il dut battre le briquet pour voir sa montre dont les aiguilles marquaient sept heures et demie.

— Bon ! Arrête-toi devant le premier caboulot venu. Nous avons le temps...

Et Maigret relevait le col de son pardessus pour traverser le trottoir, s'accoudait familièrement au comptoir d'un petit bar en compagnie de Lecoin, qui était surpris du changement survenu dans l'attitude du commissaire.

Non pas que celui-ci fût devenu menaçant ! Ou qu'il manifestât d'une façon quelconque sa mauvaise humeur !

C'était tout le contraire. Il était calme. Parfois même, ses yeux riaient. Il avait confiance en lui et, si on le lui eût demandé, il aurait déclaré volontiers :

— La vie est belle !

Il savourait son apéritif, consultait encore sa montre, payait les consommations et annonçait :

— En route !

— Où va-t-on ?

— D'abord dîner chez la mère Catherine, comme tu l'as fait hier au soir. Tu vois ! Il pleut tout autant. Nous sommes juste à la même heure...

Seuls trois camions indiquaient l'auberge dont les dehors étaient plus que modestes, mais où les routiers savaient trouver des petits plats mijotés. La patronne servait elle-même, aidée par sa fille qui avait quatorze ans.

— Tiens ? Vous êtes revenu ? s'étonna-t-elle en voyant entrer Lecoin.

Celui-ci serrait la main des autres chauffeurs, s'asseyait dans un coin avec le commissaire.

— Si on prenait la même chose que vous avez pris hier ? proposa Maigret.

— Ici, il n'y a pas trente-six plats. Il faut prendre le plat du jour... Tenez ! C'est du fricandeau à l'oseille...

— Un de mes mets préférés...

N'y avait-il pas, depuis quelques minutes, un certain changement dans les allures du chauffeur-colosse ? Son humeur était moins franche. Il jetait des regards en dessous à son interlocuteur, et sans doute se demandait-il où le policier voulait en venir ?

— Dépêche-toi, Catherine... On n'a pas le temps, nous autres...

— Vous dites toujours ça, et après vous restez un quart d'heure à boire votre café...

Le fricandeau était parfait, le café beaucoup plus catholique que celui qu'on trouve d'habitude dans les bistrots. De temps en temps, Maigret tirait sa montre de sa poche et semblait attendre avec une certaine impatience le départ des autres chauffeurs.

Ceux-ci se levèrent enfin, après une tournée de vieux marc, et on entendit peu après le ronronnement des moteurs.

— Du marc aussi... commanda Maigret.

Et, à Lecoin :

— C'est bien ainsi que cela s'est passé hier, n'est-ce pas ?

— Ma foi, oui... Ce serait le moment de partir... A cette heure-ci, j'avais déjà eu mon téléphone...

— Partons !

— On retourne là-bas ?

— Exactement comme hier... Cela t'ennuie ?

— Moi ? Pourquoi est-ce que ça m'ennuierait ? Du moment que je n'ai rien à cacher...

Or, à cet instant, Catherine s'approcha, demanda au chauffeur :

— Dites donc ! Vous avez fait ma commission à Benoît ?

— Mais oui. C'est réglé !

Une fois sur le siège, Maigret questionna :

— Qui est-ce, Benoît ?

— Il tient une pompe à essence à Montargis. C'est un copain. C'est toujours chez lui que je m'arrête pour faire le plein. La mère Catherine voudrait qu'on lui pose une pompe aussi, et je devais dire à Benoît...

— Il pleut fort, hein !

— Même un peu plus fort qu'hier... Pensez ! Quand il faut rouler toute la nuit dans ce jus-là...

— Nous n'allons pas trop vite ?

— Tout juste comme hier...

Maigret alluma sa pipe.

— Nous, murmurait Lecoin, c'est toujours sur nous qu'on crie, parce qu'on tient le milieu de la route ou qu'on ne se range pas assez vite. Mais si les gens qui conduisent des petites voitures avaient à piloter des monuments comme les nôtres...

Soudain, un juron, un coup de frein violent, si violent que Maigret faillit entrer tête première dans le pare-brise.

— Par exemple !... s'écriait Joseph Lecoin.

Et il regardait son compagnon, fronçait les sourcils, grommelait :

— C'est vous qui l'avez fait mettre là ?

Il y avait une voiture, en effet, à l'endroit exact où celle de Jean Vertbois avait été télescopée la veille. Une voiture grise, comme l'autre ! Il pleuvait ! La nuit était noire ! L'auto n'était pas éclairée !

Et pourtant, le camion s'était arrêté à plus de trois mètres du cabriolet !

Un instant, le visage du chauffeur avait trahi une colère naissante, mais il se contenta de gronder :

— Vous auriez pu me prévenir... A supposer que je ne l'aie pas vue à temps...

— Et pourtant, nous étions en train de causer...

— Et après ?

— Hier, tu étais seul... Tu avais donc toute ton attention en éveil...

Et Lecoin questionnait en haussant les épaules :

— Qu'est-ce que vous voulez, maintenant ?

— Nous allons descendre... Par ici... Attends... Je veux tenter une expérience... Appelle au secours...

— Moi ?

— Comme ceux qui criaient hier ne sont pas là, il faut bien que quelqu'un les remplace...

Et Lecoin cria, de mauvaise grâce, flairant un piège.

Où il fut le plus angoissé, c'est quand il entendit des pas et quand une silhouette bougea dans le noir.

— Approche ! cria Maigret au nouveau venu.

C'était le marinier de la *Belle Thérèse*, que sans rien en dire à personne, le commissaire avait fait rappeler par la gendarmerie.

— Eh bien ?

— C'est difficile à affirmer d'une façon catégorique... Pour moi, c'était à peu près la même chose...

— Quoi ? grogna Lecoin.

— Je ne sais pas qui a crié, mais je dis que c'était à peu près le même son qu'hier...

Cette fois, il s'en fallut de peu que le colosse perdît son calme et s'en prît au marinier qui ne savait pas lui-même quel rôle il jouait dans cette comédie.

— Remonte dans le camion !

Quelqu'un s'approcha, qui n'avait pas bougé jusque-là, le capitaine Pillement.

— Tout va bien ! lui annonça Maigret à voix basse. Pour le reste, nous allons voir...

Et il reprit sa place près de Lecoin, qui n'essayait plus de paraître aimable.

— Qu'est-ce que je fais ?

— Comme hier !

— Je vais à Montargis ?

— Comme hier !

— Si vous voulez ! Je ne sais pas quelle idée vous avez dans la tête, mais si vous croyez que je suis mêlé à cette histoire-là...

On passait déjà en face de l'*Auberge aux Noyés* dont quatre fenêtres étaient éclairées et l'une de ces fenêtres portait en lettres d'émail le numéro de téléphone.

— Ainsi, tu n'as pas eu l'idée de t'arrêter pour téléphoner ?

— Puisque je vous l'ai déjà dit...

— Continue !

Un silence ! Un homme renfrogné, aux gestes brusques, et Maigret qui fumait sa pipe dans son coin d'ombre !

On arriva ainsi à Montargis, et soudain le commissaire remarqua :

— Tu l'as dépassée...

— Quoi ?

— La gendarmerie...

— C'est vous, avec toutes vos histoires...

Il voulut faire marche en arrière, car la gendarmerie n'était qu'à cinquante mètres.

— Mais non ! Mais non ! protesta Maigret. Continue !

— Continuer quoi ?

— De faire exactement ce que tu as fait hier...

— Mais je suis allé...

— Tu n'es pas allé tout de suite à la gendarmerie... La preuve, c'est que l'heure ne correspond pas... Où est-ce, la pompe de Benoît ?

— Au second coin de rue...

— Allons-y !

— Pour quoi faire ?

— Rien... Fais ce que je te dis...

C'était une pompe banale, devant une maison où on vendait des bicyclettes. La boutique n'était pas éclairée mais, à travers les vitres, on apercevait derrière la boutique une cuisine où bougeaient des ombres.

Le camion était à peine arrêté qu'un homme sortait de cette cuisine, un homme qui avait évidemment entendu le moteur et le grincement du frein.

— Combien de litres ? demanda-t-il sans regarder le camion.

L'instant d'après, il le reconnaissait, levait les yeux vers Lecoin, questionnait :

— Qu'est-ce que tu fais ici ? Je croyais...

— Mets-moi cinquante litres !

Maigret restait dans son coin, invisible aux yeux du garagiste. Benoît, se croyant seul avec son camarade, allait peut-être parler, mais Lecoin sentit le danger, s'empressa de prononcer :

— Alors, monsieur le commissaire, c'est tout ce que vous désirez ?

— Ah ! Tu es accompagné ?

— Quelqu'un de la police qui fait une reconstitution, comme il dit... Je n'y comprends rien de rien... C'est toujours les petits qu'on tracasse, alors que...

Maigret avait sauté à terre et était entré dans le magasin, au grand étonnement du marchand de vélos. C'est qu'il avait aperçu la femme de celui-ci dans l'arrière-boutique.

— Lecoin demande comment ça s'arrange... lança-t-il à tout hasard.

Elle le regarda avec méfiance, se pencha pour voir par la vitre, questionna :

— Il est là, Lecoin ?

— Il prend de l'essence.

— On ne lui a pas fait d'ennuis ?

Et, inquiète, ne comprenant rien à l'intrusion de cet homme en chapeau melon, elle se dirigea vers le seuil.

On n'y voyait pas très clair. Il fallait un effort pour distinguer les traits des visages.

— Dis donc, Paul...

C'était son mari, embarrassé de son tuyau à essence.

— C'est Lecoin qui est là ?

Maigret, tranquillement, achevait de bourrer sa pipe et l'allumait en profitant de l'abri du magasin, éclairant un instant les guidons nickelés des bicyclettes.

— Tu viens, Paul ?

Alors, le commissaire entendit nettement l'un des deux hommes qui demandait à l'autre :

— Qu'est-ce qu'on fait ?

A tout hasard, il saisit son revolver qu'il garda dans sa poche, prêt à tirer à travers le vêtement si c'était nécessaire. La rue était déserte, sans une lumière. Et Lecoin était de taille à abattre un adversaire d'un seul coup de poing.

— Qu'est-ce que tu ferais, toi ?

La femme était toujours sur le seuil, serrant les épaules à cause du froid. Joseph Lecoin, descendant lourdement de son siège, faisait deux pas indécis sur le trottoir.

— Si nous allions nous expliquer à l'intérieur ? proposa posément Maigret.

Le garagiste raccrocha son tuyau d'essence. Lecoin, qui n'était pas encore trop décidé, revissait le bouchon du réservoir.

Enfin, ce fut lui qui grogna, en marchant vers la porte de la boutique :

— Après tout, ce n'était pas convenu ainsi... Après vous, monsieur le commissaire...

4

C'était le petit logement d'artisan dans toute l'acception du mot, avec le buffet de chêne sculpté, une toile cirée à carreaux sur la table et, comme vases, d'horribles choses roses et mauves gagnées sur les champs de foire.

— Asseyez-vous, murmura la femme en essuyant machinalement la table devant Maigret.

Et Benoît prit une bouteille dans le buffet, quatre petits verres qu'il remplit sans mot dire, cependant que Lecoin se laissait tomber à califourchon sur une chaise et s'accoudait au dossier.

— Vous vous doutiez de quelque chose ? lançait-il en regardant Maigret dans les yeux.

— Pour deux raisons : d'abord parce qu'on n'a entendu que des cris d'homme, ce qui était assez étrange, étant donné qu'il y avait une jeune fille sur les lieux et que, si elle s'était noyée, elle était assez bonne nageuse pour se maintenir un certain temps à la surface et appeler au secours... Ensuite, après un accident de ce genre, on ne fait pas vingt kilomètres pour prévenir la gendarmerie, alors qu'il y a le téléphone tout à côté... Les fenêtres de l'auberge étaient éclairées... Il était impossible de ne pas penser à...

— Bien sûr, admit Lecoin. C'est lui qui a voulu...

— Il avait pris place dans le camion, évidemment ?

Il était trop tard pour reculer. Au surplus, les deux hommes en avaient pris leur parti et la femme, de son côté, paraissait soulagée. C'est elle qui conseilla :

— Vaut mieux tout raconter. Ce n'est pas pour deux méchants billets de mille qu'on doit...

— Joseph va le dire... intervint son mari.

Et Lecoin, après avoir avalé le contenu de son verre, expliqua :

— Mettons que ça se soit passé juste comme ce soir... Vous avez eu raison... Malgré la pluie et mon mauvais essuie-glace, j'ai d'assez bons yeux et d'assez bons freins pour ne pas heurter une voiture arrêtée sur la route... J'ai donc stoppé à un mètre cinquante... J'ai cru qu'il s'agissait d'une panne, et je suis descendu de mon siège pour donner un coup de main... C'est alors que j'ai aperçu un jeune homme agité, qui m'a demandé si je voulais gagner deux mille francs...

— En l'aidant à pousser l'auto à l'eau ? intervint Maigret.

— A la rigueur, il aurait pu la pousser à la main. C'est ce qu'il essayait de faire quand je suis arrivé. Mais, ce qu'il voulait surtout, c'était être conduit quelque part sans qu'on le sache jamais. Je crois bien que, si cela n'avait été que lui, je n'aurais pas marché. Mais il y avait la petite...

— Elle était encore vivante ?

— Bien sûr ! Pour me décider, il m'a expliqué qu'on ne voulait pas les laisser se marier, qu'ils s'aimaient, qu'ils voulaient faire croire à un suicide, afin qu'on n'essaie pas de les retrouver et de les séparer... Je n'aime pas beaucoup ces manigances-là, mais si vous aviez vu la môme sous la pluie... Bref, j'ai aidé à pousser l'auto dans le Loing... Les jeunes gens se sont cachés dans mon camion... On m'a demandé, pour la vraisemblance, d'appeler au secours et je l'ai fait... Comme ça, on les croirait morts tous les deux... Après, il me suffisait de les conduire à Montargis...

» Par exemple, je me suis aperçu, en chemin, que le jeune homme n'était pas un imbécile... Il savait qu'il ne pouvait pas descendre à l'hôtel... Il n'avait pas davantage envie de prendre le train... Il m'a demandé si je ne connaissais personne qui, moyennant deux autres mille francs, les garderait pendant quelques jours, le temps de laisser l'enquête se terminer... J'ai pensé à Benoît...

La femme affirma :

— On croyait, nous aussi, que c'étaient des amoureux... Alors, comme notre beau-frère avait sa chambre ici et qu'il est parti au régiment...

— Ils sont toujours dans la maison ?

— Pas elle...

— Comment ?

Et Maigret regardait autour de lui avec inquiétude.

— Après midi, commença le garagiste, quand j'ai vu le journal, je suis monté et j'ai demandé si l'histoire du cadavre était vraie. La jeune fille m'a arraché le journal des mains, l'a parcouru des yeux et subitement, profitant de ce que la porte était ouverte, elle est partie en courant...

— Sans manteau ?

— Sans manteau ni chapeau...

— Et le jeune homme ?

— Il m'a juré qu'il n'y comprenait rien, qu'il venait d'acheter la voiture et qu'il n'avait pas eu la curiosité d'ouvrir le spider...

— Votre maison n'a pas d'autre porte que celle-ci ?

A l'instant même, comme le marchand de vélos répondait par un signe négatif, on entendit un fracas dans la rue. Maigret courut vers le trottoir et y trouva une forme étendue, un jeune homme qui s'agitait, essayant en vain de s'enfuir, malgré la jambe qu'il s'était cassée en sautant du premier étage.

C'était à la fois dramatique et pitoyable, car Vertbois était fou de rage et n'admettait pas encore sa défaite.

— Si vous approchez, je tire...

Maigret préféra se jeter sur lui, et l'autre ne tira pas, soit qu'il eût peur, soit que le sang-froid lui manquât.

— Du calme, maintenant...

Le jeune homme s'en prenait au chauffeur, au garagiste, à la femme de celui-ci, les accusait de l'avoir trahi.

C'était le dévoyé classique, celui que Maigret, malheureusement, avait déjà pu étudier à quelques douzaines d'exemplaires, sournois, envieux, avide de jouissances et d'argent au point de n'hésiter devant aucun moyen.

— Où est Viviane ? lui demanda Maigret en lui passant les menottes.

— Je ne sais pas.

— Ainsi, tu étais arrivé à la persuader que tu envoyais la voiture à l'eau dans le seul but de faire croire à un suicide d'amoureux ?

— Elle ne me lâchait pas d'une semelle...

— Et c'est ennuyeux, n'est-ce pas ? d'être en possession d'un cadavre dont on n'arrive pas à se débarrasser !

Le crime crapuleux dans toute sa bêtise, dans toute son horreur, celui qui ne rapporte jamais !

Jean Vertbois, voyant que son projet de mariage était raté et que l'argent des La Pommeraye lui échappait, même s'il enlevait Viviane, s'en prenait à une maîtresse d'un certain âge, qu'il avait depuis longtemps, l'attirait chez lui, la tuait, lui volait son argent et, achetant avec une partie de cet argent une auto à bas prix, projetait de se débarrasser du cadavre dans un lieu désert.

Or, voilà que Viviane surgissait, avec son jeune amour, avec sa passion, Viviane décidée à ne plus retourner chez elle, et à partager le sort de son amant.

Elle ne le quittait plus ! Les heures passaient, l'auto roulait, emportant toujours le cadavre.

Viviane croyait vivre une véritable lune de miel, et elle était en plein cœur d'un drame immonde !

Elle étreignait l'homme qu'elle aimait, et celui-ci ne pensait qu'au macabre colis dont il lui fallait se débarrasser coûte que coûte !

C'est alors qu'en désespoir de cause il inventait ce simulacre de suicide, que compliquait, tout en le facilitant, l'arrivée fortuite d'un camion...

— Les renseignements promis, commissaire ?

A *la Cloche*, les journalistes avaient fait un repas qui était un véritable banquet et leur humeur s'en ressentait.

— L'assassin de Marthe Dorval est à l'hôpital...

— Marthe Dorval ?

— Une ancienne chanteuse d'opérette, qui avait de l'argent de côté, et qui était maîtresse de Jean Vertbois...

— Il est à l'hôpital ?

— A l'hôpital de Montargis, avec une patte cassée... Je vous autorise à aller le photographier et à lui poser toutes les questions qu'il vous plaira...

— Mais la jeune fille ?

Maigret baissa la tête. D'elle, il ne savait rien, et on pouvait craindre un acte de désespoir.

Il était plus de minuit, et le commissaire avait rejoint, dans la maison de Nemours, le capitaine Pillement, avec qui il devisait des événements quand la sonnerie du téléphone se fit entendre.

Le capitaine, à l'appareil, manifesta une surprise heureuse, posa quelques questions : « Vous êtes sûr de l'adresse ? Écoutez ! Pour plus de précautions, amenez-moi le chauffeur... Tant pis s'il est ivre... »

Et il expliqua à Maigret :

— Mes hommes viennent de découvrir un chauffeur de Montargis qui, dans le courant de la journée, a chargé une jeune fille sans manteau et nu-tête... Elle s'est fait conduire dans la campagne, près de Bourges, où elle est entrée dans une gentilhommière isolée... Comme, en chemin, le chauffeur s'inquiétait de son argent, ne voyant même pas à sa cliente de sac à main, elle lui a répété à plusieurs reprises :

» — Ma tante paiera...

Viviane La Pommeraye, en effet, brisée, pantelante, s'était réfugiée chez une de ses tantes chez qui, depuis son enfance, elle passait ses vacances.

STAN LE TUEUR

1

Maigret, les mains derrière le dos, la pipe aux dents, marchait lentement, ne poussant qu'avec peine sa lourde masse dans la cohue de la rue Saint-Antoine qui vivait sa vie de tous les matins, avec du soleil qui ruisselait d'un ciel clair sur les petites charrettes chargées de fruits et de légumes et sur les éventaires qui encombraient presque toute la largeur du trottoir.

C'était l'heure des ménagères, des artichauts qu'on soupèse et des cerises que l'on goûte, des escalopes et des entrecôtes se succédant sur les balances.

— Par ici, les belles asperges à cinq francs la grosse botte !...

— Merlans frais !... Profitez de l'arrivage !...

Des commis en tablier blanc, des bouchers en toile finement quadrillée, des odeurs de fromage devant une crémerie et plus loin des relents de café grillé ; tout le petit commerce agité de l'alimentation et le défilé des ménagères méfiantes, le timbre des caisses enregistreuses et le lourd passage des autobus...

Nul ne se doutait que c'était le commissaire Maigret qui allait de la sorte, ni qu'il s'agissait d'une des affaires les plus angoissantes qu'il fût possible d'imaginer.

Presque en face de la rue de Birague, il y avait un petit café, le *Tonnelet Bourguignon*, dont la maigre terrasse ne se composait que de trois tables. C'est là que Maigret s'assit, avec toutes les apparences d'un promeneur fatigué. Il ne leva même pas les yeux sur le garçon long et maigre qui s'avançait et qui attendait sa commande.

— Un petit mâcon blanc... grommela le commissaire.

Et qui aurait deviné que le garçon du *Tonnelet Bourguignon*, parfois maladroit dans ses gestes, n'était autre que l'inspecteur Janvier ?

Il revenait avec le verre de vin en équilibre instable sur un plateau. D'une serviette douteuse, il essuyait la table et un petit papier tombait à terre, que Maigret ramassait peu après.

La femme est sortie pour faire son marché. Pas vu le Borgne. Le Barbu est parti de bonne heure. Les trois autres doivent être restés à l'hôtel.

La bousculade, à dix heures du matin, ne faisait que croître. A côté du *Tonnelet*, une épicerie faisait une vente-réclame et les « aboyeurs » arrêtaient les passants pour leur donner à goûter des biscuits à deux francs la grande boîte.

Juste au coin de la rue de Birague, on voyait l'enseigne d'un hôtel miteux, un de ces hôtels où on loge « au mois, à la semaine ou à la journée », non sans « payer d'avance » et cet hôtel, par ironie, sans doute, avait choisi le nom de *Beauséjour*.

Maigret savourait son petit vin blanc sec et son regard ne semblait rien chercher de spécial dans cette foule bariolée qui grouillait au soleil de printemps. Pourtant, ce regard ne tarda pas à s'arrêter sur une fenêtre, au premier étage d'une maison de la rue de Birague, presque vis-à-vis de l'hôtel. A cette fenêtre, un petit vieux était assis près de la cage d'un canari et ne paraissait avoir d'autre souci que de se chauffer au soleil tant que Dieu daignait encore lui prêter vie.

C'était Lucas, le brigadier Lucas, qui s'était adroitement vieilli d'une vingtaine d'années et qui, bien qu'il eût repéré Maigret à sa terrasse, se gardait de lui adresser le moindre signe d'intelligence.

Tout cela constituait ce qu'en langage policier on appelle vulgairement une planque. Elle durait déjà depuis six jours et deux fois par jour pour le moins le commissaire s'en venait aux nouvelles, tandis que la nuit ses hommes étaient relayés par un sergent de ville qui n'en était pas tout à fait un, puisqu'il était inspecteur de la Police Judiciaire, et par une fille qui faisait le trottoir dans les parages en évitant d'être accostée par des clients.

Les nouvelles de Lucas, Maigret les aurait tout à l'heure, quand on l'appellerait au téléphone du *Tonnelet Bourguignon*. Et sans doute ne seraient-elles pas plus sensationnelles que celles de Janvier.

La foule passait tellement à ras de la terrasse minuscule que le commissaire était sans cesse obligé de rentrer les pieds sous sa chaise.

Or, soudain, sans qu'il y eût pris garde, un homme s'assit à côté de lui, à sa propre table, un homme mince et roux, aux yeux tristes, dont le visage lugubre avait quelque chose de clownesque.

— Encore vous ? grogna le commissaire.

— Je vous demande pardon, monsieur Maigret, mais je suis sûr que vous finirez par me comprendre et par accepter ce que je vous propose...

Et, à Janvier qui s'approchait avec les allures d'un parfait garçon :

— La même chose que mon ami...

Il avait un accent polonais très prononcé. Il devait avoir la gorge frêle, car il mâchonnait sans cesse un cigare de goudron qui accentuait encore ce que son aspect avait de burlesque.

— Vous commencez à me donner chaud aux oreilles ! fit Maigret sans aménité. Voulez-vous me dire comment vous saviez que je viendrais ici ce matin ?

— Je ne le savais pas.

— Alors, pourquoi êtes-vous venu ? Vous allez me faire croire que c'est par hasard que vous m'avez aperçu ?

— Non !

Les réflexes de l'homme étaient lents comme ceux de ces gymnastes de music-hall qui s'intitulent acrobates flegmatiques. Il regardait devant lui, de ses yeux jaunes, ou plutôt il avait l'air de regarder dans le vide. Et il parlait d'une voix monocorde et triste, comme s'il eût récité de sempiternelles condoléances.

— Vous êtes méchant avec moi, monsieur Maigret...

— Cela ne répond pas à ma question. Comment se fait-il que vous soyez ici ce matin ?

— Je vous ai suivi !

— Depuis la Police Judiciaire ?

— Bien avant... Depuis chez vous...

— Ainsi, vous m'avouez que vous m'espionnez ?

— Je ne vous espionne pas, monsieur Maigret. J'ai trop de respect et d'admiration pour vous ! Je vous ai déjà affirmé que je serai un jour votre collaborateur...

Et il soupirait nostalgiquement en contemplant son cigare au goudron terminé par une cendre artificielle en bois peint.

Les journaux n'en avaient pas parlé, sauf un, et ce journal, d'ailleurs, qui avait eu le tuyau Dieu sait comment, compliquait singulièrement la tâche du commissaire.

La police aurait tout lieu de croire que les bandits polonais, y compris Stan le Tueur, sont en ce moment à Paris.

C'était vrai, mais il aurait mieux valu le taire. En quatre ans, une bande de Polonais, dont on ne savait à peu près rien, avait attaqué cinq fermes, toujours dans le Nord, et toujours selon des méthodes identiques.

D'abord, il s'agissait chaque fois de fermes isolées, tenues par des vieillards. En outre, l'attentat avait invariablement lieu un soir de foire, et chez des gens qui, ayant vendu bon nombre de bestiaux, avait chez eux une grosse quantité d'argent liquide.

Rien de scientifique dans la méthode. L'attentat brutal, tel qu'il avait lieu au temps des voleurs de grands chemins. Un mépris absolu de la vie humaine.

Les Polonais tuaient ! Ils tuaient tous ceux qu'ils trouvaient dans la ferme, même s'il y avait là des enfants, sachant que c'était le seul moyen d'éviter d'être un jour reconnus.

Étaient-ils deux, cinq ou huit ?

Dans chaque cas, des gens avaient aperçu une camionnette. Un gamin d'une douzaine d'années prétendait avoir vu un homme borgne.

Certains affirmaient que les bandits, pour opérer, étaient munis de masques noirs.

Toujours est-il que, chaque fois, les fermiers étaient tués à coups de couteau, ou plus exactement égorgés dans l'exacte acception du terme.

L'affaire ne regardait pas Paris. Les diverses brigades mobiles de France s'en étaient occupées.

Deux années durant, le mystère était resté entier, ce qui n'était pas pour rassurer les campagnes.

Puis un renseignement était venu des environs de Lille, où des villages sont de véritables enclaves polonaises en terre française. Ce renseignement était vague. Il était même impossible d'en retrouver la source véritable.

— Les Polonais prétendent que c'est la bande de Stan le Tueur...

Mais, quand on interrogeait un à un les hommes des corons, qui pour la plupart ne parlaient pas le français, ils ne savaient plus rien, ou encore ils bafouillaient :

— On m'a dit...

— Qui, « on » ?

— Je ne sais pas... J'ai oublié...

Lors d'un crime dans la région de Reims, cependant, une domestique de ferme, dont les bandits devaient ignorer l'existence et qui dormait dans une soupente, avait été épargnée. Elle avait entendu les assassins parler une langue qu'elle croyait être du polonais. Elle avait aperçu les visages masqués de tissu noir, mais elle avait remarqué qu'un des hommes était borgne, et qu'un autre, un colosse de plus d'un mètre quatre-vingts de haut, était extraordinairement velu.

Ainsi en était-on arrivé à dire, dans les milieux policiers :

— Stan le Tueur... Le Barbu... Le Borgne...

Des mois durant, on n'en avait pas su davantage, jusqu'au jour où un petit inspecteur de la brigade des garnis avait fait une découverte. Il était chargé du quartier Saint-Antoine, où les Polonais pullulent. Il avait remarqué, dans un hôtel de la rue de Biragué, un groupe équivoque où se trouvaient à la fois un borgne et un colosse au visage littéralement couvert de poils.

En apparence, c'étaient de pauvres gens. Le colosse velu occupait une chambre à la semaine, avec sa femme, mais presque chaque nuit il donnait asile à plusieurs compatriotes, tantôt deux tantôt cinq ; souvent aussi d'autres Polonais louaient la chambre voisine.

— Vous voulez vous occuper de ça, Maigret ? avait proposé le directeur de la Police Judiciaire.

Or, le lendemain, alors que l'affaire avait été tenue secrète, un journal publiait l'information !

Le surlendemain, dans son courrier, Maigret trouvait une lettre écrite maladroitement, d'une écriture presque enfantine, avec de nombreuses fautes d'orthographe, sur du mauvais papier comme on en vend chez les épiciers :

Stan ne se laissera pas prendre. Prenez garde. Avant que vous l'ayez réduit à l'impuissance, il aura eu le temps d'abattre du monde autour de lui.

Certes, on ne savait pas encore qui était Stan le Tueur, mais on avait de bonnes raisons de croire que le tuyau de la rue de Birague était juste, puisque l'assassin se donnait la peine d'envoyer une lettre de menaces.

Et cette lettre n'était pas une plaisanterie, Maigret en avait la certitude. Elle « sentait » le vrai, comme il disait. Elle avait comme un arrière-goût crapule.

— Soyez prudent, vieux ! avait recommandé le chef. Pas d'arrestation brusquée. L'homme qui a égorgé seize personnes en quatre ans n'hésitera pas à vider son barillet autour de lui quand il se verra sur le point d'être pris...

Voilà pourquoi Janvier était devenu garçon de café en face de l'*Hôtel Beauséjour*, tandis que Lucas s'était transformé en vieil impotent passant ses journées à humer le soleil à sa fenêtre.

Le quartier continuait sa vie bruyante, sans se douter que d'une minute à l'autre un homme aux abois pourrait faire feu en tous sens autour de lui...

— Monsieur Maigret, je suis venu pour vous dire...

Et Michel Ozep avait surgi.

Sa première rencontre avec Maigret datait de quatre jours. Il s'était présenté à la P.J. et avait insisté pour être reçu par le commissaire en personne. Celui-ci l'avait fait attendre plus de deux heures, ce qui n'avait pas démonté le bonhomme.

Une fois dans le bureau, il avait claqué les talons, s'était courbé en tendant la main :

— Michel Ozep, ancien officier polonais, professeur de gymnastique à Paris...

— Asseyez-vous, je vous écoute.

Le Polonais parlait avec un accent prononcé et d'une façon si volubile qu'on ne pouvait pas toujours le suivre. Il expliquait qu'il appartenait à une très bonne famille, qu'il avait quitté la Pologne à la suite de chagrins intimes — il donnait à entendre qu'il était amoureux de la femme de son colonel ! — et qu'il était plus désespéré que jamais parce qu'il ne pouvait pas s'habituer à une vie médiocre.

— Vous comprenez, monsieur Maigret...

Il prononçait « Maigrette ».

— ... Je suis un gentilhomme... Ici, je donne des leçons à des gens sans culture et sans éducation... Je suis pauvre... J'ai décidé de me suicider...

Maigret s'était d'abord dit : « Un fou ! »

Car le Quai des Orfèvres a l'habitude des visites de ce genre et bon nombre de détraqués éprouvent le besoin d'y venir faire des confidences.

— J'ai essayé il y a trois semaines... Je me suis jeté dans la Seine du pont d'Austerlitz, mais les agents de la brigade fluviale m'ont aperçu et m'ont retiré de l'eau...

Sous un prétexte, Maigret passa à côté, téléphona à la brigade fluviale, constata que c'était vrai.

— Six jours plus tard, j'ai voulu me donner la mort par le gaz d'éclairage, mais le facteur est venu avec une lettre et a ouvert la porte...

Coup de téléphone au commissariat du quartier. C'était encore vrai !

— Je veux vraiment me tuer, comprenez-vous ? Mon existence n'a plus de valeur. Un gentilhomme ne peut accepter de vivre ainsi dans la misère ou dans la médiocrité. Alors, j'ai pensé que vous aviez peut-être besoin d'un homme comme moi...

— Pour quoi faire ?

— Pour vous aider à arrêter Stan le Tueur.

Maigret avait froncé les sourcils.

— Vous le connaissez ?

— Non... J'ai seulement entendu parler de lui... Comme Polonais, je suis indigné qu'un homme de mon pays viole ainsi les lois de l'hospitalité... Je souhaite que Stan et sa bande soient arrêtés... Je sais qu'il a résolu de se défendre sauvagement... Donc, parmi ceux qui voudront le prendre, il y aura sûrement des morts... Ne vaut-il pas mieux que ce soit moi, puisque je veux quand même mourir ?... Dites-moi où est Stan ?... J'irai et je le désarmerai... Au besoin, je le blesserai, pour qu'il ne soit plus dangereux...

Maigret n'avait pu qu'employer la formule traditionnelle :

— Laissez-moi votre adresse... Je vous écrirai...

Michel Ozep habitait en meublé rue des Tournelles, non loin, précisément, de la rue de Birague. Un inspecteur s'était occupé de lui. Le rapport était plutôt en sa faveur. En effet, il avait été sous-lieutenant dans l'armée polonaise quand celle-ci s'était constituée. Puis on perdait sa trace. On le retrouvait à Paris, où il essayait de donner des leçons de gymnastique aux fils et aux filles de petits commerçants.

Ses tentatives de suicide n'étaient pas de l'invention.

N'empêche que Maigret, d'accord avec le chef de la P.J., lui avait adressé une lettre officielle qui se terminait par :

... ne puis, à mon grand regret, profiter de votre généreuse proposition dont je vous remercie...

Deux fois, depuis lors, Ozep s'était présenté quai des Orfèvres et avait insisté pour voir le commissaire. La seconde fois, il avait même refusé de s'en aller, prétendant qu'il attendrait là aussi longtemps qu'il le faudrait et occupant presque de force, des heures durant, un des fauteuils en velours vert de la salle d'attente.

Maintenant, Ozep était là, à la table de Maigret, à la terrasse du *Tonnelet Bourguignon*.

— Je veux vous prouver, monsieur Maigrette, que je suis bon à quelque chose et que vous pouvez accepter mes services. Voilà déjà trois jours que je vous suis et je suis capable de vous dire tout ce que vous avez fait pendant ce temps. Je sais aussi que le garçon qui vient de me servir est un de vos inspecteurs et qu'il y en a un autre à une fenêtre en face de nous, près d'une cage à canari...

Maigret serra furieusement le tuyau de sa pipe entre ses dents, évitant de regarder son interlocuteur qui parlait toujours d'une voix monocorde :

— Je comprends que, quand un inconnu vient vous déclarer : « Je suis un ancien officier de l'armée polonaise et je veux me suicider... » Je comprends que vous pensiez : « Ce n'est peut-être pas vrai... » Mais vous avez vérifié tout ce que je vous ai dit... Vous avez vu que je ne m'abaisse pas à mentir...

C'était un moulin à paroles, un moulin au débit rapide, saccadé, fatigant à écouter, d'autant plus que l'accent déformait les syllabes au point qu'il fallait une attention soutenue pour tout comprendre.

— Vous n'êtes pas polonais, monsieur Maigrette... Vous ne comprenez pas la mentalité... Vous ne parlez pas la langue... Moi, je veux sérieusement vous aider, parce qu'il ne faut pas que le renom de mon pays soit encore terni par...

Le commissaire commençait à étrangler de colère. Et l'autre qui, pourtant, devait s'en apercevoir, n'en continuait pas moins :

— Si vous essayez de prendre Stan, qu'est-ce qu'il fait ? Il a peut-être deux, peut-être trois revolvers dans ses poches... Il tire sur tout le monde... Qui sait si des petits enfants ne seront pas tués, des femmes blessées ?... Alors, on dira que la police...

— Vous ne voulez pas vous taire ?

— Moi, je tiens à mourir... Personne ne pleurera le pauvre Ozep... Vous me dites : « Voilà Stan !... » Et je le suis comme je vous ai suivi... J'attends le moment où il n'y a pas de monde... Je lui déclare : « Tu es Stan le Tueur !... »

» Alors il tire sur moi et je tire dans ses jambes... Du fait qu'il tire sur moi, vous avez la preuve que c'est bien Stan et que vous ne faites pas une bêtise... Et, comme il est blessé...

Rien ne l'arrêtait ! Il aurait continué son boniment en dépit de l'univers entier.

— Si je vous faisais coffrer ? l'interrompit rudement Maigret.

— Pourquoi ?

— Pour avoir la paix !

— Qu'est-ce que vous diriez ? Qu'est-ce que le pauvre Ozep a fait contre les lois françaises qu'il veut au contraire défendre et pour lesquelles il donne sa vie ?

— Ta gueule !

— Vous dites ? Vous acceptez ?

— Rien du tout !

A ce moment, une femme passa, une femme aux cheveux blonds, au teint très clair, que tout le monde dans le quartier était capable de reconnaître pour une étrangère. Elle portait un sac à provisions et se dirigeait vers une boucherie.

Maigret, qui la suivait des yeux, remarqua que son compagnon éprouvait soudain le besoin de se moucher bruyamment, en se couvrant presque tout le visage de son mouchoir.

— C'est la maîtresse de Stan, n'est-ce pas ? disait-il quand la femme avait disparu.

— Est-ce que vous allez me ficher la paix, à la fin ?

— Vous êtes persuadé que c'est la maîtresse de Stan, mais vous ne savez pas lequel est Stan !... Vous croyez que c'est le barbu... Or, le barbu s'appelle Boris... Et le borgne s'appelle Sacha... Ce n'est pas un Polonais, mais un Russe... Si vous faites vous-même l'enquête, vous n'apprendrez rien, parce que dans l'hôtel il n'y a que des Polonais qui refuseront de vous répondre ou qui vous mentiront... Tandis que moi...

Nulle ménagère, dans l'agitation de la rue Saint-Antoine, ne soupçonnait les sujets débattus à cette minuscule terrasse du *Tonnelet Bourguignon*. La femme aux cheveux blonds, au teint clair, marchandait des côtelettes à l'étal d'un boucher proche et il y avait dans son regard un peu de cette lassitude qu'on lisait dans celui de Michel Ozep.

— Peut-être êtes-vous ennuyé parce que vous craignez, si je suis tué, des demandes d'explications ?... D'abord, je n'ai pas de famille... Ensuite, j'ai écrit une lettre dans laquelle je dis que c'est moi qui, seul et de mon plein gré, ai cherché la mort...

Sur le seuil, le pauvre Janvier ne savait comment faire pour expliquer à Maigret qu'il y avait un message téléphonique pour lui. Maigret s'en était aperçu, mais il continuait à observer son Polonais en tirant de petites bouffées de sa pipe.

— Écoutez, Ozep...

— Oui, monsieur Maigrette...

— Si on vous aperçoit encore dans les parages de la rue Saint-Antoine, je vous fais coffrer !

— Mais j'habite...

— Vous n'aurez qu'à habiter ailleurs !

— Vous refusez l'offre que... ?

— Filez !

— Mais...

— Filez, ou je vous arrête !

L'homme se leva, salua en claquant les talons et en se pliant en deux, s'éloigna d'une démarche digne. Maigret, qui avait aperçu un de ses inspecteurs, lui avait déjà fait signe de suivre l'étrange professeur de gymnastique.

Janvier pouvait enfin s'approcher.

— Lucas vient de téléphoner... Il a aperçu des armes dans la chambre et cinq Polonais ont couché cette nuit dans la pièce voisine, certains par terre, en laissant la porte de communication entrouverte... Qu'est-ce que c'est, ce type-là ?

— Rien... Je vous dois ?...

Et Janvier, reprenant son rôle, désignait le verre d'Ozep :

— Vous réglez la consommation du monsieur ?... Un franc vingt et un franc vingt, deux quarante...

Maigret se fit conduire en taxi à la P.J.

A la porte de son bureau, il trouva l'inspecteur qu'il avait chargé de suivre Ozep.

— Tu as perdu sa trace ? hurla-t-il. Tu n'as pas honte ? Je te charge d'une filature enfantine et...

— Je ne l'ai pas perdu, murmura humblement l'inspecteur qui était un nouveau.

— Où est-il ?

— Ici.

— C'est toi qui l'as amené ?

— C'est lui.

Car Ozep, en effet, s'était dirigé tout droit vers la P.J. et s'était installé paisiblement dans la salle d'attente, avec un sandwich, après avoir annoncé qu'il avait rendez-vous avec le commissaire « Maigrette ».

2

Travail moins prestigieux sans doute, mais non moins utile : Maigret, de sa grosse écriture, avec l'air de vouloir écraser la plume sur le papier, résumait en un rapport les divers renseignements obtenus en quinze jours de planques diverses autour de la bande des Polonais.

C'est en les alignant de la sorte qu'on pouvait constater combien ces renseignements étaient maigres, puisqu'on ne pouvait même pas fixer au juste le nombre d'individus faisant partie de la bande.

D'après les informations antérieures, c'est-à-dire d'après les gens qui, lors des attentats, avaient aperçu ou croyaient avoir aperçu les bandits, ceux-ci étaient tantôt quatre, tantôt cinq, mais il était probable que d'autres complices repéraient auparavant les fermes et fréquentaient les marchés.

Cela donnait à peu près le chiffre de six ou sept personnes et il semblait bien que c'était là le nombre d'individus qui rôdaient autour du noyau de la rue de Birague.

De locataires fixes, il n'y en avait que trois, qui avaient d'ailleurs rempli régulièrement leur fiche et montré des passeports en règle :

1. Boris Saft, celui que les enquêteurs appelaient le Barbu et qui paraissait vivre maritalement avec la femme blonde et pâle ;

2. Olga Tzérewski, vingt-huit ans, originaire de Vilna ;

3. Sacha Vorontzow, surnommé le Borgne.

C'était ce trio qui servait de base à l'enquête, comme il servait, semblait-il, de base à la bande.

Boris le Barbu et Olga occupaient une chambre.

Sacha le Borgne occupait la chambre voisine et la porte de communication entre les deux restait toujours ouverte.

Chaque matin, la jeune femme faisait son marché et préparait le repas sur un réchaud à alcool.

Le Barbu sortait peu, passait la plus grande partie de ses journées étendu sur le lit de fer, à lire les journaux polonais qu'on allait lui acheter à un kiosque de la place de la Bastille.

Le Borgne avait effectué quelques sorties et chaque fois il avait été suivi par un inspecteur. L'homme s'en doutait-il ? Toujours est-il qu'il s'était contenté de les promener dans Paris et de s'arrêter dans plusieurs cafés pour boire, sans adresser la parole à personne.

Le reste, c'était ce que Lucas appelait la « clientèle volante ». Des gens entraient et sortaient, toujours les mêmes, quatre ou cinq, à qui Olga donnait à manger et qui, parfois, couchaient dans une des deux chambres, par terre, pour repartir le matin.

Le fait n'avait rien d'extraordinaire, car il en était ainsi dans presque tout l'hôtel occupé par de pauvres gens, des exilés qui se mettaient à plusieurs pour payer une chambre ou qui hébergeaient des compatriotes rencontrés dans la rue.

Sur la « clientèle volante », Maigret possédait quelques notes :

1. Le Chimiste, qu'on appelait ainsi parce qu'il s'était présenté deux fois à la Bourse du Travail pour demander une place dans une usine de produits chimiques. Ses vêtements étaient très usés, mais d'assez bonne coupe. Des heures durant, il parcourait les rues de Paris avec les allures de quelqu'un qui cherche à gagner un peu d'argent et, toute une journée, il avait été embauché comme homme-sandwich ;

2. Épinard, ainsi nommé parce qu'il portait un invraisemblable chapeau vert épinard qui se remarquait d'autant plus que la chemise était d'un rose passé. Épinard sortait surtout le soir et on le voyait ouvrir les portières au seuil de quelque boîte de Montmartre ;

3. L'Enflé, un petit gros, poussif, mieux vêtu que les autres, encore que ses deux souliers ne fussent pas de la même paire.

Deux autres venaient encore rue de Birague, moins régulièrement, et il était difficile de dire s'ils appartenaient à la bande.

Maigret nota en dessous de cette liste :

Ces gens donnent l'impression d'étrangers sans argent, à la recherche d'un travail quelconque. Cependant, il y a toujours de la vodka dans les chambres et on y fait certains soirs de vrais gueuletons.

Il est impossible de savoir si la bande, se sentant surveillée, ne prend pas cette attitude pour dérouter la police.

D'autre part, s'il est vrai qu'un de ces individus soit Stan le Tueur, il semblerait que ce soit plutôt le Borgne ou le Barbu. Mais ceci n'est qu'une supposition.

C'est sans le moindre enthousiasme qu'il alla porter son rapport au chef.

— Rien de nouveau ?

— Rien de précis. Je jurerais que les gaillards ont repéré chacun de nos hommes et qu'ils s'amusent à multiplier les allées et venues les plus innocentes. Ils se disent que nous ne pouvons pas mobiliser éternellement une partie de la P.J. pour les surveiller. Ils ont le temps...

— Vous avez un plan ?

— Vous savez, chef, que les idées et moi sommes brouillés depuis longtemps. Je vais, je viens, je renifle. Il y en a qui croient que j'attends l'inspiration, mais ils se fourrent le doigt dans l'œil. Ce que j'attends, c'est le fait significatif qui ne manque jamais de se produire. Le tout, c'est d'être là quand il a lieu et d'en profiter...

— Vous attendez donc un petit fait ? murmura le chef en souriant, car il connaissait son homme.

— Ma conviction est celle-ci : nous nous trouvons bien en présence de la bande des Polonais. A cause de cet idiot de journaliste, qui est toujours à rôder dans les couloirs et qui a dû surprendre une conversation, nos gaillards sont alertés...

» Maintenant, pourquoi Stan a-t-il écrit, c'est ce que je me demande. Peut-être parce qu'il sait que la police hésite toujours à procéder à une arrestation en force ? Peut-être, et c'est le plus probable, par bravade. Les tueurs ont leur orgueil, j'allais dire leur orgueil professionnel...

» Lequel est Stan ?

» Pourquoi ce diminutif, qui est plus américain que polonais ?

» Vous savez que je mets le temps à me former une opinion... Eh bien, cela commence à venir... Depuis deux ou trois jours, il me semble que je sens la psychologie de mes gaillards bien différente de celle de meurtriers français...

» Ils ont besoin d'argent, non pour se retirer à la campagne, ou pour faire la noce dans les boîtes de nuit, ou encore pour filer à l'étranger, mais simplement pour vivre à leur guise, c'est-à-dire sans rien faire, manger, boire et dormir, passer des journées allongés sur un lit, ce lit fût-il crasseux, à fumer des cigarettes et à sécher des bouteilles de vodka...

» Ils éprouvent aussi le désir d'être ensemble, de rêver ensemble, de bavarder ensemble et, certains soirs, de chanter ensemble...

» A mon avis, leur premier crime accompli, ils ont vécu de la sorte jusqu'à épuisement de l'argent, puis ils ont préparé un nouveau coup. Dès que les fonds sont en baisse, ils recommencent, froidement, sans remords, sans la moindre pitié pour les vieux qu'ils égorgent et dont ils mangent les économies en quelques semaines ou en quelques mois...

» Maintenant que j'ai compris cela, j'attends...

— Je sais ! Le petit fait... plaisanta le directeur de la P.J.

— Ironisez tant que vous voudrez ! N'empêche que le petit fait est peut-être déjà là...

— Où ?

— Dans l'antichambre... Le bonhomme qui m'appelle Maigrette et qui veut à toutes forces m'aider à l'arrestation, fût-ce en y laissant sa peau... Il prétend que c'est un moyen comme un autre de se suicider...

— Un fou ?

— Peut-être ! Ou un complice de Stan qui aurait découvert ce moyen de connaître nos intentions. Toutes les suppositions sont permises et c'est bien ce qui rend mon type passionnant. Qu'est-ce qui empêche, par exemple, que ce soit Stan en personne ?

Et Maigret vida sa pipe en tapant de petits coups sur l'appui de la fenêtre, si bien que les cendres tombaient quelque part sur le quai, peut-être sur le chapeau d'un passant.

— Vous allez vous servir de cet homme ?

— Je crois que oui.

Là-dessus, le commissaire gagna la porte, évitant d'en dire davantage.

— Vous verrez, chef ! Cela m'étonnerait que la planque soit encore nécessaire après la fin de cette semaine.

Or, on était le jeudi après-midi !

— Assieds-toi là ! Cela ne t'énerve pas de sucer toute la journée cette saleté de cigare au goudron ?

— Non, monsieur Maigrette.

— Tu commences à m'impatienter avec ton Maigrette... Mais enfin !... Parlons sérieusement... Tu es toujours décidé à mourir ?

— Oui, monsieur Maigrette.

— Et tu veux toujours qu'on te confie une mission périlleuse ?

— Je veux vous aider à arrêter Stan le Tueur.

— Ainsi, si je te disais de t'approcher du Borgne et de lui tirer un coup de revolver dans les jambes, tu le ferais ?

— Oui, monsieur Maigrette. Mais il faudrait que vous me donniez un revolver. Je suis très pauvre et...

— Suppose maintenant que je te demande d'aller dire au Barbu, ou au Borgne, que tu as des renseignements sérieux, que la police va venir les arrêter...

— Je veux bien, monsieur Maigrette. J'attendrai que le Borgne passe dans la rue et je lui ferai la commission.

Le lourd regard du commissaire restait posé sur le mince Polonais et celui-ci ne s'en montrait pas gêné, ni inquiet. Rarement, Maigret avait vu chez un homme autant d'assurance en même temps qu'autant de calme.

Michel Ozep parlait de se tuer ou d'aller vers la bande des Polonais comme d'une chose toute simple, toute naturelle. A la terrasse de la rue Saint-Antoine comme dans les locaux de la Police Judiciaire, il était aussi à l'aise.

— Tu ne les connais ni l'un ni l'autre ?

— Non, monsieur Maigrette.

— Eh bien, je vais te charger d'une mission. Tant pis pour toi s'il y a du grabuge !

Cette fois, Maigret baissait à demi les paupières pour cacher ce qu'il y avait de trop tendu dans son regard.

— Tout à l'heure, nous irons ensemble rue Saint-Antoine. Je t'attendrai dehors. Tu monteras dans la chambre en choisissant un moment où la femme sera seule. Tu lui diras que tu es un compatriote et que, par hasard, tu as appris que la police ferait cette nuit une descente à l'hôtel...

Silence d'Ozep.

— Tu as compris ?

— Oui.

— C'est convenu ?

— Je veux vous avouer quelque chose, monsieur Maigrette.

— Tu te dégonfles ?

— Je ne fais pas ce que vous dites... me « dégonfler »... non !... Seulement, j'aimerais mieux arranger l'affaire autrement... Vous croyez peut-être, comme ça, que je suis très hardi... C'est ainsi que vous dites ?... Or, avec les femmes, je suis un homme timide... Et les femmes sont intelligentes, beaucoup plus intelligentes que les hommes... Alors, elle verra que je mens... Et parce que je sais qu'elle verra que je mens, je rougirai... Et quand je rougirai...

Maigret ne bougeait pas, le laissait s'empêtrer dans une explication aussi touffue que mauvaise.

— J'aime mieux parler à un homme... Au barbu, si vous voulez, ou à celui que vous appelez le Borgne, ou à n'importe qui...

Peut-être parce qu'un rayon de soleil pénétrait obliquement dans le bureau et tombait en plein sur le visage de Maigret, celui-ci semblait sommeiller, comme un homme qu'un trop copieux déjeuner oblige à faire la sieste dans son fauteuil.

— C'est exactement la même chose, monsieur Maigrette...

Mais M. Maigrette ne répondait pas et le seul signe de vitalité qu'il donnât était un mince filet bleu qui s'élevait en spirale du fourneau de sa pipe.

— Je suis désolé... Vous pouvez me demander n'importe quoi, mais vous me demandez justement la seule chose...

— Ta gueule !

— Vous dites ?

— Je dis « ta gueule » ! En français, cela veut dire que tu peux te taire... Où as-tu connu la femme, Olga Tzérewski ?

— Moi ?

— Réponds !

— Je ne comprends pas ce que vous voulez dire...

— Réponds !

— Je ne connais pas cette femme... Si je la connaissais, je vous l'avouerais... Je suis un ancien officier de l'armée polonaise et si je n'avais pas eu des malheurs...

— Où l'as-tu connue ?

— Je vous jure, monsieur Maigrette, sur la tête de ma pauvre mère et de mon pauvre père...

— Où l'as-tu connue ?

— Je me demande pourquoi vous êtes devenu si méchant avec moi ! Vous me parlez brutalement ! Moi qui suis venu ici pour vous rendre service, pour éviter que des Français soient tués par un compatriote...

— Chante, fifi !

— Vous dites ?

— Chante, fifi ! Cela signifie chez nous : Continue ton boniment mais ça ne prend pas...

— Demandez-moi n'importe quoi...

— C'est ce que je fais !

— Demandez-moi autre chose, de me jeter sous une rame de métro, de sauter par la fenêtre...

— Je te demande d'aller voir cette femme et de lui dire que nous procéderons cette nuit à l'arrestation de la bande...

— Vous voulez absolument ?

— Tu es libre d'accepter ou de refuser !

— Et si je refuse ?

— Tu iras te faire pendre ailleurs !

— Pourquoi pendre ?

— Façon de parler... Enfin, tu essaieras de ne plus te trouver sur mon chemin...

— Vous arrêterez vraiment la bande cette nuit ?

— Probable !

— Et vous me permettrez de vous aider ?

— Possible... Nous verrons ça quand tu auras rempli ta première mission...

— A quelle heure ?

— Ta mission ?

— Non ! A quelle heure vous arrêterez ?

— Mettons une heure du matin.

— Je vais...

— Où ?

— Trouver la femme.

— Minute ! Nous partons ensemble !

— Il vaut mieux que j'aille seul... Si on nous voit, on comprendra que j'aide la police...

Bien entendu, le Polonais était à peine sorti du bureau que le commissaire mettait un inspecteur sur ses talons.

— Je dois me cacher ? questionna cet inspecteur.

— Pas la peine... Il est plus malin que toi et il sait fort bien que je vais le faire suivre...

Et, sans perdre un instant, Maigret descendit, sauta dans un taxi.

— A toute vitesse au coin de la rue de Birague et de la rue Saint-Antoine...

L'après-midi était radieux et des vélums bariolés mettaient une note de couleur au-dessus des boutiques. Dans l'ombre, des chiens s'étiraient et la vie s'écoulait au ralenti ; on avait l'impression que les autobus eux-mêmes éprouvaient quelque peine à se mettre en marche dans l'air épais, leurs grosses roues laissant des traces sur le bitume échauffé.

Maigret ne fit que bondir du taxi dans la maison qui formait l'angle des deux rues et, au second étage, il ouvrit une porte, sans se donner la peine de frapper, trouva le brigadier Lucas assis devant la fenêtre, toujours sous les apparences d'un petit vieillard paisible et curieux.

La chambre était pauvre, pas très propre. Sur la table, on voyait les restes d'un repas froid que Lucas s'était fait apporter d'une charcuterie.

— Du nouveau, commissaire ?

— Il y a du monde, en face ?

La chambre avait été choisie pour sa position stratégique, car elle permettait de plonger le regard dans les deux pièces de l'*Hôtel Beauséjour* qui étaient occupées par les Polonais.

Or, par cette température, toutes les fenêtres étaient ouvertes, y compris celle d'une autre chambre où on voyait une jeune femme endormie, dans une tenue assez légère.

— Dis donc ! Il me semble que tu ne t'ennuies pas...

Sur une chaise, une paire de jumelles prouvait que Lucas faisait son travail en conscience et tenait à voir les détails.

— Pour l'instant, répondit le brigadier, ils sont deux dans le logement, mais bientôt il n'y aura plus qu'une seule personne. L'homme, en effet, est occupé à s'habiller. Il est resté couché toute la matinée, selon son habitude...

— C'est le Barbu ?

— Oui... Ils ont déjeuné à trois : le Barbu, la femme et le Borgne... Puis le Borgne est parti presque aussitôt... Le Barbu s'est levé et a commencé sa toilette... Tenez ! Il vient de mettre une chemise propre, ce qui ne lui arrive pas souvent.

Maigret s'était approché de la fenêtre et voyait à son tour. Le colosse hirsute nouait une cravate sur la chemise dont la blancheur faisait dans la chambre grise une tache imprévue et d'autant plus éclatante.

On voyait bouger ses lèvres, tandis qu'il se regardait dans la glace. Et, derrière lui, la femme aux cheveux clairs mettait de l'ordre, ramassait des papiers gras qu'elle roulait en boule, éteignait enfin un réchaud à alcool.

— Si seulement on savait ce qu'ils se racontent ! soupira Lucas. Il y a des moments où j'enrage vraiment ! Je les vois parler, parler sans fin ; parfois ils gesticulent et je ne parviens pas à deviner de quoi il est question... Je commence à me rendre compte du supplice que cela doit être d'être sourd et je comprends que ceux qui sont atteints de cette infirmité passent pour des gens méchants...

— En attendant, ne parle pas tant ! Tu crois que la femme va rester là ?

— Ce n'est guère son heure de sortir... Si elle devait le faire, elle aurait mis son tailleur gris...

Olga portait en effet la petite robe de lainage sombre qu'elle avait le matin pour faire son marché. Tout en vaquant à son ménage de bohème, elle fumait une cigarette sans jamais la retirer de ses lèvres, à la façon des vrais fumeurs qui ont besoin de tabac du matin au soir.

— Elle ne parle guère ! remarqua Maigret.

— Ce n'est pas son heure non plus... C'est surtout le soir qu'elle parle, quand ils sont tous autour d'elle... Ou encore certaines fois, quand elle est seule avec celui que j'appelle Épinard, ce qui arrive rarement... Ou je me trompe fort, ou elle a un faible pour Épinard, qui est le plus joli garçon du lot...

C'était une sensation étrange d'être ainsi dans une chambre inconnue, à plonger le regard chez des gens dont on finissait par connaître les moindres faits et gestes.

— Tu deviens terriblement concierge, mon pauvre Lucas !

— Je suis ici pour cela, n'est-ce pas ? Tenez ! Je peux même vous dire que la petite d'à côté, celle qui dort de si bon cœur, a fait l'amour, cette nuit, jusqu'à trois heures du matin avec un petit jeune homme qui portait une lavallière et qui est parti à l'aube, sans doute pour rentrer sans bruit chez ses parents... Tenez ! Voilà le Barbu qui s'en va...

— Dis donc ! Il est presque élégant...

— C'est une façon de parler... Il a plutôt l'air d'un lutteur forain que d'un homme du monde.

— Mettons d'un lutteur forain qui ferait de bonnes affaires ! concéda Maigret.

En face, pas d'embrassades. L'homme s'en allait, simplement, c'est-à-dire disparaissait de la partie de la pièce que l'on découvrait de l'observatoire des policiers.

Un peu plus tard, il surgissait sur le trottoir et se dirigeait vers la place de la Bastille.

— Derain va le prendre en filature... annonça Lucas qui était là comme une grosse araignée au milieu de sa toile. Mais l'autre sait qu'il est suivi. Il se contentera de se promener et peut-être de boire un verre à une terrasse...

La femme, elle, prenait une carte routière dans un tiroir et la déployait sur la table. Maigret calculait qu'Ozep n'avait pas dû venir en taxi, mais par le métro et que, dans ces conditions, il n'arriverait que dans quelques minutes.

— S'il vient ! rectifia-t-il.

Et il vint ! On le vit arriver, hésitant, aller et venir sur le trottoir, tandis que l'inspecteur qui le suivait feignait, dans la rue Saint-Antoine, de s'intéresser à l'étalage d'une poissonnerie.

Vu ainsi, d'en haut, le mince Polonais paraissait encore plus maigre, plus insignifiant et Maigret, un instant, eut un remords.

Il croyait entendre la voix du pauvre garçon répéter cent fois, en des explications difficiles, son fameux « monsieur Maigrette »...

Il hésitait, c'était certain. On eût même juré qu'il avait peur et il regardait autour de lui avec une visible angoisse.

— Sais-tu ce qu'il cherche ? dit le commissaire à Lucas.

— Le bonhomme pâle ? Non ! Peut-être de l'argent pour entrer à l'hôtel ?

— Il me cherche... Il se dit que je suis sans doute dans les parages et que, si j'avais par miracle changé d'avis...

Trop tard ! Michel Ozep venait de plonger dans le sombre corridor de l'hôtel. On pouvait le suivre par la pensée. Il grimpait l'escalier, atteignait le second étage.

— Il hésite encore... annonça Maigret.

Car la porte aurait déjà dû s'ouvrir !

— Il est sur le palier... Il va frapper... Il a frappé... Tiens !...

En effet, la jeune femme blonde tressaillait, rangeait, d'un mouvement instinctif, sa carte routière dans l'armoire et se dirigeait vers la porte.

Un instant, on ne vit rien. Les deux personnages se tenaient dans la partie invisible de la chambre.

Puis soudain la femme parut et il y avait quelque chose de changé en elle. Sa démarche était nette, rapide. Elle allait droit à la fenêtre, la fermait, puis tirait les rideaux sombres.

Lucas se tourna vers le commissaire en esquissant une drôle de moue.

— Dites donc !...

Mais il cessa de plaisanter en constatant que Maigret était beaucoup plus soucieux qu'il ne le prévoyait.

— Quelle heure est-il, Lucas ?

— Trois heures dix...

— A ton avis, est-ce qu'il y a des chances pour qu'un de nos lascars rentre d'ici peu ?

— Je ne crois pas... A part, comme je vous l'ai dit, Épinard, s'il sait que le Barbu est absent... Vous n'avez pas l'air tranquille...

— Je n'aime pas la façon dont cette fenêtre a été fermée...

— Vous avez peur pour votre Polonais ?

Maigret ne répondit pas et Lucas poursuivit :

— Avez-vous pensé que rien ne prouve qu'il soit dans la chambre ? Nous l'avons vu entrer dans l'hôtel, c'est vrai... Mais il peut fort bien être allé dans une autre chambre... Et c'est peut-être quelqu'un d'autre qui...

Maigret haussa les épaules et soupira :

— Tais-toi ! Tu me fatigues...

3

— Quelle heure est-il, Lucas ?

— Trois heures vingt...

— Sais-tu ce qui va se passer ?

— Vous voulez aller voir ce qui se passe en face ?

— Pas encore. Mais je vais très probablement me couvrir de ridicule. D'où peut-on téléphoner ?

— De la pièce voisine. C'est un tailleur en chambre qui travaille pour une grande maison, et celle-ci l'oblige à avoir le téléphone...

— Dans ce cas, va chez ton tailleur. Essaie qu'il n'entende pas la conversation. Téléphone au chef de ma part. Dis-lui de m'envoyer, de toute urgence, une vingtaine d'hommes armés. Qu'ils se disséminent autour de l'*Hôtel Beauséjour*, et qu'ils attendent mon signal...

La mine de Lucas disait assez la gravité de cet ordre, au surplus assez peu dans les habitudes de Maigret, qui riait volontiers des mobilisations policières.

— Vous croyez qu'il y aura du vilain ?

— A moins que ce soit déjà fait...

Il ne quittait pas des yeux cette fenêtre aux vitres sales, au rideau de velours cramoisi qui datait du temps de Louis-Philippe.

Quand Lucas revint d'avoir été téléphoner, il retrouva le commissaire à la même place, le front toujours aussi soucieux.

— Le patron vous recommande d'être prudent. Il y a déjà eu un inspecteur tué la semaine dernière et, si un accident devait encore se produire...

— Ferme-la, veux-tu ?

— Vous croyez que Stan le Tueur... ?

— Je ne crois rien, vieux ! J'ai assez réfléchi à cette affaire depuis le matin pour en avoir mal à la tête. Maintenant, je me contente d'avoir des impressions et, si tu veux tout savoir, j'ai malheureusement l'impression qu'il se passe ou qu'il va se passer des choses désagréables. Quelle heure ?

— Vingt-trois...

Comme par ironie, dans la chambre voisine, la jeune fille dormait toujours, la bouche entrouverte, les jambes repliées. Plus haut, vers le cinquième ou sixième étage, quelqu'un s'essayait à jouer de l'accordéon, reprenant sans cesse, avec des fausses notes, la même ritournelle de java.

— Vous voulez que j'y aille ? proposa Lucas.

Maigret le regarda durement, comme si son subordonné lui eût reproché son manque de bravoure.

— Qu'est-ce que cela veut dire, ça ?

— Rien ! Je vois que vous êtes inquiet de ce qui se passe là-bas, et je propose d'aller voir...

— Et tu crois que j'hésiterais à y aller moi-même ? Tu oublies une chose : une fois en face, il est trop tard... Si on y va et qu'on ne découvre rien, on ne découvrira jamais plus rien sur la bande... Voilà pourquoi j'hésite... Si seulement cette garce n'avait pas fermé la fenêtre !...

Il sourcilla soudain.

— Dis donc ! Les autres fois, cela ne lui est jamais arrivé de fermer la fenêtre, n'est-ce pas ?

— Jamais !

— Donc, elle ne soupçonnait pas ta présence ici...

— Elle me prenait probablement pour un vieux gâteux...

— Si bien que ce n'est pas elle qui a eu l'idée de fermer la fenêtre, mais le type qui est entré...

— Ozep ?

— Lui ou un autre... Celui qui est entré et qui, avant de se montrer, a dit à la femme de fermer la fenêtre...

Il prit son chapeau sur la chaise où il l'avait posé, vida sa pipe, la bourra d'un index écrasant.

— Où allez-vous, patron ?

— J'attends que nos hommes soient arrivés... Tiens ! En voilà deux là-bas près de l'arrêt d'autobus... Et dans le taxi arrêté, je reconnais des gens de la maison... Si je reste cinq minutes à l'intérieur sans ouvrir la fenêtre, tu entres avec des hommes...

— Vous avez votre pétard ?

Quelques instants plus tard, Maigret traversait la rue, tandis que l'inspecteur Janvier, qui l'avait aperçu, s'arrêtait d'essuyer les guéridons de sa terrasse.

Lucas, fébrile, tenait sa montre à la main, mais, comme cela arrive quand on veut trop bien faire, il avait oublié de noter le moment de l'entrée de Maigret dans l'hôtel, si bien qu'il était incapable de dire quand les cinq minutes seraient écoulées.

Il n'eut d'ailleurs pas à se faire de mauvais sang à ce sujet car, après un temps qui lui parut miraculeusement court, la fenêtre d'en face s'ouvrit. Un Maigret plus renfrogné que jamais adressait à son brigadier un signe pour lui ordonner de venir le rejoindre.

L'impression de Lucas avait été qu'à part le commissaire, la chambre était vide, mais, quand il y pénétra, après avoir trébuché dans un escalier obscur qui sentait la mauvaise cuisine et les toilettes, il sursauta en découvrant un corps de femme étendu à ses pieds.

Un bref regard à Maigret qui répondit :

— Morte, bien entendu !

C'était à croire qu'on voulait signer le crime, car la victime avait été égorgée comme toutes les victimes de Stan. Il y avait du sang partout, sur le lit et sur le parquet, et l'assassin s'était essuyé les mains à la serviette de toilette qui était maculée de rouge brun.

— C'était lui ?

Maigret haussa les épaules, toujours immobile au milieu de la pièce.

— Je vais donner son signalement à nos hommes, qu'on ne le laisse pas sortir de l'hôtel ?

— Si tu veux...

— J'ai bonne envie de mettre un inspecteur sur le toit, pour le cas...

— Entendu...

— J'avertis le chef ?

— Tout à l'heure...

Il n'était pas facile de converser avec Maigret quand il faisait cette tête-là ! En outre, Lucas se mettait à la place du patron, qui avait annoncé lui-même qu'on allait rire de lui.

Maintenant, ce serait pis que du ridicule. En effet, il avait mobilisé d'importantes forces de police, mais c'était quand il était trop tard, alors qu'un crime se commettait sous les yeux mêmes de Maigret, presque avec son assentiment, puisque aussi bien c'était lui qui avait envoyé Ozep à l'*Hôtel Beauséjour* !

— S'il y en a de la bande qui reviennent ? Je les arrête ?...

Un signe affirmatif de la tête. Ou plutôt un geste indifférent. Et Lucas sortit enfin. Maigret resta seul au milieu de cette chambre où la fenêtre ouverte laissait pénétrer une lumière crue.

Il s'essuya le front, ralluma machinalement sa pipe qu'il avait laissée s'éteindre.

— Quelle heure est...

Il se souvint seulement qu'il était seul, et il tira sa montre de sa poche. Il était trois heures trente-cinq et l'accordéon, là-haut, sévissait toujours, n'empêchant pas la jeune voisine de dormir comme un animal insouciant.

— Où est Maigret ? questionna le chef de la P.J. en descendant de voiture et en se trouvant en présence de Lucas.

— Dans la chambre... C'est le numéro 19, au second étage... Les gens de l'hôtel ne savent encore rien...

Quelques instants plus tard, le directeur de la Police Judiciaire trouvait Maigret assis sur une chaise, au milieu de la chambre, à deux pas du cadavre. Le commissaire fumait, l'air buté. C'est à peine s'il remarqua l'arrivée du grand patron.

— Dites donc, vieux ! Il me semble que nous voilà dans un drôle de pétrin...

Il obtint tout juste un grognement qui ne voulait rien dire.

— Ainsi, le fameux tueur n'était autre que le bonhomme qui venait vous offrir ses services !... Avouez, Maigret, que vous auriez pu vous méfier, et que l'attitude d'Ozep était pour le moins équivoque...

Le front de Maigret était barré d'un gros pli vertical, et ses mâchoires s'avançaient, donnant à toute la physionomie un frappant aspect de puissance.

— Vous croyez qu'il n'a pas pu quitter l'hôtel ?

— J'en suis certain... répliqua le commissaire, avec l'air de ne pas y attacher d'importance.

— Vous ne l'avez pas cherché ?

— Pas encore...

— Vous croyez qu'il se laissera prendre facilement ?

Alors, le regard de Maigret se détacha lentement de la fenêtre, obliqua vers son directeur, se posa sur lui lourdement. Il y avait de la solennité dans cette lenteur, dans cette hésitation, dans l'ambiguïté des phrases du commissaire.

— Si je me suis trompé, l'homme essaiera d'abattre quelques personnes avant de se laisser prendre. Si je ne me suis pas trompé, les choses devraient aller toutes seules...

— Je ne comprends pas, Maigret. Vous doutez encore que Stan et votre Ozep soient une seule personne ?

— Je suis persuadé que tout à l'heure il y avait deux personnes dans cette chambre et, parmi elles, Stan le Tueur...

— Donc...

— Je vous le répète, chef : je peux me tromper, comme tout le monde. Dans ce cas, je vous en demande pardon, car ça fera du vilain. La façon dont cette histoire paraît se dénouer ne me satisfait pas. Il y a quelque chose qui cloche, je le sens. Si Ozep était Stan, il n'y a pas de raison pour que...

— J'écoute !

— Ce serait trop long... Quelle heure avez-vous, chef ?

— Quatre heures un quart... Pourquoi ?

— Pour rien...

— Vous restez là, Maigret ?

— Jusqu'à nouvel ordre, oui...

— Pendant ce temps, je vais voir dehors ce que font nos hommes...

Ils avaient arrêté Épinard qui, comme Lucas l'avait prévu, venait rendre sa petite visite à la jeune femme. On avait annoncé au Polonais que sa compatriote avait été tuée, et il était devenu blême, mais il n'avait pas bronché quand on lui avait parlé d'Ozep.

— Ce n'est pas possible qu'elle soit morte ! s'était-il contenté de répéter à plusieurs reprises, tandis qu'on l'emmenait au poste.

Quand on annonça cette capture à Maigret, il se contenta de grommeler :

— M'en fous !...

Et il reprit son étrange tête-à-tête avec la morte. Une demi-heure plus tard, c'était au tour du Borgne de rentrer et d'être arrêté sitôt le seuil passé. Lui aussi se laissa appréhender sans sourciller mais, quand on lui parla de la mort de la jeune femme, il essaya de se débarrasser de ses menottes et de bondir à l'étage.

— Qui a fait ça ? criait-il. Qui l'a tuée ?... C'est vous autres, n'est-ce pas ?

— C'est Ozep, autrement dit Stan le Tueur...

Or, l'homme se calma comme par enchantement, répéta en fronçant les sourcils :

— Ozep ?

— Tu vas nous faire croire que tu ne connais pas ton patron ?

C'était le chef en personne qui procédait à ce hâtif interrogatoire, dans un couloir, et il eut l'impression qu'un léger sourire passait sur les lèvres de son prisonnier.

Un des comparses suivit, celui qu'on appelait le Chimiste, et qui se contenta de répondre à toutes les questions par un air parfaitement ahuri, comme s'il n'eût jamais entendu parler de la jeune femme, ni d'Ozep, ni de Stan...

Maigret était toujours là-haut, à ressasser le même problème, à chercher la clef qui lui ferait enfin comprendre les événements.

— Ça va !... murmura-t-il quand on lui parla de l'arrestation du Barbu qui, lui, après s'être démené comme un diable, s'était mis à pleurer comme un veau.

Soudain, il leva la tête vers Lucas qui lui apportait la nouvelle.

— Tu ne remarques rien ? dit-il. En voilà quatre qu'on arrête coup sur coup, et pas un n'oppose de véritable résistance, alors qu'un homme comme Stan...

— Mais puisque Stan est Ozep...

— Tu l'as retrouvé ?

— Pas encore. Il fallait laisser rentrer tous les complices avant de mettre l'hôtel sens dessus dessous, sinon ils auraient flairé de loin quelque chose, et ils ne seraient pas entrés dans la souricière. A présent qu'ils sont à peu près au complet, le grand patron a commencé à mettre les lieux en état de siège. Les hommes sont en bas et vont tout fouiller minutieusement, de la cave au grenier s'il y en a...

— Écoute-moi, Lucas...

Et celui-ci, qui allait sortir, resta un instant, ayant à l'égard de Maigret un sentiment qui ressemblait à de la pitié.

— J'écoute, patron.

— Le Borgne n'est pas Stan. Épinard n'est pas Stan. Le Barbu n'est pas Stan. Or, je suis persuadé que Stan habitait cet hôtel et était le centre autour duquel les autres venaient se grouper !

Lucas préférait ne rien dire, laissant le commissaire à sa marotte.

— Si Ozep était Stan, il n'avait aucune raison pour venir ici tuer une complice. S'il n'était pas Stan...

Et soudain, se dressant dans un mouvement si brusque que le brigadier sursauta :

— Regarde l'épaule de cette femme, à tout hasard... La gauche, oui...

Lui-même se penchait. Lucas écartait la robe, découvrait une chair très blanche et, sur cette chair, la marque dont les Américains flétrissent les femmes criminelles.

— Tu as vu, Lucas ?

— Mais, patron...

— Tu ne comprends donc pas ? Stan, c'était elle !... J'avais lu quelque chose dans ce goût-là, mais je ne faisais pas le rapprochement tant j'étais persuadé que notre Stan était un homme... Il y a quatre ou cinq ans, une jeune femme, en Amérique, à la tête d'une bande de criminels, menait l'assaut contre les fermes isolées, tout comme cela s'est passé ici... Tout comme ici aussi, les victimes étaient égorgées, de la main de cette femme dont les journaux américains ont décrit avec complaisance la cruauté...

— C'est elle ?

— C'est presque sûrement elle... Mais je le saurai dans une heure, si je retrouve les documents en question... J'avais découpé un jour quelques pages dans un magazine... Tu viens, Lucas ?

Maigret entraînait son second dans l'escalier. Au rez-de-chaussée, il se heurtait au grand patron.

— Où allez-vous, Maigret ?

— Au Quai des Orfèvres, chef... Je crois que j'ai trouvé... En tout cas, j'emmène Lucas qui viendra vous le dire...

Et Maigret cherchait un taxi, sans s'apercevoir qu'on le regardait d'une façon bizarre, où il entrait de la colère et de la pitié.

— Mais Ozep ? questionnait Lucas en prenant place dans la voiture.

— C'est précisément lui que je vais chercher... Je veux dire que j'espère trouver des renseignements sur lui... S'il a tué cette femme, c'est qu'il avait des raisons... Écoute, Lucas : quand j'ai voulu l'envoyer au-devant des autres, il a accepté immédiatement... Au contraire, quand je lui ai demandé d'aller faire une commission à la femme, il a refusé et j'ai été obligé d'exiger, voire de menacer... Autrement dit, les autres ne le connaissaient pas, mais la femme, elle, le connaissait...

Comme on pouvait s'y attendre, il fallut plus d'une demi-heure pour mettre la main sur le dossier, car l'ordre n'était pas la qualité dominante de Maigret, en dépit de ses allures placides.

— Lis !... Tiens compte de l'exagération des Américains qui veulent en donner au public pour son argent... « La femme vampire »... « La Polonaise fatale »... « Une chef de bande de vingt-trois ans »...

On racontait complaisamment les exploits de la Polonaise dont on donnait maintes photographies.

Stéphanie Polintskaïa, à dix-huit ans, était déjà connue de la police de Varsovie. Vers cette époque, elle rencontra un homme qui en fit sa femme et qui s'efforça de refréner ses mauvais instincts. Elle eut un enfant de lui, mais un jour, en rentrant de son travail, cet homme trouva le bébé égorgé. Quant à la femme, elle s'était enfuie avec l'argent et les quelques objets précieux qu'il y avait dans la maison...

— Tu sais qui est cet homme ? questionna Maigret.

— Ozep ?

— Voici son portrait parfaitement ressemblant ! Ce qui prouve qu'on devrait connaître par cœur les archives criminelles de tous les pays du monde... Tu comprends, maintenant ? Stéphanie, que ses familiers appellent Stan, sévit en Amérique... Comment échappe-t-elle aux prisons de ce pays, je n'en sais rien... Toujours est-il qu'elle se réfugie en France où elle reprend le cours de ses exploits, sans rien changer à sa manière, après s'être entourée, comme là-bas, de quelques brutes...

» Le mari apprend par la presse qu'elle est à Paris, que la police est sur sa piste... Son désir est-il de la sauver une fois de plus ? Je ne le pense pas... J'incline plutôt à croire qu'il voudrait être sûr que l'odieuse meurtrière de son enfant n'échappera pas au châtiment... C'est pourquoi il me fait ses offres de service...

» Il n'a pas le courage d'agir seul... C'est un faible, un velléitaire...

» Il veut que ce soit la police qui agisse avec son aide et c'est moi qui, cet après-midi, l'ai, en quelque sorte, obligé à esquisser le geste...

» En tête à tête avec son ancienne femme, en effet, que pouvait-il faire ? Tuer ou être tué, car, se voyant découverte, cette femme n'aurait certainement pas hésité à supprimer le seul homme susceptible de la dénoncer.

» Il a donc tué ! Et veux-tu que je te dise ? Je parie qu'on le retrouvera dans quelque coin de l'hôtel, plus ou moins blessé ; après avoir tenté deux fois de se suicider et avoir raté les deux fois, cela m'étonnerait qu'il ne se soit pas raté une troisième. Maintenant, tu peux retourner là-bas et dire au chef...

— Inutile ! fit la voix de celui-ci. Stan le Tueur s'est pendu dans une chambre du sixième étage dont il avait trouvé la porte ouverte... Bon débarras !...

— Pauvre type ! soupira Maigret.

— Vous le plaignez...

— Ma foi, oui... D'autant plus que je suis un peu responsable de sa mort... Je ne sais pas si je deviens vieux, mais j'ai mis bien longtemps à trouver la solution...

— Quelle solution ? questionna le directeur de la P.J. avec un regard soupçonneux.

— La solution de tout le problème ! affirma Lucas, tout heureux d'intervenir. Le commissaire vient de reconstituer l'histoire dans tous ses détails et, quand vous êtes entré, il annonçait qu'on trouverait Ozep dans quelque coin où il aurait essayé de se suicider...

— C'est vrai, Maigret ?

— C'est vrai... Vous savez, à force de penser à une même question... Je crois que je n'ai jamais tant enragé de ma vie... Je sentais que la solution était là, toute proche, qu'il ne fallait qu'un tout petit rien... Vous étiez tous à bourdonner autour de moi comme de grosses mouches et à me parler de comparses qui ne m'intéressaient pas... Enfin !...

Il respira un grand coup, bourra sa pipe, demanda des allumettes à Lucas, car il avait brûlé toutes les siennes pendant l'après-midi.

— Dites donc, chef ! Il est sept heures. Si on allait tous les trois boire un demi bien frais ?... A condition que Lucas retire sa perruque et reprenne un aspect présentable...

Et ils étaient attablés à la *Brasserie Dauphine*, quand soudain le commissaire se frappa le front. Il venait de regarder machinalement le garçon.

— Et Janvier ? questionna-t-il.

— Quoi ?

— On ne l'a pas relevé de sa faction ?... Le pauvre !... Quand je pense que, pendant que nous buvons des demis, il est encore condamné à en servir !

L'ÉTOILE DU NORD

1

Un grognement indistinct, au téléphone, fut la cause de tout, en tout cas de la participation de Maigret à cette aventure déroutante.

Il n'appartenait déjà presque plus à la Police Judiciaire. Encore deux jours et il prenait officiellement sa retraite. Ces deux jours, il comptait bien les passer, comme les journées précédentes, à mettre ses dossiers en ordre, et à en retirer ses papiers personnels et ses notes. Il y avait trente ans qu'il vivait dans cette maison du quai des Orfèvres dont les moindres recoins lui étaient plus familiers que ceux de son appartement. Jamais il n'avait pensé avec impatience à la retraite. Or, voilà que, à quarante-huit heures de la liberté, il se retrouvait l'âme d'un soldat de deuxième classe, comptait les heures, ne cessait d'évoquer la maison des bords de la Loire qui l'attendait et où Mme Maigret s'occupait déjà de tout préparer pour son arrivée.

Afin de travailler en paix, il venait de passer la nuit dans son bureau, tout bleu maintenant d'une épaisse fumée de pipe. Le petit jour lui montrait de la pluie sur les quais où les candélabres étaient encore éclairés et cette atmosphère lui rappelait maints interrogatoires qui, commencés au début de l'après-midi, dans ce même bureau, n'avaient abouti aux aveux d'un coupable exténué que dans cette aube sale, alors que celui qui questionnait était aussi éreinté que celui qu'il tenait sur la sellette.

Une sonnerie téléphonique tinta dans un bureau voisin. D'abord, Maigret n'y prit pas garde, puis il leva la tête, se souvint que l'inspecteur de garde était passé quelques instants auparavant pour lui dire qu'il allait avaler un café chaud.

La « Grande Maison » était déserte, avec ses lampes en veilleuse, ses couloirs vides. Maigret pénétra dans un bureau, décrocha, fit :

— Allô !

Et une voix d'homme prononçait à l'autre bout du fil :

— C'est toi ?

Pourquoi, au lieu de répondre non, ou de demander des détails, se contenta-t-il de grogner d'une façon indistincte ?

— Ici, Pierre... On nous avise à Police-Secours d'un crime mystérieux commis à l'instant à l'hôtel de *L'Étoile du Nord*... Tu y vas ?

Maigret grogna encore, raccrocha, regarda autour de lui avec embarras. Il savait comment ces choses-là se passent. L'inspecteur de garde avait un ami, le prénommé Pierre, au central de Police-Secours. Et cet ami était tout heureux de lui passer un bon tuyau.

Encore deux jours...

Maigret bourra une pipe, rentra dans son bureau, n'eut pas le courage de se replonger dans son fatras de papiers et l'instant d'après il mettait son chapeau melon, endossait son lourd pardessus à col de velours, descendait l'escalier en haussant les épaules.

Il était à peine six heures du matin. Le téléphone avait fait vite, car, quand Maigret descendit de taxi rue de Maubeuge, à deux pas de la gare du Nord, il n'y avait aucun rassemblement à la porte de l'hôtel que gardait un agent en uniforme.

— Le commissaire du quartier est arrivé ?

— Pas encore. On est allé le chercher chez lui.

— Et le médecin ?

— Il vient de monter.

C'était un hôtel de quatrième ordre, le type même de l'hôtel banal qu'on trouve à proximité de toutes les gares. Dans un petit bureau, à droite de la porte, Maigret remarqua un lit défait qui devait être celui du gardien de nuit.

Tout cela était gris, d'une propreté douteuse que soulignait encore le petit jour gluant de pluie.

— C'est au second étage, au 32...

Tapis usé maintenu par des barres de cuivre. Dans le couloir du premier étage, quelques personnes en tenue de nuit, certaines avec un pardessus passé en guise de robe de chambre sur leur pyjama, des visages encore pleins de sommeil, avec cette sorte d'hébétude que donnent les catastrophes soudaines.

Maigret passa, se heurta presque à une jeune fille qui descendait, vêtue d'un tailleur sombre.

— Où allez-vous ? questionna-t-il machinalement.

— Prendre mon train.

— Rentrez dans votre chambre.

— Mais...

— Personne ne doit sortir de l'hôtel avant que j'en donne l'autorisation. Il y a un agent à la porte.

Il la forçait, en avançant, à gravir les marches à reculons.

— Ce sera long ?

— Je n'en sais rien. Je vous répète de rentrer dans votre chambre.

Au début d'une enquête, il était volontiers bourru et cette fois, en outre, il n'avait pas dormi. Une porte s'ouvrit, celle du 32, un homme vêtu en hâte sans col ni cravate, les pieds nus dans des pantoufles, questionna :

— Le commissaire de police ?

— Non ! Police Judiciaire. Commissaire Maigret.

— Entrez, je vous en prie... Je suis le patron de l'hôtel... C'est la première fois depuis cinq ans que je fais ce métier, qu'il m'arrive...

Il était déjà classé ! Un type ennuyeux et bavard, pleurnichard, un faible qui avait mis ses quatre sous d'économies dans ce fonds avec l'espoir de se retirer au bout de quelques années.

Maigret pénétra dans la chambre. Le médecin remettait son pardessus tandis que, sur le lit, un homme était étendu, absolument nu, dans une position qui ne permettait pas de voir son visage mais qui montrait une large plaie au milieu du dos, à peu près à la hauteur du cœur.

— Mort ?

— Presque instantanée...

— Et le sang ?

Le médecin en désigna une large flaque, par terre, près de la porte.

— Il s'est traîné jusque-là pour appeler au secours.

Le patron expliquait :

— Mon réveil venait de sonner, car je me lève toujours à cinq heures et demie. Notre clientèle est surtout une clientèle qui prend le train et qui est par conséquent matinale. J'ai entendu des bruits de portes...

— Un instant... Vous dites des bruits de portes. Il s'agit bien d'un pluriel, du bruit de plusieurs portes ?

— Je crois... Je ne sais pas au juste... J'ai entendu un remue-ménage...

— Et des pas ?

— Des pas, bien sûr !

— Dans le corridor ou dans l'escalier ?

— Je me le demande...

— Réfléchissez... Des pas dans l'escalier ne font pas le même bruit que sur un plancher...

— Il y en avait peut-être des deux sortes ?... Ce qui m'a frappé, c'est un cri, un cri qui avait l'air de sortir avec peine de la gorge d'un homme... J'étais occupé à mettre mon pantalon... J'ai ouvert la porte et...

— Pardon ! Où couchez-vous ?

— Au fond du couloir du premier étage. Il y a là un petit cabinet qu'on ne peut pas louer parce qu'il n'est éclairé que par une lucarne.

— Continuez !

— C'est tout. Je suis accouru. Des locataires entrebâillaient leur porte. Celle-ci était ouverte et, sur le seuil, un homme était à genoux plutôt que couché, perdant son sang en abondance...

— Il était nu ?

— C'est moi qui lui ai retiré son pyjama, intervint le médecin.

— Coup de couteau ?

— Coup de couteau, oui ! Une arme solide, à lame large.

Le commissaire de police du quartier arrivait enfin et fronçait les sourcils en trouvant Maigret sur les lieux.

Maigret avait en particulière horreur les drames dans les hôtels et il regrettait déjà d'avoir pris machinalement une communication téléphonique qui ne lui était pas destinée. Comme toujours, les voyageurs s'impatientaient. On les voyait surgir l'un après l'autre.

— Pardon, monsieur le commissaire... Voici mes papiers... Je suis un homme honorablement connu à Béziers... Il faut que j'arrive à Bruxelles à midi et mon train...

Le commissaire ne pouvait que répondre :

— Désolé !

Certains se fâchaient. Des femmes pleuraient, après avoir essayé du charme.

— Si mon mari savait que j'ai dormi dans cet hôtel...

— Prenez patience, madame !

A la fin, comme tout ce monde encombrait les couloirs, il se mit en colère, obligea chacun à entrer dans sa chambre et à en laisser la porte fermée.

Il n'avait pas un quart d'heure devant lui pour faire du bon travail. Tout à l'heure, on verrait arriver les spécialistes de l'Identité judiciaire avec leurs appareils photographiques et leurs instruments de toutes sortes.

Puis ce serait le tour du juge d'instruction, du substitut, du médecin légiste.

— Ce sont ses bagages ? Il n'en a pas d'autres ?

Le pâle propriétaire d'hôtel fit signe que non. Il n'y avait, dans un coin, qu'une fine mallette de petites dimensions et Maigret, qui l'ouvrit, n'y trouva que des objets de toilette et du linge de rechange.

Au portemanteau étaient accrochés un complet gris fer d'excellente coupe, un pardessus à martingale et un chapeau de feutre souple marqué des initiales G.B.

Dans le portefeuille, une carte de visite portait la mention : *Georges Bompard, 17, rue de Miromesnil, Paris*. Par contre, le portefeuille ne contenait pas d'argent et on n'en trouvait nulle part ailleurs, sinon de la monnaie, dans les poches.

Maigret, qui avait fait retourner le corps, s'était trouvé en face d'un homme d'environ quarante-cinq ans, très soigné de sa personne, aux traits particulièrement fins. Chose curieuse, c'étaient les cheveux d'un gris d'argent qui, par contraste, donnaient à l'inconnu un grand air de jeunesse en même temps qu'une certaine distinction.

— Allez me chercher sa fiche !

Le patron l'apporta. Elle était établie au nom de Bompard et portait la même adresse que la carte de visite.

— Il est arrivé seul ?

— Je viens de le demander au gardien de nuit, car il est descendu ici à trois heures et demie du matin. Il était seul.

— Où est le gardien de nuit ?

— Il attend en bas.

— Dites-lui que je lui interdis de quitter l'hôtel avant la fin de mon enquête.

Au même moment, Maigret se penchait, ramassait un bas de soie que lui avait caché en partie un pied du lit.

— Apportez-moi la liste des voyageurs et surtout la liste des voyageuses.

Le bas de soie avait été retiré à la diable et on l'avait laissé tomber par terre, comme quand on se déshabille précipitamment. Il était de couleur chair, de pointure plutôt petite, de qualité moyenne.

Laissant le commissaire de police recueillir les éléments de son rapport et recevoir ces messieurs du Parquet, Maigret sortit de la chambre, toujours en pardessus, le chapeau sur la tête, la pipe aux dents. Mais sa pipe était éteinte et il se faisait suivre par le patron de l'hôtel un peu à la façon d'un colonel qui passe les chambrées en revue.

— Ici ? demandait-il en désignant une porte.

— Mme Geneviève Blanchet, quarante-deux ans, veuve, habitant Compiègne.

— Entrons !

Du premier coup d'œil, il constatait que Mme Blanchet portait des bas de fil, mais il ne l'en obligeait pas moins à ouvrir ses bagages, après quoi, en dépit des protestations, il fouillait la chambre.

— Vous n'avez rien entendu ?

Elle rougissait. Il fallait insister.

— J'ai eu l'impression... Vous savez ! Les cloisons sont si minces !... J'ai eu, dis-je, l'impression que ce monsieur n'était pas seul et qu'il... enfin qu'ils...

— Qu'on faisait l'amour dans la chambre voisine ? précisa crûment Maigret qui avait les femmes pudibondes en sainte horreur.

Deux vieilles Anglaises, plus loin, lui donnèrent du fil à retordre, car elles possédaient plusieurs paires de bas de soie, mais neufs, qu'elles projetaient de passer en fraude à la frontière pour leur nièce.

Une Suissesse aux papiers douteux fut envoyée au Quai des Orfèvres pour vérification d'identité.

Le temps passait sans que Maigret découvrît le deuxième bas. Ce fut à l'étage au-dessus qu'il se trouva en présence de la jeune fille au tailleur qu'il avait déjà rencontrée dans l'escalier et son regard, aussitôt, se porta sur ses jambes.

— Tiens ! Vous ne portez pas de bas ? s'étonna-t-il. A cette saison ?

Car on était en mars et le temps était particulièrement froid.

— Je ne porte jamais de bas.

— Vous avez des bagages ?

— Non !

— Vous avez rempli une fiche ?

— Oui.

Il la chercha sur la liasse. Elle était au nom de Céline Germain, sans profession, rue des Saules, à Orléans.

— Vous vous appelez Céline Germain ?

— Oui.

Il l'observa plus attentivement, car il y avait dans ses réponses une netteté agressive.

— Quel âge ?

— Dix-neuf ans !

— Vous êtes sûre que vous ne portez jamais de bas ?

Il fouillait la chambre, retournait le lit sens dessus dessous, ouvrait tous les tiroirs de la garde-robe et ordonnait soudain :

— Voulez-vous relever votre jupe ?

— Hein ? Vous êtes fou !

— Je vous prie de relever votre jupe.

— Dites donc ! Vous n'avez pas peur que je porte plainte contre un saligaud de votre espèce ?

— Un homme a été tué dans cet hôtel ! se contenta-t-il de répliquer. Allons ! vite...

Elle était pâle, avec de grands yeux pailletés d'or, des yeux de rousse. Ces yeux-là, à ce moment, exprimaient le mépris et la rage.

— Relevez-la vous-même si vous n'avez pas peur, déclara-t-elle. Je vous préviens que je déposerai une plainte !...

Il s'approcha d'elle, lui toucha les hanches.

— Vous portez une ceinture, constata-t-il.

— Et après ?

— Vous savez fort bien que ce n'est pas une ceinture esthétique, mais une ceinture étroite pour maintenir les bas...

— Qu'est-ce que ça peut vous faire ? Je m'habille comme je veux, non ?

— Où est le second bas ?

— Je n'en sais rien...

Le patron de l'hôtel écoutait avec stupeur cet étrange dialogue.

— Trouvez-moi une grosse clef anglaise ! lui lança Maigret.

Et il s'en servit pour démonter le tuyau de vidange du lavabo. Comme il paraissait s'y attendre, il ne tarda pas à en retirer une petite masse spongieuse qui n'était autre qu'un bas de soie.

— En route, mon petit ! commanda-t-il sans manifester de surprise. Nous serons mieux pour nous expliquer dans mon bureau.

— Et si je refuse de vous suivre ?

— En route !

Il la poussait vers le couloir. Elle se raidissait. Puis il s'arrêtait un instant devant le 32, entrouvrait la porte.

— Je file au Quai ! annonçait-il au juge d'instruction qui venait d'arriver. Je crois que j'ai quelque chose d'intéressant.

A ce moment, sa prisonnière tentait de s'éloigner d'un mouvement imprévu. Mais le commissaire, aussi prompt, la saisissait par un bras et alors, de sa main libre, elle commençait à le griffer au visage.

— Allons ! Tranquille...

— Lâchez-moi !... Je vous dis de me lâcher... Vous êtes un sale type !... Vous avez voulu me faire déshabiller... Vous avez relevé ma jupe... C'est parce que j'ai refusé de me laisser faire que vous vous vengez !...

Des portes s'ouvraient. On voyait des visages ahuris tandis que Maigret, seul, restait placide et maintenait le bras de la jeune fille.

— Vous allez vous taire, oui ?

— Vous n'avez pas le droit de m'emmener ! Je n'ai rien fait ! Je veux prendre mon train...

Il l'entraînait dans l'escalier et, non découragée encore, elle glapissait :

— Au secours !... Je n'ai rien fait !... On me brutalise !...

Peut-être espérait-elle un mouvement de la foule mal renseignée, comme cela arrive plus souvent qu'on ne pense. Maigret, à ses débuts, n'avait-il pas été roué de coups parce qu'un voleur à la tire qu'il arrêtait à la sortie d'un grand magasin s'était mis à crier :

— Au voleur !

Il y avait beaucoup de monde devant l'hôtel de *L'Étoile du Nord*. Le commissaire avait pris la précaution de faire avancer un taxi. Il fallut néanmoins qu'un agent l'aidât à tenir la jeune fille qui se débattait toujours et qui essayait de se jeter par terre.

Enfin, la portière se referma. Maigret remit son chapeau d'aplomb, lança un petit coup d'œil en coin à sa compagne qui haletait.

— Comme petit chameau, je n'ai pas souvent vu mieux ! constata-t-il.

— Et moi, comme brute, je n'ai jamais rencontré votre pareil !

Drôle de fille ! La première fois qu'il l'avait aperçue, dans l'escalier, jeunette et frêle dans son tailleur bleu marine, il l'avait prise pour une jeune fille de bonne famille.

Dans sa chambre, au contraire, elle s'était montrée hargneuse et cynique comme une fille.

Maintenant, elle changeait encore d'attitude, laissait tomber :

— Si c'est vous, le fameux Maigret, je ne vous félicite pas, car je vous croyais plus malin que ça !

Il alluma sa pipe depuis longtemps éteinte. Elle soupira :

— Je déteste la fumée !

— Ce qui ne vous empêche pas d'avoir des cigarettes dans votre sac ! riposta-t-il.

— Chacun sa fumée ! La vôtre me déplaît !

Il n'en fuma pas moins, tout en l'observant du coin de l'œil, car elle était de taille à ouvrir la portière et à sauter dans la rue.

— Depuis combien de temps ? questionna-t-il soudain.

— Quoi ?

— Que vous faites le métier ?

Il eut l'impression qu'un sourire fugitif passait sur les lèvres minces.

— Cela vous regarde ?

— Comme vous voudrez ! Vous serez sans doute plus raisonnable dans mon bureau.

— Vous chercherez encore à voir ma ceinture ?

— Qui sait ?

Il pleuvait toujours. Les rues de Paris s'étaient animées. On ralentissait pour traverser les Halles et on atteignait enfin les quais.

Maigret ne savait pas encore s'il était content ou non d'avoir pris, le matin, la communication téléphonique. En tout cas, il était intéressé par le petit phénomène assis, tout raide, près de lui.

Entre eux deux, la lutte était engagée, une lutte étrange, où on eût dit qu'il y avait de la curiosité de part et d'autre.

— Je suppose que vous allez m'interroger des heures et des heures sans me donner à boire ni à manger ? C'est ainsi que vous pratiquez, n'est-ce pas ?

— Qui sait ? répéta-t-il.

— J'aime autant vous avertir tout de suite que cela ne me fait pas peur. Je n'ai rien à me reprocher. Tout ce que vous me ferez se retournera un jour contre vous...

— Entendu !...

— Qu'est-ce que vous avez contre moi ?

— Je ne sais pas encore.

— Alors, laissez-moi partir. Ce sera beaucoup plus intelligent de votre part.

Le taxi s'arrêtait dans la cour de la P.J. et Maigret descendait, était sur le point de tirer son portefeuille de sa poche pour payer. Son regard croisa celui de la jeune fille. Il comprit qu'elle attendait ce geste pour tenter une dernière fois de s'enfuir et il dit au chauffeur :

— Je vais vous faire descendre l'argent.

La « Grande Maison » s'était peuplée et on entendait des voix dans la plupart des bureaux. Maigret ouvrit la porte du sien, fit passer Céline Germain, referma la porte à clef, de l'extérieur, et se fit annoncer au chef.

Ils discutèrent de l'affaire pendant une dizaine de minutes, se mirent d'accord, après quoi Maigret s'arrêta près du garçon de bureau.

— Tu me feras monter du café et des croissants pour deux.

Il ouvrit enfin sa porte et resta un moment immobile, contemplant tous ses papiers, lacérés ou froissés, qui jonchaient le plancher, les vitres de la fenêtre brisées et le buste de la République, qui ornait auparavant la cheminée, gisant par terre en deux morceaux.

Quant à la jeune fille, assise dans le propre fauteuil du commissaire, elle regardait celui-ci avec défi.

— Je vous avais prévenu ! prononça-t-elle. Et je vous avertis que ce n'est pas fini !

2

Ce fut sans doute l'interrogatoire le plus décevant de la carrière de Maigret. De bout en bout, il se déroula dans des conditions exceptionnelles, au milieu d'un décor bouleversé, avec des papiers déchirés par terre et des morceaux de plâtre que le commissaire feignait de ne pas voir.

Il s'ajoutait aussi le fait que Maigret n'avait pas dormi et que sa partenaire, vraisemblablement, était à peu près dans le même cas. Si bien qu'ils étaient pâles tous deux, les yeux brillants de cette fièvre alanguie qui suit les longues veilles.

En entrant dans son bureau, Maigret, sans sourciller, s'était dirigé vers son fauteuil, avait saisi le bras de la jeune fille en murmurant :

— Vous permettez ?

Et elle s'était levée, sentant bien qu'il aurait le dernier mot, s'était assise à la place qu'il lui désignait, face à la fenêtre qui l'éclairait d'une lumière crue, aussi inexorable que le magnésium. S'attendait-elle à ce qu'il parlât ? Dans ce cas, elle devait être sérieusement déroutée, car le commissaire commençait par bourrer une pipe, avec un soin minutieux, puis il tisonnait le poêle, taillait un crayon, ouvrait enfin la porte au garçon de café qui apportait le petit déjeuner pour deux.

— Cela vous fait envie ? se contenta-t-il de murmurer à l'adresse de la prisonnière.

— Il n'y a pas de lait ? répliqua-t-elle aigrement.

— J'ai pensé que le café noir vous tiendrait mieux éveillée.

— Je déteste le café sans lait.

— Dans ce cas, n'en buvez pas.

Elle le but néanmoins en essayant de s'accoutumer à la placidité menaçante de son interlocuteur. Celui-ci, après s'être restauré, décrocha le téléphone.

— Allô !... Donnez-moi la brigade mobile d'Orléans...

Et, quand il l'eut :

— Ici, Maigret... Voulez-vous me passer un renseignement officieux ?... Si c'était nécessaire, je vous ferais envoyer une commission rogatoire... Il s'agit d'une certaine Céline Germain, qui habite rue des Saules, dans votre ville...

Il eut l'impression qu'un bref sourire passait sur les lèvres de la jeune fille. Au même moment, il fronçait les sourcils.

— Hein ?... Vous êtes sûr ?... Dans la banlieue d'Orléans non plus ?...

Quand il raccrocha, ce fut pour laisser peser son regard un long moment sur le visage de Céline Germain. Enfin, il soupira :

— Où habites-tu ?

— Nulle part !

— Où as-tu fait la connaissance de Georges Bompard ?

— Dans la rue.

Désormais, la bataille était engagée et chacun s'observait, les nerfs tendus, cependant que la pluie tombait toujours au-delà des vitres et qu'on entendait parfois l'appel d'un remorqueur franchissant l'arche du pont.

— Dans quelle rue ?

— A Montmartre.

— Tu faisais la retape ?

— Et après ?

— Quelle heure était-il ?

— Je ne sais pas.

— Tu es entrée avec lui à l'hôtel ?

Elle hésita, comprit qu'il était au courant de la rentrée solitaire de son compagnon, précisa :

— Je suis entrée un peu avant et j'ai pris une chambre. C'est lui qui l'avait voulu ainsi.

— Où es-tu née ?

— Cela ne regarde personne.

— Tu n'as jamais eu d'ennuis avec la police des mœurs ?

Au même instant on frappait à la porte. L'inspecteur Janvier hésitait à parler et Maigret lui faisait signe de ne pas se gêner.

— Je viens de la rue de Miromesnil, où je n'ai pas trouvé grand-chose. Georges Bompard y est bien domicilié. Il occupe depuis quinze ans une garçonnière de deux pièces, au cinquième sur la cour, d'un loyer de deux mille cinq. La concierge prétend qu'il n'y est presque jamais, car il est représentant de commerce et voyage sans cesse.

Maigret sentit que la jeune fille sourcillait, était sur le point de dire quelque chose, mais cela dura peu et aussitôt après elle avait repris son impassibilité.

— Continue.

— C'est tout ! Bompard est parti de chez lui hier matin.

— Il n'avait pas reçu de coup de téléphone ?

— Il n'y a pas de téléphone chez lui.

— Rien d'autre ?

— Rien d'autre. Sauf une impression personnelle. Ce devait être un joyeux vivant si j'en crois les photographies de femmes qui couvrent presque tous les murs...

— Tu n'as pas vu le portrait de celle-ci ?

— J'essaie de me souvenir. Je ne crois pas...

— Va me chercher toutes les photos et les lettres, s'il y en a...

Janvier parti, Maigret s'occupa encore du feu, patiemment, se passa la main sur le front, bâilla.

— En somme, tu prétends que tu ne sais rien. Tu t'appelles Cécile

Germain et tu fais le trottoir. Bompard t'a accostée dans la rue et t'a emmenée à l'hôtel...

— Pas tout de suite. Nous sommes d'abord allés danser dans des boîtes de nuit.

— Et une fois à l'hôtel ?

— Je l'ai rejoint dans sa chambre, comme c'était convenu. Nous nous sommes couchés.

— Je sais ! Une voisine a entendu...

— Faut croire que c'était une vicieuse qui s'est relevée pour écouter ! Peut-être aussi qu'elle a regardé par la serrure ?

— Après ? Quelqu'un est entré ?

— Je ne sais pas... Je suis retournée dans ma chambre.

— En chemise ?

— Je ne m'étais rhabillée qu'à moitié. J'avais dû oublier un bas sous le lit. Je n'ai pas entendu qu'on criait. J'ai seulement été réveillée par des pas dans le couloir et par des portes qui s'ouvraient et se fermaient. Quand j'ai compris ce qui se passait, je me suis doutée qu'on m'accuserait et j'ai essayé de m'en aller. Puis vous m'avez empêchée de partir. Je me suis souvenue du bas et j'ai introduit l'autre dans le tuyau de la toilette. Vous en savez assez ?

Maigret se leva, mit son chapeau, mais pas son pardessus, ouvrit la porte et prononça simplement :

— Viens !

Il traversa avec elle, en la surveillant de près, de nombreux couloirs, grimpa des escaliers étroits, atteignit enfin l'Identité judiciaire où passent à l'anthropométrie tous ceux et celles qui ont été arrêtés au cours de la nuit.

C'était l'heure des femmes. Il y en avait encore une vingtaine, la plupart des filles publiques de bas étage qui avaient l'habitude du cérémonial et qui se déshabillaient d'elles-mêmes.

Celui qui n'aurait pas connu Maigret l'aurait pris à cet instant pour un gros homme faisant sans conviction un métier quelconque.

— Déshabille-toi... soupira-t-il en allumant à nouveau sa pipe.

Mais il dut détourner la tête pour que sa prisonnière ne vit pas l'étrange sourire qui montait à ses lèvres.

— Me mettre toute nue ?

— Parbleu !...

Il devinait un combat. Il attendait avec une certaine anxiété. Enfin, elle arracha littéralement la veste de son tailleur, puis son chemisier de soie crème, s'assit pour retirer ses chaussures.

En baissant le regard, le commissaire constata que les mains de Céline tremblaient et il faillit mettre fin à cette épreuve.

— Tu prétends toujours que tu te livrais au racolage sur la voie publique, n'est-ce pas ?

Elle fit « oui », l'œil fixe, les dents serrées, laissa tomber sa jupe tandis qu'on voyait deux petits seins très droits poindre sous la chemise.

— Maintenant, prends la file... On va t'examiner.

Et, d'un geste en apparence machinal, il saisit les vêtements qu'il emporta dans le bureau voisin. C'était le laboratoire où, parmi les éprouvettes et les appareils de projection, des spécialistes se livraient à des recherches minutieuses.

— Dis donc, Éloi, que penses-tu de ces frusques ?

Un grand jeune homme saisit le costume tailleur, le tâta en connaisseur, mit d'abord le doigt sur l'étiquette.

— Cela vient d'une maison de Bordeaux. Drap d'excellente qualité, façon soignée. Un vêtement de jeune femme de la bonne bourgeoisie.

— Je te remercie.

Quand il retourna du côté des femmes, il entendit les éclats d'une discussion et un peu plus tard le photographe de l'Identité judiciaire vint lui annoncer :

— Il n'y a rien à faire ! Chaque fois que je veux prendre un cliché, elle ferme les yeux, enfle une joue, tord la bouche, bref, s'arrange pour se rendre méconnaissable.

— Qu'elle se rhabille ! concéda Maigret avec une certaine lassitude. Pas trouvé de fiche avec ses empreintes, bien entendu ?

— Non ! Elle n'a jamais eu affaire à la police. Tenez ! Voici le docteur qui vous cherche...

C'était un jeune médecin que Maigret connaissait bien. Les deux hommes, dans un coin, parlèrent longtemps à voix basse. Quand ils eurent fini, la jeune fille reparut, en tailleur, les yeux fixes, le teint si pâle que le commissaire en eut pitié.

— Vous êtes décidée à parler ?

— Je n'ai rien à dire.

Ils étaient à nouveau dans le bureau de Maigret et, chose curieuse, une sorte d'intimité s'était établie entre le commissaire et la jeune fille. S'ils ne se regardaient pas comme des amis, bien au contraire, ils n'étaient pas non plus comme deux étrangers.

— Vous savez ce que m'a dit le docteur ?

Elle rougit et peu s'en fallut peut-être qu'elle fondît en larmes.

— Je suppose que vous le devinez ? Il n'y a pas un mois que...

— Taisez-vous !

— Vous avouez donc qu'il n'y a pas un mois vous étiez encore une vraie jeune fille. Je voudrais que vous avouiez aussi que vous ne m'avez pas donné votre vrai nom.

Elle essaya d'ironiser :

— Du moment que vous faites les questions et les réponses !

— C'est cela ! Je vais faire les questions et les réponses. Ou plutôt, je vais essayer de reconstituer les événements. Vous habitez la province, je ne sais pas encore où, mais probablement dans la région de Bordeaux...

Il ne lui échappa pas que la jeune fille marquait une certaine satisfaction : donc, ce n'était pas Bordeaux !

— ... vous étiez une petite jeune fille sage et il est probable que vous viviez avec vos parents... Georges Bompard est entré dans votre vie... Il vous a fait la cour... Vous vous êtes donnée à lui et il vous a entraînée dans son sillage...

Elle détourna la tête, comprenant que le commissaire ne parlait que pour surprendre ses réactions.

— Vous faites un roman populaire ? railla-t-elle, d'une voix qu'elle n'arrivait pas à rendre tout à fait canaille.

— Presque, puisque nous allons en arriver à l'abandon...

— C'est-à-dire que Georges m'annonce que nous devons nous séparer et que je le tue, puis je vais cacher le couteau... Au fait ! Où aurais-je bien pu cacher le couteau ?

— Pardon ! Qui vous a dit qu'il avait été tué d'un coup de couteau ?

— Mais... Dans les corridors... On en parlait...

— Dans ce cas, puisque vous venez d'être si loquace, continuez et dites-moi où, en effet, vous avez caché cette arme...

— Vous vous croyez fort, dites ?

— Ce dont je suis sûr, en tout cas, c'est que vous êtes très forte ! Au point de subir la visite, ce matin, et la promiscuité des filles publiques, plutôt que d'avouer que vous aviez menti en parlant de racolage !

— Vous êtes naïf !

— Parce que ?

— Parce que le fait que j'étais jeune fille il y a un mois ne prouve rien. Vous comptez me questionner encore longtemps ?

— Aussi longtemps que ce sera nécessaire. Je vous signale, à titre d'indication, qu'un homme, voilà trois ans, est resté trente-sept heures sur la chaise que vous occupez. Il était entré comme témoin. Il est reparti menottes aux poings et il est maintenant en Guyane.

Elle esquissa une moue de mépris.

— A votre aise ! laissa-t-elle tomber. J'attends donc patiemment vos questions. Vous avez commencé par tâter ma ceinture. Puis vous avez trouvé le moyen de me voir toute nue. Je finis par me demander si, en fin de compte, vous n'êtes pas un gros vicieux...

Maigret ne répondit pas mais, peut-être pour la punir, il la laissa un quart d'heure sans rien dire, tandis qu'il examinait des papiers sans intérêt.

— Combien Bompard vous a-t-il donné pour la nuit ? fit-il en relevant soudain la tête. Car, puisqu'il vous a trouvée dans la rue, il est normal que...

— Qu'il m'ait payée ! Il m'a donné mille francs...

— Il y a, en effet, un billet de mille francs dans votre sac. Les autres clients vous avaient-ils habituée à tant de générosité ?

— Cela dépend desquels.

A ces moments-là, Maigret l'aurait volontiers giflée. Les criminels les plus célèbres des trente dernières années avaient défilé dans ce bureau. L'un d'eux, un ancien homme de loi qui avait fini tragiquement dans le crime, était tellement retors que plusieurs fois le commissaire avait dû sortir pour cacher sa rage.

Mais, en l'occurrence, ce n'était qu'une gamine qu'il avait devant lui ! Elle avouait dix-neuf ans et il n'aurait pas été étonné d'apprendre qu'elle n'en avait que dix-sept.

Depuis des heures, déjà, ils étaient en tête à tête et il n'avait rien appris, pas même son nom, ni son pays d'origine ! Elle mentait effrontément. C'est à peine si elle essayait de s'en cacher. Ou, plutôt, elle semblait dire :

— Ce n'est pas à moi de vous dire la vérité, n'est-ce pas ? C'est à vous de la découvrir !

Janvier était revenu de la rue de Miromesnil avec un lot de photographies, dont certaines plus que suggestives. Maigret les avait examinées une à une, lentement, non sans constater la rage froide de sa partenaire.

— Jalouse ? lui avait-il demandé.

— D'un client d'une nuit !

Toujours est-il qu'aucune photo ne ressemblait à Céline et que les renseignements sur Bompard étaient plutôt maigres.

On avait trouvé la maison qui l'employait : une maison d'éditions musicales du boulevard Malesherbes. L'éditeur, questionné, avait répondu :

— Bompard était un curieux homme, que je voyais très peu. C'était un excellent représentant, mais il avait ses manies, comme celle de changer sans cesse ses itinéraires. Il aimait s'entourer de mystère et, dans la maison, nous le considérions comme un bluffeur. Parfois, il laissait entendre qu'il appartenait à une famille illustre. Il s'habillait avec un soin méticuleux et une originalité qu'il m'est arrivé de trouver exagérée, étant donné sa profession...

A trois heures de l'après-midi, le bureau de Maigret affichait toujours le même désordre, avec, en plus, des verres à bière sur la table, des restes de sandwiches, des cendres de pipe un peu partout et des bouts de cigarettes, car le commissaire avait fini par envoyer chercher des cigarettes pour Céline.

La situation, à tout prendre, frisait le ridicule et cela devait se savoir dans la maison, car, à plusieurs reprises, des collègues vinrent entrouvrir la porte sous des prétextes évidents.

A l'hôtel de *L'Étoile du Nord*, le brigadier Lucas, le meilleur collaborateur de Maigret, menait en vain une enquête approfondie. Non seulement le couteau demeurait introuvable (et on avait démonté tous les w.-c. !), mais aucun témoignage n'apportait le plus petit indice.

Si bien, qu'en somme, on ne savait que ceci : un peu après trois heures du matin, une certaine Céline, dont on ignorait tout, avait sonné à l'hôtel et avait demandé une chambre pour le reste de la nuit.

Moins d'un quart d'heure plus tard, Georges Bompard, porteur d'une trousse de voyage, pénétrait dans le même hôtel et louait une chambre où Céline ne tardait pas à le rejoindre.

Deux heures après, enfin, Bompard ouvrait la porte, appelait au secours et s'affalait, atteint d'un coup de couteau dans le milieu du dos, cependant que la jeune fille essayait de disparaître.

Les journaux de l'après-midi venaient de sortir. Ils publiaient en première page la photographie d'une Céline méconnaissable, tant la jeune fille s'était obstinée à grimacer devant l'objectif.

— Dites-moi, mon petit, quand Bompard vous a accostée, dans cette rue de Montmartre, dont vous avez oublié le nom, avait-il déjà sa mallette à la main ?

— Non !

— Vous êtes entrés dans deux boîtes de nuit. Il n'avait toujours pas de mallette ? Et pourtant, quand il est descendu à l'hôtel, il en avait une...

— Nous sommes allés la chercher ensemble dans un petit bistrot ouvert toute la nuit, près de la place Pigalle, où il l'avait laissée en consigne.

— Dans la chambre, il a ouvert cette mallette devant vous ?

— Non... Oui... Je ne sais plus...

— D'où a-t-il retiré le billet de mille francs ?

— Sans doute de son portefeuille !

— Sachez que ce portefeuille, quand nous l'avons trouvé, était vide. Il faudrait donc croire que Bompard vous a donné tout ce qu'il avait sur lui, en gardant à peine assez de monnaie pour payer sa chambre le lendemain matin...

— Cela ne me regardait pas !

Évidemment ! Elle avait réponse à tout et sa thèse était logique dans son incohérence même !

Que tenter d'autre pour la démonter ? La chansonnette ? Maigret s'y résigna, prit son air le plus bonhomme :

— Vous ne trouvez pas que nous finissons, l'un comme l'autre, par être ridicules ? De mon côté, j'essaie de vous faire dire que vous avez tué Bompard, alors que vous ne l'avez peut-être pas tué. De l'autre côté, vous vous obstinez à prétendre que vous ne savez rien, alors que vous savez quelque chose...

— C'est donc moi qui tiendrais le bon bout ! remarqua-t-elle.

— Ma foi, oui ! Seulement, cela ne durera pas. Lucas vient de me téléphoner qu'il est sur une piste sérieuse. D'une heure à l'autre, la situation sera renversée et vous vous trouverez en mauvaise posture...

» Raisonnons calmement, tous les deux, et arrêtez-moi si je me trompe... D'abord, un fait indéniable : Bompard a été tué d'un coup de couteau... Or, il est improbable, à moins de croire à la préméditation, que vous ayez eu un couteau de cette taille dans votre sac à main... Il ne devait pas davantage en traîner sur la table... Et la trousse de toilette, qui aurait pu en contenir un, était fermée...

— Je n'ai jamais affirmé cela !

— Soit !... Elle était fermée ou ouverte, cela importe peu... Le fait est qu'une femme de votre gabarit se risque rarement à jouer du couteau... Si vous aviez eu l'intention de tuer un amant infidèle, ou un séducteur cynique, vous auriez fait l'emplette d'un revolver...

» Donc, vous n'avez pas tué Bompard...

» Il faut donc supposer que quelqu'un est venu du dehors et je vais vous prouver que ce quelqu'un ne peut être venu qu'alors que vous étiez là...

Elle s'était levée et avait collé le front à la vitre, tandis que le crépuscule tombait sur un Paris mouillé.

— En premier lieu, si vous étiez partie calmement, après des étreintes qui ne me regardent pas, il est fort probable que vous n'auriez pas oublié un de vos bas au pied du lit... Vous auriez ramassé avec soin vos affaires, en petite personne raisonnable et calme que vous êtes...

Il disait cela par ironie car, au même moment, il voyait comme des frissons passer sur la nuque de la jeune fille.

— Vous m'écoutez, Céline ? En second lieu, Bompard a été frappé dans le dos, ce qui indique, ou qu'il était occupé avec une tierce personne — vous ! — quand l'assassin a surgi, ou qu'il ne se méfiait pas de cet assassin...

» Voilà où nous mène un raisonnement à peu près rigoureux !... Maintenant, j'ai un conseil à vous donner, dans votre intérêt : c'est de parler le plus tôt possible... Vous voulez me faire croire que vous exercez la profession de racoleuse, pour ne pas employer un mot plus cru...

» Si je me laissais persuader, je ne manquerais pas de vous faire remarquer que, dans ce cas, vous avez fort probablement un amant, un de ces amis sérieux qu'on appelle aussi d'un autre nom... Cet amant, vous voyant entrer à l'hôtel avec un homme riche en apparence, a pu avoir l'idée de le dévaliser...

» Vous m'avez suivi ? Et vous comprenez enfin que votre intérêt est de me dire nettement et sans détours ce que vous avez vu ?

Il y eut un long silence. La jeune fille regardait toujours par la fenêtre. Maigret était à l'affût de ses moindres réactions, mais sans grand espoir.

Enfin, elle se retourna, aussi pâle que le matin, quand elle sortait de l'Identité judiciaire. Elle alla s'asseoir sur sa chaise avec lassitude, repoussa du pied les papiers épars sur le plancher.

— C'est tout ? soupira-t-elle.

— Pourquoi ne pas avouer tout de suite ce que vous serez forcée d'avouer dans une heure ou deux ?

Un amer sourire retroussant ses lèvres, elle laissa tomber :

— Vous croyez ?

On aurait pu penser qu'elle était vaincue, qu'elle allait se décider. Elle restait là, à regarder le sol les mains jointes sur ses genoux croisés. Maigret n'osait pas bouger, par crainte de l'influencer.

Enfin elle se secoua, chercha les cigarettes sur le bureau, en prit une qu'elle alluma d'un geste familier.

— Vous faites un drôle de métier ! constata-t-elle alors. Cela ne vous gêne pas un peu ?

Il ne broncha pas.

— Vous croyez que c'est malin, tout ce que vous avez raconté ? Et vous vous figurez vraiment que vous savez quelque chose de moi ?

— Je me figure que je vais savoir, dit-il d'un ton pénétré.

— Sans blague ?

C'était décourageant. D'une seconde à l'autre elle changeait, reprenait son accent du matin, quand elle parlait de sa vie de racoleuse.

— C'est toujours de cette façon que vous menez vos enquêtes ?

Au lieu de se fâcher, Maigret était ému, car on percevait enfin en elle une angoisse contenue, un désespoir qui allait peut-être renverser la frêle barrière de sa volonté.

— Écoutez, Céline...

— Je ne m'appelle pas Céline !

— Je sais.

— Vous ne savez rien du tout ! Vous ne saurez rien ! Et, si le malheur veut que vous sachiez quelque chose, vous en porterez le poids sur la conscience. Maintenant, envoyez-moi en prison si cela vous amuse. Donnez des interviews aux journalistes qui écriront des colonnes sur la jeune fille qui ne veut pas dire son nom...

— Qu'est-ce que vous faisiez à Bordeaux ?

— Quand ? s'écria-t-elle en tressaillant.

— Il n'y a pas bien longtemps. Je vous donnerai la date exacte tout à l'heure. D'après votre accent, vous n'êtes pas du tout du Midi, ni du Sud-Ouest. Et pourtant...

Elle soupira, accablée par une lassitude qui n'était pas feinte :

— Je n'en peux plus ! Si vous m'envoyiez en prison, là, du moins, je pourrais peut-être dormir ?

— Vous pourrez dormir dès que vous m'aurez dit...

— C'est un chantage ?

Il se troubla, balbutia :

— Mais non, espèce d'idiote ! Vous ne comprenez pas que ce que je fais, c'est pour vous ? Vous ne savez pas que, quand vous aurez franchi cette porte, vous serez une inculpée et que vous ne dépendrez plus que du Parquet ? M'avez-vous vu prendre une seule note ? M'avez-vous vu rédiger un procès-verbal de cet interrogatoire ?

Elle l'observait curieusement.

— Tant que vous êtes ici, comprenez bien que...

Mais il n'acheva pas. Il en avait déjà trop dit. Il l'aurait battue, comme une petite fille désobéissante et, à d'autres moments...

— Voulez-vous que nous reprenions par le commencement, que je vous prouve que votre système ne tient pas debout ?

Elle leva les yeux vers lui et articula :

— Je le sais !

— Alors ?

— Alors, ce n'est pas possible de faire autrement. Je n'en peux vraiment plus. Si vous me laissiez coucher par terre, je dormirais...

La sonnerie du téléphone retentit et Maigret tourna le dos à la jeune fille qui, effectivement, se coucha sur le plancher et ferma les yeux.

3

— Allô !... C'est toi ?... Tu as encore du travail au bureau ?... C'est l'électricien qui est ici et qui demande s'il doit installer une prise de courant dans la remise aux outils...

Mme Maigret téléphonait de là-bas, à Meung-sur-Loire, où la petite maison remise à neuf attendait le commissaire dans quarante-huit heures.

— Quel temps fait-il ? questionna-t-il.

— Sec... Il y a grand vent...

A Paris, il pleuvait toujours et Maigret aurait aimé que le vent de la Loire vînt balayer l'atmosphère tendue, crispée, malsaine de son bureau où, depuis des heures et des heures, se poursuivait une lutte épuisante.

L'écouteur à l'oreille, il laissait peser son regard sur cet être énigmatique qui lui tenait tête avec l'énergie invraisemblable dont certaines femmes sont seules capables et qui mentait comme savent mentir les jeunes filles.

— J'écoute, oui...

— Je peux encore te parler un instant ? L'électricien demande encore s'il doit poser un timbre à la porte d'entrée. Moi, je pense que le marteau suffit...

— Parbleu !

Mais son « parbleu » ne s'appliquait pas seulement à la porte d'entrée et au timbre de la maison de Meung. Maigret n'écoutait plus. Il avait hâte de raccrocher, de s'occuper d'autre chose. Il répondait vaguement :

— Oui... Bien... Fais comme tu voudras... C'est ça... Bonsoir, chérie...

Et le « chérie » suffisait à ramener vers lui le regard curieux de la jeune fille, tant il est vrai qu'une femme reste une femme en dépit du tragique des événements.

Ouf... Maigret a une sensation de délivrance. Il lui semblait qu'après avoir tourné longtemps en rond sans trouver la moindre issue, il se trouvait enfin devant celle-ci. Il avait recouvré sa faculté de raisonnement. Son tort avait été de rester trop longtemps avec cette gamine dans une atmosphère étouffante.

— Allô... Lucas est rentré... Qu'il monte immédiatement à mon bureau... Oui, avec tous les procès-verbaux de l'affaire de *L'Étoile du Nord*...

Là-dessus, une pipe, une gorgée de bière, quelques pas vers la fenêtre qu'il entrouvrait en dépit de la pluie.

— Un instant seulement, pour changer l'air... s'excusa-t-il.

Certes, il n'avait pas trouvé l'assassin de Georges Bompard et l'idée qu'il venait d'avoir n'avait rien de sensationnel, mais elle suffisait à le faire sortir du cercle.

Cette idée était celle-ci : quand le crime avait été commis, il y avait au rez-de-chaussée un gardien de nuit sans l'aide duquel il était impossible de sortir de l'hôtel. Or ce gardien de nuit déclarait n'avoir ouvert la porte à personne et n'avoir pas quitté son poste.

D'autre part, au premier étage, le patron était debout, occupé, avait-il dit, à passer son pantalon, et il s'était précipité vers l'étage dès qu'il avait entendu les appels au secours.

En supposant donc, comme Maigret le faisait, que la jeune fille n'avait pas tué...

En supposant qu'elle avait assisté au drame et qu'elle se taisait pour une raison majeure...

Lucas entrait, une liasse de papiers à la main.

— Entre ! Assieds-toi ! Tu as la déposition du gardien de nuit ?

Et il lut à mi-voix, du bout des lèvres :

— *Joseph Dufieu, né à Moissac... Ai entendu les appels venant du second étage presque en même temps que les pas de mon patron dans l'escalier... C'est moi qui ai téléphoné aussitôt à Police-Secours, puis qui ai appelé un agent qui passait et qui s'est mis en faction devant l'hôtel...*

Maigret le faisait-il exprès de poursuivre son enquête en présence de la jeune fille ? Toujours est-il qu'elle dressait l'oreille et manifestait une certaine inquiétude.

— Tu as interrogé tous les locataires, Lucas ?

— Les procès-verbaux sont ici... J'ai la certitude qu'aucun d'eux ne connaissait la victime, n'avait par conséquent de raison de s'attaquer à elle...

— Le patron ? D'où est-il, lui ?

— Toulouse.

C'était encore vague, certes, mais dans cette brume, des idées n'en commençaient pas moins à se dessiner et Maigret marchait de long en large, les mains derrière le dos, la pipe aux dents. Il refermait la fenêtre, se campait de temps en temps devant son inconnue que cette transformation troublait.

— Bon ! Suis bien mon raisonnement, Lucas ! Suppose que mademoiselle ici présente n'ait pas tué Bompard. D'après ton enquête, ce n'est pas non plus un voyageur qui est le meurtrier. Or, deux hommes affirment que personne n'est sorti de l'hôtel. Ces deux hommes sont Dufieu, le gardien de nuit, et le patron... Qu'est-ce qui empêche que l'un ou l'autre soit une ancienne connaissance de Bompard, ayant une vieille querelle à vider avec lui ?

Il s'interrompit soudain, mécontent.

— Non ! Ce n'est pas le gardien de nuit, puisque Bompard a vu celui-ci en arrivant, lui a remis sa fiche, a eu le temps de le reconnaître. Si une discussion ou un règlement de comptes avait dû avoir lieu entre eux, cela se serait produit avant, dès trois heures et demie du matin.

Pourquoi la jeune fille se détendait-elle, comme soulagée ? Et pourquoi Maigret poursuivait-il, toujours à voix haute :

— Quant au patron !... Voyons ! Se fait-il réveiller par le gardien de nuit ?... Non... Il possède un réveille-matin... Il n'était pas encore descendu au moment des appels au secours... Dufieu n'était pas monté... Donc, le patron ne pouvait savoir que Bompard était dans son établissement...

Il s'assit lourdement. Comme cela arrive souvent, il était parti avec confiance sur une idée et il s'apercevait qu'elle ne le conduisait nulle part.

— Fais-nous monter à boire, Lucas... Qu'est-ce que vous prenez, ma petite ?

— Un café !

— Vous croyez que vous n'êtes pas assez nerveuse comme ça !

Dire que, d'un mot, elle aurait pu tout éclairer et qu'elle se taisait obstinément ! Il la regardait avec rancune. Il voulait aboutir coûte que coûte. Il ne se voyait pas, à la fin de sa carrière, remettant la jeune fille aux mains du juge en déclarant :

— Elle est coupable ou elle ne l'est pas. Voilà plus de douze heures que je la chambre et je n'ai obtenu aucun résultat...

Lucas, lui, savait qu'en ces occasions il valait mieux se faire tout petit et, après avoir commandé les demis et le café, il se tenait immobile dans un coin.

— Tu comprends, vieux ? Il y a un personnage auquel je suis toujours obligé de revenir : c'est le gardien de nuit. Seul, il savait que Bompard était dans l'hôtel. Seul, il pouvait voir sortir l'assassin... Attends !...

On frappa à la porte. Il hurla :

— Non ! Je ne suis pas là !... Pour personne !...

Il était à nouveau debout, animé.

— La liste des locataires, vite ! Tu as bien dit que le garçon était de Moissac ?... Le patron de Toulouse ?... Voyons les voyageurs... Londres... Amiens... Compiègne... Marseille... Mercy-le-Haut... Pas un seul Moissac !... Pas un Toulouse !...

Il avait à peine prononcé ces mots qu'en se tournant vers la jeune fille il surprenait son regard apeuré, ses petites dents qui mordillaient fiévreusement la lèvre inférieure.

— Tu devines où je veux en arriver, Lucas ? Bompard, en bonne fortune, comme cela doit être son habitude, si j'en juge par les photographies découvertes chez lui, descend dans un hôtel quelconque, en face de la gare du Nord... Quelqu'un l'a reconnu, quelqu'un qui a des raisons de lui en vouloir... Ce quelqu'un, cette gamine butée le connaît aussi, puisqu'elle se tait, puisqu'elle invente n'importe quoi plutôt que de dire la vérité... Nous brûlons, je le sens. Nous, sacrebleu...

Il répéta rêveusement :

— Moissac !... Toulouse ! Et le costume tailleur vient d'une maison de Bordeaux...

Il décrocha l'appareil téléphonique, le passa à Lucas.

— Demande-moi l'éditeur de musique pour qui travaillait Bompard... Qu'il te dise quelle a été la dernière tournée de son voyageur...

Dans ces moments-là, on eût dit que Maigret grandissait, devenait plus épais et plus large. Il fumait par bouffées épaisses et parfois c'était un regard vraiment écrasant qu'il laissait tomber sur la jeune fille. Il semblait dire :

« C'est entendu ! Quand vous m'avez vu, vous vous êtes imaginée que j'étais beaucoup moins malin que certains le prétendent. Un bon gros, n'est-ce pas ? Un bon gros qu'une petite fille peut allumer et qui va s'amuser à la faire déshabiller ! Un sentimental, par-dessus le marché, qui roule des yeux attendris, qui se fâche, qui s'énerve ! Un instant, ma petite... »

Et, à Lucas occupé à téléphoner :

— Qu'est-ce qu'il dit ?

— Bompard a dû passer les derniers mois dans le Sud-Ouest.

— Suffit ! Raccroche !

Il vida son demi d'un trait, tisonna le poêle pendant un bon moment, se retourna, soudain calme, et dit à Lucas, d'une voix si inattendue que la jeune fille ne put s'empêcher de sourire :

— Tu ne pouvais pas me faire remarquer que j'étais un idiot ?

— Mais, patron...

— Les valets de chambre et les femmes de chambre... Tu les as questionnés ?

— Oui, patron... Il n'y a que deux femmes de chambre qui couchent à l'hôtel, au sixième... Elles n'ont rien entendu, fatalement... Elles sont descendues les dernières, quand le remue-ménage les a tirées du sommeil...

— Tu as les noms ?

— D'abord Berthe Martineau, dix-neuf ans...

— D'où ?

— Je cherche... Voilà... de Compiègne...

— L'autre !

— Lucienne Jouffroy... quarante-cinq ans... de... de Moissac...

Et Lucas, qui était de petite taille, leva vers le commissaire un regard à la fois stupéfait et admiratif.

— Tu as compris, maintenant ? Saute dans un taxi ! Va me la chercher... Mais fais vite, sacrebleu !...

Et il poussa le brigadier dehors, referma la porte avec un geste de lassitude heureuse.

Il regardait les photographies les unes après les autres et s'avisait seulement que les maîtresses de Bompard étaient toutes des jeunes filles et souvent de très jeunes filles.

— Laquelle est-ce ? demandait-il, d'un ton bon enfant, à sa prisonnière.

Ils avaient presque aussi sommeil l'un que l'autre. Les épaules de Céline se tassaient. Au lieu de répondre, elle hochait négativement la tête.

— Le portrait de Lucienne Jouffroy n'est pas là-dedans ?

— Je ne peux encore rien dire ! soupira-t-elle enfin avec effort.

— Pourquoi ? Vous attendez l'arrivée de cette femme ? Avouez que vous êtes de Moissac !

— Je parlerai tout à l'heure !

— Pourquoi pas maintenant ?

— Parce que !

— Savez-vous ce que je ferais, moi, si j'avais une fille comme vous ? Je lui donnerais de temps en temps une bonne paire de claques, histoire de lui apprendre à vivre. Tenez ! Je parie que vous avez commencé par collectionner des photographies d'artistes de cinéma. Non ? Alors, vous avez lu trop de romans...

Doucement elle rectifia :

— Je faisais de la musique...

Et elle sursauta quand Maigret affirma avec assurance :

— C'est la même chose ! Vous vous exaltiez ! Vous avez rencontré Georges Bompard. Ce qui m'étonne, par exemple, c'est que vous vous soyez emballée pour un voyageur de commerce...

Elle rectifia encore :

— Il m'a dit qu'il était compositeur. Il jouait admirablement du piano...

L'intimité s'était recréée entre eux, cette intimité curieuse qui s'établit plus souvent qu'on ne le pense entre le policier et le criminel. Le bureau était surchauffé, plein de fumée. On entendait vaguement les bruits de la P.J., les coups de téléphone dans les pièces voisines, les pas dans le long couloir et, à l'arrière-fond, montaient les klaxons d'autos sur le pont tout proche.

— Vous l'aimiez ?

Elle ne répondit pas, baissa la tête.

— Vous l'aimiez, c'est certain ! Et je me demande si c'est lui qui vous a emmenée ou si c'est vous qui l'avez suivi, qui vous êtes raccrochée à lui.

Elle répliqua simplement, en levant les yeux :

— C'est moi, après !

Il comprit. Il se retrouvait de plain-pied dans la réalité banale qui est au fond des affaires les plus compliquées en apparence.

Un voyageur de commerce qui aimait les jeunes filles et qui se poétisait à leurs yeux en se donnant pour un grand compositeur...

Une provinciale exaltée comme on l'est à dix-huit ou dix-neuf ans et qui, après avoir cédé, avait voulu défendre son bonheur...

— C'est lui qui vous a amenée à Paris ?

— C'est moi qui y suis venue.

— Il vous avait donné son adresse ?

— Non... Il s'entourait de mystère... Mais il m'avait dit qu'il fréquentait certain café du boulevard Saint-Germain... C'est là que je l'ai rencontré... Je n'avais pas de bagages et il est allé chercher sa trousse de toilette... Il me priait de rester quelques jours à l'hôtel, après quoi il serait libéré de certaines obligations et pourrait s'occuper exclusivement de moi.

Le matin, quand elle essayait de se donner pour une aventurière sans envergure, Maigret avait failli la croire, tant elle jouait cette comédie à la perfection. Au cours de la journée, il l'avait vue tour à tour très enfant et très femme, raidie et abattue, méchante et découragée.

— Votre inspecteur ne va pas vite, remarqua-t-elle soudain en regardant sa montre-bracelet.

— C'est un brigadier...

— Je ne connais pas la différence.

— Il y a longtemps que vous avez quitté Moissac ?

— Je ne dirai rien maintenant...

— Vous connaissiez le gardien Dufieu ?

— Je parlerai quand le brigadier sera revenu.

— Donc, vous croyez que Lucienne Jouffroy est partie ?

— Je n'en sais rien... Faites-moi encore monter du café, voulez-vous ? Je suis écrasée de fatigue...

Il téléphona au garçon de bureau. Peu après, on lui passa une communication.

— Hein ?... Tu dis ?... Tant pis, mon vieux ! Il fallait s'y attendre... Mais oui, on va envoyer le signalement à toutes les frontières...

Il se tourna vers la jeune fille.

— C'est le brigadier Lucas... Il m'annonce que Lucienne Jouffroy a quitté l'hôtel à la fin de la matinée sans prévenir personne...

Et, dans l'appareil :

— Reviens tout de suite... C'est ça...

Il raccrocha et trouva son interlocutrice méfiante.

— Je suppose que, maintenant, rien ne vous empêche de parler ?

— Qu'est-ce qui me prouve que vous ne me mentez pas ? Peut-être même n'y avait-il personne au bout du fil ?

— Bravo pour la confiance ! Eh bien, mon petit, puisqu'il en est ainsi, il nous suffit d'attendre le retour de Lucas. Vous le croirez, lui ?

— Peut-être.

Ils finissaient par être à cran l'un et l'autre. Un quart d'heure s'écoula sans que deux phrases fussent échangées et enfin Lucas arriva, confus, inquiet.

— J'aurais dû y penser dès ce matin, patron...

— Comment voulais-tu y penser ce matin puisque je n'y ai pas pensé moi-même ? Et le gardien de nuit ?

— Il est ici, dans le couloir.

— Qu'est-ce qu'il dit ?

— Rien ! Il prétend qu'il ne sait rien...

— Fais-le entrer.

Le bonhomme, les épaules basses, lança à Maigret un coup d'œil sournois.

— Quelles étaient au juste vos relations avec Lucienne Jouffroy ?

— C'était ma belle-sœur.

— Asseyez-vous. Ne craignez rien. Mais répondez franchement à mes questions. Votre belle-sœur avait une fille ?

— Rosine, oui !

— Qu'est-elle devenue ?

— Elle est morte.

— De quoi ?

Silence obstiné. Maigret insista :

— De quoi ?

Et ce fut Céline qui murmura en se tournant vers le gardien :

— Vous pouvez le dire, Joseph !

— Elle est morte d'une opération qu'elle s'est fait faire parce qu'elle était enceinte. Elle avait seize ans...

— Cela se passait à Moissac ?

— A Moissac, il y a trois ans.

— Et Georges Bompard était en tournée là-bas ?

— C'est lui qui a tout fait... C'est lui aussi, quand elle est allée le trouver pour lui annoncer qu'elle était enceinte, qui l'a menée chez une sage-femme...

— Un instant, Dufieu ! Je suppose que c'est à la suite de ces événements que votre belle-sœur est venue à Paris et que c'est vous qui l'avez fait entrer comme femme de chambre à *L'Étoile du Nord* ?

L'autre fit oui de la tête.

— Cette nuit, vous avez été très étonné, j'en suis certain, en voyant arriver dans ce même hôtel, à trois heures du matin, une jeune fille que vous connaissiez, une jeune fille de bonne famille de Moissac...

— Mlle Blanchon, murmura-t-il malgré lui.

— La fille du juge Blanchon ?

Dufieu, effrayé, se tourna vers la jeune fille et celle-ci articula nettement :

— Geneviève Blanchon, oui, monsieur le commissaire. Mon père ne sait rien. C'est hier matin seulement que j'ai quitté Moissac, où Bompard m'avait promis de m'écrire et où je ne recevais pas de nouvelles...

— Un instant, voulez-vous ? Donc, Dufieu, vous avez été surpris en voyant cette jeune fille, mais vous l'avez été beaucoup plus lors de l'arrivée de Bompard. Gardien d'hôtel, le fait qu'ils se présentaient quelques minutes l'un après l'autre ne vous trompait pas.

— Non, monsieur le commissaire.

— Vous êtes donc monté au sixième pour avertir votre belle-sœur.

— C'est exact.

— Vous vous doutiez que cela finirait par un drame ?

— Je savais que ma belle-sœur avait envie de se venger de cet homme.

Maigret se tourna vers le brigadier.

— Lucas ! Emmène-le dans ton bureau, veux-tu ?

Il préférait rester seul avec la jeune fille, qui maintenant ne pensait plus à crâner.

— Lucienne Jouffroy est entrée tandis que vous étiez là ?

— Oui.

— Vous saviez que sa fille avait été la maîtresse de Bompard ?

— Oui.

— Et qu'il l'avait emmenée chez la faiseuse d'anges ?

— Oui.

— Et, malgré cela, vous l'avez rejoint à Paris ?

Elle dit durement, en baissant la tête :

— Je l'aimais ! Il m'avait fait croire que Rosine avait d'autres amants...

— Si j'étais votre père... grogna Maigret.

— Qu'est-ce que vous feriez ?

— Je ne sais pas, mais... Ainsi vous êtes partie de chez vous sans argent, sans bagages... Et c'est Bompard qui vous a donné mille francs pour vivre à l'hôtel de *L'Étoile du Nord* en attendant...

— Je l'aimais ! répéta-t-elle.

— Et maintenant ?

— Je ne sais plus... Ce que j'ai voulu éviter c'est qu'on arrête Lucienne Jouffroy et aussi que mon père apprenne...

— Vous croyez que c'est facile, vous ?

La sonnerie du téléphone tintait. Maigret répondait, bougon :

— Oui !... Bon !... Tant pis pour elle !... Bien entendu !...

Et, raccrochant :

— Lucienne Jouffroy n'a même pas tenté de franchir la frontière. Elle a erré des heures dans Paris et elle vient de se rendre dans un commissariat où elle a tout avoué... Elle n'a pas parlé de vous ; elle a seulement prétendu que Bompard était couché en compagnie d'une fille publique qu'elle ne connaissait pas...

— Alors ?

— Comme je connais les jurés de la Seine, elle sera sûrement acquittée...

— Et moi ?

— Vous ?

Debout, il donna soudain libre cours à une envie trop longtemps retenue et il gifla la jeune fille qui en resta tellement saisie qu'elle ne put prononcer une parole.

— Venez !

— Où ?

— Cela ne vous regarde pas.

Il la fit traverser les couloirs, se trouva avec elle dans la cour obscure de la P.J.

— Hé !... Taxi !...

Et, l'obligeant à y monter, il grommela comme pour lui-même :

— Il y a deux portières... En supposant que, dans la cohue, quelqu'un sorte par une de ces portières...

Puis il se tut. La voiture longeait la rue de Rivoli. La jeune fille ne bougeait pas.

— Dites donc ! grogna Maigret. Vous avez perdu votre intelligence, oui ?

— J'ai sommeil, soupira-t-elle.

— Eh bien, vous dormirez après... Je vous préviens que si, dans une minute...

Elle entrouvrit la portière, hésita.

Et lui, furieux :

— Mais foutez le camp, sacrebleu !... espèce de dinde !...

Le chauffeur se retourna, ne vit qu'une personne dans son auto, voulut s'arrêter, mais le commissaire baissa la glace et murmura :

— Arrêtez-moi devant une bonne brasserie... J'ai une de ces soifs !...

TEMPÊTE SUR LA MANCHE

1

C'était à croire qu'un hasard malicieux profitait de la récente retraite de Maigret pour lui assener ironiquement la preuve la plus flagrante de la fragilité des témoignages humains. Et, cette fois, le fameux commissaire, ou plutôt celui qui portait encore ce titre trois mois auparavant, était de l'autre côté du comptoir, côté client, si l'on peut dire, puisque c'était à lui qu'on demandait avec un regard insistant :

— Vous êtes sûr qu'il était six heures et demie, plutôt un peu moins, et que vous vous teniez près de la cheminée ?

Or, Maigret se rendait compte, avec une évidence effrayante, qu'une petite pincée d'humains, une demi-douzaine en l'occurrence, pouvaient être soudain paralysés par cette simple question : « Qu'avez-vous fait exactement entre six et sept heures ? »

Si encore il s'était agi d'événements tumultueux, ou dramatiques, ou émouvants ! Mais non ! Il s'agissait tout bonnement d'une demi-douzaine de personnes qui, par mauvais temps, avaient traîné, en attendant le dîner, dans les deux ou trois pièces communes d'une pension de famille !

Et Maigret-client, Maigret-interrogé, hésitait comme un mauvais élève ou comme un faux témoin.

Mauvais temps, c'était trop peu. A la gare Saint-Lazare, une pancarte annonçait : *Tempête sur la Manche. La traversée Dieppe-Newhaven n'est pas assurée.*

Et on voyait de nombreux Anglais faire demi-tour pour regagner leur hôtel.

A Dieppe, dans la rue principale, on pouvait croire que le vent allait arracher les enseignes. Pour ouvrir certaines portes, il fallait s'arc-bouter. L'eau tombait par paquets, avec un bruit de vagues s'écrasant sur les galets et parfois une silhouette se profilait, quelqu'un qui était forcé de sortir et qui rasait les murs en courant, le manteau sur la tête.

On était en novembre. Dès quatre heures, les lampes étaient allumées. A la gare maritime, le bateau qui aurait dû partir à deux heures était toujours à quai, près des barques de poche dont les mâts s'entrechoquaient.

Mme Maigret, résignée, était allée chercher dans sa chambre un ouvrage de tricot qu'elle avait commencé dans le train, et s'était assise près du poêle où un chat qu'elle ne connaissait pas, le chat roux de la pension de famille, était venu se blottir dans son giron.

De temps en temps, elle levait la tête et lançait un regard navré à Maigret qui ne savait où se mettre.

— Nous aurions mieux fait de descendre à l'hôtel, soupirait-elle. Tu aurais trouvé quelqu'un pour jouer aux cartes...

Bien entendu ! Seulement Mme Maigret, économe, avait obtenu de Dieu sait quelle amie l'adresse de cette pension de famille perdue au bout du quai, dans l'obscurité désertique du quartier d'été où, l'hiver, les volets étaient clos, les portes barricadées.

C'était pourtant un voyage d'agrément, le seul, en réalité, que le couple se fût offert depuis son voyage de noces, vingt-cinq ans plus tôt.

Maigret était libre, enfin ! Il avait quitté le Quai des Orfèvres et il pouvait se coucher, le soir, avec la certitude de passer la nuit dans son lit, sans qu'un coup de téléphone l'envoyât soudain se pencher sur quelque cadavre encore chaud.

Alors, comme Mme Maigret rêvait depuis longtemps de connaître l'Angleterre, il s'était décidé :

— Nous irons passer une quinzaine à Londres. J'en profiterai pour aller serrer la main à quelques collègues de Scotland Yard avec qui j'ai travaillé pendant la guerre...

Et voilà leur chance ! Tempête sur la Manche ! Le bateau qui ne partait pas ! Cette morne pension de famille dont Mme Maigret s'était brusquement souvenue et dont les murs suaient la mesquinerie et l'ennui !

La propriétaire, Mlle Otard, à la cinquantaine revêche qu'elle essayait de camoufler sous des sourires mielleux, avait un involontaire frémissement des narines chaque fois qu'elle rencontrait le sillage de fumée de pipe qui suivait Maigret dans ses allées et venues. Plusieurs fois, elle avait été sur le point d'ouvrir la bouche, de faire remarquer qu'on ne fume pas la pipe, surtout sans répit, dans des petites pièces surchauffées où se tiennent des dames. A ces moments-là, Maigret, qui sentait venir l'orage, la regardait dans les yeux avec une telle placidité qu'elle préférait détourner la tête.

Elle n'était pas davantage ravie quand elle voyait l'ancien commissaire, qui n'avait jamais pu se départir de ce tic, tourner autour des poêles, saisir le tisonnier et gratter la croûte de charbon si vigoureusement que toutes les cheminées ronflaient comme des moteurs.

La maison n'était pas grande. C'était une villa à deux étages qu'on avait transformée en meublé. On entrait par un corridor mais, pour raison d'économie, ce corridor n'était pas éclairé, ni l'escalier qui conduisait au premier et au second, si bien qu'on entendait parfois quelqu'un qui butait sur les marches, ou une main qui tâtonnait avant de trouver le bouton d'une porte.

La première pièce, sur le devant, constituait le salon, avec de drôles de petits fauteuils de velours verdâtre et, sur la table, de très vieux magazines à moitié déchirés.

Puis il y avait la salle à manger, où l'on avait le droit de se tenir également en dehors des heures de repas.

Mme Maigret était dans le salon. Maigret allait d'une pièce à l'autre, d'un poêle à l'autre, d'un tisonnier à l'autre tisonnier.

Derrière, c'était l'office où Irma, la petite bonne de quinze ans, était occupée cet après-midi à nettoyer les couteaux et les couverts au blanc d'Espagne.

Enfin, la cuisine, domaine de Mlle Otard et de Jeanne, l'aînée des bonnes, une fille de vingt-cinq à trente ans, toujours en pantoufles, toujours mal peignée et d'une propreté douteuse, toujours amère aussi, lançant des regards méfiants ou hargneux.

Il n'y avait pas d'autre personnel dans la maison, où on ne cessait de bousculer, de gronder et de gifler un gamin ahuri de quatre ans, le fils de Jeanne, ce que Maigret apprit en questionnant la plus jeune des bonnes.

Ailleurs, par ce temps, les heures n'étaient peut-être pas gaies. Chez Mlle Otard, elles étaient lugubres et les minutes devaient comporter beaucoup plus de secondes que n'importe où, car les aiguilles n'avançaient pas sur le cadran de la pendule de marbre noir posée sous globe sur la cheminée.

— Essaie de profiter d'une accalmie pour aller au café... Tu trouveras sûrement des gens pour faire la partie...

On n'avait pas la ressource de bavarder, car on n'était jamais seuls. Mlle Otard allait de la cuisine au salon, ouvrait un tiroir ou une armoire, s'asseyait, repartait, avec l'air de quelqu'un qui doit surveiller chacun sous peine de catastrophe. A croire que, si elle restait un quart d'heure absente, on en profiterait pour lui chiper un de ses vieux numéros de *la Mode du Jour* ou pour mettre le feu au buffet !

De temps en temps, Irma entrait aussi, précisément pour remettre des couverts dans le tiroir de ce buffet et pour en prendre d'autres.

Quant à la dame triste, que les Maigret appelaient ainsi parce qu'ils ignoraient son nom, elle était assise près du poêle de la salle à manger sur une chaise, le buste droit, et lisait un livre dont on ne voyait pas le titre, car il n'avait plus de couverture.

Autant qu'on pouvait comprendre, elle était là depuis plusieurs semaines. Elle devait avoir trente ans et être mal portante ; peut-être était-elle venue pour se reposer après avoir subi une opération ? En tout cas, elle n'évoluait qu'avec précaution, comme si elle craignait de se casser quelque chose. Elle mangeait peu, en soupirant, regrettant sans doute les minutes sacrifiées à cette fonction vulgaire.

Quant à l'autre, la jeune mariée, comme disait Maigret avec un sourire féroce, c'était tout le contraire et elle faisait de véritables courants d'air rien qu'en passant d'un fauteuil à un autre.

La jeune mariée devait avoir de quarante à quarante-cinq ans. Elle était petite et grosse, pas commode, sûrement ; la preuve, c'est que son mari accourait au moindre appel avec, d'avance, un air obéissant et confus.

Ce mari atteignait la trentaine et il n'était pas besoin de l'examiner longtemps pour comprendre qu'il n'avait pas fait un mariage d'amour, mais qu'il s'était assuré, en sacrifiant sa liberté, le pain de ses vieux jours.

Leur nom était Mosselet : Jules et Émilie Mosselet.

Si l'aiguille n'avançait pas vite, elle avançait malgré tout. Maigret se souvint après coup d'avoir regardé l'heure au moment où Jeanne servait à la dame triste une infusion de menthe. Il était cinq heures et quelques minutes ; et Jeanne lui parut plus sournoise que jamais.

C'est peu de temps après que le jeune Anglais, M. John, revint du dehors, laissant pénétrer de la tempête et du froid dans la maison, amenant, avec son imperméable détrempé, des rigoles d'eau dans le salon.

Il avait le teint animé par l'air vif et par la nouvelle qu'il apportait. Il annonça avec un fort accent :

— Le bateau, il va partir... On peut porter mes bagages, mademoiselle la patronne...

Il ruait depuis le matin, car il avait hâte de rentrer en Angleterre, et maintenant il revenait de la gare maritime où on lui avait annoncé que le navire allait tenter la traversée.

— Vous avez mon note ?

Maigret hésita un moment. Il fut sur le point de suivre le conseil de sa femme, quitte à être détrempé, et à courir le long des maisons jusqu'à la *Brasserie des Suisses* où, du moins, il y avait de la vie et du mouvement.

Il alla même jusqu'au portemanteau, dans le corridor, aperçut dans le clair-obscur les trois grosses valises de M. John, haussa les épaules et entra dans le salon.

— Pourquoi n'y vas-tu pas ? Tu te mets inutilement de mauvaise humeur...

Rien qu'à cause de cette remarque, il s'enfonça lourdement dans un fauteuil et attrapa le premier magazine venu, dont il se mit à tourner les pages.

Ce qui est remarquable, c'est qu'il n'avait rigoureusement rien à faire et rien non plus ne pouvait le préoccuper. Logiquement, il aurait donc dû être dans un état parfait de réceptivité.

La maison n'était pas grande. De n'importe quel point, on en entendait les moindres bruits au point que le soir, quand le couple Mosselet s'enfermait dans sa chambre, c'en était gênant.

Or, Maigret ne vit rien, n'entendit rien, n'eut pas l'ombre d'un pressentiment.

Il se rendit vaguement compte que M. John payait sa note et passait dans l'office donner un pourboire à Irma. Il répondit vaguement à un adieu vague de l'Anglais et comprit que Jeanne, plus forte que le jeune homme, était chargée de porter deux des valises au bateau.

Mais il ne la vit pas partir. Cela ne l'intéressa pas. Il lui arriva de lire — car la revue qu'il avait prise au hasard était une revue d'agriculture — un long article, en tout petits caractères, sur les mœurs des mulots et il finit bêtement par s'y passionner.

Dès lors, l'aiguille put avancer en silence sur le cadran glauque de la pendule sans que personne y prît garde. Mme Maigret, qui comptait les points de son tricot, remuait les lèvres sans bruit. Parfois un boulet crépitait dans un des poêles ou une bourrasque amenait un ronflement dans la cheminée.

Des heurts de faïence indiquèrent qu'Irma dressait les couverts. Il y eut aussi une sourde odeur de friture qui annonçait les traditionnels merlans du soir.

Et soudain, voilà que des voix surgissaient de la nuit, des voix animées qui semblaient jaillir de la tempête et qui se rapprochaient, rasaient les volets, s'arrêtaient sur le seuil, s'achevant en point d'orgue par le plus violent coup de sonnette que la maison eût jamais enregistré.

Même à ce moment, Maigret ne tressaillit pas. Des heures durant, il avait souhaité une diversion à la monotonie de la journée et au moment où elle se présentait, autrement riche qu'on ne pouvait s'y attendre, il restait plongé dans ses histoires de mulots.

— C'est ici, oui... faisait la voix de Mlle Otard.

De l'air entrait, de l'eau, des vêtements mouillés, des visages rouges et animés et il fallut bien lever la tête, apercevoir un uniforme de sergent de ville et le paletot noir d'un petit homme au cigare éteint.

— C'est vous, n'est-ce pas, qui aviez comme employée une certaine Jeanne Fénard ?

Maigret remarqua que le gamin était justement là, sorti Dieu savait d'où, sans doute du fond de la cuisine.

— Cette personne vient d'être tuée d'une balle de revolver alors qu'elle passait rue de la Digue...

Le premier réflexe de Mlle Otard fut l'incrédulité, la méfiance. On sentait qu'elle n'était pas femme à se laisser raconter n'importe quoi par n'importe qui et, les lèvres pincées, elle eut un mot magnifique :

— Vraiment !

Mais la suite ne lui laissa plus de doute, car l'homme au cigare éteint poursuivait :

— Je suis le commissaire de police... Je désire que vous me suiviez pour reconnaître le corps... Je désire aussi que personne d'autre ne sorte de cette maison...

Les yeux de Maigret pétillèrent de malice. Sa femme le regarda avec l'air de dire :

— Pourquoi ne te nommes-tu pas ?

Mais il y avait trop peu de temps qu'il était à la retraite et qu'il savourait les joies de l'anonymat. Il s'enfonçait dans son fauteuil avec une réelle volupté. Il examinait le commissaire d'un œil critique.

— Veuillez mettre un vêtement et me suivre...

— Où ça ? s'insurgea encore Mlle Otard.

— A la morgue...

Alors ce fut un grand cri, une crise de nerfs véritable ou assez bien jouée, un gémissement de la dame triste que Maigret avait oubliée.

Irma jaillit de son office, tenant un plat à la main.

— Jeanne est morte ?

— Toi, ne t'occupe pas de ça... commanda Mlle Otard. Tu peux servir le dîner en attendant que je revienne...

Elle regarda le gamin qui n'avait pas compris et qui errait entre les jambes des grandes personnes.

— Enferme-le dans sa chambre... Qu'il se couche...

Où était à ce moment Mme Mosselet ? La question paraît facile et pourtant Maigret n'eût pu y répondre. Par contre, Mosselet, qui portait à l'intérieur de ridicules pantoufles de feutre rouge, se trouvait là, du côté du corridor. De sa chambre, il avait sans doute entendu du bruit et il était descendu.

— Qu'est-ce que c'est ? demandait-il.

Mais le commissaire était pressé. Il dit quelques mots, à voix basse, à l'agent en uniforme qui retira sa capote, son képi, alluma une cigarette et alla se camper devant le feu, en homme qui s'installe pour un bout de temps.

On entraînait dehors Mlle Otard qui avait passé un ciré jaune et des bottes de caoutchouc et qui se retournait une dernière fois pour lancer à Irma :

— Sers vite le dîner !... Les merlans vont brûler...

Irma pleurait, machinalement, comme par politesse, parce qu'il y avait quelqu'un de mort. Elle pleurait et elle servait, en détournant la tête pour ne pas laisser ses larmes couler dans les plats.

Là, Maigret remarqua que Mme Mosselet était à table, guère émue, mais curieuse.

— Je me demande comment c'est possible... Cela s'est passé dans la rue ?... Il y a donc des apaches à Dieppe ?...

Mosselet mangeait avec appétit. Mme Maigret ne comprenait toujours pas pourquoi son mari paraissait tellement indifférent à cette affaire alors qu'il avait passé sa vie à ne s'occuper que de crimes.

La dame triste regardait son merlan à peu près du même œil que le merlan la regardait et elle ouvrait de temps en temps la bouche, non pour manger, mais pour laisser échapper un peu d'air en guise de soupir.

Quant à l'agent, il avait pris une chaise, s'y était installé à califourchon et regardait les autres manger, impatient de jouer un rôle.

— C'est moi qui l'ai trouvée ! dit-il orgueilleusement à Mme Mosselet qui semblait la plus intéressée.

— Comment ?

— C'est bien par hasard... J'habite rue de la Digue, une petite rue qui va du quai au port, là-bas, tout au bout, après la Manufacture des Tabacs. Autant dire qu'il n'y passe jamais personne. Je marchais vite en baissant la tête et j'ai vu quelque chose de sombre...

— C'est horrible ! dit Mme Mosselet sans conviction.

— J'ai d'abord cru que c'était un ivrogne, car on en trouve tous les jours sur le trottoir...

— Même en hiver ?

— Surtout en hiver, parce qu'on commence à boire pour se réchauffer...

— Tandis que l'été on boit pour se rafraîchir ! plaisanta Jules Mosselet avec un regard malin à sa femme.

— Si vous voulez... J'ai tâté... J'ai senti que c'était une femme... J'ai appelé et quand on l'a eu portée dans une pharmacie, celle qui fait justement le coin de la rue de Paris, on a constaté qu'elle était morte... C'est alors aussi que je l'ai reconnue, car je connais tous les visages du quartier... J'ai dit au commissaire :

» — Cette fille-là, c'est la bonne de la pension Otard...

Alors Maigret questionna timidement, tel un monsieur qui hésite à se mêler de ce qui ne le regarde pas :

— Il n'y avait pas de valises auprès d'elle ?

— Pourquoi y aurait-il eu des valises ?

— Je ne sais pas... Je me demande aussi si elle était tournée vers le port ou de ce côté...

L'agent se gratta la tête.

— Attendez... Je crois, comme elle était placée, qu'elle venait plutôt vers ici quand c'est arrivé...

Il hésita un bon moment, se décida à saisir la bouteille de vin rouge et à s'en servir un verre en murmurant :

— Vous permettez ?

Ce mouvement l'avait rapproché de la table. Il restait deux merlans rigides dans le plat. Il hésita encore, en prit un, le mangea sans couteau ni fourchette et alla jeter l'arête dans le seau à charbon.

Puis il interrogea chacun du regard, s'assura ainsi qu'il n'y avait pas amateur pour le second merlan et le mangea comme le premier, but encore, soupira :

— Ça doit être un crime passionnel... Cette fille était coureuse comme pas une... C'était une des plus enragées du bal musette qui est au bout du port...

— Alors, c'est différent, murmura Mme Mosselet qui, dès qu'il s'agissait d'un crime passionnel, semblait trouver la chose toute naturelle.

— Ce qui m'étonne, poursuivait l'agent que Maigret ne quittait pas du regard, c'est que ça ait été fait avec un revolver... Les matelots, vous savez, ça se sert plus volontiers d'un couteau...

A cet instant, Mlle Otard rentra et le vent, qui rougissait les autres visages, avait pâli le sien. L'événement, en outre, lui donnait conscience de son importance et son attitude proclamait :

— Je sais des choses, mais ne comptez pas sur moi pour les dire...

Son regard faisait le tour de la table, des dîneurs et des assiettes, repérait les arêtes de merlans. Elle demandait sévèrement à Irma qui reniflait, collée au chambranle de la porte :

— Qu'est-ce que tu attends pour servir le veau ?

Puis enfin, à l'agent :

— J'espère qu'on vous a donné à boire ?... Votre patron va venir dans quelques instants... Il est occupé à téléphoner à Newhaven...

Maigret tressaillit et elle s'en aperçut. Ce tressaillement ne lui parut pas catholique et on vit nettement un soupçon passer sur ses traits.

La preuve, c'est qu'elle crut devoir ajouter :

— ... Du moins, je suppose...

Elle ne le supposait pas : elle le savait. Donc, le commissaire de police avait entendu parler de M. John et de son départ précipité.

Pour l'instant, la piste officielle était par conséquent la piste du jeune Anglais.

— Tout cela va encore me rendre malade ! murmura d'une voix dolente la dame triste qui n'ouvrait pas la bouche trois fois par jour, sinon pour soupirer.

— Et moi ? s'indigna Mlle Otard, qui ne tolérait pas que quelqu'un fût plus touché qu'elle par l'événement. Vous croyez que cela va arranger mes affaires ? Une fille que j'ai mis des mois à dresser à peu près... Irma ! Quand te décideras-tu à apporter la sauce ?

Le résultat le plus clair de ces allées et venues était d'avoir laissé envahir la maison par l'air frais : au lieu de se fondre dans la chaleur ambiante, il formait de petits courants qui voletaient, vous passaient sur la nuque, provoquaient un frisson entre les épaules.

Au point que Maigret se leva, indifférent au seau vide, et alla tisonner le poêle. Puis il bourra une pipe, l'alluma avec une torche de papier présentée à la flamme et se campa machinalement dans sa pose favorite, celle qu'on lui connaissait au Quai des Orfèvres, pipe aux dents, dos au feu, les mains jointes sur les reins, avec cet air indéfinissable, buté ou absent, qu'il avait quand des éléments épars commençaient à se grouper dans son esprit et à former comme un germe encore inconsistant de vérité.

L'arrivée du commissaire de police ne parvint pas à lui faire faire un mouvement. Il entendit :

— Le bateau n'est pas arrivé... On viendra me prévenir...

Il n'était pas difficile d'imaginer le vapeur secoué dans l'obscurité de la Manche, où on ne devait voir que les crêtes blanchâtres des grosses houles. Et les passagers malades, le buffet désert, des ombres inquiètes dans l'ombre du pont, avec, pour tout repère, par intermittence, le point scintillant du phare de Newhaven.

— Je me vois forcé d'interroger ces messieurs dames les uns après les autres...

Mlle Otard comprit, décida :

— On peut fermer la porte de communication. Vous vous installerez au salon et...

Le commissaire de police n'avait pas dîné, mais il n'y avait plus de merlans sur la table et il n'osa pas plonger les doigts dans le plat où s'engluaient les morceaux de veau.

2

C'était un hasard. L'agent avait regardé autour de lui pour savoir par qui il commencerait. Son regard avait rencontré celui de Mme Maigret qui lui avait paru assez docile pour donner l'exemple.

— Passez... lui avait-il dit, en ouvrant, puis en refermant derrière elle la porte du salon, tandis qu'un léger sourire errait sur les lèvres de l'ancien commissaire.

La porte avait beau être close, on entendait à peu près tout ce qui se disait de l'autre côté et le sourire de Maigret s'accentua quand son collègue, dans la pièce voisine, demanda :

— Avec *ai* ou avec *é* ?

— Avec *ai*...

— Comme le fameux commissaire ?

Brave épouse, qui se contentait de répondre :

— Oui !

— Vous n'êtes pas parente avec lui ?

— Je suis sa femme.

— Mais alors... c'est... c'est votre mari qui est avec vous ?

Et, l'instant d'après, Maigret était dans le salon, devant un bonhomme à la fois rayonnant et un tout petit peu inquiet.

— Avouez que vous avez voulu me faire marcher !... Quand je pense que j'allais vous interroger comme les autres... Remarquez que, ce que j'en fais ici, c'est par acquit de conscience et un peu pour tuer le temps en attendant les nouvelles de Newhaven... Mais vous, qui étiez sur les lieux, qui avez en quelque sorte vu le drame se préparer, vous devez avoir une idée encore plus nette et je vous serais reconnaissant de...

— Je vous jure que je n'ai pas la plus petite idée.

— En somme, qui savait que cette fille allait sortir ?

— Les gens de la maison, bien entendu. Mais voilà bien où je me rends compte de la difficulté du rôle de témoin : je suis incapable de déterminer avec exactitude qui était dans la maison à ce moment.

— Vous étiez occupé ?

— Je lisais...

Il n'osa pas ajouter qu'il lisait un article sur la vie des taupes et des mulots.

— J'ai entendu confusément un remue-ménage... Ensuite...

» Mme Mosselet, par exemple ! Était-elle en bas ou n'y était-elle pas ? Et, si elle y était, où se tenait-elle ? Qu'est-ce qu'elle faisait ?

Le commissaire de police n'était pas satisfait. Il n'était pas loin de croire que son illustre confrère avait plaisir à le laisser se dépêtrer tout seul et il dut se promettre intérieurement de lui montrer comment, lui, petit policier de province, savait mener une enquête.

On fit appeler la dame triste qui s'appelait Germaine Moulineau et qui était institutrice en congé de convalescence.

— J'étais dans la salle à manger, balbutia-t-elle. Je me souviens que j'ai pensé qu'il était injuste de faire porter les valises de l'Anglais par cette pauvre fille, alors que des hommes forts ne savaient comment tuer le temps.

Elle avait dit cela pour Maigret, ainsi que le prouvait le coup d'œil qu'elle avait lancé à ses larges épaules en faisant allusion aux hommes forts.

— Dès ce moment, vous n'avez plus quitté la salle à manger ?

— Pardon ! Je suis montée dans ma chambre.

— Vous y êtes restée longtemps ?

— A peu près un quart d'heure... J'ai pris un cachet et j'ai attendu qu'il fasse son effet...

— Excusez la question que je vais vous poser, mais je la poserai à tous les hôtes de la maison et je la considère comme une simple formalité. Je suppose que vous n'êtes pas sortie aujourd'hui et que vos vêtements sont, par conséquent, secs ?

— Non... Vers le milieu de l'après-midi, je suis sortie un moment...

Nouvelle preuve de la relativité des témoignages ! Maigret n'avait remarqué ni qu'elle était sortie, ni que pendant un quart d'heure, elle était restée absente de la salle à manger !

— Sans doute êtes-vous allée chez le pharmacien chercher ces cachets ?

— Non... Je voulais contempler le port sous la pluie et la bourrasque...

— Je vous remercie... Au suivant !

Le suivant était une suivante : c'était Irma, qui reniflait toujours et qui chiffonnait entre ses doigts le coin de son tablier.

— Savez-vous si votre compagne Jeanne avait des ennemis ?

— Non, monsieur...

— Avez-vous remarqué un changement dans son humeur indiquant qu'elle se sentait menacée ?

— Elle m'a seulement dit ce matin qu'elle ne ferait plus long feu dans cette boîte... C'est le mot qu'elle a employé...

— Vous n'y êtes pas bien traitée ?

— Je n'ai pas dit ça, s'empressa-t-elle de déclarer avec un regard à la porte.

— Du moins savez-vous si Jeanne avait des amants ?

— Sûrement que oui.

— Pourquoi dites-vous « sûrement que oui » ?

— Parce qu'elle avait toujours peur d'être enceinte.

— Vous ne connaissez pas de noms ?

— Il y avait un pêcheur qui venait parfois siffler dans la ruelle, un nommé Gustave...

— De quelle ruelle parlez-vous ?

— De la ruelle de derrière... On peut sortir directement par là, en traversant la cour qui est après la cuisine...

— Vous êtes sortie, ce soir ?

Elle hésita, faillit dire non, hésita encore et finit par avouer :

— Juste une seconde... Je suis allée chez le boulanger, chercher un croissant...

— A quelle heure ?

— Je ne sais plus... Sans doute vers cinq heures...

— Quel besoin aviez-vous d'un croissant ?

— On ne nous donne pas beaucoup à manger... murmura-t-elle d'une voix à peine perceptible.

— Je vous remercie.

— Vous ne le direz pas ?

— Vous pouvez être tranquille... Au suivant !...

Cette fois, on vit entrer Jules Mosselet, qui avait un air aussi dégagé que possible.

— A vos ordres, monsieur le commissaire.

— Vous êtes sorti, cet après-midi ?

— Oui, monsieur le commissaire... Je suis allé chercher des cigarettes...

— A quelle heure ?

— Il devait être cinq heures moins cinq ou cinq heures moins dix... Je suis rentré presque aussitôt... Il faisait très mauvais temps...

— Vous ne connaissiez pas la victime ?

— Pas du tout, monsieur le commissaire...

On le remercia comme les autres et sa femme prit sa place, se vit poser la question devenue rituelle :

— Vous êtes sortie cet après-midi ?

— Bien entendu, je suis obligée de répondre ?

— Cela vaudra mieux pour vous...

— Dans ce cas, je vous demande seulement de ne pas en parler à Jules. Vous allez comprendre. C'est un garçon qui a beaucoup de succès auprès des femmes. Comme il est faible de caractère, je me méfie. Quand je l'ai entendu sortir, je l'ai suivi afin de savoir où il allait...

— Et où est-il allé ? demanda le commissaire avec un clin d'œil à Maigret.

La réponse fut pour le moins inattendue.

— Je ne sais pas...

— Comment, vous ne savez pas ? Vous venez d'avouer que vous l'aviez suivi...

— Justement ! J'ai cru que je le suivais. Comprenez-moi ! Le temps de passer mon manteau, d'ouvrir mon parapluie et il était déjà au coin de la première rue. Quand j'y suis arrivée à mon tour, j'ai aperçu au loin une silhouette avec un imperméable brun et je lui ai emboîté le pas. C'est seulement cinq minutes après, quand la silhouette est passée devant une vitrine éclairée, que je me suis aperçue que ce n'était pas Jules... Alors, je suis rentrée et je n'ai fait semblant de rien...

— Combien de temps après vous est-il rentré ?

— Je ne sais pas... J'étais en haut... Il a pu rester en bas un certain temps...

A ce moment, la sonnette fut violemment agitée et un agent en uniforme remit un pli au commissaire. Celui-ci le décacheta, le tendit bientôt à Maigret :

John Miller, ni personne répondant à son signalement, n'a débarqué du bateau de Dieppe à Newhaven.

Le commissaire de police avait poliment offert à Maigret de l'accompagner pour suivre l'enquête si celle-ci l'intéressait, mais cela ne lui faisait pas autrement plaisir, étant donné l'attitude de son collègue, qui ne paraissait pas disposé à l'aider beaucoup.

Tandis qu'ils marchaient tous les deux le long des maisons où ils risquaient de recevoir une tuile sur la tête — on en voyait par-ci par-là des morceaux sur les trottoirs — il lui expliquait néanmoins :

— Je ne veux rien laisser au hasard, comme vous le constatez. Je serais fort étonné s'il n'y avait anguille sous roche du côté de ce John Miller. La tenancière de la pension m'a dit qu'il était chez elle depuis plusieurs jours, mais qu'il n'avait jamais répondu qu'évasivement à ses questions. Il a payé avec de l'argent français ; or, détail curieux, il a remis une quantité inaccoutumée de menue monnaie. Il sortait très peu et seulement le matin. Deux jours consécutifs, Mlle Otard l'a rencontré au marché, où il semblait s'intéresser au beurre, aux œufs et aux légumes...

— A moins que ce soit au porte-monnaie des commères ! trancha Maigret.

— Vous croyez que c'est un pickpocket ?

— Ce qui expliquerait, en tout cas, qu'il soit entré en Angleterre sous un autre nom et avec un autre vêtement que celui que vous avez signalé...

— Cela ne m'empêchera pas de le faire rechercher. Maintenant, nous allons chez Victor, le café qui est près du marché aux poissons. Je serais heureux d'y rencontrer ce Gustave dont la petite bonne nous a parlé et de savoir si c'est le même qu'un certain Gustave, dit Dent Cassée, dont j'ai eu plusieurs fois à m'occuper...

— Votre agent prétend que les gars d'ici jouent plus volontiers du couteau que du revolver, objecta encore Maigret en sautant par-dessus une profonde flaque d'eau et en se crottant quand même.

Quelques minutes plus tard, ils entraient chez Victor, où le plancher était visqueux et où une dizaine de tables étaient occupées par des matelots en vareuse et en sabots. Le café était trop violemment éclairé et un pick-up répandait une musique criarde tandis que le patron et deux serveuses malpropres s'affairaient.

Il était évident, au coup d'œil des hommes, qu'ils avaient reconnu le commissaire de police, lequel, accompagné de Maigret, était allé s'asseoir dans un coin et avait commandé un bock. Quand une des filles le servit, il la retint par son tablier, lui parla à voix basse :

— A quelle heure Jeanne est-elle venue, cet après-midi ?

— Quelle Jeanne ?

— La maîtresse de Gustave...

La fille hésita, regarda un des groupes d'hommes et réfléchit.

— Je crois que je ne l'ai pas vue ! dit-elle enfin.

— Elle vient souvent, n'est-ce pas ?

— Cela arrive... Mais elle n'entre pas... Elle entrouvre la porte pour voir s'il est là et, s'il y est, c'est lui qui la rejoint dehors.

— Gustave a passé la soirée ici ?

— Faudrait le demander à ma copine Berthe... Moi, je me suis absentée...

Maigret souriait aux anges. Il paraissait ravi de voir qu'il n'était pas le seul à ne pouvoir apporter un témoignage certain.

Berthe était l'autre serveuse. Elle louchait. C'est peut-être ce qui lui donnait l'air si désagréable.

— Si vous voulez le savoir, répondit-elle au commissaire, demandez-le à lui-même. Je ne suis pas payée pour faire la police.

Or, la première serveuse avait déjà parlé à un rouquin, chaussé de bottes en caoutchouc, qui se levait, remontait son pantalon de grosse toile, retenu par une ficelle, crachait par terre, s'approchait du commissaire et, ouvrant la bouche, montrait juste au milieu une dent cassée.

— C'est de moi que vous vous occupez ?

— Je voudrais savoir si tu as vu Jeanne ce soir...

— Qu'est-ce que ça peut vous faire ?

— Jeanne est morte.

— Ce n'est pas vrai...

— Je te dis qu'elle est morte, dans la rue, tuée par une balle de revolver.

Le gars fut vraiment surpris, regarda les autres, leur cria :

— Dites donc ! Qu'est-ce que c'est, cette histoire-là ? Jeanne est morte ?

— Réponds à ma question. Tu l'as vue ?

— Tant pis ! J'aime mieux dire la vérité. Elle est venue...

— A quelle heure ?

— Je ne sais plus... Je jouais l'apéritif avec le gros Polyte...

— Il était plus de cinq heures ?

— Sûrement !

— Elle est entrée ?

— Je ne lui permets pas d'entrer dans les cafés où je fréquente. J'ai vu sa tête dans la porte. Je suis allé lui dire de me fiche la paix...

— Pourquoi ?

— Parce que !

Le patron avait arrêté le phono et le silence régnait dans la salle où les clients essayaient de saisir des bribes de la conversation.

— Vous vous êtes disputés ?

Dent Cassée haussa les épaules, en homme qui sait qu'il aura toutes les peines du monde à se faire comprendre.

— C'est ça et pas ça...

— Explique !

— Mettons que j'avais des idées sur une autre et qu'elle était jalouse...

— Quelle autre ?

— Une autre qui est venue une fois au bal avec Jeanne...

— Son nom...

— Je ne le connais même pas... Tant pis, puisque vous voulez savoir !... Du moment que je n'y ai pas encore touché, vous ne pouvez pas me faire d'ennuis, malgré son âge... C'est la petite qui travaille avec Jeanne à la pension... C'est tout ! Quand Jeanne est venue, je suis juste allé sur le trottoir et je lui ai annoncé que, si elle ne me fichait pas la paix, elle aurait une raclée.

— Et après ? Tu es rentré tout de suite au café ?

— Pas tout de suite... Je suis allé voir le bateau de Newhaven qui partait... Je pensais qu'il louperait sa manœuvre, à cause du courant... Vous m'arrêtez ?

— Pas encore...

— Parce qu'il ne faudrait pas vous gêner, hein ! Nous, on commence à avoir l'habitude de toujours trinquer pour les autres... Dire qu'elle est morte !... Elle n'a pas souffert, au moins ?

C'était une étrange impression, pour Maigret, d'être là et de n'avoir rien à faire. Il n'était pas encore habitué à n'être plus qu'un citoyen comme les autres. Il entendait une autre voix que la sienne poser les questions et il lui fallait un effort pour ne pas intervenir, approuver ou désapprouver.

Parfois, une question lui brûlait les lèvres et c'était un véritable supplice de se taire.

— Vous m'accompagnez ? questionna le commissaire de police en se levant et en jetant de la monnaie sur la table.

— Où allez-vous ?

— Au commissariat. Je dois rédiger mon rapport ; ensuite, je pourrai me coucher, car il n'y a plus rien à faire aujourd'hui...

Une fois sur le trottoir, seulement, il murmura en relevant le col de son pardessus :

— Bien entendu, je mets un homme derrière Dent Cassée... C'est ma méthode et je crois que c'était aussi la vôtre... Quant à vouloir obtenir coûte que coûte des résultats immédiats, c'est une faute, car on n'arrive qu'à se fatiguer et à perdre son sang-froid... Demain, j'aurai bien assez de besogne avec ces messieurs du Parquet...

Maigret préféra le quitter sous la lanterne rouge du commissariat ; il n'avait rien à faire dans le bureau où son collègue allait s'appliquer sagement à rédiger un rapport minutieux.

Le vent avait plutôt molli, mais la pluie tombait toujours, plus fluide, eût-on dit, que tout à l'heure, parce qu'elle tombait verticalement. Peu de gens passaient devant les vitrines encore éclairées.

Comme cela lui arrivait jadis quand une enquête s'emmanchait mal, Maigret commença par perdre du temps, en ce sens qu'il entra à la *Brasserie des Suisses* et qu'un bon quart d'heure durant, il suivit machinalement la partie de jacquet de ses deux voisins.

Il avait les pieds mouillés dans ses chaussures et il sentait qu'il avait attrapé un rhume. C'est ce qui le décida, après avoir vidé son demi, à commander un grog au rhum qui lui fit monter le sang à la tête.

— Enfin !... soupira-t-il en se levant.

Cela ne le regardait pas ! Cela lui faisait certes un peu mal au cœur, mais il avait assez soupiré après l'âge de la retraite pour ne pas ronchonner, maintenant que ça y était.

Dehors, tout au bout du quai, bien au-delà de la gare maritime, qui était déserte et où ne brillait qu'une seule lampe à arc, il aperçut un halo mauve sur le trottoir mouillé et se souvint de certain bal musette dont il avait été question.

Sans avoir décidé qu'il irait, et en se défendant toujours de s'occuper de cette affaire, il se retrouva devant une drôle de façade peinte avec mauvais goût et éclairée par des ampoules de couleur. Quand il ouvrit la porte, il reçut au visage des bouffées de java mais fut déçu en trouvant l'établissement à peu près vide.

Deux femmes dansaient, des petites ouvrières sans doute, qui voulaient en avoir pour leur argent, et les trois musiciens jouaient pour elles seules.

— Au fait, quel jour sommes-nous ? demanda-t-il au patron en s'installant au bar.

— Lundi... Vous savez, aujourd'hui, il ne viendra pas grand monde... Ici, c'est surtout le samedi et le dimanche, un peu le jeudi... Quelques couples tout à l'heure, après le cinéma, encore qu'avec ce temps... Qu'est-ce que vous prenez ?

— Un grog...

Il le regretta en voyant confectionner son grog avec du rhum de fantaisie et avec de l'eau bouillie dans une casserole douteuse.

— Vous n'êtes jamais venu ? Vous êtes de passage à Dieppe ?

— Je suis de passage, oui...

Et l'homme, se méprenant, expliquait :

— Vous savez, chez moi, vous ne trouverez pas de professionnelles. Vous pouvez danser, offrir un verre à ces jeunes filles, mais, pour le reste, c'est plus difficile... Surtout aujourd'hui !

— Parce qu'il n'y a personne ?

— Pas seulement... Tenez ! Ces gamines qui dansent... Savez-vous pourquoi elles dansent ?

— Non...

— Pour chasser le noir... Tout à l'heure, il y en avait une qui pleurait et l'autre qui regardait fixement devant elle... Je leur ai offert le coup pour se remonter... Ce n'est pas drôle d'apprendre ainsi qu'une copine a été tuée...

— Ah ! Il y a eu un accident ?

— Un crime, oui ! Dans une petite rue, à moins de cent mètres d'ici... Une bonniche qu'on a retrouvée avec une balle dans la tête...

Et Maigret pensa : « Dire que je n'avais pas eu l'idée de demander si elle avait été atteinte à la tête ou à la poitrine ! »

Puis, tout haut :

— Le coup a donc été tiré de près...

— D'autant plus près que, dans cette obscurité, avec une pareille tempête, il eût été difficile de viser à trois pas... N'empêche que je jurerais que ce n'est pas quelqu'un d'ici... Le coup de poing, passe encore... Tous les samedis, il faut que j'en mette dehors avant la bagarre... Tenez ! Moi-même, depuis qu'on m'a dit ça, je ne suis pas dans mon assiette...

C'était si vrai qu'il se servit un petit verre, fit claquer la langue.

— Vous voulez que je vous les présente ?

Maigret ne protesta pas à temps et le patron appelait déjà les deux gamines, d'un geste familier.

— Voici un monsieur qui s'ennuie et qui voudrait vous offrir un verre... Venez par ici. Vous serez mieux dans ce coin...

Son œillade expliquait à Maigret qu'il pourrait même prendre quelques privautés sans être vu.

— Qu'est-ce que je vous sers ? Des grogs ?

— Va pour des grogs...

C'était gênant. Il n'avait pas la manière. Les deux jeunes filles l'examinaient à la dérobée et cherchaient à accrocher la conversation.

— Vous ne dansez pas ?

— Je ne sais pas danser...

— Vous ne voulez pas qu'on vous apprenne ?

Non ! Quand même pas ça ! Il ne se voyait pas évoluant sur la piste sous les regards amusés des trois musiciens !

— Vous êtes voyageur de commerce ?

— Oui... Je suis de passage... Le patron vient de me dire que votre amie... enfin, qu'il est arrivé un malheur...

— Ce n'était pas notre amie ! riposta une des filles.

— Ah ! Je croyais...

— Si ça avait été une amie, on ne serait pas ici ! Mais on la connaissait, comme on connaît toutes les habituées. Maintenant qu'elle est morte, on ne peut plus lui en vouloir. C'est déjà bien assez triste...

— Bien entendu...

Il fallait approuver. Il fallait surtout savoir attendre sans effaroucher ses compagnes.

— Elle n'était pas sérieuse ? risqua-t-il cependant.

— Ce n'est pas assez dire...

— Tais-toi, Marie ! Puisqu'elle est morte...

Il vint quelques clients. Une des jeunes filles dansa plusieurs fois avec des inconnus. A certain moment, Maigret aperçut Gustave Dent Cassée, ivre mort, accoudé au bar.

L'ivrogne le regarda comme s'il allait le reconnaître et Maigret craignit une scène désagréable. Mais il n'en fut rien. L'homme était trop soûl pour voir quoi que ce fût de précis et le patron n'attendait qu'une occasion pour le mettre dehors.

En échange du service qu'il avait rendu à Maigret en lui présentant deux beautés du cru, il lui imposait de quart d'heure en quart d'heure une tournée de grogs.

Si bien qu'à une heure du matin, quand il sortit, l'ancien commissaire de la Police Judiciaire frôla le chambranle de la porte, eut quelque peine à boutonner son pardessus et pataugea dans toutes les flaques d'eau.

Il oublia que les clients de la pension qui rentraient après onze heures devaient sonner à un timbre spécial qui résonnait dans la chambre de Mlle Otard. Il agita violemment la sonnette, réveilla tout le monde, se vit aussi mal accueilli que possible par la propriétaire qui avait passé un manteau sur sa tenue de nuit.

— Un jour comme aujourd'hui !... l'entendit-il grommeler.

Mme Maigret était couchée, mais elle alluma en entendant des pas dans l'escalier et regarda avec stupeur son mari, dont la démarche lui semblait exagérément pesante et qui arracha son faux col d'un geste inhabituel.

— Je me demande où tu étais ?... murmura-t-elle en se tournant vers le mur.

Et il répéta :

— Où j'étais ?...

Puis encore une fois, avec un étrange sourire :

— Où j'étais ?... Suppose que ce soit à Villecomtois...

Elle sourcilla, chercha dans ses souvenirs, fut certaine de n'avoir jamais entendu ce nom.

— C'est près d'ici ?

— C'est dans le Cher... Villecomtois !...

Il valait mieux remettre au lendemain le soin de le questionner.

3

En voyage ou pas en voyage, couchée tôt ou couchée tard — ce qui ne lui arrivait presque jamais —, Mme Maigret avait la manie de se lever à des heures impossibles. Déjà la veille, l'ancien commissaire lui avait fait une scène à ce propos, en la trouvant, dès sept heures du matin, déjà prête et ne sachant à quoi s'occuper.

— Je ne peux pas m'habituer à rester dans mon lit, avait-elle répondu. Il me semble qu'il y a toujours le ménage à faire...

Et il en fut de même ce matin-là. Il ouvrit un œil, à certain moment, parce que cet œil était frappé par les rayons jaunes de l'ampoule électrique. Il ne faisait pas encore jour et déjà sa femme mettait de timides bruits d'eau dans la pièce.

« Quel mot est-ce encore ? » songea Maigret, dans son demi-sommeil, en constatant avec mauvaise humeur qu'il allait avoir mal à la tête.

Le fameux mot de la veille, ce nom de village ou de bourg qu'il avait claironné à sa femme en rentrant, l'avait tellement hypnotisé que, comme cela arrive souvent, il l'avait oublié à force d'y penser.

Il crut ne se rendormir qu'à moitié, car il eut conscience de certains petits faits ; ainsi il s'aperçut que la lampe était éteinte et qu'un jour miteux remplaçait les rayons de l'ampoule. Puis il entendit un réveille-matin quelque part dans la maison, les pas de quelqu'un dans l'escalier, la sonnette, par deux fois, de la porte d'entrée.

Il aurait bien voulu savoir s'il pleuvait encore et si la tempête avait cessé, mais il n'avait pas le courage d'ouvrir la bouche pour le demander et soudain il se dressa sur son séant, car sa femme lui secouait l'épaule ; il vit le jour complètement levé ; sa montre, sur la table de nuit, marquait neuf heures et demie.

— Qu'est-ce qu'il y a ?

— Le commissaire de police est en bas...

— Qu'est-ce que ça peut me faire ?

— Il demande à te voir...

Bien entendu, parce que la veille, il avait peut-être bu un grog de trop — et encore, sans le vouloir ! — Mme Maigret se croyait obligée de prendre un air protecteur et maternel.

— Bois ton café tant qu'il est chaud...

Ces matins-là, il est toujours désagréable de faire sa toilette et Maigret faillit remettre au lendemain le soin de se raser.

— Quel mot est-ce que je t'ai dit, hier au soir ? questionna-t-il.

— Quel mot ?

— Je t'ai parlé d'un village...

— Ah ! oui... Je me souviens vaguement... C'était quelque part dans le Cantal...

— Mais non ! Dans le Cher...

— Tu crois ?... Il me semble que cela finissait en « on »...

Tant pis ! Elle ne se souvenait pas non plus ! Il descendit, pas encore bien éveillé, la tête lourde, et sa pipe n'avait pas le même goût que les autres matins. Il fut surpris de ne trouver personne dans la cuisine, ni dans l'office, mais, par contre, en ouvrant la porte de la salle à manger, il aperçut la maisonnée au grand complet, figée comme pour une cérémonie ou pour le photographe.

Mlle Otard avait un vilain regard de reproche, sans doute à cause de sa rentrée bruyante de la nuit. La dame triste, dans son fauteuil, était déjà aussi lointaine qu'une mourante qui ne se sent plus d'attaches avec ce monde. Quant aux Mosselet, ils devaient s'être disputés pour la première fois ce jour-là, car ils évitaient de se regarder et rendaient le monde entier responsable de leur brouille.

Jusqu'à la petite Irma qui n'était plus la même et qu'on eût dite trempée dans du vinaigre.

— Bonjour !... lança Maigret avec autant de bonne humeur que possible.

Personne ne répondit, n'esquissa même un salut en échange de son souhait. Par contre, la porte du salon s'ouvrit. Le commissaire de police, pas fâché d'être lui-même, tendit la main à son illustre collègue.

— Entrez, je vous en prie... Je me doutais que je vous trouverais au lit...

La porte était refermée... Ils étaient seuls dans le salon où le feu venait seulement d'être allumé et fumait encore. Par la fenêtre, Maigret vit le quai gris, toujours balayé par le vent, avec des nuages d'embruns à chaque grosse vague.

— J'étais fatigué, oui... grogna-t-il.

Et, voyant le sourire de l'autre, il tint à montrer aussitôt qu'il n'était pas dupe. Il n'avait pas pensé à ce détail la veille, mais cela lui revenait à l'instant.

— C'est vrai que votre Gustave Dent Cassée était là ! Donc, il y avait un agent sur ses talons. Et cet agent vous a raconté...

— Je vous assure que mon intention n'était pas d'y faire la moindre allusion...

L'imbécile ! Ainsi, il croyait que la veille, si Maigret avait passé la soirée au bal musette avec ces deux gamines, c'était pour...

— Je me suis permis de vous déranger ce matin, car la police dieppoise a fait une découverte qui, j'ose le dire, présente un caractère assez sensationnel...

Maigret tisonna, par habitude. Il aurait aimé boire quelque chose de rafraîchissant, un citron pressé, par exemple.

— Vous n'avez rien remarqué en descendant ? poursuivait l'autre, qui était aux anges comme un acteur qu'on vient de bisser et qui prépare sa meilleure tirade.

— Vous parlez des gens qui attendent dans la salle à manger ?

— J'ai tenu, en effet, à les réunir dans une pièce et à les empêcher d'aller et venir... Je vais vous annoncer une nouvelle qui va peut-être vous surprendre : le meurtrier ou la meurtrière de la fille Jeanne Fénard est parmi eux !

Il en aurait fallu davantage pour faire broncher Maigret un matin comme celui-là et il se contenta d'un regard lourd, presque distrait, à son collègue. Et celui-ci eût été bien étonné en apprenant qu'à ce moment précis, ce qui préoccupait l'ancien commissaire de la P.J. c'était de retrouver un nom de village qui finissait en « ois ».

— Voyez ceci... Ne craignez rien... Les empreintes digitales, s'il y en avait, ont été lavées pendant des heures et des heures par la pluie.

Il s'agissait d'un petit carton déjà familier à Maigret, un carton allongé, grisâtre, avec imprimé le mot *Menu* entouré d'arabesques.

Les caractères tracés à l'encre avaient été presque effacés par la pluie, mais on distinguait encore : *Soupe à l'oseille... Maquereaux sauce moutarde...*

— C'est notre menu d'avant-hier soir... remarqua-t-il, toujours sans marquer d'étonnement.

— On vient de me le dire. Il existe donc une certitude : ce menu est un menu de la pension Otard, et un menu qui a servi avant-hier soir, c'est-à-dire la veille du crime. Sachez maintenant qu'il a été retrouvé ce matin, par le plus grand des hasards, sur le trottoir de la rue de la Digue, à moins de trois mètres de l'endroit où Jeanne a été tuée...

— Évidemment !... grogna Maigret.

— Vous êtes de mon avis, n'est-ce pas ? Vous avez remarqué qu'hier au soir je ne me suis pas empressé d'arrêter Dent Cassée, malgré ses antécédents, comme certains auraient cru devoir le faire. Ma méthode, comme je vous l'ai dit, est de ne pas vouloir aller vite coûte que coûte. La présence de ce menu sur les lieux du crime prouve, à mon sens, que l'assassin est un familier de cette maison. Et je vais plus loin ! J'ai essayé, dans la tempête qui sévit encore ce matin, de reconstituer son geste. Imaginez que vous avez les mains mouillées par la pluie et que vous devez tirer avec précision. Que faites-vous ? Vous prenez votre mouchoir pour vous essuyer les doigts... En prenant son mouchoir, le meurtrier fait tomber...

— J'ai compris... soupira Maigret en allumant sa seconde pipe de la journée. Et vous avez également interprété le sens des chiffres inscrits au verso du carton ?

— Pas encore, je l'avoue. Quelqu'un, qui se trouvait ici avant-hier au soir, s'est servi de ce menu pour noter quelque chose. Je lis, au crayon : *79×140*. Et, en dessous : *160×80*. J'ai d'abord pensé qu'il pouvait s'agir des marques d'un jeu quelconque, puis j'ai renoncé à cette explication. Il n'est pas davantage question de l'heure d'un train ou d'un bateau, comme l'idée m'en était venue. De ce côté, le mystère reste provisoirement entier, mais il n'en est pas moins évident que l'assassin est un hôte de la pension. Voilà pourquoi j'ai réuni tout le monde dans la salle à manger, sous la surveillance d'un de mes inspecteurs. Je voulais, avant toute chose, vous poser cette question :

» Puisque vous étiez ici avant-hier, avez-vous remarqué, pendant la soirée, quelqu'un se servant d'un crayon pour prendre des notes sur un menu ?...

Non ! Maigret n'avait rien remarqué de pareil. Il se souvenait que M. et Mme Mosselet avaient joué aux dames sur le guéridon du salon, mais il ne savait déjà plus où se tenaient les autres. Quant à lui, il avait lu son journal et s'était couché de bonne heure.

— Je crois, reprit le commissaire de police, satisfait de son petit effet, que nous pouvons maintenant interroger nos gens les uns après les autres.

Et Maigret cherchait toujours le fameux mot, avait de plus en plus soif, soupirait :

— Pas avant qu'on m'ait apporté à boire, voulez-vous ?

Il ouvrit la porte de communication et vit Mme Maigret qui, bien sagement, était venue s'asseoir parmi les autres. Dans la lumière grise, l'atmosphère était celle du salon d'attente d'un dentiste de petite ville, avec les rideaux à demi clos, les visages renfrognés, les jambes qui n'osaient pas s'étendre et les regards prudents ou méfiants qui s'échangeaient à la dérobée.

Mme Maigret aurait évidemment pu échapper à la corvée. Mais c'était tout son caractère de vouloir faire comme les autres, de prendre place dans la file, non sans s'être munie de son tricot qui lui faisait remuer les lèvres en silence pour compter les points.

Par politesse, le commissaire de police l'avait fait passer la première, s'était excusé de la déranger à nouveau, lui avait montré le menu, sans essayer de la prendre en défaut.

— Ceci ne vous rappelle aucun souvenir ?

Mme Maigret regarda son mari, hocha la tête, puis relut les chiffres, fronça les sourcils comme quelqu'un qui hésite à admettre une idée baroque.

— Absolument rien ! fit-elle enfin.

— Avant-hier soir, vous n'avez vu personne écrire sur un menu ?

— Il faut vous dire que, comme je n'ai pas cessé de tricoter, je n'ai guère regardé ce qui se passait autour de moi...

En même temps qu'elle parlait de la sorte, elle adressait un petit signe à son mari. Et celui-ci, comprenant qu'elle avait quelque chose à ajouter, mais qu'elle aurait voulu le faire confidentiellement, n'en dit pas moins à haute voix :

— Qu'est-ce que c'est ?

Elle lui en voulut. Elle avait toujours peur de commettre une gaffe. Du coup, elle rougissait, intimidée, cherchait ses mots, s'excusait dix fois pour une.

— Je ne sais pas... Je vous demande pardon... Je me trompe peut-être... Mais j'ai pensé tout de suite, en voyant ces chiffres...

Son mari soupirait en songeant qu'elle serait toujours la même, humble à faire pleurer !

— ... Vous allez sans doute rire de moi... Un mètre quarante, c'est une largeur de tissu... Quatre-vingts centimètres aussi... Et le premier chiffre, soixante-dix-neuf, correspond à une hauteur de jupe...

Elle fut toute fière de saisir une lueur dans les yeux de Maigret et alors elle poursuivit volubile :

— Les deux premiers chiffres, 79 × 140, représentent exactement le métrage qu'il faudrait, par exemple, pour une jupe plissée... Mais tous les tissus n'existent pas en cent quarante... En quatre-vingts, comme on n'aurait plus la largeur, avec les plis, il faudrait double hauteur... Je ne sais pas si je me fais bien comprendre...

Et, se tournant vers son mari, elle s'exclama :

— Tu crois que ce n'était pas en « ard » ?

Car elle cherchait toujours le fameux mot qu'elle se repentait d'avoir oublié.

— C'est un menu de chez moi, c'est vrai. Mais ce n'est pas moi qui ai écrit ces chiffres, répondit Mlle Otard aux questions du commissaire de police. J'ajoute que, si ma maison continue à être en état de siège, je me verrai dans l'obligation de...

— Vous m'excuserez, madame...

— Mademoiselle !

— Vous m'excuserez, mademoiselle, et je ferai l'impossible pour que cet état de siège, comme vous dites, dure aussi peu que possible. Permettez-moi cependant de vous apprendre que nous avons acquis la certitude que l'assassin est l'hôte de cette maison et que, dans ces conditions, nous n'y sommes pas déplacés...

— Je voudrais bien savoir qui ! riposta-t-elle.

— Je le voudrais aussi et j'espère que nous ne tarderons pas à l'apprendre... En attendant, j'ai quelques questions à vous poser, qui ne me sont pas venues à l'esprit dans la bousculade d'hier... Depuis combien de temps la fille Fénard était-elle à votre service ?

— Depuis six mois !

Mlle Otard répondait sèchement, à regret.

— Voulez-vous me dire comment elle est entrée chez vous ?

Et l'autre, peut-être parce qu'elle sentait peser sur elle le regard malicieux de Maigret, de laisser tomber :

— Comme tout le monde : par la porte !

— Ce n'était pas une réplique spirituelle que j'attendais en ce moment. La fille Fénard venait-elle d'un bureau de placement ?

— Non !

— Elle s'est présentée d'elle-même ?

— Oui !

— Vous ne la connaissiez pas ?

— Si !

C'était maintenant un parti pris de ne répondre que par les syllabes strictement nécessaires.

— D'où la connaissiez-vous ?

— De chez nous.

— C'est-à-dire ?

— Elle avait servi pendant des années à *L'Anneau d'Or* où j'ai été caissière.

— Il s'agit d'un restaurant ?

— D'un hôtel-restaurant.

— Dans quelle région ?

— Je vous l'ai dit : chez nous, à Villecomtois...

Maigret dut faire un effort pour ne pas sursauter. C'était cela, le fameux mot enfin retrouvé : Villecomtois, dans le Cher ! Du coup, il en oublia la promesse qu'il s'était faite de rester dans l'ombre.

— Jeanne était de Villecomtois ? questionna-t-il.

— Non ! Elle y est venue comme ça, en qualité de bonne à tout faire...

— Elle avait déjà un enfant ?

Méprisante, elle répliqua :

— Il y a sept ans de cela et Ernest a quatre ans...

— Sept ans de quoi ?

— Que je suis partie m'installer ici...

— Mais elle ?

— Je ne sais pas...

— Si je comprends bien, elle est restée là-bas après votre départ ?

— Je le suppose...

— Je vous remercie ! prononça Maigret sur ce ton menaçant des avocats qui viennent d'interroger un témoin récalcitrant en cour d'assises.

Et, pour la forme, le commissaire de police de Dieppe ajouta :

— En somme, elle s'est présentée ici cet été et vous l'avez engagée en reconnaissant en elle une fille de votre pays, ou plus exactement une fille que vous aviez connue dans votre pays. Je conçois votre geste. Et il était d'autant plus généreux que, tout d'abord, cette Jeanne avait un enfant, ensuite que sa tenue et sa conduite n'étaient pas très en harmonie avec la réputation de votre maison...

— J'ai fait ce que j'ai pu ! se contenta de laisser tomber Mlle Otard.

L'instant d'après, c'était au tour de Mosselet d'entrer, la cigarette au bec, l'air malin et condescendant.

— Ça continue ? questionna-t-il en s'asseyant sur le coin de la table. Avouez que pour un tour de noces...

— C'est vous qui avez écrit ceci ?

Il tourna et retourna le menu entre ses doigts, questionna :

— Pourquoi est-ce que je rédigerais les menus ?

— Je parle des indications au crayon qui sont au dos...

— Je n'avais pas vu... Pardon... Non ! Ce n'est pas moi...

» Qu'est-ce que ça veut dire ?

— Rien... Naturellement, vous n'avez vu personne, avant-hier soir, occupé à écrire sur un menu de la maison ?

— J'avoue que je n'ai pas fait attention...

— Et vous ne connaissiez pas Jeanne ?

Alors, Jules Mosselet releva la tête et prononça simplement :

— Comment, je ne la connaissais pas ?

— Je veux dire que vous ne la connaissiez pas avant de venir ici...

— Je l'avais déjà vue...

— A Dieppe ?

— Non ! Chez nous...

Le « mot » allait revenir ! Maigret, encore qu'acteur muet de cette scène, jubilait comme s'il en eût été le héros.

— Où ça, chez vous ?

— A Villecomtois !

— Vous êtes de Villecomtois ? Vous y habitez encore ?

— Parbleu !

— Et vous avez connu Jeanne Fénard là-bas ?

— Comme tout le monde, vu qu'elle était bonne à *L'Anneau d'Or*. J'ai connu Mlle Otard aussi, qui était caissière, et c'est pour ça que, quand nous sommes passés par Dieppe, ma femme et moi, on s'est dit qu'on serait mieux chez une payse...

— Votre femme est de Villecomtois aussi ?

— D'Herbemont, un village qui est à deux lieues. C'est tout comme !... Quand on voyage, autant faire vivre des gens qu'on connaît... Aussi, quand Mlle Moulineau a été malade...

Maigret dut se détourner pour ne pas sourire et ce geste, il s'en aperçut, piqua le commissaire de police qui ne pouvait pas le comprendre. Ainsi donc, cette affaire dieppoise se jouait uniquement avec des personnages de Villecomtois, un patelin dont personne, auparavant, n'avait entendu parler !

Maigret pensa : « Sûrement que l'amie qui a donné cette adresse à ma femme est de Villecomtois, elle aussi ! »

Quant au commissaire de police, dérouté, il bredouillait en s'efforçant de rester digne :

— Je vous remercie... J'aurai sans doute encore besoin de vous... Veuillez faire entrer votre femme...

Tandis qu'il avait le dos tourné, Maigret prit sur la table le menu qui servait de pièce à conviction, le glissa dans sa poche en mettant un doigt sur ses lèvres, comme pour dire à son collègue :

— Ne lui parlez pas de ça...

Mme Mosselet prit la place de son mari avec la dignité d'une femme qui ne se laisse pas impressionner par la justice.

— Qu'est-ce qu'il y a encore ? questionna-t-elle.

Le commissaire de Dieppe, privé de son menu, ne savait plus que dire. Il commença :

— Vous habitez Villecomtois ?

— Villecomtois, dans le Cher, oui. C'est mon père qui, voilà trois ans, a racheté l'hôtel de *L'Anneau d'Or*. Il est mort et, comme je restais seule et qu'il fallait un homme pour tenir la maison, je me suis mariée... Nous avons fermé huit jours pour le voyage de noces, mais, si ça continue...

— Pardon ! interrompit Maigret. Vous vous êtes mariée à Villecomtois ?

— Bien sûr...

— C'est à combien de kilomètres d'une grande ville ?

— A quarante-trois kilomètres de Bourges...

— C'est donc à Bourges que vous avez acheté votre trousseau ?

Elle le regarda un instant avec stupeur. Elle devait penser : « De quoi se mêle-t-il, celui-là ? »

Puis elle haussa les épaules, imperceptiblement, décida de répondre.

— Non ! Mon trousseau, je l'achèterai à Paris...

— Ah ! Car vous allez continuer votre tour de noces par Paris ?

— On devait commencer par là. Mais j'avais envie de voir la mer. Jules aussi. Nous n'avions jamais vu la mer, ni l'un ni l'autre. Si cela n'avait pas été le change, nous serions peut-être allés jusqu'à Londres...

— Donc, vous avez emporté avec vous aussi peu de bagages que possible... Je vous comprends... A Paris, vous aurez tout le loisir de monter votre garde-robe...

Elle ne comprenait pas pourquoi cet homme large et épais comme une armoire à glace s'entêtait à parler de ces choses futiles. Et pourtant, il continuait, en tirant de petites bouffées de sa pipe :

— Ce sera d'autant plus avantageux que vous avez à peu près une taille de mannequin... Je parie que vous faites un quarante-deux...

— Un quarante-deux un peu fort... Seulement, comme je suis petite, il faut raccourcir les robes...

— Vous ne les faites pas vous-mêmes ?

— J'ai une couturière en journée, qui travaille aussi bien que n'importe qui et qui ne prend que...

Elle fut enfin frappée par ce que cet entretien avait d'anormal et elle leva les yeux vers les deux hommes, vit Maigret qui souriait, l'autre qui, pas très à son aise, affectait de s'en laver les mains.

— Mais qu'est-ce que c'est que ces histoires ? questionna-t-elle soudain.

— Combien vous faut-il de tissu en un mètre quarante de large pour vous faire une jupe ?

Elle ne voulait pas répondre... Elle ne savait plus si elle devait rire ou se fâcher.

— Une hauteur, n'est-ce pas ? insinua Maigret.

— Et après ?

— Autrement dit, soixante-dix-huit ou soixante-dix-neuf centimètres ?

— Après ?

— Rien... Ne vous inquiétez pas... Une idée comme ça... Nous parlions de robes avec ma femme et je prétendais que vous étiez plus facile à habiller qu'elle...

— Qu'est-ce que vous voulez encore savoir ?

Elle regardait vers la porte, semblait craindre que son mari profitât de son absence pour aller faire quelque fredaine.

— Vous êtes absolument libre... M. le commissaire de police vous remercie...

Elle sortit, toujours inquiète et mal à l'aise, avec cet air soupçonneux de certaines femmes qui, à force de croire à la perfidie humaine, ne peuvent imaginer qu'on leur dit la vérité, fût-ce une fois par hasard.

— Je peux sortir en ville ?

— Si vous voulez...

Quand la porte fut refermée, le commissaire de police se leva, voulut se précipiter vers la salle à manger pour ordonner à un inspecteur :

— Suis-la...

— Qu'est-ce que vous faites ? questionna Maigret en s'approchant du poêle qu'il n'avait plus tisonné depuis longtemps.

— Mais... Je suppose...

— Vous supposez quoi ?

— Vous n'allez pas me dire... Remarquez que c'est elle, hier, qui nous a fait le témoignage le plus boiteux... Selon elle, elle est sortie pour suivre son mari, mais elle prétend qu'elle s'est trompée de silhouette et qu'après avoir suivi un inconnu elle est rentrée en quelque sorte bredouille... Ces histoires de tissus...

— Justement !

— Justement quoi ?

— Je dis que ces notes sur le menu prouvent qu'elle n'est pas coupable, qu'aucune femme de la maison n'est coupable et c'est pourquoi il n'est pas nécessaire d'interroger la dame triste... C'est ainsi que nous appelons l'institutrice, ma femme et moi... Songez qu'une femme a suffisamment ses mesures en tête et connaît assez les largeurs de tissus pour n'avoir pas besoin de les noter... Si, au contraire, elle charge un homme d'un achat de ce genre, ou si cet homme veut lui faire une surprise...

Il désigna, sur la table, de vieux numéros de *la Mode du Jour*.

— Je parie, dit-il, que nous retrouverions là-dedans le modèle qui a charmé Mme Mosselet... Ils ont parlé tissus, son mari et elle... Le mari a pris des notes, avec l'idée de lui faire un cadeau... Il a d'autant plus besoin de se montrer aimable que, d'après ce que nous avons entendu, c'est elle qui a l'argent, c'est-à-dire l'hôtel de *L'Anneau d'Or*... On l'a pris parce qu'il fallait un homme dans la maison... Sans doute aussi parce que Mme Mosselet, sur le tard, se découvre du vague à l'âme... Mais on doit le tenir serré... On le surveille... Il débarque ici chez une payse sans se douter que Mlle Otard a recueilli une épave qui a vécu, elle aussi, à Villecomtois...

Il pleuvait toujours... Des gouttes limpides se poursuivaient sur les vitres. De temps en temps un ciré noir passait sur le trottoir en frôlant le mur.

— Cela ne me regarde pas, n'est-ce pas ? poursuivait Maigret. Mais les petites de cette nuit ne m'ont pas dit que du bien de la Jeanne en question. Elle avait mauvais genre. Elle était hargneuse, aigrie par ses malheurs. Elle détestait les hommes qu'elle rendait responsables de sa déchéance et elle s'arrangeait pour les faire payer... Car elle était une des rares habituées du musette à accepter de finir la nuit dehors... Les grogs arrivent à vous engourdir, mais pas autant que cela paraît...

L'autre était gêné de son attitude du matin, de son sourire égrillard et condescendant quand Maigret était entré.

— Vous verrez la suite par vous-même... Vous verrez que Jeanne, là-bas, a été la maîtresse de notre Mosselet qui ne vaut pas grand-chose... Vous verrez qu'il est le père du gosse et qu'il a flanqué à la fille Fénard plus de torgnoles que de billets de mille et même de cent... Soudain, elle le voit débarquer ici avec une épouse pleine aux as et jalouse comme une tigresse... Qu'est-ce qu'elle fait ?

— Elle le fait chanter, soupira à regret le commissaire de police.

Et Maigret alluma une nouvelle pipe, la troisième, en grognant :

— Ce n'est pas plus malin que ça... Elle le fait chanter et, comme il craint, non pour son amour, mais pour son bifteck...

En même temps, il ouvrait la porte de la salle à manger, retrouvait tout le monde à sa place, toujours comme chez le dentiste.

— Viens ici, toi ! dit-il d'une voix changée à Jules Mosselet qui roulait une cigarette.

— Mais...

— Allons ! Viens...

Puis, à l'inspecteur, qui avait un mètre quatre-vingt-cinq de haut...

— Toi aussi... Entre...

Enfin il eut un regard vers le commissaire. Cela voulait dire :

— Avec ces gens-là, vous savez...

Mosselet était moins faraud que le matin et, pour un peu, il eût levé les bras d'avance pour parer les coups.

Maigret ne voulait pas s'en mêler. Les femmes, de l'autre côté de la porte, tressaillirent en entendant des éclats de voix, des protestations véhémentes, puis d'étranges heurts.

Maigret, lui, regardait par la fenêtre. Il pensait que le bateau de Newhaven partirait peut-être à deux heures. Puis, par un étrange enchaînement de pensées, il se disait qu'il lui faudrait bien aller voir un jour à quoi ressemble Villecomtois.

Quand on lui toucha l'épaule, il ne se retourna même pas.

— Ça y est ? questionna-t-il.

— Il avoue...

Et il était forcé de rester encore un moment tourné vers la fenêtre pour ne pas laisser voir son sourire au commissaire de police.

Dans certains cas, ce n'est pas la peine d'avoir l'air...

MADEMOISELLE BERTHE ET SON AMANT

1

Monsieur le commissaire,

Je me rends compte, croyez-le, de l'audace qu'il y a à troubler votre retraite et je m'en rends d'autant mieux compte que j'ai entendu parler de votre charmante maison des bords de la Loire.

Mais ne me pardonnerez-vous pas quand je vous aurai dit que c'est pour moi une question de vie ou de mort ? Je suis seule, en plein Paris. La foule s'agite autour de moi. Je vais et je viens comme les autres jeunes filles et pourtant d'une seconde à l'autre ce sera le drame ; une balle, venue Dieu sait d'où, peut-être un coup de couteau dans le dos ? La foule me verra tomber ; on portera mon corps dans quelque pharmacie avant de l'emmener à la morgue. Cela ne fera jamais que quelques lignes dans les journaux, si on daigne en parler.

Et pourtant, monsieur le commissaire, je veux vivre, entendez-vous ? Je suis jeune ! Je suis vigoureuse ! Je suis gourmande de toutes les joies de l'existence !

Vous serez sans doute étonné de recevoir cette lettre dans votre ermitage, dont il est si difficile de se procurer l'adresse. Apprenez donc que je suis la nièce d'un homme qui a été longtemps votre collaborateur à la Police Judiciaire et qui est mort à vos côtés peu de temps avant que vous preniez votre retraite.

Je vous en supplie, monsieur le commissaire, répondez à mon appel : sacrifiez-moi quelques jours ou quelques heures ! C'est une jeune fille qui vous le demande de toute son âme, qui se met à vos genoux parce qu'elle ne veut pas mourir.

Mardi et mercredi je serai à dix heures du matin à la terrasse du Café de Madrid. Je porterai un petit chapeau rouge. D'ailleurs, si vous venez, je vous reconnaîtrai, car je possède une photographie de vous avec mon oncle.

S.O.S. !... S.O.S. !... S.O.S. !...

Maigret était furieux. D'abord parce que son premier mouvement, quand il s'était laissé attendrir, était toujours un mouvement de colère à son égard. Ensuite, sans raison, il avait préféré ne pas parler de cette lettre à sa femme et il était un peu honteux d'avoir inventé un prétexte pour venir à Paris. Troisièmement, sa précipitation à se rendre à ce rendez-vous était la preuve qu'il n'était pas si heureux dans son jardin qu'il voulait le faire croire et que, comme un débutant, il s'emballait sur le premier mystère venu.

Enfin, comme il arrive le plus souvent dans la vie, il y avait une petite raison matérielle et ridicule à sa colère. Quand il avait quitté Meung-sur-Loire, à sept heures du matin, un brouillard vraiment glacé pesait sur la vallée et Maigret avait endossé son gros pardessus d'hiver.

Or, maintenant qu'il était assis à la terrasse du *Café de Madrid*, un pétillant soleil de mai baignait les Grands Boulevards où n'évoluaient que des silhouettes printanières.

— D'abord, songeait-il, cette lettre sent trop la littérature pour être sincère. Quant au collaborateur tué à mes côtés peu avant ma retraite, cela ne peut être que le brigadier Lucas et il ne m'a jamais parlé d'une nièce...

La terrasse était déserte. Il était tout seul devant un guéridon et, ne sachant que boire, car il avait déjà pris son café à la gare d'Orléans, il avait commandé de la bière.

— Heureusement qu'elle ne viendra pas et que je pourrai reprendre le train de onze heures !

Au moment précis où l'horloge électrique du carrefour Montmartre marquait dix heures, un petit chapeau rouge se faufilait dans la foule et l'instant d'après une jeune personne un peu boulotte s'asseyait à côté de Maigret qui remarquait aussitôt sa respiration haletante.

— Excusez-moi... soufflait-elle en portant la main au côté gauche de sa poitrine où le cœur devait battre à grands coups. J'ai toujours tellement peur...

Et elle ajoutait, en lui montrant un visage qui s'efforçait de sourire :

— Mais, du moment que vous êtes là, c'est fini !... Je vous promets d'être brave...

Tout cela n'avait duré que quelques secondes, et Maigret était encore étonné d'avoir à ses côtés ce vif bout de femme dont les mains tripotaient nerveusement un sac en crocodile. Comme le garçon les observait, il questionna :

— Qu'est-ce que vous prenez ?

— Quelque chose de fort, si vous permettez...

— Du cognac ?

— Si vous voulez... J'étais sûre que vous viendriez... Ce qui m'effrayait, c'était de me dire que vous n'arriveriez peut-être pas à temps...

— Vous êtes la nièce de Lucas ?

— Oui... J'ai bien pensé que vous le devineriez... Sa petite-nièce, plus exactement... Si je ne vous ai pas donné mon nom et mon adresse, c'est que je craignais que la poste...

Au même moment, elle fixait quelque chose, quelqu'un plutôt, un jeune homme qui venait de s'asseoir à la terrasse, quelques tables plus loin. Maigret sentit qu'une angoisse passait dans les yeux de la jeune fille et il grommela :

— C'est lui ?

— Qui ?

— Le type qui est là-bas...

Mais elle se ressaisit aussitôt, sourit :

— Mais non ! Vous vous trompez... Seulement, dès que surgit une silhouette d'homme, surtout avec un imperméable beige, je sursaute malgré moi...

Il remarqua qu'au lieu de vider son verre d'un trait, elle y trempait lentement les lèvres. L'air ironique et un peu méprisant du garçon ne lui échappa pas davantage et il comprit qu'il faisait figure du monsieur d'un certain âge amateur de fraîche jeunesse.

— On m'appelle Berthe... disait la jeune fille qui ne semblait pas aimer le silence. J'ai vingt-huit ans... Maintenant que vous acceptez de vous occuper de moi, je suis prête à tout vous dire...

Son chapeau rouge la rendait aussi pétillante que le printemps, mais on sentait néanmoins en elle l'assurance d'une petite bonne femme qui sait ce qu'elle veut.

— Car vous acceptez, n'est-ce pas, monsieur le commissaire ?

— Je ne connais encore rien de votre histoire...

— Vous la connaîtrez ! Vous saurez tout ! Vous ne me laisserez pas plus longtemps dans l'angoisse...

Était-ce la présence du jeune homme en imperméable qui l'empêchait d'être à son aise ? Sa tête se tournait en tous sens. Son regard suivait les passants dans la foule, revenait à Maigret, au verre de cognac, au jeune homme encore, et toujours elle s'efforçait nerveusement de sourire.

— Cela vous ennuierait de venir chez moi ? Ce n'est pas très loin d'ici... Rue Caulaincourt, à Montmartre... Avec un taxi, nous y serons tout de suite...

Et Maigret, toujours maussade, parce que la situation lui semblait ridicule, frappa le guéridon avec une pièce de monnaie, remarqua en quittant la terrasse que le jeune homme en beige appelait à son tour le garçon.

C'était au 67 *bis*, non loin de la place Constantin-Pecqueur, entre une boulangerie et le comptoir d'un bougnat. Une maison de Montmartre, comme la plupart des maisons de Montmartre, avec la loge près de la porte d'entrée, un tapis rougeâtre et usé dans l'escalier, des murs en faux marbre jaunâtre et deux portes à bouton de cuivre par étage.

— Je suis confuse de vous faire grimper si haut... C'est tout au-dessus, au sixième, et il n'y a pas d'ascenseur...

Une fois sur le paillasson, elle tira une clef de son sac et presque aussitôt ce fut un enchantement. Le printemps des Grands Boulevards était pâle et sans saveur à côté du printemps qu'on découvrait de ce logement perché au-dessus des toits de Paris. En bas, la rue Caulaincourt, où déferlaient autobus et camions, était comme un fleuve sombre et on plaignait ceux qui gravitaient si loin de l'air et du soleil.

Une porte-fenêtre était ouverte sur un long balcon de fer. Tout autour de ce balcon, des géraniums semblaient saigner dans la lumière et un canari sautillait dans une cage où restait encore accroché un peu de mouron du matin.

— Débarrassez-vous, monsieur le commissaire... Vous permettez que je me donne un coup de peigne ?... Je me suis habillée à la diable, en me demandant si vous viendriez...

Toutes les portes étant ouvertes, on découvrait le logement dans son entier. Il comportait trois pièces gentiment meublées et d'une propreté méticuleuse, avec beaucoup de tissus clairs qui venaient encore les égayer. Mlle Berthe, qui avait retiré la veste de son tailleur, apparaissait en blouse jaune à petites fleurs dont le tissu était tendu par la poitrine.

— Donnez-moi votre pardessus... Asseyez-vous, je vous en prie... Je ne sais plus où j'en suis... Je suis si contente, voyez-vous ! J'ai l'impression que le cauchemar est fini...

Et la joie éclatait en effet sur son visage. Ses yeux humides brillaient. Ses lèvres charnues et roses s'entrouvraient dans un sourire.

— Vous allez comprendre... Je ne sais par où commencer, mais cela ne fait rien, n'est-ce pas ? car vous avez l'habitude... Il vous a suffi de voir cette pièce, avec la machine à coudre et tous ces bouts de tissus, pour deviner que je suis couturière... Je vais même vous avouer quelque chose de plus : je fais surtout des robes que mes clientes, qui sont des personnes très bien, me demandent de copier sur des modèles qu'elles apportent et qui viennent des grandes maisons. Vous ne me trahirez pas ?

Elle débordait tellement de vie qu'on n'avait pas le temps de penser ; à peine celui de suivre tous ses jeux de physionomie. Et Maigret, une fois de plus, était un peu gêné de se trouver là, dans cette atmosphère de féminité et de jeunesse, comme un homme marié qui fait des fredaines.

— Maintenant, il faut que je fasse une confession plus grave... J'ai honte, mais c'est nécessaire... A mon oncle Lucas, je n'aurais jamais pu le dire... Voilà, commissaire : je ne suis pas une jeune fille sage... J'ai, ou plutôt j'avais, un ami... Et c'est justement à cause de lui que...

La gêne de Maigret tourna à la confusion. Avait-il été assez naïf de croire un instant à une affaire sérieuse alors qu'il s'agissait d'une gamine romanesque qu'un amoureux avait menacée dans l'espoir de la faire revenir à lui ?

Elle continuait, volubile :

— Je l'ai rencontré l'été dernier à Saint-Malo, où je prenais mes vacances... C'est un jeune homme de bonne famille, le fils d'un industriel qui a dû déposer son bilan... Toute sa jeunesse, il a été gâté comme un enfant riche puis soudain, à vingt-trois ans, il lui a fallu travailler...

— Qu'est-ce qu'il fait ? questionna Maigret sans conviction.

— A Saint-Malo, il vendait des automobiles pour le compte d'un grand garage... Ou plutôt il essayait d'en vendre, car ça n'allait pas fort... Et Albert — il s'appelle Albert — a horreur d'importuner les gens. Peu après mon retour à Paris, il y est arrivé à son tour et s'est mis en quête d'une place...

— Pardon ! Il logeait ici ?

Et le regard de Maigret allait à la porte ouverte de la chambre à coucher, où il apercevait une armoire à glace et un parquet soigneusement ciré.

— Non... dit-elle. Je n'ai pas voulu... Il avait une petite chambre dans un hôtel de la rue Lepic... Il venait souvent, mais seulement dans la journée...

— Il était votre amant ?

Elle rougit, fit un signe affirmatif, se leva en demandant à Maigret s'il voulait un verre de vin.

— Je n'ai que du blanc... Du bordeaux doux... Je ne sais même pas où je l'ai mis... Je ne sais plus comment je vis... Écoutez ! Je vous demande la permission d'abréger, car je sens que je vais encore me mettre dans tous mes états... Je m'étais trompée sur le compte d'Albert, voilà ! J'ai compris assez vite qu'il ne cherchait pas sérieusement une place et qu'il passait la plus grande partie de son temps dans des bars peu recommandables... Plusieurs fois, je lui ai vu serrer la main à des gens plus que louches... Vous comprenez ce que je veux dire ?...

Elle allait et venait. Sa voix se feutrait. On sentait qu'elle ne tarderait pas à pleurer.

— Voilà huit jours, il y a eu l'affaire... Vous l'avez lue dans les journaux, mais vous n'y avez probablement pas fait attention... Quatre jeunes gens, la nuit, ont dévalisé le magasin d'un marchand d'appareils de T.S.F. du boulevard Beaumarchais... Ils ne s'intéressaient pas au matériel trop encombrant mais à l'argent que, Dieu sait comment, ils savaient se trouver dans la caisse... Ils ont emporté soixante mille francs... Au moment de s'enfuir, ils ont été aperçus par la police... L'un des jeunes gens a tiré un coup de feu qui a tué un gardien de la paix...

Maigret avait soudain repris son aplomb et on aurait dit que sa silhouette était devenue plus lourde, son regard plus ferme. Machinalement, il allumait sa pipe que jusque-là il n'avait pas osé tirer de sa poche.

— Ensuite ?... dit-il d'une voix que Mlle Berthe ne lui connaissait pas encore.

— On a arrêté deux des voleurs... Deux individus bien connus de la police, l'un sous le sobriquet du Grêlé, l'autre sous celui du Marseillais...

Des jeunes, presque des débutants, qui ont leur quartier général du côté de la place Blanche, où Albert fréquentait...

— Qui a tiré ? questionna Maigret en fixant le canari à travers la fumée de la pipe.

— On ne sait pas... Ou plutôt, on a retrouvé le revolver sur le trottoir et c'est le revolver d'Albert... Il était d'autant plus facile à reconnaître que c'était une arme qu'il avait prise à son père et qui portait le nom de celui-ci... Le père s'est fait connaître, quand il a su par les journaux... Il a été interrogé au Quai des Orfèvres...

— Et Albert ?

— On le recherche. Vous savez mieux que moi comment ces choses-là se passent. Je suppose qu'on a lancé partout son signalement. Et c'est à cause de ça...

Elle s'essuya les yeux, alla se camper un instant au balcon, tournant le dos à Maigret qui vit ses épaules secouées comme par un sanglot.

Quand elle se retourna, elle était pâle, les traits tirés.

— J'aurais pu aller dire la vérité à la police, mais j'ai eu peur... En vous, monsieur Maigret, j'ai confiance, car je sais que vous ne me trahirez pas... Tenez !...

Elle ouvrit une soupière en faux Rouen qui était sur le buffet et en tira une lettre qu'elle tendit à Maigret. Celui-ci lut, d'une écriture inégale, à l'encre violette :

Ma petite Berthe,

Comme tu le verras d'après cette lettre, je suis à Calais, d'où il faut que je passe la frontière au plus tôt. Mais j'ai décidé de ne pas partir sans toi. Je t'attends donc. Tu n'as qu'à mettre dans l'Intran une annonce disant : « Albert, tel jour, telle heure », et je serai à la gare de Calais. J'aime mieux t'avertir tout de suite que, si tu montrais cette lettre à des mouches, je saurais me venger. Ce que j'ai fait, je l'ai fait pour toi. Donc, tu vois où est ton devoir.

Je te rends responsable de tout ce qui pourrait m'arriver. Je t'avertis aussi que, plutôt que de partir seul, je t'empêcherais d'être jamais à un autre.

Comprends si tu peux.

Ton Albert.

— Pourquoi n'êtes-vous pas allée à Calais ? demanda Maigret avec un air naïf.

— Parce que je ne veux pas être la femme, ni la maîtresse d'un assassin. Je croyais aimer Albert. Je le prenais pour un honnête garçon qui n'avait pas eu de chance. Je l'ai aidé autant que je le pouvais.

Sa lèvre inférieure frémissait. La crise de larmes était proche.

— Maintenant, je sais qu'il n'en voulait, qu'il n'en veut encore qu'à mon argent... Car il n'ignore pas que j'ai des économies, plus de quinze mille francs placés à la Caisse d'Épargne...

Les pleurs jaillirent.

— Il ne m'a jamais aimée, voyez-vous ! Et je souffre ! J'ai peur ! Je ne veux pas y aller… L'idée qu'il a… qu'il a…

Maigret se leva gauchement et tapota l'épaule de Mlle Berthe qui avait mis les coudes sur la table et qui pleurait, le visage dans ses mains. Elle se révolta d'ailleurs presque aussitôt.

— Quelqu'un de la police est venu m'interroger… C'est tout juste si on ne m'a pas emmenée comme complice… Je n'ai pas parlé de la lettre, parce qu'alors je suis sûre que j'aurais été inquiétée… Mais j'ai peur !… Je suis sûre qu'il reviendra de là-bas et qu'il me fera un mauvais coup !… Une fois, parce que le chat se frottait à ses jambes, il l'a saisi si brutalement que la pauvre bête en est restée boiteuse… J'aurais tout fait pour lui… Si vous l'aviez vu, vous auriez cru, comme moi, que c'était…

— Vous ne connaissez vraiment pas le jeune homme qui se trouvait avec nous à la terrasse du *Madrid* ? interrompit Maigret.

— Je le jure !

— C'est curieux…

— Pourquoi ?

Il s'était campé sur le balcon, d'où il apercevait la place Constantin-Pecqueur. Et là, juste à l'angle de la rue Caulaincourt, il pouvait voir le fameux imperméable beige qui faisait les cent pas.

— Je ne sais pas… Une idée…

— Quelle idée avez-vous ?… Dites-moi !… Rassurez-moi !… Promettez-moi, monsieur le commissaire, que vous allez me protéger… J'ai besoin de savoir où est Albert… Si seulement j'étais sûre qu'il a franchi la frontière !…

— Qu'est-ce que vous feriez ? grogna-t-il.

— Je respirerais plus librement… Sinon, je sens qu'il me tuera, comme il…

Et autour de Maigret c'était comme une quintessence de ce petit monde de Montmartre qui travaille bravement, en se contentant de menues joies. Sur une table de cuisine, on voyait la côtelette qui allait servir pour le déjeuner et un carton qui contenait du céleri rémoulade acheté chez la crémière, ainsi qu'un cœur à la crème sur une assiette de faïence bleue.

Près de la machine à coudre, une robe commencée, une robe du soir en organdi semé de bouquets printaniers. Dans une coupe de porcelaine, des épingles, des boutons, un crayon, de la craie de tailleur et quelques timbres.

Une petite vie, en somme, tout ensoleillée par ce balcon suspendu au-dessus de la ville.

Mlle Berthe reniflait, montrait sans coquetterie un nez rougi, des joues luisantes.

— Je sais bien que je suis maladroite, que je dis les choses trop simplement, comme elles me viennent… N'empêche que, si vous ne m'aidez pas, je suis sûre, vous entendez, qu'un de ces jours vous viendrez me reconnaître à la morgue… C'est mon premier amant, monsieur le commissaire !... Jusque-là, j'étais restée sage, croyez-le ou ne le croyez pas... Je voulais me marier, avoir des enfants... Surtout avoir des enfants ! Et maintenant...

— Je verrai ça, mon petit, promit Maigret d'une voix maladroite, car il avait toujours eu les effusions en horreur.

Or, il n'avait pas fini qu'elle lui saisissait la main et qu'elle la baisait.

— Merci, commissaire ! Mais dites-moi encore une chose... Je ne suis pas un monstre, n'est-ce pas ? Je l'aimais, c'est vrai... Mais ce que j'aimais, c'était l'honnête garçon que je voyais en lui... Je ne le trahis pas pour le trahir... La preuve, c'est que je n'ai rien voulu dire à la police... Vous, c'est différent... Je vous ai appelé pour me protéger, parce que j'ai peur, parce que je suis trop jeune pour mourir.

Il s'était à nouveau écarté d'elle et, debout au balcon, il lui tournait le dos tandis que sa tête s'auréolait de fumée de pipe.

— Qu'est-ce que vous allez faire ? poursuivait-elle. Bien entendu, je réglerai les frais. Je ne suis pas riche, mais je vous ai dit que j'avais un peu d'argent...

— Ce n'est pas un hôtel, cette maison qui est juste en face ?

— L'*Hôtel de Concarneau*, oui...

— Eh bien ! Je vais probablement m'y installer... Un bon conseil : sortez le moins possible...

— Je ne sortirai pas du tout si vous voulez, sauf pour faire les provisions...

— Vous ne pouvez pas les faire faire par la concierge ?

— Je le lui demanderai...

— Je viendrai vous voir dans la soirée... Dommage que vous ne connaissiez pas ce jeune homme...

— Quel jeune homme ?

— Celui qui vous a suivie jusqu'au *Café de Madrid* et qui monte la garde au coin du trottoir.

— A moins... commença-t-elle en écarquillant les yeux.

— A moins ?

— ... A moins que ce soit un complice d'Albert... Supposez qu'au lieu de venir lui-même, il ait chargé un de ses amis de...

— A tout à l'heure ! grogna Maigret en se dirigeant vers la porte.

Il n'était pas content. Il ne savait pas pourquoi. Sur le palier, il retira un bout de fil blanc accroché à sa manche. Et, tout en descendant les six étages, il se demandait ce qu'il allait faire.

En le voyant, le jeune homme en imperméable plongea dans un bistrot qui faisait le coin de la place et Maigret y entra derrière lui, commanda un grand demi, s'assura que la cabine du téléphone était dans la salle même et y entra, en évitant de refermer la porte.

— Allô !... La P.J. ? Passez-moi l'inspecteur Lacroix, s'il vous plaît... Oui, Jérôme Lacroix. De la part de son oncle Maigret... Allô ! C'est toi, fiston ? Ça va ? Tu dis ? Tant pis ! Tes affaires attendront un petit peu... Saute dans un taxi et viens me dire bonjour rue Caulaincourt... Attends.

Il sortit à moitié de la cabine, demanda au patron :

— Comment s'appelle votre établissement ?

— Le *Zanzi-Bar*.

Il reprit l'appareil :

— Au *Zanzi-Bar*... Oui... Je t'attends... Mais non ! Ta tante se porte comme le Pont-Neuf... Moi aussi. A tout à l'heure...

En revenant au comptoir, il lui sembla qu'une petite flamme ironique dansait dans les yeux gris du jeune homme qui portait un complet clair, des souliers de deux tons et une ceinture en peau de serpent.

— Un poker dice ? proposait-il au patron.

— Pas le temps...

— Et vous, monsieur ? Un poker dice ? On joue la tournée ?

Maigret hésita et, en fin de compte, saisit le cornet d'un geste aussi menaçant que s'il eût déjà passé les menottes à son interlocuteur.

2

— Trois rois un coup ! annonça le jeune voyou.

Et, après un petit coup d'œil au commissaire qui ramassait les dés, il ajouta :

— A vous, monsieur Maigret !

Celui-ci fit tomber deux neuf et un dix, il questionna en rejouant :

— Tu me connais ?

— On connaît ses classiques, n'est-ce pas ? répliqua l'autre, suave. Trois valets ! Vous les laissez ? Qu'est-ce que vous buvez ? On n'a pas dû vous offrir grand-chose, là-haut ? A part du vin sucré comme du sirop de groseille.

Dans ces cas-là, il n'y a qu'une chose à faire : garder son sang-froid et surtout ne pas montrer qu'on rogne. Maigret continua à fumer sa pipe à petits coups, prit une seconde allumette, car son partenaire aux airs angéliques avait retourné trois dames.

— Vous ne vous souvenez vraiment pas de moi ? Bien la peine de m'avoir questionné certaine nuit de neuf heures du soir à cinq heures du matin !

Il était de plus en plus enjoué. Il avait une jolie gueule et le savait. Il avait surtout un sourire si candide, quand il le voulait, qu'il était difficile de se mettre en colère.

— Une affaire de coco... Vous n'y êtes pas encore ? Il y a quelques années de ça... J'étais chasseur au *Célis*, rue Pigalle, et vous vouliez absolument me tirer les vers du nez... Trois rois deux coups ! C'est meilleur. Bon ! Deux neuf... Passez-moi une allumette.

Et, après avoir commandé un apéritif du même air nonchalant et joyeux tout ensemble, il attaqua :

— Alors, qu'est-ce que vous dites de la frangine ?

Le bistrot était à peu près vide. Seul un ivrogne s'obstinait à jouer à la machine à sous et le patron en profitait pour remplir des chopines avec des fonds de bouteilles.

— Vous avez dû piger le truc dès la première minute, non ?

Cela faisait plus de quatre ans maintenant que Maigret n'avait entendu cet accent canaille et il avait presque envie de sourire, comme un exilé qui retrouve quelqu'un de son pays.

— Sauf le respect que je vous dois, soit dit entre nous, j'espère que vous ne vous êtes pas laissé entortiller ?

Il fallait le laisser venir. Pour gagner du temps, Maigret pouvait toujours boire une gorgée de bière, ou vider sa pipe et en bourrer une nouvelle.

— Je me doutais qu'elle repiquerait au truc un jour ou l'autre. Ces crises-là, ça s'annonce assez longtemps d'avance... Mais je ne me serais pas figuré qu'elle dérangerait un grand dab comme vous... Attention, monsieur Maigret ! Vous prenez une dame pour un valet... Quatre valets ! Vous les laissez ?

Il secoua les dés.

— Quatre rois ! Vous n'êtes pas en veine, quoi ! Pour en finir avec la frangine, ce n'est pas sa faute si elle est un peu lunatique, comme on dit... Déjà quand elle était petite, on la soignait, rapport au somnambulisme.

Et, regardant vers la porte, il s'exclama :

— Tiens ! Voici votre collègue... Vaut peut-être mieux que je vous laisse seuls.

Il s'effaça devant Jérôme Lacroix qui venait de descendre d'un taxi et qui entrait. Les deux hommes se dévisagèrent, le jeune voyou avec toujours son sourire désarmant, le policier du Quai des Orfèvres en fronçant les sourcils.

— Bonjour, mon oncle... Qu'est-ce qu'il est venu faire ici, celui-là ?

— Qui est-ce ?

— P'tit Louis... Vous avez dû le connaître quand il était chasseur dans les boîtes de nuit de Montmartre... Un type qui se croit rigolo et que je pincerai bien un jour ou l'autre...

Jérôme Lacroix, que Maigret avait fait entrer à la P.J., était un grand garçon osseux, aux cheveux drus, à l'air buté. Il avait un long nez, des petits yeux, des mains et des pieds énormes et on le sentait triste, obstiné, prêt à se faire couper en tranches minces plutôt que de faillir à la moindre parcelle de son devoir.

— Viens t'asseoir dans ce coin-ci, fiston ! fit Maigret en choisissant un guéridon d'où il pouvait apercevoir le 67 *bis*. Tu connais sa sœur ?

— A qui ? A P'tit-Louis ? Au fait, je suis justement allé chez elle ces jours-ci.

Maigret ne tressaillit pas, mais la nouvelle ne lui fit pas plaisir.

— Il s'agit bien de Mlle Berthe ?

— Oui. Une couturière qui habite en face... Ma tante va bien ?

— Tu me l'as déjà demandé au téléphone...

— C'est vrai... Je vous demande pardon...

— Qu'est-ce que c'est, cette Mlle Berthe ?

Et Maigret constata avec une certaine satisfaction que son neveu était en peine de répondre.

— C'est une couturière.

— Tu viens de le dire.

— Elle est la maîtresse d'un certain Albert Marcinelle que nous recherchons pour avoir descendu un sergent de ville boulevard Beaumarchais...

— C'est tout ?

— Ma foi, c'est tout ce que j'ai pu en tirer. Son ménage est bien tenu. Les renseignements de sa concierge sont excellents. A part cet Albert, elle ne reçoit jamais d'homme chez elle, pas même son frère, qu'elle a mis à la porte une fois pour toutes... Mais... Au fait... Ce n'est pas pour cela que vous êtes à Paris ?

— Si !

Surpris, Jérôme se mit à réfléchir en regardant son verre. Il ne comprenait pas en quoi cette affaire pouvait intéresser son oncle, qui avait maintes fois refusé de se déranger pour des affaires plus sérieuses.

— Vous savez... A mon avis... Nous mettrons la main sur lui un jour ou l'autre et ce sera fini... Une petite crapule qui ne vaut pas la peine qu'on s'en occupe... Nous avons lancé partout son signalement et cela m'étonnerait si...

— Tu devrais mettre une annonce dans *l'Intran*.

Jérôme, décidément, comprenait de moins en moins.

— Une annonce pour le retrouver ?

— Prends note du texte : « Albert mercredi 3 h 17. » Tu t'arrangeras pour qu'il y ait un policier à cette heure-là à la gare de Calais... Si notre Albert y est...

— C'est tout ?

— C'est tout.

— Vous croyez qu'il y sera ?

— Je parierais que non à dix contre un.

— Alors ?

— Alors rien ! Embrasse ta femme et ton fils pour moi... Au fait, s'il y avait du nouveau, tu serais gentil de me téléphoner à l'*Hôtel de Concarneau*... C'est trois maisons plus loin...

— Au revoir, mon oncle.

Et Maigret paya les consommations, l'air déjà moins balourd que le matin, car il lui semblait que cela embrayait.

En somme, pour traduire à peu près son impression, c'était trop simple d'un côté, du côté de la police, et trop compliqué de l'autre, c'est-à-dire du côté de Mlle Berthe. Il y avait, non loin de là, un petit restaurant de chauffeurs avec deux tables à la terrasse et, comme l'une d'elles était libre, il s'y installa et découvrit sur la carte du fricandeau à l'oseille, qui était un de ses plats préférés.

L'air sentait tellement le printemps, avec des bouffées si chaudes et si parfumées que, le beaujolais aidant, cela mettait le sang à la tête et donnait des envies de sieste dans l'herbe avec un journal déployé sur la tête.

A deux heures, Maigret était à l'*Hôtel de Concarneau* et obtenait non sans peine une chambre au sixième, sur le devant, juste en face du balcon de Mlle Berthe.

Quand il alla à la fenêtre, il faillit rougir, car la jeune fille était occupée à essayer une robe à une cliente et on voyait, dans l'ombre bleuâtre, celle-ci plus qu'à moitié dévêtue.

Il se demanda plusieurs fois si elle ne le faisait pas exprès et même si elle ne l'avait pas aperçu dans sa chambre. Mais la température ne suffisait-elle pas à expliquer que la jeune fille laissât la fenêtre grande ouverte ?

Maigret ne la quittait pour ainsi dire pas des yeux et il n'y avait rien, dans ses attitudes, qui ne fût absolument naturel.

Après avoir fait l'essayage à une première cliente, elle monta une robe bleue, patiemment, retirant une à une les épingles de ses lèvres, s'agenouillant longtemps devant un mannequin de toile noire. Puis elle se versa un verre d'eau, piqua à la machine, leva la tête comme on frappait à la porte et reçut une seconde cliente qui lui apportait du tissu. On aurait presque pu, de l'observatoire de Maigret, deviner les paroles au mouvement des lèvres et il comprit qu'on débattait une question de prix, que c'était la cliente qui finissait par céder.

Vers quatre heures, seulement, Maigret pensa à avertir sa femme qu'il ne rentrerait pas ce soir-là, ni peut-être les jours suivants, et il sonna la femme de chambre, lui remit un télégramme, en profita pour se faire monter une bouteille de bière, car il avait fait suivre son fricandeau d'un brie qui lui donnait soif.

— Ou cette fille-là est très forte, lui arriva-t-il de grommeler en mâchonnant le tuyau de sa pipe, ou alors...

Ou alors quoi ? Qu'était-il venu faire dans cette galère ? Pourquoi n'était-il pas reparti par le train de onze heures, comme il en avait eu un moment l'intention ?

— Mettons qu'elle dise vrai, comme tout semble le faire supposer.

Oui ! S'il en était ainsi, qu'allait-il faire ? Jouer les anges gardiens, comme les détectives privés américains qui suivent les nurses et les enfants pour les protéger des gangsters ?

Cela pouvait durer longtemps. Albert ne paraissait pas pressé de venir à Paris pour tuer sa maîtresse et Maigret songea soudain qu'il ne le connaissait même pas de vue.

Et si ce n'était pas vrai ? Quel besoin d'avoir fait appel à lui ?

Pourquoi l'attirer dans ce coin petit-bourgeois de Paris alors qu'il était si tranquille dans sa campagne ?

Il laissa son gros pardessus dans sa chambre, descendit, s'arrêta chez la concierge du 67 *bis*.

— Mlle Berthe est chez elle ?

— Sûrement... Même que je vais faire son marché, car elle a trop de travail... Vous n'auriez pas la bonté de lui monter cette lettre, tant que vous y êtes ?

Il reconnut l'écriture d'Albert et vit le timbre daté de Boulogne.

— Donc ! grommela-t-il en montant l'escalier, répondant ainsi à une objection qu'il s'était faite.

Il frappa. On le fit attendre un instant sur le palier et, quand on lui ouvrit la porte, il dut passer dans la cuisine, car il y avait encore une cliente pour un essayage. La cuisine était propre, comme le reste du logement. Dans un coin, une bouteille de bordeaux blanc entamée et une assiette sale. Il entendait :

— ... Un peu plus pincé à la taille... Oui... Ainsi... Cela rajeunit toujours... Pour quand pourrez-vous me faire ça ?

— Pour lundi prochain...

— Vous ne pouvez pas avant ?

— Avec la meilleure volonté du monde... A cette saison-ci, toutes les clientes sont pressées...

Puis Mlle Berthe le délivra, avec un sourire triste.

— Vous voyez ! dit-elle. Je fais l'impossible pour montrer bon visage. Il faut bien que la vie continue malgré tout. Mais si vous saviez combien j'ai peur ! Ou plutôt combien j'avais peur, car, depuis que vous êtes là...

— J'ai une lettre pour vous...

— De lui ?

Il la lui tendit. Elle la lut, les yeux secs, les lèvres tremblantes. Puis elle lui passa le papier.

Ma vieille,

Je commence à avoir chaud aux oreilles. Je te préviens que je n'aurai plus beaucoup de patience. Je n'ose pas rester sans cesse à Calais, où on finirait par me repérer. Je vais et je viens. J'ai déjeuné aujourd'hui à Boulogne et je ne sais pas encore où je coucherai. Mais je sais que, si tu n'arrives pas, je ferai ce que j'ai dit, au risque d'être pincé.

A toi de décider.

Albert.

— Vous voyez ! dit-elle avec découragement.

— Qu'est-ce que votre frère en dit ?

Elle ne sursauta pas, ne marqua pas de surprise, mais seulement une tristesse accrue.

— Il vous a parlé ?

— Nous avons pris l'apéritif ensemble.

— J'aurais mieux fait de tout vous avouer ce matin... Ce n'est pas qu'il soit tellement mauvais... Mais il a été livré tout jeune à lui-même... Il se donne des airs d'apache alors qu'il est incapable de faire du mal à une mouche... N'empêche que j'ai dû lui interdire de venir ici, à cause de son genre...

— ... N'empêche aussi que vous m'avez menti ce matin...

— J'avais peur que vous pensiez des choses...

— Quelles choses, par exemple ?

— Je ne sais pas... Que j'étais une fille du même genre !... Vous auriez peut-être refusé de m'aider.

Elle désigna la lettre :

— Vous avez lu... C'est daté d'hier... Rien ne prouve que depuis lors il n'a pas pris le train.

Il commençait à faire plus frais et le soleil était couché derrière les maisons. Mlle Berthe alla fermer la porte-fenêtre, revint vers Maigret.

— Je vous offre une tasse de thé ?... Non ?... Comme vous vous en rendez compte, je travaille... J'ai toujours travaillé toute seule, pour me faire une situation... Quand j'ai rencontré Albert, j'ai cru que c'était le bonheur...

Elle avalait ses sanglots, mettait machinalement de l'ordre dans les bouts de tissus qui traînaient.

— Vous n'avez pas d'amie ? demanda-t-il en regardant sur la cheminée la photographie d'une jeune fille blonde.

Elle suivit son regard.

— J'avais Madeleine... Mais elle s'est mariée...

— Vous ne la voyez plus ?

— Elle habite la province... Son mari est un monsieur important... Albert, pour moi, c'était...

— Vous ne pourriez pas me confier un portrait de lui ?

Elle n'hésita pas un instant.

— C'est vrai que vous ne le reconnaîtriez pas si vous l'aperceviez ! remarqua-t-elle. Attendez... J'ai une photo que nous avons fait prendre à Saint-Malo... C'est sur la plage...

Et elle la tira de la soupière qui lui servait décidément de coffre-fort. C'était une petite épreuve comme on en prend sur les plages. Albert, en pantalon blanc, les bras nus, un bonnet de toile sur la tête, ressemblait à tous les jeunes gens qu'on rencontre au bord de la mer. Quant à Mlle Berthe, elle se blottissait contre lui, comme anxieuse de laisser échapper son bonheur.

— Il fait sombre, n'est-ce pas ? Dès qu'il n'y a plus de soleil, l'appartement est très sombre. Je vais allumer...

Au moment où elle venait de tourner le commutateur, on frappa à la porte. C'était la concierge, avec un panier à provisions.

— Voici, mademoiselle Berthe...

— Mettez tout ça dans la cuisine, madame Morin...

— Les salades sont fameuses... Mais pour ce qui est du gruyère, j'ai été obligée...

— Tout à l'heure !...

Et, quand ils furent à nouveau seuls, elle s'assit, enfila une aiguille, mit un dé.

— Qu'est-ce qu'ils vous ont dit, à la police ? J'espère que vous ne leur avez pas parlé de la lettre ?

Il tarda à répondre, exprès, et elle leva les yeux, reprit plus vite :

— Excusez-moi si je ne sais pas trop bien comment ces choses-là se passent... Quand je vous ai écrit... Je suppose, n'est-ce pas, que, puisque je vous ai appelé, c'est un peu comme un avocat ?...

— Que voulez-vous dire ?

— Qu'il y a le secret professionnel... Je vous dis tout... Je vous montre les lettres... Oh ! Cela ne me ferait rien qu'il soit arrêté ! Ce serait même le seul moyen pour moi d'être tranquille !... Mais je ne voudrais pas que ce soit à cause de moi... Ainsi, si maintenant on faisait des recherches à Calais et à Boulogne...

Il ne l'aidait pas. Elle ne savait plus comment s'y prendre. Elle faufilait un bas de robe avec une application exagérée.

— Qu'est-ce que vous préféreriez ? demanda lentement Maigret.

— Comment ?

— Qu'il soit pris ou qu'il passe la frontière ?

Elle le regarda de ses yeux calmes, confiants.

— Qu'est-ce que vous en pensez ?

» Que lui arriverait-il, s'il était pris ? Qu'est-ce qu'il risque au juste ?

— S'il est prouvé... Enfin, s'il a tiré, il risque évidemment la guillotine...

Elle détourna la tête, se mordit les lèvres.

— Alors... J'aime encore mieux qu'il passe la frontière... Quoique, un jour ou l'autre, il reviendra, pour me chercher... Et, si je refuse de le suivre, il...

Maigret avait à la main la photo des deux amoureux, et il observait surtout le visage du jeune homme, un visage assez quelconque, surmonté de cheveux bouclés.

— Évidemment, de votre côté, vous ne lui avez pas écrit...

— Comment aurais-je écrit, puisque je ne connais pas son adresse ?... Et pour lui dire quoi ?...

Il était difficile de s'imaginer qu'on vivait en marge d'un drame, tant l'atmosphère était paisible. Par moments, Maigret aurait pu se croire chez lui, en face de Mme Maigret, occupée à ravauder des chaussettes ou à coudre, car c'était le même calme, la même lumière tamisée, les mêmes objets bien à leur place et la même propreté.

La seule différence, c'est que Mlle Berthe était plus jeune, plus jolie, arrangée avec une coquetterie de bon goût.

— Il ne lui est jamais arrivé de dormir ici ? questionna-t-il, pour dire quelque chose.

Et elle répondit, avec une savoureuse naïveté :

— Pas la nuit...

— A cause de la concierge ?

— Et des voisins. A côté, c'est un vieux couple très à cheval sur les convenances. Il y avait, au quatrième, une jeune femme qui recevait beaucoup, et ils ont écrit au propriétaire pour lui faire donner congé...

Elle se souvenait à nouveau qu'elle était maîtresse de maison :

— Vous ne voulez vraiment pas prendre quelque chose ? Qu'est-ce que vous buvez, d'habitude ?

— Je n'ai besoin de rien, je vous assure... Je commence à croire que vous vous êtes alarmée en vain...

Il se promenait, maintenant, comme il en avait l'habitude quand il menait quelque interrogatoire dans son bureau du Quai des Orfèvres, au temps où il était encore le commissaire Maigret. Il touchait à tout, machinalement, tripotait les moindres objets, jouait avec les épingles qui étaient dans la coupe de porcelaine, remettait la soupière juste au milieu du buffet.

— ... A mon avis, quand il verra qu'il n'y a rien à espérer, il essaiera de passer la frontière belge, et tout sera fini...

— Vous croyez qu'il y parviendra ?

— Cela dépend. Il est évident que tous les douaniers et policiers ont son signalement. Mais, s'il peut passer par un sentier de contrebandiers...

— C'est facile, de ce côté-là ?

— Je crois, au contraire, que c'est très difficile, car c'est le secteur où se fait, sur une grande échelle, la contrebande du tabac... Allons ! Avouez que vous l'aimez encore...

— Non !

— Tout au moins que vous pleureriez en apprenant qu'il est pris...

— Ce n'est pas naturel ?... Il y avait déjà dix mois que...

— Un vieux ménage, évidemment !... soupira-t-il, non sans une pointe d'émotion. Maintenant, je vais vous laisser...

— Déjà ?

— Ne craignez rien ! Je ne suis pas bien loin ! Juste en face, au cinquième étage de l'*Hôtel de Concarneau*... J'avoue que j'ai vu vos clientes de cet après-midi en combinaison, et même une qui n'en avait pas...

— Je l'ignorais...

La main de Mlle Berthe, quand il la serra, était douce et tiède.

— J'ai confiance... soupira-t-elle avec une pointe de tristesse. C'est le premier soir que je vais me coucher tranquille.

Dans l'escalier étroit, Maigret semblait un géant balourd. Sur le trottoir, où il faisait encore clair, il se heurta presque au jeune P'tit Louis, qui porta ironiquement la main à son feutre gris clair en gouaillant :

— Vous d'mande pardon, m'sieu l' commissaire...

Alors, brusquement, Maigret eut un accès de mauvaise humeur. Il se sentait empêtré comme dans une mélasse. Il voulait en sortir, coûte que coûte, sortir surtout de la situation ridicule dans laquelle il s'était mis.

— Viens ici, toi...

— Vous voulez votre revanche au poker dice ? A vos ordres...

— Qu'est-ce que tu dirais d'un petit tour au Quai des Orfèvres ?

— Ce ne serait pas malin...

— Eh bien, malin ou non, je voudrais que tu m'y suives, et que tu répondes à certaines questions que te posera l'inspecteur Lacroix...

P'tit Louis n'était pas enthousiaste.

— On prend le métro ? questionna-t-il.

— On va prendre un taxi...

Maigret n'avait jamais vu d'affaire aussi ridicule que celle-ci, et il pensait que, si sa femme l'avait aperçu quelques instants plus tôt dans le logement de Mlle Berthe, elle aurait eu peine à croire qu'il s'y trouvait par devoir professionnel.

Lui-même s'en convainquit mal !

— Monte... Au Quai des Orfèvres, chauffeur !... A la boîte, oui...

Jérôme tirerait les vers du nez à ce P'tit Louis par trop irrespectueux, et on verrait bien ce qui en sortirait. Quant à Mlle Berthe, il était difficile de penser qu'elle courait un réel danger, étant donné qu'Albert errait toujours entre Calais et Boulogne.

— Tu connais le chemin... A droite, maintenant... Le dernier bureau au fond du couloir...

Un bureau que Maigret avait occupé à ses débuts, alors qu'il n'y avait pas encore l'électricité dans la maison.

— Attends-moi un instant...

Jérôme était là, à établir un rapport.

— Tu ne voudrais pas cuisiner le galopin que je t'ai amené ? Il en sait plus qu'il n'en a l'air...

— Bien, mon oncle...

Le galopin crânait, comme toujours, et avait évité de retirer son chapeau. Il se paya le luxe d'allumer une cigarette que Maigret lui retira des lèvres.

— Dis donc, mon petit... Voudrais-tu me dire où tu étais la nuit du cambriolage du boulevard Beaumarchais ?

— Quelle nuit c'était ?

— La nuit de lundi à mardi...

— De quel mois ?

Il faisait l'imbécile. Maigret regretta presque le temps où on aurait pu se permettre, pour lui apprendre à être sérieux, de lui marcher sur le bout des pieds.

— Où que j'étais ?... Attendez... On devait donner un Marlène Dietrich au ciné de la rue Rochechouart...

— Après ?

— Après ?... Attendez ! Il y avait un dessin animé et un truc sur les plantes qui poussent au fond de la mer...

Jérôme, lui, avait suffisamment de patience pour mener son interrogatoire des heures durant. C'était Maigret qui en avait assez.

— T'en étais ?

— De quoi ?

— Du truc !

— Quel truc ?

Pour un peu, il eût reçu le poing de l'ex-commissaire en pleine figure. Maigret se contint à temps.

— T'as un alibi ?

— Un bon ! J'étais couché...

— T'étais au cinéma ou t'étais couché ?

— J'étais d'abord au ciné... Puis je me suis couché...

Maigret en avait maté d'autres, mais il n'avait plus aucun titre pour agir, et son neveu ne semblait pas très rassuré.

— Tu ne serais pas, des fois, le quatrième gaillard qu'on n'a pas retrouvé ?

L'autre cracha solennellement par terre et proféra :

— Je le jure !

Au même moment, la sonnerie du téléphone retentissait. Jérôme décrochait, sourcillait :

— Vous dites ?... Vous êtes sûr ?...

Il raccrocha, se leva, ne sut que faire de P'tit Louis qu'il laissa dans son bureau et entraîna Maigret dans le couloir.

— C'est Police-Secours qui m'avise qu'on vient d'assommer une femme au sixième étage...

— 67 *bis*, rue Caulaincourt ! acheva son oncle.

— Oui... La concierge déclare qu'elle a vu sortir un homme qui perdait son sang en abondance... Il y a du sang plein l'escalier... Qu'est-ce qu'on en fait ?

Car Jérôme, respectueux des règlements, était fort embarrassé de P'tit Louis, qui n'était pas là très légalement.

3

Jérôme Lacroix ne pouvait s'empêcher, à chaque instant, de se tourner vers Maigret, l'air hésitant, et de murmurer :

— Qu'est-ce que vous en pensez, mon oncle ?

Et l'ancien commissaire de lui répondre avec une ombre de sourire qui rendait ses paroles plus énigmatiques :

— Tu sais bien, fiston, que je ne pense jamais...

Il tenait aussi peu de place que possible. Longtemps il resta assis dans un coin de la chambre, près du mannequin de la couturière, à fumer sa pipe d'un air absent.

Sa présence n'en gênait pas moins tout le monde. Le commissaire du quartier, tremblant de paraître maladroit en face du fameux Maigret, cherchait sans cesse l'approbation de celui-ci.

— C'est bien ce que vous feriez à ma place, n'est-ce pas ?

Il y avait du monde sur tous les paliers, et un sergent de ville avait de la peine à empêcher les gens d'entrer dans le logement. Un autre, en bas, sur le seuil de la maison, répétait en vain :

— Puisque je vous dis qu'il n'y a rien à voir !

Bien des habitants de la rue Caulaincourt, ce soir-là, se passèrent de dîner pour rester en faction dans la rue ou à leur fenêtre. Il est vrai que le temps était idéal et que parfois, derrière les stores de l'appartement du sixième, on pouvait voir passer des ombres.

Il y avait, en bas, une voiture d'ambulance. Elle resta près d'une heure en stationnement et ce fut une surprise générale quand elle repartit à vide.

— Qu'est-ce que vous en pensez, monsieur Maigret ?

Un problème se posait. Mlle Berthe, qui avait repris connaissance, refusait de se laisser transporter à l'hôpital. Elle était faible, car elle avait perdu beaucoup de sang par une blessure au cuir chevelu. Mais elle mettait toute son énergie dans son regard, dans la crispation de ses mains moites.

— Cela regarde le docteur, avait répondu Maigret, qui ne voulait prendre aucune responsabilité.

Et l'inspecteur Lacroix questionnait le médecin.

— Vous croyez qu'on peut la laisser ici ?

— Je pense que, quand j'aurai fait quelques points de suture, elle n'aura plus qu'à dormir jusqu'à demain matin...

Tout cela, comme toujours, se passait dans le désordre. Seul le regard de la blessée restait obstinément accroché à Maigret et semblait adresser à celui-ci une fervente prière.

— Vous avez entendu ce que dit la concierge, mon oncle ? Pour ma part, je reconstitue l'événement comme ceci : Mlle Berthe est descendue, sans doute pour aller faire quelques provisions...

— Non ! dit doucement Maigret.

— Vous croyez ? Alors, pourquoi est-elle descendue ?

— Pour jeter une lettre dans la boîte...

Jérôme remit à plus tard le soin de savoir comment Maigret pouvait établir ce détail avec tant d'assurance.

— Peu importe...

— Cela importe beaucoup. Mais continue...

— Elle avait à peine quitté la maison que la concierge a vu un homme pénétrer dans l'immeuble. Le couloir était obscur. La concierge a pensé que c'était l'ami d'un des locataires. Mlle Berthe est rentrée presque tout de suite...

— Il y a une boîte aux lettres à cent mètres, place Constantin-Pecqueur, précisa Maigret, qui mettait les points sur les *i* pour sa satisfaction personnelle.

— Soit !... Elle est donc rentrée... Elle a trouvé l'inconnu chez elle... Il l'a attaquée et elle s'est défendue... L'homme, grièvement blessé, à en juger par les traces de sang, a descendu l'escalier, et la concierge l'a aperçu qui fuyait en se tenant le ventre à deux mains...

Jérôme regarda autour de lui avec un certain ennui, ajouta plus timidement :

— Le plus gênant, c'est qu'on ne retrouve pas l'arme...

— Les armes ! précisa Maigret. Une arme contondante, avec laquelle Mlle Berthe a été frappée, et une autre arme, un couteau probablement, qui a blessé l'inconnu...

— C'est sans doute lui qui les a emportées ?... risqua Jérôme.

Et Maigret détourna la tête pour sourire plus à son aise.

Des ordres étaient déjà donnés pour rechercher dans le quartier un homme blessé. Le médecin achevait de panser la tête de la jeune fille qui, malgré la douleur, s'efforçait de ne pas quitter Maigret des yeux.

— Vous croyez, mon oncle, que cela pourrait être son amant ?

— Qui a fait quoi ?

— Qui est venu ici et qui l'a attaquée...

Pourquoi Maigret répondit-il, avec une assurance pour le moins inattendue :

— Sûrement pas !

— Qu'est-ce que vous feriez à ma place ?

— Comme je ne suis pas à ta place, il m'est difficile de te répondre.

Le commissaire de police, à son tour, venait quêter un encouragement ou une approbation :

— Voici ce que j'ai décidé : le médecin enverra tout à l'heure une infirmière, qui restera au chevet de la blessée. D'autre part, je posterai un agent en bas. Demain, on verra s'il est possible de procéder utilement à un interrogatoire...

La jeune fille avait entendu. Elle regardait toujours Maigret, et elle eut l'impression que celui-ci lui adressait un petit clin d'œil. Alors, rassurée, elle s'abandonna à la torpeur qui l'envahissait.

Les deux hommes, l'oncle et le neveu, passaient devant les curieux encore embusqués sur les seuils des maisons voisines, et Maigret bourrait une nouvelle pipe.

— Si on allait manger un morceau ? proposa-t-il. Ou je me trompe fort, ou nous n'avons pas encore dîné. Il y a une brasserie dans la rue, et j'avoue qu'une choucroute garnie... Tu en seras quitte pour téléphoner à ta femme...

Pendant tout le repas, Jérôme ne cessa d'épier son oncle avec l'air d'un écolier qui craint d'être pris en faute. Et petit à petit, cela tournait à la mauvaise humeur, à la rancune même à l'égard de Maigret, qui était trop quiet, trop sûr de lui.

— On dirait que cette histoire vous amuse ! remarqua-t-il, en se servant de saucisse.

— Elle est amusante, en effet !

— Peut-être est-elle amusante pour celui qui n'est pas chargé d'en trouver la solution.

Maigret mangeait avec appétit : large, épais, il avait une telle façon de saisir son demi avec gourmandise qu'il eût pu servir de réclame pour une marque de bière.

En s'essuyant les lèvres, il se donna le malin plaisir de laisser tomber :

— Je l'ai trouvée...

— Quoi ?

— La solution...

— Vous savez qui a attaqué Mlle Berthe ?

— Non !

— Alors ?

— Cela n'a pas d'importance... Je veux dire que cela n'en a pas pour moi, ni pour elle...

La tête de Jérôme s'allongea encore et, sans le respect qu'il avait pour Maigret, il se serait fâché tout rouge.

— Merci ! grogna-t-il cependant, le nez sur son assiette.

— Pourquoi ?

— Parce que, au lieu de m'aider, vous vous moquez de moi. Si vous avez vraiment découvert quelque chose...

Mais c'est en vain qu'il essaya d'exciter son oncle. Celui-ci avait repris son impassibilité pesante. Il commanda une seconde portion de choucroute, avec une paire de francforts et un troisième demi.

— Enfin, vous croyez que j'ai fait tout ce que je devais faire ?

— Tu as fait ce que tu croyais devoir faire, n'est-ce pas ?

— Il y a une infirmière dans la chambre.

— Oui...

— Et un agent à la porte...

— Parbleu !

— Que voulez-vous dire ?

— Rien...

Maigret paya le dîner, refusa l'invitation de son neveu qui voulait l'emmener prendre le café chez lui. Et une demi-heure plus tard, il était à sa fenêtre de l'*Hôtel de Concarneau*.

De l'autre côté de la rue, il voyait le store faiblement éclairé de la chambre de Mlle Berthe, et il devinait la silhouette de l'infirmière qui lisait, enfouie dans un fauteuil. En bas, sur le trottoir, un agent faisait les cent pas et regardait sa montre tous les quarts d'heure.

— Qu'elle s'arrange ! grommela Maigret en fermant sa fenêtre.

Et au moment de retirer ses chaussures, assis au bord du lit, il ajouta en pensant à son neveu :

— Qu'il tire son plan !

Il y avait du soleil plein la chambre quand il s'approcha du lit de Mlle Berthe, à neuf heures du matin, tandis que l'infirmière mettait de l'ordre dans la pièce.

— Je viens vous dire au revoir, annonça-t-il en prenant un air faussement innocent. Maintenant que ce sacré Albert a échoué dans sa tentative, je suppose que vous ne risquez plus rien...

Alors, il lut de l'inquiétude et presque de l'affolement dans les yeux de la blessée. Celle-ci essaya de se soulever, pour voir où était l'infirmière. Puis elle balbutia :

— Ne partez pas encore... Je vous en supplie !

— Vous tenez vraiment à ce que je reste ici ?

— Oui...

— Et vous n'avez pas peur, par exemple, que je donne quelques conseils à mon pauvre neveu, qui ne sait à quel saint se vouer ?

Il y avait chez lui, ce matin-là, quelque chose de bourru et de paternel tout ensemble. Pourtant, il voyait bien que Mlle Berthe hésitait entre le sourire et les larmes. Elle l'observait. La veille au soir, elle avait la fièvre et elle avait pu se tromper.

La présence de l'infirmière venait encore compliquer la situation, car la jeune fille ne pouvait parler comme elle l'aurait voulu.

— A propos, questionna Maigret, vous n'avez pas reçu de lettre, ce matin ?

Elle fit non de la tête, et il déclara avec assurance :

— Vous en recevrez une demain... Mais oui !... Une lettre timbrée de Calais ou de Boulogne... Et je vais même vous donner un détail : il y aura, dans le timbre, deux petits trous d'épingle...

Il souriait. Debout dans le soleil, il jouait comme il l'avait fait la veille, avec la coupe de porcelaine qui contenait les épingles, les boutons et les timbres.

Il n'avait pas besoin d'insister davantage, et Mlle Berthe, qui avait compris, était devenue toute rose.

Encore une fois, elle chercha des yeux l'infirmière, car c'est de celle-ci qu'elle avait peur, mais le regard de Maigret lui fit comprendre qu'elle était dans la cuisine, où on entendait chuinter le réchaud à gaz.

— Vous connaissez les locataires d'à côté ? questionna-t-il en passant soudain d'un sujet à un autre. Vous m'avez parlé d'un vieux couple, n'est-ce pas ? Ont-ils une domestique ?

— Non... La femme fait son ménage...

— Ses commissions aussi ?

— Oui... Tous les matins, vers neuf ou dix heures... Je sais qu'elle va au marché de la rue Lepic, car je l'y ai plusieurs fois rencontrée...

— Et le mari ?

— Il sort en même temps qu'elle, et passe sa matinée à fureter chez les bouquinistes du boulevard Rochechouart...

— Si bien que l'appartement est vide ! conclut Maigret d'une voix inutilement forte.

Et, une fois de plus, la blessée hésita entre le sourire et les larmes. Elle se demandait toujours si Maigret était avec elle ou contre elle. Elle n'osait pas se prononcer.

— Figurez-vous, poursuivait-il avec bonhomie, mais toujours d'une voix forte, qu'ils ont mis un agent en faction sur le trottoir. Or, savez-vous la consigne qu'on lui a donnée ?

Il n'avait même pas l'air de parler à Mlle Berthe. Il était tourné dans une direction opposée.

— De vous empêcher de sortir, si par hasard la fantaisie vous en prenait, et d'empêcher vos ennemis d'entrer ! Je dis d'entrer, remarquez-le ! La police craint, en effet, qu'on vienne vous achever dans votre lit...

Là-dessus, il alla ouvrir la fenêtre toute grande, secoua sa pipe contre son talon, en bourra une autre.

Il y eut un assez long silence. On eût dit que la jeune fille, tout comme le commissaire, attendait quelque chose. Maigret, nerveux, arpentait le balcon, se penchait pour regarder dans la rue, haussait les épaules comme quelqu'un qui est à bout de patience.

Il lui arriva de gronder entre ses dents :

— Petit crétin !...

Soudain, il s'immobilisa, en regardant dans la rue. Mlle Berthe semblait sur le point de se lever malgré sa faiblesse. L'infirmière les observait l'un et l'autre, en se demandant ce que tout cela voulait dire, et elle n'était pas loin de penser qu'ils étaient un peu fous.

— Il y a pourtant le métro au coin de la rue... soupira Maigret. Et un arrêt d'autobus à cinquante mètres !... Voici, par-dessus le marché, un taxi qui passe en maraude... Alors ?...

Cette fois, Mlle Berthe ne put s'empêcher de questionner :

— Il est parti ?

Et lui, bougon :

— Il y met le temps, en tout cas !... A croire qu'il est attaché par un élastique... Enfin !...

— L'autobus ?

— Le métro...

Et Maigret rentra dans la chambre, alla dans la cuisine chercher la bouteille de vin blanc, soupira en se versant à boire :

— Si encore c'était du sec !

Mlle Berthe pleurait sans pouvoir s'arrêter. Elle pleurait, comme on dit, toutes les larmes de son corps, tandis que l'infirmière essayait de la consoler :

— Calmez-vous, mademoiselle... Vous allez vous faire du mal... Je vous assure que votre blessure n'est pas grave... Il ne faut pas être triste...

— Imbécile ! grogna Maigret.

Car cette dinde d'infirmière n'avait pas compris que c'étaient des larmes de joie que versait ainsi, éperdument, Mlle Berthe, tandis qu'un rayon de soleil se jouait sur ses draps.

4

Quand le docteur était venu, Maigret avait pris son chapeau et était parti sans rien dire. Mais il n'avait pas quitté le quartier. Nonchalant, comme quelqu'un qui n'a rien à faire, il était entré au *Zanzi-Bar* d'où, un peu plus tard, il avait vu passer son neveu qui venait faire subir un interrogatoire serré à Mlle Berthe.

Soudain, P'tit Louis était entré, avait essayé de reculer en voyant le commissaire ; mais déjà celui-ci lui lançait :

— Je viens prendre ma revanche au poker dice... Donnez-nous les dés, patron... Un anis pour monsieur... C'est un anis, n'est-ce pas, P'tit Louis ?... A vous de commencer... Trois dames un coup... Je crains que ce ne soit pas assez... Qu'est-ce que je vous disais ? Trois rois !... A vous l'allumette...

Et, sans transition, il poursuivit en se penchant sur son partenaire qui essayait de garder une contenance :

— L'argent était dans la soupière ?

P'tit Louis fit signe que non.

— C'est Albert qui l'avait dans sa poche ?

Nouveau signe, encore plus énergique, et enfin P'tit Louis avoua :

— En se sauvant, il est passé par les quais et il a jeté les billets dans la Seine...

— Tu es sûr ?

— Je le jure !

— Alors, pourquoi quelqu'un est-il venu hier ?

— Parce qu'il ne me croyait pas...

Maigret sourit. C'était vraiment une minute unique, non seulement à cause du printemps, du soleil, de l'atmosphère pétillante de la rue Caulaincourt et de la bière fraîche, mais parce que, d'un mot, il venait d'être rassuré.

C'était un tel soulagement qu'il en avait chaud, soudain, de peur rétrospective.

Maintenant, il pouvait y aller. Il tenait le bon bout.

— Qui est-ce qui a tiré ?

— Le Marseillais... C'est à lui qu'Albert avait passé son revolver...

Et Maigret rit, tout seul, en voyant son neveu qui, lugubre, sortait du 67 *bis* et attendait l'autobus à quelques mètres du *Zanzi-Bar*.

— Qu'est-ce que vous allez faire ? questionna P'tit Louis, inquiet, le cornet de dés toujours à la main.

— Moi ? Je vais saluer ta sœur et reprendre le train...

L'autobus passa, emporta Jérôme Lacroix. Maigret traversa la rue et, au sixième étage, trouva l'infirmière qui faisait ses paquets.

— On n'a plus besoin de moi, annonça-t-elle. Le docteur viendra une fois par jour, et la concierge montera de temps en temps...

Les yeux de Maigret étaient brillants de gaieté. Il allait et venait, comme chez lui, attendant le départ de l'infirmière. Rarement enquête lui avait donné autant de joie et pourtant c'était une enquête de rien du tout dont, en outre, il ne pourrait jamais parler.

Il se souvenait de sa réaction en recevant la lettre de Mlle Berthe, à Meung-sur-Loire.

— C'est drôle, avait-il remarqué, on dirait à la fois qu'elle est sincère et qu'elle ne l'est pas...

Et la demoiselle au chapeau rouge qui l'avait rejoint à la terrasse du *Madrid* lui avait donné la même impression. Elle avait vraiment peur, cela se sentait. Mais on sentait aussi qu'elle mentait quand elle parlait de la terreur que lui inspirait son amant. Elle ne parvenait pas à prononcer le nom d'Albert avec l'accent voulu. Malgré elle, c'était trop doux, trop tendre.

Alors, pourquoi cette personne décidée avait-elle eu l'audace d'arracher l'ex-commissaire Maigret à sa retraite campagnarde ? Et pourquoi lui montrait-elle, à lui et non à la police, les lettres datées de Boulogne et de Calais ?

Il n'avait pas compris tout de suite. Il avait d'autant moins compris que, pendant des heures, il l'avait vue, par la fenêtre, procéder calmement à des essayages, comme quelqu'un qui ne craint pas du tout une vengeance. Les timbres, dans la coupe de porcelaine, lui avaient donné une idée, et il les avait percés à la pointe d'une épingle.

— Pourquoi souriez-vous, monsieur le commissaire ?

— Et vous ?

Ils étaient seuls, maintenant. L'infirmière était partie. Le vacarme de la rue montait jusqu'à eux, atténué, avec, déjà, une odeur de bitume surchauffé qui marque l'été à Paris.

Maigret, pourtant, essaya de prendre un air grave et de faire sa grosse voix pour dire :

— Savez-vous que, si les soixante mille francs avaient été ici, ou que si c'était Albert qui avait tiré, je vous aurais fait coffrer ?

— Pourtant, vous étiez comme qui dirait à mon service...

— Justement ! C'est ce que j'ai compris... J'ai compris que vous m'aviez fait appeler, non pour vous protéger contre votre Albert, mais pour protéger Albert lui-même... Et si vous l'aviez aimé un tout petit peu moins, je vous jure qu'hier au soir je l'aurais sorti de sa cachette...

— Je ne vois pas ce que mon amour... murmura-t-elle en rougissant.

— Vous ne le voyez peut-être pas, mais c'est ainsi. Je me suis tenu le raisonnement suivant : voici une petite personne qui n'a pas froid aux yeux, mais qui me paraît droite. Elle essaie de sauver un garçon qui s'est mis dans un mauvais cas. Elle essaie de le sauver par amour. Or, je suis persuadé que, si ce garçon avait vraiment tué, il lui ferait horreur...

— Il m'a juré sur ma tête qu'il n'avait pas tiré, monsieur le commissaire. D'ailleurs, tout ça était un peu ma faute. Je savais qu'il fréquentait mon frère et que celui-ci avait des amis peu recommandables. Albert, qui ne trouvait pas de place à Paris et qui avait hâte de m'épouser, était facile à tenter. Les autres, que je ne veux pas connaître, l'ont emmené pour faire le guet. L'un d'eux lui a demandé son revolver pour le cas où il arriverait quelque chose. Quand la police a surgi et qu'ils se sont tous enfuis, ils ont laissé le revolver sur les lieux et, en passant, ils ont poussé l'argent dans les mains d'Albert...

— Je sais.

— Il est arrivé ici à trois heures du matin. Il était blême. Il m'a tout avoué. Il m'a affirmé qu'il avait jeté l'argent dans la Seine. Il m'a suppliée de le cacher...

— Je sais...

— Comment avez-vous deviné où il était ?

— D'abord, je me suis assuré que vous n'aviez pas de cave, ni de grenier. Ensuite, j'ai remarqué qu'en me parlant il vous arrivait d'élever la voix, comme si vous vouliez être entendue d'une autre personne... Jadis, il n'existait qu'un appartement à cet étage... Quand on l'a divisé en deux, on a laissé la porte de communication, mais on l'a doublée, en ce sens qu'il y a une porte de chaque côté du mur et un vide entre ces deux portes... Albert était là... Seulement...

— Seulement, j'étais sûre que la police, qui était déjà venue une fois, fouillerait à nouveau la maison... J'ignorais si celle-ci n'était pas surveillée... Pour le savoir...

— Vous avez fait appel à moi, sachant que je vous tiendrais au courant de la marche de l'enquête officielle... J'étais ici comme paravent... J'empêchais les soupçons de tomber sur votre logement et, en même temps, je vous renseignais... C'est ce que j'ai compris... Savez-vous que c'est très fort ?

— Oh ! monsieur le commissaire... murmura-t-elle avec pudeur. Il fallait sauver Albert, n'est-ce pas ?... Ses complices n'auraient jamais avoué la vérité... C'est lui qui aurait trinqué, comme ils disent... Surtout qu'ils étaient persuadés que nous avions gardé l'argent... Je le savais par mon frère...

— ... Qui essayait de vous protéger !... Hier au soir, vous êtes allée poster la double lettre que vous adressiez à cette amie de Boulogne...

Il montrait le portrait de jeune fille.

— ... Cette Madeleine chargée de réexpédier les lettres de menaces... Pendant ce temps, un complice en a profité pour pénétrer chez vous et chercher l'argent... Vous êtes rentrée, et il vous a assommée avec une matraque... Albert est sorti de sa cachette, et s'est rué sur lui, un couteau à la main... C'est bien cela ?

Il le savait d'avance ! Et il savait aussi que c'était Albert qui avait emporté les deux armes dans son coin.

— Je parie qu'elles y sont toujours ! grogna-t-il.

Il ouvrit la porte de communication, trouva en effet une matraque en caoutchouc et un couteau taché de sang.

— Où devez-vous le rejoindre ? questionna-t-il en cherchant son chapeau sur les meubles.

Elle hésita, balbutia :

— Je dois vous le dire ? Je peux être sûre que... ?

Alors, il rit franchement.

— Que je vous ferai arrêter tous les deux à la frontière ? C'est cela que vous voulez insinuer ?

— Non... Mais...

— Mais vous aimez tellement votre Albert, n'est-ce pas ? qu'à l'idée qu'une autre personne pourrait...

Il était près de la porte. Il en tournait le bouton.

— Au fond, vous êtes jalouse... Parfaitement, mademoiselle Berthe !... Et jalouse de moi, par-dessus le marché, parce que vous auriez voulu le sauver toute seule... Là-dessus, je ne vous empêche pas, dès que j'aurai le dos tourné, de vous lever malgré votre blessure et de prendre le train pour Bruxelles... Je parie même qu'on y ouvrira bientôt une boutique de « Modèles de Paris »... Au revoir, mademoiselle Berthe...

Et, cherchant malgré tout une petite vengeance, il lança en sortant :

— Je vous enverrai ma facture...

LE NOTAIRE DE CHÂTEAUNEUF

1

Il n'y avait pas moyen d'être plus loin de l'aventure et de toute possibilité d'imprévu que Maigret ce matin de juillet, dans son jardin entouré de murs bas derrière lesquels coulait la Loire.

De ces murs crépis à la chaux et couverts d'espaliers, des plates-bandes arrosées la veille au soir, des rectangles de laitue pâle, des cloches à melon, de toutes choses on croyait voir monter dans le soleil comme une transparente buée de chaleur et les mouches engourdies semblaient avoir peine à avancer dans un air trop épais.

La pipe aux dents, un vieux chapeau de paille sur la tête, Maigret pataugeait béatement dans un carré de tomates si mûres qu'elles s'écrasaient, saignantes, sur le sol, quand il leva la tête, surpris d'abord d'entendre une voiture s'engager dans le chemin qui ne conduisait nulle part, puis étonné que cette voiture s'arrêtât devant sa porte.

Il se tourna vers la cuisine où, dans l'ombre bleue, il voyait Mme Maigret, surprise comme lui par l'événement, rester en arrêt, une casserole à la main.

Déjà, le marteau de cuivre frappait le heurtoir. Mme Maigret, d'un geste familier, dénouait les cordons de son tablier de cotonnade, redressait son chignon.

Maigret ne voulait pas avoir l'air d'aller au-devant du visiteur. Il restait là, dans son jardin, à écouter les portes s'ouvrir et se refermer, des pas sur les dalles grises du couloir, puis dans la salle à manger et enfin la voix de sa femme.

— Vous allez le trouver au jardin...

Il n'y avait qu'un rectangle d'ombre contre la maison et, dans ce rectangle, une table de fer, un banc peint en vert, une fontaine d'émail et une serviette accrochée au mur pour se laver les mains quand on venait de travailler la terre.

Maigret s'approchait lourdement, faisait ses petits yeux à cause du soleil, distinguait un homme de cinquante à soixante ans, vêtu de noir, d'une correction froide, presque excessive qui rappela au commissaire certains hauts magistrats.

— Je suis désolé de vous déranger dans votre retraite, commença l'inconnu en posant son chapeau melon sur la table et en épongeant son front couronné de cheveux blancs et drus. Je suis le notaire Motte, de Châteauneuf...

Et, avec un petit sourire qui était comme automatique et que Maigret devait lui revoir souvent par la suite, il ajouta :

— Oh ! vous n'avez certainement pas entendu parler de moi, tandis que j'ai beaucoup entendu parler de vous...

— Asseyez-vous, je vous en prie...

— Merci... Je suis venu... Hum !... Autant le dire tout de suite et me débarrasser de cette corvée, n'est-ce pas ? Ce n'est pas une commission agréable à faire à un homme qu'on trouve, comme le sage, fumant la pipe dans son jardin ! Et pourtant, je ne suis ici que pour vous demander de bien vouloir quitter ce jardin et cette maison pendant quelques jours, afin de venir, pendant ce temps, habiter chez moi...

Deux fois encore, il avait eu son étrange sourire, qui n'était qu'un retroussis machinal des lèvres. Peut-être tentait-il de corriger ainsi ce que son apparence avait de glacé et de solennel ?

Mme Maigret s'était retirée sans bruit et, à tout hasard, était montée passer une robe propre. Son mari le devinait, car il l'entendait ouvrir l'armoire dans la chambre, dont la fenêtre était grande ouverte.

— Je sais qu'en quittant la Police Judiciaire, vous n'avez pas cru devoir vous installer comme détective privé. Aussi, est-ce à titre exceptionnel que je suis venu vous demander votre aide. Je vais vous exposer la situation le plus simplement possible et vous déciderez...

Il ferma les yeux un instant, comme pour mettre ses pensées en ordre, et Maigret sentit l'homme habitué à s'expliquer clairement, voire à s'écouter parler avec une certaine satisfaction.

— Comme je vous l'ai dit, je suis notaire à Châteauneuf-sur-Loire, à une quarantaine de kilomètres d'ici. Je n'ai jamais eu d'ambition et l'aspect de ce jardin, de cette maison, me donne à penser que nous nous ressemblons, tout au moins par la simplicité de nos goûts. Bref, je ne suis heureux que chez moi, dans la demeure qui a été celle de mes parents, de mes grands-parents et mes meilleures joies me viennent de mes trois filles, Émilienne, Armande et Clotilde. Émilienne a maintenant seize ans, Armande dix-neuf, Clotilde vingt-trois. Une seule d'entre elles, Armande, est fiancée et le mariage devrait avoir lieu le mois prochain.

Maigret remarqua au passage le « devrait » et continua à manifester une attention polie, ce qui ne l'empêchait pas de suivre des yeux une armée de fourmis qui formait, au travers des graviers, comme une étroite rivière.

— J'ignore si vous avez des enfants...

Maigret fit non de la tête et pensa que si, de la chambre, sa femme avait entendu, elle serait encore triste toute la journée, car c'était son grand chagrin.

— Pour ma part, j'ai toujours donné à mes filles la plus grande liberté. Je veux, en effet, pouvoir mettre ma confiance en elles. Et, bien que l'on considère d'habitude les notaires de province comme des êtres pleins de préjugés, il est un point sur lequel je n'en ai aucun : celui de la fortune. Bref...

C'était un de ses mots favoris, qui revenait dans la conversation comme les petits sourires automatiques sur son visage.

— Bref, il n'est pas question pour moi d'empêcher mes enfants d'épouser des hommes sans fortune. Je l'ai toujours dit et, quand le cas s'est présenté, quand Armande a fait la connaissance de Gérard Donavant, je ne lui ai même pas fait remarquer que ce garçon était, non seulement sans argent, mais aussi sans ce qu'on appelle une situation. Bref...

« Encore ! » songea Maigret.

— ... C'est un peintre ; il a vingt-trois ans ; il a loué depuis un an une maisonnette sur le bord de la Loire et il prépare, pour l'hiver prochain, une exposition sur laquelle il compte pour se faire connaître... Armande l'aime... Elle refuse d'attendre cette exposition pour l'épouser... Je crois qu'elle met sa coquetterie à ce que le mariage ait lieu avant et elle y attache même une sorte de superstition...

Il s'interrompit en voyant Maigret légèrement penché en avant comme un homme qui s'endort.

— Je vous ennuie ?

— Pas du tout. J'observais cette fourmi qui porte une charge dix fois grosse comme elle. Cela ne m'empêche pas d'écouter. Vous en étiez à « une sorte de superstition »...

N'empêche qu'il maudissait ce raseur vêtu de noir qui éprouvait le besoin de violer l'intimité de son jardin en venant raconter, avec une minutie touchante, ses petites histoires de famille. Émilienne ? Armande ? Clotilde ? Armande et Gérard allaient se marier ? Tant mieux pour eux ! Et que Gérard réussisse son exposition ! Maigret était si heureux tout à l'heure parmi ses tomates.

— Vous permettez que je vous offre un verre de vin blanc ?

— Je prendrai un verre d'eau, si vous permettez...

C'était son affaire, mais Maigret, lui, tenait à son vin blanc.

— Maintenant, j'aurai bientôt terminé, n'ayez crainte. J'espère vous avoir donné l'idée d'une maison heureuse, d'une famille unie où règne la joie de vivre. Ajoutez au tableau une touche un tantinet ridicule et il sera complet : je suis collectionneur.

Là-dessus, un petit coup de sourire, comme pour s'excuser.

— Collectionneur d'ivoires gravés et sculptés... J'en possède mille huit cents pièces environ, dont certaines sont rarissimes... Or, depuis un mois, je constate, deux ou trois fois par semaine, des vols dans la maison... Vous allez sans doute penser que je suis bien audacieux de vous déranger pour des vols que vous considérez comme sans importance... Mais, outre que certains des objets disparus valent plusieurs milliers et même plusieurs dizaines de milliers de francs, ce qui est grave, monsieur Maigret, ce sont les conséquences morales de ces larcins. J'ai pensé à tout, vous devez vous en rendre compte. Je ne suis pas un homme qui s'affole, ni ce qu'on appelle un imaginatif. Notre vieille cuisinière est née, comme moi, dans la maison ; son mari, le jardinier, vit avec nous depuis trente-deux ans. Quant à la petite bonne, je l'ai surveillée et je suis persuadé qu'elle est incapable de dérober des objets dont, au surplus, elle ne saurait que faire. J'ai pensé aussi à mon premier clerc, que vous verrez tout à l'heure...

Maigret tressaillit, mais ne protesta pas.

— J'ai un second employé que vous verrez aussi et vous comprendrez que mes soupçons n'ont pu se porter sur lui... Reste, vous le devinez, Gérard Donavant, et c'est pourquoi je suis ici... Je n'ai pas le droit, à cause d'idées que je me suis faites, de détruire le bonheur de ma fille et celui de ce jeune homme... Je n'ai pas le droit non plus de laisser Armande épouser un voleur... Enfin, vous admettrez qu'il m'est impossible de mêler la police officielle à cette affaire...

— Où sont les fameux ivoires ? questionna soudain Maigret.

Et cette fois, le sourire de M. Motte fut moins fugitif, car il comprit que sa tâche, désormais, serait plus aisée.

— Dans mon bureau... Je veux dire dans mon bureau privé, au premier étage, et non dans l'étude qui se trouve au rez-de-chaussée. Je vous exposerai sur place les précautions que j'ai prises, les pièges que j'ai tendus...

— Et qui n'ont servi à rien ?

— ... Qui n'ont pas empêché les vols d'avoir lieu à une cadence de plus en plus accélérée.

— Ces objets sont de vente facile ?

— Pour ainsi dire, impossible. Dès les premiers vols, j'ai avisé tous les marchands susceptibles de racheter de pareilles pièces et j'ai écrit aux quelques collectionneurs que je connais à Paris et à Londres... Je me permets de vous répéter que le mariage a lieu dans un mois, dans vingt-neuf jours exactement, et que mon angoisse augmente à mesure que la date approche...

— Vous avez parlé de ces vols à votre famille ?

— Du premier seulement, car je croyais alors que quelqu'un avait déplacé l'objet par mégarde... Ensuite, je n'ai rien dit...

— Ces objets, comme vous dites, sont-ils volumineux ?

— Il y en a de diverses tailles, mais je suis surtout intéressé par les miniatures... Certains ivoires chinois ne sont pas plus gros qu'une noix et comportent, cependant, plusieurs personnages finement travaillés...

— Encore une question : votre voleur choisit-il les pièces les plus chères ?

— Oui.

— Est-ce facilement reconnaissable ?

— Il est au contraire très difficile de déterminer si tel ivoire est de grande valeur ou si c'est au contraire une pièce banale. Maintenant, il me reste à vous dire...

Maigret pensa :

« Il va parler d'argent ! »

Mais non ! Le notaire de Châteauneuf suivait son idée, sans s'en laisser détourner.

— ... A vous dire comment, à mon avis, il faudrait s'y prendre. Il est évidemment nécessaire que vous viviez dans la maison un temps plus ou moins long. Il faut aussi que vous n'éveilliez aucun soupçon et, par conséquent, je ne puis vous présenter comme le fameux commissaire Maigret.

Il arrivait rarement à celui-ci de se moquer des gens et pourtant, il ne résista pas au désir d'une gaminerie. C'était sans doute le sang-froid, la gravité de M. Motte qui l'inspiraient. Il murmura le plus sérieusement du monde :

— Je pourrais mettre une fausse barbe ?...

Mais l'autre ne se laissa pas démonter, feignit de n'avoir pas entendu.

— Je vous présenterai donc chez moi comme un camarade de régiment, un camarade qui vient d'une ville assez éloignée et qui a quelques jours devant lui. Quelle ville connaissez-vous particulièrement ?

— Voulez-vous Bergerac ? proposa Maigret.

— Soit ! Vous êtes un ami de Bergerac... Monsieur comment ?

— Legros ?

Le curieux, c'est que Maigret ne prenait pas du tout la chose au sérieux. Il répondait gravement, mais en se moquant à part lui du plan qui s'ébauchait.

— Vous savez conduire ?

— Une automobile ? Non !

— C'est dommage.

— Pourquoi ? Il faut que M. Legros possède une automobile ?

— C'est indispensable. Vous allez comprendre. Je conduis. Toutes mes filles conduisent, même la cadette qui n'a pas encore droit à son permis. Mon premier clerc se sert souvent de la voiture, tout comme Gérard...

— Et il faudrait que je puisse le suivre... grommela Maigret qui avait mal aux yeux à force de fixer le défilé des fourmis.

— Nous arrangerons cela autrement. Puisque vous ne savez pas conduire, vous aurez un chauffeur. Mon camarade Legros peut fort bien avoir un chauffeur. Au fait, quelle sera sa profession ?

— Cela m'est égal...

— Une profession dont vous puissiez parler avec pertinence...

— Marchand de bois en gros ? J'ai toujours rêvé d'être marchand de bois en gros, à cause de l'odeur des planches fraîchement sciées...

— Soit !... Je vais donc vous emmener à Orléans... Nous louerons une voiture avec chauffeur... Vous arriverez un quart d'heure après moi et...

C'est alors seulement que Maigret se demanda s'il ne rêvait pas. Il examina avec stupeur, comme s'il le voyait seulement, ce curieux homme qui venait, en quelques minutes, de disposer de lui avec une tranquillité hallucinante. Puis il se demanda si sa femme, qui était redescendue à la cuisine, avait écouté la conversation. Enfin, pour gagner du temps, il vida son verre, tapota le fourneau de sa pipe contre son sabot.

— Mais... commença-t-il.

Il se rendait enfin compte qu'il s'était laissé comme envoûter. Il lui semblait qu'il était trop tard, maintenant, pour détruire cet édifice habilement agencé par le froid notaire de Châteauneuf.

— Je suppose, disait celui-ci, que vous n'êtes pas long à vous habiller ? Il faudra que vous emportiez une valise avec quelques effets de rechange...

Il le regarda dans les yeux et l'autre eut à soutenir ce regard. Ce fut le moment décisif. Maigret pouvait tout aussi bien lâcher :

— Fichez-moi la paix...

Que se lever et aller s'habiller ainsi qu'on l'y invitait.

— C'est que...

— Pensez qu'Armande se marie dans vingt-neuf jours !

Et après ? Est-ce qu'il la connaissait, lui, cette Armande amoureuse de son Gérard ? Est-ce que c'était lui qui collectionnait les objets d'ivoire aux personnages minuscules ?

Il était chez lui, dans son jardin, avec ses sabots, son chapeau de paille et la ligne d'ombre avançait tout doucement sur le sol, s'amenuisant du côté du mur en attendant qu'à midi il n'y en ait plus du tout.

— Je connais un garage qui nous donnerait un chauffeur de confiance...

M. Motte ne doutait de rien ! Il restait là, sur le banc, à contempler le bout de ses souliers bien cirés. Pour un peu, il eût dit à son compagnon :

— Qu'est-ce que vous attendez ?

Or, il arriva que Maigret se leva, gagna la cuisine. Du premier coup d'œil, il comprit que sa femme avait écouté, car elle commença de grands signes négatifs de la tête.

— Tu n'y vas pas ! conseillait-elle par sa mimique.

Et lui, sans raison, en tout cas sans raison qu'il eût pu définir, agita la tête aussi, mais de haut en bas et de bas en haut.

— J'y vais ! répondait-il.

Puis, à voix haute :

— Monte avec moi préparer ma valise...

Dans l'escalier, elle ronchonna :

— Moi qui t'avais préparé un fricandeau...

Mais, dans la chambre, elle dut se taire car, par la fenêtre ouverte, M. Motte pouvait les entendre. Maigret se pencha pour le regarder. Ce drôle d'homme maître de lui, au langage mesuré, à la politesse minutieuse, l'impressionnait, il ne savait pas pourquoi.

— Émilienne, Armande et Clotilde... grommela-t-il.

— C'est pour ça que tu y vas ?

Elle était moins jalouse qu'elle ne voulait parfois le paraître pour lui faire plaisir. Et la preuve que ça faisait plaisir à Maigret, c'est qu'il souriait, haussait les épaules.

Par exemple, quand il se regarda dans la glace, il eut une grimace de mauvaise humeur en pensant qu'il était devenu M. Legros ! M. Legros, de Bergerac ! M. Legros, marchand de bois !

Il essayait d'imaginer la salle à manger où tout à l'heure il allait déjeuner au milieu de gens qu'il ne connaissait pas et qui le détailleraient curieusement.

Il fut bientôt prêt, descendit, retrouva M. Motte à la même place.

— Je suppose qu'il n'est pas nécessaire de nous tutoyer ? grogna-t-il, comme pour se venger de sa propre docilité.

— Non... Après si longtemps...

— Où avons-nous fait notre service ?

— Moi, j'ai fait le mien à Orange, dans les spahis...

C'était incroyable, mais c'était comme ça : ce petit monsieur frigide avait porté l'uniforme flamboyant des spahis et caracolé dans les rues d'Orange sur un cheval arabe !

— Va pour les spahis, fit Maigret. En somme, rien n'empêche que j'aie été spahi aussi... Du moment qu'on ne m'oblige pas à monter à cheval...

Ces plaisanteries, d'ailleurs, à part le sourire automatique, n'amenaient aucune réaction chez le notaire de Châteauneuf et celui-ci attendait poliment qu'on voulût bien s'en aller.

Mme Maigret apporta la valise que Maigret avait trimbalée au cours de tant d'enquêtes officielles. Il eut envie de s'adresser à cet objet et de lui dire :

— Eh bien, ma pauvre vieille, on nous fait faire un drôle de métier... Tu appartiens maintenant à M. Legros et...

Mme Maigret questionnait :

— Quand rentreras-tu ?

— Dans quelques jours, madame, intervint M. Motte. Je vous promets de vous le rendre bientôt, car je suis persuadé qu'il ne sera pas long à découvrir la vérité...

— Merci bien ! souffla l'ancien commissaire.

Et il monta dans l'auto de M. Motte qui se mit au volant et crut devoir annoncer :

— Ne craignez rien... Je ne roule jamais vite...

— Cela m'est parfaitement égal...

Ils arrivaient bientôt à Orléans où l'on s'arrêta sur la grand-place, en face d'un garage. Pendant que le notaire y entrait, Maigret, lui, pénétrait dans une brasserie qui possédait la meilleure bière brune de tout le département.

— Émilienne, Clotilde et Armande... récita-t-il. Non, c'est Armande qui vient au milieu... Émilienne, Armande et Clotilde... Je me réjouis de voir si elles ressemblent à leur père.

Car, au fond, s'il ronchonnait et envoyait son notaire à tous les diables, il était néanmoins curieux de voir cette maison qui avait appartenu au père et au grand-père de M. Motte, avec l'étude au rez-de-chaussée, le bureau au premier, un jardin, puisqu'il y avait un jardinier, la cuisinière septuagénaire et la jeune bonne hors de tous soupçons...

— Tiens ! remarqua-t-il. Il ne m'a pas dit un seul mot de sa femme ! Peut-être qu'elle est morte !

M. Motte était sorti du garage et cherchait son compagnon. Ne se sachant pas observé, il manifestait une certaine inquiétude et en oubliait son sourire nerveux.

Enfin, il aperçut Maigret à la terrasse, lui annonça que voiture et chauffeur seraient prêts dans un quart d'heure. L'ancien commissaire en profita pour boire encore un demi, en fumant une pipe au soleil, devant son guéridon de marbre.

« Si jamais la maison est lugubre et si les filles sont laides... »

Deux heures plus tard, en quittant la salle à manger la plus claire qu'il eût jamais vue pour suivre M. Motte au salon, où on lui tendait une boîte de cigares, il n'essayait plus de plaisanter.

Peut-être eût-il été fort étonné si on lui eût dit qu'il n'était là que depuis cent vingt minutes et que, le matin encore, il n'avait jamais entendu parler d'Émilienne, d'Armande et de Clotilde.

C'était Émilienne qui lui tendait sa tasse de café en lui faisant une petite révérence pleine de gentillesse et en lui souriant d'un sourire qui n'appartenait qu'à elle. Clotilde baissait les stores afin de tamiser un chaud soleil d'après-midi et, dans la lumière diffuse, Armande était belle, d'une beauté simple et fraîche, sans apprêt et comme sans arrière-pensée.

— Si vous préférez votre pipe... murmurait le notaire.

Évidemment, qu'il préférait sa pipe ! Mais il ne voulait pas la fumer, à cause des trois jeunes filles et de Mme Motte qui, assise dans un fauteuil, souriait mollement.

Car il y avait une Mme Motte, une femme douce, effacée, qui semblait errer dans la vie en souriant comme dans un rêve.

— Deux morceaux ?

— Un seul, si vous permettez...

Cette fois, en passant devant ces grandes maisons des bords de la Loire, aux lignes d'une harmonie si subtile, Maigret s'était dit :

« La vie y doit être agréable et facile, au milieu de jolies choses... »

Or, la maison du notaire de Châteauneuf était, par excellence, la maison de province telle qu'on les bâtissait jadis, sans mesquinerie, sans tape-à-l'œil, sans rien de laid ni d'agressif. Des touffes de gazon poussaient entre les pavés de la cour. On entendait parfois une lourde charrette passer au ralenti dans la rue étroite. Les boiseries des murs étaient claires, avec juste ce qu'il faut de patine, et quand on marchait dans le salon les cristaux du lustre faisaient entendre un discret tintement.

— Tout à l'heure, cher ami, si cela vous est agréable, Armande vous fera un peu de musique. Mais je crois qu'elle préfère attendre l'arrivée de son fiancé. Vous aimez la musique ?

Bien sûr ! Pourquoi pas ? Mais il n'avait pas eu le temps de beaucoup en entendre.

— Vous aimez Schubert ? insistait Armande en feuilletant un album.

— Mais oui, mademoiselle...

Il ne l'appelait pas encore Armande, mais il sentait que cela viendrait, qu'il dirait bientôt Émilienne, Armande et Clotilde comme s'il était, lui aussi, un peu de la famille.

Son regard chercha la maigre silhouette de M. Motte qui se découpait sur l'or pâle d'un store. Il surprit le fameux tic, le fameux sourire si fugitif.

Et il fut certain que le notaire de Châteauneuf lui disait de la sorte :

— Vous voyez que je ne vous ai pas menti !

Mais non ! Et justement c'était troublant à force de perfection ! Au point que Maigret avait l'impression de s'enliser insensiblement dans un monde trop parfait, trop heureux, où il n'y avait pas place pour les petites et les grandes saletés de la vie dont il s'était occupé pendant plus de trente ans.

C'est alors qu'il comprit, qu'il tressaillit soudain comme si, là, dans ce décor de douceur et de paix, il avait aperçu une chose vilaine et répugnante, un scorpion, par exemple, ou un reptile.

Quelqu'un avait volé !

Et ce mot qui, au Quai des Orfèvres, avait un sens bénin, ce délit qui n'était que monnaie courante dans la vie d'un policier habitué à remuer d'autres turpitudes, prenait ici un nouveau sens.

Quelqu'un avait volé !

Est-ce que ce diable de petit notaire lisait dans ses yeux tout ce qu'il pensait ? Maigret surprit sur son visage une expression soudaine de tristesse.

Quelqu'un avait volé !

Et c'était un peu comme si quelqu'un eût, exprès, sali, avili une chose magnifique, se fût attaqué, par exemple, à la candeur d'Émilienne en la traitant comme une fille, ou encore eût souillé ces trumeaux parfaits, brisé le piano à queue, lacéré le tapis persan aux bleus incroyables.

Quelqu'un, dans la maison, avait volé !

Et Maigret avait presque envie d'adresser des excuses à son hôte pour ses plaisanteries du matin.

Car il venait de découvrir qu'un simple vol d'objets d'ivoire peut devenir plus pathétique, dans certaine atmosphère, que tous les crimes de sang dont s'occupe la Police Judiciaire.

2

Le panonceau doré du notaire n'était pas appliqué près du grand portail flanqué de deux bornes de pierre, mais l'étude avait, un peu plus loin, son entrée particulière et on distinguait à leurs vitraux verts ses fenêtres parmi les autres fenêtres de la maison.

On n'avait pas fini de prendre le café qu'Armande tressaillait en entendant des pas dans la rue et Gérard Donavant eût pu s'empêcher de sonner car, de loin, sa fiancée reconnaissait le rythme de sa marche. Une cloche résonna pourtant dans le porche, une cloche grave, aux amples sonorités et, sans respect humain, la jeune fille se précipita, alla ouvrir le portail, revint tout émue en compagnie du jeune homme, avec l'air de dire à Maigret, ou plutôt à M. Legros :

— Vous voyez que Gérard mérite qu'on l'aime !

Ce qui gêna davantage l'ancien commissaire fut de sentir peser sur lui le regard insistant de M. Motte. Et cela le gêna d'autant plus qu'il n'avait pu s'empêcher de tressaillir à l'entrée de Donavant.

Celui-ci était réellement magnifique, un grand garçon en pleine force, au visage basané par le grand air, aux yeux clairs, aux mouvements d'autant plus aisés que, sans souci du protocole, il était vêtu d'un fin chandail qui rendait son aspect encore plus athlétique.

— Gérard, je te présente un ami de père, un vieil ami de régiment, M. Legros, qui est venu passer quelques jours avec nous...

Les deux hommes se serrèrent la main avec une vigueur toute sportive. Les regards se rencontrèrent en plein et Maigret sentit un trouble momentané ternir un instant la gaieté de son interlocuteur.

— Enchanté... dit-il.

En allant reprendre sa place, le commissaire remarqua qu'il manquait quelqu'un dans le salon, la plus jeune des sœurs, Émilienne, qui était sortie sans bruit de la pièce. Quant à Clotilde, elle prononça :

— Armande vous attendait pour se mettre au piano. Toute la matinée, elle a étudié cette mélodie de Schubert que vous aimez tant...

Pourquoi y avait-il toujours ce regard de M. Motte qui semblait dire :

— Alors ? Quelle est votre impression ? Avez-vous remarqué quelque chose ?

Maigret lui adressa un petit signe que le notaire comprit.

— Vous nous excuserez de ne pas écouter la musique cet après-midi. Mon ami Legros a des questions assez importantes à discuter avec moi...

Ils montèrent un escalier si parfaitement ciré qu'il reflétait en raccourci la silhouette de ceux qui passaient. M. Motte fit entrer Maigret devant lui, découvrant un vaste bureau aux fenêtres ouvertes sur la cour d'abord, comme écrasée par le soleil, ensuite sur un jardin verdoyant qui la continuait : on y voyait encore les escarpolettes et les agrès qui avaient servi aux jeunes filles quand elles étaient enfants.

Quant au bureau, il était meublé d'ébène sévère, mais on comprenait aussitôt que c'était pour mettre en valeur les centaines de bibelots d'ivoire rangés dans les vitrines qui couvraient les murs jusqu'au plafond.

— J'ai deviné que vous aviez quelque chose à me dire, fit le notaire en avançant un fauteuil de cuir fauve à son invité.

Hélas ! désormais, Maigret ne pouvait plus jouir sans arrière-pensée de la quiétude et de l'harmonie de cette maison où l'on s'était ingénié si patiemment à faire régner l'ordre et le bonheur. Il évitait de regarder son hôte qui s'était assis devant le bureau.

— J'ai pensé que c'était vous, au contraire, qui aviez peut-être à ajouter quelques détails aux confidences que vous m'avez faites ce matin... riposta-t-il.

Les premières phrases de cet entretien auraient été difficilement compréhensibles pour quelqu'un qui eût écouté à la porte.

Le notaire disait :

— Vous le connaissez ?

Maigret répliquait :

— Vous étiez au courant ?

Et M. Motte, à nouveau :

— C'est lui qui m'a tout dit... Je n'ai pas voulu influencer d'avance votre jugement... Je tenais à voir...

C'était presque un piège et Maigret comprenait mieux maintenant l'étrange sensation qu'il avait eue devant M. Motte.

— Ce jeune homme vous a avoué son vrai nom ?

— Gassin, oui... Gérard Gassin...

— Il vous a dit que son père était plus connu sous le sobriquet de Commodore ou encore sous celui, tellement célèbre, d'escroc des Hollandais ?

— Il me l'a dit... Lorsque, ce matin, je vous ai déclaré que je n'avais pas de préjugés, ma pensée allait beaucoup plus loin que vous n'avez pu le croire... Je ne crois pas nécessaire, en effet, qu'un fils de voleur soit un voleur... La franchise avec laquelle Gérard s'est confessé à moi, dans ce bureau où nous sommes, lui a conquis ma sympathie... Et maintenant, je pense que vous avez réellement en main tous les éléments nécessaires à votre enquête...

Son tic n'était pas un sourire, mais une brève grimace.

— Je vous laisse absolument libre... Je vous promets de n'essayer en rien de vous influencer et j'accepterai votre jugement quel qu'il soit... Ce n'est que dans cet esprit que j'ai fait appel à un homme tel que vous...

Pourquoi, à ce qu'il y avait d'émouvant dans cette situation, se mêlait-il un élément que Maigret n'était pas encore capable de définir, comme un élément trouble, comme un grincement ?

Trois fois il avait arrêté le Commodore, un homme extraordinaire, d'ailleurs, qui ne fréquentait que les palaces et les cercles élégants et qui, par une curieuse manie d'escroc, s'en prenait exclusivement aux banquiers et aux gros marchands hollandais.

Était-ce parce que ceux-ci sont souvent naïfs ? Ou simplement parce qu'un premier coup ayant réussi le Commodore n'avait pas cru nécessaire de changer sa tactique ? Était-ce superstition de sa part ?

Bel homme, aussi grand et aussi fort que son fils, mais plus raffiné dans sa mise, le front auréolé de cheveux d'un blanc immaculé, il cherchait ses dupes dans le pullman, entre Amsterdam et Paris, et ses escroqueries étaient si parfaitement montées qu'une fois seulement il fut possible de le faire passer en correctionnelle.

— Vous savez où se trouve maintenant le Commodore ? questionna Maigret en allumant enfin sa pipe.

Signe affirmatif du notaire.

— Gérard m'a renseigné. Son père vit depuis deux ans en grand bourgeois dans une villa qu'il s'est fait bâtir à San Remo... Gérard, lui, a tenu à conquérir son indépendance et n'a jamais accepté de profiter d'une fortune mal acquise... Comprenez-vous maintenant, monsieur Maigret ?... Pardon, monsieur Legros !... Il vaut mieux s'habituer à ce nom, même lorsque nous sommes seuls... Comprenez-vous ce qu'il y a de tragique dans mon cas ?... Si ce jeune homme est sincère, s'il est honnête, je risque par mes soupçons de le décourager à jamais tout en brisant le cœur de ma fille... D'autre part, si je suis dupe...

Cette fois il eut un mince sourire plein d'amertume, comme pour expliquer :

— A quoi bon une vie comme la mienne, un effort constant vers cette perfection qui vous entoure pour y introduire en fin de compte un bandit ?

Maigret redescendit seul. C'était lui qui l'avait demandé. Depuis un certain temps déjà, on n'entendait plus les accords du piano, ni la voix d'Armande. Il fut étonné de ne trouver dans le salon qu'Émilienne, qui tressaillit en le voyant entrer.

— Vous cherchez ma sœur et Gérard ? dit-elle aussitôt.

— C'est-à-dire...

— Ils se promènent dans le jardin... Je crois qu'Armande avait un peu mal à la tête...

Quelle conversation eût-il pu avoir avec elle ? Enfant, il n'avait pas eu de sœur et ses cousines habitaient à l'autre bout de la France. Jeune homme, il n'avait guère fréquenté les vraies jeunes filles et il avait choisi précisément pour femme une personne aussi peu compliquée que possible.

Enfin, durant les années passées à la P.J., il avait eu rarement à s'occuper de petites demoiselles de quinze à seize ans élevées d'une façon aussi bourgeoise.

Émilienne le déroutait avec son regard à la fois audacieux et timide, par sa silhouette où il y avait encore de l'enfant et déjà beaucoup de la femme, par sa façon brusque de changer d'humeur.

— Je vais me promener aussi... annonça-t-il, prudemment.

Il passa près du vieux jardinier qui ratissait une allée aux cailloux beaucoup plus brillants que chez lui et pensa demander au notaire de Châteauneuf d'où il les faisait venir. En arrivant près d'un berceau de roses, il aperçut Armande qui s'essuyait les yeux avec un mouchoir qui n'était pas à elle, car elle le rendit aussitôt à son compagnon.

Le couple, d'ailleurs, ne marqua aucune surprise et aucune gêne de la présence de Maigret. Au contraire, comme celui-ci allait poursuivre sa route, ce fut Armande qui le rappela, d'une voix encore mouillée.

— Monsieur Maig... commença-t-elle.

Il entra dans le berceau de verdure et de fleurs où filtraient de fins rayons de soleil.

— Je vous demande pardon... Cela m'a échappé... Je vous promets d'être plus prudente... Je voudrais que vous parliez à Gérard, ou plutôt que vous l'écoutiez... Avec la voiture, vous serez en quelques minutes à son atelier. N'est-ce pas, Gérard ?

Et quelques instants plus tard, en effet, Maigret débarquait dans une petite maison de paysans qu'on avait quelque peu transformée. Elle était isolée au bord de la Loire. A l'intérieur, on avait abattu la plupart des cloisons pour obtenir une pièce assez vaste, un studio qui prenait jour par trois côtés et n'était meublé que de rustique sapin clair. Des chevalets se dressaient au milieu de cette pièce et les murs étaient couverts d'ébauches ou de tableaux presque achevés.

— Vous saviez qui j'étais ? questionna Maigret en s'asseyant sur un tabouret.

— Votre portrait a paru dans les journaux en même temps que celui de...

Du Commodore, parbleu ! Maigret s'en souvenait !

Il avait même été assez furieux contre les journalistes qui éprouvaient ainsi le besoin de mettre en garde voleurs et assassins contre son épaisse silhouette !

— J'avoue, poursuivait le jeune homme après un bref silence, que je m'attendais à une surprise de ce genre. M. Motte ne fait d'ailleurs que son devoir. Quant à Armande elle est tellement sensible, tellement intuitive que, dès votre arrivée, elle s'est doutée de ce qui se passait. Lorsque j'ai confirmé ses soupçons, elle a pleuré malgré elle car elle est femme. Elle a de la police une idée assez simpliste et elle n'est pas loin de croire que vous allez m'arrêter sans plus de façons... Qu'est-ce que je vous offre ? J'ai d'assez bonne bière et je crois me souvenir...

— Depuis quand, prononça Maigret, Mlle Armande sait-elle qui vous êtes ?

— Depuis le premier jour... Mettons depuis le troisième, c'est-à-dire depuis le jour où je me suis aperçu que je l'aimais... Vous savez que M. Motte élève ses filles très librement. Elle est venue ici pour voir mes toiles. Je lui ai dit toute la vérité en lui promettant de répéter ma confession le lendemain à son père. J'ajoute qu'elle a hésité et que, si je l'avais écoutée, j'aurais probablement retardé cet aveu...

— Combien d'ivoires, à votre sens, ont disparu du cabinet du notaire ?

— Je flaire, croyez-le, le piège qui se cache derrière votre question. M. Motte n'a avoué aux siens que le premier vol, afin de n'être pas gêné dans ses recherches. Mais, je vous l'ai déjà dit, Armande est extrêmement intuitive. Elle n'a pas tardé à comprendre que d'autres larcins se commettaient. Sachez donc que chaque jour elle trouve le moyen de faire discrètement l'inventaire de la collection et qu'ainsi nous n'ignorons rien de ce qui se passe...

— Bien entendu, étant donné votre profession et vos études d'art, vous êtes à même de déterminer la valeur des différentes pièces de la collection ?

— Au point que j'ai signalé à M. Motte le numéro 33 de son catalogue qui est manifestement une copie allemande ; après avoir écrit au British Museum, il a dû convenir que j'avais raison...

Maigret but sa bière, qui était fraîche, car il y avait un réfrigérateur dans un coin. Pour simple qu'elle était, la bicoque était confortable et d'une élégance qui ne devait rien aux tapissiers ni aux antiquaires.

— A ce que je constate, reprit-il sans conviction, vous faites surtout des portraits...

— C'est-à-dire que je prends comme modèles les gens du pays... Si cela continue, dans quelque temps, ils auront tous défilé dans cet atelier...

— Vous n'avez jamais fait le portrait de Mlle Armande ?

Gérard se troubla un tout petit peu, dit non, mais avec moins de franchise.

— Et cette toile en rose... N'est-ce pas Mlle Émilienne ?

— C'est elle... Je peux d'ailleurs vous avouer la vérité... Au début, j'hésitais à recevoir Armande seule dans ma maison... J'ai trouvé cette excuse du portrait de sa sœur pour éviter les cancans... Puis, quand il n'y a plus eu besoin de chaperon, ma foi, la toile a été abandonnée... Encore un peu de bière ?

Et, s'asseyant soudain sur une table en face de Maigret, le verre à la main :

— Vous vous demandez sans doute pourquoi je vous ai amené ici ? Ce n'est pas, croyez-le, pour plaider ma cause... Ce n'est pas non plus pour vous montrer tous les recoins de ma maison afin de vous prouver que les ivoires volés ne s'y trouvent pas... J'ajoute que je ne suis jamais sûr qu'ils ne s'y trouvent pas et que chaque matin et chaque soir je fais personnellement une véritable visite domiciliaire...

— Vous craignez que... ?

— Je ne crains pas. Je suis presque sûr que celui qui se donne la peine de voler des pièces invendables, dans le seul but de me compromettre et d'empêcher mon mariage, trouvera le moyen, un jour ou l'autre, d'apporter une preuve contre moi en faisant découvrir, soigneusement cachés dans ma propre maison, ces maudits ivoires...

— Donc, vous êtes persuadé que le seul but du voleur est d'empêcher votre mariage ?

— Je n'ai pas trouvé d'autre explication. Depuis un mois que ça dure, j'ai eu le temps de réfléchir à ce problème. Je vous connais assez de réputation pour être sûr que, comme on dit dans votre métier, vous avez déjà pris l'air de la maison. M. Motte ne vit que pour sa famille et sa collection. Il est par conséquent assez peu enclin à introduire des étrangers chez lui. Les amis sont rares. Cela explique que l'aînée des filles, Clotilde, à vingt-trois ans, n'ait pas encore reçu une seule demande en mariage.

— Où voulez-vous en venir ?

— A ceci : que mes soupçons ne peuvent pas se porter sur un bien grand nombre de personnes. Un seul homme, le premier clerc, qui a vingt-huit ans et qui s'appelle Jean Vidier, peut à la fois approcher Armande et pénétrer seul dans le cabinet de M. Motte...

— Si bien ?...

— Non, monsieur Maigret ! Ce n'est pas ce que vous pensez ! Je sais que j'ai l'air d'un coupable qui s'acharne à faire tomber les soupçons sur un innocent. Cette conversation n'aurait d'ailleurs pas eu lieu s'il ne s'agissait, non seulement de moi, mais du bonheur d'Armande. Je dis — et je ne suis pas plus bête qu'un autre — que ce Jean Vidier, qui est beau garçon et ambitieux, ne détesterait pas devenir le gendre du notaire de Châteauneuf et peut-être un jour héritier de l'étude. J'ajoute que, depuis deux ans, il ne rate pas une occasion de se trouver sur le passage d'Armande et que ses regards sont, dans ces cas, volontairement éloquents. Je dis que j'ai le droit, le devoir même de me défendre.

» J'ai étudié la question avec plus de passion que vous, certes, mais aussi avec une plus profonde connaissance de la maison et de ses maîtres.

» Je ne cherche pas à vous endormir, ni à vous gagner à ma cause.

» Ce que je veux, c'est qu'on en finisse, car la situation est intolérable...

Maigret profita du silence pour allumer une nouvelle pipe et pour se servir lui-même de bière. Il se promit de demander à Gérard d'où il la faisait venir, car elle était d'une qualité qu'on ne trouve guère dans les régions de vignobles.

— Selon vous, ce Jean Vidier ?

Pourquoi Gérard se troublait-il à nouveau ?

— Non, monsieur le commissaire... Je ne veux pas que vous partiez ainsi sur une idée préconçue... Tenez ! Je vais être franc jusqu'au bout... Avant mon arrivée, je me demande si ce Vidier n'avait pas des chances... Non pas des chances de grand amour... Mais Armande est trop vivante, trop gourmande de vie, si vous permettez ce mot, pour rester longtemps jeune fille... Dans quelques années, elle aurait peut-être accepté l'hommage d'un amour paisible et sans histoire...

— Votre clerc n'aurait-il pu jeter son dévolu sur Clotilde ?

— Non ! Clotilde est plus orgueilleuse que sa sœur et se serait révoltée à l'idée d'épouser l'employé de son père... C'est d'ailleurs la seule qui me batte un peu froid parce que je ne suis, en somme, qu'un rapin sans le sou...

— Elle sait qui vous êtes réellement ?

— Non !

— Qui le sait dans la maison ?

— M. Motte et Armande. Je ne crois pas que M. Motte l'ait dit à sa femme, car il la mêle assez peu à ses affaires...

— Et Jean Vidier ?

— Vous y arrivez, vous aussi. Je me suis longtemps demandé s'il savait. J'ai maintenant la certitude que oui. En effet, le notaire, qui est très méticuleux, s'est donné la peine, après mes aveux, de constituer un dossier avec toutes les coupures de journaux concernant mon père. Or, ce dossier, je l'ai aperçu sur le bureau, un matin que Jean Vidier s'y trouvait seul...

— Si bien que, selon vous, l'affaire serait claire ?

Et Maigret fut bien étonné d'entendre répliquer sur un ton catégorique :

— Non !

Il regarda le jeune homme avec surprise, le vit gêné de sa propre intervention.

— Que voulez-vous dire ?

— Écoutez, monsieur Maigret... Plus qu'un autre, je me suis intéressé aux histoires policières et vous comprenez pourquoi... J'ai donc suivi avec attention, dans la presse, les enquêtes que vous avez menées... J'ai pu constater que — le mot va peut-être vous blesser — vous avez toujours été loyal, fût-ce avec des gens comme... comme...

— Comme votre père !

— Oui... Et c'est pourquoi je pense que vous serez loyal avec moi aussi... J'aurais pu vous laisser mener seul votre enquête, mais, quand je vous ai reconnu, j'ai aussitôt déclaré à Armande que je voulais vous parler... Je suis impatient, comprenez-vous ? Théoriquement, je me marie dans vingt-neuf jours... Mais, en réalité, je suis à la merci d'un événement quelconque, d'une ruse de mon ennemi, puisque ennemi il y a et que je ne le connais pas avec certitude... Je vous ai dit ce que j'avais à dire sur Jean Vidier... Et maintenant, j'ajoute avec la même franchise :

» Si toutes les présomptions sont contre lui, mon intuition me dit qu'il n'est pas le coupable...

Une grosse mouche passait et repassait entre eux deux. Par la fenêtre, on voyait quatre rameurs, dans une embarcation de course, passer comme une flèche sur la Loire. On devinait, dans la pesanteur de l'air, les « Un... Deux... » du barreur penché en avant.

— Je vous répète que j'ai fait et refait le tour de toutes les explications imaginables. Je me suis même demandé si Mme Motte... Mais non ! C'est trop stupide... Vous l'avez vue... C'est à croire que son mari l'a choisie en harmonie avec sa maison, douce et accueillante, incapable de complications... Cet homme, voyez-vous, qui a une haute idée du bonheur, s'est acharné, toute sa vie, à créer et à administrer le sien, celui de sa famille, de son clan... Je n'ai pas encore beaucoup d'expérience, monsieur le commissaire... Je suis jeune... Mais j'ai fréquenté des milieux divers et jamais il ne m'a été donné de voir une telle volonté d'harmonie dans les moindres détails...

Maigret était d'autant plus troublé qu'il retrouvait là comme l'écho plus emporté de ses propres pensées.

— Si je savais que ce que je vais dire pourrait aller plus loin que ces murs, je me mordrais la langue... Une fois de plus, j'ai confiance en votre loyauté... Il s'agit de défendre un amour qui, je vous jure, est propre et sincère... A mon âge, on croit difficilement à la perfidie humaine et c'est pourquoi j'avais presque honte de vous parler tout à l'heure de Jean Vidier... J'ai cherché une autre explication... Elle est encore plus atroce... Supposez que M. Motte...

Maigret tressaillit et s'efforça de rester désormais immobile, sans expression.

— Supposez que cet homme qui se raccroche avec tant d'intelligence, de goût et de volonté à un bonheur tel qu'il l'a imaginé, craigne tout à coup qu'un intrus, un être venu du dehors, pénètre chez lui comme le ver dans le fruit... Et supposez qu'il ne veuille à aucun prix être en contradiction avec ses principes, qu'il tienne à garder aux yeux de tous sa réputation d'esprit large et ouvert... Voilà ce que j'ai pensé en fin de compte... Je n'ai rien à ajouter... Je n'entrevois aucune autre explication à une situation tellement absurde que, par moments, je me demande si je ne suis pas devenu fou...

Pendant les dernières phrases, il s'était levé et avait arpenté l'atelier. D'un geste machinal, il avait ouvert le tiroir de la table.

Et voilà qu'il y prenait quelque chose, un objet pas plus gros qu'une noix et qu'il le lançait négligemment vers Maigret.

— Tenez !... Qu'est-ce que je vous annonçais ?...

Cela devait être la pièce rare dont le notaire de Châteauneuf avait parlé, un morceau d'ivoire minuscule, dans lequel un artiste asiatique était parvenu à sculpter finement une scène à six personnages.

Maigret le garda dans le creux de sa main, satisfait de sentir une matière aussi lisse, polie par dix ou douze siècles.

— Il est facile, maintenant, dit-il, d'établir qui est venu chez vous.

— Vous croyez ? ricana le jeune homme.

— M. Motte y est-il venu ces derniers jours ?

— Hier soir encore il était ici avec ses trois filles...

— Et Jean Vidier ?

Gérard hésita. On eût dit que ce dernier aveu lui pesait.

— Je n'ai pas de bonne... soupira-t-il enfin. Une femme de ménage vient chaque matin pendant deux heures faire le nettoyage. Je prends mes repas à l'auberge...

— Je ne vois pas...

— Ma femme de ménage, Mathilde, est la tante de Vidier... Il est de famille très modeste... C'est même étonnant qu'il ne soit pas plus aigri... Je n'ai plus rien à ajouter... Je vais vous reconduire...

— Si vous le permettez, je rentrerai à pied...

— Comme vous voudrez... Moi, il faut que je leur ramène l'auto...

Et Maigret se trouva seul dans les rues de Châteauneuf que le soleil, à cette heure, coupait en deux parties presque égales : lumière et chaleur d'un côté, avec parfois un chat ou un chien engourdi ; ombre fraîche de l'autre, avec des commerçants campés sur leur seuil.

« Qu'est-ce qu'il a voulu dire ? » se demandait-il.

Oui, est-ce qu'en définitive Gérard Donavant avait tenté d'aiguiller Maigret sur la piste du notaire ou sur la piste de Jean Vidier ?

— Dans ce cas, grommela-t-il encore en contournant le marché couvert qui était désert comme un skating, il est encore plus habile que son père...

Tellement habile que...

Il n'y avait pas le moindre cadavre dans cette affaire. Aucune vie humaine, en apparence, n'était menacée.

Il s'agissait en somme de gens heureux qui s'acharnaient à défendre leur bonheur, tel qu'ils le concevaient, les uns contre les autres.

Or, voilà que, par le plus grand des hasards, cette lutte pour la joie avait pris la forme d'un délit, d'un vol d'objets biscornus, amenés de Chine par des marchands et rachetés au prix fort par un collectionneur maniaque.

« Qu'est-ce qu'il a vraiment voulu dire ? »

Alors, il s'aperçut qu'il avait mis machinalement dans sa poche le petit morceau d'ivoire qui valait, pour les amateurs, plusieurs dizaines de milliers de francs.

Il s'arrêta devant le portail, entre les deux bornes de pierre souillées des pipis de tous les chiens du quartier. Il fit résonner avec un certain plaisir la cloche au son si grave et si moelleux. La petite bonne lui ouvrit la porte vernie, s'effaça, referma l'huis et annonça :

— Tout le monde est au jardin...

Maigret n'en pénétra pas moins dans le salon où il savait qu'on se réunirait après le dîner. Il posa l'ivoire sur la table du milieu, dont le dessus était en marbre vert, délicatement veiné.

Puis il se demanda s'il n'irait pas à l'étude lier connaissance avec Jean Vidier.

3

Il fut doublement déçu. Il n'aurait pas pu dire au juste comment il avait imaginé Vidier, mais en tout cas la réalité ne correspondait à aucune idée qu'il aurait pu s'en faire.

Malgré les vitraux verts, qui montaient au tiers des fenêtres, l'étude était claire comme toute la maison, tapissée d'affiches annonçant des ventes publiques de fermes, d'immeubles, de matériel agricole, de cheptel mort ou vif. Un seul meuble datait d'une autre époque, un haut pupitre de bois noir flanqué de son tabouret aux pieds invraisemblables.

Mais il suffisait d'apercevoir l'occupant de ce tabouret pour comprendre : le second clerc de l'étude était un vieillard grisâtre, coiffé d'une toque en soie noire, et il ne lui manquait même pas les manches de lustrine pour paraître sortir d'une eau-forte de l'autre siècle...

Il ne se donna pas la peine de se retourner sur Maigret ; Jean Vidier, au contraire, se levait précipitamment, saluait, souriait, saluait encore, ne savait comment faire les honneurs des locaux.

— Je suis... commençait le commissaire.

— Je sais ! Je sais ! Monsieur le notaire m'a prévenu...

Prévenu de quoi ? Et comment définir au juste le jeune homme. Il était décourageant à force de banalité. Il avait dû être bon élève, voire élève modèle, et certainement qu'à cette époque il était le favori de son instituteur qui le donnait en exemple. Certainement aussi, c'était lui qui rendait de menus services en classe, remplissait le verre d'eau, taillait les crayons, essuyait le tableau noir.

Le « jeune homme méritant » dans toute l'acception du terme, qu'on voit aussi bien dirigeant un patronage que conduisant des scouts l'été à la campagne. Qui sait ? Il avait peut-être fait partie d'une troupe théâtrale d'amateurs, et il avait sûrement une jolie voix de baryton.

Propre, net, cosmétiqué, toujours prêt à se dévouer, prêt à saluer, à dire merci, à se rendre utile et agréable en un mot.

— Il est entendu, disait-il, que je suis à votre entière disposition... Vous permettez ?

Il achevait un paraphe sur un document qu'il remettait à son collègue fossile, indiquait par une mimique appropriée qu'il aimerait parler au commissaire ailleurs que dans l'étude.

— Vous m'autorisez à vous faire les honneurs des locaux ? En votre qualité de marchand de bois en gros, je suis sûr que cela vous intéressera et...

Ils étaient dans un petit corridor, où se dressait un escalier en colimaçon. Le jeune homme changeait de ton, prononçait avec moins d'assurance :

— Voulez-vous que nous allions là-haut ? Le patron est au jardin...

Et Maigret put constater qu'au-dessus du petit escalier on entrait aussitôt dans le cabinet de M. Motte. Jean Vidier y évoluait comme chez lui, désignant à Maigret le fauteuil de cuir qu'il avait déjà occupé précédemment.

— J'aime mieux vous dire, monsieur le commissaire, que dès votre arrivée, j'ai deviné qui vous étiez... Je savais, d'ailleurs, que le patron désirait appeler ici un policier privé... J'ai trouvé ces jours derniers des journaux ouverts à la page des petites annonces, avec des croix en regard des publicités pour les agences de détectives... Ainsi !

Il était tout heureux, tout fier ! Il n'imaginait pas un instant que Maigret n'était aucunement flatté de cette comparaison avec les policiers des petites annonces à vingt francs la ligne.

— Vous voyez que je joue franc jeu ! J'aurais pu faire semblant de couper dans cette histoire de marchand de bois. Je suis franc, je le répète, sans doute trop franc, car dans la vie il n'est jamais bon de montrer ses véritables sentiments...

Pourquoi ces garçons-là sont-ils antipathiques, avec leur assurance percutante ? C'est ce que Maigret se demandait en l'observant.

— Donc, je sais pourquoi vous êtes ici. Et je vous dis tout de suite, aussi net que je le pense :

» Monsieur le commissaire, prenez garde ! La personne qui vous a appelé a cru bien faire. Mais cette personne soupçonne-t-elle ce que vous pourriez découvrir ? Vous avez pu voir une maison heureuse. Que diriez-vous si, soudain, un drame venait l'endeuiller ?

Napoléon, aux heures historiques, ne devait pas avoir un air plus important que ce garçon qui s'était installé sans vergogne dans le fauteuil du patron et jouait négligemment avec un coupe-papier.

Peu lui importait qu'on lui donnât ou non la réplique. Il était gonflé à bloc et sans doute, depuis le matin, répétait-il silencieusement son discours qu'il pouvait enfin déclamer, avec de petits regards à la glace d'une vitrine qui lui renvoyait son image.

— Remarquez, se reprenait-il, que je ne sais rien de précis. Sinon, je connais assez mon devoir pour prendre mes responsabilités. Mais je suis depuis dix ans l'homme de confiance de M. Motte. J'ose ajouter que c'est moi, depuis un certain temps, qui fais marcher l'étude. C'est moi aussi qui ai la responsabilité de tout le courrier délicat qu'entraîne la collection que vous voyez autour de vous... Donc !...

Et ce donc signifiait :

« Donc, ne vous méprenez pas et ne me prenez pas pour un employé ordinaire ! Je ne sais pas ce qu'on vous a dit de moi, mais vous voilà prévenu ! »

— Pardon... commença Maigret, qui n'avait pas encore pu ouvrir la bouche.

— Un instant... Je déclare qu'en mon âme et conscience je crois cette enquête non seulement inutile, mais dangereuse... Vos affaires peuvent vous appeler ailleurs d'un moment à l'autre sans que pour cela il y ait de déshonneur...

— Merci !

— Je ne vise pas à vous blesser. Mais je connais la maison et vous ne la connaissez pas. Et il vous faudra bien prendre la responsabilité de ce qui adviendra si vous vous entêtez et si le hasard veut que vous réussissiez...

Il ne devait pas être méchant. Un méchant eût été incapable, en si peu de minutes, de trouver autant de mots blessants pour l'ancien commissaire de la Police Judiciaire. Non ! C'était simplement un petit bonhomme content de soi ! Il croyait en lui, en sa valeur, en son jugement et probablement aussi en son honnêteté.

— Maintenant, si cela ne vous fait rien, j'aimerais autant que ce que je viens de vous dire restât entre nous. Remarquez que ce n'est qu'une prière. Rien ne vous empêche, tout à l'heure, de répéter à M. Motte tout ce que je vous ai déclaré et, encore une fois, vous ne vous en prendrez qu'à vous-même de...

— Je sais... soupira Maigret qui avait la tête bourdonnante.

— Qu'est-ce que vous savez ?

— Rien, monsieur Vidier... Je sais que je ne sais absolument rien et je vous remercie de vos bons offices...

— C'est-à-dire ?...

— Cela ne veut rien dire... Je suppose, évidemment, que vous ne vous êtes pas amusé à voler les objets d'ivoire...

— Vous me soupçonnez ?

— Mais non ! Mais non ! Calmez-vous !

— Parce que, dans ce cas, je préférerais remettre immédiatement l'affaire entre les mains de la justice...

Il était tout rouge, luisant de sueur.

— Je suppose aussi qu'à part votre petit laïus qui a produit sur moi la plus forte impression, vous n'avez rien d'important à me communiquer ?

— Absolument rien !

— Eh bien, vous voyez que nous nous entendons à merveille. Notre entretien est terminé, monsieur Vidier. Vous pouvez disposer...

— Mais...

— Je dis que vous pouvez disposer...

— Vous restez dans ce bureau ?

— Avec votre permission. Et je désirerais y rester seul...

— Bien...

Il se leva à regret, répéta :

— Bien...

— Au revoir, monsieur Vidier...

— Au revoir, commissaire !

Et la porte était à peine refermée que Maigret ne pouvait contenir plus longtemps un rire silencieux.

Contrairement à ce qu'il venait d'annoncer il n'avait rien à faire et n'eut même pas la curiosité de regarder les objets d'ivoire, en si grand nombre dans les vitrines que cela donnait mal au cœur.

Il se contenta de bourrer une pipe, de l'allumer et d'aller se camper devant la fenêtre ouverte, d'où il revit de loin les cailloux étincelants des allées.

— Il ne faut pas que j'oublie de lui demander d'où il fait venir d'aussi beau gravier...

Son jardin était plus petit, bien sûr ! Sa maison aussi ! Et il n'avait pas trois filles, comme cet étrange M. Motte...

Émilienne, Armande et Clotilde...

Le menu, sans abondance inutile, était soigné à l'extrême, la table dressée à la perfection et M. Motte savait choisir les vins de sa cave.

Gérard Donavant était présent et Maigret crut comprendre qu'il en était ainsi chaque soir, que, depuis les fiançailles officielles, il avait son couvert mis au dernier repas de la journée.

Pour l'occasion, il avait revêtu un complet de ville, une chemise blanche qui faisait ressortir le bistre de son teint et Mme Maigret, en le voyant ainsi, lui aurait sûrement trouvé une ressemblance avec quelque jeune premier de cinéma.

Personne n'était encore allé au salon et l'ancien commissaire supposait que ses petits bonshommes d'ivoire devaient toujours se trouver sur la table de marbre vert. M. Motte avait un peu plus de couleurs que le matin, car il venait de rester allongé au soleil, dans le jardin où on avait servi des rafraîchissements.

Quant à Maigret, il avait le sang à la tête, comme cela lui arrivait maintenant lorsqu'il circulait beaucoup par une chaude journée. La bière de Donavant y était peut-être pour quelque chose, sans compter sa situation de plus en plus fausse.

En somme, qui restait dupe du fameux marchand-de-bois-camarade-de-régiment inventé par M. Motte ? Ni Gérard, ni Armande ! Pas davantage Jean Vidier ! Restaient donc, au grand maximum, Mme Motte qui paraissait ne s'occuper de rien, Émilienne et Clotilde. Encore ces deux jeunes filles avaient-elles une façon de regarder leur hôte qui gênait celui-ci, surtout quand le notaire l'obligeait à parler de son commerce de bois.

Il se faisait un peu l'impression d'avoir pénétré imprudemment dans un magasin de fines porcelaines où il avait tout juste la place pour se faufiler en rentrant le ventre et sans esquisser un seul geste.

A midi, il était impressionné par le luxe discret et raffiné qui l'entourait.

Le soir, il commençait déjà à en avoir assez et se promit bien de fumer après le dîner sa pipe dans le salon.

Tant pis ! Pourquoi était-on venu le chercher, après tout ? Gérard et Armande s'aimaient ! M. Motte n'avait pas de préjugés ? Il tenait à encombrer ses vitrines d'objets que Maigret n'était pas loin de trouver hideux et en tout cas futiles ? N'était-ce pas comme si l'ancien commissaire eût rempli ses armoires avec des soldats de plomb ?

On le faisait venir avec une auto, un chauffeur ! On l'affublait d'un autre nom, d'une autre profession !

Et le premier soin de chaque personne qu'il voyait en particulier était de lui déclarer :

— La farce n'est pas pour moi, n'est-ce pas ? Je sais parfaitement qui vous êtes et ce que vous faites ici...

Et pourtant...

Il n'aurait pas pu expliquer ce qu'il ressentait, mais il était impressionné malgré tout, comme s'il eût reniflé du drame épars dans l'air. Il ne pouvait pas s'habituer à ce notaire de Châteauneuf, fin et poli comme ses ivoires, avec son tic imperceptible qui devait indiquer quelque chose.

Se moquait-il du monde ? Y avait-il un autre personnage caché sous cette enveloppe énigmatique ?

En tout cas, il ne quittait pas son hôte des yeux et parfois son regard contenait une interrogation vraiment pathétique.

Armande, elle, préférait regarder le commissaire aussi vaguement que possible, car alors son visage devenait automatiquement suppliant comme s'il eût été l'arbitre de sa destinée.

« Celle-là, pensait Maigret, suivrait son fiancé au bout du monde, même s'il avait volé tous les ivoires de la terre. »

Et Gérard, qui était le seul à parler d'abondance, avec une bonne humeur qui n'était pas affectée mais qui jaillissait de source. Il avait la même aisance de manières que son père, la même élégance racée qui avait tant aidé le Commodore à faire des dupes parmi les épais banquiers.

Un petit coup d'œil de temps à autre, comme on regarde en passant le baromètre, histoire sans doute de s'assurer qu'il ne se passait rien de sensationnel du côté de Maigret.

Clotilde était banale, comme sa mère. Le mieux qui pouvait lui arriver était de se marier et d'avoir trois ou quatre enfants au milieu desquels, sans chercher de complications, elle trouverait le bonheur parfait et, en tout cas, la quiétude de l'esprit et de la chair.

Quant à Émilienne... Elle était trop jeune... ou trop avertie pour son âge... On ne pouvait plus la traiter en petite fille et cela semblait ridicule de la traiter en demoiselle...

Maigret remarqua qu'elle ne mangeait pas. Il nota aussi que personne n'y prenait garde, ce qui indiquait qu'elle était l'enfant gâtée de la maison et n'en faisait qu'à sa tête.

Elle avait une longue figure pâle, de grands yeux verdâtres, des doigts si longs et si minces que Maigret, qui n'en avait jamais vu de semblables, les regardait sans cesse sans le vouloir.

— Demain, annonçait M. Motte, vous pourrez faire avec mes filles une partie de canot sur la Loire. Je suis sûr que Gérard voudra vous accompagner...

Pourquoi, tant qu'on y était, ne le faisait-on pas jouer à colin-maillard ou à la main chaude ?

— Je verrai... grogna-t-il sans enthousiasme.

— Bien entendu, vous êtes tout à fait libre de vos mouvements... Je voulais seulement que vous sachiez que nous avons un canot automobile et un garage au bord de l'eau...

Et Maigret se demanda :

« Est-ce qu'il cherche déjà à m'éloigner ? ou veut-il m'indiquer qu'il y a peut-être quelque chose dans le garage en question ? Dans ce cas, pourquoi n'y est-il pas allé voir, lui ? »

On se leva de table. Comme toujours, un certain flottement se manifestait au moment de passer au salon et on se faisait des politesses. Si bien qu'en fin de compte, ce fut Émilienne qui passa la première et se dirigea vers la table afin de sonner pour le café.

Quand Maigret arriva à son tour près de cette table, l'objet d'ivoire n'y était plus.

Et quand il se retourna, il vit Émilienne qui embrassait son père au front, puis sa mère, puis venait lui faire une sèche révérence tout en évitant de saluer les autres.

— Elle se couche toujours de bonne heure... expliqua Armande, tendant une tasse au commissaire. Un morceau, n'est-ce pas ? Père me dit que vous tenez à ce que je fasse de la musique...

Il y avait peut-être une demi-heure que la jeune fille jouait du piano, quand le commissaire se mit en mouvement, avec la frousse de faire crier les ressorts du fauteuil ou craquer le plancher. Le salon, au moment où il le quittait, avec son lustre éclairé, ressemblait à une estampe du dix-huitième, et la famille était d'une immobilité de cire, chacun dans son fauteuil.

Depuis longtemps déjà le commissaire avait remarqué, en regardant dans la cour, un halo de lumière qui venait du premier étage et qui devait être le reflet des fenêtres du notaire.

Le piano jouait toujours quand il monta l'escalier à pas de loup, et aussi quand il tourna la poignée de la porte. Du premier coup d'œil, il aperçut Jean Vidier installé au bureau de son patron, le visage auréolé par la fumée d'une cigarette dont la cendre menaçait de tomber sur les documents qu'il compulsait.

— Vous désirez ? demanda-t-il sans se déranger.

Maigret referma la porte, comprit, à l'attitude du jeune homme, qu'il avait l'habitude de travailler ainsi le soir dans le cabinet du notaire, où celui-ci devait venir le rejoindre.

— J'ai un travail assez urgent... poursuivait le premier clerc en manifestant quelque impatience.

— Ce sera long ?

— J'attends M. Motte pour le terminer, et nous en aurons pour une partie de la nuit...

— C'est dommage !

— Pourquoi ?

— Parce qu'on ne vous laissera pas travailler si longtemps...

— Pardon ?

— Vous avez le téléphone ? Je vois, oui ! Figurez-vous que je vais demander à la police de Châteauneuf de bien vouloir venir vous mettre en état d'arrestation...

— Moi ?

Vidier s'était dressé, stupide d'étonnement.

— C'est moi que vous voulez faire arrêter ?

Heureusement, le piano jouait toujours et couvrait sa voix indignée.

— Mon Dieu, oui !... Vous n'ignorez pas, monsieur Vidier, que la complicité, en matière de vol, est un délit tout comme ce vol lui-même. Or, on peut assimiler à la complicité le simple fait de laisser le vol se commettre et de n'en rien dire...

— Mais...

— Laissez-moi finir. Vous savez qui a volé les ivoires de votre patron...

Alors Jean Vidier ricana :

— Ils n'ont jamais été volés !

— C'est bien ce que je veux dire. Mettons que vous savez qui a déplacé les ivoires de votre patron. Vous n'ignoriez pas que ces disparitions peuvent être très préjudiciables à quelqu'un, en ce sens qu'elles risquent de lui coûter son bonheur...

— Non !

— Vous dites ?

— Je dis non !

Il s'emportait. Il défiait Maigret du regard.

— Voyez-vous, monsieur, il ne faut pas croire que vous m'impressionnez avec vos airs menaçants ! Armande était bien décidée à suivre son amant n'importe où si M. Motte n'avait pas donné ou avait retiré son consentement... Je le sais parce que je le lui ai entendu dire...

— A qui ?

— A Gérard !... Donc, vous voyez qu'il n'y a aucun bonheur en jeu... Quant aux ivoires, vous savez parfaitement qu'ils seront restitués un jour ou l'autre, puisqu'on ne peut rien en faire... D'ailleurs...

— D'ailleurs ?

Le piano, qui s'était arrêté un moment, reprenait moins fort et une voix montait, celle d'Armande, une voix un peu sourde qui chantait une mélodie de Schubert.

— D'ailleurs rien ! Quant à m'arrêter... Et si je vous déclarais que je suis prêt, que j'attends vos agents de police ?... Avouez que vous n'oseriez pas téléphoner !... Avouez que vous ne tenez pas le bon bout, monsieur le commissaire Maigret !

Et Maigret de répondre simplement :

— Vous avez raison.

Ce fut cette tranquillité qui fit tomber la colère du premier clerc, qui lui enleva son assurance, son panache.

— Que voulez-vous dire ?

— Je dis que vous avez raison... Vous ne pouvez pas être poursuivi pour complicité...

— Pourquoi ?

C'était maintenant le règne de la lenteur. Maigret cherchait un objet pointu pour vider sa pipe, puis se penchait sur la corbeille à papier.

— Parce qu'on ne peut être complice d'un délit ou d'un crime qui n'existe pas...

— Je ne comprends pas...

— Mais si, mon ami ! Vous savez parfaitement, vous qui avez l'occasion de manier le Code, que le délit de vol n'est pas retenu quand il a lieu entre membres d'une même famille...

Ce garçon-là retombait aussi facilement qu'il s'emportait. Il était désormais tout malheureux, prêt à pleurer. Il regardait Maigret comme un gamin qui vient de se faire tirer les oreilles.

— Qui vous a dit ?

— Qui vouliez-vous que ce soit ? Pas Mme Motte, n'est-ce pas ?

Vidier sourit.

— Pas Clotilde non plus, qui n'a pas assez de malice.

— Il ne faut pas dire de mal de Mlle Clotilde. Si on choisissait librement l'objet de son amour...

Et Maigret comprit que Vidier eût préféré être amoureux de l'aînée des Motte que de la seconde.

— Vous voyez ! Il ne reste pas grand monde...

— Elle n'est pas responsable... murmura alors le clerc.

— Vous ai-je dit qu'elle était responsable ? Je crois, n'est-ce pas, qu'elle n'est même pas majeure ?...

— Elle est romanesque... Un soir, je l'ai surprise un ivoire à la main, et elle m'a juré que, si j'en parlais, elle se tuerait...

— Mais oui ! Mais oui ! C'est de son âge...

— De se tuer ?

— De le dire !... D'aimer comme elle aime !... D'être jalouse comme elle l'est, jalouse au point de faire chasser l'objet de son amour plutôt que d'être témoin du bonheur de cet homme avec sa sœur...

» Quelle idée aussi de la prendre comme chaperon et de faire son portrait !

— On vous l'a dit ?...

Mais, au même instant, Vidier dressa l'oreille, passa près de Maigret si vite qu'il faillit le bousculer, ouvrit la porte qui se referma derrière lui. Une seconde plus tard, on entendait des heurts dans la chambre voisine et, soudain, il y eut une détonation suivie d'un grand silence.

En bas, le piano s'était tu.

4

La nuit était chaude, malgré les fenêtres du bureau grandes ouvertes qui laissaient pénétrer les odeurs du jardin. Parfois on apercevait au loin, sur la grand-route, le passage fusant d'une auto lancée à vive allure.

Dans la rue, devant le portail aux deux bornes de pierre, la voiture de Maigret attendait, ses lanternes allumées, le chauffeur en livrée debout sur le trottoir.

M. Motte était très pâle. Son tic retroussait sa lèvre plus souvent que jamais et il faisait de réels efforts pour donner l'impression d'un sourire.

— Je vous demande pardon, monsieur le commissaire. Mais tout est bien ainsi, n'est-ce pas ?... Tout est beaucoup mieux que si...

Il n'achevait pas sa phrase. Il avait un petit peu peur de laisser échapper une larme qui gonflait sa paupière.

— J'ai voulu savoir coûte que coûte... Et j'étais loin de me douter qu'il n'y avait en l'occurrence qu'un amour romanesque de petite fille... Je suis déjà vieux et Émilienne est très jeune ; cela explique sans doute que, tout en la gâtant, je l'aie moins comprise que ses sœurs...

Il se tourna vers Jean Vidier qui était là, assis dans un coin, encore mal remis de ses émotions.

— Sans toi, mon brave Jean...

— Mais non, monsieur ! Je suis persuadé qu'elle n'aurait pas tiré. Quand j'ai entendu du bruit dans votre chambre, j'ai tout de suite pensé, je ne sais pourquoi, que ce n'était pas vous. Mlle Émilienne venait de prendre le revolver dans votre table de nuit. Je me suis précipité sur elle et c'est moi, dans la lutte, qui ai fait partir le coup. Je regrette pour votre glace...

Puis, après un vilain coup d'œil à Maigret :

— Si Monsieur n'était pas venu...

M. Motte eut enfin son petit sourire.

— Si mon ami de Bergerac n'était pas venu... corrigea-t-il.

Il n'acheva pas sa pensée. Sur le bureau s'étalaient les pièces manquantes de la collection, qu'Émilienne avait rendues après les avoir cachées longtemps dans son armoire à linge.

Il se leva.

— Demain, je ferai poser une glace neuve...

Et peut-être allait-il parler d'argent quand il se ravisa.

— Demain aussi, monsieur Maigret, je vous enverrai une lettre... Je suis trop las ce soir... Je regrette que vous teniez à partir aussi vite...

Une heure plus tard, Mme Maigret allumait précipitamment en

entendant la porte s'ouvrir et elle se penchait déjà sur le tiroir au revolver quand la grosse voix de Maigret lança dans l'escalier :

— C'est moi !

— Tu as déjà retrouvé ses machins en ivoire, à ce vieux fou ?

— Mais oui...

— Où étaient-ils ?

— Je te raconterai cela plus tard...

Il avait de la peine à croire, tant il était encore imprégné de l'atmosphère de là-bas, qu'il n'avait quitté sa maison que le matin. Et cette nuit-là il rêva, non seulement de cailloux très blancs, mais des trois filles du notaire de Châteauneuf...

Émilienne, Armande et Clotilde...

L'IMPROBABLE MONSIEUR OWEN

Une enquête de Maigret qui a paru pour la première fois en fascicule dans *Police-Film/Police-Roman* en juillet 1938 et qui n'a pas été recueillie en 1944 dans *Les Nouvelles Enquêtes de Maigret*. Elle a été rééditée par Gilbert Sigaux aux Éditions Rencontre en 1967.

1

C'était merveilleux d'être là, les yeux clos, de sentir les paupières picoter sous la caresse d'un soleil filtré par les rideaux jaunes ; c'était merveilleux surtout de se dire qu'il était deux heures et demie, ou trois heures de l'après-midi, peut-être plus, peut-être moins, et qu'au surplus ce rongeur de l'existence qu'on appelle une montre n'avait en l'occurrence aucune importance.

Et ce n'était pas tout ! Des quantités de choses merveilleuses étaient rassemblées comme par miracle à cette minute. D'abord le paysage, que Maigret ne voyait pas, puisqu'il avait les yeux clos, mais qu'il savait là, à portée de son regard : la surface unie de la Méditerranée telle qu'on la découvre des grands hôtels de Cannes, avec à droite le fourmillement des mâts vernis du port le plus luxueux du monde et au loin, tout au loin, dans l'embrasement de la lumière, les îles de Lérins.

Les bruits mêmes, qui montaient jusqu'à Maigret, étaient en quelque sorte des bruits de luxe. Les klaxons des autos n'étaient pas des klaxons ordinaires mais, pour la plupart, des appels de limousines longues et scintillantes, conduites par des chauffeurs en livrée.

Cette femme qui venait de se disputer avec quelqu'un dans l'appartement voisin était une Viennoise, une célèbre actrice de cinéma que des douzaines d'amateurs d'autographes attendaient à toute heure à la porte.

Et ce téléphone un peu énervant qui ne cessait de fonctionner dans l'appartement d'en dessous devenait excusable quand on savait que le locataire de l'appartement en question était le Premier ministre d'un grand État danubien.

Maigret faisait la sieste ! Maigret, depuis trois jours, vivait dans un palace, l'*Excelsior*, sur la Croisette de Cannes, non pour poursuivre quelque gibier de bagne ou quelque escroc international, mais pour se reposer.

Pour réaliser ce miracle, il avait fallu tout un concours de circonstances, et d'abord que la tante Émilie (Mme Maigret avait onze tantes !) fût grièvement malade à Quimper, sans personne pour la soigner.

— Si tu m'accompagnes là-bas, tu vas t'ennuyer ; d'ailleurs, ce n'est pas prudent après la bronchite que tu as eue cet hiver et qui est à peine guérie. Ne m'as-tu pas toujours dit que tu as un ami dans le Midi et qu'il t'a invité ?

L'ami de Maigret n'était autre que M. Louis.

Pour les gens ordinaires, M. Louis n'était qu'un portier de palace en redingote ornée de clés dorées, et la plupart des imbéciles se croyaient supérieurs à lui parce qu'ils lui donnaient un pourboire.

Or, M. Louis était bachelier, parlait cinq langues, avait été longtemps directeur d'un grand hôtel de Deauville et en avait conclu que le seul moyen de gagner de l'argent dans l'hôtellerie est de remplir les fonctions de portier.

Il les avait remplies aux Champs-Élysées, à Paris, et c'est ainsi que maintes fois il avait eu l'occasion de rendre de menus services au commissaire Maigret, alors en exercice, et que le commissaire lui en avait rendu d'autres, comme de retrouver une somme de cent mille francs dans la chasse d'eau d'un water.

— Quand vous viendrez dans le Midi...

— Ce ne sera malheureusement pas avant que je prenne ma retraite.

Tout cela était réalisé ! Maigret faisait la sieste, comme un pacha. Sur une chaise, il y avait son pantalon de flanelle blanche et, aux pieds de celle-ci, des souliers blanc et rouge du plus heureux effet.

Des gens allaient et venaient dans les couloirs, parlaient, chantaient, téléphonaient des appartements voisins ; des autos passaient dans la rue et des femmes se grillaient au soleil ; un gouvernement, à Paris, se présentait devant les Chambres et des centaines de milliers de Français s'inquiétaient du cours de la Bourse ; l'ascenseur montait et descendait avec un petit déclic à chaque étage.

Qu'est-ce que cela pouvait bien f... ?

Maigret était heureux ! Il avait mangé comme quatre, bu comme six, aspiré le soleil par tous les pores comme cinquante candidates à un concours de maillots de bain.

Tante Émilie ? Eh bien ! si elle y passait, c'était de son âge, et le seul ennui c'est qu'il faudrait quitter ces merveilles pour se rendre à l'enterrement dans cette Bretagne où, au mois de mars, il devait pleuvoir tant que ça pouvait.

Il grogna, décolla sa joue de l'oreiller, épia tous ces sons fondus en une symphonie, mais où le bruit plus fort s'imposait en solo.

— Entrez ! cria-t-il enfin en reconnaissant l'étrange vrombissement du timbre de la porte.

Puis aussitôt :

— C'est vous, monsieur Louis ?

— Vous dormiez ? Je suis désolé de vous déranger. Il nous arrive uns histoire vraiment épouvantable...

— Cela ne vous fait rien de lever le store ?

Ainsi il vit la mer, aussi bleue que sur les aquarelles, avec un yacht blanc sur la ligne d'horizon et un glisseur qui faisait des ronds en bourdonnant comme un frelon.

— Vous ne voulez pas me passer un verre d'eau ?

Parce que la sieste, après son bon déjeuner, lui laissait la bouche pâteuse.

— Vous avez dit « épouvantable » ?

— Un crime a été commis dans l'hôtel.

M. Louis était un homme intelligent, distingué même, avec de petites moustaches brunes et un sourire très fin. Cependant il ne s'attendait pas du tout à entendre le commissaire Maigret, ou plutôt l'ex-commissaire Maigret, murmurer comme en rêve :

— Sans blague !

— Un crime tout ce qu'il y a de plus mystérieux.

Était-ce le demi-sommeil qui donnait à Maigret cette vulgarité, ou l'affectait-il pour protester contre l'élégance ambiante ? Toujours est-il qu'il grommela :

— Ben ! mon vieux...

— Il s'agit de M. Owen...

— Dites-moi, Louis, vous avez averti la police ?

— Le commissaire central vient d'arriver. On attend le juge d'instruction d'un moment à l'autre...

— Alors ?

— Je ne vous comprends pas...

— Dites-moi encore, Louis : quand, par hasard, vous voyagez et que vous descendez à l'hôtel, est-ce que c'est vous qui passez les clés aux voyageurs et qui leur distribuez le courrier ?

Là-dessus, il se dressa, les cheveux en désordre, chercha sa pipe, la bourra, attrapa une pantoufle bleue et dut s'agenouiller pour pêcher l'autre en dessous du lit.

— Je croyais que cela vous intéresserait, riposta M. Louis, un peu pincé.

— Moi ? Pas du tout...

— C'est dommage...

— Je ne vois pas pourquoi.

— Parce que je sais déjà que la police ne trouvera rien et que vous seul auriez été capable de déchiffrer cette énigme...

— Alors tant pis pour cette énigme !

— Vous ne m'avez même pas demandé qui est ce M. Owen...

— Cela m'est parfaitement égal.

— Tant mieux, car personne ne le sait.

Cette fois, Maigret, qui essayait d'attraper les bouts de ses bretelles, qui pendaient derrière son dos, lança un coup d'œil malicieux à M. Louis.

— Tiens ! Tiens ! Personne ne le sait ?

— Je le croyais suédois. Il en avait l'air. C'est d'ailleurs la nationalité qu'il a inscrite sur sa fiche. Vous savez que, dans les palaces de notre classe, on n'exige pas les passeports des clients et que chacun écrit ce qu'il veut. Or, on a fouillé la chambre de M. Owen et on n'a pas trouvé de papiers d'identité. Le consul de Suède, qui est voisin de l'*Excelsior*, prétend qu'il a bien existé un Ernst Owen, mais qu'il mort depuis dix ans.

Maigret se brossait les dents, reprenait sa pipe, se passait un peigne humide dans les cheveux.

— Pourquoi me racontez-vous tout ça ?

— Pour rien ! Figurez-vous que cet Ernst Owen est descendu chez nous voilà trois semaines, accompagné d'une jolie infirmière, une des plus jolies filles qu'il m'ait été donné de voir — et dans notre métier les occasions sont nombreuses !

Maigret cherchait une cravate à son goût parmi les six cravates neuves que sa femme lui avait offertes à l'occasion de ce voyage.

— Une blonde aux yeux gris. Une de ces filles fruits, aux gestes harmonieux, aux formes pleines, mais sans lourdeur, à la chair appétissante...

L'ancien commissaire ne voulait toujours pas avouer qu'il écoutait.

— Nous faisions même de drôles de réflexions à ce sujet, au courrier. Vous savez comment ça va... Tout en mangeant, on bavarde... Les maîtres d'hôtel ont entendu ceci ou cela... Les valets de chambre et les garçons d'étage apportent leurs renseignements... Les femmes de chambre ont leurs tuyaux intimes... Bref, ce M. Owen et son infirmière...

— Il était malade ?

— Pas du tout ! Enfin, je n'en sais rien. Vous avez dû le voir à la terrasse sans savoir que c'était lui. Un long monsieur, presque aussi long que le roi Gustave, vêtu tout en gris, complet de flanelle grise, chemise grise, cravate de soie grise, avec seulement un panama clair et des souliers de daim blanc. Des lunettes grises par-dessus le marché, des gants de fil gris...

— Des gants ?

— Eh oui ! Ce n'est pas tout ! Il se levait chaque matin à dix heures, descendait et s'installait toujours dans le même fauteuil d'osier de la terrasse, celui qui est sous le troisième parasol. Sa canne entre les mains, il restait là jusqu'à une heure, à regarder la mer devant lui, déjeunait, revenait à la terrasse jusqu'à cinq ou six heures, c'est-à-dire jusqu'au moment où il commençait à faire frais. Alors il remontait dans son appartement, où on lui servait un dîner froid, et on ne le voyait pas de la soirée.

— On l'a tué ?

— C'est-à-dire qu'on a tué quelqu'un dans sa chambre...

— Ce n'est donc pas lui la victime ?

— Ce serait plutôt l'assas...

M. Louis se dit que Maigret avait mordu à l'hameçon et qu'il pouvait désormais y aller de façon moins mystérieuse.

— Je vais vous raconter l'histoire en quelques mots. Ce matin, au moment de trier les journaux de Paris, qui arrivent un peu avant onze heures, je me suis étonné en n'apercevant pas M. Owen à sa place habituelle. Je crois que j'en ai fait la réflexion à un des chasseurs. A tout hasard, je me suis tourné vers le tableau et j'ai remarqué que sa clé n'y était pas... Passons ! A l'apéritif, je suis venu faire mon petit tour à la terrasse et j'ai à nouveau noté l'absence de M. Owen.

» Cette fois, je me suis dirigé vers la réception et j'ai demandé à M. Henry :

» — M. Owen est malade ?

» — Je ne sais pas.

» Sur ces entrefaites, mettons entre midi et quart et midi et demi, j'ai aperçu l'infirmière qui sortait, vêtue d'un tailleur vert pâle lui seyant à la perfection. Comme elle ne m'a pas remis sa clé, je n'ai pas eu l'occasion de lui parler. J'ai pensé qu'elle allait chercher des médicaments et j'ai failli l'avertir que les pharmacies étaient fermées.

» Enfin, à deux heures, le chef d'étage du quatrième m'a téléphoné en me demandant ce qui se passait au 412. C'est l'appartement de M. Owen. La porte était toujours fermée et on ne répondait pas. Je suis donc monté ; j'ai ouvert avec mon passe-partout et j'ai été assez étonné de trouver sur la table une bouteille de whisky vide à côté d'un verre brisé.

» C'est dans la salle de bains que j'ai aperçu, dans la baignoire, le corps nu d'un homme...

— Et alors ? fit Maigret malgré lui.

— Alors rien ! Ce n'était pas M. Owen.

— Vous dites ?

— Je dis que ce n'était pas M. Owen. En outre, mon métier m'oblige à être physionomiste. J'ai dans l'œil tous ceux qui entrent dans l'hôtel et qui en sortent. Je puis affirmer que je n'ai jamais vu ce garçon...

— Pardon ! Mais M. Owen ?

— Voilà justement où l'histoire devient extraordinaire. Ses vêtements étaient au portemanteau et ses bagages dans l'appartement, au grand complet. Par contre, s'il est évident que le jeune homme n'a pas pénétré tout nu à l'*Excelsior*, il n'y avait au 412 aucun vêtement lui appartenant.

Maigret, campé devant la vaste baie vitrée, contemplait la mer, où on voyait émerger des têtes de nageurs. M. Louis, derrière lui, se disait que la partie n'était pas encore gagné et cherchait un nouvel appât.

— Remarquez que, comme je vous l'ai dit, la jolie infirmière n'est sortie qu'entre midi et quart et midi et demi. Or le médecin vient de déclarer que la mort du jeune homme qui n'est pas M. Owen remonte à la première heure de la journée...

— Hum ! Hum ! fit Maigret, qui résistait toujours.

— Ce n'est pas tout. M. Owen, qui semblait craindre d'être pris de malaise ou qui avait d'autres raisons pour désirer la proximité de son infirmière, avait installé celle-ci au 413, et la porte de communication était toujours ouverte entre les deux appartements...

— Tant pis pour elle ! soupira Maigret.

— C'est ce que je pense. Ces messieurs de la Brigade mobile ont déjà lancé son signalement dans toutes les directions. Ils sont d'autant plus enclins à croire à sa culpabilité que le témoignage d'un valet de chambre est formel. A neuf heures du matin, passant dans le couloir et écoutant aux portes comme d'habitude, il a nettement reconnu la voix de l'infirmière au 412. Or, à ce moment, le crime avait déjà été commis.

Maigret avait presque envie, en guise de protestation contre toutes ces histoires et contre son déplorable instinct de chasseur, de revêtir son maillot de bain et son peignoir rouge et d'aller s'étendre sur le sable de la plage, à regarder les baigneuses.

— Ce n'est pas tout, poursuivait l'implacable M. Louis, qui, dans sa livrée sévère, rappelait par moments un pasteur protestant.

— Qu'est-ce qu'il y a encore ?

— Je ne vous ai pas dit comment le jeune homme était mort.

— Cela m'est égal ! riposta Maigret dans un dernier sursaut d'énergie. J'aime mieux m'installer encore dans une pension de famille où je paierai le prix fort et où je mangerai du veau à tous les repas. J'en ai assez, vous entendez, Louis ? S'il faut que je paie mon séjour en recommençant à...

— Je vous demande pardon, murmura humblement le concierge en gagnant la porte à reculons.

Il connaissait Maigret de vieille date. Il savait que celui-ci ne le laisserait pas partir. D'ailleurs, l'ancien commissaire faisait le gros dos, ce qui était toujours bon signe. Et il évitait de tourner la tête pour questionner :

— De quoi est-il mort ?

Alors M. Louis de prononcer, du même ton qu'il eût dit « La voiture de Madame est avancée » :

— On l'a noyé dans la baignoire !

La partie était gagnée. Maigret était *mordu*, selon le mot des gens du pays.

Il avait eu à s'occuper d'un certain nombre de crimes et il s'était penché sur assez de cadavres pour peupler un gentil cimetière de province.

— Si vous voulez venir voir...

— Non, mon vieux ! Écoutez bien ce que je vais vous dire : je tiens absolument à n'être pour rien dans cette enquête. Vous avez entendu ? A la première ligne sur moi, dans les journaux, je m'en vais de votre établissement, qui est pourtant fort agréable. Au surplus, je ne m'occuperai de rien du tout... J'accepte que vous me teniez au courant, comme ça, en causant... Si j'ai une petite idée, ce qui est improbable, je ne prétends pas que je refuserai de vous la communiquer...

— Mais vous ne voulez pas voir le corps ?

— Ils vont le photographier, n'est-ce pas ? Arrangez-vous avec l'Identité judiciaire pour qu'on vous donne une épreuve.

N'était-ce pas inadmissible qu'il ne pût jouir en paix du soleil et du parfum de ce printemps méditerranéen ? Seul, maintenant, il furetait dans sa chambre en cherchant quelque chose, il ne savait plus quoi. Il feignait d'être de très méchante humeur. N'empêche que, quand il rencontra soudain son reflet dans un miroir, il ne put s'empêcher de sourire un tantinet.

— Ces gars-là se souviennent ! songea-t-il.

Des gens qui s'y connaissent, pourtant, car un M. Louis est bien placé pour juger de l'habileté d'un policier. Eh bien ! il n'avait pas oublié le vieux Maigret, en dépit de sa retraite. Le commissaire de la Brigade mobile, qu'on avait appelé, était peut-être un as. N'empêche que Louis avait rusé pendant un quart d'heure pour obtenir l'aide de Maigret ! Et il ne devait pas avoir agi pour son seul compte. Le propriétaire de l'*Excelsior* était sûrement derrière lui.

— A condition que je n'y sois pour rien, répéta-t-il.

Autre chose le fit sourirc : de se voir en pantalon de flanelle et en chemise blanche, avec une cravate rayée qu'il avait choisie sans le savoir aux couleurs d'une université anglaise.

— Owen ! Owen ! Tout en gris ! Complet gris, chemise grise, cravate grise. Pardon ! Gants de fil gris. Hé ! Hé ! J'aimerais bien savoir pourquoi M. Owen portait des gants de fil gris pour se prélasser au soleil.

Il n'entendait plus les téléphones, les allées et venues, le discret déclic de l'ascenseur. Un peu plus tard, il descendait, par l'escalier, tant il avait peur de rencontrer les policiers officiels. Il remarqua de petits groupes dans le hall où, en dépit des précautions prises, la nouvelle avait transpiré.

Il passa sans s'arrêter devant M. Louis, qui s'affairait devant son tableau de clés, et il se trouva sur la Croisette, dans une atmosphère tellement idéale, qu'il semblait criminel d'embêter les gens en mourant soudain dans la baignoire d'un M. Owen.

— Owen... Owen...

C'était l'heure où il devait écrire à sa femme et il choisit à un kiosque une carte bariolée représentant des yachts de cinq millions chacun.

Beau temps. Soleil. Ai fait la sieste. La vie est belle ! écrivit-il.

Il ne voulait pas donner à M. Louis la satisfaction de se précipiter sur cette affaire comme la misère sur le pauvre monde. Il s'obligea à parcourir trois fois la Croisette, non sans jeter un coup d'œil aux personnes en maillot qui s'adonnaient à la culture physique sur la plage.

— Owen... Owen...

Cela faisait en lui comme le bruit d'une mouche prisonnière. Et il aurait été parfaitement incapable de dire ce qui le chiffonnait !

— Owen... Owen, voyons !...

Quand le soleil se cacha, il dut se contenir pour ne pas hâter le pas, reçut le salut du chasseur préposé à la porte tournante, vit M. Louis en grande conversation avec deux Anglais qui ne s'y retrouvaient pas dans l'indicateur des chemins de fer.

Comme le portier ne lui remettait pas sa clé et feignait de ne pas voir qu'il attendait, il resta là, la pipe aux dents. Il dut ainsi assister à une longue discussion sur les avantages et les désavantages de deux trains différents, puis les Anglais se décidèrent à partir.

— On vient de l'arrêter ! annonça M. Louis.

— Owen ?

— Son infirmière... Au moment précis où elle descendait de la micheline à Nice... La police m'a aussitôt téléphoné...

— Qu'est-ce qu'elle dit ?

— Qu'elle ne sait rien... L'inspecteur viendra me donner des détails tout à l'heure...

Maigret tendait la main pour prendre sa clé, accrochée à une lourde étoile de métal blanc marquée d'un chiffre.

— Ce n'est pas tout...

— Je vous écoute...

— Tout le personnel a été appelé à défiler devant le cadavre. Nul ne l'a jamais aperçu dans la maison. Le portier de nuit, qui est mon collègue Pitois, que vous connaissez, est formel à cet égard. En outre, la nuit dernière, il y avait un policier dans le hall, à cause de la présence à l'*Excelsior* du ministre que vous savez, et il confirme les déclarations de Pitois...

Maigret tendait toujours la main vers sa clé étoilée.

M. Louis insistait :

— Quand puis-je vous rencontrer ?

— Pourquoi ?

— Pour vous communiquer les renseignements que j'aurai tout à l'heure. Je quitte mon service à huit heures. Il y a, près du port, un bar tranquille. A la *Pétanque*... Si vous acceptiez...

On rencontrait déjà des gens en smoking. Maigret, lui, pour ne pas s'habiller, préférait dîner au grill. Le ciel était mauve, la mer aussi, d'un mauve plus foncé.

— M. Owen... grognait-il.

Comme s'il n'aurait pas pu envoyer Louis à tous les diables au lieu de se mettre l'esprit à la torture, ainsi qu'il le faisait à présent !

Il esquissa néanmoins une grimace en arrivant à son étage et en voyant deux hommes qui transportaient un objet lourd et oblong, un cercueil sûrement, qu'on avait enveloppé de toile pour le rendre moins sinistre. Les porteurs rasaient les murs comme des voleurs, dans cet hôtel où la joie et le plaisir seuls avaient droit de cité.

— M. Owen...

Le cercueil lui rappela sa tante Émilie dont un télégramme allait lui annoncer la mort d'une heure à l'autre et, s'accoudant à sa terrasse, il finit par allumer une pipe en haussant les épaules tandis que lui arrivaient des bouffées de l'apéritif-concert.

— M. Owen...

Et ses gants gris ! De fil gris ! A-t-on idée ?

2

— Pour moi, ce sera un demi... soupira Maigret avec satisfaction, en vidant sa pipe par terre.

Un vrai demi, enfin, dans une épaisse chope à oreille, et non une petite bouteille de bière étrangère servie précieusement dans du cristal comme à l'*Excelsior*.

A la *Pétanque*, l'ancien commissaire se sentait dans son élément, et du coup il retrouvait son coup d'œil à la fois pesant et aigu, resté fameux à la P.J., et cette étrange placidité qui s'emparait de lui quand, justement, son esprit travaillait le plus activement.

M. Louis, près de lui, vêtu d'un complet noir, restait très digne, et il ne passait pas de minute sans que quelqu'un vînt le saluer ou lui serrer la main, toujours avec une pointe de déférence. Pourtant il y avait là, dans le bar, au comptoir de zinc où s'empilaient des sandwiches au jambon, plus de smokings et d'habits que de vestons, de robes de soirée que de femmes en tenue de ville ; mais les smokings étaient ceux des croupiers, les habits, accompagnés de la cravate noire, ceux des chefs de rang ; accompagnés de la cravate blanche, ceux des danseurs professionnels, tandis que les jolies femmes étaient des entraîneuses du Casino.

— Des nouvelles ? questionna Maigret en laissant errer son regard sur ce petit monde qu'il connaissait si bien.

— Tellement de nouvelles que j'ai pris des notes sur un bout de papier. Vous ne voulez pas les transcrire ?

Maigret fit signe que non, tira de petites bouffées de sa pipe, eut l'air de s'occuper de tout ce qui se passait autour de lui, alors que pas un détail du discours de M. Louis ne lui échappait.

— Tout d'abord, on n'a pas encore pu identifier la victime, et ses empreintes digitales, envoyées à Paris par bélino, ne figurent pas aux sommiers du Palais de Justice. Il s'agit d'un homme de vingt-cinq à vingt-six ans, de santé délicate, qui s'adonnait régulièrement à la morphine. Au moment de sa mort, il était encore sous le coup du stupéfiant.

— Vous n'allez pas prétendre que cet homme est entré au 412, s'est mis tout nu pour prendre un bain dans la baignoire de M. Owen et, s'étant évanoui dans l'eau chaude, s'est noyé accidentellement ?

— Non ! On a relevé sur son cou et sur ses épaules des ecchymoses qui ont été faites avant la mort, par la personne, par conséquent, qui a maintenu la tête de la victime dans l'eau.

— L'heure de la mort, Louis ?

— Attendez que je regarde... Six heures du matin... Mais j'ai appris un détail curieux... Vous connaissez la disposition des appartements...

A la suite de chaque salle de bains se trouve un W.-C. particulier... Ces W.-C. sont aérés par un vasistas d'environ cinquante centimètres sur cinquante... Or, la vitre de ce vasistas, au 412, a été découpée à l'aide d'un diamant, ce qui laisserait supposer que quelqu'un est entré par là... A l'extérieur, en effet, un escalier de secours, une échelle de fer plutôt, passe à proximité du vasistas... Un homme doué pour l'acrobatie a pu s'introduire dans l'hôtel par ce moyen.

— Afin de se mettre nu dans la chambre de M. Owen et de prendre un bain, toujours dans la baignoire de celui-ci ! répéta Maigret qui n'en démordait pas. Drôle d'idée, vous ne trouvez pas ?

— Je n'essaie pas d'expliquer... Je répète ce que l'on m'a dit...

— On a interrogé la jeune infirmière blonde ?

— Elle s'appelle Germaine Devon... Elle possède réellement son diplôme d'infirmière et, avant d'entrer au service de M. Owen, elle était garde-malade d'un autre Suédois, M. Stilberg, qui est mort voilà un peu plus d'un an...

— Bien entendu, elle ne sait rien !

— Absolument rien ! Elle a connu M. Owen à Paris, dans le hall d'un grand palace où elle était venue se recommander. Il l'a engagée et, depuis lors, elle le suivait. M. Owen, selon elle, était un grand nerveux qui craignait d'être pris d'un moment à l'autre d'une crise de folie. Son père et son grand-père, paraît-il, sont morts fous.

— Et cependant il n'avait pas de médecin traitant ?

— Il se méfiait des médecins, car il craignait que l'un d'eux le fît interner...

— A quoi passait-il son temps, chaque nuit ?

— Mais... s'étonna M. Louis en relisant ses notes... Attendez... Je ne crois pas que la question ait été posée... Cela m'aurait frappé... Il faut supposer qu'il dormait ?...

— Quand Mlle Germaine, puisque c'est son nom, prétend-elle avoir vu son patron pour la dernière fois ?...

— Ce matin, selon elle, elle a pénétré chez lui vers neuf heures, comme d'habitude, pour lui porter son petit déjeuner, car il ne voulait pas être servi par le personnel de l'hôtel. Elle n'a rien remarqué d'anormal. La porte de la salle de bains était fermée et elle n'a pas pensé à l'ouvrir. M. Owen, prétend-elle, était comme tous les matins, et, pendant qu'assis dans son lit il mangeait ses toasts avec du thé, il a prié son infirmière d'aller pour lui à Nice afin de porter à une adresse déterminée, avenue du Président-Wilson, si je me souviens bien, une lettre qui se trouvait sur la table de nuit...

— Cette lettre ?

— Attendez ! Mlle Germaine a donc pris la micheline et a été cueillie à la gare par la police. Elle avait la lettre dans son sac, ou plutôt une enveloppe qui ne contenait qu'une feuille de papier blanc. Quant à l'adresse indiquée sur l'enveloppe, elle n'existait pas, l'avenue du Président-Wilson ne comportant pas trois cent dix-sept numéros...

Maigret fit signe au garçon de lui servir un autre demi et fuma un bon moment en silence, sans que son compagnon osât le déranger.

— Eh bien ? s'impatienta-t-il soudain. C'est déjà tout ?

— Pardon ! Je croyais...

— Qu'est-ce que vous croyiez ?

— Que vous étiez occupé à réfléchir...

Alors l'ancien commissaire haussa les épaules, comme s'il eût été stupide de le croire capable de réfléchir !

— Vous me renseignez mal, Louis...

— Mais...

— La preuve, c'est que vous omettez de me parler de toute une partie de l'enquête... Avouez que la police vous a demandé quels sont les clients qui ont quitté l'hôtel depuis cette nuit...

— C'est exact... Comme cela n'a rien donné, je n'y pensais plus... D'ailleurs, on ne peut pas dire que ce soit à proprement parler un départ d'aujourd'hui, puisqu'il était annoncé dès hier soir...

Maigret sourcilla, devint plus attentif.

— Il s'agit du 133, M. Saft, un jeune homme polonais très distingué, qui a demandé le réveil à quatre heures du matin et qui a quitté l'*Excelsior* à cinq heures pour prendre l'avion de Londres...

— Pourquoi venez-vous de déclarer que cela n'avait rien donné ?

— La personne de la baignoire est morte à six heures...

— Bien entendu, vous n'avez jamais vu M. Saft et M. Owen ensemble ?

— Jamais !... D'ailleurs, ils auraient eu quelque peine à se rencontrer, étant donné que M. Saft passait la plus grande partie de ses nuits au Casino ou à Monte-Carlo, et que, pendant la journée, il se reposait...

— Et Mlle Germaine ?

— Que voulez-vous dire ?

— Elle sortait beaucoup ?

— Je vous avoue que je n'y ai jamais prêté attention. Si je l'avais vue sortir le soir, je crois que j'en aurais été frappé. A mon sens, elle devait mener une existence assez effacée...

Par les fenêtres, on voyait le Casino brillamment illuminé et les yachts blancs qui s'estompaient dans la nuit.

— Grosse partie ? demanda M. Louis à un inspecteur des jeux qui venait faire un petit tour à la *Pétanque* pour changer d'air.

— Il vient d'y avoir des bancos de cent mille...

Maigret faisait corps avec son coin de banquette, où la fumée était plus dense que partout ailleurs dans le café. Soudain, il se leva, frappa la table avec une pièce de monnaie, paya le garçon et prit son chapeau, ne paraissant pas s'inquiéter de son compagnon, qui le suivit.

Les mains dans les poches, il semblait n'avoir d'autre but que de se promener sur la jetée en regardant la mer argentée par la lune.

— C'est beaucoup trop compliqué... finit-il par murmurer pour lui-même.

— Je croyais, fit M. Louis avec diplomatie, que vous aviez démêlé des histoires plus complexes que celle-ci...

Maigret s'arrêta de marcher, le regarda pesamment, haussa les épaules.

— Ce n'est pas ce que j'ai voulu dire...

Et il reprit sa marche, le cours de ses réflexions. Des autos s'arrêtaient sans cesse devant l'entrée du Casino et des chasseurs en bleu ciel se précipitaient vers les portières. Par les vastes baies, on devinait des silhouettes penchées sur les tables de roulette et de baccara.

— En supposant...

M. Louis en était presque arrivé à retenir sa respiration, tant il craignait une nouvelle rebuffade. A chaque instant, il lui semblait que le commissaire allait relever la tête pour une déclaration catégorique. Mais non ! Il commençait un bout de phrase, s'interrompait, rêveur, secouait la tête négativement, avec l'air d'effacer au tableau noir un problème mal posé.

— Dites-moi, Louis...

— Oui, s'empressa l'autre.

— Vous pourriez passer par le vasistas des W.-C., vous ?

— Je n'ai pas essayé, mais je crois que j'y arriverai... Il est vrai que je ne suis pas gros...

— M. Owen n'était pas gros non plus... Et le jeune homme de la baignoire ?

— Plutôt long et maigre...

— Et pourtant !...

Que voulait-il dire avec son « et pourtant » ? M. Louis marchait sur la pointe des pieds, faisait demi-tour quand Maigret faisait demi-tour, s'arrêtait quand celui-ci s'arrêtait devant un bateau quelconque qu'il ne regardait même pas. M. Louis n'avait qu'une peur, entendre son compagnon déclarer : « Eh bien ! réflexion faite, je ne m'occupe pas de cette affaire... »

Car il avait promis au propriétaire de l'*Excelsior* que son ami Maigret tirerait cette histoire au clair en quelques heures, comme il le lui avait vu faire si souvent.

— Dites-moi, Louis...

Cela devenait comme une rengaine, et chaque fois le portier tressaillait.

— Ces vasistas, n'est-ce pas ? sont identiques dans tout l'hôtel ? Or, le mien est en verre dépoli. Il y a bien un bout de ficelle qui permet de l'ouvrir et de le fermer, mais j'ai remarqué qu'il restait toujours entrouvert...

— Pour l'aération ! précisa M. Louis.

— Alors pourquoi s'est-on donné la peine de découper la vitre avec un diamant ? Vous voyez bien que j'ai raison, *que c'est trop compliqué* ! Or, retenez ce que je vais vous dire : il n'y a que les amateurs pour faire dans le compliqué. Le travail professionnel, en général, est net, sans bavures. Juste ce qu'il faut, sans plus ! Si M. Owen avait voulu quitter l'hôtel dans la matinée, il pouvait le faire sans se gêner, par la grande porte, puisqu'on n'avait pas encore découvert le cadavre. Pourquoi diable a-t-on découpé cette vitre ?

— Et si c'était pour pénétrer dans l'appartement ?

Décidément, ce jour-là, Maigret avait l'esprit de contradiction, car il grommela :

— Alors, c'est trop simple...

— Je ne comprends plus...

— Je l'espère bien ! Sinon, vous seriez bigrement fort. Vous qui avez vu des milliers de gens de près dans votre vie, en avez-vous vu souvent qui portaient des gants à toute heure du jour ?

— Clemenceau, pour ne parler que de lui... Il tenait à cacher des mains abîmées... J'ai connu aussi une vieille Anglaise qui avait un doigt de moins et dont le gant contenait un pouce artificiel...

Maigret soupira et regarda autour de lui d'un air vraiment dégoûté.

— C'est comme cette enveloppe contenant une feuille blanche... Tenez ! Voulez-vous que je vous dise ce que je pense ?

Rien ne pouvait faire plus plaisir à M. Louis, dont le visage rayonna.

— Eh bien ! je pense que, si on mettait un imbécile et un homme extrêmement intelligent ensemble... Non ! Ce n'est pas tout à fait cela... Supposez un professionnel et un amateur... Chacun donne sa petite idée... Chacun a son plan... Chacun veut y mettre du sien coûte que coûte, et cela fournit à peu près ce que vous avez vu... La vitre du W.-C. par exemple, c'est de l'amateur, car il y a belle lurette que les gens du métier ne forcent plus les fenêtres avec un diamant... Mais la lettre à porter à Nice...

— Vous croyez que l'infirmière...

Ils passaient devant une baie ouverte d'où s'échappait de la musique, et Maigret eut un regard hargneux vers les couples qui dansaient.

— Dire que, pendant ce temps-là, la tante de ma femme... Je souhaite presque que ce soit fini, qu'un télégramme m'attende à l'hôtel, me forçant à prendre le premier train pour aller conduire le deuil à Quimper... Avez-vous remarqué une chose, au moins, vous qui me valez tous ces tracas ?

— C'est-à-dire...

— Non ! Vous n'avez même pas remarqué que Mlle Germaine a commencé par servir chez un Suédois... Je précise : elle a été garde-malade d'un vrai Suédois, qui était un authentique malade et qui, au surplus, en est mort... Au fait, où l'a-t-on mise ?

— Qui ?

— L'infirmière, parbleu !

— On l'a relâchée... Bien entendu, elle reste sous la surveillance de la police et on lui a demandé de ne pas quitter Cannes... Pour le moment, elle doit être à l'hôtel...

— Et vous ne le disiez pas, idiot ?

— Je ne savais pas que...

— Elle occupe toujours son appartement ?

— En attendant...

Maigret, tournant le dos à la jetée, longeait maintenant la Croisette à grands pas décidés. De temps en temps, dans l'ombre, on apercevait un couple immobile.

— L'inspecteur se tient à sa porte ?

— Pas tout à fait... Il est à l'étage et la surveille... Il y en a un autre dans le hall...

C'était moins que jamais le moment de contrarier Maigret, qui paraissait enfin avoir une idée et vouloir la pousser jusqu'au bout.

— Dites-moi, Louis...

Maigret sourit en s'entendant prononcer ce bout de phrase, qui était décidément devenu une scie.

— Qu'est-ce qu'il buvait, M. Owen ?

— Sur ce point, je puis vous répondre... En effet, de ma place, je pouvais le voir toute la journée à la terrasse, et j'ai remarqué qu'il n'y avait jamais devant lui que des bouteilles d'eau minérale...

— Et Mlle Germaine ?

— Je ne sais pas. Elle ne s'asseyait pas à la terrasse. Demain, je pourrai m'informer auprès de son chef de rang et de son garçon d'étage...

Il fallait bien, tout de même, que quelqu'un ait bu le whisky dont on avait retrouvé une bouteille vide dans la chambre !

— Vous ne pouvez pas m'obtenir ce renseignement avant demain ?

— Je vais questionner le sommelier de nuit...

Ce qu'ils firent. Le hall était désert. Un policier, que Maigret feignit de ne pas voir, lisait un journal sur une banquette de velours cramoisi. Le portier de nuit salua son collègue de jour et tendit à Maigret sa clé.

— Appelle Baptiste.

Téléphone. Quelques mots échangés.

— Oui... Monte un instant...

La moitié du hall était dans l'ombre, et c'est dans cette moitié que Maigret alla questionner le sommelier de nuit.

— Le 412 et le 413 ?... Attendez !... Non !... Je ne leur ai jamais servi d'alcool... Ou plutôt... Permettez que j'aille chercher mon carnet...

Quand il remonta, il était catégorique.

— Je n'ai jamais servi de whisky au 412 ni au 413... Je viens de consulter les fiches et on n'en a pas servi de jour non plus... Rien que des eaux minérales...

M. Louis avait toujours peur de voir Maigret se décourager. Il lui semblait que chaque renseignement nouveau n'avait d'autre effet que de rendre le problème plus obscur et il observait le commissaire à la dérobée.

— Vous voulez que je vous conduise chez elle ?

— J'irai seul...

— Je vous attends ?

— Non ! Je vous verrai demain... Tenez-vous au courant de ce que la police pourrait découvrir...

Il rentra d'abord chez lui, se donna un coup de peigne et passa même un chiffon sur ses chaussures souillées par la poussière de la Croisette.

Sa première idée avait été de frapper à la porte de l'infirmière, qui était à l'étage au-dessous du sien. Mais, comme il allait s'engager dans l'escalier, il pensa qu'il faudrait parlementer à travers la porte, ce qui attirerait l'inspecteur de la Brigade mobile.

Il revint sur ses pas, ferma la fenêtre, car ce spectacle d'une mer ruisselante de lumière argentée venait à chaque instant changer le cours de ses pensées. Sur la table, il y avait un appareil téléphonique.

Il finit par décrocher, entendit le téléphoniste de l'hôtel qui répondait :

— J'écoute...

— Donnez-moi le 413, voulez-vous ?

Malgré lui, il était un peu anxieux. Il imaginait l'employé enfonçant une fiche dans un des trous du standard et annonçant :

— Allô ! Le 413 ?... On vous parle...

Cela dut d'ailleurs être plus compliqué, car le temps passa et il y eut plusieurs déclics, plusieurs appels confus avant qu'une voix étonnée demandât :

— Qui est à l'appareil ?

Maigret croyait voir la jeune femme couchée, peut-être effrayée, qui sait ? n'ayant pas eu le temps d'allumer l'électricité.

— Allô ! dit-il. C'est Mlle Germaine Devon ? Bonsoir, mademoiselle...

— Bonsoir, monsieur...

Elle était troublée, c'était certain. Elle devait se demander ce qu'on lui voulait.

— La personne qui vous parle vient de trouver par hasard la bouteille à whisky qui était ce matin dans la chambre de M. Owen...

Silence complet.

— Allô !... Vous m'entendez ?

Toujours le silence à l'autre bout du fil, puis un déclic qui indiquait que la jeune fille venait de trouver le commutateur électrique.

— Je sais que vous êtes encore à l'appareil. Et vous seriez bien embarrassée si je raccrochais !...

— Pourquoi ?

Il triomphait ! Le « pourquoi » était plein d'angoisse. Il révélait encore une force défensive, certes, mais déjà atténuée.

— Peut-être serai-je disposé à vous rendre cette bouteille... Encore faudrait-il que vous veniez la chercher dans mon appartement...

— Vous habitez l'hôtel ?

— L'étage au-dessus du vôtre...

— Qu'est-ce que vous me voulez ?

— Vous rendre la bouteille.

— Pourquoi ?

— Vous ne vous en doutez pas ?

Une fois de plus, ce fut le silence, et Maigret avait les nerfs si tendus que le tuyau de sa pipe craqua entre ses dents.

— Montez au 517... C'est juste au bout du couloir... Une chambre d'angle... Vous n'aurez pas besoin de frapper... La porte sera entrouverte...

Pourquoi la voix demanda-t-elle :

— Que faut-il que j'apporte ?

— Je vois que vous avez compris... Vous savez aussi bien que moi ce que ça vaut, n'est-ce pas ?... Par exemple, il serait préférable de ne pas attirer l'attention du policier qui surveille votre étage...

Il écouta encore un peu, raccrocha, resta un bon moment immobile, la main posée sur l'appareil téléphonique, décrocha à nouveau, avec la peur de ne pas avoir le temps de faire tout ce qu'il avait à faire.

— Allô !... (Il baissait la voix.) Le standard ?... M. Louis est toujours en bas ?... Il vient de sortir ?... Oui, le 517... Il vous a mis au courant ?... Bien... Voici ce que je voudrais que vous fassiez... Dans un instant, le 413 va peut-être demander une communication... Vous est-il possible de me brancher de façon que j'entende ?... Vous dites ?... Oui... Sinon, je descendrais au standard, mais il serait préférable... Hein ?... Oui... Oui... j'attends...

Le téléphoniste venait de le prier de raccrocher un instant, parce qu'on appelait. L'instant d'après, ce fut lui qui sonna.

— Allô !... Le 517 ?... Vous aviez raison... Le 413 m'a demandé une communication avec Genève...

— Vous êtes sûr que ce soit avec Genève ?

— Je peux préciser que c'est avec l'*Hôtel des Bergues,* car le numéro m'est familier... Je fais le nécessaire pour vous brancher... Il y a dix minutes d'attente...

Le temps de bourrer une pipe et de ramasser dans la chambre, avant de recevoir Mlle Germaine, des vêtements qui traînaient, car Maigret n'avait jamais pu acquérir le sens de l'ordre.

3

Dix minutes durant, il eût donné cher pour gifler de toutes ses forces le Maigret de dix, de douze, de quinze ans qu'il avait été et qui, à l'école, ne remportait invariablement que trois prix : celui de composition française, celui de déclamation et enfin le prix de gymnastique.

Quelque part, au loin, une voix de femme répétait :

— Allô !... Ici l'*Hôtel des Bergues,* Genève...

Puis, automatiquement, la voix traduisait, comme à la radio, le même indicatif en anglais et en allemand.

— Allô !... Qui demandez-vous ?

— Voulez-vous me donner M. Smith, s'il vous plaît, disait une voix plus proche, qui devait être celle de Germaine Devon.

Et Maigret devinait que, par surcroît, il y avait sur la ligne le téléphoniste de l'hôtel, dont il avait éveillé la curiosité.

Avec une rapidité assez surprenante, une voix d'homme ne tardait pas à lancer :

— Hello !...

Puis Germaine Devon, en anglais, quelque chose qui devait vouloir dire :

— C'est M. Smith qui est à l'appareil ?

Puis encore de l'anglais, à l'autre bout du fil, puis soudain une conversation animée, surtout côté France, dans une langue qui n'était plus de l'anglais, mais du polonais ou du russe.

Maigret ne pouvait que regarder le tapis avec amertume. La voix de l'infirmière était émue, pressante, celle de l'homme, d'abord étonnée, puis grondeuse.

Elle racontait une longue histoire et il l'interrompait pour poser des questions. Ensuite elle devait demander ce qu'elle avait à faire et il se fâchait, lui faisait des reproches sur un sujet qui échappait complètement à l'ancien commissaire.

Soudain, en regardant la table, Maigret constata l'absence d'un accessoire important, et, sans lâcher le téléphone, il sonna le garçon de nuit.

— Monte-moi à toute vitesse une bouteille de whisky... commanda-t-il, le récepteur à l'oreille.

— Pleine ? Avec combien de verres ?

— Pleine ou vide ! Sans verres...

Que pouvait-elle bien dire, maintenant, d'une voix sourde, presque suppliante ? Et il eût suffi d'un peu d'aptitude dans l'étude des langues pour tout comprendre !

Est-ce que l'autre, là-bas, à Genève, était vraiment furieux ? Certaines conversations en langue étrangère donnent cette impression à ceux qui ne comprennent pas, et Maigret se méfiait. D'après le rythme, il aurait traduit, pour sa part :

— Tant pis pour toi... Tire ton plan !... Fiche-moi la paix !...

Mais les phrases prononcées pouvaient aussi bien signifier tout le contraire.

— Pardon... disait quelqu'un dans la chambre.

C'était le sommelier de nuit qui questionnait :

— Quel whisky désirez-vous ?

— Une bouteille carrée, brune, vide de préférence...

— Vous dites ?

— Mais vite, sacrebleu ! Vous ne voyez pas que vous allez faire tout rater !

Il avait chaud. Il enrageait. S'il avait gardé M. Louis avec lui, celui-ci, du moins, aurait été capable de traduire la conversation téléphonique.

— Allô ! Genève... murmurait enfin une voix française. Terminé ?

— Terminé ! répondait Genève.

— Allô ! L'*Excelsior* ?... Terminé ?... Cela fait trois unités...

— Merci... Bonsoir... répliquait le standardiste de l'hôtel.

Et le sommelier arrivait enfin, dédaigneux, avec sa bouteille vide sur un plateau d'argent. Maigret avait à peine le temps de le mettre à la porte qu'il entendait des pas dans l'escalier. Il laissait l'huis entrouvert, faisait un petit tour sur lui-même, les mains derrière le dos, grognait : « Entrez » dès qu'il devinait des pas furtifs sur le tapis.

Germaine Devon, l'œil méfiant, était chez lui, et il lui commandait en lui tournant toujours le dos :

— Veuillez fermer la porte...

Puisqu'il n'avait jamais pu apprendre les langues, il lui fallait suppléer comme il le pouvait à cette lacune et il se tenait debout, face à la fenêtre, ne se retournait qu'après un long moment, le visage aussi peu engageant que possible, lançait, hargneux :

— Combien vous a-t-il dit de donner ?

— Qui ?

— Genève... Combien ?...

Il avait une nouvelle preuve de la divergence des avis en matière de beauté féminine. M. Louis lui avait dit :

— Une jolie blonde...

Et, comme on avait ajouté qu'elle était bien en chair, il l'avait imaginée grassouillette. Or, Mlle Germaine était peut-être belle, mais elle n'était pas jolie. Si ses traits étaient réguliers, ils étaient durs, et ses formes trop nettes étaient loin de donner une impression de faiblesse féminine.

— Répondez : combien ?

— Combien demandez-vous ?

La bouteille était là, sur la table, entre eux deux, et une fois qu'elle n'y serait plus, l'ancien commissaire aurait perdu tous ses atouts.

— Cela vaut cher, grogna-t-il en essayant de se donner les allures patelines d'un maître chanteur...

— Cela dépend...

— Dépend de quoi ?

— De la bouteille... Vous permettez ?

— Un instant... Combien ?

Elle était plus forte qu'il l'avait cru un moment, car il vit nettement un soupçon passer dans son regard.

— Je désire auparavant l'examiner...

— Et moi je désire savoir combien...

— Dans ce cas, prononça-t-elle en se tournant vers la porte comme pour partir.

— Si vous voulez !

— Que ferez-vous ? questionna-t-elle en se retournant.

— Je vais appeler l'inspecteur qui est à votre étage. Je lui montrerai cette bouteille. Je lui dirai que je l'ai trouvée dans la chambre de M. Owen...

— On y a apposé les scellés...

— Je l'ai bien pensé... J'avouerai, s'il le faut, que j'ai brisé certains scellés... Je conseillerai de faire une analyse du contenu, ou plutôt de ce qu'a contenu cette bouteille...

— Et qu'a-t-elle contenu ?

— Combien ? répéta-t-il.

— Et si ce n'est pas la vraie bouteille ?

— Tant pis ! C'est à prendre ou à laisser...

— Combien demandez-vous ?

— Très cher... N'oubliez pas qu'il s'agit de la liberté d'une ou deux personnes et, sans doute, de la tête de quelqu'un...

En même temps qu'il disait cela, il venait de rougir jusqu'aux oreilles, de honte, car il se rendait compte, tout d'un coup, qu'il avait commis une faute impardonnable. S'il n'avait pas compris la conversation de la jeune femme, n'était-il pas probable que le téléphoniste de l'hôtel, lui, qui était sûrement polyglotte, l'avait écoutée ? Il aurait suffi de lui passer un coup de fil avant l'arrivée de Germaine Devon...

Tant pis ! Il était trop tard ! La partie de poker était commencée et il fallait pousser la relance jusqu'au bout.

— Qui êtes-vous ? questionnait-elle, les dents serrées, l'œil méchant.

— Mettons que je ne sois personne...

— Police ?

— Non, mademoiselle...

— Collègue ?

— C'est possible...

— Vous êtes français, n'est-ce pas ?

— Vous aussi, je pense...

— Par mon père... Mais ma mère était russe...

— Je sais...

— Comment savez-vous ?

— Parce que je viens d'écouter la conversation que vous aviez avec Genève...

A part lui, il l'admirait, car il avait rarement eu devant lui un adversaire d'un pareil sang-froid. Pas un instant elle ne le quittait du regard, et jamais peut-être on n'avait fait de sa personne un examen si clairvoyant, si détaillé. Même sa moue disait clairement : « En tout cas, vous n'êtes que du menu fretin... »

Et elle s'arrangeait pour s'approcher insensiblement de la table, dont Maigret, comme par hasard, s'éloignait. Quand elle ne fut plus qu'à un mètre, elle étendit vivement le bras, prit la bouteille qui avait contenu du whisky, renifla, et aussitôt ses narines frémirent de rage, à tel point que, si elle avait eu un revolver à sa portée, Maigret n'eût pas donné cher de sa peau.

— ...

(Ici, quelques syllabes en russe, probablement, que le commissaire ne comprit pas, mais qui traduisaient le mépris de la jeune femme.)

— Ce n'est pas cette bouteille-là ? gouailla-t-il en avançant pour se placer entre elle et la porte.

Un regard glacé, terrible.

— Je vous demande pardon... J'ai dû me tromper... J'aurai rendu au sommelier la bouteille qui contenait la chose en question et j'ai gardé celle-ci... Je puis sonner pour m'en assurer...

— Quelle comédie jouez-vous ? Qui êtes-vous ? Que me voulez-vous ? Avouez que ce n'est pas de l'argent que vous désirez...

— Vous avez deviné juste.

— Alors ? Laissez-moi passer...

— Pas tout de suite !

— Qu'avez-vous découvert ?

— Jusqu'ici, rien de précis... Cependant, je suis sûr qu'à nous deux nous allons établir la vérité entière... De quoi est mort votre premier patron ?

— Je ne vous répondrai pas...

— Comme il vous plaira. Dans ce cas, je vais prier l'inspecteur de monter et poursuivre l'entretien en sa présence...

— De quel droit ?

— Cela ne vous regarde pas.

Elle commençait à être épouvantée par cet homme qui ne livrait rien de lui-même et qui parvenait peu à peu à prendre sur elle un terrible ascendant.

— Vous n'êtes pas un maître chanteur, constata-t-elle à regret.

— Vous n'avez pas tout à fait tort. Je vous ai posé une question. Quelle était la maladie de M. Stilberg qui l'a obligé à avoir toujours une infirmière auprès de lui ?

A cet instant, il se demanda si elle répondrait ou si elle ne répondrait pas. Il jouait quitte ou double, ne la quittant pas des yeux.

— Il était morphinomane, murmura-t-elle après s'être débattue contre elle-même.

— C'est bien ce que je pensais. Sans doute essayait-il de se désintoxiquer et avait-il pris une infirmière pour l'aider dans ce sens ?

— Il n'y est pas parvenu...

— C'est exact : il est mort. Mais, pendant un an et plus, vous aviez eu le loisir d'observer les réactions d'un morphinomane. Vous aviez déjà un amant, à cette époque ?

— Vers la fin seulement...

— Qu'est-ce qu'il faisait ?... Étudiant, sans doute ?...

— Comment le savez-vous ?

— Peu importe... Il était étudiant, n'est-ce pas ? Probablement étudiant en chimie... Il était mal portant... Au cours d'une maladie, il a été obligé d'avoir recours à la morphine, ce qui est généralement la genèse des intoxications de ce genre...

Il y avait des années qu'il ne lui était pas arrivé de faire subir à quelqu'un un interrogatoire de ce genre, sur les nerfs, en quelque sorte, un interrogatoire où il fallait tout apprendre sans jamais montrer les mains vides. Il avait chaud. Il en avait laissé éteindre sa pipe, dont il mordillait le tuyau en parlant. Il marchait de long en large, regrettant le Quai des Orfèvres, où l'on peut du moins, quand on est las, demander une diversion à un collaborateur.

Heureusement qu'il y avait, pour le fouetter, l'idée que l'inspecteur en exercice, pendant ce temps, devait sommeiller paisiblement sur une banquette rembourrée de l'étage d'en dessous !

— Vous êtes devenue sa maîtresse... Vous étiez sans situation. Lui aussi... Peut-être l'abus qu'il a fait des stupéfiants l'a-t-il empêché de passer sa thèse ?

— Mais...

Il n'y avait qu'à la regarder pour s'assurer que tout ce que disait l'ancien commissaire était l'exacte expression de la vérité.

— ... Qui êtes-vous ?

— Peu importe ! Pour se procurer de la morphine, il est probable que votre amant a dû s'adresser à des milieux spéciaux de Paris, et vous les avez fréquentés avec lui... Veuillez m'arrêter si je me trompe...

Et il continuait ainsi à porter son enquête à la force du poignet.

— Où voulez-vous en venir ?

— Vous avez fait la connaissance d'un homme que nous pouvons jusqu'à nouvel ordre appeler M. Saft, ce qui n'est certainement pas son véritable nom... Un Polonais ou un Russe... Russe d'avant guerre et Polonais d'après guerre, probablement... Maintenant, si vous n'aimez pas ce nom de Saft, nous pourrons l'appeler Smith et lui téléphoner à l'*Hôtel des Bergues*...

C'est à cet instant que Germaine s'assit, sans rien dire. Un simple mouvement, mais combien plus significatif que toutes les longues tirades ! Elle devait se sentir les jambes molles. Elle regardait autour d'elle, comme pour chercher à boire, mais ce n'était pas encore le moment de lui lâcher du fil.

— Il vous a passé quelque chose, n'est-ce pas, votre M. Saft ou Smith, au cours de votre entretien téléphonique ? Aussi est-ce votre faute, mademoiselle Germaine ! Voilà un monsieur qui connaît son métier, qui est un escroc international d'une certaine envergure. Mais si ! Ne protestez pas ! Il vous dirait, s'il était là, que, dans votre situation, il vaut mieux se montrer belle joueuse. Tenez ! Je vous avoue, moi, que j'ignore encore sa spécialité. Étaient-ce les chèques, les traites, les faux titres ou les fausses pièces d'identité ? Cela n'a aucune espèce d'importance !

— Vous bluffez ! risqua-t-elle en reprenant un tout petit peu de son sang-froid.

— Et vous ? Mettons que nous bluffons tous les deux... Du moins ai-je un avantage sur vous : vous ne savez pas ce que je sais et vous ignorez même ce que je suis...

— Un policier privé !

— Vous brûlez !... Cependant, ce n'est pas encore tout à fait ça... M. Saft, donc, vous suggère de vous servir des connaissances de votre amant... Comment voulez-vous que nous appelions celui-ci ?

Elle crâna :

— Mettons Jean...

Et, au même instant, un voisin, qu'on empêchait de dormir, frappa contre la cloison.

— Mettons Jean... Et voilà ce Jean, malade et morphinomane, qui devient le centre, en fait, d'une bande organisée. Il est le seul amateur parmi des professionnels... Il ne demande qu'à avoir sa piqûre à heure fixe et à vivre sans souci... C'est ici, mademoiselle Germaine, que vous avez voulu être plus intelligente que vos complices et que vous avez commis une faute...

Elle ne put s'empêcher de questionner :

— Laquelle ?

— Vous ne vouliez pas vous confiner avec votre amant dans une chambre de Montmartre ou du Quartier latin... Vous ne vouliez pas non plus vivre au hasard des hôtels à bon marché... Vous avez cru astucieux de donner à votre Jean un aspect et une identité nouveaux... Vous veniez d'être l'infirmière d'un Suédois... Vous avez donc maquillé votre ami en Suédois d'un certain âge comme l'autre, fréquentant comme l'autre les palaces, s'habillant de gris comme l'autre et passant des heures et des heures dans un fauteuil...

Elle détourna la tête et Maigret poursuivit :

— Ceux qui sont incapables de créer imitent fatalement un modèle... Vous avez fabriqué M. Owen en vous souvenant de M. Stilberg... Et ainsi votre Jean Owen était-il assez tranquille, se chauffant au soleil pendant la plus grande partie de la journée, prenant sa piqûre à heure fixe, non sans, j'en suis persuadé, avoir auparavant à fournir son petit travail...

— Quel travail ? Avouez que vous ne savez rien...

— J'avoue que je ne savais rien ou presque rien en commençant cet entretien. Calmez-vous ! Ne regardez pas la porte avec une pareille concupiscence. Vous n'arriveriez pas au bas de l'escalier sans que j'aie téléphoné au portier... Trois choses me chiffonnaient, trois détails qui juraient avec le reste : les gants gris, la vitre découpée au diamant et la bouteille de whisky... Ces trois détails-là étaient comme les fautes qu'un écolier avait ajoutées à l'œuvre d'un spécialiste de classe... Mettons que Saft soit le spécialiste en question et que vous soyez l'écolière... Remarquez que les débutants veulent toujours corriger l'œuvre des maîtres...

Il aurait tout donné pour un demi bien tiré, et même pour un whisky, dont il avait une bouteille vide devant lui, mais il ne pouvait pas couper ainsi son élan. Il se contenta d'allumer sa pipe, qui devait s'éteindre quelques secondes plus tard.

— Les gants, c'est enfantin, c'est la faute n° 1. On ne porte des gants toute la journée, y compris aux repas, que pour cacher des mains abîmées, et, en l'occurrence, il était difficile de ne pas penser à des brûlures d'acides... La bouteille, je n'y ai pensé que ce soir... Je me suis rappelé soudain que jamais un morphinomane ou un cocaïnomane n'est en même temps un alcoolique, et ce flacon de whisky m'a fait tiquer... J'ai demandé si vous buviez... On m'a répondu que non... Je me suis assuré que la bouteille n'avait pas été fournie par l'hôtel...

— Où est-elle, maintenant ? questionna la jeune femme, qui était pâle mais qui n'avait pas perdu l'espoir et qui écoutait avec un esprit critique les explications de Maigret.

— Elle doit toujours se trouver à sa place, dans la chambre, où personne n'a pensé à la renifler... Quant au carreau découpé... Je suis sûr, mademoiselle Germaine, que votre ami Saft ou Smith n'est pas fier de vous... Je parie que c'est une idée qui vous est venue après coup... Un peintre de mes amis m'a souvent dit qu'un tableau achevé, il résistait au vertige d'y faire une dernière retouche, parce que cette retouche, d'habitude, ne sert qu'à flanquer l'œuvre par terre... Voyons ! Réfléchissez...

Il prit une chaise, s'assit à califourchon et, malgré lui, prit un air bonhomme, comme s'ils discutaient entre gens du même métier.

— Vous voyez-vous, ou voyez-vous un M. Owen quelconque priant un étranger entré par la fenêtre de se mettre nu et d'accepter une petite piqûre de morphine puis, pour finir gaiement la fête, l'invitant à prendre un bain dans sa baignoire ?

» Si encore la vitre n'eût pas été découpée !... Peut-être n'eût-on pas été frappé par certaines invraisemblances... Mais vous avez voulu dessiner trop nettement la piste du dehors... Tout comme avec cette lettre qu'on vous avait soi-disant chargée de remettre en main propre à Nice...

Il fut stupéfait de l'entendre articuler, au moment où il s'y attendait le moins :

— Combien ?

— Mais non, mon petit ! Ça, c'était bon tout à l'heure, pour vous mettre en train. Vous n'avez pas encore compris ?

— Vingt mille...

— Vingt mille livres ?

— Vingt mille francs... Quarante... Cinquante mille ?...

Il haussa les épaules et secoua sa pipe sur le tapis, ce qui lui arrivait pour la première fois depuis qu'il était à l'*Excelsior*.

— Mais non ! Mais non ! Ce que j'en fais... Tenez ! Vous allez simplement me dire si ma petite histoire est exacte ou non... Votre étudiant malade et intoxiqué, Jean, puisque vous l'appelez ainsi, devient votre amant... Vous faites la connaissance de M. Saft, qui vous révèle le parti qu'il y a à tirer de lui... Alors, au lieu de faire les choses comme elles doivent se faire, au lieu d'enfermer votre étudiant dans quelque meublé discret de Paris, vous imaginez cette histoire de M. Owen, cette fausse identité de Suédois, cette perruque, ces vêtements gris, ce visage maquillé et, en fin de compte, pour cacher les mains rongées, les terribles gants de fil...

» Tout ça, voyez-vous, ma petite, ça pue l'amateurisme... Et je suis persuadé que Saft a dû vous le dire plus d'une fois...

» Mais vous lui rendiez des services, Jean Owen surtout, qui lui lavait ses chèques ou ses traites et devait être habile à imiter les signatures...

» Je parierais cent contre un que vous êtes devenue la maîtresse de ce Saft et que votre autre amant s'en est aperçu... Je parierais aussi qu'il vous a menacée, si vous le trompiez encore, de tout révéler à la police...

» Et alors, vous avez décidé de le supprimer... Saft, malin, est parti le premier, vous laissant le champ libre, quittant à Lyon l'avion de Londres et prenant celui de Genève...

» Vous avez imaginé une mise en scène... Vous vous êtes dit que, plus le crime serait mystérieux, moins on aurait de chances de vous découvrir...

» D'abord, tuer votre amant, non sous les apparences d'Owen, mais sous ses apparences véritables...

» Or, ce bain de six heures du matin était une nouvelle faute ! Car, qui prend un bain à six heures du matin ? Quelqu'un qui se lève tôt ou quelqu'un qui se couche tard.

» Or, M. Owen ne sortait que tard dans la matinée et se couchait de bonne heure.

» *Que peut-il faire, dans son appartement, jusqu'à six heures du matin ?* me suis-je demandé.

On aurait pu croire qu'elle était résignée. Elle ne bougeait pas. Son regard restait accroché aux yeux de Maigret.

— ... Car, quoi que vous pensiez, on ne déshabille pas quelqu'un facilement pour le porter ensuite dans sa baignoire, contre son gré... Cette nuit, Owen a travaillé comme d'habitude... Ou je me trompe fort, ou, pour faciliter votre tâche, vous avez forcé la dose de morphine... Quand il a été dans son bain, il vous a été facile de... Je passe, n'est-ce pas ? Un sale moment !...

» Après, vous avez raffiné ! Tant et plus ! La conversation à haute voix de neuf heures du matin ! La vitre ! La lettre à porter à Nice ! Et la perruque, les gants, le nécessaire de maquillage que vous emportiez afin de laisser croire à un crime d'un M. Owen inexistant...

» Vous avez perdu, ma vieille !

Il tressaillit, étonné lui-même de ces derniers mots, de l'accent, car, après plusieurs années, il venait soudain de reprendre malgré lui le ton de la « Maison », c'est-à-dire du Quai des Orfèvres.

C'était si flagrant qu'au lieu de protester elle murmura, avec un mouvement instinctif pour tendre ses poignets aux menottes :

— Vous m'arrêtez ?

— Moi ? Pas du tout...

— Alors ?

— Alors rien...

Il était presque aussi dérouté qu'elle de la fin stupide de cet entretien tumultueux.

— Cependant... commença Germaine.

— Cependant quoi ? Vous ne voulez pourtant pas que je vous arrête alors que je ne fais plus partie de la police ?

— Mais, dans ce cas...

— Non ! Ne comptez pas que vous allez filer... Il y a un inspecteur au quatrième et un autre en bas...

— Vous me permettez de rentrer dans mon appartement ?

— Qu'est-ce que vous voulez faire ?

Tragique, elle répliqua en le regardant dans les yeux :

— Vous ne vous en doutez pas ?

— Allez ! soupira-t-il.

Tant pis ! Mieux valait que les choses finissent ainsi ! N'empêche qu'il ne se coucha pas, qu'il alla bientôt dans le couloir pour écouter, qu'il entendit des bruits confus et qu'il apprit un peu plus tard que la jeune femme avait fait sauter les scellés de la porte de communication avec le 412. Quand il y arriva, la bouteille à whisky avait disparu. Un inspecteur avait passé les menottes à Germaine Devon. Le portier de nuit était là aussi.

— C'est ça que vous vouliez faire ? remarqua Maigret, écœuré.

Elle se contenta de sourire.

Et, à ce moment, il ne se doutait pas encore de ce que ce sourire lui réservait, car l'instruction dura six mois, et vingt fois, durant ces six mois, Maigret fut appelé comme témoin, mis en présence d'une femme qui niait tout, y compris l'évidence.

Elle nia encore aux Assises, où l'ancien commissaire dut comparaître et où c'est tout juste si l'avocat de la défense ne parvint pas à lui faire jouer un rôle ridicule.

— Certaines gens, disait-il, ne peuvent se résigner à la retraite définitive, même quand les autorités les plus compétentes ont décidé que l'âge est venu...

Elle faillit être acquittée. Finalement, elle bénéficia du doute et s'en tira avec cinq ans, tandis que Maigret, dans un bistrot voisin du Palais de Justice, refusait l'invitation que M. Louis lui faisait d'aller passer quelques jours à Cannes.

Quant à la tante Émilie, elle n'était pas morte de ce coup-là !

CEUX DU GRAND-CAFÉ

Une enquête de Maigret qui a paru pour la première fois en fascicule dans *Police-Film/Police-Roman* en août 1938 et qui n'a pas été recueillie en 1944 dans *Les Nouvelles Enquêtes de Maigret*. Elle a été rééditée, comme la précédente, aux Éditions Rencontre en 1967.

1

Cela avait commencé l'hiver. Dès que le soir tombait, Maigret ne savait où se tenir. C'est à peine s'il s'était amusé pendant un mois à tourner les boutons de son appareil de T.S.F. et il ne lui fallait pas une demi-heure pour lire trois journaux.

Alors il désertait la salle à manger, où il avait l'habitude de se tenir, et allait faire un petit tour à la cuisine.

— Tu n'as pas encore fini ? demandait-il à sa femme. Qu'est-ce que tu fais ?

Il revenait, repartait, revenait, incapable de comprendre le travail qui pouvait retenir, toute la journée, une femme dans une cuisine, tant et si bien que Mme Maigret lui avait un jour déclaré :

— Tu ne sais que faire de ton grand corps. Pourquoi ne vas-tu pas jouer aux cartes avec ceux du Grand-Café ?

Maigret avait résisté des semaines, presque des mois. Certes, il connaissait tout le monde à Meung-sur-Loire, où il s'était retiré. Il n'avait pas honte d'être à la retraite, de cultiver son jardin et de bricoler dans son cabanon au bord du fleuve. Il lui arrivait d'entrer au Grand-Café, le plus moderne, près du pont, d'y boire un demi ou, à l'occasion, un apéritif à l'eau.

N'empêche que ce fut pour lui, en son for intérieur, une sorte de défaite, le jour où, sur les instances de Mme Maigret, il s'installa à la table de manille, devant le tapis réclame, et demanda à la façon d'un néophyte :

— Combien jouons-nous ?

— Les consommations, comme d'habitude... Malin comme vous l'êtes, vous ne sortirez pas souvent votre porte-monnaie...

Il avait décidé de faire la partie une fois en passant. Mais, le lendemain, on lui envoyait un gamin pour le prévenir qu'on l'attendait.

Petit à petit, il adopta le vocabulaire spécial de ses partenaires, fit partie de leur franc-maçonnerie et devint à proprement parler un de « ceux du Grand-Café », à qui Angèle ne demandait jamais ce qu'ils prenaient, elle le savait d'avance ; un de ceux aussi qui, au moment de marquer, ne manquaient pas de soupirer :

— Alors, Angèle !... Toujours pas de « ronds » ?... Tu les manges, oui ?

C'était une tyrannie et on ne savait plus à la fin si elle était agréable ou désagréable. L'hiver, quand il y avait de la boue sur les chemins, Maigret chaussait volontiers ses sabots vernis pour aller jusqu'au pont et, au temps des vendanges, puis ensuite pendant un mois encore, on buvait des fillettes de petit vin blanc nouveau.

Décembre et janvier, parfois février voyaient défiler les grogs ou les vins chauds, et le printemps appelait des apéritifs anisés que remplaçait, l'été, le petit blanc du pays bien frais.

— Trente-six...

— Si tu dis trente-six, t'as quarante... Je dis « misère »...

— Quarante et un...

— A quoi ?

Les trois autres se tutoyaient, s'appelaient par leur prénom ou plus souvent par leur profession.

— A toi, boucher !

Le boucher venait là dans sa tenue de travail, avec parfois son tablier maculé de sang. Il perdait plus souvent que les autres, se faisait engueuler parce qu'il commettait des fautes et payait sans jamais rouspéter, heureux d'être là, semblait-il, d'être admis dans ce lieu sacro-saint, dans ce cénacle qui constituait le dessus du panier de Meung-sur-Loire.

Parfois son gosse venait l'appeler parce qu'un client nécessitait sa présence en face, où on voyait les grilles peintes en rouge de sa boucherie, et il trouvait toujours un voisin pour lui tenir les cartes, ce dont on profitait la plupart du temps pour lui ajouter des points ou lui faire une autre farce.

— A toi Citroën !...

C'était le garagiste, qui jouait sérieusement et gagnait toujours, mais qui était implacable quand un partenaire jouait de travers.

Le troisième de ce qu'on pourrait nommer les principaux piliers était Maigret, que chacun appelait commissaire et qu'on ne se risquait que timidement à plaisanter.

Quant au quatrième, il changeait. Quand le maire, qui était vétérinaire, ne venait pas, c'était Urbain, le patron du Grand-Café, qui prenait sa place, à moins que le maréchal-ferrant soit là par hasard.

Dès cinq heures moins cinq, on était sûr que le boucher se tenait sur son seuil, à attendre le signal. Maigret arrivait en suçant sa pipe, les deux mains au plus profond de ses poches.

En face du Grand-Café, il y en avait un autre, le Commerce, plus étroit et plus sombre, ce qui en faisait un établissement de seconde classe dont la chronique ne s'occupait même pas.

— Va chercher ton père, petit... Dis-lui qu'on l'attend...

Et le gamin du maréchal-ferrant, du garagiste ou du vétérinaire quittait un moment ses camarades pour aller crier à sa porte :

— Papa !... C'est « ceux du Grand-Café »...

— Réponds-leur que j'arrive...

Un peu de politique, bien sûr, mais seulement après la partie, quand celle-ci finissait avant l'heure, ou encore quand le boucher gagnait et qu'on l'appelait *fachiste*.

Quant aux femmes, il n'y en avait pour ainsi dire pas. La femme du patron, Mme Urbain, était pâle et triste comme un poireau, toujours occupée à se soigner l'intestin avec des tas de drogues et à faire des confidences à quiconque sur le fonctionnement de ses organes, ce qui ne la rendait pas excitante.

Restait Angèle, la bonne, qui avait vingt ans.

— Un joli morceau de fille, avait annoncé le garagiste à Maigret. Mais Urbain la surveille...

— Ah ! Il est...

— Chut !...

Était-ce vrai ? N'était-ce pas vrai ? Maigret n'y avait pas prêté attention et il n'avait pas été de l'avis du garagiste, trouvant qu'Angèle était une petite bonne femme à l'allure un peu trop décidée et au regard pas franc. Mais sans doute les autres ne songeaient-ils qu'au contenu de son corsage, particulièrement rebondi ?

Pendant la partie, des gens entraient, buvaient un verre, s'asseyaient un bout de temps derrière les joueurs, hochaient la tête, approuvaient ou désapprouvaient un coup, mais ce n'était à tout prendre que du menu fretin.

« Ceux du Grand-Café », c'étaient les quatre, les cinq de la manille, ceux-là pour qui, dès quatre heures et demie, on essuyait une table et pour qui, chaque quinzaine, parce que Maigret avait une fois remarqué que les cartes étaient collantes, on achetait un jeu neuf, à coins dorés.

Était-il possible d'imaginer que ce serait là, dans ce cénacle incarnant ce qu'il existe de plus paisible dans la province française, que Maigret connaîtrait le drame, non plus d'une façon professionnelle, non pas même comme c'était arrivé, d'une façon accidentelle et plus ou moins lointaine, mais littéralement à ses côtés ?

Et imagine-t-on sa situation à lui, ancien commissaire de la P.J., quand la nouvelle se colporta par toute la ville :

— Un de « ceux du Grand-Café » a tué !...

C'était en avril, alors que la partie commençait encore avec du soleil dans la rue et sur le pont et qu'elle s'achevait dans l'obscurité.

C'était sûrement au début du mois, car le boucher était allé la veille en Vendée et était revenu le jour même. Une fois par mois, il se rendait du côté de Luçon. Il avait expliqué — et Maigret ne s'était pas particulièrement intéressé à ces arcanes de la boucherie — qu'il louait des marais, en Vendée, et y mettait à l'engrais des bêtes qu'il achetait maigres...

Toujours est-il qu'il était descendu de sa camionnette, car il ne circulait jamais qu'en camionnette. Il portait, comme à chacun de ces voyages, sa tenue de chasse, avec des guêtres de cuir brun et des culottes de velours à côtes sur lesquelles rien ne l'aurait empêché de passer sa blouse de boucher.

Ce n'est qu'après coup qu'on songea à se remémorer les moindres détails, car sur le moment on n'y songeait pas, vu que c'était une soirée comme les autres, avec un joli coucher de soleil sur les sables de la Loire.

Maigret se souvint pourtant qu'il avait pensé : « Curieux qu'il ne passe pas un instant chez lui... »

Car, par les baies du Grand-Café, on voyait, presque en face, les grilles et les marbres de la boucherie, où le boucher n'avait pas mis les pieds en descendant de voiture.

On en était à la période des apéritifs anisés, qu'Angèle servait sans rien demander, sauf au maréchal-ferrant, qui buvait toute l'année du Vittel-fraise.

Le vétérinaire était là, petit, barbu, moustachu, remuant en diable, râleur comme pas un quand il perdait et volontiers égrillard quand la conversation tombait sur les femmes. Il était le seul à tenir à Angèle, à voix haute, des propos assez verts, et, ce qui semblait confirmer la thèse du maréchal, Maigret avait remarqué qu'à ces moments-là, si Urbain, en bon commerçant, ne disait rien, il ne se rembrunissait pas moins.

Bref, la partie s'était formée, avec quelques hésitations pour la forme.

— Jouez ! disait le maire-vétérinaire à Urbain.

— Jamais de la vie ! Jouez, vous ! répondait le tenancier du Grand-Café.

Il y avait un fond de T.S.F. auquel on ne prêtait plus attention, tant il faisait partie de l'atmosphère. L'héritier des Urbain, âgé de deux ans, marchait à quatre pattes près du poêle et Mme Urbain, plus constipée que jamais, brodait un coussin pour son salon, où personne ne mettait les pieds.

— Trente-six...

— Trente-sept...

— Cinquante-six...

Le soleil couchant entrait en biais, éclairait les poils roux qui encombraient le visage du vétérinaire-maire, et Maigret pensa que le petit homme eût pu figurer un faune fort présentable.

« S'il était médecin, je ne lui enverrais pas ma femme... » pensa-t-il entre autres.

A côté venait le boucher, taciturne et sans doute fatigué de son voyage, car le matin il avait eu mauvais temps. En outre, il était préoccupé et il ne le cacha pas longtemps.

— Faudra que j'aille voir le notaire... annonça-t-il tout en jouant.

— Ce soir ? riposta le maréchal-ferrant, dont la peau était piquetée de noir. Tu crois qu'il va t'attendre ?

— Je sonnerai à son domicile... C'est déjà arrivé... J'aime pas garder des sommes à la maison...

— C'est malin ! Si vous aviez joué le sept de cœur au lieu du manillon de trèfle, je me défaussais de ma manille de carreau et il était « cuit »... Angèle !...

Elle vint. On n'y fit pas attention.

— Apporte-moi un glaçon, veux-tu ?

Urbain était assis juste derrière Maigret, à son habitude, et comme il voyait deux jeux, il lui arrivait sans cesse de hocher la tête avec désapprobation.

— Toi, ne fais pas de signes...

— Jamais, monsieur le maire...

Avait-on seulement entendu le discours du boucher ? Petit à petit, à mesure que les jetons (il avait fallu réclamer des ronds, comme chaque soir !) s'accumulaient devant les joueurs, l'air devenait bleu, puis on allumait les lampes, et la rue, de l'autre côté des vitres, n'était plus qu'un trou noir derrière lequel brillait une ampoule, celle de la boucherie.

— Qu'est-ce que tu lui veux, au notaire ? T'aurais envie, des fois, d'acheter la maison à Jules ?

— Pourquoi ? Tu veux l'acheter, toi ?

— Pas moi... Mais je connais quelqu'un...

Maigret, qui était au courant, ne s'intéressait toujours pas à la conversation. Il espérait réussir une « misère sur table », qui le passionnait davantage.

— Tu sais ce que le Belge veut en faire ?

— On me l'a raconté... Un cinéma !...

— Messieurs, au jeu, protesta le maréchal-ferrant, qui avait annoncé quarante-six.

— Misère sur table ! risqua enfin Maigret.

Il la réussit. C'était la première fois que cela lui arrivait depuis des mois.

— Marquez-vous cinq... dit-il aux autres.

— C'est vrai que t'es acheteur ? insista le vétérinaire.

— Mais non... soupira le boucher avec une certaine gêne.

— Il faudrait me le dire... J'ai promis au Belge que personne ne ferait d'enchères... C'est l'intérêt de tous d'avoir un cinéma...

Le jeu reprit. Maigret crut voir entrer le pharmacien et le docteur, qui allaient faire un billard dans la seconde salle, mais qui ne s'attardaient jamais avec les manilleurs.

— Vingt-six !

— Si vous passez, je passe...

On jeta ses cartes. Angèle servit la seconde tournée, car c'était un rite de boire deux tournées, puisqu'on faisait deux parties. Pourquoi, au moment où elle se penchait au-dessus de la table, le commissaire regarda-t-il Urbain ? et pourquoi lui sembla-t-il que celui-ci était triste, comme après une scène entre amoureux ?

« Parbleu ! se dit-il. C'était hier le jour de sortie d'Angèle et elle est encore allée à Orléans. Si vraiment il est son amant, il doit être jaloux de ces balades hebdomadaires... »

Les cartes, à nouveau ! On n'a pas le temps de penser. Puis ce goût anisé d'apéritif dans la bouche et les pipes qui succèdent aux pipes.

Mme Maigret était admirable, qui n'avait besoin de personne pour être heureuse et qui pouvait passer toute sa journée dans sa cuisine ou dans sa lingerie, seule avec ses pensées ! Mais pensait-elle ?

Allons ! Il ne voulait pas être méchant. Il y avait des jours, pourtant, comme celui-ci, où l'atmosphère du Grand-Café était particulièrement morne et où il se faisait l'effet d'un chien à l'attache. Était-ce pour venir faire la partie avec ces bons imbéciles qu'il avait quitté le quai des Orfèvres ? On ne lui donnait pas seulement cinq minutes de répit et, s'il était en retard, l'odieux gamin à voix pointue — c'était le fils du vétérinaire, rouquin comme son père — venait crier à la porte du jardin :

— « Ceux du Grand-Café » vous attendent !...

Allons ! Il n'avait déjà plus de jeu ! Il n'en avait jamais ! A part sa « misère sur table »...

— Qu'est-ce qu'il y a ? demanda Urbain à sa femme, qui l'appelait.

Et il alla vers elle. Ils causèrent à voix basse. Maigret pensa que le pauvre Urbain avait épousé une femme bien désagréable, mais que ses amours avec Angèle, si elles existaient, ne devaient pas être toujours drôles.

C'est la vie, quoi ! quand on la regarde par le petit bout de la lunette, dans les petits pays, que ce soit sur la Loire, sur le Cher ou sur le Rhône, avec seulement de menus détails qui changent.

Dans le Midi, Maigret aurait fait sa partie de boules et à Lille sa partie de quilles...

— T'as perdu, va !... fit le maire en se levant et en essuyant ses moustaches toujours humides comme celles d'un chien barbet.

Quant à dire exactement l'ordre de sortie... Le boucher et Maigret étaient les deux perdants. L'ancien commissaire s'était approché du comptoir, où il avait compté sa monnaie et donné un franc de pourboire à Angèle... Les autres ne donnaient que dix sous, mais puisqu'il en avait pris l'habitude, tant pis...

Un détail, pourtant... Le boucher, pour payer, avait d'abord tiré son portefeuille et avait grommelé en le montrant gonflé, tellement gonflé que des billets de mille francs débordaient :

— Vous voyez qu'il faut que je passe chez le notaire...

Le docteur et le pharmacien, jeunes tous les deux, l'un blond, l'autre brun, faisaient toujours leur billard et, le soir, ils se réunissaient avec leur femme pour le bridge.

— Bonsoir, commissaire !

— Bonsoir tout le monde !...

Le reste ?...

Maigret marchait, les mains dans les poches, dans la rue obscure. L'épicerie était encore éclairée à l'intérieur, mais on avait éteint les lampes des vitrines. Il devait suivre ainsi la rue jusqu'au troisième bec de gaz, puis tourner à droite. Il allait y arriver quand l'auto du boucher le dépassa, s'arrêta, l'attendit.

C'était tout à fait inusité. L'ancien commissaire pensa que l'autre avait quelque chose à lui confier.

— Vous croyez, vous, que je puisse sonner chez le notaire alors que l'étude est fermée ?

— Ma foi... Étant donné qu'il vous connaît...

— Allons !... Bonsoir...

Maigret devait s'en souvenir. La carrosserie de la camionnette était peinte en vert moucheté. Il vit s'éloigner dans l'obscurité le feu arrière. Quant à lui, il tourna à droite, comme d'habitude, ne tarda pas à pousser sa porte d'un geste familier et à renifler, comme il le faisait chaque soir, les odeurs de cuisine.

Il y avait du lapin de garenne, chose rare à cette époque : un propriétaire de Cléry avait fait une battue la veille pour détruire les centaines de lapins qui causaient des dégâts importants.

— Tu as gagné ?

— J'ai perdu.

— Tu ne trouves pas que tu perds plus souvent qu'à ton tour ? Tu crois que les autres ne trichent pas ?

Brave Mme Maigret, qui se méfiait même de « ceux du Grand-Café » !

— Mais non... Sans compter que cela me coûte exactement quatre francs cinquante chaque soir...

— Si tu t'amuses pour ton argent...

Justement, il ne s'amusait pas, mais il n'aurait pas pu le lui expliquer. C'était devenu une passion, une nécessité, en somme, un besoin qui le prenait à heure fixe et dont il n'était pas loin d'avoir honte, comme un cocaïnomane ou un ivrogne invétéré.

— Qu'est-ce qu'ils racontent ?

— Rien... Quand on joue, on ne parle guère...

— Tu sais ce qu'on m'a dit ?

— Comment le saurais-je ?

— Qu'Angèle, la petite bonne du café, était enceinte et qu'elle l'a fait partir...

— Je n'ai rien remarqué...

— Bien sûr ! C'est à peine de trois mois... Elle l'a raconté à la bonne du pharmacien qui...

Après le lapin de garenne et la tarte à la frangipane (une spécialité de Mme Maigret), le journal local et le journal de Paris, dans le même fauteuil depuis déjà trois ans, près du poêle, fût-ce en été quand celui-ci était éteint.

Brusquement, comme un coup de tonnerre dans le ciel, l'envahissement de la ruelle, des voix, des coups frappés à la porte, dont on agitait le marteau.

— Commissaire... Vite !... Commissaire !...

C'était le maréchal-ferrant, celui qui ne buvait que du Vittel-fraise et qui, ce soir-là, semblait ivre. Il était accompagné de gens que Maigret connaissait de vue, et des enfants se faufilaient entre les jambes des grandes personnes.

— On a tué le boucher !

— Hein ?

— Il faut que vous veniez... Le maire téléphone à la gendarmerie...

On a retrouvé sa camionnette au bord de la route, avec un pneu crevé... Quant à lui, il a reçu une balle dans la poitrine...

— Mais où ?... Où cela s'est-il passé ?

— A la sortie de Meung... Quelques minutes, sûrement, après qu'il nous a quittés... C'est le marchand de charbon, en passant avec son camion, qui a remarqué l'auto, dont les phares étaient encore allumés... Il a ramené le boucher chez lui...

— Évidemment !

Autrement dit, on avait déjà touché à tout. Mais, alors que Maigret allait se fâcher, il eut un sursaut de révolte.

— Cela ne me regarde pas... Vous dites qu'on a prévenu la gendarmerie ?...

— Vous ne comprenez donc pas ?

— Qu'est-ce que je ne comprends pas ?

— Souvenez-vous de ce qu'il nous a confié ce soir, de ce qu'il avait dans sa poche... On va dire... On va prétendre...

Parbleu ! On allait chercher parmi les habitués du Grand-Café, c'était inévitable ! Et ils n'étaient pas si nombreux !

— Quand l'avez-vous vu en dernier lieu, vous ? questionnait le maréchal.

— Presque au croisement des chemins... Il s'est arrêté un instant...

— Vous lui avez parlé ?

— Il m'a parlé...

— Ah !...

Non ! Quand même pas ça ! C'était déjà assez qu'un crime fût commis dans l'entourage immédiat de Maigret, mais il ne fallait pas commencer à le suspecter !

— Vous feriez bien de venir... Tout le monde est sens dessus dessous... Sa femme prétend que c'était un piège...

— Quoi, un piège ?

— Elle ne s'explique pas...

Maigret chercha son chapeau et, comme il ne mettait pas la main sur le vieux feutre qu'il adoptait à la campagne, il se coiffa de son melon, ce qui avait quelque chose de symbolique.

— Je reviens à l'instant ! promit-il à sa femme comme il le faisait jadis, quand il partait pour une enquête qui le retenait parfois huit jours dehors.

Elle le comprit si bien qu'elle recommanda :

— N'oublie pas ta clé...

— Ce n'est pas la peine... Je reviens...

Ce qui était idiot, c'était de marcher ainsi dans les rues avec le maréchal-ferrant à sa gauche et dix, quinze curieux autour, sans compter la marmaille, parmi laquelle des gamins mieux renseignés expliquaient :

— C'est un vieux de la police... Il va faire l'enquête... Tu verras !...

Dans la rue principale, il y avait des ombres sur les trottoirs, sur les seuils, un rassemblement en face de la boucherie, en face du Grand-Café.

— Tenez ! Voici les gendarmes qui arrivent...

Il en arrivait trois, en effet, en moto et side-car, et, forts de leur uniforme, ils débarquaient avec assurance au milieu des badauds.

2

Mme Maigret ne comprenait pas. Déjà elle s'était étonnée quand elle avait vu le commissaire rentrer une demi-heure à peine après qu'on fut venu le chercher.

— Qu'est-ce que tu as ?... C'est fini ?...

— Non ! Mais je ne veux pas m'occuper de ça...

Il était saumâtre, grognon. Il tournait sans goût les boutons de la T.S.F.

— On l'a tué pour le voler ? questionnait cependant Mme Maigret, occupée à coudre.

— Son argent a disparu, oui !

— Il en avait beaucoup sur lui ?...

— Il paraît...

Elle pensa que Maigret était frappé par la fin dramatique d'un camarade avec qui, quelques instants plus tôt, il jouait aux cartes. Et il y avait de ça, bien sûr. Mais il y avait aussi et surtout les choses que l'ancien commissaire pressentait.

Tout à l'heure, les gens du Grand-Café, les curieux, tout le monde, en somme, avait été stupéfait de l'entendre déclarer, non comme quelqu'un qui veut se faire prier, mais comme un homme qui a pris une résolution :

— Je ne m'occuperai en rien de l'affaire.

On en parlait toujours, là-bas. Sans doute attendait-on le commissaire de la Brigade mobile d'Orléans ? Maigret n'en savait rien, ne voulait rien savoir. Il se coucha alors qu'il n'était pas dix heures, descendit vers huit heures du matin, en pantoufles, le visage non rasé, se versa un bol de café.

— Tu ne vas pas aux nouvelles ?

— Non !

Il se contenta de prendre le journal local dans la boîte aux lettres.

« ... La partie finissait, entre les notables de notre localité... entre autres notre distingué maire... commissaire Maigret, un des as de la Police judiciaire... »

Et des gentillesses pour chacun :

« ... le Grand-Café, qui est le lieu de réunion sélect de notre ville... la victime, dont tout le monde appréciait l'honnêteté et le dévouement... la gendarmerie, sous la direction du très distingué lieutenant de

Velpeau... arrivée du commissaire central Gabrielli, dont le flair et la perspicacité... le docteur Dubois, toujours sur la brèche quand il s'agit... »

— Du nouveau ? questionna Mme Maigret.

Ni nouveau, ni vieux ! Rien du tout ! Une colonne pour expliquer que le boucher avait été assassiné alors qu'avec sa camionnette il n'était plus qu'à une centaine de mètres de la maison du notaire. On l'avait abattu d'une balle dans la poitrine après avoir immobilisé sa voiture en faisant éclater un pneu.

C'était tout. On avait retrouvé le portefeuille vide dans sa poche. Le revolver était resté au bord de la route, un revolver à barillet de fort calibre.

Voyant Maigret se diriger vers la cabane aux engins de pêche, sa femme s'étonna :

— Tu vas pêcher ? Mais si, pendant ce temps, on...

Elle voulait ajouter : « ... si on a besoin de toi... »

Et, à ce moment précis, on soulevait le marteau de la porte. Maigret grognait, s'assombrissait encore en reconnaissant de loin la bouchère, qui portait déjà une robe noire, mais pas encore de crêpe.

Mme Maigret la faisait entrer dans la salle à manger, venait chercher son mari.

— Elle demande à te parler en tête à tête... Tu devrais mettre tes autres pantoufles... Celles-ci ne sont plus que de vieilles savates...

La bouchère attendit que la porte fût refermée, toussa, s'essuya le nez avec son mouchoir, regarda Maigret dans les yeux avec la méfiance instinctive d'une commerçante.

— Je suis venue pour vous demander un conseil... commença-t-elle. Je sais que vous étiez un ami de mon mari... Je suppose qu'il vous faisait certaines confidences...

— Non, madame. Je puis vous affirmer que votre mari ne m'a jamais fait la moindre confidence.

— Enfin !... Le voyant chaque jour, vous n'avez pas pu éviter de l'observer et de...

— Ce n'est pas la peine de continuer, madame. Je vous jure que je n'ai pas observé votre mari. Nous jouions aux cartes, c'est exact, mais là se bornait notre intimité...

— Vous ne voulez rien me dire ? C'est cela, n'est-ce pas ? Et quand vous saurez que je suis au courant ? Pas seulement depuis aujourd'hui, ni depuis hier, croyez-le ! Il était absolument fou de cette fille. Je le voyais changer à vue d'œil. Tenez ! A la fin, il prenait presque notre gamin en grippe, n'avait plus aucune patience avec lui, et, dimanche dernier, il l'a battu pour moins que rien, tant il était devenu susceptible...

— Pardon, madame...

— Laissez-moi finir... J'aurais pu lui faire des scènes, l'empêcher d'aller au café et de voir cette fille... J'ai préféré me taire, me morfondre dans mon coin, avec l'espoir que cela lui passerait... Le lundi, je voyais Angèle partir pour Orléans et j'étais sûre que la camionnette de mon mari n'était pas loin, qu'il rentrerait le soir de meilleure humeur que les autres jours... Je suis donc venue pour vous demander...

— Je vous répète, madame, que je ne sais rien, absolument rien, et que je ne veux rien savoir. La police a ouvert une enquête. Le Parquet doit arriver ce matin...

— Il est déjà venu...

— Dans ce cas, vous voyez que...

Il ne pouvait pas la mettre brutalement dehors et elle se raccrochait à Dieu sait quel espoir.

— J'aurais cru que, dans des circonstances comme celles...

— Mais, madame, comprenez donc que je suis impuissant, qu'il existe une police officielle, que l'enquête suivra son cours et qu'elle aboutira fatalement là où elle doit aboutir...

Quand il put enfin refermer la porte, il constata :

— Et voilà une ennemie de plus !

— Pourquoi refuses-tu de t'occuper de ce crime ? Je la comprends un peu, moi, cette femme...

Tant pis ! Lui se comprenait et s'en retournait au fond du jardin, non avec l'idée d'aller pêcher, mais simplement pour mettre de l'ordre dans ses lignes.

Il n'avait pas besoin de se rendre en ville pour savoir ce qui s'y passait. Il imaginait la bouchère rentrant chez elle, passant au travers des groupes de badauds ; et les allées et venues dans le Grand-Café d'en face, qui ne désemplirait pas de la journée.

En outre, c'était le marché. La rue était encombrée par les carrioles des paysans, et des veaux passaient au bout des longes, des femmes portaient des volailles par les pattes.

Le boucher était mort ! Sa famille arrivait d'Amboise, d'où il était originaire. Des yeux rouges, des baisers mouillés, une odeur de fleurs, de cire brûlée, et des enfants dont on ne savait que faire un jour comme celui-là et qu'on n'osait pas envoyer jouer dans la rue.

Quand le marteau fit résonner le heurtoir, Maigret se contenta de lever la tête, de jeter un coup d'œil par la porte de la cabane et de soupirer :

— Au suivant !...

Car ils y viendraient tous, il en avait la certitude ! Il aurait mieux fait de partir à la pêche et de passer la journée sur son bachot, en bordure du courant. Autrement, comment les empêcher de lui faire des confidences qu'il ne voulait pas entendre ?

Cette fois, c'était le maire, que Maigret ne reçut pas dans la salle à manger, mais dans la cabane, où du moins, il pouvait s'occuper tout en écoutant.

— Je pensais qu'on vous verrait ce matin, dit le petit homme, et, pensant que vous étiez souffrant, je suis venu vous saluer...

Ouais ! Où voulait-il en venir, celui-ci ? Allait-il aussi parler des amours du boucher ?

— Bien entendu, depuis hier au soir, votre esprit a dû travailler... Ne dites pas non, commissaire !... Un homme comme vous ne peut assister à un drame de ce genre sans que, volontairement ou non, il cherche à résoudre certains problèmes... C'est comme moi quand je suis devant une bête... A mon insu, je fais mon diagnostic... A propos, connaissez-vous Michel, le fils du maréchal-ferrant ?

Maigret plombait minutieusement un bas de ligne en prenant un air encore plus préoccupé que nature.

— Comme maire, j'ai eu à m'inquiéter plusieurs fois de lui... Je suppose que le secret professionnel n'existe pas entre nous...

— Mais si ! Mais si ! riposta gravement Maigret.

— Je peux cependant vous dire, puisque chacun le sait, que c'est une tête brûlée et que son père a eu tous les ennuis possibles avec lui. Il a maintenant vingt-trois ans et il n'a encore rien fait de sérieux dans la vie... Or, il est à Meung depuis plusieurs jours... Il paraît qu'à Paris il était en chômage... Enfin, je tiens à ajouter qu'il a déjà encouru une condamnation pour coups et blessures... Là-dessus...

— Au revoir, monsieur le maire...

— Avouez que vous ne pensez pas à vos lignes en ce moment, mais que votre esprit...

Et après ? Est-ce parce que ce Michel avait sorti un couteau, un jour de fête au pays, qu'il était allé assassiner le boucher sur la route ?

Le plus curieux, c'est que, laissé seul pendant une demi-heure, Maigret s'impatientait sans vouloir en convenir, guettait littéralement le marteau de la porte. Il était comme ces enfants boudeurs qui refusent de jouer avec les autres, mais qui ne peuvent s'empêcher de suivre leurs ébats avec convoitise.

Pourquoi n'était-il pas là-bas, au Grand-Café, comme tout le monde ? Et pourquoi cette comédie, pourquoi feindre d'être furieux quand on lui apportait des nouvelles ?

Il était près de midi quand on frappa à nouveau, et, cette fois, le commissaire eut devant lui un homme qu'il crut reconnaître mais dont il ne parvenait pas à se souvenir.

— Nous avons travaillé une fois ensemble, dans une affaire de faux passeports... J'étais alors simple inspecteur... Permettez-moi de me présenter : commissaire Gabrielli...

— Enchanté... Un coup de blanc ?... Asseyez-vous au soleil... Il ne fait pas encore assez chaud pour rester à l'ombre...

— J'ai cru que je vous rencontrerais sur les lieux, mais on m'a appris que vous vous étiez farouchement enfermé chez vous... Dites donc ! Vous ne la trouvez pas curieuse, vous, cette histoire ? Toute la matinée, j'ai procédé à des interrogatoires... Or, tout ce que j'ai pu apprendre, c'est que le boucher était amoureux d'Angèle, la bonne du Grand-Café... Du coup, je me suis renseigné sur celle-ci... C'est une gamine qui a eu une enfance extrêmement malheureuse, car son père est un ivrogne de la pire espèce... Je m'étais dit que cette fille avait peut-être des fréquentations suspectes... Elle aurait pu avoir un jeune voyou comme amant et...

— A votre santé !

— Je vous ennuie ? Évidemment, vous qui étiez présent, vous savez tout cela...

— Je vous assure, soupira Maigret, que je ne sais absolument rien. Le boucher est mort, et je le regrette, comme tout le monde...

— Vous avez une drôle de façon de dire ça...

— Un cigare ?... Une pipe de tabac ?...

— Enfin !... Je vois que vous ne voulez pas parler... Quand j'ai su que vous étiez là, j'ai cru que ma tâche en serait singulièrement facilitée...

Mme Maigret, qui allait et venait de la cuisine au jardin et du jardin à la cuisine, où elle avait un ragoût sur le feu, jetait à son mari de petits coups d'œil anxieux. Elle ne l'avait jamais vu ainsi. Il ressemblait un peu au Maigret des mauvais jours d'automne, quand il couvait une grippe qui tardait à se déclarer.

— Bref, concluait Gabrielli, je n'ai rien trouvé de ce côté. Je ne peux pourtant pas suspecter le maire, ni vous, ni le maréchal-ferrant ! J'ai ordonné diverses expertises, dont celle du revolver, mais je ne compte pas beaucoup là-dessus, car c'est une vieille arme comme il en traîne en quantité dans les campagnes. Un vagabond ? C'est toujours ce que nous disons quand nous ne trouvons rien, et les gendarmeries vont se charger de faire passer un mauvais quart d'heure à tous les errants...

Il espérait encore, s'attendait à ce que Maigret se décidât enfin à ouvrir la bouche. Mais non ! Il ne bronchait pas, n'avait même pas la curiosité de poser des questions !

Mme Maigret, pourtant, lui tendit la perche en venant demander :

— Vous accepterez bien de déjeuner sans façon avec nous, monsieur le commissaire ? J'ai du ragoût de mouton et des asperges nouvelles qu'une parente m'a envoyées de l'île de Ré...

Il aurait fallu être bien audacieux pour accepter cette invitation faite en dépit de l'air grognon de Maigret, qui, lui, ne se mettait pas en frais de politesse !

— Drôle de bonhomme... soliloqua Gabrielli en s'éloignant les mains vides. Est-ce qu'il sait quelque chose ? Est-ce l'âge qui le rend ainsi ?... La vie de province ?...

Et Mme Maigret, qui grondait rarement son mari, se permettait de lui déclarer :

— Tu n'as guère été poli avec ce garçon. Je ne sais pas ce que tu as, mais j'étais gênée pour toi...

Il ne se donna pas la peine de répondre et se servit un troisième verre de vin blanc.

Était-ce cela qu'il attendait depuis le matin, et cette attente était-elle la cause de sa mauvaise humeur ? En tout cas, quand il entendit la voix d'Angèle qui demandait à Mme Maigret si le commissaire était chez lui, il se leva, ouvrit la porte, prononça aussitôt :

— Venez par ici... Entrez... Fermez la porte...

Il l'avait introduite dans la salle à manger et avait laissé sa femme dans la cuisine. Il fumait la pipe, marchait, désignait une chaise à sa visiteuse.

— Je n'ai pas pu venir plus tôt... commençait-elle. J'espérais un peu que vous viendriez et que je trouverais le moyen de vous parler un moment.

Elle était calme. Elle semblait maintenant attendre les questions que Maigret ne pourrait manquer de lui poser, mais le commissaire grattait avec soin une petite tache de peinture qu'il avait sur la manche.

— La police ne m'a rien demandé... Cependant, je me suis dit que vous, qui êtes du pays, étiez fatalement au courant. Alors je suis venue pour que vous me disiez ce que je dois faire...

— A propos de quoi ?

— Du boucher !... Vous saviez, n'est-ce pas, qu'il courait après moi ? Même que cela me valait presque chaque jour des scènes de la part de M. Urbain... Le lundi, il a pris l'habitude de me guetter, à Orléans... Ce n'était pas un méchant homme... Il lui est arrivé plusieurs fois de pleurer devant moi et c'est ce qui m'a fait céder...

Dieu sait si Maigret ne l'encourageait pas à poursuivre ses confidences ! Et pourtant rien n'arrêtait Angèle, qui éprouvait le besoin de donner des détails.

— M. Urbain a su que j'étais allée deux fois à l'hôtel avec le boucher... Il m'a déclaré que j'avais à choisir... Je me suis trouvée dans une situation fausse, car, de son côté, Hubert (c'était le boucher) voulait quitter sa femme, son commerce, son gamin pour partir avec moi... Qu'est-ce que vous auriez fait à ma place ?

Espérait-elle qu'il allait répondre, par-dessus le marché ? N'était-ce pas assez d'être obligé d'écouter tout ça ?

— Depuis quelques jours, il était tout à fait décidé... Il m'a écrit plusieurs lettres... Il m'affirmait qu'il en avait assez, qu'il ne pouvait plus vivre ainsi, que, si je ne partais pas avec lui, il se tuerait... Voilà ce qu'il fallait que je dise, n'est-ce pas ?... Cette lettre-là, où il parle de suicide, c'est d'avant-hier... Est-ce que je dois en parler à la police ?... Est-ce que je dois parler de M. Urbain, au risque de... Cependant, il est nécessaire qu'on sache qu'il s'est tué...

Elle ne pleurait pas, se contentait de renifler à petits coups en regardant par terre d'un air navré.

— J'ai pensé que vous me donneriez un conseil... M. Urbain se doute de quelque chose... Depuis ce matin, il tourne autour de moi avec insistance, en se demandant ce que je vais faire... Il est tellement jaloux que j'ai toujours peur d'un mauvais coup...

Maigret alla secouer sa pipe dans un cendrier.

— Je n'ai rien à vous dire... murmura-t-il après un long silence.

— Vous ne me croyez pas ? Vous pensez peut-être que j'invente des histoires ? Tenez ! J'ai apporté les lettres, exprès...

Elle les tirait de son sac, de pauvres lettres chiffonnées, écrites sur du méchant papier d'épicerie. Maigret fit signe qu'il ne désirait pas les voir.

— Lisez ! Maintenant qu'il est mort, cela n'a plus d'importance...

— Ce n'est pas la peine...

— Vous ne voulez pas croire qu'il s'est suicidé ?

— Peu importe !

— Vous pensez qu'on l'a tué pour le voler ? Dites ! Vous pensez ça ?

— Je ne pense rien, ma pauvre Angèle...

— Pourquoi « pauvre » ?

— Pour rien !... Excusez-moi d'être dans l'impossibilité de vous donner un conseil... Faites comme vous l'entendrez... Comme on dit, suivez la voix de votre conscience... Pour ma part, j'ai déjà oublié ce que vous m'avez raconté...

Elle se dressa, pâlotte, nerveuse.

— Je ne vous comprends pas...

— Cela n'a pas d'importance.

— On dirait que vous me soupçonnez, alors que... C'est vrai ? Vous me soupçonnez d'avoir tué le boucher ?

— Vous étiez au café quand il est mort, n'est-ce pas ?

— Et si je n'avais pas été au café, vous auriez cru...

Il soupira. Les minutes, les secondes lui paraissaient interminables. Il se demandait s'il parviendrait à garder jusqu'au bout cette placidité dont tout le monde lui tenait rigueur.

— Laissez-moi, Angèle... Cela vaut mieux... Je ne sais rien... Je ne veux rien savoir...

— C'est bien !

Elle se dirigea vers la porte et partit toute déroutée, se retourna, une fois dans la ruelle, persuadée qu'on allait la rappeler. Quant à Mme Maigret, elle questionnait avec un petit air malin :

— C'est elle ?

— Elle quoi ?

— Tu comprends très bien ce que je veux dire...

— Pas du tout !

— Enfin, avoue qu'il y a une raison pour que tu sois comme tu es aujourd'hui... Voilà assez longtemps que je te connais pour voir que tu n'es pas dans ton état normal... Déjà hier soir, quand tu es rentré...

— Qu'est-ce que j'ai fait ?

— Rien ! Mais tu avais cette tête-là !... Quelque chose t'ennuie ou te tracasse...

— C'est assez naturel, non ?

— Que ne vas-tu dehors, comme tout le monde ? Les autres jours, tu ne restes jamais ici toute la journée...

— Je n'ai pas envie que chacun me parle du boucher...

— Du boucher, ou de cette petite ?

— Imbécile !...

— Merci !...

Ils faillirent se disputer, vraiment, ce qui ne leur était pas arrivé depuis des années. Maigret tournait en rond dans la maison comme une bête malade.

— Quand est-ce, l'enterrement ? vint lui demander sa femme, comme il rangeait de vieux journaux.

— Je l'ignore.

— Tu iras ?

— Il faudra bien...

— Tu ne veux pas me dire pourquoi cette petite est venue ?

— Non !

— Tu attends encore du monde ?

— J'aimerais mieux qu'il n'en vienne plus. Malheureusement, il en viendra. Ils ont tous la manie de me faire leurs confidences...

— D'habitude, tu ne t'en plains pas... Tu ne crois pas que tu ferais sagement de te raser ?

Il se rasa, par désœuvrement, changea de costume et de pantoufles. Il n'était pas tout à fait prêt que le marteau annonçait une nouvelle visite. Il se pencha sur la rampe, reconnut la voix d'Urbain qui disait :

— Ne le dérangez pas... J'attendrai... A propos, Angèle, ma petite bonne, n'est pas venue ?

Et cette brave dinde de Mme Maigret de vouloir trop bien faire :

— Je ne me souviens pas... Il est vrai que je ne la connais pas de vue...

— Une petite mince, vêtue de noir...

— Je ne crois pas... Non... Mais mon mari vous le dira plus sûrement que moi...

Maigret haussa les épaules et esquissa même un sourire. Il acheva de s'habiller, ouvrit la fenêtre, prit le temps de bourrer une pipe et de regarder la Loire, que la brise prenait à rebrousse-poil et couvrait de petites vaguelettes.

Enfin, il se décida à descendre, pénétra dans la salle à manger, ferma la porte.

— Bonjour, commissaire... Je m'excuse de vous déranger... Mais, si vous avez reçu la visite d'Angèle, vous devez comprendre...

Celui-ci était pâle, avec des yeux rongés par l'inquiétude, des mains nerveuses qui tiraillaient le bord de son chapeau.

— Asseyez-vous, je vous en prie... Un petit coup de vin blanc ?... Vous ne croyez pas qu'on vous attend chez vous ?

L'autre tressaillit.

— Que voulez-vous dire ?

— Rien... Que c'est jour de marché... Qu'il doit y avoir du monde...

— Vous pensez aussi...

— Qu'est-ce que je pense ?

— Que j'ai tué le boucher ?...

— Je suppose que c'est impossible, puisque vous étiez chez vous à ce moment...

— Non !

Urbain le regardait dans les yeux, avec défi, et Maigret articula en saisissant son verre :

— Alors, c'est plus ennuyeux...

3

A parler franc, Maigret n'avait jamais ressenti de sympathie particulière à l'égard d'Urbain, mais il aurait été en peine d'en donner la raison. Le patron du Grand-Café faisait son métier de patron de café, souriait ou riait avec les clients, accourait dès qu'on avait besoin de lui pour la partie. Mais peut-être manquait-il de spontanéité ? Souvent, quand il riait à une plaisanterie du garagiste, par exemple, on avait plutôt l'impression qu'il avait envie de mordre, et parfois on surprenait chez lui de brefs regards d'où toute aménité était absente.

« C'est l'ennui ! s'était dit l'ancien commissaire. Ce n'est pas le fait d'un homme de trente-cinq ans de traîner toute la journée dans la sciure de bois d'un café de province... »

Et voilà que ce même Urbain, après avoir manifesté des velléités de révolte et peut-être de défi, donnait libre cours à son émotion, oubliait tout respect humain, dans la salle à manger de Maigret, où, après une grimace, il fondait soudain en larmes.

— C'est la première fois que je pleure devant un homme, grondait-il dans un dernier mouvement de pudeur. Mais aussi la situation est-elle par trop bête ! Si cela continue, je crois bien que je me ficherai une balle dans la tête...

Il était dans un de ces moments où, en face d'une trop grande injustice du sort, on a envie de trépigner.

— Pourquoi faut-il que, quand vous avez eu fini la partie, hier au soir, j'aie été pris d'une crise de jalousie ? Oh ! je sais qu'Angèle m'avait promis de ne plus « le » voir. A partir de la semaine prochaine, elle ne devait même plus aller à Orléans un jour par semaine, tant je l'en avais suppliée. N'empêche qu'hier, d'être resté pendant plus d'une heure près du boucher, de penser qu'il lui était arrivé de... Vous n'avez jamais été jaloux, vous ?

Maigret se contenta de hocher la tête avec l'indifférence benoîte d'un confesseur.

— Je n'en pouvais plus... Je suis sorti par-derrière, comme cela m'arrive, et, pendant un quart d'heure, je suis resté accoudé au parapet du pont, dans l'obscurité...

— Vous êtes sûr que personne ne vous a vu ?

— Même si on m'a vu, il faisait assez sombre pour qu'on n'ait pas pu me reconnaître... Tout à l'heure, quand le commissaire d'Orléans m'a posé quelques questions, j'ai compris qu'il soupçonnait tous les habitués du café, mais moi plus que les autres... Va-t-il falloir, dites-moi, que je lui raconte tout ? Et faudra-t-il que ma femme l'apprenne, que la vie, chez moi, qui n'est déjà pas drôle, devienne un enfer ?... Voilà ce que je suis venu vous demander...

» Je ne peux plus me passer d'Angèle, comprenez-vous ? Je suis incapable de dire comment cet amour est né... Au début, je crois que ce n'était que de la curiosité... Puis c'est devenu une hantise, au point que je souffre quand des clients la regardent ou la frôlent... Ma femme, aujourd'hui, m'est indifférente... J'aimerais mieux la quitter que perdre Angèle... Mais je vous jure, commissaire, que je n'ai pas tué le boucher !...

» Que faut-il que je fasse ? Comment voulez-vous que je le prouve ? Que répondre quand on me questionnera et que je ne pourrai fournir un alibi ! Qui me croira lorsque je prétendrai que j'ai passé ces minutes à rager, accoudé au parapet d'un pont ?

» Je ne l'ai pas tué, c'est la vérité ! et ma situation est d'autant plus atroce que j'aurais été capable de le faire, mais pas comme ça, par-derrière, sur la route...

» Répondez-moi : me croyez-vous ?

Maigret sentit sur lui un regard brillant de fièvre, d'angoisse, et il détourna la tête.

— Dites, me croyez-vous ?

— Je ne peux pas vous répondre...

— Donc, vous ne me croyez pas, vous qui me connaissez ! Que sera-ce de ceux qui ne me connaissent pas ?...

— Calmez-vous, je vous en prie.

— C'est facile à dire ! ricana Urbain.

— Rien n'indique qu'on vous inquiétera... Le commissaire Gabrielli est venu me voir tout à l'heure et il m'a peu parlé de vous... Les soupçons qu'on peut avoir contre l'un ou l'autre d'entre vous sont si vagues que je pense qu'en fin de compte l'affaire pourrait fort bien n'avoir jamais de solution...

Il avait parlé à mi-voix, toujours sans regarder son interlocuteur, et cela ressemblait si peu à Maigret qu'Urbain, les sourcils froncés, essayait en vain de comprendre ce que cachait cette attitude.

— Vous pensez qu'on ne découvrira pas l'assassin ?

— Je ne sais rien...

— Je vous remercie !... Je vous prenais pour un ami, pour un camarade, si vous préférez... J'ai eu tort, tout à l'heure, de mettre mon âme à nu devant vous... Je m'en excuse !... Vous allez penser que je manque de pudeur...

— Je vous assure que non ! répéta Maigret avec insistance.

Personne ne comprendrait-il donc qu'il ne *pouvait* rien dire ?

— Rentrez chez vous... Essayez de vous calmer... Évitez de vous mettre dans de pareils états... Si on vous interroge, répondez comme vous jugerez bon... Pour ma part, je n'ai seulement pas retenu ce que vous m'avez dit...

Mais il savait qu'un homme ne pardonne jamais à un autre de s'être humilié devant lui, surtout en vain ! Urbain, qui avait petit à petit repris son sang-froid, s'efforçait de sourire, ou plutôt de ricaner.

— Vous devez commencer à croire que l'amour est capable de rendre fou, n'est-ce pas ? plaisanta-t-il d'une voix fausse.

— On a vu des cas plus tragiques ! répliqua Maigret. Vous ne voulez vraiment rien prendre ?

— Merci !... Comme vous l'avez dit au début, il doit y avoir du monde chez moi... Mon métier est de servir à boire, n'est-il pas vrai ?... Et de faire le quatrième quand il en manque un... Bonsoir, monsieur le commissaire !

Il avait à peine disparu que Mme Maigret, qui oubliait décidément son habituelle discrétion, intervenait.

— On dirait qu'il a pleuré...

Et, comme son mari ne répondait pas, elle se fâcha à son tour.

— Tu as juré de ne plus ouvrir la bouche, oui ? Et tu vas rester là toute la journée à te ronger ? Sais-tu que je commence à me demander ce que cela cache ?

Maigret sourit, ironisa :

— Au fait, tu as raison, c'est peut-être moi qui ai tué ce pauvre boucher !

— Ne fais pas le malin. Je ne parle pas du crime, mais de la visite de cette fille...

— Non, de grâce ! Pas de jalousie...

— Pourquoi pas ?

— Parce que ce n'est pas le moment... C'est déjà suffisamment triste comme ça, vois-tu !...

— Qu'est-ce qui est triste ?

— Tout ce petit drame... Car c'est un tellement petit drame ! Tellement mesquin ! Tellement risible même, quand on y regarde de près !... As-tu jamais imaginé qu'une Angèle puisse rendre fous deux hommes de bon sens ?...

— Elle a un genre...

— Le genre d'une pauvre petite fille mal portante, oui !... Le genre mal nourri, avec de grands yeux cernés et une peau blême qui n'a jamais vu le soleil...

— Cela ne signifie rien.

— Tu as raison ! Cela ne signifie rien ! Et la preuve, c'est que, pour deux hommes, cette Angèle a pu incarner l'idéal féminin et remplacer toute autre raison de vivre... Je savais que, dans certains cas, il peut se créer une sorte d'envoûtement... Dans le bled, avec la solitude, la chaleur, le cafard, on voit des hommes jeunes et beaux, forts et loyaux, se prendre de passion pour quelque chanteuse de boui-boui et se battre entre eux pour elle...

» Cela doit tenir à ce qu'ils manquent de points de comparaison...

» Mais ici !... Dans une honnête ville du centre de la Loire, à quelques kilomètres d'Orléans !...

Sa femme le regardait, surprise qu'il parlât ainsi d'abondance, ce qui lui arrivait rarement. Elle n'osait pas l'interrompre, par crainte qu'il s'arrêtât soudain.

— Et pourtant... reprenait-il. Tiens ! Voudrais-tu me dire pourquoi, chaque soir, pendant plus d'un an, je suis sorti de cette maison à cinq heures moins cinq, pourquoi je poussais un peu plus tard la porte de ce Grand-Café et pourquoi, pendant près de deux heures, je remuais gravement, comme si ma vie en dépendait, des bouts de cartons coloriés ?

— Ce n'est pas à cause d'elle ?

— Imbécile !... Je savais bien que tu ne comprendrais pas... Je te parlais d'envoûtement... Eh bien ! c'en est un aussi... Une manie, si tu préfères, un besoin qu'on se crée quand on n'a rien d'autre à faire...

C'était la première fois qu'il risquait une allusion à sa retraite, mais ce n'était pas la première fois que Mme Maigret y pensait.

— On y va une fois, deux fois... Puis, un beau jour, on se sent dérouté si, pour une raison quelconque, la partie n'a pas lieu... On s'accoutume à certains visages, à certaines plaisanteries... On a « sa » chaise, « son » jeu de cartes...

Ce n'était pas pour elle qu'il parlait, mais pour lui. Depuis le matin, depuis la veille, cela fermentait en lui, et c'était un soulagement de donner libre cours à son écœurement.

— Voilà où on en arrive !... Alors, pourquoi voudrais-tu que d'autres hommes, dans les mêmes circonstances, ne s'accoutument pas à une gamine et ne finissent pas par la considérer comme le centre de leur vie ?

» Je me souviens des réactions des gens, lors des crimes passionnels, quand j'étais encore à la Police judiciaire. Je leur montrais une photographie de femme, et presque toujours, ils protestaient :

» — Elle n'est même pas belle ! Comment a-t-on pu tuer pour elle ?

» Les héroïnes de drames passionnels ne sont jamais belles ! C'est un poison plus subtil. Quand Urbain voyait l'un d'entre nous regarder cette fille sans y penser, il souffrait autant que s'il avait été atteint de cancer... L'idée que le boucher...

» Tu ne commences pas à comprendre ?

— Il l'a tué ? eut le malheur de prononcer Mme Maigret dans son innocence.

— Toi aussi, tu vas revenir là-dessus ? Il n'y a donc que cela qui vous intéresse, vous autres, tant que vous êtes ? Du sang ! du mystère ! On a tué ! Tué ! Tué !... Mais, saperlipopette, vous ne voyez pas qu'il y a autre chose dans la vie ?

» Je m'efforce de t'expliquer un drame autrement douloureux et tu me demandes qui a tué...

» Tu ne peux pas faire un effort, imaginer ce bout de rue, près du pont, le Grand-Café avec, l'été, sa terrasse et ses lauriers dans des tonneaux verts ; en face la grille rouge de la boucherie...

» D'un côté, la femme du boucher, qui est toute la journée dans la boutique et qui, de temps en temps, vient sur le seuil pour rappeler son gamin jouant dans la rue...

» De l'autre côté, une femme encore, triste et mal portante, et un enfant, et un homme qui ne pense qu'à une chose : *Angèle !*

» Cette Angèle qui n'est pas belle, qui n'a probablement aucun tempérament et dont le petit corps est sans charme ! N'empêche que le boucher et son voisin tournent en rond, comme des chevaux de manège, autour d'une idée unique, se rongent tous les deux de jalousie, s'épient, se menacent du regard et ne voient plus rien d'autre au monde...

» Tu y es, maintenant ?

Et Mme Maigret de répondre :

— J'ai compris que les hommes sont bêtes... C'est cela que tu as voulu m'expliquer... Seulement, à présent, que va-t-il arriver ?... Est-ce qu'on l'arrêtera ?

Alors Maigret, pris de colère, monta dans sa chambre, dont il referma violemment la porte et, sans raison, donna un tour de clé.

Il ne reparut qu'à l'heure du dîner, et il n'était pas de meilleure humeur. Il questionna pourtant avec méfiance :

— Il n'est venu personne ?

— Non !

— Ah !

— Tu attendais quelqu'un ?

— Moi ?... Non !... Quelle idée !...

Il avait tout fait en quelques heures pour décourager les gens de faire appel à lui, mais il n'en était pas moins dérouté en constatant qu'il avait réussi.

— Tu sors, après le dîner ?

— Pourquoi sortirais-je ?

— Je ne sais pas... Je croyais...

Il ne sortit pas. Le lendemain matin, il partit à la pêche de bonne heure, en emportant un casse-croûte, et ne rentra qu'à quatre heures de l'après-midi, avec un assez beau brochet et une friture de perches.

— L'enterrement a lieu demain matin... lui annonça sa femme. J'y vais avec toi ?

— Pourquoi pas ?

— Dans le journal, on a l'air de croire au crime d'un rôdeur... Il n'y a pas un mot sur cette Angèle...

— Et après ?

— Rien... Je pensais...

— Il ne faut pas penser...

Il ne sortit pas plus que la veille. Le lendemain, vêtu de son complet noir et accompagné de Mme Maigret, il assista à l'enterrement du boucher et alla jusqu'au cimetière. Par deux fois, il remarqua que son collègue Gabrielli essayait d'engager la conversation, mais il feignit toujours d'être préoccupé.

Urbain était là, en compagnie de Citroën. Angèle, elle aussi, se blottit dans un coin sombre de l'église pour assister au service.

— Tu ne passes pas au café avec eux ?

Il y avait un soleil clairet. On voyait des hommes entrer au Grand-Café pour prendre l'apéritif et discuter encore un peu de l'événement.

Maigret préféra rentrer chez lui et, pendant huit jours, il fut pris d'une vraie frénésie de la pêche, puis il décida de remettre son bachot à neuf, le tira à terre, sur l'herbe du talus, et y travailla pendant plusieurs jours encore, éternellement barbouillé de goudron et de peinture verte.

— Tu sais qu'ils ont l'air d'abandonner l'enquête ?

— Que veux-tu que cela me fasse ?

— Il me semblait...

Comme cela arrive toujours, une fois le bateau pimpant il n'eut plus envie de pêcher et, comme il faisait très doux et que les premiers lilas embaumaient le fond du jardin, il y passa son temps à lire les *Mémoires* de Fouché.

— Pourquoi ne reprends-tu pas tes parties, le soir ? Cela te distrayait...

Il ne répondait pas. Mais ces simples allusions assombrissaient son humeur.

Un jour, sa femme lui annonça :

— On va vendre la boucherie... La bouchère a touché cent mille francs de l'assurance et elle vivra désormais avec sa sœur à Orléans...

Pas de réaction, sinon toujours de l'humeur, et il fallut des semaines et des semaines pour que Maigret redevienne à peu près lui-même.

Un jour qu'il était allé se promener seul il rentra vers huit heures du soir, et Mme Maigret remarqua :

— Tu reviens bien tard...

— J'ai fait un jacquet... avoua-t-il.

— Au Grand-Café ?

— Non, au Commerce... Avec le nouveau boucher...

— Pourquoi n'as-tu jamais voulu me dire ce qui s'était passé ?

— Parce que !

— Et maintenant ? Je ne peux pas encore savoir la vérité ?

— Non !

Cet été-là, ils décidèrent de visiter la Savoie, dont ils ne virent pas grand-chose, car Mme Maigret était mauvaise marcheuse.

4

Ce fut trois ans plus tard, vers la même époque, car les lilas commençaient à fleurir. Maigret, en sabots, repiquait des laitues d'un vert tendre, quand sa femme ouvrit la boîte aux lettres et déploya un avis mortuaire.

— Tiens ! Elle est *quand même* morte... annonça-t-elle.

— Qui ?

— La femme du Grand-Café... Mme Urbain... La crémière me disait que, depuis trois mois, elle ne pouvait plus avaler que du lait... Il faudra que tu ailles déposer ta carte...

Maigret y alla le soir même, resta quelques instants dans la chapelle ardente, où Angèle se mouchait dans un coin.

Deux jours après, on monta au cimetière, et les Maigret en revinrent bras dessus, bras dessous, par un temps idéal qui ne laissait pas place pour les idées noires.

— Cela me rappelle un des plus mauvais moments de ma vie... commença-t-il soudain sans qu'on lui eût rien demandé.

Mme Maigret, cette fois, eut l'adresse de se taire et de continuer la promenade, car le couple avait abandonné la route pour revenir par le bord de la Loire.

— J'ignore si tu te souviens du boucher... Je savais tout, dès les premiers instants, et même, je pourrais le dire, depuis le moment où on est venu m'annoncer la nouvelle. Or, ce que je savais, je ne pouvais pas le dire... C'était une question d'honnêteté, d'honnêteté vis-à-vis d'un mort...

Mme Maigret avait machinalement cueilli une marguerite, qu'elle tenait à la main, comme dans le tableau d'un peintre dont Maigret avait oublié le nom. Ils marchaient lentement, tous les deux, en écartant les hautes herbes sur leur passage, et des chardons restaient accrochés au pantalon de l'ancien commissaire.

— Ce qui m'avait frappé, c'était l'insistance maladroite du boucher à nous raconter qu'il avait beaucoup d'argent en poche... Comme la plupart des commerçants de province, il était resté fidèle au porte-monnaie... Il en avait toujours un énorme, gonflé d'argent, de petits billets et de papiers sales, dans la poche de son pantalon, et je me souviens de son geste pour le prendre, du tablier qu'il devait relever...

» Or, ce soir-là, il a commencé, ostensiblement, par sortir son portefeuille et par l'ouvrir... Le temps de nous laisser voir que le portefeuille était plein... Mais, chose étonnante, j'avais l'impression que, si c'était bien un billet de mille francs qui était au-dessus de la liasse, en dessous il n'y avait que du vulgaire papier...

» Cette visite au notaire, aussi...

» Quand on est venu m'annoncer qu'il avait été assassiné je me suis dit : "La coïncidence est par trop étrange..."

» Car je n'ai jamais vu de gens tués au moment où, justement, ils s'attendaient à l'être...

» Arrivé chez lui, je me suis assuré que, si les billets avaient disparu, le portefeuille, lui, avait été remis dans la poche du mort...

— On ne l'a pas tué ? s'étonna Mme Maigret.

— Mais non ! Et le pauvre homme n'a même pas eu l'adresse de maquiller proprement son suicide. Il a fait ça en amateur. Si on avait envoyé un autre que Gabrielli pour conduire l'enquête officielle, on s'en serait vite aperçu. Mais Gabrielli, qui est un charmant garçon, est plus fort au billard russe qu'en matière policière...

Elle sourit et ils marchèrent encore un peu.

— Voilà pourquoi j'étais obligé de me taire... Voilà pourquoi je ne voulais pas recevoir les confidences de tous ces gens... Mais ils y venaient quand même, pleurnichaient ou suppliaient...

— Je ne comprends toujours pas pourquoi le boucher a fait ça...

— Parce que c'était un pauvre idiot, capable du meilleur et du pire... Fou de cette fille, il l'avait suppliée de partir avec lui, et, si elle avait accepté, il aurait planté là, sans remords, sa femme et son fils... Il n'aurait même pas pensé à eux...

» D'ailleurs, il avait déjà commencé à les ruiner, d'abord en ne s'occupant plus de ses affaires ou en s'en occupant mal, ensuite en faisant à Angèle des cadeaux dont celle-ci ne savait que faire, car elle ne pouvait pas les laisser voir à Urbain...

» Quand elle lui a signifié qu'elle ne voulait plus le voir, il a décidé de se tuer... Et, d'être malheureux, cela l'a rendu plus sensible au malheur des autres...

» Je suis sûr que c'est à ce moment qu'il a pensé à sa femme et à son fils... Il s'est dit qu'ils allaient être dans la gêne... tant qu'il y était de mourir, autant que cela serve à quelque chose...

» Et voilà pourquoi il a contracté une assurance, voilà pourquoi il ne pouvait être question de suicide, voilà pourquoi l'imbécile nous parlait avec insistance du notaire et nous montrait complaisamment son portefeuille...

— Je n'avais jamais pensé à cela... dit Mme Maigret. Je me suis toujours demandé pourquoi tu laissais un coupable en liberté...

— D'autres ont dû se le demander, d'autant plus qu'Urbain, par le plus grand des hasards, n'avait pas d'alibi. Quand il est venu m'avouer cela en pleurant d'angoisse, j'ai cru que j'allais être obligé de faire découvrir la vérité pour l'empêcher d'aller en prison...

» Qu'est-ce que tu veux ? Cela me faisait mal de penser que ce pauvre bougre de boucher était mort pour rien... Comme je n'appartiens plus à la police, et que je ne suis pas à la solde des compagnies d'assurances...

Il s'arrêta, faisant de petits yeux à cause du soleil, et contempla le paysage qu'égayaient les eaux murmurantes de la Loire.

— Je suis quand même content que ça soit passé, soupira-t-il. Je n'aimais pas ça...

— Et tu n'en as rien dit à personne ?

— A personne !

— Pas même à Urbain ?

— Pas même !

— Ni à Angèle ?

Il ne put refréner un sourire.

— Jalouse ?

— Oh ! non... N'empêche que, comme je vois maintenant les hommes... Ainsi, cet envoûtement dont tu m'as parlé une fois peut venir bêtement, par habitude, parce qu'une fille vous sert l'apéritif tous les jours à la même heure ?...

Il continuait à sourire, soulagé d'avoir pu raconter son histoire à quelqu'un. D'autant plus que, maintenant, c'était fini !

La femme du boucher, à Orléans, s'était remariée à un employé du Service des eaux, que le gamin appelait son oncle.

Le deuil fini, il n'était pas douteux qu'Urbain épouse Angèle.

Aujourd'hui, le café était fermé, avec une affichette bordée de noir sur le volet.

On avait laissé Mme Urbain toute seule au cimetière et les gens rentraient en ville en secouant les dernières bouffées mortuaires qui s'accrochaient, avec des relents d'encens, à leurs épaules.

— Tu serais capable de cela, toi ? questionna soudain Mme Maigret, comme ils allaient atteindre la venelle qui, du bout de la rivière, conduisait au mur de leur jardin.

— Capable de quoi ?

— Je ne sais pas... de tout... comme eux...

— Tu vois qu'on ne devrait jamais rien raconter aux femmes ! plaisanta-t-il en mettant les mains en cornet pour allumer sa pipe à la flamme d'une allumette.

Et il questionna machinalement :

— Qu'est-ce qu'il y a à déjeuner ? J'ai rudement faim, moi !

MENACES DE MORT

Une enquête de Maigret

Cette nouvelle, restée longtemps inconnue des bibliographes, a paru dans les numéros 21 à 26 de l'hebdomadaire *Révolution nationale* en mars et avril 1942. Elle n'a pas été rééditée depuis.

1

— Allô ! C'est vous, Maigret ? Vous voulez passer un instant dans mon bureau ?

Fenêtres ouvertes sur la Seine, car on avait un mois de juin splendide. Maigret en profita pour mettre fin aux confidences d'un assez louche individu qui faisait pardonner ses trafics plus ou moins clandestins en venant raconter chaque semaine à la P.J. ce qu'il savait sur ses collègues de Montmartre.

Quelques instants plus tard, le commissaire poussait la porte matelassée du bureau du directeur de la Police judiciaire et, là aussi, les hautes fenêtres étaient ouvertes, donnant de la gaieté à une pièce où venaient aboutir tous les crimes de Paris.

— Entrez, Maigret. Je vous présente...

Le commissaire n'avait pas encore vu le client qu'on allait lui présenter, mais déjà il savait que c'était une affaire assez peu banale, rien que par le regard dont le chef, avec qui il travaillait déjà lors de l'affaire Bonnot, avait accompagné ses premiers mots.

— M. Émile Grosbois, le fameux marchand de chiffons et de ferraille de la rue du Chemin-Vert...

Un bref clin d'œil signifiait :

— Vous allez admirer le phénomène !

Maigret, en se retournant, se trouva en face d'un petit homme terne et pâle, timide, qui s'efforçait de sourire en lui tendant une main piquetée de taches de rousseur. Ses cheveux devaient être roux aussi, mais ils devenaient si rares que leur teinte en était indécise.

— Très honoré, monsieur le commissaire... J'ai beaucoup entendu parler de vous...

— Asseyez-vous, je vous en prie.

Quant au chef, il tendait à Maigret un bout de papier sur lequel un texte avait été constitué à l'aide de mots et de lettres découpés dans des journaux.

— Lisez, vieux.

Le pauvre M. Grosbois était loin de se douter que tout cela voulait dire, pour les deux hommes qui se connaissaient depuis si longtemps et qui avaient vu défiler tant d'échantillons humains :

— Attention ! Le bonhomme m'a l'air d'un vieux singe...

Il est vrai qu'à voix haute le chef prononçait tout au contraire :

— M. Grosbois, qui a de hautes relations, nous est chaudement recommandé par un conseiller municipal qu'il a vu avant de venir ici...

— J'ai pensé... commença le Grosbois.

— Ne vous excusez donc pas ! Vous avez très bien fait ! Quand on est au mieux avec des gens influents, il est tout naturel de se servir d'eux.

Maigret, lui, lisait :

Vieille fripouille,

Cette fois, tu n'en as plus pour longtemps. Que tu ailles au Coudray ou non, que tu te fasses même accompagner par un régiment de gardes républicains, tu mourras dimanche avant six heures de l'après-midi.

Ce sera, pour tout le monde, un rude débarras.

Pas de signature, bien entendu. Maigret avait quelque peine à ne pas sourire en observant son pâle client.

— Évidemment, disait le chef, M. Grosbois ignore qui peut lui adresser une pareille lettre. Il ne se connaît pas d'ennemi...

— Nous avons toujours été honorablement connus sur la place ! affirma M. Grosbois.

Et le chef reprit :

— Je lui ai fait remarquer que le ressort de la Police judiciaire ne s'étend pas au-delà de Paris. Si le crime doit se commettre en ville, cela nous regarde. Mais si quelqu'un est tué au Coudray... M. Grosbois a si vivement insisté que j'ai accepté, puisque aussi bien il n'y a pas encore crime, de nous occuper de l'affaire. Qu'en pensez-vous, Maigret ? Cela vous ennuierait beaucoup de passer le week-end au Coudray ?

— N'est-ce pas au bord de la Seine, un peu au-delà de Corbeil ? Dans ce cas, je connais vaguement le pays. Il y a quelques années, j'ai eu à m'occuper d'un meurtre commis à l'écluse de la Citanguette[1]...

— Donc, vous vous chargez de l'affaire ?

— Si vous voulez, chef !

— M. Grosbois m'apprend qu'il n'a pas de voiture. Il ne conduit pas lui-même et les chauffeurs sont devenus d'une exigence intolérable...

Clin d'œil significatif.

— Toute la famille prend le train le samedi après le déjeuner. La ligne de chemin de fer passe dans la propriété même et la gare n'en est qu'à cinquante mètres...

M. Grosbois se levait, saluait, serrait la main des deux hommes et sortait après avoir balbutié des remerciements.

La porte était à peine refermée que le directeur de la P.J. et Maigret pouvaient enfin détendre leurs traits.

— Vous avez remarqué, chef ?

— Cela dépend quoi.

— Que la petite poche de son veston est à droite ! Autrement dit, son complet a été retourné.

— Je me suis contenté de noter qu'il portait des talonnettes en caoutchouc pour ne pas user les talons...

1. Allusion à *La péniche aux deux pendus,* une des « Nouvelles enquêtes de Maigret ».

— Combien de millions ?

— On prétend que les Grosbois en ont ramassé une trentaine.

— Qu'est-ce que vous pensez de cette menace ?

— Je n'en pense encore rien. En tout cas, j'ai prévenu notre homme que, si c'était un truc pour toucher une assurance-vie, nous avertirions la compagnie et que celle-ci ne marcherait pas. Vous vous souvenez de ce Russe qui avait donné à son suicide toutes les apparences d'un crime pour que sa fille puisse toucher une grosse somme de l'assurance ?

— C'est moi qui ai fait l'enquête, dit modestement Maigret.

— J'oubliais... Vous permettez ?...

Le chef décrocha le téléphone, dont la sonnerie venait de se faire entendre.

— Allô, oui... M. Grosbois ?... Oscar Grosbois ?... Le frère de M. Émile ?... Ah bien !... Je vous passe le commissaire Maigret, qui a bien voulu se charger de cette affaire...

Maigret prit le récepteur.

— Allô !... Excusez-moi de vous déranger, commissaire, mais je sais que mon frère est allé vous voir ce matin. Il est nécessaire que j'aie un entretien avec vous. Oui !... Je ne pourrais pas passer à votre bureau ?... Vous préférez venir me voir ?... En ce cas, je vous demande de venir entre onze heures et midi, car c'est l'heure où mon frère se rend à la banque... Merci, monsieur le commissaire... Sonnez à la petite porte qui est à droite du mur... Merci... Merci...

Maigret raccrocha, soupira :

— Moi qui avais promis à ma femme que nous irions à la campagne !

Il était onze heures et quart quand Maigret arriva rue du Chemin-Vert, une rue étroite et animée du quartier de la Bastille, bordée surtout par des ateliers et par des entrepôts.

Il trouva facilement la maison Grosbois et Paget : un mur immense, une grille, une vaste cour encombrée de camions et cernée de hangars. Il remarqua du premier coup d'œil que toutes les fenêtres étaient grillagées, ce qui laissait supposer que la confiance ne régnait pas dans la maison, et il sonna à la petite porte qu'on lui avait indiquée.

Une servante d'une quarantaine d'années, d'une propreté douteuse, vint lui ouvrir et, avant qu'il ait ouvert la bouche, lui annonça :

— Montez au premier. M. Oscar vous attend.

M. Oscar était déjà au-dessus de l'escalier, tellement pareil à son frère que le commissaire crut un instant qu'il avait affaire au même homme.

— Je suis désolé de vous avoir dérangé, monsieur le commissaire... Je serais allé volontiers vous voir à votre bureau...

Maigret ne pouvait pas lui avouer que, s'il avait préféré venir en personne, c'est qu'il ne lui déplaisait pas de renifler quelque peu l'air de la maison.

— Entrez donc ! Ces vieilles demeures ne sont pas très confortables mais, quand on y est né...

On aurait pu lui répondre que ce n'est pas une raison, parce qu'on est né dans une maison, pour la laisser dans le même état pendant plusieurs lustres. Déjà les murs de l'escalier, en faux marbre, étaient devenus de ce vilain brun qu'on appelle jus de chique. Quant au tapis, il n'avait plus de couleur du tout, en étant réduit à une trame grisâtre.

— Vous êtes ici dans un ménage de célibataires, ce qui vous explique un certain désordre...

Mais non ! Il n'y avait pas de désordre ! C'était de la saleté, du laisser-aller ! Les meubles poussiéreux avaient l'air d'avoir été achetés à la foire aux puces et une profusion de vilains vases et d'affreux bibelots évoquait l'arrière-boutique d'un brocanteur de quartier pauvre.

— Asseyez-vous, monsieur le commissaire. Je peux vous offrir un cigare ?

Il tendait un petit sachet en papier de soie qui prouvait que c'était en prévision de cette visite qu'on était allé acheter au tabac du coin une demi-douzaine de cigares. Le geste d'Oscar Grosbois était grave, presque solennel. Pour lui, offrir un cigare, n'était-ce pas presque acheter une conscience ?

— Merci, je préfère ma pipe.

— Moi, je ne fume pas. Mon frère non plus. Je me demande ce qu'il peut bien vous avoir raconté. C'est un garçon tellement étrange !...

Maigret n'osait pas remuer, car un pied du fauteuil sur lequel il était assis menaçait de céder sous son poids.

— Vous avez évidemment remarqué notre ressemblance. Nous sommes jumeaux, comme vous l'avez pensé... Nous avons une sœur aînée, Françoise, qui habite au second étage avec ses enfants...

— Votre sœur est donc mariée ?

— Elle était mariée à un nommé Paget. D'où la raison sociale que vous avez pu lire : *Grosbois et Paget*. Son mari est mort voilà dix ans, et elle est restée veuve avec un fils et une fille.

— En somme, toute la famille continue à habiter l'immeuble ?

— Non seulement l'immeuble, mais notre villa du Coudray. Nous avons le goût de la vie familiale, de la vie simple...

On avait presque envie de grommeler :

— Tu parles !

— Les temps sont durs. On ne sait pas où le monde va. Mais ce n'est pas de cela qu'il s'agit. Mon frère a dû vous montrer une lettre qu'il prétend avoir reçue hier matin ?

Au mot *prétend*, Maigret tendit l'oreille.

— Il nous l'a montrée aussi et il a manifesté une certaine agitation. Je l'ai calmé comme j'ai pu car, de toute évidence, il s'agit d'une plaisanterie...

« Toi, mon vieux, se disait Maigret, tu brûles d'envie de savoir ce que j'en pense ! »

Il évita de répondre, regarda son interlocuteur avec des yeux d'une candeur indicible.

— Je suppose que des gens qui ont projeté de commettre un crime n'ont pas l'habitude d'avertir leur victime...

— Cela s'est vu.

— Dans certains cas, peut-être ?... Mais qui pourrait nous en vouloir ?... Nous n'avons jamais fait de mal à personne... Nous ne devons pas un centime... Nous...

Ce regard ineffable de Maigret le gênait et il avait de la peine à retrouver le fil de ses idées.

— Un petit verre d'apéritif, monsieur le commissaire ? Nous ne buvons pas non plus... Non ! nous avons été habitués à une vie saine et fruste... Jamais d'alcool ni de tabac !... Ce qui ne nous empêche pas d'avoir ce qu'il faut pour nos invités...

— Vous recevez beaucoup ?

— Jamais ! Je disais... Oui... Je disais que mon pauvre frère depuis quelque temps...

— Il est célibataire, comme vous, n'est-ce pas ?

— Nous sommes deux vieux célibataires... Cinquante-trois ans l'un comme l'autre... Et je ne me serais jamais douté qu'un jour mon frère deviendrait... Comment m'exprimer ?

Si Maigret avait dû décrire son interlocuteur, il aurait dit qu'il avait une tête de rat aux yeux très mobiles, inquiets et fureteurs tout ensemble.

— Je ne voudrais pas que vous preniez ces paroles au pied de la lettre... Émile n'est pas fou... La plupart du temps, il garde son plein bon sens... Cependant, il y a des moments où...

Maigret le faisait toujours exprès de ne pas l'aider, et l'autre pataugeait.

— ... où il n'est pas comme il a toujours été... Comprenez-moi !... Il s'énerve... il a des lubies. Je vais aller beaucoup plus loin en vous suppliant de garder ceci pour vous... Émile aurait lui-même composé la lettre qu'il vous a montrée que je n'en serais pas surpris... C'est ce qu'on appelle, si je ne me trompe, la manie de la persécution... Voilà ce que je voulais que vous sachiez... J'ai trop le respect de la police pour la laisser s'engager dans une affaire qui est vraisemblablement sans le moindre fondement et vous m'auriez sans doute reproché mon silence...

A ce moment, Maigret tendit l'oreille, car on entendait, à l'étage au-dessus, séparé par un mauvais plancher, les bruits d'une dispute.

Oscar Grosbois tressaillit aussi, murmura :

— Ce sont les enfants qui se chamaillent !

— Les enfants de votre sœur ? Quel âge ont-ils ?

— Henri a vingt ans. Sa sœur Éliane en a dix-huit. A cet âge-là, frère et sœur, c'est un peu comme chien et chat...

Le sourire d'Oscar avait ceci de déplaisant qu'il découvrait de petites dents pointues et jaunes, des dents de rat.

— Votre neveu est dans l'affaire de chiffons ?

— Non !... Il étudie...

— Qu'est-ce qu'il étudie ?

— Le commerce... Il n'est pas encore tout à fait fixé... Sa mère l'a beaucoup gâté...

Le bruit devenait vacarme et si, là-haut, c'était une dispute entre frère et sœur, elle devait tourner au pugilat sérieux. Il y eut enfin une course précipitée, des cris, des portes violemment refermées, puis des pas dans l'escalier.

— Ne faites pas attention... Ce sont là les petits inconvénients de la famille... Pour en revenir à mon frère, vous êtes averti... N'accordez pas trop d'importance à ses paroles et surtout à ses craintes... Il travaille trop... Qu'il prenne seulement un mois de vacances dans un endroit tranquille, de préférence dans une maison de santé, en montagne par exemple, et il n'y paraîtra plus... Vous ne voulez vraiment pas un cigare ?

Et le pauvre homme, maladroit jusqu'au bout, tendait le paquet de cigares à Maigret, comme on fait l'aumône :

— Allons ! Laissez-vous faire ! Vous les fumerez chez vous...

— Je vais passer le week-end chez des gens qui possèdent une trentaine de millions ! avait annoncé Maigret à sa femme.

— Au moins, tu ne t'embêteras pas !

Il avait répliqué avec un sourire mystérieux :

— Tu crois ?

Il avait pris le train dans le milieu de l'après-midi du samedi, alors que les wagons sont à peu près pleins. Son libre parcours lui permettait de voyager en première classe et il s'était trouvé en face d'une jeune fille qui scandalisait tout le compartiment.

Il était difficile de déterminer exactement son âge, mais elle était très jeune, d'une jeunesse exubérante et libre. Une vieille dame de Melun, dans son coin, la prenait pour une « créature », à cause d'un maquillage violent, d'une robe terriblement moulée et de la façon audacieuse dont la voyageuse regardait les gens autour d'elle.

Quant à la conversation !...

Car la jeune fille n'était pas seule : elle était accompagnée d'un jeune homme du type sportif, sans chapeau, vêtu, lui aussi, d'une façon excentrique.

— Qu'est-ce qu'ils ont fait ? questionnait-il.

— Quand ils ont vu que la Bugatti était en panne et qu'il n'y avait pas de patelin à moins de cinq kilomètres, ils se sont couchés tous les quatre comme ils ont pu, dans le fond de la bagnole, et ils ont passé la nuit ainsi...

— Sans blague ?

— Le plus crevant, c'est qu'avant, Betty était avec Jean et Raymonde avec Riri... Je ne sais pas ce qui s'est passé pendant la nuit, mais le lendemain, c'était Betty qui était avec Riri et Jean avec Raymonde...

La vieille dame, roide dans son coin, regardait la jeune fille avec une sévérité qui eût dû la terrasser. Mais l'inconnue n'était pas terrassée du tout. Avec un manque de pudeur absolu, elle relevait haut sa robe pour tirer ses bas, demandait à son compagnon :

— Yolande a trouvé du fric ?

— Elle a écrit à ses parents qu'elle devait être opérée d'urgence de l'appendicite. Ils lui ont envoyé dix mille francs... Mais il faut qu'avant les vacances elle se fasse faire une cicatrice...

— Ce n'est pas difficile !

Le regard de la vieille dame, posé sur Maigret, semblait dire :

— Quelle génération !

Et Maigret souriait vaguement, jouissant de cet après-midi de chaud soleil et du paysage qui défilait aux deux côtés du train.

— *Coudray-Montceaux* !

Il se précipita. La jeune fille aussi. Seul le jeune homme resta dans le train, qui repartit aussitôt.

Sur le quai de la gare minuscule, deux hommes attendaient, si semblables l'un à l'autre, vêtus également d'alpaga gris, qu'ils semblaient exécuter un numéro de duettistes.

Maigret se dirigea vers eux, leur serra la main, vit que les regards passaient par-dessus ses épaules, entendit enfin Émile Grosbois prononcer :

— C'est à cette heure que tu arrives ?

— J'ai raté le premier train...

— Et ton frère ?

— Je ne l'ai pas vu. Je croyais qu'il était déjà arrivé !

C'était la jeune fille excentrique, qu'on lui présentait enfin comme Éliane Paget, la nièce des frères Grosbois.

— Le commissaire Maigret, de la Police judiciaire...

— Ah !

Un regard assez dur, méfiant.

— Maman est ici ?

— Elle est venue avec nous et Babette.

— Je vais me déshabiller, annonça Éliane en retirant son chapeau et en enjambant une haie qui séparait la gare d'un jardin.

La maison était là, toute proche, une grande construction en briques sombres qui datait de la plus mauvaise époque d'avant guerre, avec d'affreux ornements en céramique. Une pelouse donnait quelque peu l'illusion d'un parc et était ornée de deux horribles statues, tandis que le reste de la propriété demeurait en friche.

— J'ai pensé à une chose, monsieur le commissaire, commençait Émile Grosbois. Si quelqu'un en veut à ma vie, il viendra probablement par le train. Or, de votre fenêtre, vous pourrez observer tous les voyageurs qui descendront au Coudray. Vous avez remarqué qu'ils sont peu nombreux...

Une impression extraordinaire, pénible ! Le site était magnifique. La Seine, très large, descendait mollement entre deux collines boisées et dessinait une grande boucle. Le soleil, qui commençait à se coucher, mettait des roseurs dans le ciel.

Un décor où tout chantait la joie de vivre !

Or, Maigret était là en compagnie de deux petits hommes chafouins et roussâtres qui l'épiaient et s'épiaient mutuellement.

Au lieu de la gaieté qu'évoque le mot *villa*, la construction sombre exhalait l'ennui, la mesquinerie, la méfiance.

— Ne passez pas par là, monsieur le commissaire, car il y a des pièges... Prenons le sentier...

Un perron sans style. Une antichambre trop peu éclairée où on commençait à renifler une fade odeur d'humidité.

— On va vous montrer votre chambre... La salle de bains est au fond du couloir... Par exemple, l'été, il est impossible d'avoir de l'eau chaude, car la baignoire est branchée sur le chauffage central qu'on n'allume que l'hiver...

Maigret entrevit la servante qui l'avait reçu rue du Chemin-Vert et qui paraissait affairée. Il entendit une voix de femme qui appelait du fond de la cuisine :

— Babette !... Où êtes-vous, Babette ?... Je ne trouve pas le beurre... Je parie que vous avez encore oublié de prendre du beurre !...

— Par ici, monsieur Maigret ! disait Émile Grosbois. Il faut que je vous remercie d'être venu. Si vous saviez quel réconfort me procure votre présence ici !... Moi qui n'ai jamais fait de mal à personne !...

C'était piteux, grotesque ! Et, dans le couloir, émergeait une Éliane en maillot de bain, une fille aux formes longues et robustes comme on en voit aux *girls* américaines, et qui, à l'encontre de tout ce qui végétait dans la maison, respirait la vie et la santé.

— Vous ne vous baignez pas ? lança-t-elle à Maigret.

— J'avoue que je n'ai pas emporté mon maillot.

— Mon frère vous en prêtera un quand il arrivera.

Émile Grosbois soupirait :

— Ma sœur l'a tellement mal élevée !... Vous avez vu sa tenue... Elle restera ainsi jusqu'à demain soir, et c'est à peine si elle passera un vêtement pour venir à table...

Maigret n'osa pas lui déclarer qu'il en était ravi et qu'il préférait contempler les formes d'Éliane que la vilaine figure des deux frères.

— Voici votre chambre... Les papiers de tenture sont un peu passés, mais la campagne est très humide... Je suppose que vous désirez vous changer ?...

Mais non ! Maigret n'avait apporté qu'un rasoir, un pyjama et une brosse à dents.

— Vous me trouverez dans la salle de billard...

Dire que là-bas, un peu avant le coude de la rivière, des êtres jeunes et sains, musclés, vivants, campaient en tenue légère et plongeaient joyeusement dans la Seine !

Des gens qui n'avaient pas trente millions !

2

Des familles sont capables de supporter l'étranger parmi elles pendant des semaines, voire des mois, sans rien livrer de ces petits secrets plus ou moins honteux qui sont le linge sale de toutes les maisons.

Les Grosbois, eux aussi, avaient dû se promettre de donner d'eux, à Maigret, une image favorable, et la preuve en était l'attitude affectueuse des deux frères l'un vis-à-vis de l'autre, quand ils étaient venus chercher le commissaire à la gare.

Il en fut de même pour leur sœur Françoise, dont la première apparition fut tout sourire et tout miel. Elle sortait de la cuisine en s'essuyant les mains.

— Excusez-moi, disait-elle en retroussant les commissures des lèvres. Je ne suis pas encore en toilette. Cette vieille demeure est si peu commode et nous n'avons qu'une domestique...

Maigret nota, à part lui :

« Toi, ma vieille, tu es du genre pleurard ! Victime du sort, lamentations et toute la lyre... »

Quant aux deux frères, ils auraient voulu continuer à donner l'impression de bonshommes paisibles et sans méchanceté. A vrai dire, de prime abord, ils y arrivaient presque, avec leur complet gris souris, leur chapeau de paille, leurs chaussures de toile et cette démarche précieuse de petits retraités humant l'air dans leur jardin.

Mais une heure ne s'était pas écoulée que ce masque tombait déjà. Babette venait de servir le thé sur la table de fer de jardin. Émile Grosbois tirait de sa poche une sorte de tabatière et y prenait un cachet. Aussitôt, Oscar, incapable de se contenir plus longtemps, de s'écrier :

— Vous le voyez, monsieur le commissaire ! Il prend un cachet, n'est-ce pas ? Or, dans une heure, ce sera une pilule ! Puis, avec son repas, des gouttes de quelque chose, et après, un autre médicament encore...

Par sa mimique, il essayait de faire comprendre que cela renforçait sa thèse de la demi-folie de son frère.

— Je me soigne à mon idée ! ripostait assez aigrement Émile.

— Tu veux dire que tu te détraques ! Que tu sois fatigué, c'est certain, et tu aurais besoin de repos. De là à te croire atteint de toutes les maladies que tu trouves dans ton livre de médecine et à te bourrer de médicaments...

— Chacun sa manie !

— La tienne est ridicule !

— Je connais des gens qui en ont de plus dangereuses !

Et Maigret pensa :

« Premier round ! En attendant le second, je serais curieux de connaître la manie d'Oscar ! »

Pendant ce temps-là, Éliane, dont le maillot de bain était réduit à sa plus simple expression, nageait dans la rivière, où un jeune homme ne tardait pas à tirer sa coupe vers elle. Le commissaire aurait juré que c'était le jeune homme du train, qui avait dû descendre à la gare suivante.

Deuxième round ! On était à peine à table. Le menu était terne : soupe de légumes, omelette aux pommes de terre, épinards et fromage. Éliane, qui avait pris un bain de soleil, avait encore la peau enduite d'une huile spéciale, très odorante, et, sur son costume de bain, elle s'était contentée de passer un peignoir léger.

Ce fut Émile, cette fois, qui attaqua :

— Françoise ! Que t'ai-je répété cent fois ?

La pauvre regarda autour d'elle avec angoisse, comme quelqu'un qui a l'habitude d'être gourmandé. Elle se demandait ce qui clochait encore.

— J'ai compris, maman ! Oncle Émile voudrait que j'aille m'habiller...

— Décemment, oui ! affirma Émile. Celui qui entrerait ici inopinément se demanderait s'il est dans une maison sérieuse...

Et Éliane de répliquer en se levant :

— Il y a des chances pour qu'il se croie plutôt dans un asile d'aliénés ! Pour ce qu'il y a à manger, j'aime encore mieux m'en aller !

Troisième round ! On dînait en silence, et il y avait deux chaises vides à table : celle d'Éliane et une autre. Françoise baissait le nez vers son assiette. Émile, après un temps, remarquait :

— Une fois de plus, Henri n'est pas encore arrivé !

— Il aura été retenu par ses affaires... risqua la mère.

Et l'oncle de ricaner douloureusement :

— Ses affaires ! Tu oses parler de ses affaires ?

— Émile !

Elle lui désignait Maigret qui faisait le gros dos et mangeait tout ce qui passait à sa portée.

— Tu as une drôle de façon d'élever tes enfants ! Il est vrai que s'ils tiennent de leur père...

— Émile !

Pas du tout ! Il tenait à son discours ! Il s'adressait au commissaire :

— Il faut vous dire, monsieur Maigret, que ma sœur a fait un triste mariage : un homme qui ne l'a épousée que pour notre argent et qui avait des aventures. Il est mort, heureusement, sinon je ne sais pas ce que la famille serait devenue !

Françoise retenait ses larmes. Puis tout le monde tressaillait. Une auto s'arrêtait devant la grille du jardin, repartait aussitôt. On entendait des pas. Un jeune homme entrait, mince, pâle, le visage tourmenté, et lançait :

— J'ai raté le train ! Excusez-moi...

Sans s'apercevoir de la présence de Maigret, il s'asseyait à sa place, s'étonnait :

— Éliane n'est pas ici ?

Puis il voyait l'étranger, sourcillait, regardait chacun tour à tour, attendant une explication.

— C'est *elle* qui t'a amené ici ? questionna son oncle.

Car Émile, décidément, ne pouvait rester longtemps sans manifester son humeur. Il venait de prendre des gouttes d'un médicament quelconque. Il buvait d'une eau minérale peu connue et mangeait du pain de régime.

— Tu veux me répondre, oui ?

— Vous allez quand même gueuler !

L'oncle gueula, en effet.

— D'abord, j'aimerais que tu te montres plus respectueux ! Ensuite, j'ai bien le droit de m'inquiéter quand je vois mon neveu, à vingt ans, incapable d'un travail quelconque, mais jouant les gigolos auprès d'une théâtreuse...

Il se tourna vers Maigret.

— Car ce garçon est l'amant d'une femme entretenue ! Vous voyez sa tête ! Il y a des jours où il ne tient pas debout et je me demande comment il finira...

— Émile ! supplia Françoise qui reniflait.

Oscar, lui, continuait à regarder le commissaire avec l'air de dire :

— Vous ai-je menti ? Mon frère n'est-il pas à moitié fou ?

Quant à Henri, il répliquait :

— Ce n'est pas moi qui demande à venir ici chaque week-end...

Maigret, de son côté, enregistrait :

« Toi, mon petit bonhomme, ou je me trompe fort, ou tu t'adonnes à la cocaïne ! »

Ce fut dès ce moment que, contrairement à son habitude, il commença à prendre des notes dans le gros calepin noir qui ne le quittait jamais.

Ces notes, le dimanche à midi, étaient les suivantes :

« Charmante famille ! On y cultive la haine comme ailleurs les vertus bourgeoises. Je me demande qui, là-dedans, ne hait pas tous les autres, et quelqu'un en particulier.

» Émile Grosbois est un maniaque qui joue les tyrans domestiques et qui a une peur atroce de mourir et de perdre de l'argent. Comme tous les tyrans, il se méfie de ceux qui l'entourent, passe son temps à les épier, les soupçonnant des plus noirs desseins.

» Oscar a un vice, ou une manie. Son frère y a fait allusion. Mais de quoi s'agit-il exactement ? Il doit être aussi avare qu'Émile. Celui-ci, comme cela arrive presque toujours entre jumeaux, a pris un terrible ascendant sur lui et Oscar n'ose pas secouer le joug.

» Françoise a peur de ses deux frères. Elle est le souffre-douleur sur qui retombent les colères de la maison et les fautes de ses enfants.

» Éliane, elle, plutôt que de faire front aux orages et de souffrir de toutes ces mesquineries, mène sa vie à sa guise, égoïstement. Cette nuit, j'ai entendu du bruit du côté de sa chambre. Je suis persuadé que le jeune homme du train est venu la rejoindre. Ses oncles doivent avoir peur d'elle car, si elle se marie, il est à peu près certain qu'elle réclamera sa part de la fortune.

» Quant à Henri, c'est un faible, un nerveux qui se détraquera vite s'il continue à s'adonner à la drogue. Proie facile pour une femme experte qui lui donne l'illusion de la grande vie. »

Quelqu'un, là-dedans, avait-il envoyé à Émile Grosbois le billet menaçant et fallait-il croire que cette menace serait vraiment mise à exécution ?

La veille, dans le cabinet du chef de la P.J., les deux hommes n'y croyaient pas trop, flairaient plutôt une mauvaise plaisanterie, ou une étrange manœuvre d'Émile Grosbois lui-même.

Depuis que Maigret était dans la maison, il ne prenait plus les choses aussi légèrement et son malaise du début s'épaississait, tournait à l'angoisse.

Car il était difficile d'imaginer, dans le cadre radieux des bords de la Seine où le dimanche avait amené des flottilles entières de canoës et des rangs serrés de pêcheurs à la ligne, une atmosphère plus étouffante que celle de la villa des Grosbois.

Rien n'était net, propre, sincère ! Et si les murs suaient l'humidité, si les papiers de tenture se décollaient, si la cuisine était plus sale que dans la dernière des gargotes, les habitants étaient en harmonie avec le décor.

A ce sujet encore, Maigret avait pris des notes, car il prévoyait que les moindres détails auraient, à un certain moment, leur importance.

C'était, pour ainsi dire, la liste des « bagarres ».

« 1. Samedi, à l'heure du thé, Oscar reproche à Émile sa manie des médicaments et Émile fait allusion à un vice secret de son frère.

» 2. Au dîner, premier accrochage entre Émile et Éliane.

» 3. Émile s'en prend à Henri qui répond.

» 4. Dans la cuisine, un peu après, dispute entre Babette et Françoise.

C'est Babette qui élève la voix. Quel est le sujet de cette dispute ? Aussitôt après, Françoise, qui pleure, monte se coucher en rasant les murs.

» 5. Le matin, dans le jardin, discussion entre Henri et Éliane. Henri semble se douter que sa sœur a reçu un jeune homme dans sa chambre et il lui parle avec véhémence. Éliane lui répond sur le même ton. Ils se taisent tous deux à l'approche de leur oncle Émile.

» 6. Moins d'un quart d'heure plus tard, dans un couloir du premier étage, Émile, furieux, s'en prend à Françoise.

» 7. Presque au même moment, Oscar s'approche furtivement de moi et me glisse :

» — *Je vous avais prévenu ! Un jour ou l'autre, il sera nécessaire de l'interner. La vie n'est plus possible...* »

Du moins toute la famille était-elle habituée à respirer cette atmosphère ! Maigret, lui, se sentait cafardeux comme il ne l'avait jamais été.

Était-il donc possible que des gens qui possédaient la fortune et la santé eussent assez peu de bon sens pour se gâcher ainsi l'existence ? Quel mal sournois les rongeait ? Et comment l'un d'entre eux n'éclatait-il pas soudain de rire en s'écriant :

— Assez de stupidités ! Cessons de nous chamailler, de nous épier, de nous haïr... Il y a du soleil... C'est dimanche... La vie est belle...

Mais non ! Seule Éliane réagissait à sa manière en ce sens que, sans s'inquiéter des autres, magnifiquement impudique dans son maillot, elle courait vers la rivière où on ne tardait pas à la voir dans un canoë en compagnie d'un jeune homme.

Henri, lui, était couché dans les hautes herbes, près du fossé, et, quand Maigret le découvrit, il regarda celui-ci avec des yeux vagues.

Le commissaire voulut s'asseoir près de lui, entamer la conversation.

— Dites-moi, mon ami, il me semble que vos oncles ne vous font pas la vie facile...

Henri ne répondit pas tout d'abord. Il mâchait un brin de paille et ses pupilles dilatées prouvaient qu'il venait de prendre de la drogue.

— Il est vrai que vous allez être majeur ! A ce moment, vous pourrez réclamer la part de votre père et...

— De quoi vous mêlez-vous ?

— En effet, je me mêle peut-être de ce qui ne me regarde pas, mais je vous ferai remarquer que c'est votre oncle Émile qui m'a supplié de venir dans cette maison où le séjour n'est pas particulièrement folâtre...

— Tant pis pour vous !

Maigret connaissait ça, ces jeunes gens tendus, hargneux, toujours prêts à l'offensive et qui n'en sont pas plus mauvais pour la cause.

— Comme vous voudrez, grommela-t-il en s'éloignant.

D'emploi du temps, il n'y en avait pas dans la maison. On ne faisait, en somme, littéralement rien.

Les deux frères, qui étaient prêts, avec leur complet d'alpaga gris, depuis huit heures du matin, s'asseyaient un moment dans un fauteuil du jardin ; puis l'un d'eux errait dans la maison, sans doute à la recherche de quelqu'un à gourmander ; puis on se retrouvait et on échangeait paresseusement quelques paroles, tandis que Françoise travaillait dans la cuisine avec Babette.

On était là par principe, parce qu'on avait une maison de campagne et qu'il avait été décidé, une fois pour toutes, que la famille entière passerait ses week-ends dans cette propriété.

Peu importait qu'on s'ennuyât ! L'essentiel, c'était d'être là, autour de l'oncle Émile qui prenait un malin plaisir à épier son petit monde et à relever les moindres fautes contre les règles qu'il avait édictées.

« Quel peut être le vice d'Oscar ? s'était demandé cent fois Maigret, en examinant le bonhomme à tête de rat. Il ne fume pas, il ne boit pas. Avare comme il l'est, comme le sont les deux frères, cela m'étonnerait de le voir courir les filles... »

La réponse lui fut fournie avant le déjeuner. Force était au commissaire de faire comme les autres, d'aller et venir, tantôt dans le jardin, tantôt dans la maison.

Vers dix heures, Babette était montée pour ranger les chambres. Maigret, longeant le corridor du premier, avait aperçu une porte entrouverte et, par cette ouverture, Oscar qui tenait la servante dans ses bras ou plutôt qui...

Les yeux du commissaire pétillèrent. C'était inattendu sans l'être. Il aurait dû se douter que, dans une pareille famille, il ne fallait pas s'attendre à quelque chose de sensationnel.

L'image des deux célibataires se précisait. Émile, lui, était un chaste, mais Oscar avait quelques ardeurs. Prudent, craignant les imprévus, il se contentait de les assouvir avec Babette qui n'avait rien d'affolant.

Sans son frère, ne serait-il pas capable d'épouser la servante ? Peut-être ! En tout cas, si celle-ci y mettait du sien...

Et n'était-ce pas pour cela que Babette se permettait de parler haut à Françoise ?

Mais qui avait écrit à Émile la lettre de menaces ?

Et quelqu'un oserait-il vraiment faire le geste ?

Le menu du déjeuner fut un peu plus soigné que celui du dîner de la veille. C'était dimanche ! On avait droit à des hors-d'œuvre (filets de hareng, radis et salade de pommes de terre), à du gigot aux haricots, à du fromage et à de la tarte aux cerises, dont Émile choisit le plus gros morceau.

Peut-être pour éviter une nouvelle scène à sa mère, Éliane avait daigné passer une robe, une simple robe de toile blanche, sous laquelle elle devait être nue car, quand elle se dressait dans le soleil, on découvrait tout son corps en transparence.

La vérité, c'est qu'à cause de ce détail, Maigret n'observa guère ce qui se passait pendant le repas. Éliane était juste devant lui, sur la terrasse où on avait dressé la table. Et, ma foi, il pensait, avec quelque envie, à l'heureux jeune homme qui s'était introduit subrepticement la nuit dans la villa et qui avait dû passer d'agréables moments.

Ce fut au café qu'Émile prit soudain la parole, avec une solennité inattendue. Debout, il avait l'air de vouloir faire un discours et ce fut presque un discours, en effet, dans lequel on retrouvait tous les sentiments qui étaient à la base des relations de cette extravagante famille :

— Il est inutile de vous rappeler la lettre de menaces que j'ai reçue et à cause de laquelle le commissaire Maigret est ici aujourd'hui. Je ne me fais pas d'illusions sur l'affection que vous me vouez ! Quand on est chef de famille et qu'on porte sur ses épaules toutes les responsabilités...

Car c'était lui, l'aîné, Maigret le savait depuis le matin, Oscar étant venu au monde quelques minutes après son frère.

— Il n'en est pas moins vrai que, le vouliez-vous ou non, je tiens à prendre toutes mes précautions. La lettre précise que le crime sera commis avant six heures, cet après-midi...

Françoise, comme d'habitude, semblait contenir une éternelle envie de pleurer. Oscar regardait Maigret fixement. Éliane, les yeux mi-clos dans le soleil, devait rêver à de substantielles voluptés, tandis que les narines de son frère frémissaient comme frémissent les narines des drogués qui attendent l'heure de leur prise.

Babette devait être sur le seuil. Maigret ne l'avait pas vue. Émile lui disait :

— Avancez ! Vous n'êtes pas de trop, au contraire, puisque vous faites partie de la maison. J'ignore les intentions du commissaire. Je ne sais pas encore quelles précautions la police a prises pour éviter un malheur. Pour ma part, j'ai pensé que le plus sûr moyen d'écarter le drame est que nous restions tous ensemble jusqu'à six heures du soir.

Il les regardait méchamment, avec défi, semblait dire :

— Que cela vous plaise ou ne vous plaise pas, il en sera ainsi ! Tant pis pour celui ou celle d'entre vous qui a comploté ma mort !

La réplique fut aussi drôle qu'inattendue, car elle vint de Babette qui s'exclama :

— Et ma vaisselle ?

— Vous la ferez ce soir.

Éliane eut un petit coup d'œil vers Maigret. Leurs regards se rencontrèrent. Elle dut lire les pensées du commissaire, car elle rougit légèrement.

Henri, lui, était devenu pâle, peut-être à la perspective d'être privé de cocaïne, qu'il n'oserait pas prendre devant tout le monde.

Quant à Françoise, elle soupira :

— Tu nous soupçonnes, Émile ?

— Je ne soupçonne personne et je soupçonne tout le monde. Toute la famille restera sur cette terrasse. Babette va apporter le nécessaire pour préparer le thé. Je pense que le commissaire ne pourra qu'approuver cette mesure de prudence élémentaire...

Le commissaire approuva, en effet ! Pourquoi pas ? C'était lui faciliter sa tâche, lui éviter de courir en tous sens pour s'assurer de l'emploi du temps des uns et des autres.

— Qu'est-ce qu'on va faire pendant des heures ? soupira Oscar.

Et son frère, d'une voix aigre :

— Qu'est-ce que tu fais, d'habitude ?

Éliane ne put s'empêcher de plaisanter, en regardant le ciel d'un bleu radieux :

— Et s'il pleuvait ?

Son oncle se contenta de la foudroyer du regard.

Tant pis pour le petit jeune homme du train qui allait passer et repasser en vain, dans son canoë verni, devant le jardin ! Ne pouvait-il pas se contenter de ce qu'il avait eu la nuit précédente ?

Maigret commençait presque à s'amuser. Renversé sur sa chaise de rotin, il bourrait sa pipe, à petits coups d'index, cherchait des allumettes dans sa poche, n'en trouvait pas, se levait.

— Qu'est-ce que vous cherchez ? questionna Émile Grosbois.

— Des allumettes...

— On va vous en apporter... Je vous en prie, faites en sorte qu'après cela personne n'ait plus à se déranger. Je m'excuse d'être intransigeant ; cependant, je me permets de faire remarquer que c'est ma vie, à moi, qui est en jeu !

A moins de cinquante mètres, la ligne de chemin de fer traversait le jardin et, parfois, un train passait avec un vacarme assourdissant, noyant pour quelques instants la maison dans sa fumée malodorante.

Sans doute la villa avait-elle été construite avant l'établissement de la ligne ? Sans doute aussi l'expropriation d'un bout de terrain avait-elle rapporté gros à la famille ?

— Vous prenez de l'alcool, monsieur le commissaire ?

Émile lui demandait cela comme s'il eût été certain que la réponse serait négative.

Maigret fit exprès de répliquer :

— Ma foi, si on doit rester en place pendant des heures, je ne serais pas fâché d'avoir quelque chose à boire.

Alors Émile remit la clef de la cave à Babette en disant :

— Apportez une bouteille de cognac : celle qui est entamée et qui se trouve sur la planche de gauche...

Il faisait chaud. Des familles pique-niquaient un peu partout au bord de la Seine et des hommes repus s'étiraient dans les hautes herbes, un mouchoir ou un journal sur le visage, avec la perspective d'une sieste savoureuse.

— Vous ne jouez à rien ? questionna Maigret avec ironie, en regardant ses compagnons à la ronde.

Françoise, timidement, répondit :

— Il y a bien un nain jaune, mais je ne sais pas s'il est complet...

L'attente commença, l'attente, en somme, de la mort d'Émile Grosbois, qui se tenait tout raide dans son fauteuil de jardin et dont le regard féroce allait sans cesse de l'un à l'autre.

3

Maigret regarda sa montre. Il était exactement deux heures et il y avait par conséquent quatre heures à passer, dans une immobilité assez semblable à celle d'un voyage en chemin de fer. Seulement, il ne fallait pas compter sur le défilé du paysage, qui restait obstinément le même, ni sur les plaisirs de la conversation.

Émile Grosbois, on le sentait, en dépit de son calme apparent, était barbouillé d'effroi et, à mesure que le temps passait, il se repliait davantage sur lui-même, comme pour donner moins de prise au destin.

Françoise avait déployé un ouvrage de couture. C'était, cela se sentait, une femme capable de passer toute sa vie en de menus soins et de trouver une sorte de volupté dans son propre malheur.

Toutes les cinq minutes, elle levait la tête en soupirant, regardait chacun autour d'elle, comme un chien battu, soupirait à nouveau et reprenait sa couture.

Parfois aussi, elle prononçait quelques mots, pour elle seule, ainsi que font celles qui vivent de longues heures dans la solitude.

— Ce n'est pas possible que le monde soit si méchant !...

De quoi parlait-elle ? De qui ? De l'assassin ou d'Émile Grosbois ?

Puis, un peu plus tard :

— Personne n'oserait entrer ici alors que la police s'y trouve...

Babette, elle, était furieuse d'avoir été arrachée à sa cuisine. On lui avait dit de s'asseoir, mais, pendant une heure au moins, par protestation, elle était restée debout, toute droite, comme une statue de la mauvaise humeur.

Quant à Éliane, elle avait été plus sage. Prenant les coussins des fauteuils inoccupés, elle les avait arrangés dans un coin de la terrasse et s'était allongée, les yeux clos, dans un rayon de soleil.

Son frère était moins philosophe, et c'était lui qui inquiétait le commissaire. En effet, l'heure de sa drogue était passée et le jeune homme commençait à s'agiter, à avoir des tics nerveux qui, tout à l'heure, pourraient bien finir par une crise.

Restait Oscar, qui aurait bien voulu animer la conversation.

— Vous me permettez de donner mon avis ? Je ne suis pas un spécialiste de ces questions, comme le commissaire Maigret. Cependant, le bon sens suffit pour démontrer que nous sommes tous en train de prendre une plaisanterie pour de la réalité...

Un regard glacé de son frère. Un regard plus aigu de Maigret.

— Car, en somme, de quoi s'agit-il ? D'une lettre presque enfantine à force de... romanesque ! Est-ce que les assassins ont l'habitude d'avertir ainsi de leurs coups ? Puisqu'on nous le demande, restons ensemble, à cette place, jusqu'à six heures, mais... ne prenons pas la chose au tragique, sinon, tout à l'heure, nous serons forcés de nous moquer de nous...

— C'est toi qui es menacé ? lui demanda sèchement son frère.

Oscar répliqua en riant :

— Ma foi, je le suis presque autant que toi ! De loin, en effet, c'est à peine s'il est possible de nous distinguer l'un de l'autre. Et comme l'assassin, s'il existe, tirera de loin...

Maigret intervint doucement :

— Pourquoi parlez-vous de *tirer* ?

Et l'autre, surpris :

— Mais... je ne sais pas... Généralement, un crime se commet avec un revolver, ou avec un fusil...

Mal à l'aise, il bafouillait :

— Car je suppose qu'on ne viendra pas sur cette terrasse, un couteau à la main, pour poignarder mon frère ?

Grimace d'Émile, qui décroisa les jambes et les croisa dans l'autre sens. Soupir de Françoise.

Deux heures et demie... Trois heures... Éliane s'était endormie, toute blanche dans sa robe qui sculptait ses formes et que la brise, parfois, faisait frémir, découvrant un peu de la chair bronzée de ses cuisses.

Un train...

Puis, sur la Seine, un remorqueur et ses péniches...

Soudain, à trois heures et demie, un geste inattendu d'Émile, prouvant qu'il avait vraiment peur. D'un mouvement saccadé qui indiquait qu'il résistait depuis longtemps à la tentation, il s'était levé et s'était versé un plein verre de cognac.

Son frère était stupéfait, sa sœur aussi. Il les regardait durement. Il articulait :

— Encore deux heures et demie !...

Peu après, des perles de sueur luisaient sur son front et il mordillait sa lèvre inférieure.

— Vous croyez vraiment que je n'aurais pas pu faire ma vaisselle ?

Oscar lui ordonnait par geste de se taire et Maigret souriait à l'évocation de la scène du matin qui lui avait enfin révélé le vice de Grosbois II.

Sur la Seine, pour tous ceux qui faisaient du canoë, de la voile, ou qui se baignaient joyeusement, pour les pêcheurs attentifs aux frémissements de leur flotteur et pour les amateurs de sieste dans les roseaux, les heures devaient être terriblement courtes.

Sur la terrasse de la villa Grosbois, les minutes s'allongeaient implacablement, coulaient les unes après les autres comme on entend parfois, la nuit, tomber après un temps interminable les gouttes d'un robinet mal fermé.

Dieu sait si Maigret, dans sa carrière, avait vu des phénomènes de toutes les sortes et s'il était difficile à étonner !

Or, en l'occurrence, ce n'était pas seulement de l'étonnement, mais de l'écœurement, de la révolte.

Il lui semblait que ces gens-là, chez qui le hasard l'avait fait tomber, gâchaient comme à plaisir de la belle matière, de la belle vie, des possibilités infinies.

Est-ce qu'Oscar, par exemple, n'aurait pas pu trouver d'autres voluptés que celles que lui dispensait avec dédain l'indifférente Babette ?

Est-ce que Henri n'aurait pas pu être un jeune homme comme un autre et jouir sans souci de la plus belle partie de l'existence ?

Seule Éliane...

« Ils sont bêtes ! concluait-il. C'est si rare de rencontrer quelqu'un qui sache vivre ! »

En attendant, il y avait là, dans le cercle de famille, quelqu'un qui avait fait le projet de tuer ! Ce quelqu'un mettrait-il, malgré tout, sa menace à exécution ?

Voilà qu'une autre pensée venait au commissaire, une pensée terrifiante ! Si le crime n'avait pas lieu, Émile, le lendemain, se précipiterait à nouveau chez son conseiller municipal ou peut-être chez de plus hauts personnages encore ! Il prétendrait que sa vie continuait à être menacée et il obtiendrait...

Eh oui !... *Si le crime n'avait pas lieu, il y avait bien des chances pour que Maigret fût attaché pendant un temps indéterminé aux pas du bonhomme et de son ahurissante famille !*

« Pourvu... »

Maigret ne demandait pas la mort d'Émile, mais il souhaitait que quelque chose se produise, qui mette fin aux angoisses du bonhomme !

— Une question, fit-il à voix haute. Passe-t-il un train vers six heures ?

— Non ! Il passe un express à quatre heures quarante-sept et un omnibus à sept heures cinq...

Une idée comme une autre ! Une idée assez stupide, en somme, car, pour tirer sur Émile Grosbois, encore fallait-il que celui-ci fût dans son jardin au passage du train...

— J'y avais pensé aussi ! soupira Françoise. J'allais même proposer de rentrer. Vous ne trouvez pas qu'il fait frais ?

— Pas du tout !

Il faisait chaud. Maigret regardait avec un certain trouble la peau d'Éliane qui, dans le cou, se couvrait d'une rosée légère, parmi les petits cheveux dorés.

Que de temps perdu !

Et cela à cause d'un bonhomme, ou plutôt de deux bonshommes antipathiques !

A quatre heures, ou un peu après, Émile reprit de la fine et, comme il n'y était pas habitué, ses yeux trahirent bientôt un commencement d'ivresse.

— Je prépare le thé ? proposa Babette, qui s'ennuyait visiblement.

— Pas encore. On a déjeuné tard...

— Et le dîner ? Vous croyez qu'il sera prêt, le dîner, avec toutes vos histoires à dormir debout ?

— Silence ! fit la voix mate d'Émile.

— Bon ! On se tait ! Tout à l'heure, il ne faudra pas rouspéter si...

— Silence !

— Pas besoin de crier si fort. On n'a jamais vu...

— Silence ! hurla-t-il en se dressant. Vous oubliez que je vais peut-être mourir. Je sais que cela vous ferait plaisir à tous. Oui ! je le sais et vous vous en cachez à peine. Mais...

Il se déchaînait subitement, peut-être sous l'action de l'alcool.

— ... le commissaire est ici, vous comprenez ? Si bien que l'assassin n'échappera pas au châtiment ! Vous vous ennuyez peut-être... C'est un après-midi perdu... Mais vous avouerez que cela vaut mieux qu'un cadavre... Silence !

Oscar regarda Maigret et leva les yeux au ciel.

« Complètement fou ! » semblait-il dire.

Françoise tressaillait à chaque éclat de voix, comme si elle eût été menacée. Éliane levait la tête, battait des paupières, baissait un peu sa robe sur ses cuisses presque dénudées par la brise, et, indifférente, reprenait sa position confortable, essayait de retrouver le sommeil.

— Je ne tolérerai pas que, dans notre maison...

Émile, ne trouvant pas de contradiction pour servir d'élément à sa colère, allait devoir se calmer quand, à la stupeur de tous, sauf de Maigret qui s'y attendait depuis quelques minutes, Henri se leva, blême, les lèvres tremblantes.

Il y avait quelque temps déjà que ses narines se pinçaient, que ses doigts s'agitaient dans le vide.

— Vous êtes fou ! hurla-t-il. Vous entendez ? Vous avez beau être mon oncle, rien ne m'empêchera de vous dire que vous êtes un fou et une brute ! Quant à moi, je ne resterai pas une minute de plus dans cette maison ! J'en ai assez !... Assez !... Assez !...

Sa mère n'en revenait pas, restait sans réaction à force de stupeur. Émile regardait son neveu en se demandant s'il avait tout son bon sens.

— Henri !... cria-t-il.

— Merde !

— Henri !... Je veux... J'ordonne...

Trop tard ! Le jeune homme, qui avait déjà quitté la terrasse, traversait le jardin, à pas saccadés, en continuant sans doute à mi-voix sa tirade.

On put croire qu'Émile allait courir après lui et la scène aurait fini alors dans le grotesque. Au lieu de cela, il articula :

— Commissaire, vous êtes témoin. Je vous demande d'arrêter ce jeune homme, de l'empêcher de partir...

Maigret ne bougea pas.

— Je vous somme de...

— Excusez-moi, murmura calmement Maigret. Nous sommes ici en Seine-et-Oise, vous le savez. Le chef vous a fait remarquer hier que mon rôle, en dehors du ressort de la P.J., ne peut que se borner à un rôle de protection. Même à Paris, je n'aurais aucun motif d'arrêter votre neveu parce qu'il vous a dit merde...

— Très bien !... Très bien !... Très bien !...

Il écumait. Il se servit machinalement à boire et, oubliant peut-être que c'était du cognac, il avala une grande gorgée qui faillit l'étouffer.

— Babette !... Babette !...

— Je suis ici, monsieur.

— Préparez le thé... Tout est sur la terrasse, n'est-ce pas ?... Je ne veux plus que personne s'éloigne...

Il dut s'éponger, reprendre haleine. Puis il regarda l'heure à sa montre et s'épongea à nouveau, car il était près de cinq heures.

— Calme-toi, lui conseilla son frère.

Un vilain regard, les lèvres qui s'entrouvraient pour une nouvelle colère, mais qui se refermaient sans avoir laissé jaillir un mot.

— Si seulement on laissait dormir les gens ! soupira Éliane sans soulever les paupières.

Sur la table non desservie du déjeuner, Babette avait allumé un réchaud à alcool pour faire bouillir l'eau du thé. Maigret fumait sans répit, se jurant de ne plus accepter de pareilles missions et de se méfier désormais des marchands de chiffons et des jumeaux célibataires.

— S'il m'arrivait quelque chose, commissaire, j'aime mieux vous dire...

Maigret faillit, comme le jeune homme, laisser tomber :

« Merde ! »

Il ne le fit pas. Ça lui en coûta.

— ... que vous aurez à répondre devant l'opinion publique de...

— ... de votre mort, je sais ! Mais je vous ferai remarquer que c'est vous qui avez pris, sans me consulter, toutes vos dispositions...

— Elles sont mauvaises ?

— Je n'ai pas dit cela.

— Qu'est-ce que vous auriez fait, vous ?

— La question ne se pose plus, étant donné qu'il ne reste que cinquante minutes.

Plus l'heure approchait et plus Émile était nerveux, crispé, méfiant, agressif.

— Quand je pense que quelqu'un de ma famille...

— Pourquoi nécessairement quelqu'un de votre famille ?

— Parce qu'ils me détestent ! Parce qu'ils m'ont toujours détesté !

Il était comme ces êtres qui ont crâné pendant leur vie entière et qui, à l'approche de la mort, perdent toute pudeur, supplient, sont prêts à se confesser au premier passant venu.

— Un simple détail ! J'ai bien réfléchi à la question ! La lettre a été constituée à l'aide de mots et de lettres découpés dans des journaux que nous recevons régulièrement à la maison...

— Je suppose que d'autres gens les reçoivent ?

Maigret en avait vraiment assez. Son mépris était tel qu'il aurait été capable, comme Henri, de s'en aller sans attendre la fin de cette écœurante séance.

— Le sucre, Françoise !

— Il est dans la maison...

— Allez le chercher... Ou plutôt non !... Commissaire, allez avec elle... Non !...

Il ne savait plus quelles précautions prendre. Il ne voulait pas voir une seule personne entrer dans la villa. Il ne voulait pas y aller lui-même. Il ne voulait pas non plus se passer de l'aide possible de Maigret...

— Nous prendrons le thé sans sucre...

— Mais... protesta son frère.

— Silence ! Est-ce moi, oui ou non, que l'on doit tuer ?

Toutes les lâchetés humaines éclataient en lui et alentour il n'y avait que veulerie. Françoise servait le thé et reniflait toujours, véritable maniaque de la vie larmoyante.

Le seul qui restât à peu près calme était Oscar, qui profita d'un répit pour prononcer :

— Je suis sûr qu'il ne se passera rien. C'est moi qui avais raison : il s'agit d'une farce...

Et, à son frère qui le regardait férocement :

— Tu aurais mieux fait de m'écouter, de partir pour la montagne où j'ai trouvé une bonne adresse. Quelques semaines de repos... D'ailleurs, il n'est pas trop tard...

Cinq heures vingt minutes. Les baignades continuaient dans la Seine. Éliane, les yeux toujours clos, gonflait la poitrine à chaque aspiration, rêvant peut-être des joies que lui refusait cette journée.

— Encore ?

— Laisse-moi tranquille...

Émile, comme il l'avait fait la veille, choisissait un cachet dans sa boîte, où il n'y en avait plus que trois, l'avalait avec une gorgée de thé.

— Tu te rendras malade à force de te croire malade, grondait son frère. Alors qu'un peu de repos...

Pourquoi diable voulait-il à toute force écarter l'autre de Paris ? Pourquoi s'obstinait-il à lui faire croire qu'il avait besoin d'une cure dans une maison de repos, cure qui pourrait fort bien avoir son épilogue dans un asile d'aliénés ?

Était-ce à cause de Babette ? Voulait-il se sentir les coudées plus franches ? La servante l'avait-elle décidé à l'épouser et ne craignait-on que le veto d'Émile ?

En guise de sucre, Maigret versa du cognac dans son thé, car il avait presque envie de se saouler pour ne plus penser à toutes ces saletés.

Cinq heures et demie...

Il fut étonné du calme d'Émile Grosbois et il observa celui-ci, le vit tout pâle dans son fauteuil, une main sur la poitrine, les prunelles dilatées.

— Votre frère a une maladie de cœur ? demanda-t-il à mi-voix à Oscar.

— Il le croit. C'est pour cela qu'il se soigne...

Au même moment, on entendait un râle régulier, celui d'Émile qui glissait insensiblement dans son fauteuil.

Maigret se précipita.

— Un vomitif... Vite !... cria-t-il.

— Il n'y a rien à la maison...

— N'importe quoi !... Attendez... Une plume de poule ou de pigeon...

Car Émile ne bougeait plus. Il était exsangue, sans un tressaillement, sans un signe de vie.

— Une cuiller !... Vite, sacrebleu !...

Et Maigret y allait rondement, desserrait à l'aide de la cuiller les dents du marchand de chiffons, lui enfonçait dans la gorge la plume que Babette lui apportait.

— Tonnerre de tonnerre !... grondait-il.

C'était son tour de parler tout seul, de commander :

— Mais dégueule !... Dégueule donc, si tu ne veux pas crever !...

Il avait beau mépriser la victime, il n'en était pas moins anxieux au plus haut degré, et c'est à peine s'il constatait la stupeur qui se marquait sur les traits d'Oscar.

— Soutenez-le !... Le buste en avant... Oui, comme ça... Mais ne le lâchez pas, bougre d'idiot !

De ces minutes pendant lesquelles on n'a pas le temps de réfléchir, ni seulement de penser. On agit automatiquement, selon ses réflexes.

Ceux de Maigret étaient bons, par bonheur pour Émile Grosbois qui finit par perdre son attitude de statue de sel pour s'animer, hoqueter, et enfin vomir tout ce qu'il pouvait.

— Un docteur !... Vous, Éliane !... Courez chercher un docteur...

Six heures ! Les cloches sonnaient ironiquement à une toute petite église proche.

— Chatouillez-lui toujours le fond de la gorge, qu'il vomisse tout ce qu'il a dans le corps...

C'était presque une vengeance de voir le Grosbois, plié en deux, maintenu par des poignes solides et hoquetant, de la bave en longs filets sous le menton.

4

— Alors ? Ce week-end ?

Le chef, dans le soleil, caressait sa barbiche blanche et souriait malicieusement à un Maigret de mauvais poil.

— Une autre fois, vous serez gentil d'envoyer quelqu'un d'autre pour ce genre de mission. C'est joli de sauver des gens, mais encore faut-il qu'ils le méritent ! Or, tant qu'ils sont...

— De qui parlez-vous ?

— De toute la famille !

— Sans exception ?

— Mettons, peut-être, à l'exception d'une belle fille qui... Et encore ! On n'a pas le droit de jouer tout un après-midi de dimanche à la Tentation de saint Antoine ! Quand on a un corps pareil, on le cache, ou alors...

— La lettre de menaces ?

— J'étais fixé dès le début. Envoyée par le frère, Oscar, évidemment ! Il y avait longtemps qu'il essayait de se débarrasser de l'aîné en le décidant à se soigner à la montagne. Et c'était lui qui, sous prétexte de protester contre les médicaments que prenait ce même Émile, lui mettait sans cesse des livres de médecine sous le nez. Vous comprenez ?

— Heu...

— Vous ne pouvez pas comprendre si vous ne connaissez pas la famille... Bref, Oscar, à cinquante et quelques années, avait envie de vivre sa vie, ce qu'il ne pouvait faire tant qu'il restait sous la tutelle de son frère... Il s'est dit qu'en l'effrayant, il obtiendrait que celui-ci s'éloignât enfin, ce qui lui eût permis de se livrer à ses petites débauches en compagnie de Babette, et sans doute d'épouser celle-ci...

— C'est peut-être très clair pour vous, mais j'avoue...

— Cela n'a pas d'importance !... Oscar a avoué... J'étais sûr qu'il ne pousserait pas la plaisanterie plus loin, qu'il n'attenterait jamais à la vie de son frère... Malheureusement, cette sorte de farce a failli, comme beaucoup de farces, finir en tragédie, parce qu'elle a donné des idées à quelqu'un... Un pauvre type, le neveu, élevé dans cette maison de fous, excité par une cocaïnomane, tiraillé, exalté, engueulé du matin au soir...

— Je vous suis de moins en moins !

— J'essayerai d'être plus précis dans mon rapport, mais celui-ci ne sera pas facile à écrire. Bref, le jeune Henri, mis au courant de la menace qui pesait sur son oncle, s'est dit qu'il pourrait bien, lui, la mettre à exécution... Remarquez que, dans la maison, chacun l'eût fait volontiers... Vous connaissez l'histoire du mandarin ?... Si on eût donné à quiconque, à Oscar, à Babette, à Françoise, à Éliane, la possibilité, en poussant sur un bouton, de supprimer Émile...

» Henri a essayé de le faire, en mettant une forte dose de cocaïne dans les cachets que son oncle prenait à heure fixe...

» Il n'a pas eu le courage d'assister à l'agonie...

» La police l'a cueilli à Paris la nuit même, alors qu'à moitié mort de peur il avait absorbé une quantité massive de drogue et qu'il était tombé inanimé dans un caboulot de Montmartre...

» C'est tout...

Maigret se passa la main sur le front, s'approcha de la fenêtre et aspira, à pleins poumons, l'air du matin.

— Il est arrêté ?

— A l'hôpital... L'oncle n'a pas porté plainte, effrayé à l'idée des débats publics en cour d'assises...

— Si bien que... ?

— Rien ! Ma femme est furieuse ! L'Émile a vomi sur mon pantalon, qu'il faut envoyer au teinturier, et elle a passé un mauvais dimanche...

Il allumait sa pipe, grommelait entre deux bouffées qui montaient dans le soleil :

— Parlez-moi d'une sympathique crapule !... Mais ces gens-là...

Et le chef, ironique, de répliquer :

— La Police judiciaire ne s'occupe pas que des assassins, Maigret. N'oubliez pas l'autre rubrique, celle sous laquelle vous allez classer votre rapport.

— ?...

— *Recherches dans l'intérêt des familles...*

Le chef, il est vrai, ne fut pas sûr d'entendre :

— Mince, alors !

Car Maigret ouvrait déjà la porte.

L'AÎNÉ DES FERCHAUX

Note de l'auteur

Il est peut-être utile, avant de commencer ce récit en marge de l'affaire Ferchaux, de rappeler les grandes lignes de cette affaire. On ne trouvera plus loin, en effet, que des allusions à des événements qui ont, certes, des liens plus ou moins étroits avec la crise qui nous occupe, mais qui fourniraient la matière à plusieurs forts volumes.

On nous reprochera peut-être de n'avoir pas présenté l'affaire dans toute son ampleur et sa complexité. Nous ne l'avons pas tenté, préférant borner notre étude à un moment de la vie tumultueuse de Dieudonné Ferchaux, moment que d'aucuns ne manqueront pas de considérer comme le moins intéressant d'une existence fertile en péripéties dramatiques.

De l'affaire Ferchaux proprement dite, nous nous contenterons de résumer, d'après les pièces du procès, les faits les plus importants.

Le 3 mars 1895 le vapeur « Aquitaine », des Chargeurs Réunis, débarquait, entre autres voyageurs, dans le port de Matadi, au Congo belge, les frères Dieudonné et Émile Ferchaux.

Émile Ferchaux s'était embarqué à Bordeaux avec un billet régulier de troisième classe. Il n'en était pas de même pour son frère, Dieudonné, dont l'aventure avait alimenté toutes les conversations pendant la traversée, non sans mettre l'excellent commandant Beuret dans un certain embarras.

Trois jours après le départ de Bordeaux, en effet, Émile Ferchaux avait insisté pour être entendu par le commandant. Très pâle, il lui avait avoué que son frère et lui avaient, faute d'argent en quantité suffisante, fait le projet de voyager tous les deux avec un seul billet. Alors qu'Émile, le cadet, s'embarquait régulièrement, Dieudonné, caché à bord, devait recevoir chaque jour la visite de son frère qui lui apporterait une partie de sa propre nourriture.

D'avance, en rôdant sur les quais de Bordeaux, ils avaient choisi comme cachette une des embarcations de sauvetage installées sur le pont supérieur et toujours recouvertes d'un taud de forte toile. Que s'était-il passé au moment du départ ? Dieudonné Ferchaux n'avait pu gagner sans être vu le pont des embarcations. Refoulé par les allées et venues de l'équipage, il avait pénétré — provisoirement, espérait-il — dans la cale avant, mais son frère n'avait pas tardé de voir les matelots bloquer les panneaux.

Pendant trois jours, Émile Ferchaux avait en vain essayé d'atteindre la cale par l'intérieur du navire et il s'était adressé, entre autres, à un steward qui ne lui avait été d'aucun secours.

Son récit fiévreux s'avéra exact, car on découvrit peu après Dieudonné Ferchaux dans la cale n° 1. Encore qu'exténué par trois jours de jeûne absolu, sa première réaction fut de fuir à la faveur de l'entassement de marchandises qui emplissaient la cale et le troisième officier raconta le lendemain qu'il avait fallu le traquer à travers caisses et ballots comme un chat sauvage.

Ses papiers apprirent que Dieudonné Ferchaux était né à Bordeaux le 13 février 1872, d'une certaine Eugénie Lamineux, épouse Ferchaux, domestique.

Dieudonné Ferchaux, qui avait donc 23 ans, exerçait en dernier lieu, à Saint-Nazaire, la profession de tôlier dans un chantier de constructions navales.

Son frère, Émile, était garçon épicier à Bordeaux.

Si l'aîné avait accompli son service militaire dans une formation du Génie, Émile avait été réformé pour faiblesse pulmonaire.

Il y eut, à Matadi, une conférence entre le capitaine Beuret, le représentant de la Compagnie et le capitaine du port. Ces messieurs décidèrent en fin de compte de remettre les deux délinquants entre les mains du commissaire de police qui était à ce moment un Anversois du nom de Roels.

Celui-ci fut d'autant plus embarrassé que la ville naissante de Matadi ne comportait alors ni prison ni maison d'arrêt. Il envoya les frères Ferchaux, sans escorte, à Léopoldville, en les priant de se présenter, munis d'une lettre qu'il leur remit, au procureur du roi.

Contre toute attente, ils sonnèrent à la porte de ce personnage qui leur demanda pourquoi ils s'obstinaient à ennuyer les fonctionnaires belges alors que le Congo français était de l'autre côté du fleuve.

On vit peu les Ferchaux à Brazzaville, où ils prirent pension pendant quelques jours chez un Grec du nom de Léonidas.

Un an plus tard, on les retrouvait tous les deux beaucoup plus en amont, dans la région de Bolobo et de Gamboma. C'était l'époque où ils étaient un certain nombre à s'enfoncer dans la forêt, le long des rivières, à la recherche du caoutchouc.

Ils remontèrent le fleuve plus avant encore, jusqu'à la vaste région de marais et de forêts vierges qui entoure le confluent de l'Oubangui et du Congo. C'est là une cuvette immense et surchauffée où, comme disent les coloniaux, la saison sèche est la saison où il pleut le moins, ce qui signifie qu'il y pleut toute l'année et qu'on y vit dans une humidité perpétuelle. A certaines heures du jour seulement le soleil parvient à percer la couche épaisse de nuages. Jamais il ne perce la voûte autrement impénétrable que forment les arbres d'une forêt où les champignons sont gros comme des arbustes et les arbustes comme de vieux chênes.

Parlant de cette course vers l'amont, au cours de laquelle les deux frères semblaient s'acharner à distancer leurs concurrents, Dieudonné Ferchaux devait dire un jour :

— La question était d'arriver les premiers quelque part.

D'y arriver, d'y rester, de devenir les maîtres.

En 1900, l'année de l'Exposition, Émile Ferchaux débarquait en France, ayant cette fois voyagé en seconde classe, et, pendant plusieurs mois, on le rencontrait dans les antichambres de tous les prêteurs d'argent.

Quand il repartit, via Matadi et Brazzaville comme précédemment, la Cocolou (Comptoirs coloniaux de l'Oubangui), société anonyme au capital de 200 000 francs, était régulièrement inscrite au registre du commerce.

En 1910, la Cocolou comptait, tant sur les bords de l'Oubangui que sur les rives du Ngoko, de l'Alima et en général de toutes les rivières du delta de l'Oubangui, une quarantaine de comptoirs qui ramassaient le caoutchouc, les amandes de palme, le ricin et fournissaient en échange les indigènes en marchandises européennes.

Cette année-là, les frères Ferchaux achetèrent à une compagnie coloniale belge en faillite leur premier bateau à aubes, le « Cocolou 1er », qui commença à faire la navette entre Brazzaville et le haut du fleuve.

Par la même occasion, Dieudonné Ferchaux acquit une pinasse à moteur qui devait devenir sa résidence personnelle car, si son frère Émile, installé à Brazza où il faisait déjà figure de personnage important, s'occupait des relations avec l'Europe, l'aîné continuait une vie sensiblement la même que celle de leurs débuts, allant sans cesse d'un comptoir à l'autre, prospectant les régions voisines, poussant sa pétrolette bourdonnante comme un gros frelon dans le courant des moindres rivières.

Personne ne l'avait revu à Brazzaville, où il n'avait fait que passer jadis sans attirer l'attention. Une légende commençait à se créer à son sujet. On savait qu'il avait perdu une jambe alors que, la seconde année, il était seul en pleine forêt avec son frère. On savait aussi que, dédaigneux des revolvers et des fusils, il portait toujours sur lui quelques cartouches de dynamite.

Ce fut par le Congo belge, que le fleuve seul sépare du Congo français et du fief des Ferchaux, qu'on apprit l'histoire des trois nègres. Était-elle vraie ? Était-elle fausse ? Un Pahouin, réfugié à Coquilhatville, avait raconté que le Blanc-qui-n'a-qu'une-jambe jetait des sorts sur les nègres et que ceux-ci éclataient aussitôt.

A vrai dire, cela ne surprit ni n'indigna personne. Émile Ferchaux, questionné au cercle de Brazzaville, ne nia pas, avoua que son frère, sur le point d'être abandonné par ses porteurs qui le laissaient seul dans la forêt en emportant les vivres, avait lancé sur les meneurs une cartouche de dynamite et que trois indigènes étaient morts.

La Justice ne fut pas saisie.

La Cocolou prenait une importance grandissante, par suite, surtout, de la montée des cours de l'huile de palme. Des bateaux de différents tonnages s'ajoutèrent au premier. Il y eut le « Cocolou XX », construit spécialement par les chantiers de Saint-Nazaire et amené en pièces détachées à Matadi. Une centaine de blancs travaillaient pour les Ferchaux, tant dans les comptoirs qu'à Brazza.

Une seconde tradition naquit alors. Pour toute la colonie, les Ferchaux furent les patrons qui payaient le plus mal leurs employés.

A cela, Émile, préposé aux relations extérieures, répondit :

— Nous leur donnons un fixe très modeste, c'est vrai. Mais ils peuvent se faire en pourcentages un revenu beaucoup plus important.

A quoi on répondait derrière son dos :

— Malheureusement, les pourcentages, on ne les touche jamais. Dieudonné Ferchaux est là pour ça !

Tout cela devait faire, des années plus tard, dans l'atmosphère si différente de Paris, l'objet de polémiques passionnées. Maints journaux écrivirent le mot « requin » en parlant de Dieudonné Ferchaux. On l'appela aussi le Satrape de l'Oubangui.

On l'accusa, non seulement d'avoir une ou plusieurs femmes indigènes dans chaque village, ce qui paraît exact, mais d'avoir abusé à maintes reprises de son ascendant sur les femmes de ses employés.

Bref, sa réputation devint d'autant plus exécrable que son pouvoir et sa fortune grandissaient.

Les Ferchaux voulurent-ils évincer les premiers bailleurs de fonds qui leur avaient permis de fonder la Cocolou ? Toujours est-il qu'en 1913, déjà, ils fondaient une première filiale pour l'exploitation des bois d'ébène et d'okoumé, puis, presque aussitôt après, une société pour la plantation du caoutchouc.

En 1915, enfin, l'importance financière des affaires Ferchaux, encore accrue par la guerre, était devenue telle qu'Émile Ferchaux quittait Brazzaville pour s'installer à Paris.

En vingt ans, son frère aîné n'avait fait qu'un seul voyage en Europe, en 1905. Quoique déjà riche, il avait accompli la traversée à bord d'un cargo qui l'avait débarqué à Dunkerque. On prétendit qu'il venait en France pour soigner sa jambe dont il continuait à souffrir. On ne le vit nulle part dans les milieux coloniaux de Paris où son nom commençait à être connu.

Ce voyage fut-il une déception ? Toujours est-il qu'il devait passer à nouveau vingt ans de sa vie sans quitter ses forêts et ses marécages de l'Oubangui.

Même en compulsant, dans les archives du Palais, le volumineux dossier de l'affaire Ferchaux, ou plus exactement des affaires Ferchaux, il est difficile d'établir exactement ce qui déclencha les poursuites.

En 1934 encore, les Ferchaux, celui de Paris que tout le monde connaissait, et le Ferchaux légendaire de la pétrolette, étaient de puissants personnages. On chiffrait communément leur fortune à plusieurs centaines de millions, certains disaient le milliard.

Sans doute pareilles richesses ne s'acquièrent-elles pas sans un certain nombre d'irrégularités plus ou moins graves. La loi est la loi, certes, mais il y a un niveau d'élévation sociale au-dessus duquel la Justice ne jette les yeux que si elle y est contrainte.

Pouvait-on ignorer la malheureuse aventure des trois nègres, que les frères Ferchaux n'avaient jamais pris la peine de nier ? Certes pas. Elle était passée à l'état de légende et, au cercle de Brazzaville, on la racontait aux nouveaux, ébahis, comme un exploit des temps héroïques.

Ignorait-on davantage, en haut lieu, que les lois sur les sociétés, sur les bénéfices commerciaux, voire les simples règlements de douane étaient sans cesse enfreints — avec toutes les apparences de la légalité d'ailleurs — par les Ferchaux ? S'était-on assuré que les diverses concessions dont ils avaient bénéficié n'avaient pas eu leur contrepartie occulte ?

C'est difficile à croire et, dans une interview retentissante, maître François Morel, ancien avoué, devenu par la suite le conseiller de Dieudonné Ferchaux, déclarait :

— Si les grandes entreprises devaient obéir à la morale qui régit le commun des mortels, nous n'aurions ni banques, ni usines, ni grands magasins.

» Qu'on ne me fasse pas rire, messieurs ! avec cette subite crise d'honnêteté. Disons simplement : les Ferchaux, avec qui on a composé jusqu'ici, deviennent trop puissants et gênent d'autres puissances.

» La loi de la jungle joue donc.

» Mais, de grâce, qu'on ne me parle pas de la loi tout court, ni de moralité publique.

Toujours est-il qu'en avril 1934 des poursuites furent engagées contre les frères Ferchaux sur les instances de M. Gaston Arondel, administrateur colonial de deuxième classe.

Cet Arondel, personnage de peu d'importance, mais qu'on décrit comme très suffisant, ne fut-il qu'un instrument ? C'est possible. Il est possible aussi qu'il agit pour des motifs personnels, pour venger sa vanité blessée par Dieudonné Ferchaux.

Il était difficile de prévoir, d'ailleurs, que ce procès-verbal dressé par un brigadier de gendarmerie dans un petit poste de la forêt déclencherait un scandale aussi retentissant. Il s'agissait d'amandes de palme et de faux poids. Sur l'ordre d'Arondel, les gendarmes saisirent balances et marchandises cependant que des indigènes qui n'y comprenaient pas grand-chose étaient appelés à signer d'une croix les procès-verbaux.

Or, Dieudonné Ferchaux, par orgueil, affirme-t-on, pour ne pas céder devant un Arondel qu'il traitait de moucheron fanfaron, se refusa à nier.

— Jamais, depuis que la colonie existe, un comptoir n'a acheté les amandes de palme autrement que moi. Les nègres seraient les premiers surpris si mes kilos devenaient de vrais kilos.

Arondel, dès lors, s'acharna sur le colosse. Toutes les transactions des Ferchaux étaient surveillées. Gendarmes, douaniers, fonctionnaires des finances surgissaient au moment précis où il y avait une irrégularité à signaler. Des employés furent invités à trahir leur patron.

Enfin, l'administrateur de deuxième classe dénicha Dieu sait où un Pahouin qui se prétendit le fils d'une des victimes de Ferchaux et qui porta plainte, laquelle plainte, après plus de vingt-cinq ans, fut bel et bien enregistrée.

Avec un synchronisme troublant, qui semblerait donner raison à ceux qui voyaient en Arondel un simple instrument, ce fut le moment que choisirent certains actionnaires des affaires contrôlées par les Ferchaux pour réclamer des comptes et se plaindre.

Au Gabon, Dieudonné tenait tête à l'orage, ou plutôt écrasait Arondel de son indifférence méprisante.

— Une démarche auprès de lui et vous le mettrez dans votre poche, lui affirmait-on.

C'est probable, possible en tout cas.

A Paris, Émile Ferchaux se défendait en invitant à sa table force personnalités de la finance et surtout de la politique.

Déjà mondain par goût, menant grand train, tenant table ouverte, il se mit à pourchasser plus particulièrement ministres, députés et directeurs de journaux qui étaient ses hôtes, soit dans un de ses châteaux, soit dans son hôtel particulier de l'avenue Hoche.

En fit-il davantage ? Soutint-il pécuniairement la réélection de certains députés ? Aida-t-il de ses deniers des personnages influents comme il l'avait déjà fait, affirmait-on, pour obtenir certaines concessions ?

Pendant près d'un an, en tout cas, on ne toucha ni à l'un ni à l'autre des Ferchaux et la bataille paraissait gagnée quand, soudain, il fut question de l'arrestation de Dieudonné.

En mai 1935, celui-ci débarquait en France pour se défendre. Aucune personnalité n'en fut avisée. Personne ne put le photographier au cours d'un séjour d'une semaine à Paris, où le milliardaire descendit dans un petit hôtel du Quartier Latin.

Les photographes guettaient encore l'hôtel particulier de l'avenue Hoche qu'il était déjà à Caen. Il y retrouvait maître François Morel, l'ancien avoué, l'homme véreux mais terriblement malin qu'il avait connu au Gabon et dont il avait apprécié l'esprit froidement retors.

On a écrit depuis : « Si les Ferchaux avaient voulu composer, ils n'auraient pas été inquiétés. »

Comme pour Arondel, c'est possible. Composer avec qui ? Le dossier officiel ne permet évidemment pas de le savoir.

Émile, à Paris, a essayé de le faire. Mais son œuvre était anéantie par les coups de boutoir que son solitaire de frère lançait de sa retraite de Caen.

Des mois durant ce fut, dans le cabinet des hommes de loi et dans les bureaux de la Section financière du Parquet, un étrange combat. Des milliers de pièces constituaient peu à peu des dossiers qu'il faudrait des années pour débrouiller.

A tout moment, de jour comme de nuit, maître Aubin, l'ancien bâtonnier, que Dieudonné Ferchaux avait choisi pour le défendre, recevait de Caen des instructions bien faites pour émerveiller le juriste le plus retors. Les chefs d'accusation, en ce qui concernait les affaires commerciales et financières, tombaient les unes après les autres en même temps que des pièces gênantes disparaissaient des dossiers comme par magie. Des sociétés rivales, dont il n'avait jamais été question, se trouvaient compromises et il n'était pas jusqu'à certains actes des autorités coloniales qui n'apparurent soudain sous un jour nouveau, répréhensibles aux yeux de la loi stricte. Un gouverneur était obligé de démissionner. Peut-être se demandait-on en haut lieu s'il n'eût pas mieux valu n'avoir jamais levé pareil lièvre.

Et ce n'est pas de Paris, en effet, où l'étude des dossiers eût pu durer des années encore en attendant d'inévitables prescriptions, que vint le coup de grâce.

Ce fut Arondel, l'administrateur de deuxième classe, qui l'emporta. Ce fut l'affaire des trois nègres qui, suivant son chemin, obligea M. Duranruel, procureur de la Seine, à signer, le 8 octobre 1935, un mandat d'arrêt au nom de Dieudonné Ferchaux.

L'affaire Ferchaux entrait brusquement, d'une heure à l'autre, dans le domaine public. Les trois premières pages des journaux en débordèrent. Si le drame des trois nègres servait à jouer de la corde humanitaire et sentimentale, si la personnalité du Satrape de l'Oubangui donnait la note pittoresque où ne manquait même pas la pointe d'érotisme, le krach, qu'on annonçait proche, des entreprises Ferchaux, les chiffres plus astronomiques de jour en jour que l'on citait mettaient sens dessus dessous la petite épargne.

Enfin, comme dans le scandale de Panama, on cherchait les noms que cachaient certaines initiales. La publication d'une partie du dossier Mercator, dont nul n'avait jamais entendu parler, établissait soudain que certains personnages consulaires avaient trafiqué de leur influence, entre autres lors de la concession à des entreprises étrangères d'une partie de notre patrimoine colonial.

On interpella à la Chambre. Des gifles furent échangées dans les couloirs. On parla de commission d'enquête.

Une mort dramatique, une disparition qu'on qualifia de mystérieuse devaient, presque d'un jour à l'autre, arrêter net cette effervescence. Au grand soulagement de ceux qui, malades ou en voyage depuis quelque temps, purent reparaître le front haut.

Ils ne connaissaient rien de l'affaire Ferchaux.

C'est déjà, pour eux comme pour le public, une très vieille histoire et tout le monde s'est résigné à n'en pas savoir la fin.

PREMIÈRE PARTIE

L'HOMME DE L'OUBANGUI

1

Le train s'ébranlait d'une secousse brutale et Maudet, interrompu dans sa course, était collé, l'espace d'une seconde, contre la cloison du couloir, près de l'accordéon noir d'un soufflet. Alors, la viscosité de cette cloison, qui semblait suer gras et froid par une nuit pluvieuse d'octobre, lui entra dans les doigts, dans la peau, dans la mémoire ; elle devait à tout jamais s'associer pour lui à la notion de train de nuit.

Il en était conscient et c'est ce qui rendait la minute exaltante. Il allait jusqu'à prévoir qu'un jour, devenu un personnage important, il lui arriverait, obligé de traverser des wagons de troisième classe pour aller de son sleeping au restaurant, de passer furtivement les paumes de ses mains soignées sur les cloisons dans l'espoir de retrouver la même sensation.

Des baluchons, des valises sur lesquelles une ficelle suppléait aux fermetures démantibulées encombraient le passage, l'air glacé vous frappait soudain devant une vitre restée ouverte, des lumières crues, dehors, se mettaient à glisser, une cabine d'aiguillage, une lampe aveuglante au-dessus d'un tronçon de voie en réparation, les éclairs bleutés d'un chalumeau ; plus haut, au-dessus de la tranchée où le train s'étirait, des fenêtres étaient faiblement éclairées au flanc de maisons à pic, un autobus vert et blanc grimpait une rampe, le train fonçait dans un tunnel et Maudet respirait avec gourmandise l'odeur d'escarbilles et de sous-sol. Un wagon, deux wagons encore à traverser, en zigzaguant comme un ivrogne, des visages entrevus derrière les vitres, tous pâles, tous maladifs dans la poussière de lumière, une humanité que la nuit, le train, cette fuite vers quelque part rendaient pathétique, yeux mornes ou fixes, ou résignés.

Il marchait vite. Il atteignait enfin de la main la poignée de cuivre, ses yeux cherchaient Lina qui regardait droit devant elle mais qui sentit sa présence avant de la voir, tressaillit, tourna vivement la tête en souriant déjà.

— Viens...

Elle n'avait pas besoin de le questionner. Elle lisait la joie, l'orgueil dans ses yeux. Elle voyait ses doigts frémir d'impatience tandis qu'il saisissait la valise de fibre posée au-dessus d'elle.

Il y avait de l'ironie, de la pitié, une ombre de mépris dans le regard qu'il accordait encore à ceux qui auraient dû être leurs compagnons de voyage : trois marins de Cherbourg, exténués par quarante-huit heures de permission à Paris, l'un d'eux si blanc qu'il semblait sur le point de vomir ; une paysanne en noir, aux cinquante ans durs et calmes, immobile pour toute la nuit, les deux mains posées sur un cabas d'osier noir serré dans son giron ; une fille-mère enfin, en cheveux, les yeux délavés, entrouvrant déjà son corsage sur un sein dont elle rapprochait la tête d'un bébé minuscule.

Devant eux, Lina n'osa rien demander. Michel ne lui avait pas dit où il allait. A leur arrivée à la gare Saint-Lazare, ils avaient couru tous les deux le long du train. Le convoi était long. Les troisièmes étaient en tête. Maudet se retournait machinalement, sans ralentir sa course, pour épier les aiguilles de la grosse horloge suspendue dans l'espace.

— Monte...

Il l'avait hissée sur le marchepied glissant. La barre de cuivre était plaquée d'eau et de poussière de charbon.

Les autres étaient déjà las, installés pour la nuit. Lina s'était assise, mais Michel, debout, les avait regardés, ses prunelles s'étaient rétrécies, tout son visage était devenu plus mince, ses traits plus mobiles. Elle avait bien compris, en voyant battre imperceptiblement les ailes du nez.

Où était-il allé, d'où il revenait triomphant ?

— Viens...

On traversait la banlieue : un café éclairé, à un coin de rue, un rang de maisons basses, puis soudain un immeuble tout en hauteur qui paraissait ne tenir debout que par miracle, et, dans une rue déserte, un taxi égaré.

— Tu crois, Michel ?...

Il l'entraînait. Ils étaient deux, l'un derrière l'autre, à se heurter aux cloisons, à croiser des fantômes zigzagants qui cherchaient déjà les cabinets. Enfin, après un dernier soufflet aux tôles mouvantes, une lumière extraordinairement quiète, chaude et distinguée, un couloir au tapis rouge, aux cloisons d'acajou verni.

Lina entrevit le profil de Michel. Celui-ci n'était-il pas à cet instant comme un jeune animal qui, à force d'astuce et de volonté, a enfin retrouvé son élément ?

— Entre...

Un compartiment était vide, gris perle et bois verni, avec des appuie-tête au filet sur le dossier des banquettes et des photographies sur les cloisons.

— Si le contrôleur...

Il haussa les épaules, ferma la porte et rabattit sur le globe électrique des volets de toile bleue qui se rejoignaient comme des paupières.

— Voilà !

Il s'installait, s'enfonçait dans le mou des banquettes, s'étirait. Il se détendait enfin ! Ils étaient chez eux, à présent. Ils avaient fait leur coin. Ils pouvaient se serrer l'un contre l'autre — les petits cheveux de Lina qui s'échappaient de son béret de velours étaient perlés de pluie encore froide.

Elle pensait toujours au contrôleur.

— Qu'est-ce que tu lui dirais ?

Il haussa les épaules. A quoi bon prévoir ? Ils étaient bien. Ils étaient partis. N'était-ce pas déjà magnifique ? Le train, qui avait pris de la vitesse et qui saluait les premières campagnes d'un long coup de sifflet, les emportait tous les deux dans un douillet wagon de première classe.

— Tu vois que cela s'arrange toujours !

Qu'est-ce qui s'arrangeait ? Tout et rien. Ils ne savaient pas. Ils ne pouvaient pas prévoir ce qui les attendait, mais ils avaient fait un pas en avant, ils avançaient et, pour Maudet, cela suffisait.

— Quelle est la première gare ?

— Mantes-Gassicourt, dans une demi-heure.

Elle faillit objecter :

— S'il montait quelqu'un ?...

A quoi bon ? Elle le regardait, debout à nouveau, retirant son imperméable jaune qui lui donnait un aspect famélique. Il était maigre. Son complet trop juste le faisait paraître efflanqué. Sous ses cheveux longs, toujours en désordre, d'un blond cendré que les filles lui enviaient, les yeux étaient fiévreux, les ombres bleutées de l'anémie modelaient les pommettes.

Il se penchait pour regarder les photographies : le Mont-Saint-Michel — l'abbaye de Jumièges — un transatlantique sortant du port du Havre... Ses narines palpitaient, ses babines se retroussaient comme celles d'un jeune loup.

— Tu as peur ? se moqua-t-il.

— De quoi ?

Ne savait-elle pas qu'il avait besoin de la voir calme et confiante, placide, avec ce sourire un peu vague qui gonflait si naturellement ses lèvres charnues ?

N'était-ce pas lui qui avait peur, une peur vague comme un malaise, qui le poussait, par défi, à toujours aller de l'avant et à jouer les insensés ?

— Tu m'attendras dans un hôtel près de la gare.

Ils étaient à peine partis qu'il voulait être arrivé.

La veille, à minuit, ils ne savaient rien de ce voyage. Ils étaient affalés dans un coin de l'atelier de leur ami Lourtie, tout en haut de Montmartre, au pied du Sacré-Cœur. C'était le refuge pour les soirs sans argent. L'atelier était au fond d'une cour, au-dessus d'une remise. On était sûr d'y trouver n'importe quand trois ou quatre camarades.

On mettait toutes les ressources en commun pour aller acheter de la charcuterie et du vin.

Il n'y avait pas l'électricité. De temps en temps, on levait la mèche d'une lampe à pétrole. Lina sommeillait sur un divan fait de vieilles caisses et d'une paillasse. Les hommes discutaient, buvaient, retrouvaient bientôt au fond de leurs poches quelque monnaie pour aller acheter de nouveaux litres.

Il était deux heures du matin quand ils redescendirent, Lina accrochée d'une main lasse au bras de son mari. Qu'est-ce qu'il disait ? Elle l'entendait qui parlait, qui s'exaltait encore, mais elle était trop abrutie pour suivre le fil de son discours.

Il n'aimait pas ceux qu'il venait de quitter. Il les méprisait.

— Des ratés, tu verras ! Ils ne comprennent pas que...

Que quoi ? Les pieds de Lina butaient. Michel avait la manie de se coucher le plus tard possible et elle finissait par se laisser conduire comme une somnambule.

Les lumières de la place Blanche. Elle sentait qu'il frémissait. Tout ce qui participait d'une vie insensible le faisait frémir, lui donnait des impatiences quasi douloureuses : un portier de cabaret en rouge ou en bleu, le hall et la porte tournante d'un palace, une limousine qui glissait sans bruit sur l'asphalte et la silhouette entrevue d'une femme enveloppée de fourrures...

— Tu verras, un jour !

— Mais oui.

Pour elle, le rêve immédiat, c'était son lit. Peu importait que ce fût dans la chambre étroite d'un hôtel meublé de la rue des Dames. Elle marchait plus vite. Elle avait hâte de sortir de la zone dangereuse. Elle sentait que Michel était attiré de tous les côtés par des fils invisibles.

— Tiens, Buchet !

Ils étaient presque sauvés. Ils avaient atteint la partie la moins éclairée du boulevard de Clichy et voilà que Maudet repérait une silhouette glissant le long des arbres, une vaste cape noire, un chapeau d'artiste, une barbe roussâtre.

— Salut, vieux... Tu rentres ?

— Et toi ?

Buchet, qui avait failli être prix de Rome et qui composait des sonates, tapait chaque soir le piano dans une boîte du boulevard Rochechouart, un faux cabaret dont l'enseigne imitée des cabarets fameux du début du siècle n'attirait plus que de rares bourgeois de province.

Il rentrait chez lui, on ne savait où. On ne savait jamais ce qu'il faisait. Certain soir, on le voyait surgir dans l'atelier de la rue du Mont-Cenis, bien peigné, bien lavé, un rouleau de musique dans la poche. D'autres fois, on le rencontrait hâve et crotté comme un clochard et il vous frôlait en feignant de ne pas vous reconnaître.

— On prend un verre ?

— Si tu veux.

C'est à peine si Lina, de sa main posée sur le bras de Michel, osait une pression timide en forme de prière. Elle savait que rien ne le retiendrait. Tant qu'il y avait encore de la vie dehors, quelque chose à voir, à entendre, à renifler, il lui en coûtait d'aller s'enfermer entre quatre murs, de sombrer bêtement dans un sommeil anéantissant.

Ils poussèrent la porte d'un tout petit bistro de la place Clichy où il n'y avait qu'une marchande de fleurs et un chauffeur de taxi, s'accoudèrent au zinc, près des œufs durs et des sandwiches desséchés.

— Deux calvados, patron. Qu'est-ce que tu prends, Lina ?

— Rien, merci.

Michel n'aimait pas plus Buchet que les autres. Peut-être seulement l'estimait-il, avait-il pour lui un respect inconscient, à cause du courage qu'il avait de sombrer plus bas que n'importe qui. Certains n'affirmaient-ils pas avoir vu le musicien fouiller furtivement dans les poubelles ?

Ils n'avaient rien à se dire. Cela n'avait pas d'importance. Il y avait de la lumière, des reflets sur les bouteilles, les joues lavées de pluie de la marchande de fleurs, le visage terreux du chauffeur qui mangeait un œuf.

Or, c'est là que l'aventure, par le plus inattendu des hasards, devait commencer. La porte s'ouvrit. Maudet vit, dans la glace d'abord, un jeune homme en pelisse, coiffé d'un chapeau melon, ganté de clair, qui s'avançait vers le comptoir en affectant l'assurance d'un noctambule.

— Vous me donnerez un café.

Déjà il s'interrompait :

— Tiens, Buchet !... Et Maudet... Qu'est-ce que vous faites ici ?

Lui aussi, malgré sa pelisse et son melon, faisait partie de la bande du Mont-Cenis. Michel ne se rappelait pas son nom. C'était un des visiteurs intermittents. Il était dans les affaires, il était plus exactement sans cesse à la chasse de la bonne affaire. Il voyait des gens, beaucoup de gens. Sa vie se passait à courir après les personnes influentes.

— Tu prends un calvados avec nous ?

Une inquiétude dans son regard. Il ne devait pas avoir de quoi payer la tournée. Maudet le rassura en tirant son dernier billet de cinquante francs de sa poche.

— A propos... Tu ne connais pas quelqu'un qui cherche une place de secrétaire ?

— Secrétaire de qui ?

— Attends...

Le garçon à la pelisse avait toujours un portefeuille bourré de cartes de visite et de bouts de papier.

— C'est un type qui m'a parlé de ça tout à l'heure... Il paraît que la place est bonne, qu'on voyage beaucoup, qu'il faudra peut-être aller en Afrique...

Lina, qui sommeillait en se regardant vaguement dans la glace, tressaillit à l'instant précis où les traits de Michel se durcissaient.

— Dis !

— Attends... Non, ce n'est pas celui-ci... Ah ! je l'ai écrit sur cette enveloppe... Un certain M. Dieudonné, rue des Chanoinesses, à Caen...

— Qu'est-ce qu'il fait ?

— Je n'en sais rien... A ce qu'on m'a dit, c'est un original... Voilà déjà deux ou trois secrétaires qui défilent en peu de temps... Pourtant, cela doit être bien payé...

— Combien ?

— On ne me l'a pas dit... Le type a plusieurs châteaux, des bateaux, je ne sais quoi encore...

— Tu es sûr que la place n'est pas prise ?

— On m'a donné le tuyau à deux heures cet après-midi... Il faut s'adresser à un notaire de Paris, M. Curtius... Je n'ai pas son adresse, mais tu la trouveras dans l'annuaire des téléphones...

— Vous avez un annuaire des téléphones, patron ?

— Dans la cabine.

Il trouva. Maître Curtius, notaire, rue de l'Éperon.

A quatre heures du matin, Lina, couchée près de Michel, avait encore conscience que celui-ci continuait à lui parler, mais elle sombra bientôt dans un sommeil total.

A onze heures, elle s'éveilla la première et elle faisait sa toilette quand il bondit hors du lit.

— Laisse-moi m'habiller, que j'aille téléphoner tout de suite au notaire. Il sera bientôt midi et on ne me répondra plus.

Le temps était glauque. Des traînées de pluie n'en finissaient pas de sécher sur les toits et sur les trottoirs. Il téléphona de chez le marchand de vins voisin.

— Maître Curtius ?... Oui, personnellement... C'est maître Curtius qui est à l'appareil ?... Je vous téléphone au sujet de M. Dieudonné... Oui... Comment ?

Son front s'assombrissait. D'une voix insupportablement calme, le notaire, derrière qui on entendait crépiter une machine à écrire, expliquait qu'il lui était difficile de donner une réponse sûre, qu'il avait bien été chargé par M. Dieudonné de lui trouver un secrétaire mais que, depuis, celui-ci en avait peut-être trouvé un de son côté... Que Maudet donne donc son adresse et ses références... Mieux, qu'il mette tout cela par écrit, avec des recommandations si possible... Le notaire se chargeait de faire suivre le tout et, dans une semaine au plus, vraisemblablement, il recevrait une réponse...

Avant de sortir du bistro, Michel but deux pernods coup sur coup, son front se dérida, il pénétra dans la charcuterie d'en face pour acheter des coquilles de langouste et reparut, triomphant, devant Lina qui avait eu le temps de s'habiller et qui faisait bouillir de l'eau pour le café sur une lampe à alcool. Malgré le froid, la fenêtre était ouverte, à cause de l'odeur, car la tenancière interdisait de cuisiner dans les chambres.

— Eh bien ?

— Je crois que ça y est. Nous partons pour Caen.

— Qu'est-ce que le notaire t'a dit ?

— Il croit que la place n'est pas prise.

— Il croit ?

— C'est-à-dire qu'il en est à peu près sûr.

Elle savait qu'il mentait. Elle savait aussi qu'il ne servirait de rien de le contrecarrer.

— Avec quel argent veux-tu partir ?

Leur restait-il seulement vingt francs des cinquante de la veille ? Elle reconnaissait déjà le regard qu'il lançait autour de lui : il cherchait quelque chose à vendre, ou à porter au Mont-de-Piété.

Il y avait à peine cinq mois qu'ils étaient mariés et il ne leur restait pas grand-chose ayant quelque valeur. La montre en or de Lina avait été engagée deux semaines après leur arrivée à Paris. On avait revendu ensuite un prix dérisoire le smoking que Michel s'était fait faire pour se marier.

Le manteau de Lina, un confortable manteau de drap que ses parents lui avaient commandé chez le meilleur tailleur de Valenciennes, avait été sacrifié à son tour.

« — Il est trop chaud pour Paris. En outre, il fait province. Il est trop sérieux pour toi... »

— Écoute, Lina, il faut absolument que nous partions... C'est une occasion unique... Attends-moi... Je cours avant tout voir René...

Un ami de Valenciennes, qui vivait chez une tante, rue Caulaincourt, et qui était employé dans une compagnie d'assurances de la rue Pillet-Will.

Lors de ses débuts à Paris, alors qu'il était venu seul pour chercher une situation avant d'épouser Lina, Maudet avait déjà eu recours à lui. Et même, à une époque où il n'avait pas un centime en poche, il avait couché chez lui, à l'insu de la tante, se cachant sous le lit de son ami quand celle-ci faisait irruption dans la chambre.

— Mange au moins ta coquille.

Il rentra à deux heures, les nerfs tendus, les yeux plus fiévreux que jamais, mais il n'avait trouvé qu'une quarantaine de francs que René, sous un prétexte humiliant, avait obtenus en avance sur son traitement du caissier de la compagnie.

— Tu comprends, Lina, il faut coûte que coûte...

Elle s'attendait à la scène. Elle en prévoyait les phases. Les dents farouchement serrées, les poings tendus, puis les larmes jaillissant enfin, des larmes de rage.

— Je sens que je réussirai, tu ne me crois pas ?... Moi, je sais !... Je suis sûr... Et, à cause d'une stupide question d'argent...

Il les avait tous eus comme cela, même Raoul Bocage, le père de Lina, qui avait toujours juré de ne donner sa fille qu'à un garçon sérieux, ayant une situation stable.

Eh bien, il l'avait donnée à Maudet ! Un gamin de vingt ans, parti pour Paris quelques mois plus tôt et qui prétendait y gagner largement sa vie !

Le père Bocage, qu'on disait malin, bien qu'il fût toujours entre deux vins, avait cédé devant un bout de papier à en-tête d'un grand journal affirmant que le nommé Michel Maudet était employé comme reporter par ce journal aux appointements de deux mille francs par mois, plus les piges.

— Ce n'est pas beaucoup, mais c'est une carrière qui...

Ce jour-là, rue des Dames, Michel savait où il voulait en venir. Lina, elle, ne le soupçonnait pas encore. Elle attendait, cherchant à comprendre.

— Dans six mois, un an au plus, je gagnerai de quoi racheter tout ce que nous avons vendu et dix fois plus !

Il y venait enfin. Lina avait encore son linge, le trousseau que sa mère lui avait donné.

— Tu comprends ? Ce n'est pas du linge pour toi, c'est du linge de petite bourgeoise de province. Quand j'aurai réussi...

Elle ne résista presque pas, sinon la scène se fût prolongée et il eût donné des coups de poing dans les murs comme il le faisait quand il atteignait au comble de la rage. Vers quatre heures, ils s'acheminaient tous les deux vers la rue des Blancs-Manteaux.

Déception ! Le Crédit Municipal venait de fermer ses portes. Michel n'abandonna pas pour si peu. Ils pénétrèrent dans d'étranges boutiques où de vieux Juifs palpèrent de leurs doigts sales le linge de Lina qu'on sortait pièce à pièce de la valise.

A six heures, ils étaient riches de trois cent vingt francs et ils dînaient dans une brasserie des Grands Boulevards.

— Garçon ! Apportez-moi l'indicateur des chemins de fer.

Il voulait partir tout de suite. Le train de nuit les déposait à Caen à deux heures huit du matin.

— Qu'est-ce que tu veux faire à deux heures du matin dans une ville que tu ne connais pas ? Prenons plutôt le premier train du matin.

Ne comprenait-elle donc pas que le train de nuit était nécessaire à l'aventure, et l'arrivée dans une gare inconnue, la salle d'attente sordide, les corps allongés sur les bancs, les traînées de mouillé par terre ?

— Je tiens à être à la première heure chez ce M. Dieudonné.

— Puisque tu me dis que la place n'est pas prise, qu'il n'y a personne sur les rangs ?

— On ne sait jamais.

Il avait peur ! Il tremblait d'angoisse ! Il valait mieux ne pas y penser, se jeter dans le bain le plus vite possible.

Ils avaient couru rue des Dames. Ils avaient bouclé la valise où il restait tout juste, pour chacun, une chemise et des bas de rechange, le réchaud à alcool, deux assiettes, des tasses et des couverts.

— Je sens, vois-tu, que c'est notre avenir qui se joue.

Et, quand il *sentait* de la sorte, il n'admettait pas qu'un obstacle se dressât sur sa route.

— Il va falloir payer la chambre, objecta Lina.

— Si on paie la chambre, il ne nous restera même pas assez pour le voyage.

Il la fit descendre la première pour s'assurer qu'il n'y avait personne dans le corridor. Il attendait le signal dans l'escalier, la valise à la main. Il se précipita enfin, bondit dans la rue, courut sans se retourner jusqu'au boulevard des Batignolles tandis que Lina longeait plus lentement les maisons.

— Tu vois ! Nous leur rembourserons ça plus tard.

Tout cela, c'était la partie sordide de l'aventure. Il n'y avait qu'à l'effacer. Il n'y penserait plus jamais. Quand il fermait les yeux, il lui arrivait bien...

Mais non ! Le train roulait. Ils étaient serrés l'un contre l'autre dans un coin, comme de jeunes chats devant le feu. La main de Maudet caressait un peu de chair dans l'échancrure du corsage de sa femme.

— Attention, Michel... Si quelqu'un venait...

— Tout le monde dort.

— J'ai peur.

Allait-elle lui gâcher son plaisir en l'empêchant de faire l'amour, cette nuit-là, dans la moelleuse intimité de leur compartiment de première classe ?

Après, elle s'endormit, tressaillant chaque fois qu'elle croyait entendre les pas du contrôleur dans le couloir. Lui se levait, collait son front à la vitre embuée, striée, à l'extérieur, de longues diagonales de pluie. Il absorbait tout, les moindres lumières à l'entrée des villages, les gares obscures qui défilaient, les barrières laiteuses des passages à niveau. Tout lui était bon, il se gavait, frémissant, et quand le train s'arrêta pour dix minutes en gare d'Évreux, il ne résista pas au désir de foncer vers le buffet, de boire un verre d'alcool, d'acheter une pomme pour Lina, malgré le danger d'attirer l'attention du contrôleur.

— Où sommes-nous ?

— Évreux.

— Quelle heure est-il ?

— Minuit.

L'odeur de la pomme qu'elle croquait, les portières qu'on refermait bruyamment...

L'arrière-goût de train qu'il gardait dans la gorge et dans tout son être tandis qu'ils traversaient une place déserte, sonnaient à la porte d'un hôtel pour voyageurs, suivaient le gardien de nuit en savates vers une chambre sans eau courante, au lit couvert d'une courtepointe.

— Surtout, n'oubliez pas de m'éveiller à huit heures.

Il s'éveilla à sept, de lui-même. Il ne faisait pas tout à fait jour. Il se rasa à l'eau froide, s'habilla et erra par les rues gluantes de pluie, franchissant deux fois le même canal, s'adressant enfin à un boueux pour s'informer du centre de la ville.

A huit heures, il était dans l'étroite rue des Chanoinesses, au pavé inégal, au trottoir quasi inexistant, bordée de vieux hôtels flanqués de bornes de pierre.

Le 7, qu'on lui avait renseigné, n'était qu'une monumentale porte cochère verte entre deux murs aveugles. On n'avait pas assez de recul pour voir ce qu'il y avait derrière. On ne découvrait qu'un toit d'ardoise.

Allait-il se présenter de si bon matin ? Il déambulait le long de la rue, les mains enfoncées dans les poches de son imperméable, le chapeau amolli par la pluie. Son estomac le tiraillait un peu. Il alla manger des croissants trempés dans du café.

— A neuf heures, je sonne !

Il sonna à huit heures et demie. En tirant le bouton de cuivre, il déclencha, dans le silence de la cour rendu plus sensible par le fin bruissement de la pluie, une cloche de couvent au son grave qui n'éveilla aucun écho.

Il attendit, recula dans l'espoir d'apercevoir des fenêtres par-delà le mur, sonna une fois encore.

Ce fut derrière lui, dans la maison d'en face, qu'une fenêtre ornée d'un géranium s'ouvrit au rez-de-chaussée. Une femme en bigoudis lui demanda :

— Qu'est-ce que vous cherchez ?

— C'est bien ici chez M. Dieudonné, n'est-ce pas ?

— Il n'y a personne.

— Vous ne savez pas où je pourrais le trouver ? C'est pour une affaire urgente.

— Ils étaient ici hier, mais ils sont partis à la soirée. Ils étaient en auto. Il y a des chances que vous les trouviez à leur campagne.

Devait-il avouer qu'il ne savait rien de M. Dieudonné et qu'il ignorait où était cette campagne ? La femme était sur le point de refermer sa fenêtre. On distinguait, dans le clair-obscur de la chambre, une petite fille en chemise qui attendait que sa mère l'habille.

— Pardon, madame. Voudriez-vous me donner son adresse ?

— Je ne sais pas au juste. Je sais seulement que c'est du côté d'Arromanches...

Michel avait-il tort de croire aux miracles ? N'en était-ce pas un qui se produisait ? Juste à ce moment, on entendit des pas au coin de la rue Saint-Jean et de la rue des Chanoinesses. La femme n'eut pas besoin de regarder de ce côté. Elle dit :

— Ce doit être le facteur. Il pourra sûrement vous renseigner.

En effet, le facteur le renseigna. M. Dieudonné habitait la villa « La Guillerie », entre Courseulles et Arromanches.

— En vous dépêchant, vous attraperez encore le vicinal sur la place du Marché.

Maudet avait laissé Lina à l'hôtel, où elle devait dormir et où il n'avait pas le temps de passer.

Par crainte de rater son vicinal, il se mit à courir le long des maisons.

— J'en serai quitte pour lui téléphoner. D'ailleurs, comme elle n'est sûrement pas prête, elle ne pourrait quand même pas m'accompagner.

Une odeur de choux mouillés, de choux-fleurs surtout. Il atteignait le marché aux légumes. Deux vicinaux noirs d'encre stationnaient au milieu de la place, au ras des paniers.

— Arromanches, s'il vous plaît ?

— Le premier... Dépêchez-vous...

Il trouva cependant le temps d'avaler un verre de vin blanc dans un des caboulots du marché. N'aurait-ce pas été navrant de ne pas goûter à l'atmosphère si savoureuse de ces petits cafés-là ? Il était en nage sous son imperméable, d'avoir couru. Il sauta sur le marchepied de la dernière voiture et resta sur la plate-forme où de longues gouttes d'eau tombaient autour de lui comme des flèches de cristal.

Ils avaient déjà dépassé le premier village et le contrôleur surgissait de l'intérieur embué quand il rougit, ressentit un petit choc : il avait oublié de laisser de l'argent à sa femme qui n'avait pas un centime dans son sac.

Bah ! N'était-elle pas à l'hôtel et ne pouvait-elle pas, en l'attendant, se faire servir ce qu'elle voulait ? Il lui téléphonerait dès son arrivée. Il lui téléphonerait... Comment ?... La nuit, il n'avait pas regardé l'enseigne du meublé. Il en ignorait le nom. C'était devant la gare. Il y avait, côte à côte, quatre ou cinq hôtels pour voyageurs.

Il valait mieux ne pas y penser. Il alluma une cigarette. Une grosse goutte d'eau tomba juste au milieu de celle-ci et dessina une tache grise sur le papier. La fumée stagnait un long moment, comme hésitante, sur la plate-forme, avant d'être happée par le courant d'air et d'aller se dissiper dans la pluie.

2

Le contrôleur lui avait dit, alors qu'ils étaient tous les deux, le nez humide, les mains dans les poches, à battre la semelle sur la plate-forme arrière du vicinal :

— Quel jour sommes-nous ? Vendredi ? C'est le marché à Luc. Nous avons toutes les chances, à Langrune, d'attendre un quart d'heure la correspondance de Ouistreham.

Il est vrai qu'il avait ajouté :

— A moins qu'il soit en avance. Avec lui, on ne sait jamais. C'est trop ou pas assez.

Maudet s'était promis de profiter de cet arrêt à Langrune pour essayer de téléphoner à Lina. Elle s'était rendormie, c'était certain. Il croyait la voir, un bras replié sous sa tête. Il n'avait pas refermé les rideaux. La lumière crue, qui venait de la cour et que reflétait le zinc mouillé d'une plate-forme, devait la déranger dans son sommeil. Elle n'allait pas tarder à se réveiller, à tâter machinalement la place vide et déjà froide à côté d'elle.

Des haies s'égouttaient au ras du petit train noir, des champs s'étendaient à perte de vue sous un ciel gonflé d'eau et Michel le faisait exprès d'imaginer la chambre, sa femme debout, les yeux brouillés de sommeil, cherchant une allumette pour allumer sa lampe à alcool afin de chauffer son fer. Il s'amusait à évoquer les détails : les pieds nus sur le tapis terne ; le rectangle de linoléum rougeâtre devant la toilette. Il s'ingéniait à retrouver la couleur du papier peint, à revoir la place de la gare, les enseignes en grosses lettres blanches : était-ce l'*Hôtel du Chemin de Fer* ? l'*Hôtel des Voyageurs* ?...

Dès que le vicinal s'arrêterait, il se l'était promis, il foncerait vers la cabine téléphonique du premier café venu. Mais, déjà un peu avant d'arriver à Langrune, il respira dans l'air une poussière d'eau qui n'était pas celle de la pluie, qui était celle des embruns que le vent d'ouest apportait de la mer. Il lécha ses lèvres, se persuada qu'elles avaient un goût de sel. Les narines dilatées, il cherchait à distinguer l'odeur du varech.

Le train s'arrêta sur une petite place où, sur des rails voisins, le vicinal de Ouistreham qu'on attendait viendrait se ranger. Il ne remarqua d'abord rien, qu'un village banal, puis il se pencha, descendit, et alors, au bout d'une rue, il aperçut un tas de sable et de gravier, un espace désolé qui ressemblait à un chantier de démolition. La couleur dominante était un blanc crayeux. De grands oiseaux d'un blanc plus cru encore se détachaient sur le ciel sombre et Maudet comprit que c'était la mer, se précipita, découvrit un gros rouleau effervescent qui arrivait inlassablement du large et retombait avec majesté sur la plage.

C'était la première fois qu'il voyait la mer. Il faisait sa connaissance un matin qu'elle était d'un gris si plombé que le ciel en paraissait clair. Parmi le désordre d'une plage qu'on eût dite abandonnée, on découvrait quelques cabines à demi déracinées ; en se retournant, on apercevait deux laids hôtels dont tous les volets étaient clos.

Pourtant, il n'eut aucune désillusion.

Malgré sa crainte du ridicule, il eut besoin de marcher jusqu'à se faire lécher les pieds par l'ourlet de la première vague, il lui fallut se baisser, mouiller ses deux mains, ramasser une longue herbe gluante qu'il renifla, se pencher encore pour saisir un coquillage cassé qu'il glissa dans sa poche.

Le sifflet du train de Ouistreham le rappela à la réalité. Il courut, s'aperçut qu'il avait encore du temps devant lui et éprouva le besoin de boire.

Il n'avait aucun remords en pensant à Lina et au téléphone. D'ailleurs, leur hôtel ne s'appelait probablement ni l'*Hôtel de la Gare*, ni l'*Hôtel du Chemin de Fer*, ni l'*Hôtel des Voyageurs*.

Le calvados lui brûlait la gorge. Il y avait, par terre, des paniers de marée et, à une table, des hommes en costume de pêcheurs.

— La même chose, patron... Vite...

Et dès lors, il ne cessa presque pas d'apercevoir la mer, d'apercevoir tout au moins les dunes qu'on longeait, dans lesquelles, parfois, le petit train noir et gluant avait l'air de vouloir pénétrer. Son exaltation croissait. Il avait envie de courir, d'aller plus vite. Il avait hâte de savoir. Il avait peur.

Le contrôleur lui avait promis de l'avertir dès qu'on approcherait de La Guillerie.

— Il n'y a pas d'arrêt régulier, mais j'avertirai le mécanicien.

Pourquoi le contrôleur était-il invisible, s'attardant sans doute à bavarder dans le wagon de tête ? S'il allait oublier ? Maudet avait vu des paysannes attendre au bord de la voie, en pleine campagne, avec leurs paniers, et le petit train s'arrêter devant elles. Il ne connaissait pas La Guillerie. Il serait incapable de reconnaître la villa de M. Dieudonné.

Sur la gauche, au-delà de la route luisante, on ne voyait à perte de vue qu'une sorte de marécage couvert de touffes d'herbes sèches et rares, et, à droite, toujours les dunes, parfois semées de galets livides.

Le train s'arrêtait enfin. Il allait se précipiter. Le contrôleur se montrait enfin.

— Ce n'est pas encore pour vous.

Un kilomètre ou deux plus loin, enfin, l'homme lui désigna une maison qui se dressait toute seule dans la dune.

— C'est La Guillerie ?

Il fit oui de la tête tandis que, sans attendre que le convoi eût stoppé, Michel sautait sur le sol sablonneux.

Il avait le sang aux joues, soudain. Il avait eu tort de boire. Trois ou quatre fois, dans les villages, il s'était précipité vers le premier estaminet. Il avait la bouche pleine du goût du calvados. Est-ce que M. Dieudonné n'allait pas sentir à son haleine qu'il avait bu ? Dans ces cas-là, ses gestes étaient tranchants, son regard trop vif, presque méchant.

Il restait debout, immobile, à regarder le petit train qui s'éloignait, l'étrange maison qui ressemblait si peu à ce qu'il s'attendait à trouver et il avait grand-peine à n'être pas déçu. On ne voyait que cette bâtisse dans l'immensité du décor, à vingt mètres de la route, debout comme une chose inachevée et pourtant déjà vieille, sans même une clôture autour d'elle. Elle n'avait pas l'air d'avoir poussé là, de faire partie du paysage, mais d'avoir été apportée par erreur de quelque banlieue ou de quelque petite ville.

C'était une grande construction en briques noircies, à deux étages, trop haute pour sa largeur. Elle n'était pas faite, avec ses deux pignons nus, pour rester ainsi toute seule, mais pour être étayée, dans une rue, par d'autres maisons pareilles. Une camionnette dont la capote mal attachée claquait dans le vent stationnait devant la porte fermée et Maudet s'approchait en décrivant un arc de cercle comme s'il eût voulu prudemment inspecter les abords.

Sa fièvre tombait. Il perdait confiance en lui. Qu'était-il venu faire ici ? Pourquoi s'était-il lancé avec des espoirs aussi fous sur la piste d'un M. Dieudonné dont il ne savait rien ? Il se sentait vide et froid dans le vent qui plaquait sur son corps maigre son imperméable mouillé et, une fois encore, il pensa à Lina vaquant à sa toilette dans la chambre miteuse de Caen.

Pour en finir, il étendit le bras vers un cordon de sonnette, se rendit aussitôt compte qu'il n'y avait pas de sonnette. Sans la présence de la camionnette, il aurait pu croire que la maison était vide, que jamais ces murs absurdes n'avaient été habités. Il frappa. Puis il frappa toujours plus fort, pris d'une panique qu'il voulait surmonter. Enfin, il s'élança, fit le tour de la maison, découvrit, du côté de la mer, une seconde porte ensablée et colla son visage à la vitre.

Dans la pénombre d'une pièce où régnait un calme inhumain, il finit par discerner une épaisse silhouette de femme immobile, le visage tourné vers le sien et, après une attente qui lui parut longue, cette femme, qui était vieille, avec des mèches de cheveux blancs sortant d'un bonnet, s'approcha enfin de la porte, tira un verrou et ouvrit.

Pourquoi le regardait-elle sans rien lui demander ?

— C'est bien ici qu'habite M. Dieudonné ? questionna-t-il.

Et elle, placide :

— Qu'est-ce que vous lui voulez ?

— Je viens de la part du notaire Curtius, de Paris.

Était-elle convaincue ? Doutait-elle encore ? Il y eut encore un temps d'arrêt avant qu'elle prononçât :

— Faites le tour de la maison. Je vais vous ouvrir.

Une fois devant la porte principale, il l'entendit venir à pas feutrés le long du corridor, tourner une clef dans la serrure.

Le corridor était étroit, pavé de mosaïque jaune et rouge comme dans les maisons bourgeoises, les vitraux de l'imposte répandaient une lumière rougeâtre. Il y avait un portemanteau à droite, un porte-parapluies, deux portes sombres, peintes en faux chêne, du côté gauche, puis un escalier qui conduisait au premier étage où on entendait du bruit.

— Entrez là.

Il crut qu'elle allait le laisser seul, mais elle entra derrière lui et referma la porte. Ils se trouvaient dans une pièce qui avait dû être un salon. Des lambris noirs couvraient les murs jusqu'à un mètre de hauteur. Au-dessus, une tapisserie en tissu brun était décollée par endroits, déchirée aux places où il y avait eu des clous pour suspendre les tableaux.

Machinalement, Maudet essayait, sans y parvenir, de définir l'odeur qui régnait.

— M. Dieudonné est ici ? questionna-t-il d'une voix mal assurée.

Des meubles étaient entassés dans un coin, une bibliothèque vide, des fauteuils empilés les uns sur les autres, une table Henri II avec des têtes de lion sculptées aux angles.

— Vous connaissez M. Dieudonné ? questionnait la vieille.

Il faillit mentir.

— C'est-à-dire... que je le connais de nom. Maître Curtius m'a dit qu'il cherchait un secrétaire et que je ferais l'affaire.

Il n'aimait pas la façon calme et soupçonneuse dont elle l'observait de la tête aux pieds. On eût dit qu'elle hésitait à le mettre à la porte, que cela lui en coûtait de lui entrouvrir la maison. Ce qu'il y avait de plus étonnant chez elle, c'était sa capacité d'immobilité et de silence.

— C'est bon, soupira-t-elle enfin. Quand il descendra, je l'avertirai que vous êtes là.

Elle se retira en glissant sur ses pantoufles de feutre. Il eut l'impression qu'elle restait un moment derrière la porte, à écouter. Elle ne l'avait pas invité à s'asseoir. Il y avait des chaises, dépareillées, mais elles étaient encombrées de vieux papiers, de cahiers de musique, d'objets hétéroclites.

— Sans doute qu'il emménage, songea-t-il pour se rassurer.

Des pas lourds, au-dessus de sa tête, des allées et venues, des bruits plus sourds, comme si on traînait des meubles, ce qui le confirma dans son idée d'emménagement. Un murmure de voix.

Il n'avait plus de montre et il jugea qu'il devait être un peu moins d'onze heures. Il avait froid. La pièce n'était pas chauffée et il y régnait une humidité crue. Une fois encore, il pensa à Lina, eut des remords de ne pas lui avoir téléphoné, trembla à l'idée de la rejoindre pour lui annoncer qu'il s'était lancé avec tant d'ardeur dans une voie sans issue.

Le camarade rencontré dans le bar de la place Clichy ne s'était-il pas trompé ? Il ne parvenait pas à se souvenir de son nom. Pourtant, le notaire Curtius lui avait bien confirmé au téléphone que M. Dieudonné cherchait un secrétaire.

La porte de communication avec la pièce voisine était entrouverte. Il s'avança sur la pointe des pieds, jeta un coup d'œil, aperçut un grand feu de bois dans l'âtre, une table, des chaises, une fenêtre sans rideaux par laquelle on découvrait au-delà des dunes la bande gris sombre de la mer. Ce qui le rassura davantage, peut-être, ce fut, au mur, un téléphone.

Qu'est-ce qui le frappait tout à coup dans les bruits qui lui parvenaient du premier étage ? Il tendit l'oreille. Il entendait les pas de plusieurs personnes et, parmi ces pas, il y en avait d'irréguliers, comme les pas d'un boiteux.

Que pouvaient-ils faire là-haut ? Il y avait au moins un quart d'heure d'écoulé. Un homme descendait. C'était peut-être...

Mais non. La voix, au fond du corridor, disait :

— Dites-moi, madame Jouette, est-ce que vous avez...

Le reste se perdit. L'homme devait être entré dans la cuisine. Il remontait un peu plus tard. Il portait quelque chose qui faisait le même bruit qu'un seau plein. Tiens ! Des sons plus familiers. On versait du charbon dans un poêle.

Cinq minutes de silence. Une voix furieuse. Une odeur de bitume. De la fumée qui se glissait par les fentes de la porte. Le feu, là-haut, ne prenait pas. Les hommes discutaient, descendaient, remplissant la maison de vacarme.

— Je vous répète que cela suffit.

D'autres, deux sans doute, bredouillaient.

— Écoutez, monsieur Dieudonné...

— Suffit.

On les mettait à la porte. Celle-ci se refermait avec fracas. Des pas dehors, la camionnette qu'on essayait de remettre en marche.

Et, dans le corridor :

— Jouette !... Jouette !... Où est Arsène ?... Envoie-moi tout de suite Arsène... Ces cochons-là...

On dut l'interrompre. Était-ce la vieille, qu'on appelait Jouette ? Elle parlait bas. On ne percevait qu'un chuchotement. Puis, une fois de plus, un silence, et, soudain, alors que les pas de souris s'éloignaient vers la cuisine, le bouton de la porte tourna sans bruit.

Maudet se redressa instinctivement, fit face, comme à un danger. La porte s'ouvrait. Un homme se tenait debout, l'air de méchante humeur, et le regardait sans rien dire.

Ce qui était le plus déroutant, c'était sa banalité. Pourquoi Michel s'était-il attendu à une apparition extraordinaire ? L'homme était plutôt petit, plutôt maigre, avec un visage sans âge — il lui donna entre cinquante ou soixante ans. Il était habillé d'une façon quelconque, d'un complet gris assez mal coupé. Tout de suite, le regard de Maudet descendit vers les pieds et découvrit le pilon qui sortait de la jambe vide du pantalon.

— Excusez-moi de vous déranger, commença-t-il, le sang aux oreilles. Maître Curtius m'a dit...

Comme sans faire attention à lui, l'homme se dirigea vers la seconde porte qu'il ouvrit.

— Entrez !

Puis il se dirigea vers le feu d'âtre et se campa le dos à la cheminée.

— Si j'avais su que vous aviez le téléphone... Maître Curtius m'avait dit...

— Quand l'avez-vous vu ?

— Hier matin... C'est-à-dire que je ne l'ai pas vu personnellement... Un de mes amis...

Tranquillement, l'homme se dirigea vers l'appareil téléphonique mural, tourna la manivelle.

— Allô !... Donnez-moi Odéon 27-37... Oui... C'est urgent...

C'était le numéro du notaire de la rue de l'Éperon. Alors, Maudet, se raccrochant à son désir, comme si cette place dont il ne savait rien eût été sa seule chance d'avenir, sa seule planche de salut, se lança dans une explication fiévreuse.

— Il faut que je vous dise tout de suite que j'ai eu tort, et je vous en demande pardon... J'ai appris par le plus grand des hasards que vous cherchiez un secrétaire...

— Que qui cherchait un secrétaire ?

— Mais... M. Dieudonné... Je suppose que vous êtes M. Dieudonné ?... Comme on me le conseillait, j'ai téléphoné à maître

Curtius... Celui-ci m'a laissé entendre que la place n'était pas encore prise, mais il n'en avait pas la certitude et...

Pourquoi cet homme si banal, à part sa jambe de bois, était-il si impressionnant ? Revenu près du feu, il ajoutait deux bûches qu'il équilibrait avec soin, se redressait, faisait signe qu'il écoutait.

— ... Pour vous dire toute la vérité, il m'a conseillé de lui adresser une demande écrite en y joignant mon curriculum vitae... J'aurais dû le faire... J'ai eu peur que la place soit prise entre-temps et je suis venu...

La sonnerie du téléphone retentissait. M. Dieudonné décrochait.

— Allô !... Curtius ?... Oui... Ce n'est plus la peine... Vous avez reçu un coup de fil d'un certain...

Un regard interrogateur à son visiteur.

— Maudet... Michel Maudet... Oui... Vous avez oublié le nom... Cela n'a pas d'importance... Comment ?... Mais oui... Merci...

Il raccrocha. Le silence tomba. Maudet cherchait quelque chose à dire. Il faisait très chaud dans cette pièce où s'infiltrait un peu de fumée. On avait dû, au premier, essayer d'allumer un poêle qui ne tirait pas.

— Il y a longtemps que vous crevez de faim ?

— Je donne de temps en temps des articles aux journaux. Dans les débuts, c'est dur... Il faut se faire un nom... Il n'y a pas un an que je suis à Paris... jusque-là, j'avais vécu à Valenciennes, chez mes parents...

— Qu'est-ce qu'ils font ?

— Mon père a ouvert un magasin de disques.

— Il gagne sa vie ?

— Je crois que cela ne marche pas fort. Avant, il représentait une marque américaine de machines à écrire.

Pourquoi avait-il une telle envie de séduire, de convaincre en tout cas ce bonhomme qui le regardait avec indifférence ? Il souriait, murmurait :

— Mon père n'a jamais fort réussi dans ses entreprises... Il est plein d'idées, il en a trop, toujours de nouvelles, mais...

— Vous tapez à la machine ?

— Oui.

— Vous connaissez la sténo ?

Il mentit.

— Oui... Un peu... Assez, je pense, pour...

— Vous avez fait votre service militaire ?

— J'ai devancé mon terme pour...

Il faillit dire : « pour me marier ». Quel instinct l'avertit qu'il valait mieux n'en pas parler ?

— ... pour aller plus tôt tenter ma chance à Paris... J'ai vingt ans et demi...

Ils étaient toujours debout. Il y avait des chaises, pourtant, de bonnes vieilles chaises à fond de cuir. La pièce était meublée d'une façon presque normale : une grande table au milieu, un fauteuil près du feu, deux vastes armoires et, non loin du téléphone, un bureau américain à volet tout encombré de paperasses.

— On vous a prévenu que je ne gardais pas longtemps mes secrétaires ?

— Oui.

— Combien avez-vous d'argent en poche ?

Un peu désorienté d'abord, Michel sourit.

— Je crois que je n'ai pas de quoi retourner à Paris.

— Vos bagages ?

— J'ai laissé ma valise à Caen... Je ne me souviens même pas du nom de l'hôtel... Comme je vous l'ai dit, j'avais peur de trouver la place prise... Je me suis présenté au petit jour rue des Chanoinesses... On m'a annoncé...

— Qui ?

— Le facteur... Il m'a dit que vous deviez être dans votre villa... J'ai eu la chance d'attraper le vicinal... Je suis bachelier...

Il sentit que ce mot était inutile.

— Vous êtes sûr de ne pas connaître mon nom ?

— On m'a seulement dit M. Dieudonné, je le jure.

Il se produisait un curieux phénomène. La maison plantée dans la dune, rébarbative, ne correspondait guère à l'idée que Michel s'en était faite. Les pièces délabrées n'avaient rien pour le séduire, ni la vieille qui l'avait accueilli avec une sourde méfiance. L'homme enfin, mal vêtu, peu soigné, était quelconque en apparence et pourtant, de plus en plus, Maudet avait une envie folle de lui plaire.

— Je vous demande seulement de me prendre à l'essai. Si je ne fais pas votre affaire...

Ce qu'il s'expliquait le moins, c'étaient les pensées de son interlocuteur. Il avait la certitude de ne jamais s'être trouvé en contact avec un être de cette sorte. M. Dieudonné le regardait à peine et pourtant il savait déjà tout de lui, le jugeait à sa mesure. Pourquoi hésitait-il ? Car il hésitait, paraissait mécontent, de lui plutôt que de Maudet.

— On m'appelle Ferchaux, prononça-t-il à brûle-pourpoint.

Et, comme son visiteur ne réagissait pas aussitôt :

— Dieudonné Ferchaux, l'aîné des frères Ferchaux... Vous ne lisez pas les journaux ?...

— Je vous demande pardon... Je n'avais pas...

Il n'avait pas pu se convaincre tout de suite que son interlocuteur était le Ferchaux dont on s'entretenait depuis quelques semaines. Il en tremblait, maintenant, d'émotion, à l'idée qu'il se trouvait en face de l'homme qui possédait la plus grande partie de l'Oubangui, qui brassait des centaines de millions, qui luttait d'égal à égal avec l'État.

Celui-ci l'observait toujours et Michel balbutia :

— Excusez-moi... Je ne m'attendais pas... Je comprends, maintenant...

— Qu'est-ce que vous comprenez ?

— On m'avait annoncé que, si je devenais votre secrétaire, je voyagerais beaucoup...

— Il y a des mois que mes voyages consistent à aller d'ici à Caen et de Caen à ici... Je suppose que vous n'êtes pas marié ?

Il avait été bien inspiré, tout à l'heure. Le ton de Ferchaux disait clairement qu'il ne voulait pas d'un secrétaire marié.

— Évidemment... murmura-t-il en s'efforçant de sourire.

— Combien voulez-vous gagner ?

— Je ne sais pas... Ce que vous jugerez bon de me donner...

— Ici, vous serez logé et nourri... Vous n'avez donc pas besoin de beaucoup d'argent... Je vous donnerai huit cents francs par mois pour commencer, pour vos faux frais...

C'était dérisoire, à peine ce que gagnait à Paris une bonne cuisinière, et jamais Lina ne pourrait vivre avec cette somme, dont il lui faudrait une partie pour lui-même. Il répondit cependant :

— Si vous voulez...

Alors, Ferchaux se dirigea vers la porte qu'il entrouvrit.

— Jouette !... Tu mettras deux couverts...

Il revint.

— Vous pouvez enlever votre imperméable. Il y a un portemanteau dans le vestibule.

— Je l'ai vu.

— Ne laissez jamais les portes entrouvertes ; j'ai horreur des courants d'air. Le grave défaut de cette maison est d'être impossible à chauffer. Ce matin, quand vous êtes arrivé...

Et Ferchaux, qui avait un procès avec le gouvernement, avec les banques, avec toutes les puissances financières, Ferchaux qui pouvait être ruiné, sinon pis, d'un jour à l'autre, racontait, plein de rancune :

— ... j'avais fait venir un nouveau poêle d'Arromanches... Le fumiste m'avait garanti qu'il marcherait... C'est le troisième poêle que j'essaie en huit jours et il n'y a pas moyen d'en trouver un qui ne fume pas... Les fumistes sont des idiots... Demain, je ferai démolir la cheminée et j'en ferai construire une autre... Allez vous débarrasser de votre imperméable...

Quand Michel revint :

— Je me demande où je vais vous loger. Il y a bien une chambre à côté de celle d'Arsène. Arsène, c'est le chauffeur. Seulement, j'ignore s'il y a un lit.

— Je ne suis pas difficile.

— Il vous faudra quand même un lit, non ? Alors, ne dites pas de bêtises... Jouette !... Jouette !...

A la stupeur de Maudet, la vieille femme en pantoufles prononça en s'encadrant dans la porte :

— Qu'est-ce que tu veux ?

— Il y a un lit disponible dans la maison ?

— Tu le gardes ?

Elle désignait Michel du regard.

— Je le garde, oui. Il couchera dans la chambre du deuxième étage, à côté d'Arsène. Il est rentré, Arsène ? Qu'est-ce qu'il fiche, celui-là ?

— Je l'ai envoyé à Caen.

— Sans rien me dire ! Comme il faudra qu'il y retourne tout à l'heure, cela fera deux fois l'essence... Le déjeuner n'est pas prêt ?

— Tu manges ici ?

Il sembla à Maudet que Ferchaux manifestait une certaine gêne. Où mangeait-il donc d'habitude ? Dans la cuisine, avec la vieille qui le tutoyait ?

— Sers-nous ici, oui... Dépêche-toi... J'attends Morel à deux heures...

Il arrangea les bûches du foyer. Il ne s'asseyait toujours pas. De temps en temps, il lançait à Maudet un petit regard perçant, détournait aussitôt la tête quand le regard du jeune homme rencontrait le sien.

Le silence, maintenant, devait le gêner, lui aussi, puisqu'il éprouva le besoin d'expliquer :

— Morel, c'est mon homme d'affaires... Il habite Caen... C'est même un peu à cause de lui que je suis ici... C'est une fripouille... Peut-être la plus grande fripouille de France ?... Il a été rayé du tableau des avoués... Cela lui est égal... Vous le verrez... Il a une belle tête d'honnête homme...

Puis, après un coup d'œil aux cheveux que Maudet avait très longs :

— Vous tenez à avoir l'air d'un artiste ?

— Je les ai toujours portés ainsi. Si cela vous déplaît, je les ferai couper.

— C'est cela. Vous passerez chez le coiffeur cet après-midi. Vous achèterez aussi une cravate comme tout le monde.

Maudet portait encore une lavallière.

— Arsène vous conduira à Caen pour aller prendre votre valise. Peut-être faudra-t-il qu'il aille chercher des draps de lit rue des Chanoinesses ? Dans cette baraque-ci, il n'y a rien. Je l'ai louée toute meublée et je crois qu'il y a plus de dix ans qu'elle n'a pas été habitée. Il serait bon que je vous installe un bureau, mais je ne sais pas encore où... Venez, que nous voyons un peu ça...

Il entrouvrit la porte du salon glacé et la referma aussitôt, puis ils gagnèrent le corridor au fond duquel se trouvait la cuisine.

— C'est peut-être plus pratique que vous soyez au premier, car c'est toujours là que je me tiens... Du moins, je m'y tiendrai quand on sera venu à bout de cette satanée cheminée... Montez devant... Je vous dis de monter devant !...

Il suivait, frappant chaque marche de son pilon. On sentait qu'il parlait pour parler. Les murs, peints en faux marbre, avaient pris la couleur brune d'une vieille pipe d'écume. Il y avait eu jadis des tapis dans cet escalier, car il subsistait quelques anneaux destinés à maintenir les barres de cuivre.

— Tiens ! Je n'avais pas pensé à l'entresol...

A mi-hauteur du premier étage, il y avait un palier, deux marches, une pièce étroite, à côté des cabinets. Cette pièce était complètement vide. Une vitre était cassée et laissait passer le vent mouillé.

— Pensez à rapporter de Caen un peu de mastic. J'ai vu dans la cave de vieux morceaux de carreaux qui feront l'affaire.

— Bien, monsieur.

— Cherchons une table, une chaise. Au fait, vous aurez besoin d'un poêle...

Il arrivait au premier, composé de trois chambres assez vastes dont deux étaient encombrées de vieux meubles.

— Tenez ! Voici une table qui fera votre affaire... Attrapez-la...

Ferchaux la prenait par l'autre bout. Gêné, Maudet protesta.

— Je la porterai bien seul...

— Faites ce que je vous dis... Attention à la porte...

Ils remontèrent, choisirent deux chaises de salle à manger.

— Il y a une machine à écrire rue des Chanoinesses. Mais on ne peut pas la transporter à chaque fois. Vous vous arrangerez pour en louer une à Caen. Une vieille fera l'affaire, car il y a peu de chose à taper...

— Bien, monsieur.

— Pensez aussi à acheter des crayons et des blocs de sténo. Arsène vous montrera le magasin. Vous me demanderez de l'argent.

— Oui, monsieur.

La troisième des pièces, où on n'entra pas et d'où suintait l'odeur de fumée, devait être la chambre de Ferchaux. Celui-ci évoluait tout naturellement dans cette maison à peine habitable. Il ne paraissait voir ni les murs piqués d'humidité, ni les boiseries grasses et sales, ni l'entassement sinistre de meubles disparates qui faisaient penser à une vente forcée et au marteau des huissiers.

— Il faudra encore vous trouver une lampe... C'est Jouette qui s'occupe des lampes...

Ainsi, il n'y avait même pas l'électricité dans la villa !

— C'est prêt ! criait d'en bas la vieille.

— Allons manger.

On avait mis une nappe sur la table, une carafe d'eau et une carafe de vin rouge ordinaire. Le couvert faisait penser à celui d'une très modeste pension de famille et la serviette de Ferchaux était roulée dans un anneau de buis.

— Tu lui donneras un anneau aussi, Jouette.

— J'y ai déjà pensé, va !... Mange...

La soupe fumait dans la soupière, comme dans les campagnes. Il n'y avait pas de hors-d'œuvre. On servit des harengs grillés avec des pommes de terre bouillies, puis du fromage et des pommes. Ferchaux ne mangea que des harengs mais il en mangea cinq.

La vieille allait et venait, grognon. Il était évident qu'elle considérait le nouveau secrétaire comme un intrus et qu'elle en voulait à Ferchaux de l'avoir engagé.

— Je te donnerai tout à l'heure une liste de ce qu'il faudra apporter de Caen, dit-elle au maître de maison.

Celui-ci mangeait avec appétit, les coudes sur la table, ne buvait que de l'eau. Maudet n'osait pas se servir de vin.

— Vous ne buvez pas de vin ?

— Si vous le permettez...

Il haussa les épaules et poussa la carafe de vin rouge vers lui.

— Ne faites pas l'idiot. Vous avez dit à quelqu'un que vous veniez ici ?

— Non... Ou plutôt, je l'ai téléphoné à maître Curtius...

— Reprenez du fromage...

Une auto s'arrêta derrière la maison, les roues à demi enfoncées dans le sable. Un chauffeur en uniforme et en casquette étendit une couverture sur le capot et pénétra dans la cuisine.

— Arsène !... appela Ferchaux sans quitter sa place.

Le chauffeur entra, s'étonna de trouver un convive, porta deux doigts à sa tempe en guise de salut.

— C'est mon nouveau secrétaire... Au fait, comment vous appelez-vous encore ?

— Michel Maudet.

— Dès que tu auras mangé, Arsène, tu conduiras Maudet à Caen... Il a une valise à prendre à son hôtel... Vous irez ensuite tous les deux rue des Chanoinesses... Tu demanderas la clef à Jouette... Il faut des draps, un oreiller, une lampe... Vous irez aussi chez Trochu pour louer une machine à écrire... Ne te laisse pas refaire... Ça ne vaut pas plus de trente francs par mois... Tu as vu Morel ?

— Il viendra à deux heures comme vous le demandez.

— Va manger.

Dehors, une pluie fine et persistante s'égouttait toujours des gros nuages blancs et gris qui accouraient du large avec la marée.

Derrière Ferchaux les bûches crépitaient parfois, lançaient quelques flammes plus hautes qui ne parvenaient cependant pas à animer la maison où Maudet ressentait une angoissante sensation de vide.

Ferchaux n'avait plus rien à dire. Il restait là, les coudes sur la table, à se curer les dents, et de temps en temps son regard rêveur se posait sur le jeune homme que la chaleur et le repas commençaient à engourdir.

Il y avait du vide aussi dans ce regard-là, comme dans la maison, comme dans le vaste paysage qui l'entourait et où quelques mouettes seules piquaient parfois vers la mer en poussant des cris aigus.

On avait besoin d'un effort pour échapper à ce néant, pour toucher la nappe, s'assurer du monde réel, et ce fut un soulagement d'entendre la vieille Jouette qui tisonnait le poêle de la cuisine.

3

La voiture à peine engagée sur la route, Arsène lâcha le volant, le repoussa, sembla-t-il, avec ce dédain superbe des adolescents qui passent les bras ballants, sans toucher le guidon de leur vélo, comme s'ils avaient dompté la mécanique ou plutôt comme s'ils l'avaient dressée en haute école. C'était un beau garçon, de ceux qu'on voit dans les cafés, la petite moustache humide, l'œil brillant, lutiner les servantes. Posément, sans souci des quatre pneus qui glissaient dans du mouillé crépitant, il tirait de sa poche un paquet de cigarettes, en collait une à sa lèvre ; d'une autre poche, il extrayait un briquet de cuivre, prenait son temps, faisait durer le plaisir, soufflait enfin une bouffée de fumée sur le pare-brise embué et se décidait à déclencher l'essuie-glace.

Michel Maudet, qui avait pris place sur le siège à côté de lui, comprit que toute cette désinvolture était à son intention. Pendant quelques instants, les sourcils froncés, le chauffeur à petites moustaches brunes, au menton joliment dessiné, feignit un effort pour apercevoir la route noyée dans le même brouillard que le ciel. Puis il réprima un sourire, lança à son compagnon un coup d'œil goguenard et, comme Michel ne paraissait pas comprendre, il railla tout en mettant les gaz :

— Ce sera la peine que je vous ramène ?

— Pourquoi ?

— Je ne sais pas, moi. C'est à vous de décider, n'est-ce pas ?

Il avait l'air de se raconter à lui-même une bonne histoire, de réprimer son hilarité, par politesse, tout en mordillant des brins de tabac de sa cigarette.

— Qu'est-ce que vous dites du phénomène ?

— Il y a longtemps que vous êtes à son service ?

— Minute, papillon !... Il ne faudrait pas confondre... Arsène n'est pas au service du monsieur...

Est-ce qu'il pleuvait encore ? Était-ce le brouillard qui s'abattait, ou les embruns, ou les deux à la fois ? Les vernis, les tôles de la limousine étaient visqueux et glacés. L'essuie-glace faisait un bruit énervant de métronome.

— Je suis, moi, au service de M. Émile... Vous ne paraissez pas fort au courant... On ne vous a pas parlé de M. Émile ?... Vous ne lisez pas les journaux ?... Émile Ferchaux, c'est le frère cadet, et je vous jure qu'il ne ressemble pas au Dieudonné... Quand celui-ci a débarqué à Bordeaux, voilà peut-être six mois, M. Émile m'a dit comme ça :

» — Arsène, il faut que tu me rendes un service...

» Ne croyez pas qu'il soit familier avec le monde... C'est un monsieur... Mais c'est moi qui m'occupe de ses autos... Il en a cinq... Je m'occupe aussi de son canot de course, de ses hors-bord, et nous avons gagné des prix ensemble à Herblay... Bref, il me dit :

» — Arsène, comme je connais mon frère, il serait prudent qu'il y ait près de lui quelqu'un comme toi...

» Vous comprenez ?

Il fit un clin d'œil, souffla de la fumée par les narines.

— C'est pourquoi, moi, je m'en fiche... Il se mettrait demain à marcher sur la tête ou à boire sa soupe au biberon que je rigolerais...

Michel était mal à l'aise, choqué par la familiarité vulgaire d'Arsène autant que par l'image fausse que celui-ci dessinait de Ferchaux.

— Vous voulez dire qu'il est...

— Hum !... Peut-être pas encore tout à fait mûr pour Charenton, mais le soleil lui a tapé un sérieux coup sur la tête... Il paraît que depuis quarante ans il vit là-bas, dans l'Oubangui... Ils étaient partis tous les deux, son frère et lui... M. Émile, lui, a vite compris... Quand les affaires ont commencé à marcher, il est venu les diriger de Paris... Hôtel particulier, châteaux, chasse en Sologne, villa à Cannes et à Deauville... Il la connaît, quoi !... Quant au frangin, on m'a juré qu'il ne vivait même pas, là-bas, dans une maison comme les blancs, mais qu'il passait la plus grande partie de l'année dans sa pétrolette, un rafiot de douze mètres de long, avec deux nègres pour tout équipage, à remonter ou à descendre les rivières...

On venait de traverser Courseulles et l'auto s'arrêtait brusquement, comme sous le coup d'une panne, devant une maison basse. Maudet comprit en lisant sur l'imposte le mot *Estaminet* suivi, en petites lettres jaunes, du nom : *Veuve Dieumégard*.

— On a le temps de prendre un calva... C'est ma tournée...

Et Arsène entra comme chez lui dans une pièce où il n'y avait qu'un comptoir, quelques bouteilles, deux tables et des bancs, un vieux calendrier et la loi sur les débits de boissons.

— Te dérange pas ! cria-t-il.

Il alla prendre une bouteille que terminait un bec d'étain, remplit deux verres à fond épais.

— A la vôtre !... Moi, ce que je vous en dis, hein...

Par l'entrebâillement d'une porte, Maudet aperçut une grosse femme entre deux âges, en négligé, qui, un livre à la main, se levait d'un fauteuil d'osier et restait debout, sans s'avancer, hésitante, comme ahurie, peut-être encore plongée dans son roman populaire à couverture glacée.

— Vous permettez !

Arsène pénétra dans la cuisine dont il laissa la porte entrouverte. Des minutes passèrent. On ne parlait pas. On n'entendait aucun bruit. Enfin, la voix d'Arsène, peut-être pas tout à fait naturelle, lança :

— Vous ne vous ennuyez pas trop à attendre ?

Michel sentit comme un piège. Mais il était déjà trop tard. Il s'était machinalement tourné vers la cuisine. C'est ce que l'autre avait voulu, qu'on le vît, faisant grossièrement l'amour, debout, tandis que la Dieumégard, accoudée à une commode, les cheveux dans la figure, tournait juste à ce moment la page de son livre.

Une claque sur une énorme fesse nue et blanche termina leurs ébats.

— Si le cœur vous en dit... Non ?... Comme vous voudrez... C'est une bonne copine... Elle est bête mais elle a un gros...

Un mot bien cru. Il était revenu dans l'estaminet et il se versait un second verre, servait Michel.

— On file ?...

L'auto était une belle et spacieuse limousine noire, une des autos d'Émile Ferchaux, comme Arsène l'expliqua un peu plus tard.

— Remarquez que c'est Dieudonné le plus riche des deux... On ne pourrait pas dire au juste le chiffre de sa fortune, mais il reste à savoir s'il la gardera... Demain, tout coriace qu'il soit, il sera peut-être en prison...

Une auto les croisait, projetant des gerbes d'eau sale ; Arsène porta respectueusement la main à sa casquette.

— Maître Morel !... Ils vont s'enfermer pendant des heures, le patron et lui, et le téléphone en prendra un bon coup... Il se défend, le bougre !... Déjà pour l'affaire des nègres, il a obtenu sa liberté provisoire...

Michel avait vaguement entendu parler de l'affaire mais il ne s'y était pas intéressé.

— C'est lui qui a tué des nègres ?

— Trois ou quatre... Une cartouche de dynamite, qu'il leur a envoyée à travers la figure... Il y a près de trente ans de ça... On n'en avait jamais rien su... Ou alors, ceux qui savaient se taisaient... Puis, tout à coup, c'est revenu sur l'eau... A cause d'histoires financières compliquées... Il paraît que les Ferchaux sont devenus gênants, qu'ils ont les dents trop longues... Bref, tout le monde leur tombe dessus à la fois et la politique s'en mêle...

On approchait déjà de Caen. Dans la ville, le temps était si sombre que la plupart des magasins avaient éclairé leurs vitrines. Des parapluies luisants glissaient le long des trottoirs. Au passage de la voiture, qui les aspergeait de boue visqueuse, les passants faisaient un saut de côté, se collaient contre les murs.

— Où c'est-il, votre hôtel ?

— En face de la gare.

— Vous en avez pour longtemps ?

Maudet hésita une seconde à mettre Arsène dans la confidence, à lui parler de Lina, à lui demander de le laisser pendant une heure avec elle. Mais il nourrissait déjà à l'égard du chauffeur une hostilité qu'il en cherchait pas à comprendre.

— J'en ai pour une minute.

Il avait pensé aussi lui emprunter un billet de cent francs ou deux. Il ne le fit pas.

— Le temps d'aller chercher ma valise...

Il reconnut l'hôtel, se précipita dans le couloir, dans l'escalier, voulut ouvrir la porte qui résista. Il frappa, appela. On ne répondait pas. Il redescendit en courant toujours, trouva la patronne dans sa cuisine.

— Vous n'avez pas vu ma femme ?

— Il n'y a pas une demi-heure qu'elle a pris sa clef et qu'elle est montée.

— Vous êtes sûre qu'elle n'est pas ressortie ?

Un coup d'œil machinal au tableau.

— Félix !... Le 22 n'est pas redescendu ?

— Je ne l'ai pas vu.

— Elle doit être là-haut.

Il remonta, inquiet, pris de remords. Il frappa plus fort, appela à mi-voix :

— C'est moi, Lina !... Ouvre !...

Une porte voisine s'était ouverte et un gros homme aux bretelles pendantes, occupé à se raser, le regardait s'impatienter.

— Lina !... Réponds !...

Ce fut long, des minutes sans doute, et enfin il y eut un mouvement du côté du lit, puis un soupir, puis une voix pâteuse qui questionnait :

— Qu'est-ce que c'est ?

Des pas. Elle entrebâillait la porte. Elle avait son chapeau de travers sur sa tête, son manteau fripé sur le corps, ses chaussures encore humides aux pieds. Elle se frottait les yeux.

— Qu'est-ce qui s'est passé ? murmurait-elle. D'où viens-tu ?

— Écoute, Lina... Je suis pressé... Es-tu réveillée ?... Est-ce que tu m'entends ?

— Mais oui... Pourquoi cries-tu si fort ?... Qu'est-ce qui m'est arrivé ?... Ah ! oui... J'étais allée à ta rencontre jusqu'à la rue des Chanoinesses... Une dame, en face, en me voyant faire les cent pas, m'a appris qu'il n'y avait personne... J'avais faim... Tu as encore oublié de me laisser de l'argent... Je suis rentrée... Je me suis assise au bord du lit, croyant que tu allais venir... Quelle heure est-il ?

— Deux heures et demie...

Alors, comme si elle s'en apercevait seulement :

— J'ai dormi...

— Oui... Écoute... Je suis engagé... J'ai la place. Tu entends ?... Et sais-tu qui est mon patron ?... Ferchaux... Celui d'Afrique... Je t'expliquerai une autre fois... C'est quelque chose de magnifique, mais il est en ce moment dans sa villa au bord de la mer... Ce n'est pas loin...

— Comme tu es excité...

— Attends... L'auto est en bas...

— Quelle auto ?

— La sienne, avec son chauffeur... Il ne faut pas qu'on sache que tu es ici, ni que je suis marié... Tu comprendras plus tard...

— Reste un instant tranquille... Tu me fatigues...

— Voilà ce que tu vas faire... Tu prendras le premier vicinal pour

Ver... Tu retiendras ?... Je vais te l'écrire... C'est tout près de la villa... Je ne sais pas au juste... peut-être quatre kilomètres... Tu trouveras sûrement une auberge... Tu donneras ton nom de jeune fille et tu m'attendras...

— Mais, Michel...

Elle se réveillait avec peine d'un sommeil trop lourd et il l'assourdissait, l'abrutissait en ne tenant pas en place.

— Tu as compris ?... Je ne peux te donner que cent francs aujourd'hui... A l'auberge, tu n'auras pas besoin de payer... C'est assez pour la chambre d'ici et pour ton train...

— J'ai faim...

— Tu mangeras des croissants avant de partir... Écoute-moi, pour l'amour de Dieu !... Je te dis qu'on m'attend !... Arsène pourrait s'impatienter et monter...

Il lui remit les cent francs, l'embrassa distraitement et se précipita dehors. Il dut revenir sur ses pas, ouvrir la valise qu'il avait emportée, et jeter sur le lit les quelques effets de sa femme.

— Enveloppe-les dans un papier... Surtout, ne t'inquiète pas... Je viendrai te voir, je ne sais pas encore quand...

Il retrouva Arsène debout à côté de la voiture, trahissant, en s'essuyant les moustaches, qu'il était encore allé boire un petit verre.

— Et voilà ! rue des Chanoinesses...

Il avait horreur des hommes du type du chauffeur, de leur vulgarité, de leur assurance, de leurs airs malins. Il détestait surtout ces coups d'œil goguenards que l'autre prenait déjà l'habitude de lui lancer.

— Dites donc ! Vous êtes resté un bout de temps. Vous n'auriez pas fait comme moi tout à l'heure chez la Dieumégard ?

Michel ne put s'empêcher de rougir. Arsène avait-il deviné ? S'était-il renseigné auprès de la patronne de l'hôtel ? Il nia, parla de la machine à écrire qu'il devait louer.

— On ira tout à l'heure. Je sais où il faut s'adresser. Avec le patron, c'est toujours dans les plus sales boutiques que personne n'irait dénicher.

On stoppait en face de la porte cochère de la rue des Chanoinesses et Michel fut satisfait de voir la femme d'en face, celle qui lui avait parlé le matin, le regarder descendre de la voiture. Arsène tirait une grosse clef de sa poche, ouvrait une porte qui s'encadrait dans un des battants.

— C'est pas la peine de rentrer la bagnole.

Une cour aux petits pavés ronds, entourée de trois côtés par des bâtiments en pierre grise. Les persiennes étaient closes à toutes les fenêtres. Au lieu d'entrer par la grande porte, Arsène se dirigea vers une porte de service dont il avait aussi la clef. Il tourna un commutateur électrique.

Le chauffeur avait repris son air goguenard.

— Ce n'est pas le même genre qu'à La Guillerie, mais vous allez voir que ce n'est pas beaucoup plus gai... Vous avez remarqué les armoiries au-dessus du portail ?... C'étaient des comtes qui habitaient ici depuis je ne sais combien de siècles... A la fin, il n'y avait plus qu'une vieille comtesse de quatre-vingt-dix ans... Elle n'avait même pas assez d'argent pour se payer une bonne et M. Dieudonné en a profité pour lui racheter l'hôtel, avec les meubles, la vaisselle, les draps, les portraits... Cela a permis à la vieille de se retirer dans un couvent où on n'accepte que des nobles...

Il ouvrait des portes, tournait toujours des commutateurs, car la lumière ne pénétrait pas dans la maison aux volets clos.

— Voilà leur grand salon... Écoutez...

Il marcha lourdement et fit tinter ainsi un immense lustre de cristal. De fragiles chaises dorées étaient rangées le long des murs et, au milieu d'un parquet assez vaste pour une salle de danse, des tapis étaient roulés.

— On n'ouvre jamais les pièces du rez-de-chaussée. Il existe une cuisine aussi grande que dans un restaurant, mais la vieille Jouette ne veut pas y mettre les pieds... Montons...

Ils suivaient le grand escalier à rampe sculptée. Arsène ne se gênait pas pour écraser sa cigarette sur une marche et pour en allumer une autre, ce qui choqua Maudet.

— Il y a seulement un mois qu'on a La Guillerie... Avant, on vivait ici tout le temps... C'est ici qu'on a vu défiler des secrétaires...

Il poussa une porte, celle d'un cabinet de travail assez vaste où un lit de camp était installé près d'une cheminée armoriée.

— La chambre du patron... Il y faisait tout, manger, boire, travailler, dormir... L'habitude de sa pétrolette, là-bas, vous comprenez ?...

Il traversa la pièce, ouvrit une autre porte.

— La chambre du secrétaire... C'était le second, car le premier, qui était de Caen, couchait chez ses parents... Un petit jeune homme blond comme vous, mais avec des airs de premier communiant... Il fallait l'entendre dire en baissant les yeux :

» — Oui, monsieur... Non, monsieur... Merci, monsieur...

» Et, quand le patron l'obligeait à manger avec lui, il ne savait plus comment se tenir... M. Dieudonné ne pouvait pas le sentir, l'engueulait du matin au soir... Le pauvre gosse s'appelait Gillet... Albert Gillet, si je me souviens bien... M. Dieudonné lui donnait toujours du monsieur long comme un bras...

» — Dites-moi, *monsieur* Gillet...

» Et l'autre ne savait où se mettre... Son père est employé dans une banque... Ils habitent une petite maison que je vous montrerai, astiquée comme un buffet de salle à manger... On laissait le Gillet à rien faire et à se morfondre toute la journée... Puis, au moment où il s'apprêtait à partir, le patron l'appelait et, exprès, pour le faire enrager, lui dictait pendant des heures...

» Ou bien, quand il était rentré chez lui, qu'il allait se mettre au lit, que ses parents étaient déjà couchés, il m'envoyait le chercher...

Michel, qui soupçonnait Arsène de vouloir le mettre à l'épreuve, s'efforçait de montrer un visage indifférent.

— Vous coucherez ici aussi. Car on fait tout le temps la navette. Au moment où on s'y attend le moins, on arrive à Caen... On reste deux ou trois jours, une semaine, quelques heures, cela dépend. On vous réveille en pleine nuit.

» — L'auto, Arsène !... Nous partons pour La Guillerie...

» Le vieux n'est bien nulle part. On n'avait pas encore La Guillerie à ce moment et pourtant le jeune Gillet devenait fou... Un jour, il est arrivé, tiré à quatre épingles — il s'arrêtait souvent dans l'escalier pour essuyer ses souliers avec un chiffon qu'il avait dans sa poche !...

» — Mon père m'a chargé...

» Et il dégoise le pauvre, il explique que son père lui a conseillé de réclamer une augmentation parce que... parce que...

» Le patron l'a laissé dire, puis l'a conduit poliment jusqu'à la porte, sans un mot...

Et Arsène d'ajouter, les mains dans les poches, le mégot collé à la lèvre inférieure :

— Si vous voulez prendre vos draps et votre taie d'oreiller... Vous feriez bien aussi d'emmener un broc et une cuvette, car je ne sais pas s'il y en a de reste à La Guillerie...

— Et les autres secrétaires ? questionna Michel, malgré lui, comme ils traversaient la chambre de M. Dieudonné.

— Il en est venu un de Paris, Clasquin, qu'on l'appelait, un costaud, celui-là, avec des cheveux noirs plantés bas sur le front, un type qui jouait au rugby dans je ne sais quelle équipe et qui sortait des « Sciences Po »... Il couchait dans la maison... Il me parlait comme si j'étais son domestique, mais le patron l'avait à la bonne parce qu'ils jouaient tous les deux aux cartes une partie de la nuit... Est-ce que vous savez jouer au piquet ou à la belote ?... Ce serait une affaire pour vous, je vous le dis en copain... Ils se chamaillaient... Quand le patron perd, il est à cran... Ils se disputaient comme chien et chat mais, le lendemain, ils étaient à nouveau copains...

» Un jour, M. Dieudonné, qui ne déteste pas surprendre les gens et qui, malgré sa jambe de bois, sait fort bien marcher sans bruit quand il le veut, trouve le Clasquin en train de fouiller dans ses papiers...

» J'aurais voulu que vous voyez le tableau !... J'étais au garage, dans la cour, mais le bruit m'a alerté et je suis accouru, croyant à un accident. Ils avaient roulé par terre tous les deux... Je vous jure qu'ils cognaient dur... Le patron n'est pas gros... Quand vous le verrez à poil, vous comprendrez... Je ne vous conseille pas de vous y frotter... C'est lui qui a eu le dessus sur le joueur de rugby... Il lui a démoli la mâchoire, aplati le nez... Il l'aurait poursuivi dans la rue, tant il était en colère, si je ne l'avais pas retenu... Le lendemain, voilà que s'amène un huissier... Le Clasquin voulait intenter un procès... Eh bien ! vous me croirez si vous voulez, l'huissier en a pris plein la gueule, lui aussi... Quant au troisième... M. Max de Lannoy... Un noble, s'il vous plaît !... Un grand jeune homme maigre et triste... Ne voilà-t-il pas que, dès le second soir, il se met à hurler au beau milieu de la nuit ?... Il était somnambule... C'est moi qui l'ai reconduit au train... Il pleurait, l'imbécile... Venez par ici, qu'on boive quelque chose...

La maison devait être restée telle que la vieille comtesse l'avait quittée, encombrée de meubles anciens, de velours, de soieries fanées, avec des housses sur les sièges, des bibelots fragiles, de minuscules tables à ouvrages et des bonheurs-du-jour, des secrétaires en marqueterie. Il y avait encore, devant la cheminée d'un boudoir, une chancelière à glands en or. Un peu de lumière grise filtrait par les fentes des persiennes et les lampes qu'Arsène avait allumées donnaient une clarté poussiéreuse.

— Suivez-moi... C'est ma chambre...

Une chambre de maître, au lit à baldaquin et aux sièges Renaissance à dossier sculpté. Dans un coffre armorié, Arsène prit une bouteille et des verres.

— C'est le bourgogne de la comtesse. Il en reste quelques bouteilles et le patron n'en boit pas...

Un gilet, sur le lit, des chaussettes violettes, des savates sur le tapis rougeâtre. Sur la cheminée, entre les candélabres, des fioles de médicaments.

— A votre santé !... Avouez que je vous ai gentiment affranchi... Moi, n'est-ce pas ? que ce soit vous ou un autre... Par exemple, je vous conseille de vous méfier de la vieille Jouette...

— C'est une domestique ?

— Vous n'avez pas remarqué qu'ils se tutoient ? C'est une ancienne du patron, une amie, qu'il dit... Il paraît qu'ils ont été à l'école ensemble... Quand il était dans l'Oubangui et qu'il a commencé sa fortune, il lui a envoyé de l'argent, car elle ne s'était pas mariée... Pas beaucoup d'argent, sûrement... De quoi vivre pour une femme seule... Il lui est arrivé de revenir en France sans chercher à la revoir... Il est comme ça... Quand ses ennuis ont commencé, qu'on l'a attaqué de tous les côtés et qu'il a débarqué à Bordeaux pour se défendre, la vieille Jouette était sur le quai... Voilà toute l'histoire... Il ne faudrait pas croire qu'ils soient tendres l'un avec l'autre... Il y a des jours où il la menace de la foutre à la porte... Elle ne s'émeut pas, lui rend la monnaie de sa pièce... Il faudrait je ne sais combien de gendarmes pour la mettre dehors, et encore, elle rentrerait par le soupirail !... A la vôtre... Mais si ! il faut vider la bouteille...

Arsène questionna, comme ils faisaient le tour des pièces pour éteindre les lampes :

— Combien vous donne-t-il ?... Vous n'avez pas besoin de vous gêner avec moi... Je le connais !...

Pourquoi Maudet éprouva-t-il le besoin de mentir ?

— Mille francs...

— Il faut croire qu'il a bien changé...

— Pourquoi ?

— Les autres n'ont jamais eu plus de six à huit cents... Enfin ! cela vous regarde... Surtout, n'essayez pas de chaparder des timbres ou de tricher sur les petits frais... Il a l'œil à tout... Il compte jusqu'au moindre centime...

Sèchement, Michel laissa tomber :

— Je vous remercie.

Et l'autre haussa les épaules.

Quand ils revinrent, il faisait déjà nuit et Michel, assis à côté du chauffeur, le regard fixé sur les pinceaux blêmes des phares, avait les pieds glacés, les mains gourdes, mais la tête chaude, trop chaude, car une fois encore il s'était laissé entraîner à boire. Il restait tout imprégné de l'atmosphère des petites rues de Caen, des images dansaient devant ses yeux, des pavés noirs, des trottoirs glissants, des vitrines qui se découpaient dans l'obscurité des façades, des stores faiblement éclairés, aux étages, et des silhouettes sombres qui s'affairaient, des parapluies qui se penchaient pour s'éviter les uns les autres...

Des pans de murs blancs émergeaient un instant de la nuit, une vache surgit à certain moment au beau milieu de la route puis, alors qu'on approchait de la mer, on entendit le sifflet déchirant du petit train qu'on dépassa, s'étirant comme un jouet, avec des têtes minuscules derrière les glaces, des hommes debout sur les plates-formes.

Michel s'était penché pour apercevoir Lina qui devait s'y trouver mais ce fut trop rapide, il ne la reconnut pas parmi tant de têtes, on traversait déjà le panache de fumée que le vent rabattait sur le sol et on atteignait la route des dunes.

Alors, il baissa la vitre, pour retrouver sur ses lèvres le goût du sel qui l'avait enchanté le matin et qui s'était dissipé. Très loin dans le noir de la mer se balançait une lumière. Ses doigts se crispaient. Il regardait avidement les moindres échancrures dans la dune crayeuse, sentait sa poitrine se gonfler. Il avait une étrange sensation de puissance, ou plutôt d'appétit. Il lui semblait que tout cela, il allait l'étreindre, se l'approprier, se l'incorporer.

On traversa un village, des maisons basses comme des huttes tapies aux deux côtés de la route.

Était-ce le fait de frôler en auto ces vies stagnantes qui lui donnait ainsi l'illusion de la force ?

Il revoyait une rue, à Valenciennes, une de ces mornes rues moitié ville, moitié faubourg et, à peine lumineuse, la vitrine d'une boutique dont le timbre d'entrée résonnait sourdement, son père, aux cheveux qui s'argentaient, toujours angoissé par ses échéances, sa mère qui traînait tragiquement un cancer à l'estomac.

Pendant des années, il avait haï ce décor et tout ce qu'il comportait à ses yeux de mesquinerie, tout ce qu'il avait d'étouffant.

Le souffle du large pénétrait par la portière, le fouettait au visage. Il avait envie de chanter, de crier, puis soudain il se souvenait de Lina que le petit train allait tout à l'heure déposer dans un village inconnu. Elle n'avait pas de valise, mais de maigres bagages enveloppés dans du papier gris qu'elle avait dû demander à la patronne de l'hôtel.

— Il y a une bicyclette à La Guillerie ?

Le bout incandescent de la cigarette du chauffeur se tourna vers lui, mais il était impossible de voir les yeux d'Arsène.

— Vous avez déjà envie de vous balader ?

— Je pense qu'un vélo me serait utile.

— Cela m'étonnerait.

— Que voulez-vous dire ?

— Que le patron n'aime pas ça... Pour moi, c'est différent... J'appartiens à son frère... Et encore, il lui arrive de rouscailler quand il s'imagine que je reste dehors cinq minutes de trop...

Maudet s'efforça de sourire.

— Je suppose que je pourrai néanmoins sortir ?

— Vous essayerez... Tout dépend... Voyez-vous, il est jaloux...

— Jaloux de quoi ?

— C'est difficile à expliquer... Jaloux comme un malade, tenez !... J'avais une vieille tante infirme qui ne bougeait pas de sa chambre, au premier étage... La maison n'était pas grande... Deux pièces en bas et deux pièces en haut... Eh bien ! elle passait ses journées à guetter les bruits et les voix... On lui avait donné une canne pour frapper le plancher quand elle avait besoin de quelque chose... Il suffisait de chuchoter pour être sûr d'entendre la canne...

» — Qu'est-ce que vous voulez, tante ?

» — De quoi parliez-vous, en bas ?

» Si quelqu'un entrait... Si quelqu'un sortait... Elle vous accueillait d'un coup d'œil soupçonneux... On avait toujours l'air de lui voler quelque chose...

— C'est Ver, n'est-ce pas, dont on voit les lumières sur la gauche ?

— C'est Ver, oui.

— Combien de kilomètres y a-t-il jusqu'à La Guillerie ?

— Six... Il existe un chemin plus court à travers le marais, mais il n'est guère praticable en hiver...

Pourtant, Michel n'était pas déçu. Il n'hésitait pas. Il avait hâte, au contraire, de retrouver la maison plantée dans la dune, hâte surtout de revoir l'aîné des Ferchaux. Il s'en voulait de ne l'avoir pas mieux regardé, de n'avoir pas pris garde à certains détails.

Ce qui le choquait le plus chez Arsène, ce n'était peut-être pas sa vulgarité teintée d'arrogance, c'était la façon par trop désinvolte dont il parlait de Ferchaux.

Il ne peut pas comprendre ! se disait-il.

Les trois secrétaires qui l'avaient précédé n'avaient pas compris, eux non plus, et Michel était persuadé que lui comprendrait.

Certes, il avait un peu honte en pensant à Lina. Il l'aimait bien. Il lui arrivait de l'aimer fougueusement. Or, depuis le matin, il ne faisait que la trahir. Il en avait conscience. C'était une véritable trahison. Il ne pensait plus qu'à Ferchaux et à son mystère.

La preuve, c'est qu'il se penchait, le cœur battant, pour apercevoir plus vite les lumières de la maison. Il ne put distinguer qu'un halo du côté de la cuisine, puis, au moment où l'auto stoppait, il découvrit une autre voiture arrêtée dans la nuit.

Maître Morel, sans doute, était encore là, et Maudet en fut contrarié. Ferchaux seul l'intéressait, l'attirait, et sa mauvaise humeur ou son dépit en constatant la présence de l'homme d'affaires ressemblait à de la jalousie.

Ici, Arsène l'aida à sortir les draps, la machine à écrire et quelques menus objets de la voiture. Les deux hommes entrèrent par la cuisine où la vieille Jouette, occupée à éplucher des pommes de terre, ne leva pas la tête vers eux.

— Tu n'as pas oublié la viande ? se contenta-t-elle de demander à Arsène qui, en effet, s'était arrêté dans une boucherie.

Il la laissa tomber sur la table où traînait un bol de café refroidi.

Michel ne savait que faire, ni où se mettre. Il restait debout devant le fourneau, sans songer à retirer son imperméable. Arsène sortait pour remiser l'auto.

— Je vais monter avec vous pour arranger votre chambre, dit la vieille en laissant tomber une dernière pomme de terre dans un seau d'émail et en versant dans un panier les épluchures restées dans son giron.

Elle se leva en soufflant, regarda les draps, l'oreiller, soupira, comme mécontente, alluma une lampe à pétrole.

— Prenez la lampe et passez devant.

On entendit, en passant devant la pièce occupée par les deux hommes, un murmure de voix, puis la sonnerie du téléphone. La porte ne s'ouvrit pas. Ferchaux ne s'occupait pas de son nouveau secrétaire.

— Tenez la lampe droite, au moins. Vous allez faire éclater le verre.

Ils traversèrent la chambre de M. Dieudonné, où on avait allumé du feu dans un poêle qui n'était pas celui du matin. Celui-ci, en effet, ne fumait pas. C'était un poêle bas, en fonte, comme ceux des blanchisseuses. Ferchaux avait dû l'installer lui-même au début de l'après-midi. Il y avait un lit de fer, à côté, cinq ou six cantines peintes en vert sombre et toutes bosselées.

— Posez la lampe sur l'appui de fenêtre.

Elle fit le lit de Maudet avec des mouvements adroits.

— Vous avez apporté un broc et une cuvette ? Il faudra aller chercher une table au grenier.

Puis, quand tout fut prêt, elle jeta un dernier regard autour d'elle, haussa les épaules devant la parfaite stupidité des choses et, laissant le jeune homme seul, elle redescendit sans un mot.

La lampe à pétrole entourait Michel d'une lumière jaune et grasse. Il resta d'abord un long moment assis au bord de son lit, puis il se leva, marcha jusqu'à la fenêtre, écarta le rideau de guipure et colla son front à la vitre. Dans le noir, il n'y avait de lumineux que l'énorme rouleau qui s'abattait à un rythme régulier sur les galets de la plage et parfois, comme un éclair, le vol d'une mouette qui s'abattait avec un grand cri.

Les deux hommes parlaient toujours, en bas, et leurs voix parvenaient à Maudet en un murmure régulier.

4

C'était le troisième jour, ou plutôt la troisième nuit de Maudet à La Guillerie. Il s'était réveillé en sursaut, avec l'angoisse d'avoir dépassé l'heure. Sa main avait tâtonné sur le marbre de la table de nuit pour trouver les allumettes, la flamme avait éclairé le cadran du réveille-matin qui marquait paisiblement trois heures dix et Michel, par crainte de se rendormir, avait allumé la bougie.

Il n'était pas habitué à entendre un réveil près de son oreille et le tic-tac monotone le berçait ; il restait de la bougie pour un quart d'heure à peine ; il lui sembla que la lumière rougeâtre, qui lui rappelait de troubles matins d'enfance, l'engourdissait davantage : il éteignit, resta les yeux ouverts, couché sur le dos, exprès, parce que, dans cette position, il ne parvenait d'habitude pas à s'endormir.

Il faisait chaud dans les draps mais son visage, son nez surtout, qui commençait à picoter, était exposé au froid de la chambre, un froid humide qui n'était pas immobile, qui venait par petites vagues, on ne savait d'où, car la porte et la fenêtre étaient fermées. Avait-il bien éteint la bougie ? Pourquoi croyait-il encore voir le rectangle de l'étroite cheminée de marbre noir, le papier jaune à fleurs brunes des murs ? Il s'endormait. S'il avait le malheur de se rendormir, il ne s'éveillerait sûrement pas à cinq heures du matin et c'était l'heure qu'il s'était fixée.

Il n'osait pas non plus partir plus tôt. Trois heures du matin, ce n'est pas une heure pour aller prendre l'air. Si on l'entendait, si Ferchaux sortait soudain de sa chambre au moment où il franchirait le palier du premier, que lui dirait-il ?

— Dans une heure, je me lèverai...

Lorsqu'il sentit qu'il sombrait dans le sommeil, il sortit un pied et une jambe des draps, afin que le froid le tînt éveillé. Sa pensée n'en prenait pas moins des formes de cauchemar. Il croyait entendre la respiration sonore de la vieille Jouette qui dormait tout près de lui, à moins d'un mètre, juste derrière la cloison, et qui, vingt fois par nuit, se retournait tout d'une pièce dans son lit, se rabattait brusquement sur le côté droit ou sur le côté gauche en poussant un gémissement. Après, pendant un certain temps, on n'entendait plus rien. Pourquoi cela lui faisait-il penser à Lazare dans son tombeau et se demandait-il chaque fois si la vieille femme était morte ?

Il fallait éviter, coûte que coûte, de se rendormir. Il fallait aller voir Lina. Elle était venue, la veille, et Maudet avait été profondément apitoyé. Il était à ce moment un peu plus de trois heures de l'après-midi. Avec les nuages bas qui roulaient dans le ciel, le jour n'allait pas tarder à tomber. Il devait y avoir une charogne sur la plage, car des dizaines de corbeaux s'étaient mêlés aux mouettes blanc de craie, à la limite de la terre et de l'eau ; les oiseaux blancs et noirs se mélangeaient dans le ciel, dansaient une sorte de ballet sauvage qu'ils accompagnaient de leurs cris, s'abattant parfois férocement à un endroit que, de la maison, Michel ne pouvait apercevoir.

Dieudonné Ferchaux était plongé dans une de ses interminables communications téléphoniques avec maître Aubin, son avocat de Paris, ce qui l'obligeait à se tenir près du mur où était fixé l'appareil. Le rideau était un peu tiré. Michel, en regardant machinalement dehors, avait aperçu de loin Lina qui s'avançait en hésitant dans la dune, se découpait dans le ciel ou disparaissait en partie selon les mouvements du terrain.

Il eut peur d'abord, peur que son patron l'aperçût, puis il eut pitié, tant elle paraissait seule dans l'immensité que le vent tourmentait, seule et timide, effrayée par cette côte désolée et aussi, il en eut l'intuition, par ces oiseaux qui la faisaient hésiter à s'avancer.

Elle n'avait plus que des souliers de ville à hauts talons qui devaient s'enfoncer dans le sable, glisser sur les galets, se tordre au moindre faux pas. Son manteau — celui qu'il lui avait laissé, qui avait échappé aux brocanteuses du quartier des Archives — datait d'au moins trois ans, d'un temps où les femmes s'étaient habillées plus long, ce qui donnait un air miteux à sa silhouette. Elle avait froid. Son nez était sûrement humide. Elle s'avançait timidement, en essayant de se donner les allures dégagées d'une promeneuse. Comme s'il y avait une seule promeneuse à cette heure sur toute la côte de la Manche ! L'eût-il aperçue, Ferchaux eût compris aussitôt. Et alors, que se serait-il passé ?

Elle avait parcouru près de huit kilomètres, elle qui s'essoufflait si vite. Elle avait été obligée de demander son chemin. Maintenant, elle tournait autour de la maison, décrivait assez loin un large demi-cercle en regardant avidement les fenêtres.

Jouette devait la voir par la porte vitrée de sa cuisine.

Michel eut le cœur serré. Et pourtant, à sa reconnaissance, se mêlait un involontaire sentiment de gêne, presque de rancune. Elle lui faisait honte et il n'aimait pas avoir honte. Elle avait l'air ainsi, rôdant humblement autour d'une maison isolée, les mains dans les poches d'un méchant manteau trop long, d'une pauvre sacrifiée.

— Tu es sûr que tu pourras la nourrir ? avait insisté sa mère quand il s'était marié.

Car sa mère était la seule à n'avoir aucune confiance en lui, à ne rien croire de ce qu'il affirmait avec tant d'énergie convaincante.

Il lui avait menti comme aux autres, il avait juré qu'il gagnait assez d'argent pour entretenir une femme, qu'il en gagnerait bientôt davantage encore.

Lina, elle, savait. Il ne l'avait pas trompée. N'était-ce pas elle qui l'avait voulu ? N'était-ce pas elle qui, deux ans plus tôt, venait rôder sous les fenêtres du journal où il faisait les faits divers ? Ne s'arrangeait-elle pas pour se trouver sur son chemin chaque fois qu'elle revenait de ses cours à l'École Bacula ?

Elle portait à cette époque-là des jupes plissées, en lainage écossais, des chandails de fin jersey qui moulaient son buste, lui donnant une netteté qui la distinguait de toutes les autres jeunes filles. Elle étudiait les langues, parce que ses parents voulaient qu'elle étudie quelque chose. Elle avait dû mettre des amies dans le secret de ses sentiments, car c'était toujours avec l'une d'elles au bras qu'elle passait et repassait sous ses fenêtres.

C'est par une de ces amies-là, d'ailleurs, qui était la sœur d'un camarade de Michel, que celui-ci avait été présenté à Lina, et, dès lors, ils s'étaient retrouvés chaque soir dans les rues où ils cherchaient les coins les plus sombres, s'enfonçaient, pour se serrer l'un contre l'autre, au plus profond des portes cochères et parfois dans le courant d'air d'un porche désert.

Lina était riche. Son père était le propriétaire du *Grand Café*, tout blanc et or, avec ses glaces et ses lustres, ses chaudes banquettes grenat, où ne fréquentaient guère que les importants bourgeois de la ville. On le voyait dès le matin, chaussé de fin chevreau, un col rabattu, d'une blancheur éblouissante, dégageant son cou apoplectique, assis à l'une des tables, puis à une autre, un peu plus rouge à mesure que la journée s'avançait, les yeux plus globuleux, la langue embarrassée, mais si, le soir, les mots arrivaient difficilement à ses lèvres, on ne l'avait jamais vu ivre et c'était de lui-même que, très digne, la démarche prudente, il montait se coucher quand il en avait assez.

Ni sa femme, qui était d'une excellente famille, ni sa fille, ne mettaient jamais les pieds dans le café. Il ne l'aurait pas toléré. Mme Bocage portait un des plus beaux manteaux d'astrakan de la ville et faisait partie des comités de bienfaisance les plus fermés.

Que diraient les industriels, les gros commerçants de Valenciennes, clients du *Grand Café* qu'ils considéraient comme un cercle, s'ils apercevaient la fille de Bocage rôdant comme une pauvresse dans le sable et les galets des dunes ?

Cependant, par crainte de la voir s'attarder, Michel s'était retiré de la fenêtre avant que Lina l'aperçût, s'était tenu exprès au fond de la pièce, et quand, plus tard, on avait allumé la lampe, il n'y avait plus personne dehors.

Il frotta une nouvelle allumette. Il était quatre heures moins dix ; par peur de se rendormir, il se leva, ses pieds nus se posèrent sur le morceau de couverture qui servait de carpette, il enfila ses chaussettes, s'habilla, les doigts engourdis par le froid, surtout après qu'il se fut passé un peu d'eau sur les mains et sur le visage.

Il s'était rasé avant de se coucher, afin de gagner du temps. Les autres soirs, il n'avait pas de réveil dans sa chambre. C'était celui de la cuisine qu'il avait pris tout exprès. Il n'avait pas osé l'emporter à l'insu de la vieille.

— Puisque vous le laissez la nuit dans la cuisine, cela ne vous ennuierait pas que je l'emporte dans ma chambre ? Je le redescendrai chaque matin.

Il craignait d'être deviné, mais Jouette n'avait pas eu l'air d'écouter ce qu'il disait. Néanmoins, il n'avait pas osé faire marcher la sonnerie qui eût réveillé toute la maison.

Il avait mal dormi. Jusqu'à deux heures du matin au moins, il avait entendu, dans son demi-sommeil, le pilon de Ferchaux qui allait et venait dans sa chambre, juste au-dessous de sa tête.

Ses souliers dans la main, il descendit prudemment l'escalier, s'arrêtant souvent pour écouter. Il appréhendait de franchir le palier et il lui semblait qu'il déclenchait des vacarmes, il avait la conscience troublée comme s'il eût commis un méfait, alors qu'il avait bien le droit d'aller rejoindre sa femme.

Il avait décidé, dès la veille, de sortir par la cuisine. On laissait la clef sur la serrure. Le verrou était facile à tirer. Il se trouva dehors où, bien qu'on ne vît pas de lune, il régnait une clarté suffisante pour se diriger. Chose curieuse, cette clarté ne semblait pas émaner des lèvres molles des nuages, mais de la mer qui moutonnait jusqu'à l'infini.

Il marcha vite, sans se retourner. Ses pieds enfonçaient dans le sable. Une fois sur une dune éloignée, seulement, il regarda la maison pour s'assurer qu'aucune lumière ne paraissait aux fenêtres.

Alors, son exaltation le reprit. Il aspira l'air profondément, comme il eût mangé quelque chose de savoureux. Il regarda la mer, dédaigna la route lisse qui se dessinait à sa droite, préféra buter parmi les galets, se penchant sur des épaves qui prenaient dans la nuit des formes fantastiques, touchant une énorme souche de bois flotté, ramassant un os de seiche, saisissant dans ses mains une algue gluante.

Il avait froid. Il avait un peu peur. Une fois, il fit cent mètres en courant presque parce que quelque chose de vivant avait remué près de son pied et plus loin, entendant le même bruit, il se rendit compte que c'étaient des crabes qui cheminaient sur la bande de sable mouillé découvert par la marée.

S'il ne chantait pas, il y avait en lui comme une musique. Ce fut à regret qu'après une demi-heure il dut obliquer vers les terres et prendre la route de Ver où des arbres dénudés laissaient tomber, bien qu'il n'eût pas plu de la nuit, des gouttes glacées.

Il apercevait au loin des toits qui paraissaient écrasés sur le sol. Il marcha plus vite. Il avait hâte de surgir devant Lina. La veille, il avait interrogé adroitement Arsène sur les hôtels du pays et le chauffeur lui avait appris que tous les hôtels de Ver étaient fermés l'hiver, sauf un, qui était plutôt une auberge.

— C'est le bureau de tabac, en face de l'église.

Au lieu de se dissiper, la nuit devenait plus sombre et plus froide. Il atteignit la place, aperçut la civette au-dessus d'une porte sans seuil, mais celle-ci était fermée, tous les volets de la maison étaient clos. Il n'y avait pas un bruit dans le village, pas une âme éveillée. L'horloge du clocher ne marquait pas encore cinq heures du matin.

Allait-il être forcé d'attendre ? Il tourna autour de la maison, qui était longue, à un seul étage. Il comprit, à une chaude bouffée d'étable, qu'il y avait des vaches, il entendit soudain le chant d'un coq, un chien tira sur sa chaîne et il craignit de le faire aboyer.

Un portail en fer peint au minium se dressait entre deux montants. Par une fente, il découvrit une cour boueuse, un tas de fumier dans un coin, une vieille auto sans pneus près d'une charrette. Il lui sembla qu'une faible lueur jaune venait de la droite de la cour, il tendit l'oreille, finit par distinguer un bruit de sabots sur le sol.

Sans doute quelqu'un était-il déjà levé et occupé à traire les vaches ? Alors, il appela, faiblement d'abord.

— Quelqu'un ! disait-il, impressionné par sa propre voix. Quelqu'un !... Hé !... De l'hôtel...

Il se passa du temps. Il dut appeler à plusieurs reprises. Enfin, une fille à grosse tête ronde passa la tête par la porte de l'étable, se demandant d'où venait le bruit.

— Ici, mademoiselle... Excusez-moi... Ma femme est en pension chez vous...

Elle s'approcha enfin du portail. Peu décidée, elle répétait avec une obstination stupide :

— Qu'est-ce que c'est ? Qu'est-ce que vous voulez ?

— Ma femme... (Il se rappela à temps qu'il lui avait recommandé de s'inscrire sous son nom de jeune fille. Pourvu qu'elle n'ait pas écrit mademoiselle !)... Ma femme est descendue chez vous... Mme Bocage...

— Eh bien ! qu'est-ce que vous lui voulez ?

— Je suis venu la voir à l'improviste... Si vous voulez bien m'ouvrir...

— C'est que je ne sais pas, moi. Les patrons ne sont pas levés, à cette heure.

— Puisque je vous dis que ma femme...

Elle se décida enfin, ne trouva pas la clef, envoya Maudet faire le tour de la maison et attendre devant la porte à la civette. Elle fut si longue qu'il se demanda si elle ne le laissait pas en plan.

— Où est sa chambre ?

— Au premier, au fond du couloir à droite.

Une bonne chaleur régnait dans l'auberge qui sentait le feu de bois de la veille et la cuisine mijotée, avec un arrière-fond d'étable et de fruits qui mûrissent. L'escalier de chêne était ciré et Michel faillit s'étaler en glissant. Il tâtonnait dans l'obscurité du couloir quand il songea seulement à l'électricité, frotta une allumette, trouva le commutateur. Alors, en passant devant une première porte, il entendit une femme qui s'éveillait et qui, sans doute, chuchotait quelques mots à l'oreille de son mari. Il se dépêcha, arriva à la porte du fond et tourna le bouton.

La porte n'était pas fermée à clef. D'ailleurs, on n'y voyait pas de serrure. Le cœur de Michel battait. Il poussa le battant qui rencontra une légère résistance, il comprit bientôt pourquoi : Lina, effrayée de dormir derrière une porte ouverte, avait poussé une chaise derrière celle-ci.

Malgré le grincement de la chaise, elle ne s'éveilla pas et il eut le temps de se glisser près d'elle, de la serrer dans ses bras, toute chaude, toute moite, toute imprégnée de l'odeur du lit de campagne.

— Ma grande !

— C'est toi ?... Comment... ?

Il ne voulut pas allumer tout de suite.

— Chut... Ne dis rien...

Il se dévêtait rapidement, entrait dans les draps, se collait, glacé, contre elle.

— Chut... Je n'ai pas beaucoup de temps...

Il était heureux de retrouver son corps un peu gras, très doux, très lisse, et Lina ne sortait que peu à peu du sommeil, elle eut un mot qui ne parut même pas étrange à Michel :

— Comment as-tu fait ?

Comme s'il eût été prisonnier dans la maison de la dune !

— Allume, maintenant...

Et, tandis qu'il faisait trois grands pas, le corps nu, vers le commutateur :

— Je suis allée là-bas hier.

— Je t'ai vue.

— Les gens m'ont dit que c'était une sorte de fou et j'avais peur...

— Mais non, mon petit, ce n'est pas un fou, je te jure. C'est un type extraordinaire, le plus extraordinaire que j'aie jamais vu...

Il était bien au fond du lit aux épais matelas de plume, dans cette chambre basse, blanchie à la chaux, où il y avait une grosse armoire d'acajou, des cadres noirs avec des images de saints, une petite vierge en plâtre sur la cheminée.

— Je n'ai pas pu venir plus tôt parce qu'il me tenait du matin au soir...

— Il ne te laisse pas sortir ?

Pourquoi Lina lui paraissait-elle soudain si lointaine ? Il s'irritait malgré lui de sa voix neutre de femme encore endormie, de ses questions qui correspondaient si mal à la réalité, de la façon dont elle le regardait, comme si elle eût cherché en lui ce qu'il y avait de changé. Il croyait lire une sorte de méfiance dans ses yeux. Elle ne l'aurait peut-être pas regardé autrement si elle l'eût soupçonné de sortir des bras d'une femme.

— Je suppose qu'il ne te fait quand même pas travailler jour et nuit ?

— Mais non, évidemment non... C'est difficile à t'expliquer...

— Pourquoi habite-t-il une maison isolée dont personne ne voudrait ? Est-ce vrai qu'il se cache ?

— Je t'assure, Lina, qu'il ne se cache pas.

Il avait envie de rire. C'était tellement stupide, cette idée que les gens se faisaient de Ferchaux !

— Alors, pourquoi vit-il sous un autre nom que le sien ? Les gens d'ici le savent. On n'ignore pas qui il est. Le patron de l'hôtel prétend que les gendarmes viendront l'arrêter un jour ou l'autre.

— Il ne se laissera pas faire.

— Tu le défends bien !

Pourquoi ce reproche ? N'avait-il pas le droit de défendre un homme que...

Que quoi, au fait ? Il cherchait ses mots. Il se demandait comment faire partager à Lina son enthousiasme pour Dieudonné Ferchaux.

— Il a tué des nègres, c'est vrai, trois nègres exactement, mais il devait le faire ; c'était non seulement son droit, mais son devoir. Si j'avais une carte, je t'expliquerais. C'est lui qui a mis en valeur, qui a presque découvert la région la plus sauvage de l'Afrique. Il me l'a expliqué lui-même. C'est comme une vaste cuvette, une cuvette grande comme la moitié de la France, au confluent du Congo et de l'Oubangui. Il n'y a là que des marais, des rivières qui s'enfoncent dans l'obscurité presque complète de la forêt vierge...

Et elle de murmurer :

— A quoi cela sert-il ?

Il était découragé, mais il s'obstinait, d'autant plus qu'il lui arrivait lui-même de regarder Ferchaux d'un œil froid, presque méprisant.

— Au début, on ne pouvait circuler qu'en pirogue, au risque d'être chaviré par un hippopotame et dévoré par les crocodiles qui pullulent. Il y a en outre les mouches tsé-tsé qui donnent la maladie du sommeil...

— Ne parle pas si fort. Je suis sûre que tu as réveillé la patronne. Maintenant qu'elle commence à s'habituer un peu à moi !

Mais il ne s'occupait pas encore d'elle. Il était plein de son sujet. Il s'y raccrochait.

— Ferchaux et son frère Émile sont partis là-bas sans un sou en poche. Maintenant ils sont riches à centaines de millions. Partout, ils ont établi des comptoirs. Ils ont des bateaux de cinq cents tonnes pour transporter leurs marchandises sur le Congo, des agents dans tous les centres du Gabon, de grands entrepôts à Brazzaville. Si Dieudonné Ferchaux n'avait pas tué les trois nègres...

Elle écoutait en regardant le plafond où une mouche du dernier été s'était desséchée.

— C'étaient des porteurs. Dieudonné Ferchaux avait ramassé une cinquantaine de porteurs pour aller rejoindre la caravane de son frère qui se trouvait en difficulté à quatre ou cinq cents kilomètres de là.

Chaque nuit, des porteurs désertaient. Ferchaux a fini par découvrir les trois noirs qui les excitaient. Tu comprends, maintenant ? A la première occasion, ils se seraient tous enfuis en emportant vivres et munitions...

— Ils étaient chez eux, ces gens-là !

— Si tu veux. Tu le fais exprès de ne pas comprendre. A t'écouter, ce n'était pas la peine de coloniser l'Afrique. Il les a surpris qui rampaient vers les caisses d'armes. Il était seul blanc au milieu des Pahouins...

Il sentit bien qu'elle était choquée de l'entendre parler aussi familièrement de choses qu'il ne connaissait pas quelques jours plus tôt.

— Il a allumé une cartouche de dynamite et la leur a lancée. Tous les explorateurs en ont fait autant. Mais sais-tu à cause de qui ses ennuis ont commencé, près de trente ans plus tard ? Devine !

— Comment veux-tu que je devine ?

— Tu te souviens d'Arondel ?

— Gaston ?

Ce fut au tour de Michel de tiquer, à cause de ce prénom qu'elle prononçait tout naturellement. Gaston Arondel était un de leurs camarades de Valenciennes, un beau garçon, toujours tiré à quatre épingles, qui faisait sa médecine.

— Qu'est-ce que Gaston...

— Ce n'est pas lui, mais son père, qui est administrateur au Gabon. C'est un crétin, un type aux idées arrêtées, un orgueilleux par surcroît, comme son fils, qui n'irait pas sans ses gants jusqu'au coin de la rue. Tu comprends que là-bas, un type comme ça, à cinq mille francs par mois, n'est pas grand-chose à côté d'un Ferchaux. Arondel a été vexé de son rôle effacé. Alors, il a engagé la petite guerre. Il s'est armé des règlements que des gens qui n'y connaissent rien édictent à Paris. Têtu, buté, l'administrateur s'est attaqué jour après jour à Ferchaux et à toutes ses affaires. C'est lui qui est allé déterrer cette vieille histoire des trois nègres que tout le monde connaissait mais qui n'indignait personne. Il a mis la machine judiciaire en marche. Il a déniché des témoins, les a amenés à Brazzaville aux frais de l'État. Il a engagé contre la compagnie Ferchaux une véritable persécution administrative, épluchant les comptes, les bilans, les déclarations au fisc...

— Ferchaux trichait ?

— Tu ne veux pas comprendre ! Il vaudrait mieux que je me taise. Toujours est-il que, d'un jour à l'autre, c'est vrai, cet homme-là, qui a passé quarante ans dans la forêt équatoriale et qui a créé de ses mains une des plus grosses affaires coloniales, peut être jeté en prison, ruiné, ses affaires réduites à néant, par la faute d'un imbécile dont les chefs eux-mêmes essaient de freiner le zèle. Voilà pourquoi il est venu ici.

— A La Guillerie ?

— A La Guillerie ou ailleurs. Qu'est-ce que cela peut faire qu'il soit ici ou là ? Il pouvait descendre dans le plus grand palace. (Michel, à vrai dire, ne comprenait pas encore pourquoi il ne l'avait pas fait.) Il pouvait s'acheter, comme son frère, un hôtel particulier aux Champs-Élysées. Il pouvait habiter un des châteaux qu'Émile possède en France, ou sa villa de Cannes, ou celle de Deauville. Qu'est-ce que ça peut lui faire, à lui ? Sais-tu qui, le plus souvent, casse le bois dans la cave ? C'est lui. Et sais-tu où il mangeait avant mon arrivée ? Dans la cuisine, avec le chauffeur et une vieille femme qui lui sert de bonne. Le soir, nous jouons aux cartes tous les trois.

— Quels trois ?

— Ferchaux, le chauffeur et moi. Il a juré qu'on ne l'aurait pas. Il n'a l'air de rien, comme ça. Il se moque d'être habillé de telle ou telle manière. Il se moque encore davantage de ce que les imbéciles pensent de lui. Seulement, hier encore, tiens, alors que tu te promenais dans les dunes, je l'ai entendu donner un coup de téléphone qui va faire sauter un gouverneur. S'il le voulait, ce serait sans doute le ministère qui sauterait. Est-ce que tu commences à comprendre que ça vaille la peine de vivre pendant quelque temps dans une vieille maison sur la dune ?

Elle soupira. Elle n'était pas convaincue, mais elle n'avait pas le courage de discuter.

— Si tu crois...

Puis, presque aussitôt :

— Tu m'as apporté de l'argent ?

Il rougit.

— Pas aujourd'hui. Je ne peux quand même pas lui demander de l'argent alors que je suis à peine entré chez lui. Patiente deux ou trois jours. A la première occasion...

— Si seulement j'avais des bagages, ne fût-ce qu'une valise...

— Je t'apporterai la mienne.

— Ce ne sera plus la même chose. Les gens qui voient arriver une jeune femme seule, avec un petit paquet de papier gris sous le bras... A cette saison-ci, ils n'ont jamais personne... Ils ont hésité à m'accepter...

» — Vous comprenez, m'a dit la patronne, c'est notre période de repos, à nous... Une personne, ce n'est qu'une personne, bien sûr, mais il faut quand même lui faire à manger... C'est du souci, allez, et j'aimerais mieux que vous alliez voir ailleurs...

— Puisqu'elle t'a quand même acceptée !

— Parce que je faisais semblant de ne pas comprendre. A la fin, je crois qu'ils m'ont prise en pitié. Quand ils vont savoir que tu es à La Guillerie...

— Ils ne le sauront pas.

— Ils te verront partir. Maria t'a ouvert la porte et, avec ses airs nigauds, c'est elle la plus dangereuse, parce que c'est sur elle que le travail retombe, et elle me regarde de travers. Rien que la façon dont elle pose les plats sur la table devant moi...

— Tu ne crois pas, chérie, que tu pourrais avoir un peu de patience, que cela en vaut la peine ? Une chance inespérée, insensée, me permet de connaître un homme qui...

Mais non ! Il ne voulait plus lui parler de Ferchaux, car, chaque fois qu'il s'agissait de lui, elle le regardait avec la même méfiance.

— J'ai la veine de pénétrer dans un monde que je ne connais pas, que peu de gens connaissent, où l'on brasse les millions par dizaines, où l'on tire les ficelles de milliers et de milliers de marionnettes comme ton Arondel...

— Pourquoi « mon » ?

— Je te demande pardon. Mais aussi, au lieu d'être contente, de te féliciter de ce qui nous arrive...

— Mets-toi à ma place !

— Je sais... Ce n'est peut-être pas très gai... Ce n'est pas non plus pour durer... Un jour ou l'autre, Ferchaux retournera à Caen... Il paraît que c'est là qu'il habite la plupart du temps... Nous nous verrons tous les jours...

— A la sauvette...

Ce mot lui fit regarder l'heure et il se sauva en effet. Il était près de sept heures. Il se jeta sur ses vêtements, comme pris de panique.

— Tu vois bien !

— Qu'est-ce que je vois ?

— Dans quel état tu te mets à l'idée d'arriver en retard ! Si, pour huit cents francs par mois, tu dois être à la disposition de ce monsieur jour et nuit comme un esclave...

— Tu es idiote.

— Merci.

— Au lieu de m'aider...

Il était furieux, plus encore vexé de son échec que furieux, vexé aussi de ne rien trouver à répondre. Il faillit s'en aller sans l'embrasser, revint quand même vers le lit, se pencha sur Lina et s'adoucit :

— Ne fais pas attention, ma petite Lina. Je sens tellement, vois-tu, que j'ai raison, que c'est pour nous la fortune, que...

— Va vite.

— Souris...

— Non.

— Souris vite...

— Voilà.

Il s'enfuit et elle lui lança d'une voix boudeuse :

— Ne reste plus si longtemps sans venir !

Arsène lui avait dit qu'un sentier traversait le marais et il avait une telle hâte d'être de retour à La Guillerie qu'il s'y engagea au petit bonheur, n'apercevant personne à qui demander son chemin. Mal lui en prit, car, alors qu'il était peut-être à mi-route, le sentier s'effaça, il pataugeait dans l'eau cachée sous les herbes, il dut aller et venir en tous sens, cherchant un terrain plus ferme, tandis qu'au-dessus de sa tête les nuages blanchissaient, laissaient voir de grosses poches grises pleines de pluie.

Quand il mit enfin le pied sur la route, il avait de la boue jusqu'aux genoux et la sueur lui collait sa chemise sur le corps. Il chercha de la lumière au premier étage ; il n'y en avait pas. Il contourna le rez-de-chaussée, trouva Arsène qui mettait la voiture en marche, car, chaque matin de bonne heure, il allait à Caen chercher le courrier.

Arsène, comme d'habitude, lui adressa un bonjour goguenard et le regarda des pieds à la tête, puis il fit un geste qui devait signifier que le patron était de mauvais poil.

Michel traversa la cuisine.

— Je ne savais pas qu'il était si tard, dit-il en guise de bonjour à Jouette qui trempait du pain dans son café au lait et qui ne lui répondit pas.

Il n'osa pas monter chez lui tout de suite. Il pénétra dans la salle à manger qui servait de bureau et de salon. Une flamme claire pétillait. Le dos au feu, Ferchaux mangeait des œufs à la coque.

— Je suis en retard, n'est-ce pas ? Je vous demande pardon. Depuis que je suis arrivé, j'avais envie de faire une promenade matinale au bord de la mer...

Le regard de Ferchaux se posa sur le bas crotté du pantalon. Ce fut tout. Ramasse-t-on une telle boue au bord de la mer ?

Maudet n'avait pas de vêtements de rechange. Il s'assit. La vieille lui apporta ses œufs dans une serviette.

Le patron mangeait toujours en silence, avec l'air de penser à autre chose. Michel évitait de le regarder. Mais il recevait parfois un coup d'œil bref, furtif, comme honteux. Ferchaux pensait à lui. Qu'est-ce qu'il pensait ? Pourquoi avait-il ce soupir en essuyant ses lèvres de sa serviette et en se levant pour aller se camper devant le feu ?

Il n'était pas seulement préoccupé. On eût dit qu'il était un peu triste, un peu inquiet. Comme la voiture démarrait, emmenant Arsène à la ville, il se redressa, murmura :

— Enfin !...

Cela pouvait signifier : « On verra... »... Ou encore : « A quoi bon ? »... Ou : « C'est sans importance »... Voire : « Je suis idiot de m'inquiéter de ça... »

Après quoi il regarda autour de lui en homme qui dissipe les brumes du petit matin et qui décide de commencer sa journée.

5

Il y avait peut-être un quart d'heure qu'Arsène était revenu de Caen avec le courrier et on l'entendait siffloter en montant du bois de la cave au premier étage. Était-ce un quart d'heure ? Était-ce moins ou plus ? Maudet n'en pouvait juger et cette question de mesure du temps lui causait parfois un malaise.

Quand, à Paris, il avait revendu sa montre, il avait dit à Lina :

— Il existe des horloges à tous les carrefours des Grands Boulevards, sur toutes les places, à toutes les vitrines d'horlogers.

Dans la maison de Ferchaux, il n'y avait l'heure nulle part, sinon dans la chambre de la vieille Jouette, là-haut, et dans la cuisine. Ferchaux avait bien, dans la poche de son gilet, une grosse montre en nickel comme on en vendait autrefois sous le nom de montre de chemin de fer, mais il est probable qu'il ne songeait pas à la remonter, car il ne la tirait jamais de son gousset, ne se préoccupait pas de l'heure, celle-ci étant donnée avec assez d'approximation par le vicinal qui passait deux fois par jour dans chaque sens et par les allées et venues de Jouette. Enfin si, pour un coup de téléphone par exemple, il avait besoin de plus de précision, il allait dans la cuisine consulter le réveil.

Le retour d'Arsène avec le courrier, c'était à peu près neuf heures du matin. La table du petit déjeuner était débarrassée, le feu d'âtre avait eu le temps d'imprégner la pièce de chaleur, Michel était assis en face de la fenêtre derrière laquelle, à sa grande satisfaction, un brouillard laiteux commençait à s'épaissir jusqu'à lui cacher déjà la mer.

Ferchaux, qui s'asseyait rarement, était debout le dos au feu et dépouillait le courrier, jetant au fur et à mesure les enveloppes dans les flammes. Certains jours, il n'y avait que des lettres de Paris, lettres d'hommes de loi, d'hommes d'affaires, de banquiers, mais, plusieurs fois par semaine, soit par les Chargeurs Réunis, soit par l'avion de Brazzaville ou par l'avion belge de Coquilhatville, arrivait un énorme courrier de l'Oubangui dont Ferchaux se saisissait avidement.

Ils avaient commencé tous les deux, l'avant-veille, un important travail de classement qui était loin d'être terminé. Depuis près de six mois qu'il était en France, Ferchaux se contentait de fourrer ses lettres en tas dans les meubles, au petit bonheur. Deux ou trois fois, pourtant, sans doute à chaque nouveau secrétaire, il y avait eu des velléités de classement, on retrouvait des chemises rouges ou vertes, couvertes d'écritures différentes : « Arondel », « Banque de l'Oubangui », « Affaire Ledent », « Morel », « Maître Aubin », etc., etc.

Parfois, au moment où on dépouillait une liasse de documents serrés d'une ficelle, d'un bout de cordon, Ferchaux se frappait le front.

— Il doit y avoir d'autres pièces du même genre dans un tiroir de ma chambre... Je vais les chercher...

Il y allait lui-même et on entendait son pilon dans l'escalier, puis au-dessus du plafond. Il ne faisait aucune distinction entre un travail et un autre, allait casser du bois aussi volontiers qu'il dictait ; il ne lui serait pas venu à l'idée d'appeler Jouette pour lui demander l'heure, il allait lui-même dans la cuisine s'il avait envie d'un verre d'eau et, quand il y avait des meubles à changer de place, il donnait la main à Arsène.

Cela avait choqué Michel au début. Maintenant, il commençait à comprendre, il se rendait compte, en tout cas, que c'était beaucoup plus compliqué qu'il l'avait cru, qu'on semblait le croire autour de M. Dieudonné.

Maudet aimait, maintenant, ces heures grises avec le bruit du vent dehors et celui des flammes dans la pièce, les papiers de toutes sortes qu'il examinait les uns après les autres sans qu'il y en eût de secrets pour lui, pas même, par exemple, les rares lettres qu'Émile avait écrites à son frère.

— Je vous expliquerai au fur et à mesure... lui avait dit Ferchaux.

Était-ce confiance absolue de sa part ? Ou bien considérait-il le jeune homme comme un être de si peu d'importance qu'on pouvait tout lui dire ? Maudet se l'était demandé. La question le troublait. Peut-être y avait-il un peu des deux.

— Encore Arondel ! gronda M. Dieudonné en terminant la lecture d'une lettre du Congo. Bastard, qui tient le poste de Makoli, me raconte qu'au moment où les indigènes apportaient les amandes de palme, les gendarmes sont arrivés, ont assisté à la pesée, ont saisi la bascule et les poids.

— Les poids sont truqués ? questionna Maudet.

— Ils le sont toujours, là-bas. Les prix sont faits en conséquence. Les indigènes ont dû être les premiers surpris de cette aventure. Du moment qu'une fraude est admise par les deux parties, il n'y a plus fraude.

Tous deux levèrent la tête en même temps et se tournèrent vers la fenêtre. Dans le brouillard, on voyait stopper une énorme voiture jaune au capot très allongé. Un chauffeur grand et fort, à la livrée impeccable, en descendait, ouvrait la portière. Bien que l'homme qui mit pied à terre ne ressemblât nullement à M. Dieudonné, Michel reconnut le frère de celui-ci. Il entra par la cuisine, comme c'était l'habitude de la maison. Il s'y arrêta un instant pour échanger quelques mots avec Jouette. On entendait sa voix, une voix d'homme qui croit nécessaire de feindre perpétuellement une humeur enjouée.

Dieudonné ne bougea pas pour se porter à sa rencontre. Michel ne savait que faire, regardait la porte. Celle-ci s'ouvrit en même temps que la voix faisait :

— On peut entrer ?

Émile Ferchaux, qui avait trois ans de moins que son frère, était plus grand que lui, plus large, plus étoffé. Sans être gras, il accusait un certain embonpoint, ce que l'on appelle de la prestance. Il tendait une main gantée de pécari.

— Comment vas-tu ?

Cela faisait, dans cette maison, dans cette ambiance à laquelle Michel était déjà habitué, un effet étonnant, cela choquait, aussi bien les allures trop dégagées du personnage que ce ton de bonne compagnie, cette humeur légère, cette désinvolture mondaine.

Émile Ferchaux était en tenue de chasse. Il arrivait de Sologne, comme il l'annonça aussitôt. Il possédait un château là-bas et, tel qu'il se présentait, c'était le châtelain type. Il portait des culottes de golf, très claires, des guêtres blanches, un veston marron en tweed épais et moelleux. Sur ses cheveux argentés, un chapeau vert, avec une petite plume sur le côté.

— J'avais d'abord pensé à te téléphoner pour m'annoncer, mais, comme j'étais sûr de te trouver ou ici ou à Caen...

Il était rasé de près. Son teint était rose, ses joues délicatement couperosées. Il restait un peu de talc sous l'oreille et il se répandait dans la pièce un discret parfum de fougère.

Émile Ferchaux avait vu Michel qui s'était levé. Il n'avait pas été surpris. Il lui avait accordé quelques secondes de curiosité et il s'était contenté de lui adresser un signe bienveillant de la main.

Dieudonné, lui, toujours debout devant le feu, n'avait pas bougé et regardait son frère.

Le reste, Maudet ne put le voir. Gauchement, il avait mis quelques papiers en tas, pour se donner une contenance. Puis, en balbutiant un vague « pardon », il s'était dirigé vers la porte. Comme personne ne le retenait, il était sorti.

Il conservait, de ces quelques secondes de tête-à-tête entre les deux frères, un sentiment complexe, qu'il allait essayer d'analyser. Émile Ferchaux était mal à l'aise, cela lui paraissait évident. C'était l'homme du monde aux allures dégagées qui se trouvait gêné en face de son frère. Mais celui-ci ? Quels sentiments sa physionomie avait-elle exprimés ? Michel aurait juré que les yeux s'étaient voilés d'une certaine tendresse. Chose curieuse, ce n'était pas une tendresse d'homme. Cela ressemblait davantage à la tendresse d'un gamin pour un frère plus jeune. Avec une certaine tristesse en plus. Il y avait presque toujours de la tristesse sur le visage de Dieudonné Ferchaux, une tristesse que Michel était incapable de comprendre.

Le matin, par exemple, quand il était rentré de Ver, son patron l'avait reçu avec amertume. Il ne lui avait adressé aucun reproche. On eût dit qu'il savait tout, qu'il avait tout compris, qu'il ne se donnait plus la peine de se fâcher, de questionner, de réduire son interlocuteur : il pardonnait. Même pas : il effaçait.

Pourquoi une phrase des Écritures saintes, qu'il croyait avoir oubliées, lui revenait-elle à la mémoire ?

« Avant que le coq ne chante, l'un de vous me trahira... »

Maudet était désœuvré. Il prit son chapeau et son imperméable au portemanteau, traversa la cuisine, avec l'idée d'aller se promener le long de la mer. Le prestigieux chauffeur d'Émile Ferchaux, qu'Arsène avait rejoint, couvrait le capot de sa voiture d'une épaisse couverture.

Michel n'avait pas parcouru cinquante mètres que la fenêtre s'ouvrait derrière lui, Dieudonné Ferchaux, malgré son horreur du froid, se penchait, parlait à Arsène qui se précipitait.

— Le patron vous fait dire de ne pas vous éloigner, car il peut avoir besoin de vous d'un moment à l'autre.

Arsène était guilleret. Sa joie était celle d'un homme qui se retrouve enfin en compagnie de gens de son monde.

Michel resta à errer sur la dune, à mi-chemin entre la maison, dont il pouvait suivre les allées et venues, et de la mer qui commençait à monter. Bientôt, il vit les deux chauffeurs attablés dans la cuisine devant une bouteille de vin qu'Arsène était allé chercher à la cave. La mère Jouette s'affairait, transformée, elle aussi. Un quart d'heure ne s'était pas écoulé qu'Arsène prenait l'auto pour se diriger vers Caen. Son collègue le suivit jusqu'à la voiture et, au moment où la portière allait se refermer, Arsène lui passa une enveloppe d'un geste furtif. L'autre la glissa aussitôt dans sa tunique et revint vers la maison avec un air faussement dégagé.

Qu'est-ce que cela signifiait ? Est-ce qu'Arsène, dès le premier jour, n'avait pas déclaré à Maudet qu'il était au service d'Émile Ferchaux, que c'était celui-ci qui l'avait placé momentanément auprès de son frère ? N'avait-il pas laissé entendre que son rôle consistait en quelque sorte à surveiller celui-ci ?

Lina, le matin, n'avait rien compris à l'enthousiasme de son mari. Était-il lui-même capable d'analyser les sentiments qui l'animaient pour son patron qu'il connaissait depuis si peu de jours ?

Il l'admirait. D'abord, il l'avait admiré d'être un homme aussi riche et aussi puissant, tout en étant choqué, voire indigné, par le peu d'usage qu'il faisait de sa fortune. Trois jours plus tôt encore, il se fût emballé pour Émile Ferchaux qui, lui, du moins, menait grand train, jouissait de la vie, s'entourait d'un maximum de luxe.

Maintenant, il hésitait, commençait à pressentir ce qu'il y avait de facilement vulgaire dans cette attitude.

Certes, Dieudonné le hérissait encore, surtout par son avarice, mais Maudet était impressionné par ce qu'il devinait en lui d'irrémédiablement hautain.

A présent, il aurait voulu être là, près des deux frères. Son intuition lui disait que la présence d'Émile était un danger, que c'était en ennemi qu'il était venu, malgré sa cordialité débordante.

Il ne les voyait pas. Derrière la fenêtre du rez-de-chaussée, ce n'était qu'un trou noir, avec parfois le reflet rose des flammes qui dansait sur les vitres. Est-ce que Dieudonné s'était enfin assis ? Restait-il debout, le dos au feu, à observer son frère qui parlait ?

Jouette s'agitait plus que de coutume. Le chauffeur venu du château se tenait sur le seuil, calme et serein comme un rentier à la tombée du jour, fumait sa pipe en suivant des yeux le vol des mouettes.

Ce fut une étrange matinée. Michel pensa beaucoup. Peut-être, de sa vie, n'avait-il jamais eu de pensées aussi denses et aussi heurtées, qui tournaient toutes autour des deux hommes, mais surtout autour de Dieudonné Ferchaux.

Se faisait-il des illusions ? Il aurait parié volontiers que celui-ci ne l'avait laissé quitter le bureau qu'à regret, que peut-être à présent il le suivait parfois des yeux à travers la fenêtre.

Il ne pleuvait pas, mais le brouillard posait comme une laque sur les choses, le ciel était devenu d'un blanc lumineux qui étonnait les yeux, la mer, au contraire, virait au vert sombre sur lequel tranchaient les crêtes des vagues. C'était sourd et lancinant. Le petit train noir passa en sifflant avec colère et sa fumée se confondit aussitôt avec le ciel. Personne ne descendit. Sans s'arrêter, il continua sa route.

Arsène, qui avait dû faire de la vitesse, revint de Caen et s'offrit, devant son collègue, un virage périlleux qui enfonça les quatre roues dans le sable. Il rapportait des langoustes, un gigot, d'autres victuailles encore et des bouteilles.

Dieudonné Ferchaux n'avait donné aucun ordre. C'était la mère Jouette qui avait pris sur elle de changer ainsi les habitudes de la maison. D'ordinaire, on mangeait d'une façon qui avait fort étonné Michel. Ferchaux, par exemple, dévorait cinq ou six harengs, et c'était là tout son repas. La veille, il avait mangé quatre côtelettes énormes ; le soir, on préparait un brouet d'orge ou d'avoine dont il remplissait plusieurs fois son assiette.

On appelait Michel à la maison. Il se précipita, se débarrassa de son chapeau et de son imperméable.

— Dépêchez-vous. Ces messieurs ont besoin de vous.

Dieudonné avait sorti à peu près toutes les paperasses de la commode où elles étaient empilées et les avait étalées sur la table et sur les chaises. Il fouillait là-dedans, l'air ennuyé.

— Dites-moi, Maudet... Vous ne vous souvenez pas avoir vu une lettre de maître Aubin ?... Un document plutôt, qui compte une dizaine de pages dactylographiées ?...

— Vous permettez, monsieur ?

Émile l'observait, assis sur une chaise qu'il renversait en arrière, un cigare aux lèvres.

— Si c'est ce que je pense, je l'ai classé hier, monsieur... Dans cette chemise verte... Maître Aubin... Vous voyez...

— Je vous remercie.

Dieudonné tendait les feuillets dactylographiés à son frère qui les parcourait à travers la fumée de son cigare. Michel devait-il rester ? Sortir ? Il se retira. Ne sachant que faire, il monta dans sa chambre et se donna un coup de peigne, puis il attendit, assis sur son lit.

Une demi-heure plus tard, c'était la voix de la mère Jouette qui appelait, du bas de l'escalier :

— Monsieur Michel !... Voulez-vous descendre ?...

Il fut sur le point d'entrer dans le bureau, mais elle le guettait de la cuisine.

— Venez déjeuner.

Elle avait mis trois couverts dans la cuisine, celui des deux chauffeurs, qui étaient déjà attablés, et celui de Maudet.

— J'aime mieux que tout le monde mange avant ces messieurs. C'est plus facile pour le service.

Il ne dit rien, ne protesta pas, bien qu'il fût choqué. Le nouveau chauffeur, à la face rose et prospère, lui était aussi antipathique qu'Arsène. Les deux hommes avaient dû parler de lui, car ils l'examinaient à la dérobée et les clins d'œil d'Arsène ne pouvaient signifier que :

— Qu'est-ce que je vous avais dit ?

La mère Jouette les servait abondamment. Il y avait deux bouteilles de vin sur la table. Après chaque lampée, Arsène essuyait ses petites moustaches avec une affectation qui exaspérait Michel.

Le repas touchait à sa fin quand la vieille se dirigea vers le bureau pour y dresser les couverts. Elle emporta la nappe, les assiettes. Les deux portes restaient entrouvertes.

— Et Maudet ? questionna la voix de M. Dieudonné.

— Il a mangé.

— Où ?

— Dans la cuisine, avec ces messieurs.

— Qui est-ce qui t'a dit de le servir à la cuisine ?

— Personne.

— Eh bien ! tu as eu tort.

Ce fut tout. Michel était heureux. Les deux autres avaient entendu et marquaient le coup en le regardant avec une ironie affectée. Ils évitaient de s'adresser à lui, parlaient de lieux et de gens qu'il ne connaissait pas, le faisant exprès de rester dans le vague afin que la conversation lui restât indéchiffrable.

Maudet ne prit pas de dessert, bien qu'il y eût des crêpes flambées, et il sortit à nouveau. Il rôda autour des deux autos, les caressa comme s'il les eût apprivoisées, comme s'il leur eût promis qu'un jour, celles-là ou leurs pareilles deviendraient siennes.

Émile Ferchaux partit peu de temps après le repas. Il s'installa confortablement au fond de la voiture. Son chauffeur lui entoura les jambes d'un plaid, lui tendit une allumette pour son cigare, referma la portière et s'installa à son tour aussi commodément que possible.

Dieudonné, sur le seuil, assista au départ, puis il rentra dans la pièce que la vieille Jouette achevait de ranger et Michel y pénétra derrière lui, resta debout près de la fenêtre en attendant que tout fût en ordre.

La porte enfin refermée, le silence se prolongea.

— Je continue le classement, monsieur ? Vous m'aviez demandé de vous rappeler que vous deviez téléphoner à maître Morel.

— Appelez-le-moi, oui.

— Allô !... Maître Morel ?... Je vous passe M. Dieudonné...

— Allô !... C'est vous, Morel ?...

D'un signe, il pria Michel, qui se retirait discrètement, de ne pas quitter la pièce.

— Allô !... Oui... Ce n'est pas de cela que je veux vous parler... Mon frère sort d'ici...

L'étonnement devait être grand à l'autre bout du fil, car il insista :

— Mais oui... Émile... C'est comme cela !... Il a même dû quitter la Sologne avant le jour, car il est arrivé avant dix heures du matin... Non... Il n'avait pas amené sa fille... Comment dites-vous ?...

La voix feutrée était triste, Michel en avait maintenant la certitude, mais ce n'était pas une tristesse sentimentale ou nostalgique, c'était une tristesse qu'il ne connaissait pas encore.

— ... Allô !... Ne coupez pas, mademoiselle... Écoutez si le cœur vous en dit et si vous n'avez rien de mieux à faire, mais... Comment ?... Mais non ! Je sais parfaitement que vous avez mis votre fiche d'écoute... Peu importe !... Voici, Morel... La femme de mon frère est apparentée aux Larimer, qui ont un château à quelques kilomètres de celui de mon frère... Je passe sur les détails... Comme vous connaissez Émile, il a dû préparer cela de longue date... Oui... Larimer et lui ont organisé chacun une chasse le même jour... Les femmes en étaient... Comme par hasard, là où leurs terres se touchent, ma belle-sœur et Mme Larimer se sont rencontrées...

Avec quel mépris souverain il racontait cette histoire !

— Vous voyez ça, oui... Or, parmi les invitées de Mme Larimer, se trouvait comme par hasard Mme Duranruel... La femme du procureur général, oui, dont le mari, lui aussi, était de la chasse... Comme vous dites ! Mon frère Émile s'était distingué... Les deux hommes ne pouvaient guère se rencontrer... C'eût été trop voyant... Mais les femmes !... Toujours comme par hasard, ma belle-sœur et Mme Duranruel se sont trouvées seules un bon moment dans une clairière... Et ce sont les paroles de Mme Duranruel qu'Émile est venu me rapporter avec un fraternel empressement...

Michel fut soudain gêné. Il s'apercevait seulement qu'il fixait Dieudonné Ferchaux et que celui-ci, de son côté, le fixait. Il eut même l'impression que le patron parlait autant pour lui que pour l'homme d'affaires de Caen, davantage même, car si l'un comprenait mieux certains détails de l'affaire, l'autre, l'adolescent nouveau venu dans la maison, en devinait le côté dramatique.

Dieudonné semblait dire :

— Écoutez, mon petit... Faites votre éducation... Plus tard, tout ceci vous servira... Beaucoup plus tard, vous comprendrez...

Il parlait maintenant de la demoiselle des téléphones.

— Non... Je crois qu'elle s'est lassée de notre conversation... Au surplus, cela n'a aucune importance... Mme Duranruel, donc, aurait dit à peu près textuellement, après quelques politesses dont je vous fais grâce, mais que mon frère m'a rapportées par le menu :

» — *Quel dommage que votre beau-frère ne comprenne pas qu'il vous fait et qu'il se fait à lui-même le plus grand tort !... Mon mari m'en parlait encore hier au soir en rentrant du Palais... Il venait d'avoir un long entretien téléphonique avec son ministre, qui est un peu notre cousin par les femmes... Celui-ci ne demande qu'à éviter un scandale d'autant plus indésirable que l'on approche des élections... C'est un homme qui comprend largement les choses... Mais c'est la présence même de votre beau-frère qui risque d'obliger le gouvernement à agir...*

» Vous êtes toujours là, Morel ?... Comment ?... Vous prenez en sténo ?... Si cela vous amuse... Je continue donc... Ma belle-sœur, qui avait été auparavant stylée, a insisté :

» — *Sa présence en France ?*

» — *En France ou en Afrique... Qu'il comprenne donc qu'il est accusé d'un crime de droit commun, qu'au lieu de nier, comme cela aurait été si aisé au début, il s'en vante, prétend justifier son geste, le rendre en quelque sorte légal... Pour le gros public, c'est un assassin et nous ne pouvons laisser éternellement un assassin en liberté provisoire sans donner à penser que certaines gens sont au-dessus des lois...*

Le regard que Ferchaux laissait peser sur Maudet devint plus aigu, plus ardent, confirmant que c'était pour lui et pour lui seul qu'il parlait. Était-ce son admiration qu'il sollicitait de la sorte ?

— Vous y êtes, Morel ?... On me conseille de disparaître pendant un certain temps, de voyager à l'étranger sans faire parler de moi... Je crois qu'au besoin on m'établirait un passeport à un faux nom comme à une Altesse... Cela permettrait d'étouffer l'affaire des nègres, quitte, si on ne peut s'en tirer autrement, d'en finir par une condamnation par contumace...

» Hein ?... Mon frère... Il est tellement persuadé que c'est la seule solution possible qu'il m'a apporté des pouvoirs en blanc en me priant de les signer... C'est cela !... On lui a promis sans rien promettre, enfin, on lui a laissé entendre, ou plutôt cette dame Duranruel a laissé entendre à ma belle-sœur, toujours de la part de son mari, que l'affaire des nègres une fois close, on arriverait plus aisément à un compromis en ce qui concerne les affaires financières... C'est avec mon frère que l'on traiterait, évidemment... Celui-ci, par une procédure assez compliquée, que ses conseils ont d'ores et déjà établie, réservant tous mes droits...

» Voilà... Je n'ai pas fini... Il faut croire que ces dames n'avaient pas peur de la pluie qui tombait hier à torrents, car elles ont dû rester un certain temps dans leur clairière...

» Au moment où elles allaient se séparer, Mme Duranruel a pris un air plus mystérieux. Elle s'est penchée pour ajouter :

» — *Ceci, mon mari ne m'a pas chargé de vous le dire, mais ma sympathie pour vous me pousse à commettre une indiscrétion qu'on me reprochera peut-être plus tard... Votre beau-frère a eu grand tort de s'attaquer à M. Arondel... Certes, ce n'est qu'un fonctionnaire subalterne, et ses chefs ont eu maintes fois à se plaindre de ses excès de zèle... Mais il appartient à certaine organisation puissante et il compte des appuis tellement hauts que, s'il continue, votre beau-frère se cassera les reins et vous entraînera tous dans sa chute...*

Un silence. Qui sait si, à l'autre bout du fil, maître Morel ne se taisait pas aussi, impressionné.

— C'est tout. Comment ?... Ce que j'ai décidé ?... Nous continuons à attaquer... Non, ne venez pas aujourd'hui... J'ai encore des tas de papiers à mettre en ordre... Je vous téléphonerai ce soir ou demain matin... Je ne sais pas encore si je n'irai pas passer quelques jours à Caen... De toute façon, nous nous verrons demain, ici ou là-bas... J'ai reçu une lettre de Bastard... Arondel a encore fait des siennes en envoyant les gendarmes à Makoli... Nous en causerons demain...

Il raccrocha tandis que son secrétaire, par contenance, étalait à nouveau sur la table les papiers à classer. Tout à coup, Maudet sursauta. Une voix venait de prononcer derrière son dos, près de l'âtre :

— Je parie que vous trouvez que j'ai tort.

— Je ne pense pas cela ! s'empressa-t-il de répondre.

Et Dieudonné de poursuivre, comme se parlant à lui-même, en mettant de nouvelles bûches dans le foyer :

— Mon frère n'est resté que cinq ans dans la forêt avec moi... Les années les plus dures, pourtant !... Un jour, si je la retrouve, je vous montrerai une petite photo de lui à cette époque... Il est d'abord allé à Brazza... Puis il a fallu quelqu'un en Europe pour s'occuper de la partie financière de l'entreprise et il s'est installé à Paris...

Il avait l'air d'ajouter :

— Voilà ce qu'il y est devenu !

Enhardi, Michel murmura très vite :

— Ce que je ne comprends pas, c'est qu'un petit fonctionnaire puisse agir à l'encontre de gens comme le procureur général et le ministre... Je connais le fils Arondel...

— Vous connaissez... ?

— Le fils Arondel, oui... Les Arondel sont de Valenciennes... Il y a cinq ans, j'ai habité la même rue qu'eux... Le père ne revient pour six mois qu'une fois tous les trois ans... Je l'ai souvent rencontré... Son fils est un de mes camarades... Il fait sa médecine...

Il faillit ajouter étourdiment, mais il se retint à temps :

— Il a même essayé de me chiper ma fiancée.

Maudet pensait qu'ils allaient continuer à parler de l'Afrique, d'Arondel, des affaires dont il venait d'être question. Au sujet des Arondel, Ferchaux se contenta de murmurer :

— Il doit faire très fils de famille.

Puis, sans attendre de réponse :

— Et vous ?

Comme s'il eût deviné que Michel, dans ce milieu-là, faisait figure de parent pauvre, qu'il n'était, lui, que le fils d'un petit commerçant malchanceux, obligé de gagner sa vie au lieu de poursuivre ses études.

C'était bien là sa pensée, puisqu'il continuait :

— Ma mère, à moi, faisait des ménages... Elle avait été mariée très jeune et son mari l'avait quittée après deux ans de mariage... On n'a jamais plus entendu parler de lui... Il a dû s'expatrier... Ce n'est d'ailleurs pas mon père...

Il n'avait pas un regard pour les papiers épars sur la table. Il n'était plus question de travailler. Jamais encore l'atmosphère de la pièce, dans sa nudité et sa vulgarité, n'avait été si chaude et Michel souhaitait ardemment que cet entretien se prolongeât longtemps.

— Mon père, autant que je puisse savoir, devait être un juge de paix, un certain M. Brun... Je me souviens peu de lui... Un petit homme grassouillet, très soigné, très rose, avec un crâne nu et luisant, qui marchait à pas menus...

» Ce que je revois le mieux, c'est sa rue, de jolies maisons neuves, un trottoir large, des herbes qui croissaient entre les pavés de la chaussée...

» Ma mère, qui avait déjà quarante ans et qui n'avait pas beaucoup de charmes physiques — elle était maigre et plate —, travaillait chez lui tous les matins...

» Elle ne m'a jamais rien dit... Nous habitions une seule chambre dans un quartier populeux... De temps en temps, elle m'emmenait voir le juge... Mon frère est né... Je devais avoir six ans quand M. Brun est mort d'apoplexie... Ma mère était fort agitée... Elle croyait que nous serions riches désormais, car il lui avait toujours promis de ne pas l'oublier sur son testament... On s'est aperçu alors qu'il n'en avait pas fait, que sa fortune allait à des cousins ou à des neveux... Nous avons changé de quartier... Plus tard, ma mère est entrée dans une blanchisserie, parce qu'elle était fatiguée et que cela lui faisait moins à courir...

Ils se regardaient tous les deux. Michel était impressionné par ce récit, davantage encore par le fait que Ferchaux lui avait parlé de la sorte. Il eût voulu le remercier. Il avait envie de lui dire :

— Je n'ai peut-être pas été aussi malheureux, mais j'ai souffert, moi aussi, de la médiocrité qui régnait autour de moi... Je me suis juré que, plus tard...

A quoi bon ? Ferchaux le savait. Sous l'enthousiasme de Maudet naissait un autre sentiment moins avouable, qu'il s'empressait d'ailleurs de repousser. Le grand homme, en somme, ce n'était que cela, le fils naturel d'un juge de paix apoplectique et d'une femme en journées sur le retour ?

— J'ai eu, là-bas, dans l'Oubangui, pour mes bureaux, pour mes comptoirs, des centaines de jeunes gens... La plupart, après un mois, m'écrivaient déjà ou venaient me trouver pour réclamer une augmentation...

Pourquoi ne les payait-il pas ? C'était un avare ! C'était un vicieux ! Pouvait-il deviner que son secrétaire luttait contre de pareilles pensées ?

— Mon frère ne va plus dormir... Et pourtant, là-bas, il avait du cran... Ma jambe...

Il avançait un peu son pilon, le caressait.

— C'était la quatrième année... A cette époque-là, nous cherchions le caoutchouc dans les coins les plus reculés de la forêt... Je n'ai jamais su par quoi j'ai été blessé... Par une épine ?... Par un animal ?... Toujours est-il que la gangrène s'est mise dans le pied, puis dans la jambe... Il aurait fallu des semaines de pirogue pour atteindre un centre où trouver un médecin... Une nuit, j'ai dit à mon frère :

» — Écoute, Émile, je sens que, si tu ne me la coupes pas, je vais y rester...

Il ferma les yeux un instant. Est-ce que cet homme que l'on disait si fort et qui le croyait avait vraiment besoin de l'admiration d'un gamin ? Était-il sentimental au point de s'attendrir sur une image de son frère ?

— Il lui a fallu du cran, je vous assure... Je me demande si, à sa place, j'aurais pu...

» Et pourtant, dix ans après, à Paris, il divorçait d'avec sa première femme, qui était couturière, pour épouser la fille d'un préfet !

» J'en ai connu un, un de mes premiers employés...

Il s'interrompit, se précipita vers la fenêtre derrière laquelle Arsène mettait le moteur en marche. Il ouvrit.

— Qu'est-ce que vous faites ?

— Je vais à Ver chercher le linge qu'on a donné à laver.

— Pourquoi ne l'avez-vous pas pris tout à l'heure en revenant de Caen ?

— J'étais pressé... Jouette avait besoin du gigot...

— Toujours la même chose !... Toujours de l'essence brûlée pour rien...

Il referma la fenêtre avec humeur, retourna se chauffer près du feu, regarda autour de lui comme quelqu'un qui a perdu le fil de ses idées. Cette fenêtre ouverte, la voix d'Arsène, la bouffée d'air froid et humide qui avait envahi la pièce, tout cela avait dissipé l'atmosphère que Michel regrettait déjà.

— Finissons-en avec ces papiers... Classez-les... Questionnez-moi quand vous ne comprenez pas...

Il ne fumait pas, ne buvait pas. Il pouvait rester des heures à ne rien faire. Maudet s'assit devant un tas de lettres qu'il était obligé de lire en entier pour savoir dans quel dossier les ranger. Parfois, il retrouvait l'écriture d'un de ses prédécesseurs, tombait sur une ébauche de classement, et il se demandait s'il en serait de même avec lui, si, dans quelques semaines, un autre Maudet, pêché Dieu sait où, racolé quelque part à Paris ou ailleurs, viendrait comme un chien maigre s'asseoir dans cette maison, entendrait les confidences de Ferchaux qui, en définitive, ne parlait peut-être que pour lui-même et ne se confiait de la sorte au premier venu que par mépris pour ses semblables ?

Une demi-heure plus tard, tandis qu'on n'entendait dans la pièce que le bruissement des papiers, Dieudonné Ferchaux sortit sans rien dire, monta au premier où son pilon résonna pendant quelques minutes sur le plancher et enfin s'étendit sur son lit de camp. Il dormait quand il en avait envie, de jour ou de nuit, quitte à jouer aux cartes ou à dicter des lettres à deux heures du matin.

6

Il devait avoir douze ans en ce temps-là et on approchait de Noël ; il se souvenait encore des rues avec leur aspect, leur animation, leur odeur des quelques jours d'avant Noël quand on monte les crèches dans l'ombre des églises et que des sapins passent sur des charrettes. Il faisait noir quand, à quatre heures, il était sorti de l'école. Que s'était-il passé au juste, il l'avait oublié ; toujours est-il qu'en rentrant à la maison il avait exaspéré sa mère ; dressé sur ses ergots, il l'avait si bien poussée à bout qu'à la fin il avait pris peur et qu'il s'était enfui le long du corridor. A peine avait-il eu le temps d'ouvrir la porte d'entrée et de bondir dans la rue qu'une pantoufle, lancée par une main plus rageuse qu'adroite, était tombée à ses pieds.

Ce soir-là, en errant dans son quartier, il avait ressenti pour la première fois un malaise si particulier qu'il s'en souvenait encore. Il regardait les boutiques pourtant familières, les taches d'ombre et de lumière, les becs de gaz, les silhouettes des passants et tout cela formait un monde qui n'avait pas sa solidité habituelle ; c'était lui, sans doute, avec sa fièvre, son goût de sanglots dans la gorge, sa peur mêlée de honte, qui n'était pas de plain-pied dans la réalité.

Il retrouvait une sensation du même genre en refermant sans bruit la petite porte encastrée dans le portail monumental de la rue des Chanoinesses. Il avait l'impression de se voir déambuler, tache claire, à cause de son imperméable jaune, dans l'obscurité de cette rue qui ne lui était rien. Il aurait pu se demander :

— Qu'est-ce que tu fais là ?

Il sortait d'une maison pour ainsi dire inconnue sur la pointe des pieds, furtif, peureux, la mine humble et anxieuse, il regardait machinalement la fenêtre mal éclairée d'en face, puis il se précipitait vers la rue Saint-Jean, avide de se plonger dans le bruit et le mouvement.

Il épiait les passants, les vitrines banales et rassurantes, avec des stylos disposés en éventail, un chou-fleur fané, une fausse hure en bois peint et verni entourée de saucissons factices dans leur papier d'argent ; il voyait les commerçants qui, dans l'aquarium de leurs boutiques, faisaient les gestes de tous les jours ; et alors, il lui arrivait de se demander si c'était lui ou eux qui étaient en dehors du réel et si la rue des Chanoinesses ne participait pas de ces cauchemars dont on rougit au réveil.

Ceux qu'il coudoyait se doutaient-ils qu'un peu plus tôt il était assis, retenant presque son souffle, dans la chambre du premier étage, une chambre qui ne ressemblait à rien d'habituel, à aucune chambre décrite dans les livres, ou projetée sur l'écran des cinémas.

Depuis trois jours qu'on entretenait un immense feu dans l'âtre comme on chauffe un four de boulanger, la température était insupportable et, dès qu'on entrouvrait une porte, dès qu'il percevait le moindre filet d'air moins brûlant, Ferchaux se dressait sur sa couche, hargneux et menaçant.

Il avait arraché et lancé dans un coin le matelas pourtant mince et dur de son lit de camp. Il dormait sur la toile tendue. La nuit précédente, il s'était couché sur le plancher nu, le téléphone et un gros revolver d'ordonnance à portée de sa main, des papiers, des journaux, des médicaments épars autour de lui. A quelques mètres, le long d'un mur, se profilaient des meubles polis, aux lignes douces, d'une autre époque, un pastel souriait dans son cadre, une marquise en perruque du temps de la Régence qui avait sans doute vécu dans cette même chambre.

Maudet avait attendu longtemps, immobile, craignant de réveiller son patron par le moindre mouvement, par un de ces remous d'air imperceptibles à d'autres et qui le faisaient bondir. Il avait tenté enfin l'aventure, gagné la porte sur la pointe des pieds, marché, le long des couloirs obscurs, vers une fente lumineuse qui annonçait le domaine de la vieille Jouette. Elle était là, toute seule, à se préparer une tisane. Arsène devait être sorti, ou dans sa chambre.

— Il faut que je sorte un moment prendre l'air...

Elle le regardait comme quelqu'un qu'on réveille et qui reste à moitié plongé dans son rêve.

— Si on avait absolument besoin de moi... On pourrait téléphoner à la *Brasserie Chandivert*... J'y passerai sans doute un moment...

Il s'enfuyait — comme on fuit un danger — comme si la vieille était capable de le retenir, dégringolait l'escalier, traversait la cour froide : il était dehors ; il était dans la vie. Des gens qui ne connaissaient pas Ferchaux, qui menaient leur existence quotidienne, le frôlaient ; il surprenait des bribes de leurs phrases et il était gêné de n'être pas pareil à eux, il se faufilait à la façon de ceux qui quittent un mauvais lieu et qui ont hâte d'effacer toutes traces d'un plaisir honteux.

La vie, c'était ici : des trottoirs, les carrés ou les rectangles des vitrines, le tram qui passait en sonnaillant, l'agent de police planté au milieu du carrefour... La vie, c'était la vaste et brillante *Brasserie Chandivert* qu'il apercevait et dans la chaleur de laquelle il allait s'engouffrer...

Il avait tort, rue des Chanoinesses, de se laisser impressionner. Il ressemblait à ces femmes qui, près d'un mort, perdent toute coquetterie, toute raison, s'arrachent les cheveux, grimacent, font mine de déchirer leurs vêtements et qui, quelques heures plus tard, se laissent entraîner vers une table bien servie — il ne faut pas se laisser aller à rien ! — et, avant de manger, reniflent en se repoudrant le visage.

Il se débattait. Dieudonné Ferchaux... Eh bien ! quoi ? D'abord, cet homme ne lui était rien. Maudet était entré chez lui par hasard. Pourquoi l'autre le regardait-il sans cesse comme pour l'hypnotiser ? Il ne se résignait pas à payer le prix d'un secrétaire, mais il ne laissait pas un instant de libre à Michel, était plus jaloux de lui que d'une maîtresse, il l'aurait empêché, s'il l'avait pu, de penser en dehors de lui.

N'était-ce pas Arsène, avec son bon sens choquant, son cynisme canaille, qui avait raison en prétendant que le patron était fou ? Si les millions n'avaient pas été réels... Mais ils l'étaient. Ils existaient. Émile Ferchaux en était la preuve, et toutes les lettres, tous les coups de téléphone qu'on recevait, les banquiers, les hommes d'affaires, les hommes de loi qui obéissaient au bonhomme de la rue des Chanoinesses.

A-t-on le droit de se recroqueviller dans sa tanière comme Ferchaux le faisait et de se coucher dans un coin plus ou moins malpropre comme une bête malade ?

Il y avait trois jours, maintenant, qu'on avait quitté La Guillerie. C'était encore Arsène qui avait eu raison et Michel en voulait au chauffeur dont il détestait les yeux ironiques.

— Vous verrez qu'avant vingt-quatre heures nous serons à Caen.

Michel s'était surpris à questionner avec la naïveté respectueuse d'un gamin qui interroge un grand :

— A quoi voyez-vous ça ?

— Il va piquer sa crise...

En effet, une nuit, on avait entendu Ferchaux s'agiter. Il n'avait appelé personne et il était descendu chercher de l'eau fraîche. Le matin, à huit heures, il était encore dans sa chambre où il frappait le plancher de sa canne ou de son pilon.

— Dites à Arsène de préparer la voiture et aidez-le à y mettre tous les papiers.

Il était fébrile, ses yeux luisaient. De la quinine traînait près d'un verre sale. Michel ne savait pas encore que c'était une crise de paludisme qui commençait. Cependant, il sentait que Ferchaux, si terriblement sûr de lui d'habitude, avait peur. Peur de mourir, sans doute, de crever dans cette maison étrangère ? Il fuyait vers une autre maison, vers une ville qui lui étaient aussi étrangères que cette grande baraque dans la dune. Qui sait s'il n'obéissait pas tout simplement au besoin de se rapprocher des lumières et de la foule ?

Jouette était montée près de lui. Ils avaient parlé assez longtemps tous les deux. Ils s'étaient disputés. La vieille devait insister pour appeler le médecin.

Vaincue, grognant entre ses dents, elle aidait ensuite Arsène et Michel à emballer et à fourrer dans l'auto tout ce qu'on emportait d'une maison à l'autre. Les lèvres de Ferchaux commençaient à se couvrir d'une buée. Il ne se plaignait pas. Il n'avait pas prononcé un mot sur son état de santé.

Maudet n'avait pas eu le temps de prévenir Lina. Il souhaita d'abord qu'elle vît passer la voiture où il y avait des bagages jusque sur le toit et qu'elle comprît. Il réfléchit ensuite que cela ne lui servirait de rien, car elle ne pouvait pas le rejoindre à Caen avant d'avoir payé ses quelques jours de pension à l'auberge et elle n'avait pas d'argent. Était-ce le moment d'en demander ?

Rue des Chanoinesses, dans le vieil hôtel particulier qui gardait sa dignité, on recréait le désordre.

— Appelez-moi Morel à l'appareil.

Ferchaux, qui se bourrait de quinine, ne se couchait pas encore, téléphonait à Paris, se faisait lire les derniers journaux qui parlaient de lui avec une insistance accrue.

Quand on y pensait dans le cadre rassurant d'une rue éclairée, cela paraissait insensé et pourtant, pendant des heures, Michel avait rôdé autour de son patron en se demandant si, oui ou non, il oserait lui demander une avance sur son traitement ! Il l'avait fait, à un moment qu'il croyait favorable, alors que Ferchaux était seul. Celui-ci était d'abord resté silencieux, comme s'il n'avait pas compris ou entendu la demande de son secrétaire.

Enfin, il avait soupiré avec mépris :

— De l'argent...

Et se réveillant, sardonique, soudain animé :

— Mais oui, vous en aurez, de l'argent, *monsieur* Maudet ! Passez-moi mon portefeuille qui est dans ce tiroir...

Or, Michel avait failli demander pardon, refuser cet argent, jurer, les larmes aux yeux, qu'il n'était pas là par intérêt, que sa femme... Il ne l'avait pas fait. Il avait accepté, rouge de honte, l'avance de son mois. Il avait envoyé un mandat télégraphique à Lina en lui donnant rendez-vous à l'hôtel qu'ils avaient habité une nuit en face de la gare.

Deux fois, il était allé l'y voir, en coup de vent. La seconde fois, elle lui avait annoncé qu'elle avait loué une chambre au mois près de la *Brasserie Chandivert*. Il allait la rejoindre. Elle était là. Il l'apercevait déjà dans l'immense vaisseau lumineux de la brasserie, il s'enfonçait dans l'atmosphère chaude et bruyante qui surexcitait aussitôt ses nerfs, ses narines palpitaient, il se redressait, se faufilait entre les tables.

— Il y a une heure que je t'attends.

Elle était toute seule devant un café crème et sans doute des hommes avaient-ils dû s'y méprendre ; il en repéra un, tout de suite, assis juste en face d'elle, qui se mettait à essuyer son lorgnon d'un air gêné.

— Que se passe-t-il encore ? questionnait-elle.

— Des tas de choses... Je t'expliquerai... D'abord, la crise continue, mais il refuse de voir le médecin... A propos de médecin, je te raconterai une histoire tout à l'heure... Il prétend qu'il a l'habitude de se soigner seul, que les crises durent invariablement trois jours et que c'est la fin...

Il parlait sans conviction, cependant que son regard faisait le tour de la grande salle, que ses oreilles s'emplissaient de la musique de l'orchestre, du choc des verres et des soucoupes. Il y avait un cinéma à côté de la brasserie et l'entracte commençait, la foule affluait, cherchait à se caser, hélait les garçons avec impatience ; les demis mousseux couvraient les tables, des femmes maniaient des miroirs minuscules pour se refaire une beauté.

A quel point la scène de l'après-midi, vue d'ici, paraissait plus sordide ! Il la racontait à sa femme, tout en se rendant compte qu'elle ne pouvait se faire qu'une idée fausse des réalités de la rue des Chanoinesses. Découragé d'avance, il ne cherchait même pas les mots qui eussent fait tableau.

— Arsène a pris sur lui d'aller chercher un médecin... Je crois d'ailleurs qu'Arsène... Mais je t'en parlerai plus tard... Vers quatre heures, alors qu'on venait d'allumer l'électricité, on a entendu les pas de deux personnes dans l'escalier... Ferchaux téléphonait à Paris... Le secrétaire de maître Aubin, son avocat, était en train de lui lire un article virulent qui vient de paraître dans un journal d'échos... J'avais le second écouteur à la main, car j'avais reçu l'ordre de prendre des notes.

» — Continuez, disait de temps en temps Ferchaux.

» La voix, à l'autre bout du fil, récitait :

» — *... nous demandons une fois de plus au garde des Sceaux s'il y a deux catégories de citoyens, ceux qui peuvent se permettre d'enfreindre les lois et de tuer leurs semblables et ceux...*

» On frappa à la porte. Ferchaux fixa celle-ci sans rien dire. On vit Arsène qui poussait l'huis, introduisait un petit homme à barbiche et à lunettes à monture d'or...

» — *... et ceux*, continuait la voix, *qu'on fourre en prison pour un oui ou pour un non, parfois pour avoir couché sous les ponts. Ou bien Dieudonné Ferchaux sera arrêté dans le plus bref délai comme il doit l'être, ou bien le peuple français saura, à la veille des élections, que certains de ses dirigeants, pour des raisons trop faciles à comprendre...*

Maudet interrompit son récit, lança au garçon penché sur lui :

— Un demi !

Il fixait les musiciens, devenait rose de bien-être. Il se sentait dans son élément. Il était sûr de lui. Sa main, machinalement, caressait la main tiède de Lina assise à son côté.

Il se voyait et la voyait dans une glace lointaine. Ils formaient un couple, comme ceux qui lui faisaient tant envie jadis dans les cafés de Valenciennes. On sentait, à la pose de Lina, à son abandon, au regard qu'elle posait sur lui, qu'elle était sienne. Ils n'étaient plus dans leur ville. Ils n'avaient plus de famille. Tous les fils étaient coupés. C'était lui, Maudet, lui seul, par sa seule force, qui devait se frayer un chemin pour deux.

Il revoyait le visage de Ferchaux, toujours à l'écoute, tourné vers le petit homme et sur Arsène qui se tenait derrière lui, Ferchaux avait-il déjà deviné ? C'était probable. On aurait presque pu suivre ses pensées dans ses petits yeux durs.

— Arsène !

— Monsieur ?

— Qu'est-ce que c'est ?

— Un médecin, monsieur... Le docteur Pinelli que je me suis permis...

Un geste de la main, un claquement sec des doigts. Cela voulait dire : « Filez ! » Le docteur hésitait. Arsène le poussait, l'empêchait de reculer.

— Arsène !

— Excusez-moi, monsieur, mais il est nécessaire...

Alors, la main de Ferchaux se mit à trembler. On sentit naître le spasme. Il était déjà trop tard pour l'arrêter. En quelques secondes, ce fut le paroxysme. Les yeux cherchèrent un objet. On put croire que ce serait le téléphone, mais celui-ci était attaché par un fil et ce fut une grosse théière à fleurs roses que Dieudonné Ferchaux saisit, lança à travers la pièce dans la direction du petit médecin.

Aussitôt il se levait, rejetait la couverture qui entourait ses jambes, s'avançant de son pas irrégulier, martelant le sol de son pilon.

— Voulez-vous foutre le camp ?... Hein ?... Voulez-vous foutre le camp de chez moi plus vite que ça ?...

Qui sait ? Le petit docteur était peut-être maintenant chez Chandivert, à jouer au bridge dans le coin des gens sérieux, au fond de la salle ? Peut-être au cinéma avec sa femme ? Quel souvenir gardait-il de ses hésitations, de ses efforts pour se faire entendre, de sa fuite soudaine et du coup de poing à la nuque qui l'avait envoyé rouler tête première dans l'escalier ?

Et l'autre, le secrétaire de l'avocat, à Paris, devant son téléphone soudain muet ? Ferchaux reprenait l'écouteur dans lequel on entendait une voix lamentable qui répétait :

— Allô !... Allô !... Allô, mademoiselle, puisque je vous dis qu'on a coupé...

— Mais non, idiot, on n'a pas coupé... Continuez...

La sueur ruisselait de son front. Il porta un instant la main à son cœur, puis, sans lâcher le micro, il saisit, dans une petite boîte de carton, une pilule enrobée de poudre jaune.

— ... *Nous pouvons affirmer qu'on retrouvera les traces de l'argent et que tous ceux, si haut placés qu'ils soient, qui ont été payés pour devenir les valets des Ferchaux, se verront cloués au pilori...*

— Merci.

Il raccrocha sans un mot, comme si cela ne l'eût pas intéressé.

— Maudet, allez voir où est Arsène. Amenez-le-moi.

Le chauffeur était dans la cuisine, en conversation animée avec Jouette qui préparait son dîner.

— Bon... Compris... Je viens... J'ai l'habitude...

Il se présenta, faraud, balançant les épaules.

— Voulez-vous me dire, Arsène, qui est ce docteur ?

— C'est un docteur.

— Répondez.

— Il habite rue du Chaudron, si c'est ce que vous voulez savoir.

— Où avez-vous trouvé son adresse ?

— En passant... Je me disais : il est temps que monsieur voie un docteur... Alors...

— Notez son nom, Maudet : Pinelli, rue du Chaudron. Vous pouvez disposer, Arsène.

Sa voix était coupante, glacée.

Tout cela, vu de la *Brasserie Chandivert*, n'était que pittoresque. Là-bas, rue des Chanoinesses, Michel avait la gorge serrée, les mains moites.

La porte refermée, Ferchaux se parlait à lui-même :

— Ce n'est certainement pas si simple que ça.

Michel, lui, était certain que ce n'était pas si simple. Arsène, dès leurs premières rencontres, avait risqué d'étranges allusions. Chaque fois qu'ils étaient seuls, il répétait cyniquement :

— Comment va le fou ?

La veille encore, comme il lisait, près du fourneau de la cuisine, en fumant sa cigarette, un article de journal où il était déjà question d'arrestation, mais en termes encore vagues, il avait haussé les épaules.

— On le mettra à l'abri avant ça. Il sera plus à sa place dans un asile d'aliénés que dans une prison.

Michel aurait voulu retrouver sa conviction intacte pour dire à Lina :

— Je suis sûr qu'Arsène est un sale individu qui trahit le patron. La preuve, c'est la lettre que je lui ai vu glisser dans la main du chauffeur de M. Émile. Qu'avait-il besoin de lui écrire, puisqu'ils ont passé plus de deux heures ensemble ? C'était une lettre pour M. Émile, son vrai maître. Plutôt un rapport qu'une lettre ! Un rapport sur les faits et gestes de Dieudonné Ferchaux, tu comprends ?

— Oui... disait-elle du bout des lèvres, en écoutant l'orchestre qui jouait *le Comte de Luxembourg*.

— C'est pour cela qu'ils ont amené un médecin... pour témoigner le moment venu...

Michel Maudet était loin de soupçonner qu'à cette heure Ferchaux était seul dans la maison de la rue des Chanoinesses. Peu après son départ, la vieille Jouette avait entendu des pas furtifs dans l'escalier de service. Elle avait compris que c'était Arsène qui essayait de quitter la maison sans être vu.

Elle avait serré un fichu autour de sa poitrine. Elle avait pris machinalement son porte-monnaie dans le tiroir, comme elle avait l'habitude de le faire quand elle allait en courses. Dans la rue, elle avait suivi la silhouette du chauffeur et bientôt elle l'avait vu entrer dans une maison inconnue. La porte s'était refermée sur lui. On ne voyait de lumière qu'au premier étage. La vieille s'était avancée, avait dû se hisser sur la pointe des pieds pour lire sur la plaque de cuivre :

Docteur Pinelli
Ancien interne des hôpitaux de Paris

Aussi vite que ses jambes pouvaient la porter, elle s'était précipitée vers la rue des Chanoinesses.

Lina disait, dans le vacarme qui marquait la fin de l'entracte, tandis que la sonnerie du cinéma vidait à moitié la brasserie et que les garçons s'affairaient, les mains pleines de billets :

— Qu'est-ce que tu crois que tu y gagneras ?

— Je ne sais pas encore, mais je suis sûr que j'ai raison de rester. D'ailleurs, ce ne serait pas chic de le lâcher alors que tout le monde se met contre lui.

— Surtout qu'il se préoccupe de toi, hein ? Il te donne huit cents francs par mois, comme à une cuisinière, et tu n'as pas une heure de libre, il faut que tu te sauves sur la pointe des pieds pour venir me retrouver...

— Il n'est pas comme tu crois.

Il valait mieux ne pas aborder ce sujet avec Lina. Elle ne comprenait pas. Elle ne pouvait pas comprendre. Lui-même eût été incapable de définir les relations qui existaient entre lui et Ferchaux. Une fois déjà, il avait dû dire à sa femme, non sans rougir :

— Ce n'est pas ce que tu crois.

Et, cette fois-là, il faisait allusion à autre chose, à un vice dont elle faisait mine de soupçonner M. Dieudonné.

Dans la maison, il y avait un être qui lui était dévoué corps et âme : c'était la vieille Jouette, qui se serait raccrochée à lui pour le servir, pour tenter de le protéger, même s'il eût décuplé ses rebuffades, même s'il l'eût jetée à la porte. Or, Ferchaux n'avait aucune tendresse pour elle, la regardait avec des yeux indifférents. Elle était auprès de lui comme un chat ou un chien qu'on caresse ou qu'on repousse. Jouette aurait pu, si elle l'avait voulu, aller au cinéma chaque soir, se promener la moitié de la journée, pourvu que les repas soient prêts à l'heure. Et encore ! Ferchaux aurait volontiers préparé ses repas lui-même !

Il en était autrement de Maudet, qu'il surveillait du matin au soir, dont il cherchait à surprendre les réactions. Il lui avait dit, entre autres :

— Vous êtes impatient, n'est-ce pas ?

Et il n'y avait pas à se tromper sur le sens qu'il donnait à ce mot. Impatient de vivre, de jouir pleinement, avidement, de tout ce que la vie peut donner. Mais surtout, peut-être, impatient de dominer, d'être un maître...

— Je suis encore jeune, avait-il répondu. J'ai le temps.

Ferchaux étudiait ses dents pointues, ses doigts nerveux, ses narines qui se pinçaient souvent. Il y avait chez lui de l'admiration, et aussi un autre sentiment qui ressemblait à de l'envie.

N'était-ce pas son propre portrait, son portrait à vingt ans, qu'il contemplait en Maudet ?

— Avouez que s'il fallait commettre une petite saloperie pour arriver plus vite...

Pourquoi Michel n'osait-il pas lui mentir et répondait-il en offrant un visage sincère :

— Peut-être...

— Seulement, *après*, vous deviendrez probablement comme mon frère... Oui, je crois que c'est ce que vous ferez... Il en existe davantage de cette espèce-là...

En commandant de nouvelles consommations, Michel racontait à Lina :

— Il éprouve le besoin de m'avouer des choses que d'autres garderaient soigneusement pour eux... Quelquefois, j'en suis gêné... Il déteste les petits jeunes gens sans envergure, les fils à papa, les timides, les lâches... Il ne les déteste pas : il les hait !... Il m'a raconté, entre autres... La plus grande partie de son temps, là-bas, dans l'Oubangui, se passait à aller d'un poste à l'autre... J'ai vu des photos... Ce sont de petites constructions au milieu d'une clairière : un magasin, un hangar, une chambre, une pièce qui sert de salon et de salle à manger... Un blanc, tout seul, y vit parfois un an et plus sans voir un autre Européen... Certains font venir leur femme...

» Dans un de ces postes, Ferchaux trouve un jour un petit salon sorti d'une villa de banlieue, avec piano, bobèches, napperons brodés, photos dans des cadres, divan et coussin de soie bouton-d'or sur lequel tranche un chat noir en laine découpée...

» Je le vois d'ici entrant là-dedans, reniflant, allant et venant à grands coups de pilon...

» L'employé lui fait des courbettes à n'en plus finir... Sa femme, qui est ou se croit jolie, va se mettre en grande toilette... On entoure le patron de sourires et de petits soins...

» Lui, vois-tu, les a jugés du premier coup d'œil... Il sait ce qu'ils valent... Le mari qui pousse sa femme à se montrer séduisante... Elle qui se penche vers le patron pour l'aguicher en lui faisant voir la naissance de ses seins...

» Le repas fini, on insiste pour qu'il couche dans la maison au lieu de rejoindre sa pétrolette comme il en a l'habitude.

» — Mais si ! répète-t-on. Nous vous donnerons notre chambre. Pour une fois, vous dormirez dans un vrai lit.

» — Et vous ?

» — Nous nous arrangerons... Nous nous installerons sur la véranda...

» Il marche vers la porte de la chambre. Puisqu'ils y tiennent, il est d'accord. Seulement, au moment de disparaître, il se retourne vers la jeune femme.

» — Venez ! prononce-t-il le plus naturellement du monde.

» Le mari et la femme se regardent. Elle ne sait que faire. Tous deux se demandent si Ferchaux plaisante.

» — Eh bien ? Qu'est-ce que vous attendez pour venir baiser ?

— C'est un dégoûtant, ton Ferchaux ! s'écria Lina. J'espère qu'elle n'y est pas allée et que le mari...

— Ce n'est pas un dégoûtant du tout. Je suis persuadé qu'il aurait préféré une de ses négresses habituelles.

— Tu ne vas pas me dire que cette femme...

— Mais si, mon petit ! Mais si ! Le lendemain, au lieu de promettre au mari l'avancement que celui-ci espérait, Ferchaux a effectué son inspection en cherchant la petite bête. Il m'a dit avec un sourire que tu connaîtras peut-être un jour qu'il leur avait collé une retenue de je ne sais combien de centaines de francs sur leur traitement pour mauvaise tenue des livres et des magasins.

— Tu oses avouer que tu l'approuves ?

— Je...

Il n'acheva pas sa phrase. La porte venait de s'ouvrir. Un homme, en épais pardessus noir, un cache-nez autour du menton, un chapeau démodé sur la tête, se tenait debout à l'entrée de la brasserie et, sans souci des gens qui l'examinaient, cherchait quelqu'un des yeux.

Le premier mouvement de Michel fut de se tasser sur la banquette, comme s'il espérait ne pas être vu. Mais bientôt Lina, qui ne s'était aperçue de rien, se demanda pourquoi il se levait en deux temps, avec hésitation, se glissait de l'autre côté des tables, s'avançait vers l'inconnu.

Ils restaient debout tous les deux. Ferchaux n'était qu'un homme maigre, déjà vieux, plus mal habillé que les autres consommateurs, tenant une canne à la main. Michel lui parlait avec animation, se tournait à moitié vers l'endroit où se trouvait Lina et son interlocuteur se mettait à étudier celle-ci attentivement.

Maudet oserait-il prétendre que ce n'était qu'une compagne de rencontre ? Lina en était persuadée. Elle attendait, le front dur. A cause de l'histoire qu'il venait de lui raconter, elle éprouvait le besoin de donner à son visage une expression méprisante.

De quoi discutaient-ils donc ? Qu'allaient-ils décider ? Pourquoi Ferchaux était-il si avare de paroles tandis que Michel parlait avec une volubilité croissante ?

Enfin, l'homme à la jambe de bois s'avançait à travers le café, se dirigeait vers Lina, s'arrêtait, retirait son chapeau, découvrant des perles de sueur à ses tempes.

— Bonsoir, madame.

Michel croyait devoir présenter :

— M. Dieudonné Ferchaux...

— Vous permettez ?

Il s'asseyait, déclenchait à travers le vêtement le mécanisme qui lui permettait de plier sa jambe.

— Je suis venu chercher votre mari, car il est indispensable que nous partions cette nuit pour un certain temps. Vous étiez à Ver aussi, n'est-ce pas ?

— Oui, monsieur. Il n'y a pas cinq mois que nous sommes mariés et...

Elle était prête à lui dire qu'elle ne quitterait pas Michel, qu'elle ne permettrait pas que celui-ci...

— Je me demande si cela vous ennuierait de venir avec nous.

Les yeux de Maudet, brillants de joie et d'orgueil, disaient à Lina :

— Tu vois ! Ce n'est pas du tout l'homme que tu croyais. Désormais, tu nous accompagneras.

Et elle, dépitée de ne pouvoir extérioriser sa mauvaise humeur, de répondre avec toute la politesse qu'on lui avait apprise :

— Je ne dis pas non. Je vous remercie.

Son air buté n'en affirmait pas moins qu'elle restait sur ses positions.

7

Ce qui tira Michel d'un sommeil sombre, grouillant d'une vie angoissée, ce fut, il s'en rendit très vite compte, le bruit d'un poêle qu'on allume. Comme dans son enfance, cela se passait au-dessous de sa tête. Quelqu'un traînait des savates, non sur un plancher, mais sur du carreau, ce qui sentait la femme lasse, mal réveillée ; des coups de tisonnier pour faire passer les dernières cendres de la veille à travers la grille, puis le papier qu'on froisse, les morceaux de bois qu'on empile... Il aurait juré qu'il voyait la fumée gicler à travers les fissures du poêle, que l'odeur si caractéristique en arrivait jusqu'à lui. Pendant ce temps-là — toutes les femmes ne font-elles pas de même ? — celle-ci moulait le café et ne s'interrompait que pour verser bruyamment le charbon sur le feu qui commençait à ronfler.

Où était-il ? Il n'émergeait pas d'un seul coup du sommeil, il sentait une cuisse chaude, celle de Lina, contre la sienne, il écoutait, entendait battre son propre cœur sans parvenir à percevoir la respiration de sa femme. Il balbutia :

— Tu dors ?

Et il ne se rendit pas compte de ce que la réponse avait de cocasse.

— Non. Et toi ?

Les mêmes bruits avaient dû les tirer du sommeil et sans doute maintenant tous les deux décollaient-ils enfin leurs paupières, fixant, au plafond de leur chambre, un pinceau de lumière blême qui naissait et s'enfuyait à une cadence régulière.

Ils prenaient conscience que Ferchaux était très près d'eux, couché dans un lit contre le même mur, de l'autre côté de celui-ci. Qui sait s'il n'avait pas été réveillé, lui aussi, par les allées et venues de Mme Snoek ?

— Tu as dormi ? souffla Lina, si bas que Michel devina plutôt qu'il comprit.

— Mal.

— Moi, je me demande si j'ai dormi.

Les bruits du port tout proche s'étaient enchevêtrés à leurs cauchemars. Un navire qui levait l'ancre en pleine nuit avait lancé des coups de sirène déchirants, comme une immense plainte arrachée par une douleur surhumaine. Puis, beaucoup plus près d'eux, contre le quai, pendant près d'une heure, on avait essayé de mettre en marche un gros moteur Diesel. On percevait une aspiration. On restait en suspens, dans l'attente d'un halètement régulier, mais le son s'arrêtait comme dans une gorge qui s'étrangle, des hommes juraient, devaient tripoter des manivelles glacées, tourner des manettes, à la lueur d'un mauvais fanal, tandis que s'enflait la rumeur de la marée.

— Tu crois qu'on restera ici ?

— Il l'a dit.

Pendant les silences, ils ne savaient rien des pensées l'un de l'autre. Est-ce que Lina, elle aussi, avait les yeux ouverts ? Essayait-elle de se rendormir ? Il devait être très tôt, peut-être quatre heures, cinq heures du matin au plus, s'ils en jugeaient par leur fatigue et, si le port ne s'était pas endormi de la nuit, la ville, derrière les maisons du quai, était encore morte.

Ils étaient à Dunkerque depuis la veille à trois heures de l'après-midi. Il y avait deux jours qu'ils avaient quitté Caen, en pleine nuit, et Michel aurait eu de la peine à se souvenir, dans l'ordre, de tout ce qu'ils avaient fait depuis.

Des événements de Caen, il gardait un souvenir si précis que c'était comme une gravure au burin, une de ces gravures du siècle dernier qui illustraient les romans de son enfance. Le plus étonnant, c'était Ferchaux, dans l'atmosphère brillante et chaude de la *Brasserie Chandivert* ; et les airs connus que l'orchestre jouait, après avoir accroché le numéro d'ordre du morceau à un support devant l'estrade, avaient l'air d'accompagner une scène de cinéma.

Maudet craignait surtout un jugement trop précipité de Lina sur Dieudonné Ferchaux. Il lui semblait que cette ambiance banale n'était pas à l'avantage de celui-ci. Il voyait les yeux veloutés de sa femme fixés curieusement sur lui, il aurait voulu l'aider à comprendre, lui expliquer ce qu'il y avait d'extraordinaire, d'exaltant dans leur compagnon.

Or, Lina, qu'il avait craint de voir rebelle, peut-être agressive, se montra assez vite docile.

— Excusez-moi, madame, de m'entretenir avec votre mari... Il faut que nous partions, Maudet... Dans quelques heures, il sera trop tard... Arsène est chez le docteur Pinelli... J'ai téléphoné à Paris et maître Aubin croit que le mandat d'arrêt a été signé dans le courant de la journée... La police est peut-être à cette heure autour de la maison...

Il avait encore aux pommettes des roseurs de fièvre, ses yeux restaient brillants, la peau des tempes fine et tendue ; mais il était calme, parlait d'une voix aussi ordinaire que les dizaines de consommateurs qui emplissaient le café.

— Vous ne craignez pas de me suivre ?

Michel répondit avec force, voulant y mettre tout l'élan possible :

— Mais non, monsieur.

— Et vous, madame ?

— Je suis prête à aller avec Michel n'importe où. Je l'ai bien suivi ici et là-bas.

« Là-bas », c'était Ver, la maison de la dune dont elle ne pouvait parler sans rancune.

Ferchaux soupirait comme pour lui-même :

— Oui... Cela vaudra peut-être mieux que nous soyons trois... Écoutez, Michel...

C'était la première fois qu'il l'appelait par son prénom.

— Il est plus prudent que je ne retourne pas à la maison...

N'était-ce pas extraordinaire que maintenant, dans leur chambre de Dunkerque, Lina soufflât, à cet instant précis, dans l'obscurité, dans le silence, comme si ses pensées eussent cheminé exactement au même train que celles de son mari :

— Tu crois qu'il a peur ?

— Je ne le pense pas. Il veut se défendre jusqu'au bout.

Certes, depuis cet entretien de Caen, à la *Brasserie Chandivert*, Ferchaux ne s'était jamais départi de son calme. Sa conduite n'en avait pas moins eu quelque chose de désordonné.

— Je me demande si...

Elle n'avait pas besoin de continuer : Lina se demandait si, comme Arsène l'avait prétendu, leur compagnon n'était pas un peu fou.

D'abord, ils avaient quitté la brasserie et ils avaient discuté en déambulant dans les rues, comme des conspirateurs qui craignent l'espion mêlé à la foule.

— Écoutez, Maudet... Vous rentrerez rue des Chanoinesses... Vous essayerez de savoir si Arsène est rentré... S'il est rentré, il sera sans doute dans sa chambre... J'ai pris soin de mettre la clef à l'extérieur de la porte... Il vous sera facile de l'enfermer... Ma vieille Jouette voudra savoir si vous m'avez vu, où vous allez, ce que vous faites... Ce sera peut-être plus malaisé, mais il faudra l'enfermer, elle aussi... Vous prendrez vos affaires... Gardez cependant de la place dans votre valise... Voici une clef... C'est celle du secrétaire qui est dans ma chambre, entre les deux fenêtres... Dans le tiroir de gauche, vous trouverez cinq millions environ, tant en billets français qu'en bank-notes anglaises et américaines... Il y a également un petit sac en peau de chamois qui contient quelques diamants bruts et un gros rubis... Nous allons vous attendre, votre femme et moi, dans ce café du coin de la rue... Dès que vous aurez terminé, vous entrerez boire un verre au comptoir, sans nous adresser la parole, et nous sortirons avant vous... J'aurai eu le temps de retenir un taxi... Je me méfie des gares...

Était-il possible que la débandade vînt si brusquement, comme l'attaque d'une maladie qui a couvé longtemps ? Déjà, dans les regards qu'ils échangeaient, Michel et Lina se demandaient l'un à l'autre :

— Est-ce qu'il a peur ?

Si oui, ce n'était pas la panique telle que celle qui se serait emparée d'un Maudet courant les mêmes risques. Il restait lucide, de plus en plus froid, la voix coupante.

Eux vivaient en dehors du réel, se laissaient impressionner, commençaient à regarder avec méfiance les silhouettes des passants.

— Il faut que je passe dans ma chambre chercher mes affaires, objecta Lina.

Et Ferchaux :

— Je vous attendrai dans la rue.

Michel se souvenait de cet incident, car il avait rougi dans l'ombre. Est-ce que Lina ne servait pas d'otage, afin d'empêcher le jeune homme de partir avec les millions ? Il lui en voulut. Puis il se persuada que, si Ferchaux ne quittait pas Lina, c'était par peur de la solitude. Anxieux de la scène qu'il devait jouer avec Arsène, Maudet quittait ses compagnons, marchait vite, ouvrait la petite porte dans le vantail de la rue des Chanoinesses, se rassurait en n'apercevant pas de lumière au second étage.

Jouette se penchait sur l'escalier, reconnaissait sa silhouette.

— Vous avez vu Dieudonné ?

Devait-il répondre oui ? Devait-il répondre non ? S'il disait non, elle le prendrait pour un voleur en le voyant ou en l'entendant fouiller dans les tiroirs.

— Il m'a chargé d'une mission...

— Il ne viendra pas ?

— Demain matin...

Méfiante, inquiète comme une chatte un jour de déménagement, elle le suivait à la piste. Où allait-il se débarrasser d'elle ?

— Vous n'auriez pas quelque chose de chaud à boire ?

— J'ai laissé éteindre le feu mais, si c'est indispensable, je peux faire bouillir de l'eau sur le réchaud.

— Faites-le, voulez-vous ?

Il sentit qu'elle hésitait, le regardait en dessous.

— Où l'avez-vous rencontré ? Pourquoi n'est-il pas revenu avec vous ?

— Il est venu me rejoindre chez Chandivert.

— Qu'est-ce qu'il fait là-bas tout seul ? Je parie que...

Elle dut entrevoir la vérité, fut sûrement sur le point de ne pas pénétrer dans la cuisine. Elle fit cependant quelques pas et Michel, tremblant des pieds à la tête, referma brutalement la porte, chercha la clef et tourna deux tours.

Il eut, ce soir-là, des sensations de voleur. Il ne cessait d'entendre les coups que la vieille frappait contre la porte. Il s'attendait à ce que, d'un moment à l'autre, elle ouvrît la fenêtre et appelât au secours. A la fin, elle tripota la serrure avec une ferraille quelconque. La serrure n'allait-elle pas céder ?

Il ouvrait la valise, y jetait pêle-mêle du linge sale, puis les enveloppes jaunes du secrétaire, qui contenaient les billets de banque et que fermaient de simples élastiques. Jamais il n'avait vu une telle somme réunie. Arsène pouvait rentrer. Il pouvait aussi, en ville, rencontrer Ferchaux et Lina.

Michel descendit les marches quatre à quatre, oubliant d'éteindre la lumière. Il ne s'en aperçut qu'une fois dans la cour et n'eut pas le courage de remonter. Il bondit sur le trottoir et... Voilà sans doute comment les voleurs se font prendre ! La valise, mal fermée, s'ouvrit, linge et enveloppes se répandirent sur les pavés. Par bonheur, il ne venait personne. Il se pencha, ramassa vivement sa fortune, faillit oublier le petit sac de peau de chamois qui paraissait contenir un chapelet et, comme il se redressait, il vit la voisine d'en face derrière ses rideaux. En camisole, les cheveux sur des bigoudis, elle le regardait. Il y avait une faible lumière derrière elle. Est-ce que, d'où elle était, elle avait pu reconnaître quelques billets jaillis d'une enveloppe déchirée ? Il la salua gauchement, partit, se trouva enfin rue Saint-Jean et se mit à la recherche du café-bar où il avait rendez-vous.

Il savait que Lina lui en voudrait, mais il ne put s'empêcher de commander :

— Un calvados.

Il les voyait dans la glace, elle et Ferchaux, assis à un guéridon.

— Un grand ! ajouta-t-il, comme le patron lui servait un verre minuscule.

Il en but deux. Il se regardait. Il y avait quelque chose de catégorique — qui lui plaisait — dans sa physionomie animée et pourtant pâle.

Pour montrer à Ferchaux qu'il savait ruser, lui aussi, il questionna :

— A quelle heure y a-t-il un train pour Paris ?

— Vous avez le temps. Il ne passe qu'à minuit dix.

Il était onze heures et quelques minutes. Il paya, sortit, retrouva ses compagnons et, au premier coin de rue, ils s'installèrent tous les trois dans un taxi qui attendait. Le chauffeur devait déjà être au courant, car il partit sans attendre et se dirigea vers une des sorties de la ville.

Ferchaux et Lina étaient assis sur la banquette, Michel, en face d'eux, sur le strapontin. Il regretta de n'être pas monté sur le siège, où il eût pu jouir pleinement de ce voyage dans la nuit.

— Arsène n'était pas rentré. J'ai enfermé Mme Jouette dans la cuisine.

— Pauvre Jouette !

Lina questionna, pas intimidée du tout :

— Pourquoi ne l'avez-vous pas emmenée ?

— Elle est trop facilement reconnaissable.

Michel, lui, n'osait pas demander où on allait de la sorte. Peut-être Ferchaux, qu'il ne distinguait pas dans l'obscurité, sommeillait-il ? On traversa Rouen. Le chauffeur s'arrêta un peu en dehors de la ville pour faire son plein d'essence. Sous prétexte d'un petit besoin, Michel sortit de l'auto et, au moment d'y remonter, demanda à son patron la permission de rester sur le siège.

Un peu plus loin, le chauffeur questionna, pour rompre le silence :

— C'est votre beau-père ?

Ses pensées, à ce moment-là, étaient chaotiques. Pourquoi la phrase du chauffeur lui rappela-t-elle l'histoire qu'il avait racontée à Lina le soir même, celle de Ferchaux couchant cyniquement, par méchanceté, avec la femme d'un de ses employés ? Mal à l'aise, il eut envie de se retourner ; mais il ne verrait rien à l'intérieur ; il avait tort ; c'était idiot ; la situation n'était pas du tout la même. Si Ferchaux, dans l'Oubangui, avait agi de la sorte, c'était par mépris pour un homme faible et lâche qu'il sentait prêt à tout pour s'assurer des avantages.

Il faillit, pour se changer les idées, demander au chauffeur où on allait, pensa à temps que cette question paraîtrait peu naturelle.

A deux heures du matin, ils arrivaient à Amiens, où on les débarquait en face de la gare dont les salles d'attente étaient encore ouvertes. Ils y entrèrent, furent enveloppés d'une chaleur animale qui sentait mauvais. Ferchaux se tut jusqu'à ce que le chauffeur se fût éloigné.

— On attend encore un train, dit-il alors. J'ai remarqué deux autos devant la gare. Ce sont probablement des taxis. Vous allez sortir, annoncer à l'un d'eux que vous attendez votre femme et votre beau-père par le train, que vous devez rentrer cette nuit à Abbeville avec eux...

De temps en temps, il posait sur sa langue un comprimé de quinine. Une fois, il demanda à Lina, de la voix d'un homme ordinaire qui s'adresse à une jeune femme :

— Vous n'êtes pas trop fatiguée ?

Elle dit que non, mais elle n'en était pas moins endormie sur la banquette graisseuse quand son mari revint. Lina pouvait dormir n'importe où ; elle avait alors des roseurs enfantines.

A quoi pensait Ferchaux pendant ces heures vides ? On vint ouvrir la porte qui donnait accès aux quais. Des hommes émergeaient de leur tas de couvertures ou de hardes comme des ressuscités. Un fracas envahit le hall, tout le monde se bouscula, Ferchaux, Lina et Michel se dirigèrent vers la sortie et trouvèrent sur le trottoir le nouveau chauffeur qui les attendait.

Maudet s'installa sur le siège sans hésiter. Il aurait eu l'air, autrement, vis-à-vis de lui-même, de donner corps à l'idée stupide qui lui était passée par la tête dans la voiture précédente.

Où étaient-ils allés encore ? Ils gardaient aux lèvres un goût de train, d'essence brûlée, d'alcool que Michel, surtout, ingurgitait à chaque occasion — pour se tenir éveillé, disait-il à Lina à qui il en faisait boire aussi. Seul Ferchaux se contentait de grands verres d'eau minérale.

A Abbeville, ils prirent le train, séparément, Maudet et sa femme en seconde classe, Ferchaux en troisième. C'est lui qui l'avait voulu ainsi. Il leur avait donné rendez-vous dans un café de Lille, leur avait conseillé de dormir quelques heures en arrivant.

Lina était trop harassée pour discuter. Elle subissait la situation sans mauvaise humeur, sans récrimination, ne disait pas de mal de Ferchaux.

— Tu crois que toutes ces précautions sont nécessaires ? se contenta-t-elle de questionner en bâillant.

— Je ne sais pas. On ne nous suit pas pour le moment. Mais il est probable, si on veut vraiment l'arrêter, qu'on recherche sa trace et qu'on questionnera les chauffeurs, les employés de gare et d'hôtels.

— Je ne comprends pas ce qu'Arsène est allé faire chez le docteur.

— Je pense, vois-tu, que, si Ferchaux est arrêté, son frère essayera de le faire passer pour fou.

— Il ferait ça ? Son propre frère ?

Elle s'endormit, la lèvre gonflée, la tête balancée de gauche à droite et de droite à gauche. Il faisait jour quand ils arrivèrent à Lille. Ils n'avaient rendez-vous qu'à midi et ils allèrent s'étendre dans le premier hôtel venu. Ils n'avaient plus de bagages, car Ferchaux s'était chargé de la valise. On les prit pour des amoureux et on s'étonna de les voir demander une chambre à cette heure livide, quand le marché voisin battait son plein.

Michel voulut à toute force faire l'amour. C'était sans doute le regard équivoque de la bonne et sa façon d'ouvrir le lit qui lui avaient donné cette idée. Leurs paupières picotaient, leurs membres étaient sensibles comme des blessures qui se cicatrisent.

Ils faillirent, en arrivant au rendez-vous, ne pas reconnaître Ferchaux. Sous la table, Michel avait aperçu deux pieds chaussés de souliers neufs, des brodequins noirs à lacets, soigneusement cirés. L'homme portait un costume de confection en laine bleu marine ; sur sa tête, il avait une de ces casquettes à galon noir comme en adoptent presque tous ceux qui vivent de la mer, matelots et retraités, armateurs et petit peuple des ports.

Il se leva avec une certaine précipitation pour saluer Lina et cette politesse à l'égard d'une femme était assez inattendue de sa part. Sur le guéridon, près d'un verre d'eau minérale, traînait un journal déjà taché.

— Vous n'avez pas lu ?

Il désigna un titre, en caractères de médiocre importance.

L'affaire Ferchaux

M. Duranruel, procureur général, a signé hier un mandat d'arrêt contre Dieudonné Ferchaux, l'assassin des trois nègres de l'Oubangui, mesure que nous avons depuis longtemps laissé prévoir à nos lecteurs.

Le mandat a aussitôt été transmis télégraphiquement au Parquet de Caen où Dieudonné Ferchaux a élu domicile depuis son arrivée en France.

Cette nouvelle a causé quelques remous à la Bourse et les titres des diverses sociétés coloniales contrôlées par les frères Ferchaux ont été sérieusement ébranlés.

D'un mouvement du menton, il désigna sa jambe.

— Vous n'avez pas remarqué ?

— Si.

— On cherchera un homme avec un pilon. Je suis allé m'acheter une jambe en caoutchouc. Elle ne me va pas tout à fait. J'ai de la peine à marcher. Mais c'est plus prudent.

Il était enchanté de son complet neuf et surtout de sa casquette, car il se regardait volontiers dans la glace. Il avait l'air ainsi, non d'un armateur, mais plutôt d'un vieil employé d'armateur, ou encore d'un petit fonctionnaire qui habite le bord de la mer et se donne des allures de capitaine au long cours.

— Nous prenons le train à deux heures. Il est temps que nous allions déjeuner.

Il choisit un restaurant modeste où les nappes étaient en papier gaufré et où la plupart des habitués avaient leur serviette roulée dans un casier.

— Ils croiront que je me suis réfugié en Belgique.

Michel, lui aussi, avait pensé que c'était vers la Belgique qu'ils se dirigeaient mais, après avoir pris de nouveaux trains, s'être arrêtés dans des gares, séparés puis réunis, après avoir passé une nouvelle nuit blanche, peuplée de noms de stations entrevus à travers les vitres sales des compartiments, c'était à Dunkerque, en fin de compte, qu'ils s'étaient définitivement arrêtés.

Depuis leur départ de Caen, Ferchaux ne s'était pas couché et pourtant sa fièvre était tombée, le tremblement de ses doigts avait cessé, son front ne suait plus. Il était pâle, avec des méplats gris qui soulignaient la maigreur des traits. La barbe avait poussé, grisâtre, et, au lieu de le durcir ou de lui donner un aspect misérable, elle rendait son visage plus banal.

— Je vais encore vous charger d'une mission, Maudet. Cette fois, vous pouvez y aller avec votre femme. Je ne veux pas descendre à l'hôtel, car tous les hôtels seront visités par la police. Il faudrait que vous trouviez, dans la même maison si possible, deux chambres à louer. Des chambres modestes de préférence, du côté du port.

Lina et Michel, en s'éloignant, avaient eu la même idée.

— Il va peut-être en profiter pour s'en aller seul ?

Ils n'avaient pas fait dix mètres que, comme s'il eût deviné leur pensée, Ferchaux les rappelait et tendait sa valise à Maudet.

— Il vaut mieux que vous vous présentiez avec des bagages.

— Mais...

Michel était gêné. Ferchaux, en agissant ainsi, se mettait entre leurs mains. Les connaissait-il déjà si bien ? Des larmes lui en vinrent aux yeux et, chemin faisant, il disait à Lina :

— Tu vois quel homme c'est !... Je te jure que, quand tu le connaîtras, tu seras comme moi...

Elle ne protesta pas, ce qui était déjà extraordinaire. Ils marchèrent longtemps, cherchant des écriteaux aux fenêtres des maisons basses qui formaient un quartier grouillant au bout du port. De temps en temps, Michel entrait dans un estaminet, en profitait pour avaler un verre d'alcool tout en se renseignant.

Cette course harassante, qui semblait ne pas devoir finir, avait enfin trouvé son aboutissement et ils étaient là au plus profond d'un lit à l'odeur indéfinissable — Lina prétendait que c'était l'odeur du varech dont le matelas était bourré — à attendre le jour ou le sommeil.

Les bruits s'orchestraient peu à peu, des wagons se mettaient en branle et s'entrechoquaient non loin de la maison, des usines appelaient leurs ouvriers à coups de sifflet ou de sirène et une grue enfin, juste devant la fenêtre, commençait à fonctionner.

— Tu ne dors pas ?

— Non.

— Tu crois qu'on restera longtemps ici ?

— Je ne sais pas. Je pense que oui.

— Qu'est-ce qu'il espère ?

Cela aussi, Michel l'ignorait, mais il le devinait confusément. Il commençait à partager certaines réactions de cet homme extraordinaire avec qui il vivait depuis plusieurs semaines et dont, au début, les moindres faits et gestes l'avaient choqué. Mais il aurait été incapable de faire part de ses impressions à Lina, car c'était trop complexe, trop vague encore.

Par exemple, à la base du mépris de Ferchaux pour tant de gens et de choses, il devinait l'ennui. Non l'ennui tel que lui, Maudet, aurait pu en ressentir. Un ennui immense, glacé, l'ennui d'un homme qui a tout vu, tout connu, qui est revenu de tout et qui connaît enfin l'infini de la solitude humaine. Cet ennui-là aurait été le même dans un palace parisien que dans la maison des dunes ou dans le vieil hôtel aristocratique de la rue des Chanoinesses, et sans doute Ferchaux le connaissait-il déjà dans sa pétrolette qui sillonnait inlassablement les rivières de l'Oubangui.

Tout l'effort qu'un homme peut fournir, il l'avait fourni. Il n'était pas possible d'aller plus loin. Un vaste pays lui appartenait, dont il était le vrai maître, et peut-être était-ce lui, pour se distraire, qui avait entamé cette lutte sournoise et comme enfantine avec l'administrateur Arondel.

Peut-être même — mais Michel se sentait à l'extrême pointe de la vraisemblance — avait-il ébranlé presque sciemment, par ennui, par jeu, par défi, sa propre puissance.

Cela n'avait-il pas été un soulagement pour lui d'être obligé de tenir tête, à nouveau, à un adversaire, et de s'embarquer, après tant d'années, pour une France qu'il ne connaissait plus, où il n'était nulle part chez lui, où le premier abri, une maison dans la dune, lui était bon ?

Lutter ! Mais non pas se faire prendre dans une trappe comme une bête de la forêt, non pas se laisser enfermer entre les quatre murs d'une prison ou d'une maison de santé !

Le danger pressant l'avait fouetté au point que, accablé par une crise de paludisme, il se levait, courait les routes et les voies deux jours et deux nuits durant sans manifester de fatigue.

Est-ce qu'il dormait, derrière le mur qui les séparait ?

Ces deux jours et ces deux nuits, les nuits surtout, avaient créé entre eux une intimité nouvelle dont Lina prenait tout naturellement sa part.

Le couple s'était inscrit chez la veuve Snoek sous le nom de M. et Mme Manier. Plus exactement, ils ne s'étaient pas inscrits, on ne leur avait tendu aucun registre, ils n'avaient fait que donner ce nom qu'on avait admis. Michel avait expliqué que le père de sa femme, M. Dentu, ancien marin, était neurasthénique et que le médecin lui avait recommandé l'air de la mer.

La maison n'était pas une auberge, ni tout à fait une pension de famille. Très basse, avec un toit pointu, elle était une des dernières du quai. On descendait une marche et on pénétrait dans une pièce très propre, qui avait plutôt l'air d'une salle à manger que d'un estaminet, avec sa table ronde que recouvrait une toile cirée à fleurs, le portrait de feu Snoek au mur, ses médailles épinglées au cadre. Car M. Snoek, de son vivant, était patron de remorqueur et avait accompli une bonne douzaine de sauvetages.

Une porte vitrée à petits carreaux séparait cette pièce de la cuisine. Des hommes entraient parfois, des marins ou des mariniers, qui tous avaient le même aspect bourgeois. C'étaient des gens d'un certain âge, surtout des Flamands et des Hollandais, qui ne cherchaient ni le désordre, ni la beuverie ; le plus souvent, s'ils étaient seuls, ils s'asseyaient dans la cuisine et dégustaient lentement un petit verre en bavardant avec Mme Snoek qui continuait son ménage.

Les chambres étaient petites, d'une propreté méticuleuse. Il y en avait trois et la troisième était occupée par un pilote récemment nommé qui attendait de trouver un logement pour faire venir de Boulogne sa femme et ses enfants.

Les vitres tournaient au gris, puis quelques rayons lumineux, d'une belle teinte orangée, perçaient les nuages. Michel se décidait enfin à sauter du lit et se dirigeait vers la table de bois blanc, frottée au sable, sur laquelle il y avait une cuvette de faïence et un broc d'eau glacée.

Comme à un signal, Ferchaux, dans la chambre voisine, se levait à son tour et commençait à aller et venir.

Ils ne savaient encore rien, ni l'un ni l'autre, de cette vie nouvelle qui les attendait. Ils savaient seulement qu'elle préludait par un calme reposant ; même l'animation du port avait quelque chose de paisible dans sa puissance, et déjà l'atmosphère de la maison les cernait de sa quiétude sirupeuse.

— Tu me monteras mon café et un croissant, Michel ?

Il se rasait, se débarbouillait, s'habillait, pressé d'être hors de la chambre, d'aller à la découverte, en bas d'abord, puis sur ces quais qui l'attiraient.

Au moment de descendre, il embrassa sa femme et lui souffla à l'oreille :

— Qui sait si un jour ou l'autre nous ne partirons pas à bord d'un de ces navires ?

— Ce sont des bateaux de passagers ?

— Des cargos. Ce serait encore plus passionnant.

Pourquoi un de ces cargos ne les emmènerait-il pas tous les trois ? Car leur sort était désormais lié. Michel ne pensait plus à l'avenir qu'en fonction de Ferchaux.

Il s'était à peine engagé dans l'escalier sombre qui sentait l'encaustique qu'une porte s'ouvrait, qu'un pas de boiteux retentissait derrière lui sur les marches.

Ils se rejoignirent tous les deux dans la cuisine où aboutissait l'escalier. Ferchaux ne s'était pas rasé et déjà cette barbe courte et grise paraissait familière. Ce qui était le plus nouveau, c'était sa voix, presque enjouée, qui disait :

— Bonjour, madame Snoek. J'ai été réveillé par la bonne odeur de votre café.

— Si vous voulez passer à côté, je vais vous servir votre petit déjeuner. Je ne vous ai pas encore demandé ce que vous avez l'habitude de manger le matin.

Il y avait sur le feu une poêle qui avait servi à frire du poisson dont l'odeur persistait dans l'air bleuâtre.

— Ma foi, s'il vous reste un maquereau ou deux...

— Je vois que vous mangez comme les gens de par ici. Et la jeune dame ?

— Si vous le permettez, intervint Michel, je lui monterai une tasse de café au lait et une tartine.

Il n'avait pas osé réclamer des croissants et il s'en félicita, car Mme Snoek découpa des tranches épaisses dans du gros pain, s'apprêta à les beurrer du bout d'un long et large couteau à découper.

— Combien de tartines ?

— Une seule suffira. Aujourd'hui, ma femme est un peu fatiguée.

Quand ils s'assirent face à face dans la pièce de devant, sous le portrait du défunt patron de remorqueur, il y avait dans l'air une pétillante poussière de soleil qu'ils voyaient pour la première fois depuis de longs jours. L'air devait être vif, car parfois un des ouvriers de la grue se battait les flancs pour se réchauffer.

Maudet ne perdait une miette ni du repas, ni du spectacle, ni des odeurs qui faisaient palpiter ses narines, et il se troubla en voyant Ferchaux qui l'observait.

Qu'est-ce que Ferchaux pensait de lui ? Il ne pouvait pas ne pas sentir cette impatience de vivre, cette avidité qui le poussait en avant. N'en éprouvait-il pas, lui qui avait plus de soixante ans, une certaine jalousie ?

— Vous avez le courage de voyager aujourd'hui encore ?

— Pourquoi ? On s'en va ?

— Mais non. Chut !... J'ai une mission à vous confier. Nous en parlerons tout à l'heure.

Michel alla porter le petit déjeuner à Lina.

— Je crois que je vais partir, lui annonça-t-il.

— Tout seul ?

— Je ne sais pas encore.

Il crut qu'elle allait protester, qu'elle avait un peu peur de Ferchaux, mais il n'en fut rien. Elle était quiète. Ce qu'elle avait craint, c'était d'être si vite arrachée au repos enfin conquis.

— Il faut que je me lève ?

— Pas tout de suite. Je ne crois pas. Nous allons sortir, ton père et moi, pour bavarder.

— C'est vrai ! J'oubliais que je dois l'appeler papa !

Quelques minutes plus tard, Michel et Ferchaux marchaient à petits pas sur les larges dalles de l'extrême bord du quai, parmi les câbles tendus et les bittes d'amarrage.

— Voyez-vous, Michel...

Il s'interrompit :

— Il faudra que je m'habitue à vous appeler ainsi et à appeler votre femme Lina, puisque je passe ici pour son père. Voyez-vous, dis-je, il est indispensable que nous entrions en contact avec maître Aubin. Il est dangereux de lui téléphoner d'ici. Maître Aubin lui-même ne doit pas savoir où nous sommes. Il serait préférable que vous alliez en Belgique, à Bruges ou à Gand, et que vous vous mettiez en communication avec Paris. Cela aura l'avantage de rassurer mon frère, qui sera persuadé que j'ai franchi la frontière.

Parfois, tout en parlant, il faisait une grimace. C'était sa nouvelle jambe, à laquelle il n'était pas encore habitué, qui lui faisait mal.

Une fenêtre venait de s'ouvrir au premier étage de la maison de Mme Snoek et Lina respirait un moment l'air du dehors ; elle le trouvait sans doute trop froid, car elle se renfermait aussitôt et on ne voyait plus qu'un peu de blanc qui allait et venait derrière les rideaux.

8

— Qu'est-ce que tu crois que je suis ?

Il se penchait vers la petite lampe à abat-jour rose posée sur la table afin d'éclairer son visage qu'un sourire extraordinaire, un sourire comme un Ferchaux aurait dû en avoir, rendait plus vibrant et plus énigmatique.

Il y avait déjà longtemps — bien avant son entrée au *Merry Grill* — que le décalage s'était produit, que les réalités s'étaient haussées d'un cran, que ses sensations avaient acquis cette acuité lancinante et voluptueuse d'une dent malade que l'on tripote du bout de la langue.

C'était bien que la femme ait cette chevelure d'un acajou somptueux, ces yeux noisette, c'était surtout étonnant que lui soit venue l'idée quasi géniale de meurtrir ses paupières d'un trait de rimmel vert. Les prunelles pétillaient de curiosité tendre, les longs cils se croisaient à demi, frôlés par la fumée qui montait de la cigarette.

— Qu'est-ce que tu crois que je suis ?

Et, le front soudain sérieux, elle répondait :

— Attends. Ne me souffle pas...

Une lumière mauve régnait dans le cabaret saturé d'un parfum complexe qu'aspiraient les narines avides de Maudet.

— Tu me donnes trois fois ?... Voilà... Tu pourrais être étudiant... Je te vois assez bien étudiant en droit...

Voulait-elle le flatter ? Certes, il aurait pu continuer ses études. Ses parents auraient payé. Il n'en avait pas eu le courage et il en gardait une sourde rancune à tous les étudiants.

— Ce n'est pas cela.

Elle jouait le jeu, feignait de prendre pour du vrai luxe le complet clair qu'il s'était acheté l'après-midi dans une maison de confection de la place de Brouckère.

— Tu es français, n'est-ce pas ?... Ne dis rien... Cette fois, je devine... Tu es français du Nord, de Lille ou de Roubaix, car tu as un peu l'accent... Je parie que tu es dans les laines...

Il vida sa coupe de champagne et prit un air encore plus mystérieux.

— Plus important que ça, mon petit... Mais tu ne trouveras pas, va !... Regarde vers l'entrée...

— Eh bien ?...

Il y avait une épaisse tenture de velours bleu sombre près de laquelle se tenait un chasseur en uniforme.

— Le type qui est assis à côté de la portière... Je suis sûr que tu ne l'as jamais vu ici...

— C'est vrai...

Elle s'inquiétait, craignait de comprendre. Pendant quelques instants, elle oublia de mettre dans son regard le tendre enjouement qui donnait à ses prunelles la douceur du miel. S'il l'eût regardée à ce moment, il l'eût vue soudain comme démaquillée, telle que le petit jour devait la surprendre dans son lit quand elle était sans témoin.

Jusqu'à sa voix, dont l'accent bruxellois faisait une musique, qui devenait plus nette, plus précise.

— Tu veux dire qu'il est de la police ?

— Peut-être...

— Ce n'est pas une réponse.

— Mettons qu'il est peut-être de la police et qu'il n'en est peut-être pas... En tout cas, il me suit, m'observe et essaie d'entendre ce que je dis...

— Une bouteille, Arthur, lança-t-elle négligemment au garçon qui rôdait autour d'eux.

Il ne protesta pas. Il voulait vivre son heure, conscient qu'il était de la payer cher, dédaigneux des marchandages et des petits calculs.

— Tu as peur que je sois un malfaiteur ?... Avoue !...

Ce n'était pas à un malfaiteur qu'elle pensait, pas plus que tout à l'heure elle n'avait pensé à un étudiant, mais bien à un employé de banque ou de commerce qui aurait puisé dans la caisse. Tout de suite, elle avait remarqué qu'il avait acheté le costume le jour même, et c'était exactement le costume qu'un petit employé ayant enfin de l'argent en poche se serait offert.

Il ne le savait pas. Dans le miroir d'en face, il se voyait élégant, désinvolte.

— Tu ne cherches pas... Vois-tu, il n'y a pas que les malfaiteurs pour avoir les honneurs de la police... Demain ou après, tu pourrais bien voir mon portrait dans les journaux...

Tant pis ! C'était toujours embêtant, surtout si elle devait aller déposer au tribunal où les avocats se montrent féroces avec les témoins de son espèce, mais elle en avait vu d'autres.

— Tu auras ton portrait dans le journal ?

— Peut-être...

— Tu n'es pourtant pas dans la politique ?

— Presque... Tu brûles...

Comment lui dire ce qu'il était, ce qu'il se sentait ce soir-là ? Les millions, les centaines de millions de Ferchaux, n'était-ce pas un peu lui qui les maniait ? Cette affaire, qui soudain passionnait la foule après avoir remué les milieux bancaires et coloniaux, n'en était-il pas un des éléments actifs ?

— Il y a des hommes, vois-tu, qu'on ne reconnaît pas des autres dans la rue, auxquels on ne prête pas attention, et qui ont plus de pouvoir que des députés ou des ministres...

Elle savait qu'elle n'avait plus qu'à attendre, qu'il y viendrait tout seul, déviderait son chapelet, et elle se mit à croquer des amandes grillées en regardant vaguement la salle autour d'elle, l'orchestre dont le premier violon l'observait.

Maudet suivit son regard.

— Qu'est-ce qu'il a à te fixer ainsi ?

Et elle, haussant les épaules, joua à son tour son bout de rôle.

— C'est tous les soirs comme ça... Il est amoureux... Il est jaloux... Je ne lui adresse même pas la parole... N'empêche que je sens qu'un jour ou l'autre il est capable d'un mauvais coup...

Le musicien portait un smoking râpé, des cheveux huileux ; il avait le teint couleur papier de ceux qui ne dorment pas la nuit et qui doivent encore travailler une partie de la journée. Il était pauvre, besogneux. Il devait avoir une femme malade, des enfants. Il regardait l'entraîneuse parce qu'il lui fallait bien fixer un point de l'espace mais, comme les projecteurs étaient braqués sur l'orchestre, il ne la voyait probablement pas.

Quel dédain dans le coup d'œil de Maudet à cet être infime !

— Ne le regarde plus.

— C'est pour lui montrer qu'il ne m'intéresse pas. Il serait capable de croire que j'ai peur de lui...

Michel buvait beaucoup. Il lui fallait boire toujours davantage, maintenant, pour ne pas laisser retomber sa fièvre. Dès la frontière, du côté de Furnes, il avait pris deux verres de genièvre dans un estaminet.

Il était chargé d'une mission importante. Au moment du départ, Ferchaux lui avait remis deux mille francs d'abord, puis, à regret, un troisième billet de mille.

— Au cas où il y aurait de l'imprévu...

Il restait avare jusque dans sa retraite de Dunkerque et il avait soupiré en voyant Michel serrer les billets dans son portefeuille.

— Vous pourrez voyager en seconde classe, mais il est inutile de descendre dans un grand hôtel... D'ailleurs, les grands hôtels sont les plus surveillés...

Maudet n'en était pas moins descendu au *Palace*, en face de la gare du Nord. Il savait déjà que cela décidait du reste, acceptait d'avance toutes les complications futures. Au bar, dans un vrai bar américain au comptoir d'acajou et aux fauteuils de cuir fauve où des financiers internationaux fumaient des cigares de luxe, il avait bu un whisky, avec l'air détaché d'un homme qui ne boit jamais autre chose.

C'est de Bruxelles, en fin de compte, qu'il avait été décidé qu'il donnerait trois coups de téléphone, à maître Morel, à Caen, d'abord, ensuite à maître Aubin, à Paris, et en dernier lieu à Émile Ferchaux.

On lui avait recommandé de téléphoner de cabines publiques différentes, mais un gros homme au crâne rasé qui, du fond de son fauteuil où il lisait un journal étranger, demandait Rome au bout du fil, en décida autrement.

— Dites-moi, barman, vous m'appelerez le 18-14 à Caen...

— Bien, monsieur.

Un journal belge traînait, qu'il ouvrit ; quelques minutes plus tard, il parcourait sans raison les petites annonces tandis qu'on lui servait un second whisky et son regard tombait sur les lignes suivantes :

Avis important. — Émile à Dieudonné. — Prière vous mettre urgence rapport. av. Bleustein, place de Brouckère, Bruxelles.

— Barman ! Vous supprimerez la communication que j'ai demandée. Qu'est-ce que je vous dois ?

— Quarante francs, monsieur.

Ainsi, Émile Ferchaux avait pensé tout de suite que son frère se rendait en Belgique, puisque c'était dans *Le Soir*, de Bruxelles, qu'il avait fait insérer cette annonce. Michel ne pouvait plus demander de nouvelles instructions. Il lui fallait agir selon ses propres inspirations. Il était déjà très animé. La bousculade de la place de Brouckère augmenta encore l'idée qu'il se faisait de sa propre importance. Il y avait, entre autres, une immense vitrine bourrée de bagages de luxe, en peau de porc, en cuir souple, qui lui donna une envie folle de rapides de nuit et de transatlantiques. Tout à côté, des mannequins portaient des complets de confection et il tomba en arrêt devant un complet gris clair, en grosse laine chinée, qui semblait s'harmoniser particulièrement avec ce rêve de voyages.

Deux maisons plus loin, c'était l'adresse indiquée. « Bleustein, agent de change. » Une boutique étroite, à la vitrine protégée par un treillage métallique, pleine de billets étrangers et de pièces d'or. Il entra.

— Je voudrais voir M. Bleustein.

— M. Max ou M. Alex ?

— Je ne sais pas. Celui qui est indiqué par cette annonce.

On parut étonné. L'employé sembla dire :

— Déjà !

Il se précipita dans une petite cage aux vitres dépolies, puis l'y fit entrer.

— M. Bleustein ?

— Max Bleustein. Vous venez de la part de M. Dieudonné ?

Max Bleustein était encore jeune, mince, extrêmement élégant aux yeux de Michel, une perle plantée dans sa cravate, les cheveux noirs gominés. On remarquait surtout ses mains soignées, qu'il mettait en valeur en jouant négligemment avec sa cigarette.

— Je suppose que vous avez une lettre de M. Dieudonné ?

— Je n'ai pas de lettre, mais je suis son secrétaire particulier.

Ce fut une curieuse conversation, entrecoupée de coups de téléphone que Bleustein recevait sans cesse, auxquels il répondait avec nonchalance.

— Mais oui, mon cher... Non, pas avec Odette... C'est cela... A neuf heures... Tenue de soirée ?...

Michel sentait qu'on essayait de lui tirer les vers du nez. Avec une politesse exagérée, en feignant de le traiter en personnage important ; on n'en doutait pas moins de son titre.

— Vous comprenez combien c'est délicat... Nous ne sommes dans cette affaire que des intermédiaires... Notre client, M. Émile, a mis en nous toute sa confiance... Il vous suffirait d'aller demander à M. Dieudonné une pièce quelconque... Je suppose qu'il est à Bruxelles ?...

Maudet tint bon. Les nerfs tendus, il résista et, après un quart d'heure, on l'entraînait dehors, les deux hommes se faufilaient dans les groupes qui entouraient la Bourse, atteignaient, rue Royale, un immeuble plein de bureaux. Max Bleustein manœuvrait un ascenseur, poussait une porte et on se trouvait en présence d'Alex Bleustein, l'aîné sans doute, à peine moins élégant que le cadet.

Ils s'entretinrent un moment à voix basse, après s'en être excusés.

— D'après ce que mon frère me dit, vous êtes le secrétaire particulier de M. Dieudonné. Bien entendu, vous savez qui est M. Dieudonné ?

— Dieudonné Ferchaux.

Ils échangèrent un coup d'œil. Michel tremblait d'impatience.

— Malheureusement, dans une affaire aussi délicate, qui met en jeu de tels intérêts... Il serait plus simple que M. Ferchaux vienne nous voir lui-même, ou, tout au moins, qu'il donne un rendez-vous n'importe où à l'un de nous, voire qu'il vous remette une lettre de sa main...

Maudet n'avait pas cédé et il n'en était pas peu fier. Il n'avait pas prononcé une parole permettant de supposer que Ferchaux n'était pas en Belgique. C'était lui qui avait proposé en fin de compte :

— Pourquoi ne téléphoneriez-vous pas à M. Émile pour lui demander des instructions ?

Ils l'avaient fait. Émile Ferchaux était à Paris et on avait fini par l'avoir au bout du fil. La conversation entre lui et l'aîné des Bleustein avait duré assez longtemps, le plus jeune des deux frères s'était éclipsé en s'excusant.

— Mes affaires, vous comprenez...

— Voulez-vous approcher, monsieur Maudet ?... M. Ferchaux me dit qu'il va vous parler personnellement...

— Allô !... C'est vous que j'ai rencontré à La Guillerie il y a quelque temps, n'est-ce pas ?... J'ai donc certaines raisons de croire que vous êtes au courant de l'affaire qui nous occupe... Allô... Vous êtes toujours là ?... Je voudrais que vous disiez à mon frère, de ma part, que je sais, de source sûre, vous entendez, de source sûre, que l'extradition sera réclamée... Vous pouvez ajouter qu'il n'a qu'à s'en prendre à lui, car ses dernières manœuvres ont eu l'effet contraire de celui qu'il en attendait... Je lui conseille donc de s'embarquer pour l'Amérique du Sud... Ajoutez que j'ai viré là-bas de très fortes sommes... Il sait où... Il y a une heure encore, j'ai eu un entretien avec Aubin... Celui-ci est de mon avis... Les journaux de ce soir, qui viennent de paraître, sont encore plus durs que ceux d'hier... Allô !... Vous avez compris ?... Voulez-vous avoir l'obligeance de répéter ?...

Maudet répéta, ajouta :

— J'allais d'ailleurs vous téléphoner car j'ai, moi aussi, un message à vous communiquer. M. Dieudonné vous fait dire qu'avant trois jours, quoi qu'il arrive, les documents Mercator paraîtront dans la presse.

Un juron, là-bas, dans l'hôtel particulier de l'avenue Hoche.

— Allô... Ne quittez pas... Demandez à mon frère, dites-lui qu'il est indispensable qu'il me téléphone lui-même... A n'importe quelle heure du jour ou de nuit... Allô !... Il ne faut à aucun prix que les papiers dont vous parlez...

— Je pense que M. Ferchaux ne vous téléphonera pas...

De la friture.

— Allô ! On a coupé ? Vous êtes toujours là ?... Dites-lui...

Mais, cette fois, on coupait définitivement. Michel regardait Bleustein l'aîné avec une nouvelle désinvolture.

— Voilà... Je vous remercie...

— Où pourrais-je vous toucher, au cas où je recevrais d'autres instructions ? Je suppose que vous pouvez me donner tout au moins une adresse poste restante ?

— Je n'y suis pas autorisé.

Longtemps, Maudet avait douté de Ferchaux. Certes, les documents qui lui passaient sous les yeux, l'empressement des hommes d'affaires et des avocats affirmaient l'importance de l'Homme de l'Oubangui, mais cette importance n'avait pas encore ce nouvel aspect presque palpable. La presse, le parlement, le public, s'en occupaient désormais. Maudet lui-même, jeté dans la bagarre, jouait un rôle.

Dans la rue, il pensa qu'il serait peut-être suivi et il ne tarda pas à repérer un passant qui, lui semblait-il, s'attachait à ses pas. Cela lui fit monter à la tête une bouffée de joie orgueilleuse et il pénétra aussitôt dans la grande brasserie de la place de Brouckère, s'installa devant un porto, réclama la communication avec Caen, puis avec Paris.

Maître Morel, qui devait lui donner des nouvelles, s'encombrait de périphrases inutiles.

— Dites à la personne que vous savez que, le lendemain de son départ, des visiteurs se sont présentés chez elle... Ils ont paru dépités... Ils sont revenus l'après-midi et ont visité toute la maison puis, le soir, ils sont allés en auto jusqu'à la villa du bord de la mer... Vous dites ?... Le chauffeur ?... Je croyais qu'il était parti avec vous... Le matin, déjà, il n'était plus dans la maison... La vieille dame ?... Oui... Eh bien ?... La vieille dame est toujours là... De fort méchante humeur, par exemple... Elle est restée longtemps en tête à tête avec ces messieurs...

Sans doute Arsène était-il rentré peu après le départ de Michel. Il avait délivré la vieille Jouette et, comprenant ce qui s'était passé, il était parti à son tour. Avant de rejoindre Émile Ferchaux il devait lui avoir téléphoné pour le mettre au courant et lui demander des instructions.

Au tour de maître Aubin ! Il n'était pas chez lui, mais au Palais. Michel dicta le message à un secrétaire, en le lui faisant répéter deux fois. Fallait-il transmettre ce message malgré le coup de téléphone de M. Émile ? Michel prenait sur lui de le faire.

Prendre chez maître Curtius l'enveloppe B et la remettre à la personne dont le nom est sur cette enveloppe avec prière de faire immédiatement le nécessaire.

La nuit tombait. Il était à peine cinq heures de l'après-midi. Maudet aurait sans doute trouvé un train pour le ramener à la frontière. Mais allait-il rater l'occasion de passer la nuit à Bruxelles ? Il trouverait toujours le moyen de s'expliquer. Il inventerait une histoire. Il aurait pu, par exemple, ne pas rencontrer tout de suite M. Bleustein, n'obtenir de celui-ci qu'un rendez-vous dans la soirée...

Il oublia de chercher son suiveur des yeux. Il était sur le point de faire une bêtise, il le savait, mais il savait aussi qu'il ne résisterait pas à son désir et il se précipita dans le magasin de confection.

— Si le complet gris n'est pas à ma taille, je n'insiste pas.

Ainsi, le sort déciderait ! Il décida que le complet gris serait exactement à sa taille, à part trois boutons à avancer d'un centimètre, ce qu'on fit séance tenante pendant qu'il passait à la caisse.

Il sortit vêtu du nouveau costume après avoir donné son adresse du *Palace* pour la livraison du vieux.

Il avait envie d'une femme. Il se mit à chercher dans les rues, dans les cafés, dans les bars, mais toutes lui paraissaient trop vulgaires. L'occasion était si rare qu'il voulait éviter une désillusion.

Il dîna dans une brasserie, but une bouteille de vin entière. Et enfin il pénétra au *Merry Grill* dont la musique sourde lui était parvenue par bouffées alors qu'il passait sur le trottoir.

Maintenant, il vivait son heure. Il était un peu Ferchaux, mais il était plus que lui, parce que Ferchaux ne savait pas vivre, parce qu'il était incapable de ce bond que Michel venait de faire, de ce rythme soudain accéléré et sans doute aussi de cette acuité de l'intelligence dont il jouissait pleinement.

L'ivresse, au lieu de le troubler, le grandissait à ses yeux ; il avait la sensation de réaliser enfin la vie telle qu'il la concevait. Ces musiques, c'était pour lui qu'elles jouaient et il avait une pitié condescendante pour ces pauvres diables au smoking qui tapaient sur le piano, raclaient des cordes de violon ou soufflaient dans des saxophones. L'un d'eux croyait nécessaire de faire le pitre pour amuser la galerie et c'était un homme de quarante ans au moins, qui avait une alliance au doigt et qui était sans doute père de famille.

Ces femmes, parmi lesquelles il n'avait qu'à choisir... Ce maître d'hôtel qui glissait en grimaçant sur ses pieds malades... Et ces petits jeunes gens de bonne famille qui croyaient faire la noce, s'imaginaient jouer un rôle important sur terre parce qu'ils succéderaient un jour à leur papa !

Il les dominait tous ! Il possédait toute la terre ! Il l'étreignait, là, dans une de ses mains que la lumière mauve faisait paraître plus blanches et plus nerveuses.

Tiens ! L'homme qui l'avait suivi à sa sortie de chez Bleustein l'aîné était toujours là ! Maudet n'avait-il pas eu tort de téléphoner à Caen et à Paris alors qu'il était surveillé, et n'avait-on pas écouté ses conversations ?

Allons donc ! Il était très fort ! Plus fort que Ferchaux le croyait. Ferchaux était peut-être très bien, là-bas, dans la forêt congolaise. Il avait eu du cran, de l'obstination, surtout de l'obstination. Voilà le mot ! C'était un patient, un de ces hommes qui peuvent se vouer toute leur vie, jour après jour, à la même tâche ! Mais il ne savait pas vivre, ni jouir de sa fortune. C'était un avare. Il manquait d'imagination ! Il vivait dans des bicoques miteuses et sa seule distraction était, le soir, de jouer aux cartes avec son secrétaire et avec son chauffeur !

La compagne de Maudet portait une robe de soie noire très souple, très lisse, à travers laquelle il caressait la chair d'une main négligente.

— J'attends toujours que tu me dises ce que tu es et pourquoi la police te suit...

— Je n'ai pas parlé de police...

— Ce sont tes parents qui te font surveiller ?

Pour toute réponse, il montra son alliance.

— Tu es marié ?

— Depuis six mois.

— Et tu trompes déjà ta femme ?... Elle est bien ?...

— Très bien.

— Tu l'aimes ?

— Mais oui... Seulement...

Il était tard. Sa fièvre pouvait tomber d'un moment à l'autre et il voulait aller jusqu'au bout de son programme avant de retrouver, dans la lumière crue du matin, tous les problèmes mesquins, humiliants, que cette soirée allait poser.

— Viens...

— Pas encore... Il n'est que deux heures...

— Eh bien ?

— M. Lucien ne me laissera pas partir...

— Qui est-ce ?

— Le directeur... Le petit gros en smoking qui regarde justement par ici... Nous n'avons pas le droit de sortir avant trois heures...

— Et si je le lui demandais ?

— Tu ne réussiras pas... Moi, je ne sais pas, car je vis avec maman et je ne sors jamais avec un homme... Léa a essayé et, tout ce qu'elle a réussi, c'est à se faire coller une amende... Arthur, un peu de raisin...

Il dut plusieurs fois lutter contre sa fatigue. Parfois il anticipait sur le lendemain, pensait à son retour à Dunkerque et à ce qu'il dirait.

— Il est trois heures moins dix... Partons...

A trois heures, il fallut encore attendre que quatre clients qui menaient grand bruit dans un coin eussent l'idée de s'en aller.

Dehors, il tombait une pluie fine. Ils marchèrent bras dessus bras dessous.

— A quel hôtel es-tu descendu ?

— Au *Palace*.

Il eut l'impression que le concierge la reconnaissait, préféra ne pas y penser. Le paquet contenant son vieux costume et portant le nom de la maison de confection était posé sur la table. Il le fit disparaître.

— Cela ne t'ennuie pas que j'en profite pour prendre un bain ?

Il faillit s'endormir pendant qu'elle restait enfermée dans la salle de bains. Il s'était promis des joies inouïes. Ce fut beaucoup moins bon qu'avec Lina. Le soutien-gorge l'avait trompé. Elle avait des petits seins mous, un corps trop pâle. Elle n'était même pas gentille. Elle tombait de sommeil et elle le laissait voir.

Il s'était fait réveiller à sept heures du matin, car il devait prendre le train à huit heures et quelques minutes. Il s'habilla dans une sorte de demi-cauchemar. Il avait très mal à la tête. Il se coupa en se rasant. Il s'était promis de prendre un bain, lui aussi, pour se remettre d'aplomb, mais l'eau coula presque froide.

— Tu t'en vas déjà ?

Les vêtements de la femme étaient en tas par terre, des cheveux émergeaient des draps, un œil ouvert, sans gaieté, sans indulgence.

— Qu'est-ce que tu vas me donner ?

Il hésita, mit cent francs sur la cheminée, puis, craignant de passer pour un pingre ou pour un pauvre, il ajouta un second billet. Au point où il en était !

— Tu reviendras ?

— Peut-être... C'est possible...

Il ne parla plus de son portrait dans les journaux, ni de la police officielle ou privée qui le suivait. A la porte, un homme avait l'air de l'épier. Ce n'était pas celui de la veille. Il était plus que probable que les Bleustein voulussent savoir où il allait rejoindre Ferchaux.

Malgré son mal de tête et son dégoût, il fit consciencieusement ce qu'il fallait pour dépister son suiveur. Il prit d'abord un taxi pour la gare du Midi et là il demanda un billet pour Mons. Il traversa un train à l'arrêt, courut à travers les voies vers la sortie, sauta dans un tramway en marche, le quitta deux rues plus loin, juste au moment où passait un taxi en maraude.

A huit heures sept, il prenait son train à la gare du Nord et, à neuf heures et demie, il était à Gand, qui lui apparut tout rose dans le soleil du matin.

Il avait longtemps hésité sur le complet qu'il mettrait pour rentrer. Il avait opté enfin pour son vieux costume, par crainte du regard de Ferchaux s'il arrivait ainsi transformé.

Il pouvait prétendre qu'il avait perdu deux mille francs... C'était trop banal, trop misérable... Dire qu'il avait absolument besoin d'un complet convenable, que c'était indispensable à sa mission... Ou encore qu'il était sorti avec Bleustein, que celui-ci l'avait entraîné dans les boîtes de nuit, qu'il avait cru bien faire en le suivant pour lui tirer les vers du nez ?...

Un autre train le conduisait vers Bruges, mais il ne songeait pas à regarder le paysage. Il avait toujours soif. Le train ne s'arrêtait nulle part assez longtemps pour lui permettre de courir à la buvette.

Il avait eu tort de ne pas prendre de bain, malgré l'eau froide. Il se souvenait que sa compagne de la nuit — elle s'appelait Adrienne — était très parfumée. Il lui semblait qu'il était encore imprégné de son odeur.

Non ! il ne dirait rien de tout cela. Il aurait rencontré un ami, un ami d'enfance... Voyons... Cet ami-là avait fait des bêtises, s'était réfugié en Belgique, où il se trouvait sans un sou... Michel l'avait reconnu, errant devant les cafés de la place de Brouckère, traînant la jambe, regardant avec convoitise les piles de sandwiches...

Il s'échauffait, redevenait lui-même :

— Je lui ai prêté deux mille francs, qui lui permettront de se faire une situation... Je sais bien que cet argent ne m'appartenait pas, mais je vous le rendrai, vous n'aurez qu'à me retenir cent francs par mois sur mon traitement...

Restait le paquet. Il le laisserait à la consigne de la gare, irait le reprendre dans quelques jours, trouverait alors une histoire pour expliquer l'existence du costume.

Ferchaux lui devait bien cela ! N'était-ce pas scandaleux de payer si misérablement quelqu'un qui lui rendait les services que Maudet lui rendait ? En aurait-il trouvé beaucoup pour le suivre, alors qu'il n'était plus qu'un hors-la-loi ?

Du coup, Michel lui en voulait. Si Ferchaux avait eu vraiment de l'envergure, il n'en serait pas où il était. Est-ce que son frère, lui, ne paradait pas encore à Paris ? Pourquoi donc parler d'Émile sur ce ton dédaigneux ? Pis que dédaigneux ! Ferchaux n'était jamais dédaigneux. Il prenait un air triste, de cette tristesse qu'on imagine à un dieu contemplant l'agitation des hommes...

Il franchit la frontière sans encombre, gagna Lille d'abord, puis Dieppe, puis enfin Boulogne. Il était sûr de n'avoir pas été suivi. Il avait rempli sa mission et au-delà, puisqu'il avait eu l'idée de lire *Le Soir* et d'aller chez Bleustein.

— J'ai tout de suite pensé que votre frère, vous croyant en Belgique, aurait l'idée de mettre une annonce... J'ai acheté tous les journaux... J'ai cherché...

Il se réchauffait à nouveau. Il but, en déjeunant, une demi-bouteille de vin qui fit disparaître comme par miracle les traces de son ivresse de la veille. Il commença à rêver de l'Amérique du Sud dont Émile Ferchaux avait parlé.

Enfin, dans le début de l'après-midi, il arriva à Dunkerque, se précipita vers la consigne où il laissa son complet neuf et se dirigea à pied vers les quais. Tout en marchant de plus en plus vite, il répétait son prochain discours, accompagnant les mots des jeux de physionomie appropriés. Il avait un peu honte. Mais n'était-ce pas justement sa force de faire tout ce qui était nécessaire à sa fortune, même si c'était un peu répugnant ? Ferchaux avait-il hésité à tuer les trois nègres ? Et maintenant, n'était-ce pas au chantage qu'il se livrait pour se tirer d'affaire ? Qu'était-ce donc, le dossier Mercator ?

La ville lui paraissait d'un calme mortel, les trottoirs déserts, d'une longueur démesurée. Il descendit enfin une marche et se trouva dans la salle à manger de la veuve Snoek qui était occupée à coudre près de la fenêtre. Il faillit dire :

— Est-ce que M. Ferchaux...

Il se retint à temps.

— Ma femme est là-haut ? prononça-t-il.

— Il y a déjà un bon moment qu'elle est sortie avec son père.

Pourquoi devint-il sombre, méfiant, à croire qu'il était jaloux ? Se souvenait-il du couple de la forêt équatoriale et de la femme que Ferchaux avait prise au nez du mari ? Il s'était trop remonté en route et, comme il ne rencontrait que le vide, sa fièvre tombait à plat.

— Vous ne savez pas où ils sont allés ?

— Ils sont partis vers la gauche. Depuis deux jours, je ne les vois guère dans la maison qu'au moment des repas.

Il ne monta pas dans sa chambre, ressortit comme il était entré, n'eut pas un regard pour le port, longea les maisons, à la recherche de Ferchaux et de Lina.

Il n'eut pas à aller loin. Inconsciemment, son regard plongeait à travers les vitrines et, à deux cents mètres à peine de chez Mme Snoek, derrière les glaces d'un petit café, il aperçut Dieudonné Ferchaux de dos, et, devant lui, de l'autre côté du guéridon, Lina qui, en riant, hésitait entre les cartes qu'elle tenait à la main.

Lina n'avait jamais su jouer aux cartes. A deux ou trois reprises, elle avait refusé d'apprendre la belote.

Le petit café était calme, presque désert. Le patron, accoudé à son comptoir, un torchon à la main, parlait à mi-voix à un vieux marin et à un boucher en costume de travail. Le dos de Ferchaux, vêtu de gros bleu, paraissait plus large. Michel aurait juré que son visage était détendu, qu'il souriait, lui aussi, des maladresses et des embarras de sa partenaire. Était-il assez rageur quand il jouait avec Michel et qu'il perdait ?

Maudet sentit que son visage exprimait tant de contrariété hargneuse qu'il fut quelques instants à se composer une expression plus normale avant de pousser la porte du café.

— C'est toi ? dit Lina du même ton qu'elle eût prononcé : « Déjà ! »

Et, toute joyeuse :

— J'ai appris à jouer à la belote !

Ferchaux regardait son secrétaire, puis son jeu, et, comme Michel ouvrait la bouche :

— Tout à l'heure... Nous parlerons de cela dehors... Jouez, Lina... Surtout, essayez de ne pas jouer du carreau...

Il disait bien « Michel » ! Il était obligé, puisqu'il passait pour le père de la jeune femme, de l'appeler par son prénom ! Mme Snoek s'était d'ailleurs étonnée de les entendre tous trois se vouvoyer. Même avant le départ de Maudet, Ferchaux avait plusieurs fois dit « Lina ». Pourquoi, maintenant, cela faisait-il un autre effet ?

— Un calvados, patron ! commanda-t-il.

Et, comme il savait que sa femme allait lui lancer un regard de reproche, il fixa durement le petit verre de liqueur verdâtre devant elle, près du tapis rouge et des jetons.

9

Il faillit se taire. Il sentait que cela vaudrait mieux. Mais il était trop gonflé de rancunes imprécises. En outre, c'était sa mauvaise heure. Ses parents le savaient bien qui, le matin, ne faisaient pas attention à ce qu'il disait. C'était plus fort que lui. Il était mal à l'aise. Il était vague. Il était mou. Il se voyait dans la glace d'un vilain gris et ce qu'il voyait ne l'enchantait pas : ce visage maigre, tirant sur le jaune, marqué de boutons d'acné, ce regard chargé de pensées mauvaises comme le ciel l'était ce matin de nuages, ce costume enfin, ce fameux costume dont il s'était promis tant de joie et qui, maintenant qu'il avait plu une seule fois dessus, paraissait pauvre et étriqué.

Il faisait à peine clair. Une lampe électrique était allumée au-dessus de la glace de la toilette, dans un coin de la chambre, bien que les rideaux fussent ouverts, ce qui donnait deux éclairages, l'aube pluvieuse d'un côté, l'ampoule de l'autre.

A la vérité, Michel cherchait encore ce qu'il allait dire, à quoi il allait s'en prendre.

Lina sortait du lit ses cuisses grasses et blanches. Sa chemise relevée à hauteur du ventre, ses cheveux sombres tombant sur sa nuque, elle restait là, tiède et dodue, à bâiller, puis, machinalement, à frotter ses seins de ses deux mains.

— Tu te lèves ?

— Il est huit heures et demie.

Il faillit répondre, hésita un instant, mais c'était trop direct, cela correspondait trop avec les causes profondes de sa mauvaise humeur.

Pourquoi maintenant, elle qui aimait paresser au lit, se levait-elle de si bon matin ? Il en avait été ainsi dès le lendemain du retour de Michel. Elle était descendue avec lui pour prendre son petit déjeuner sur la toile cirée de la table ronde, sous le portrait de feu le capitaine Snoek. Maudet avait deviné qu'il en avait été ainsi la veille et l'avant-veille.

Il faisait froid dans la chambre, un froid humide. Dehors, c'était une grande marée, une marée de 115. Car ils savaient maintenant au jour le jour le coefficient de la marée. Ils en entendaient assez parler en bas. Le vent venait du large, un peu au nord ; il avait balayé, avant d'arriver, les vastes plages de Belgique et il était comme jauni, chargé de sable et d'embruns. Les cargos mouillés étaient plus noirs.

— Viens voir, Lina.

— Éteins l'électricité, alors. Je ne peux pas me montrer toute nue à la fenêtre.

— Tu n'es pas toute nue. Tu es en chemise.

Faute d'un peignoir, elle mit sur son dos son manteau de ville et cela choqua Michel, il trouva qu'elle faisait pauvre, grogna avec plus d'humeur :

— Regarde.

Dehors aussi, les lampes restaient allumées malgré le jour. C'étaient de fortes lampes à arc qui se balançaient au-dessus des quais, des wagons et des chantiers.

— Qu'est-ce que je dois regarder ?

— Près du quatrième bateau, celui qui a un nom peint en rouge, qu'on ne peut pas lire d'ici.

Elle reconnut Ferchaux, debout près d'une bitte d'amarrage, en compagnie d'un homme qui devait être le capitaine du navire.

— Eh bien ?

— C'est la troisième fois qu'il s'en va le matin sans bruit, avant que nous soyons levés.

Pourquoi s'en inquiétait-il, alors qu'il savait que Ferchaux se levait de très bonne heure, parfois en pleine nuit ? Ne le faisait-il pas déjà à Caen et à La Guillerie ?

Chaque fois, il l'avait entendu se lever et s'habiller. Il avait même failli sortir du lit pour le suivre. Quand Ferchaux revenait pour prendre son petit déjeuner, il ne faisait aucune allusion à cette promenade trop matinale.

— Veux-tu que je te dise ce qu'il complote ? Il est en train de négocier son passage à bord d'un bateau. Une nuit ou l'autre, lorsqu'il jugera que cela sent mauvais, il filera sans un mot et nous ne trouverons plus personne au réveil.

— Je suis persuadée qu'il ne fera pas ça.

— Tu crois peut-être qu'il s'inquiète de nous ?

— Je ne sais pas.

— Alors ? Que veux-tu dire ?

Condescendante, pour éviter la scène, comme la mère de Maudet le faisait autrefois, elle se dirigea vers la toilette en murmurant :

— Mais rien, Michel, je ne veux rien dire.

— Tu te prétends sûre qu'il ne partira pas sans nous.

— Je ne sais pas pourquoi j'ai dit ça. C'est une impression.

— Dans ce cas, pourquoi se cache-t-il ?

— Il ne se cache pas, puisque nous le voyons de nos fenêtres.

— Tu te figures peut-être que cet homme-là est capable d'un sentiment quelconque, d'affection, d'amitié, ne fût-ce que de reconnaissance ? Il a besoin de moi, oui ! Il a besoin de nous. Dès le moment où nous ne lui serons plus utiles...

Elle versait les eaux sales de son mari dans le seau d'émail, remplissait la cuvette, laissait glisser les bretelles de sa chemise qu'elle maintenait sous les seins. Il avait allumé une première cigarette, cherchant toujours sa querelle sans trouver un terrain qui lui plût. Il marchait. Ses pas faisaient résonner le plancher de la vieille maison. Puis il se campait derrière les fenêtres et regardait dehors, grognait, se mettait à nouveau en marche.

— Tu vas encore te faire adresser des observations par Mme Snoek. Elle a horreur qu'on fasse du bruit.

— Je suis chez moi, oui ? Est-ce que j'ai le droit de remuer ?

— Pourquoi ne descends-tu pas prendre l'air ?

Elle savait qu'après une tasse de café et une bolée d'air sa mauvaise humeur se dissiperait. Mais il s'y raccrochait.

— Quand je pense qu'on va passer toute la journée à jouer à la belote ! Le plus beau, c'est que tu t'y sois mise ! Dix fois j'ai proposé de t'apprendre le jeu...

— Michel !

— Quoi ?

— Tu ne vas pourtant pas être jaloux ?

Il ricana bruyamment.

— Comment as-tu dit ? Jaloux, moi, de ce vieux maniaque ? Non, mon pauvre petit, je ne suis pas jaloux. Seulement...

Seulement, il l'était. Pas d'une jalousie amoureuse, comme Lina le pensait. Les femmes sont incapables d'imaginer une autre jalousie que celle-là. Il ne voyait pas du tout sa femme dans les bras de Ferchaux et peut-être même cette image l'eût-elle moins choquée. C'était plus compliqué et plus grave. Depuis qu'ils vivaient tous les trois dans une intimité de chaque instant, Michel avait, cent fois par jour, l'occasion de sourciller. A présent encore, pour commencer la journée : pourquoi Lina, levée trop tôt, faisait-elle rapidement sa toilette afin de descendre au lieu de traîner dans la chambre comme elle en avait toujours eu l'habitude ?

Elle n'était pas amoureuse du vieux, bien sûr. Elle voulait lui être agréable. Pour lui faire plaisir aussi, elle avait appris à jouer aux cartes.

A un des rares instants où ils parvenaient à être seuls, la veille, car le ménage n'avait plus un instant de tête à tête, hormis la nuit, Michel avait affirmé :

— Je suis sûr qu'il a peur !

Sentant qu'elle ne le croyait pas, il s'était entêté :

— Quand on ne le connaît pas, quand on essaie de se faire une idée de lui par les journaux, on se trompe, on imagine un type extraordinaire...

Ils étaient allés acheter de menues choses ; ils s'étaient arrêtés devant le morne étalage d'une mercerie ; et là, il en gardait un souvenir précis, Lina avait dit avec une douce fermeté :

— Il est pourtant extraordinaire.

— Tu trouves ?

— Pour mener la vie qu'il a menée là-bas... En plein jour, sous les arbres dont les branches se rejoignent au-dessus des rivières, il fait presque noir... On vit dans une chaleur moite, entouré de nuages d'insectes... Les endroits pour mettre pied à terre sont rares, plus malsains encore, infestés de crocodiles et de mouches tsé-tsé...

— Il t'a raconté tout ça ?

— Attends. Je vais acheter mon ruban et je reviens. Ce n'est pas la peine que tu entres puisque tu as horreur des magasins.

Il avait attendu, aiguisant sa rancune. Si elle espérait qu'à sa sortie il penserait à autre chose, elle se trompait.

— Qu'est-ce qu'il t'a encore raconté ?

— Sa vie au Congo... Les nègres qui, cent fois, ont essayé de l'empoisonner... Les blancs qui...

— Quand est-ce qu'il t'en a parlé ?

— A diverses reprises.

— C'est curieux ! Il faut croire qu'il a envie de t'épater, car nous avons passé des journées et des journées ensemble sans qu'il m'en souffle un mot. Ou alors, il me croit trop bête pour comprendre !

— Ce n'est pas cela.

— Qu'est-ce qui le retient, à ton avis ?

— Toi.

— Je ne comprends pas.

— Moi, je crois comprendre. Devant toi, il est un peu gêné. Il n'ose pas parler le premier. Il a peur que tu te moques de lui, ou simplement que tu penses qu'il cherche à se faire valoir.

— Vraiment ?

— Je t'assure, Michel.

— Il te l'a avoué, peut-être ?

— Non, mais il me pose des tas de questions sur toi. Je suis sûre qu'il t'aime beaucoup. Il t'observe sans cesse.

— Pour m'amoindrir !

Encore un sale souvenir : à son retour de Bruxelles, Ferchaux ne lui avait pas réclamé de comptes ; c'était Michel, agressif, qui en avait parlé le premier.

— A propos de l'argent que vous m'avez confié...

Or, dès cet instant, il avait senti que Ferchaux s'attendait à quelque chose de peu régulier ; il avait vu un nuage passer sur son front tandis que, résigné, il attendait la suite.

— J'avais déjà dépensé beaucoup d'argent pour les coups de téléphone... J'ai d'ailleurs inscrit mes dépenses dans un carnet... J'ai rencontré un ami qui se trouvait dans une situation tragique... C'était pour lui une question de vie ou de mort...

Pourquoi Ferchaux ne bronchait-il pas, pourquoi ne souriait-il même pas avec incrédulité, puisqu'il était fatalement incrédule ?

— Je lui ai prêté deux mille francs... Il me les rendra... En tout cas, je vous les rendrai... Vous n'aurez qu'à les retenir sur mon traitement...

Ferchaux n'aurait-il pas pu répondre qu'il considérait ces deux mille francs comme une prime pour la façon dont Maudet s'était acquitté de sa mission ? Il le laissait s'énerver, parler d'abondance ; il reprenait la monnaie qu'il comptait avant de la remettre dans sa poche...

— Je t'assure, Michel, que tu as de lui une idée fausse !

C'était elle qui le défendait ! C'était elle qui s'efforçait à présent de lui communiquer le culte de Ferchaux ! N'était-ce pas comique ? Elle qui, sans le connaître, en avait dit tant de mal ! Elle qui, quand il lui parlait avec enthousiasme de son nouveau patron, trouvait toujours les mots qu'il fallait pour le doucher et réduire le colosse à des proportions de nain !

Et quand ils étaient ensemble tous les trois... Évidemment, cela pouvait passer pour de la politesse, pour de la galanterie... Mais Ferchaux n'était ni poli, ni galant... Qu'il serve Lina la première à table, passe encore... Pourquoi était-ce toujours à elle qu'il s'adressait quand il parlait ? Pourquoi, au contraire, si Michel, à qui cela arrivait souvent, discourait d'abondance, Ferchaux et Lina échangeaient-ils un regard qui laissait supposer qu'ils le jugeaient tous les deux de la même manière ?

Depuis deux jours, les journaux de Paris s'occupaient beaucoup de l'Homme de l'Oubangui. On publiait sur son passé, sur sa vie, sur ses entreprises, des articles de plusieurs colonnes. On avait reproduit des photographies de sa pétrolette, des huttes dans lesquelles, disait-on, il avait, un peu partout dans les divers districts, des femmes et des enfants indigènes.

Les uns l'attaquaient farouchement :

Un scandale financier.
Plus de six cents millions volés à la petite épargne.

On le recherchait. Toutes les polices étaient alertées. Son portrait avait paru dans les moindres feuilles de province.

Dieudonné Ferchaux entraînera-t-il de hauts personnages dans sa chute ?

L'homme grandissait aux yeux du gros public qui, la veille, connaissait à peine son nom. Il s'entourait déjà de légendes. Un hebdomadaire racontait par le menu l'histoire de la jambe coupée en pleine forêt par Émile.

Pourquoi Maudet en éprouvait-il de l'humeur ? Avant, il ne savait quels arguments inventer pour faire de Ferchaux, aux yeux de Lina, un personnage hors série.

A présent, dix fois, vingt fois par jour, il le rabaissait d'un mot, d'un ricanement.

Et il rageait encore plus quand, seul avec lui-même, il lui arrivait de penser :

— Je lui en veux parce que je l'ai volé !

Ce matin-là, il était à cran. Il avait la sensation très nette que la journée ne s'achèverait pas sans un éclat. Il pouvait encore l'éviter, se retenir. Il n'avait qu'à sortir, gagner la gare pour aller y chercher les journaux, comme c'était sa mission chaque matin. Cela lui donnerait le temps de dissiper l'influence d'une mauvaise nuit après un repas trop lourd.

Même cela ! Même les repas ! Ferchaux, qui pourtant n'était pas gourmand, se servait invariablement le morceau le plus gros, le meilleur, celui vers lequel louchait Michel.

C'était ridicule ? Est-ce que tout le monde n'est pas ridicule ? N'était-ce pas ridicule, de la part d'un homme comme Ferchaux, de jouer à la belote du matin au soir et de se passionner à la partie comme si son sort eût dépendu d'une tierce ou d'un carré de valets ?

— Je te dis qu'il se sert de nous et que, dès que nous ne lui serons plus utiles, il nous laissera tomber.

— D'abord, il ne veut pas partir. Ensuite, il m'a affirmé que, si cela devenait indispensable, il nous emmènerait.

— Parbleu ! Il n'ignore pas que j'ai envie de voyager et que la perspective de m'embarquer sur un de ces bateaux... Tiens ! Regarde-le !... Il serre la main du capitaine... Ils sont d'accord... Je serais curieux de savoir quand ce bateau lève l'ancre... J'irai me renseigner tout à l'heure... Pour autant qu'il m'en laisse la possibilité !...

— Ne t'enfièvre pas comme cela...

— Cela te flatte donc tellement de voir un vieux bonhomme aux petits soins pour toi ?... Cela te manquait à ce point que quelqu'un te fasse la cour ?

Elle rit à son tour, largement, franchement, découvrant ses dents magnifiques.

— Tu es sot, mon petit Michel. Je t'aime bien ainsi, mais tu es parfois sot, avoue-le !

Pourquoi son regard se posa-t-il, l'espace d'une seconde, sur le nouveau complet de son mari ? Voilà ce qu'il aurait fallu éviter à tout prix. Il rougit. Il n'avait pas encore pu se déshabituer de rougir comme un enfant pris en faute. C'était si flagrant que Lina se moquait souvent de lui. Il lui tourna le dos.

Elle ne l'avait pas cru, l'avant-veille. Il avait prévu qu'elle ne le croirait pas, mais c'était toujours le même phénomène qui se produisait : il voyait le danger, savait que tel geste, tel mot, entraînerait des complications pénibles, mais il était incapable de se retenir.

Ce complet neuf qui était à la consigne de la gare... Il n'avait pu s'empêcher de le retirer, en allant chercher les journaux... Il l'avait monté dans sa chambre, pour cacher l'emballage... Puis il avait annoncé que ses parents lui avaient envoyé un costume... Il l'avait endossé peu après...

— Tu as reçu une lettre ?

— Pas encore... Elle va sûrement arriver... Dans ma dernière lettre, je leur disais que j'étais mal habillé...

Un tel envoi ressemblait si peu aux parents de Maudet ! Lina n'avait rien dit. Ce jour-là, elle avait souvent regardé son mari à la dérobée avec une certaine inquiétude. Le soir, la lumière éteinte, elle avait murmuré :

— Tu es sûr que ce sont tes parents ?

— Qui serait-ce ? Je ne l'ai pourtant pas volé à un étalage ?

Comme c'était mesquin, misérable ! Il aurait voulu être un homme extraordinaire et il retombait sans cesse dans des histoires de ce genre, se plongeait avec une sorte de masochisme dans des complications inextricables et sans grandeur.

— Tu es prêt ? Nous descendons ?

Pressentant que cette journée commençait sous de vilains auspices, elle vint à lui, douce et caressante, l'embrassa avec plus de tendresse que d'habitude.

— Écoute, mon petit Michel... Fais-moi le plaisir d'être sage... Tu as eu une chance inespérée, c'est toi-même qui me l'a dit... Tout le monde, à présent, s'acharne contre cet homme... Crois-moi quand je te répète qu'il a pour toi une affection que tu ne soupçonnes pas... C'est si vrai qu'au début j'en étais un peu jalouse... Quand il te regarde...

— Il me regarde avec ironie, oui, comme on regarde un gamin morveux !

— Non, Michel ! ce n'est pas cela du tout. On dirait plutôt que tu lui rappelles quelqu'un de cher. Et veux-tu savoir le fond de ma pensée ? Ce que tu lui rappelles, c'est lui, c'est sa jeunesse, c'est l'adolescent qu'il a été. Quelquefois, il tressaille à un mot, à un geste de toi. Il paraît surpris, inquiet...

— Et il me donne généreusement huit cents francs pour vivre !

— Il n'en avait sans doute pas autant à ton âge.

— Jolie raison ! Tu l'approuves donc d'être avare comme un pou et de nous laisser sans un sou en poche ?

— Chacun a ses défauts. Il faut bien qu'il ait une passion, lui aussi.

— Il a choisi la plus répugnante.

— Si tu continues, comme je te connais, un jour ou l'autre tu ne pourras plus te contenir et tu feras des bêtises. Sois gentil, Michel. Fais-le pour moi.

Il lui sourit avec amertume et la suivit dans la salle à manger où Ferchaux venait de s'asseoir tandis que Mme Snoek apportait des œufs au lard et du café. Comme Lina lui avait parlé ! Lui aurait-elle parlé de la sorte quelques semaines plus tôt ?

Autrefois, elle approuvait tout ce qu'il faisait, croyait ce qu'il disait, le suivait, aveugle et docile, parce que, à la base de ses sentiments, il y avait de l'admiration.

Maintenant, elle le jugeait. Sans doute aussi comparait-elle les deux hommes ?

Mme Snoek elle-même... Eh oui ! Michel était ridicule de s'occuper de tout cela. Était-ce sa faute ? S'il était venu seul dans cette maison, ou avec Lina, Mme Snoek, il en était sûr, l'aurait entouré de petits soins. Il savait si bien comment s'y prendre avec les gens ! Toujours, il en avait fait ce qu'il avait voulu.

Or, Mme Snoek ne jurait que par le vieux monsieur si gentil, comme elle disait, et qui avait l'air si doux !

Ça, c'était le bouquet ! Le plus fort, c'est que Ferchaux en arrivait à donner cette impression de douceur ! Sa barbe qui poussait presque blanche cachait l'asymétrie des traits, la minceur des lèvres, la saillie anormale du menton. On ne s'apercevait même plus qu'il avait le nez de travers.

Tel quel, dans son complet de cheviotte marine, avec sa casquette toujours sur la tête, sa démarche lente et calculée — à cause de la nouvelle jambe —, il avait vraiment l'air d'un retraité qui mène au ralenti une existence sans histoire.

Il parlait peu. Comme ce qu'il mangeait lui était indifférent, il ne réclamait jamais. Et, s'il manifestait parfois une certaine nervosité, c'était quand quelqu'un laissait par mégarde une porte entrouverte, car il restait frileux.

Ne lui arrivait-il pas d'aller chercher un seau de charbon à la cave ? N'était-ce pas lui, la plupart du temps, qui rechargeait le poêle et en réglait le tirage ?

— On sent que monsieur votre beau-père a eu des malheurs. Je dis toujours, voyez-vous, que les gens qui ont eu des malheurs sont meilleurs que les autres. Cela se voit tout de suite, à leurs yeux.

Un vieux requin, oui ! un crocodile, plutôt, qui se laisse flotter au fil de l'eau tel un bois mort, comme il le racontait si bien à Lina pour l'éblouir.

— Tu ne manges pas ?

— Je n'ai pas faim.

Debout, il se contenta d'avaler une tasse de café au lait, puis il questionna :

— Je vais à la gare ?

Pourquoi n'emmènerait-il pas Lina ? Il n'avait même plus le droit d'emmener sa femme pour aller faire une commission ! Elle était là comme en famille, comme si Ferchaux eût été réellement son père !

Dehors, il s'arrêta dans un estaminet pour boire un verre d'alcool, ce qui lui arrivait de plus en plus souvent, surtout le matin, car cela le mettait tout de suite d'aplomb. Seulement, dès qu'il avait bu un verre, il éprouvait le besoin d'en boire d'autres et il était obligé d'user de ruses pour quitter ses compagnons et aller se faire servir à la sauvette dans un débit quelconque.

Il lut les journaux le premier, dans un grand café en face de la gare, où il prit un second alcool. La veille, déjà, on eût dû avoir des échos du fameux dossier Mercator. Ferchaux était assez inquiet en ne voyant rien dans les journaux et il avait dû penser — il n'en avait rien dit — que ses ennemis étaient parvenus à étouffer l'affaire.

Aujourd'hui, la bombe éclatait.

Dieudonné Ferchaux attaque.
Un ancien président du Conseil et
de hautes personnalités compromises.
Où sont les documents ?

Les journaux reproduisaient tous, avec des commentaires différents, les informations lancées la veille au soir par un petit journal des Boulevards. Il y était question d'un ancien président du Conseil, dix ou douze fois ministre, encore vice-président d'un des groupes de la Chambre, qui, quelques années plus tôt, aurait touché des sommes importantes d'un gouvernement étranger en échange de la latitude, donnée à des financiers de ce pays, d'étendre leurs affaires au Gabon.

On ne publiait encore que les initiales. On citait des chiffres. On annonçait que les talons de chèques et les documents étaient en lieu sûr.

Le même leitmotiv revenait dans la plupart des feuilles :

Est-ce un nouveau Panama qui commence ?

Puis les quelques lignes devenues traditionnelles :

Tous les efforts de la police pour retrouver Dieudonné Ferchaux restent vains. On a certaines raisons de supposer que le fuyard serait en Belgique. Aux dernières nouvelles, on nous annonce qu'une piste sérieuse serait sur le point d'aboutir.

Enfin, dans un journal seulement, un journal politique qui n'avait pas très bonne réputation :

Qu'attend-on pour arrêter Émile Ferchaux ?

Michel paya sa consommation, fourra les journaux dans la poche de son imperméable et se dirigea vers les quais. Il ne tarda pas à apercevoir Ferchaux et Lina qui s'en venaient à sa rencontre à petits pas et l'histoire que Ferchaux racontait devait être drôle, car sa compagne riait aux éclats. Or, dès qu'elle aperçut son mari, elle cessa brusquement de rire. Était-ce au souvenir de la scène du matin ? Craignait-elle de le mettre hors de lui ?

— On commence à publier le dossier Mercator, annonça-t-il sèchement.

D'habitude, Ferchaux montait dans sa chambre pour lire les journaux, afin de ne pas attirer l'attention ; ensuite il allait les jeter quelque part dans le bassin ou dans un égout.

Cette fois, alors que les nouvelles étaient plus importantes que jamais, il se contenta, tout en continuant la promenade commencée, de poser quelques questions. Les noms étaient-ils cités ? Que disait tel journal ? Était-il question de son frère ? *Le Temps* en parlait-il, et sous quel titre ?

Il écoutait les réponses sans un tressaillement, les mains dans les poches, passait le bout des dents sur sa barbe à laquelle il n'était pas encore accoutumé.

— Je pense que, demain ou après-demain, il faudra que vous retourniez à Bruxelles.

Il accompagnait cette phrase d'un regard aigu que Michel traduisit ainsi :

— Faut-il vraiment l'envoyer à Bruxelles ? Ne va-t-il pas en profiter pour me trahir ?

Maudet riposta :

— J'irai si vous m'en donnez l'ordre, mais je n'y tiens pas particulièrement.

Une main tirailla son bras : Lina l'incitait au calme.

Comment Ferchaux n'aurait-il pas pensé à une trahison possible ? Michel n'avait qu'à se rendre à Bruxelles ou à Paris, voir les frères Bleustein ou Émile, ou même s'adresser carrément au clan ennemi ou à la police. Combien ne payerait-on pas la prise de Dieudonné Ferchaux qui lui donnait huit cents francs par mois et qui pouvait le laisser en plan d'un moment à l'autre ?

Cette idée serait-elle venue à Maudet si l'autre ne l'avait regardé soupçonneusement ? Pas seulement aujourd'hui : souvent. A commencer par le jour où il était revenu de Bruxelles et où Ferchaux paraissait persuadé que Maudet ne lui avouait pas tout.

Lina n'y comprenait rien, mettait cela sur le compte d'une affection inquiète, voire d'une jalousie d'homme qui a vécu sa vie à l'égard d'un autre qui la commence.

— On parle aussi de votre frère, dont un journal demande l'arrestation.

Pour toute réponse, Ferchaux cita le nom du journal, prouvant ainsi qu'il était au courant et que c'était sciemment, sans doute, qu'il avait « mis son frère dans le bain ».

Que pouvaient-ils faire tous les trois, à dix heures du matin, dans une ville qui poursuivait sa vie maritime sans s'occuper d'eux ? Sur les quais, ils étaient bousculés par des hommes qui déchargeaient ou chargeaient des navires, ils respiraient la poussière du charbon que les bennes électriques déversaient à torrents, se heurtaient à des cordages, à des ferrailles dures et glacées.

Ils auraient pu sortir de la ville, s'avancer le long de la plage, dans le vent et les embruns, mais Ferchaux marchait avec peine et était vite transi par le froid. Les rues, le marché, les femmes en cheveux, les gens du nettoyage de la voirie, tout cela composait le cadre livide de leur promenade matinale.

La police cherchait Ferchaux partout et il allait à petits pas de boiteux le long des trottoirs, frôlant des paniers de légumes ou des étals de bouchers en compagnie de Michel et de Lina qui n'osaient pas interrompre son silence.

Fatalement, on en arrivait au même point, au bec-de-cane du petit café du coin. L'odeur en était déjà familière, et la sciure de bois répandue sur le plancher encore humide, et le patron qui astiquait son percolateur.

Ils allaient s'asseoir à leur table, toujours la même, réclamaient le tapis rouge et les cartes, les jetons, l'eau minérale de Ferchaux, le café arrosé que Michel avait choisi pour boire de l'alcool sans faire tiquer sa femme.

Lina jouait mal. A La Guillerie et à Caen, Ferchaux se montrait joueur grincheux et tatillon, s'impatientant si son partenaire manifestait la moindre hésitation avant d'abattre une carte.

— Atout trèfle...

— Non...

Lina contemplait son jeu d'un air assez stupide, sans savoir si elle devait prendre ou non.

— Eh bien ! réponds... faisait Michel.

— Je ne sais pas ce que je dois faire... Est-ce que je prends ?... Est-ce que je ne prends pas ?...

Or, Ferchaux ne disait rien, ne marquait aucune nervosité !

— Fais ce que tu voudras, mais fais quelque chose.

— Si tu me bouscules, Michel, je jouerai tout de travers.

— Crois-tu que ce soit gai d'attendre ta décision ?

En commençant, elle regardait son jeu avec des moues d'enfant gâtée. Maintenant, ses doigts tremblaient un peu, on eût dit qu'elle allait pleurer, sa lèvre inférieure, charnue et rouge, se gonflait davantage.

— Tu joues ?

Pourquoi, oui, pourquoi, leva-t-elle les yeux vers Ferchaux comme pour l'appeler à l'aide ? Celui-ci prononça simplement :

— Prenez votre temps, Lina. Nous n'avons rien d'autre à faire de toute la journée.

— C'est cela, prends ton temps ! Tu joueras quand même de travers.

Avait-il le droit, oui ou non, de traiter sa femme comme bon lui semblait ?

— Écoute, Michel...

Elle laissait voir ses cartes. Elle allait les laisser tomber sur la table.

— Ne vous laissez pas impressionner par votre mari. Je vois que vous avez le neuf de trèfle et le valet. Vous devez prendre...

Les mains de Maudet frémirent. Il fut sur le point de lancer son jeu sur le tapis et de s'en aller. La tentation était forte et ce fut miracle s'il y résista.

Il ne dit rien. Il joua. Mais il les regardait tour à tour. L'orage tournait en rond, sans se décider à éclater. Lina gagna la partie.

— Vous voyez ! Il suffit de ne pas vous affoler et d'éviter de regarder votre mari.

Elle sourit, reconnaissante. Ils jouèrent à nouveau et la mauvaise humeur de Michel, qui perdait, s'épaississait, surtout quand il oublia d'annoncer un carré de dames et que Ferchaux le lui fit remarquer.

On eût dit que Ferchaux voyait dans le jeu de Lina.

— Coupez. Maintenant, si vous avez l'as de carreau, jouez-le. Si vous ne l'avez pas, jouez une carte maîtresse. Votre mari n'a plus d'atouts.

Cela durait peut-être depuis une heure. Une fille de la poissonnerie, en jupe noire luisante et plissée, était entrée pour boire un café. Elle restait debout au comptoir, grande, cambrée, l'œil clair, la bouche entrouverte, et elle les regardait.

Tout en jouant, Michel la regardait aussi. Il crut que c'était à lui qu'elle s'intéressait. Il se fit plus insistant, sourit d'une certaine manière, mais elle lui tourna carrément le dos et se mit à parler bas au patron.

Il en était arrivé au point où la légère contrariété suffit. Ferchaux, par-dessus la table, ne prenait-il pas une carte dans le jeu de Lina — qu'il ne voyait cependant pas — pour la lui faire jouer ?

Michel se leva, jeta son jeu sur la table, comme il brûlait de le faire depuis le commencement de la partie.

— Si c'est pour vous mettre à deux contre moi...

Il se dirigea vers le portemanteau, prit son chapeau, jeta son imperméable sur son bras et sortit.

Est-ce qu'il avait voulu épater la fille ? Il y avait de cela et du reste ; il y avait de tout dans ses sentiments, du dépit, de l'impatience, la conscience humiliante de sa petitesse, le désir de se grandir à ses propres yeux...

Dehors, il se trouva désemparé, car il ne savait où aller. Comme il ne voulait pas laisser voir son hésitation, il marcha à grands pas et arriva devant la maison basse de Mme Snoek. Son instinct dut l'avertir qu'il serait périlleux d'aller plus loin, que le retour pourrait devenir plus difficile.

Il entra, grimpa dans sa chambre, ferma la porte à clef et se jeta sur le lit.

Une heure plus tard, seulement, alors qu'il commençait à s'inquiéter, il reconnut un pas irrégulier dans l'escalier et on frappa doucement à la porte.

C'était Ferchaux lui-même qui était monté, cependant que Lina restait en bas.

10

Dès qu'elle les avait vu descendre, Lina qui, par contenance, s'était mise à table, avait compris qu'il y avait quelque chose de cassé. Ce n'était pourtant pas le drame. Les deux hommes, au contraire, se montraient satisfaits l'un de l'autre. Pendant le repas, ils échangeaient des politesses, des regards hésitants d'amants après la brouille.

Michel était le plus gêné en apparence, mais c'était à cause de sa peau trop fine qui se marquait de plaques rouges à la moindre émotion. Il avait beau faire, il restait comme un enfant qui vient de sangloter éperdument et qui a du mal à se remettre, qui retrouve encore, en reniflant, le goût salé de ses larmes.

Ferchaux, de son côté, avait le regard plus lourd que d'habitude, et quand il lui arriva de sourire, parce que Lina essayait de les égayer, son sourire était voilé de nostalgie.

Ils étaient là, tous les trois, dans la petite salle à manger basse de plafond qui s'était en peu de temps imbibée de leur intimité. Le portrait de feu Snoek, avec ses médailles, ne leur était plus étranger, les bibelots posés dans un ordre rigoureux sur le marbre noir de la cheminée n'étaient plus ridicules mais touchants, la machine à coudre, dans le coin de la fenêtre, vivait d'une vie sourde et bienveillante.

Comme presque chaque jour, quelqu'un mangeait dans la cuisine. Les clients de Mme Snoek se ressemblaient tous plus ou moins. Tous, ou presque tous, avaient aux environs de la cinquantaine, étaient épais de nuque, colorés de teint. Lina aurait juré qu'ils avaient tous les mêmes yeux bleus un peu naïfs. Ils étaient gênés quand, en poussant la porte vitrée, ils apercevaient les locataires dans la salle à manger. Ils passaient vite, en frôlant le mur et en saluant timidement. Mme Snoek leur mettait un couvert sur la table de la cuisine et les servait entre deux allées et venues à la salle à manger.

Quant au pilote, qui couchait dans une des chambres du premier, on ne l'avait jamais vu. Ses heures variaient, il partait tantôt le soir, tantôt en pleine nuit, emportant un bidon d'émail bleu et de la nourriture enveloppée dans une toile cirée, mais ses heures ne correspondaient jamais à celles auxquelles les locataires étaient en bas, de sorte que, si le bidon bleu leur était familier, ils ignoraient le visage de leur voisin.

Ils mangèrent plus lentement que de coutume, comme pour se prouver l'un à l'autre et à eux-mêmes qu'ils étaient à leur aise, qu'il ne s'était rien passé, que la vie continuait.

Or, ce qui éclatait aux yeux, malgré la sérénité apparente, c'était que cette vie-là, telle qu'elle s'était établie d'elle-même, avec son étrange intimité, ses menus rites et déjà ses traditions, était finie.

Au plus fort de la marée, le vent était tombé pour faire place à un brouillard couleur sale qui tombait de plus en plus pesamment sur le port. Chacun, à travers les petits carreaux de la fenêtre et de la porte, voyait s'estomper progressivement les lignes des cargos noirs, et une bitte d'amarrage, au premier plan, devenait plus luisante à mesure qu'elle se laquait de ces milliers de gouttelettes d'eau.

Mme Snoek avait compris qu'il se passait quelque chose, bien que les deux hommes ne fussent pas restés longtemps là-haut. Elle les observait en passant les plats. Elle avait l'air de vouloir leur dire :

— Cela n'a pas d'importance, allez ! Cela arrive dans toutes les familles. Ces petites brouilles-là, ça passe vite et on s'aime mieux après !

Comme elle n'osait pas parler ainsi, elle se contenta de soupirer en regardant le couple :

— Ah ! ce n'est pas une ville bien gaie pour des jeunes gens, n'est-ce pas ? Surtout à cette saison-ci. L'été, il y a la plage, qui donne de l'animation.

Quand ils eurent fini de manger, qu'ils furent restés un certain temps immobiles devant leur couvert, Ferchaux crut nécessaire de se tourner tour à tour vers Lina et vers Michel.

— Je vais me coucher, annonça-t-il. Je pense que je resterai couché toute l'après-midi. Vous devriez en profiter pour aller au cinéma.

Ainsi, il pensait au cinéma ! Il savait que les cinémas existaient, qu'ils jouaient le jeudi en matinée et qu'on était jeudi, alors que Michel, lui, aurait été incapable de dire quel était le jour de la semaine.

Le plus curieux, c'est qu'ils obéirent. L'idée ne leur vint pas d'employer autrement leurs heures de liberté, ces heures qui auraient dû s'écouler pour la plus grande partie autour du tapis de belote dans leur petit café habituel.

Est-ce qu'ils ne le regrettaient pas déjà, ce petit café où le temps coulait avec la douce monotonie d'un fleuve gris ? Ils passèrent devant, bras dessus, bras dessous. Les gouttelettes de brouillard s'accrochaient à leurs vêtements, aux cheveux sombres et soyeux de Lina. Celle-ci, suspendue au bras de Michel, se tenait collée à lui, comme quand ils étaient fiancés et que, la nuit tombée, ils déambulaient sans fin dans les rues de Valenciennes.

— Qu'est-ce qu'il t'a dit ? finit-elle par questionner non sans appréhension.

— Rien. Il ne m'en veut pas. Il sait que c'est sa faute.

— Je pense, Michel, qu'il t'aime beaucoup, plus que tu crois, plus peut-être qu'il le croit lui-même. On sent que cet homme-là n'a jamais aimé personne et que maintenant...

Raconterait-il à sa femme ce qui s'était passé dans la chambre ? Et comment le raconter ? Il ne s'était rien passé de précis.

Au moment de se précipiter vers la porte pour ouvrir le verrou, Michel était tendu, agressif. Il avait commencé par une grossièreté, puisque, s'il avait bien tourné la clef et retiré le verrou, il ne s'était pas donné la peine de tirer à lui le battant, laissant Ferchaux sur le palier devant l'huis entrebâillé.

Or, de le voir ainsi, humble, en somme, hésitant à entrer, cela lui avait donné un remords et sa voix n'était pas aussi hargneuse qu'il l'avait pensé tandis qu'il prononçait :

— Qu'est-ce que vous voulez ?

— Je suis venu vous avertir qu'il est l'heure de se mettre à table.

Puis, après un temps, après réflexion :

— J'ai préféré que ce ne soit pas votre femme qui monte.

Afin d'éviter une scène entre eux, évidemment. Ferchaux savait que, si Lina était montée, toute l'agressivité de Michel se serait tournée contre elle et que, si elle avait eu le malheur de se montrer le moins du monde maladroite, la scène serait allée jusqu'à son paroxysme.

Les choses se passaient d'une façon bien étrange. Ferchaux, qui était le patron, avait dû se sentir offensé par le geste de Michel jetant grossièrement ses cartes sur la table et partant sans explication. C'était si vrai qu'au moment où il entendait ses pas dans l'escalier, Maudet avait eu peur, une peur imprécise et humiliante qui l'avait fait bondir de son lit et qui lui avait donné son air rageur et agressif.

Or, contrairement à toute attente, c'était Ferchaux, le Ferchaux de l'Oubangui, le Ferchaux des trois nègres, celui dont les journaux parlaient et qui tenait tête à une meute politique et financière, c'était lui qui, devant la porte, faisait figure de timide et de solliciteur.

Comme incapable de prononcer les mots qu'il était venu dire, il allait se résigner à descendre, tournait déjà le dos, faisait enfin deux pas dans la chambre.

— Vous savez, Maudet... J'ai vu le capitaine de l'*Arno*... Je ne crois pas que je me résoudrai à partir... C'est une habitude, chez moi, de toujours prévoir le pire... Je lui ai dit que nous serions trois, éventuellement, à nous embarquer à son bord...

Michel faisait des petits yeux encore méfiants.

— Voilà... Je n'avais pas pensé à vous en parler... Je ne sais même pas si vous avez envie de me suivre...

Maudet, soudain, avait dû se tourner vers la fenêtre pour cacher son désarroi, il avait envie de pleurer, bêtement, de demander pardon.

— A moins que vous ne vouliez plus de nous... avait-il balbutié en s'efforçant d'éviter les sanglots.

Pourquoi, après tout, s'embarrassait-il encore de respect humain ? Ils étaient deux hommes dans la chambre. Ferchaux avait refermé la porte. Une courtepointe crème était étendue sur le lit, tranchant sur le rouge satiné de l'édredon.

— Écoutez, monsieur Ferchaux... j'ai besoin de savoir ce que vous pensez de moi...

Ses yeux brillaient, les larmes tremblaient au bord des cils et cependant il le faisait exprès de montrer son visage bien en face. Son mouvement de sincérité était profond, puissant, instinctif, bien qu'il sût que tout à l'heure il en aurait honte.

— Je pense...

A ce moment, Ferchaux lui paraissait vraiment grand, vraiment supérieur à tous les hommes qu'il avait rencontrés ou qu'il avait imaginés.

La simplicité de son costume, ce cadre banal sur lequel il se détachait le grandissaient au lieu de l'amoindrir. Et ces belotes dont Michel s'était moqué n'étaient-elles pas émouvantes, cette dernière petite passion d'un homme qui avait tout connu, tout vécu, tout tenté, qui entrait en lui au moment précis où toutes les puissances ennemies se déchaînaient contre lui ?

C'était cet homme-là qui hésitait à répondre au gamin forcené qui le défiait quelques instants plus tôt ; il cherchait ses mots, par crainte de blesser, de peiner, de décourager.

— Je pense, Michel, que vous êtes parfois tenté de faire une bêtise.

Ce n'était pas un reproche, c'était une constatation timide. Maudet appréciait le choix des mots, si simples et si lourds.

— Vous m'avez cru capable de vous trahir ?

— Je n'ai pas dit que vous en seriez capable. Le genre de vie que nous menons ici exaspère votre sensibilité. J'ai peut-être eu tort.

— Tort de quoi ?

Il ne voulait pas préciser. Michel n'en comprenait pas moins. Il avait eu tort de laisser un jeune homme qui n'y était pas préparé pénétrer dans un monde aussi étrange que le sien ; il avait eu tort, en regardant son secrétaire avec une bienveillance qui ne serait pas comprise, d'encourager au lieu de refréner les ambitions d'un gamin. Parfois ce regard ressemblait à celui dont on flatte un jeune fauve en se félicitant de lui voir montrer des dents déjà redoutables.

« — Tu iras loin, mon petit ! »

C'était cela, justement, que Michel voulait savoir : est-ce que Ferchaux, qui devait s'y connaître en hommes, le condamnait comme il l'avait entendu condamner d'un mot, d'une phrase, d'une simple moue tant de ses collaborateurs et même son frère Émile ? Avait-il confiance en lui ? Croyait-il en son avenir ?

Ferchaux hésitait, il le sentait. Pas seulement depuis la scène du matin, pas seulement non plus depuis le retour de Bruxelles et cette vilaine histoire d'argent qu'il avait devinée.

Cela datait du jour où Lina était entrée, par la force des choses, dans leur intimité. Ferchaux avait vu Maudet autrement ; au lieu de s'intéresser uniquement au jeune homme avide et impatient, il avait considéré le couple. C'était si vrai qu'il murmurait :

— Vous avez une gentille femme et ce serait mal de lui faire de la peine.

Michel, subitement pourpre, redressait la tête d'un mouvement si vif, ses yeux exprimèrent un tel défi que toutes les paroles étaient superflues.

Pourtant il ricanait :

— Vous ne me croyez pas assez fort ?

Assez fort pour sacrifier Lina le jour où ce serait utile, certes si ! Mais il ne s'agissait pas que de cela. Échapper à la vie banale du couple, c'était élémentaire, c'était facile, à la portée du premier venu.

Ce que Maudet voulait savoir, ce qu'il quêtait dans les yeux de son compagnon, c'était une réponse à une question vague et terrible qu'il n'avait pas formulée, que tous les deux comprenaient, qui aurait pu se résumer d'un mot :

— Jusqu'où ?

Michel voulait tout ou rien. Il voulait tout. Qu'est-ce que Ferchaux allait lui dire ? Pourquoi hésitait-il ? Pourquoi manifestait-il une certaine gêne ?

— Avouez que vous ne me croyez pas assez fort !

Il l'avait dit indirectement. Que signifiait autrement la phrase au sujet de Lina :

« — Vous avez une gentille femme et ce serait mal de lui faire de la peine ! »

On le renvoyait dans le rang ! Il était furieux. Comme un jeune coq, il se dressait sur ses ergots, l'œil étincelant de défi.

— Voyez-vous, Maudet, la question que vous me posez est une question à laquelle nul n'a le droit de répondre... Un léopard n'hésite pas à s'élancer au-dessus d'une palissade, parce qu'il sait que son bond sera assez puissant pour le porter de l'autre côté... Qu'un chacal tente le même saut et il restera accroché à la pointe des pieux... Je l'ai vu... Ce n'est pas beau...

— Je ne resterai pas accroché, je vous assure !

— Je le pense aussi... Je vous ai offert de me suivre... Ne venez que si vous êtes sûr de vous...

C'était encore à une question de force qu'il faisait allusion, mais plutôt de force morale. La promesse qu'il demandait, c'était celle de ne pas céder au désir de le trahir.

— Je suis sûr de moi !

C'était vrai à l'instant même ; ce ne l'était pas la veille et ce ne le serait peut-être pas le lendemain.

— Il est temps que nous descendions. Votre femme doit être inquiète.

Une sonnerie grelottait devant un cinéma précédé d'un long couloir humide. Michel et Lina ne regardèrent pas les affiches, prirent deux places de loge et assistèrent à tout le spectacle, serrés l'un contre l'autre.

Michel se sentait mou et vide ; ses lèvres, dans une moue, dessinaient le plus souvent un sourire un peu triste qui était, sans qu'il s'en doutât, le sourire de Ferchaux.

Avant de rentrer, dans la nuit qui était tombée, ils allèrent jusqu'à la gare pour acheter les journaux de Paris qui venaient d'arriver et ils entrèrent dans un café pour y jeter un coup d'œil. Près d'eux, des commerçants de la ville jouaient au billard avec des airs importants.

Un sous-titre, en première page :

Le secrétaire de Dieudonné Ferchaux a disparu en même temps que son patron.

Michel en reçut une bouffée de joie, d'orgueil. Ainsi, à l'instant précis où il se promettait d'être fidèle à Ferchaux jusqu'au bout, les journaux forgeaient entre eux un nouveau lien.

Il montra le passage à Lina et tous deux restèrent penchés, leurs têtes se touchant, sur le journal étalé près des apéritifs.

En même temps que Dieudonné Ferchaux, a disparu un jeune homme qui était depuis quelques semaines seulement son secrétaire. On n'a malheureusement sur lui que des renseignements assez vagues. Il se faisait appeler Michel Maudet, mais c'est sous un autre nom qu'en compagnie d'une femme — peut-être de rencontre ? — il s'est inscrit une nuit dans un hôtel de Caen.

Son signalement est le suivant : vingt ans environ, maigre, les cheveux blonds, vêtu le plus souvent d'une gabardine usagée.

Lorsqu'il s'est installé à La Guillerie, puis à Caen, en compagnie de Ferchaux, il prétendait venir de Paris.

Lina s'effrayait, regardait autour d'elle avec angoisse, croyant déjà voir les regards des consommateurs braqués sur eux. Michel, au contraire, les défiait, fouetté par sa soudaine importance.

Un interrogatoire de dix-sept heures

De Caen (par téléphone). — Un commissaire de la brigade mobile a, sur mandat du juge d'instruction Bardoux, chargé de l'affaire Ferchaux, interrogé longuement un personnage dont le rôle semble avoir été de premier plan.

Il s'agit d'un certain François Morel, ancien avoué, personnage assez louche, dont Dieudonné Ferchaux avait fait son conseiller intime. Les deux hommes se rencontraient fréquemment, soit à La Guillerie, soit dans la maison de la rue des Chanoinesses.

Invité à s'expliquer sur ses relations avec l'Homme de l'Oubangui, François Morel a refusé de répondre et un interrogatoire, qui a duré près de dix-sept heures et pendant lequel le bureau de l'homme d'affaires a été fouillé minutieusement, n'a donné aucun résultat.

Maître Aubin, l'avocat parisien de Dieudonné Ferchaux, a été interrogé, lui aussi, en particulier au sujet des documents que la presse publie en ce moment et dont la Justice recherche activement les originaux.

Il semble qu'une action de grande envergure soit entreprise pour atteindre le cœur même du scandale qui prend des proportions de plus en plus inquiétantes et qui met chaque jour en cause de nouveaux personnages consulaires.

En « Dernière Heure », un entrefilet sous un gros titre hâtivement composé :

On nous annonce, au moment de mettre sous presse, que l'arrestation d'Émile Ferchaux, qui était associé à son frère dans toutes ses affaires financières et coloniales, aurait été décidée.

Ils ne pouvaient parler dans le café. Dehors, Michel ne se montra guère plus loquace.

— Tu crois qu'on pourrait te mettre en prison ? insistait Lina en s'accrochant à son bras.

— Mais non ! Peu importe…

Une idée venait soudain à sa femme.

— Et mes parents !… Tes parents et les miens qui vont lire cela !… Mon Dieu, Michel !… Mon père…

Il haussa les épaules. Comme on atteignait le port, il plongea son regard dans l'obscurité du bassin, du côté où l'*Arno* se balançait sur ses ancres.

La salle à manger n'était pas éclairée, car, quand il n'y avait personne, on économisait la lumière. Dans la cuisine, deux marins buvaient des petits verres en regardant Mme Snoek astiquer ses cuivres.

— Mon… mon père n'est pas ici ? questionna Lina.

— Je me demande si ce brave monsieur n'a pas pris froid. Cet après-midi, je l'entendais aller et venir dans sa chambre. Je suis montée et je l'ai trouvé en pardessus, son chapeau sur la tête. Il était gelé, le pauvre homme, et il n'osait pas me demander du feu. Nous sommes montés ensemble au grenier où je savais bien que j'avais encore un petit poêle. J'ai voulu appeler quelqu'un pour l'installer dans sa chambre, mais il n'a jamais voulu. Il l'a placé lui-même. Il est allé chercher un seau de charbon dans la cave et je lui ai porté un grog bien chaud.

— Tu montes, Michel ?

Michel monta, frappa timidement. La chambre, avec Ferchaux assis devant le poêle, lui rappela La Guillerie.

— Vous êtes allés tous les deux au cinéma ? Le film était bien ?

— Oui... Je ne sais pas...

Il était gêné. Ils auraient dû être, à cette heure, à jouer à la belote dans leur petit café. Ferchaux était resté seul. Il avait eu froid. Il n'avait pas essayé de travailler, car il n'y avait aucun papier autour de lui. Il n'avait pas allumé la lampe mais, par contre, le petit poêle de fonte était rouge comme une braise.

— Je vous ai apporté les journaux. La police a interrogé M. Morel pendant des heures.

— Morel ne dira rien.

Michel envia Morel, de qui Ferchaux était si sûr, si simplement sûr.

— Il est tellement plus malin qu'eux ! Tournez le commutateur, voulez-vous ?

Il parcourut les feuilles. Quand il arriva au passage où il était question de Michel, il murmura :

— Votre femme doit être très ennuyée.

— Pourquoi ?

— A cause de ses parents.

Puis :

— Ils ne le disent pas, mais on a dû perquisitionner rue des Chanoinesses et à La Guillerie, mettre les maisons sens dessus dessous. Vous verrez que, demain ou après, on publiera des photographies de ces maisons, qu'on racontera des tas d'histoires...

Le lendemain, en effet, un reportage sensationnel devait paraître dans le plus lu des journaux du matin :

La vie sordide d'un milliardaire.
Dieudonné Ferchaux est-il fou ?

Les photographies y étaient, entre autres celle, livide comme un portrait anthropométrique, de la chambre de La Guillerie, avec sa cheminée cassée, son poêle entouré de cendres, des papiers épars, un lit de camp tiré près du feu.

Ferchaux devint plus attentif, laissa tomber le journal après avoir lu, en « Dernière Heure », l'entrefilet relatif à son frère.

— Vous croyez qu'il aura le temps de s'enfuir ?

— Il n'essayera probablement pas.

Sa voix était plus feutrée, son œil rêveur.

— Je sais bien que c'est sa faute, mais...

Il resta longtemps sans parler.

— Émile a cru...

On eût dit qu'il ne voulait pas, ou n'osait pas exprimer toute sa pensée.

— Il y a sa femme, sa fille, toute une situation mondaine !

Un geste qui paraissait dresser autour de quelqu'un une muraille d'obstacles infranchissables. Puis un soupir.

— Il doit être l'heure de dîner, n'est-ce pas ?

— Vous descendez ? Mme Snoek vous croyait souffrant.

Il descendait. Il était le même que les autres jours. Il mangeait avec appétit, se servant, comme d'habitude, sans tenir compte que ses compagnons devaient manger aussi, vidant parfois tout le plat sans s'en rendre compte.

— Vous ne m'avez pas dit que je devrais peut-être partir en voyage ?

— Nous verrons demain. Je ne sais pas encore.

Il remonta chez lui aussitôt après le repas et refusa d'être accompagné par les Maudet.

— Ne vous montrez pas trop, leur recommanda-t-il.

Il était préoccupé ; Mme Snoek trouvait qu'il avait vieilli. Michel se doutait que Ferchaux pensait à son frère.

— Nous nous promenons ? proposa-t-il.

Le bruit monotone de la sirène de brume l'attirait dehors.

— Je voudrais bien coudre un peu. Il y a du travail à ma robe. Mais, si tu tiens à sortir...

Il aurait préféré sortir seul. Elle le suivrait, il savait pourquoi. A cause de la scène stupide du matin, elle s'imaginait qu'il était nerveux, qu'il boirait, commettrait peut-être des imprudences.

Cela l'irrita de se sentir surveillé de la sorte.

— Montons, dans ce cas.

— Tu es fâché ?

— Non. Tu as besoin de coudre, n'est-ce pas ?

— Tu sais bien que ma robe...

— C'est entendu. Monte toujours. Mme Snoek va nous préparer deux grogs et je les monterai.

Le temps de fumer une cigarette, de se sentir un peu seul, un peu libre. Il alla dans la cuisine, engagea la conversation avec les deux marins qui étaient tous les deux originaires de Brest.

A neuf heures, il montait les deux grogs, se couchait, commençait à lire les journaux, ne tardait pas à s'endormir tandis que Lina, qui avait tiré une chaise sous la lampe, continuait à coudre.

Le lendemain, quand ils se levèrent, Ferchaux n'était pas sorti. On l'entendait, dans sa chambre, qui allumait son feu, et un peu de fumée passait sous la porte. Le brouillard était plus épais que la veille, d'un vilain jaune qui faisait penser à une maladie du ciel. Ce n'était pas le brouillard qui avait retenu Ferchaux dans la maison, Michel le savait. Il avait envie de le dire à sa femme qui ne le croirait pas, se moquerait peut-être de lui.

Ferchaux avait eu peur, en sortant seul de bonne heure, d'éveiller la méfiance de Maudet.

C'était ridicule, mais c'était ainsi. Tout comme Michel, pour la même raison, se promettait de ne plus parler du voyage à Bruxelles qui avait été projeté. N'aurait-il pas l'air d'avoir envie d'être seul là-bas pour trahir à son aise ?

Ce fut une des matinées les plus mornes, qui faisait penser à un deuil récent, quand la maison vide sent encore les cierges et les chrysanthèmes. L'humidité pénétrait dans les pièces et la toile cirée, sur la table de la salle à manger, paraissait gluante.

Ils mangèrent des harengs, comme le premier jour, mais ceux-ci paraissaient déjà moins savoureux. Ferchaux remonta chez lui pendant que Michel allait chercher à la gare les journaux du matin. Ce n'étaient pas encore les éditions de Paris. Ils ne contenaient guère que les nouvelles de la veille.

Michel entra dans leur petit café pour boire un calvados et aussi pour s'entendre demander par le patron :

— Vous ne venez plus faire votre partie ? Le vieux monsieur n'est pas malade, au moins ?

— Un peu fatigué.

Il aurait aimé que la fille en tablier noir fût là. Il ne savait pas pourquoi, mais il souhaitait la revoir. Elle ne vint pas et il rentra ; Lina resta chez elle, à laver du linge et à repasser, puis à repriser des chaussettes de son mari, tandis que Michel tenait compagnie à Ferchaux. Un moment vint où il ne put s'empêcher de grommeler entre ses dents :

— J'ai été complètement idiot hier matin.

— Mais non.

— Je me demande ce que vous devez penser de moi.

Alors Ferchaux articula, avec une lenteur qui donnait une certaine solennité à ses paroles :

— Je souhaite que vous arriviez à ce que vous voulez.

C'était banal. Cela n'avait guère de sens. Mais une petite phrase, aussitôt après, donna à chaque mot sa valeur.

— Parce qu'autrement, ce sera terrible.

— Pour moi ?

— Pour vous et pour les autres.

Ce fut une des rares fois où il plongea longuement son regard dans celui du jeune homme. Et, à ce moment, ils se comprenaient bien. Ce serait terrible parce que Michel, contrarié par les événements ou par les hommes, ne serait plus qu'une vilaine bête déchaînée, d'autant plus déchaînée qu'elle souffrirait davantage.

— Les journaux ne parlent pas de Jouette.

C'était Michel qui avait dit cela, parce que le silence devenait déjà pénible, qu'il y a des choses sur lesquelles il ne faut pas insister. Toujours la même pudeur.

— Pauvre Jouette ! Je la vois d'ici, avec son cabriolet noir, ses grands souliers d'homme et son parapluie, cherchant, comme un vieux chien, à retrouver ma trace. Dire qu'un soir, il y a de cela plus de cinquante ans, si l'allumeur de réverbères n'était pas passé juste à ce moment, nous aurions sans doute fait l'amour tous les deux !

Il rit, d'un rire dur.

— Si j'avais fait l'amour avec Jouette...

L'aurait-il abandonnée ? Sa vie en aurait-elle été changée ? Il ne le dit pas et, pendant près d'une heure, Michel y pensa tout en écoutant les allées et venues de Lina dans la chambre voisine.

— Si tout se passe comme prévu, il y aura aujourd'hui une nouvelle charrette : une dizaine de nouveaux noms que les journaux publieront. Ils sont publiés à cette heure. Dans des tas de maisons, de bureaux, des gens tremblent, s'agitent...

— Vous croyez que cela décidera le gouvernement à arrêter les poursuites ?

Non. Au fond, Ferchaux ne le croyait pas. Mais comment aurait-il fait comprendre à Maudet les mobiles secrets de sa conduite ?

Émile, lui, avait composé. Il faisait partie de la société. Il s'y était faufilé, humblement d'abord, prenant ensuite une place de plus en plus en vue, adoptant les habitudes et le langage du monde.

— Si j'avais accepté de me faire passer pour fou, cela aurait tout arrangé !

Ainsi, Ferchaux savait ce que Michel avait soupçonné en écoutant parler Arsène et en assistant à son manège ! Il ne se faisait donc pas plus d'illusion sur son frère que sur les autres !

— Quand on pense que c'est un petit administrateur orgueilleux, gonflé de l'idée de son honnêteté, qui a déclenché tout le drame ! Des hommes seront déshonorés, des familles ruinées et dispersées. Il y aura peut-être des morts.

— Mais pourquoi...

Michel avait failli demander :

— Pourquoi vous obstinez-vous à les abattre ?

Pourquoi ? Parce qu'il était Ferchaux. Parce qu'il avait fait tout ce qu'il avait fait. Parce qu'il n'était pas un Émile et qu'il était forcé d'aller jusqu'au bout.

Mme Snoek le croyait toujours souffrant et voulait à toute force lui faire prendre une tisane dont elle tenait la recette de sa grand-mère. Elle avait préparé un déjeuner léger, avec du flan pour dessert. Elle était aux petits soins, en devenait irritante.

Ferchaux voulut aller prendre l'air, mais le brouillard était si froid qu'il ne tarda pas à rentrer. Il n'y avait plus qu'à attendre l'arrivée des éditions de Paris. Michel, une fois de plus, fit le chemin qui le conduisait à la gare, s'approcha du kiosque à journaux. Lina était allée lui acheter deux chemises, car les siennes étaient effrangées aux poignets.

Au moment de choisir les quotidiens, il reçut un choc, fut un bon moment sans savoir au juste ce qu'il faisait, tendant un billet, reprenant sa monnaie, fendant la foule vers la sortie.

Émile Ferchaux s'est suicidé cette nuit dans son hôtel de l'avenue Hoche.

Il marchait vite. Il courait. Puis il ralentissait le pas, craignant d'attirer l'attention des passants, arrivait essoufflé, les genoux tremblants, dans la petite maison de Mme Snoek. Celle-ci ne dut rien y comprendre en le voyant se précipiter dans l'escalier, grimper les marches quatre à quatre pour s'immobiliser ensuite, anxieux, le cœur battant, sur le palier.

Quand la porte fut enfin ouverte, il balbutia :

— Votre frère...

Ferchaux ne tressaillit pas, ne saisit pas les feuilles que son secrétaire lui tendait.

— Comment ? interrogea-t-il.

Michel ne comprit pas le sens de cette question.

— Il s'est...

Et l'autre, avec impatience.

— Je sais ! Mais comment ?

Ainsi, Ferchaux savait, dès la veille, que son frère se tuerait plutôt que de se laisser arrêter. Mais *comment* s'était-il donné la mort ?

Michel n'avait lu que le titre. Tandis que son patron restait assis devant le feu, il déploya un journal, parcourut quelques lignes des yeux.

— Il s'est empoisonné, dit-il enfin.

Et Ferchaux, simplement, en fixant la fonte rouge du poêle :

— Je me doutais qu'il ferait ça.

11

Ce fut la nuit du mouillé. Tout était mouillé, les dos et les visages, les seuils et les façades, les flaques d'ombre et les rayons de lumière qui n'apparaissaient, comme des yeux en pleurs, qu'à travers une couche d'eau mouvante. La pluie était longue et lourde, glaciale ; les gouttes en forme de poire tombaient en dures diagonales sans qu'on eût le temps de s'en garer et le monde en devenait si hostile qu'on touchait avec répulsion les objets les plus familiers.

Pourtant, ce fut leur nuit, à l'un comme à l'autre ; les vents, en changeant d'un quart au nord ou à l'ouest dans le ciel spongieux, ne faisaient sans doute rien de définitif, n'ajoutaient rien au drame, sinon son odeur, son goût d'eau salée, avec un peu de l'amertume du charbon qui pesait toujours sur la ville et qui, rabattu par la pluie, s'infiltrait dans les branches et laissait dans la gorge un arrière-goût d'aliment pas digéré.

Il était quatre heures quand Maudet arriva à la gare pour prendre les journaux. Il faisait noir depuis longtemps. Il pénétra dans la lumière gluante et, détail dont il se souvint, il resta un moment à fixer la bascule aux bagages sur laquelle se trouvait une énorme malle entourée de cordes, comme pour un numéro de prestidigitation. Il se demandait :

— Est-ce le jour de la bibliothèque intérieure ou du quai ?

Car, pour moins attirer l'attention, il achetait les journaux tantôt sur le quai de la gare, tantôt à l'intérieur de celle-ci.

C'était le jour du quai. Il prit un ticket au distributeur automatique et franchit la porte vitrée. La pluie dévalait avec une telle force que, malgré la verrière, elle envahissait la moitié des trottoirs. Un train arrivait. Son gros œil se rapprochait dans l'obscurité.

Michel choisissait ses journaux, toujours les mêmes, machinalement. Dans son dos, la foule commençait à pendre en grappes aux portières, des gens couraient, le heurtaient de leurs valises. En se retournant avec mauvaise humeur, il vit une vieille femme qui ressemblait tellement au portrait qu'en avait fait Ferchaux qu'il ne réalisa pas le danger tout de suite et que son premier réflexe fut de sourire.

Elle portait, sur ses cheveux tirés, un cabriolet noir que maintenait un large ruban noué sous le menton. Sur ses épaules, une capeline en gros tricot de laine noire. On ne pouvait pas ne pas remarquer ses grands pieds, ses souliers d'homme dont le bout avait tendance à se dresser, ni le parapluie dont elle ne se servait pas pour se protéger de l'eau du ciel, mais comme d'une arme, pour écarter les gens.

Quelques secondes de plus, et la vieille Jouette se serait trouvée nez à nez avec Maudet. Celui-ci eut conscience du danger, abandonna ses journaux, faute de temps pour chercher la monnaie dans sa poche, et se précipita vers la sortie.

Sa première idée, irréfléchie, fut que Jouette savait où ils étaient, qu'elle avait leur adresse, qu'elle allait se diriger tout de suite vers les quais. C'est pourquoi il ne pensa pas à se cacher près de la gare et à la suivre.

Il arriva, essoufflé, dans la maison de Mme Snoek où, depuis le matin, une mare d'eau se formait sans cesse sous le seuil, qu'on épongeait chaque fois qu'elle atteignait le pied de la table. Lina était en bas, à repasser une chemise, car la patronne lui avait proposé de faire son repassage dans la salle à manger. Elle vit son mari qui traversait la pièce en courant, montait au premier et entrait sans frapper chez Ferchaux.

— Jouette arrive !

Ferchaux était debout, tendant les mains au feu. La lampe électrique, trop faible, donnait à peu près la même lumière sale que sur le quai de la gare, ce qui rendait les visages livides et malsains. Ferchaux fronça les sourcils. Il y avait, dans la phrase de son secrétaire, quelque chose qu'il ne comprenait pas. Il répéta :

— Arrive ? Comment ça ?

— Je l'ai vue qui descendait du train.

— C'est différent.

Évidemment ! Il s'en rendait compte à présent. Il insista pourtant, comme s'il ne voulait pas se rassurer trop vite :

— Elle vous cherche. Elle va battre toute la ville, interroger les gens. Au fait, comment a-t-elle su que vous êtes à Dunkerque ?

Et Ferchaux, rêveur, une étincelle de joie dans les yeux :

— C'est vrai ! Elle y a pensé, elle !

— A quoi ?

— Que je viendrais sans doute ici. Je n'avais pas de raisons d'aller à tel endroit plutôt qu'à tel autre. Nulle part, sauf dans un quartier miteux de Bordeaux, je ne suis chez moi. Pourquoi me suis-je installé à Caen ? Parce qu'en allant voir mon frère à Deauville, j'avais traversé la ville en voiture, puis que, au bord de la mer, j'avais aperçu une maison plantée dans la dune, seule et vide, avec l'air de m'attendre. Pour Dunkerque, c'est plus compliqué. J'y suis venu, jadis, Jouette le sait. C'est ici que j'ai débarqué à mon premier retour d'Afrique, quand je commençais à réussir et que nous avions besoin de capitaux. Elle a fini par s'en souvenir.

— Peut-être la police la suit-elle en pensant que Jouette finira par la mener jusqu'à vous ?

— Oui. C'est une vieille bête.

Ce moment-là, l'intonation de Ferchaux en prononçant les mots « vieille bête », Michel devait s'en souvenir toute sa vie. L'homme n'était pas en colère. Il était particulièrement calme. Il disait, sans la moindre tendresse : « *C'est une vieille bête.* » Il le pensait. C'était tout ce que lui inspirait la vieille fille qui devait déjà s'être mise en chasse à travers la ville, sous des trombes d'eau.

— Vous avez les journaux ?

— J'ai eu tellement peur d'être reconnu que je suis parti sans les prendre.

— On pourrait envoyer Lina les chercher. Jouette ne la connaît pas.

— J'irai moi-même.

Il releva le col de son imperméable, enfonça son chapeau détrempé sur sa tête.

— Où vas-tu ? questionna sa femme, comme il traversait à nouveau la salle à manger.

— Je reviens tout de suite.

Pourquoi sentait-il, ce soir-là, que les événements prenaient une tournure définitive ? Il gagna la gare, par la rue principale, acheta les journaux, les fourra dans sa poche, n'osa pas entrer dans un café pour les lire et, sur le chemin du retour, il revit Jouette qui marchait en heurtant de son parapluie ouvert le flot des parapluies qui déferlait sur le trottoir. Il observa les gens derrière elle, repéra un homme qui ne se protégeait pas contre l'eau du ciel et qui suivait la vieille femme en se maintenant toujours à la même distance.

Cinq minutes plus tard, Maudet était devant Ferchaux, et Lina repassait toujours, en bas, dans un cercle de lumière tiède.

— Vous aviez raison. Qui est-ce qui a pensé que la police la suivrait ? C'est moi... Peu importe. Il y a un homme derrière elle.

Il jeta sur la table les journaux mous comme des serviettes mouillées, avec des titres qui se délayaient. Son regard, sans intention, se posa sur Ferchaux, et il fut surpris de l'attitude de celui-ci. Jamais il n'avait vraiment cru que Dieudonné Ferchaux pût avoir peur. Sans doute, la lumière y était-elle pour quelque chose, mais son visage était vraiment pâle, défait.

— Dites-moi, Michel...

Eh bien ? Il écoutait. Qu'est-ce que son patron attendait pour parler ? Pourquoi prenait-il une expression sentimentale qui ne lui allait pas ?

— Je voudrais vous poser une question.

— J'écoute.

Ferchaux, lui, n'avait pas quitté le bain chaud de cette chambre. Son état d'esprit ne pouvait être le même que celui de Michel, qui venait du dehors.

— Si je suis forcé de partir, d'aller beaucoup plus loin, est-ce que vous me suivrez ?

— Je vous l'ai dit.

— Pourquoi ?

— Je ne sais pas. Parce que le hasard a fait que nous soyons liés.

— Et si ce n'était pas votre intérêt ?

A croire, ce qui était impossible, qu'il avait déjà lu les journaux qui étaient là, en pile, sur la table !

— Écoutez-moi bien. Il peut parfois paraître que votre intérêt est ailleurs. Moi, je vous dis ceci : c'est en me suivant que vous ferez votre fortune.

Jamais encore Michel n'avait été aussi froid. La veille encore, il eût donné gros pour entendre Ferchaux parler de la sorte, pour le voir devant lui presque suppliant, allant jusqu'à l'appâter avec des promesses.

Or, ce Ferchaux-là perdait brusquement tout son prestige. Il le savait lui-même. Il en était humilié et cette humiliation, il l'offrait en quelque sorte à Michel.

Il avait peur. Peur d'être seul ?

— Vous savez bien que je vous suivrai.

— Et votre femme ?

Michel haussa les épaules.

— Si votre femme ne voulait pas ? insistait l'autre.

— Tant pis pour elle !

Il y avait dans l'air une sorte de sentimentalité qui lui déplaisait et il ouvrit les journaux, s'exclama :

— Tiens !

En première page du premier quotidien qu'il déployait, il découvrait sa propre photographie. C'était un portrait qui datait de trois ans environ, alors que ses traits d'adolescent n'avaient pas encore leur netteté d'à présent. Le visage était plus rond, avec encore une sorte de velouté qui, bien qu'il eût dix-sept ans à l'époque, faisait penser à un premier communiant.

— Ce que je me demande, par exemple... La police a dû aller chez moi. Il n'y a que mes parents et une de mes tantes, qui habite la campagne, à posséder cette photographie...

Cela le fouettait : il devenait à son tour un personnage important.

... La police se montre toujours aussi discrète, mais nous croyons savoir qu'elle est sur une piste très sérieuse et que, dans peu de temps, elle aura découvert la retraite de Dieudonné Ferchaux et de son secrétaire...

Était-ce cet entrefilet qui rendait Ferchaux nerveux ? N'était-ce pas plutôt une autre information ?

La foule assaille les bureaux de la Cocolou, boulevard Haussmann.

Une manifestation qui a pris, d'heure en heure, plus d'ampleur, et qui a obligé les autorités à faire intervenir la garde mobile, s'est déroulée hier après-midi en face des bureaux de la Cocolou, la compagnie coloniale que dirigeaient les frères Ferchaux. Ce ne furent d'abord que des groupes de petits épargnants, actionnaires de la société, qui venaient se heurter à la porte fermée et qui s'aggloméraient peu à peu sur le trottoir. Vers cinq heures, des pierres furent lancées dans les vitres et, dès ce moment, la manifestation prit une tournure si violente que...

— Qu'est-ce que vous comptez faire ?

Michel le regardait froidement. Il jugeait. Il attendait une décision de cet homme au sort duquel il avait lié le sien.

— Je ne sais pas. L'*Arno* a levé l'ancre ce matin.

Il y avait trois jours qu'Émile Ferchaux était mort et, pas une fois, son frère n'avait fait allusion à lui. D'abord, Michel avait cru que c'était par orgueil que Dieudonné Ferchaux se refusait à quitter la France. Il y avait une certaine grandeur dans cette volonté de s'obstiner à tout prix dans la lutte, de se terrer dans cette bicoque de Dunkerque et de donner encore des coups de boutoir qui faisaient trembler ses ennemis.

Et voilà que Maudet découvrait un nouvel aspect de son patron. Ferchaux avait peur ! C'était par peur qu'il vivait ainsi, camouflé en retraité inoffensif et bonasse, dans la maison de Mme Snoek. Peur de quoi ? Il n'en savait rien. Il le pressentait, mais c'était encore vague. Est-ce qu'on pouvait dire, en parlant de l'Homme de l'Oubangui : peur de l'aventure ? Cela paraissait ridicule, et pourtant il y avait de ça. Peur aussi, sans doute, de la solitude ?

Il se raccrochait à des choses absurdes en apparence, à des parties de belote, à un décor devenu familier, à un poêle qu'il passait son temps à recharger et à tisonner.

Il se raccrochait surtout à Michel.

Il n'avait jamais éprouvé le besoin d'être aimé. Il avait tout fait, au contraire, pour provoquer la haine, qu'il n'était pas loin de considérer comme un hommage rendu au maître par des esclaves.

Mais c'était une nouvelle sorte de haine qui commençait à naître, qu'on sentait grandir à travers les articles des journaux. Le ton de ceux-ci avait changé. Au début, ils ne montaient l'affaire Ferchaux en épingle que dans l'espoir de passionner le public et ils s'étendaient surtout sur ses à-côtés pittoresques.

A présent, le public était en colère. La manifestation du boulevard Haussmann en était une preuve. Le suicide d'Émile Ferchaux, au lieu de calmer l'opinion publique, l'avait excitée. Un des deux était mort : on voulait l'autre ! On houspillait la police. Les dénonciations pleuvaient. De partout, on signalait de pauvres types qui avaient le malheur de ressembler vaguement à Ferchaux ou dont le comportement étonnait leurs voisins.

Était-ce de cela qu'il avait peur ? A six heures du soir, pourtant, au moment où les deux hommes allaient descendre pour le dîner, car Mme Snoek les faisait manger de bonne heure, rien ne laissait encore prévoir la nuit agitée qui allait suivre.

Michel, comme d'habitude, alla baisser le store de toile écrue avant de se mettre à table. Ferchaux tournait le dos à la porte vitrée. Ce serait un bien étrange hasard que la vieille Jouette entrât dans cet estaminet perdu au bout du quai et que rien ne distinguait des maisons voisines !

Quant au portrait de Michel que les journaux avaient publié, il était si peu ressemblant qu'il ne constituait pas un danger sérieux. On ne l'avait pas montré à Lina, afin de ne pas l'alarmer. Pourtant, celle-ci regardait tour à tour les deux hommes avec inquiétude.

On leur servit une omelette et, alors qu'ils achevaient de la manger, la porte s'ouvrit ; un marin, comme il en venait tant, court et trapu, le teint coloré, entra et secoua sa casquette avant de pénétrer dans la cuisine. Était-ce un nouveau ? Était-ce un habitué ? Entre les deux pièces, il y avait un œil-de-bœuf. Après quelques instants, Maudet eut l'impression qu'on les observait à travers la vitre. Ce qui accrut sa méfiance, ce fut qu'on parlait flamand dans la cuisine. Mme Snoek avait l'air de protester, de dire :

— Ce n'est pas possible !

L'autre, au contraire, insistait. Michel fut tout à fait mal à l'aise quand la femme revint pour leur servir le fromage, car il fut évident qu'elle les examinait l'un après l'autre avec des yeux nouveaux.

Ferchaux s'en était aperçu aussi. Il ne broncha pas quand l'homme, qui s'en allait, passa derrière son dos et le regarda dans la glace qui se trouvait sur la cheminée, en dessous du portrait aux médailles.

Normalement, pour se conformer aux habitudes, ils auraient dû monter tous les trois, leur repas terminé. L'œil sombre, Ferchaux dit à Michel :

— Nous sortons un moment ?

Mme Snoek jaillit de sa cuisine en leur voyant mettre leur pardessus.

— Vous n'allez pas sortir par ce temps-là ? Un jeune homme, passe encore ! Mais vous, qui n'êtes déjà pas bien portant...

Lina ne comprenait pas, hésitait à s'habiller. Ferchaux, au moment de tourner le bouton de la porte, se ravisait et montait dans sa chambre.

— Qu'est-ce qu'il y a ? questionnait Lina à voix basse.

— Rien. Tais-toi.

— Je vais avec vous ?

Ferchaux redescendait déjà, une serviette de cuir à la main. Et Lina interrogeait toujours son mari des yeux, prête à endosser son manteau.

A ce moment-là, Michel était pleinement conscient de l'importance de leurs moindres faits et gestes. Il fut sur le point de dire :

— Viens !

Ferchaux l'attendait. Il se contenta de murmurer :

— A tout à l'heure !

Il eut envie de l'embrasser. Elle avait peur. Elle regrettait de n'être pas prête, mais il était trop tard, ils étaient dehors, la porte était refermée et Mme Snoek se jetait littéralement sur elle, commençait un long discours sur l'imprudence des vieillards, sur cette manie qu'avait Ferchaux de sortir aux moments les plus imprévus, par exemple à cinq heures du matin, alors qu'elle n'était pas encore levée.

Elle dit :

— Certaines fois, il me ferait croire qu'il a quelque chose à cacher !

Les yeux de Lina s'ouvrirent. Elle sentit le danger, que les deux hommes, mieux avertis qu'elle, avaient fui.

— Je vais leur dire de rentrer.

— Vous ne les trouverez plus, dans le noir.

Elle n'en décrocha pas moins son manteau, le jeta sur ses épaules, négligea de mettre un chapeau. Elle plongea dans la nuit qui la reçut par des rafales d'eau froide. Elle fonça vers les becs de gaz qui clignotaient de loin en loin, courant chaque fois qu'elle apercevait deux silhouettes qui pouvaient ressembler à ceux qu'elle cherchait.

Ses souliers étaient déjà pleins d'eau, elle avait froid, la pluie dégoulinait le long de sa nuque, de son nez. Elle allait toujours, reniflant l'eau salée, se perdait dans des ruelles qu'elle ne connaissait pas, collait à tout hasard le visage à la vitre de leur petit café où ils jouaient jadis à la belote. Puis elle revenait devant chez Mme Snoek où, sans entrer, elle s'assurait qu'il n'y avait personne dans la salle à manger. Se souvenant de l'*Arno*, elle traversait les quais, atteignait l'endroit où le cargo était amarré la veille, mais il n'y avait plus qu'une grande place vide où ne se balançait qu'un minuscule canot. Elle appelait à mi-voix :

— Michel !

C'était impossible qu'il soit parti sans elle. Il y avait un malentendu. Ils allaient rentrer. Sans doute avaient-ils tous les deux quelque chose à faire dehors ?

Elle voyait de loin deux phares qui s'arrêtaient en face de la maison de Mme Snoek. Une auto restait au bord du trottoir, cependant que trois hommes pénétraient rapidement dans la maison.

Que devait-elle faire ? Était-ce la police ? Comment prévenir Ferchaux et Michel ?

Elle courait, s'arrêtait, repartait.

— Michel !

Elle le suppliait, le grondait.

Il ne l'avait même pas embrassée ! Il avait hésité ! S'il avait hésité, c'était donc que...

— Non ! Ce n'est pas vrai, ce n'est pas possible.

Elle se jeta contre quelqu'un, contre un homme très grand qui la souleva presque de terre pour la poser sur le trottoir en dehors de son chemin puis qui, ayant repris sa route, se retourna deux ou trois fois.

Un clocher sonnait les heures, elle ne savait pas lesquelles. Était-ce dans la ville qu'elle devait chercher, ou du côté des bateaux ? Elle allait tantôt dans un sens, tantôt dans l'autre, se reprochant le désordre de ses recherches.

Et si tout cela n'existait que dans son imagination ? Pourquoi une auto ne s'arrêterait-elle pas devant chez Mme Snoek, amenant peut-être des marins en bordée ? Qui sait ? Ce n'était peut-être qu'un simple taxi ? Elle s'en approcha en décrivant un large demi-cercle. Au même moment l'auto démarrait, mais les trois hommes étaient restés à l'intérieur. Il lui sembla que le chauffeur se penchait pour la regarder passer.

Elle avait une peur atroce de faire une bêtise. Il lui semblait qu'elle était responsable du sort des deux hommes, que c'était de la décision qu'elle prendrait que leur sort dépendait. Si elle entrait dans la maison, on ne la laisserait peut-être pas sortir, et alors, comment les avertir ?

En passant vite, elle jeta un coup d'œil dans la salle à manger, par la porte vitrée. Tout était en place. Mme Snoek, comme d'habitude, débarrassait la table et passait un torchon à carreaux rouges sur la toile cirée.

Où étaient les trois hommes ? Elle était sûre qu'ils n'étaient pas sortis. Buvaient-ils tout simplement un petit verre dans la cuisine, comme tous les habitués ?

Une voix fit, près d'elle :

— Rentrez !

Elle tressaillit. Elle n'avait vu personne. Un homme sortait de l'ombre ; on lui prenait le bras, doucement, on la poussait vers la porte. Elle descendait une marche. Un visage paraissait à l'œil-de-bœuf.

— Dans la cuisine !

Et l'homme de dire aux trois autres, qui ne ressemblaient pas aux clients ordinaires de Mme Snoek :

— En voilà toujours une !

Il la laissa avec ses compagnons et repartit, alla sans doute se tapir à nouveau dans l'ombre, pour guetter Ferchaux et Michel.

— Entrez ! Asseyez-vous. N'ayez pas peur...

Le plus important des trois tirait de sa poche un portefeuille qui contenait une photographie de Lina.

— Asseyez-vous, madame Maudet.

— Vous croyez qu'il nous a reconnus ?

— J'en suis à peu près certain.

— C'est pour cela que vous avez emporté votre argent ?

Car la serviette ne pouvait rien contenir d'autre que les cinq millions et les diamants que Ferchaux avait apportés de Caen. Cela signifiait donc qu'on ne retournerait pas chez Mme Snoek, qu'on n'irait pas chercher Lina.

Michel était sombre, mais il acceptait cette idée. Il l'avait acceptée d'avance. Il avait eu le choix. A certain moment, tandis qu'ils étaient tous les trois devant la porte, il lui suffisait de prononcer :

— Viens !

Ferchaux n'aurait pas protesté. Il avait même paru étonné qu'on laissât Lina dans la maison.

— Il faut que nous trouvions un bateau, le plus vite possible. Il y a un navire espagnol que j'ai observé cet après-midi de ma fenêtre et qui paraissait prêt à lever l'ancre. Vous êtes bien décidé, Michel ?

— Oui.

— Je savais que vous ne me trahiriez pas. Tout à l'heure, vous auriez pu le faire. Vous pouvez le faire encore. Tenez, je vous confie la mallette avec notre fortune.

Ils marchaient vite tous les deux. Quel besoin avait Ferchaux de parler, et surtout de parler avec cette exaltation qui lui était si peu habituelle ?

— Votre intérêt apparent était de vous mettre de l'autre côté. Je suis pourchassé. Je peux me faire prendre. Vous n'avez aucune garantie qu'un jour je ne me séparerai pas de vous sans rien vous donner. Pourtant, vous me suivez. Je savais que vous me suivriez. Voyez-vous, Michel, vous avez eu la chance unique de rencontrer un homme comme moi. Vous ne dites rien ?

— Vous avez raison.

Et Ferchaux rit :

— Allons ! Ne soyez pas de mauvaise humeur. Votre orgueil se cabre parce que je vous dis...

— Ce n'est pas ce bateau-ci ?

Michel désignait l'arrière d'un cargo à cheminée ceinturée de blanc et de rouge. Il questionnait, avec une netteté qui mettait fin aux couplets exaltés de Ferchaux :

— Vous montez à bord ? Nous montons tous les deux ?

Pourquoi ne pas monter ensemble ? Certes, à deux, maintenant que le portrait de Michel avait paru dans les journaux, ils étaient plus reconnaissables. Mais, au point où ils en étaient, le risque n'était guère plus grand.

Ce ne fut pas par prudence que Ferchaux monta seul à bord, ce fut pour laisser Michel seul avec la serviette qui contenait une fortune et avec la tentation de fuir de son côté.

Maudet le sentit et haussa les épaules. Il vit son patron se glisser le long de la passerelle étroite où il n'y avait qu'une corde détrempée pour se tenir. Il l'entendit appeler, à sept ou huit mètres de lui :

— Quelqu'un !

Puis son pas irrégulier qui résonnait sur le pont de fer, ses appels encore, des portes métalliques qu'il ouvrait et refermait, à la recherche d'un matelot introuvable.

Maudet ne bougea pas. Immobile, il recevait la pluie sur ses épaules, sur son front, et on eût dit que cette pluie le durcissait.

Si on lui avait demandé pourquoi il avait sacrifié Lina, il aurait été en peine de répondre, et pourtant il l'avait sacrifiée sciemment, il en avait souffert, il en souffrait encore. Sans cette souffrance, cela aurait été inutile.

Il fallait une cassure nette, douloureuse.

Maintenant, il était seul. Il avait une fortune à la main, mais il ne bougeait pas, il n'était pas tenté de s'en aller comme cela lui était si facile de le faire. La frontière belge était à quelques kilomètres qu'il pouvait franchir à pied. A Bruxelles, il retrouverait l'atmosphère vibrante du *Merry Grill*, la fille aux seins un peu mous à qui il pourrait orgueilleusement remplir les mains de billets.

D'où il était, il ne pouvait voir la lumière de chez Mme Snoek. L'eût-il pu, il ne se serait sans doute pas retourné. C'était déjà si loin !

Le temps passait. Deux hommes, maintenant, avaient surgi sur le pont, mais ils se confondaient avec les cabestans, les mâts, les canots de sauvetage suspendus à leurs palans. D'autres hommes travaillaient à l'avant du navire où ils déclenchaient de durs vacarmes métalliques.

Une voix, là-haut.

— Michel !

Il s'avança.

— Je vous présente le capitaine Marco. Il accepte de nous déposer à Ténériffe.

Le capitaine ne parlait que l'espagnol. Il les conduisit dans un carré où tout était de fer, les cloisons et les portes, où tout était gris et dur.

— Nous occuperons la cabine de son second, qui lui-même couchera dans ce carré. Comme il est de quart une partie de la nuit, cela ne le dérangera pas trop.

— Quand part-on ?

— Avec la marée, vers deux heures du matin.

— Qu'est-ce que vous lui avez dit ?

Ils pouvaient se rendre compte, par le visage impassible du capitaine, que celui-ci ne comprenait pas le français, et ils en profitaient.

— Cela lui est égal, du moment qu'il touche la forte somme.

L'autre était allé chercher une bouteille de vin épais. Il tirait d'un placard des verres sans pied, aussi larges du bas que du haut.

— Santé ! faisait-il en levant son verre.

Il régnait une odeur étrange, à la fois fade et épicée. Des bruits divers commençaient à animer le navire et bientôt l'Espagnol s'excusa auprès de Ferchaux, ouvrit la porte d'une cabine et, quand les deux hommes y furent entrés, endossa un ciré et monta sur le pont.

Il y avait un complet de marin sur la couchette, des photos de femmes sur les cloisons, un rasoir sale et un blaireau encore savonneux devant un morceau de miroir piqué par les mouches et la rouille.

Ferchaux, debout près du hublot qui lui faisait une noire auréole dans laquelle les gouttes de pluie semaient des diamants, regardait intensément le jeune homme qu'il enfermait avec lui entre ces cloisons de fer. Puis son regard glissa vers la mallette que Maudet tenait toujours à la main.

Une lueur de triomphe passa dans ses yeux, qui s'éteignit devant le sourire qui flottait sur les lèvres minces de Michel, un sourire que personne ne lui avait jamais vu.

Ce n'était plus le gamin crispé et violent des semaines précédentes. Un autre être naissait, fait d'une matière plus dure et plus froide. Le regard de Michel fuyait, glissait sur les objets, s'arrêtait sur un portrait de femme nue accroché juste à la tête de la couchette et sa lèvre supérieure se retroussait davantage, semblait promettre à quelqu'un la satisfaction de tous ses appétits.

— On nous installera une seconde couchette dès que nous serons en mer. Dans trois heures d'ici, tout danger aura disparu. Vous pourrez monter sur le pont, mais oui ! Et, accoudé à la rambarde mouillée, balancé par des houles de plus en plus fortes, regarder, à travers le rideau de pluie, les lumières clignotantes de la ville, les feux verts et rouges du port, le grand geste blême et inutile des phares de la côte...

DEUXIÈME PARTIE

LE VIEILLARD DE PANAMA

1

Cela avait commencé vers trois heures, assez curieusement, car un regard avait suffi. L'appartement, au deuxième étage au-dessus de chez Vuolto, la crémerie où certains prétendaient qu'on faisait la meilleure glace de Colon, formait angle, donnant à la fois sur une rue et sur le boulevard. La maison était neuve, brique et ciment. Ferchaux avait loué trois pièces où l'on ne mettait pour ainsi dire pas les pieds, car on vivait toute la journée et on dormait dans la véranda qui les entourait.

C'était l'heure où le soleil frappait en plein celle-ci côté boulevard. Les persiennes étaient baissées entre les montants de fer, mettant partout de fines raies d'ombre et de lumière, de sorte que les murs, d'un blanc de craie, paraissaient moins nus.

Ferchaux était étendu, la bouche entrouverte, les yeux clos, sur la toile tendue d'un transatlantique, et son pyjama entrouvert laissait voir une poitrine squelettique couverte de longs poils gris.

Michel Maudet tapotait sans conviction sur une machine à écrire portative dont la lettre *e* se calait à chaque instant, rompant la cadence à intervalles presque réguliers, ce qui faisait penser au pas d'un boiteux, de Ferchaux par exemple.

Un étranger aurait pu croire que celui-ci dormait. Les mouches s'y trompaient, qui venaient de temps en temps se poser sur son visage. Michel, lui, le connaissait trop bien, depuis trois ans qu'ils vivaient ensemble du matin au soir et du soir au matin, jusqu'à la nausée.

Déjà on avait entendu la sirène d'un navire, très loin dans la baie. En vérité, le son était faible, se confondait avec la rumeur de la ville et surtout avec les bruits métalliques du port ; et tout le monde ne guettait pas cette sirène comme Maudet.

Ce qui n'avait pu échapper à Ferchaux, c'était le vacarme déclenché par la Ford de Dick Weller chaque fois qu'on la mettait en marche. Elle était garée dans la cour de la maison voisine, mais les murs étaient si sonores qu'on aurait pu croire qu'elle trépidait juste sous le plancher.

Ferchaux n'était pas plus bête que Michel. Il y avait assez longtemps qu'ils vivaient à l'entrée du canal de Panama pour traduire inconsciemment les bruits de cette sorte : un navire arrivait, qui avait déjà demandé le pilote, qui serait bientôt à quai puisque Dick Weller mettait déjà sa camionnette en marche pour se rendre sur le *pier*.

Dans quelques minutes, le grand bateau noir et blanc glisserait sans bruit sur l'eau soyeuse du bassin, avec toutes les têtes des passagers rangées comme un jeu de massacre au-dessus de la rambarde. Maudet s'y précipitait en pensée, devançant Dick Weller, bousculant policemen et douaniers, aspirant la poussière rougeâtre des quais, l'odeur des épices et du mazout, voyant tout, jouissant de tout, des grappes de nègres et d'Indiens lancés à l'assaut des cales, des marchands de souvenirs et des guides prenant possession du pont des premières, du passager grave, en casque colonial, s'essayant à photographier les pélicans, des jeunes demoiselles en blanc se suivant comme un pensionnat le long de l'échelle de coupée...

Déjà une trappe s'ouvrait dans le flanc du navire et Dick Weller, jovial et puissant, sautait à bord, mains tendues, plongeait dans les cuisines.

Normalement, la sieste de Ferchaux aurait dû être terminée depuis un bon quart d'heure. Ce n'était pas une sieste à proprement parler.

Le vieillard prétendait qu'il ne dormait jamais. Il s'étendait sur son transat, les mains croisées sur le ventre, gardait les yeux ouverts ou les fermait. De temps en temps, il soulevait le buste pour cracher, pour grogner, pour avaler un des médicaments dont les tubes et les boîtes étaient posés sur une chaise à côté de lui.

Il savait que Michel attendait, qu'il tapait pour passer le temps, qu'il aurait tout le loisir, à un autre moment, de mettre au net — pour la quantième fois ? — les premières pages du manuscrit.

Pourquoi ne bougeait-il pas et faisait-il semblant de dormir ? Simplement parce qu'il savait que le bateau attendu était un *Santa*, de la Grace Line. Il savait que c'était le *Santa Clara*, allant de New York au Chili, et que le commissaire du bord de ce navire était un jeune homme presque de l'âge de Michel, que tous deux avaient fait connaissance lors de précédentes escales et étaient devenus amis.

Cela suffisait. Combien de temps Ferchaux dictait-il d'habitude l'après-midi ? Deux heures environ. Si on peut appeler ça dicter : il se levait, s'asseyait, se campait le dos au mur, parlait tout seul, par bribes de phrases, venait se pencher sur la machine et relire les premières lignes. Était-il assez naïf, lui qui se croyait si malin, pour croire que l'immense travail qu'il avait entrepris servirait à quelque chose, qu'il y aurait un jour quelqu'un pour éditer son livre et des hommes pour le lire ?

Jour après jour, depuis un an, il écrivait ses Mémoires, s'acharnant à y faire tout entrer, depuis les incidents de sa jeunesse jusqu'aux moindres pensées philosophiques qui avaient pu lui venir dans la brousse, depuis les observations peut-être intéressantes sur la vie des animaux de la forêt ou sur les mœurs indigènes jusqu'aux détails de ses démêlés avec son ennemi Arondel.

Jamais il ne pensait en avoir assez dit. Un passage à peine terminé, il s'apercevait avec humeur qu'il avait omis les choses essentielles, se torturait littéralement pour arriver à tout ramasser, et c'était depuis qu'il avait entrepris cette tâche qu'il avait si peur de mourir.

Puisqu'il était plus de trois heures, pourquoi ne commençait-il pas à dicter ? Cette fois, il ne pouvait manquer d'entendre Dick Weller entrer dans sa cour et ses commis s'affairer autour de la camionnette pour y charger les vivres frais destinés au navire : viande, lait, fromages, fruits, légumes et poissons. Normalement, le *Santa Clara* ne resterait pas plus de trois heures dans le port avant de pénétrer dans les écluses.

La vérité, c'est que Ferchaux le faisait exprès. Et soudain Maudet put en trouver la preuve dans ses yeux, car, à un moment où il ne se croyait pas observé, le vieux avait entrouvert les paupières, laissant filtrer un regard d'un gris froid, un regard à la fois dur et triomphant.

Le bonhomme jubilait ! Il était là, laid et sale, étendu dans les rais de lumière, maigre et malade, avec des tas de médicaments à sa portée, et sa seule préoccupation, peut-être depuis qu'il était couché et qu'il faisait semblant de dormir, était d'empêcher Michel de rencontrer son ami Bill Ligget.

Ce n'était pas une imagination de Maudet : c'était la vérité pure et simple, la vérité sordide.

Ferchaux en était arrivé à souffrir dès que son compagnon prenait un plaisir quelconque et il était capable de se mettre l'esprit à la torture pendant des heures pour empêcher sournoisement une sortie de Maudet.

L'espace d'une seconde, les regards des deux hommes se croisèrent. Celui de Michel était lourd de rancune et de mépris. Les paupières du vieux se rabattirent comme l'obturateur d'un appareil photographique, mais il ne bougea pas, il tint bon, s'obstina dans son sale petit stratagème.

Il était laid. Jamais il n'avait été aussi laid. A un certain moment de sa vie, au temps de Lina, lorsqu'il laissait pousser sa barbe, il était presque beau.

A présent, il se négligeait davantage encore que dans la maison des dunes. Il lui arrivait de passer des journées entières dans son pyjama douteux auquel il manquait toujours des boutons, et, si on avait demandé à Michel ce qu'il trouvait de plus laid au monde, il aurait répondu que c'était une poitrine de vieillard, maigre et livide, couverte de poils blancs.

Maigre, Ferchaux l'était devenu à un point excessif et sa mâchoire faisait saillie, sa jambe, quand il était debout, ne paraissait pas plus grosse dans le pantalon de toile que le pilon qu'il avait à nouveau adopté.

Ils auraient pu vivre à l'autre bout du canal, à Panama, où la vie était presque celle d'une capitale européenne et où, dans le quartier des légations, on trouvait à louer de confortables villas.

A Colon même, il existait un certain nombre d'immeubles modernes.

Ferchaux avait choisi l'extrême limite entre le quartier des blancs et le quartier nègre : tout à l'heure, quand le soleil aurait encore un peu obliqué et qu'on lèverait les persiennes, on aurait sous les yeux, de l'autre côté du boulevard, les maisons en bois grouillantes de populace de couleur.

Le faisait-il exprès ? Ils auraient pu avoir une domestique à peu près blanche, qui aurait tenu leur ménage et leur aurait fait la cuisine. Ils n'avaient qu'un nègre, Élie, qui ne couchait même pas dans la maison et qu'on ne trouvait jamais quand on avait besoin de lui.

Il est vrai que Ferchaux ne mangeait plus. Il s'était mis en tête — car il refusait de consulter les médecins — qu'il avait un cancer à l'estomac et il se nourrissait exclusivement de lait, dont on trouvait des bouteilles un peu partout dans l'appartement.

Du moins cette manie permettait-elle à Michel de sortir deux fois par jour pour aller prendre ses repas dans un restaurant proche.

L'idée vint à Maudet de tenter une expérience. Il cessa de taper à la machine, rangea ses feuilles dans les cartons, se leva avec l'air décidé de quelqu'un qui sait où il va et se dirigea vers sa chambre.

Aussitôt, comme un automate, Ferchaux jaillit de son fauteuil-hamac.

— Où allez-vous ?

Il l'épiait donc !

— Nulle part. J'attends que vous me dictiez la suite.

— Quelle heure est-il ?

— Vous le savez bien : trois heures et demie.

— Il me semble que j'ai dormi.

— Non.

Cela leur arrivait à tout bout de champ de se regarder ainsi en ennemis, de se parler avec l'air de mordre, de se croire l'un et l'autre à deux doigts de la scène définitive. Puis, par habitude, Michel se mettait à son travail, Ferchaux se radoucissait, l'entourait timidement de prévenances et même de tendresses, n'hésitait pas à s'humilier devant son compagnon.

— Je crois qu'il est grand temps que je travaille, Michel.

— Pourquoi ?

Il savait ce que le vieux allait lui dire. C'était encore un truc : le coup de la pitié.

— Parce que je n'en ai plus pour longtemps. C'est le cœur, maintenant, qui flanche. Il y a des moments où il s'emballe, où cela fait soudain dans ma poitrine comme un réveil qui se déclenche au milieu de la nuit et qui vous fait sursauter dans votre lit.

Le crayon à la main, Maudet le contemplait avec une froideur totale. Non, il n'avait pas pitié. Au contraire, il était un peu dégoûté. Pendant des années et des années, Ferchaux avait vécu seul dans la brousse sans craindre la mort. Or, il lui venait maintenant des manies et des frousses de vieillard sénile. Était-il tout à fait sincère ? N'y avait-il pas, chez lui, le désir d'apitoyer Michel pour le retenir près de lui ?

— Vous dictez ?

— Où en étions-nous ?

— Au palétuvier...

— Hein ?

— Je dis : au palétuvier. Vous êtes amarré avec votre canot à un palétuvier et vous commencez des réflexions sur...

— J'aimerais que vous me parliez sur un autre ton, Michel.

— Je parle comme je peux.

— Vous ne croyez pas qu'il y a parfois dans votre attitude quelque chose d'assez vilain ? Vous usez et vous abusez de l'affection que j'ai pour vous.

— Affection qui consisterait, si vous le pouviez, à m'attacher au bout d'une chaîne dans un coin de la véranda.

— Pourquoi parlez-vous ainsi ?

— Parce que c'est la vérité et que vous le savez.

Ils connaissaient l'un comme l'autre, en effet, la véritable cause de cette scène. Et c'était si peu de chose ! Michel, d'un côté, brûlait d'envie de se précipiter vers le *Santa Clara*. La présence de son camarade Bill Ligget n'était au fond qu'une excuse. Tous les bateaux qui escalaient à Cristobal l'attiraient pareillement. Et, alors même que les bateaux n'eussent pas existé, autre chose l'eût attiré dehors, n'importe quoi, la vie qui coule dans n'importe quelle rue de n'importe quelle ville du monde.

Il lui aurait suffi d'être patient et de ronger son frein ; probablement Ferchaux se serait-il assez vite lassé de dicter et Michel aurait été dehors bien avant le départ du *Santa Clara*.

Tout cela, il le savait, mais il était incapable de résister à son humeur.

Le vieux, lui aussi, savait qu'il avait tort. Il avait honte de lui par surcroît, et pourtant, pendant deux heures, il dicta péniblement des pages qu'il faudrait déchirer le lendemain.

Il ne s'arrêta que parce qu'il était réellement épuisé ; et encore, dans le vain espoir de retenir Michel, joua-t-il la comédie, portant la main à sa poitrine, avalant des pilules, balbutiant :

— Je suis livide, n'est-ce pas ?

— Vous êtes comme d'habitude.

— Prenez mon pouls, Michel.

— Eh bien ? Votre cœur bat comme le mien, un peu moins fort ce qui est normal.

— Je suis sûr que j'aurai une crise ce soir.

— Vous permettrez quand même que j'aille manger, je suppose ?

Il passa dans sa chambre. Il n'y avait qu'un lit, une toilette, un portemanteau cloué au mur. Ni papier peint, ni rideaux.

Il se lava avec soin, se parfuma, colla ses cheveux et endossa un complet blanc tout frais, encore craquant d'amidon. Au moment où il se précipitait vers l'escalier, une voix appela :

— Michel !

Et il répondit comme un gamin, avec cependant l'espoir de ne pas être entendu :

— Zut !

Le hasard voulut que le *Santa Clara* dût attendre jusqu'à trois heures du matin son tour de pénétrer dans le canal. Les passagers en profitèrent pour rester à terre et ce soir-là tous les cabarets étaient bourrés, l'*Atlantic* avec ses lumières mauves, le *Moulin Rouge*, le *Tropic*, les moindres boîtes ; les rabatteurs, nègres ou mulâtres, ne savaient où donner de la tête ; les chauffeurs enlevaient les passants au ras des trottoirs et les deux grands bazars restèrent ouverts jusqu'à minuit.

A la vérité, Michel n'avait pas vu Bill Ligget qui, retenu par son service, sans doute, était resté à bord. Il avait bien eu l'intention d'aller lui rendre visite, mais il avait été arrêté en chemin par d'autres sollicitations.

En fin de compte, il avait suivi une femme encore jeune, une rousse bien en chair, vêtue de blanc, qui sortait du Bazar Parisien.

A une heure du matin, il était attablé avec elle dans un coin, tout au fond de l'*Atlantic*, aussi loin que possible de l'orchestre et de la piste.

Elle était veuve. Elle était américaine. Elle devait être riche, car elle portait de lourds bijoux. Il y avait déjà sous la table trois ou quatre bouteilles à champagne vides.

Renée était assise, à deux tables de Michel, entre un petit homme chauve qui riait tout le temps et un autre qui paraissait mélancolique. De temps en temps, elle et lui se souriaient légèrement, en gens qui se comprennent.

C'est Renée qui, du regard, désigna à Michel la porte qui faisait communiquer le cabaret avec le bar.

Ferchaux était là, près de la tenture rouge, en discussion avec le chasseur.

Ils se virent de loin. Le vieillard fit un petit geste d'appel et Michel tourna la tête vers son Américaine.

C'est ainsi, en somme, que tout commença. Mais le vrai commencement, ce qui déclencha tout le reste, ce fut le regard que Ferchaux avait laissé échapper de ses paupières mi-closes alors que, sur la véranda aux rais de lumière et d'ombre, Michel tapotait sans conviction sur sa machine portative en roulant des pensées amères.

Ferchaux avait eu beau refermer les yeux tout de suite et feindre de dormir, il était trop tard : ce regard-là, avec tout ce qu'il contenait, avait été enregistré pour toujours.

2

Une série de hasards, de coïncidences, avaient fait de cette journée-là une journée exceptionnelle, comme Colon n'en connaît que tous les quelques mois. Hasard, par exemple, que le *Santa Clara*, retardé par une forte houle dans la mer des Caraïbes, arrivât avec une heure de retard, quelques minutes à peine après qu'on eût donné sa place dans l'écluse à un gros pétrolier japonais. C'était maintenant matière à palabres entre l'état-major du bord et les autorités maritimes. L'arrivée du *Stella Polarys* compliquait encore la situation. C'était un navire de grand luxe, l'ancien yacht du roi de Norvège, qui accomplissait le tour du monde avec deux cents passagers richissimes. Si le *Santa Clara* était arrivé en retard à Cristobal, le *Stella Polarys* arrivait trop tôt, de sorte qu'au lieu de rester trois ou quatre heures au port, comme c'était la moyenne, chacun y était bloqué pour une bonne partie de la nuit.

Cela donnait, en ville, une fournée de passagers américains, plus la fournée cosmopolite du *Stella Polarys*, auxquelles vint s'ajouter, sur le coup de six heures, la foule d'un « *W* » qui descendait le canal, venant de San Francisco à destination de la France.

Michel fut mis au courant de tout cela en passant chez Jef. La brasserie — où il prenait le plus souvent ses repas — était à mi-chemin entre la maison Vuolto et le port. Encore que Jef fût belge et même flamand, c'était l'endroit le plus français de tout Colon et de tout

Cristobal, avec ses tables de marbre, ses banquettes de moleskine rouge, ses boules de métal bien astiquées pour les torchons et, sur les glaces, ses réclames pour des apéritifs de France.

A cette heure-là, le café était vide. Michel écarta le rideau de bambou et se dirigea vers le comptoir où Jef, énorme et adipeux, était penché sur un client.

— Salut, jeune homme ! Le vieux caïman t'a donné congé ? Qu'est-ce que tu prends ?

— Un petit pernod. Dites donc, les gens du *Santa Clara* sont à terre ?

Michel reconnut le client qu'il n'avait vu que de dos et qui, maintenant, le regardait. C'était Suska, qu'on appelait aussi le Hollandais, et qui avait sans doute du sang hollandais en même temps que du sang indien dans les veines. Il tendait à Michel une large main, molle et moite, que celui-ci ne serra qu'avec répugnance puis, comme d'habitude, cette main plongeait dans la poche de Suska et en retirait une tête de Jivaro momifiée, réduite à la grosseur d'un poing d'enfant.

— Tu veux pas en vendre une ?

Suska était aussi grand que Jef, qui était un colosse. Il était aussi large. Mais il était si mou qu'on ne pouvait pas le regarder sans un certain malaise. Sa chair rappelait davantage un champignon que de la chair humaine. Sa tête était démesurément large, lunaire, avec deux minces fentes pour les yeux, une autre fente qui était la bouche et une multitude de trous produits par la petite vérole.

— Combien t'en as ? lui demanda Jef.

Le Hollandais, avec des gestes précautionneux, tira trois têtes de ses poches flasques. Chacune était enveloppée dans du coton douteux comme un vieux pansement. Les lèvres de ce qui avait été des têtes humaines étaient serrées par un bout de ficelle. Une odeur de formol s'en dégageait et une des têtes suintait légèrement.

— T'auras pas de peine à les vendre toutes les trois avant ce soir, avec ce qui débarque en ce moment !

Il ajouta, pour Michel :

— Renée vient de partir.

Chez Jef, on était dans les coulisses de Colon. Cent mètres plus loin, au coin de la rue, la représentation commençait, les portes tournantes des bazars de trois et quatre étages ne cessaient de grincer, les passagers allaient de rayons en rayons, se livrant à des calculs de change, conduits, pour la plupart, par des indigènes qui les avaient cueillis à leur descente du bateau.

Tout était truqué, bien entendu. Michel connaissait le patron du plus grand des bazars, le Bazar Parisien, Nic Vrondas, qui jouait au poker presque chaque soir chez Jef et qu'il appelait familièrement Nic.

C'était vraiment comme au théâtre. Au coup de sirène d'un navire, qui remplaçait le coup de sifflet du régisseur, tout le monde accourait prendre sa place sur la scène, depuis les petits nègres tout nus qui plongeaient dans le bassin pour rattraper des sous, jusqu'à Nic Vrondas, parfumé, tiré à quatre épingles, saluant ses hôtes en montrant des dents éblouissantes à la porte de son bazar.

Toute la ville, jusqu'au plus profond du quartier nègre, savait déjà qu'il y avait trois paquebots dans le port, un *Santa*, un « *W* » et un yacht norvégien frété par la Dollar Line ; les garçons s'affairaient dans les brasseries, les orchestres commençaient à jouer dans les cabarets, les taxis découverts, les fiacres avec leur taud blanc et leurs glands de coton qui dansaient coulaient en flot vers le port pour en revenir débordant de cargaison humaine.

Avant d'atteindre le centre de l'animation, Maudet devait encore traverser le quartier réservé qui n'était en réalité qu'une rue, non pas une ruelle sombre et honteuse, mais une rue spacieuse, bordée de maisons dont les portes étaient ouvertes sur des salons plus ou moins coquets.

Avec quel mépris Ferchaux lui en avait parlé, au début, quand Michel résistait mal au désir de passer deux ou trois soirs par semaine dans ce quartier !

— Tout vous est bon, n'est-ce pas ? N'importe quoi vous attire, une femelle nue, un nègre qui braille, de la musique dans un café...

C'était vrai, Maudet le savait. Tout ce qui était vie l'attirait. Il se souvenait d'un certain matin, dans le Calvados, où, à un arrêt du vicinal noir et luisant, il avait renoncé à téléphoner à sa femme qui ne savait rien de lui plutôt que de manquer au plaisir de boire du vin blanc dans un caboulot plein de pêcheurs et de paniers de marée.

Le quartier réservé ne comptait que quatre ou cinq Françaises. La plupart des autres étaient des femmes plus ou moins de couleur. Michel les connaissait toutes, y compris une Nubienne stupide et sculpturale. C'était peut-être pour ça que Jef le méprisait un peu, qu'en tout cas il ne se décidait pas à le prendre au sérieux.

Il y en avait une, celle de l'avant-dernière boutique, qui était une Bretonne aux traits durs, masculins, âgée d'au moins quarante ans. Les fards formaient une croûte unie sur son visage comme le sucre teinté sur une dragée. Chaque fois que Michel passait, elle le suivait d'un regard sentimental. Persuadé qu'elle l'aimait furieusement, il rougissait, passait très vite, sans pouvoir s'empêcher de lui adresser un sourire.

Pourquoi n'avait-il pas pris une des têtes du Hollandais ? Il aurait trouvé sans peine une occasion de la vendre cent dollars. Suska avait compris qu'un objet change de valeur selon qu'il est vendu par telle ou telle personne. Il confiait volontiers sa marchandise à un blanc ayant accès aux premières classes des bateaux et pouvant, dans les dancings, s'asseoir à la même table que les passagers.

Maudet atteignit les rues les plus animées, à la frontière invisible de Colon et de Cristobal. Il arrivait toujours et sans fin des voitures, des hommes en blanc, des femmes en robe légère et le soleil commençait à disparaître, les lampes luttaient déjà d'éclat avec la lumière du jour.

— *Please, sir...*

Il se retourna vivement ; ce n'était pas à lui qu'on s'adressait et il fut sur le point de poursuivre sa route. A ce moment-là, il se dirigeait vers le port afin d'aller chercher son ami Bill Ligget. C'était une femme, derrière lui, qui venait d'interpeller un passant, avec un fort accent américain.

— Pourriez-vous me dire quel est le restaurant le plus curieux ?

Les moindres négrillons, les fillettes aux pieds nus, l'aveugle du coin de la rue, tout le monde, dans cette foule, faisait partie de la figuration et pouvait renseigner la voyageuse. Il fallut que, par le plus grand des hasards, elle s'adressât à un jeune homme à lunettes qui était lui-même passager d'un des navires en rade.

Comme Michel marquait un temps d'arrêt, elle leva les yeux vers lui.

— Vous permettez, madame ?

Tout d'abord, il ne la trouva pas belle. Elle avait certainement passé la trentaine et sans doute approchait-elle de la quarantaine. Il y avait cependant en elle quelque chose qui le séduisait, une aisance qui le frappa dès le prime abord et qui, il s'en rendit compte par la suite, était l'aisance d'une femme très riche.

— Dites-moi ce que vous entendez par un restaurant curieux. Voulez-vous manger de la cuisine du pays ? Voulez-vous au contraire dîner dans un endroit gai, avec de la musique et des danses ? Voulez-vous...

Elle lui souriait. Elle l'avait déjà examiné des pieds à la tête et elle ne lui cachait pas qu'il lui plaisait.

— Vous êtes guide ?

— Non, madame, je le regrette pour la première fois de ma vie, mais je me ferais un plaisir...

Ainsi commença l'aventure, simplement. Michel offrit d'abord un verre à une terrasse et sa compagne tira de son sac à main un étui à cigarettes en or et platine, richement orné de brillants, ce qui permit du même coup à son compagnon d'admirer ses bagues.

C'était une femme solide, aux gestes nets, au regard franc. Sans doute, dans son esprit, était-il déjà décidé qu'ils finiraient la nuit ensemble, mais, en attendant, elle voulait s'amuser et tout voir, sans s'embarrasser de sentimentalité.

Jamais Michel n'avait approché d'aussi près une femme de cette sorte et il en était troublé. Elle s'appelait Mrs Lampson et elle était veuve d'un industriel de Detroit. Elle se rendait à Lima pour régler certains intérêts. Peut-être reviendrait-elle par le même bateau ? Peut-être, si l'envie lui en prenait, ferait-elle le tour de l'Amérique du Sud ?

Ils mangèrent dans une des petites cases discrètes du principal restaurant de Cristobal.

Michel était loin de se préoccuper de Ferchaux. Celui-ci s'était étendu sur son lit de camp tiré à l'extrême bord de la véranda, contre la balustrade. Tout près de lui, autour du pâté de maisons, s'étendait une zone de calme et de silence que franchissaient au petit trot les fiacres conduisant des clients au *Washington*.

En regardant vers le bas du boulevard, on pouvait voir au ciel des lueurs rouges et violettes comme celles qui, de loin, trahissent l'emplacement d'une fête foraine, sorte de fumée lumineuse, vibrante de musiques et de rires. Parfois des sons plus aigus s'en détachaient, un cri, le hennissement d'un cheval, le klaxon d'un taxi.

Dans les fiacres qui passaient le long des maisons, des gens parlaient, d'une voix naturelle, s'entretenaient de leurs affaires, voire de leurs affaires intimes, sans se douter que la nuit portait leurs confidences, avec une netteté de cristal, aux centaines d'êtres, hommes et femmes, qui cherchaient le sommeil dans leur véranda.

Quelques instants plus tôt, une femme, une Française, dans un de ces fiacres, prononçait gravement :

— Tu es toujours le même, Jean ! Je ne vois pas la honte qu'il peut y avoir à demander le prix des choses. Tu prends un appartement à l'hôtel sans savoir combien il nous coûtera. D'autres, qui sont plus riches que nous, ne se gênent pas...

La camionnette de Dick Weller ne cessait d'aller et venir, et Ferchaux n'essayait pas de dormir. A quelle heure Michel reviendrait-il ? Qu'est-ce qu'il faisait ? Il en avait pour des heures encore, car il ne rentrerait sûrement pas tant qu'il resterait de l'animation en ville. C'était plus fort que lui. Il se raccrocherait à la dernière lumière, au dernier bar entrouvert.

Or, Ferchaux sentait venir une crise, et il avait peur. Il était seul dans le logement, pour ainsi dire seul dans la maison, car il répugnait à appeler les Vuolto qui habitaient le premier étage.

C'était toujours le même processus : il suffisait d'y penser pour déclencher presque automatiquement la crise. Il n'avait peut-être rien au cœur, comme les médecins le prétendaient. Et pourtant voilà que cela se mettait en mouvement dans sa poitrine. Il avait l'impression que les organes, à l'intérieur, se serraient comme des éponges. La solitude devenait intolérable. Surtout qu'il savait : maintenant, quelque chose vivait en lui d'une vie étrangère qui n'était plus en rapport avec le reste de son organisme ; on eût dit que son cœur, soudain indépendant, battait à une vitesse vertigineuse.

Michel ne comprendrait jamais le mal qu'il lui faisait. Il n'était pas méchant. Ce n'était pas sa faute.

Ferchaux céderait-il à la tentation de se lever et de s'en aller par les rues ? Il ne cédait pas tout de suite. Il avait honte. Combien de fois s'était-il traîné comme un mendiant jusqu'à la porte de chez Jef ? Combien de fois l'avait-il entrouverte ?

— Vous êtes là, Michel ?

Mais oui ; il était là, à jouer aux cartes avec Nic Vrondas, avec Jef et avec un des deux maquereaux.

Les premières fois, il se levait et le suivait. C'était Ferchaux qui s'excusait.

— Je ne voulais pas vous déranger, mais je suis sûr que je vais avoir une crise.

A présent, de sa place, il criait :

— Qu'est-ce qu'il y a encore ? Je n'ai même plus le droit de faire ma partie ?

Non ! Ferchaux ne tenait plus en place. Il était sûr que son cœur, à force de s'emballer, allait sauter. Il se levait, s'habillait en hâte, n'importe comment, dans l'obscurité. Les Vuolto allaient reconnaître son pas. Riaient-ils de lui ? Disaient-ils :

— Voilà encore le vieux qui part à la recherche de son secrétaire !

Il traversait, lui aussi, le quartier réservé, en jetant des coups d'œil dans les caves. On le connaissait. On ne se donnait pas la peine de l'interpeller. Seule la Bretonne lui lançait au passage :

— Vous cherchez Michel ? Je l'ai vu passer tout à l'heure en fiacre avec une Américaine.

C'était vrai. Maudet avait invité sa compagne à faire le tour de la ville. Tandis que le fiacre aux roues caoutchoutées longeait la plage, il s'était penché, avait serré tendrement une main qui ne se retirait pas, puis ses lèvres avaient frôlé des lèvres entrouvertes. Les lèvres ne s'étaient pas dérobées davantage. Mrs Lampson avait pris le baiser, calmement, puis elle avait dit :

— Tranquille, maintenant ! Tout à l'heure.

Une promesse qu'elle tiendrait, on le sentait. Avant, elle tenait à suivre à sa guise le programme de la soirée.

Ferchaux, au même instant, entrait en trébuchant chez Jef qui lui répondait de loin, de derrière son comptoir :

— Il y a bien trois ou quatre heures qu'il est passé par ici.

Qu'est-ce que Jef aurait dit s'il avait su que ce vieillard qui entrouvrait sa porte comme un pauvre était Dieudonné Ferchaux, le grand Ferchaux, de l'Oubangui ? Qu'étaient-ils ici, tous, tant qu'ils étaient, tant qu'ils se croyaient, à côté de cet homme-là ?

Jef avait été forçat et en était si fier que depuis vingt ans il continuait à se raser le crâne. Qu'avait-il fait d'extraordinaire ? Qu'était-il ? Il était venu comme tant d'autres pour le percement du canal. Il avait peut-être tué un homme, et encore, ce n'était pas certain. Maintenant, il tenait son café-hôtel comme n'importe quel hôtelier, faisait sa caisse chaque soir et portait ses recettes à la banque.

C'était pourtant ce qu'il y avait de plus extraordinaire dans leur petit cercle, ce qu'ils appelaient un dur. Il jouait les caïds parmi les maquereaux qui protégeaient ces dames du quartier réservé et parmi les trafiquants du port.

On amenait chez lui des passagers très fiers de venir trinquer avec un assassin !

Nic Vrondas, le plus riche, le propriétaire du Bazar Parisien... Un Levantin à la peau mate, au poil luisant, aux mains soignées, qui avait hérité son affaire de son oncle Éphraïm...

— Je suis Dieudonné Ferchaux.

Que diraient-ils, tous, tant qu'ils étaient ? Et c'était lui, Ferchaux, qui courait les rues en traînant son pilon le long des maisons, à la recherche de ce petit voyou de Michel !

Il ne pensait déjà plus à sa crise. Il pensait à ce qu'il avait été, à ce qu'il était devenu. Il pensait que, s'il vivait encore quatre ou cinq ans et s'il ne réussissait pas l'affaire de Montevideo, il en serait réduit à la misère la plus sordide.

Michel, alors, l'abandonnerait. Il serait seul, absolument seul, dans la rue.

Il tressaillait chaque fois qu'il apercevait une silhouette qui ressemblait à Maudet, regardait dans les bars, dans les cafés, dans les dancings. De ce qu'il avait pu emporter de France, il ne lui restait que quelques centaines de milliers de francs. Les diamants lui avaient été volés lors de la traversée à bord du cargo espagnol. Des hommes d'affaires, en Urugay et en Argentine, où il tentait d'entrer en possession des sommes virées par son frère dans ces pays, l'avaient dépouillé d'une bonne partie de son pécule.

La semaine précédente encore, Michel avait perdu deux cents dollars au poker, avec les Nic, les Jef et les maquereaux. Dans ces cas-là, il pleurait, demandait pardon, promettait...

La foule le bousculait. Pour les gens, il était M. Louis, un vieillard un peu fou, mais probablement très riche, qui passait sa vie à courir après son secrétaire.

— Vous n'avez pas vu Michel ?

— Il est passé tout à l'heure avec une dame.

Colon avait la fièvre. Pas une boutique dont les portes fussent fermées cette nuit-là. Dans un bar, où ils avaient passé un moment, la compagne de Maudet avait aperçu une tête d'Indien momifiée entre les mains de son voisin.

— Qu'est-ce que c'est ?

Il le lui avait expliqué.

— Il faut absolument que j'en trouve une... Si !... J'y tiens...

Alors, il s'était mis à la recherche du Hollandais. Des tas de gens se cherchaient de la sorte. Des passagers, qui avaient quitté leur bord en bande, ne se retrouvaient plus, se précipitaient avec des cris de joie dès qu'ils apercevaient un visage familier.

— Vous n'avez pas vu le Hollandais ?

Ils le rejoignirent, ivre de *chicha,* dans un immonde débit en sous-sol, mais il venait de vendre sa dernière tête. L'Américaine n'en était que plus enragée.

— Essayez de savoir à qui il l'a vendue. Il suffira de la racheter.

On passa chez Jef.

— Tiens ! le vieux est venu tout à l'heure voir après toi.

— Zut pour le vieux !

La plupart du temps, il n'y avait qu'un navire à la fois dans le port. L'agitation durait trois heures environ. On avait le temps de respirer entre deux représentations.

Cette fois, c'était la ruée, la confusion ; c'est à peine si on reconnaissait les gens des différents bateaux à leur langage et, quand on entendit des coups de sifflet du côté du port, tous crurent que c'était pour eux, il fallait que les garçons et les barmen courussent après les clients pour les retenir.

— Seulement le *Stella Polarys*... Les autres navires ne partent pas encore...

Chez Nic, une vendeuse se trompa en voyant Michel avec une riche cliente et voulut lui glisser dans la main sa ristourne. Il n'avait pas encore fait ça. Tout le monde le faisait. Les gens de chez Jef ne comprenaient pas sa répulsion.

S'il l'avait voulu, il y a longtemps qu'il ne serait plus à la traîne d'un Ferchaux qui devenait gâteux. Est-ce que Renée ne lui avait pas proposé de se mettre avec elle ?

Ce n'était pas une femme du quartier réservé. C'était une belle fille encore saine, de vingt-six ans à peine, qui avait été tour à tour chanteuse et danseuse et qui, maintenant encore, dansait à l'*Atlantic*. Évidemment, elle était entraîneuse. Bien sûr aussi qu'il lui arrivait de passer le reste de la nuit avec un client.

Michel avait connu son amant, un garçon qui n'était pas un vulgaire souteneur, mais qui avait été comptable à la French Line. Il avait été tué bêtement, quatre mois plus tôt, sur le *pier*. Il se disposait à monter à bord d'un bateau où des amis lui faisaient signe quand il avait été heurté par un palan qui lui avait défoncé le crâne.

Depuis, Renée était seule. Elle avait une chambre chez Jef. Elle prenait ses repas en bas. Souvent, avec Michel, ils s'asseyaient tous les deux à la même table. Mais ils ne se faisaient pas de politesses. Chacun payait pour soi, Renée y tenait.

Un matin qu'il était entré chez Jef en passant, pour boire un verre, il avait eu l'idée de monter, il avait poussé la porte de Renée, qui donnait sur une sorte de galerie intérieure surplombant la cour.

— C'est toi ! avait-elle balbutié dans son sommeil.

Puis, quelques instants plus tard :

— Qu'est-ce que tu fais ?

Leurs relations n'avaient pas changé pour la cause. Ils étaient restés copains. De temps en temps, quand il passait chez Jef à l'heure où elle était couchée, il montait la voir.

C'était Jef qui avait dit à Michel, un matin que celui-ci redescendait :

— Tu ne comprends pas, non ?

— Quoi ? Qu'est-ce qu'il faut comprendre ?

— Que cette brave fille a besoin de quelqu'un ! Au lieu de faire des singeries avec ton vieux caïman...

Vers minuit, Michel eut envie de montrer sa conquête à Renée. Ce n'était pas avec l'idée de rendre celle-ci jalouse. Il était persuadé qu'elle n'aurait aucune jalousie à son égard. Non ! il voulait lui faire partager son orgueil et son contentement.

Ils étaient un peu ivres, Mrs Lampson et lui. Ils étaient devenus aussi familiers l'un avec l'autre que s'ils se fussent connus depuis des années. Ils fumaient à la même cigarette, puisaient l'un et l'autre des bank-notes à même le sac de l'Américaine.

Deux ou trois fois, Michel, croyant que le moment était venu, avait essayé de conduire sa compagne dans un endroit plus discret. D'abord, elle avait eu l'air de ne pas comprendre. Puis elle avait été choquée. Enfin, elle avait ri.

— Pourquoi vous êtes si pressé ? Nous avons le temps ! Tout à l'heure, dans ma cabine...

Renée était là, dans la lumière mauve de l'*Atlantic* où une énorme chanteuse martiniquaise faisait crouler la salle sous les rires.

— Félicitations ! avait-elle eu l'air de dire, Renée.

Et son regard était allé aux bagues, aux boucles d'oreilles, au somptueux étui à cigarettes déjà posé sur la table.

C'était une soirée extraordinaire. Les yeux de Michel riaient. Il lui semblait, cette nuit-là, que tout était possible. Il avait surtout l'impression qu'après une longue stagnation, il avançait à pas de géant dans la vie.

Avec quel mépris, au début, Ferchaux lui avait répété :

— Vous vous laissez impressionner par ces gens-là !

Il parlait de Jef et de ses habitués, de tous les petits maquereaux et petits tripoteurs qui formaient sa clientèle. Or, c'était vrai que Maudet avait été impressionné, qu'un moment il avait failli considérer comme un idéal de leur ressembler et de faire entièrement partie de leur groupe.

Que pouvait-il espérer d'autre ? A l'écart des rues bruyantes, du Colon qui n'était que comme un vaste bazar et qu'un lieu de plaisir, il existait bien le Cristobal des fonctionnaires américains et des compagnies de navigation. Le long de la plage, à l'ombre des cocotiers, il y avait des villas neuves et coquettes, des familles, des canots automobiles, on voyait des gens qui allaient les uns chez les autres pour un thé ou pour un bridge ; on lisait dans le journal le compte rendu des réceptions ou des tournois de tennis en même temps que la liste des personnalités de passage au *Washington*.

Michel avait bien cru que ce monde lui était fermé à jamais.

Or, voilà que, cette nuit, il buvait le champagne, à l'*Atlantic*, en compagnie d'une Américaine qui occupait la cabine de luxe du *Santa Clara* et qui promenait négligemment, en pleine nuit, au risque de se faire voler, des centaines de milliers de francs de bijoux.

Renée avait bien compris le frémissement de ses narines. Elle savait sa joie, son orgueil. Au lieu de lui faire la tête, de se montrer jalouse, elle le félicitait, partageait sa joie.

C'était amusant de se retrouver ainsi à quelques tables de distance, elle avec deux compagnons dont elle ne cessait de se moquer, lui avec son Américaine qui riait aux éclats et qui trouvait tout merveilleux autour d'elle.

Ils avaient trouvé en fin de compte une tête de Jivaro. Elle ne devait pas être en très bon état, car on la leur avait vendue dans une petite boîte de verre en forme de cercueil qui empêchait de l'examiner de près. La boîte était sur la nappe, à côté du seau à champagne et de l'étui à cigarettes.

Michel et sa compagne avaient dansé à plusieurs reprises. Maintenant, Mrs Lampson se plaignait d'avoir mal aux pieds et elle s'amusait fort à lancer des balles de coton et des serpentins à tous les passagers de son navire qu'elle apercevait dans la salle. Elle semblait fière, elle aussi, de sa conquête.

Le dancing était vaste. Du côté de la rue, des tentures le séparaient d'un bar américain long de plus de dix mètres, en cuivre rouge, où s'arrêtaient les clients de second choix, quelques ivrognes, des gens qui avaient quelque chose à vendre ou qui guettaient une proie quelconque.

C'est à la limite du bar et de la salle que parut soudain Ferchaux, avec son visage mal rasé, son complet douteux et son pilon qui achevait de lui donner un aspect famélique. Il n'essayait pas d'entrer ; il restait debout près du chasseur planté devant la tenture rouge.

Renée, qui l'avait aperçu la première, essayait d'attirer l'attention de Maudet, y réussissait enfin, lui désignait le vieillard d'un mouvement de menton.

Instantanément, le regard de Michel se durcissait et une bouffée de haine lui montait à la tête, de haine véritable, inconsciente, à l'égard de l'homme qui le poursuivait jusqu'en pareil endroit.

Ferchaux parlait au chasseur penché vers lui, lui glissait de la monnaie dans la main ; le chasseur s'avançait vers la table de Michel.

— Il y a là-bas un monsieur qui voudrait vous dire un mot.

— Répondez-lui que je suis occupé.

Le chasseur s'éloignait, traversait toute la salle. On voyait Ferchaux qui attendait, anxieux, recevait sa réponse, insistait, tandis que Michel se tournait vers sa compagne.

— Qu'est-ce que c'est ? questionnait celle-ci.

— Un vieux fou qui vient me relancer.

— Qu'est-ce qu'il veut ?

— Je n'en sais rien. Je ne désire pas le savoir.

Le chasseur, pourtant, refaisait le chemin déjà parcouru, se penchait à nouveau sur Maudet.

— Ce monsieur vous fait dire qu'il ne se sent pas bien, qu'il a absolument besoin de vous, qu'il vous prie tout au moins de venir lui dire deux mots.

— Dites-lui : zut !

Comment Ferchaux put-il s'humilier jusqu'à revenir une troisième fois à charge ? Cette fois, ce fut un billet griffonné sur le bar mouillé qu'apporta le chasseur. L'écriture, au crayon, était tremblée.

Ne me laissez pas seul cette nuit. J'ai peur de mourir.

Michel froissa le papier, en fit une boulette qu'il lança en même temps que les balles de coton éparses sur la table.

— Pas de réponse ?

— Pas de réponse.

Une demi-heure plus tard, la sirène appela à bord les passagers du *Santa Clara*.

— Vous comprenez ? expliquait Mrs Lampson. Vous viendrez avec moi jusqu'à Panama. Nous aurons toute la nuit à passer ensemble et demain vous reviendrez par le train.

Il était plus ivre qu'il le pensait. Il adressa, en sortant, un clin d'œil à Renée. La salle se vidait. Dans une heure au plus, la ville entière serait déserte et on éteindrait les lumières, on entendrait dans les rues une dégringolade de volets de fer.

En se faufilant vers une voiture, Michel frôla Ferchaux qui se risqua à lui tirer la manche dans l'obscurité du trottoir. Alors, la rage le prit et il lança :

— Vous allez me ficher la paix, oui ?

L'instant d'après, la voiture roulait. Un peu plus tard, Michel gravissait derrière sa compagne l'échelle de coupée. Il avait encore la joie d'apercevoir son ami Bill Ligget, le commissaire du bord, qui le reconnaissait avec surprise.

Un clin d'œil encore. Tout le monde, cette nuit-là, était complice de son bonheur, tout le monde, sauf Ferchaux qui ne voulait pas comprendre qu'il devenait odieux.

Tant pis pour lui !

3

Il était six heures et demie, le lendemain, et la nuit était tombée, quand Michel, revenant de Panama, descendit du train à Colon. Par comparaison avec la veille, la ville était sombre et déserte. Les grands blocs des bazars n'étaient pas éclairés et aucune enseigne lumineuse ne désignait la rue des cabarets de nuit.

Sur le quai de la petite gare, Maudet jeta autour de lui un coup d'œil machinal et peut-être fut-il un peu dépité que Ferchaux, malgré la scène de l'*Atlantic*, ne fût pas venu l'attendre. A vrai dire, il n'y pensa pas longtemps. Tout en se dirigeant vers le café de Jef, il était attentif à un phénomène qui se passait en lui, qu'il reconnaissait pour l'avoir déjà observé jadis, mais dont il ne démêlait pas encore l'exacte nature.

Son pas était plus dégagé que d'habitude ; il marchait sans s'occuper du décor ni des gens qui surgissaient de l'ombre à ses côtés. Ce fut au moment où il entrait chez Jef que le phénomène acquit son maximum d'intensité et que Michel en eut la pleine conscience.

Pour la première fois, ce soir-là, il voyait la brasserie d'une certaine façon, il la voyait comme quelqu'un qui n'en fait déjà plus partie.

Ce n'était qu'un pressentiment, car il n'avait aucune raison de croire qu'il allait quitter Colon, ou cesser de prendre ses repas chez le Flamand. Or, des pressentiments de cette sorte, il en avait eu plusieurs autrefois, à Dunkerque, entre autres, où, certain matin gris, en se levant, il aurait pu prédire que c'était son dernier réveil dans cette ville. Le soir de ce même jour encore, quand il disait distraitement au revoir à Lina, il y avait en lui une certitude qu'il ne la reverrait jamais.

S'était-il attristé, ou seulement attendri ? Non ; pas plus qu'il n'avait eu conscience de sa culpabilité. Ce n'était pas lui qui s'en allait, qui abandonnait sa femme ou un lieu familier ; c'étaient les choses qui se séparaient brusquement de lui. Elles s'en séparaient en prenant, au moment où il s'y attendait le moins, un visage soudain indifférent.

Tout à l'heure, en descendant du train, il avait senti un vide autour de lui. En retrouvant les rues de Colon, qu'il connaissait si bien, depuis près de deux ans qu'il y vivait, il n'avait pas le sentiment rassurant d'un retour ; il n'épiait pas les bruits ; il ne se demandait pas quel bateau était attendu au port.

Les reflets de la devanture de Jef, par exemple, lui étaient aussi familiers que les becs de gaz de sa rue natale à Valenciennes, qui restaient exactement à leur place dans sa mémoire, avec leur couleur et leur intensité.

Or, en entrant dans la salle, en entendant derrière lui le bruissement du rideau de bambou, la seule chose qu'il ressentit était de l'étonnement.

Ferchaux ne s'était pas trompé, n'avait pas eu tort de railler Michel, ou plutôt il avait quand même eu tort puisque cela ne sert à rien de se moquer des jeunes. Pendant des mois, Michel le découvrait seulement, son idéal avait tenu presque entier dans ce café un peu confidentiel qui avait concrétisé à ses yeux le mystère et la poésie d'un grand port.

Quel mystère y avait-il, bon Dieu, dans cette salle pas assez éclairée où on ne rencontrait jamais plus de cinq à six personnes à la fois et où, au début, quand il était encore un inconnu, il aurait sollicité comme une faveur la moindre familiarité du patron ?

Il savait, comme tout le monde, que Jef était un ancien forçat. Il le voyait, immense et adipeux, le pantalon glissant toujours sur son gros ventre, accueillir certains clients comme on accueille des initiés, se pencher sur le comptoir pour leur parler à voix basse, en chef de bande qui donne ses ordres.

Jef disait indifféremment tu ou vous à n'importe qui et Michel avait eu, les premiers soirs, la candeur de guetter les tu, de les compter.

— Il commence à me connaître.

On ne servait pas de repas aux gens de passage. Ce n'était pas un restaurant à proprement parler. Comme personnel, il n'y avait qu'un nègre crasseux qu'on apercevait dans une cuisine grande comme un cabinet où Jef allait de temps en temps flairer les casseroles. Pour tous les habitués, ce n'en était pas moins la meilleure cuisine de Colon.

Nic Vrondas, qui était riche et qui avait tous les jours son couvert mis chez son oncle, mangeait le plus souvent chez Jef. Il était là, justement, à jouer aux cartes avec le Belge, Julien Couturier et Alfred Gendre. Sans se déranger, chacun adressait à Maudet un vague salut.

— Déjà revenu ?

— Pas vu le vieux ?

Michel cherchait des yeux Renée qui n'était pas dans la salle. Il n'y avait, dans un coin, que le Hollandais qui mangeait en silence des spaghettis.

— Je vous sers à dîner ? questionna le nègre, de sa cuisine.

— Pas tout de suite, Napo.

Il avait le temps. Après l'algarade de la nuit, il n'était pas question de se représenter chez Ferchaux. Puisque Jef ne lui avait rien dit, c'est que le vieux n'était pas encore venu s'informer de lui.

Il viendrait, Michel en était sûr. Il n'était pas inquiet pour son avenir, en tout cas pour son avenir immédiat. Maintenant que les choses commençaient à se détacher de lui, qu'elles se détachent donc au plus vite !

C'était un peu comme quand il courait, à huit heures du matin, les rues de Caen, à la recherche d'un improbable M. Dieudonné. Il ne savait rien de ce qui l'attendait — il ne savait même pas si quelque chose l'attendait ! — et pourtant il était décidé à ne pas retourner rue des Dames. De temps en temps, une sueur froide lui montait aux tempes, il avait un petit spasme, mais il n'en allait pas moins de l'avant.

Il ne s'asseyait pas. La cigarette aux lèvres, il restait debout derrière les joueurs, suivant vaguement leur partie de poker, retrouvant son image dans la glace chaque fois qu'il levait les yeux.

Ce n'était plus le jeune homme qui avait sonné au portail de la rue des Chanoinesses. Tout en restant mince, sa silhouette s'était étoffée. Ses traits, au lieu de se durcir, étaient devenus plus moelleux. Ne donnait-il pas, jadis, l'impression d'un être un peu hargneux, parce que mal nourri ? Il n'y avait plus de petits boutons sur sa peau qui était devenue lisse, colorée d'un hâle uniforme. On le sentait soigneux de sa personne, mais pas au point d'un Nic Vrondas, par exemple, qui semblait toujours sortir d'un bain de vapeur et des mains du coiffeur et qui trahissait le Levantin, probablement le Juif, bien qu'il s'en défendît.

En somme, si Maudet ne faisait pas tout à fait partie du cercle de chez Jef, c'est qu'il ne l'avait pas voulu. C'était paradoxal de se dire cela maintenant, alors qu'il avait tout fait pour forcer leur intimité et leur confiance. Pourtant, il avait raison : il ne l'avait pas voulu réellement, il n'était pas de la même pâte qu'eux ; quelque chose, en lui, s'était refusé à une intimité complète, à une confusion.

A ce point de vue, il fallait admettre que Ferchaux était lucide. Il avait compris tout de suite que Michel n'était pas à sa place. Il n'avait manqué au vieillard, pour se conduire en homme supérieur, que d'éviter les sarcasmes qui n'avaient fait que fouetter Michel — et qui maintenant l'aigrissaient contre son ancien maître.

Pourquoi Ferchaux s'était-il attaché à Michel ? Parce que, dès les premiers jours, il avait senti chez celui-ci une force presque égale à celle qui l'animait au temps de sa jeunesse.

Cela, c'était la base. C'était la maison de la dune. C'était le vieil hôtel particulier de Caen.

Après, il était venu se greffer d'autres sentiments plus troubles. Par exemple, quand Ferchaux avait rejoint Michel dans sa chambre, chez Mme Snoek, il avait peur, peur de perdre cette intimité à laquelle il s'était habitué, peur de retourner à sa solitude, peur d'être, en exil, le vieil homme sans compagnon.

C'était si vrai que, lorsque leurs regards s'étaient croisés, ils s'étaient compris, Ferchaux avait rougi, déjà humilié, acceptant son humiliation, l'offrant comme un hommage à son compagnon.

Si Michel était parti avec lui... Ni Jef, ni Vrondas, ni les deux maquereaux qui jouaient aux cartes avec eux ne le comprendraient s'il leur avouait la vérité : il était parti parce qu'il avait senti que, désormais, il serait le maître — et en même temps par pitié pour Dieudonné Ferchaux.

Son admiration du début était morte. Il ne voyait plus l'Homme de l'Oubangui, ni le financier qui avait possédé près d'un milliard, fait trembler banques et gouvernements. Il était seul à voir, chaque jour, du matin au soir, un vieillard affligé de petits défauts.

Quelle rage, chez Ferchaux, qui se moquait de l'opinion du monde, quelle rage de paraître malgré tout aux yeux du gamin qu'était Maudet ! Pour lui, pour lui seul, il prenait des attitudes. Pour lui, il menaçait encore le monde et parlait de revanche.

Puis, petit à petit, il essayait d'initier le jeune homme à sa philosophie, à lui expliquer ses mépris.

— Je pourrais...

Il était encore fort. Personne ne l'avait abattu. Il pourrait, s'il le voulait...

— Mais j'aime mieux...

N'avait-il pas tout connu, tout vécu ? Il aimait mieux sa solitude — il n'ajoutait pas, mais il sous-entendait, sa solitude à deux.

— Plus tard, Michel, vous comprendrez...

Michel était persuadé qu'il comprenait déjà, et c'est pourquoi il n'avait aucun respect pour le vieillard. Tous les vieux ne sont-ils pas les mêmes ? Celui-ci avait besoin d'un jeune auditoire devant qui parader et, n'osant pas parler de lui à longueur de journée, il avait inventé ces Mémoires qu'il écrivait aussi sérieusement que Napoléon, à Sainte-Hélène, dictait le *Mémorial*.

Il viendrait, peut-être ce soir, peut-être demain, supplier Michel de reprendre sa place. Et, comme certains amants, il tirerait joie et orgueil de son humiliation acceptée.

Car c'était cela aussi : lui, Ferchaux, qui n'hésitait pas à courir les rues, comme un mendiant, à la poursuite d'un gamin sans importance !

— Renée est là-haut ? questionna Michel.

Jef avait-il remarqué qu'il n'était pas dans son état habituel ? Y avait-il quelque chose d'anormal dans sa voix ? Toujours est-il qu'il leva la tête par-dessus ses cartes et regarda curieusement le jeune homme.

— Elle est rentrée à onze heures du matin. Elle doit en écraser.

Cela signifiait qu'elle avait passé la fin de la nuit avec un homme. Qu'est-ce que ça pouvait lui faire ? Était-il jaloux de Renée ?

En lui disant cela, Jef voulait-il le tenter ? Car il y avait dans la maison une sorte de conspiration au sujet de Renée et de lui.

— Que tu ne restes pas longtemps avec ton vieux caïman, ça, c'est couru, n'est-ce pas ? lui avait-on dit.

Il commençait seulement à le croire. Encore cette pensée s'accompagnait-elle chez lui d'un malaise.

Le fait n'en était pas moins là : il avait, par son attitude, rompu avec Ferchaux et il se trouvait sans un sou en poche.

Car, tout à l'heure, quand il avait débarqué à Panama, il n'avait exactement pas un centime dans sa poche. C'était comme une tare qui s'attachait à lui. Toute sa vie, il avait été poursuivi par cette impécuniosité humiliante.

Il aurait pu réclamer à Mrs Lampson le prix de la tête d'Indien qu'il lui avait procurée : deux cents dollars, c'était le prix qu'il avait cité. Elle n'y avait plus pensé et il avait voulu garder le beau rôle jusqu'au bout.

En somme, pour Jef et pour les autres, son avenir c'était de devenir pareil à Julien Couturier et à Alfred Gendre qu'on appelait couramment Fred et Julien, car ils ne se quittaient presque jamais. En mieux, évidemment, car Fred et Julien étaient un peu à leur milieu ce qu'un petit employé est à la grande banque. Quelqu'un de non averti les aurait pris pour tout autre chose que ce qu'ils étaient. D'âge moyen, tous les deux. Fred déjà bedonnant. Julien avec quelques cheveux gris aux tempes, ce qui faisait distingué.

Chacun avait sa femme dans le quartier réservé. Ils n'élevaient jamais la voix, faisaient des placements d'argent et s'arrangeaient, tous les deux ou trois ans, pour entreprendre ensemble un voyage en France, où ils avaient déjà acheté du terrain à bâtir au bord de la Marne.

Renée était libre. Michel lui plaisait.

— Tu ne montes pas lui dire bonjour ? questionna Fred.

Mais si. C'était même pour cela qu'il était venu. Il avait besoin d'argent tout de suite. Déjà il avait emprunté dix dollars à Bill Ligget, au moment de le quitter.

— Figure-toi que j'ai laissé mon portefeuille à Colon... A ton prochain passage...

C'était pour son train. Et maintenant ?

Huit jours plus tôt encore, cette situation lui aurait fait peur, et sans doute se serait-il présenté chez Ferchaux pour s'excuser. Non seulement huit jours plus tôt, mais la veille !

— Je monte, annonça-t-il. Mets nos deux couverts à la même table, Napo.

Il en était de l'hôtel comme du café : n'y couchaient, que ce soit régulièrement ou de passage, que des habitués, on pourrait dire des initiés, des Français pour la plupart, de Colon ou de Panama, qui faisaient partie du même cercle.

Michel atteignit la galerie au-dessus de la cour et chercha en vain le commutateur électrique, tâtonna le long du mur, poussa une porte.

— Qui est là ?

— C'est moi, dit-il.

— Tu es déjà revenu ?

Elle devait être à moitié réveillée à son arrivée, car elle retrouvait aussitôt ses esprits. Il lui arrivait, comme à Lina, de rester couchée dans l'obscurité sans dormir, presque toujours une main sur le ventre.

Il y pensa. En même temps qu'il faisait de la lumière, il s'assura que cette main... Il ne s'était pas trompé. Elle avait levé le bras gauche devant ses yeux pour les protéger de la lumière électrique, mais son autre main restait posée au creux tiède de l'aine. Elle dormait nue. Le drap était rejeté sur ses jambes. Il la regardait sans désir, comme une camarade. Il était content de la retrouver, content aussi de la sorte de complicité qui existait entre eux.

— Quelle heure est-il ? Il est plus de six heures, puisque tu es là !

— Il en est sept.

— Cela s'est bien passé ?

— Fort bien.

— Tu n'es pas allé voir le vieux, je suppose ?

— Je n'y suis pas allé et il est probable que je n'irai pas.

— Et on dit que les femmes sont vaches ! Tu as quand même été dur !

— Tu verras qu'il me courra quand même après.

— Qu'est-ce que tu feras ?

Alors, il dit en s'asseyant au bord du lit :

— Je ne sais pas encore.

C'était tout ; c'était assez. Avec Renée on pouvait échanger ses pensées de la sorte sans risquer de les voir mal interprétées. La façon dont il s'était assis au bord du lit, dont il lui caressait doucement la cuisse avait donné à ses paroles leur vrai sens.

— *Je ne sais pas encore.*

Autrement dit, cela dépendait en partie d'elle. En partie seulement. Il ne s'engageait pas. Simplement, il revenait à Colon sans une idée précise de l'avenir — de l'avenir immédiat — et, en attendant, il se réfugiait chez Renée.

— Tu as dit que nous dînions en bas ?

— Oui.

— Tu as faim ?

— Pas particulièrement.

Parce qu'elle avait envie de traîner un peu au lit, de bavarder avec lui dans l'intimité de la chambre.

— Raconte, maintenant...

Il ne put s'empêcher de faire sa putain.

— Raconter quoi ?

— Qui est-ce ?

— Une certaine Mrs Lampson, une Américaine, bien entendu, cela se voit assez, n'est-ce pas ?

— Ne commence pas par en dire du mal. Après ?

— Comment la trouves-tu ?

— Je sais surtout comment elle te trouvait.

— Que veux-tu dire ?

— Tu le sais aussi bien que moi, va ! Elle te regardait à peu près comme un gosse de pauvres regarde la vitrine d'un pâtissier. Mariée ?

— Veuve. Son mari était un gros industriel de Detroit. Il fabriquait, à ce qu'elle m'a expliqué, des serrures de sûreté et des cadenas. Elle a encore la majorité des actions dans l'affaire.

— Quel âge donne-t-elle ?

— Trente-cinq.

— Et alors ?

— Alors, quoi ?

— Tu ne veux pas raconter, non ?

— Elle m'a emmené à bord. Cela me gênait un peu à cause de Bill Ligget.

— Idiot !

— Quoi ?

— Je dis que tu es idiot de mentir. Cela te faisait plaisir de te montrer avec elle à Ligget. Je parie qu'elle occupait la cabine de luxe ?

— Oui. Seulement, elle a d'abord tenu à m'emmener au bar qui était fermé et qu'elle a fait ouvrir exprès.

— Pour t'exhiber à tous ses compagnons de voyage, tiens !

C'était vrai. Il le savait. Cela l'avait d'ailleurs dérouté, mais il n'en voulait rien dire. Est-ce que Renée avait deviné ? Mrs Lampson s'était conduit avec lui exactement comme un homme se conduit d'habitude avec une conquête. C'était elle qui prenait les initiatives, elle qui l'emmenait à Panama, elle qui commandait le champagne et dont les regards disaient aux autres :

— Il est gentil, n'est-ce pas ?

Les questions qu'elle lui avait posées pendant la soirée, c'étaient des questions qu'un homme pose d'habitude à une compagne de rencontre et elle avait, à certaines réponses, le même attendrissement qu'un homme mûr devant les réponses d'une gamine.

— C'est vrai, pôvre, vous avez été vraiment marié ?

Tout l'amusait. Tout l'excitait. Cependant, malgré le champagne, elle avait des retours étrangement lucides, elle ne manquait pas de l'observer, elle gardait, semblait-il, à son égard, des doutes qu'elle tenait à vérifier.

A l'*Atlantic*, par exemple, elle lui avait passé son sac pour payer les bouteilles de champagne. Elle était déjà debout quand il avait repris la monnaie au garçon. Elle ne paraissait pas le voir, mais il avait remarqué qu'elle l'observait dans une glace.

Il était persuadé aussi que, dans les divers endroits où ils étaient allés, dans les bazars où elle avait fait des emplettes, elle avait cherché à savoir s'il touchait une commission.

— *Vous êtes un gentil baby...*

Lina aussi, qui était pourtant de son âge, et même plus jeune que lui, se montrait volontiers maternelle, attendrie. Et Renée ? Si elle envisageait de vivre avec lui, était-ce pour avoir un protecteur, comme c'était le cas pour son ami qui était mort ? Ne cédait-elle pas plutôt au besoin d'une compagnie, et surtout à un besoin de tendresse ? Il était pour elle une jolie chose, un charmant animal à qui, à cause de ses moues désarmantes, on pardonnait tout.

Et pourtant, l'une comme l'autre devait sentir que le charmant animal avait des griffes et que la cruauté aiguisait ses regards. L'Américaine l'avait senti. A certain moment, même, il avait eu l'impression qu'elle avait un peu peur de lui.

— Ce qui n'est pas rigolo, c'est l'interdiction de fermer la porte, dit-il à Renée.

— Tu ne le savais pas ?

Elle avait suivi, elle, des passagers à bord des bateaux américains. Il avait été surpris, lorsqu'ils étaient descendus dans la cabine, de voir Mrs Lampson laisser la porte ouverte.

— Vous ne fermez pas ?

— C'est interdit, pauvre chéri... A bord des bateaux comme dans les hôtels d'Amérique... A moins que le monsieur et la dame soient mariés...

Un simple rideau, que gonflait le moindre souffle d'air, les séparait de la coursive. Sa compagne avait appelé le steward pour lui commander une bouteille de whisky, de la glace, de l'eau de Seltz.

C'était à peu près le moment où le bateau glissait silencieusement dans la première écluse. Elle avait eu un rapide regard autour d'elle, puis elle avait enlevé une clef qui se trouvait sur la serrure d'une malle avant de pénétrer dans la salle de bains.

— Cinq minutes, cher !...

Il était sûr qu'elle s'assurait encore qu'elle ne laissait rien traîner derrière elle. Elle devait avoir l'habitude de ces sortes d'aventures.

— Du chic linge, dis ? Rien qu'à voir ses bijoux...

Tout était riche, jusqu'au plus petit détail, les malles énormes marquées à son chiffre, le linge et les vêtements épars, tous les objets, un simple fume-cigarette orné de pierreries, un cadre en argent massif pour une photographie...

Quand elle sortit de la salle de bains, en déshabillé de vedette, ce fut pour lui dire :

— A votre tour, baby.

Et il était encore ébloui par le nécessaire de toilette. Renée semblait tout voir sans y avoir été.

— Elle a été contente ?

De cela, il ne savait rien encore. Il ne pouvait pas en parler à Renée. Ni à personne.

Certes, le champagne, puis le whisky, l'avaient exalté. A certain moment, dans les bras de cette femme qu'il ne connaissait pas et qui gardait tout son sang-froid, il s'était senti terriblement malheureux.

Il s'était surtout senti pauvre, d'une pauvreté qui l'humiliait. Tout, autour de lui, parlait d'un monde qu'il ne connaissait que de loin. On lui en entrouvrait la porte pour une nuit, un peu comme un grand seigneur entrouvre la sienne, le temps d'un caprice, à une fille de la rue.

L'ivresse aidant, c'était un véritable désespoir qui l'envahissait et son algarade avec Ferchaux lui apparaissait comme une irrémédiable catastrophe.

Qu'allait-il advenir de lui ? Il avait perdu sa place. Il n'avait plus que la ressource de faire partie de la bande de chez Jef qui perdait tout prestige à ses yeux. Il ne serait qu'un de ces gentlemen miteux qui se lancent à l'assaut des bateaux pour grappiller des miettes de la fortune des passagers.

Avait-il pleuré ? Il ne voulait pas s'en souvenir. Il avait parlé, en tout cas, d'une voix tantôt sourde, tantôt haletante.

Peu importe s'il n'avait pas dit la vérité. Il en avait créé une autre, une vérité plus en harmonie avec l'heure qu'il vivait et avec ses aspirations.

N'avait-il pas prétendu qu'il appartenait à une vieille famille noble et que son père s'était ruiné au jeu à Monte-Carlo ? (Quelques jours avant, il avait lu un roman qui se passait sur la Riviera.) Il avait parlé de sa mère, de sa sœur. C'était pour cette dernière qu'il s'était expatrié, qu'il avait accepté de devenir le secrétaire d'un vieil oncle dont il lui était interdit de rien dire.

Non seulement il ne pouvait pas raconter ces choses à Renée, mais il ne voulait plus y penser car, vu dans une certaine lumière, le rôle qu'il avait joué devenait odieux ou grotesque.

La nuit, dans la cabine que n'éclairait qu'une veilleuse, avec le whisky qui coulait aussi abondamment que les larmes, les corps énervés par des assauts trop farouchement répétés, Michel ne devait pas avoir été ridicule puisque Mrs Lampson, elle aussi, s'était attendrie.

N'avait-elle pas voulu lui remettre un petit portefeuille de soie qu'il avait refusé ? Et, après une scène violente, mélodramatique, ne lui avait-elle pas demandé pardon de son geste ?

Ils étaient ivres, certes. Mais cela n'en avait pas moins existé. Elle devait s'en souvenir. Elle s'en était souvenue quand, le matin, en rade de Panama, il avait quitté sa cabine. Elle avait murmuré comme une promesse :

— Je crois que je reviendrai par le même bateau.

Ainsi, pour lui, elle renonçait au tour de l'Amérique du Sud dont elle lui avait parlé tout d'abord.

Elle attendait des lettres de lui aux escales successives. Il devait, dès le lendemain, en envoyer une par avion à Guayaquil. Cela ne regardait pas Renée, qui avait du flair, puisqu'elle articula en se levant :

— Je parie qu'elle repassera par ici.

— Elle l'a dit.

La chambre était nue, comme celle de l'appartement de Ferchaux. Des murs blancs, des moustiquaires, quelques photographies autour du cadre de la glace.

— Passe-moi mes pantoufles, veux-tu ? Cela ne te gêne pas que je fasse ma toilette devant toi ?

Au contraire. Cela avait un caractère un peu sordide et il n'était pas fâché de salir tout ce qui avait existé jusque-là, tout ce qui existerait sans doute pendant un certain temps encore.

C'était le meilleur moyen de s'en détacher sûrement. Une nouvelle étape de sa vie finissait, comme avait fini l'étape de Valenciennes le soir où, avec quelques amis, il avait fêté en se saoulant son départ pour Paris ; comme avait fini à son tour l'étape de Paris quand il avait fallu revendre les vêtements et le linge de Lina pour prendre le train de Caen.

Est-ce qu'un obstacle l'avait jamais arrêté ? Avait-il hésité à laisser Lina en plan à Dunkerque ? Il ne le regrettait pas, et pourtant il l'aimait bien, il pensait souvent à elle avec une certaine tendresse, il aurait été heureux, si les gens avaient été moins compliqués, de recevoir de ses nouvelles.

Pourquoi pas, en somme ? Ils avaient fait un bout de chemin ensemble. Lina n'était pas faite pour le suivre plus loin. Pas plus que cette bonne fille de Renée ne pourrait rester avec lui longtemps.

Il ne les quittait pas par méchanceté. Au contraire. Il leur gardait un souvenir ému.

C'était un détail à ne pas avouer : tout à l'heure, dans le train, quand il envisageait son retour à Colon, il avait été obligé d'envisager aussi le cas où Renée, par extraordinaire, ne le voudrait pas, ou encore où elle serait tout à coup partie en voyage. C'était peut-être idiot, mais il avait tenu à penser à tout. Il avait pensé aussi à la solution désespérée, et cette solution, c'était la Bretonne du quartier réservé qui le suivrait toujours d'un regard tendre.

Il préférait Renée. C'était exactement son rêve d'il y a un an qui s'accomplissait, mais au moment où cela ne représentait plus son idéal, où ce n'était plus qu'un pis-aller, en attendant.

Elle ne se gênait pas pour prendre devant lui ses soins les plus intimes, tout en bavardant.

— Tu trouveras mon sac dans l'armoire. Il doit y avoir un billet de cent dollars dans la petite poche.

Il fouilla le sac, tranquillement, n'eut pas la curiosité de lire deux lettres qui s'y trouvaient, mit le billet de banque dans son portefeuille, alla se rafraîchir au-dessus de la cuvette et passa un peigne mouillé dans ses cheveux.

— On descend ?

Ce ne serait peut-être pas Mrs Lampson ? Peut-être n'était-elle aussi qu'une étape ? Moins encore : une simple amorce ? Toujours est-il qu'elle lui avait fait entrevoir un autre monde dont, coûte que coûte, il forcerait l'entrée.

Alors, il penserait à cet hôtel de Jef comme il pensait maintenant à leur meublé de la rue des Dames, dont ils s'étaient enfuis sans payer, ou encore à l'auberge normande où, après trois jours seulement, il avait pu rejoindre Lina dans le petit matin.

— Descends toujours.

— Je t'attends.

Un hasard, évidemment : au moment de s'engager dans l'escalier, Renée dut rattacher sa chaussure ; pour cela, elle tendit à Michel son sac qu'elle tenait à la main ; il descendit quelques marches et elle le suivit ; il ne pensa pas à lui rendre le sac et c'était lui qui le portait quand tous deux pénétrèrent dans la salle.

Jef dînait à la même table que Fred et Julien. Le Hollandais, qui avait depuis longtemps fini de manger, restait immobile à sa place, le regard vague et effrayant.

— Napo !

— Voilà, messieurs-dames. Qu'est-ce que vous prendrez après les spaghettis ? Il y a de la morue au gratin...

Michel regarda sa compagne, naturellement, l'air interrogateur, comme s'ils formaient déjà un vieux couple. Naturellement aussi elle répondit :

— C'est trop lourd pour moi. Tu me cuiras deux œufs, Napo.

— Bien, madame Renée.

Les autres avaient compris, eux aussi. Jef se montrait à la fois satisfait et soucieux. Satisfait parce qu'il savait que cela faisait plaisir à Renée. Soucieux parce que, malgré tout, il ne parvenait pas à considérer Michel comme un des leurs. Maudet restait un amateur, un *demi-sel*.

— Il n'y a qu'un bateau ce soir, annonça-t-il pour Renée. Un Portugais. Et encore, il prend la mer à minuit.

Michel ne pouvait s'empêcher de penser à Ferchaux tout seul dans leur appartement, sa bouteille de lait à portée de la main. Combien de temps allait-il tenir avant de venir le relancer ?

Est-ce que Maudet accepterait de le suivre ? Peut-être. Il ne savait pas encore. Cela ne parvenait pas à l'intéresser. Il voyait plus loin. En somme, tout cela n'avait plus d'importance et il avait envie de hausser les épaules en se voyant dans la glace, jouant son nouveau rôle auquel il ne croyait déjà plus.

Il offrirait la tournée, ce soir, et il jouerait aux cartes en attendant le retour de Renée.

4

Ils étaient seuls, Jef et lui. Le cuisinier noir était dans la cour où on l'entendait éplucher des légumes en chantonnant. Là-haut, Renée dormait, la porte ouverte sur la galerie de bois pour créer un peu de fraîcheur.

Il n'était que dix heures du matin, dix heures à peine, et pourtant Michel, qui était déjà sorti, avait une buée de sueur au front et au-dessus de la lèvre. Jouant avec un mouchoir, il allait et venait nonchalamment dans le café plein d'ombre bleutée, s'asseyant parfois sur le bord d'une table, se rapprochant un moment d'un des quatre ventilateurs qui ronronnaient.

Jef, pendant ce temps, astiquait les glaces, les verres et les flacons derrière son comptoir.

Il y avait dans l'atmosphère quelque chose de relâché, de veule, que Michel, au fond, avait toujours assez aimé. Les deux hommes bavardaient, sans fièvre, laissant planer de longs silences. Maudet, qui était passé chez le coiffeur, admirait de temps en temps son image dans les glaces qui ceinturaient la salle au-dessus des banquettes rouges. Les bruits du port restaient lointains ; la ville, plus près, était encore somnolente, les rues livrées aux prisonniers qui, sous la conduite d'un gardien en kaki, effectuaient paresseusement le nettoyage de la voirie.

— L'infirmière est toujours avec lui ? questionnait Jef.

— Elle doit coucher dans l'appartement. En outre, ce matin, j'ai aperçu dans la véranda une quarteronne en madras qui faisait le ménage.

Après avoir soufflé son haleine sur une coupe à champagne, Jef murmura avec une feinte indifférence :

— Il est peut-être vraiment malade ?

Michel savait bien que son interlocuteur l'observait en dessous. Il y avait déjà trois jours qu'il était revenu de Panama, trois jours que, comme un dormeur dans un lit étranger, il essayait en vain de prendre, dans la maison de Jef, une position confortable.

Tout le monde était gentil avec lui. En apparence, on le considérait comme faisant partie de la petite bande. Peut-être certains, comme Fred et Julien, qui ne cherchaient pas plus loin, étaient-ils sincères ? Nic se montrait aussi cordial que possible et avait été le premier à proposer à Michel de le tutoyer.

Pourtant, Maudet n'était pas à son aise. Il avait été surpris, le premier jour, en voyant que Ferchaux ne venait pas à sa recherche. Pour ne pas se montrer, il avait d'abord envoyé Suska le Hollandais rôder autour de l'appartement.

C'était Suska qui lui avait annoncé, avec son indifférence habituelle, que le vieillard devait être malade, car il avait aperçu une infirmière en voile bleu dans la véranda.

Michel était sûr que Jef l'épiait, qu'il l'avait toujours épié. Il y avait plus troublant encore : le Belge avait un peu, pour lui, les mêmes regards que Ferchaux.

Certes, ce n'était pas identique. Chez Ferchaux, dès le début, il y avait eu une pointe d'émotion, un sourire pour le moins — pour autant qu'on puisse parler du sourire de Ferchaux ! — parce que l'Homme de l'Oubangui reconnaissait chez son secrétaire des traits de sa propre jeunesse.

Il n'y en avait pas moins des traits communs. Jef, comme Ferchaux, était un homme qui ne parlait pas beaucoup et qui affectait de ne pas tenir compte des conventions sociales. L'un comme l'autre s'habillaient n'importe comment, avec une négligence voulue ; ils le faisaient exprès d'être sales, voire répugnants, et de vous souffler leur haleine au visage.

— T'oseras même pas reculer, par politesse !

Eux n'étaient pas polis. Ils ne disaient ni bonjour ni bonsoir. Une fois Jef serrait la main et d'autres fois vous étiez une heure chez lui sans qu'il ait eu l'air de vous apercevoir. Des clients de passage venaient parfois à l'heure des repas, alors que trois ou quatre habitués étaient occupés à manger.

— Garçon ! appelaient-ils.

Et lui, un torchon à la main, le pantalon de toile bleue descendu sur le ventre et menaçant de tomber, leur lançait :

— Il n'y a pas de garçon.

— Qui est-ce qui sert, alors ? Il y a moyen de déjeuner ?

— Non.

— C'est pourtant bien un restaurant...

Ils louchaient vers les assiettes appétissantes des habitués, respiraient la bonne odeur qui venait de la cuisine. Jef ne leur répondait pas, ne les regardait pas, allait et venait sur ses mauvais pieds qui le faisaient se balancer comme un ours.

— Eh bien ?... Quelqu'un !... s'impatientait le client.

— Puisqu'on vous dit qu'il n'y a personne.

— On ne peut donc pas manger ?

— Non. J'ai dit non une fois.

Est-ce que, dans un autre domaine, Ferchaux n'agissait pas de même ? Peut-être, chez Jef, était-ce davantage de la pose ? Il ne pouvait s'empêcher, dans ces cas-là, de sourire avec une jubilation intense, puis d'adresser un clin d'œil aux initiés.

Comme Ferchaux, cependant, il paraissait toujours tenir Michel au bout d'un fil. Maintenant encore, il le laissait aller et venir dans le café. Maudet, dans son complet blanc impeccable (il en mettait un propre chaque matin), avec sa cravate bleue à pois et ses souliers de daim blanc qui donnaient beaucoup de souplesse à sa démarche, traînait encore derrière lui le parfum de la friction que le coiffeur lui avait faite ; ses ongles fraîchement manucurés étaient luisants ; il paraissait désinvolte ; il était satisfait de l'image que lui renvoyaient les glaces, et pourtant il persistait en lui un sourd malaise qu'il était incapable de dissiper.

C'était exprès qu'il restait, cependant. Il avait envie d'une explication avec Jef. Que celui-ci lui dise une fois pour toutes ce qu'il pensait, et on verrait bien.

— Ça te tracasse, hein ?

Il sursauta, comme s'il eût été deviné.

— Quoi ?

— Que le vieux ne soit pas venu gémir à la porte et te supplier de retourner chez lui.

C'était vrai et ce n'était pas vrai. Il en était un tout petit peu dérouté. Pas trop cependant.

— Cela revient au même, riposta-t-il.

— Qu'est-ce qui revient au même ?

— Ce qu'il fait. Il est malin comme un singe. Il s'est dit qu'en venant gémir à la porte, comme vous dites, il n'aboutirait à rien. Tandis qu'en jouant le grand jeu... Il appelle auprès de lui une infirmière, comme s'il était vraiment malade ; il reste couché toute la journée sur la terrasse ; on embauche une femme de ménage ; on met l'appartement sens dessus dessous et...

— ... Et ça te travaille !

— Non.

Il mentait. Cela le travaillait en effet. Il aurait voulu connaître la vérité. Ce matin encore, il était passé sur le boulevard à plusieurs reprises, se tenant sur le trottoir côté quartier nègre, par peur d'être vu. De loin, il avait examiné la véranda. Il avait vu aller et venir l'infirmière si nette sous son voile bleu, une infirmière que Ferchaux avait demandée à la clinique américaine de Cristobal.

Cela ressemblait si peu au vieux caïman ! Combien il devait être malheureux entre ces deux femmes !

— Vois-tu, mon petit, ce qui est ennuyeux avec toi, c'est que tu n'es pas franc.

Et Michel s'empourpra, se vit dans la glace devenir rouge jusqu'aux oreilles. Il avait beau faire, il rougissait encore comme quand, enfant, il mentait à sa mère. Cela s'harmonisait d'ailleurs avec l'expression de franchise presque naïve qu'il parvenait, quand il le voulait, à donner à son visage. Quand, par exemple, dans la cabine de Mrs Lampson, il avait pleuré. Car il avait pleuré. A ce moment-là, il était désarmant. Mrs Lampson s'y était trompée et avait été bouleversée au point de pleurer à son tour.

Jef, lui, ne s'y laissait pas prendre, et Jef avait enfin prononcé les mots que Michel attendait. Voilà donc pourquoi, malgré ses efforts, on ne l'avait jamais adopté tout à fait : il n'était pas franc.

Il connaissait assez le langage de Jef et de ses compagnons pour mesurer la portée de ce mot-là. Il ne s'agissait pas seulement d'une franchise de langage. Jef disait de même qu'un couteau n'était pas franc, ou un poisson pêché de la veille.

Il aurait pu dire qu'il n'était pas droit, que, non seulement on ne pouvait pas se fier à lui, mais qu'il suivrait en dépit des autres et de lui-même des chemins tortueux.

— Pourquoi ne suis-je pas franc ?

— Tu le sais bien, non ?

— Parce que j'ai quitté le vieux ?

Est-ce que Jef, chez qui se manigançaient toutes les petites affaires malpropres en marge de Colon, allait lui reprocher son manque de reconnaissance envers son patron qu'il appelait lui-même un vieux caïman ? Ou encore son manque de cœur ?

— Je dis que tu n'es pas franc parce que tu n'es pas franc. Maintenant, par exemple, tu te demandes sur quel pied danser. Tu es venu chez nous parce que tu ne savais pas où aller, mais tu n'es pas franchement avec nous, et un jour t'en diras autant de mal que t'en dis de ton patron.

— Je n'en dis pas de mal.

— Tu le laisserais crever.

— Il est assez fort pour se défendre seul.

Une pensée lui vint, rapide, aiguë. Il eut le soupçon que cette scène était voulue, préparée, que ce gros malin de Jef l'amenait tout doucement où il voulait l'amener, c'est-à-dire à parler de Ferchaux.

Toute sa vie, il avait eu des intuitions de ce genre, qui ne l'avaient jamais trompé, mais il avait toujours passé outre, emporté par sa fougue, peut-être par ce qu'il y avait encore de trop jeune en lui.

— Si vous le connaissiez…

— Remarque que je ne te demande rien.

Jef le méprisait, il en était sûr. C'était là ce qui l'avait toujours gêné dans ses rapports avec lui. Jef avait découvert le côté méprisable de son caractère que Ferchaux avait plusieurs fois entrevu. Or, ces fois-là, Ferchaux, au lieu d'afficher son mépris, avait pris un air triste.

Voilà. Michel avait compris ce qu'il y avait de commun dans ces deux hommes : ils étaient lucides, d'une lucidité froide ; ils voyaient au-dedans de lui ; ils découvraient les choses que Michel ne voulait pas voir, comme sa mère, jadis, qui ne lui faisait pas grâce du moindre sentiment malpropre ou seulement équivoque.

Le sang aux joues, il éprouva le besoin de se blanchir, d'acquérir coûte que coûte l'estime de l'ancien bagnard.

— Je sais que vous êtes capable de garder un secret…

— Tu crois ? répliquait l'autre, narquois, en plantant des petits drapeaux multicolores dans des flûtes à champagne rangées sur les étagères.

— Savez-vous qui est ce vieux caïman, comme vous l'appelez ? C'est Dieudonné Ferchaux.

Un instant, le bras de Jef resta en suspens, mais ce fut bref ; il se débarrassa des trois petits drapeaux américains qu'il tenait encore à la main et se retourna.

— Le grand Ferchaux ?

Le mot ne fit pas plaisir à Michel. La grandeur de Ferchaux, qu'on reconnaissait ainsi, ne soulignait-elle pas sa propre petitesse ? N'allait-on pas lui reprocher de se mal conduire avec un homme de cette trempe ?

Jef était devenu rêveur. Sa pensée était loin. Il ne se préoccupait plus de son compagnon et ses lèvres molles laissaient enfin tomber un mot qui lui était familier :

— Fumier, va !

Mais non, ce n'était pas à Michel que ce mot s'adressait. Ce n'était pas davantage à Ferchaux, bien au contraire. C'était à la vie, c'était au destin.

Jef avait reçu un réel choc à cette révélation. Machinalement, il se versait un verre d'alcool qu'il buvait d'un trait, essuyait ses lèvres avec son torchon douteux.

— Comment cela se fait-il que tu sois avec lui ?

Comment un Maudet pouvait-il avoir son sort lié à celui du grand Ferchaux, voilà ce que cela signifiait.

— J'étais déjà son secrétaire, en France, dans les derniers temps. Je ne sais pas si vous avez suivi l'affaire.

— Par les journaux.

— Il ne voulait pas lâcher pied. Son frère lui conseillait de partir pour l'Amérique du Sud où il avait, d'avance, viré des fonds.

C'était sa propre cause que Michel essayait de plaider.

— Je crois que son orgueil...

— Tu dis ?

— Je crois que son orgueil a été le plus fort. La catastrophe est arrivée. Son arrestation a été décidée. Son frère s'est suicidé. Une nuit, à Dunkerque...

— Il t'a emmené avec lui ?

Et Jef le regardait dans les yeux d'une façon indéfinissable ; on aurait pu croire qu'il y avait de la colère dans son regard.

— Il m'a demandé si j'acceptais de l'accompagner dans sa fuite. Il était seul, malheureux...

— Sans blague !

— Je vous assure. Je sais que cela paraît invraisemblable qu'un homme comme lui... Mais je le connais, je suis sans doute le seul à le connaître. Je ne l'ai pas vu en Afrique et je ne sais pas comment il était là-bas. La débâcle a dû le vieillir. Il m'a presque supplié...

— Fumier ! semblait répéter Jef.

Fumier de sort, oui, qui réduisait un homme comme Ferchaux à mendier la présence d'un Maudet.

Jef ne lui faisait grâce de rien, semblait décidé à le décortiquer jusqu'à la chair vive.

— Il avait encore de l'argent, hein ?

Ce qui revenait à accuser Michel de n'avoir suivi son patron que pour cet argent. Était-ce vrai ? Pas tout à fait. Mais cela, personne ne le croirait.

— Il lui restait cinq millions environ et des diamants, une petite pochette de diamants bruts qui a été volée pendant la traversée. Nous avions pris un cargo espagnol qui faisait route vers les Canaries. Le capitaine était sans cesse fourré dans notre cabine. Je suis persuadé que c'est lui...

— En tout cas, ce n'est pas toi. Après ?

— Nous sommes restés près d'un mois cachés à Ténériffe, puis nous avons profité d'un bateau grec qui nous a déposé à Rio de Janeiro. C'était le moment où, à Paris, le procès commençait. Pas le procès financier, car celui-là n'a jamais eu lieu. Le procès aux Assises, pour l'histoire des trois nègres. Vous êtes au courant ?

Jef haussa les épaules. Bien sûr, qu'il était au courant ! Et, si quelqu'un était capable de comprendre l'histoire des nègres, n'était-ce pas lui ?

— L'effervescence s'était calmée. Les ennemis des frères Ferchaux, ceux-là qui avaient monté toute l'affaire ou qui avaient poussé à la roue, avaient ce qu'ils voulaient. Les sociétés étaient placées sous l'autorité d'un syndic. A l'heure actuelle, elles sont plus florissantes que jamais. Aux Assises, les jurés n'ont pas reconnu la légitime défense, mais ils ont accordé les circonstances atténuantes, de sorte que Dieudonné Ferchaux n'a été condamné, par contumace, qu'à cinq ans de travaux forcés.

Un mince sourire, sur les lèvres de Jef. Peut-être pensait-il au temps où il passait, lui aussi, devant les jurés ?

— Nous avions acheté de faux papiers à Ténériffe. Ferchaux voyageait, comme ici, sous le nom de M. Louis. Il avait de l'argent, une très grosse somme, placée par son frère dans une banque privée de Montevideo. C'est alors que les difficultés ont commencé...

La période, sans doute, la plus pénible, depuis que Ferchaux avait fui le sol français. A Montevideo, il avait cru entrer sans peine en possession de son argent. Or, les banquiers avaient soulevé des difficultés de plus en plus grandes. Des hommes d'affaires s'en étaient mêlés. Chaque jour on leur donnait de l'espoir et chaque jour ils se heurtaient à des obstacles nouveaux.

Ferchaux, une fois encore, s'obstinait. Il vivait avec Michel dans un petit hôtel non loin du port et les journées se passaient en démarches écœurantes.

Le gouvernement français, qui ignorait sa retraite, n'avait pas cru devoir lancer à l'étranger de mandats d'extradition. A vrai dire, il ne devait pas être désireux de voir le vieillard rentrer en France pour purger sa peine.

— Pendant des mois, ils nous ont traînés d'espoir en espoir...

— Je connais ces gens-là, grommela Jef.

— Puis, comme Ferchaux se montrait de plus en plus obstiné, ils ont employé un autre moyen.

— Parbleu !

C'était facile. On avait fait courir le bruit, dans les petits journaux de l'Uruguay, qu'un condamné français se cachait dans le pays. La police, à deux ou trois reprises, était venue éplucher les faux papiers des deux hommes.

C'était un avertissement. Ferchaux avait compris que, s'il insistait, on jouerait le grand jeu et que la justice française serait obligée de réclamer son extradition.

C'est alors qu'ils étaient venus à Panama d'abord, puis à Colon.

Et Jef, qui ne perdait pas le fil de sa pensée, questionnait laconiquement :

— Combien ?

— Combien quoi ?

— Il lui reste combien ?

— A peine un million. Il a perdu beaucoup d'argent là-bas. Les hommes de loi et les hommes d'affaires l'ont grugé.

Le silence régnait dans le café. Le nègre, qui avait gagné la cuisine, allumait son fourneau et un peu de fumée arrivait par la porte entrouverte. Jef, machinalement, remplissait deux verres et en poussait un vers Michel.

Ils buvaient, sans trinquer, sans un mot.

— Ce que vous ne pouvez pas comprendre...

Maudet revenait à charge, voulait absolument se défendre. Ferchaux était Ferchaux, soit ! Il avait été un homme extraordinaire, à côté de qui un Jef n'était sans doute qu'un pygmée.

— Je ne prétends pas qu'il soit fou, non...

— Va toujours.

— Mais il est devenu maniaque. Il a une peur bleue de rester seul et néanmoins il a horreur des nouveaux visages. Il n'accepte même pas que le nègre qui fait notre ménage couche dans l'appartement. Il faut que je sois près de lui du matin au soir et du soir au matin. Si je fais mine de sortir, il feint une crise cardiaque. Car il est malin comme un singe. Ou encore, il me parle comme il parlerait à son fils s'il en avait un.

Les yeux de Jef étaient toujours fixés sur lui et Michel ne savait où poser le regard.

— Il n'est pas plus malade que moi. Il est de taille à vivre des années de la sorte.

— Et le million sera fondu.

— Comment ?

— Je dis que le million sera fondu.

— Vous croyez que c'est à cause de son argent que...

— Je ne crois rien, petit. Mais, vois-tu...

Il se tut.

— Mais quoi ?

— Rien.

Il préférait garder sa pensée pour lui. Ou peut-être était-ce trop vague. On lisait sur son visage le même genre de tristesse qui accablait souvent Ferchaux, une tristesse non sentimentale, plus vaste, sans objet précis.

— Si je savais qu'il est réellement malade... Mais non ! Ce n'est pas possible. Je sens que c'est une comédie. Il n'a pas voulu s'humilier en venant me chercher ici. Il s'est dit que, quand je verrais une infirmière à son chevet, je ne manquerais pas d'accourir.

Pourquoi Jef ne le tranquillisait-il pas d'un mot ? C'était cela et rien d'autre que cherchait Michel. Le Belge n'avait qu'à lui dire :

— Tu as raison.

Ou :

— Je te comprends.

Il s'en gardait bien. Il traversait le café, en se balançant sur ses mauvais pieds, allait jeter un coup d'œil dans ses casseroles.

Michel avait-il bien fait de parler ? On ne s'occupait plus de lui et il ne savait que faire. Il se regardait encore une fois dans la glace, redressait son nœud de cravate et s'engageait dans l'escalier.

Renée était rentrée de bonne heure, cette nuit-là, car il n'y avait pas de bateau de passagers à Colon et les équipages des cargos fréquentaient peu à l'*Atlantic*. Elle était déjà debout, en peignoir, devant la fenêtre ouverte que rayaient les persiennes.

— Qu'est-ce que vous pouvez bien vous raconter depuis une heure ?

— On bavardait, Jef et moi.

Elle n'était pas convaincue. Cette longue conversation, dont elle n'avait perçu qu'un murmure indistinct comme un vol de grosses mouches, la chiffonnait. Elle devait savoir que Jef n'aimait pas Michel. Elle était sûrement au courant, elle, de ce qu'ils racontaient derrière son dos.

— Tu as l'air fatigué.

— Non.

Les choses ne s'arrangeaient pas comme il l'avait espéré et il en était dépité. Au fait, qu'avait-il espéré au juste ? La contrainte que Ferchaux faisait peser sur lui l'avait exaspéré. Il avait profité de la première occasion pour s'en débarrasser.

Et encore, lors de l'algarade de l'*Atlantic*, n'était-il pas tout à fait lucide. Il n'avait pas résisté au désir de crâner devant son Américaine et devant Renée. Celle-ci, de toute façon, qui lui souriait et semblait l'encourager, n'était-elle pas la bouée de sauvetage ?

Ferchaux ne le conduisait nulle part et il voulait aller de l'avant. Il savait à quel monde il brûlait d'accéder, à celui de Mrs Lampson et des habitants des villas de Cristobal, au monde du *Washington*, des tournois de tennis ou de bridge et des parties de polo.

Il fallait seulement lui donner le temps de se retourner, quelques semaines au plus. En trois jours, il avait écrit quatre longues lettres qui étaient parties par avion à destination de Mrs Lampson. Il était sûr de lui. Presque sûr.

Est-ce qu'on ne pouvait pas le laisser tranquille en attendant ?

— Tu parais contrarié. Est-ce que Jef t'a dit des choses désagréables ? Tu sais comme il est. Il le fait exprès. Il est ainsi avec tout le monde. Tu ne dois pas y faire attention.

— Ce n'est pas cela.

— Qu'est-ce que c'est ?

Il s'était assis au bord du lit défait et, debout devant la glace encadrée de bambou, Renée se coiffait.

— Il faut que je fasse quelque chose, dit-il enfin en prenant une cigarette dans son étui.

— Que veux-tu dire ?

— Je ne peux pas continuer à vivre comme ça.

Elle avait compris, bien sûr. C'était par gentillesse qu'elle murmurait :

— Tu n'es pas heureux ?

— Mais si. Tu es fort gentille.

Ce qu'il y avait de bien avec elle, c'est qu'ils n'étaient obligés ni l'un ni l'autre de parler d'amour. Ils se plaisaient. Ils étaient contents d'être ensemble. Mais ils ne s'imaginaient pas un seul instant que cela durerait toute la vie.

— Tu as tort de te tracasser pour le moment. Prends au moins le temps de te retourner. Quant à Jef, qu'as-tu besoin de faire attention à ce qu'il raconte ?

Elle poursuivait, des épingles à cheveux entre les lèvres :

— Tu sais bien que tu n'es pas tout à fait comme eux. Ils le sentent. Cela les gêne.

Oui, elle était gentille, elle faisait ce qu'elle pouvait pour le remettre d'aplomb, mais elle ne savait pas.

Il n'était pas comme eux. C'est ce que Jef lui avait fait sentir, assez brutalement. Seulement, ce n'était pas une différence en mieux, aux yeux de Jef, c'était une différence en pis !

— N'empêche que je vais chercher du travail.

Il n'y en avait pas, il le savait. Pas pour lui. Il ne pouvait pas entrer comme vendeur ou comme employé dans un bazar. Ce qui était à sa portée, c'était de rôder autour du port et dans les cafés, comme le faisait ce pauvre type qu'on appelait le Professeur.

C'était un grand garçon maigre, probablement tuberculeux, fort instruit, qui était arrivé un jour à Cristobal en compagnie d'une riche famille brésilienne comme précepteur des deux enfants. La famille brésilienne continuait sa route. Le Professeur avait-il raté son bateau comme certains le prétendaient ?

Toujours est-il qu'il était resté à terre. Michel le soupçonnait de l'avoir fait exprès, dégoûté par avance de la vie qui l'attendait chez ses fastueux planteurs de café.

On le voyait de temps en temps chez Jef. Il ne s'y attardait pas. Il connaissait tout le monde, disait bonjour à tout le monde, buvait au besoin un verre avec n'importe qui, mais il ne frayait avec personne, restait seul de son espèce, à mener une existence misérable et compliquée.

Dès qu'un bateau était annoncé, il était un des premiers à monter à bord, jouant des coudes avec les indigènes venant offrir leur marchandise.

Il était habillé, lui, comme les passagers. C'était un garçon assez distingué, timide. Il rôdait sur les ponts et dans les coursives. Les stewards le connaissaient, savaient qu'il parlait couramment quatre ou cinq langues, qu'il était honnête.

Alors, on le présentait à un passager ou à un groupe de passagers. Il portait des lunettes à verres épais qu'il était obligé de retirer de temps en temps pour essuyer ses yeux rouges. Il suait beaucoup, surtout des mains, qui trituraient sans cesse un mouchoir.

Contrairement à ceux de son espèce qu'on rencontre dans les ports, il ne buvait pas. On le voyait, dans les rues et les bazars, piloter ses clients, leur montrer la ville, les mettre au courant des occasions, sans entrain, sérieusement, consciencieusement, l'air un peu morne, comme il eût accompli un travail de bureau.

Cela finissait invariablement dans les cabarets de nuit où il se tenait modestement à sa place tandis que ses clients se déchaînaient.

Au début, il n'avait pu se résoudre à recevoir des entraîneuses le pourcentage qu'elles lui offraient quand il les faisait inviter à une table ou qu'il conduisait quelqu'un au quartier réservé.

Il s'y était fait, petit à petit.

Certaines semaines, il gagnait largement sa vie. Alors, il disparaissait de la circulation. On avait cru d'abord qu'il se rendait à Panama ou ailleurs, puis qu'il avait quelque part une maîtresse.

C'était plus simple. Il restait enfermé dans sa chambre, dans le quartier nègre, où de rares visiteurs avaient été stupéfaits de trouver des piles de bouquins à même le plancher.

C'était à lui que Renée devait penser quand Michel lui annonçait qu'il allait chercher du travail.

— Vois-tu, Michel, lui disait-elle avec douceur, je crois que tu as le tort de ne jamais te contenter du présent. Tu as toujours l'air d'un homme qui va se précipiter en avant. Pour le moment, nous sommes bien, tous les deux. Cela me ferait de la peine, je t'assure, de me retrouver seule. Je parie que tu es encore allé rôder du côté de chez ton ancien patron.

— Je n'ai aucune envie de retourner chez lui.

— Alors ?

Ils ne pouvaient pas le comprendre. Ni Renée, ni Jef, ni les autres, ni même Ferchaux ne le comprenaient. Lina ne l'avait pas compris non plus. Quant à sa mère, qui croyait si bien le connaître, elle n'avait pas la moindre idée de la véritable personnalité de son fils.

Chacun voyait un trait de son caractère et ne voyait que celui-là.

Pour sa mère, il avait été un gamin capable de tout pour arriver à ses fins, capable de mentir, de tricher, de voler même.

Seulement, il n'y avait pas que cela !

Lina, elle, béait d'admiration devant sa vitalité et ne pouvait résister à ses mouvements de tendresse. Car il était tendre. Celle-là l'avait découvert. Tendre et cruel, elle le savait aussi, mais elle pardonnait ses cruautés, il suffisait à Michel d'une certaine moue pour se faire tout pardonner d'elle.

L'opinion de Jef était plus simple : à ses yeux, Michel était un homme pas sûr.

Pas franc, avait-il dit dans son langage.

Renée ne cherchait pas si loin. Il était beau garçon. Il était gentil avec elle, souvent prévenant. Il était mieux élevé que les clients de chez Jef, avec des délicatesses que ceux-ci ne soupçonnaient pas.

Il ne ferait que passer dans sa vie, elle le savait. Il irait plus loin. Elle ignorait où, mais elle sentait qu'il dépasserait son orbite.

Pourquoi ne pas profiter simplement du moment ?

Elle vint lui passer un bras autour du cou, dans un mouvement qui était un peu maternel.

— Écoute. Nous avons un peu d'argent devant nous. Veux-tu que nous allions tous les deux passer quelques jours à Panama ? Cela te changera les idées.

— Non.

— C'est à cause du vieux ?

Pour une fois, elle se montrait maladroite et il s'en irrita.

— Qu'est-ce que tu veux dire ?

— Je n'ai rien voulu dire. Ne te fâche pas. J'ai pensé que, comme il était malade ou faisait semblant de l'être...

— Il fait semblant.

— Alors, tu vois !

Comment lui avouer qu'il enrageait d'être éloigné de la maison de Ferchaux ? C'était stupide, certes. C'était un piège que le vieillard lui tendait cyniquement.

Et il s'y laissait prendre. En partie à cause de Jef, d'ailleurs.

Il n'avait pas de remords. Ce n'était pas la pitié, ni l'affection, qui l'attiraient du côté de la maison de Vuolto.

Si seulement, trois jours plus tôt, il avait eu de l'argent en poche, il n'y serait jamais revenu, il ne serait jamais revenu non plus dans le café de Jef. Il serait resté à bord du *Santa Clara*. Il aurait continué sa croisière le long des côtes du Pacifique, en compagnie ou non de Mrs Lampson.

Une force le tirait en avant. Le présent lui était odieux. Il piétinait, avait presque envie de trépigner d'impatience comme un enfant.

Les moindres détails lui devenaient insupportables, le décor de cette chambre, la robe du soir bleue étalée sur une chaise, près des souliers argentés, le geste quasi professionnel de Renée qui écrasait du rouge gras sur ses lèvres en avançant celles-ci vers le miroir dans une moue.

Est-ce qu'il avait hésité à sacrifier Lina ? Or, c'était un sacrifice. Personne ne le croirait, et pourtant c'était la vérité.

Il était contraint de suivre sa route, comme Ferchaux avait suivi la sienne. C'était Ferchaux qui le lui avait enseigné en lui racontant l'histoire des trois nègres qu'il avait été obligé de tuer. C'était une nécessité, un devoir.

Il ne deviendrait pas un petit maquereau bourgeois comme Fred et Julien. Il ne deviendrait pas non plus un Nic Vrondas car, s'il était riche un jour, il trouverait autre chose à faire que jouer au poker dans le café de Jef et que rouler des yeux langoureux à ses vendeuses. Il ne ressemblerait jamais non plus au Professeur.

— Fumier ! avait grondé Jef en pensant au destin d'un Ferchaux.

Il n'accepterait jamais la déchéance de celui-ci. Tout son être se révoltait, non seulement contre la dégringolade, mais contre la stagnation.

Il avait pu vivre un temps dans la maison de la dune, puis dans l'hôtel de la rue des Chanoinesses, puis encore dans le petit café de Mme Snoek. Il avait joué à la belote des journées entières avec Ferchaux et Lina. Mais cela n'avait duré, ne pouvait durer qu'un temps. Voilà ! Sa pensée se précisait. Son contact avec les choses, avec les êtres, ne pouvait durer que le temps nécessaire à en pomper en quelque sorte la substance.

Quand il n'y avait plus rien à prendre, il fallait repartir de l'avant.

Or, il n'avait plus rien à prendre à Ferchaux, qui n'était plus qu'un homme déchu physiquement et moralement, réduit à dicter ses Mémoires pour parader encore devant lui-même et devant Maudet.

Tout lui pesait. Il avait cru trouver un asile dans la chambre de Renée et dans l'hôtel de Jef, et il en avait déjà fait le tour — d'autant plus vite qu'on ne l'y avait pas accueilli comme il l'avait espéré.

Il restait l'étranger, étranger ici et là, à Caen et à Dunkerque. Encore que sa femme, Lina, était une étrangère. Sa mère aussi. Et Renée.

Une odeur de cuisine, qui montait par la cage d'escalier et qui envahissait la chambre, lui rappelait son enfance, son adolescence plutôt, quand le ménage de ses parents le hérissait par sa médiocrité et lui inspirait une véritable haine.

Ils allaient descendre tous les deux, retrouver les visages familiers, les mains à serrer, les petites tables aux nappes à carreaux rouges, le nègre crasseux qui les servirait et la cuisine plus ou moins marseillaise qu'il mettrait des heures à digérer.

— Tu es un drôle de garçon ! prononçait Renée comme si, pendant qu'il fumait sa cigarette, étendu sur le lit, les yeux au plafond, elle avait suivi toutes ses pensées.

Il ricana.

Un drôle de garçon, oui, et ils s'en apercevraient un jour, tous, tant qu'ils étaient. Mais ce n'était sans doute pas dans le sens qu'ils donnaient à ce terme.

Un garçon, en tout cas, qui pouvait être très malheureux, comme c'était le cas en ce moment.

Il se leva en soupirant, écarta les persiennes pour jeter sa cigarette par la fenêtre.

Quand il se retourna, Renée était prête. Il y avait sur ses lèvres un sourire encourageant, un peu timide malgré tout, car avec lui on ne savait jamais sur quel pied danser.

Elle lui rappela Lina à qui elle ne ressemblait pourtant pas. Qu'est-ce que Lina était devenue ? Elle avait fait ce qu'elle avait pu. Renée aussi faisait ce qu'elle pouvait. Sans doute ne pouvaient-elles pas beaucoup ?

Il en eut un peu pitié, comme on a une seconde de pitié pour un jeune animal qu'on va sacrifier.

Et, pour mettre sa conscience à l'aise, il lui caressa la nuque, qu'elle avait douce.

— Tu es une bonne fille, dit-il.

Après quoi il descendit le premier.

5

La détente vint à l'improviste, le neuvième jour. D'abord sous la forme d'une lettre que Michel n'espérait plus. Il avait calculé le temps que le *Santa Clara* mettrait pour atteindre Buenaventura, sa première escale. Or, deux avions étaient arrivés depuis de Colombie. A la poste restante, où il se rendait matin et soir, il avait insisté en vain. Puis il avait écrit des lettres amères, violentes, sarcastiques, pour se reprendre ensuite et supplier.

Mrs Lampson, pourtant, avait écrit. Il tenait à la main sa lettre couverte de timbres et de cachets. L'employé de la poste ne comprenait pas comment elle était arrivée avec autant de retard ; elle avait dû être acheminée vers une mauvaise destination.

C'était le matin, de bonne heure. Michel aurait pu ouvrir l'enveloppe dans un coin du bureau de poste. Il aurait pu lire la lettre dans la rue. Par une sorte de superstition, il préféra attendre d'être arrivé au *Washington*.

C'était une nouvelle habitude qu'il avait prise depuis une semaine de se rendre chaque jour, et parfois deux fois par jour, dans le grand palace anglo-américain qui se dressait, un peu en dehors de la ville, au milieu d'un parc parsemé de tennis.

L'hôtel n'était guère fréquenté que par des étrangers de passage, surtout les voyageurs très riches, et par les membres de la colonie américaine. Les fiacres qu'on entendait passer, la nuit, devant chez Vuolto, c'était au *Washington* qu'ils se rendaient. Les autos longues et silencieuses, aux nickels brillants, c'était devant la terrasse du

Washington qu'elles allaient se ranger ; vers le *Washington* aussi que se dirigeaient les fringants cavaliers qui revenaient du polo.

Maudet n'avait-il pas le droit, comme tout le monde, de pénétrer dans le bar aux immenses ventilateurs et aux profonds fauteuils de rotin clair ?

Des nègres aux pieds nus, aux livrées d'un blanc immaculé, sortaient de l'ombre, sans bruit, à votre moindre désir. On reconnaissait, dans les rocking-chairs de la terrasse, de vieux messieurs et de vieilles dames illustres dont les journaux annonçaient chaque déplacement.

Pour atteindre le bar, il fallait passer devant le bureau où se tenaient, malgré la chaleur, des jeunes gens en jaquette qui regardaient Michel des pieds à la tête. Est-ce que vraiment, comme celui-ci le croyait, ils le regardaient avec ironie, ayant compris du premier coup d'œil qu'il n'était pas dans son milieu ?

Souvent, il lui semblait qu'on chuchotait en le désignant de loin. La première fois, il s'était senti si dépaysé qu'à chaque mouvement silencieux d'une des cariatides nègres il était persuadé qu'on venait le prier de sortir.

Tous les clients, qui allaient et venaient avec une nonchalance très particulière, appelaient familièrement le barman chinois « Li ». Li leur souriait de ses petits yeux brillants, de toute sa peau tendue, n'attendait pas de savoir ce qu'on lui commandait pour confectionner un cocktail ou saisir tel ou tel whisky.

C'était sans doute l'endroit le moins bruyant de Cristobal et de Colon. Non seulement les nègres immenses et d'un noir somptueux qui paraissait artificiel glissaient sans bruit sur les dalles, laissant voir entre leurs orteils un peu de peau rosée, mais les blancs eux-mêmes parlaient à mi-voix et, à certaines heures, on n'entendait d'autre bruit que le crissement des journaux de trente-deux pages venus de Londres ou de New York par avion.

En huit jours, Michel n'avait parlé à personne. Les autres se connaissaient. Ceux qui entraient allaient en silence serrer la main de ceux qui, déjà installés, lisaient ou fumaient rêveusement. Ils n'avaient rien à se dire, ou bien quelques mots suffisaient et ils semblaient vraiment accomplir les rites de quelque religion mystérieuse.

Li regardait certainement Michel comme un intrus. Et Michel s'obstinait. Il souffrait, en se promettant de faire payer cher, un jour, cette souffrance.

C'est de là, toujours du même coin, près d'une colonne de marbre blanc, sur du papier à en-tête du *Washington* qu'il réclamait en s'attendant chaque fois à se le voir refuser, qu'il avait écrit chaque matin à Gertrud Lampson. C'est là qu'il vint se réfugier pour lire la lettre de celle-ci et, malgré lui, tandis qu'il la posait, avec ses timbres multiples, sur le guéridon, son regard défia Li.

Ainsi donc, il ne faisait pas qu'écrire ; il recevait aussi des lettres, des lettres qui venaient du même milieu que le *Washington*.

— Un Black and White, Li !

Il prenait son temps, savourait sa victoire, fendait enfin l'enveloppe et six feuillets à en-tête de la Grace Line s'en échappaient, couverts, il est vrai, d'une écriture immense.

Cher garçon un peu fou...

C'était la traduction littérale des mots que Mrs Lampson employait et toute sa lettre était sur ce ton. Elle écrivait de Buenaventura, après être descendue à terre avec les autres passagers ; le *Santa Clara* ne repartait que le soir ; il pleuvait, disait-elle ; elle se plaignait que le pays fût le plus laid du monde.

Il la voyait, dans le salon des premières classes, près d'un hublot, rose et paisible, satisfaite, un tout petit peu nerveuse cependant, couvrant des pages de sa grande écriture dont rien ne pouvait rompre la régularité.

On voit bien que vous êtes un Français et on a raison de prétendre que tous les Français sont un peu fous. J'ai reçu ce matin un tel paquet de lettres que je me suis demandé si j'allais les lire toutes aujourd'hui ou en garder pour les autres jours de la traversée.

Allons !... Vous allez encore pleurer. Ce n'est pas vrai. Je les ai lues dans mon bain.

Comment pouvez-vous vous mettre dans un pareil état parce qu'une vieille dame est sortie un soir avec vous ? Car je suis presque une vieille dame. J'ai trente-cinq ans, cher garçon, et vous êtes encore un « little boy »...

Je suis sûre que vous avez, à Cristobal ou ailleurs, une charmante « sweetheart », et je me demande si vous ne vous moquez pas ensemble de votre amie du « Santa Clara »...

Elle riait, certes, elle plaisantait, elle voulait garder son sang-froid, elle se moquait d'elle et de lui. Mais on sentait, là-dessous, une émotion qu'elle ne se résignait pas encore à s'avouer. Bien vite, elle parlait d'autre chose, de Mme Rivero, une Chilienne dont elle avait fait la connaissance à bord et qui était si charmante.

C'est elle que vous auriez dû rencontrer à Cristobal, cher. Si vous saviez quel charme elle a ! Je me demande si, à cause d'elle, je résisterai au désir de continuer ma croisière vers le sud, car elle m'a invitée à passer quelques jours dans sa maison de Valdivia...

Michel rougissait. Ses doigts se crispaient sur les feuilles.

Je ne devrais pas vous dire cela, car vous allez encore m'écrire des lettres comme vous seul savez les écrire. Mais c'est un jeu pour vous, n'est-ce pas ? Tous les Français aiment jouer à l'amour...

Son regard cherchait machinalement quelqu'un autour de lui. Il aurait aimé pouvoir montrer cette lettre à un homme connaissant ce genre de femmes, pour une sorte d'expertise.

— Qu'est-ce que vous en pensez ?

Il était loin des réalités présentes et il fixa un moment sans la voir une silhouette qui glissait entre les colonnes. Il ne la reconnut qu'après, au moment où l'homme disparaissait par une issue de service, et alors, il fronça les sourcils.

Qu'est-ce que Suska, le Hollandais, venait faire au *Washington* ? Déjà, dans le café de Jef, sa présence choquait, Michel n'aurait pas pu dire pourquoi. Ce n'était pas un blanc. Ce n'était pas non plus un indigène comme ceux auxquels on était habitué. Il était à la fois plus digne et plus rampant. On pouvait le bousculer ou le mettre à la porte. Par contre, quand il vous regardait de ses petits yeux fixes, il semblait vous considérer de loin, de haut, avec la monstrueuse ironie d'un dieu asiatique.

Quant au malaise physique que sa vue provoquait, Maudet en connaissait maintenant la raison. Un jour, il avait parlé à Jef des mains informes, d'une grosseur démesurée, de Suska, et Jef avait éclaté de rire.

— Tu n'as pas encore compris ? Tu ne connais pas l'éléphantiasis ?

C'était la maladie qui donnait au Hollandais cet aspect d'énorme chose blême et sans consistance !

— Qu'est-ce qu'il fait ? avait insisté Michel.

— Il vend des têtes d'Indiens.

— Et encore ?

— Il va les chercher.

— Où ?

— Pas dans le pays des Jivaros, bien sûr, car il resterait plus longtemps absent.

— Vous ne voulez pas dire ?...

— On ne sait pas, mon petit. Cela n'a pas d'importance. En tout cas, cela ne nous regarde pas. Qu'il les fasse lui-même ou qu'il les achète...

— Vous parlez sérieusement ? Vous croyez qu'il serait capable... ?

— De temps en temps, parmi les têtes, on trouve une tête de blanc... Encore que boucanées comme les autres, elles sont facilement reconnaissables... Les touristes, eux, les achètent sans y prendre garde... Quelqu'un m'a juré avoir reconnu une de ces têtes...

Qu'est-ce que Suska venait faire au *Washington* ? Vendre ses macabres momies ?

— Barman !

Il avait besoin de relire sa lettre pour en bien pénétrer le sens. A certains moments, il lui semblait que Gertrud Lampson se moquait de lui, qu'elle jouait avec lui plutôt ; il se demandait si elle ne s'était pas amusée à montrer ses propres lettres et la réponse à son amie Rivero. Les hommes n'agissent-ils pas ainsi à l'égard de leurs conquêtes ?

Mais non ! C'était d'elle qu'elle se moquait. Elle était amoureuse et elle en avait honte.

Elle n'avait voulu que s'amuser une nuit, comme cela devait lui être habituel. Maintenant, elle était touchée, il l'aurait juré.

Pourquoi, dans ce cas, parlait-elle de prolonger son voyage et de faire un séjour au Chili ?

C'était impossible. Elle risquait d'y rencontrer un autre séducteur. Même sans cela, l'image de Michel s'effacerait.

— De quoi écrire !

Il préférait ne pas se relire, par respect humain. Un quart d'heure plus tard, il se dirigeait vers le bureau de poste. Si son impatience ne s'était pas dissipée, elle n'avait plus le caractère anxieux des jours précédents.

Il avait passé la plus mauvaise semaine de sa vie. La lettre n'arrivait pas. Il se persuadait que Mrs Lampson ne lui répondrait jamais, qu'elle avait dédaigneusement jeté à la mer ses pages enflammées.

Ferchaux, de son côté, ne donnait pas signe de vie et il arrivait souvent à Jef de regarder Maudet d'un œil goguenard.

— Tu as eu tort, disait Renée, en le voyant si nerveux, de ne pas être allé faire un tour à Panama pour te changer les idées.

Il n'était bien nulle part. Il avait voulu jouer au poker avec Nic et il avait perdu, perdu beaucoup. Il avait été bien obligé de le confesser à Renée.

— Tu ne devrais pas jouer avec Nic. Il est plus fort que toi.

Pourquoi plus fort que lui ? Simplement parce qu'il avait de l'argent et qu'il pouvait s'offrir le luxe de perdre ! Cela, Michel le prétendait, mais il sentait que ce n'était pas vrai, que c'était lui qui n'était pas bâti pour le poker. Il n'avait pas assez le contrôle de lui-même. Son désir rageur de gagner lui faisait oublier toute prudence.

Et Jef, qui devait être foncièrement méchant, car il savait ce qu'il faisait en parlant de la sorte, déclarait un peu plus tard que c'est au jeu qu'on juge les hommes, que ceux-ci se comportent dans la vie exactement comme à une table de poker.

Tout à l'heure, il relirait la lettre de Mrs Lampson. Il la sentait dans sa poche, il s'en remémorait les termes et chaque fois il leur donnait un sens différent.

Il poussa la porte du café en se demandant s'il en parlerait à Renée. Il en parlerait sûrement, car il était incapable de garder pour lui un tel événement.

Pourquoi Jef l'accueillait-il d'un air mystérieux et lui demandait-il, comme la chose la plus naturelle du monde, alors qu'il n'en avait jamais été question :

— Tu es allé voir le vieux ?

— Pour quelle raison serais-je allé le voir ?

— Je ne sais pas, moi. En tout cas, tu vas probablement y aller.

Il fouillait dans le tiroir du comptoir, feignant de chercher un objet qu'il ne trouvait pas, grommelant entre ses dents :

— Où donc l'ai-je mise ?

Enfin, il plongeait la main dans la poche de son pantalon et en tirait une enveloppe chiffonnée.

— Tiens ! C'est un nègre qui vient de l'apporter il n'y a pas un quart d'heure.

Michel avait reconnu l'écriture maladroite de Ferchaux qui, comme un primaire, avait de la peine à aligner ses lettres.

Ainsi, tout lui arrivait le même jour, au moment où il commençait à désespérer. Du coup, une flamme s'allumait dans ses yeux. Il triomphait. Il se sentait fort. Il croyait à nouveau en son étoile, dont il avait failli douter.

— Tu ne la lis pas ?

Mais si. Seulement, il se donnait le temps de savourer son émotion. Il gagnait sur les deux tableaux. Ferchaux cédait enfin.

— Qu'est-ce qu'il dit ? questionnait Jef, comme Michel repliait le papier.

Maudet le lui tendit d'un geste indifférent. Il n'y avait aucun secret.

Mon cher Michel,

Je serais heureux que vous veniez me voir le plus tôt possible, aujourd'hui si vous êtes libre, car j'ai des questions importantes à examiner avec vous.

Vôtre

D.F.

— Qu'est-ce que tu prends ? questionna Jef, la main tendue vers une bouteille de pernod.

La pensée de Maudet était agile. C'était peut-être de sa mère qu'il tenait le don de deviner les moindres intentions des gens. Jef n'ignorait pas qu'il allait avoir avec Ferchaux une entrevue importante pour laquelle il aurait besoin de tout son sang-froid. Il ignorait encore moins l'effet que l'alcool, en particulier le pernod, produisait sur le jeune homme, le rendant méfiant, hargneux, prompt à la violence.

Comme s'ils s'étaient compris, Jef tenait la bouteille en suspens au-dessus du verre et Michel, pour le narguer, laissait tomber :

— Versez !

Il avait déjà bu deux verres de whisky. Il but encore deux pernods avec Jef, s'arrangea un peu devant la glace et sortit enfin pour se diriger vers la maison Vuolto. De loin, il vit, sur la véranda, le voile bleu de l'infirmière et, en profil, à moitié caché par les barreaux de la balustrade, le fauteuil de rotin où Ferchaux était étendu.

En même temps, il tressaillait. La maison de Vuolto avait deux portes, celle qui donnait accès à la crémerie et l'entrée particulière qui conduisait à l'appartement du premier étage, occupé par les Vuolto, et au second étage que Ferchaux habitait.

Or, au moment où Michel abaissait son regard, le Hollandais se trouvait à moins d'un mètre de cette porte. Venait-il tout simplement de tourner le coin de la rue ? C'était possible. Mais il était possible aussi qu'il sortît du corridor.

Cette rencontre l'assombrit. C'était la seconde fois depuis le matin qu'il apercevait Suska et, au *Washington* déjà, il en avait été impressionné.

Suska connaissait-il Ferchaux ? Quels rapports pouvaient exister entre ces deux hommes ? Est-ce que, par hasard, Ferchaux se servait du Hollandais silencieux pour se renseigner sur les faits et gestes de Michel ?

Celui-ci s'engagea dans le corridor, puis dans l'escalier dont les marches craquaient. Il frappa à la porte à laquelle, jadis, il ne frappait jamais. Il se donna le luxe d'attendre, comme un visiteur ordinaire, qu'on vînt lui ouvrir, et ce fut une femme de couleur qui entrebâilla l'huis en souriant de toutes ses dents.

— M. Louis est ici ?

— Oui, missié.

Il ne reconnaissait pas l'odeur de l'appartement. La présence des deux femmes avaient tout transformé. La cuisine, où autrefois on ne mettait jamais les pieds, sinon pour y fourrer pêle-mêle tout ce qui traînait, était propre et de l'eau bouillait sur un réchaud à gaz. Dans le salon-salle à manger, il y avait un tapis, vulgaire certes, mais tapis quand même, sur la table ronde que Michel avait achetée chez un brocanteur. Le plancher était net, l'ampoule électrique avait été débarrassée de sa poussière et entourée d'un abat-jour rose.

— M. Michel ? questionna en s'avançant l'infirmière qui, vue de près, était une jolie fille de vingt-deux à vingt-cinq ans.

Qu'est-ce qu'elle savait de lui ? Elle le détaillait à la dérobée, il en était sûr. Peut-être était-elle étonnée de le trouver si jeune et si sympathique ?

— M. Louis est très souffrant ? s'informa Maudet en baissant la voix.

Elle rit, comme on rit pour rassurer un malade. Elle répondit à voix très haute :

— Mais non. Il va beaucoup mieux. Il a certes été un peu fatigué, mais il n'y paraît plus. C'est bien plus comme secrétaire suppléante que comme infirmière que je reste près de lui. Si vous voulez me suivre...

Elle le fit passer sur la véranda où Ferchaux était étendu, à son habitude, dans son transatlantique. Il évita de regarder Michel tout de suite. C'est à l'infirmière qu'il s'adressa.

— Vous pouvez nous laisser, Miss Marthe. Je n'aurai plus besoin de vous ce matin.

Et, au moment où elle allait disparaître :

— Dites à Jenny qu'elle en profite pour aller faire ses courses. Elle a tout le temps.

Pourquoi Michel, inconsciemment, s'était-il attendu à le trouver changé ? A tel point qu'il était dérouté, maintenant, un peu dépité même, de revoir son ancien patron tel, exactement, qu'il l'avait quitté.

— Asseyez-vous, Michel.

S'il y avait des différences, elles étaient de surface. Par exemple, il portait, au lieu de son pyjama toujours douteux, un complet de toile propre, mais il n'avait pas de chemise dessous et on découvrait toujours, dans l'échancrure, ses poils gris et blancs. Sa barbe était peignée. On sentait qu'il s'était lavé à l'eau fraîche et il subsistait une petite trace de savon sous le lobe de l'oreille, une vague odeur d'eau de Cologne sur la terrasse.

— Vous n'avez pas cru que j'étais malade, n'est-ce pas ?

Ce que Michel retrouvait surtout, c'était son regard. Comment avait-il pu croire que le regard de Jef et celui de Ferchaux se ressemblaient ? Celui-ci était tellement plus aigu, plus lucide, et surtout plus amer !

Ferchaux ne devait pas être tout à fait à son aise, car il frottait ses mains l'une contre l'autre, hésitait à se lever, mal d'aplomb dans le transatlantique qui l'immobilisait.

— Vous n'avez pas été étonné de recevoir ma lettre ? Avouez que vous vous y attendiez, que, ce qui vous a étonné, c'est de ne pas la recevoir plus tôt.

— Peut-être.

Qu'est-ce que Maudet disait ? Il n'en savait rien. Il répondait pour répondre. Il manquait de son assurance habituelle. Par contenance, il jetait un regard circulaire sur la terrasse et s'étonnait de trouver des fleurs dans un vase. C'était l'infirmière, évidemment, qui les avait apportées et arrangées avec goût. C'était elle aussi qui avait travaillé à cette table — sa table ! — où la machine à écrire était entourée de feuillets.

Il en fut jaloux, se sentit remplacé, peut-être remplacé avantageusement. Il se demanda pourquoi on l'avait appelé, eut l'impression que c'était pour se moquer de lui. Il faillit se lever. Ferchaux sentit son mouvement et se hâta de prononcer :

— Quoi que vous puissiez penser, j'ai été très malheureux. Cela n'a pas d'importance. Racontez-moi ce que vous avez fait.

Étaient-ce les pernods de Jef qui produisaient leur effet, ou la réaction contre tout ce qu'il y avait de changé dans la maison ? Michel, le front buté, répliqua :

— Je crois que vous le savez aussi bien que moi.

Il pensait au Hollandais et Ferchaux ne nia pas, laissa tomber, sans s'y arrêter, cette accusation indirecte, insista :

— Vous êtes content ?

Ce n'était pas ce que Maudet attendait. Il avait prévu des supplications. Dans son esprit, Ferchaux allait faire l'impossible pour le reprendre et, au lieu de cela, c'était lui qui était mis sur la sellette, c'était lui que les petits yeux du vieillard scrutaient jusqu'au plus profond de son être.

— J'aurais dû vous écrire plus tôt. Chaque jour j'en avais le désir. J'avais peur que vous refusiez de venir.

Michel ouvrit la bouche ; on ne lui laissa pas le temps de parler.

— C'est ma faute, d'ailleurs, et je ne vous en veux pas. Vous souvenez-vous d'une conversation que nous avons eue dans votre chambre, à Dunkerque ?

— Je m'en souviens.

— Je vous ai dit... Ce n'est pas ce que je vous ai dit qui importe, c'est ce que je ne vous ai pas dit. Vous étiez inquiet, à cette époque-là, de ce que je pensais de vous, plus exactement de ce que je pensais de vos possibilités d'avenir. Car c'est cela, et rien d'autre, qui vous a toujours tracassé. Vous aviez besoin de sentir votre force, de l'essayer...

Une fois de plus, il l'arrêta de la main. On devinait qu'il avait médité son discours, qu'il avait décidé de dire certaines choses et qu'il les dirait.

— Je ne sais plus ce que je vous ai répondu, mais je sais que je n'ai pas été tout à fait sincère. Je m'étais habitué à vous. Vous le saviez bien. Vous en abusiez déjà. Mais si ! Taisez-vous. Je vous assure que ce n'est pas un reproche, que je ne vous ferai aucun reproche. Vous sentiez pousser vos griffes. Vous aviez hâte de savoir si vous étiez un fort, un homme capable d'aller de l'avant.

» Vous vous souvenez de tout cela, Michel ?

Et Michel grogna, tassé dans son fauteuil, le regard lourd :

— Oui.

— Voyez-vous, j'aurais dû vous répondre qu'il y a d'un côté les vrais forts et d'un autre, beaucoup plus nombreux, ceux qui ne sont qu'avides. Vous comprenez ?

S'il comprenait ! Chaque mot le frappait comme un caillou et il fixait obstinément le pilon de Ferchaux.

— Ils peuvent donner le change, au début. Ils ont, en apparence, la même énergie. Je me demande si, tout au commencement, je ne m'y suis pas trompé. A Dunkerque, je savais. Je ne l'admettais pas encore, mais je savais. Faute de véritable force, il y a un moment où on est tenté d'employer d'autres moyens. Souvenez-vous de la mallette qui contenait les débris de ma fortune et que je vous ai confiée quand je suis monté seul sur le bateau. J'aurais presque souhaité...

Lina s'y serait trompée, René aussi, et Mrs Lampson. Mais ni un Ferchaux, ni un Jef, n'étaient des hommes à s'y tromper.

Michel était là, tassé dans son fauteuil comme un enfant boudeur. Le sang à la tête, les yeux brillants, il avait des larmes qui tremblaient au bord des cils.

Les trois femmes, elles, n'auraient pas vu que c'étaient des larmes d'humiliation, de rage.

— C'est tout, Michel. Ceci avait besoin d'être dit. Je ne vous en parlerai jamais plus. Je tenais à vous faire comprendre que j'ai agi en pleine connaissance de cause et que, par conséquent, je n'ai pas eu de désillusions.

— C'est pour cela que vous m'avez fait chercher ?

La riposte était vulgaire, maladroite, Maudet en avait conscience et, du coup, c'était la haine que ses yeux exprimaient.

— Non. Je vous ai fait chercher parce que je suis un très vieil homme, que j'ai pris des habitudes et qu'il m'est pénible de m'en passer.

Son regard frôlait les fleurs, la véranda mise en ordre, la machine à écrire et les papiers sur la table.

— Vous comprendrez plus tard, beaucoup plus tard, pour autant que vous compreniez un jour. Je ne pense pas que vous ayez déjà trouvé au-dehors ce que vous cherchiez ?

C'était vrai, mais Michel se révoltait de l'entendre dire d'une façon aussi naturelle, aussi simple.

— Je vous ai prévenu dès le début que vous n'étiez pas à votre place chez Jef. Vous valez quand même mieux. Ou pis. Cela dépend du point de vue auquel l'on se place.

— Je vous remercie.

— Quoi qu'en disent les médecins, je n'en ai guère que pour quelques mois à vivre, deux ou trois ans tout au plus. Peut-être récupérerai-je un jour les sommes qui me sont dues à Montevideo. Ce n'est pas certain et je ne veux pas vous tromper. Vous savez à peu près aussi bien que moi ce qu'il me reste d'argent. Ici, nous n'en dépensons pas beaucoup.

Michel commença à redresser la tête, non parce qu'on parlait d'argent, non par cupidité, comme des imbéciles eussent pu le croire — comme sa mère l'aurait cru ! — mais parce qu'il y avait une cassure dans la voix de Ferchaux.

Jusque-là, il avait récité un discours préparé d'avance dans la solitude. Décidé à soulager son cœur, il l'avait fait.

A présent, le vieil homme apparaissait à nouveau et le regard devenait anxieux, presque suppliant. C'était l'homme tout seul, qui avait une peur panique de sa solitude et qui se raccrochait à son dernier espoir.

— Cet argent vous reviendra. Ce n'est pas une fortune, mais c'est assez pour servir de point de départ.

— Vous n'avez pas peur du mauvais sujet que je suis ? ricana Michel, mécontent de n'avoir trouvé que cette riposte.

— J'ai peut-être eu tort de vous parler comme je l'ai fait tout à l'heure. J'ai pensé que je le devais, que les choses iraient mieux si tout était clair entre nous. Malgré ce que je vous ai dit, j'ai pour vous une véritable affection.

— Vraiment ?

— Mais oui, Michel. Et vous le savez. Pour l'instant, vous vous hérissez, alors qu'au fond, vous êtes satisfait. Voulez-vous que je vous procure une autre joie ? Vous qui êtes si inquiet de savoir ce qui vous attend... Eh bien ! vous arriverez à vos fins, j'en suis sûr. Vous voyez ! Malgré vous, vos lèvres se retroussent. Vous avez toutes les peines du monde de vous empêcher de sourire. Seulement...

— Seulement ?

— Peu importe... Vous y tenez ?

— J'y tiens.

— Ce ne sera peut-être pas à la manière...

— A la manière que vous auriez voulu, n'est-ce pas ?

Il s'était levé d'une détente.

— Qui est-ce qui s'est vanté d'avoir tué trois nègres ? Qui est-ce qui s'est vanté d'avoir passé sa vie à humilier ses employés ? Vous croyez que j'ai oublié ? Vous souvenez-vous de ce couple, dans je ne sais quel poste de votre Oubangui, de cette femme que vous avez suivie dans sa chambre sous les yeux de son mari ?

Il défiait le vieillard du regard, parlait avec véhémence, guettait la contradiction qui lui aurait permis de repartir de plus belle.

— Vous avez raison, soupirait Ferchaux.

— Cela vous ennuie peut-être que je vous rappelle ces choses ? Et les petits trafiquants que vous avez ruinés sciemment...

— Mais oui, mais oui, je vous répète que vous avez raison. Écoutez, Michel, ne parlons plus de cela, voulez-vous ? J'ai eu tort. Nous ne pouvons pas nous comprendre. Mon premier tort a été de vous emmener avec moi. Qui sait si vous ne seriez pas resté avec votre femme qui était bien gentille et si...

— Je vous remercie !

— Maintenant, nous nous sommes habitués l'un à l'autre. Nos relations, nos disputes, ressemblent à celles de vieux amants qui ne s'aiment plus, mais qui ne parviennent pas à se passer l'un de l'autre. Je parle pour moi. Vous avez fait un essai de votre liberté. J'ai fait, malgré moi, un essai de ma solitude.

Il se leva, lui aussi. Sa voix tremblait. D'un mouvement brutal, il renversa le vase de fleurs.

— Cela ne durera probablement pas longtemps, je vous l'ai dit. A ma mort...

Il se passa la main sur le front, parvint à sourire, d'un sourire si plein d'amertume, si désespéré que Maudet eut vraiment pitié.

— Voilà ! J'essayerai d'être moins exigeant, de rendre le joug plus léger. Vous sortirez quand il vous plaira. Et si, ma foi, il vous arrive de ne pas rentrer de la nuit... Nous garderons cette femme, cette Jenny, qui est admirablement bête et bonne et qui, si la nuit il m'arrivait quelque chose...

Il se penchait sur les papiers couverts d'une autre écriture que celle de Michel.

— Tenez ! J'ai essayé de travailler...

Il froissa les feuilles, les éparpilla. Il allait et venait, frappant le sol de son pilon, évitant de montrer son visage. Et alors Michel pensa à l'expression du visage de Jef quand il avait prononcé, quand il avait laissé jaillir plutôt, venu du plus profond de son être, le mot :

— Fumier !

Jamais Ferchaux ne s'était humilié à ce point, parce que, cette fois, il le faisait consciemment, il avait mis la plaie à nu, il se montrait vraiment nu, un pauvre homme qui avait été si grand, qui avait lutté avec tant d'énergie, qui avait vécu une vie si pleine et qui...

— Voulez-vous que nous essayions ?

Tête basse, Michel ne répondait pas, non pas parce qu'il ne voulait pas répondre, mais parce qu'il ne pouvait pas, parce qu'il ne trouvait pas les mots, parce qu'il avait honte.

Ils restaient ainsi, se tournant le dos, chacun debout sur la terrasse, avec des choses éparses à leurs pieds. La quarteronne montait l'escalier en fredonnant. Dans quelques instants, ils ne seraient plus seuls.

La porte s'ouvrait.

— Dites-lui, voulez-vous, que vous déjeunerez ici, que pour l'instant elle nous laisse...

Michel, docile, quitta la terrasse et fit la commission à Jenny qui le regardait avec des yeux pleins de bonne humeur.

Quand il revint sur la véranda, Ferchaux ramassait les fleurs et les morceaux du vase.

Sans rien dire, Maudet l'aida, ramassa aussi les papiers, et ainsi tous les deux effaçaient en silence les dernières traces de ce qui venait de se passer entre eux.

— Elle fait très bien la cuisine, vous verrez... Ces derniers jours, on m'a forcé à manger un peu... Il paraît que le lait ne me suffisait pas...

La voix devenait plus naturelle, l'attitude aussi.

— Tout à l'heure, quand l'infirmière viendra, vous seriez gentil de lui régler son compte, de lui dire que je me repose... Vous ajouterez un billet de cinquante dollars dans une enveloppe, car elle a fait ce qu'elle a pu...

Ferchaux avait posé un portefeuille sur la table. Ils ne savaient plus que se dire. Le vieillard allait ouvrir la bouche pour conclure :

— Et voilà, Michel !

quand la quarteronne vint heureusement leur demander, la figure fendue jusqu'aux oreilles par son éternel sourire, s'ils aimaient les crabes farcis.

6

Le déjeuner terminé, Ferchaux avait simplement demandé :

— Vous ne désirez pas sortir ?

Michel avait répondu non. Ils avaient travaillé un peu plus de deux heures. Après quoi, Ferchaux avait manifesté l'intention de se reposer. Au moment où Maudet se dirigeait vers la porte, il avait questionné, après un temps d'hésitation :

— Qu'est-ce que vous allez leur dire ?

Et Michel lui avait répondu par un geste vague. Cela pouvait signifier qu'il n'en savait rien, ou que cela n'avait pas d'importance, ou que tout lui était indifférent.

Il y avait du monde chez Jef, le chef cuisinier et des stewards du *Ville de Verdun* qui faisait route pour Tahiti et la Nouvelle-Calédonie.

Ils étaient tous familièrement assis en cercle dans le coin proche du comptoir, comme des parents qui se retrouvent après longtemps. Renée était avec eux, ainsi que la Bretonne du quartier réservé, dont un des hommes tenait la taille et qui rougit en voyant entrer Michel.

Ils buvaient du champagne. Plusieurs bouteilles vides s'alignaient sur le marbre de la table et on sentait qu'ils n'en resteraient pas là.

Le tableau n'avait rien d'extraordinaire, ni d'imprévu, et pourtant il choqua Michel par sa vulgarité. Est-ce parce qu'il le savait, ou bien sentait-on réellement que ces hommes, qui portaient le même complet blanc que tout le monde, étaient des domestiques, et qu'une fois à bord ils se précipiteraient au coup de sonnette des passagers ?

Ils étaient en bordée. Aujourd'hui, ils se montraient les égaux de n'importe qui, et, le teint animé, l'œil brillant, ils avaient quelque chose d'agressif dans l'attitude.

Cela n'avait jamais irrité Michel de voir Renée en compagnie des clients de l'*Atlantic*. A vrai dire, il n'avait jamais pensé à être jaloux.

Ici, il se rembrunit, de la voir tellement à son aise dans cette compagnie. Ils étaient tous détendus comme des paysans un jour de noce. Ils riaient grassement. Du moins riaient-ils aux éclats au moment où Michel avait poussé la porte, car son arrivée jeta un froid.

— C'est toi ! grogna Jef sans aménité.

Puis, acceptant la fatalité :

— Viens boire un verre avec nous. C'est ma tournée. Tu connais ces messieurs ?

Jef devait avoir bu plus que de coutume. Il n'était pas ivre. Ou plutôt cela se marquait chez lui par une petite lueur féroce dans les yeux. Il présenta ses convives, puis Maudet.

— Un Français qui est ici le secrétaire d'un drôle de caïman et qui attend qu'il casse sa pipe.

Michel tressaillit car ces mots avaient en lui une profonde résonance.

— Vous le verrez un jour arriver en France en cabine de luxe, à moins qu'il lui arrive des ennuis.

Qu'est-ce que cela signifiait ? Pourquoi fixait-il le jeune homme avec tant d'insistance ? Pourquoi Renée, qui n'avait pas vu Michel depuis le matin, et qui ne devait donc rien savoir, ne lui posait-elle pas de questions, ne marquait-elle aucun étonnement qu'il ne soit pas venu déjeuner avec elle comme d'habitude ?

C'était un peu comme si, depuis son départ, vers dix heures du matin, il eût déjà été supprimé du petit cercle. Maudet aurait voulu parler à Renée, mais elle ne paraissait pas comprendre qu'il lui faisait signe de monter. Elle écoutait les histoires que ces hommes racontaient. L'un d'eux, au visage futé, aux cheveux roux et aux taches de son, avait cette effronterie qui gagne, quand ils sont ivres, les gens trop humbles dans l'ordinaire de la vie. Pour l'heure, le monde entier était son égal.

— Alors, moi, je lui ai dit... Je vous jure... C'est comme ça... Victor, qui a la coursive de bâbord, vous le répétera... Je lui ai dit :

» — Minute, Princesse !... Faudrait voir à ne pas mélanger les torchons et les serviettes... Pour ce qui est du service, d'accord, vu que je suis là pour ça, bien que la Compagnie ne soit pas large... Mais, pour ce qui est de la volupté, Ménesse a ses petites idées là-dessus et ses habitudes... Pouvez vous rhabiller, à moins que vous teniez à ce que je vous envoie le gigolo des troisièmes...

» Comme je vous le dis... Pas vrai, Victor ?

» D'ailleurs, elle a essayé de faire le coup à Victor aussi...

Tout cela était faux, faux à crier. Personne n'y croyait, pas même celui qui parlait. N'empêche que tout le monde écoutait avec ravissement.

— Vous parlez ! Une rombière dans les quarante-cinq piges, qui pèse ses deux cents livres comme cochon !... Alors, elle m'a offert cent francs... Vous vous rendez compte ! Cent balles...

La Bretonne du quartier réservé riait aux larmes à cette histoire.

— Et c'était tous les soirs du pareil au même. Elle buvait toute seule, au bar, jusqu'à la fermeture, puis elle se baladait dans le navire en se heurtant aux cloisons et en dégringolant les escaliers à la recherche d'une âme sœur. J'en connais deux qui y sont allés, pour les cent balles. Paraît qu'il fallait par-dessus le marché, au moment psychologique, l'appeler ma poupée. Vous visez !

Michel rencontra le regard de Renée et fut fâché contre celle-ci, car il sentit qu'ils avaient eu tous les deux la même idée. Pourquoi cette histoire de passagère sur le retour leur avait-elle fait penser à Mrs Lampson ? Jef aussi y avait pensé, puisqu'il grasseyait :

— J'ai déjà remarqué qu'il y en a au moins une par bateau.

Michel eut envie de s'en aller, mais ne le fit pas. Il resta dans son coin, renfrogné, vidant son verre et trinquant chaque fois qu'on versait une nouvelle tournée. Les gens du *Ville de Verdun* ne partaient pas. Ferchaux avait demandé à Michel s'il rentrerait dîner et Michel avait répondu oui. Le temps passait. On avait allumé les lampes.

Quand il se leva enfin, vers sept heures et demie, alors que Napo commençait à mettre les nappes et à dresser les couverts, Renée lui demanda :

— Tu manges là-bas ?

— Je t'expliquerai demain.

— Mais oui, mais oui, fit Jef comme si cela n'intéressait personne, ou comme si chacun était déjà au courant.

Ce fut le lendemain que Jef en dit davantage. Michel avait quitté de bonne heure l'appartement de chez Vuolto pour aller à la poste restante, comme il avait pris l'habitude de le faire chaque jour, même quand il n'attendait aucun courrier. Il s'était d'abord promis de ne pas passer chez Jef. Puis, comme un ivrogne qui ne peut résister à l'attraction de son estaminet familier, il avait poussé la porte à l'heure où Jef était seul à faire son mastic.

— Renée est là-haut ?

— Elle dort. Il y avait deux bateaux, hier au soir, et elle est rentrée tard.

Cela signifiait que Michel ferait mieux de ne pas la réveiller. D'ailleurs, celui-ci n'en avait nulle envie. C'était Jef qu'il avait besoin de voir, sans savoir au juste pourquoi. Peut-être était-il tracassé par les paroles équivoques que le Belge avait prononcées la veille ? N'était-ce pas une faiblesse de sa part d'être toujours anxieux de l'opinion des autres ?

On avait dû veiller tard. Le café était en désordre. Des bouteilles et des verres traînaient sur les tables, des bouts de cigares, des assiettes dans lesquelles, tard dans la nuit, on avait servi des saucisses chaudes. Jef avait les yeux plus pochés que d'habitude, mais ces yeux pétillaient d'une ironie cruelle dès qu'ils se posaient sur Michel.

Comme s'il avait à rendre compte de sa conduite, celui-ci murmurait :

— Il a tellement supplié que je n'ai pas pu faire autrement. Par contre, il a promis de me ficher la paix et de ne pas être toujours sur mes talons.

— Dis donc...

— Quoi ?

— Oh ! rien. Une idée qui m'est venue. Ton Ferchaux... Tu m'as bien dit, n'est-ce pas, qu'il lui reste à peu près un million ?

Maudet fit oui de la tête.

— Comme il vit ici sous un faux nom, je suppose qu'il n'a pas de compte en banque, car ce ne serait pas prudent.

Michel commençait à comprendre et les yeux de Jef se faisaient plus insistants, insistants au point d'obliger son interlocuteur à baisser la tête.

— Dans ce cas, il faut bien qu'il planque son argent. Tu comprends ce que je veux dire ? Alors, simplement, sans chercher plus loin, je me demandais, comme ça, s'il te laissait voir où il le planquait.

Cela pouvait ne signifier que ce que les mots voulaient dire, mais Michel savait que Jef n'était pas si simple que ça, que les petites phrases qu'il lançait de la sorte visaient presque toujours loin.

Automatiquement, une image s'imposait à son esprit, celle de Ferchaux, le soir, quand il se déshabillait, un Ferchaux maigre et nu, la peau blême et velue, avec, autour des reins, une ceinture de toile qu'il ne quittait jamais.

C'était dans cette ceinture que, pour parler comme le Belge, l'argent était planqué. A Dunkerque, on laissait les billets de banque dans la serviette, laquelle était simplement enfermée dans une armoire, car personne n'aurait eu l'idée de se méfier de l'honnête Mme Snoek.

Depuis qu'on lui avait volé la petite pochette de diamants, Ferchaux se montrait plus prudent. A Montevideo, il avait fait faire cette ceinture. La plus grosse partie de l'argent avait été convertie en billets de mille dollars, ce qui ne faisait pas un gros volume. Quand c'était nécessaire, on changeait un des billets. Et cet argent-là, destiné aux dépenses courantes, était déposé dans une boîte à cigares.

Michel n'allait-il pas rougir une fois de plus ? Il lui était arrivé, quand il avait perdu au poker ou que, dans un cabaret de nuit, à moitié ivre, il s'était laissé entraîner à offrir des tournées de champagne et à s'endetter, de rendre une visite furtive au tiroir et d'y chiper quelques petites coupures.

Il n'avait jamais pu savoir si Ferchaux s'en était aperçu. Avare comme il l'était, il devait compter ses bank-notes, et pourtant il n'avait jamais fait de reproche à Maudet sur ce sujet.

Pour quelle raison Jef venait-il de soulever la question et pourquoi surtout avait-il maintenant cet air de contentement ?

— Je sais où est l'argent, bien entendu. Et après ?

— Il n'y a pas d'après, mon garçon. C'est tout. Il arrive, comme ça, qu'on pense malgré soi à des choses. Tu n'as pas de commission à faire à Renée ?

— Dites-lui que je viendrai sans doute dîner avec elle.

— Si tu veux.

Qu'est-ce que Jef avait voulu insinuer ? Il y pensa dans la rue. Il y pensa davantage encore quand, de retour à l'appartement de chez Vuolto, il se retrouva en présence de Ferchaux qui mettait de l'ordre dans ses notes.

Est-ce que Jef avait voulu faire comprendre à Maudet qu'il devinait pourquoi celui-ci, au lieu de garder sa liberté, s'était remis avec son patron ?

Est-ce que... ? Jef en était capable. Peut-être s'était-il donné le malin plaisir de semer de la mauvaise graine dans l'esprit du jeune homme ? Car celui-ci ne pouvait plus s'empêcher d'y penser. Quand il regardait Ferchaux, fût-ce par hasard, son regard s'arrêtait malgré lui à hauteur de la ceinture.

Le plus grand changement, dans l'appartement, c'était la présence d'une femme, de cette bonne grosse quarteronne qui chantait du matin au soir. Parfois on avait envie de la faire taire, mais elle y allait de si bon cœur, elle montrait, quand on l'appelait, un sourire si désarmant, qu'on n'en avait pas le courage.

Pour le reste, il se passait un peu entre les deux hommes ce qui s'était déjà passé à Dunkerque, après l'algarade de la belote : Ferchaux se montrait plus prévenant, Michel plus empressé.

Comme ils sentaient l'un et l'autre que la paix ne tenait qu'à un fil, ils vivaient précautionneusement, d'une façon pour ainsi dire feutrée, par crainte de déclencher le plus léger éclat.

La différence avec Dunkerque c'était que, désormais, ils ne pouvaient plus entretenir la moindre illusion l'un sur l'autre. Ils s'étaient dit tout ce qu'ils avaient sur le cœur. Ils se connaissaient à fond.

De tout cela, il n'était plus question, il n'en serait jamais question. C'était effacé. En apparence, ils étaient sur le même pied qu'autrefois.

Ferchaux, pris d'une belle rage de travail, dictait pendant des heures. De temps en temps, il s'interrompait pour boire une gorgée de lait, bien qu'il eût décidé de manger à peu près comme tout le monde.

— Je ne peux m'empêcher de penser, voyez-vous, Michel, que ce que je fais n'est pas inutile.

Il avait dû se promettre de ne plus parler de la sorte, de ne plus quêter l'admiration de son secrétaire, puisqu'il savait décidément que celui-ci ne l'admirait pas.

Mais c'était plus fort que lui. Il revivait ses années de l'Oubangui, apportait une minutie de collectionneur ou de maniaque à reconstituer la chaîne des moindres événements, mettait sa mémoire à la torture pour un détail insignifiant.

C'était un peu comme s'il eût éprouvé le besoin, pour se sentir moins misérable, de contempler à chaque instant un portrait de l'homme qu'il avait été.

Il y avait, entre autres, une histoire de rats et de coliques. A cette époque-là, il avait envoyé son bateau à réparer à plus de trois cents kilomètres. Il était resté seul avec deux nègres, dans une méchante cabane en bois bâtie sur pilotis, car il n'y avait pas dix mètres carrés de terre ferme dans toute la région.

C'est alors que des coliques l'avaient pris, qui le tenaient plié en deux pendant des heures. Les rats avaient envahi la cabane et pullulaient à tel point que chaque nuit il était obligé de se relever malgré sa fièvre et d'entreprendre contre eux de véritables batailles.

Ferchaux ajoutait rêveusement :

— Cela a duré sept semaines. Je ne comprenais pas pourquoi le bateau ne revenait pas. Il s'était échoué, je l'ai su après, sur un banc de sable et un des deux mécaniciens indigènes avait été happé par un crocodile. Ce qui comptait, ce qui était tragique, c'étaient les rats. Du matin au soir, ils occupaient ma pensée. Il en arrivait chaque jour davantage. Ils devenaient de plus en plus audacieux et, si je me couchais, je les sentais courir sur mon corps. Au début, il me restait de la lumière pour les effrayer, puis la lumière a manqué. Alors, dans l'obscurité, j'allais et venais, me heurtant aux cloisons, tapant à tour de bras, si épuisé qu'à la fin je tombais n'importe où et sombrais dans un sommeil de cauchemar pour me retrouver le matin au milieu des bêtes mortes…

Caressait-il encore l'espoir d'arracher à Michel un mot, un regard d'admiration ?

Michel, là-bas, dans la maison de la dune, puis après, rue des Chanoinesses, l'avait admiré. Ce qu'il avait admiré en lui, c'était l'homme qui avait su amasser des dizaines de millions.

Par la suite, Maudet l'avait méprisé, à son insu pour commencer ; il l'avait méprisé, justement, de n'être pas capable de profiter de ces millions, de vivre comme il vivait, sans grandeur apparente.

Aujourd'hui, ce n'était plus qu'un homme presque pauvre que ses ennemis eux-mêmes avaient oublié, un vieux maniaque qui avait peur de la solitude et qui se raccrochait misérablement à son auditoire.

Ils savaient cela, l'un comme l'autre. Ils savaient que leur vie commune n'existait plus que grâce à un marché. Cela s'était passé presque aussi crûment que l'histoire du steward et de la vieille folle qui avait offert cent francs pour calmer sa fringale d'ivrognesse sur le retour.

— Restez avec moi quelques mois encore, deux ou trois ans au plus, et vous aurez les centaines de mille francs qui me restent.

On n'en parlait plus, mais cela restait présent comme une tache qui perce sous la peinture neuve et ils avaient besoin, pour que le vide ne devînt pas insupportable, de la présence et des chansons de la matrone qui les servait.

Ferchaux ne protestait plus quand Michel s'attardait dehors. Il était trop évident que le raccommodage ne résisterait pas à une nouvelle scène.

Tous les jours, parfois à deux reprises, Maudet allait retrouver Renée, montait dans sa chambre, s'asseyait sur son lit et fumait des cigarettes en la caressant ou en la regardant s'habiller.

Pourquoi s'était-il mis à mentir à Renée, avec qui il avait été assez franc jusque-là ? Elle lui demandait parfois :

— Tu n'as pas de nouvelles de ton Américaine ?

Il eût été plus flatteur pour lui de dire la vérité. Il répondait non, affectait de ne plus y penser.

Pourtant les lettres, maintenant que les escales du *Santa Clara* étaient plus rapprochées les unes des autres, se suivaient à un rythme précipité. Michel trouvait à la poste restante de grosses enveloppes bleuâtres dont, installé dans son coin du *Washington*, il extrayait de nombreux feuillets toujours couverts de la grande écriture en forme de baïonnettes.

Les timbres changeaient. Après les timbres colombiens de Buenaventura, deux jours après exactement, c'étaient les timbres équatoriens de Guayaquil.

Cher garçon.

On avait l'impression qu'elle avait toujours peur d'être dupe. Ou peut-être craignait-elle de ressembler à la femme du *Ville de Verdun* ? Sous son enjouement se devinaient des réticences. A peine s'attendrissait-elle qu'elle se hâtait de se moquer de lui et d'elle-même.

Comment pouvez-vous m'écrire les choses que vous m'écrivez ? Si cela était vrai, si vous étiez tellement torturé par la jalousie, vous seriez un pauvre malheureux garçon et je me reprocherais toute ma vie de vous faire autant souffrir...

Elle ne se régalait pas moins des pages et des pages passionnées qu'il lui adressait par tous les courriers aériens. Il avait une peine croissante à les écrire. Il était incapable, maintenant, même en fermant les yeux, de reconstituer sa physionomie. Il était obligé de travailler à froid. Il buvait d'abord un whisky ou deux. Ce qui l'aidait aussi, c'était l'atmosphère du *Washington*, car, ce que l'Américaine représentait avant tout, c'était ce luxe-là.

Il était toujours question, dans les lettres de Mrs Lampson, de

Mme Rivero qui était devenue sa grande amie. Mme Rivero était mariée et avait deux enfants, dont un grand garçon au collège Stanislas, à Paris.

Or, d'après les lettres, on eût dit deux pensionnaires en vacances. Elles s'amusaient de tout, comme des petites folles. A Guyaquil, elles avaient mangé tant de glaces, à une terrasse de la rue principale, qu'elles en avaient été malades toutes les deux.

Il est monté à bord trois dames équatoriennes aussi guindées que des parapluies. Elles sursautent chaque fois qu'à table nous éclatons de rire. C'est très drôle. Nous avons supplié le commissaire du bord, qui est un tout à fait charmant garçon, d'organiser un bal travesti, car je ne prends jamais le bateau sans emporter un travesti. C'est un costume de Carmencita. Dites-moi, cher, est-ce que vous me voyez en Carmencita ?

Tous les mots portaient. Il lisait certaines phrases avec une réelle jalousie. Il était jaloux, par exemple, de son ami Bill Ligget, qui était ce commissaire du bord si charmant dont elle parlait.

Les escales lui faisaient peur. Il craignait d'autres rencontres dans le genre de celle de Cristobal.

Mon amie Rivero — figurez-vous qu'elle s'appelle Anita, un nom comme j'aurais aimé en porter au lieu de mon vilain prénom de Gertrud — figurez-vous qu'Anita veut absolument que j'aille passer une quinzaine de jours dans sa propriété. Il paraît que c'est là-bas la plus jolie saison de l'année. Ici, il fait très chaud. On a installé une petite piscine sur le pont et nous restons des heures dans l'eau. C'est très amusant...

La piscine ne plaisait pas davantage à Michel. Ni un certain passager qu'elle appelait sir Edwards :

C'est l'homme le plus extraordinaire que j'aie jamais rencontré. Il prétend que, depuis douze ans, il n'a pas une seule fois dormi à terre. Il paraît que c'est très difficile à combiner. Il va aussi loin qu'il peut avec un bateau et il faut qu'à destination il trouve tout de suite un autre navire. Cela lui est égal où il va. Il a fait plusieurs fois le tour du monde. Aux escales, il ne descend presque jamais à terre.

Il est très fort au bridge. Il joue aussi du violon. Il emporte toujours deux ou trois violons dans ses malles.

Pourquoi ne lui disait-elle pas l'âge de sir Edwards ?

Le *Santa Clara* touchait à Payta et les lettres étaient désormais garnies de timbres péruviens. Puis c'était Pacasmagu, dernière étape avant Callao où, normalement, Mrs Lampson aurait dû terminer son voyage.

Quelles affaires allait-elle y traiter ? Un voyage de plusieurs semaines pour passer quelques heures à Lima où, selon elle, son mari avait acheté jadis, par hasard, des terrains qu'il n'avait jamais vus et dont il n'avait pas de nouvelles. Il était soudain question de bâtir une ville sur ces terrains.

Les noms de la côte sud du Pacifique devenaient aussi familiers à Maudet qu'ils l'étaient à tous les hommes du Canal. Dès son arrivée, cela l'avait émerveillé d'entendre parler de la Colombie, du Chili, puis, dans un autre sens, des Bahamas, du Venezuela, de Buenos Aires ou de Rio comme, à Paris, on cite des stations du métro.

Il avait envié souvent Nic Vrondas, non pas tant à cause de son bazar que parce que, de temps en temps, pour un oui ou pour un non, à cause d'une femme ou d'une affaire, il prenait passage à bord d'un bateau, touchait à une dizaine de ports et revenait un mois ou deux plus tard le plus simplement du monde.

Au *Washington* aussi, on entendait à tout moment citer les ports du Sud ou d'ailleurs, des gens partaient, d'autres revenaient, qui tous avaient sur leurs malles des étiquettes multiples. De jeunes hommes faisaient une traversée de dix jours pour une partie de polo ou un championnat de golf. Certains emmenaient leurs chevaux ou leur voiture avec eux.

Je suis bien contrariée, chéri, car je ne voudrais pas faire de peine à Anita qui est si gentille, mais je ne veux pas non plus que vous me disiez que vous pleurez. D'ailleurs, cela ne doit pas être bien sincère et je suis sûre que vous avez à Colon de jolies amies pour vous consoler...

Le bal travesti avait eu lieu et c'était Anita Rivero, qui possédait un ancien costume panaméen tout orné de pièces d'or de l'époque espagnole, qui avait gagné le premier prix. On avait aussi organisé à bord des courses au trésor.

Si vous saviez combien c'est passionnant ! Hier, il fallait trouver, entre autres, un monsieur de cent trois kilos et une chemise de nuit d'homme. Dès qu'on apercevait un gros homme, on se précipitait vers lui et on l'emmenait sur la bascule. Évidemment, on avait tous trouvé le même. Pour la chemise de nuit, c'était plus difficile, car tous les passagers nous répondaient qu'ils portaient des pyjamas. C'est moi qui ai gagné.

Anita était tout à fait scandalisée par mon audace. Il faut vous dire que, depuis Guayaquil, nous avons à bord un Allemand et sa femme. Ils étaient déjà couchés quand on a organisé la course au trésor.

J'ai pensé qu'il portait sûrement des chemises de nuit. Alors, je suis allée frapper à la porte de sa cabine. C'était très hardi, n'est-ce pas ? Surtout que j'ai appris depuis que c'est un diplomate. D'abord, il ne comprenait pas. Sa femme, dans son lit, répétait tout le temps :

— Was ist das ?

Eh bien ! il a fini par me prêter une de ses chemises, avec des petites broderies rouges autour du cou et des poignets.

Comme ce serait encore plus excitant si vous étiez ici ! Mais sans doute auriez-vous été fâché aussi à cause de la chemise...

Deux fois encore, Michel avait aperçu le Hollandais dans les parages du *Washington*. Les deux fois, il avait ressenti le même malaise. Il était normal que Suska vînt là comme il allait à bord des bateaux pour vendre ses têtes ; et pourtant, sa présence silencieuse choquait. Michel avait beau se raisonner, chaque fois il se croyait personnellement visé. Il lui semblait que le Hollandais à l'éléphantiasis le regardait d'une façon particulière, insistante et — c'était ridicule, mais il ne pouvait chasser cette idée — avec l'air de lui jeter un sort.

Il se risqua, à contrecœur, à en parler à Jef, car Jef, lui aussi, avait maintenant une attitude équivoque. Chaque fois que Michel arrivait chez lui, il le regardait comme s'il attendait quelque chose. Il n'y avait aucune sympathie dans son regard. Au lieu de lui serrer la main, il lui touchait à peine le bout des doigts.

— Qu'est-ce que Jef a contre moi ? avait-il demandé à Renée.

— Pourquoi veux-tu qu'il ait quelque chose contre toi ? Tu connais Jef. Cela dépend comme il est luné.

— Non.

Il sentait qu'elle n'était pas sincère, qu'elle essayait de détourner la conversation.

— Il ne t'a jamais rien dit de moi ?

— Qu'est-ce qu'il m'aurait dit ?

Elle avait légèrement rougi. Donc, Jef lui avait parlé, mais elle ne voulait pas l'avouer.

— Je sais qu'il ne m'aime pas.

— Vous n'êtes pas du même milieu. Peut-être qu'il se méfie ?

Qu'il se *méfie* ? De quoi ?

Il revenait toujours chez Jef, malgré tout, dès qu'il avait un moment de libre. Et c'est à Jef qu'il s'ouvrit de la présence du Hollandais au *Washington*.

— Qu'est-ce qu'il fait là ?

— Bien malin celui qui dira ce qu'il fait là ou ailleurs, se contenta de grommeler Jef.

— Il vend ses têtes ?

— Sans doute. Ça aussi.

Que signifiait le *aussi* ? Pourquoi Jef n'aimait-il pas en parler, ce qui était visible ?

Michel n'en poursuivait pas moins :

— Il y a des moments où je me demande s'il ne me suit pas.

L'autre ne dit ni oui ni non.

— Vous qui savez tout ce qui se passe ici, vous pourriez me renseigner. Un jour, le jour où Ferchaux m'a écrit et où je suis retourné chez lui, j'ai eu l'impression de voir Suska sortir de la maison.

L'intérêt de Jef s'éveilla, sans qu'il ouvrît la bouche.

— Ce que je voudrais savoir, c'est si Ferchaux ne l'a pas chargé de me suivre. Peut-être plus maintenant, mais à ce moment-là, alors que je l'avais quitté. Est-ce que Suska est l'homme à accepter une commission de ce genre ?

Un sourire indéfinissable flotta sur les lèvres de Jef qui répéta avec une prodigieuse ironie :

— Suska !

Puis une pensée dut le frapper. Il fronça les sourcils, regarda plus attentivement Maudet.

— Qu'est-ce que vous pensez ?

— Rien... Vois-tu, Suska est sûrement capable de ça comme il est capable d'autre chose... De n'importe quoi... Maintenant, on n'en parle plus... Il y a deux ou trois ans, avant que tu arrives avec ton patron, il y a eu ici une drôle d'épidémie...

Les phrases n'étaient pas prononcées à la légère, Michel en était sûr. Chacune avait son poids, sa raison d'être. Jef les lui enfonçait lourdement dans le crâne.

— Les jours de grand vent d'est, la mer s'était mise à rejeter des corps sur la plage... Pas beaucoup... Trois, oui, trois exactement, en deux mois... Ce n'étaient pas des Européens... Seulement des gens du pays, mais à peau claire... Un des trois était café au lait, un seul... Tous les trois avaient ceci de commun qu'ils étaient vieux et qu'ils n'avaient plus de tête...

Michel s'efforçait de comprendre.

— D'abord, les têtes de nègres valent moins cher que les autres... laissait tomber Jef comme si cette explication suffisait. Ensuite, les vieillards sont plus demandés, car les têtes ont plus d'expression... Il paraît aussi qu'elles se boucanent plus facilement...

— Suska ?

— Je n'ai rien dit de pareil. Six mois avant, il y avait eu la même épidémie à l'autre bout du canal, à Panama. Et on prétend qu'à cette époque Suska résidait à Panama...

— Je ne vois pas où vous voulez en venir...

— Nulle part... Je te raconte des histoires, des histoires vraies... Pour te dire qu'on ne peut jamais affirmer que Suska est capable de ceci ou qu'il n'en est pas capable... A l'époque dont je parle, l'époque des trois têtes de Colon, il habitait une cahute en vieilles planches et en tôle ondulée tout au bout de la plage, un peu plus loin que le village de pêcheurs, là où on jette les ordures et les animaux d'équarrissage... Personne ne pouvait se vanter d'avoir jamais pénétré dans sa cabane... Il lançait des pierres aux négrillons qui s'en approchaient... Eh bien, un jour, la police a eu envie d'aller jeter un coup d'œil de ce côté-là...

— Alors ?

Jef se retournait pour prendre une bouteille, remplissait deux verres, affichant un sourire bonhomme.

— Rien... Qu'est-ce que tu voudrais savoir ?... Quand la police est arrivée, la cabane brûlait... Elle a si bien brûlé — il devait y avoir dedans du pétrole ou de l'essence — qu'il n'en est rien resté... Rien de rien !... Et sans doute ceux qui ont prétendu qu'on avait retrouvé des dents humaines ont-ils menti, car autrement, n'est-ce pas, il est probable que la police aurait arrêté le Hollandais ?... Or, il est toujours libre... Tellement libre qu'on ne sait jamais où il est, ni ce qu'il fait, et qu'il y a des gens qui changent de trottoir quand ils l'aperçoivent...

Tout cela avait un sens, c'était certain. Mais lequel ? Et quel rapport existait-il entre les histoires de Jef et ce que Michel lui avait dit du Hollandais ?

— En somme, vous ne savez pas si Ferchaux l'a chargé d'une mission, mais vous croyez que Suska est capable...

— De se taire ! C'est ce qu'il y a de plus rare au monde : un homme capable de se taire. J'en ai fait parler quelques-uns, parfois sans les pousser (cela, c'était sans doute pour Michel, car c'était dit d'un ton dédaigneux), mais Suska ne m'a jamais adressé la parole que pour me demander à boire... Comment va ton caïman ?

— Comme d'habitude.

— Eh bien ! continue.

Et Jef se mit à passer les glaces du fond de l'étagère au blanc d'Espagne, après avoir rangé les bouteilles sur le comptoir et enlevé les petits drapeaux.

Le lendemain, comme Michel rencontrait Renée au moment où elle se rendait chez le coiffeur, elle lui demanda :

— Qu'est-ce que tu as fait à Jef ?

— Pourquoi ?

— Tu lui as dit quelque chose ?

— Rien. Je ne vois pas. Qu'est-ce qui te fait penser... ?

— Je me suis sans doute trompée.

— Explique-toi.

— Et puis, après tout, je ne sais pas pourquoi je ne te le dirais pas. Je venais de descendre et il était seul dans le café. Je le sentais qui tournait autour de moi.

» — Écoute, Renée, m'a-t-il dit. Tu es une brave fille. On s'est toujours bien entendus tous les deux. Je n'ai rien dit quand tu t'es mise avec Michel et je me demande si je ne t'y ai pas un peu encouragée, car tu avais besoin de te changer les idées. Maintenant, je vais te donner un bon conseil...

— Quel conseil t'a-t-il donné ?

— Tu ne vas pas te fâcher ? Tu me promets de ne pas aller le trouver ?

— Parle.

— Parce que, tu comprends, ce n'est pas la peine de faire des histoires. Si je me mets mal avec Jef, autant dire que je peux aller chercher fortune ailleurs.

— Qu'est-ce qu'il t'a dit ? insista-t-il en frappant du pied avec impatience.

— Pas grand-chose. Il m'a regardée dans les yeux, comme il le fait quand il veut donner de l'importance à ses paroles. Il a posé ses mains sur mes épaules et il a grogné en hochant la tête :

» — *Laisse tomber !*

Les joues de Michel s'empourprèrent comme sous le coup d'une injure ou d'une grave accusation. Ne trouvant rien à dire, il regarda fixement par terre. Renée se repentait déjà de sa confidence, essayait de ramener les choses à rien.

— Tu comprends, je n'y attache aucune importance, mais je me suis demandé s'il y avait eu des mots entre vous.

Elle avait beau lui prendre le bras et affecter la gaieté : il sentait qu'elle était impressionnée et que le cœur n'y était plus.

7

Le vieillard, maigre et demi-nu dans son fauteuil-hamac, fermait les yeux et, le front plissé, s'en allait à la recherche de son passé ; puis il dictait quelques phrases, minutieusement, en répétant les mots comme s'il craignait qu'on laissât perdre par négligence un peu de cette précieuse substance ; sa petite provision épuisée, il repartait, et parfois il restait si longtemps absent que son corps, dont les mains désincarnées restaient accrochées aux bras du fauteuil, paraissait définitivement abandonné.

Alors Michel, le crayon en suspens, attendait encore un moment avant de lever la tête. La chaleur, depuis deux ou trois jours, était accablante. La saison des pluies était en retard. Tout le monde sentait — et les animaux eux-mêmes — qu'il y avait quelque chose d'anormal dans ce ciel immobile qui ne laissait plus filtrer qu'un soleil en veilleuse. On attendait toujours pour la minute suivante que l'eau tombât enfin en cataracte. Les insectes, affolés, se heurtaient aux murs et piquaient méchamment. De temps en temps, il y avait comme un faux départ : un souffle d'air venait on ne savait d'où et, glissant au ras du sol, soulevait soudain une colonne de poussière en forme de cyclone. Hélas, elle avait à peine atteint le prochain carrefour qu'elle retombait sans force. Et la mer, pourtant sans une vague, était blanche d'écume.

Dans un coin de la véranda, Jenny la matrone avait soigneusement mis à sécher les deux chemises que Michel avait mouillées depuis le matin et dont des pinces de bois maintenaient les bras étendus.

Il écrivait machinalement, sans essayer de comprendre, les mots qu'on lui dictait. C'était à peine un voile jeté sur ses pensées, du fading dans une émission radiophonique, après quoi il retrouvait plus distinctement ses voix intérieures.

Arica... Iquique... Caldera... La Serena... C'était décidé. La si chère Doña Rivero avait gagné la partie. Elles étaient toutes les deux, là-bas, dans une vaste maison des environs de Valparaiso, où elles jouaient à la dame tandis qu'on faisait défiler devant la riche Américaine tout ce qu'il y avait de bien au Chili.

Comment Gertrud Lampson disait-elle encore ? Michel avait la lettre dans sa poche, mais il la savait par cœur.

C'est une fête du matin au soir et du soir au matin. Et souvent, pour nous, le jour c'est la nuit et la nuit est le jour. Quel dommage, cher garçon joyeux, que vous ne soyez pas ici, vous qui aimez tant les fêtes...

Comment savait-elle qu'il aimait les fêtes ? Peu importait sa lettre, d'ailleurs. Ce n'était pas les mots qui comptaient. Ou plutôt les mots n'avaient plus besoin d'avoir de sens et de prendre place dans une phrase. Ils ressemblaient aux gouttelettes qu'une fontaine envoie dans le soleil et qui bondissent, montent très haut, se rencontrent parfois et se pulvérisent, formant prisme, devenant perles et diamants. Ne sont-ce pas les mêmes gouttelettes qui retombent et qui repartent avec une égale aisance, ayant perdu à jamais la pesanteur de la matière, jouant dans la lumière un jeu divin ?

Buenos Aires... Rio de Janeiro... Pernambouc... Georgetown...

Les fêtes étaient à peine commencées et les deux femmes n'avaient pas eu le temps de s'en lasser qu'elles formaient de nouveaux projets, avec la même inconscience enfantine, elles s'élançaient en esprit par-dessus un continent qui ne semblait plus exister que pour se prêter à leurs jeux.

Un cousin d'Anita, qui est lieutenant aviateur...

Il détestait le lieutenant aviateur, il détestait tous les aviateurs de la terre et du ciel. Elle ne disait pas s'il était jeune, mais elle l'appelait José.

Surtout ne soyez pas jaloux, pauvre Baby...

Cela devait être un soir, une nuit étoilée, sur une terrasse, avec des orchestres cachés derrière les massifs de fleurs... Il avait sans doute parlé avec ferveur de ses vols et de la Cordillère des Andes vue du haut du ciel...

... *Ce ne sera pas plus long, mais beaucoup plus excitant que le voyage par mer...*

Excitant, oui. Chaque jour ne se devait-il pas de lui apporter ses jeux et ses excitations nouvelles ? Le monde entier était là pour servir ses fantaisies, les paquebots où des Bill Ligget empressés et respectueux organisaient des bals travestis ou des parties de course au trésor et où l'on trouvait, comme sur commande, des passagères si gentilles ; tout le beau monde de Valparaiso qui accourait chez Doña Rivero ; jusqu'au ciel, maintenant, qui lui faisait signe, les lignes aériennes, avec leurs souples appareils, qui s'offraient à son choix...

... *Je ne sais pas encore si je passerai par le Brésil ou par Bogota...*

Elles étaient des milliers comme elle de par le monde, il en arrivait chaque jour de nouvelles fournées au *Washington*, et des hommes, des hommes pour qui les jours avaient la même légèreté de conte de fées.

La veille au matin, au bar du palace anglo-américain, deux de ces hommes s'étaient rencontrés, qui ne se connaissaient pas, qui s'étaient reconnus cependant à des signes invisibles, comme les anges, quand ils prennent une enveloppe humaine, doivent se reconnaître entre eux.

Personne, par exemple, dans l'hôtel aux ventilateurs silencieux, n'avait jamais eu l'idée d'adresser la parole à Michel. Ces deux-là, qui venaient peut-être des coins les plus opposés du monde, n'avaient eu besoin que d'un mot de passe « Achmed III ». Un nom de cheval. Cela leur avait suffi pour se reconnaître frères et, dès lors, tous les mots prononcés étaient des mots totems, qu'il s'agît d'un nom de restaurant à Singapour, d'un major de l'armée des Indes ou d'une petite vahiné de Tahiti.

Ferchaux sortait de ses limbes, indifférent aux yeux vides de son secrétaire, dictait quelques phrases qu'il répétait avec insistance avant de disparaître à nouveau. Et soudain, sans raison, les mains de Michel, ses doigts crispés sur le crayon, étaient pris d'un tremblement convulsif.

C'était comme un élan en avant que ne pouvait suivre son corps attaché à cette chaise, à cette table, à cette terrasse qui l'écœurait.

Gertrud Lampson allait lui échapper, il le sentait, il en était sûr. Elle avait accepté l'invitation de la belle Chilienne et elle en accepterait d'autres, elle n'avait aucune raison de revenir, l'avion, aujourd'hui, la tentait, et demain ce serait une autre aventure.

Comment avait-elle dit exactement ? Il ne sortirait pas la lettre de sa poche. Il voulait retrouver dans sa mémoire les mots aux longs jambages pleins tout ensemble d'énergie et de nonchalance.

Quel dommage que le cher vieil homme ait besoin de vous !...

Le cher vieil homme était là, dans son pyjama douteux ouvert sur sa poitrine, sur son ventre plat comme un tambour, les yeux clos ou mi-clos.

Plus loin, elle écrivait :

Si vous pouviez obtenir de votre oncle...

Que lui avait-il dit au juste à ce sujet ? Il ne s'en souvenait pas. Il devait être à moitié ivre quand il lui avait raconté sa vie et, lui aussi, cette nuit-là, jouait avec les réalités comme un enfant avec des bulles de savon.

Il avait dû lui expliquer qu'il était à Colon avec un vieil oncle très riche, maniaque sans doute...

Quel dommage que le cher vieil homme ait besoin de vous !...

Avait-il hésité un seul instant, dans le petit bar de la place Clichy, quand un camarade, dont il ne savait plus le nom, lui avait parlé d'un M. Dieudonné qui cherchait un secrétaire ? Quitte à vendre ce qui restait de la garde-robe de sa femme, il avait trouvé l'argent nécessaire au voyage, sans savoir si ce voyage le conduirait quelque part.

Avait-il hésité, certain soir mouillé de Dunkerque, à passer devant Lina sans un mot, sans un geste, alors qu'il savait pourtant qu'il la quittait à jamais pour l'aventure ?

Quel dommage que le cher vieil homme...

Parfois une voiture passait, venant du *Washington* ou s'y rendant, roulant sans bruit sur ses roues caoutchoutées, et les pas du cheval formaient comme une musique légère.

Le cher vieil homme...

Le cher vieil homme devait s'être endormi, comme cela lui arrivait parfois, car sa bouche aux dents jaunes était entrouverte, ses mains, sur les bras du fauteuil, avaient perdu leur rigidité.

Michel le regardait sans le voir, il pensait, il était très loin, non dans l'espace, mais dans l'épaisseur de la vie et il avait l'impression qu'il découvrait avec acuité des contours qui lui avaient toujours échappé ou qu'il n'avait fait que deviner.

Les femmes comme Mrs Lampson, comme son amie Rivero, comme tant d'autres, et les hommes du *Washington*, ceux qui se reconnaissaient en citant le nom d'un cheval...

N'était-ce pas vers eux qu'il avait toujours aspiré, dès son enfance, dès qu'il avait regardé autour de lui les murs sombres et les rues mornes de Valenciennes ?

Ceux-là ne parlaient pas d'argent, n'en gagnaient pas, ne le comptaient pas, ne le gardaient pas jalousement comme un Ferchaux.

Souriants et dédaigneux, ils passaient sans la voir à travers la foule aux échines courbées, poursuivant leurs jeux merveilleux.

Le grand Ferchaux, vu par ce bout de la lunette, devenait tout petit et tout misérable, avec sa pauvre vie qui n'avait été qu'une lutte sans grandeur, et il était bien, là, dans son fauteuil transatlantique, entre trois murs de béton et une balustrade de bois, le symbole d'un genre d'existence.

Les millions, les dizaines de millions, le milliard peut-être, s'étaient traduits par des semaines de colique et de bataille contre les rats, par des chicanes, par des disputes mesquines avec un Arondel, par des coups de téléphone avec maître Aubin ou avec d'autres hommes noirs.

Immobile, Michel attendait, et son regard, lentement, à son insu, glissait sur la poitrine blême dont la vue lui avait toujours causé un malaise, atteignait le ventre où, du pantalon maintenu par un cordon, dépassait un morceau de grosse toile grise.

Le cher vieil homme...

Soudain, sans transition, et pourtant sans heurt, il comprit tout. Il ne bougea pas, ne frémit pas. Seulement, il dut devenir plus pâle, car il eut l'impression que le sang se retirait de ses veines.

Il n'était pas effrayé, ni indigné. Le sentiment qui dominait était l'étonnement. Parfois, après qu'on a longtemps souffert d'un malaise vague, un tout petit abcès crève comme une bulle d'air et on est pénétré d'un bien-être merveilleux.

Comment n'avait-il pas deviné plus tôt où il allait ? Il était fiévreux, inquiet depuis longtemps. Il se débattait contre des fantômes.

Et voilà que ses yeux s'ouvraient. Il comprenait ce que d'autres avaient compris avant lui.

Car, maintenant, il était d'une lucidité surhumaine. Un Jef cessait de l'impressionner, et même un Suska.

Penser que pendant des jours et des jours il était allé chez Jef, malgré lui, poussé par une force inconnue, essayant en vain de comprendre des mots, des regards !

C'était tout simple. Jef avait deviné comment cela finirait. Mieux : Jef avait été un instrument.

— *Ce que je te reproche ? De n'être pas sûr...*

Et Jef avait épié ses progrès, jour après jour. Jef avait senti que Michel mûrissait. La preuve, c'est qu'il avait conseillé à Renée :

— *Laisse tomber !*

Il ne l'avait pas arrêté, tout au contraire. Il l'avait presque poussé. Que lui avait-il raconté au sujet du Hollandais et des hommes sans tête que la mer rejetait sur la plage ?

C'étaient cent indices de la sorte que Maudet ramassait maintenant. Quand, par exemple, l'ancien bagnard lui avait demandé où Ferchaux cachait son argent...

L'argent était là, dans ce fauteuil, sur le ventre du « *cher vieil homme* » momentanément plongé dans un sommeil sénile.

Michel ne luttait pas, pas plus qu'il n'avait eu besoin de lutter pour abandonner Lina. Il acceptait la chose comme un fait accompli, comme une nécessité, comme s'il eût été écrit de tout temps qu'elle se produirait.

Il prendrait l'avion pour Valparaison et il entrerait dans la vaste et merveilleuse maison d'Anita Rivero, simplement, pour y prendre sa place.

— Vous voyez, je suis venu.

Tout à l'heure, avant de déjeuner, il sortirait et il se renseignerait sur les jours de départ de l'avion. C'était ce qu'il fallait savoir avant tout.

Quant aux détails, il commençait à les envisager, mais sans fièvre, sans se forcer. Il était encore sous le coup de la révélation qu'il venait de recevoir, comme les anciens chrétiens pour qui le ciel s'était miraculeusement entrouvert un instant.

Il répondait à des questions. Est-ce que ce n'était pas Ferchaux lui-même qui lui avait parlé de *nécessité* pour expliquer la cartouche de dynamite lancée vers les trois nègres ?

Est-ce que Ferchaux avait eu pitié de Lina ? Est-ce que, au contraire, ce soir-là, il n'avait pas regardé son secrétaire avec une certaine admiration ?

C'était bien plus extraordinaire encore : Michel était persuadé, à présent, que non seulement Jef et le Hollandais avaient compris, mais que Ferchaux lui aussi *savait*. Et qu'il savait depuis le premier jour, depuis qu'ils s'étaient rencontrés pour la première fois et qu'il avait jaugé ce qui n'était alors en apparence qu'un petit jeune homme.

Pourquoi se serait-il attaché à lui s'il ne l'avait pas senti capable d'un geste qu'il considérait personnellement comme si simple et si légitime ?

N'était-ce pas en cela qu'il avait retrouvé chez Michel un peu de lui-même ?

Tout s'éclairait, devenait lumineux. Maudet était émerveillé par cette lumière aveuglante dans laquelle se groupaient des détails accourus de toutes parts.

Les moindres regards, les paroles qu'ils avaient échangées... A Dunkerque encore, il y revenait, car il avait la conviction que c'était là que leur sort s'était décidé... Michel avait demandé à Ferchaux de lui dire franchement ce qu'il pensait de lui, s'il le considérait comme un fort... Ferchaux avait hésité... Il avait paru triste... Il avait failli parler mais il s'était retenu...

Parce qu'il n'osait pas définir le genre de force qu'il sentait chez son secrétaire !

Voilà à quoi tout cela aboutissait ! D'après les lettres reçues, il devait y avoir un avion tous les deux jours. Comme il avait eu une lettre le matin même, il n'y aurait pas d'avion le lendemain, mais le surlendemain.

Cela valait mieux. Cela lui donnait le temps de mettre au point tous les détails.

Il commençait à les envisager, le regard toujours fixé sur le vieillard dont la peau parcheminée se plissait chaque fois qu'une mouche se posait sur son visage.

Ferchaux ouvrit les yeux. Michel détourna aussitôt la tête, mais il ne put la détourner assez vite, car une inquiétude brouilla les traits du vieux.

— Qu'est-ce qu'il y a ? questionna-t-il en se dressant d'une détente.

— Rien. Vous dormiez.

— Ah !

Il mit plusieurs secondes à se rassurer et il se passa la main sur le front pour effacer un mauvais rêve. Sans doute, l'espace d'un éclair, avait-il vu les yeux de Maudet fixés sur lui.

— Nous ne travaillerons plus ce matin, annonça-t-il.

— Dans ce cas, si vous le voulez bien, je sortirai.

Il avait envie de sortir pour se précipiter chez Jef. C'était plus fort que lui. Depuis la découverte qu'il avait faite, il avait envie de se retrouver en présence de celui qui, le premier, l'avait deviné.

Il ne lui dirait rien. Au contraire ! Il fallait être très prudent.

Il descendit dans la rue. L'eau du ciel ne tombait toujours pas. La ville, si lumineuse d'ordinaire, avait une teinte plombée et les rues paraissaient vides. On entendait au loin les sirènes des bateaux, les sifflets des grues à vapeur, des heurts de ferraille.

Il y avait un signe auquel Michel reconnaissait que ce qui devait s'accomplir s'accomplirait : c'est qu'il était désormais étranger au décor dans lequel il évoluait comme dans un décor de rêve.

C'était fini. Il s'en irait. Il était presque parti. Il restait encore, certes, certaines choses à accomplir. C'était compliqué, périlleux, mais il ne s'en effrayait pas, il restait calme, beaucoup plus maître de lui que les jours précédents. Il avait un sang-froid si parfait qu'il se demanda si Jef ne comprendrait pas et qu'il se promit de surveiller ses regards.

Le Belge n'était pas seul. Nic Vrondas et les deux maquereaux, Fred et Julien, plus bêtes que tous les bourgeois de la terre, étaient attablés dans le coin près du comptoir et faisaient une belote, en manches de chemise, le col déboutonné, à cause de la chaleur.

On n'interrompit pas la partie pour le saluer et on se contenta de vagues signes, Jef d'un simple grognement.

— Tu me donneras un pernod, Napo.

Le nègre sortit de sa cuisine exiguë et passa derrière le comptoir pendant que Michel se promettait de ne pas trop boire. Ce n'était plus le moment. Il se dominerait. Ce n'était plus d'emballement qu'il avait besoin désormais mais de lucidité.

Est-ce ainsi que Jef, jadis, avait tué son homme ? Car il en avait tué un aussi. Il avait été pris. Sans doute le cas était-il très différent. Il suffisait de regarder la masse grossière du Flamand. Il avait dû cogner, dans un moment de jalousie ou de colère.

Qu'auraient-ils dit, tous, tant qu'ils étaient autour de leur odieux tapis-réclame sur lequel tombaient des cartes poisseuses, si Michel leur avait déclaré tranquillement — car il continuait à être tranquille, les glaces qui entouraient le café le lui confirmaient :

— Demain, je tuerai le vieux caïman !

La phrase lui plut. Elle revenait sans cesse dans son esprit comme une musique. Les mots « vieux caïman » convenaient à merveille. Un vieux caïman racorni et édenté dont nul n'aurait pitié !

— Dans dix jours, dans quinze jours, dans un mois...

Il ne savait pas encore si Mrs Lampson l'épouserait. Cela n'avait pas plus d'importance que quand, quittant Paris, il ignorait si M. Dieudonné avait besoin de lui, ou s'il lui plairait.

Ce qui comptait, c'était de partir, de gravir un échelon, et celui-ci lui apparaissait comme l'échelon définitif.

Tout à l'heure, il irait au *Washington*. Il y allait rarement l'après-midi, mais il avait besoin d'aller voir le palace avec ses yeux nouveaux, ses yeux d'homme qui vivrait désormais dans de semblables décors.

— Demain, je...

A haute voix, il questionna :

— Vous n'avez pas vu le Hollandais ?

Cette fois, il en parlait sur un ton parfaitement désinvolte. A tel point que Jef se retourna et l'examina avant de grogner :

— Tu as besoin de lui ?

— Peut-être.

— Si c'est pour des têtes, il n'en a pas pour le moment. Quelqu'un lui en a demandé hier et...

Il ne pouvait pas s'empêcher de se regarder dans les glaces, de lisser ses cheveux d'une main qui ne tremblait pas — tiens ! il s'achèterait enfin une grosse chevalière en or, avec un écusson armorié, comme il avait rêvé toute sa vie d'en porter au doigt !

Un des maquereaux indiqua :

— Je l'ai rencontré ce matin du côté du port.

Michel ne savait pas au juste pourquoi il avait besoin du Hollandais, mais il était sûr qu'il en aurait besoin. Celui-ci ne s'était-il pas placé de lui-même dans son axe ? Et Jef ne lui avait-il pas donné l'idée de...

Il laissait tomber l'eau goutte à goutte sur le morceau de sucre en équilibre au-dessus de son verre. La fumée de sa cigarette lui picotait un peu les yeux. A ce moment précis, la pluie, dehors, se mit à tomber, tellement dru, en gouttes si grosses, qu'elles rebondissaient sur le trottoir comme de la grêle.

Des passants se mettaient à courir. La porte du café s'ouvrait et des gens qu'on n'avait jamais vus chez Jef venaient se mettre à l'abri sans oser toutefois s'avancer vers le comptoir.

— Enfin !... soupira Nic. Il faudra que je téléphone à la maison pour qu'on vienne me chercher en voiture... Quel est l'atout ?...

— Trèfle... Fred vient de couper...

Michel aurait préféré que la pluie ne vînt que dans deux jours, après son départ, car il prévoyait un certain nombre d'allées et venues et il serait obligé de patauger dans le déluge.

— Je crois, articula-t-il en s'asseyant à moitié sur le coin d'un guéridon, que nous ne ferons pas de vieux os à Panama...

Ce fut Jef, une fois encore, qui se tourna vers lui et qui fronça les sourcils, comme s'il cherchait à bien comprendre.

— Le vieux a peur de la saison des pluies...

Même l'eau du ciel qui lui venait à point !

— Il ne sait pas encore où il ira, mais l'idée le travaille et, dans ces cas-là, la réalisation ne tarde pas longtemps.

Ainsi, leur départ était annoncé et on ne s'étonnerait pas en ne les voyant plus. Il fallait penser à tout. Il y penserait.

— Renée est là-haut ?

On lui fit signe que oui.

— Seule ?

Il monta. Elle dormait et il dut l'éveiller.

— Je crois que nous allons partir, lui dit-il en allumant une nouvelle cigarette.

— Où ?

— Je ne sais pas encore. Le vieux s'est mis en tête que les pluies ne lui valent rien et il est probable que dans quelques jours...

— On dirait que tu es content ?

— Pour ce que je faisais ici, tu sais !

Ils ne s'étaient jamais prétendus amoureux l'un de l'autre. Ils n'avaient donc pas à jouer de comédie. Pourtant, Renée était un peu triste et comme inquiète.

— Je ne sais pas pourquoi j'en avais le pressentiment.

— Toi aussi ?

Il se reprocha ce mot-là comme une imprudence.

— Pourquoi ? Quelqu'un te l'a dit ?

C'était à Jef qu'il pensait, mais il répondit :

— Personne. Je sentais, moi aussi, qu'un changement allait intervenir dans ma vie.

Ne pas trop parler. Il parlait trop. Et, puisqu'il avait du temps devant lui, pourquoi ne pas profiter une dernière fois du corps docile et doux de Renée ?

— Tu te déshabilles ?

— Tu vois.

Il était content de faire l'amour, de le faire sans fièvre, comme d'habitude avec Renée, car cela prouvait encore sa tranquillité d'esprit. Pendant qu'il l'étreignait, il ne cessait pas un instant de penser à son projet, ou plutôt à la décision qu'il avait prise.

Le cher vieil homme...

C'était à croire que Gertrud, dans son palais de Valparaiso, avait des antennes. Jamais, dans ses autres lettres, elle n'avait fait allusion au fameux oncle.

— Tu ne regretteras pas ?

— Moi ?

Un quart d'heure plus tard, il refaisait devant la glace le nœud de sa cravate.

— Tu ne partiras pas sans venir me dire au revoir, au moins ?

Il promit, certes, mais il savait qu'il ne viendrait pas. C'était fini. Pour ce qui était de Renée, les adieux étaient terminés. La porte à franchir. Il se retournerait un instant vers le lit où elle restait étendue, une jambe pendante, les cheveux épars sur l'oreiller.

Adios !

En bas, ce n'était pas aussi sûr. Peut-être aurait-il encore besoin de Jef ? La partie de cartes était terminée. Tout le monde était debout. Vrondas avait téléphoné et sa voiture était devant la porte, le chauffeur indigène sur le siège.

— Personne à reconduire ? questionna Nic au moment de sortir.

— Moi ! fit Michel après un regard à Jef qui ramassait les verres.

Et il se précipita, tête basse, dans la luxueuse auto du Levantin. Il y flottait toujours un fort parfum, car Nic se parfumait comme une femme. Dans une sorte de vide-poche en bois précieux, fixé derrière le siège, Michel aperçut un petit briquet en or qui lui apparut comme la préfiguration de la vie qui l'attendait. Cela lui rappela aussi l'étui à cigarettes de Gertrud Lampson.

Alors, il fut tellement impatient d'être au surlendemain qu'il lui sembla qu'en possédant ce briquet il sera déjà un peu le nouvel homme. Vrondas parlait. Que racontait-il ? Cela n'avait pas d'importance. L'auto, d'ailleurs, s'arrêtait déjà devant chez Vuolto.

— Vous venez ce soir faire un poker ?

— Je ne sais pas encore. Peut-être. A moins qu'à cause de notre prochain départ...

Tout à l'heure, chez Jef, ce départ était encore lointain. Il se précisait toujours davantage. Pour un peu, il l'annoncerait maintenant pour le lendemain !

En même temps, Michel, adroitement, saisissait le briquet dans le vide-poche et sortait de la voiture.

Nic, qui n'avait rien vu, se renversait en arrière, la portière claquait et l'auto s'éloignait entre deux gerbes d'eau sale.

Tout en montant l'escalier de chez Vuolto, Maudet serrait dans sa main le précieux briquet. Sur le premier palier, il s'arrêta, jeta sa cigarette commencée et en prit une autre qu'il alluma à la flamme d'or.

Quand il pénétra dans la véranda, Ferchaux lui parut plus petit, plus maigre, plus insignifiant que d'habitude et il se demanda comment cet homme avait pu tellement l'impressionner quand il l'avait vu pour la première fois dans la maison de la dune.

La négresse, qui avait mis la table, annonçait avec son large sourire crispant que ces messieurs étaient servis et qu'il y avait des perdrix.

8

L'avion Bogota-Lima-Valparaiso partait de Cristobal le jeudi à huit heures du matin. La journée décisive de Michel fut donc celle du mercredi. Il continua à pleuvoir toute cette journée-là comme il avait plu le mardi et comme il pleuvrait désormais pendant plusieurs semaines. La chaleur restait aussi accablante qu'à la fin de la saison sèche. On traînait toujours dans les rues des complets de toile blanche qui, détrempés, ressemblaient à des compresses, et que la boue étoilait plus haut que les genoux.

Ce fut une des rares fois de sa vie que Maudet se servit d'un parapluie, car il était difficile de trouver un taxi dans les environs de chez Vuolto ; tous ceux qui passaient et qui se dirigeaient vers le *Washington* ou en venaient étaient déjà occupés.

Selon les habitudes qui s'étaient établies pendant les dernières semaines, Ferchaux travaillait un peu le matin, vers neuf heures et demie, puis encore l'après-midi, vers trois heures. C'était à peu près régulier. Le reste du temps, Maudet était dans la maison comme un jeune homme émancipé qui n'a plus à rendre compte de son temps. Il se contentait, s'il voulait sortir, de demander à Ferchaux, pour la forme :

— Rien de spécial ?

Il n'y eut aucun changement ce jour-là. Le matin de bonne heure, il se rendit à la poste, plutôt par discipline que dans l'attente d'une lettre, car ce n'était pas un jour de courrier aérien. Il continuait à chercher Suska, qu'il avait vainement poursuivi la veille au soir dans tous les endroits où on avait l'habitude de le rencontrer.

Il y avait, à deux pas de la poste, un petit bar, tenu par un Italien, où il arrivait souvent à Michel de pénétrer en coup de vent pour boire son premier verre de la journée. Il faillit le faire ce jour-là mais, à quelques pas de la porte peinte en vert olive, il s'immobilisa.

Il ne fallait pas boire ! Il avait soif. Jamais il n'eut aussi soif de sa vie que pendant cette journée. Il y avait surtout, au moment où il s'y attendait le moins, cette contraction spasmodique de la gorge qui l'empêchait d'avaler sa salive. Cela venait de le prendre, justement. Il avait l'impression qu'un verre d'alcool l'aurait soulagé. Il entra bien dans le bar, s'accouda au comptoir, mais ce fut pour commander un verre d'eau.

Il avait de petites perles de sueur au front et au-dessus de la lèvre supérieure. Il sourit à Angelo, le patron, qui le connaissait.

— Alors, Angelo, ça va toujours ?

— On le fait aller, monsieur Michel.

— Je me demande si mon patron et moi n'allons pas quitter Panama.

— Ce serait dommage.

C'était bien. Il n'avait pas bronché. Il avait parlé d'une voix naturelle. Angelo n'avait rien soupçonné.

— Tu n'as pas vu le Hollandais ?

— Vous allez sûrement le trouver à traîner dans le quartier comme d'habitude. Celui-là, c'est comme la misère : on le rencontre plus souvent qu'on le voudrait.

Eh bien ! non, justement. Comme par un fait exprès, Suska, depuis la veille au soir, était introuvable. Michel passa devant chez Jef. Il préféra ne pas entrer, car il aurait peut-être besoin d'y venir à d'autres moments de la journée et il ne voulait pas s'y montrer trop souvent. Il put s'assurer, en tout cas, que Suska n'était pas dans la salle.

Un taxi qui passait par hasard le conduisit au *Washington*. Il faillit, comme chez Angelo, réclamer de l'eau. Il se rendit compte à temps que cela paraîtrait étrange. Il se laissa servir son whisky habituel mais, quand le barman chinois eut le dos tourné, il versa l'alcool dans une caisse qui contenait une plante verte.

Ainsi, toute la journée, il eut pleinement conscience de chacun de ses gestes, de chacune de ses pensées. Vingt fois, cinquante fois, cent fois peut-être, le spasme le prit, qu'il fût ou non en présence de Ferchaux, et chaque fois son visage resta impassible.

Ce qui provoquait ce spasme-là, c'était une pensée, une image plutôt, qui se fixait soudain sur sa rétine : l'image du geste.

Car il avait étudié la question sous toutes ses faces. Il était resté une grande partie de la nuit les yeux ouverts, à portée de la main, ou presque, sur la véranda, du lit de camp où Ferchaux dormait — ou peut-être ne dormait pas ? — et le bruit continu de la pluie accompagnait ses réflexions.

Le résultat de celles-ci était qu'il était obligé d'accomplir le geste lui-même. Il avait d'abord pensé le faire faire par Suska, quitte à offrir une forte somme au Hollandais.

Il y avait un obstacle à ce plan. Suska verrait la ceinture et les bank-notes. Car il faudrait bien débarrasser le cadavre de sa fortune avant de le faire disparaître. Si le Hollandais tuait, il serait présent. Il se rendrait compte de l'importance de la somme. Qui sait combien il demanderait alors et même s'il ne demanderait pas tout, qui sait s'il hésiterait au besoin à commettre un nouveau meurtre ?

Michel était obligé d'accomplir le geste. A cela aussi, au genre de geste qu'il ferait, il avait sûrement réfléchi. Il y avait pensé, entre autres, pendant le repas du soir en tête à tête avec Ferchaux. La matrone les servait. Heureusement qu'elle était mariée et qu'elle ne couchait pas dans la maison, car elle aurait suffi à détruire tous les plans de Maudet.

Il fallait que cela eût lieu dans le logement. Il était difficile, en effet, le soir, d'attirer Ferchaux dehors. Peut-être, étant donné le pied sur lequel ils vivaient depuis qu'ils s'étaient raccommodés, se méfiait-il un peu ?

Impossible de tirer un coup de revolver sans alerter les Vuolto qui couchaient à l'étage en dessous.

Le poison aurait été le plus facile, mais Maudet n'y connaissait rien. Si le vieux allait râler et souffrir pendant des heures ? Et où se procurer du poison sans donner l'éveil ou sans risquer, après coup, d'être identifié ?

Non, il n'y avait pas à y échapper, il le savait : il fallait tuer salement, avec ses mains, avec un objet quelconque, un couteau ou un marteau.

Et c'était cela, c'était la pensée du geste à faire qui mettait à tout moment son organisme en déroute.

Or, personne ne s'en aperçut. Vingt fois, cinquante fois il fut tenté de boire, et chaque fois il résista, se contenta d'avaler un peu d'eau pour humecter sa gorge sèche.

Comme par hasard, le vieux dicta jusqu'à midi passé. Parfois, tandis qu'il fermait les yeux pour fouiller dans sa mémoire, Michel laissait tomber sur lui un froid regard par lequel il semblait le mesurer. Et c'était presque cela, en effet, car Michel pensait aux trois nègres et à la cartouche de dynamite.

Combien c'était facile en comparaison de ce qu'il allait faire ! Encore, lui, Maudet, devait-il attendre vingt-quatre heures avant d'agir ! Encore devait-il penser aux moindres détails qui pourraient le trahir !

Et pourtant Ferchaux le méprisait, considérait comme une faiblesse, presque comme une tare, l'attachement qu'il lui vouait ! Il aurait aimé le leur crier, à lui, à Jef, aux autres qui le regardaient comme un garçon pas sûr, comme un petit lâche, oui, il aurait aimé leur crier :

— Regardez-moi en ce moment. Vous ne voyez rien d'extraordinaire, n'est-ce pas ? Eh bien, je suis en train de préparer, tout seul, le geste *nécessaire*. Pas plus tard que cette nuit, je tuerai.

Il y avait un marteau dans un tiroir de l'armoire, un marteau qui était là par le plus grand des hasards, car il se trouvait déjà dans le meuble quand on avait acheté celle-ci d'occasion. Michel s'assura que la matrone ne l'avait pas changé de place. Il trouva également le moyen de passer en revue les couteaux de cuisine qui n'étaient pas fameux, mais qui devaient suffire.

Ce qui commençait à l'angoisser, c'était l'absence de Suska. Il ne put s'empêcher, avant le déjeuner, de pénétrer chez Jef. Celui-ci, après quelques instants, lui demanda :

— Qu'est-ce que tu cherches ?

Il aurait pu répondre qu'il ne cherchait rien. Au contraire, c'est de propos délibéré qu'il prononça d'une voix un peu vibrante :

— Je cherche le Hollandais.

Il soutint le regard de Jef. C'était un défi. Eh oui ! il cherchait le Hollandais. Et après ? Est-ce que Jef devinait ? Tant mieux ! Michel n'avait pas peur de lui. Il savait qu'il n'oserait pas le trahir. S'il avait eu la faiblesse de boire, il en aurait certainement dit davantage.

— A moins qu'il soit allé à Panama, tu devrais le trouver à cette heure-ci aux environs du marché.

Il ne monta pas voir Renée. Avec elle, c'était fini. Il courut au marché et plongea le regard dans tous les petits cafés des alentours sans apercevoir Suska.

Il fallait rentrer pour déjeuner. Il fallait ensuite, le crayon à la main, attendre la monotone dictée de Ferchaux.

— *A moins qu'il soit allé à Panama...*

Une sueur froide. Une angoisse folle, intolérable, à croire que quelque chose allait se briser en lui. Si Suska était à Panama, Michel n'aurait jamais la force de faire ce qu'il resterait à faire une fois Ferchaux mort.

Ferchaux mort... En pensant cela, il regardait le vieillard étendu dans son transatlantique. Un mince, mince sourire lui vint aux lèvres.

Est-ce que le grand Ferchaux avait jamais vécu une journée pareille à celle qu'il vivait, lui, Maudet, qu'on regardait comme un petit jeune homme ?

Certaines fois, quand il se remémorait sa vie d'Afrique, il arrivait au vieillard de passer la main sur son front et de soupirer :

— J'ai fait de tels efforts, Michel, toujours, toute ma vie durant...

La somme de ces efforts semblait encore l'écraser. Tout son être exprimait une si grande lassitude qu'on eût pu croire qu'il n'aspirait plus qu'à se fondre dans un néant de repos.

Ferchaux n'avait jamais vécu une journée comme la sienne. Il suait. Son costume, qu'il n'avait pas le temps de changer, était crotté. Il y avait de l'eau dans ses souliers.

A quatre heures, le vieux dictait toujours. Il était un peu plus de cinq heures quand Maudet se précipita à nouveau dans les rues. Et, à huit heures, il n'avait pas trouvé Suska. Il lui restait exactement douze heures devant lui. Encore y aurait-il, le lendemain matin, même si les choses se passaient au mieux, un sérieux danger.

Faute d'argent, par prudence aussi — il aurait pu emprunter de l'argent comme il le faisait si souvent — il n'avait pas retenu sa place à bord de l'avion. Or, il arrivait assez souvent que les avions des grandes lignes fussent complets. Il jouait sa chance. Il ne saurait qu'à la dernière minute.

A huit heures et demie, il pénétrait chez Jef et celui-ci vit bien qu'il était las, inquiet, il y eut une question involontaire dans le regard qu'il fit peser sur lui.

Michel eut la force de ne rien dire, de suivre pendant un bon moment une partie de cartes. Quand le tremblement le prenait, quand sa gorge se serrait, il se regardait dans la glace, fier qu'on ne lût aucune faiblesse sur son visage.

— Tu cherches toujours Suska ?

Il haussa les épaules, comme si la question était sans importance. Ce fut Jef qui insista.

— Je vais te dire où tu le trouveras sûrement. Va chez le vieux Pedro, dans le quartier nègre. Descends dans la cave.

Le renseignement était bon. Le vieux Pedro, qui tenait, dans une maison de bois, un petit café où on ne voyait jamais personne, essaya bien de barrer le passage à Michel quand celui-ci voulut descendre dans la cave. Mais on n'arrêtait pas Michel à ce moment.

En bas, il trouva une demi-douzaine d'indigènes — il crut reconnaître un blanc dans la pénombre — qui buvaient de la *chicha* et qui avaient tous le même regard halluciné.

— Suska !

Celui-ci leva vers lui des yeux vides.

— Il faut que tu viennes avec moi. J'ai à te parler.

Une dernière angoisse : si Suska, ivre de *chicha*, allait n'être plus bon à rien ?

Le grand corps mou le suivit dans la rue. Les deux hommes traversèrent le boulevard sous la pluie battante, s'arrêtèrent sous une loggia.

— Écoute, Suska, il faut absolument que, ce soir, dans une heure, peut-être dans deux...

Il lui serrait si fort le bras que ses ongles meurtrissaient la chair. Il parlait bas, d'une voix haletante, incisive, soufflant au visage du Hollandais sa respiration brûlante.

— Je te donnerai ce que tu voudras.

Si Jef allait avoir menti ? Si Suska...

— Viens avec moi. Tu resteras caché dans la rue jusqu'à ce que je fasse de la lumière sur la véranda. Tu as compris ? Tu ne t'en iras pas, n'est-ce pas ? Tu dis ?

L'autre disait qu'il voulait d'abord retourner chez Pedro pour boire encore un verre de *chicha*. Michel résistait. Suska s'obstinait, énorme et silencieux.

— Eh bien ! j'irai avec toi. Je n'entrerai pas, mais je t'attendrai à la porte. Tu te dépêcheras, n'est-ce pas ? Tu ne boiras pas trop ?

Plus forte que jamais, si impérieuse que cela lui faisait vraiment mal, lui vint la tentation de boire. Le moment approchait. Le geste...

— Va vite. Je ne bouge pas d'ici.

Il se colla contre une maison qui l'abritait quelque peu de la pluie ; il était déjà tellement mouillé que celle-ci n'avait plus d'importance.

Chose étrange, de toute la journée, il n'avait pas pensé une seule fois à Gertrud Lampson. Ce qui le lui rappela, ce fut une auto qui se dirigeait vers le *Washington*. L'Américaine avait joué son rôle. Elle n'avait déjà presque plus d'importance. Même si, là-bas, au Chili, il ne la retrouvait pas, il n'y aurait rien de changé, car le pas serait franchi.

Il fallait tenir bon quelques heures encore. Cela seul importait.

Jef savait qu'il avait passé la plus grande partie de sa journée à chercher le Hollandais. Le lendemain, il comprendrait, et Michel regrettait de ne pas être là pour rencontrer son regard à ce moment.

Mais non ! Il serait loin, très loin de tout ce milieu misérable, aussi loin qu'à Panama il était des rues sombres de Valenciennes. Il n'y penserait plus. Est-ce qu'il pensait encore à son père et à sa mère ? Est-ce qu'il se souvenait encore de Lina ? A peine assez pour reconstituer son visage, et encore, pas en détail !

Quelqu'un qu'il n'avait pas entendu venir se tenait à côté de lui. C'était Suska, qui attendait.

— Viens.

Il l'entraîna, le posta dans une encoignure, à moins de cent mètres de chez Vuolto, et s'assura que, de cette place, il verrait la lumière de la véranda.

Il ouvrit avec sa clef la porte de la maison qu'il laissa contre derrière lui et s'engagea dans l'escalier.

Là, il eut sa première faiblesse. Il s'immobilisa soudain, sur la troisième ou quatrième marche, en tenant la rampe, car ses jambes molles refusaient d'avancer. C'était tout de suite, sans doute, qu'il faudrait faire le geste. Il s'efforça de penser que, dans quelques minutes, tout serait fini, il se rappela la jambe que Ferchaux avait fait couper par son frère dans la forêt équatoriale, il monta, comme un automate, la gorge si serrée, cette fois, que nulle puissance au monde n'aurait pu lui arracher une parole.

Il y avait de la lumière sous la porte des Vuolto. Ceux-ci, le soir, comme beaucoup de commerçants, faisaient leurs comptes assez tard.

Un bateau venait sans doute d'arriver, car on chargeait la camionnette dans la cour de Dick Weller.

Michel poussa la porte. L'appartement était dans l'obscurité et il évita de tourner le commutateur.

Il était impossible de savoir, sans se pencher sur lui, si Ferchaux dormait, car il restait souvent couché pendant des heures les yeux grands ouverts.

Pourquoi se souvint-il de la nuit où il avait attendu l'heure qu'il s'était fixée pour quitter sans bruit la maison de la dune et aller rejoindre Lina dans son auberge normande ? Alors qu'il se rappelait à peine les traits de sa femme, il revit avec netteté la grosse fille de ferme qu'il avait hélée à travers le portail et qui lui avait enfin ouvert, il retrouva l'odeur d'étable par un matin humide...

Dans la cuisine, il ouvrit le tiroir où il avait laissé le meilleur couteau et le marteau.

Que serait-il arrivé si, à ce moment-là, Ferchaux avait parlé ? Malgré la pluie, il y avait une légère clarté lunaire. En outre, quelques rayons des becs de gaz du boulevard parvenaient jusqu'à la véranda et permettaient, quand l'œil s'y était habitué, de distinguer le contour des objets.

Aucun bruit proche, pas même celui, si faible fût-il, d'une respiration.

Est-ce que Ferchaux, par miracle, était sorti ?

Non. Il vit la forme du corps sur le drap blême, fit trois ou quatre pas, très vite, la main serrée sur le manche du marteau, et il frappa de toutes ses forces.

Il vacillait, perdait pied. Il avait peur de s'évanouir. Le bruit du marteau sur les os était le plus sinistre qu'il eût jamais entendu. Par contre, il n'y eut pas un cri, pas un soupir.

Il faillit, par peur de faiblir, allumer tout de suite la lampe électrique qui servirait de signal à Suska. Pourquoi lui semblait-il que le vieux n'était pas mort ? Il distinguait ses yeux, malgré la pénombre. Il était sûr qu'ils étaient ouverts, qu'ils le regardaient.

Alors, pour en finir, il se servit du couteau qu'il plongea à plusieurs reprises, au petit bonheur, dans la poitrine. La dernière fois, la lame dut se coincer entre les côtes, car il ne parvint pas à la retirer.

C'était fini. Fini pour le geste. Il avait soif. Il chercha autour de lui quelque chose à boire. Près du lit de camp de Ferchaux, à même le sol, il y avait la bouteille de lait qui ne quittait pas le vieillard. Et, comme celui-ci l'avait peut-être fait quelques minutes auparavant, Michel but à longs traits à même le goulot.

Est-ce que le vieux caïman, comme disait Jef, avait eu autant de mal avec ses trois nègres ? Avait-il, pendant toute sa vie, lui qui parlait si volontiers de la somme de ses efforts comme d'une montagne qui l'écrasait encore, avait-il, pendant toute sa vie, déployé autant d'énergie que Michel venait de le faire en une seule journée ?

Il ne trouvait pas les boutons qui fermaient la ceinture. Pour les défaire, il fallait retourner le corps et il avait déjà du gluant sur ses mains. Il coupa la toile avec son canif. Ses doigts cherchèrent les billets qu'il fourra au petit bonheur dans ses poches.

Alors seulement il fit de la lumière, l'espace de quelques secondes, en évitant de regarder vers le lit de camp. Il alla se poster sur le palier où il attendit l'arrivée du Hollandais. Celui-ci monta l'escalier si doucement que, jusqu'au moment de le toucher, Michel doutait encore.

— Viens... souffla-t-il.

A deux, ils tirèrent le lit de camp dans la chambre où la lumière ne pouvait pas se voir du dehors.

— Voici ce que je t'ai promis. Maintenant, il faut attendre que je revienne.

Dans sa chambre, il tourna le commutateur et se trouva en tête à tête avec son image que lui renvoyait le miroir. Par miracle, il n'y avait pas une tache de sang sur son complet blanc. Il se lava les mains dans la cuvette dont l'eau devint rose. Une fois encore, il eut envie de boire. Est-ce que, maintenant, cela avait encore de l'importance ?

Il se donna un coup de peigne, se pinça les joues pour les colorer. Il fallait suivre le programme qu'il avait minutieusement élaboré alors qu'il avait tout son sang-froid. D'ailleurs, ce sang-froid lui revenait.

Il descendit l'escalier, s'arrêta au premier étage, frappa à la porte des Vuolto.

— Entrez.

Il entrevit, par la porte de la chambre à coucher où il y avait une armoire à glace, Mme Vuolto en camisole. Dans la cuisine, son mari était occupé à rédiger des factures.

— Je vous demande pardon de vous déranger à cette heure. M. Louis vient de recevoir un télégramme. Nous partirons probablement demain matin de bonne heure et nous serons sans doute un mois ou deux absents.

— Vous gardez l'appartement ?

— C'est à peu près certain. Cependant, au cas où, pour des raisons que je ne puis prévoir, nous ne reviendrions pas, je vous écrirais afin de vous demander de vendre les meubles. Le loyer est encore payé pour deux mois, n'est-ce pas ?

— C'est ma femme qui est au courant des locations. Tu entends, Rosita ? Est-ce que le loyer...

— C'est exact, répondait-elle de son lit dont on avait entendu grincer les ressorts.

— Si je ne vous revois pas...

— Nous nous reverrons sûrement demain matin. Vous partez par le *Wisconsin* ?

— C'est probable. Oui. Je ne sais pas encore au juste ce que M. Louis compte faire.

— Ainsi, vous rentrez en France ?

C'était un petit homme affable qui tenait aux conventions et il alla prendre un carafon de liqueur dans l'armoire, tint à en verser deux verres.

— M. Louis ne descendra pas trinquer avec nous ?

— Vous savez comment il est !

— Eh bien ! à votre santé et à votre bon voyage.

Ce fut la seule goutte d'alcool que Michel but de la journée et de la nuit — et le verre cerné d'or, minuscule, ne contenait guère plus qu'un dé à coudre.

Ils attendirent encore près de deux heures, là-haut, dans la chambre de Michel, que Vuolto fût endormi. Le Hollandais ne prononçait pas un mot et fixait sur n'importe quel point de l'espace le regard de ses prunelles agrandies par la *chicha*.

— Tu as bien compris, Suska ?

Est-ce que seulement les paupières battaient en signe d'assentiment ?

Enfin, les bruits se turent, la camionnette de Dick Weller revint à vide et on entendit mettre les barres à la porte du garage.

— Allons !

Michel commença par tout éteindre, car il ne voulait pas voir le cadavre. Ils le soulevèrent à deux, évitèrent, dans l'escalier, de le heurter au mur ou à la rampe.

L'itinéraire avait été choisi en connaissance de cause : deux rues à parcourir, deux rues où, la nuit, il ne passait personne. Ils rasaient les maisons. Le bruit de la mer commençait à leur parvenir.

Ils passèrent derrière la gare qui ressemblait dans la nuit à un tas de ferraille ; leurs pieds enfoncèrent bientôt dans le sable de la plage et de l'eau salée se mêla à l'eau du ciel qui les fouettait.

— Je peux compter sur toi, Suska ?

Il préférait s'éloigner. Ils étaient arrivés tout près des premières vagues mais, avant d'y traîner le corps, le Hollandais avait encore une besogne à accomplir.

Pendant près d'une demi-heure, Michel resta le dos collé contre le mur de la gare, à ne rien voir qu'un peu de blanc à la crête des vagues, à ne rien entendre que le fracas de l'océan.

Puis une ombre passa près de lui en silence. C'était Suska, qui portait un paquet de la grosseur d'une tête humaine.

Il ne rentra pas chez lui par le même chemin. Il savait bien où ses pas le conduisaient. Il vit de loin de la lumière dans le café de Jef et, quelques instants plus tard, après s'être arrêté sous un réverbère pour s'assurer qu'il n'y avait sur lui aucune trace de ce qui s'était passé, il en poussait la porte.

Une dizaine de Français du *Wisconsin* mangeaient des saucisses ou de la soupe à l'oignon. Jef, de loin, le regarda s'avancer en fronçant les sourcils, car il n'attendait pas sa visite à pareille heure.

Michel aussi se regardait marcher à pas réguliers, toutes les glaces lui renvoyaient son image et il en était fier comme il fut fier de sa voix quand il prononça :

— Je crois que je suis venu vous dire au revoir.

— Tu t'en vas ?

— Le vieux a reçu des nouvelles.

Jef le croyait-il ? Cela n'avait pas d'importance.

— Qu'est-ce que tu bois ?

— De la bière.

— Ah !

Puis, aussitôt :

— Tu as fini par trouver Suska ?

— Je l'ai trouvé.

Jef, qui devait trinquer à toutes les tables et raconter des histoires, n'insista pas. Les autres habitués n'étaient pas là. Napo s'affairait dans le cagibi qui lui servait de cuisine.

— Donne-moi une paire de saucisses ! lui lança Maudet.

Il ne s'assit pas, ne voulut ni assiette ni fourchette. Il mangea ses saucisses debout près du comptoir, en les trempant dans la moutarde.

C'était fini. Il s'en allait. Il jeta de la monnaie sur le marbre d'une table. Sans savoir au juste pourquoi, il évita d'aller serrer la main de Jef qui buvait le champagne dans un coin.

— Tu t'en vas ?

— Je viendrai sans doute vous dire au revoir demain matin.

Il ne viendrait plus. Il ne les verrait plus. La porte à ouvrir et à refermer et ils sombreraient d'un seul coup dans le passé, perdant leur qualité d'êtres réels pour ne garder que la vague consistance de souvenirs.

Il se promena près d'une heure, tout seul, dans la pluie, avant de rentrer chez Vuolto. Il courait un dernier risque ; que le propriétaire, inquiet, ou désireux de dire adieu à Ferchaux, se fût relevé pour aller frapper à leur porte.

Car Michel avait tout prévu, jusqu'aux moindres aléas. Il traversa la cuisine, fit partout de la lumière pour s'assurer qu'il ne laissait derrière lui aucune trace compromettante. Avec un chiffon qu'il brûla ensuite, il alla effacer sur la terrasse quelques taches de sang.

Il se déshabilla, prit un tub glacé, mit son meilleur complet et rangea les bank-notes dans un portefeuille que, la veille, il avait acheté tout exprès. (Il l'avait acheté au bazar de Nic Vrondas où il était allé pour savoir si celui-ci s'était aperçu de la disparition du briquet.)

Il se servit de ce briquet pour allumer une cigarette. Le torse nu, afin de ne pas mouiller déjà sa chemise de sueur, il fit ses bagages, ou plutôt *leurs* bagages, car il devait emporter aussi les effets de Ferchaux.

Il était calme, un peu vide. Les saucisses de chez Jef lui pesaient sur l'estomac ; une fois ou deux il se demanda s'il n'allait pas les vomir et, trouvant du bicarbonate de soude, il en prit deux cuillerées.

A trois heures du matin, il était prêt. A trois heures et demie, il ramenait un fiacre devant la maison et y chargeait les deux valises.

Les heures étaient longues. Les minutes n'en finissaient pas de s'ajouter aux minutes. Il ne savait où aller jusqu'au départ de l'avion.

Comme le fiacre passait par la rue réservée, il entrevit la Bretonne dans la lumière rose de son petit salon et l'idée lui vint d'arrêter la voiture.

— Attendez-moi.

Elle ne s'attendait pas à le voir.

— Je suis venu vous dire au revoir. Nous partons demain de très bonne heure.

— C'est gentil d'avoir pensé à moi. Qu'est-ce que vous prenez ?

Car la Bretonne, qui tutoyait tout le monde, lui avait toujours dit vous.

Ce fut d'abord parce qu'il était las qu'il s'étendit en travers sur son lit. Puis il eut peur de s'endormir. Dans quelques heures, ce serait fini à jamais de ce monde-là.

— Je peux vous offrir un petit verre ?

Elle avait refermé sa porte, comme pour les clients. En face, le cheval était luisant de pluie dans l'obscurité et le cocher était allé se coller contre un mur en attendant.

Sans doute la femme raconterait-elle à Jef qu'il était venu la voir ?

Par défi, pour que Jef le sache, il fit l'amour. Après quoi il resta longtemps à lui parler, comme il aurait parlé tout seul.

— Sais-tu que j'ai une femme en Europe ? C'est rigolo, hein ?

— Elle est belle ?

S'il avait eu un portrait de Lina, il le lui aurait fait voir, mais depuis longtemps il n'en avait plus.

— Je ne reviendrai sans doute jamais à Colon. Je ne sais pas. En tout cas, si je reviens...

Il se comprenait. S'il revenait, il ne ferait que passer sans s'arrêter dans cette rue, au volant d'une grosse voiture qui le conduirait au *Washington*.

Cette nuit, c'étaient ses adieux à la canaille.

— Il est mon heure.

— Quel bateau prends-tu ?

— Chut !

Et il voulut à toute force lui faire accepter un billet de cent dollars. Cela aussi, Jef l'apprendrait peut-être. Et Jef comprendrait.

Le cocher attendait qu'on lui donnât une adresse.

— Allez toujours jusqu'au *Relly's*.

Il ne voulait pas entrer à l'*Atlantic* où il eût rencontré Renée. Jamais le monde ne lui avait paru si peu réel que cette nuit-là. Il s'asseyait dans une boîte de nuit ou dans une brasserie, commandait des verres auxquels il se gardait bien de toucher. Il voyait des visages, près ou loin, des nez, des bouches, des yeux. Des gens riaient. Des hommes s'excitaient sur des filles qui les repoussaient mollement.

Il lui semblait qu'il n'aurait pas pu vivre une journée de plus, une seule, dans ce monde-là.

Cinq heures. A cinq heures et demie, dans un bar qui restait ouvert à cause de la présence dans le port du *Wisconsin*, il aperçut un type qui portait la casquette galonnée de la South American Airway.

— Viens ici, mon petit.

— Monsieur ?

— Tu ne sais pas si l'avion de ce matin est complet ?

— Lequel ?

— Bogota-Lima-Valparaiso.

— Je crois qu'il reste de la place. Voulez-vous que je téléphone ?

Il découvrit que cette nuit lui rappelait sa nuit de Bruxelles, du *Merry Grill*, du *Palace*, le bain que l'entraîneuse, dont il ne se rappelait pas le nom, avait pris dans sa baignoire et les seins mous qu'il avait découverts.

— Il y a de la place, monsieur. Deux places au moins.

— Une suffira.

Déjà il donnait des pourboires comme les gens du *Washington*, envoyait le garçon porter un verre à son cocher.

Il n'avait pas de remords. Il sentait qu'il n'en aurait jamais. Le spectre de Ferchaux ne le poursuivait pas. Et même il avait déjà presque oublié le fameux geste qui avait été plus facile qu'il l'avait cru.

Est-ce que Ferchaux, lui, avait eu des remords ? Et Jef ?

Pourtant, il y avait quelque chose de changé, d'irrémédiablement changé. Il regardait avec des yeux nouveaux l'agitation qui l'entourait, les gens dont le visage lui apparaissait soudain en gros plan.

Tout à l'heure, parlant à la Bretonne d'un âge presque canonique, il lui avait dit :

— *Mon petit...*

Il se sentait vieux. Il avait l'impression d'être égaré dans une cour d'école au moment de la récréation et la vue d'un gros Bordelais, qui venait manger une saucisse avec encore sur la tête le bonnet de papier dont on l'avait affublé au *Moulin Rouge* ou à l'*Atlantic* n'était plus capable de le faire sourire.

— Au camp d'aviation !

Le jour se levait. La pluie tombait toujours. On lui délivra son billet sans difficulté et il fut un des premiers à prendre place dans la carlingue.

Ce fut alors qu'il aperçut un bar en bordure du terrain et il s'y précipita, car il en avait enfin le droit ; il but coup sur coup quatre ou cinq whiskies doubles et ce ne fut que de justesse qu'il reprit sa place dans l'avion au moment où on retirait les cales.

Michel Maudet vécut trois mois en Amérique du Sud en compagnie — ou plutôt à la traîne — de Gertrud Lampson. On les vit à Buenos Aires, à Rio, à Pernambouc, à La Paz et à Quito.

A Caracas, ils prirent place, pour une croisière dans le golfe du Mexique, à bord du yacht d'un amie yankee de Mrs Lampson.

A La Havane, on embarqua plusieurs personnes de la meilleure société, dont une Cubaine de vingt-sept ans que Maudet épousa trois semaines plus tard, lorsque le yacht mouilla enfin à New York.

Il en eut un enfant — une petite fille — mais peu après il accepta, à des conditions avantageuses, le divorce que ses beaux-parents lui proposaient.

Quatre ans plus tard, à Singapour, on le retrouvait qui, sous le nom de captain Philps, était au mieux, disait-on, avec lady Wilkie, laquelle approchait d'assez près la cour d'Angleterre.

C'était un homme jeune et mince, hâlé par le soleil, qui pratiquait tous les sports, possédait une écurie de polo, dansait à la perfection et buvait sec.

Malgré son âge, ses cheveux s'argentaient légèrement aux tempes et il y avait dans son sourire une ironie indéfinissable, dans ses yeux clairs une fixité qui contrastaient avec son enjouement.

Il avait l'habitude de dire sur le ton de la plaisanterie ou du moins ses interlocuteurs le prenaient ainsi et protestaient avec véhémence :

— Moi qui suis très vieux...

Et c'était encore une volupté d'être seul à savoir qu'il avait raison.

LES NOCES DE POITIERS

Tous les personnages de ce roman sont fictifs et n'ont aucun rapport avec des personnes vivantes ou décédées ; toutes coïncidences éventuelles sont donc fortuites et inintentionnelles.

G. S.

1

Quelqu'un qui parlait dut soudain se taire. Mais qui parlait à ce moment-là, Gérard, quelques secondes plus tard, était incapable de s'en souvenir. Peut-être même personne ne parlait-il ? Sans doute, dans ce cas, le changement eût-il été moins frappant ?

Il n'avait pas dormi, évidemment. On ne dort pas à un dîner de noces, à plus forte raison quand ce sont ses noces à soi. N'empêche qu'au moment où le garçon, en sortant de la salle, poussa comme machinalement le commutateur électrique, Auvinet sursauta, mettons tressaillit, pour ne pas exagérer, et regarda autour de lui avec des yeux de poisson.

Il cessait tout à coup d'être acteur pour devenir spectateur. Ou plutôt, ce qui devint vite angoissant, il devint spectateur sans cesser d'être acteur.

Quelqu'un avait dû se taire, c'était à peu près certain, M. Sacre, probablement, quelqu'un qui dévidait des phrases monotones qu'on n'avait pas besoin d'écouter, de sorte que quelques secondes pouvaient s'écouler avant qu'on s'aperçût du silence.

Le léger déclic du commutateur, la lumière qui jaunissait les globes électriques jusque-là d'un blanc froid, appelaient soudain l'attention sur l'étrange spectacle de douze personnes qui se taisaient.

Il arrive que, dans un restaurant, on pousse une porte par erreur, en cherchant le petit endroit, par exemple, et qu'on tombe ainsi sur une noce.

Mais se découvrir au milieu de cette noce où l'on fait figure d'acteur principal ! Jusqu'alors, Gérard avait dû manger et boire comme les autres, sans prendre garde à ce qu'il faisait.

Maintenant, il regardait, il voyait tout, les moindres détails, les plus petites taches d'ombre et de lumière et, bien qu'il fût d'une lucidité étonnante, la tête commençait à lui tourner.

A gauche, sur le mur, en face de lui, il y avait une horloge, un de ces « carillons Westminster » que les ménages pauvres mettent des années à s'offrir. Il connaissait des gens, des voisins, qui, pendant des lustres, s'étaient fournis à la même épicerie, où le café n'était pas bon, uniquement parce qu'on y donnait des bons-primes et qu'avec Dieu sait combien de centaines de ces bons-primes, on recevait un carillon.

Celui-ci marquait quatre heures moins trois, quatre heures moins deux, et les nerfs de Gérard se crispaient déjà dans l'attente de la musique qui n'allait pas tarder à se déclencher.

On était en décembre, mais il ne faisait pas encore noir, on voyait, par la fenêtre, un nuage de pluie fine descendre dans la tranchée de la rue et, par une échappée, à l'angle des maisons, on apercevait des rails mouillés, une locomotive qui fumait, toute seule sur les voies et comme abandonnée.

On n'aurait pas dû allumer alors qu'il y avait encore assez de jour. La clarté grise qui venait du dehors et la clarté jaunâtre des globes électriques, au lieu de s'additionner, se détruisaient, se faisaient, par contraste, plus miteuses. Le papier peint des murs devenait d'un brun triste, avec, dans les coins, des déchirures dues à l'humidité. Le plafond était sombre aussi, peint à l'huile, orné de personnages nus, des amours peut-être, dont on devinait encore les contours.

Le plus sinistre, c'était, juste en face de la table, en face de Gérard, l'immense glace un peu piquée, d'une eau trouble, dans laquelle toute la noce se reflétait, une rangée de dos noirs et de nuques et une rangée de visages sur des plastrons blancs.

Quelqu'un s'était tu, c'était certain, car sinon on n'aurait pas entendu aussi nettement les secondes que le carillon battait comme un métronome et qui vous résonnaient dans les tempes, prenaient par instants l'ampleur hallucinante d'un tam-tam. Est-ce que les autres s'en apercevaient ? Ils étaient penchés sur les assiettes. Ils mangeaient. On venait de servir le homard à la mayonnaise et chacun avait devant soi, sur le blanc cru de la faïence, des taches figées, du rouge et du jaune épais.

Encore une minute et demie et le carillon se réveillerait. Encore un quart d'heure et Gérard monterait se changer avec sa femme, dans une chambre où ils avaient apporté leurs vêtements ordinaires et leurs valises. Puis le train. Puis Paris.

Il attendait, les nerfs tendus, fixant durement l'aquarium du miroir où il fut tout surpris de rencontrer le regard de sa femme assise à côté de lui. Cette rencontre même avait quelque chose d'étrange. C'était comme si, elle aussi, se fût échappée un instant de la noce.

Elle était tout près de lui. Il sentait son bras contre le sien, sa jambe contre la sienne, mais c'était là-bas, dehors, dans la glace, qu'elle le fixait avec une certaine inquiétude. Est-ce qu'il y avait déjà longtemps qu'elle l'observait ? Elle devait s'attendre à un sourire, à un signe quelconque de reconnaissance, mais, malgré lui, il continuait à la regarder comme dans un autre monde où les sentiments terrestres n'ont plus cours.

Dans la glace, elle avait le nez de travers. C'était curieux, car il ne lui avait jamais vu le nez de travers et cela changeait l'expression de sa physionomie. Telle quelle, elle n'avait plus rien de mutin, d'enjoué. Avec sa pâleur sur laquelle tranchait aux pommettes du rouge bien artificiel — comme si elle se fût frotté les joues de homard — c'était une gamine quelconque, pas bien portante, à peine jolie, d'une de ces joliesses qui ne résiste pas à un froid examen.

Est-ce qu'il l'avait jamais trouvée jolie ? Il n'en savait rien. Il ne voulait pas le savoir. Sans doute que oui puisque pendant des semaines, il avait fait les cent pas, chaque soir, devant la ganterie où elle était vendeuse. C'était la ganterie la plus élégante de Poitiers, avec deux vitrines où étaient rangés des gants d'une peau somptueuse. Les lumières de l'étalage faisaient dans la rue un halo doré. Il revoyait les pavés mouillés du trottoir — il n'avait pas toujours plu, mais il revoyait des pavés mouillés.

C'était elle, en robe de soie noire, qui venait, sur le coup de six heures, baisser les volets à l'aide d'une manivelle. Il se tenait un peu à l'écart. Ils échangeaient des signes. Et, quand les lumières des vitrines s'étaient effacées, elle ne tardait pas à sortir, toujours d'un pas précipité. Ils marchaient comme sans se connaître, jusqu'au premier tournant, et là, en même temps qu'ils s'engouffraient dans une petite rue sombre, ils se prenaient par le bras en attendant de se trouver bouche à bouche contre un mur ou contre une porte cochère. Cela datait de la fin de l'autre hiver.

Elle avait enfin baissé la tête sur son assiette. Elle mangeait avec précaution, par crainte de tacher sa robe blanche, la robe de mariage de sa sœur aînée qu'on avait retouchée.

Lui était en smoking.

— Tu as tort, Gérard. Tu ferais mieux de te faire faire un costume noir, ou même bleu marine, qui te servirait après...

C'était sa mère, évidemment, qui avait parlé ainsi. Et elle était là aussi, dans la glace, juste à côté de Linette, elle mangeait aussi, du bout de sa fourchette, du bout des dents, s'efforçant de sourire par complaisance même quand on ne la regardait pas, sans pourtant cesser d'avoir l'air d'une victime.

— Quand on est dans votre situation à tous les deux, on ne se marie pas en blanc. A quoi bon jeter de la poudre aux yeux, dépenser de l'argent dont vous aurez besoin un jour ? C'est comme cette idée de faire le dîner au restaurant ! Cela coûte cher et c'est moins bon qu'à la maison...

Qu'aurait-elle dit si elle avait su qu'il payait la moitié du dîner ? Elle avait bien expliqué, pourtant, que le marié ne paie que les voitures et l'église, le repas de noces étant à la charge des beaux-parents...

Le smoking n'était pas neuf. Il l'avait racheté au premier clerc du bureau. Il avait dit à sa mère qu'il l'avait payé deux cent cinquante francs et elle avait trouvé que c'était trop cher, qu'il ne valait pas ça. En réalité, il l'avait payé quatre cents francs. Ou plutôt il n'avait donné que deux cents francs d'acompte et il devait le reste, il avait juré qu'il enverrait un mandat le mois suivant.

— Promets-moi, mère, que tu ne feras pas de scène, que tu ne pleureras pas, que tu ne diras rien de désagréable...

C'était le matin, chez eux, dans leur logement de trois pièces au-dessus de chez Mme Doré. Il s'était coupé en se rasant. Il y avait de grandes bassines d'eau sur la cuisinière pour se laver. Elle reniflait. Elle ne pleurait pas, mais on sentait les larmes proches.

— Fais un effort pour te montrer gentille...

— Est-ce qu'ils se sont montrés gentils avec moi ? Est-ce qu'elle a jamais eu un mot agréable à mon égard ?

— C'est toi qui as commencé, tu le sais bien...

— Quand je pense que tu as à peine vingt ans...

Elle s'habillait, elle aussi. Elle allait et venait, en corset. Elle n'avait jamais eu de pudeur en face de lui. Il détournait la tête chaque fois que, dans le corset trop lâche, il apercevait les seins flasques et livides.

— Je me demande parfois...

— Tais-toi, mère !

— Je sais que cela t'ennuie que je parle de cela...

Cela le hérissait, cela l'angoissait, cela le mettait en fin de compte dans de telles rages qu'une fois, un soir, le soir où il lui avait annoncé qu'il voulait se marier, il avait failli battre sa mère.

Quel besoin avait-elle de le regarder avec cette insistance soupçonneuse ? Elle ne connaissait pas Linette. Elle ne l'avait jamais vue. Elle n'en disait pas moins :

— Une vraie jeune fille ne se jette pas à la tête d'un homme dont elle ne connaît même pas la famille...

Elle disait encore... Peu importe ce qu'elle disait, c'était son regard qui comptait, la pensée qu'elle n'osait pas exprimer et à laquelle elle revenait toujours.

— Qui sait si tu ne te maries pas comme ton cousin Bertrand...

Cela, dans la famille, avait un sens précis. Car le cousin Bertrand, qui était étudiant en médecine et qui aurait pu faire un beau mariage, avait été obligé d'épouser une petite ouvrière à qui il avait fait un enfant.

Ce matin encore, dans la voiture qui les conduisait à la mairie... Il pleuvait... La voiture était humide, la glace ne fermait pas, la mère avait une petite goutte claire et tremblante au bout du nez et les mains froides dans ses gants de fil noir. C'était la dernière fois qu'ils étaient en tête à tête de la journée. Dans quelques minutes, ils ne seraient plus une mère et un fils, et désormais il y aurait entre eux un troisième personnage.

— Crois-tu vraiment, Gérard, que tu fasses un mariage heureux ?... Nous étions si bien, tous les deux...

Elle allait pleurer. Elle pleurait. Il était obligé de lui faire mettre de la poudre avant d'entrer à la mairie où elle reniflait encore.

Une tension de ressorts. On la devinait, on la sentait, on attendait, c'était long, interminable, et enfin leur fameux carillon se déclenchait et il y avait quelqu'un, M. Coutant, pour se redresser gravement, tirer une montre en or de son gousset et la remonter avec lenteur en prononçant, comme un verdict :

— Quatre heures...

Linette dit à mi-voix :

— Il va être notre heure...

Et, Dieu sait pourquoi, elle éprouva le besoin de poser sa main sur le bras de son mari. Une prise de possession, peut-être ? Mme Auvinet prétendait qu'elle avait couru après Gérard, que toute la famille était d'accord pour *l'accaparer*...

— Des gens qui ont trois filles et qui ne cherchent qu'à s'en débarrasser...

Et voilà que Gérard était pris de panique. Il ne croyait pas à tout ce que disait sa mère. Il savait que ce n'était pas vrai. Il connaissait les Bonfils, lui, il avait été accueilli dans leur maison. C'étaient de braves gens. Des gens un peu vulgaires. Ce n'était pas le même genre d'éducation. Leur petite maison, avec un grand jardin, dans la ville basse, ressemblait à une maison d'ouvriers. Le père Bonfils était fier d'appartenir depuis trente ans aux chemins de fer et d'être devenu, à l'ancienneté, le chef de la petite vitesse. C'était à ses yeux un monde inaccessible au commun des mortels et il en parlait avec la même discrétion solennelle que d'autres mettent à s'entretenir de secrets d'État.

Il avait une pipe à long tuyau de corne qui sentait très fort et qui émettait, à chaque aspiration, un gargouillis écœurant. Des poils noirs sortaient en touffe de ses narines. Il passait en sabots dans son jardin tout le temps qu'il avait de libre.

Sa femme, aujourd'hui, était vêtue de soie noire, avec un gros camée en guise de broche. Une maladie de peau, sans doute, lui faisait le nez rouge, d'un rouge spécial, auquel Gérard s'était pourtant habitué. Pourquoi avait-elle poudré son nez de la sorte ? De rouge, il était devenu d'un violet artificiel, comme certains bonbons fondants. C'était lugubre. C'était navrant.

Linette lui frôlait le pied de son pied, s'agitait, regardait l'heure, murmurait à son oreille.

— Tu devrais faire accélérer le service... Qu'on verse toujours le champagne, pour les toasts...

Ah ! oui... Il n'y pensait plus, ni au champagne, ni aux toasts. C'était sans doute M. Sacre, le sous-chef de gare qui avait consenti à être le témoin de Linette, qui allait parler. Cela se sentait. Il était le personnage important. Sa femme, une petite brune aux mauvaises dents, avait gardé son manteau de fourrure sur les épaules, sous prétexte qu'il faisait frais dans la salle. Elle croyait faire ainsi très soirée mondaine, très grande dame égarée chez les petites gens.

Il y avait aussi M. Coutant, avec sa tête de jésuite en civil, qui luttait d'importance avec le sous-chef de gare, car il était fondé de pouvoir au cabinet Bonte, contentieux. Il y avait Mme Coutant qui ne mangeait de rien. Il y avait Mimi, la sœur de Linette, qui avait seize ans et qui était vendeuse à Prisunic. On lui avait fait faire une robe bleu pâle, en satin, qui était un peu large, un peu raide, et dans laquelle son petit corps maigre semblait perdu...

— Garçon !...

Le garçon, qui avait compris, débouchait le champagne, et tout le monde le regardait avec l'envie de voir le bouchon sauter au plafond.

— Mes chers amis, je suis heureux de lever mon verre...

Dehors, il ne faisait pas encore tout à fait noir. Une sorte de brouillard de la même couleur que le miroir enlevait de la transparence aux vitres derrière lesquelles, de l'autre côté de la rue, on apercevait le rectangle d'une fenêtre éclairée, une femme qui, penchée en avant, cousait à la machine.

— ... ce jeune couple qui, à Paris, suivra la voie du...

Il dut choquer son verre contre celui de Linette, puis contre les verres de toute la famille et des invités.

— Eh bien ! les enfants, vous ne vous embrassez pas ?

Il regarda sa femme. Elle vint à lui. Il l'embrassa.

— Mieux que ça, voyons...

Il y avait des œillets tout le long de la table, sur la nappe blanche. Gérard en avait glissé un à sa boutonnière. Son beau-père aussi.

Avant une heure, le train les emporterait vers Paris et ils ne seraient plus que deux. Sa mère le regardait, navrée, sa mère qu'il allait laisser seule avec eux. Pourvu qu'il ne se produise pas d'incident, qu'aucune parole malheureuse ne soit prononcée ! Elle s'en irait, rasant les maisons, vers leur logement où elle retrouverait tout le désordre du matin.

— Nous montons ?

Il fit signe que oui, s'excusa. L'heure du train... On les regardait gagner la porte. Ils s'engageaient dans l'escalier au tapis rougeâtre où manquaient trois barres de cuivre.

— Qu'est-ce que tu as eu, Gérard ?

— Moi ?

— Tu n'avais pas l'air dans ton assiette. Je parie que tu as beaucoup bu...

— Non... Un peu...

C'est vrai. Il avait bu beaucoup depuis le matin, machinalement, mais il n'était pas ivre. Au contraire. Il voyait les choses avec une lucidité trop froide, plutôt comme on les voit quand on se lève de grand matin que comme on les voit le soir, réchauffé par le contact avec le monde.

Ils entrèrent dans une chambre. En bas, au pied de l'escalier, Mme Bonfils, un peu intimidée, questionnait :

— Tu n'as pas besoin de moi, Linette ?

— Non, man ! Merci...

Et, une fois la porte refermée :

— Pauvre maman ! Elle se fait des idées... Veux-tu dégrafer ma robe ?... Tu n'as pas les mains grasses ?

Il l'aida. Elle se déshabilla. Il n'y avait qu'une ampoule électrique trop faible, sans abat-jour, qui pendait au bout de son fil, un lit recouvert d'un gros édredon rouge, une petite toilette avec, en dessous, un bidet d'émail...

— Nous avons juste le temps...

Il changea de souliers, car il avait porté des escarpins. C'est moins cher que des chaussures vernies...

— Jusqu'à la fin, j'ai eu peur de ta mère. Pourvu que, quand nous serons partis, elle n'en profite pas pour faire une scène...

— Je ne pense pas. Elle m'a promis...

— Tu crois vraiment qu'elle sait ?...

— Elle devine... Même si ce n'était pas vrai, elle le penserait... Quand il s'agit de moi, elle suppose toujours le pire...

— Ce qu'elle peut me détester !... Quand elle a été obligée de m'embrasser, à la sacristie, j'ai cru qu'elle allait me mordre... Si tu savais l'effort que j'ai dû faire pour lui dire maman...

— Elle va rester toute seule...

— Elle ne pouvait quand même pas compter te garder toute sa vie.

Ils se turent. Ils s'habillaient. Linette changeait de bas.

— Tu n'as pas été incommodée ?

— Non... Je n'en pousserai pas moins un soupir de soulagement quand nous serons partis... Surtout à cause de ma sœur... C'est difficile, quand on couche dans la même chambre... Elle est toujours à m'observer quand je fais ma toilette...

Il dit, presque attendri, pas tout à fait pourtant, parce qu'il n'en avait pas le temps :

— Mon pauvre petit...

Et il se revoyait avec elle, le mois précédent, un peu après la fermeture de la ganterie, marchant vite dans les rues mal éclairées.

— Tu es sûr qu'on ne rencontrera personne ? *Il* ne dira rien ?

— Il n'en a pas le droit. *Il* est tenu par le secret professionnel...

— J'ai si peur, Gérard...

Il aurait pu aller chez un médecin inconnu. Pourquoi avait-il choisi celui de la famille, celui qui avait soigné son père de la maladie dont il était mort et qui l'avait soigné lui-même tout enfant ? On les avait fait attendre longtemps dans un salon minuscule où traînaient de vieilles revues. Le docteur les avait introduits sans mot dire dans son cabinet. On aurait pu croire qu'il savait d'avance de quoi il s'agissait. Il avait enfin posé quelques questions, réclamé des dates. Enfin, après un examen horrible, sous une lampe aux rayons crus, il s'était redressé.

— C'est bien ce que vous pensez, mademoiselle.

Alors Gérard avait osé.

— Écoutez, docteur. Vous connaissez ma mère. Vous êtes au courant de ma situation. N'est-il pas possible de...

— Non.

— Mais tout au moins ne connaissez-vous pas...

Rien. Sinon des adresses, à la dernière page des journaux. Une vieille maison sale. Un escalier où jouaient des enfants, assis sur les marches. Une odeur de cuisine et une femme au visage froid, aux cheveux gris qui écoutait en frottant l'une contre l'autre ses mains sèches.

— Je vous assure que je ne puis rien faire à moins de deux mille francs. Il y a trop de risques. La semaine dernière encore on a arrêté...

Il savait bien qu'il ne trouverait pas les deux mille francs. Il devait même de l'argent au garçon de café du Pont-Neuf ! Il savait aussi que son patron, M. Malterre, l'avoué, ne lui avancerait pas un centime. Et pourtant il était allé le voir en dehors des heures de bureau. Pour la première fois il était monté dans son appartement. Il lui avait tout confessé.

— Je regrette, mon ami.

Est-ce qu'il ne lui avait pas annoncé qu'il se tuerait ? C'était possible. Il ne voulait pas s'en souvenir. Ils marchaient, le soir, interminablement, dans les rues, Linette et lui, elle à son bras, un peu penchée.

— Tant que je gagne huit cents francs par mois, tes parents ne voudront jamais...

Et, s'ils restaient à Poitiers, comment cacher la vérité ?

— Tu as la clef de la valise ?

— Elle doit être sur la table de nuit. Attends avant de fermer. Tu as oublié mes escarpins...

Il allait, venait dans la chambre, avec l'impression d'un univers sans consistance. Il devait quand même avoir un peu trop bu. Il avait l'estomac barbouillé, la tête vide. Il était triste, d'une tristesse de toute sa chair.

— Gérard...

— Oui...

Elle le regardait dans les yeux, elle disait :

— Nous deux...

— Oui, ma chérie, nous deux...

Et il la tenait un moment contre lui, vêtue maintenant de son manteau de laine brune, un petit chapeau noir sur la tête.

Il l'aimait bien, mais ce n'était pas juste. Il avait vingt ans, sa mère avait raison. Il n'avait pas l'impression de partir, mais plutôt l'impression qu'on le poussait dehors, et il ne savait pas où il allait.

Sa mère, elle, sentait bien que parfois il ne s'y retrouvait pas dans tous ses mensonges. Et pourtant il mentait facilement. Quand il voulait quelque chose, rien ne l'arrêtait.

Il avait voulu aller à Paris, parce qu'il le fallait, parce qu'il n'y avait plus moyen de faire autrement.

Il avait toujours voulu aller à Paris, mais pas comme ça. Il avait toujours su qu'il ne resterait pas à Poitiers, qu'il ne passerait pas sa vie, comme son père, à tenir des écritures chez un notaire.

Il avait toujours eu envie de ne pas être seul. Un couple. Quand, même à dix-huit ans, même plus jeune, il voyait deux silhouettes collées dans une encoignure de porte, il était pris d'impatience, d'une impatience presque douloureuse. Et quand, avec Linette, lorsqu'ils marchaient sans fin par les rues en ne s'arrêtant que pour s'étreindre dans un coin d'ombre, ils avaient déjà leur fenêtre, une fenêtre toujours éclairée, dans une rue sombre, devant laquelle ils rêvaient.

Être deux, chez soi. Fermer la porte. Baisser le store. Être deux, sous la lampe, dans une douce chaleur...

— Descendons...

Le garçon était déjà sur le palier pour prendre les deux valises dont l'une était neuve, achetée la veille pour la circonstance. Encore des dettes. A qui Gérard n'avait-il pas emprunté d'argent ?

On parlait d'eux, en bas, en allumant les cigares bagués et en se renversant sur le dossier des chaises. On s'entretenait de leur avenir, de la magnifique situation qui l'attendait à Paris.

N'entrait-il pas comme secrétaire chez le romancier Jean Sabin ? N'allait-il pas gagner, dès ses débuts, deux mille francs par mois ? Au point que M. Bonfils qui, après trente ans de service aux chemins de fer, n'en gagnait que dix-huit cents, en était vexé. Il admirait, mais avec une secrète envie.

— Seulement, nous, il n'y a pas la retraite assurée... corrigeait-il pour sauver son honneur.

Et tout cela n'était pas vrai non plus ! Linette le savait. Ils avaient lancé ce chiffre de commun accord, pour obtenir le consentement au mariage. Gérard allait gagner huit cents francs — comme à Poitiers — et là-dessus il devait en envoyer trois cents à sa mère !

— Mais non... Je ne veux pas qu'on nous accompagne à la gare... N'est-ce pas, Gérard ?... Il faut que la petite fête continue... Nous avons juste la rue à traverser...

Elle embrassait son père, sa mère. Elle embrassait plus longuement sa sœur qui lui parlait à l'oreille et qui la faisait rire.

— Au revoir, mère...

— Au revoir, fils...

Mme Auvinet se tenait bien, ne pleurait pas, reniflait seulement, puis lançait autour d'elle des regards de détresse.

— Soignez-vous bien...

Des poignées de mains à M. Coutant, à M. Sacre. Ils s'en allaient. Ils étaient dehors, dans le noir, maintenant, avec toujours une pluie fine qui s'accrochait à la laine des vêtements en minuscules gouttelettes.

— Tu as le permis ?

Il l'avait. Ils allaient voyager en première classe, car ils avaient obtenu des permis. Un garçon les suivait avec les valises. Ils traversaient la gare, longeaient les quais où attendait un chapelet de foule. Il faisait froid, humide.

— Les voyageurs pour Paris...

Le haut-parleur emplissait la gare de sa voix sonore. Un train roulait dans le lointain. Un feu rougeâtre, tout au bout des voies, dans la nuit mouillée, puis un fracas.

Il aida sa femme à se hisser sur le marchepied, lui passa les deux valises.

— Il y a de la place ?

Un tapis rouge. C'était la première fois qu'il voyageait en première. Il y avait déjà deux personnes dans le compartiment, des gens de Bordeaux, des hommes d'affaires sans doute, ou des avocats, qui se connaissaient, parlaient de leurs affaires en fumant, les mains gantées de pécari, les jambes croisées découvrant, au-dessus des chaussures bien cirées, des chaussettes de soie.

— La fumée ne vous gêne pas, madame ?

— Non, monsieur...

Ils continuaient leur conversation, désinvoltes, l'haleine encore parfumée de la fine qu'ils avaient bue au wagon-restaurant. Une femme traversait le couloir, vêtue de vison, jetait un coup d'œil indifférent, peut-être surpris, au manteau de Linette.

Gérard voyait très bien tout ce qui leur manquait. Il sentait que personne ne s'y trompait, pas même le garçon qui vint distribuer des tickets pour le premier et le second service.

— Tu as le sang à la tête, lui dit Linette qui l'observait depuis un bon moment.

— Ah !... Il fait très chaud, ici...

— Je me demande toujours si ta mère...

Lui n'y pensait déjà plus. Dans trois heures et demie, ils arriveraient à Paris, tous les deux. Tous les deux sur le quai de la gare, puis dans le métro.

Mme Bonfils avait expliqué à Mme Coutant :

— Les premiers temps, ils préfèrent vivre à l'hôtel. C'est si difficile de trouver à se loger à Paris ! Il vaut mieux qu'ils commencent par s'habituer, qu'ils choisissent leur quartier... Dans quelques mois, quand ils s'installeront, nous leur enverrons leurs meubles...

Au wagon-restaurant, comme il entamait la bouteille de Listrac posée devant lui, Linette lui recommanda :

— Ne bois pas trop, Gérard. Tu as les yeux luisants.

Il le sentait. Il avait des picotements dans les paupières. Il buvait quand même, machinalement. Cela l'engourdissait. Dans le couloir, il s'arrêta pour regarder, à travers les longues gouttes de pluie, des lumières qui défilaient dans le noir.

Et chacune de ces lumières lui apparaissait comme un havre. On frôla une sorte de ferme basse, dont le toit arrivait à peine à hauteur du remblai. Il y avait deux fenêtres éclairées et cela suffit pour lui faire envie. Même une petite gare, où s'agitait un seul employé sur un quai désert, lui fit envie.

Il lui semblait que chacun savait où aller, que chacun avait derrière lui un coin bien chaud, bien intime, bien rassurant et la lancinante musique du train lui bourdonnait dans la tête, l'entraînant plus loin, toujours plus loin.

— Tu ne me parles pas beaucoup...

Il regarda les deux voyageurs qui continuaient à discuter de leurs affaires et qui, de temps en temps, les frôlaient d'un regard.

Il aurait fallu être seul dans un compartiment avec Linette. Peut-être qu'alors il se serait blotti contre elle. La lumière en veilleuse, ils auraient levé le rideau et ils auraient regardé le défilé de la nuit. Des phares passaient, des autos qui gravitaient sur l'infini des routes. Un cycliste, sa lanterne allumée, devant la barrière fermée d'un passage à niveau.

Ils étaient debout dans le couloir, tous les deux, quand ils aperçurent les premières maisons hautes de la banlieue, certaines qui se dressaient, toutes seules, avec leurs huit étages de pierres encore neuves et toutes leurs fenêtres allumées parmi d'anciens pavillons à perron et à jardinet.

Il sentit des doigts dégantés et tout froids qui se glissaient dans sa main. Il serra avec une force involontaire, et, tandis que les voyageurs endossaient leur manteau et retiraient les valises des filets, la voix de Linette murmura :

— Il ne faut pas avoir peur... Tu verras !...

2

Il écrivait :

Tu te plains d'être si seule, et que je ne t'écrive pas assez souvent. Si tu savais comme la vie de Paris laisse peu de loisirs, surtout pour un jeune qui a sa situation à faire. Il est difficile, de là-bas, d'imaginer la bataille qui se joue ici chaque jour et qui est vraiment grandiose. Du bas en haut, c'est une lutte de tous les instants et tant pis pour les faibles : on n'a même pas le temps de s'apercevoir qu'ils sont tombés...

Il tressaillait, croyant avoir entendu tourner le bouton de la porte. D'un mouvement preste, il glissait la feuille sous son buvard, attirait à sa place un paquet d'enveloppes bleuâtres sur lesquelles il copiait les adresses d'une liste. Mais non. Ce n'était personne. D'ailleurs, on entendait la voix du commandant qui recevait un visiteur, juste au-dessous du bureau.

Il y avait un moment, passé le milieu de l'après-midi, où Gérard retrouvait des sensations d'école, de quand il était très petit et que, les lampes allumées, la chaleur aidant, il s'engourdissait peu à peu, sans s'endormir tout à fait, assez pour que les objets perdent leur aspect quotidien pour se profiler avec des ombres étranges, dans un monde de rêve.

Sa table, ici, était une simple table de cuisine recouverte de papier d'emballage que maintenaient des punaises, et déjà il avait eu le temps de couvrir ce papier d'arabesques et d'initiales.

A la table suivante, Mlle Berthe, fraîche, douillette, toujours strictement coiffée, toujours souriante ou plutôt sereine, tapait à la machine le courrier du commandant. Puis, au milieu du mur qui lui faisait face, il y avait une étroite cheminée en marbre noir dans laquelle flambaient des rondins. Drouin — en réalité, il disait et pensait M. Drouin — tournait le dos au feu, puissant, sanguin, le visage toujours congestionné par la chaleur ou par son sang de paysan normand. C'était presque le chef. C'était le chef du bureau. Lui aussi tuait le temps en écrivant des lettres qu'il glissait sous son buvard quand le commandant descendait. Il les écrivait avec un sourire attendri qui faisait contraste avec son visage osseux, aux traits puissants, et chacun savait qu'elles étaient destinées à sa petite amie.

Sur le mur de droite enfin, percé de deux fenêtres sans volets, sans rideaux, deux rectangles noirs et suintants de nuit, la tache acajou du standard téléphonique, avec ses petits disques blancs qui tombaient à chaque communication, ses fiches rouges, ses fils, ses manettes de nickel. Et, à portée de la main, pâle et inquiète, tapant à la machine à une vitesse extraordinaire, Mlle Lange, qui était la véritable secrétaire de Jean Sabin.

C'était une vieille maison, au fond d'une impasse obscure qu'on devinait à peine, s'ouvrant entre deux grands immeubles, en passant dans la rue Daru, tout en haut du faubourg Saint-Honoré, à quelques pas de la place des Ternes. Sans doute y avait-il longtemps qu'elle était inhabitée, car les papiers peints qui n'avaient plus de couleur ni de dessin se décollaient des murs, les portes, jadis grises, étaient sales, les planchers raboteux, et on voyait encore dans les chambres la tuyauterie de l'ancien éclairage au gaz.

Il reprenait sa lettre, la tête vide, retrouvait, en fixant les flammes, le fil de ses idées.

Mais je ne serai pas, je ne suis pas un faible. Je veux arriver et j'arriverai, et c'est parce que je l'ai toujours senti, parce que j'ai obéi à mon destin que j'ai quitté Poitiers. Je sais bien, ma pauvre maman, que tu en as eu du chagrin. Je sais que tu restes seule et que ta vie n'est pas gaie. Mais fallait-il briser mon avenir ? Ne seras-tu pas la première, un jour, à te féliciter de ton sacrifice qui aura permis ma réussite ?

Des jours meilleurs viendront, tu verras. Je le veux. Je sens, ici, que j'ai une place à prendre, que je deviendrai quelqu'un. Et Linette, que malheureusement tu ne connais pas assez, m'y aidera, car elle a confiance en moi et elle est capable de me comprendre.

En attendant, nous vivons modestement, car il ne faut songer qu'à l'avenir. Nous nous privons de bien des choses et, malgré cela, tu ne peux pas te figurer comme l'argent file vite. C'est pourquoi tu n'as pas encore reçu la somme que je t'avais promise et je te demande d'attendre encore un peu...

Il était quatre heures et demie. Sur la cheminée, il y avait une boîte dans laquelle on mettait le courrier de la journée. Tout à l'heure, à cinq heures, Gérard prendrait les lettres, les paquets, les recommandées, et irait les porter au bureau de poste de la rue Balzac. A moins que...

Un des volets métalliques du standard tomba. Mlle Lange décrocha. On entendit, dans le micro, la voix sonore de Jean Sabin.

— C'est vous, Lange ?... Donnez-moi tout de suite la présidence du Conseil...

Mlle Berthe, qui avait entendu aussi — on ne saisissait pas tous les mots, mais on les devinait —, se retourna vers Auvinet en souriant gentiment.

— Qu'est-ce que je vous avais dit ? Je parie qu'il va y avoir une tournée...

Après la présidence du Conseil, ce fut la présidence de la Chambre. Mlle Lange annonçait :

— M. Jean Sabin vous parle...

Puis on restait à regarder la pastille blanche. C'était toujours très long. Jean Sabin, emphatique, prononçait de véritables discours au téléphone.

Enfin sa voix, mais au naturel cette fois, au bas de l'escalier.

— Lange !... Voulez-vous descendre ?...

Elle remontait quelques minutes plus tard, tapait un communiqué aux journaux, tendait une copie à Mlle Berthe qui en tapait à son tour un certain nombre d'exemplaires.

— Vous pouvez aller chercher le taxi, monsieur Auvinet... La grande tournée... Il faut que ce soit terminé à six heures...

Il y était déjà habitué. Il mit son imperméable beige, prit son chapeau, courut au coin de l'avenue Hoche, eut la chance de trouver dans la file le taxi de Désiré.

— La tournée ?

Quand il revint au bureau, tandis que le taxi attendait à la porte, il trouva Mlle Lange qui, imitant la signature du grand patron, écrivait en grosses lettres écrasées, dans le coin de chaque enveloppe : *De la part de Jean Sabin. Urgent.*

— Je m'occuperai du courrier, annonçait Mlle Berthe. Il reste assez de timbres ?

Il terminait brusquement la lettre de sa mère.

Travail important. Je t'écrirai plus longuement demain. Mes tendres baisers sans oublier ceux de Linette.

Personne, à Poitiers, n'avait besoin de savoir ce qu'il faisait. Lui-même, au début, ne l'avait pas su exactement. C'était Émile Vannier qui avait trouvé cette place pour lui. Vannier habitait Paris. Il était dans les affaires. Il avait des allures d'homme important. Un jour, il était venu voir son frère, qui était avocat à Poitiers. Gérard, qui le connaissait, l'avait rencontré au café et c'était juste au moment où il avait besoin de quitter la ville coûte que coûte.

— Il faut que je vous parle, monsieur Vannier. Vous connaissez ma situation de famille. Mon père est mort. J'ai ma mère à aider et je vais me marier. Vous qui êtes dans les affaires, ne pourriez-vous pas me trouver quelque chose à Paris ?

C'était le soir, après le cinéma. Il n'y avait presque personne dans le café où ils buvaient des demis. Les garçons commençaient à empiler les tables.

— Écoutez, je veux vous dire la vérité, car je sais que vous n'en parlerez à personne...

Il l'avait dite. Toute la vérité. Linette était enceinte. Il l'aimait. Il voulait faire son devoir. Mais il leur était indispensable de quitter la ville. Il avait parlé longtemps, fiévreusement.

— Surtout, quand vous la verrez, n'ayez pas l'air de savoir. Vous comprenez ?...

Eh bien ! cela avait réussi. Quelques jours plus tard, il recevait un mot :

J'en ai parlé à mon vieil ami Jean Sabin. Il a besoin d'un jeune homme pour son secrétariat. Écris-lui pour lui dire quand tu seras libre...

Voilà pourquoi, à Poitiers, on le croyait le secrétaire du romancier. On croyait bien d'autres choses, à Poitiers ! La province ne sait pas. Pouvait-on deviner, par exemple, que le grand écrivain vivait au rez-de-chaussée de cette maison de l'impasse Daru ? C'était le local de la Ligue Patriotique Française dont il était le président. Il y avait son bureau. Il y couchait.

Mais Gérard, comme Mlle Berthe, comme M. Drouin, étaient en réalité les employés de la Ligue. Et Auvinet, depuis un mois qu'il était là, n'avait jamais eu un entretien avec le romancier.

— Je repasse par ici ?

Drouin regarda l'heure à sa montre.

— Ce n'est pas la peine...

Les quarante-cinq enveloppes destinées aux journaux dans ses poches, il dégringola l'escalier et fonça dans le taxi où flottait encore un peu du parfum de la précédente voyageuse.

— Comme toujours ?

— Oui... *L'Écho de Paris* pour commencer...

Faubourg Saint-Honoré, il faillit frapper à la vitre. Deux fois, à l'occasion de la tournée des journaux, il en avait profité pour aller chercher Linette dans leur hôtel de la rue de l'Étoile. La dernière fois, il l'avait trouvée endormie, toute habillée sur son lit, car elle n'avait pour ainsi dire rien à faire de toute la journée.

— Je n'ai pas le temps aujourd'hui, se dit-il.

Et ce n'était pas tout à fait vrai, il le savait. Il aimait mieux être seul, blotti dans le coin de la voiture, à regarder vaguement le défilé des lumières. Le taxi, parfois, s'enfonçait dans le flot des voitures. Aux carrefours, des limousines s'arrêtaient à hauteur des portières, on entrevoyait des grandes dames dans des coupés délicatement éclairés, d'impeccables chauffeurs de grande maison à la hautaine indifférence.

Il faisait frais, humide. On approchait des Grands Boulevards. Une petite fièvre qu'il commençait à connaître mettait du rose aux joues d'Auvinet.

Tout valait mieux que les sempiternelles enveloppes sur lesquelles il lui arrivait de rester penché des journées entières. Est-ce qu'on avait vraiment besoin de lui à la Ligue ? La plupart du temps on paraissait embarrassé pour lui trouver du travail. On l'envoyait porter des lettres, des télégrammes, ou encore signer, pour Jean Sabin, en imitant son écriture, dans des maisons mortuaires. Et quand il rentrait, Drouin, qui n'avait pas beaucoup plus de travail que lui, lui disait :

— Faites donc un jeu d'enveloppes...

Au nom de quelques milliers de ligueurs. Aussi, lorsqu'il y avait une circulaire à envoyer, le travail était à moitié terminé. Il avait déjà fait sept ou huit jeux d'enveloppes, de ces affreuses enveloppes grisâtres sur lesquelles la plume ne glissait pas.

Attention... La place de l'Opéra... Le taxi était coincé dans une quadruple file de voitures et les chauffeurs cornaient tous en même temps... La manœuvre était de sauter en voltige, de se glisser entre les roues et les radiateurs pour gagner quelques instants, de traverser la place, de grimper en courant l'escalier qui conduisait à *l'Écho de Paris*...

Chaque minute de gagnée représentait du bénéfice. Drouin lui avait dit :

— La tournée représente environ quarante-cinq francs au compteur.

Mais il pouvait accélérer le mouvement, gagner trois, quatre francs, parfois davantage. Même sans cela, il aurait agi de la sorte, parce que cela avait quelque chose de grisant de courir ainsi, affairé, au milieu du grouillement de Paris. Il allait quelque part. Il avait une mission. Il représentait la Ligue. Il représentait Jean Sabin.

L'appariteur, installé à son bureau au milieu du hall, le connaissait déjà, mais il répétait à chaque fois :

— Secrétaire de Jean Sabin... Pour M. Potut...

Et il traversait un salon discrètement éclairé, vieillot, tout en tapis, en tapisseries, en meubles anciens où, dans des fauteuils, de vieux messieurs à guêtres claires et à monocle attendaient, ils attendaient parfois longtemps et lui, Auvinet, arrivé un mois plus tôt de sa province, s'élançait avec assurance vers une porte que nul n'osait franchir, frappait de petits coups décidés, entrait sans attendre la réponse.

— De la part de Jean Sabin... C'est urgent...

Il savait, par Drouin qui avait fait une fois la tournée avec lui, qu'il fallait faire sonner le nom avec assurance et même avec une certaine emphase. Comme Jean Sabin !

— Pour la prochaine édition, n'est-ce pas ?

Il repartait, tournait en courant l'angle des boulevards, pénétrait dans un autre immeuble, escaladait un nouvel escalier. C'était *le Gaulois*. Un salon encore, avec de belles dames en conférence à voix basse, un long couloir qui sentait l'encre d'imprimerie, un petit vieux à pellicules qui était pourtant un personnage considérable et qui posait l'enveloppe parmi des tas d'autres sur son bureau.

Désiré l'attendait à la porte, le pilotait jusqu'au taxi arrêté un peu plus loin.

— Rue de Richelieu... *Le Journal*...

Et le rythme s'accélérait. La fièvre montait. Gérard auscultait le cadran blême des horloges pneumatiques. Au *Journal*, il y avait des centaines de mètres de couloirs et d'escaliers à parcourir.

L'Événement... La Gazette de la Bourse... Partout des gens affairés, conscients de leur importance, des appariteurs glacés qui faisaient attendre, toujours attendre, ne s'inclinant que devant de rares privilégiés qui passaient avec un signe condescendant de la main.

Il passerait comme cela, un jour, dans les antichambres, il le savait, il en était sûr, il le voulait. Désiré l'attendait toujours.

— Faubourg Montmartre...

La Victoire... L'Appel... Puis un grand tour dans les rues sombres, encombrées de camions de livraison, pour atteindre, rue d'Enghien, les somptueux bureaux du *Petit Parisien...*

— De la part de Jean Sabin... Pour la prochaine édition...

Et tout cela pourtant, il le savait, n'avait aucune importance. Ces plis, paraphés par Mlle Lange qui imitait à s'y méprendre l'orgueilleuse écriture du patron, ne contenaient qu'un communiqué banal, qui paraîtrait en tout petits caractères en quatrième page.

— De la part de Jean Sabin...

Le Matin... Il fallait retourner maintenant vers Saint-Augustin. Il avait un peu de temps devant lui. Le compteur ne marquait que trente-sept francs.

— Cela suffit, Désiré...

— Vous ne finissez pas la tournée ?

Il n'osait pas lui dire qu'il allait la terminer à pied.

— Ce n'était pas la grande tournée...

Et il s'élançait sur les trottoirs, bousculait des gens, respirait fort, frôlait des vitrines brillamment éclairées. A la fin, ses jambes tremblaient un peu, il avait tout le corps moite, la respiration brûlante, mais il aurait voulu que cela ne finît jamais.

Les dernières enveloppes étaient distribuées. A nouveau, il n'était pas loin de l'Opéra. Il était six heures. Mlle Berthe, toujours calme et souriante, méticuleuse, remettait la housse de sa machine, rangeait ses blocs de sténo, ses carbones, ses crayons, retirait son tricot de laine rose qu'elle endossait au bureau et allait mettre son chapeau devant la glace.

C'était l'heure aussi où le commandant descendait, entrouvrait la porte, attendait Drouin avec qui, invariablement, il allait boire un mandarin-grenadine dans un bar de la place des Ternes. Il n'y avait que Mlle Lange qui restait, qui ne savait jamais à quelle heure elle partirait, attendant toujours des ordres du grand patron. Et parfois le grand patron l'oubliait, s'en allait dîner en ville sans rien lui dire, de sorte qu'elle restait là, bien qu'elle habitât la banlieue avec sa mère, jusqu'à neuf ou dix heures du soir.

Il boirait un apéritif, lui aussi. Il en profiterait pour téléphoner.

— Allô ! L'*Hôtel de l'Étoile* ?... Écoutez, madame... Je voudrais vous demander d'avoir l'extrême obligeance d'appeler Mme Auvinet à l'appareil... Si elle est chez elle, évidemment... Je vous demande pardon... Oui, c'est son mari... Une chose urgente...

Il entendait crier d'une voix aigre :

— Gaston !... Vois si le 26 est là...

Ce n'était qu'un tout petit hôtel, un « hôtel-bureau », comme on dit. Sur la plaque de marmorite, on lisait : *Chambres au mois et à la journée. Confort moderne. Eau courante chaude et froide.*

L'entrée était claire, la cage de l'escalier peinte en blanc, le tapis rouge. Mais les patrons étaient aussi peu aimables que possible avec les Auvinet. Ce n'était pas leur genre de clientèle. Déjà, quand Linette avait lavé un peu de linge dans la toilette, il y avait eu un accrochage.

— Vous n'avez pas lu ce qui est écrit derrière la porte ? Il est interdit de faire du linge et de cuisiner dans les chambres.

Malgré cela, ils avaient acheté une lampe à alcool, parce qu'ils n'avaient pas assez d'argent pour prendre deux repas par jour au restaurant. Au début, ils avaient acheté des plats cuisinés dans une crémerie de l'avenue des Ternes. A cause de l'odeur, ils étaient obligés de les réchauffer dehors, sur l'appui de la fenêtre. Ils étaient repérés quand même, car il traînait toujours dans la chambre un sourd relent de mangeaille. Les chambres du premier et du second étage étaient réservées pour les clients d'une heure ou de quelques minutes. Des femmes entraient, suivies d'un homme embarrassé, passaient avec désinvolture devant le bureau.

— Vous dérangez pas, madame Bertrand... Je prends le 6...

— Allô !... C'est toi ?...

Chaque fois qu'il entendait sa femme au téléphone il était surpris, un peu gêné, car il lui trouvait une drôle de voix.

— Elle n'a pas trop rouspété ?... Tu étais couchée ?... Non ?... Qu'est-ce que tu faisais ?

— Rien...

— Bon... Écoute... Je suis à l'Opéra... La tournée... Viens me rejoindre... Nous dînerons aux *Dîners Parisiens*... Comment ?... Laisse-moi faire... Je t'assure que nous pouvons...

Il avait gagné six francs sur le taxi. Le dîner coûtait cinq francs par personne. Donc...

— Dépêche-toi, mon petit... Je t'attends à ta descente de l'autobus...

Machinalement, il faisait un bruit de baiser. Puis, parce qu'il devait attendre et qu'il craignait de voir tomber sa petite fièvre, il s'offrait un second apéritif, non sans avoir hésité un moment.

Il faudrait quand même, coûte que coûte, que le lendemain il parle au commandant. Il n'y avait aucune raison pour qu'on ne lui paie pas son mois d'avance. C'était logique. Pourquoi attendre qu'il ait travaillé trente jours pour le payer de ce travail ? Était-ce lui qui devait, en quelque sorte, consentir une avance à ses patrons ?

Ce serait très désagréable. Le commandant était aimable avec lui. Il était aimable avec tout le monde. Mais il y avait toujours comme une lueur froide dans ses yeux clairs.

— Je monterai dans son bureau... Ou alors j'irai prendre le mandarin-grenadine avec eux et, en sortant du bar, je lui dirai...

Ce ne serait pas assez, évidemment. Il devait payer une semaine de chambre. Et, ce qui était plus angoissant, il devait déjà cent cinquante francs à la petite caisse.

Il n'avait rien envoyé à sa mère. Il n'avait rien envoyé non plus sur son smoking. Il l'avait déjà revendu chez un brocanteur de la rue des Blancs-Manteaux. On ne lui en avait donné que deux cents francs. Linette, qui était avec lui, ne voulait pas se laisser voler de la sorte. Elle lui faisait signe de sortir sans répondre. Il avait dit oui quand même.

Est-ce que tout cela était juste ? Il avait vingt ans. Il était plein de bonne volonté. Mais personne ne le croyait. Sa mère, par exemple, ne l'avait jamais cru, l'avait toujours regardé avec méfiance.

Quand son père était mort, les laissant à peu près sans ressources, il avait tout de suite quitté le collège, gaiement — non, il ne fallait pas dire gaiement, et pourtant, cette année-là, il avait mal travaillé et n'aurait sans doute pas passé de classe.

— Le mieux, vois-tu, Gérard, dans notre situation, c'est d'apprendre un bon métier...

Il l'avait fait. Du jour au lendemain, il avait renoncé à ses ambitions. Il ne s'était plus nettoyé les ongles. Il ne s'était plus inquiété de sa toilette. Il était entré chez un imprimeur ami de ses parents. Il s'était gorgé d'humiliations. On lui faisait faire les courses. C'était lui qui devait balayer l'atelier !

Était-ce sa faute s'il ne s'était pas arrangé avec son patron qui avait un cancer à l'estomac et qui était d'humeur impossible ?

— Vois-tu, mère, le mieux, à mon âge, serait d'en finir avec le service militaire. En devançant l'appel, je serai libre plus jeune, et alors je pourrai me lancer dans une carrière...

Il était sincère. Pourquoi sa mère avait-elle répliqué, avec l'accent douloureux qui faisait d'elle une sorte de Mater Dolorosa :

— Ce sont les bons à rien qui s'engagent dans l'armée...

Il avait devancé l'appel. Il ne renonçait jamais à une de ses idées. Il revenait à la charge. Il trouvait des arguments. Puis, au besoin, il mettait sa mère devant le fait accompli. Parfois, il pleurait.

— Tu ne comprends donc pas comme c'est terrible, pour un garçon de mon âge, de voir s'écrouler tous ses projets, de renoncer à tout, de...

Toujours l'argent ! Et toujours cette sensation d'affreuse médiocrité ! Au service, il écrivait :

... Ce soir encore, je suis seul dans la chambrée. Tous mes camarades sont en ville, mais je n'ai plus d'argent et je ne peux pas aller à la cantine. J'ai du courage, va ! Je sais que ta vie n'est pas drôle non plus, mais...

L'argent ! L'argent ! L'argent !... Cela lui faisait mal, à la fin, mal à en crier...

Il ne fallait pas penser. Les deux apéritifs le réchauffaient, coloraient ses idées. Il attendait Linette qui allait descendre de l'autobus. C'était elle. Elle le regardait avec une certaine surprise.

— Tu as de l'argent ?

Elle aussi !

— Écoute... J'ai fait une petite affaire... Quelques francs... Il y a si longtemps que nous n'avons pas dîné en ville...

— Avant-hier...

— Ce n'était pas la même chose. C'était mon anniversaire...

Et il la poussait dans le passage Jouffroy tout doré de lumière calme. Ils gravissaient un escalier de chêne, pénétraient dans une vaste salle aux dorures brillantes où des centaines de personnes étaient attablées.

Ce n'était pas du luxe, sans doute, mais cela en tenait lieu. Il y faisait chaud de chaleur humaine. Le décor était rutilant. Des serveuses couraient avec des piles de plats et d'assiettes. Déjà il examinait le grand menu polycopié qu'il connaissait par cœur.

— Tu prends des rillettes ?

Des petits pots individuels, en grès épais, où il n'y avait qu'une bouchée de rillettes.

— Deux rillettes, deux ! Et après ?

Les coudes se touchaient. Les fourchettes marchaient à un rythme accéléré. Les plats vous arrivaient par-dessus votre épaule tandis que les serveuses vous frôlaient de leur ventre.

Il y avait du pain à discrétion, de pleines corbeilles de pain doré, et un petit flacon de vin par personne. Linette ne buvait pas de vin.

— Tu permets ?...

On se voyait dans les glaces, le visage animé, les yeux brillants. On ne connaissait pas ses voisins. Personne ne se connaissait. La plupart des dîneurs étaient seuls, partagés entre leurs appétits et leurs rêves.

— Tu veux une religieuse ?

— Je crois que je prendrai plutôt un petit Gervais...

Et toujours, inlassablement, les serveuses allaient et venaient en colonnes montantes et descendantes. On payait avant d'entrer. On recevait un ticket.

— Une religieuse et un petit Gervais...

— Qu'est-ce que tu as fait cet après-midi ?

— J'ai cousu... Quand tu m'as téléphoné, j'allais sortir pour acheter du fromage...

Elle était pâle sous le rouge qui avivait ses joues. Et soudain, il la plaignait, il était ému, il lui prenait la main par-dessus la table.

— Tu n'as pas été trop incommodée ?

— Non... Je m'habitue...

— Tu as eu l'autobus tout de suite ?

Il l'aimait. Il le fallait. S'il ne l'avait pas aimée, il ne lui aurait pas fait un enfant. D'ailleurs, quand elle lui avait annoncé la chose, il n'avait pas hésité. Il avait dit :

— N'aie pas peur... On s'arrangera toujours...

Il ne fallait pas penser aux détails, voilà tout. Ni surtout à l'argent. Quand l'enfant naîtrait, dans quelques mois, en juin, sans doute, on le mettrait en nourrice. Ainsi, nul n'en saurait rien. Et plus tard, quand il « serait arrivé », il n'y aurait personne pour leur adresser des reproches...

— Tu aurais dû profiter de ce qu'il ne pleuvait pas pour prendre un peu l'air... Tu sais que le docteur a dit...

Elle ne se plaignait pas. On ne pouvait pas dire qu'elle se plaignait. Mais elle manquait d'enthousiasme. Elle le suivait. C'était tout. Il ne la sentait jamais au même niveau que lui.

— Écoute, ma chérie...

Ils avaient mangé. Ils allaient devoir s'en aller, car des gens attendaient leur place au bout de la salle.

— Demain, je parlerai au commandant... Je sais qu'il comprendra... D'ailleurs, de toute façon, il faut que je trouve quelque chose et je trouverai...

Elle dit, un peu comme sa mère avait l'habitude de le faire :

— Tu ne veux pas rentrer tout de suite ?

Et cela lui coupait les jambes. Il avait horreur d'être deviné, surtout quand il s'agissait de petites choses bêtes comme celle-là.

Pourquoi ne pas le suivre sans rien dire, puisqu'elle le suivrait quand même ? Pourquoi l'obliger à jouer une petite comédie qui l'humiliait ?

— Viens... laissons la place aux gens qui attendent...

Et dehors il lui serrait le bras avec plus d'affection que d'habitude. Les boulevards étaient déserts. Tout le monde dînait. On voyait des orchestres derrière les rideaux des restaurants chics.

— Il y a des moments, vois-tu mon petit, où j'ai besoin d'un coup de fouet... Tu ne peux pas te rendre compte de ce que cela représente pour moi, de faire le métier que je fais... Car, en somme, je ne suis rien d'autre en ce moment qu'une sorte de garçon de bureau... Or, tu sais ce que Vannier a dit :

» — Ce qui est indispensable, à Paris, c'est de ne jamais perdre confiance en soi...

Elle restait froide. Ils marchaient.

— Tu ne comprends pas ça ?... Plus tard, quand je serai arrivé et que je te raconterai tout ce que j'ai ressenti...

Il l'avait dirigée, sans en avoir l'air, vers la gare Saint-Lazare.

— Tu n'es pas trop fatiguée ? Tu ne veux pas que nous prenions l'autobus ?... Aller dormir à neuf heures, faute de pouvoir faire autre chose, dans cette horrible chambre !... Et entendre les bruits de l'avenue de Wagram, sentir Paris qui vit à cent mètres de nous...

— Tu veux aller au *Moulin Rouge* ?

C'était déjà la cinquième fois.

— Là ou ailleurs, n'importe où...

Ce n'était pas vrai. C'était là et non pas ailleurs. Il ne savait pas au juste pourquoi.

— A cette heure-ci, on ne paiera pas l'entrée...

— Promets-moi que nous ne rentrerons pas trop tard...

— Juste le temps de boire notre café...

— Combien te reste-t-il d'argent ?

Il ne lui avait pas dit qu'il avait déjà dépensé celui de la petite caisse. Chaque semaine, le commandant lui remettait deux cents francs pour les timbres, les lettres recommandées, les autobus et les taxis. Il notait ses dépenses dans un calepin noir. Il trichait un peu, arrivait à gagner deux ou trois francs chaque jour. Mais samedi, dans deux jours, il faudrait rendre des comptes.

— N'aie pas peur... Nous pouvons encore nous offrir un café ! ricana-t-il.

Pourquoi, oui, pourquoi, elle qui l'aimait, lui couper ainsi les ailes chaque fois qu'il éprouvait le besoin de s'envoler ? Il revendrait quelque chose, rue des Blancs-Manteaux. Il ne savait pas encore quoi. Son pardessus, pour commencer, maintenant que la saison était assez douce pour se contenter d'un imperméable.

— Viens...

Le hall, où déjà on recevait des bouffées de chaleur et de musique. La caisse, à droite, où par bonheur il y avait encore l'écriteau : *Entrée libre*. Dans dix minutes, dans un quart d'heure, l'entrée serait à deux francs, puis à cinq. Ils pouvaient encore choisir leur place dans la vaste salle aux deux orchestres, près de la piste, devant les loges où il y aurait tout à l'heure des gens en tenue de soirée qui boiraient du champagne.

Sur la piste, qu'un tango éclairait en violet, c'était la même foule qu'aux *Dîners Parisiens,* des employés, des dactylos, des vendeuses, ou des gens qui n'étaient rien du tout mais qui tous espéraient quelque chose. On leur vendait la même illusion : d'un côté l'illusion de manger et l'illusion du luxe ; ici, l'illusion du luxe et du rêve...

Et les yeux, dans les visages pâles des danseuses et des danseurs avaient la gravité lointaine des dîneurs qui raclaient le petit pot de rillettes ou enfonçaient leur fourchette dans la crème pâle d'une religieuse.

— Tu es bien ?

— Oui...

Il disait au garçon :

— Deux cafés...

Il le disait à regret, après avoir hésité. Il aurait tant aimé prononcer :

— Des liqueurs...

N'importe quoi, Bénédictine, Cointreau, Vieille Cure, des noms fastueux, des bouteilles de rêve qu'on voyait alignées derrière le bar immense aux barmen impressionnants.

— Vois-tu ma chérie...

Quoi ? Qu'est-ce qu'il allait dire ? Il ne trouvait pas les mots. Il lui saisissait le bout des doigts et les serrait dans les siens, avec une tendre insistance.

— Je suis tellement sûr...

Son autre main se crispait, devenait un poing fermé, un poing qui avait, tandis qu'il regardait le troupeau errant au gré de l'orchestre, une dureté menaçante.

Ce n'était pas possible ! Il serait injuste, odieux, horriblement immérité qu'avec un bouillonnement intérieur comme celui qui l'habitait il demeurât le petit faux secrétaire de Jean Sabin qui, lui-même...

Car enfin, il avait compris. Le grand romancier vivait aux frais de la Ligue. Le reste était de la blague. C'était au nom de la Ligue, de quelques milliers d'imbéciles qu'il enflait la voix jusqu'à en faire vibrer le téléphone, au nom de la Ligue qu'il forçait la porte des journaux et c'était sur le compte de la Ligue qu'il vivait dans le rez-de-chaussée de l'impasse Daru où il dormait sur un divan.

— Tu ne peux pas comprendre, mon chéri, mais tous ces gens-là...

C'étaient les deux poings qui se serraient et on ne savait plus ce qu'ils voulaient étreindre, des couples de pauvres imbéciles qui dansaient aux sons de l'orchestre et qui, ensuite, venaient bien gentiment s'asseoir devant les tables où un café se figeait, ou des autres qu'il ne faisait encore que deviner, des messieurs en guêtres claires et à rosette de la Légion d'honneur qui peuplaient les salons discrets du *Figaro* ou du *Gaulois*, des personnages affairés qui bousculaient les huissiers du *Journal* ou du *Matin*...

Ou peut-être simplement une femme qui dansait, des jambes gainées de bas de soie, un corps moulé dans la soie noire, des lèvres saignantes de maquillage...

— Tu verras, ma chérie... Je...

Il s'en serait fallu de si peu qu'il pleurât !

3

Assis devant la petite table au tapis indéfinissable sur lequel il leur répugnait toujours de poser leur nourriture, il la regardait qui, devant la glace, passait sa robe par-dessus sa tête. Elle fut un moment aveuglée, puis elle redécouvrit, avec son profil le plus tendu, son œil qui se faisait fixe et tout petit.

— Tu avais envie de sortir ?

— Mais non.

Ils avaient mangé de la galantine et du pain, c'était tout. Il y avait du papier gras devant lui, un litre vide, un peu de rouge violacé au fond du verre à dents. Comme dans tous les hôtels médiocres, les ampoules électriques étaient ridiculement faibles, ce qui donnait l'impression d'un air poussiéreux.

— Tu as encore faim ?

— Non.

— J'ai pensé que, comme nous avons bien déjeuné chez ton ami Vannier, nous pouvions, ce soir...

— Mais oui...

Son impatience croissait à chaque réplique. Mais que pouvait-elle faire ? Se taire ne valait pas mieux. Car, quand il allait et venait dans la chambre en se heurtant au silence comme à des murs, il lui arrivait de devenir enragé.

Il en était encore à la période calme. Il restait assis. Ses lèvres avaient une moue de plus en plus accentuée d'amertume.

— Tu as pris l'apéritif avant de venir ?

— Non.

Elle se coiffait. Elle avait de beaux cheveux. Il voyait la peau pâle du buste, des petites touffes sombres sous les aisselles.

Quand il était rentré, à six heures, elle était couchée. Le matin, en s'en allant, il l'éveillait à peine, il la laissait toute chaude et toute moite dans les draps et il l'y retrouvait souvent à midi.

Au début, lorsqu'il avait des courses pour la Ligue ou pour Jean Sabin, il faisait un crochet et venait la chercher. Il ne le faisait plus, car elle n'était jamais chaussée et le plus souvent, elle n'avait sur le corps qu'un peignoir qui pendait comme un vieux drapeau.

— Tu t'ennuies ?

— Non...

Il savait que c'était la scène qui s'approchait. Il aurait encore pu l'éviter. Pour cela, il aurait fallu renoncer à ce qu'il avait décidé et il n'en avait pas le courage.

Il y avait des soirs où, dans cette chambre miteuse, il était vraiment comme un insecte enfermé dans une boîte en carton. Et le pire, c'est qu'il sentait, à deux pas, l'animation de l'avenue de Wagram avec toutes ses lumières, son dancing, ses cinémas, son music-hall, ses gens qui allaient et venaient, indécis, et il enviait alors jusqu'à ceux qui, dans une étrange salle tout en longueur, un cornet d'ébonite à l'oreille, écoutaient des disques de phonographe.

— Pourquoi ne fais-tu pas un peu d'anglais ?

Il sourit, sarcastique. C'est vrai qu'il avait acheté des livres d'anglais ! Il en avait fait un peu au collège. Il avait pensé que, puisqu'il avait toutes ses soirées libres, il pouvait se perfectionner.

— Tu es fatigué ?

— Mais non, voyons ! Pourquoi serais-je fatigué ? Est-ce que je ne passe pas mes journées à ne rien faire ?

Il était debout, maigre, nerveux, ses cheveux longs rejetés en arrière, et il commençait à marcher d'un mur à l'autre.

— On ne peut pourtant pas sortir tous les soirs, Gérard...

— Parbleu !

Assise au bord du lit, elle retirait ses bas, puis se glissait sous les draps où son corps se détendait. Il y avait autour d'eux, dans cette chambre, comme une zone de silence, comme des limbes où le moindre grattement devenait un vacarme puis, au-delà, une rumeur sourde, indistincte, qui représentait la vie. Et lui s'agitait en vain, angoissé, ouvrant la bouche à vide comme un poisson dans les limbes.

— Tu ne te couches pas ? Tu ne m'as pas encore raconté tout ce que Vannier t'a dit.

— Oui. Eh bien !...

Il ricana. Qu'est-ce que Vannier avait dit ? Ils étaient allés le voir tous les deux dans une belle rue paisible du XVIIe arrondissement, près de l'avenue de Villiers. Il y avait un large escalier, un ascenseur. Les boutons de cuivre, sur les portes de chêne ciré, étaient bien astiqués. Une petite bonne en tablier brodé, comme dans les pièces de théâtre, leur avait ouvert la porte, et l'appartement était douillet, parfumé. Vannier, tiré à quatre épingles, sortant des mains du coiffeur, avait présenté une jolie femme vêtue de soie.

— Ma femme...

La table était dressée, nappe très blanche, fleurs, cristaux, argenterie. On prenait le vermouth dans des verres taillés.

— Nous attendons encore un ami, Lefrançois, un homme qui brasse des affaires énormes... Viens donc un instant dans mon bureau... Ces dames auront le temps de lier connaissance...

Et là...

— Entre, fiston... Assieds-toi... Cigarette ?

C'était un homme d'une quarantaine d'années, la peau fraîche et tendue, touchée de poudre, sur un visage un peu gras. Il appartenait à une bonne famille de Poitiers. Son frère était très coté comme avocat. De lui, on disait qu'il n'était pas sérieux, qu'il parlait toujours avec emphase des affaires qu'il dirigeait à Paris, mais qu'on n'avait jamais su au juste quelles étaient ces affaires. Certains allaient jusqu'à prétendre qu'on l'avait vu vendre de la limonade sur un champ de courses.

— Tu me permets de te parler comme à un fils, n'est-ce pas ?... Eh bien ! mon petit, je te signale une première faute... Quand on est invité à déjeuner en ville — à moins que ce soit au restaurant — on ne se présente pas les mains vides... Des fleurs, un gâteau...

Et comme l'autre, le visage empourpré, ouvrait la bouche :

— Je sais... Tu n'as pas d'argent... Cela n'a aucune importance... On en trouve, on fait n'importe quoi... Vois-tu, il y a des choses plus importantes, quand on veut arriver, que de manger... Ici, cela est sans conséquence... Ailleurs, tu te serais déjà fait du tort...

Était-ce cela que Linette voulait savoir ? Il lui avait dit bien d'autres choses, Vannier. Et, chaque fois qu'il ouvrait la bouche, il lui coupait la parole.

— Je sais... J'ai été comme toi... Je suis arrivé ici sans un sou... Tiens ! Regarde...

Il ouvrait un tiroir, maniait à pleines mains des petits papiers jaunes et verts, qui étaient autant d'exploits d'huissiers.

— Je n'en ai pas honte, au contraire. C'est encore une vérité qui n'a pas cours à Poitiers, mais qu'ici il est bon de te mettre dans la tête : plus un homme a de dettes, à Paris, et plus il est considéré, plus il a de crédit... Parfaitement, de crédit... Par contre, il y a une chose qu'on ne te pardonnera jamais : de faire pauvre... Eh bien ! mon petit, ne te vexe pas, tu fais pis que pauvre...

Il s'écoutait parler, regardait la fumée de sa cigarette égyptienne à bout doré qui parfumait le bureau, remplissait de vermouth doré les verres qu'il avait apportés.

— Tu es encore trop nouveau à Paris pour comprendre... Mais tu comprendras un jour... Par exemple, c'est sans importance que tu décharges les légumes aux Halles, la nuit... Tu pourrais, à la rigueur, coucher sous les ponts ou vendre des journaux dans la rue... Il y en a un qui vendait des journaux dans la rue et qui est aujourd'hui directeur de trois grands théâtres... Mais ce qui marque mal, ce qui barre un homme à tout jamais, c'est de faire étriqué, de faire petit employé sage... Je ne te décourage pas, au moins ?

— Non...

— Je te donnerai l'adresse de mon tailleur... Dès que tu auras un peu d'argent... Je regrette de ne pouvoir t'en donner en ce moment, mais tu en trouveras... De l'argent, il y en a partout, mets-toi bien ça dans la tête... Il faut savoir le prendre, c'est tout... Il faut surtout éviter de le demander d'une certaine façon... Un bon tailleur, un bon bottier... La tête haute... Allons... Je crois que j'ai entendu sonner... C'est mon ami Lefrançois... Nous sommes tous les deux sur une affaire qui doit nous rapporter quatre à cinq millions... Un grand port à créer en Afrique du Nord, avec l'appui du gouvernement...

Il le rappela au moment où ils allaient quitter le bureau.

— Encore un conseil... Ne promène pas trop ta femme en ce moment... Tu as été très chic, je le sais... C'est ton affaire... Mais cela ne se fait pas d'exhiber une femme dans l'état où elle se trouve... C'est gênant pour tout le monde... Étant donné ton âge, on se demande si tu vas continuer à faire des enfants comme un lapin...

Lefrançois apportait un gâteau à la crème qui sortait d'une maison célèbre. Il était encore mieux habillé, mieux lavé, plus parfumé qu'Émile Vannier. Il avait baisé la main de Mme Vannier, puis celle de Linette qui en était restée un peu surprise. Les deux hommes avaient parlé de leurs affaires, de gens que Gérard ne connaissait pas. A une heure et demie, il avait dû partir, pour arriver à temps à la Ligue. Comme on avait bu de trois vins différents, il avait la tête chaude.

— Tu voudrais sortir, n'est-ce pas ? Avoue que tu as une envie folle de sortir ?

Il prononça rageusement :

— Non !

Et il la regarda avec presque de la haine. Il y avait des moments où elle avait la même façon de le traiter que sa mère. Elle le devinait. Il avait horreur d'être deviné et de cette manière doucereuse de dire : « Avoue que... »

— Tu n'es pas raisonnable, Gérard... Nous sommes sortis presque tous les jours de la semaine... Hier encore, nous sommes allés à Montmartre...

— Et après ?

— C'est toi qui as reconnu l'utilité de te remettre à l'anglais. Depuis que tu as acheté tes livres, pas une seule fois tu n'as...

Il baissait le front et avait l'air d'un écolier buté qui regarde ailleurs pendant que le maître le gronde.

— Comment veux-tu que nous en sortions si tu...

— Continue !

— Tu sais bien ce que je veux dire...

— Dis-le quand même...

— Nous dépensons l'argent avant qu'il soit gagné... Nous n'avons que des dettes... Je n'ose plus rentrer dans les magasins du quartier, parce que je dois partout...

— C'est ma faute ?

— Est-ce la mienne ?

— Combien te reste-t-il en poche ?

— Je n'en sais rien... Si tu tiens à le savoir...

Et, d'un geste inattendu, il prit de la monnaie à pleine poignée dans son pantalon, la jeta dans la direction du lit, sortit des petites coupures de son portefeuille.

— Compte... Mais si, je t'en prie, compte !... Tu seras bien avancée, n'est-ce pas ?...

Elle restait figée dans son lit où il ne voyait, comme surgi de l'oreiller, qu'un de ses yeux.

— Vois-tu, mon petit, il y a une chose que tu sembles toujours oublier : c'est que j'ai vingt ans...

Sa voix s'enrouait. Il marchait plus vite et soudain, arrivé près de la porte, il lança son poing de toutes ses forces sur le mur. La douleur lui fit monter des larmes aux yeux.

— Tu ne comprends donc pas que je suis malheureux, que je ne sais plus que faire, que je... que je...

— Viens ici...

Il fit non de la tête.

— Viens ici, mon pauvre grand... Ne m'oblige pas à me lever... Tu sais bien que depuis quelques jours je suis très fatiguée... Assieds-toi là...

Il finit par s'asseoir au bord du lit, tête basse.

— Je sais que notre situation est pénible, que tu as accepté de grosses responsabilités...

Non ! Non et non ! Cela lui remontait de la poitrine dans la gorge, dans les yeux. Elle ne comprenait pas. Elle ne comprendrait jamais.

Personne ne le comprenait et il haïssait maintenant Vannier qui le comprenait encore moins que tout autre.

Il était là, horriblement malheureux, à se heurter aux murs de cette horrible chambre. Il entendait des couples monter, fermer une porte et il serrait les dents, serrait les poings.

A quoi bon faire ceci ou cela — apprendre l'anglais, Seigneur ? Puisqu'il était quand même fichu !

Et il répéta à voix haute :

— Je suis fichu !

L'autre, l'imbécile vaniteux, qui lui reprochait de n'avoir pas apporté de fleurs, qui lui conseillait de s'adresser à un bon tailleur, mais qui n'avait pas un sou à lui prêter !

— Fichu, tu comprends ?... Tu as raison... Nous devons de l'argent partout et, un de ces quatre matins, on me fichera à la porte de la Ligue... Et alors ?... Hein ?... Oh ! je ne te reproche rien... C'est ma faute... C'est moi qui suis un imbécile... Qu'est-ce que je sais faire ?... A quoi suis-je bon ? Dis-le-moi...

Et la crise se déclenchait, prenait toute sa force, il finissait par se jeter sur son lit, la tête dans l'oreiller, pleurant rauque, en proie à des mouvements convulsifs.

Elle savait qu'il ne fallait pas bouger et elle le regardait en silence tandis qu'il répétait :

— Fichu... Voilà la vérité... Tout le reste, c'est de la foutaise... Quand je pense... Quand je pense...

Tous ses rêves ! Car il avait fait, de tout son cœur, de toute son âme, des rêves si...

— Calme-toi, Gérard... Même si nous ne réussissons pas à Paris, il nous restera la ressource d'aller au Gabon, comme mon beau-frère et ma sœur...

Pourquoi avait-elle dit cela ? Elle ne comprenait donc rien ? Il entendait une autre voix, celle de sa mère, qui prononçait, avec une cruauté qui lui faisait encore mal :

— Sais-tu ce que ces gens-là veulent faire de toi ?... Je vais te le dire... Ils ont une fille au Gabon... Ils racontent à qui veut l'entendre qu'elle met mille francs de côté par mois... Eh bien ! Ils t'y enverront, toi aussi !... Ta femme sera la première à t'y conduire, parce que là-bas on a des boys, on ne fait plus la vaisselle, ni la cuisine... On peut vivre étendue sur son lit, à donner des ordres... Peu importe que tu deviennes malade ou ivrogne, comme la plupart !...

Elle disait encore, sa mère :

— Ils te l'ont fourrée dans les bras... Ainsi, les voilà déjà débarrassés de deux filles sur trois... Et tu verras qu'ils trouveront un troisième imbécile pour la dernière...

Alors, il lui arrivait de se demander si tout cela n'était pas vrai. Il sentait sa femme près de lui comme une étrangère.

C'était affreux, car, s'il ne lui restait même plus ça, il ne lui restait rien.

— Pourquoi me regardes-tu si méchamment ?

Il se demandait... C'était stupide et pourtant il ne pouvait s'empêcher de se dire qu'il était peut-être tombé dans un piège. Sa mère ne savait pas tout, sinon elle aurait insinué, il en était sûr :

— Elle est bien capable de l'avoir fait exprès !...

D'avoir un enfant ! De l'obliger au mariage !

Il se débattit encore, frappa à nouveau les murs, pleura, grinça des dents. Et quand, parfois, sa fièvre se calmait, il retrouvait en lui une toute petite lumière, un petit coin de lucidité.

Tout cela, oui, parce qu'il avait envie de sortir, parce qu'il avait décidé de sortir et qu'il le ferait coûte que coûte ! C'était déjà arrivé. Linette semblait avoir compris.

— Viens ici, mon pauvre grand...

Puisqu'il ne venait pas, elle se levait, en chemise, allait à lui, le serrait dans ses bras.

— Allons !... Ne me regarde pas ainsi, comme si tu me détestais... C'est la faute à la vie que tu mènes... Il t'arrive de manquer de confiance en toi, mais tu as tort, tu ne l'ignores pas... Tu arriveras... Tu dois arriver... Souviens-toi quand nous regardions par la fenêtre éclairée, à Poitiers, près du chemin de fer...

Et quand ils étaient collés tous les deux dans une encoignure, avec son corps chaud contre lui.

— Tu me disais...

Il se calmait. De dur, de rageur, son visage devenait boudeur, puis enfin sa lèvre esquissait presque un sourire. Il reniflait.

— Nous sommes nous deux, comme nous l'avons tant espéré... Le reste viendra fatalement... Tout le monde a passé par de mauvais moments... Tout à l'heure, c'est moi qui ai eu tort... J'aurais dû comprendre que tu as besoin de sortir, d'aller et venir, de voir du monde, des lumières... Tu m'en veux de n'être pas assez forte pour t'accompagner ?...

Il fit non de la tête et elle se baissa, ramassa les billets, les pièces de monnaie qu'elle glissait dans sa poche.

— Descends un moment... Va prendre un verre quelque part...

Il refusait encore, par vanité. Il disait avec moins de conviction, peut-être avec pas de conviction du tout :

— Je suis un raté...

— Grand fou !... D'abord, on n'est pas un raté à vingt ans... Tu viens de me rappeler toi-même que tu as vingt ans...

— Je sens bien, va...

— Obéis-moi... Va prendre l'air...

Il faisait encore quelques manières, puis se décidait à prendre son chapeau, son imperméable.

— Je vais jusqu'au coin de l'avenue et je reviens... J'ai mal à la tête... De rester des heures, dans ce bureau, à copier des adresses sur des enveloppes... Car c'est mon métier !... Tu te rends compte ?...

— Je crois que je m'endormirai tout de suite... Embrasse-moi...

Il l'embrassa, en essayant de le faire comme il le faisait dans les rues venteuses de Poitiers.

— Tu te souviens que quand tu t'arrêtais pour m'embrasser, c'était invariablement sous un bec de gaz ?

Il se donna un coup de peigne avant de mettre son chapeau, se passa de l'eau sur le visage. Elle le rappela comme il allait fermer la porte.

— N'oublie pas...

Et du regard elle désignait les papiers gras et les croûtes de pain qui traînaient sur la table. Car il fallait prendre soin, pour ne pas éveiller la colère de la patronne, de faire disparaître les traces des repas.

Il allait les poser sur une poubelle, dans la rue de l'Étoile peu éclairée. A mesure qu'il marchait, sa taille se redressait, ses talons claquaient plus secs sur le trottoir. Et il atteignait enfin les lumières, la vie de l'avenue de Wagram, dans laquelle il s'enfonçait voluptueusement.

C'était d'ailleurs une volupté amère, mais qu'il recherchait comme on presse du bout de la langue sur une dent malade. Il était tout seul dans la foule. Il sentait autour de lui un Paris immense, implacable, et il se faufilait, un peu angoissé, accrochant du regard d'autres solitaires qui erraient comme lui à la recherche d'un peu de chaleur humaine.

Cela, Linette ne pouvait pas le comprendre. Elle ne connaissait pas ces angoisses qui le prenaient soudain à la gorge, sans raison, et qu'il avait toujours subies. Même à Poitiers. Quand, par exemple, il travaillait à l'imprimerie Dumur. Il entendait le cliquetis régulier des machines. Les ouvriers, autour de lui, faisaient des gestes, toujours les mêmes, presque hiératiques.

Tout était noir et blanc, d'un noir épais, d'un blanc cru, et soudain il avait l'impression qu'il était sorti du réel, que la vie avait cessé d'être la vie. Il se voyait, immobile et glacé au milieu de l'immobilité. L'univers se refermait sur lui. Il n'y avait plus que ces murs crus, ces machines noires et précises. Allait-il pouvoir s'échapper ? Est-ce que toute son existence n'allait pas s'écouler de la sorte ?

Plus tard, chez son patron, M. Malterre, dans le grand bureau garni jusqu'au plafond de classeurs verts, avec un poêle au milieu du plancher gris, le grand tuyau qui traversait tout l'espace, les employés qui tapaient à la machine, il lui arrivait, surtout au moment où on allumait les lampes, d'être brusquement en proie à la même panique.

Alors il ressentait un grand besoin de s'échapper coûte que coûte... Il avait peur... Ce n'était pas possible que la vie soit cela... Il fallait s'arracher à cet étau... Il fallait respirer... Il s'arrêtait sans s'en apercevoir devant les affiches d'un cinéma, puis devant le hall illuminé de l'*Empire*, où on voyait les spectateurs profiter de l'entracte pour aller et venir sur le trottoir en fumant des cigarettes.

Tout à l'heure, pour rien au monde il n'aurait pu rester dans la chambre irréelle, près du lit où il sentait sa vie s'engluer.

Il serait peut-être un raté. Il avait presque envie d'être un raté, un homme qui ne serait attaché nulle part, attaché à rien, un homme comme ce vieux qui rôdait entre les groupes en vendant des journaux défraîchis.

Cela le faisait ricaner à nouveau. Il avait une femme. Il avait une mère qui attendait son argent pour vivre. Il allait avoir un enfant. Et pour porter tout cela, tout ce poids qui l'écrasait, il était tout seul et il avait vingt ans.

Qu'est-ce qu'il savait faire ? Rien ! Il ne savait même pas l'anglais. Il avait acheté des livres, mais il ne les lirait pas. Il n'avait pas de métier. Il était juste bon à faire un petit employé ! Rien d'autre ! Ou à aller s'enterrer au Gabon comme son beau-frère !

Il tournait l'angle de l'avenue des Ternes. En réalité, il savait où il allait. Deux ou trois fois déjà il était sorti le soir, alors que sa femme était couchée, sous prétexte qu'il avait mal à la tête, ou bien qu'il fallait descendre les reliefs de leur souper.

Il y avait, avenue des Ternes, un bistro très éclairé, éclairé crûment, avec un zinc, quatre ou cinq petites tables, un garçon affairé. Le matin, c'était en face, dans un bar beaucoup plus vaste et presque luxueux qu'il allait manger des croissants et boire du café. Mais c'était bon pour le matin.

Le soir, il préférait le petit bar dont l'éclairage méchant lui plaisait. Il y avait là quelque chose de trouble, d'équivoque, il n'aurait pas pu dire quoi au juste. Des hommes étaient accoudés au comptoir, seuls pour la plupart, des hommes dont il ne savait rien, ni d'où ils venaient, ni où ils allaient.

— Un marc...

Il s'accoudait aussi, regardait vaguement autour de lui et il aurait pu rester ainsi des heures, Dieu sait pourquoi. Il y avait parfois des femmes qui venaient du trottoir et qui y retournaient.

Il y en avait une, ce soir, assise toute seule à une table au fond du café. Leurs regards s'étaient déjà croisés. Elle ne faisait rien. Il y avait un verre devant elle, sur le guéridon de marbre auquel elle était accoudée. Son manteau écarté découvrait une robe de soie noire qui moulait une poitrine aux seins ronds et durs.

Il en eut envie tout de suite. Il y avait déjà plusieurs semaines qu'il ne faisait plus l'amour avec Linette, à cause de son état, car maintenant elle commençait à souffrir beaucoup. D'ailleurs, il n'en avait pas envie. Il pensait à l'enfant et cela le gênait.

Le marc lui brûlait la gorge et il en commanda un autre, avec une sorte de défi. Il continuait à fixer la jeune femme qui le regardait aussi et qui finit par lui sourire. Est-ce qu'elle se moquait de lui parce qu'il avait l'air farouche ? Il le crut, se regarda dans la glace et rougit.

Alors, quand il tourna à nouveau la tête vers elle, elle sourit davantage. Elle paraissait s'amuser beaucoup et il se renfrogna.

Il était nerveux, ce soir-là. Il faillit jeter de la monnaie sur le comptoir et s'en aller. En même temps il était en proie à un désir violent et chaud comme il arrive après les larmes.

Qu'est-ce qu'elle voulait dire ? Elle le regardait, puis regardait la place libre en face d'elle, toujours en souriant gaiement. Il hésita, finit par s'avancer. Il dit, sans s'asseoir :

— Vous vous moquez de moi, n'est-ce pas ?

— Mais non, pas du tout...

Elle avait un accent espagnol prononcé, une voix chantante. Elle était plus jolie que toutes les femmes qu'il avait approchées. Jolie et délicate comme une petite statue.

— Vous ne vous asseyez pas ?

Il le fit, gauchement, avec toujours la crainte qu'on se moquât de lui.

— A quoi pensiez-vous ?

— Moi ?... Je ne sais pas... Pourquoi ?

— Vous aviez l'air si farouche !... On aurait dit que vous alliez soudain chercher querelle à quelqu'un... Quand vous me regardiez, je me demandais si vous n'aviez pas envie de vous précipiter sur moi... Je vous déplais ?

Toujours cette voix chantante, des petites dents brillantes, un bout de langue gourmande et rose, un pétillement enfantin dans les prunelles. Le garçon s'approchait d'eux et Gérard demandait :

— Qu'est-ce que vous prenez ?

— Ce que vous voudrez... Quelque chose de doux... Je parie qu'il n'y a pas très longtemps que vous êtes à Paris ?

— Deux mois... A quoi cela se voit-il ?

— Je ne sais pas...

Et il se demandait pourquoi, dans cette voix amusée, il y avait en même temps une sorte de tendresse. Il était mal habillé, Vannier ne le lui avait pas envoyé dire. Son imperméable jaunâtre était sale et fripé. Il avait un gros bouton sur le front.

— Vous êtes un drôle de garçon...

Le temps passa très vite. Il ne savait pas ce qu'il disait. Il la voyait toujours, pétillante de gentille malice, qui le détaillait et s'amusait.

— Si vous saviez... murmura-t-il d'une voix trouble, un peu rauque...

— Si je savais quoi ?

— Si vous saviez comme j'ai envie de vous...

Elle rit et son rire s'arrêta net. Elle le regarda plus gravement, comme si elle en avait un peu peur.

— Comme ça !... plaisanta-t-elle.

— Ne riez pas...

— Nous venons seulement de nous rencontrer... Vous ne savez même pas mon nom...

— Dites-le-moi...

— Pilar...

— C'est votre nom de famille ?

Elle rit encore.

— Mais non, voyons... C'est mon prénom... C'est un prénom espagnol... Je suis espagnole...

— Écoutez... Il faut absolument...

— Tout de suite, n'est-ce pas ?

— Oui !

Alors elle regarda autour d'elle, hésitante, vit le garçon non loin de leur table.

— Payez...

Il se retrouva avec elle sur le trottoir.

— Vous êtes un drôle de garçon...

Elle frissonnait légèrement et il ne savait pas encore, il ne savait même pas s'il allait devoir la payer, il marchait à son côté, il balbutiait :

— Où allons-nous ?

Et elle le fixait encore, charmée et effrayée.

— Venez...

Un instant il craignit qu'elle le menât à l'hôtel qu'il habitait, mais elle l'entraîna plus loin, sonna à la porte d'un immeuble bourgeois, passa en murmurant son nom.

— Ne faites pas de bruit, lui souffla-t-elle.

Il se trouva chez elle, dans un petit logement très clair, très gai, très coquet. Elle riait. Elle disait, sans se soucier du sens des mots :

— Qu'est-ce que vous avez pensé ?

Et il se jetait littéralement sur elle, il la serrait dans ses bras, il l'étouffait.

— Attendez au moins que je retire mon manteau...

Quand il regarda l'heure à sa montre, il était une heure du matin. Il avait beaucoup parlé. Il était comme saoul de toutes ses paroles, de tout le passé, de tout l'avenir, de tout lui-même qu'il avait remués cependant que, son visage tout près du sien, elle le fixait de ses yeux malicieux et tendres.

— Allons ! Il faut aller retrouver ta femme...

— Oui...

— Qu'est-ce que tu vas lui dire ?...

— Je ne sais pas... N'importe quoi...

— C'est la première fois que tu la trompes ?

Il fit oui de la tête.

— Quand je pense que tu ne savais même pas faire l'amour ! Viens...

Elle l'attira sous la lampe, inspecta son visage, sa nuque, effaça des traces de poudre de riz et de rouge à lèvres.

— Laisse-moi sentir... Tes cheveux... Ton haleine, maintenant... Tu feras bien de boire quelque chose de fort avant de rentrer chez toi...

Il la vit encore, toute nue, plus statuette que jamais, debout sur le palier tandis qu'il descendait l'escalier. Puis ce fut la rue, le bar de tout à l'heure où il n'y avait plus que deux clients et où il se gargarisa d'un dernier verre.

Il monta l'escalier de l'hôtel à grands pas silencieux. Linette ouvrit les yeux.

— Tu ne dormais pas ?

— Il est tard ?... Je crois que j'ai dormi...

L'odeur de la chambre était fade. Le front de sa femme était moite de sueur.

— J'ai fait la connaissance d'un type intéressant... Je t'en parlerai demain...

Et ce fut tout pour ce soir-là.

4

Tout à l'heure, il avait demandé pardon en disant que c'était sa faute. Mais était-ce vraiment sa faute ? Il avait entraîné Linette au *Coliseum*, un vaste dancing, dans le genre du *Moulin Rouge*, du côté du boulevard Rochechouart. Justement elle avait dormi toute l'après-midi. Il l'avait trouvée endormie en rentrant de la Ligue à six heures. Aussi, à onze heures, quand les attractions avaient commencé, il s'était empressé d'affirmer :

— Cela tombe bien que tu aies dormi. Cela nous évitera de rentrer de bonne heure...

Il était déjà comme ça tout petit : incapable de s'arracher à un spectacle ou à un jeu, même si le spectacle était quelconque, si le jeu l'ennuyait. Il n'était satisfait que s'il restait le dernier et, quand ils quittèrent le *Coliseum*, il était minuit et quelques minutes.

Il y avait un métro tout près. Mais, tout près aussi, il y avait les boulevards de Montmartre.

— Marchons d'abord quelques minutes, avait-il proposé. Qu'on respire au moins une bouffée d'air avant de rentrer...

Il avait faim de tout, des coins d'ombre, sous le métro aérien, où l'on voyait marchander des couples, des petits bistros et des brasseries illuminées de la place Pigalle, des rues qui montaient, mystérieuses, vers le Sacré-Cœur, et de celles qui descendaient vers la ville, grouillantes d'enseignes lumineuses, de portiers, de chasseurs en rouge ou en bleu.

— Je suis sûr que cela te fait du bien de marcher. Le docteur ne te l'a pas dit ?

— Il ne l'a pas dit. Mais cela ne fait rien...

Ils auraient pu prendre le métro place Blanche. Après, il n'y avait plus rien, qu'un morceau de boulevard désert et sombre.

— On le prendra place Clichy...

Et, place Clichy, le dernier métro était parti, on fermait les grilles de la station. Il n'y avait plus d'autobus.

— Je te demande pardon, ma pauvre Linette... Tu vois ! Si j'avais eu ma montre...

Il l'avait vendue, comme tant d'autres choses.

— Tant pis... Nous allons prendre un taxi.

— Mais non, Gérard... C'est inutile de dépenser tant d'argent... Nous ne sommes plus si loin que ça...

Et ils avaient marché. Le boulevard des Batignolles d'abord. Puis le long des grilles à pointes dorées du parc Monceau et des somptueux immeubles du boulevard de Courcelles. Elle avait frissonné deux ou trois fois.

— Tu as froid ?

— Non... Je ne crois pas...

— Tu n'es pas trop fatiguée ?...

A la fin, il avait lui-même les jambes lourdes. Avenue de Wagram, il restait un café ouvert.

— Un petit grog pour te réchauffer avant de te coucher ?

— Non, Gérard... Ce ne serait pas la peine de ne pas avoir pris de taxi.

Il dit, vexé :

— Comme tu voudras...

Et cela avait commencé tout de suite en arrivant à l'hôtel. Au lit, elle ne parvenait pas à se réchauffer. Elle qui, d'habitude, ne remuait pas dans les draps, se tournait et se retournait, soupirait dans l'obscurité.

— Qu'est-ce que tu as ?

— Je ne sais pas... Ce n'est rien...

Une heure après, elle ne dormait toujours pas.

— Tu dors, Gérard ?

— Non...

— J'ai toujours froid...

Il se leva et mit tout ce qu'ils avaient de vêtements sur le lit, mais alors elle commença à trembler, à claquer des dents. Il se colla contre elle, sans résultat.

— Veux-tu que je te fasse une bouillotte ?

Il se releva une fois de plus, pieds nus, alluma la lampe à alcool, prépara un litre vide pour lequel il dut chercher un bouchon.

— C'est drôle. Il ne fait pas froid du tout...

Et c'était vrai. Depuis quelques jours, Paris sentait le printemps et les journaux se demandaient si le marronnier du 15 mars n'allait pas être en avance.

— J'étouffe, Gérard...

La bouillotte ni les vêtements entassés n'y faisaient rien. Elle avait le visage rouge, les yeux brillants.

— Je vais chercher le docteur...

Il fut tout étonné de l'entendre dire oui, elle qui ne voulait jamais voir les médecins. Il s'habilla en hâte. Et dès lors ce fut une agitation désordonnée dans un monde de cauchemar. Le gardien de nuit lui désigna un médecin qui habitait dans la rue Brey. Il sonna longtemps. Le médecin lui-même vint ouvrir, en pyjama douteux, les cheveux dans la figure. Son logement était en désordre. Des bouteilles et des verres traînaient et il y avait une femme couchée à moitié habillée sur un divan.

C'était un étranger, un Roumain, crut-il.

— Attendez-moi...

Ils marchèrent ensemble dans la nuit où glissaient encore quelques autos. Dès qu'il eut pris le pouls de Linette, il eut l'air sérieux.

— C'est grave, docteur ?

Il l'ausculta longuement.

— Respirez... Ne respirez pas... Respirez... Comptez trente-trois... Non... Dites 33... 33... Plus bas...

Et maintenant, à neuf heures et quart du matin, Auvinet avait la tête vide, les lèvres chaudes, les paupières clignotantes.

Jadis, quand il avait cinq ou six ans, ses parents avaient pris l'habitude, tout un temps, de faire chaque dimanche une excursion. On partait le matin, en emportant de quoi manger et boire. On marchait longtemps. Son père, qui avait de grandes jambes, trouvait toujours qu'on n'était pas assez loin.

— Tu ne penses pas au petit, disait sa mère.

— Quand il sera fatigué, je le porterai...

On cherchait un bois, une source. C'était invariablement mieux un peu plus loin et, au retour, Gérard traînait la jambe. Il avait la tête lourde et comme gonflée de soleil. Les sons n'étaient plus à ses oreilles qu'un bourdonnement confus. On le portait un peu. On le remettait à terre. Sa mère était fatiguée.

Lui était ivre, de lumière, de chaleur, d'odeurs trop fortes, celles de la terre au soleil, du foin, des vaches, des fleurs qu'il avait écrasées dans ses mains.

La ville dans laquelle on rentrait lui apparaissait comme un monde étrange, vide et sonore, figé dans le soleil couchant avec les silhouettes sombres et lasses des passants qui gravitaient sur les trottoirs. Vide aussi, avec son odeur spéciale qui s'était refroidie, la maison où il fallait encore préparer le dîner.

On le couchait et il sombrait dans un sommeil accablé, peuplé de cauchemars.

Ainsi était-il ce matin-là, tandis que, tête nue, il courait vers la Ligue. Au cours de sa première visite, au milieu de la nuit, le docteur n'avait pu se prononcer. Il craignait une congestion pulmonaire, mais il n'en était pas encore sûr. Gérard avait beaucoup couru, dans des rues qu'il finissait par ne plus reconnaître, pour trouver une pharmacie ouverte.

Puis, sans cesse, il avait dû faire chauffer de l'eau sur la lampe à alcool, jusqu'à ce que la provision d'alcool soit épuisée. Le portier de l'hôtel n'en avait pas. Il allait et venait dans la chambre, sur la pointe des pieds, se laissait tomber dans l'unique fauteuil. On n'entendait que la respiration de Linette qui s'était assoupie, mais qui s'agitait sans cesse.

Il avait pleuré, tout à l'heure. Il lui avait demandé pardon, tout de suite après le départ du médecin.

— Mais non, ce n'est pas ta faute...

Elle avait ajouté :

— Cela vaut peut-être mieux ainsi...

Qu'est-ce qu'elle avait voulu dire ? Sans doute que sa maladie lui ferait probablement faire une fausse couche. Il en avait parlé au docteur.

— Je suis incapable de vous dire quoi que ce soit cette nuit...

Est-ce qu'il ne faudrait pas la transporter à l'hôpital ? N'était-il pas à peu près impossible de la soigner dans cette chambre d'hôtel ? D'ailleurs, les gérants les mettraient sans doute à la porte...

Et il faudrait de l'argent... Déjà il pensait à un télégramme : *Linette gravement malade. Venez vite...*

Dans les moments comme ça, on pardonne tout. N'était-ce pas le seul moyen d'en sortir ?

Qui sait ? Linette pouvait mourir... Non ! Il ne le souhaitait pas. Ce n'était pas vrai. Mais il avait quand même honte d'y avoir pensé comme à un autre moyen de tout arranger. Pour lui, évidemment !

Il l'avait soignée. Au petit jour, le docteur était revenu, rasé et lavé cette fois, avec encore de la poudre de riz sous les oreilles.

Allons ! C'était moins grave qu'on avait pu le craindre. Probablement une pleurésie sèche.

— Je pourrai la soigner ici, docteur ?

— Mais oui... D'ailleurs, en ce moment, il y a tant de malades dans les hôpitaux que je doute qu'on l'accepte...

Il avait expliqué tout ce qu'il fallait faire, les soins à donner, le régime à suivre. Il avait écrit une longue ordonnance. Il avait promis de revenir le soir.

Il était déjà neuf heures et quart. Gérard, qui ne savait pas s'il courait ou s'il marchait, pénétrait dans l'impasse, franchissait la porte de la Ligue, s'élançait dans l'escalier. C'était le commandant qu'il devait voir et il ne s'arrêta pas au premier, gagna d'un élan le second étage où il mettait rarement les pieds.

A vrai dire, il n'y était monté qu'une fois. Drouin lui avait donné quelque chose, des fiches ou des lettres, il ne savait plus, à porter au commandant. Il avait frappé à sa porte. Il était persuadé d'avoir frappé. Mais il n'avait pas dû attendre la réponse. Il avait ouvert. Alors, dans l'entrebâillement d'un placard, il avait aperçu le commandant qui replaçait précipitamment une bouteille d'alcool.

Il était sûr que, l'espace d'un instant, il avait vu le goulot s'écarter des lèvres. Il avait eu le tort de murmurer :

— Je vous demande pardon...

L'autre lui avait d'abord tourné le dos, peut-être pour s'essuyer la bouche. Et Gérard restait tout interdit dans la pièce qui, comme le bureau d'en bas, était une ancienne chambre à coucher, avec encore un papier à fleurs sur lequel on voyait la trace des meubles de jadis.

Cette fois, malgré son impatience, il frappa et se donna le temps d'attendre la réponse. Pourquoi eut-il quand même l'impression de surprendre le commandant ? Il ne s'attendait pas à sa visite. A cette heure, il n'y avait guère que Mlle Berthe à monter le voir.

Une fenêtre sans rideau laissait pénétrer le jour sale de la cour. Il était assis devant un bureau de bois jaune. A sa gauche, il y avait une pile de lettres, le fameux courrier qu'il prenait lui-même chez la concierge et qu'il emportait précieusement, comme un butin, dans son bureau.

Il tenait un coupe-papier à la main. Il ouvrait les enveloppes avec soin et, de la plupart de ces enveloppes, il retirait des mandats, des billets de banque de dix, vingt francs, de cent, dont il faisait des petits tas devant lui.

Ce qui était curieux, c'était la gravité avec laquelle il se livrait à ce travail. Non pas la gravité. Le mot n'était pas exact. Il ne se cachait pas non plus, puisqu'il avait crié : « Entrez ! »

C'était peut-être à sa fièvre que Gérard devait l'impression trouble qu'il ressentait. Il avait trop pensé, trop pleuré, trop couru pendant toute la nuit. Il venait de boire un verre d'alcool en guise de petit déjeuner, pour se remonter.

Jusque-là, le commandant, qui était secrétaire général de la Ligue, avait été à ses yeux un homme important. Il n'avait été commandant que pendant la guerre, mais on l'appelait toujours le commandant. C'était un homme cultivé, élégant, qui avait dû être avocat. Il recevait les Ligueurs, dictait les lettres à Mlle Berthe, s'enfermait presque chaque matin pendant une heure ou deux avec Jean Sabin, dans le bureau du rez-de-chaussée. Il téléphonait souvent à sa femme qui était très distinguée et qu'il aimait beaucoup.

Pourquoi Gérard reçut-il comme un choc en le trouvant occupé à faire des petits tas de mandats et de billets ? Il en restait gêné, comme s'il eût été le témoin involontaire d'une malpropreté.

Il ne réfléchissait pas. Il n'en avait pas le temps. C'était une évidence qui s'imposait à lui. Il venait de découvrir le secret de cette maison étrange tapie au fond de son impasse avec ses chambres transformées en bureaux, ses allées et venues, ses coups de téléphone, ces communiqués aux journaux et ces milliers d'enveloppes qu'il couvrait d'adresses à longueur de journées pour envoyer des prospectus aux adhérents.

Ce tas de lettres, ces billets petits et gros, ces mandats... Quand le commandant lui payait son mois, ou lui remettait de l'argent pour la petite caisse, c'était dans son portefeuille qu'il le prenait. Il le tirait de sa poche, toujours gonflée de billets de banque.

— Qu'est-ce qu'il y a, mon petit ?

C'était l'heure des yeux troubles. Mais ce mystère-là était éclairci depuis la précédente visite de Gérard au second étage. La bouteille dans le placard avait tout expliqué. Le matin, le commandant ne parlait guère, ne faisait que jeter un coup d'œil dans le bureau et montait immédiatement chez lui, les yeux rougeâtres comme quelqu'un qui n'a pas dormi.

Tout seul dans son coin, avec l'aide de la bouteille, il se remontait peu à peu et il y avait un moment dans la journée où il était vraiment lui-même, la démarche sûre, un peu trop sûre même, le regard ferme, les prunelles dures.

Il avait presque toujours des déjeuners en ville d'où il revenait extrêmement animé, bavard, les moustaches fleurant les liqueurs et le cigare, et Mlle Berthe lui avait confié que, s'il s'enfermait alors dans son bureau, c'était pour y faire sa sieste, sur sa chaise, les bras sur la table.

— Je vous demande pardon, commandant... Je suis en retard... Mais ma femme est tombée malade cette nuit... Une pleurésie. Le médecin est déjà venu deux fois... On craignait une congestion pulmonaire...

— Vous avez besoin de votre journée...

— Non... Ce n'est pas indispensable... Du moment que je peux aller la soigner toutes les deux heures environ... C'est à deux pas...

Ce n'était pas pour cela qu'il était venu. Il avait dépensé en pharmacie tout ce qu'il lui restait et si le médecin avait réclamé son argent, il n'aurait pas pu le payer.

— Je suis obligé de faire des frais... Je suis confus...

Il était vraiment gêné et c'était surtout à cause de ces lettres, de ces billets, de ces mandats qu'il avait sous les yeux et auxquels il ne pouvait s'empêcher de lancer des regards furtifs.

Il y avait aussi le regard du commandant. Souvent, il s'était demandé ce que cet homme pensait de lui. Le premier jour qu'il s'était présenté, il l'avait examiné un bon moment.

— Et vous n'avez personne à Paris ? avait-il murmuré comme pour lui-même.

— Personne que ma femme...

— Et votre maman est veuve...

Pourquoi disait-il cela d'un air morne ? Avec, pourtant, une certaine affection, peut-être une certaine pitié ?

Depuis lors, il lui avait peu parlé. Quand il venait au bureau du premier étage, il lui lançait un coup d'œil. Tout au plus questionnait-il, dans ses meilleurs moments :

— Vous vous habituez à Paris ? Votre femme aussi ?

Par deux fois Gérard lui avait demandé de l'argent en avance sur son traitement. Cela s'était passé beaucoup plus simplement qu'il le croyait. On aurait dit que le commandant s'y attendait depuis toujours. Il l'avait regardé en soupirant, avait tiré son portefeuille de sa poche, compté les billets.

Et maintenant encore c'était le même regard à la fois vague et lourd.

— Nous sommes le combien ?

— Le 9...

Était-ce pour lui faire remarquer qu'il avait déjà, le 9, dépensé son argent du mois ? Il prenait quelques billets sur la table, aux divers petits tas. Il avait l'air d'hésiter à en prendre davantage. Il les lui tendait.

— Allez soigner votre femme aussi souvent qu'il le faudra. Même si vous ne deviez pas venir pendant deux ou trois jours... Prévenez seulement Mlle Berthe...

Il ne s'était rien passé, en somme, et pourtant Gérard ne devait jamais se débarrasser tout à fait de l'impression que lui laissa cette entrevue. Jamais il ne s'était senti aussi petit, aussi misérable. Pis que misérable, insignifiant.

Pis encore : ce n'était pas lui que le commandant avait regardé, pas à lui qu'il avait remis de l'argent. Il comprenait maintenant. Et tandis qu'il descendait l'escalier morne, il était submergé par le découragement.

Avant lui, il y avait eu Malterne. C'était Mlle Berthe qui lui en avait parlé. Il lui arrivait d'être seul au bureau avec Mlle Berthe, quand Drouin était en courses et que Mlle Lange était appelée en bas par Jean Sabin. Alors ils bavardaient.

A sa place, pendant six mois, il y avait eu Malterne, un garçon qui avait à peu près son âge et que le commandant aimait particulièrement. Il devait être spirituel car, quand on parlait de lui, c'était toujours pour rappeler ses mots ou ses espiègleries.

— Pourquoi est-il parti ?

— Il y a eu une histoire pénible...

Malterne avait commis des indélicatesses. Et maintenant, il savait comment. Car on lui avait dit aussi qu'avant lui le courrier était dépouillé dans le bureau du premier. C'était Malterne qui en était chargé.

Il imaginait les billets de banque et les mandats glissant des enveloppes...

— Qu'est-ce qu'il est devenu ?

— Il a trouvé une place de secrétaire chez un conseiller municipal... Il est revenu voir une fois ou deux le commandant...

Et, avant Malterne, il y en avait eu un autre, à une époque où Drouin n'appartenait pas encore à la Ligue, Bigois, un jeune aussi, de vingt-deux ou vingt-trois ans, marié, qui venait du Nord, de Lille ou de Roubaix, et qui avait dû quitter Paris pour aller soigner ses poumons à la montagne.

En somme, ce n'était pas lui, Auvinet, que le commandant regardait de ses yeux troubles, c'étaient tous les jeunes comme lui qui viennent à Paris, nerveux, crispés, râpés, manquant d'argent, manquant toujours d'argent, et qui s'agitent, et qui montent, et qui trichent, et qui quelquefois volent.

Il était si fatigué qu'il se trompa de porte. Il est vrai qu'il n'avait pas l'habitude d'entrer dans le bureau en venant d'en haut. Il poussa celle de la chambre de derrière et une bouffée de froid humide, une odeur indéfinissable l'enveloppa. Il connaissait cette pièce-là aussi, délabrée comme les autres, avec même une vitre qui manquait à la fenêtre et qu'on avait remplacée par un calendrier-réclame, des piles de journaux, d'affiches, de prospectus par terre.

C'était ça, la Ligue ! On retrouvait tous les placards dont elle avait couvert les murs de Paris pendant les dernières années, des paquets de cartes d'adhérents et, dans un coin, des drapeaux et des banderoles.

En bas, Jean Sabin qui téléphonait à Dieu sait quelle présidence en périodes ampoulées. En haut, le commandant qui ouvrait méticuleusement des enveloppes...

— Ma femme est malade... dit-il en entrant dans le bureau.

Il raconta. Il s'assit dans son coin. Il se mit à classer des fiches puis il ouvrit la lettre de sa mère qu'il avait trouvée, en descendant, dans son casier de l'hôtel. Était-ce bien le moment de la lire ? Elle se plaignait, de son ton aigre-doux, et elle trouvait, comme toujours, les mots les plus humiliants, ceux qui ne vous laissent aucun espoir dans la vie.

... Je savais bien, va, qu'il en serait ainsi. Je te l'avais dit, souviens-toi, mais tu ne voulais rien entendre et tu n'as maintenant que ce que tu as cherché. Est-ce qu'on se marie, à ton âge, quand on n'a aucune situation...

Quant à ta mère, tu ne t'en es jamais inquiété. Tu me parles de toi, toujours de toi. Ta vie à faire... Comme si tout le monde ne devait pas faire sa vie...

Tout ce que je souhaite, c'est que ta femme soit capable de t'aider, mais j'en doute.

Quant à moi, il faut que je prenne une décision. Mais ne crains rien. Je m'en tirerai toujours. J'ai travaillé toute ma vie et à mon âge, je suis encore capable de le faire.

J'en ai déjà parlé dans le quartier. Il se trouvera bien un vieux monsieur seul ayant besoin d'une servante et...

Elle l'avait choisi ce mot-là ! Combien de fois le lui avait-elle répété, méchamment ! Oui, méchamment, car elle savait que cela suffisait à lui arracher les larmes des yeux. Déjà quand il avait devancé son terme pour en finir avec son service militaire !

— Vas-y, puisque tu y tiens... Je ne pourrai quand même rien empêcher, n'est-ce pas ?... Quand tu as une idée en tête... Quant à moi, j'en serai quitte pour devenir servante...

Est-ce qu'elle ne pouvait pas lui donner quelques mois pour se retourner ? non ? Il l'entendait se plaindre auprès des voisines.

— Moi, madame Bertrand, c'est comme si je n'avais plus de fils... Il a voulu se marier, aller à Paris... Il raconte qu'il gagne deux mille francs par mois et c'est tout juste s'il ne vient pas me demander de l'argent...

Et le soleil, très loin, par-delà des cours, éclairait l'arrière des grands immeubles de la rue de Courcelles. Il y avait là-bas une pièce qui attirait toujours son regard. Elle était toute blanche, avec des armoires peintes en blanc qui en faisaient le tour et, sur ces armoires, en piles régulières, des valises en cuir, des malles, tout un somptueux attirail de voyage.

Dans la matinée, un valet de chambre en gilet rayé brossait des complets, des manteaux devant la fenêtre ouverte. Parfois une femme de chambre venait le rejoindre et ils bavardaient tous les deux. Puis l'un ou l'autre sortait précipitamment, appelé sans doute par un coup de sonnette.

Drouin lisait les journaux ou écrivait à ses petites amies. Car il avait toujours des petites amies qui l'attendaient le soir au coin de la rue Daru.

Il était sanguin, de chair fruste, mais bien lavé, la peau fraîche, les dents puissantes. C'était lui qui, dans les manifestations de la Ligue, l'air important, un brassard tricolore à son complet bleu, courait le long du cortège en donnant des instructions, en pressant le mouvement, en redressant les bannières.

A dix heures et demie, il tira sa montre de sa poche, une montre en or dont il aimait faire sauter le couvercle en poussant un bouton.

— Vous pourriez peut-être faire un saut chez vous ?

Il y alla, sans mettre son imperméable, car il y avait du soleil dans les rues où traînaient des douceurs de printemps. Il passa devant une crémerie, devant une charcuterie où des cuisinières attendaient leur tour et il était pris à la gorge d'une immense envie de vivre comme tout le monde, de profiter comme les autres des heures qui coulaient.

Soudain, comme il remontait l'avenue de Wagram, où on était en train de changer les affiches devant le hall du cinéma, il reconnut un visage, un sourire, et il se troubla.

C'était Pilar, qu'il n'avait jamais revue. Elle était en négligé du matin, sans chapeau, avec des petits paquets blancs sur le bras. Il eut un mouvement comme pour l'éviter, mais il était déjà trop tard.

Il avait promis de la revoir et il n'y était pas allé. Pourquoi ? Il aurait été bien en peine de le dire. Peut-être parce qu'il avait peur d'elle ? Ou peur de lui, il ne savait pas au juste.

— Tu as l'air bien pressé... lui dit-elle sans marquer la moindre mauvaise humeur.

Alors, affairé, il expliqua :

— Ma femme est très malade... On ne sait pas encore... Peut-être une congestion pulmonaire...

— Elle est à l'hôpital ?

— Non... On devra peut-être l'y transporter !...

— Pauvre... Elle a de la fièvre ?... C'est pour cela que tu n'es pas venu ?...

Il y avait encore plus de gaieté printanière dans son regard que dans l'avenue au bout de laquelle on voyait se profiler l'Arc de Triomphe.

— Tu as quelqu'un pour la soigner ?

— Je la soigne moi-même...

Elle répéta, attendrie :

— Pauvre !... Pauvre garçon !...

Et elle refermait une main sur son bras.

— Tu vas maintenant à ton hôtel ?

— Oui...

— Attends... Suis-moi un moment...

Il la suivit sans savoir. Il ne pensait pas. Il allait dans le soleil, dans l'odeur du matin et il hésitait à la porte d'un magasin de comestibles où elle était entrée. Elle lui faisait signe d'entrer à son tour.

A son aise, telle une curieuse petite fée, elle inspectait les rayons de marbre de la boutique, désignait des choses du bout de son doigt rose.

— Ceci, oui... Ils sont très sucrés ?...

Des muscats, de gros raisins allongés et gras, puis des dattes, puis...

— Tais-toi... Cela ne te regarde pas... C'est pour ta femme...

Et elle répétait :

— Pauvre petit !...

Elle lui mettait tout cela dans les mains.

— Va vite... Mais il faudra que tu trouves un tout petit moment pour venir m'apporter des nouvelles, n'est-ce pas ?

Câline, enfantine, elle touchait de ses lèvres le bout de son doigt puis lui en donnait une petite tape sur la joue.

— Va-t'en...

Lui restait là, si ahuri, si empêtré, qu'elle éclatait de rire.

— Tu es un pauvre petit... Un pauvre chou...

Linette ne dormait pas et son regard l'accueillait dans la chambre qui sentait déjà la malade.

— Tu n'as pas télégraphié à Poitiers, au moins ?

— Mais non...

— Promets-moi de ne pas le faire, quoi qu'il arrive... Qu'est-ce que c'est que cela ?...

— Des raisins... des dattes...

— Tu as fait des bêtises... Donne-moi seulement à boire...

Elle avait le teint jaune, avec une vilaine sueur aux tempes. Quelque part dans l'hôtel on passait le tapis des corridors à l'aspirateur.

— Tu as trouvé de l'argent ?

— Mais oui, ne t'inquiète pas... J'en aurai autant qu'il en faudra...

Elle n'était pas rassurée. Elle aussi, comme sa mère, se méfiait de lui.

— A la Ligue ?

— Le commandant a été très chic...

— Fais quand même attention, Gérard... Je te connais...

Tout le monde le connaissait ! Le commandant aussi le connaissait ! On se méfiait de lui. On ne le prenait pas au sérieux.

Même Pilar, qui le regardait d'un air amusé, riait du bout de ses petites dents blanches et murmurait d'une voix attendrie :

— Tu n'es qu'un pauvre petit...

La tête lui tournait, de fatigue, d'énervement. Et l'alcool qu'il avait bu dès le matin pour se remonter lui donnait envie de vomir.

5

Pilar était la première au rendez-vous. C'était elle qui l'attendait, au coin de l'avenue de Wagram et de la place de l'Étoile. Elle portait de très hauts talons. Elle était très bien habillée, avec un chapeau rouge qu'incendiait un soleil éblouissant.

Pourquoi la vie se montrait-elle si avare avec lui ? Une vingtaine de pas les séparait encore. Elle ne l'avait pas vu venir. Toute seule, elle n'en souriait pas moins, comme quelqu'un qui n'a que des pensées agréables. C'était le propre de presque tous ceux qui passaient, hommes ou femmes, peut-être à cause de cette merveilleuse journée de printemps, peut-être aussi parce qu'il était cinq heures de l'après-midi et que les gens de cinq heures n'ont pas les mêmes soucis que ceux qui sortent, à six heures, des bureaux, des ateliers et des magasins, pour s'engouffrer dans le métro.

Presque rien : du soleil autour de l'Arc de Triomphe. Pilar qui l'attendait et qui donnait une impression de luxe, surtout le fait d'être là et non pas à la Ligue à gratter ces horribles enveloppes bleues... Cela suffisait pour qu'il marchât comme dans un rêve.

Elle l'aperçut et il fut content, parce que maintes fois il avait observé des couples qui se retrouvaient sur cette place de l'Étoile, parce qu'il les avait enviés ; et c'était maintenant à lui que des yeux riaient, c'était lui qu'un regard enveloppait de pétillante tendresse, c'était à son bras qu'un bras s'accrochait.

— Je suis en retard ?... dit-il.

— Non... Viens...

Il avait attendu, exprès, cinq heures moins le quart, pour demander à Drouin :

— Je puis aller voir si ma femme n'a besoin de rien ?

Et, comme il s'y attendait, l'autre avait tiré sa montre, en avait fait sauter le couvercle.

— Vous n'aurez pas besoin de revenir ce soir...

Puis il avait bondi rue de l'Étoile. Assise sur son lit, Linette tricotait un petit vêtement de bébé. Elle n'avait pas la notion de l'heure.

— Déjà toi ?

— Je vais faire la tournée des journaux... Je suis venu te dire un petit bonjour en passant...

Il eut peur, à cet instant-là. Il n'avait pas pensé qu'il aurait dû avoir une cinquantaine d'enveloppes. Sa femme aurait pu s'apercevoir que ses poches étaient vides. Il se pencha très vite, la baisa au front.

— Cela va, toi ?

— Mais oui...

Elle allait mieux. Toujours de la température, mais le médecin ne venait plus la voir que tous les deux jours.

— Tu n'as envie de rien ?... Tu ne veux pas que je t'apporte quelque chose de bon ?

— Tu es bien gentil...

C'était lui qui, les jours précédents, avait acheté la laine rose, les aiguilles à tricoter. C'était lui aussi qui, le matin à six heures, faisait le ménage, car Linette trouvait que la femme de chambre était trop sale. Il faisait aussi, à l'eau tiède, la toilette de sa femme, qui ne devait pas quitter le lit.

— A tout à l'heure...

Il fuyait. Maintenant, il marchait avec Pilar suspendue à son bras.

— Je me demandais si tu viendrais... Tu es un si drôle de garçon !...

C'était elle qui avait dû courir après lui, c'était elle qui, sachant les heures auxquelles il venait soigner sa femme, le guettait au coin de l'avenue de Wagram et de la rue de l'Étoile. Au début, on aurait dit qu'il avait peur. Puis il s'était habitué.

— Laisse voir comment tu es ?...

Elle se campait devant lui, redressait le nœud de sa cravate, arrangeait la pochette bleue qu'elle lui avait donnée.

— Tu diras à ta femme que c'est quelqu'un de la Ligue qui t'en a fait cadeau.

Elle aimait donner, des oranges, des friandises pour Linette qu'elle ne connaissait pas, des pochettes pour lui, des cigarettes anglaises. Elle lui en glissait encore un paquet dans la poche. Puis, comme ils n'étaient pas loin du *Florida*, elle y glissait autre chose qu'il avait le temps de reconnaître : un billet de cent francs plié tout menu. Elle lui pressait le bras plus tendrement pour le lui faire accepter.

— Pour payer les cocktails... Si... Tais-toi...

Voilà déjà qu'on lui gâchait son plaisir. Et pourtant c'était nécessaire. L'instant d'avant, il se demandait s'il aurait assez d'argent pour payer les consommations.

C'était, dans l'avenue Mac-Mahon, un chasseur en uniforme devant une porte, un tapis épais, un couloir assez long où les lampes électriques avaient des reflets équivoques dans la lumière du soleil. Pilar souleva une tenture.

Et soudain on était très loin, dans un monde qu'il n'avait jamais fait que deviner. Il fallait d'abord s'habituer les yeux au demi-jour, car les lampes très tamisées éclairaient à peine les murs, les tapis, les fauteuils étaient vieux rose ou gris souris, l'orchestre jouait en sourdine, lui aussi, et quelques couples dansaient lentement, si lentement que parfois ils paraissaient figés.

Pilar, très à son aise, saluait les jeunes gens qui la saluaient et les appelait presque tous par leurs prénoms.

— Bonjour, Nic... Salut, Jean-Pierre... Tout seul ?...

Elle savait qu'il lui fallait mettre son compagnon à son aise et elle le conduisait sans en avoir l'air.

— Ici, dans le coin, tiens... On sera très bien...

Elle avait eu le temps de tout voir.

— Il n'est pas là... remarquait-elle.

Et elle se blottissait au fond d'un fauteuil bas, croisait les jambes, commandait au garçon en habit :

— Deux Roses, Fred...

Bien entendu, son premier mouvement à lui était l'hostilité, parce que c'était nouveau, inconnu, parce qu'il se sentait gauche. Elle éclata de rire en le regardant.

— Quelle tête tu fais, mon chéri !

Il savait que des endroits de ce genre existaient, mais ce n'est pas la même chose de le savoir et de se trouver soudain en face de la chose. En plein après-midi, alors qu'il aurait dû être à la Ligue à attendre patiemment six heures, ou à porter les lettres et les paquets à la poste de la rue Balzac, alors que des dizaines et des dizaines de milliers de gens travaillaient dans des bureaux ou des ateliers, il y avait là une vingtaine, peut-être une trentaine d'hommes jeunes, bien habillés, si frais qu'ils semblaient sortir du bain, et qui n'avaient rien à faire que boire, fumer des cigarettes et taquiner de jolies femmes.

— Cela ne te plaît pas ?

— Tu viens souvent ? questionna-t-il, jaloux.

— Quand je n'ai rien d'autre à faire...

Elle arrêtait au passage un homme en smoking, un mulâtre au sourire agressif.

— Hello, Bobby... Le patron n'est pas ici ?

Il lui désigna une petite porte.

— Tout seul ?

— Il est occupé, mais il n'en a pas pour longtemps...

— Merci... Donne-moi du feu...

Il lui tendait avec nonchalance un magnifique briquet en or. Elle expliqua à Gérard :

— Il est dans le jardin... car il y a un jardin, ici... On ne s'y attendrait pas, n'est-ce pas ?... C'est un drôle de bonhomme, tu verras... Tu danses ?

Il dansa et ce fut encore une déception. Il se croyait bon danseur. Dès les premiers pas, il sentit que sa partenaire le modérait puisque, peu à peu, sans en avoir l'air, c'était elle qui conduisait.

— Doucement... Comme ça... tu comprends...

Et, le voyant se renfrogner :

— Tu es fâché ?

— Non...

— Il faut glisser... Seulement glisser... Pas sauter...

Ainsi, toujours, les choses lui devenaient hostiles. Est-ce qu'il ne savait donc rien faire comme les autres ? Ils revenaient à leur place.

— Tu danseras très bien... Si... Je t'apprendrai...

Comme elle avait dû lui apprendre à embrasser et même à faire l'amour. Comme elle lui avait appris à nouer sa cravate et à laisser négligemment un bout de pochette sortir de sa poche.

— Tu es un drôle de garçon... Voilà que tu es fâché...

— Mais non...

D'ailleurs, il aurait pu lui répondre qu'elle n'était pas elle-même tellement à sa place ici. Sans s'y connaître beaucoup, il faisait la différence entre la plupart des femmes qui se trouvaient au *Florida* et Pilar. Cette différence, l'aurait-il découverte si elle ne lui avait avoué que quelques mois plus tôt elle était femme de chambre chez un diplomate espagnol qui habitait l'avenue Hoche ?

— Surtout, ne te laisse pas intimider par M. Duhour... Il a l'air froid... C'est un genre qu'il se donne de prendre un air glacé pour impressionner les gens... Au fond...

Il l'interrompit, agressif.

— Tu as couché avec lui ?

Elle haussa les épaules, regarda autour d'elle comme pour faire l'inventaire des femmes présentes.

— Je parie, dit-elle, qu'il n'y en a pas trois ici, même parmi les femmes du monde, qui n'y aient pas passé...

Un jeune homme vint inviter Pilar à danser et c'était une danse étrange, les partenaires n'étaient entraînés par nulle griserie — et n'est-ce pas cela la danse ? — mais au contraire paraissaient résister, remuaient à peine, par petits coups, graves et souriants tout ensemble, d'un sourire contenu, comme s'ils se livraient à un rite mystérieux, savouraient savamment des voluptés secrètes.

Il était bien, dans son fauteuil, et pourtant il pensa par deux fois à s'en aller.

Quelqu'un était sorti par la petite porte. Quand Pilar revint, ce fut pour lui annoncer :

— Il doit être seul... Viens... Pourquoi fais-tu cette tête-là ?...

On aurait dit un homme environné d'ennemis, qui s'apprêtait à se défendre seul contre tous ! La porte franchie, on retrouvait le soleil, un jardin clos de hauts murs, avec un seul arbre au centre, un gros marronnier qui commençait à fleurir. Sous cet arbre, il y avait une table verte, deux verres et une bouteille. Un homme de cinquante-cinq à soixante ans, vêtu de noir, le visage très blanc, était assis, fumant un cigare.

Il les regardait venir, sans s'étonner. Son regard détaillait Gérard des pieds à la tête et, quand celui-ci se trouva devant lui, il eut l'impression de n'avoir plus rien de caché.

— Bonjour, monsieur Duhour... Je ne vous dérange pas ?...

— Bonjour, mon petit...

— Je me suis permis de vous amener un bon ami à moi, Gérard Auvinet...

Elle aussi savait qu'il avait compris, qu'il avait tout compris. Il ne s'était pas levé. Il s'était contenté de garder un instant la main de la jeune fille dans la sienne et de la caresser. Puis il désignait deux chaises de fer.

— Asseyez-vous, jeune homme...

Il était habillé aussi sévèrement qu'un homme de loi, sans goût, sans recherche, et son faux col était sale, sa cravate montée sur un appareil de celluloïd.

— Mon ami est pour le moment secrétaire de Jean Sabin.

Si le visage non coloré était froid, rigide, il y avait de la malice dans les yeux gris.

— Ah ! Vous êtes dans cette boîte...

Et il ajouta avec presque un clignement d'yeux :

— Des malins, hein !... Seulement, ils ne paient pas... Qu'est-ce qu'ils vous donnent ?

Ainsi, il n'avait pas cru que Gérard était le secrétaire du romancier. Il savait. Il connaissait la Ligue. Ce n'était pas la peine de lui mentir.

— Huit cents francs...

Les yeux riaient, admiraient presque. Ils s'arrêtaient un instant sur la main gauche du jeune homme.

— Et vous êtes marié... Quel âge ?

— Vingt ans...

Duhour lançait un coup d'œil complice à Pilar, comme si tous deux étaient capables de se comprendre.

— Depuis combien de mois à Paris ?

Il avait dit *de mois*... Est-ce que Gérard n'aurait pas pu y être depuis des années ?

— Un peu plus de quatre mois...

— De quel département ?

— Poitiers...

— J'ai bien connu, là-bas, un certain Bonte, qui tient un cabinet de contentieux...

Le cabinet Bonte ! Le même où M. Coutant, le témoin de sa femme à son mariage, était fondé de pouvoir !

— Une canaille !

Et le mot, dans ses lèvres sans couleur, devenait admiratif.

— En somme, vous cherchez à faire quelque chose, n'importe quoi ?

Ce fut Pilar qui répondit :

— Il n'est pas fait pour rester à la Ligue où on l'exploite. Il est intelligent, instruit...

— Quelle école ?

Et devant lui Gérard était incapable de mentir. Il commença :

— Le lycée...

Puis, malgré lui :

— Jusqu'en troisième... Quand mon père est mort...

Mais oui ! L'autre avait déjà compris. Il avait même fixé un moment les chaussettes d'Auvinet, ces chaussettes qu'il avait achetées la veille sur les Grands Boulevards et dont il avait dit à sa femme :

— Avoue qu'on jurerait que c'est de la soie... Elles ne coûtent que six francs cinquante, mais cela ne se voit pas...

Il faut croire que cela se voyait comme le reste, car M. Duhour avait compris.

— C'est moi qui l'ai forcé à venir, monsieur Duhour... Je lui ai dit qu'outre le *Florida* vous avez des tas d'autres affaires, un cercle, des casinos en Normandie et dans le Midi...

Il la calmait de la main, comme pour modérer ses espoirs.

— Combien de langues ?

— J'ai appris l'anglais...

— Mais vous ne le parlez pas ! Et vous avez une femme qui tiendra à vous suivre partout...

— Pas nécessairement.

— Que voulez-vous dire ?

Et cette fois encore, il regardait Pilar. Il semblait lui faire remarquer :

— Le voilà déjà qui débarque sa femme...

Tant pis ! Il la débarquait sans la débarquer. Il avait tellement envie de quitter la Ligue et de s'essayer dans un autre milieu qu'il bredouillait lâchement :

— Ma femme et moi sommes plutôt des amis... Elle comprend fort bien que j'ai ma carrière à faire...

Et l'autre, doucement, avec une douceur sardonique :

— En somme, elle accepterait de retourner chez ses parents ?

— Peut-être pas chez ses parents...

Il improvisait. Il ne s'était pas préparé à toutes ces questions.

— Elle attend un bébé... Elle n'est pas bien portante... Je pourrais l'installer à la campagne.

Il y était décidé s'il le fallait. Il était décidé à tout.

— Il sait danser ? demandait l'homme à Pilar.

Et celle-ci :

— Il saura.

— Écoutez, mes enfants, je ne veux rien vous dire comme ça, de but en blanc... Il faudra revenir me voir... Pas trop vite... C'est surtout l'été que j'ai besoin de personnel, pour les casinos... S'il était barman ou maître d'hôtel, ce serait facile...

Une nouvelle question en le regardant en face :

— Vous jouez au poker ?

— Je... oui... un peu...

— Bon. Vous ne jouez pas au poker...

Il se levait, rallumait son cigare éteint.

— Ne vous dépêchez quand même pas trop de quitter la Ligue... Ces gens-là ont des relations... Je connais un petit qui était chez eux et qui est parvenu à se faufiler chez un conseiller municipal... Un garçon qui sait ce qu'il veut et qui ira loin...

Il les quittait. Ainsi, il connaissait Bigois, il était au courant, peut-être savait-il que Bigois avait pris de l'argent dans la caisse !

Ils rentrèrent dans le dancing où ils finirent leur verre.

— Il ne faut pas te décourager. Je suis sûre qu'il s'occupera de toi... Il est toujours comme ça... Il le fait exprès de décourager les gens...

Il ne protestait pas, mais il était amer. Le regard de M. Duhour était presque aussi décourageant que celui du commandant. On aurait dit que, l'un comme l'autre, le connaissaient mieux que lui-même.

— Encore un, semblaient-ils dire.

Un du même genre, de la même sorte, un jeune homme, un jeune homme sans argent, sans soutien, sans connaissance spéciale, venu à Paris avec l'idée de faire fortune.

Il finissait par croire que c'étaient ses vingt ans qu'on lui reprochait et il en avait honte. Oui, il haïssait sa propre jeunesse qui ne lui servait à rien qu'à l'humilier à chaque instant.

— Paie...

Ah ! oui, avec les cent francs qu'elle lui avait glissés dans la poche ! Il paya, la suivit dehors. Il ne faisait pas encore noir.

— Tu rentres chez toi ?

— Il faut que je soigne ma femme...

— Tu n'as pas l'air content... Je t'assure qu'il s'occupera de toi.

— Mais oui...

— Souris...

— Voilà...

— Bise...

Elle lui montrait un point de sa joue et il y posa les lèvres.

— C'est toi qui fais la cuisine à ta femme ?

Elle sentit qu'il valait mieux ne pas insister, le laisser tranquille. Une câlinerie encore et elle disparut de sa démarche vive et joyeuse, après lui avoir lancé :

— Demain ! Promis !... Sinon je vais te chercher chez ta femme...

Chez le crémier il acheta de la purée de pommes de terre, des légumes cuits puis, chez le charcutier, un petit morceau de jambon blanc. Il gravit lourdement les degrés de l'hôtel.

— Déjà !

Elle tricotait toujours, paisible, dans la pénombre.

— Tu as fini la tournée ?

— Oui...

Il alluma la lampe à alcool, réchauffa les aliments puis, le dîner fini, lava les deux assiettes et les deux couverts dans la toilette. Il mit de l'ordre, hésita à sortir et finalement se coucha à neuf heures du soir, sans avoir sommeil.

Ce fut une mauvaise nuit. Longtemps il resta entre la veille et le sommeil, avec des pensées qui s'exagéraient et prenaient des formes malsaines.

D'abord, ce furent les chaussettes que M. Duhour avait fixées avec une sorte de pitié. Cela lui rappelait le petit discours que Vannier lui avait tenu dans son bureau. Lui aussi l'avait examiné de la tête aux pieds d'un œil critique et lui avait parlé de la nécessité d'un bon tailleur.

Pilar lui avait appris à nouer sa cravate. Tout à l'heure elle avait essayé de lui apprendre à danser.

A quoi était-il bon, en somme ? Il ne savait rien, pas même l'anglais ! C'était cela qu'ils lui disaient tous, sans les mots, mais avec des yeux éloquents :

— C'est très gentil de vouloir parvenir... Mais à quoi ?...

Il n'était bon à rien. C'était sa mère qui avait raison quand elle lui répétait :

— Tu ferais mieux d'entrer aux chemins de fer, ou dans une administration... On est tranquille pour toute sa vie...

Qu'est-ce qui l'en avait empêché, au fond ? Peut-être n'était-ce pas tant l'ambition ? Était-il vraiment ambitieux ? C'était plutôt la peur. La peur de quoi ?

Les dimanches, par exemple. Il revoyait les dimanches dans son quartier ou en ville, les rues plus vides, avec des silhouettes comme sans ombre qui allaient Dieu sait où. Et des employés raides dans leur bon costume, avec leur femme endimanchée, qui marchaient en poussant une voiture de bébé, ou traînaient des enfants par la main.

Pourquoi cela l'angoissait-il au point de lui donner envie de crier ? Et les soirs bleutés dans les rues vides, les lumières des boutiques de quartier, les hommes qui s'en revenaient chez eux, tiraient une clef de leur poche, l'introduisaient gravement dans la serrure...

C'était par peur qu'une première fois il s'était enfui en s'engageant dans l'armée.

Il avait chaud. Sa femme faisait toujours de la température et le lit dans lequel elle était restée toute la journée était moite. Il se collait au mur, s'efforçait de s'endormir et des pensées pénibles lui venaient en foule.

Ainsi les chevaux. Il avait peur des chevaux. C'était lui, par bravade, par orgueil, qui avait choisi la cavalerie. Et tout de suite, à l'écurie, au manège, il avait eu peur des chevaux, au point d'en avoir la fièvre le soir dans son lit.

C'était trop fort pour lui. Il avait envie, au manège, de se jeter à bas de son cheval. Et il l'avait fait. Il était allé à la visite du major. Il s'était plaint d'une ancienne fracture à la jambe et avait prétendu qu'elle le faisait encore souffrir.

Exempt de cheval, il faisait les corvées, honteusement, et il avait remué ciel et terre, pendant deux mois, les deux plus horribles mois de sa vie, pour obtenir d'être affecté au bureau.

Il n'était déjà pas un soldat comme les autres. Il n'avait jamais été, il ne serait jamais rien comme les autres. Il avait honte de son uniforme qui ne lui allait pas. Combien de fois avait-il changé de tunique avec des compagnons de chambrée, offrant de l'argent, tombant de mal en pis, finissant par un costume tellement serré qu'il avait l'air d'une danseuse en travesti.

Cela lui arrivait souvent, le soir en s'endormant, d'avoir honte de lui. Honte des petites sommes, des deux francs, des un franc cinquante, qu'il chipait quotidiennement à la petite caisse de la Ligue. Honte des lettres qu'il écrivait à sa mère et des promesses qu'il lui répétait, de ses mensonges, honte de la savoir malheureuse là-bas et de ne rien faire pour elle.

Il aurait tant voulu s'admirer ! Tous ses élans étaient bons, étaient beaux. Est-ce qu'il avait hésité un instant à épouser Linette ? Est-ce qu'il ne l'aimait pas ? Est-ce qu'il ne la soignait pas de son mieux, au point qu'il ne dormait presque plus ?

A en croire les gens, il n'y a rien de plus beau que la jeunesse et, quand vous êtes jeune, tout le monde semble vous le reprocher, ou bien on vous sourit avec condescendance.

Ce n'était pas sa faute s'il trichait. On l'obligeait à le faire. L'argent ! Toujours l'argent ! Ce mot odieux sur lequel il butait depuis son enfance. Au collège aussi, quand ses camarades...

Il revoyait le *Florida*, ces jeunes gens à peine plus âgés que lui qui étaient bien habillés, qui buvaient des cocktails au bar, tutoyaient les femmes, tiraient de leur poche des étuis à cigarettes en argent ou en or...

Il s'endormait, une moue malheureuse aux lèvres, des larmes au bout des cils. Il aurait fallu quelqu'un pour le bercer, pour lui chuchoter des paroles encourageantes, et surtout pour écarter de lui toutes ces choses mauvaises, mais cela n'existe pas, on est tout seul...

Même Pilar... Il n'avait pas voulu la revoir, au début, parce qu'il en avait peur aussi. Il en avait encore peur. Dieu sait où elle l'entraînait ? Et quelles complications quand Linette pourrait sortir !...

Il dormit, s'éveilla vers trois heures du matin et en profita pour donner la potion à sa femme.

— Mon pauvre Gérard, quelle vie je te fais mener...

— Mais non... C'est naturel...

Il avait les pieds nus sur le parquet froid, se recouchait, se rendormait remâchant une idée que lui avait donnée Mlle Berthe.

Elle était tranquille, elle, contente de vivre, contente de tout. Elle allait dans la vie, propre et quiète, méticuleuse, indulgente, souriante. Chaque soir, elle allait rejoindre sa vieille mère qui tenait une herboristerie rue de Picpus et il l'imaginait dans le fade parfum des herbes sèches.

Pourquoi ne s'adresserait-il pas chez Dufayel ?

Il retrouva cette pensée à son réveil. Il alluma, commença à faire chauffer de l'eau, se rasa, vaqua aux besognes déjà machinales du ménage. Du fond de l'oreiller, sa femme le surveillait, lui rappelait des détails oubliés.

— Quand pourrons-nous vivre enfin chez nous, dans du propre ?

Elle avait la hantise de la saleté, ou seulement du douteux. Le lit où tant d'inconnus avaient couché la dégoûtait, et ces tentures sombres, ces tapis avec des taches, ce fauteuil où des filles nues, des vieillards avaient dû s'asseoir et faire l'amour.

L'avenir, c'était pour elle un appartement ou une petite maison bien en ordre, avec de jolis meubles, des meubles neufs, plus tard avec une bonne, du linge immaculé et des vêtements confortables, un manteau de drap avec col de fourrure, de longues stations chez la modiste... Des amis à qui on offrirait le thé dans un joli service...

Est-ce qu'elle ne pouvait pas comprendre que cela aussi lui faisait peur ? Il n'aurait pas pu s'expliquer. Il imaginait une vie, un décor. Voilà. Une maison, ou une rue, ou un bureau. Et tout à coup, cela se figeait. Ce n'était plus que comme un instantané photographique où choses et gens gardent éternellement la pose. Il était pris à jamais dans une prison invisible et l'angoisse montait dans sa gorge, il avait envie de se débattre, de s'enfuir en criant, en détresse :

— Non !... Non !...

— N'oublie pas d'acheter de l'alcool à brûler... Il n'y en a presque plus dans la bouteille...

Il descendait faire le marché. Les rues étaient à peu près désertes. Les voitures vertes du nettoyage de la voirie passaient lentement en dessinant des bandes fraîches et luisantes sur l'asphalte.

Combien pouvait-il demander ? Deux mille francs ? Il valait mieux demander plus que moins. Le plus ennuyeux était de s'adresser une fois encore au commandant, mais cette fois-ci ce n'était pas pour de l'argent. C'était pour une simple signature.

Il rangea les médicaments, l'eau, le réchaud, tout ce qu'il fallait sur la table de nuit.

— Quelle température ?

— 37 ° 8...

— Si le docteur vient en mon absence, il y a une serviette propre sur le dossier de la chaise...

Cela prit huit jours. C'était beaucoup plus compliqué qu'il ne l'avait pensé tout d'abord. Il obtint du temps libre, sous prétexte de soins à donner à sa femme, et se précipita en métro chez Dufayel, au coin du boulevard Barbès. Tout en haut, il y avait une infinité de bureaux grillagés devant lesquels des gens faisaient la queue et là il reconnut son espèce, des gens comme lui, des costumes étriqués ou usés, des regards furtifs avec de soudaines impatiences.

On lui donna une fiche à remplir. Son âge. Sa profession. Marié ? Des enfants ? Le nom et l'adresse de ses parents. Combien il gagnait ? Était-il en meublé ou non ? Quelle somme voulait-il ? Envisageait-il de l'employer en achats dans les magasins Dufayel ou dans d'autres magasins dont une liste était affichée ? Quelle somme comptait-il rembourser mensuellement ou chaque semaine ? Quels étaient ses répondants ?

Il écrivit le nom de Jean Sabin et celui du commandant.

Très bien. Il fallait maintenant leur signature. Il fallait aussi verser un tiers de la somme et enfin quelques jours étaient nécessaires pour l'enquête.

Il fallait tout abandonner. L'idée de l'enquête qu'on allait faire sur lui l'effrayait.

Il grimpa pourtant chez le commandant, en fin de journée, alors que les paupières étaient lourdes, le regard vague.

— Je vous demande pardon, mon commandant...

Il demandait toujours pardon. C'était sa mère qui le lui avait appris. A demander pardon et à s'effacer. Il fallait être un garçon bien élevé.

— Vous savez que nous allons bientôt avoir un enfant... Nous avons pensé, ma femme et moi, qu'il était nécessaire de trouver un logement, d'être chez nous... Sans compter que cela nous coûterait moins cher...

L'autre semblait dire :

— Mais oui... Mais oui... Je sais...

Et il expliquait, expliquait, impatient comme un homme qui court très vite parce qu'il a peur de tomber s'il s'arrêtait soudain.

— Je me suis adressé à Dufayel afin de pouvoir acheter les objets de première nécessité. Ils m'ont demandé des références...

L'autre tendait la main, prêt à signer. A quoi bon tant parler ? On avait déjà dû lui demander la même chose. Peut-être Bigois ? A cette idée, il rougit :

— Je vous jure que je paierai scrupuleusement les mensualités. D'ailleurs, vous avez toujours la garantie de mon traitement...

Il oubliait qu'il avait déjà reçu deux mois d'avance.

— Je me suis permis d'inscrire à tout hasard le nom de M. Jean Sabin...

— Laissez-moi ça...

Et le lendemain, le commandant avait laissé tomber la feuille, avec les deux signatures, sur son bureau, en passant près de lui. Ce n'était sans doute pas méprisant. Et pourtant Gérard avait rougi, il avait été tenté de ne pas se servir de ce papier.

D'autant plus qu'il lui manquait le tiers à verser. Et qu'il fallait en parler à Linette. Encore tricher, mentir. Tous les jours ! Pour ainsi dire à toutes les minutes.

Il pensa un instant à s'adresser à Pilar, mais il eut honte de cette faiblesse.

— Écoute, Linette...

Elle savait que, quand il commençait ainsi, il y avait du trouble dans l'air et elle se méfiait. Elle avait la même sorte de méfiance que sa mère.

— Le type que j'ai rencontré un soir, tu sais.

Le soir où il avait fait la connaissance de Pilar et où il était rentré à une heure du matin, il avait raconté qu'il avait parlé, dans le petit café de l'avenue des Ternes, à un type très à la page, un type qui pourrait... qui...

— Je l'ai revu... Il veut me présenter à quelqu'un d'important...

Un ancien notaire ou un ancien avoué, je ne sais plus, qui est propriétaire de plusieurs casinos... Tu comprends ?

Encore un mot qui trahissait son malaise. Seulement, sa femme savait que si elle avait le malheur de le contrarier ce serait la scène, les larmes, la crise de nerfs, les coups de poing dans le mur et qu'à la fin elle serait obligée de le consoler.

— Seulement je ne veux pas aller le voir vêtu comme je le suis. J'ai pu me rendre compte que c'est Vannier qui a raison... Tu te souviens ?... Le costume d'abord... A Paris, c'est ce qui...

Il n'osait pas en arriver à la chose qu'il avait imaginée. Pour son mariage, les parents de Linette lui avaient commandé un manteau d'hiver chez un tailleur de la ville. Un manteau confortable, de belle qualité, un de ces manteaux qui durent des années et auxquels on ajoute au besoin une garniture de fourrure.

— Nous voici au printemps... L'année prochaine, j'aurai réussi... Je suppose que tu as toujours confiance... ?

Et voilà, il obtint ce qu'il voulait.

— Si tu crois...

— Je suis sûr, vois-tu... Je suis si sûr que je vais réussir...

Et il était sincère. Qu'il ait un complet, un vrai, comme ceux que portaient les jeunes gens du *Florida*, et toute sa vie en serait transformée.

Il mit le manteau dans une valise, courut dans une petite rue, derrière le Crédit Municipal. Il obtint trois cents francs. Il n'en manquait plus que cent. Et Linette avait un bracelet-montre dont elle ne se servait pas.

Deux fois il retourna chez Dufayel et la troisième fois il avait les deux bons de mille francs dans sa poche, dans l'autre la liste des magasins où, avec ces bons, il pouvait s'adresser.

Le lendemain enfin, vers midi, il sortait d'une grande maison de confection des boulevards, vêtu d'un complet comme il en rêvait depuis si longtemps, large et carré d'épaules, cintré à la taille. Il lui restait à acheter des chaussettes, des souliers, un chapeau assorti au costume. Une demi-heure lui suffit et il faillit sauter dans un taxi tant il se sentait transformé. Il entra chez un traiteur, acheta des choses chères, des petits médaillons de foie gras, du saumon fumé, une salade à la mayonnaise.

Son regard épiait les gens qui venaient à sa rencontre, quêtant malgré lui un sourire d'admiration.

Dans l'escalier de l'hôtel seulement son pas se ralentit, il se sentit gêné, anxieux, il força sa voix pour lancer en ouvrant la porte, et en brandissant ses petits paquets :

— Devine ce que je t'ai apporté ?

Et, les larmes prêtes à jaillir, il se retenait d'ajouter :

— Je ne suis qu'un gosse, tu vois !... Est-ce ma faute si on veut me donner des responsabilités d'homme !...

6

C'était le moment le plus dangereux pour lui, il s'en rendait compte, ils auraient dû tous le savoir, sa femme et ceux de la Ligue, et ce M. Duhour au regard si pesant. Or, on aurait dit qu'ils s'étaient donné le mot. Personne ne faisait mine de le retenir. Un printemps d'une douceur qu'il n'avait pas encore connue se faisait leur complice.

A la Ligue, cela avait atteint un point gênant. Qu'est-ce qu'il venait y faire, en somme, sinon toucher — toujours d'avance, évidemment — son argent ? La femme de ménage allumait encore du feu le matin, par habitude, parce que personne ne s'était avisé de lui dire de ne plus le faire. Mais dès qu'on arrivait on ouvrait les fenêtres. Et rien que cela changeait du tout au tout l'atmosphère du bureau.

Du coup, on respirait le même air pétillant que rue Daru, que place des Ternes, qu'avenue Hoche, que dans ces grands immeubles où on voyait les domestiques brosser les vêtements.

Drouin, maintenant, portait un canotier, Mlle Berthe un chapeau de paille rouge sombre.

— Votre femme ? lui demandait-on.

— Elle va toujours beaucoup mieux, merci !...

C'était vrai. Elle ne souffrait plus. Seule sa température l'obligeait à garder la chambre.

Il aurait cru que cela impatienterait Linette mais il n'en était rien. Au contraire. Il lui avait acheté une robe de chambre ouatinée avec le reste des deux mille francs. C'était une sorte de satin bon marché, d'un bleu pâle qui n'était pas très joli. Mais c'était ouatiné et c'était ce qui comptait. Elle portait cette robe de chambre du matin au soir, avec des mules garnies de plumes et, assise près de la fenêtre, elle pouvait tricoter sans ennui pendant des heures et des heures.

Jadis elle lui demandait compte de son temps, de son argent, de son argent surtout, effrayée qu'elle était par sa propension à le dépenser. Elle n'y pensait plus. Peut-être lui était-elle reconnaissante de l'avoir soignée, le plaignait-elle des soucis qu'elle lui donnait ? Ou plutôt, comme il le soupçonnait, était-ce son tempérament qui reprenait le dessus et qui se révélait.

Elle était heureuse entre quatre murs. Elle avait été heureuse dans son lit. De temps en temps, le soir, elle prononçait une petite phrase révélatrice de ses préoccupations.

Par exemple, pour le manteau. Six ou sept jours après qu'il eut revendu son manteau, elle lui dit soudain :

— J'ai pensé à quelque chose... Si tes affaires réussissent aussi bien que tu l'espères... En somme, ce ne serait pas beaucoup plus coûteux, l'hiver prochain, de m'acheter un manteau de fourrure... Du petit-gris, par exemple... Cela dure des années, pour ainsi dire toute la vie...

Quand elle s'occupait de lui, il se hérissait. Et maintenant qu'elle le laissait faire, il lui en voulait de cette mansuétude. Il leur en voulait à tous, au fond, de ne pas le retenir.

Elle disait encore :

— J'ai réfléchi à la question de l'appartement... Au fond, je crois que nous serions mieux dans une petite maison, en banlieue... D'abord, on est davantage chez soi... J'ai trouvé une façon de l'aménager...

En effet, elle avait tracé des plans sur un papier, avec la place des meubles.

A la Ligue, il n'avait rien à faire, il ne faisait littéralement rien. Il est vrai que les autres n'en faisaient pas beaucoup plus. Sans doute avec le printemps la Ligue s'était-elle mise en sommeil — ou bien était-ce la politique qui dormait ? — car on n'envoyait plus de circulaires aux adhérents, ni de communiqués aux journaux. Les visites étaient rares.

Drouin lisait des hebdomadaires, surtout des hebdomadaires galants, ou écrivait de longues lettres, d'une écriture moulée de maître d'école, à ses petites amies.

Un matin que Mlle Berthe était chez le commandant et que Mlle Lange était en retard parce qu'elle devait passer chez sa couturière, Jean Sabin avait sonné pour qu'on lui descende le courrier. Gérard avait pris les lettres, avait frappé à la porte, poussé l'huis, tandis que la voix emphatique du romancier prononçait :

— Entrez, ma petite jolie...

Jean Sabin, nu jusqu'à la ceinture, vêtu seulement d'un pantalon de pyjama rayé, était en train de se raser, dans le bureau, la fenêtre ouverte sur un jardinet. Il s'aperçut que ce n'était pas sa secrétaire.

— Entrez, mon ami... J'avais cru que c'était Lange...

Le divan transformé en lit n'était pas fait. Il régnait une forte odeur de savon et d'eau de Cologne.

— Votre femme ?

— Elle va bien, je vous remercie...

— Quel âge a maintenant l'enfant ?

— Il n'est pas encore né...

— C'est vrai... Je n'y étais pas... Eh bien ! continuez, mon ami...

Auvinet comprenait maintenant pourquoi Mlle Lange était toute pâle quand le grand patron recevait une femme dans son bureau, pourquoi aussi, certains jours, elle remontait avec les yeux rouges.

Deux fois, trois fois par jour, il sortait pour aller soigner sa femme, mais ce n'était plus qu'un prétexte, souvent il ne se donnait pas la peine d'aller jusqu'à la rue de l'Étoile. Il se contentait de regarder le soleil rue du Faubourg-Saint-Honoré et d'aller boire un verre place des Ternes.

Dès cinq heures, il prenait le courrier dans la boîte.

— Je vais à la poste... S'il y a trop de monde, je ne reviendrai peut-être pas ce soir...

Le commandant, qui dînait de plus en plus souvent en ville, ne revenait au bureau que passé trois heures et quelquefois il ne revenait pas du tout.

A quoi bon ? Ils vivaient de l'argent de tout le monde et de personne, de tous ces petits mandats, de ces billets qui glissaient des enveloppes que le commandant ouvrait le matin et rangeait en petits tas.

Et, bien qu'il y eût peu de courrier à expédier, c'était quatre ou cinq francs par jour que Gérard prenait dans la petite caisse, bien qu'il eût été incapable d'expliquer ses dépenses si on lui avait demandé des comptes précis.

Pilar l'attendait à cinq heures au coin de la place des Ternes et tout de suite ils se mirent en marche, bras dessus, bras dessous, vers le boulevard de Courcelles.

Au début, elle ne lui avait rien dit. Il lui arrivait d'être un peu soucieuse, il l'avait remarqué, mais il ne s'en était pas inquiété. La veille, seulement, comme ils sortaient du *Florida*, elle avait murmuré :

— Tu pourrais peut-être me rendre un service...

Ils étaient retournés trois fois au *Florida*. En principe, pour voir Duhour. Mais c'était devenu une excuse. Duhour ne s'occupait guère d'eux, se contentait de leur faire signe de loin puis, à un moment donné, de s'approcher de leur table.

— Ça va, mes enfants ?

Il avait certainement remarqué le changement survenu dans la tenue d'Auvinet, mais n'en avait rien dit.

— Je suis persuadé qu'il ne s'occupera pas de moi. Je dois lui déplaire, avait dit Gérard à Pilar.

— Mais non. On voit que tu ne le connais pas. Il est comme ça... Il faut qu'il s'habitue à toi... Il commence seulement à préparer sa saison d'été... Il a des cinémas à Lion-sur-Mer, à Riva-Bella, dans d'autres petites plages encore... Un jour, il s'apercevra qu'il a besoin de quelqu'un ici ou là... Il se souviendra de toi et le tour sera joué...

Il sentait que ce n'était pas vrai mais feignait de le croire. On aurait dit que tous jouaient le jeu, que tous évitaient les mots qui auraient obligé à voir les réalités.

— Écoute, mon petit Gérard... Voilà déjà deux semaines que je n'ai pas vu mon ami... Je ne t'en ai jamais parlé, mais tu as dû comprendre... J'ai téléphoné plusieurs fois chez lui et on m'a répondu qu'il était en voyage... Or, il n'est jamais parti en voyage sans me prévenir... Je sens bien qu'il y a quelque chose...

Maintenant qu'ils atteignaient les grilles du parc Monceau, elle lui expliquait :

— Tu essaieras de lui parler en personne... Tu n'as qu'à dire que c'est pour une question d'assurances... Peut-être qu'ils seront sur leurs gardes et qu'ils ne vous laisseront pas seuls... Mais, si vous êtes seuls tous les deux, tu lui parleras de moi, tu lui diras...

Il ne se révoltait pas. Il était humilié, plus humilié qu'il ne l'avait jamais été de sa vie, lui qui l'avait été si souvent, mais au lieu de se révolter il ricanait avec une gaieté qui cachait plus ou moins bien son amertume.

— Parfait ! J'ai compris...

— Ne crois pas que je fasse ça pour moi... En trois jours, sans seulement quitter le *Florida*, j'en aurais retrouvé un autre... C'est pour lui, le pauvre... Un brave type... Un homme qui a travaillé dur toute sa vie pour faire sa fortune... Il a huit enfants, tous mariés... Il est veuf... Il vit avec une de ses filles à qui il a donné au moins un million de dot... C'est elle qui le surveille, pour le compte de tous les autres... Figure-toi qu'on le fait suivre dans la rue... On lui donne son argent de poche... Il doit se cacher comme un collégien pour venir me voir...

Elle alla l'attendre sur un banc du parc Monceau pendant qu'il pénétrait dans un bel immeuble et demandait au concierge :

— M. Bienvenu, s'il vous plaît ?

— Au premier, mais je ne pense pas qu'il soit chez lui.

L'escalier était somptueux, un peu sombre, avec des vitraux qui ne laissaient passer qu'une lumière d'église. Il sonna. Un maître d'hôtel sévère, tout en noir, ouvrit la porte et le regarda sans mot dire.

— Je voudrais parler à M. Bienvenu. C'est pour une affaire importante, urgente...

— M. Bienvenu est absent... Si vous voulez parler à Mme Dorange, sa fille...

— C'est personnel... Pouvez-vous me dire quand M. Bienvenu rentrera ?

— Il n'est pas à Paris et il ne reviendra sans doute pas avant plusieurs mois. Monsieur est dans une de ses propriétés...

Et le larbin, tout comme M. Duhour, semblait photographier ses épaules trop carrées, sa cravate, sa pochette de soie rose.

— Pouvez-vous me donner son adresse ?

— Il vous suffit d'écrire ici et on fera suivre...

Pilar se leva dès son arrivée.

— Qu'est-ce que je t'avais dit... *Ils l'ont embarqué...*

Elle expliqua, volubile, indignée :

— Il le craignait depuis un certain temps... Il faut te dire qu'il n'est plus tout jeune... Ses filles ont une telle frousse qu'il dépense leur héritage qu'elles essayaient par tous les moyens de le tenir à la campagne... Ils possèdent un château en Normandie, près d'Étretat, une propriété au Cap d'Antibes... Il ne voulait y aller à aucun prix... Si je te disais que je l'ai vu pleurer en en parlant !... Pauvre vieux...

» Il avait été question de lui donner un conseil judiciaire... Et on insinuait des choses... On faisait semblant de croire qu'il n'avait pas toujours sa raison... Tu comprends ?... On appelait des médecins qu'on lui présentait sans lui avouer leur profession... Alors il parlait, parlait...

» — Je suis sûr, me disait-il, il n'y a pas un mois, qu'ils veulent me faire passer pour fou...

— Il ne l'est pas ?

— Pas plus que toi ou moi... Viens...

— Où allons-nous ?

— Je ne sais pas encore... Marchons...

Et elle eut l'air de parler toute seule.

— Il faut absolument que je paie la propriétaire, sinon elle me donnera congé... Il ne me reste pas cent francs dans mon sac et il est préférable de ne pas demander d'argent à Duhour... Parce que, si on touche à son argent... Je me demande...

Et soudain :

— Regarde si on ne nous suit pas ?

Ils descendaient le boulevard Malesherbes et Gérard ne vit derrière eux aucune silhouette inquiétante. D'ailleurs, il n'y croyait pas.

— Il vaut quand même mieux que ce soit toi... On ne sait jamais... Écoute, mon petit Gérard... Il lui est arrivé de me donner des bijoux, de petites choses... Je ne sais pas ce que cela vaut...

Elle se retourna deux ou trois fois avant d'ouvrir son sac d'où elle retira une bague ornée d'une émeraude.

Et elle eut l'air de parler toute seule.

— Peut-être est-ce du vrai, peut-être est-ce du toc ? Il faudrait aller chez un bijoutier... Il y en a rue Rambuteau, tout autour du Crédit Municipal, qui rachètent les bijoux...

— Donne ! dit-il bravement en glissant la bague dans sa poche.

— Attends... Il faut que je t'explique... On ne te la paiera pas comme ça... Ils n'en ont pas le droit... Ils te demanderont ton adresse et ils t'enverront un mandat ou ils viendront payer à domicile... Cela ne t'ennuie pas ?

Il faillit répondre :

— Au point où j'en suis...

— Si nous prenions un taxi ?...

Un taxi découvert, mais oui. Dans l'apothéose du soleil couchant.

— Si on te demande où tu as eu cette bague, qu'est-ce que tu répondras ?

— Que c'est un bijou de ma femme... Elle a bien le droit d'avoir des bijoux, n'est-ce pas ?

Elle insistait.

— Vrai ! Cela ne t'ennuie pas ?

Il comprenait qu'elle aurait voulu dire :

— Tu n'as pas un peu peur ?

Il avait peur, mais tant pis ! C'était leur faute à tous. Jusqu'à sa mère, que sa dernière lettre avait attendrie et qui lui demandait pardon de lui enlever sa confiance en lui. Elle promettait d'attendre, de ne pas chercher une place de servante, d'être moins méfiante à son égard.

Ils quittèrent le taxi au coin d'une rue et se glissèrent dans la foule qui emplissait les trottoirs étroits. Il était presque six heures. Il fallait faire vite, parce que les magasins allaient fermer. Ils s'arrêtaient aux vitrines, regardant à l'intérieur par-dessus les bijoux exposés.

Pilar était nerveuse. Sa main se crispait sur le bras de son compagnon. On eût dit qu'elle hésitait, qu'elle était prête à renoncer.

— Il y a quelqu'un... Allons plus loin...

Partout il y avait des clients. Ils revenaient sur leurs pas, épiaient le visage des commerçants.

— Qu'est-ce que tu penses de celui-ci ?

Un homme assez jeune, déjà obèse, qui reconduisait une cliente et les regardait.

— J'entre...

Il entra, tira tout de suite la bague de sa poche.

— Bonjour monsieur, je voudrais vous demander de bien vouloir me dire la valeur de cette bague...

Il était ému malgré tout. Il se voyait dans un miroir et se raidissait.

— C'est un bijou qu'une tante a donné à ma femme et qui, en ce moment, ne nous sert pas...

La phrase lui parut ridicule, mais il était trop tard. L'homme examinait l'émeraude, s'approchait de la porte pour la présenter à la lumière.

— Vous êtes disposé à la vendre ?

— Cela dépend évidemment de ce que vous en offrirez...

— Vous n'avez aucune idée de sa valeur ?...

— Étant donné que c'est un cadeau, n'est-ce pas...

Il savait qu'on n'était pas dupe. L'homme, malgré sa corpulence et ses joues roses, restait très froid, glacé même.

— Je me demandais si la pierre était authentique...

— C'est plus que probable...

— Et dans ce cas ?...

— Verriez-vous un inconvénient à me la laisser jusqu'à demain ? Il est difficile, à première vue...

— Vous n'avez pas une idée du prix approximatif ?...

— Sans doute, si mon examen est satisfaisant, pourrai-je vous en donner... voyons... douze mille ?...

Il le regardait fixement.

— Seulement, je tiens à vous prévenir que je ne pourrai pas vous verser cet argent ici... Les règlements de police nous l'interdisent...

Il le regardait plus fixement encore et Gérard rougit comme si on l'eût traité de voleur. Il se fit désinvolte, trop.

— Cela n'a aucune importance.

— Laissez-moi donc votre adresse... Demain ou après...

— C'est que... c'est urgent...

Ce n'était pas vrai. Pilar pouvait attendre vingt-quatre heures mais c'était lui, maintenant, qui était pressé d'en avoir fini.

L'homme parut sur le point de lui rendre l'objet et d'aller fermer ses volets, car il était six heures dix.

— Si vous pouviez, demain...

Il s'approcha enfin de son livre.

— Monsieur ?

— Auvinet... Gérard Auvinet... *Hôtel de l'Étoile*, rue de l'Étoile...

Et, très vite :

— Je ne suis chez moi le matin qu'avant neuf heures... Puis, de midi à une heure et demie... C'est inutile de monter... Vous n'avez qu'à m'appeler au bureau... Ma femme est malade et...

Une gaffe. Est-ce que le bijoutier ne l'avait pas vu dans la rue avec Pilar ?

Elle l'attendait à cinquante mètres et il lui en voulut d'être pâle, fébrile. Est-ce qu'elle tenait à lui faire peur ?

— Eh bien ?

— C'est fait... Ou presque... Douze mille... Il viendra me les porter à domicile...

Alors elle se montra très gaie, mais ce n'était pas tout à fait sa gaieté habituelle.

— On dîne tous les deux ?... Ta femme ne t'attend pas ?...

Il lui raconterait n'importe quoi, maintenant qu'elle croyait tout ce qu'il lui disait.

Ils gagnèrent les Grands Boulevards à pied, choisirent un assez bon restaurant. C'était un restaurant alsacien et ils eurent, sur la table, une bouteille à long col vert dans un seau à champagne.

— Je me doutais bien que c'était du vrai... disait Pilar. Il m'en a donné d'autres... Il était comme ça... Comme un gosse... Il sortait ces choses-là de sa poche, sans écrin... Il disait :

» — Prends, petite, prends...

» Et il paraissait tout heureux... Pauvre homme ! Je me demande si ses filles l'ont envoyé en Normandie ou dans le Midi... Il en avait tellement peur...

— Dis donc...

— J'écoute.

— Tu ne crois pas...

Elle avait déjà compris.

— Tu veux dire qu'il aurait chipé ces bijoux à ses filles ?... Remarque que c'était son droit, puisque c'était lui qui les leur avait donnés...

— Évidemment...

— J'y avais pensé aussi... Le fait qu'il n'y avait jamais d'écrin et qu'il sortait ça de ses poches comme des choses sans valeur... Si tu avais vu sa joie à me les donner...

Il éprouva le besoin de commander une seconde bouteille.

— Je vais te demander une chose, mon petit Gérard... Jure-moi d'abord de ne pas refuser...

Il feignit de ne pas savoir de quoi il s'agissait :

— Pourquoi veux-tu que je jure ?

— Parce que ?

Et elle se faisait câline. Il hésitait, pour la forme.

— Jure !

— Non...

— Alors, je m'en vais...

— Reste, voyons...

— Jure...

— On nous regarde...

— Jure...

— Eh bien ! je jure, là... Qu'est-ce que tu veux ?

— Ce qu'on doit t'apporter demain... Eh bien, c'est pour nous deux... Si ! J'y tiens... Sinon, je n'oserai plus m'adresser à toi... Il y en a d'autres, tu verras...

Il but beaucoup, ce soir-là. Heureusement qu'il avait un peu d'argent en poche. Il ne voulait pas rentrer chez lui. Il entraînait Pilar d'un établissement à l'autre, choisissant les plus éclairés, cherchant la musique et les rires.

Elle n'osait pas le contrarier, bien qu'elle commençât à deviner comment cela finirait.

— Il est minuit, mon chou...

— Et après ?

— Ta femme ?

— Cela lui est bien égal, à ma femme !...

Il avait sa mauvaise voix, son mauvais regard d'homme en révolte.

— Ah ! la la... Si tu savais comme cela lui est égal... Que je crève ou que... Non, pas que je crève, parce que je ne suis pas encore assuré... Parce qu'il faut que je m'assure sur la vie, tu comprends ?... C'est mon beau-père qui m'en a parlé... En attendant, elle est bien tranquille, ma femme, à dresser les plans de sa petite maison... Garçon !...

— Encore ?

— C'est toi, maintenant, qui vas m'empêcher de boire ? Ce serait comique, avoue-le... Ah ! ce que la vie est comique !... Tu ne t'imagines pas à quel point elle est comique, la vie !... Et toutes ces crapules qui nous regardent...

Il élevait la voix et elle craignait de voir éclater une dispute.

— Ce qu'il peut y avoir de crapules au monde... Jean Sabin, tiens !... Comment ?... Il enfle la voix, enfle sa grosse gueule à monocle, enfle sa poitrine de super-patriote... Un vrai, lui !... Ah ! pour être un patriote, n'est-ce pas ?... Et des déclarations et des cortèges, et des coups de canne sur le dos des gens qui ne sont pas aussi patriotes que lui...

— Plus bas...

— Parbleu !... S'il était là, devant moi, je le lui dirais, moi... Il couche à la Ligue... Il fait faire son travail à la Ligue... C'est la Ligue qui lui paie sa secrétaire et par-dessus le marché il couche avec... C'est l'argent de la Ligue qui...

— Allons ailleurs, veux-tu ?

— Tu as peur... Si ! si ! je vois que tu as peur... Je te suis, va... !

Dans la rue, il avait la démarche maladroite et il heurta un passant.

— Faites excuse, monsieur...

Un grand coup de chapeau solennel, puis un éclat de rire.

— Dis donc... C'est peut-être une crapule aussi, comme le commandant, comme Drouin... En voilà un que je déteste, tiens, Drouin !... Toujours propre, bien lavé, bien astiqué, et toujours la main sur le cœur... Ah ! oui, la main sur le cœur, sur un grand cœur... Parce que c'est un type au grand cœur, tu comprends ? et qui finira député... Et Bigois est une petite crapule aussi, mais une petite... Tu ne connais pas Bigois ?... C'est tordant... On l'a mis à la porte parce qu'il fauchait des enveloppes... Or, les enveloppes, c'est sacré, ça ! Il n'y a que le commandant et Sabin qui ont le droit de farfouiller dans les mandats... Quant à ton M. Duhour, celui-là...

Ils échouèrent dans leur petit café des Ternes où Gérard voulut absolument boire un dernier verre avant de rentrer chez lui. Il le renversa d'ailleurs, le geste vague, en réclama un autre et commença à pleurer.

— Remarque, si je commence à m'y connaître en crapules, c'est que j'en suis une aussi... Mais si ! Je te défends de me dire le contraire... Et d'ailleurs, tu le penses... La preuve c'est que tout à l'heure tu m'as proposé de partager... Alors, qu'est-ce que je suis, hein ?... Une pauvre petite crapule... Une toute petite... Demande à ton Duhour ce qu'il pense quand il me regarde avec ses yeux froids de poisson... Et quand je pense que, pendant ce temps, ma pauvre mère est là-bas toute seule... Tu ne connais pas ma mère, vois-tu... Tu n'as pas connu mon père...

— On te regarde, Gérard...

— Je m'en f... ! Garçon !... A boire... Parfaitement !

Il sortit en oubliant son chapeau sur la table et Pilar n'y pensa pas.

Il fut malade en rentrant. Linette fut obligée de se lever.

— T'en fais pas pour moi !... Je te dis de ne pas t'en faire... Tu sais bien qu'au fond nous nous valons... Pas vrai, dis, ma femme !...

Il répéta, hurlant presque, à en réveiller l'hôtel :

— Ma femme !... ma femme !... ma femme !...

Et après un grand éclat de rire douloureux, il s'endormit pesamment.

Il faut croire que son instinct veillait car, à certain moment, il eut conscience qu'il se passait quelque chose, il ouvrit les yeux, vit la chambre déjà dorée par le soleil du matin et une bonne de l'hôtel qui parlementait avec Linette par la porte entrebâillée.

— Faites-le monter... disait Linette.

Il se leva d'un bond, malgré sa tête douloureuse.

— Non ! Je descends...

La bonne ne savait à qui obéir.

— Allez lui dire que je descends...

Il enfila son pantalon, son veston, se rejeta les cheveux en arrière.

— Qui est-ce ? questionnait sa femme.

— Je t'expliquerai.

Dans l'escalier, il fut pris de panique et la gueule de bois accroissait son malaise au point que la tête lui tourna, qu'il se crut sur le point de s'évanouir.

Est-ce que le bijoutier n'était pas allé à la police ? Qui sait si les filles du vieux n'avaient pas porté plainte ? Il s'arrêta sur le dernier palier, les jambes tremblantes, puis, très blanc, très froid en apparence, il descendit les dernières marches.

— Il y a un monsieur qui vous attend au bureau...

Encore quelques pas, la porte à pousser. Ce n'était pas la police, c'était le commerçant de la veille qui portait un pardessus de demi-saison d'un vilain jaune. Sur le mur, un carillon Westminster, juste le même que dans la salle où avait eu lieu son dîner de noces, commençait à sonner neuf heures.

— Je suis venu vous donner la réponse...

Il s'efforça de sourire sans trop y parvenir.

— J'ai été un peu imprudent hier en vous parlant de douze mille... Tout ce que je puis faire, c'est vous en offrir dix... C'est pourquoi je vous ai rapporté l'objet...

Encore des complications. Il n'en voulait plus. Il fallait en finir tout de suite.

— Vous n'avez pas l'argent ?

— J'ai apporté l'argent aussi, bien entendu... Maintenant que je me suis assuré de votre identité, il n'y a aucun empêchement à ce que...

Un geste de lassitude.

— Donnez...

— Je vous ai préparé un reçu...

Il y avait une petite bouteille d'encre violette, une plume qui crachait. C'était juste en dessus des casiers de bois qui contenaient la correspondance. Il reconnaissait une lettre de sa belle-mère.

Il signa. On lui compta dix grands billets de mille francs et il les fourra dans la poche de son pantalon.

— A votre service... Si par hasard vous avez encore...

Est-ce que le gérant de l'hôtel, qui se rasait dans la pièce voisine dont la porte était ouverte, avait eu le temps de voir les billets ?

— Au revoir, monsieur.

Il prit la lettre de sa belle-mère, hésita, gagna le seuil et eut envie de boire quelque chose avant de remonter. Un vin blanc, par exemple, pour se nettoyer la bouche. Il était en pantoufles, sans faux col. Il gagna un petit bar, à vingt mètres de là et, au lieu de vin blanc, il prit en fin de compte un alcool.

— Qu'est-ce que c'était ? questionna Linette.

— Il y a une lettre de ta mère... Ah ! tu parles de cette visite ?... Le type qui s'occupe de moi... Tu sais, celui qui a des casinos... Il me fait dire d'aller le voir... Il paraît qu'il m'a trouvé une place, une place qui rapportera tout de suite...

Il ne pouvait pas encore lui montrer les billets. Il avait la tête terriblement vide.

— C'est avec lui que tu es sorti hier soir ?

— Évidemment. Avec qui serait-ce ?...

— Il t'a mis dans un bel état... Tu devrais lui avouer que tu ne supportes pas la boisson... Heureusement que je vais mieux, que d'ici quelques jours je pourrai sortir... Je pourrai m'occuper un peu de toi, mon pauvre grand...

Il dut se moucher. Ses paupières étaient brûlantes, ses narines sensibles. Il avait dû attraper un rhume de cerveau.

— Si tu veux, je ferai acheter le dîner par la bonne...

— Mais non... J'ai tout le temps.

Dans la rue, il se demanda s'il irait à la Ligue. Il se demanda même s'il y retournerait jamais. La maison de l'impasse Daru, soudain, lui faisait horreur, comme lui avait fait horreur, sans raison précise, la salle du banquet de noces.

Il irait d'abord porter l'argent à Pilar. Après...

Seulement, il avait reçu deux mois d'appointements d'avance. Il lui fallait rendre les comptes de la « petite caisse ». Qu'est-ce qu'il pourrait bien inventer ?

La ville était comme neuve dans le soleil, avec une petite charrette pleine de fleurs que poussaient une grosse femme et une gamine aux jambes nues.

Tous, autant qu'ils étaient, se donnaient le mot pour ne pas le retenir et faisaient semblant de le prendre pour un homme !

7

Des années et des années plus tard, il devait lui arriver de retrouver dans d'obscurs replis de sa mémoire des souvenirs d'une acuité douloureuse sur cette journée-là ; comme on retrouve dans les coutures d'un vêtement du sable de la plage où on a passé ses vacances.

Le bar, par exemple, ce bar où il avait l'habitude de prendre son café et ses croissants. Préoccupé, il y entra machinalement, regarda autour de lui, tout surpris, ne sachant pas dès le premier instant ce qui le déroutait.

C'est qu'il était plus de neuf heures, qu'il n'y avait personne autour du long fer à cheval en cuivre rouge, que le garçon, une serviette nouée autour du cou, astiquait le percolateur tandis qu'un autre, derrière lui, juché sur une échelle peinte en vert, lavait les vitres de la devanture. Pourquoi devait-il se rappeler cela avec tant de précision et retrouver, devenu homme mûr, cette sensation de flottement que nous éprouvons quand les choses, autour de nous, n'ont pas leur visage connu ?

Il voulut d'abord commander du café. Puis il pensa que ce n'était plus l'heure du petit déjeuner. Il avait déjà bu un verre d'alcool. Il n'avait qu'à continuer. Mais était-il assez sûr de son estomac ? Il hésita. Il envisageait la question comme un problème sérieux et en fin de compte il prononçait :

— Un demi...

Parce qu'il avait toujours la bouche pâteuse. Et il continuait à réfléchir. C'était assez curieux, cette réflexion continuelle, comme un grignotement de souris dans un coin de chambre, alors qu'il était emporté par une vague tellement plus forte.

Car, à la base de cette journée-là, il y avait sa décision de ne plus résister. A quel moment au juste l'avait-il prise ? Tout à l'heure, il y a quelques instants, en sortant de son hôtel, en descendant l'avenue de Wagram, peut-être en poussant la porte du bar ?

Il ne lutterait plus, c'était fini. Mais oui, certes, les gens souriraient s'il leur parlait ainsi. Lui seul savait, saurait jamais avec quelle farouche énergie il avait lutté.

Maintenant, il plongerait, il plongeait déjà. Il avait coupé les fils. Il irait n'importe où, où le flot le pousserait. C'était déjà un soulagement, surtout avec sa tête tellement vide.

Au fond, est-ce qu'il n'avait pas toujours senti qu'il serait un raté ? Est-ce que les autres jeunes gens, les autres enfants se penchent sur la rue comme il l'avait fait, encore écolier, avec une sorte de vertige ?

Oh ! il était lucide. Il n'avait sans doute jamais été aussi lucide de sa vie. Linette, par exemple. Ce n'était que grâce à la rue, au fond, qu'elle était devenue sa femme. Ce qui l'avait hanté, c'étaient ces couples tapis dans les encoignures, l'hiver surtout, quand on devine des mains froides se glissant sous les vêtements et cherchant de la peau moite.

Elle n'avait pas compris. Elle disait :

— Pas ici, voyons...

Mais ailleurs, dans une vraie chambre, dans un vrai lit, il n'en aurait pas eu tant envie. C'est dans la rue, un soir de petite pluie fine, que leur enfant avait été conçu.

Une fois, alors qu'il avait tout juste seize ans, il avait eu le pressentiment de ce qui l'attendait, il avait su, en tout cas, ce qui l'attirait. Il y avait une troupe théâtrale de passage, avec des petites danseuses, une danseuse, la deuxième à droite, plus pâle et plus mal portante que les autres, un vrai visage de misère, qui sentait l'enfance sans air et sans soleil.

Il lui avait envoyé des fleurs. Cela ne devait pas être l'habitude dans ces théâtres-là, car tout le monde en avait été surpris. Il était revenu à la représentation du soir et il avait pu se faufiler dans les coulisses.

— C'est vous qui m'avez envoyé un bouquet ?... Elles sont toutes jalouses... Elles se demandent...

Il faisait très sale, très froid dans les coulisses. Les costumes étaient plus que défraîchis. La troupe repartait le soir et il avait assisté à l'emballage du matériel dans de grands paniers d'osier, au sandwich que quelques-unes mangeaient en s'habillant. Sa petite danseuse accrochée à son bras, il les avait suivis, gagnant la gare, apprenant que le train avait du retard et n'était attendu qu'à deux heures du matin.

Les salles d'attente étaient fermées. Une seule lampe éclairait le quai qu'un courant d'air rendait glacial. Elle lui disait qu'elle gagnait vingt francs par jour, mais qu'il y avait les amendes, qu'en outre le dernier régisseur était parti avec la caisse.

Et pourtant il les avait enviés. Peut-être aussi parce qu'elle avait une mère qui faisait le trottoir à Paris, un père ivrogne qui était parti avec une autre et qui, croyait-elle, avait été en prison.

Il ne lutterait plus. Il avait eu le tort de le faire, d'essayer d'être un homme comme les autres, *un homme comme sa mère aurait voulu qu'il soit*... Est-ce qu'elle savait, sa pauvre femme de mère ? C'était une victime, elle aussi, qui s'en irait à la dérive Dieu sait où...

Il se sentait soulagé. Il restait debout un bon moment au bord du trottoir et, alors que tout était décidé, on eût dit qu'il prenait un plaisir malsain à s'hypnotiser sur de menus problèmes d'ordre pratique.

Voilà exactement la caractéristique de cette journée-là. Une vague, d'abord, une grande et impétueuse vague de fond qui le portait sans qu'il cherchât à remonter le courant.

En même temps, sans répit, de petites pensées grignotantes, des questions parfois stupides. Comme maintenant.

Est-ce qu'il passerait par la Ligue avant d'aller chez Pilar ou s'y rendrait-il après ? De la Ligue, il ne faisait plus partie, cela, c'était décidé une fois pour toutes. Mais il ne leur dirait pas tout de suite qu'il quittait sa place. A moins de profiter de ce qu'il avait l'argent en poche ? Deux mois à huit cents francs, plus ce qu'il devait sur la « petite caisse », cela lui faisait à peu près deux mille francs à rembourser. Ainsi, on n'aurait aucun reproche à lui adresser.

Cela lui faisait mal au cœur de donner autant d'argent. En outre, n'était-il pas indélicat de se servir du prix de la bague avant d'avoir donné sa part à Pilar ?

Il regardait une crémerie. Il pensait à du roquefort. Il se promettait d'en acheter tout à l'heure. Il prendrait de l'autre fromage pour Linette qui ne l'aimait pas, qui n'aimait rien de ce qui est fort.

Il irait à la Ligue. Faire acte de présence, donner une excuse quelconque, sinon ils seraient capables d'envoyer Mlle Berthe aux nouvelles. Mlle Berthe craignait un accouchement prématuré.

— Si vous saviez comme c'est fréquent, à Paris !

— Pourquoi à Paris ?

— A cause du métro, des escaliers, de la vie trépidante qu'on mène... Je vois cela autour de nous... Le nombre d'enfants qui naissent avant terme...

Ce serait une bonne affaire. Il lui semblait que cela arrangerait tout. Que l'enfant naisse demain, aujourd'hui, et il avait une bonne excuse vis-à-vis de la Ligue, vis-à-vis de tout le monde... Peu importe ce qu'il ferait. Il n'en savait rien... Ce qui comptait, c'est qu'il y aurait quelque chose de changé... Est-ce que le sort, pour une fois, n'allait pas être pour lui ?...

Chose curieuse, il eut l'intuition qu'il franchissait pour la dernière fois le seuil de l'impasse Daru. Il eut un sourire ironique en regardant la porte de Jean Sabin. Il monta.

— Le commandant est là-haut ? questionna-t-il sans enlever son chapeau, comme quelqu'un qui ne va pas s'attarder.

— Il assiste à un enterrement. Il ne viendra pas aujourd'hui.

Tant pis ! Tant mieux ! Il ne savait pas.

— Je voulais le prévenir que je ne viendrai pas pendant quelques jours...

— Votre femme ? questionna Mlle Berthe en se retournant.

Cela ne le fit pas rougir de mentir.

— Oui... Je crois qu'il y a du nouveau... Le docteur...

Et il s'en alla. Est-ce que ce ne serait pas merveilleux si les événements venaient confirmer son mensonge ? Cela se voit. Cela pouvait bien lui arriver, à lui.

Il pouvait aller chez Pilar. Il pouvait faire ce qu'il voulait. Il était libre. Il marchait comme on marche quand on ne va nulle part, les mains dans les poches, les paupières plissées à cause du soleil, et il s'arrêta — Dieu sait pourquoi ? — devant les affiches bariolées du cinéma.

Il monta chez Pilar, dut frapper plusieurs fois, dire son nom. Elle sortit du lit. Il comprit qu'elle venait, pieds nus, tirer le verrou, puis il la vit qui retournait en courant à son divan et se blottissait dans les draps.

— Il est tard ?

— Je ne sais pas...

— Il est venu ?

La chambre était très claire, très gaie. Les coussins de soie rouge du divan étaient par terre, avec du linge, des vêtements. Il tirait les billets de sa poche, les jetait sur les couvertures.

— Il n'a voulu donner que dix mille. Il a dit que c'était à prendre ou à laisser...

— Passe-moi mon sac...

Elle y glissait cinq billets, lui tendait les autres. Elle eut un mot maladroit.

— C'est toujours ça que ses filles n'auront pas !... Quand je pense à ces garces... Qu'est-ce que tu vas faire, à présent ?... Branche la bouilloire électrique, veux-tu ?... Tu n'as pas trop mal aux cheveux ?

Il n'avait pas remis les billets dans sa poche. Il ferait le geste tout à l'heure, quand elle ne le regarderait pas. Elle avait pris dans son sac un bâton de rouge dont elle se servait, puis une houppette à poudre, puis elle fouillait dans le fond du sac, y trouvait une clef minuscule...

— Passe-moi le coffret qui est sur la commode...

Elle l'ouvrait.

— Regarde... Si ces boucles d'oreilles-là sont authentiques aussi, elles vaudront autant et peut-être plus que la bague... Je ne les ai jamais portées... Tu me vois avec ça ?

C'étaient des bijoux démodés, comme on en trouve dans les familles.

— Il était content comme un enfant quand il pouvait m'apporter quelque chose... Il prenait un petit air mystérieux... Il me tendait sa main fermée... Il disait :

» — On dit merci à son papa ?...

Le mot porta. Il en ressentit un choc et détourna un instant la tête.

— Pour certaines choses volumineuses, c'était plus difficile, tu comprends... Ce coffret, par exemple... Et cette gravure qui est au-dessus du lit... On le surveillait de près... Qu'est-ce que tu as ?

— Rien...

Pourquoi lui parlait-elle ainsi, tout à coup ? Jusqu'alors elle s'était montrée discrète sur ce sujet, sauf la veille, quand elle l'avait mis au courant. Elle ne s'était jamais conduite comme une fille et voilà que dans ses attitudes, dans sa voix, il découvrait quelque chose qui le choquait terriblement.

On aurait dit que, désormais, elle considérait qu'elle pouvait se laisser aller avec lui.

Des bagues encore, un bracelet, un vieil étui à cigarettes en argent, très lourd, avec un monogramme et une date gravée à l'intérieur...

Et voilà que du fond de son sac elle sortait un petit portrait. Elle le lui tendait.

— Regarde...

Un pauvre vieil homme, de soixante-cinq ans au moins, aux paupières lourdes, aux lèvres affaissées, à l'air inquiet. Une de ces photos comme il y en avait chez lui dans l'album de famille.

— Tu ne trouves pas qu'il a l'air bon ?... Il avait toujours peur de me déranger... Il frappait à la porte, il demandait :

» — Est-ce que le papa peut entrer ?...

Alors, soudain, il se redressa.

— Tais-toi.

Et elle le regardait, surprise, mécontente.

— Qu'est-ce qui te prend !

— Rien...

Un peu de sa gaieté habituelle renaissait dans ses yeux, son visage se mettait à sourire.

— Tu n'es pas jaloux, dis ?

— Tais-toi, veux-tu ?

— C'est trop drôle !... Si je te disais de quoi il était encore capable, le pauvre vieux...

— Non !...

— Tu es comique, ce matin... Débranche la bouilloire, tiens, et verse l'eau sur la cafetière...

Mais il ne bougea pas.

— Tu fais la tête ?

Il ne faisait pas la tête. Il était pris de vertige. C'était plus fort que lui. Il lui semblait qu'il voyait Pilar avec des yeux nouveaux. Il la voyait sous un jour cru, impitoyable.

Et la panique, une fois de plus, s'emparait de lui.

— Il faut que je me lève.

Il la laissa faire, n'accordant aucune attention à sa nudité. Un mot lui revenait, de la veille :

— Canaille...

Il le prononçait en dedans, sans savoir à qui ce mot s'appliquait aujourd'hui.

— C'est parce que je t'ai parlé du vieux ?... Tu as tort de faire des manières parce que...

Elle crut tout arranger, et c'était la première fois qu'elle commettait avec lui une faute aussi grossière, en prenant les billets sur le lit et en les lui glissant dans la poche.

— Souris, grosse bête !... Avec toute cette camelote, nous en avons pour un bout de temps et, d'ici là...

Sans la regarder, il retira les billets de sa poche et les jeta sur le lit.

— Tu es devenu fou, oui ?... C'est la gueule de bois qui te rend si bête ?...

La tête lui tournait, lui tournait. Ses paupières étaient brûlantes et il se demandait s'il n'allait pas pleurer.

Elle parlait et son accent espagnol faisait encore ressortir la crudité des mots qu'elle prononçait.

Elle ne se gênait plus avec lui, il le comprenait. Elle avait fait son éducation et elle jugeait que maintenant celle-ci était terminée.

— C'est un peu tard, mon petit, pour te découvrir tant de délicatesse... Tu ne te figurais pas que je vivais de mes rentes, non ?...

Il cria, menaçant :

— Tais-toi...

Mais, au lieu de la faire taire, cela la fit parler davantage. Il l'avait blessée à vif.

— Non, je ne me tairai pas et je vais te dire ce que je pense... Au fond, tu es tout juste bon pour ton mal blanc de femme...

— Tais-toi... répéta-t-il, les poings serrés.

Elle parla encore. C'était horrible. Et il finit par la saisir par les poignets et par l'envoyer rouler sur le divan.

Il était lucide, malgré les apparences. Il avait eu le temps de prendre son parti. Il avait pleine conscience des conséquences de son acte.

C'était fini.

Fini avec la Ligue. Fini avec elle. Fini avec...

Il descendait l'escalier, le corps un peu raide, et, debout, en peignoir ouvert, sur le palier, elle lui criait encore des injures.

Désormais il était tout seul.

8

Il entra dans le tunnel sans se retourner, sans regret, sans angoisse, pourrait-on dire. Il ne savait pas ce qu'il y avait au bout. Il ne se le demandait plus. Mais il savait qu'à un moment donné il lui faudrait en sortir.

Jusque midi il marcha dans les rues, sans rien regarder, sans rien voir. Il aurait encore pu aller à la Ligue. C'était facile. Il n'y avait rien de cassé.

C'était trop tard, il le savait. Les fils étaient coupés. Il acheta du fromage, comme il l'avait décidé le matin. Il pensa au roquefort. En rentrant à l'hôtel, il demanda :

— Il n'est venu personne pour moi ?

Il ne posait jamais cette question. Qui serait venu ? Sa mère et ses beaux-parents n'étaient pas gens à voyager pour un oui ou pour un non et ils ne débarqueraient pas à Paris sans l'avertir.

Peut-être pensait-il à la police ? Il n'avait pas cessé d'y penser depuis la veille. Il envisageait avec calme cette éventualité.

N'importe quoi qui adviendrait, il était prêt à tout. Puisqu'il fallait, maintenant, qu'il se produise quelque chose, que cela soit le plus vite possible.

Il espérait un peu aussi qu'on lui répondrait :

— Il y a du nouveau là-haut... Votre femme...

Mais il n'y avait rien du tout. Sa femme avait fait le ménage, car elle était déjà plus forte. Le couvert était dressé sur le guéridon. Ce fut elle qui lui demanda :

— Tu n'es pas trop fatigué ?

Il dit que non. Il ne se sentait pas précisément fatigué. C'était autre chose, de beaucoup plus vaste, de plus profond.

Il mangea. Il partit à la même heure que les autres jours, comme pour aller à la Ligue. Il marcha encore, sans quitter le quartier.

Il était dans le tunnel, un tunnel qui n'était pas noir mais ruisselant de soleil printanier, avec des fleurs dans les rues, des voitures découvertes, des terrasses, des robes claires.

Avec le peu d'argent qu'il avait encore en poche, il pourrait tenir deux jours, trois jours, pas davantage. Il en devait à tout le monde. Il y avait des boutiques de comestibles devant lesquelles il n'osait pas passer.

Il ne se révoltait pas. Il pensait, tout seul dans la foule.

La plupart du temps, il était très loin.

Ce n'était pas douloureux du tout. C'était presque doux. Il se raccrochait, Dieu sait pourquoi, à son espoir. D'un moment à l'autre,

Linette pouvait accoucher. Est-ce que Mlle Berthe n'avait pas dit qu'à Paris...

Comment cela arrangerait-il les choses, il n'en savait rien, mais il était persuadé que cela les arrangerait. En tout cas, ce serait comme un signe.

Quel signe ? Cela ne s'explique pas. Un signe que lui adresserait le destin, si l'on veut, une sorte de réconciliation. Est-ce que la Bible ne dit pas que l'arc-en-ciel...

Il rentra pour dîner comme s'il eût été à la Ligue et il ne parla de rien. Il se coucha de bonne heure et dormit, car il n'avait pas assez dormi la nuit précédente.

Il retrouva son tunnel au réveil. Il descendit manger son croissant à son bar habituel. Il n'en mangea qu'un, par économie, alors que les premiers temps il lui arrivait d'en dévorer cinq ou six.

Les gens croyaient le connaître. Tous ! On s'était toujours figuré qu'on le connaissait, même ses professeurs, au collège, qui le regardaient d'un petit air entendu.

Sa mère aussi. De la même façon que Linette, la façon des femmes qui croient tout comprendre parce qu'elles découvrent du premier coup d'œil les faiblesses et les petites lâchetés des hommes.

Et le commandant... Celui-là avait procédé par analogie... Il en avait vu d'autres, des jeunes comme lui, des impatients comme lui, des tremblants et, parce qu'ils avaient agi comme ceci ou comme cela, il concluait que tous les autres devaient finir de la même manière...

C'était un moyen facile d'en sortir. Presque pas humiliant. Il n'avait qu'à aller à la Ligue, monter chez le commandant, lui avouer...

Il savait si bien comment il devrait s'y prendre ! Sa femme d'abord, bien entendu, le bébé qui allait naître d'un moment à l'autre... Bien souligner qu'il lui était impossible de s'adresser à la famille, que celle-ci, sous peine des plus graves conséquences, devait continuer à ignorer qu'ils avaient été amants avant leur mariage.

— Son père n'y survivrait pas... Si vous le connaissiez...

Il était capable de fort bien dire tout cela, de le dire sincèrement, puis d'avoir des larmes.

Et alors, le reste, qu'il n'était pas fait pour la vie de Paris, qu'il l'avait bien compris, que le commandant l'avait senti...

Qu'il avait besoin de garde-fous, de barrières...

Qu'il avait failli sombrer, que, par exemple, avec la « petite caisse »...

Parfaitement ! Le commandant en serait ravi. Il serait touché.

— Donnez-moi seulement le moyen de commencer une autre vie, une vie plus simple, moins prétentieuse, celle pour laquelle je suis fait... Que je trouve du travail, n'importe quoi, dans une petite ville de province, sauf à Poitiers, et je vous promets de vous rendre chaque mois...

Voilà. Il y avait ce moyen-là. Il y avait aussi M. Duhour.

— Si vous ne m'aidez pas, je me tire une balle dans la tête...

Il était capable de le faire, en tout cas, capable de l'envisager, quitte, au dernier moment... Duhour ne le croirait pas. Il était plus coriace que le commandant. Et puis, Pilar lui aurait sans doute parlé...

Vannier ?... Peut-être... Il finirait peut-être par aller voir Vannier. Il lui annoncerait :

— Je renonce...

Car c'était la vérité. C'était le mot. Il renonçait. Mais, cette fois-ci, ce n'était plus du découragement. Ce n'était même pas du désespoir, comme on aurait pu le croire.

Est-ce que jamais quelqu'un avait été capable de le comprendre ? Il marchait. Il s'asseyait sur des bancs. Il allait souvent avenue du Bois et il regardait vaguement passer les cavaliers et les voitures, il les regardait sans la moindre envie, sans leur accorder d'intérêt.

C'était en dehors, très loin, un univers sans aucun point de contact avec lui.

Linette pensait toujours à son manteau du prochain hiver. Elle se réjouissait de sortir pour aller voir les vitrines des fourreurs. Elle hésitait maintenant entre le petit-gris et le castor.

Peut-être ! Pourquoi pas, après tout ? Il lisait toutes les « petites annonces » des journaux du soir. Il ne se présentait pas. Il n'écrivait pas. Il attendait toujours le signe.

Il lui semblait qu'on lui devait ça. Il avait fait tout ce qu'il était humainement possible de faire. Au destin, à présent, de l'aider.

Il était prêt et c'était cela qui importait.

Prêt à obéir. A obéir à des principes auxquels il ne croyait pas mais à obéir, de bon cœur, sans révolte, sans amertume, parce que c'était nécessaire, parce qu'il était né pour ça.

Prêt à accomplir sa tâche, chaque jour, de son mieux, prêt, même, oui, à en tirer une certaine vanité, à rentrer le soir d'un pas léger, à tirer sa clef de sa poche et à l'introduire gaiement dans la serrure.

Prêt à bercer l'enfant, la nuit, à se laver les pieds dans une cuvette en attendant une salle de bains et à se promener le dimanche, dans son meilleur costume, en poussant la voiture et en regardant les passants endimanchés.

Avant cela, il y aurait sans doute des moments très difficiles à passer. L'argent ! Toujours l'argent ! Mais ces choses-là ne s'arrangent-elles pas fatalement ? Est-ce qu'on pouvait les laisser mourir de faim, en plein Paris, alors qu'ils allaient avoir un enfant ?

Du moment qu'il était décidé à faire tout le nécessaire !

Tout ! y compris, au besoin, s'il n'y avait plus d'autre espoir, à aller voir ses beaux-parents à Poitiers et à leur avouer la vérité. Son beau-père n'en mourrait pas. Ça, c'était une idée à Linette. Il y aurait des larmes, des reproches. Et puis après ?

— Je vous promets que par la suite...

Et le tunnel s'éclairait toujours davantage. Il souriait, en rentrant, à Linette, aux petits lainages roses qu'elle tricotait, à ses projets un peu naïfs. Il souriait en comptant les derniers sous qui payaient leur fromage du soir.

— Cela va toujours, à la Ligue ?

Ce n'était plus pour lui qu'il mentait, mais pour elle. Il disait oui, parlait d'autre chose.

Il rencontra Pilar, dans la rue, alors qu'elle se dirigeait vers le *Florida*. Ils étaient à une certaine distance l'un de l'autre. Elle le regardait, hésitante. Il comprit qu'il n'avait que quelques pas à faire, un mot à dire pour que cela recommence. Elle le regrettait, c'était certain. Il y avait une interrogation, presque une prière dans ses yeux, mais il se mit à marcher plus vite cependant que de son côté, elle s'en allait en haussant les épaules.

Tant pis pour ce qu'elle pensait !

C'était lui qui savait.

Encore un soir, une nuit et il faudrait faire quelque chose. Sans doute Vannier... Ou le commandant... Il déciderait au dernier moment.

Si seulement...

Et voilà qu'en rentrant à l'hôtel il trouva le visage revêche, presque furieux de la gérante.

— Vous auriez bien pu prévenir que c'était pour si vite, qu'on puisse au moins la transporter à l'hôpital !...

Tout s'illumina soudain. Il jaillit du tunnel, s'élança à grandes enjambées dans la cage d'escalier. Il eut l'impression de ne faire qu'un bond, poussa la porte, se heurta à une femme en blanc qu'il ne connaissait pas et qui avait des mèches grises autour du visage.

— Linette...

Le docteur se lavait les mains. Linette, toute pâle, les cheveux collés au front, le regardait fixement.

Est-ce qu'elle remua les lèvres ? Il ne fut pas sûr d'entendre les mots, mais il entendit la chose au-dedans de lui.

— C'est une fille...

Tant mieux ! Il ne savait pas pourquoi c'était tant mieux, mais c'était tant mieux.

Il pouvait rire et pleurer. C'était fini. Il sentait bien, lui, que tout était fini, qu'il n'y avait plus maintenant devant lui qu'une longue, qu'une infinie pente douce à descendre.

Il ne s'approchait ni de sa femme, ni de l'enfant. Il était allé dans un coin, il s'était appuyé de ses deux bras repliés au mur et, tout seul, il continuait à pleurer en souriant.

... J'ai pensé, vois-tu, ma petite maman, que l'air de Paris ne vaut rien pour le bébé que nous attendons... Jean Sabin, qui a été très chic, m'a trouvé une place dans un journal de la Corrèze, à Tulle... C'est une jolie petite ville, pas bruyante, et le climat y est fort sain... Je suis chargé de la chronique locale et je suis sûr qu'on ne tardera pas à me confier des travaux plus importants... Nous avons trouvé une petite maison propre, avec un jardin, ce qui fera plaisir au père de Linette...

Il fallait encore tricher un peu, *pour eux*. Mais tout cela était presque vrai, deviendrait vrai.

Il écrivait sa lettre sur un guéridon de la brasserie, non loin d'un groupe de joueurs de cartes, où il y avait un juge au tribunal, et bientôt il jouerait avec eux, il prenait déjà un air important, il avait, la veille, signé un petit article de ses initiales et le soleil dessinait à son côté, sur la banquette, une ombre rassurante.

LE CERCLE DES MAHÉ

A Tigy, en souvenir de Saint-Mesmin.

1

Le docteur et les péquois

Il fronçait les sourcils ; peut-être, tel un écolier, tirait-il un bout de langue ? Les lèvres boudeuses, le regard sournois, il épiait Gène et s'appliquait à copier ses gestes aussi exactement que possible.

Il avait beau faire : quelque chose clochait, puisque le résultat n'était pas le même. Il était d'assez bonne foi pour s'en rendre compte, assez obstiné pour dompter son impatience. Sa main pendait en dehors du bateau, comme celle de Gène, ni plus ni moins, sans raideur ; il avait tout de suite compris qu'il ne fallait pas de raideur. Son index seul se redressait légèrement, supportant la ligne de chanvre que les gens d'ici appelaient un boulantin.

La qualité de la ligne n'était pas en question. Celle de Gène et la sienne étaient identiques. Tout à l'heure, Gène, qui, sans jamais le regarder, devinait toutes ses pensées, lui avait proposé :

— Venez ici... Prenez ma place et mon boulantin... Peut-être que vous aurez plus de chance...

La mer, sans une ride, sans un faux pli, respirait lentement mais profondément. Et ce mouvement insensible incommodait le docteur plus que l'impressionnante bousculade des vagues. A chaque palpitation de la surface liquide, il sentait le plomb de sa ligne se décoller du fond. Alors, il se penchait. Il voyait, peut-être à dix mètres de profondeur, peut-être plus, un paysage auquel il ne parvenait pas à s'habituer, des roches que séparaient des creux violets, un plateau couvert d'algues, il voyait surtout des poissons, d'assez grands poissons argentés ou rougeâtres qui allaient et venaient en silence, paisiblement, s'arrêtant parfois un instant devant son appât. Malgré lui, sa main frémissait, une légère buée couvrait sa lèvre supérieure, il était prêt à imprimer une secousse à la ligne. Pourquoi le poisson faisait-il demi-tour ?

Il redressait la tête et soupirait. Il lui était impossible de rester longtemps à regarder le fond de l'eau. Son cœur chavirait. Il avait mal au creux des orbites, mal dans la tête. Cela tournait au cauchemar. Chaque fois qu'il levait les yeux vers le rocher des Mèdes, il avait l'impression que la petite barque à deux pointes s'en rapprochait. On n'avait même pas d'ancre. Gène s'était contenté de laisser filer une grosse pierre au fond de l'eau. Est-ce qu'il prenait garde au rocher ? On y voyait nettement la mer se soulever, puis laisser à nu une large bande de mousse visqueuse et de coquillages. Sans fracas de vagues, l'eau ne s'en couvrait pas moins d'écume blanche dont certaines bulles énormes venaient éclater contre la coque du bateau.

Gène, assis sur un des bancs, une vieille casquette sur la tête, restait aussi immobile qu'un bonze chinois, le regard, comme indifférent, errant très loin dans l'éblouissement de l'horizon.

Le docteur n'y voyait qu'un flamboiement qui irritait sa rétine, cependant que Gène voyait tout et annonçait d'une voix sans accent :

— Le *Cormoran* qui revient de la Tour-Fondue... Joseph qui va tendre ses filets sous le Phare...

En même temps, il retirait sa ligne, sans se presser, comme pour s'assurer que les hameçons n'étaient pas dégarnis, mais il y avait toujours un poisson au bout.

— Un péquois...

Il le glissait dans la musette remplie d'algues fraîches, cassait un bernard-l'ermite qu'il appelait une piade et l'enfilait sur son hameçon.

Ému, le docteur retirait sa ligne à son tour. La ligne frémissait, vivante. Il avait l'impression, à chaque fois, que la prise était grosse, qu'un miracle s'accomplissait, qu'il allait étonner le pêcheur lui-même. Et toujours c'était un de ces affreux poissons couverts d'épines, non pas des rascasses, mais des diables, comme disait Gène, qu'il fallait décrocher en s'entourant la main d'une serviette et rejeter à l'eau.

Pourquoi ne prenait-il que des diables ou, au mieux, des sérans minuscules ? Ils pêchaient à la même place, à un mètre près. On voyait nettement, au fond de l'eau, les petits points roses des piades qui se promenaient sur le fond et deux fois les lignes s'étaient emmêlées. On voyait les poissons aussi. Le docteur était sûr de faire les mêmes gestes que Gène. Il n'était pas novice. A Saint-Hilaire, il était le seul capable de pêcher proprement au lancer léger dans la Sèvre, ce qui est autrement délicat que la pêche en mer.

Il prenait en grippe ce gros rocher gris qui émergeait si près d'eux et qui continuait, Dieu sait pourquoi, à lui faire peur. Il prenait la mer en grippe, cette mer idéalement calme et bleue, sur laquelle il s'était tant réjoui de voguer à bord d'un petit bateau blanc à liston bleu.

Sa femme n'avait pas osé se moquer de lui, quand il était revenu de la Coopérative coiffé d'un chapeau de paille en forme de casque colonial, comme il en voyait aux gens du pays. Elle avait seulement dit, avec son accent de terroir :

— Tu t'es acheté un chapeau ?

Il n'avait qu'à lever la tête pour l'apercevoir, peut-être à trois cents mètres de lui ; c'était difficile, avec toute cette eau, d'évaluer les distances. Au fond d'une baie s'incurvait une des plages de l'île, la plage Notre-Dame, ombragée de pins parasols. La tache blanche, sur le sable, c'était sa femme qui ne bougeait pas, occupée qu'elle était à coudre ou à tricoter. La tache noire, à côté d'elle, c'était Mariette, leur petite bonne, qu'ils avaient amenée avec eux de Saint-Hilaire. Le bonhomme minuscule qui roulait tout le temps la tête en avant dans le sable ou dans un des girons, c'était leur fils Michel, et la gamine qu'on rappelait chaque fois qu'elle avait de l'eau jusqu'à mi-jambes, c'était leur fille.

Il les voyait et, de leur côté, ils devaient le voir, à un des bouts de la barque de Gène. Il faisait chaud. La peau exposée au soleil cuisait et le lendemain matin était écarlate. Il en avait fait l'expérience la veille. Il s'était promené les manches de chemise retroussées. Maintenant, jusqu'aux coudes, on aurait dit de la viande saignante au-dessus de laquelle la peau paraissait blême et malsaine.

La tête lui tournait. Il regrettait d'avoir embauché Gène pour une après-midi de pêche. Il aurait bien voulu rentrer, mais n'osait pas le proposer.

C'était surtout la vue du fond... Ce paysage si net, si étrange, si inhumain qu'il avait l'impression de découvrir une autre planète... L'odeur aussi, celle de l'eau, celle de ses mains qui avaient touché des poissons et des piades, l'odeur du maquis surchauffé que leur apportait la brise...

Il se raccrochait à l'espoir puéril de ramener une belle pièce et d'éblouir Gène ; son front se plissait davantage ; il se penchait sur la mer jusqu'à en avoir le vertige.

Il n'y avait que quatre jours qu'ils étaient arrivés à Porquerolles et il en était déjà fatigué. C'était une vraie fatigue. Le soleil l'écrasait. Tout réclamait un effort, effort d'adaptation, effort de compréhension. L'île était belle, comme son ami Gardanne, le peintre de la Sèvre nantaise, le lui avait affirmé. Sans doute était-ce lui qui n'était pas à sa place ?

— Ferrez ! dit Gène.

Il tira précipitamment sur sa ligne. Quelque chose s'agita au bout, mais il n'avait pas halé deux mètres de fil que le poisson se décrochait.

Ce qui dominait, c'était son mal de tête. Il fumait et il avait tort de fumer, car cela lui donnait soif et le vin de l'île, qu'ils avaient emporté, s'était tiédi dans le bateau et l'écœurait.

De temps en temps, un bourdonnement se rapprochait. C'était un bateau comme le leur, un peu plus grand ou un peu plus petit, qui passait. Presque toujours, il y avait un ou plusieurs étrangers à bord. L'homme du pays restait immobile à la barre. Au moment de passer près d'eux, il levait un bras en guise de salut et Gène levait le sien.

— C'est Ferdinand ! énonçait-il alors simplement, comme si ce mot eût suffi, comme si Ferdinand eût été une célébrité mondiale.

Une des barques trépidantes arriva droit sur eux. Elle venait du port et non du large. Quand elle fut à quelques mètres, le moteur s'arrêta, la barque fila sur son erre et vint heurter légèrement celle de Gène.

— C'est vous, le docteur ? Cela ne vous ferait rien de venir avec moi, qu'il y a une femme en train de passer ?

Pour Gène, le nouveau venu ajouta laconiquement :

— La femme à Frans...

Puis il expliqua :

— Nous avons un médecin dans l'île, mais il est justement à Fréjus pour un mariage et il ne rentrera pas avant la semaine prochaine.

— Montez dans son bateau, conseilla Gène. Il est plus vite que le mien.

Le docteur était lourd. Ses quatre-vingt-dix kilos firent pencher la barque dangereusement et il tomba presque dans l'embarcation voisine où il se trouva assis sur un banc.

— Tu rentres, Gène ?

— Le temps de plier les lignes.

— Des péquois ?

— Quelques-uns...

Le moteur toussait, se mettait à bourdonner, la barque décrivait un demi-cercle et maintenant le docteur voyait la plage Notre-Dame, avec sa femme et ses enfants, à sa gauche. Il leur fit signe en passant. Il avait insisté pour les amener avec le bateau de Gène et pour les remmener ensuite, mais Hélène n'avait rien voulu savoir. Quand ils étaient arrivés en auto à la pointe de Giens et qu'elle avait vu la mer et le *Cormoran* qui les attendait pour les conduire dans l'île, elle était devenue toute pâle ; elle avait dû lutter contre elle-même pour monter à bord et, dès maintenant, la fin des vacances, qui nécessiterait une nouvelle traversée, lui apparaissait comme un cauchemar.

On contournait des rochers, un vieux fort desséché au soleil et livré aux lézards. Ils y étaient venus la veille, à pied. Le sol était couvert d'une étrange végétation grasse, avec des baies rouges qui craquaient sous les pieds. Le fort désaffecté n'avait plus de portes ni de fenêtres. Les murs semblaient faits d'une poussière blanche que le soleil, au long des siècles, avait pétrifiée.

Là aussi, le docteur s'était senti mal à l'aise. Il avait pensé au Moyen Age, aux Croisades. Il sursautait chaque fois qu'un lézard ou une couleuvre sortait de son immobilité, bien qu'on lui eût affirmé qu'il n'y avait pas de vipères dans l'île.

— Qu'est-ce qu'elle a ?

— Elle s'en va de la poitrine... Ce n'est pas d'aujourd'hui... Il y a des années qu'elle est fatiguée, mais, cette fois-ci, on dirait que c'est la fin...

Par-ci, par-là, sur une plage ou sur un des sentiers de l'île, des groupes immobiles ou en marche, des gens comme eux, des étrangers qui partaient à la découverte, vêtus de blanc, coiffés de paille. La jetée. Le port, où une dizaine de yachts étaient à l'ancre et où, sous un mât de charge, un homme peignait un bateau en bleu vif.

— Ce n'est pas loin, derrière l'église... Je vais vous conduire... Tu amarreras mon bateau, Polyte ?

On le laissait là, à la dérive, dans le bassin. L'air était épais et lourd. La terre, les arbres, les murs fumaient, émettant comme des vagues de chaleur. Au lieu de traverser la grande place nue et jaune, où des groupes jouaient aux boules, on tournait à gauche, on gravissait un raidillon, on passait près d'un monceau de détritus ; le docteur se laissait conduire et sentait toujours dans sa tête le mouvement de la mer, tout son corps continuait à vivre à un rythme trop calme et trop puissant qui n'était pas le sien, à tel point qu'il eut un instant l'envie de prendre son pouls pour s'assurer qu'il était normal.

— Venez par ici...

On traversait une route à un endroit où il ne s'attendait pas à en trouver une. On était tout près du village, un peu au-dessus, à hauteur des toits, et là, sous les arbres, au-delà d'un terrain inculte, il y avait un rang de bâtiments bas, une ancienne caserne ou plutôt d'anciens magasins du Génie. Deux femmes, debout en plein soleil, les regardaient s'approcher. Par terre, près d'elles, deux enfants sales, le derrière nu.

Puis une porte ouverte sur une atmosphère d'un bleu sombre, du même bleu, presque, que le fond de la mer.

Les deux femmes le suivaient des yeux sans mot dire. Il faillit s'empêtrer dans les longues feuilles, armées de dards, de figuiers de Barbarie et de cactus qui poussaient là, Dieu sait pourquoi.

— Entrez, docteur...

D'abord, il ne vit rien. Puis une femme, qui venait vers eux du fond de l'obscurité, se précisa quelque peu. Elle dit :

— Je crois qu'elle vient de passer...

Le regard du docteur accrocha une tache rouge : c'était une fillette à la robe d'un rouge éclatant comme un drapeau, aux jambes maigres et nues, qui se tenait tassée sur elle-même, dans un coin, contre le mur, et qui les fixait.

Enfin, par terre, sur une paillasse, il vit, devina plutôt, la femme pour qui on l'avait appelé, une forme immobile sous une couverture, un visage d'une maigreur effrayante, des yeux ouverts et fixes.

Elle venait à peine de mourir. Le corps était tiède. Il reconnut une odeur de bouillon et en découvrit un bol qu'une des femmes, sans doute, avait apporté, et auquel on n'avait pas touché.

— Elle est morte, n'est-ce pas ?

Les yeux de la gamine en rouge étaient toujours fixés sur lui à travers l'obscurité et il hésitait à répondre à la femme qui poursuivait :

— Il y a plus d'une heure qu'elle tremblait de tous ses membres, au point que je devais la tenir... Elle suait... Une sueur qui sentait mauvais... J'en ai encore l'odeur sur les mains...

La petite ne bougeait pas. Il était impossible, accroupie comme elle était, de lui donner un âge.

— Elle aurait bien voulu parler... Elle faisait des efforts, sans y parvenir... A la fin, j'ai vu deux grosses larmes jaillir de ses yeux et je me suis doutée que c'était le moment... Elle a battu des jambes et des bras, comme un lapin à qui on vient de donner un coup sur la nuque... C'était juste quand vous arriviez au port avec le bateau de Bastou...

Mais probablement que si vous aviez été ici vous n'auriez rien pu y faire, n'est-ce pas ?

Rien, non ! Il regardait autour de lui. L'homme qui l'avait amené parlait aux deux femmes, dehors. On les voyait sertis dans un rectangle éblouissant. Un autre personnage gravissait lentement le raidillon, entre les figuiers de Barbarie et les cactus. Il portait sur la tête un chapeau de jardinier à large bord et le bleu de son tablier était plus somptueux que le bleu du ciel.

— Tenez ! Voilà le maire, que j'ai fait chercher...

Ils n'étaient pas dans une vraie chambre. Cela ne ressemblait à rien. Il y avait quatre murs, quatre murs qui avaient été jadis blanchis à la chaux. On ne voyait pas de fenêtre, mais seulement la porte ouverte. A côté de la paillasse de la morte, il y en avait d'autres, avec, dessus, de vieilles loques, d'anciens habits en guise de couvertures.

Peut-être était-ce vrai qu'on retrouvait encore l'odeur de sueur, mais mélangée avec d'autres odeurs aigres et sourdes tout ensemble, pipi d'enfant et lait suri, odeur d'ail, de poisson, en même temps que cette odeur venue des bois de pins et des arbousiers qui était comme l'odeur de l'île.

— Elle vient de passer... Il y a un docteur près d'elle...

Les deux femmes du dehors renseignaient le maire qui grandissait en premier plan dans le cadre de la porte, accoutumait ses yeux au demi-jour, hésitait, s'avançait d'un pas et enfin, machinalement, retirait son chapeau de paille. Mais, pour donner moins d'importance à ce geste, il grattait un moment sa tête couverte de cheveux noirs coupés en brosse.

— Frans n'est pas dans l'île ? questionna-t-il.

C'était l'épicier de la place, le docteur le reconnaissait, car, ce matin-là, il avait acheté chez lui des bonbons pour sa fille.

— Elle est vraiment morte ?

Pour toute réponse, le docteur ferma les yeux du cadavre, avec un regard gêné vers la tache rouge qui n'avait pas bougé.

— C'est embêtant, soupirait l'épicier-maire en se grattant à nouveau le crâne.

Et, tourné vers les femmes :

— Depuis quand est-il parti ?

— Avant-hier...

— De sorte qu'il peut aussi bien revenir dans trois ou quatre jours... Viens ici, petite... Depuis quand ton père est-il parti ?

Elle répéta :

— Avant-hier...

Mais elle ne bougea pas et resta blottie contre le mur.

— Tu ne sais pas combien il avait d'argent ?

— Non...

— Il en a laissé à ta mère ?

— Je ne sais pas...

— Où est son porte-monnaie ?

Il le chercha autour de lui ; ce fut la gamine qui lui désigna un trou dans le mur, à hauteur de tête, où il y avait, en effet, un vieux porte-monnaie tout râpé. L'épicier le connaissait bien, puisque c'était de ce porte-monnaie que la femme tirait son argent quand elle venait faire ses achats chez lui.

— Il reste tout juste six francs, constata-t-il.

Des mouches commençaient à bourdonner dans le fond de la pièce où se trouvait le cadavre.

Il y avait longtemps que le docteur avait perdu pied. Il n'essayait pas de réagir, de comprendre. Et pourtant les mots, à son insu, se gravaient dans sa mémoire avec une telle force qu'il devait, plus tard, les retrouver avec autant de précision qu'une chanson entendue dans notre enfance. Il en était de même pour les images, pour la robe rouge surtout, de simple coton rouge, que la gamine maigre portait à même la peau. Elle avait les cheveux d'un blond pâle, les yeux bleus. Blonde aussi, couleur de chanvre, était la morte.

— Il faudrait envoyer Polyte chercher Frans... C'est lui qui a le plus de chances de le retrouver... Ce que ça pue, ici !... Vous venez dehors, docteur ?

Et la femme qui avait assisté à l'agonie questionnait en montrant la morte :

— Qu'est-ce que j'en fais ?

Dehors, on découvrait dans la verdure les toits roses du village, l'église jaune, la place où des hommes en miniature jouaient aux boules ; puis le port avec ses yachts et ses curieux, la rade, les montagnes bleues de la côte, et enfin, dans la coulée de mer ensoleillée, un navire de guerre qui passait à toute vitesse : un torpilleur aux formes fines.

— Vous allez peut-être descendre avec moi à la mairie pour le permis d'inhumer ?

Le maire se gratta l'épaule et grogna :

— Nous avons sûrement attrapé des bêtes. C'en est plein, là-dedans... Encore une chance que vous vous soyez trouvé là... J'aurais été obligé de faire venir un médecin d'Hyères pour les formalités...

Le docteur se laissait conduire, se retournait de temps en temps, et le bâtiment bas, avec une seule case occupée, les cactus et les plantes épineuses couleur vert-de-gris, les grands pins parasols aux troncs penchés pénétraient en lui, et les deux femmes qui s'étaient rapprochées de la maison, laissant à eux-mêmes les mioches demi-nus.

— Ce sont les seuls comme ça que nous ayons dans l'île, expliquait l'épicier en descendant le raidillon. Ils sont arrivés sous l'ancien maire, il y a six ans de cela, sinon je les aurais bien empêchés de s'installer... Ils n'ont demandé l'autorisation à personne... On les a vus descendre un beau jour du *Cormoran*, sans autre bagage qu'une vieille cantine coloniale... Ils n'avaient alors que deux enfants... La femme était enceinte... Ils n'ont rien demandé à personne... Je ne sais même pas où ils ont couché la première nuit, sans doute sur la plage, et pourtant, si je ne me trompe, c'était en février ou mars et il y avait du mistral...

Ils traversaient la place surchauffée qu'encadraient des eucalyptus ombrageant les façades aux couleurs violentes, rouges, bleues, vertes, et les terrasses des cafés désertes à cette heure.

— Personne ne leur a donné l'autorisation de s'installer dans ces bâtiments, qui appartiennent au Génie. On n'a même pas su tout de suite qu'ils y étaient... Ma femme, un jour, a vu l'homme entrer dans le magasin... Il lui a acheté une bougie, du sucre et de la margarine, et il a payé... Puis, trois jours après, il s'est rendu à la mairie... Elle était fermée, comme toujours... Il est allé chercher le maire chez lui... Il a dû attendre qu'il revienne de la pêche, car l'ancien maire n'avait rien d'autre à faire que d'aller à la pêche... Il a sorti des papiers de sa poche et il a dit qu'il voulait faire une déclaration de naissance...

» La femme avait accouché, toute seule, là où vous venez de la voir... Sur ses papiers, l'homme s'appelle Frans Klamm... Ce n'est pas nécessairement son vrai nom... Il a été pendant quinze ans à la Légion étrangère... Vous le verrez, si Polyte parvient à mettre la main dessus... Attendez... Nous allons trouver Polyte au port... Tu n'as pas vu ton père, petite ?

— Il vient d'entrer chez Maurice...

— Polyte !... Hé ! Polyte...

Un homme en pantalon de toile bleue, la chemise débraillée, une casquette de marin sur la tête.

— Dis donc, Polyte... Tu ne serais pas capable d'aller mettre la main sur Frans, toi ?... Sa femme est morte...

— Depuis quand est-il parti ?

— Avant-hier...

— Qui est-ce qui payera ?

— Je ne sais pas encore... Sans doute la mairie... J'arrangerai ça... Tu sais où le trouver ?

— A peu près...

Des hommes écoutaient dans l'obscurité du café où luisait un comptoir d'étain.

— Je peux emmener Gène avec moi ?

— Il est à la pêche...

— Non... Il rentre... Dans cinq minutes, il tournera la jetée...

— Comme tu voudras... Vous venez, docteur ? Attendez que je prenne la clef de la mairie...

Et l'épicier pénétra dans son magasin, qui sentait le sucré, où il prit une grosse clef dans le tiroir-caisse. La mairie était toute proche, à dix mètres, un bâtiment blanc, sans étage ; une seule pièce, avec un jardinet devant.

— Passez... Au début, on espérait que le Génie les ferait déguerpir... Ils ne s'en sont même pas occupés... Asseyez-vous... Je cherche les formulaires... Attendez...

Il ouvrit la fenêtre pour faire de la lumière et fouilla dans des casiers remplis de papiers. La pièce était petite. Des guirlandes en papier entouraient les murs et il y avait un drapeau tricolore derrière le buste en plâtre blême de la République.

— S'ils avaient été indigents, on aurait pu quelque chose contre eux... Mais ils ont été assez malins pour ne rien réclamer... Vous comprenez ?... Pas même les soins médicaux gratuits... Et pourtant Dieu sait si la femme en aurait eu besoin !...

— Le mari travaille ? questionna le docteur, qui fut surpris par le son de sa voix.

— Quand ça lui plaît... Vous le verrez... Il n'est pas maladroit... Il aide les pêcheurs à réparer les filets, ou bien il remplace quelqu'un à la pêche... Il bricole, donne la main pour sortir un bateau de l'eau et pour gratter la coque... Une pièce par-ci, une pièce par-là... Ils vivent pour ainsi dire de rien... Puis, tout à coup, quand il a quelques sous d'avance et que ça lui prend, il s'en va... Il ne se saoule jamais dans l'île... Il prend passage à bord du *Cormoran*... On sait ce que ça veut dire... On le rencontre à Toulon... C'est là qu'il va tout droit... Et la bringue commence, vous comprenez ?... Ça dure plusieurs jours, quatre ou cinq, rarement plus... Polyte connaît quelques-uns des bars où on a des chances de le rencontrer... Il ne reconnaît personne... Il est toujours seul... Moi, je ne vais jamais dans ces endroits-là, mais on m'a dit... Je savais bien que j'avais rangé ces papiers quelque part... Tenez !... Vous avez un stylo ?... Non ?... Je ne sais pas si cette plume marchera...

— Quel nom avez-vous dit ? questionna le docteur, la plume à la main.

Et il dut s'essuyer le front et les joues, parce que la sueur coulait sur sa peau.

— Frans Klamm... Que je regarde son nom à elle, dans le registre... Un nom étranger aussi... Pourtant, elle est française... Remarquez qu'ils sont mariés... J'ai vu leur livret de famille... Voilà... Frans Klamm... Tiens ! il a tout juste cinquante-deux ans... A le voir, ce serait bien difficile de lui donner un âge... Sa femme... Anna Kayaerts... née à Hondschoote... Il paraît que c'est à la frontière belge, près de Dunkerque... Elle n'a que trente-six ans en novembre... Si vous voulez copier le nom...

Il rédigea, d'une plume qui crachait, le permis d'inhumer. Le maire se grattait la tête.

— Cela va être une autre histoire pour l'enterrer... Figurez-vous qu'il n'y a plus de place au cimetière, en dehors des concessions... Vous verrez... C'est tout petit... Il y en a déjà deux qui attendent dans un caveau provisoire... Elle n'est même pas du pays... En principe, elle n'a pas droit...

Il venait de soulever une question qui le passionnait, car il réfléchit en grommelant, décida en fin de compte :

— Il faudra que je réunisse le Conseil... Supposez maintenant que Polyte ne le trouve pas tout de suite !... Avec la chaleur qu'il fait, ce sera une infection avant deux jours... Surtout que c'est plein de vermine, je vous l'ai dit... Un bon conseil, c'est de vous changer en rentrant et de prendre un bain...

— Où allez-vous la mettre en attendant ?

— Vous croyez... ?

— A moins d'éloigner les enfants... Les deux petits qui étaient dehors sont à elle aussi, n'est-ce pas ?... Ils ne peuvent quand même pas passer la nuit dans la pièce où leur mère...

— Bien sûr... Mais que voulez-vous que j'y fasse ?... Personne ne voudra s'occuper d'eux, surtout en l'absence du père, car on ne sait jamais comment il le prendra... Quant à elle... A moins de la mettre au violon ?...

Il expliqua :

— Derrière l'église, la municipalité possède une sorte de hangar qui, à l'occasion, a servi de violon... Il est plein... C'est là qu'on range le matériel d'incendie, les bancs et les banderoles du 14 Juillet et de la Sainte-Anne... Je vais voir ça... Il y a aussi un cercueil... On en a toujours un d'avance, pour les rares fois où on repêche un noyé... Je vous remercie, docteur... Vous êtes à la pension Saint-Charles, n'est-ce pas ?... Si j'avais besoin de vous...

Il se retrouva sur la place, à ne savoir que faire. Sans doute sa femme, Mariette et les enfants s'en revenaient-ils lentement de la plage ? Le soleil commençait à décliner. Le maire avait rejoint un groupe de joueurs de boules qui avaient interrompu la partie. Ils étaient maintenant à palabrer, l'air important et embarrassé.

Le docteur s'était assis à la terrasse de *L'Arche de Noé* et avait commandé un apéritif, car il sentait toujours du vague dans la poitrine.

Jamais il n'avait eu l'impression d'être si loin de chez lui, si loin de lui-même. L'odeur de ses mains, qui avaient tripoté les piades et touché le cadavre, l'écœurait. Il alla les laver à la fontaine d'émail, à l'intérieur du café.

— Qu'est-ce que le maire a décidé ? lui demanda l'aubergiste en tablier blanc.

— Je ne sais pas... Je crois qu'ils vont la mettre au violon...

Le groupe, en tout cas, se dirigeait vers une venelle qui contournait l'église. Le docteur, lentement, s'achemina à la rencontre des siens, passant ainsi non loin des bâtiments du Génie, où il y avait maintenant quatre ou cinq commères sur le seuil, une dizaine de gamins à jouer devant la maison.

Il n'aperçut pas la robe rouge de la fillette, continua sa route et découvrit enfin, après un tournant, dans l'ombre des pins parasols, sa femme qui marchait en tenant le plus jeune par la main, tandis que Mariette, chargée d'un sac qui contenait les ouvrages de couture et qui avait contenu le goûter, se disputait derrière avec l'aînée qui ne voulait pas avancer.

Il se rapprochait de leur groupe, voyait les lèvres de sa femme qui remuaient déjà. Elle attendait pour parler qu'ils fussent plus près l'un de l'autre.

— On est venu te chercher ? questionna-t-elle alors. C'était pour un malade ?

Comme femme de médecin, elle en avait l'habitude.

— Et la pêche ? Tu as pris du poisson ? Qu'est-ce que tu as ? Tu es tout rouge...

— Le sang à la tête...

— Je parie que tu as encore attrapé un coup de soleil... Allons, Jeanne !... Veux-tu obéir à Mariette ?...

Ils étaient las. Ils avaient eu chaud. Tout le monde avait la peau moite et un arrière-goût dans la bouche. Michel se laissait traîner. Son père le souleva et l'installa sur ses épaules.

— Un cas grave ?

— C'était fini quand je suis arrivé...

Ils n'allaient pas tarder à retrouver la pension Saint-Charles aux murs blancs et aux volets bleus, les pièces d'un blanc éblouissant et les pensionnaires revenant comme eux de l'une ou l'autre plage ou d'une promenade en mer, les bonnes dressant les couverts et l'odeur de cuisine méridionale.

Ils repassaient, en attendant, près des bâtiments du Génie. Des hommes montaient la côte en poussant une charrette à bras sur laquelle était posé le cercueil, une simple caisse en bois blanc, qui n'avait même pas les proportions d'un corps, qui était infiniment trop large et trop haute pour le cadavre qu'elle allait contenir.

Le curé sortait de la maison et s'éloignait à pas lents en ouvrant son bréviaire.

— C'est là ? demanda la femme du docteur.

Les gamins, enhardis, avaient commencé autour des bâtiments un jeu bruyant, les femmes étaient plus nombreuses et plus bavardes, un des mioches mangeait une tartine de confiture qu'une bonne âme lui avait apportée, et la fillette en robe rouge devait être restée dans son coin, à l'intérieur, car le docteur ne parvint pas à l'apercevoir.

— Laisse le chapeau de ton père tranquille, Michel ! disait Mme Mahé à son fils qui jouait du tambour sur le casque de paille.

Et elle se retournait sur sa fille qui traînait les pieds dans la poussière du chemin, avec la mauvaise grâce des enfants fatigués.

2

Le retour du légionnaire

Il pêcha toute la nuit. C'était une question de vie ou de mort. Était-ce vraiment une question de vie ou de mort que le maire avait dit ?

C'était curieux : avoir vécu si longtemps — car, enfin, il avait trente-deux ans, ce qui est un âge de grande personne — et n'avoir jamais su que les vrais attributs d'un maire sont la longue blouse bleue d'épicier et un chapeau de paille à large bord ! A quoi bon lui avoir caché cela si longtemps ? Parce qu'on craignait qu'il trouvât ces attributs ridicules ? Ils ne l'étaient pas du tout.

Sous peine de quoi devait-il prendre un péquois ? C'était sous peine de quelque chose. Quelque chose de grave, d'essentiel. Peu importait, d'ailleurs, du moment qu'il savait que c'était grave.

Il le fallait. Un péquois, pas un autre poisson, pas un diable, naturellement, comme ceux qui s'accrochaient sans cesse à sa ligne pour le faire damner, pas un de ces sérans roses qui se détachaient toujours avant d'atteindre la surface, ni un de ces poissons plats et argentés, avec des raies noires, comme les zèbres, sur le corps.

Est-ce que Gène espérait qu'il se tromperait de poisson ? Est-ce pour cela qu'il le regardait avec cette féroce ironie tout en donnant de petites secousses à sa ligne ? Il y avait un truc, c'était évident, un truc que Gène ne voulait pas lui laisser voir. Tous ceux de l'île étaient d'accord. Il ne fallait pas donner le truc aux étrangers. A ceux-ci de le découvrir, sous peine...

Eh bien ! il le découvrirait. Ce n'était pas pour rien qu'il avait les chiens les mieux dressés de Saint-Hilaire et qu'un dimanche, entre six heures et midi, il avait pris trois brochets et cinq ou six perches dans la Sèvre.

On le faisait exprès de l'exciter, pour lui enlever son sang-froid. Gène donnait des secousses de plus en plus rapides sur son boulantin. Afin de lui faire croire que c'est ainsi qu'il fallait pêcher le péquois ? Hein ?

Demain, il achèterait un pantalon de toile bleue, comme tout le monde, de ce bleu qui faisait une tache si somptueuse dans le soleil. On en vendait chez l'épicier aux cheveux courts et drus. Celui-ci avait dû se raser le crâne, peut-être parce qu'il avait de la vermine ? N'en avait-il pas parlé de vermine ? Maintenant, les cheveux repoussaient durs et épais, si noirs, si courts, qu'ils avaient l'air d'être peints à l'huile sur son crâne.

Sous peine de quoi ?... C'était stupide de l'avoir oublié. Et voilà que Gène avait encore fait tourner le bateau. Ça aussi, c'était un truc. Un truc pour dérouter le docteur, car l'autre savait bien qu'il n'était pas habitué à la mer. Le docteur levait la tête : bon, il avait le rocher gris devant lui, avec la masse d'eau visqueuse qui montait et qui descendait ; il regardait dans le fond, pour chercher à reconnaître un péquois parmi les poissons qui se promenaient. Il relevait la tête : il n'y avait plus de rocher, mais une plage avec des personnages minuscules, sa femme, Mariette et les enfants réduits à la proportion d'insectes. Il retirait sa ligne. Il croyait qu'il n'y avait rien. Pardon, il y avait un diable. Il l'étranglait avant de le rejeter à la mer, afin qu'il ne vienne plus se faire prendre. Il levait les yeux cette fois, il n'y avait plus ni rocher, ni plage, ni même d'île, mais seulement de l'eau à perte de vue, tellement éblouissante qu'il devait fermer les yeux.

Et cependant Gène ne bougeait pas. Il était aussi immobile qu'un boudha ; il en avait le sourire béatement féroce. Qui sait s'il n'était pas payé pour que le docteur ne prenne pas de péquois ? Il était sec, avec une belle peau brune. Chaque fois qu'il retirait sa ligne, il y avait un poisson et, le plus extraordinaire, c'est que, la plupart du temps, la piade était encore bonne, il n'avait pas besoin de casser une épaisse coquille avec le marteau pour en extraire un nouveau bernard-l'ermite.

Est-ce qu'il ne faisait pas tourner le bateau à l'instant où il voyait que le docteur allait enfin prendre son péquois ? C'était facile à reconnaître, même d'un sar. C'était presque aussi plat, mais pas tout à fait, pas tout à fait aussi rond, car le sar a presque la forme d'une pleine lune. Et puis, il n'y avait qu'une seule tache noire, près de la tête. Quant à affirmer que c'était bon... Pourquoi cela aurait-il été meilleur qu'un autre poisson ? On le lui faisait croire.

Il avait chaud. Il avait mal au cœur. Des bruits le poursuivaient, afin de le distraire de sa pêche. D'abord des pas, une procession de pas lents sur le sol mou. Il en était de même tous les soirs. Les gens restaient jusqu'à minuit à la terrasse de *L'Arche de Noé*, en bras de chemise, à boire et à écouter le pick-up. Puis ils s'en allaient en bandes. Il y en avait qui marchaient sans cesse d'un bout de la jetée à l'autre et, invariablement, se mettaient à chanter. On les entendait de loin. Ils se rapprochaient, s'éloignaient, et c'étaient toujours les mêmes chansons sentimentales. Certains prenaient le chemin du Langoustier et parfois le couplet s'arrêtait pour faire place à des rires de femmes.

A peine ces bruits s'étaient-ils fondus dans la nuit que venait le tour des cigales, et, quand les cigales ne chantaient pas, c'était les grenouilles — on le lui avait expliqué, il y avait des grenouilles plein le grand bassin qui alimentait l'île en eau potable.

Pourquoi s'était-on imaginé qu'il ne pêcherait pas son péquois ? Même le maire en tablier bleu n'avait pas cru en lui, il l'avait senti. Ils avaient tous, quand ils lui parlaient, les mêmes yeux ironiques.

Sous peine de...

Il se grattait. C'était encore une chose qu'on lui avait fait croire : qu'il allait être couvert de vermine. Eh bien ! il n'y croyait pas, il ne se gratterait plus. Il avait soif. La bouteille de vin tiédi était trop loin de lui. Le temps de boire et il raterait peut-être son péquois...

— François...

Comment sa femme pouvait-elle l'appeler de la plage Notre-Dame ?

— François...

Elle lui secouait l'épaule. Il ouvrait les yeux. La chambre blanche, toute blanche, sans rien de sombre que le fer des lits, était pleine, du plancher au plafond, de rais de soleil qui passaient à travers les persiennes. La fenêtre était ouverte. On entendait pépier des oiseaux dans les arbres.

— Retourne-toi, François...

Il savait pourquoi. Quand il se couchait sur le côté gauche, il lui arrivait de ronfler, ou de respirer par saccades. Ils n'étaient pas dans le même lit. Le lit à deux personnes de leur chambre n'était pas assez large pour lui et sa femme. Il était vraiment gros. Il pesait quatre-vingt-dix kilos. On lui avait monté un autre lit, encore plus étroit, en plus des deux lits-cages des enfants, et tous ces lits, dans le blanc rayé de soleil de la pièce, étaient rangés comme des dominos.

— Tu parlais tout haut...

Son oreiller était détrempé et sentait la sueur. Il avait la tête lourde d'un homme qui a trop bu la veille. Il ferma les yeux, mais maintenant il continuait à voir les rais de lumière, même à travers ses paupières. Il entendait, du côté du port, le toussotement énervant des moteurs qu'on essayait de mettre en marche.

C'étaient les pêcheurs, les vrais, ceux qui vendaient leur poisson à Hyères, qui partaient relever leurs filets de l'autre côté de l'île. Le docteur était allé les voir, la veille, en pantoufles, la chemise de nuit passée dans son pantalon. L'air, à cette heure-là, avait une curieuse odeur. La mer aussi. La mer surtout. Et l'univers était d'une couleur extraordinaire. Tout était clair, presque pâle, mais d'une pâleur lumineuse. Du bleu pâle. Du vert pâle. Jusqu'aux couleurs éclatantes des bateaux avaient une étonnante légèreté. Tout s'enveloppait d'une légère buée.

Il en avait ressenti comme un vertige. Est-ce que c'était trop fort pour lui ? Il ne voulait pas le croire. Il regardait les bateaux s'en aller les uns après les autres, tous du même côté, traînant derrière eux le même sillage argenté, et dans les bateaux les hommes s'occupaient à réparer des nasses ou des filets, sauf celui qui tenait la barre et qui, debout, le gouvernail entre les jambes, gardait la même immobilité de statue que Gène.

Pourquoi Gardanne les avait-il envoyés en vacances à Porquerolles ? Ils n'y étaient pas à leur aise, ni sa femme ni lui. Sa femme avait déjà l'estomac dérangé par la cuisine du Midi. Dès le premier jour, Jeanne avait eu des coliques et il avait fallu demander à leur hôtesse de lui préparer du riz.

Ses coups de soleil lui faisaient mal et le courbaturaient. Même ici, dans son lit, avec la fraîcheur du matin qui suintait par les fentes des persiennes, il se faisait l'effet d'un homme qui couve une forte grippe.

La veille... Non, l'avant-veille... Sa femme ne voulait pas sortir tout de suite après le déjeuner, craignant la forte chaleur pour les enfants. Il n'avait pas l'habitude de faire la sieste. Il avait traversé la place où il n'y avait personne et où toutes les maisons avaient leurs persiennes closes.

Il avait bu tout juste un verre de liqueur à la terrasse de *L'Arche de Noé*, parce qu'il y faisait frais. A l'intérieur, Polyte, couché de tout son long sur une banquette, dormait, la bouche ouverte, sa casquette de marin sur les yeux. On entendait des bruits de vaisselle venant d'une cuisine invisible.

Il s'était traîné jusqu'au port. Les yachts dormaient, eux aussi. Tout au bout de la jetée, il avait vu un petit vieux à barbe blanche, maigre comme un gamin dans des vêtements trop larges, qui semblait sortir d'un dessin animé et qui, penché sur l'eau, trempait un morceau de bambou dans l'eau du bassin.

— Je l'aurai ! lui avait lancé le petit vieux.

— Quoi ?

— Le congre, tiens ! Le plus beau congre que j'aie vu de ma vie... Il est là... Oh ! il sait bien que je finirai par l'avoir...

Il sortit de l'eau son bambou de la longueur d'une canne. Au bout, il y avait un morceau de fil de fer d'une dizaine de centimètres et, au bout du fil de fer, un hameçon avec un énorme morceau de matière blanchâtre.

— Qu'est-ce que c'est ?

— Du poulpe... Du poulpe rissolé sur un feu de lentisques... Avec ça, foi de l'amiral, je l'aurai...

Pourquoi, en parlant ainsi, avait-il, à l'adresse du docteur, un regard goguenard ? Était-ce une farce ? Est-ce qu'il accomplissait, en sautillant autour de sa ligne, une sorte de numéro ?

— Tenez ! Penchez-vous... Ici... Vous allez le voir montrer sa vilaine tête... Il y est... Regardez vite...

Le docteur ne voyait que le bambou que l'eau cassait en deux et de la mousse verdâtre le long du mur.

— Vous l'avez vu ? C'est peut-être le dixième, que dis-je ? le centième que je prends dans ce trou-là... Car c'est, pour eux aussi, la crise du logement. Quand j'aurai pris celui-ci, il en viendra un autre, un gros encore, parce que le trou est profond...

Et le docteur restait là, sous le soleil qui lui cuisait la nuque, à regarder et à écouter bêtement. Il avait attendu près d'une heure.

— Attendez, puisque je vous dis que je l'aurai...

Il était l'heure de rejoindre sa femme. Il faisait demi-tour, presque à regret. Il n'atteignait pas encore l'autre bout de la jetée qu'il entendait un cri et que des gamins accouraient avant lui autour du vieux.

Celui-ci avait sorti son congre du trou, c'était vrai, une bête noire et gluante, presque aussi grosse que le bras, qui se tordait sur les pierres inégales de la jetée. Le vieux l'achevait enfin, le portait fièrement à bout de bras, la queue traînant par terre et se tortillant encore, et cela avait, Dieu sait pourquoi, quelque chose d'obscène.

Depuis, quand il évoquait la jetée, il voyait toujours la tête noire d'un congre sortant prudemment d'un trou, alléchée par un vilain morceau de poulpe qu'on agitait au bout d'un fil de fer. Il imaginait cette sorte de long serpent visqueux qu'on extrayait de force de son alvéole, puis la tête qui craquait quand on l'écrasait sous une pierre.

Il ne se rendormit pas ; à peine un demi-sommeil peuplé de poissons allant et venant sans bruit dans un monde verdâtre, s'épiant au tournant d'avenues sous-marines bordées de rochers et se dévorant les uns les autres. Michel, dans son lit-cage, se mit à chanter, comme tous les matins. Sa mère essaya de dormir encore un peu. Dans la chambre voisine, qui n'était qu'un cabinet sans fenêtre dont on devait laisser la porte de communication ouverte toute la nuit, Mariette se lavait.

Il avait envie de savoir si on avait retrouvé Frans Klamm. Il était curieux aussi de la façon dont la fillette à la robe rouge avait passé la nuit. Est-ce qu'on avait laissé les trois enfants seuls dans le bâtiment du Génie où leur mère était morte ?

Il se leva et s'habilla. Il regrettait les vacances précédentes, qu'ils passaient toujours dans le même hôtel des environs de Saint-Laurent-sur-Sèvre. On les accueillait avec des cris d'allégresse, comme des gens de la famille.

— Bonjour, docteur ! Bonjour, madame ! Mon Dieu ! comme la petite a grandi... Je vous ai gardé les mêmes chambres que l'année dernière, avec vue sur la rivière...

Ils en avaient pour près d'un mois à rester ici et, s'il n'avait pas eu de respect humain, il aurait décidé de s'en aller, de finir les vacances là où ils en avaient passé de si bonnes.

Il n'osait pas le dire à sa femme. Or, il savait que celle-ci avait exactement le même sentiment que lui. Justement ! Il lui répétait au contraire :

— C'est magnifique !

Il sortit, pendant qu'Hélène et Mariette habillaient les enfants. C'était déjà une habitude à peine vieille de quatre jours, d'aller jusqu'au port assister à l'arrivée du *Cormoran.*

La chaleur montait. Des gens comme lui, des étrangers, pêchaient dans le bassin où ils ne pouvaient prendre que des gobies au gros ventre répugnant. D'autres étrangers, des femmes en toilettes claires ou en shorts, s'entassaient dans les petits bateaux qui allaient leur faire faire le tour de l'île ou les conduire à Port-Cros.

Il aperçut le maire, toujours en bleu, avec son même chapeau, qui poussait un charreton rempli de caisses vides vers l'embarcadaire du *Cormoran*. Il y avait des groupes d'hommes, de gens du pays, pieds nus dans leurs pantoufles, pas encore rasés ni lavés, qui prenaient le frais en regardant au loin la tache blanche du *Cormoran* qui arrivait de la Tour-Fondue.

— Alors, monsieur le maire ?

Celui-ci souleva son chapeau pour se gratter la tête ou s'essuyer le front.

— On va savoir si Polyte l'a trouvé...

— Et les enfants ?

— Oui... Eh bien ! on a voulu les emmener... Ma belle-sœur aurait pris les deux plus petits... La servante du curé se serait occupée d'Élisabeth...

— C'est l'aînée, celle en robe rouge ?

— Oui... Elle n'a rien voulu entendre... Elle se raccrochait à ses frères et sœurs... Elle a piqué une vraie crise... A la fin, il a bien fallu les laisser...

— Seuls ?

— C'est elle qui l'a voulu... Tenez ! Polyte est à bord... J'aperçois sa casquette...

Une casquette d'officier de marine ou de yatchman, à taud blanc, avec un gros écusson doré. Gène était là aussi, et il salua le docteur avec son même sourire subtilement ironique.

— Alors, docteur, ces péquois ?

Il venait de Toulon en espadrilles, sans chaussettes, le torse moulé dans la camisole d'un blanc éclatant qu'il portait la veille et il tenait dédaigneusement son veston à la main. Toute une fournée d'étrangers dégorgeait du bateau. Les gamins des hôtels s'emparaient des bagages. Un homme descendait le dernier, Frans sans aucun doute, et on aurait dit, tant son visage était inexpressif, qu'il avait une tête de bois.

— Descends... Marche...

Polyte le poussait comme un gendarme pousse son prisonnier, en adressant des clins d'œil à la ronde et en confiant aux gens :

— Il n'a pas encore dessaoulé... On lui a fait boire je ne sais combien de tasses de café, mais il les a rendues... Alors, on lui a fait respirer de l'éther, mais cela n'a pas l'air d'aller mieux... Qu'est-ce qu'on en fait, Gustave ?...

Gustave, c'était le maire, qui s'occupait d'abord de charger ses caisses vides sur le *Cormoran*. En attendant, Frans restait debout dans le soleil, immobile. C'était vrai qu'il n'avait pas d'âge. Il était maigre. Il était sec. Il avait une peau de blond, boucanée par le soleil, les mêmes yeux clairs que sa fille, d'un bleu de fleur, des cheveux pâles, peut-être blonds, peut-être mêlés de blanc.

Il portait une vareuse sale, d'un bleu déteint, des espadrilles à semelles de corde. Il regardait le brouhaha autour de lui. Il devait tout voir. Il ne s'impatientait pas, ne s'étonnait pas de voir Polyte l'abandonner pour aller donner des nouvelles dans un groupe de gens du pays.

Exactement comme un prisonnier. Ceux que le docteur avait vus un jour, rangés sur un remorqueur qui les emmenait de La Rochelle à Saint-Martin-de-Ré, d'où ils repartiraient pour la Guyane, avaient cette sorte d'indifférence. Sans doute cela lui était-il arrivé souvent d'être mis dans un wagon, ou dans un bateau, pour une destination inconnue, d'être descendu dans une gare, parqué dans une caserne ou dans une cour d'hôpital, avec un numéro.

C'était lui le plus fort. Le docteur le sentait ; il en était vexé, mais il n'en avait pas moins la certitude que c'était Frans qui les dominait tous. Les autres allaient et venaient, bavardaient, éclataient de rire et lui, isolé dans le soleil, isolé par une redoutable barrière invisible, ne bougeait pas, ne frémissait pas.

— Je me doutais bien, expliquait Polyte, que je le trouverais du côté de la gare. C'est drôle ! Les types en bordée, ça se dirige plutôt vers le port, où c'est plein de caboulots à musique, ou encore vers les claques des Remparts...

Le docteur écoutait, sans se mêler au groupe.

— Lui, non !... Je me demande même s'il lui arrive de voir des femmes... Dis donc, Frans, est-ce que tu vas parfois voir les femelles, à Toulon ?

Frans, qui dut entendre, ne broncha pas.

— En tout cas, où je l'ai trouvé, c'était pas rigolo... Un bistro quelconque, où il n'y avait personne, que lui, tout seul dans un coin, et le patron qui attendait d'aller dormir... Il était fin saoul...

» — Frans, que je lui dis, ta femme est morte !...

» Et je le secouais ; je lui criais :

» — Tu entends ? Ta femme est morte...

» Eh bien ! il m'a regardé, moi et Gène qui était avec moi, comme il nous regarde maintenant.

» — Faut que tu viennes avec nous, tu comprends ?... On doit l'enterrer, ta femme... Il y a des papiers à signer, je ne sais pas, moi, mais le maire t'attend...

» Il buvait toujours. Il avait la bouteille de gnole devant lui. On s'en est servi un coup, Gène et moi, et il nous laissait faire, il continuait à boire sans s'occuper de nous.

» — C'est toujours comme ça, patron ? quand il vient chez vous ?

» — Toujours...

» — Et où c'est qu'il couche ?

» — Je ne sais pas... Quand je le mets dehors, il s'en va... Il doit aller dans un autre bistro...

» — Dis donc, Gène, qu'est-ce qu'on va en faire ?

» Parce que, n'est-ce pas, il n'était pas tout à fait minuit. Malin comme je le connais, avec ses airs de filer doux, il aurait été capable de nous glisser entre les doigts...

» — Macache ! que je dis à Gène. T'as envie d'aller dormir dans un lit, toi ?...

» La femme de Gène n'est pas par ici ?... Bon... Alors, on a pris notre homme par les épaules... Il s'est laissé faire... On lui répétait :

» — Faut te dessaouler, Frans, rapport à ce que ta femme est morte... Morte, tu comprends ?

» On ne pouvait pas se balader toute la nuit dans les rues... Alors, on l'a conduit sur les Remparts... Chez Flore, vous connaissez...

» Il y avait deux ou trois marins, des filles à poil... Même que... Hein, Gène !... On a fait marcher le piano mécanique et on est restés là...

» — Faut qu'on lui donne du café pour qu'il dessaoule, ai-je dit à la maquerelle, parce que sa femme est morte... C'est même pour ça qu'on est ici...

» Seulement, lui... Oui, toi, bille de clown !... Fais pas l'innocent !... Dès qu'on avait le dos tourné, il s'enfilait notre verre... Puis, quand il a eu avalé son café, il s'est mis à vomir comme un dégueulasse, que j'en avais sur mon pantalon et que la vieille voulait nous mettre à la porte... C'est une poule, une grosse brune — demandez à Gène comment elle était tournée —, qu'est allée chercher de l'éther dans sa chambre...

» T'as fini, Gustave ?... Qu'est-ce qu'on en fait ?...

— Il vaudrait peut-être mieux l'emmener d'abord à la mairie... Viens avec moi, Frans... Tu comprends ce qu'on dit ?... Tu n'es plus saoul ?

L'autre fit signe que non et marcha à côté du maire en blouse bleue, tandis que Polyte et quelques hommes suivaient en commentant l'événement.

— Où c'est qu'on l'a mise ?

— Au violon...

— Ça va empester, là dedans... Faudra encore désinfecter comme la dernière fois... Tu te souviens du vieux Mouchi ?... Hé ! là, docteur ! On vous a raconté l'histoire du vieux Mouchi ?... Un vieux tellement vieux qu'on ne se souvenait pas l'avoir vu arriver dans l'île... Une sorte d'Italien dont on ne comprenait pas toujours le baragouin... Une fois par an, au printemps, il se coupait les cheveux et la barbe, à ras, avec une tondeuse à moutons, et on ne le reconnaissait plus, il avait un faux air de curé... Après, toute l'année, ça repoussait de plus belle et à la fin c'est à peine si on distinguait ses yeux à travers ses poils... L'après-midi, il dormait sur un banc de la place... Il avait une chambre, enfin, des murs, justement à côté du coiffeur... Personne n'y était jamais entré... Bon ! Voilà qu'un jour des gens disent que Mouchi n'est pas sorti de chez lui depuis une semaine...

» On va chercher le maire... C'était l'autre, l'ancien... Il me dit :

» — Polyte, on va voir chez Mouchi...

» Et, au moment où on ouvre la porte, il nous tombe tant de puces sur le corps qu'on est obligés de reculer...

» Eh bien ! Mouchi était là, tout nu, avec sa barbe et ses cheveux longs, tout nu, comme je vous le dis, debout devant une table, le buste penché en avant, et il était mort...

» Pas moyen d'entrer, à cause de la vermine... Il a fallu aller chercher un pulvérisateur à vigne... On l'a rempli de formol... Et on soufflait ça devant soi en avançant... Quand on l'a touché, il est tombé d'un bloc et il n'y a jamais eu moyen de le déplier... C'est pas vrai, vous autres ?... On l'a fourré dans une caisse et on l'a mis au violon, comme la femme de Frans... Et quand on est allé chercher les drapeaux du 14 Juillet, des mois après, c'était aussi plein de bêtes que la chambre à Mouchi...

Les hommes restaient debout en face de la mairie minuscule et blanche où Frans et le maire étaient entrés. Le docteur dut s'éloigner, car il apercevait, le long des tamaris, sa femme, Mariette et les enfants qui venaient à sa rencontre. C'était l'heure de la plage d'Argent.

Il ne vit plus Frans ce jour-là. Il n'en entendit pas parler, car les gens de la pension Saint-Charles n'étaient même pas au courant.

Le lendemain, comme les autres jours, il sortit de bon matin, parce qu'il fallait laisser la chambre libre pour la toilette de sa femme et des enfants. Il entendit sonner les cloches. La porte de l'église était ouverte.

Il resta un moment debout au milieu de la place et il vit deux hommes, deux vieux, qui sortaient de l'église en portant une sorte de cercueil. Derrière, dans l'ombre, il apercevait une tache rouge et, tout près, la tache d'un plastron ou d'une chemise blanche dans un vêtement noir.

Il reconnut, au bas des marches, le charreton de l'épicier-maire, brancards en l'air. Ce fut Frans qui dut maintenir le véhicule pendant qu'on chargeait le cercueil.

Puis l'enfant de chœur dégringola les marches, portant la croix d'argent au bout d'une longue hampe noire. Puis le curé, qui bégayait des prières.

Les deux hommes poussaient le charreton, un dans les brancards, l'autre sur le côté, comme on voit passer des maçons qui vont à leur chantier.

Frans était vêtu de noir, un complet un peu trop large, mais qui paraissait presque neuf. Il portait un faux col et un bout de ruban noir en guise de cravate. Il avait de vrais souliers aux pieds, avec lesquels il marchait avec peine.

Élisabeth, elle, ne devait pas posséder d'autre robe que sa robe de cotonnade rouge, car c'était celle-ci qu'elle avait sur le corps. On lui avait mis des bas noirs, sans doute des bas de sa mère, qui tirebouchonnaient sur ses jambes maigres. Le gamin, qui avait onze ans, portait un costume de première communion. La plus petite avait une robe bleuâtre, le docteur n'y fit pas attention.

L'enfant de chœur marchait vite, faisant claquer sa jupe d'où émergeaient de gros souliers à clous. On passait derrière les maisons de la place et on s'engageait dans une allée d'oliviers que le docteur n'avait pas encore découverte.

Il avait suivi, de loin, comme malgré lui. Le terrain, en pente douce, était couvert d'oliviers tout bruissants d'une vie intense. On ne s'y reconnaissait plus dans le chant des oiseaux et celui des cigales et parfois, en marchant, on dérangeait un lézard ou une couleuvre qui laissait sa trace dans la poussière avant de se faufiler dans les herbes sèches.

Le docteur n'osa pas aller plus loin. Il resta là, à regarder le cortège minuscule et baroque qui s'éloignait en zigzaguant selon les caprices du chemin et qui disparaissait enfin, derrière un mur, dans un jardin aux arbres touffus qui devait être le cimetière.

L'après-midi, en revenant de la plage où il était resté couché à l'ombre des pins parasols, entre les deux femmes qui cousaient et les enfants qui barbotaient dans le sable, il fit sa promenade au port.

Un homme, pieds nus, était occupé à gratter avec une raclette la peinture sous-marine vert-de-grisée d'une barque tirée à terre.

Il était nu-tête. Il portait un pantalon de toile et il n'y avait, sur son torse aux lignes sèches, qu'un sous-vêtement blanc largement échancré aux aisselles.

C'était Frans, l'ancien légionnaire. Au bout de la jetée, le vieux qu'on appelait l'Amiral, parce qu'il avait été gabier, jadis, sur un cinq-mâts de chez Bordes, expliquait en gesticulant à un groupe d'étrangers qu'il avait pris un congre énorme dans ce trou, oui, celui-là, et qu'il allait peut-être en prendre un autre.

Dans la cabine d'un yacht, un phono jouait des airs hawaïens et des enfants du village, un caleçon transparent en guise de maillot de bain, nageaient autour des bateaux.

L'homme, sans un regard autour de lui, raclait la peinture et le bois à mouvements égaux, sans lassitude, sans impatience. On ne s'occupait pas de lui. Des pêcheurs, plus loin, assis par terre, réparaient leurs filets qu'ils maintenaient tendus à l'aide de leur gros orteil.

Le docteur rôdait comme un gamin. Il aurait bien voulu s'approcher de Frans et lui parler. Il ne savait pas ce qu'il lui dirait. C'était absurde. Il décrivait des cercles autour de lui, feignant de s'intéresser aux divers spectacles du port, puis, dépité, faisait soudain demi-tour, décidé à aller rejoindre sa femme et les enfants assis sur un banc de la place.

Il n'y alla cependant pas tout de suite. Il gravit d'abord le raidillon, à gauche, jusqu'au terrain vague encombré de plantes grasses aux longues épines.

Le bâtiment du Génie était rouge dans le soleil couchant, d'un rouge chaud et profond qui tranchait sur le vert sombre des pins. Mais il y avait une autre tache rouge, d'un rouge d'une qualité toute différente.

Dehors, devant le trou noir de la porte ouverte, Élisabeth, penchée sur un baquet, était occupée à faire une lessive. Le gamin de onze ans n'était pas là. Peut-être nageait-il avec les autres dans l'eau du bassin où s'étiraient des taches de mazout ?

La plus petite, assise par terre, jouait avec un chiffon sale qui devait figurer une poupée.

Le silence, de ce côté, était total. Les cigales s'étaient tues. On devinait au loin, à peine distincte, la musique hawaïenne du phono du yacht qui avait un son grêle et dérisoire.

A nouveau un bateau de guerre glissait sans bruit entre l'île et la côte pour regagner Toulon.

Élisabeth se redressa et repoussa ses cheveux déteints qui lui pendaient sur le visage. Dans ce mouvement, elle se tourna vers le docteur qui était immobile et qui devait paraître énorme, équivoque peut-être dans son immobilité stupide.

Il crut voir de loin qu'elle fronçait les sourcils, puis qu'elle regardait sa petite sœur comme pour veiller sur celle-ci.

— Où es-tu allé, François ? Nous t'avons cherché au port...

— Je me suis promené... Il est déjà l'heure de dîner ?

— Mariette prétend qu'elle a entendu la cloche... Tu sais bien que Mme Harmoniaux n'aime pas qu'on la fasse attendre...

Ils traversaient la place. On dînait déjà à la terrasse de *L'Arche de Noé*. La pension paraissait toute petite dans sa blancheur qu'accentuaient les volets bleu de roi. Tellement petite qu'il avait envie de se courber, de s'effacer pour pénétrer dans le corridor, puis dans la salle à manger aux nappes blanches où des personnes d'un certain âge mastiquaient en silence.

— Il y a encore du poisson, soupira la femme du docteur qui n'aimait que le poisson d'eau douce. Tu crois que Jeanne peut en manger ?

Il dut répondre distraitement que oui. Il n'en eut pas conscience.

— C'est toi-même, hier, qui as dit...

— Oui... Eh bien ! qu'elle n'en mange pas...

— Je ne peux cependant pas réclamer du riz à tous les repas... Si je lui faisais cuire un œuf ?

Devant lui, la bouteille qui portait une étiquette à leur nom était à demi pleine, à côté de la bouteille de Vittel de sa femme et des serviettes dans leurs anneaux numérotés.

3

Les grilles du jardin

Comment expliquer cela ? Quelques instants auparavant sans doute, quelques secondes, quelques fractions de seconde avant peut-être ? — c'était difficile à contrôler — il était assis dans son jardin, le ventre un peu en avant, parce qu'ils avaient bien déjeuné, et il fumait sa pipe à petites bouffées en bavardant avec Péchade, son ami Armand Péchade, avec qui il avait fait sa médecine et qui, à présent, était installé à Bressuire, à quinze kilomètres à peine de Saint-Hilaire. C'est pour dire qu'il le connaissait bien, presque mieux que sa propre femme.

Or, soudain, sans raison, ce qui était bien-être se transformait en malaise. Contrairement aux yeux du dormeur qui se dilatent au réveil, les pupilles du docteur se contractaient. Il ne fixait d'abord qu'un petit point de l'espace, la bouche du docteur Péchade et une section de sa joue. Péchade parlait. C'était extraordinaire, presque répugnant, de voir des bourrelets de chair, avec du rose à l'intérieur, s'écarter, rétrécir, se distendre, découvrir de petits os jaunâtres, irrégulièrement plantés, qui étaient des dents. Cela rappelait un souvenir au docteur, il ne savait pas lequel, il fit un effort pour le retrouver et ce ne fut que beaucoup plus tard, quand il eut prononcé sa fameuse phrase, que la lumière se fit en lui. Ce que cela lui rappelait — mais il ne le savait pas encore — c'était le congre que l'Amiral avait sorti de son trou de la jetée, il y avait presque un an de cela, ce gros boudin de chair drue, serrée, cette peau tendue sur de la vie qu'on ne parvenait pas à éteindre tout à fait.

Il ne s'était jamais aperçu que Péchade avait une joue plus forte que l'autre, ni qu'il était mal rasé, qu'il devait être toujours mal rasé puisqu'un dimanche sa peau était d'un gris bleuâtre.

Il entendait les mots. Son camarade parlait de typhoïde. Mais les syllabes n'avaient pas de sens. Le phénomène s'aggravait. Ce n'était plus seulement une joue et une bouche qu'il contemplait comme une pièce détachée de l'univers, c'était la maison, le jardin où ils étaient assis, les femmes groupées d'un même côté, la grille noire derrière laquelle passait la route, puis, vers le bas, dans le ciel, le clocher en ardoises de l'église.

Comme la joue de Péchade, tout cela avait soudain cessé de vivre sa vie normale. Et, le plus troublant, c'est que le docteur se voyait lui-même, assis sur son banc, un peu en travers, un bras sur le dossier de celui-ci, les jambes croisées, avec ses culottes de drap kaki et ses bottes à lacer. Il se voyait, il se sentait incrusté dans le décor, et ce décor ressemblait à une carte postale. Il aurait pu se lever, entrer dans son cabinet où, dans un tiroir bourré de ce qui n'avait de place nulle part, brochures-réclames, vieilles seringues, échantillons de médicaments, il y avait encore au moins cent cartes postales, les mêmes. On en voyait aussi, jaunies, à la vitrine de Mlle Julie, la mercière, près de la gare, qui vendait des jouets et des graines potagères.

C'était justement la photographie de la maison, de la maison devant laquelle il se trouvait. Son prédécesseur avait commandé cette photographie à un spécialiste qui était passé dans le pays, prenant des vues des églises, des vieux moulins, des hôtels pour étrangers.

L'ancien docteur, qui s'appelait Riou, avait de beaux cheveux blancs en auréole. C'était lui qui avait taillé, dans le jardin, les buis aux formes étranges qui s'y trouvaient encore. Sur la carte postale grisâtre, le vieillard était assis nonchalamment sur le même banc, dans la même pose que son successeur, cependant que sa fille, Mlle Fernande, qui avait aujourd'hui près de soixante ans, mais qui était presque jeune fille à l'époque, faisait semblant de couper des roses aux rosiers-tiges.

La maison était grise, avec un toit plus sombre, en ardoises, une grille noire autour du jardin ; et les persiennes blanches, d'un blanc un peu sale, faisaient ressortir toute cette grisaille.

Il y avait du soleil. On était à la fin juin. L'air était calme et chaud. Il n'y avait personne sur la route, aussi loin qu'on la voyait, sinon deux cyclistes qui s'étaient arrêtés pour bavarder au croisement des chemins.

Ce qui était étrange, gênant, angoissant même, c'était l'immuabilité du décor, l'aspect que prenaient, par exemple, au-dessus d'une devanture aux volets fermés, deux mots écrits en grandes lettres noires : « Agat, ferblantier ».

Les femmes tricotaient. On aurait dit qu'elles tricotaient depuis toujours, que leur tricot, et les mains qui maniaient machinalement les aiguilles, étaient sertis à jamais dans ce morceau du monde.

Peut-être que le docteur avait trop mangé et qu'il avait tendance à somnoler ? Pourtant il était lucide. Il avait passé une bonne journée. Le matin, il était parti de bonne heure sur sa grosse moto pour aller à la pêche aux écrevisses. Il avait emmené Agat en croupe, justement le ferblantier, car il n'aimait rien entreprendre seul. Ils avaient posé leurs balances. A dix heures, ils étaient déjà de retour. Il était entré chez le coiffeur pour se faire raser, car, le dimanche, il n'aimait pas se raser lui-même. Puis il était allé à la grand-messe avec son aînée. Après, Péchade, sa femme et leurs trois garçons étaient venus déjeuner.

C'était normal. C'était le dimanche type de la saison. L'hiver, il y avait la chasse, le perdreau et le lièvre d'abord, puis les lapins. La chasse fermée, il restait la pêche dans la Sèvre, à présent les écrevisses.

L'année avait été plutôt meilleure qu'une autre, puisqu'il s'était offert deux nouveaux jouets : une canne pour le lancer léger, munie d'un moulinet merveilleux, qui avait coûté très cher, et une énorme moto pétaradante avec laquelle il aimait faire ses visites dans la campagne.

On n'avait plus jamais parlé de Porquerolles, lui tout au moins. Il avait retrouvé ses épaisses culottes de drap à côtes, ses bottes à lacer, ses chandails. Il avait retrouvé son nom : « Mahé », sur quinze ou vingt maisons du pays, car c'était plein de Mahé qui n'étaient pas tous des parents, ou alors si éloignés qu'on ne le savait plus. Des Mahé et des Lansquet. Sa mère était une Lansquet.

Vingt fois, cinquante fois, il était passé devant la maison où il était né et où il avait vécu son enfance, au bourg voisin, une maison d'angle aussi, à un carrefour, qui était devenue un café.

Il était donc solide. Il évitait de rappeler ses vacances à Porquerolles et il ne voulait même pas y penser. Hélène, sa femme, en parlait parfois, avec Mme Péchade, par exemple, mais c'était pour se plaindre des beefsteaks cuits à l'huile, des soupes de poissons, des moustiques et des scorpions. Car, un matin, en retournant elle-même les matelas des petits comme elle avait coutume de le faire, elle avait bel et bien trouvé dans le lit de Michel un gros scorpion noir qui dressait une queue menaçante.

On s'occupait si peu de Porquerolles que, la semaine précédente, il avait écrit aux Le Guen, les gens qui tenaient l'hôtel-pension de famille où ils avaient l'habitude de passer leurs vacances. Ils avaient retenu leurs chambres pour la première semaine de juillet.

A l'instant encore, le docteur ne pensait pas à Porquerolles. Il était persuadé qu'il n'y pensait pas. Il regardait la bouche de son ami Armand, captait sans les retenir les syllabes qui passaient dans l'air, regardait son jardin, les buis taillés, les femmes qui portaient des chemisiers blancs, sauf sa mère, toujours en noir ou en gris, qui raccommodait une culotte du gamin.

Michel avait été malade. Deux fois. Une première fois, presque en rentrant, il avait eu la coqueluche. Puis, au printemps, en même temps que sa sœur, en même temps que le docteur, il avait fait une belle angine, de sorte que presque tout le monde était couché dans la maison et que Péchade, justement, s'était occupé pendant quinze jours de la clientèle.

Péchade était malade aussi. Il était toujours malade et son teint était sale. Seule sa femme était bien portante chez lui, car les trois garçons ne finissaient une maladie que pour en commencer une autre.

Il n'y avait pas de nuages au ciel et pourtant celui-ci était d'un bleu sourd, un peu violacé, l'air immobile ; les maisons partout étaient grises, tous les murs du pays couverts d'un crépi gris, avec parfois quelques briques vieux rose autour des fenêtres, des toits noirs auxquels les ardoises donnaient une netteté de dessin à l'encre de Chine.

— Je crois...

Il allait dire quelque chose. Péchade s'arrêta de parler et écouta. Mais le docteur se tut, fit signe à son ami de continuer.

Il venait de rougir, comme pris en faute. Et pourtant, il savait, maintenant, qu'il le dirait. Il attendait le moment favorable, s'efforçait d'écouter les paroles de son confrère sans parvenir à s'y attacher.

— Brédecart prétend...

Brédecart avait été un de leurs maîtres à l'École de médecine.

— ... que ce sont les Parisiens qui, en arrivant en vacances, déclenchent ces épidémies-là... Ils ne sont pas...

— Je crois... reprit le docteur Mahé.

Il se voyait, s'entendait, toujours incrusté dans un monde d'une immuabilité redoutable et il devait faire un effort pour échapper à cette sensation déprimante.

— Je crois que nous irons plutôt à Porquerolles...

Sa mère fut la première à lever la tête, parce que, malgré son âge, elle était plus vive qu'Hélène. C'était aussi la seule dont il eût peur. Il avait toujours vécu avec elle. Quand il s'était marié, il n'avait pas eu, comme les autres, qui s'en vont de chez eux, une sensation de liberté.

La vie continuait, comme quand il était gamin et qu'il allait à l'école. C'était encore elle, maintenant, qui l'éveillait le matin, elle aussi qui lui disait quand il devait changer de linge.

Elle avait un air très doux. Sa voix était moelleuse. Elle s'occupait de tout le monde, veillait à tout, passait des nuits au chevet des enfants quand ils étaient souffrants.

Il en avait quand même peur.

— Qu'est-ce que tu racontes ? prononça-t-elle du même ton qu'elle eût pris autrefois pour relever une espièglerie.

— Je dis... Je ne sais pas encore... Je voulais justement en causer avec Péchade...

Celui-ci avait déjà compris qu'il fallait être prudent. Quant à Hélène, elle regardait tour à tour son mari et sa belle-mère, espérant que celle-ci allait mettre fin à la plaisanterie.

— Il y a de la typhoïde tout le long de la Sèvre, en particulier du côté de Saint-Laurent et de Mortagne... Les enfants ne l'ont pas eue...

— Il y en a ici aussi...

— Trois cas... Ce n'est pas la même chose...

Bien qu'il vît que Péchade était gêné, il le prenait à témoin.

— Les enfants, Michel surtout, ont passé une mauvaise année. Michel ne gagne pas de poids depuis plus de six mois. Je suis persuadé qu'un changement de climat...

Sa femme risqua :

— L'année dernière, à Porquerolles, il n'allait pas mieux et il a eu sans cesse des ennuis avec son intestin...

— En rentrant, il a pris du poids... C'est cela qui compte... Tu ne trouves pas, Péchade ?...

Il préférait ne pas les regarder, ne pas se regarder lui-même.

Il venait de faire une découverte bouleversante : c'est qu'il parlait de son désir de Porquerolles comme d'une envie honteuse.

Voilà pourquoi, pendant un an, il n'avait jamais voulu y penser. A vrai dire, il n'y avait jamais pensé consciemment. Certes, Porquerolles n'avait pas disparu de sa mémoire. Au contraire. Mais cela se manifestait sous une autre forme, sous une forme en quelque sorte négative.

Quand il allait à la pêche, par exemple. Même avec sa nouvelle canne ! Il se sentait mou, sans entrain. Il lui arrivait de rester immobile, comme s'il cherchait dans son inconscient le souvenir d'une sensation plus forte.

Aussi quand, sur sa grosse moto, il côtoyait les champs où l'on avait commencé la moisson, où l'on voyait des bœufs lourds. Il arrivait dans des fermes qui sentaient le purin et le lait caillé. On lui parlait patois. Toutes les choses étaient à leur place.

Or, à Porquerolles, les choses lui étaient hostiles. Il avait essayé en vain de les amadouer. Sans cesse, là-bas, il sentait autour de lui comme un immense chaos, une vie trop forte dont le seul contact faisait battre son sang plus vite et lui donnait la fièvre.

Pendant toute une année, il avait été décidé à ne jamais y retourner. C'est exprès qu'une semaine plus tôt il avait écrit pour retenir ses chambres chez les Le Guen.

Comment expliquer que c'était sans surprise qu'il annonçait maintenant sa décision d'aller dans le Midi ?

Car c'était une décision, il ne fallait pas s'y tromper, et les autres, qui le connaissaient, ne s'y trompaient pas. Il avait trop vécu avec sa mère pour dire carrément :

— Nous ferons ceci ou cela...

Il s'y prenait autrement. Il lançait, l'air hésitant :

— Je crois qu'il serait préférable...

Devant la contradiction, il lui arrivait de reculer. Pas pour longtemps. Il revenait à la charge, le front bas, la tête penchée.

— Je me demande si vraiment...

La preuve, c'est que, cette fois, il entreprenait Péchade sur un sujet qu'il n'avait jamais abordé. Il lui parlait des jambes de Michel, de sa colonne vertébrale, de sa crainte d'une faiblesse des os que le gamin pourrait tenir de sa mère. Car une sœur de sa femme faisait de la tuberculose osseuse.

— Voyons, François ! protestait sa mère. Tu ne vas pas prétendre que Michel...

— Mais non ! Je ne prétends rien. Je dis seulement à Péchade que des bains de mer sont tout indiqués pour cet enfant-là...

— Il n'y a pas besoin d'aller à Porquerolles ou au diable. Vous avez les Sables-d'Olonne à deux pas...

— Qu'est-ce que tu en penses, Péchade ? D'abord, aux Sables, il y a des milliers d'enfants... Ensuite, je crains que le choc ne soit pas assez fort... D'ailleurs, nous avons le temps d'en reparler...

C'était fini. C'était décidé. Désormais, il savait qu'il ne passerait les vacances ni aux Sables, ni au bord de la Sèvre. Il avait besoin d'autre chose, de se détacher du paysage qui lui paraissait d'un vide effrayant.

— Si tu nous servais les liqueurs ?

Quand sa femme revint avec Mariette pour servir le thé aux femmes et les liqueurs aux hommes, il vit qu'elle avait les yeux rouges. Elle avait pleuré, pleurniché plutôt, car elle n'était pas capable d'un vrai chagrin.

— Nous mangerons donc encore de la soupe de poissons ! feignit-elle de plaisanter.

Cela lui fit un peu mal, parce qu'il sentit que c'était moins superficiel que cela pouvait le paraître. S'ils n'avaient jamais parlé de Porquerolles ensemble, comme on le fait naturellement d'un endroit où l'on a été, c'est qu'il y avait dans ce mot quelque chose de tabou.

Il n'avait rien à se reprocher. Sa femme n'avait rien à lui reprocher. Au contraire ! Là-bas, il avait été plus souvent avec elle et les enfants que chez les Le Guen, où il restait à la pêche des journées entières.

A vrai dire, il ne l'avait jamais quittée, dans l'île, sinon le matin, quand elle faisait la toilette des petits, et le soir, quand elle les débarbouillait et les couchait. Alors, il descendait vers la place, éprouvant le besoin d'annoncer :

— Je vais jusqu'au port en t'attendant...

Encore une fois, il ne faisait rien de mal. Il n'avait pas adressé la parole à une femme. Il ne se retournait pas, comme certains, sur les promeneuses en short.

Et pourtant, si d'aventure sa femme venait le rejoindre, il tressaillait, expliquait inutilement :

— Je regardais ce bateau... Tu ne trouves pas que...

Ou encore, si elle lui demandait : « Où étais-tu ? », il ne savait que répondre. Il n'était nulle part. Il avait erré aux environs du port, ou tourné autour des joueurs de boules.

Pourquoi, d'instinct, était-elle hostile ? Ici, elle ne lui demandait jamais où il allait. Il ne pensait pas à le lui dire. Il enfourchait sa moto, traversait le bourg en trombe, rentrait à n'importe quelle heure, souvent alors que les femmes et les enfants étaient à table.

— On a téléphoné de la Béchelerie...

— Je sais ce que c'est. J'irai demain...

— Il paraît que c'est urgent...

— Cela peut attendre...

On ne le contrariait pas. Mais, du moment qu'il s'agissait de Porquerolles...

Sa mère aussi, qui paraissait soupçonner Dieu sait quelle chose cachée !

Lui-même qui rougissait...

Un peu plus tard, il surprit sa femme qui disait à voix basse à Mme Péchade :

— Je ne sais pas à quoi cela tient... Je ne l'ai jamais vu si nerveux que là-bas... Tout l'irritait... Il se fâchait pour une bêtise... Et voilà qu'il veut absolument y retourner !...

Ils firent ce qu'ils faisaient souvent quand ils dînaient ensemble le dimanche. Les deux hommes se levèrent et allèrent se promener sur la route. Mahé avait envie d'expliquer à son ami... Lui expliquer quoi ?

— Cela va être dur ! éprouva-t-il cependant le besoin de soupirer.

— Pour Porquerolles ?

— Oui... On en reparlera ce soir dès que vous serez partis. Elles se mettront ensemble.

— Ta femme n'a pas l'air de s'y être amusée...

— Si on l'écoutait, on n'irait même pas en vacances, que dis-je, on ne sortirait pas de la maison, elle passerait l'année, d'un bout à l'autre, à coudre derrière ses rideaux...

Dans l'ombre des cafés, des hommes vêtus de noir jouaient aux cartes et, eux aussi, comme les bancs brunis, les tables vernies, avaient l'air d'être sculptés dans l'espace solide.

Il lui arrivait de les prendre en grippe, tous tant qu'ils étaient, le dimanche surtout, avec leur complet de serge noire, leur visage congestionné sur un faux col trop blanc.

— Et toi ? Tu vas chez les parents de ta femme, comme d'habitude ?

Cela ne semblait pas peser à Péchade. Les bornes étaient d'un blanc cru aux deux côtés de la route. Il y avait des haies, des prés avec des vaches, des cyclistes qui commençaient à revenir avec des touffes de genêts sur leur guidon, des filles endimanchées qui se promenaient en bandes par le bras et qui barraient la route.

Là-bas, à moins de deux kilomètres, cette autre maison grise, avec des granges et des écuries, c'était la maison de son père, du Mahé dont on parlait encore dans le pays et qui devenait peu à peu un personnage légendaire.

— Haut comme ça, à devoir se baisser pour entrer ici... Large comme l'armoire...

François ne l'avait pour ainsi dire pas connu, puisqu'il n'avait que trois ans quand son père était mort.

— Des jours de foire, je l'ai vu mettre dix chopines de rang sur la table et les vider le temps qu'il vous faudrait pour boire seulement un verre...

Il était marchand de chevaux... On parlait aussi d'un fameux poney pie qui...

Pourquoi même ces souvenirs se dessinaient-ils en lignes trop nettes, en teintes crues, avec cette précision gênante et vulgaire des cartes postales ?

Un jour de foire... oui... Il avait entendu l'histoire cent fois, cinq cents fois... On le prenait à témoin...

— N'est-ce pas, docteur ?... On parlait justement de votre père... Il avait déjà fait le coup deux ou trois fois... Il attrapait le poney pie par les pattes de devant et il vous traversait la route en le portant sur son dos... Un jour — c'était la foire de Saint-André —, il parie je ne sais combien, avec des collègues, d'en faire autant avec sa jument... Il avait déjà bien bu, vu qu'il était dans les cinq heures de l'après-midi... Mais attention !... Vous pouviez le faire boire autant que vous vouliez, il ne perdait pas le nord pour la cause et il vous roulait son monde tout pareil... Donc, les voilà sur la route où on amène la jument... Il lui saisit les pattes de devant, comme avec le cheval pie qui était un bon quart moins lourd... Quelqu'un lui crie :

» — Reste tranquille, Isidore... Tu vas te faire du mal...

» Les autres, au contraire, l'encouragent...

» Eh bien ! il l'a soulevée, aussi vrai que je suis ici. Seulement, quand il a voulu se mettre en marche, on voyait que ses jambes ployaient sous lui... Il s'obstinait... Il a fait trois pas, peut-être quatre... Il paraît que ses veines se gonflaient et devenaient bleues... Tout à coup, il est tombé sans dire ouf...

» Il était mort...

» C'était un fameux gaillard !

François n'en avait pas moins été élevé dans la maison. On avait continué à vendre des chevaux. Il y avait toujours une petite pièce où l'on servait à boire. Sa mère était déjà toute maigre, toute menue. Il l'entendait du matin au soir gourmander les valets.

Ce n'est pas un métier de femme. On disait :

— Faudra qu'elle vende un jour ou l'autre.

Et qu'est-ce qu'elle aurait fait, alors qu'il n'y avait pas d'argent dans la maison et qu'elle avait un garçon sur les bras ?

Elle avait tenu bon, servant à boire, allant vers les clients aux écuries, y enfermant le valet, le soir, quand il était trop saoul, et son fils avait pu faire sa médecine.

De sorte que c'était fini. Elle l'avait élevé. Elle en avait fait un monsieur, lui avait acheté la maison et la clientèle du docteur Riou, l'avait marié. Car c'était elle qui l'avait marié.

C'était elle encore qui continuait à faire marcher la maison.

Que pouvait-il demander de plus ? Il était tranquille, avait des loisirs, allait à la chasse ou à la pêche quand il voulait. Il avait de bons chiens. N'importe qui, au bourg, était toujours prêt à l'accompagner.

Alors ?

Qu'est-ce que c'était, cette histoire de Porquerolles, où il avait été le premier à se plaindre de la cuisine et des lits ?

— Tu pêchais, là-bas ? questionnait Péchade qui marchait à son côté.

Il ne savait que répondre. Il n'était allé à la pêche qu'une fois, avec Gène. Chaque fois que celui-ci le rencontrait, il lui lançait :

— On y va demain, docteur ?

— Peut-être un autre jour...

Le plus étonnant, c'est que, ce qui le retenait, c'était une sorte de pudeur. Il se sentait gauche. Il n'était pas à sa place. Ainsi, pendant deux jours, il avait porté les pantalons bleus achetés chez l'épicier-maire, avec des espadrilles à semelles de corde et une chemise blanche aux manches troussées jusqu'aux coudes.

C'était la tenue des gens du pays, la tenue aussi de bon nombre d'estivants qui s'appliquaient à jouer aux boules.

Il sentait, quand il était ainsi vêtu, que sa femme le regardait à la dérobée. Il lui arrivait, de loin, de ne pas le reconnaître. Était-il trop gros ? Il y en avait d'aussi gros que lui, de plus gras même, parmi les pêcheurs.

Trop blanc, certes. Il prenait des coups de soleil. Sa peau devenait rouge comme une plaie, puis pelait, et il arrachait de longs morceaux de squames blanchâtres.

Il avait cessé soudain de porter le pantalon bleu. Il lui arrivait de mettre un col et une cravate comme il avait toujours été habitué à le faire.

Pas une fois, il n'avait eu l'occasion d'adresser la parole à Frans Klamm, et pourtant il l'avait vu presque chaque jour. Celui-ci était toujours à rôder au port, pieds nus, d'une démarche qui le distinguait des autres, à la fois raide et souple. On ne l'entendait pas approcher. Il ne déplaçait pas d'air et on était surpris de le voir passer près de soi.

On lui criait dans le soleil :

— Frans !... Hé ! Frans, viens ici... Attrape ce filet...

Il venait, docile, comme une bête. Il faisait ce qu'on lui demandait. Il était le domestique de tout le monde. On lui jetait une pièce. Ou bien on l'invitait à monter sur un bateau pour manger un fond de casserole. Il mangeait lentement, en gardant son immobilité, et ses gestes étaient étrangement délicats, même s'il prenait la nourriture avec ses doigts.

Vraiment, le docteur n'avait pas pensé à lui depuis un an, ni à sa fille en robe rouge qui était si maigre, ni à Polyte qui dormait tranquillement sur une banquette de café, dans l'ombre bleue, sans s'inquiéter du remue-ménage qui l'entourait.

Maintenant, s'il s'interrogeait scrupuleusement — et c'est parce qu'il le faisait sans le vouloir qu'il était un peu gêné —, il admettait qu'il n'avait pas eu besoin d'y penser, qu'il avait toujours su qu'il retournerait là-bas.

C'était une sorte de rendez-vous tacite. Même quand il avait écrit la lettre aux Le Guen...

Que dirait Armand Péchade s'il lui déclarait :

— J'ai écrit aux Le Guen pour retenir des chambres, mais je savais que nous n'irions pas...

On l'accuserait de duplicité. Or, il n'y avait nulle duplicité en lui.

Il savait. C'était tout.

Pourquoi ? C'était une autre affaire. Quand ils étaient encore sur le *Cormoran* et que celui-ci s'approchait de l'île qu'ils voyaient pour la première fois, il aurait volontiers fait demi-tour, comme sa femme, mais pour d'autres raisons.

C'était beau, certes. C'était magnifique. Est-ce parce qu'il était penché à l'avant du bateau et qu'il regardait l'eau se diviser en deux sous la poussée de l'étrave ? Il vit le fond de la mer. Ce fond se rapprochait vertigineusement, avec ses rochers, ses vallées, ses pâturages, car il savait maintenant qu'il existe des pâturages à poissons. Dès ce moment, il avait ressenti le vertige qui l'avait pris beaucoup plus fort alors qu'il pêchait avec Gène.

Le fond de la Sèvre, les poissons de la Sèvre ne lui faisaient pas le même effet.

Là-bas, c'était un monde hostile, un monde tellement étranger à lui qu'il se sentait désemparé. L'île elle-même... Sa cloche d'air bourdonnante de soleil, ce scorpion trouvé dans le lit de son fils, le vacarme assourdissant des cigales...

Eh bien ! tout à l'heure, dans le jardin, c'était le vacarme qui lui avait soudain manqué, à un an de distance. L'air lui avait paru vide, la route morte, le bourg mort, tout entier.

Il avait envie de quitter la pension Saint-Charles et de descendre vers le port, tout seul, de voir tirer du bassin, au bout d'une fouine, quelque gros poulpe aux tentacules gonflées de vie indifférente.

Il en avait envie et il en avait peur. Il savait que, là-bas, il serait malheureux, qu'il se sentirait étranger.

Sa femme était jalouse ! Car sa méfiance, son hostilité, ce n'était pas autre chose que de la jalousie. De quoi pouvait-elle être jalouse ?

Il tressaillit, surpris d'avoir parcouru plus de cent mètres avec son ami Péchade sans lui parler, sans que Péchade, de son côté, prononçât un mot.

— Il est peut-être temps que nous rentrions ?

— Si tu veux. D'ailleurs, nous n'allons pas tarder à retourner chez nous. Je me demande si je n'ai pas laissé l'auto au soleil.

Elle y était, dans un petit chemin, noire, immobile. Il fallut habiller les trois garçons, couper des roses pour Mme Péchade qui en avait plein son jardin. Au dernier moment, on se souvint d'une recette qu'on lui avait promise et qu'on avait oublié de lui donner. On fouilla les tiroirs.

— Je te dis, répétait la mère du docteur à sa bru, que tu l'as prêtée la semaine dernière à Mme Delépine...

— Ce n'est rien, Hélène... Je la prendrai la prochaine fois...

L'air du dimanche soir avait un goût de poussière, de sueur et d'alcool. On se retrouva tous autour de la voiture, à s'assurer que les portières étaient bien fermées, à baisser les vitres pour se serrer la main une dernière fois.

— Tu ne viens pas cette semaine à Bressuire ?

— Peut-être... J'aurai sans doute un malade à voir à l'hôpital...

L'auto disparut au bout de la grand-route. On revint à travers le jardin, après avoir refermé la grille noire qui grinçait. Les enfants marchaient devant. Jeanne tenait la main de son petit frère. On lui avait fait des anglaises qui pendaient, soyeuses, aux deux côtés de son visage, et elle avait un gros nœud au sommet de la tête.

Le docteur sentait que ses deux femmes l'observaient à la dérobée. Il marchait lourdement, traînant les pieds, s'attardait à vider sa pipe en la frappant contre le talon de sa botte.

Au moment où ils gravissaient les marches du perron, sa mère lui dit :

— Alors, c'est décidé ?

Elle le connaissait. Il se contenta de faire oui de la tête, un oui qui n'osait pas encore être trop affirmatif.

— Comme tu voudras ! Il faudra écrire tout de suite aux Le Guen... Tu pourrais peut-être leur téléphoner ?

Pour s'en débarrasser, il répondit :

— Je vais le faire à l'instant.

Et il entra dans son cabinet pour demander la communication. Derrière la porte d'un placard ouvert, il y avait une fontaine d'émail et un miroir en losange. Il s'y regarda. Il avait la tête ronde, le front bas, la chair drue, toujours rougie par l'afflux du sang ou par le soleil.

Or, tandis qu'il se regardait, ses lèvres s'étirèrent dans un sourire, un sourire qu'il ne s'était pas vu depuis longtemps, littéralement un sourire de gamin qui vient d'imposer sa volonté.

— Allô ! C'est vous, madame Le Guen ?... Mais oui, je reconnais votre voix... Ça va, là-bas ?... Beaucoup de monde... Oui... Figurez-vous que nous ne pourrons pas encore aller chez vous cette année...

Le téléphone était sur son bureau encombré. Il y avait de tout, l'appareil pneumatique pour la tension artérielle, des médicaments, un stéthoscope, des cuillers pour la pêche au brochet...

Il dut se retenir pour ne pas, tout en parlant, appuyé sur un coude, balayer tout ça d'un vaste geste...

Dans une semaine...

A moins de partir le samedi, ce qui ferait gagner deux jours ?... Mais oui !... Les femmes se plaindraient de manquer de temps pour leurs préparatifs... On gagnerait néanmoins les deux jours...

Il se redressa, la communication terminée et, tout seul au milieu de son bureau, il bourra lentement sa vieille pipe cependant qu'on chuchotait dans la cuisine.

4

La chute d'Élisabeth

Il était assis, vautré plutôt, les cuisses larges et écartées sur le banc peint en bleu, entre deux fenêtres aux persiennes du même bleu, contre la façade blanche de la pension Saint-Charles. Les fenêtres étaient ouvertes et il entendait distinctement le bruit des fourchettes heurtant la faïence.

C'était l'heure entre chien et loup. Il était trop tôt pour allumer les lampes. Les contours nets, trop nets, mais la lumière, qui avait perdu son frémissement, était comme morte. Au même moment, en cette saison, dans des milliers de pensions, dans des milliers de petits hôtels du bord de la mer, les familles accouraient au son d'une cloche ou d'une sonnette grêle d'enfant de chœur pour se grouper autour de tables identiques. Des milliers d'enfants, que des mamans scandalisées tentaient en vain de faire taire, demandaient d'une voix pointue en touchant à tout :

— Qu'est-ce qu'il y a à manger ?

Des bouteilles entamées attendaient sur les nappes, avec la bouteille d'eau minérale, parfois la boîte de pilules ou une spécialité pharmaceutique.

L'orage n'éclatait pas encore. Laissant sous la garde de Mariette sa fille et son fils déjà attablés, leur serviette autour du cou, la femme du docteur s'avança jusqu'à la porte, en s'effaçant pour laisser passer Mme Harmoniaux.

— Pardon, madame...

— Faites donc...

— C'est mon mari qui traîne...

Et dehors :

— Viens manger, François... Ce n'est pas la peine d'attendre Alfred... Il mange tellement plus vite que les enfants...

Juste à cet instant l'orage éclatait au-dessus de leur tête, de grosses gouttes crépitaient enfin sur le feuillage épais, s'enfonçaient mollement, en laissant un trou, dans la farine presque blanche du chemin.

On devinait toutes les têtes qui se levaient, toutes les poitrines qui soupiraient.

— Enfin !

Cet orage-là, il y avait quinze jours qu'on l'attendait. Toute la journée, le ciel était lourd et incolore comme un ciel africain, la réverbération de la mer faisait mal aux yeux et vous donnait mal à la tête. Le soir, dans le ciel qui virait au pourpre, on voyait monter de gros nuages violacés ; ils se gonflaient, presque au-dessus de l'île, comme des tumeurs prêtes à crever. Chaque fois, on avait le même instant d'émotion quand un souffle léger faisait frémir le feuillage et soulevait même d'une façon à peine perceptible la poussière brûlante du sol. Un tonnerre roulait au loin, mais alors, quatorze jours de suite, on avait eu la déception de voir le torrent se déverser sur le continent, presque toujours au même point précis de la chaîne des Maures qui fermait l'horizon. De la jetée, de n'importe où, on regardait la pluie tomber en un gigantesque faisceau gris, jet d'arrosoir agrandi des millions de fois, puis on venait pesamment se mettre à table, les gens aussi chargés d'électricité que les chats et les insectes.

Cette fois-ci, la pluie tombait. Les Mahé avaient une table près d'une fenêtre, car ce n'était plus leur première, ni leur seconde année de Porquerolles, mais déjà la troisième. Mme Harmoniaux, aussi lourde à déplacer qu'une tour de jeu d'échecs, venait voir s'ils ne manquaient de rien. Le docteur appelait familièrement :

— Éva !...

Et la grosse fille en tablier blanc les servait avec un sourire complice.

Il mangeait en bras de chemise, d'une chemise à laquelle sa femme avait coupé les manches à hauteur du coude. Quand le col s'écartait, on distinguait la ligne de démarcation entre la peau blanche du corps et la nuque cuite.

Les enfants avaient grandi. D'autres enfants, qu'ils avaient aperçus la première année, avaient poussé de même. Des garçons avaient mué. Il restait une chaise libre à leur table, et un couvert.

— Il se sera mis à l'abri à cause de l'orage, disait Hélène en servant Michel.

Et, s'étonnant de voir son mari si sombre et si impatient, elle plaidait la cause de son neveu, car il s'agissait d'un fils de sa sœur aînée qu'ils avaient emmené avec eux en vacances.

— C'est la première fois qu'il lui arrive d'être en retard.

— Justement ! Et justement ce jour-là !

— Tu ne manges pas ?...

— Mais si...

Il était en proie à une telle angoisse qu'il se demandait s'il n'allait pas sortir, monter là-bas, s'assurer que... Pour comble, Mémé était juste en face de lui, seule et placide à une petite table. Il ne pouvait pas ne pas la voir. Elle était énorme, avec sa chair saignante de coups de soleil, sa poitrine molle, ses cheveux gris. Même quand elle était habillée, il la revoyait telle qu'il l'avait aperçue maintes fois, toute nue, crûment, salement nue, sur le sable, au fond d'une crique où elle passait ainsi la plus grande partie de ses journées.

On ne savait pas son âge. Plus de cinquante ans, en tout cas. Peut-être soixante ? C'était une Hollandaise ou une Belge. Elle s'en allait seule dès le matin et se mettait nue dans sa crique.

Quelquefois, un joueur de boules était en retard pour la partie sur la place. Il arrivait maintenant que le docteur fît la partie. On le connaissait. Tout le monde l'appelait docteur.

— Pourquoi arrives-tu seulement, Joseph ?

— Je suis allé sauter Mémé...

Parce qu'elle leur donnait chaque fois cinquante francs. Elle avait son sac avec de l'argent tout prêt à côté d'elle. Ils allaient sauter Mémé, comme ça, dans sa crique, quand ils avaient besoin de cinquante francs...

— A quoi penses-tu ?

A Alfred... A Alfred qui n'était pas rentré, qui rentrait en courant sous la pluie, s'ébrouait un instant dans le corridor, leur lançait de loin :

— Je viens tout de suite...

Et l'adolescent grimpait les marches quatre à quatre. Pourquoi ? Pour se changer, parce qu'il était mouillé ? Le docteur savait qu'il y avait autre chose. Il fut sur le point de monter à son tour, mais il resta à sa place dans la salle où Éva allait et venait avec les plats.

Alfred avait dix-neuf ans. Chose curieuse, il ne ressemblait pas à sa mère, mais à Hélène, qui n'était que sa tante. C'était gênant. Est-ce que ce n'est pas toujours gênant de voir un garçon ressembler à une fille ?

Il avait passé son premier examen de droit.

Cela l'avait tellement fatigué qu'on se demandait s'il pourrait continuer ses études. Sa mère y tenait, car elle avait un peu de bien et comptait lui acheter plus tard une étude de notaire.

Le matin, il suivait son oncle, plein de bonne volonté, toujours prêt à rendre service.

— Le voilà qui descend... Tu vois !

Il voyait, oui ! Il voyait une certaine gêne sur le visage de son neveu en même temps que, dans ses yeux, une joie vibrante qui n'était pas produite par l'orage enfin déchaîné. Il s'asseyait en balbutiant :

— Je vous demande pardon...

Il se tournait vers Éva.

— Pas de soupe...

Non seulement il s'était changé, mais il s'était lavé les mains. Elles sentaient encore la lavande du savon de toilette. C'était déjà un signe, car il n'était pas si soigneux d'habitude.

D'ailleurs, dès qu'il rencontra le regard de son oncle, il battit des paupières à deux ou trois reprises, ce qui signifiait clairement :

— Ça y est !

Alors, tout se figea dans la poitrine du docteur. Il fut un moment prêt à étouffer. Pourtant, il était presque obligé de sourire, d'approuver. Heureusement qu'il y avait l'orage dont tout le monde s'occupait, les éclairs qui traversaient l'espace, l'eau qui crépitait jusqu'à mouiller la table et enfin Mme Harmoniaux qui allumait les lampes car on n'y voyait plus assez clair.

— Tu n'es pas bien, François ?

— Mais si ! dit-il avec humeur.

— Tu ne manges pas...

— Eh bien ! puisque tu y tiens, je mangerai !

Il mangea, rageusement. Pour un peu, il eût été forcé de pousser les bouchées avec ses doigts au fond de sa gorge.

C'était dégoûtant. Il était furieux. Il avait honte. Il se demandait comment il avait pu commettre une action pareille. C'était tellement énorme qu'il ne pouvait y croire encore, malgré l'évidence, et qu'il attendait d'être seul avec Alfred.

A cause de la pluie, les pensionnaires s'attardaient dans la salle, le repas fini, sauf quelques-uns qui allaient et venaient dans le corridor ou qui, dans l'encadrement de la porte, regardaient tomber la pluie.

— Tu restes en bas ? demanda Hélène qui montait avec Mariette pour coucher les enfants.

Mariette qui, elle aussi, était vierge, il en avait la quasi-certitude. Elle était fiancée. L'année prochaine, elle ne viendrait plus avec eux.

— Je vais jusqu'à *L'Arche* avec Alfred...

— Vous serez trempés...

Tant pis. Ils coururent. Il n'y avait que cent mètres à peine à parcourir pour se trouver à l'abri sur la terrasse couverte de *L'Arche de Noé* où il y avait foule.

— C'est fait... confirma Alfred tout en courant.

Et le pauvre garçon, tout frémissant encore, se doutait bien peu que son oncle le haïssait.

Comment le docteur avait-il été amené à agir ainsi ? Ils retrouvèrent une place presque sèche près des plantes grasses qui bordaient la terrasse. Le docteur commanda de l'alcool, ce qui lui arrivait rarement le soir. Et l'autre, l'idiot, de lancer joyeusement :

— Moi aussi, tiens !... Pour une fois...

Il avait hâte d'expliquer. Il était encore gauche. Il manquait d'habitude, surtout avec un oncle. Mais on l'avait tellement encouragé...

— Figure-toi que je t'ai aperçu, quand tu es passé et que tu es resté quelques instants à regarder la maison... Même que ça a failli faire tout rater...

— Pourquoi ? questionna le docteur d'une voix blanche, en regardant ailleurs.

— Je ne sais pas... Elle a dit :

» — Votre oncle !...

» Je crois qu'elle a peur de toi... C'était déjà presque fait et soudain elle ne voulait plus... Nous étions tous les deux à te regarder t'éloigner et c'était à recommencer... Enfin !...

Il s'agissait de la fille de Frans, et c'était le docteur qui l'avait en quelque sorte jetée dans les bras de cet imbécile d'Alfred.

Pourquoi, Seigneur ? Il avait envie de se frapper la tête au mur, car sa tête éclatait à force de se poser cette question stupide.

Pourquoi ?

Bêtement, en tout cas. Il n'avait jamais, lui, adressé la parole à Élisabeth. Pas une fois. Il n'en avait pas eu l'occasion.

L'année précédente, déjà, elle était changée. Elle portait toujours sa robe rouge, elle la portait encore cette année, c'était à croire que cette robe grandissait avec elle. Elle était toujours aussi maigre, à la différence près que sa poitrine se formait et se dessinait maintenant sous le tissu.

Ce qu'il y avait de nouveau, l'année précédente déjà, c'était son air décidé, son air de femme. Le docteur avait entendu la femme de l'épicier-maire murmurer, comme la gamine en rouge passait sur la place, tenant sa sœur par la main :

— On dirait une petite maman...

La gamine était propre, bien tenue. La maison aussi. Cela se voyait de loin. Quant au garçon, il prenait chaque jour le *Cormoran* du matin, une boîte à violon sous le bras, car un musicien qui s'était fixé à Hyères, un homme célèbre, disait-on, s'était mis en tête de lui enseigner le violon.

Qu'est-ce que cela pouvait faire au docteur ? Rien du tout. Il était maintenant admis dans l'île. On ne le considérait plus tout à fait comme un étranger. Plusieurs fois, quand son confrère était malade ou en voyage, il avait été appelé à donner des soins.

On l'appelait pour payer une tournée, ou pour faire une partie de boules.

Le matin, sa femme s'incorporait encore au cortège qui, encombré de maillots de bain, de peignoirs, de ballons pour les enfants et de tartines, cheminait lentement vers la plage d'Argent. Elle revenait à midi, du même pas. Elle repartait après le déjeuner. Il y avait longtemps que le docteur ne l'accompagnait plus que rarement, ou qu'il se contenait d'aller la rejoindre au moment du bain.

Il pêchait avec Gène, avec Polyte, avec les autres. Il buvait le coup avec eux, dans un petit café où n'allaient guère les étrangers. De la sorte, il savait tout ce qui se passait dans l'île.

— Ce sont les bonnes sœurs qui se sont occupées d'elle...

Car Élisabeth allait chaque matin conduire la plus jeune chez les bonnes sœurs. Puis elle faisait ses emplettes, toute droite dans sa robe rouge. Elle remontait chez elle où elle vaquait au ménage. Les pantalons bleus de son père étaient propres et reprisés. Son frère était aussi bien habillé que n'importe quel garçon de l'île.

— On prétend qu'il a des dispositions pour le violon, qu'il deviendra un virtuose...

Certains soirs, quand Frans ne rentrait pas chez lui, Élisabeth descendait jusqu'au port et s'approchait tranquillement de son père. Les hommes se poussaient du coude.

— Vous allez voir !

Et on voyait. On voyait Frans qui tirait de l'argent d'une de ses poches et le remettait timidement à la gamine. Celle-ci ne s'y laissait pas tromper. Elle insistait. Sans gestes, sans éclats de voix. Alors

Frans, honteux, plongeait la main dans une autre poche où il avait gardé un peu d'argent.

Ainsi, il ne lui restait jamais rien pour aller faire une virée à Toulon.

— Si sa défunte femme avait agi ainsi, il lui aurait flanqué une de ces tournées !... Une fois, je ne sais pas ce qu'elle lui avait dit, mais c'était sûrement une question d'argent, il l'a renversée par terre et il l'a traînée par les cheveux... Avec sa fille, il ne bronche pas...

Il essayait seulement de tricher. Il devait y parvenir. On prétendait qu'il cachait de l'argent dans des trous entre les pierres du port et cela lui permettait, de loin en loin, de s'offrir une bordée.

Il en revenait honteux. De deux jours, il n'osait pas remonter chez lui et il dormait sur le premier bateau venu, ou sur le banc de la place, comme le vieux Mouchi. C'était elle, tranquillement, qui venait le rechercher.

En quoi, oui, en quoi cela regardait-il le docteur ? Amoureux ? Jamais de la vie ! Il n'était quand même pas tombé amoureux de cette gamine à peine poussée, à qui, tout au plus, il aurait pu ordonner des fortifiants.

Alors, pourquoi, quand il était arrivé pour la troisième fois dans l'île avec ce long nigaud d'Alfred qui avait du duvet de poulet au-dessus de la lèvre, pourquoi l'avait-il conduit, comme par hasard, devant le bâtiment du Génie ?

Alfred faisait de l'aquarelle. Il portait sur le dos une jolie boîte en noyer ciré avec ses couleurs, ses cartons et ses pinceaux et il s'encombrait, par-dessus le marché, d'un chevalet de campagne et d'un pliant.

Il avait d'abord essayé de peindre le port et il s'était installé au même endroit que tous les peintres de passage, avec la marmaille autour de lui.

— Tu serais plus tranquille là-haut...

Il était encore loin de penser à mal, le docteur. Seulement, il avait toujours été attiré par ce coin aux cactus et aux figuiers de Barbarie. C'était une malchance qu'il n'y eût jamais quelqu'un de malade chez Frans quand le médecin de l'île n'était pas disponible !

Alfred l'avait suivi.

— Regarde ! Ces bâtiments qui se découpent sur un fond de pins maritimes...

— C'est difficile à rendre.

— A plus forte raison... Essaie...

Il s'était assis à côté de lui, à fixer la porte toujours ouverte où l'on voyait parfois passer une robe rouge dans la pénombre. Il n'osait pas rester là tout le temps. Il s'en allait faire un tour, revenait.

— Tu n'as pas de bonne amie ?

Il était déjà un peu gêné en disant cela, mais il ne voyait pas encore où cela le conduirait.

Le neveu, rougissant, fier d'être traité en homme, avouait :

— J'en ai une, à Poitiers... Il ne faut surtout pas le dire à tante...

— Bien sûr... Et ?...

Il ne posait pas la question plus clairement. Alfred comprenait, rougissait de plus belle, balbutiait :

— Bien sûr...

Le lendemain matin, Élisabeth faisait sa lessive dehors, près de la maison.

— Elle est jolie, hein ?

Non. Alfred ne la trouvait pas jolie. Pour lui, c'était encore une petite fille, mais il n'osait pas contredire son oncle.

— C'est la fille de Frans, l'ancien légionnaire...

— Ah !

— Je me demande...

— Quoi ?

— Je me demande si elle a des amants...

C'était idiot, odieusement idiot. Il était là, énorme, dans le soleil qui lui cuisait la peau, près d'un autre imbécile qui faisait de l'aquarelle avec des couleurs sales et ternes, il était là à s'exciter tout seul sur une robe rouge avec un corps maigre dedans, ou plutôt à essayer d'exciter son compagnon.

Car c'est à cela qu'il en arrivait. Sournoisement. Il ne se souvenait pas de s'être conduit sournoisement dans sa vie, mais, cette fois, il le faisait bel et bien.

— Elle regarde tout le temps de ton côté...

Il s'éloignait, cela valait mieux. Il allait rôder au port, entrait chez Maurice et buvait un verre de vin rosé au comptoir. Le soir, il s'informait :

— Tu lui as parlé ?

— Je n'en ai pas eu l'occasion...

Et le lendemain, l'air innocent :

— Tu montes là-haut ?

— Je crois que oui...

Telle était, toute crue, la vérité. Il avait trente-cinq ans, il était père de famille et il s'était amusé à exciter son gamin de neveu sur une gamine à qui il n'avait jamais adressé la parole.

Amusé ? Même pas ! Jamais il n'avait été d'aussi mauvaise humeur. Heureusement qu'il y avait ce fameux orage qui n'éclatait jamais et qui servait d'excuse. Sa femme ne se doutait pas qu'il entrait de plus en plus souvent chez Maurice où il y avait déjà, au comptoir, une place familière à son coude.

— Un petit blanc, Jojo...

La serveuse, qui avait dix-huit ans, était sans doute aussi désirable que la fille de Frans, mais il ne s'en apercevait pas. D'ailleurs, il ne désirait pas Élisabeth.

Alors ?

— Tu sais, tonton, je lui ai parlé...

— Je t'ai déjà prié de ne plus m'appeler tonton. C'est ridicule. Appelle-moi François...

— Je n'ose pas...

— Qu'est-ce qu'elle t'a dit ?

— Je lui ai demandé de venir voir ce que j'avais fait et elle est venue...

— Elle a trouvé que c'était bien ?

— Elle m'a dit qu'il y avait de plus jolies choses à peindre dans l'île... Alors, moi, j'ai répondu...

Idiot ! Cent fois, mille fois idiot ! Bien sûr, il avait répondu qu'il n'avait pas encore rencontré de plus jolie chose qu'elle ! Et la petite dinde s'était rengorgée, gonflée d'orgueil, pardi !

— Pour ce que tu m'avais dit... Tu sais...

Non, il ne savait plus. Qu'est-ce qu'il avait dit ?

— Si elle avait des... des amants... Eh bien ! je ne le crois pas...

— A cause de ses yeux bleus, pas vrai ?

— Mais non, tonton... Je t'assure... Je suis persuadé...

A supposer qu'il raconte cela à sa femme, ou à sa belle-sœur — elle qui leur confiait son fils par crainte, justement, des femmes ! — ou à tout homme raisonnable, à son ami Péchade, par exemple...

Et sa mère qui, l'an dernier, quand ils étaient rentrés de vacances, l'avait regardé d'une façon qu'il connaissait bien, qui suffisait à le faire rougir quand il était gosse ! A croire qu'elle avait tout deviné, alors qu'il n'y avait rien à deviner.

Car il n'y avait rien ! Rien que des propos en l'air, un après-midi qu'il faisait trop chaud et qu'il s'irritait, sans raison, devant son neveu occupé à salir du papier avec ses pinceaux.

Maintenant...

La pluie cessait déjà. Les jeunes avaient mis le phono en marche et on les voyait danser dans l'étroite salle à manger de *L'Arche*. On entendait leur piétinement rythmé, et les grosses gouttes qui tombaient des eucalyptus. On avait allumé les lampes trop tôt. Maintenant que le ciel était lavé, le crépuscule commençait seulement, un crépuscule trouble, chargé d'odeurs fortes.

L'imbécile qui avait couru se laver les mains ! Rien que cela aurait suffi à révéler la vérité au docteur. C'était bien de lui !

— Tu sais que j'étais le premier ?

Il rappela Jojo qui passait, lui commanda un second verre de fine.

— Je ne sais pas moi-même comment cela s'est passé... Elle était toute seule... Je suis entré pour lui demander un verre d'eau... Déjà, hier, j'avais essayé de l'embrasser... Elle s'était laissé faire à moitié, puis elle s'était sauvée... C'est très propre, chez eux... C'est curieux... Cela ne ressemble à aucun ménage... Tu es fâché ?

— Pourquoi serais-je fâché ?

— Je me le demande... Tout à l'heure, quand je suis entré, il m'a semblé...

— Continue, idiot !...

— Je l'ai encore embrassée et je la tenais si bien qu'elle n'a pas pu s'échapper. Je voyais qu'elle regardait la porte par-dessus mon épaule.

Elle ne fermait pas les yeux. Elle restait immobile, impassible... Je me suis énervé...

— Oui...

— Elle m'a dit, après avoir lutté un moment pour dégager ses lèvres :

» — Le docteur !...

» Tu étais là... Tu regardais mon chevalet et ma boîte...

» Je me doutais que tu devinerais... Mais elle, elle tremblait de peur... Elle semblait croire que tu allais entrer et te fâcher...

» — Il sait que vous êtes ici ?...

» — Mais non...

» — Partez...

» J'ai bien cru que j'allais repartir comme ça, car elle ne voulait plus... Puis, je suis parvenu à l'attraper... Elle est tombée... C'est grâce à cela...

L'œil du docteur était aussi glauque que le ciel.

— Eh bien, voilà ! conclut-il.

Il fit un effort pour ajouter d'une voix indifférente :

— Tu es content ?

Et l'autre, pas convaincu :

— Oui, mon oncle...

— Tu as pris tes précautions, au moins ?

— Oh ! oui, mon oncle...

— Tu comptes y retourner demain ?

— Je ne sais pas.

— Comment, tu ne sais pas ?

— J'ai un peu peur... En revenant, j'ai rencontré son père qui remontait... Quelques minutes plus tôt, et il nous aurait surpris...

Un silence. Les eucalyptus s'égouttaient toujours, la glace fondait dans le verre de fine à l'eau, les couples dansaient, serrés les uns contre les autres, tandis que la fraîcheur envahissait la terrasse.

— Et puis...

— Et puis ?

— Je me demande si ça lui a fait plaisir... Après, j'ai eu l'impression qu'elle me détestait... Elle s'est détournée quand j'ai voulu l'embrasser...

» — Partez vite, a-t-elle dit.

» Rien d'autre... Je me retournais, j'espérais toujours qu'elle m'adresserait un petit signe...

— Jojo !

Le gamin regarda avec étonnement son oncle, assez sobre d'habitude, qui commandait sa troisième fine à l'eau.

— Je crois que je vais aller me coucher...

— C'est cela, rentre !

— Tu es sûr que tu n'es pas fâché ?...

— Mais oui. Mais oui...

— Bonsoir, tonton...

Le grand dadais, en pleine terrasse, lui tendait son front à baiser, comme quand il était gosse.

— Si tante me demande...

— Dis-lui que je rentrerai bientôt...

Il ne rentra pas. L'alcool l'engourdissait et ses pensées devenaient plus épaisses, plus lancinantes. De temps en temps, il répétait à mi-voix :

— Imbécile !

Il avait envie de boire. Il n'osait pas commander un quatrième verre et il se leva pesamment, paya, se dirigea vers un autre café de la place où il put satisfaire son envie au comptoir.

Toutes les grenouilles de la création se mettaient à chanter. Il s'en allait vers le port où la mer soulevait les barques et les yachts qui parfois s'entrechoquaient. Élisabeth était tombée. Alfred avait dit qu'elle était tombée. Par terre. C'est par terre que cela s'était passé. Elle ne l'avait pas embrassé. Elle ne lui avait pas dit au revoir.

Il marchait à nouveau dans la poussière mouillée. Il disait, à voix haute, parce que, maintenant, il était seul dans la nuit :

— Sale type !

C'était lui. Le bâtiment du Génie était là, à deux cents mètres de lui. On ne le voyait pas. On ne distinguait qu'une ombre plus sombre, car il n'y avait aucune lumière. Est-ce qu'elle dormait ?

Pourquoi, oui, pourquoi avait-il... Oh ! à présent qu'il avait bu, il comprenait. C'était très compliqué, mais il comprenait. D'abord, il avait peut-être espéré qu'elle ne se laisserait pas faire...

Non ! Ce n'était pas vrai. Il avait été persuadé, au contraire... D'ailleurs, si elle ne s'était pas laissé faire, à quoi cela aurait-il servi ?

Ce qu'il avait espéré, ce qu'il avait voulu, c'était la salir, la casser...

Qu'il en soit délivré une bonne fois, lui, car cela ne pouvait pas continuer ainsi.

Il n'était même pas amoureux. S'il avait été amoureux, le problème aurait sans doute été beaucoup plus simple.

C'était une hantise, voilà le mot. Et cela avait commencé dès le premier jour, mais faiblement, insidieusement, comme les maladies incurables dont on ne s'aperçoit que quand il n'est plus temps de les soigner.

Ce n'était pas une femme, ni de la chair. C'était deux jambes maigres sortant d'un chiffon rouge, un petit tas crispé près d'une femme morte, dans un décor ignoble, deux yeux bleus, clairs et secs, une espèce de pantin raide et indifférent qui conduisait une petite fille par la main chez les bonnes sœurs ou qui, au port, s'avançait sans frémir vers un homme pour lui prendre l'argent qu'il cachait dans ses poches.

C'était tout cela et encore bien d'autres choses, c'était la négation de sa vie, de tout ce qui avait été sa vie, de la maison grise, carrée et nette comme un jeu de construction, avec des buis taillés par son prédécesseur maniaque, une grille noire, un gros homme de trente-cinq ans — car il avait maintenant trente-cinq ans — jouant à faire pétarader une moto le long des chemins, jouant à pêcher, à chasser des perdrix ou des lapins, la négation de Saint-Hilaire et de deux femmes cousant pour lui du matin au soir et l'avertissant quand il devait changer de linge.

C'était... Il avait besoin de boire encore. Il avait bu trop ou trop peu. Il y avait des années qu'il n'avait pas été ivre — la dernière fois que cela lui était arrivé, il était encore étudiant et il avait été odieusement malade.

Il entra dans un café où il n'y avait plus personne et où la tenancière le regarda avec surprise.

— Qu'est-ce que vous prenez, docteur ?

Tant pis ! Elle penserait ce qu'elle voudrait.

— Une fine à l'eau...

Il sentait en lui un balancement qu'il reconnaissait. Il était déjà ivre. Ainsi, à deux reprises, il était revenu à Porquerolles pour en arriver à ça !

Et Alfred dormait ! Il s'était lavé soigneusement les mains et le reste. Demain, le docteur en était sûr, il éviterait d'aller du côté des bâtiments du Génie. Il avait peur.

— La même chose, madame Cabrini...

On dansait toujours à *L'Arche*. Des pêcheurs qui allaient pêcher à la lumière passaient en portant une énorme lampe à acétylène.

— Bonsoir, docteur...

Il répondit presque gaiement :

— Bonsoir !

Tant c'était loufoque ! Il dut tâtonner pour trouver le bouton de la porte. Il fit du bruit dans l'escalier. On dormait derrière toutes les portes.

— C'est toi ?

Il eut envie de répondre :

— Non !

Au point où il en était...

5

La lettre de Péchade

Les cloches. Des quantités de cloches qui plongeaient dans un ciel comme une mer et y traçaient des ronds frémissants. Les ronds s'élargissaient, se rejoignaient, se brouillaient, puis aussitôt les cloches, avec des grâces de marsouins, recommençaient leurs plongeons.

Il fronça les sourcils et se dit :

— Il doit y avoir une cérémonie...

Un enterrement ? Un mariage ? Il ne parvenait pas à s'en souvenir. Mais il devait y aller. Il marchait vite. Sa mère le suivait pour le presser.

— Dépêche-toi, François, lui disait-elle, sans avoir l'air de s'apercevoir qu'il était tout nu.

Et elle ajoutait cette phrase curieuse :

— *Tu rateras tous les mariages !*

De quels mariages avait-elle voulu parler ? De ses propres mariages ou de ceux auxquels il serait invité ?

Il était perplexe. Sa main, qui se promenait sur sa poitrine, découvrait qu'il était vraiment nu. Le soleil lui transperçait les paupières. Il était couché. Il reconnaissait sa place, le lit de fer qu'on tirait près de la fenêtre pour rapprocher les lits des enfants de celui de leur mère. La fenêtre était ouverte. L'air et le soleil entraient par les fentes obliques des persiennes. Il en ruisselait, et le lit. Il ruisselait aussi de sueur.

Il plissait le front, car il savait qu'il avait un compte désagréable à régler. Un premier résultat acquis : les cloches ; ce n'était rien du tout, dimanche tout simplement. Il avait oublié qu'on était dimanche.

Mais pourquoi chuchotait-on dans la chambre sans fenêtre de Mariette ? Il tendit l'oreille, sans ouvrir les yeux, reconnut la voix d'Hélène.

— Dépêche-toi, Jeanne, tu vas nous mettre en retard pour la messe... Mariette, aidez-la à lacer ses chaussures... Elle n'est pas plus dégourdie un jour que l'autre...

Tout cela sur un ton feutré de sacristie.

— Michel ! Ne fais pas tant de bruit ; tu vas réveiller ton père...

C'était pour ne pas l'éveiller qu'on avait emporté leurs affaires chez Mariette et qu'on les y lavait. Ils allaient devoir traverser la chambre sur la pointe des pieds. Ce n'était pas la peine d'ouvrir les yeux, au contraire.

Cela ne lui arrivait jamais de dormir tout nu. Il sentait sa chair grasse et lisse sous sa main et il en était un peu choqué. C'était pourtant bien agréable. En rentrant, il était parvenu à se déshabiller, mais il n'avait pas trouvé son pyjama, ou encore il n'était pas arrivé à le passer ? Est-ce qu'il avait allumé ? Il espérait que non. Il ne se souvenait pas. Pourvu qu'il ne se soit pas promené tout nu en pleine lumière, parmi les lits en dominos où sa fille Jeanne, par exemple, aurait pu s'éveiller !

— Ton livre de messe, Jeanne... Tes gants...

On entrouvrait la porte. Hélène les poussait devant elle. Ils avaient mis leurs souliers neufs dont les semelles craquaient et ils sentaient le savon à la lavande. Est-ce qu'ils le regardaient en passant ?

— Marchez...

Mariette suivait. Il reconnaissait son odeur. Car elle avait une légère odeur personnelle, une odeur très différente de celle de sa femme.

Qu'avait-il rêvé à propos de mariage ? Il n'y avait que quelques instants de cela et il était incapable de s'en souvenir. Par contre, une vérité le frappait, lumineuse comme la fenêtre sous laquelle il était couché, une vérité qu'il n'avait pas cherchée, qu'il n'avait jamais entrevue. Cela, dans le temps qu'il fallut à Hélène pour traverser la chambre sur la pointe des pieds.

Ce n'était pas pour lui que sa mère l'avait choisie — il pensait à Hélène, bien entendu —, *c'était pour elle*. Il ne s'en indignait pas. La porte se refermait. Dans l'escalier, on parlait déjà un peu plus haut. Puis, sur la route, on parlait d'une voix naturelle ; sa femme disait :

— Prenez la main de Michel, Mariette... Il le fait exprès de marcher dans la poussière pour salir ses souliers...

Mais oui ! Sa mère l'avait choisie pour sa commodité personnelle et, quand on y pensait, à distance, on se rendait compte des difficultés qu'elle avait dû surmonter. C'était presque un miracle d'avoir trouvé.

Une autre femme aurait tenu de la place dans la maison, se serait occupée de ceci et de cela. Une autre femme, en tout cas, aurait occupé son mari.

Hélène non. Elle était entrée dans la maison grise, au jardin cerné de grilles noires, comme on entre au couvent. Exactement. Et elle en avait suivi les règles, sans jamais essayer d'en changer une seule.

De sorte que, pour sa mère, la vie continuait, avec l'avantage qu'elle n'avait plus à avoir peur. Avant Hélène, elle tremblait toujours que son fils fasse des bêtises, attrape une mauvaise maladie, tout médecin qu'il était, ou, pis encore, qu'il fasse un enfant à quelqu'un de pas comme il faut qu'il serait obligé d'épouser ou dont les parents réclameraient la forte somme.

Hélène aidait sa mère à le soigner, non pas parce qu'elle l'aimait, mais parce qu'il était l'homme, parce que c'est la règle de soigner l'homme, celui qui gagne la vie de la maison.

Elle était douce. Oh ! pour être douce, elle l'était plus que quiconque. Rien que la façon dont elle avait éclusé les enfants à travers la chambre pour les conduire à la messe...

Et tout à l'heure elle n'oserait rien lui dire. A peine — il la connaissait ; il ne l'avait jamais si bien connue que ce matin-là — murmurerait-elle avec son timide sourire en coin :

— Tu n'as pas trop mal à la tête ?

Il ne fallait pas qu'il bouge. A cette condition, il était bien. Il suait. Il commençait à suer goutte à goutte tout l'alcool qu'il avait absorbé et c'était loin d'être désagréable, c'était presque voluptueux. Il n'était pas fâché non plus de penser tout ce qu'il pensait, de les juger soudain, sa mère comme sa femme, avec une lucidité sereine.

Elles l'avaient enfermé, avec l'air de rien, avec l'air d'être aux petits soins pour lui, et lui, grand naïf, ne s'en était pas aperçu !

Voilà pourquoi elles haïssaient Porquerolles. A aucun prix, sa mère n'aurait abandonné la maison de Saint-Hilaire pendant les vacances. Sans compter que c'était l'époque des haricots et des conserves. Quand ils allaient chez les Le Guen, elle était tranquille. Elle le tenait comme au bout d'un fil.

Ici, elle sentait qu'Hélène n'était pas de taille à le garder. Elle avait essayé des moyens détournés pour les empêcher d'y revenir une troisième fois. Et si on lui avait flanqué Alfred dans les jambes, c'était pour l'occuper, pour le surveiller d'une façon indirecte.

La question ne se posait pas encore de savoir s'il continuerait à se laisser faire. C'était déjà tellement considérable d'avoir découvert cela et de pouvoir y penser tranquillement !

Aïe !... Il avait remué et il avait senti dans sa tête comme du liquide qui va brusquement d'un côté à l'autre... Il entendait des gens qui prenaient leur petit déjeuner, en bas... Surtout des vieux... La pension Saint-Charles avait la spécialité des vieux couples et des vieillards dépareillés...

Le facteur... C'était le pas du facteur qui s'arrêtait sur le seuil, sa voix qui annonçait :

— Facteur !

Éva lui répondait de l'intérieur de la maison :

— Je viens...

Est-ce qu'il y aurait une lettre pour lui ? Peut-être. Peut-être qu'Éva la lui monterait.

Et, instantanément, il lui venait des idées lubriques.

Pas des désirs ordinaires d'homme. C'était plus sale, comme certaines pensées auxquelles il se complaisait quand il était interne au collège et qu'il ne parvenait pas à s'endormir. Par exemple, il s'efforçait d'imaginer Mémé, étendue de tout son long sur le sable, la chair presque violette, quand les garçons du pays allaient la « sauter » pour cinquante francs.

Il reniflait l'odeur de sa propre peau. Il était satisfait d'être nu sous le drap. Il tendait l'oreille. On montait. C'était Éva. Elle frappait à une porte voisine.

— Une lettre pour vous, mademoiselle Dorchon...

Elle s'approchait de la porte, frappait.

— Entrez...

Il ouvrait enfin les yeux sur la chambre toute pleine de rais de soleil, avec le blanc de ses lits défaits, le blanc éblouissant de ses murs et de son plafond, l'abat-jour blanc de la lampe électrique qui pendait à un fil. Éva, elle aussi, avait un tablier blanc sur sa robe noire. Elle paraissait surprise de le trouver au lit, tout seul.

Pas effrayée. Elle n'avait que dix-neuf ans, mais un homme ne l'effrayait pas. En tout cas, elle s'attendait à quelque chose.

— Donne...

Elle devait bien s'approcher du lit et il avait déjà pris ses dispositions. Il le faisait exprès de laisser pendre un bras dehors. Si bien qu'au moment où elle était près de lui, il glissait sa main sur sa jambe nue et remontait sous la robe.

Il n'avait pas envie d'Éva. Elle était grosse. Elle avait une chair drue et était musclée comme un homme. De l'autre main, il avait saisi la main de la bonne et l'avait glissée, en forçant un peu, sous le drap de lit.

Tout ce qu'elle trouvait à dire, c'était :

— Vous n'êtes pas sérieux...

Leur pose, à l'un comme à l'autre, était ridicule, inconfortable. Cela ne rimait à rien, ne pouvait aboutir à rien. Il était déçu. Elle objectait :

— Attention, que j'ai laissé la porte ouverte et qu'on peut passer dans le corridor...

— Va !...

Il attendit qu'elle fût sortie pour s'asseoir dans son lit et prendre la lettre qu'elle avait laissé tomber par terre. Sa tête lui faisait à nouveau mal. Pourtant, il était content — comme soulagé — d'avoir fait ce qu'il avait fait. C'était une sorte de vengeance. Contre qui ? Il n'en savait rien, il ne cherchait pas si loin.

Tiens ! La lettre était de son ami Péchade, qui n'avait pas trouvé de remplaçant et qui, par conséquent, ne pouvait pas prendre de vacances. Il avait envoyé sa femme et ses garçons aux Sables, où il allait les retrouver le dimanche.

Mon cher François...

Péchade n'avait pas une écriture de médecin, mais une écriture régulière et appliquée de sergent-major ou de receveur des postes. C'était un bon garçon. Il était toujours malade. Tantôt le rein, tantôt le foie, tantôt un autre organe. Il y avait toujours des malades chez lui. Il avait si bien fini par s'y habituer qu'il ne se plaignait pas, qu'il trouvait cela naturel. Récemment, la radio avait révélé que le sommet du poumon gauche de son aîné était atteint. Il l'avait conduit à Nantes pour lui faire faire un pneumothorax. Il comptait l'envoyer passer l'hiver dans un sana de montagne.

Le *Cormoran* arrivait au port avec son chargement des dimanches, une foule si serrée sur le pont qu'on craignait toujours d'en voir un rang entier basculer à la mer au moindre mouvement du bateau. La plage d'Argent serait envahie. On ne retrouvait plus sa place. Ces jours-là, Hélène avait une tête d'oiseau inquiet, ou de mère poule, à cause des couples venus de Toulon qui ne se gênaient pas assez devant les enfants.

Mon cher François,

J'ai longtemps hésité à troubler tes vacances, mais, en fin de compte, je crois de mon devoir de t'avertir...

C'était bien lui ! Probe et consciencieux ! Qu'est-ce qui n'allait donc pas, cette fois ?

L'autre jour, comme je passais chez toi pour prendre les nasses à anguilles que tu m'avais dit de prendre, ta mère m'a demandé de rester un moment et j'ai bien vu tout de suite qu'elle se tourmentait.

— Surtout, m'a-t-elle recommandé, n'allez pas en parler à mon fils, qui se ferait des idées...

Elle m'a avoué que, depuis longtemps, elle avait de fortes douleurs dans le côté.

— Depuis combien de temps ? lui ai-je demandé.

— Oh ! voilà des années, peut-être cinq ans, que j'ai un bobo à la poitrine... J'aurais bien demandé à François... Mais vous savez comment il est... Il prend tout au tragique...

Quelle idée ! Lui qui était la sérénité même !

En fin de compte, après de longues tergiversations, elle m'a avoué que c'était comme un petit bouton, au sein droit... Elle a d'abord cru que c'était une piqûre de moustique qu'elle avait grattée en dormant et qui s'était envenimée. Puis, comme cela s'agrandissait au lieu de disparaître, elle a pensé que c'était un eczéma...

— C'est pour cela, m'a-t-elle dit, que je ne mangeais plus de poisson...

J'y ai mis du temps pour la décider à me montrer sa poitrine... Tu la connais mieux que moi... Elle m'a avoué qu'elle ne se serait jamais déshabillée devant toi...

Voilà, mon pauvre François... J'en arrive au plus délicat... Je ne veux pas prendre la responsabilité d'un diagnostic positif... Tu as déjà deviné à quoi j'ai pensé aussitôt... A mon avis, il faudrait la conduire le plus tôt possible chez notre maître Charbonneau...

Elle souffre beaucoup plus, j'en suis sûr, qu'elle l'avoue. De la façon dont elle m'a parlé, j'en déduis qu'elle a pensé, elle aussi, à un cancer... Elle se tracasse... Elle voudrait se soigner sans inquiéter personne...

C'est à toi de décider ce que tu dois faire... J'espère que tu ne m'en voudras pas de t'avoir écrit avec franchise. Depuis assez longtemps, j'avais remarqué que ta mère maigrissait, mais je mettais ça sur le compte de l'âge... Ensuite, avec les vêtements qu'elle porte, on a de la peine à se rendre compte... J'ai été effaré de voir sa poitrine si maigre et de découvrir un ictère grand comme une pièce de cinq francs...

Une grosse goutte tomba sur la lettre et délaya un peu d'encre. Ce n'était pas de la sueur. Le docteur ne voyait plus les lignes qui dansaient devant lui dans le soleil.

Quand elle sortit de la messe, sa femme sursauta en le trouvant debout sur la place. C'était d'autant plus inattendu qu'il portait un complet de ville, un faux col, une cravate, un chapeau de feutre sombre.

C'est à peine s'il devina, dans le soleil, une robe rouge, des cheveux blonds, Élisabeth qui sortait, elle aussi, de la messe dans les rangs des enfants de Marie, tenant sa petite sœur par la main.

— Qu'est-ce qu'il y a, François ?

— J'ai reçu des nouvelles de ma mère. C'est Péchade qui m'écrit. Elle lui a demandé une consultation et il craint que ce soit grave. Je m'en vais tout de suite...

— Tu retournes à Saint-Hilaire ?

— Je pars dans une demi-heure avec le *Cormoran*. J'ai déjà fait téléphoner à la Tour-Fondue pour qu'on tienne ma voiture prête. Je viendrai vous rechercher, ou bien, les vacances finies, vous rentrerez par le train.

— Nous allons avec toi...

Il le prévoyait. C'était fatal. Cette idée d'emmener toute la famille, d'enfourner tout le monde et les bagages dans l'auto le fatiguait d'avance.

— Tu n'as pas le temps de préparer les affaires... Sans compter que les enfants ont besoin...

— Mais non. Tu sais bien qu'ils aiment mieux être à la maison... Dépêche-toi, Mariette... Fais manger les enfants... Nous partons...

— Aujourd'hui ?

— Tout de suite... Occupe-toi de payer la pension, François... Je monte...

— Tu n'as pas déjeuné...

— Qu'est-ce que cela fait ? Pour une fois !

— Et Alfred ?

— On peut le prendre avec nous... En se serrant...

— Non.

Puis il réfléchit. Il dit :

— Si tu veux...

— A moins qu'il préfère rester...

— Il viendra avec nous...

Il ne voulait pas le laisser seul dans l'île. Le jeune homme dormait encore quand Mahé poussa la porte de sa chambre. Il avait l'habitude d'aller à la grand-messe. De le voir couché, les cheveux en broussaille, la bouche entrouverte, le docteur le détesta.

— Lève-toi... Nous partons... Ma mère est malade...

— Qu'est-ce qu'elle a ?

— Je n'en sais rien... Nous partons dans une demi-heure...

Il se sentait délivré d'un grand poids. L'idée que sa mère était probablement atteinte d'un cancer lui faisait mal, mais cette lettre de Péchade n'en gardait pas moins un caractère miraculeux.

Il allait et venait, payait Mme Harmoniaux qui se croyait obligée de le plaindre et de lui raconter des histoires de cancers, donnait un pourboire à Éva qui le dégoûtait. De temps en temps, quand il parlait à quelqu'un, une larme très fluide s'échappait de ses cils.

Ce qui le frappait le plus, ce qui le pénétrait d'une émotion qu'il n'avait plus ressentie depuis son enfance, c'était le mot sein.

Parce que, du coup, sa mère redevenait une femme. Et ce sein maintenant miné, c'était lui sans doute qui l'avait meurtri quand il était bébé.

Combien de fois n'avait-il pas entendu répéter par ses tantes, quand on parlait de nourrissons :

— Ce n'est pas comme François... A deux ans, il prenait encore le sein...

C'était lui le coupable et sa mère n'était plus une dame un peu sèche, en gris ou en noir, une personne qui trottait par la maison ou cousait à la fenêtre, c'était une femme aux organes fragiles.

L'île, ce matin-là, était une fournaise. Sa chemise, sous l'épais complet, lui collait au corps. Il avait trouvé un charreton — toujours le charreton de l'épicier-maire — pour coltiner leurs bagages. Le *Cormoran* était sous pression. On attendait les enfants toujours à la traîne, avec Mariette qui les tiraillait.

— Tu crois que c'est si grave ? questionnait Hélène qui essayait de le rassurer.

A quoi bon lui répondre ? Sa mère avait un cancer au sein. Pendant des années, elle n'en avait rien dit. Personne ne s'était douté que sous ses corsages sévères, sous son camée qu'elle ne portait que le dimanche, l'ignoble chose se développait, rongeait la chair.

Il revoyait avec une netteté hallucinante une page d'un de ses cours d'étudiant, une image du cancer interprétée par Ambroise Paré, une sorte de crabe aux pinces velues...

L'eau transparente glissait le long de la coque blanche. Les herbes du fond semblaient se ployer au passage du bateau. Ils étaient à peu près seuls à faire la route dans ce sens-là. On voyait, à l'embarcadère de la Tour-Fondue, une foule dense qui attendait de gagner l'île à son tour.

Alors, il fit un vœu, en remuant les lèvres, tourné vers la mer, pour qu'on ne puisse pas remarquer qu'il parlait tout seul.

— Mon Dieu, si ma mère guérit, je vous jure que je ne reviendrai jamais à Porquerolles, je vous jure que jamais...

Il n'y avait pas de mots pour exprimer ce qu'il pensait. C'était vague. Il s'agissait de tout un ordre d'idées, de sentiments, de sensations même...

— Vous me comprenez, mon Dieu...

Et il fut soulagé. Il dut s'occuper de l'essence, de l'huile, d'amarrer les bagages. L'auto était pleine à craquer, la chaleur intenable.

A cause des enfants, on ne pouvait pas rouler toute la nuit et on coucha à Toulouse. On avait mangé Dieu sait où, très mal, à une terrasse, sous un vélum rayé de rouge et jaune. Le docteur avait la tête serrée comme par un casque.

On leur donna une chambre à un lit et il se retrouva contre sa femme.

— Je vous promets, mon Dieu...

— Tu pleures, François ?

— Non...

Il reniflait, c'était vrai, mais il ne pleurait pas. A six heures du matin, il était debout et, l'auto sortie du garage, il attendait en faisant les cent pas dans des rues désertes où il regardait passer les tramways.

— Qu'est-ce que tu vas lui dire ?

— Je ne sais pas. Cela n'a pas d'importance...

Il évitait d'adresser la parole à Alfred ou, s'il lui parlait, c'était pour le rabrouer.

— Tu devrais faire attention, François. Il se demande ce que tu as contre lui. Je vois bien qu'il en a de la peine...

Et lui ?

Le paysage devenait plus familier. Puis on reconnaissait les villages, les maisons, on retrouvait, sur les enseignes, les noms de Mahé, de Lansquet, d'autres encore.

— Tu ne t'arrêtes pas chez Péchade ?

Ils s'y arrêtèrent, mais il n'y avait que la bonne, car Péchade était allé faire des visites.

— Dites-lui que nous sommes rentrés, que je lui téléphonerai tout à l'heure.

Les maisons étaient grises, les toits d'ardoises noirs, on ne concevait plus qu'ailleurs les maisons pussent être peintes en rose, en bleu clair, en vert tendre, comme des robes de femmes, l'idée choquait d'hommes pieds nus dans des espadrilles, la chemise ouverte sur un cou brûlé de soleil, de femmes, de mères de famille s'en allant en short, avec les mioches, vers la plage d'Argent où elles passaient leur journée étendues sur le sable. Souvent on en voyait qui, couchées sur le ventre, rabattaient si bas leur maillot qu'on apercevait la forme molle et blanche des seins.

Le sein de sa mère...

Le cœur lui battait quand il aperçut la maison, il regarda à toutes les fenêtres qui étaient ouvertes, mais c'est dans le jardin qu'il découvrit la silhouette familière sous un large chapeau de paille noire.

Sa mère était occupée à cueillir des haricots. Il avait plu, car la terre était sombre et le soleil d'un jaune d'après la pluie. Elle regardait, étonnée, cette auto qu'elle ne reconnaissait pas tout de suite, puis elle le vit, lui, qui bondissait, franchissait la grille et se précipitait gauchement vers elle.

— François ! dit-elle du ton qu'elle employait quand elle avait un reproche à lui faire.

— Maman...

Il s'était juré de ne pas pleurer, de rester calme, de traiter la chose légèrement, mais il n'en pouvait plus, son cœur éclatait, il ne prenait pas le temps d'entraîner sa mère dans la maison et il la saisissait gauchement dans ses bras, il répétait :

— Maman...

Il avalait sa salive.

— Qu'est-ce que tu as ? Qu'est-ce qui t'arrive ?

Comment aurait-il pu le lui expliquer ? Cela dépassait le cancer... La veille encore, oui, la veille au matin, il était couché, tout nu, tout suant, tout gonflé de pensées ignobles près des persiennes brûlantes et...

Allons ! C'était fini. Il était là. Il s'étonnait, dans le jardin si petit, de redevenir plus grand, plus fort, plus solide. Tout à l'heure, il mettrait ses culottes et ses bottes. Il retrouvait déjà l'odeur un peu fade de la maison.

— Je parie que Péchade t'a écrit... Je le lui avais pourtant défendu... Toute cette histoire pour deux fois rien !... Et les enfants ! Tu as ramené les enfants !... Et ce pauvre Alfred qui était si content de passer un mois à Porquerolles...

La voiture s'était vidée. Les enfants embrassaient leur grand-mère. Mariette rentrait déjà les plus petits bagages, ouvrait la porte de la cuisine où le gaz était allumé et où de l'eau chantait.

— Je suis sûr que ce ne sera rien, maman, mais il vaut mieux aller voir Charbonneau... Après, nous serons plus tranquilles...

— Si j'avais su...

Il monta se changer et resta un moment à fixer ses chaussettes d'où coulait un peu de sable fin. On ouvrait des portes, on refermait des fenêtres. Il pénétra dans son cabinet de consultation et demanda aussitôt la communication avec Charbonneau.

— Oui, maître... Demain matin... Oui... Je vous remercie... Dans ce cas, nous partirons sans doute ce soir et nous coucherons à Poitiers...

Charbonneau partait lui-même en vacances le lendemain, à neuf heures du matin. Parce que Mahé avait été son élève, il acceptait de le recevoir avant son départ.

Il y avait des années que sa mère n'avait pas quitté la maison. Pendant des heures, on l'entendit aller et venir, effrayée par ce voyage, faisant des recommandations puériles à Mariette, à sa bru, au père Guérin qui s'occupait du jardin.

— Si j'avais su !... soupirait-elle sans cesse. Voilà la maison bouleversée autant que par un déménagement...

Elle s'installa enfin, vers cinq heures, dans la voiture, à côté de son fils.

— Pourquoi ne m'as-tu jamais dit que tu souffrais ?

— Nous, les femmes, on a tellement l'habitude... Ne roule pas trop vite... Tu sais bien que j'ai toujours peur d'un accident...

Ils prirent deux chambres à l'hôtel. Elle ne voulut à aucun prix aller manger au restaurant, car elle avait apporté ses vivres.

— Va dîner... Sors... Ne t'occupe pas de moi...

C'est à peine s'il la reconnaissait dans cette chambre banale où elle regardait la poussière avec navrement. Elle lui paraissait plus petite, plus vieille, plus fragile. Il la voyait enfin comme les autres devaient la voir et non comme on voit sa mère.

— Je vais manger et je reviens tout de suite... dit-il, honteux.

Il avait vraiment besoin de se retrouver dehors, de voir les gens aller et venir. La fatigue, les émotions mettaient ses nerfs à nu. Il but un peu de vin, peut-être une demi-bouteille, et il en eut le sang à la tête.

Quand il alla pour lui dire bonsoir, il s'aperçut qu'elle avait apporté des draps pour lui et pour elle, car elle se méfiait des draps douteux des chambres d'hôtel. Elle avait apporté aussi le réveil de la cuisine dont il reconnaissait le tic-tac.

— Ne te lève quand même pas trop tôt. Charbonneau ne nous attend qu'à huit heures...

Elle avait emporté enfin son plus beau linge, qu'elle ne portait plus depuis au moins vingt ans.

— Ne t'inquiète pas de moi. Dors...

C'est elle qui l'éveilla en lui apportant son café. Elle était déjà prête. Elle portait la robe noire qu'elle avait commandée plusieurs années auparavant pour une noce et il remarqua qu'elle avait sorti tous ses bijoux. Il en fut si remué qu'il se coupa en se rasant et fut longtemps sans pouvoir étancher le sang.

— Allons...

— Tu me laisseras seule avec lui, n'est-ce pas ? Promets-le-moi. Sinon, je n'y vais pas...

— Mais oui, maman...

On les introduisit dans un salon où on venait de mettre les housses. Il y avait des bagages, entre autres des clubs de golf, dans le vestibule, et on entendait de bruyantes allées et venues à l'étage.

Ils se taisaient, assis l'un en face de l'autre, peut-être aussi impressionnés l'un que l'autre. Charbonneau entra. Il était très grand, un peu chauve, avec une barbiche grise. Toute sa personne respirait un calme rassurant.

— Je vous demande pardon de vous avoir fait venir de si bonne heure, mais nous prenons le train pour les Pyrénées, où nous nous rendons chaque année...

Il poussait la porte matelassée de son cabinet.

— Si vous voulez vous donner la peine d'entrer.

Il s'attendait à voir son confrère entrer à son tour, mais celui-ci restait au milieu du salon gêné. Le professeur comprit, referma la porte et dès lors Mahé n'entendit plus qu'un lointain chuchotement comme on en surprend à proximité d'un confessionnal. Des pas, de temps en temps. Puis le bruit métallique d'appareils qu'on remuait.

Un garçon de quinze ans entra précipitamment dans le salon, recula, balbutiant des excuses, en s'apercevant qu'il y avait quelqu'un. Une auto s'arrêtait devant la porte et on y chargeait les bagages.

Mahé était couvert de sueur et pourtant il n'avait pas chaud. Ses mains étaient moites. Il fixait, sur la cheminée, le buste en bronze de Charbonneau et, en face, un grand portrait à l'huile représentant une jeune femme en robe de soirée.

Les voix, toujours. Parfois d'assez longs silences. Enfin, la porte matelassée s'ouvrit. On ne pouvait rien lire sur le visage de sa mère. Seulement ses joues étaient un peu plus roses que d'habitude — l'émotion, sans doute, d'avoir eu à se dévêtir.

Le regard du docteur chercha celui de Charbonneau. Il n'y eut pas besoin de phrases entre eux. D'ailleurs, il savait déjà. Le miracle ne s'était pas produit. Un simple battement de paupières, un battement de paupières qui signifiait :

— C'est cela, évidemment !

Mais le professeur prononçait :

— Comme je viens de le dire à votre maman, je serai obligé de la voir avant de faire un diagnostic catégorique... Je dois être de retour dans trois semaines... Je vous écrirai d'ici là pour vous donner un rendez-vous... En attendant, je voudrais qu'elle ne se frappe pas, qu'elle se dise que, si même il y avait cancer, ce qui n'est pas du tout certain, nous possédons aujourd'hui des moyens puissants pour le combattre...

Elle sourit, le plus pauvre sourire qu'il ait vu de sa vie, et, par crainte de se mettre à pleurer, il se tourna vers la fenêtre.

— Nous allons vous mettre en retard, maître...

Elle trottinait dans la rue à côté de lui. Il lui répétait la phrase de Charbonneau, la fameuse phrase qu'on allait seriner sans fin à la malade.

Ils devaient aller reprendre leurs bagages à l'hôtel. Sa mère voulait à toute force changer de robe pour ne pas rentrer à Saint-Hilaire en grande tenue.

Or, pendant qu'elle s'habillait dans la chambre voisine, il lui arriva de penser avec calme, avec lucidité, au beau milieu de son émotion :

— Puisque je n'ai pas été exaucé, mon vœu ne tient plus.

6

L'enterrement à Saint-Hilaire

Elle devait avoir raison jusqu'au bout. Pendant les derniers jours, bien qu'elle fût d'une maigreur effrayante, on ne parvenait pas à la tenir au lit. Dès qu'on avait le dos tourné, elle se levait, furetait dans la maison, se livrant à de mystérieux travaux. On était tout surpris, tant elle faisait peu de bruit, de la trouver derrière soi, ou dans un placard. Elle mettait un doigt sur ses lèvres, comme une enfant prise en faute :

— Chut ! Ne dis rien à François...

On était en avril. A l'automne, le jardinier avait planté un grand carré de fraisiers et elle lui avait dit :

— Je crois bien que je n'en mangerai pas, père Guérin...

Il avait quinze ans de plus qu'elle et il faisait encore des jardins dans le bourg. Il se souvenait d'elle petite fille, le jour où, conscrit, il allait avec toute la classe boire le coup dans les maisons, et il prétendait qu'elle avait déposé une pièce d'or dans la bourse commune. Elle disait que ce n'était pas vrai, que le vieux arrangeait l'histoire.

Souvent on la trouvait à écrire dans un petit calepin qu'elle avait grand soin de ne pas laisser traîner. Mais c'était dans les armoires qu'elle passait le plus de temps, comme si elle eût voulu en entreprendre l'inventaire.

On prononçait ce mot en plaisantant, sans se douter que c'était la vérité.

Pendant deux mois, elle avait repoussé l'idée d'une opération, même quand le professeur Charbonneau était venu de Poitiers tout exprès pour la décider.

— A quoi bon me tracasser puisqu'il n'y a quand même rien à faire ?

C'était justement parce qu'elle était condamnée qu'il fallait tenter l'opération. On ourdit une véritable conspiration autour d'elle. Le docteur Péchade en était, bien entendu, la famille, les amis, jusqu'aux gens du pays qui venaient la voir. On leur donnait le mot. Elle le savait. Elle les regardait entrer avec méfiance et, dès qu'ils ouvraient la bouche :

— Je sais ce que vous allez me dire, allez !

Chacun avait un oncle, une tante, une belle-sœur, un cousin, qu'une opération avait sauvé d'un cas beaucoup plus grave.

Elle finit par céder.

— C'est bien pour avoir la paix ! soupira-t-elle.

Il faut dire aussi qu'elle souffrait le martyre. Mais quand il fut question de la clinique, on se heurta à une nouvelle résistance, plus acharnée que la première. Dans cette lutte, elle usa vraiment tout son reste d'énergie.

Elle se raccrochait à sa maison et on était obligé de détourner la tête, les derniers jours, quand on la voyait regarder les murs, les bibelots, les meubles familiers. De la cave au grenier, dans les moindres recoins, elle effectuait en trottinant une sorte de gris pèlerinage, sursautant, confuse, dès qu'elle était surprise, feignant de chercher un objet dont elle avait besoin, inventant d'ultimes mensonges.

La veille du départ, on vit arriver la mère Papin et ce fut un choc pour Hélène qui se trouvait dans la maison et qui lui ouvrit la porte. C'était une petite vieille, menue et blanche, qui avait la spécialité d'ensevelir les morts, non par métier, mais par goût. Elle était riche. Elle vivait seule dans une maison où personne n'était jamais convié à entrer. Elle prétendait qu'elle ne dormait pas. L'épicière disait qu'en tout cas elle ne mangeait guère, car elle n'achetait presque rien, et seulement en quantités infimes, « comme pour un oiseau ».

Dès que quelqu'un entrait en agonie dans le pays, on la voyait accourir et elle attendait sans s'inquiéter des rebuffades, sûre qu'en fin de compte c'est à elle qu'on confierait la dernière toilette du corps. Elle s'y entendait comme pas une, vous retournant toute seule un homme de quatre-vingts kilos comme le père Soulard qui était mort d'un coup de sang.

— Ta belle-mère m'attend ! dit-elle à Hélène qui s'apprêtait à la renvoyer. Ce n'est pas la peine de me regarder comme ça. C'est elle qui m'a fait chercher par Guérin.

C'était vrai. Elles passèrent presque une heure toutes les deux dans la chambre, à chuchoter.

Mme Mahé fit venir aussi le curé, et son fils ne savait plus où se cacher, tant ces minutieux préparatifs le bouleversaient.

Le choc, ce fut de voir l'ambulance s'arrêter un matin devant la grille. On habillait la malade qui donnait encore des ordres, attentive aux plus petits détails.

— Je ne comprends pas pourquoi ils tiennent tous à ce que j'aille mourir ailleurs, ma fille, dit-elle à Hélène. J'aurais été tellement mieux dans mon lit !

Elle se mit à trembler de peur quand on lui fit traverser le jardin. Elle n'avait pas voulu que les enfants assistent à son départ.

— Ce n'est pas la peine de leur laisser un si mauvais souvenir de leur grand-mère.

Elle avait insisté aussi pour qu'ils ne viennent pas à la clinique.

L'air était léger, les oiseaux chantaient dans les arbres, des bordures de pâquerettes doubles fleurissaient autour des massifs. Péchade accompagnait Mahé dans la voiture à croix rouge.

On la monta par l'ascenseur dans une petite chambre blanche et là on vit des larmes couler de ses yeux. Vers la fin de la matinée, peu avant d'être conduite dans la salle d'opération, elle resta seule un moment avec son fils.

— Je me demande ce que tu vas devenir quand je ne serai plus là, mon pauvre François.

Il crut qu'elle allait lui demander une promesse. Il était prêt, sincèrement, du fond du cœur, à la lui faire. Et sans doute l'aurait-il religieusement tenue.

Mais la porte s'ouvrit. Une bonne sœur entrait.

— C'est mon tour ? demanda-t-elle avec un pâle sourire.

On avait fait venir de Paris un chirurgien célèbre. Charbonneau et Péchade l'assistaient. Le docteur les entrevit une dernière fois alors qu'ils avaient déjà revêtu la blouse blanche, passé les gants de caoutchouc et qu'on leur couvrait le bas du visage.

Il alla s'asseoir sur une chaise dans le couloir immaculé où le soleil entrait à flots. Plusieurs fois, il s'approcha de la porte, mais on ne pouvait rien entendre. Une heure s'écoula. Une autre heure fut largement entamée et il savait que c'était mauvais signe.

Enfin, la porte s'ouvrit, le sinistre petit chariot recouvert d'un drap passa, poussé par un infirmier. Péchade marcha vers lui, grave et sombre.

— Eh bien ?

— Non... Pas encore...

— Il y a de l'espoir ?

Péchade ne put que lever les deux yeux vers le ciel. Elle n'avait pas résisté au choc opératoire. Une heure plus tard, c'était fini, sans qu'elle eût repris connaissance. Les bonnes sœurs se préparaient à l'ensevelir quand le docteur entendit des voix, comme une dispute dans le couloir.

C'était la mère Papin qui était là, portant une valise, et qui prétendait entrer.

— Dites-leur, monsieur François, que c'est votre maman qui m'a demandé de venir. Même que j'ai apporté ses affaires comme elle me l'a recommandé...

Il fit signe que oui, incapable de parler. Et la vieille Papin resta longtemps seule dans la chambre avec une des sœurs.

Le soir, le corps était ramené à Saint-Hilaire, comme Mme Mahé l'avait prévu. La vieille Papin prenait de l'importance.

— Dites, monsieur François, elle m'a bien recommandé que vous ne fassiez rien avant de prendre connaissance du calepin qui est caché sous une pile de linge, dans la commode...

C'est alors qu'on put constater à quel point la mourante s'était inquiétée des moindres détails. Jusqu'à la place où se trouvaient les cierges, jusqu'aux bougeoirs dont il fallait se servir pour la chapelle ardente — les deux bougeoirs en argent du salon.

Il y avait un inventaire complet de ce que contenaient les moindres meubles de la maison et elle avait pensé à tout le monde, prévu de menus legs pour chacun, y compris des parentes éloignées qu'on n'avait plus vues depuis vingt ans.

On trouva aussi une liste des personnes à avertir, des recommandations pour le notaire. Elle avait pensé aux droits de succession et avait fait en sorte de réduire ceux-ci au minimum.

Ce fut un bel enterrement. Tout Saint-Hilaire était là, et des gens des communes voisines, voire de Bressuire et de Cholet. Il en arrivait en auto, en vélo. Il en venait à pied du village voisin où il y avait une gare et cela dessinait de longs cortèges sur la route qu'une averse avait rafraîchie.

Le docteur avait de gros yeux rouges et on aurait dit qu'il ne voyait plus car il se heurtait aux meubles, serrait la main des gens avec l'air de ne pas les reconnaître, balbutiait machinalement :

— Merci...

Selon les instructions de sa mère, il avait commandé un repas pour près de cent couverts à l'auberge qui était à cinquante mètres de la maison.

Et le soir, alors que des bouteilles et des bouteilles avaient été vidées, tout le monde était d'accord pour proclamer qu'on n'avait jamais vu dans le pays un enterrement aussi réussi.

Il allait toujours en moto faire ses visites dans les fermes. Les jours de marché, il recevait les malades dans son cabinet de consultation et la salle d'attente débordait dans le jardin. Péchade essayait de le distraire, l'invitait, avec sa femme et les enfants, tous les dimanches.

Il lui en était reconnaissant, certes. D'autant plus que Péchade, mal

portant, plutôt triste de nature, devait faire un effort pour apporter quelque gaieté dans la conversation.

Toujours, maintenant, le docteur le voyait comme certain après-midi glauque il l'avait vu dans son jardin, avec des joues grises, la gauche un peu plus forte que la droite, et cette bouche qui s'obstinait à remuer.

Ils avaient été aussi amis qu'on peut l'être. Il n'avait rien à reprocher, au contraire, à Péchade qui s'était dévoué comme personne de la famille ne l'aurait fait, abandonnant sa clientèle et sa famille pour venir se mettre à sa disposition.

Ce n'était pas sa faute si le fil était cassé. Il allait chez lui. Il reconnaissait en arrivant l'odeur de cuisine. On envoyait les enfants jouer dehors. On s'asseyait au soleil, près de la fenêtre, et il était fatigué d'avance du bavardage qui commençait, les mots tombaient comme une pluie monotone qui n'en finit pas, il voyait les femmes chuchoter dans un coin en se montrant des ouvrages de broderie ou des modèles de robes qu'elles feraient faire par une petite couturière récemment dénichée.

Il mangeait sans appétit. Il se sentait lourd, maladroit. Il regardait les enfants, ceux de Péchade, les trois garçons, qui étaient à tel point le portrait de leur père que cela frisait la caricature, sa fille à lui, Jeanne, qui avait maintenant près de dix ans, son fils qui commençait à aller à l'école.

C'était sa fille qui lui ressemblait. Plus petite, avec ses anglaises et ses grands yeux, elle paraissait jolie, mais maintenant, déjà, on sentait chez elle la vulgarité de la matière. Cela venait du grand-père, du fameux Mahé qui portait sa jument sur son dos quand il avait trop bu et qui en était mort.

La peau était à gros grain, la face trop large, la bouche sans dessin.

Il n'en était pas déçu. Cela lui était égal. Tout lui était indifférent de ce qui l'entourait.

Quant à son fils, il était si calme qu'on avait parfois envie de le secouer pour le voir se conduire en vrai gamin. Il avait la mollesse de sa mère, son air serein ou résigné. Non, ce n'était même pas de la résignation. Il ne voyait pas plus loin. Il restait où on le mettait et il pouvait s'amuser des heures avec n'importe quoi, une vieille boîte, un morceau de ferraille, des chiffons, comme Hélène restait des heures à coudre près de la fenêtre.

La semaine de l'enterrement, trois jours après, Mariette s'était mariée. Ils en avaient tous été choqués. Ils s'étaient figuré, parce qu'elle vivait avec eux depuis quatre ans — ils l'avaient engagée toute gamine —, qu'elle partagerait le deuil de la famille.

Or, c'était une nouvelle Mariette qu'on découvrait, une Mariette qui avait un plan de vie dans sa petite tête ronde et qui entendait le réaliser.

— Vous comprenez, la noce est prête, mon fiancé attend, il y a des parents de Paris qui ont demandé un congé depuis longtemps. Je ne pouvais pas prévoir que Madame en profiterait pour mourir...

Alors, en plein désarroi, il fallait mettre au courant une nouvelle bonne qui avait toujours vécu dans une ferme et qui cassait tout ce qu'elle touchait. C'était une fille épaisse et dure, aux yeux effrayés. Elle tremblait dès qu'on lui commandait quelque chose et vous regardait comme pour dire :

— Vous croyez que je vais savoir ?

Cela n'avait pas d'importance, évidemment. Hélène s'occupait du ménage. Elle le faisait déjà auparavant, mais alors elle avait sa belle-mère avec elle.

Soudain, elle apparaissait insignifiante dans la maison trop grande pour elle. Il lui arrivait d'aller et venir sans fin comme si elle avait perdu quelque chose. A table, dans la salle à manger qui donnait sur la terrasse, le vide était encore plus sensible. Les premiers jours, le docteur ne parvenait pas à manger. Même sans regarder la place de sa mère, il était pris d'un malaise et il lui arrivait souvent de se lever et de sortir avant la fin du repas.

Tout l'irritait.

— Tu devrais être plus patient avec les enfants, François. Ils n'en peuvent rien...

Et il se demandait, oui, il se demandait de quel droit elle lui parlait de la sorte, de quel droit même elle était là.

Du temps de sa mère, il s'était habitué à la voir dans la maison, parce qu'elle n'y tenait qu'une place secondaire.

Il ne s'était pas trompé, à Porquerolles, quand il avait découvert que c'était pour elle et non pour lui que sa mère l'avait choisie.

Alors ? Maintenant que sa mère n'était plus là ?

Il avait peur de laisser percer son indifférence et de lui faire de la peine, car elle n'était pas méchante. C'était plus fort que lui. Plus il faisait d'efforts et plus il s'irritait à chaque nouveau contact avec elle.

Il savait qu'elle parlait de lui avec les Péchade. Il n'avait surpris aucune conversation, mais cela se devinait à certains mots, à certains détails, à certaines recommandations de son ami.

— François a besoin de distractions... Je ne sais pas comment faire... devait-elle leur confier.

D'abord, Péchade avait voulu l'entraîner à un congrès de médecine qui se tenait à Paris. Il avait refusé. Il n'avait aucune envie d'aller à Paris, ni de se distraire.

La vie n'avait plus de goût, voilà. Il en était de lui comme d'un vieillard qui perd l'appétit. Ce n'est pas avec des drogues qu'on le lui rend. Il existe des causes plus profondes et ces causes, justement, il ne voulait pas les voir.

— Pourquoi ne vas-tu pas essayer de prendre quelques écrevisses ?

— Il est trop tôt...

— Hier, Agat a pris un brochet de trois livres au lancer...

Pourquoi, tout simplement, ne lui fichait-on pas la paix ? Ne se rendaient-ils pas compte qu'ils étaient tous d'une maladresse grossière ? Ils ne faisaient que rendre plus sensible le vide qu'il sentait autour de lui.

Cela ne datait pas seulement de la mort de sa mère. Il avait maintenant trente-cinq ans. Jusqu'ici, on pouvait presque dire que les autres avaient vécu pour lui.

On en avait fait un médecin. Il avait étudié docilement tout ce qu'on lui avait donné à étudier. Puis il s'était laissé enfermer dans cette maison grise qu'on prétendait faire sienne désormais.

Il n'avait pas réagi, il avait joué sans entrain avec les jouets qu'on lui proposait, il avait chassé, pêché, il avait appris le bridge pour faire plaisir à Péchade.

On lui avait répété :

— C'est *ton* église... C'est *ton* village... Ce sont *tes* amis...

Pour le lui prouver, on lui montrait son nom sur des devantures.

Et, un beau jour, il ne savait plus quand, il ne voulait pas le savoir, il avait découvert que ce n'était pas vrai, ainsi qu'un enfant, à un certain âge, découvre que ses oncles et ses tantes, qu'on l'a habitué à embrasser, ne lui sont rien.

Il se retrouvait, à trente-cinq ans, trop gros, trop fort, trop gonflé de vie assez vulgaire, avec une femme et deux enfants, une vie toute tracée, un emploi du temps déterminé pour chaque jour de la semaine.

Il le suivait. Il s'efforçait de le suivre, parce qu'il n'entrevoyait pas encore d'autre solution, parce qu'il se refusait à en admettre une autre, mais il flottait dans le monde qu'on lui avait taillé comme dans un vêtement étranger.

Un soir, alors qu'il se couchait, sa femme lui dit, en essayant d'effacer par un ton de bonne humeur le reproche inclus dans les mots :

— Tu n'as pas bu cet après-midi ?

Il mentit, répondit :

— Un verre de vin, chez les Bertaut...

Ce n'était pas vrai. Il était allé faire une visite. Un valet qui était tombé d'une échelle. D'habitude, il ne buvait jamais chez ses malades parce que, comme il leur disait, s'il devait boire chez chacun, il n'irait pas jusqu'au bout de la journée. On le savait si bien que, même quand les hommes étaient occupés à trinquer, on se contentait de lui lancer :

— Pas pour vous, docteur ?

Il avait bu trois verres chez Bertaut. La veille, il en avait bu chez un fermier qui était occupé à soutirer du vin dans son chai.

Sa femme l'avait senti à son haleine. Et, cela encore, c'était inadmissible : qu'il soit condamné toute sa vie à dormir dans le même lit qu'elle ! Il n'avait jamais pu s'habituer à son odeur, qui était fade. Il n'aimait pas sentir sur l'oreiller le contact de ses cheveux qu'elle s'obstinait à garder longs. Il n'aimait pas voir, le soir, ses jambes trop blanches, où les veines se dessinaient déjà en bleu, en attendant de devenir varices.

Surtout quand il avait bu quelques verres par-ci par-là, il lui semblait qu'on l'avait trompé, qu'il y avait eu autour de lui, dès l'origine, un obscur complot.

Jusqu'aux meubles ! C'étaient ceux de sa mère, certains d'entre eux dataient de sa grand-mère, il les avait toujours vus. Ils avaient leur nom, comme les gens ont un nom de famille. On disait *le beau buffet*. On disait *la commode de grand-mère*. Il en était de même du camée dont Hélène avait hérité et qu'elle portait le dimanche, et qui provenait lui aussi d'une grand-mère qu'il n'avait pas connue. Tout cela était disposé autour de lui comme pour l'enfermer dans un cercle sacré, infranchissable.

S'il rentrait, on faisait taire les enfants, on mettait aussitôt la table, on débarrassait les meubles des objets qui traînaient.

— Vite, Jeanne... Ton père qui rentre...

Et Jeanne refermait ses cahiers.

— Vite, Marie (c'était la nouvelle bonne)... J'entends la moto de Monsieur...

Et Marie, d'émotion, laissait tomber ce qu'elle avait à la main.

On affectait de le traiter en chef de famille. Mais il voyait dans cette attitude concertée comme un moyen de mieux l'asservir.

En quoi était-il le chef ? Quelle liberté, quelle sorte de liberté gardait-il ?

Qui sait ? Il commençait à se demander s'il n'en avait pas été de même de son père, le fameux Mahé, malgré ses deux mètres de haut et ses cent vingt kilos. Peut-être quand, ayant bu, il défiait les marchands de bestiaux, n'était-ce qu'un moyen — un pauvre truc — pour se faire croire qu'il était quelque chose ?

Les dimanches se succédaient. Les Péchade vinrent à leur tour dîner et goûter à Saint-Hilaire. Tout le monde remarquait qu'il était le premier à aller prendre dans l'armoire le carafon d'eau-de-vie et qu'il s'en servait plusieurs verres.

Ce fut Mme Péchade qui fit la gaffe, ce dimanche-là. Non seulement de prononcer le mot tabou, mais encore, sitôt ce mot échappé à ses lèvres, de rougir et de regarder son entourage comme pour lui demander pardon.

Elle avait dit, toute bonne, toute bête qu'elle était :

— Est-ce que vous comptez aller à Porquerolles, cette année ?

Il était trop tard pour se rattraper. Hélène éprouva aussitôt le besoin de s'occuper des enfants. Péchade alluma une cigarette. On attendait.

— Je ne sais pas encore, dit-il.

Mais il savait. Et, cette fois, c'était beaucoup plus grave que les années précédentes. Non seulement il irait, mais il savait ce qu'il irait y chercher.

— Tu crois que le climat du Midi réussit aux enfants ?

Pauvre Péchade !

— Il n'y a pas de raison qu'il ne leur réussisse pas...

Et, pour se rattraper quand même un peu, sa femme s'empressait d'ajouter :

— Hélène me disait qu'elle commençait à s'habituer...

— Certainement ! Elle s'habituera.

Sans le vouloir, il prononça ces derniers mots comme un verdict, avec une indifférence supérieure. Elle s'habituerait ou ne s'habituerait pas. Tant pis pour elle.

Est-ce qu'on lui avait demandé s'il s'habituerait à elle ? Avait-on mis tant de façons à faire de lui un médecin de campagne, puis un homme marié et un père de famille ?

C'était la vie !

Si on l'admettait, il fallait admettre aussi qu'il pût exister d'autres vies et il avait trente-cinq ans, il se croyait le droit, à présent, de suivre sa route à lui et non plus celle des autres.

Il n'en voulait pas à sa mère. Il n'en voulait pas non plus à Hélène quand il était de sang-froid. Il aurait plutôt été disposé à la plaindre. Ce n'était pas sa faute, à elle non plus. Il essayait d'espacer ses mouvements d'humeur, certains gestes, certains mots, certains regards qui, il le savait, n'échappaient pas à la femme.

Elle n'était pas intelligente, mais une femme est toujours sensible à ces petits détails-là.

— Tu pêches, là-bas ?

Il fallait bien en parler, puisqu'on avait mis la conversation sur ce terrain.

— Je pêche, oui... Quelquefois...

— Tu te baignes ?

— Je me baigne aussi...

Il aurait été en peine de dire exactement ce qu'il faisait, ce qui l'attirait. D'ailleurs, ils n'auraient pas compris.

Il aurait pu se servir d'une comparaison. Ici, chaque matin, de ses fenêtres, il pouvait, quand il se rasait, voir de gros bœufs, la tête courbée sous le joug, s'en aller vers les champs à pas si lents qu'ils semblaient mesurer l'éternité.

Là-bas, penché sur la mer, il assistait à d'étranges combats, à une lutte perpétuelle ; à chaque tournant de rocher, derrière chaque touffe d'herbes marines, des poissons aux formes agressives en guettaient d'autres, et les fleurs elles-mêmes, qui s'ouvraient au fond de l'eau, guettaient une proie qu'elles emprisonnaient dans leurs pétales.

Ici, les hommes usaient les jours après les jours à des tâches que rythmait inexorablement l'almanach du laboureur.

Là-bas...

Mais à quoi bon parler de cela ? Pourquoi faire le cercle autour de lui en l'observant avec inquiétude ?

Dès qu'il avait le dos tourné, on devait murmurer :

— La mort de sa mère lui a donné un choc terrible. Depuis, il n'est plus le même homme. Vous avez pu remarquer qu'il commence à boire...

Parce qu'il s'efforçait de sortir du cercle, tout simplement. Il était un Mahé. En tant que Mahé, et parce que des tas de Mahé qu'il ne connaissait pas s'étaient incrustés dans la région, ils se mettaient tous ensemble pour l'empêcher de s'échapper.

Alors, il rentrait ses larges épaules, se renfrognait et les regardait, tous autant qu'ils étaient, comme des ennemis, y compris Péchade.

Voilà ! Ce n'était pas sa faute. Et qu'ils ne se fassent aucune illusion ! Ils n'arriveraient pas à le retenir. Au contraire ! Leur résistance l'excitait, et les mesquins complots qu'ils tramaient autour de lui.

Il irait à Porquerolles. Non seulement il irait, mais il sentait que cela ne s'arrêterait pas là. Il était patient. Peut-être parce qu'il était malgré tout un Mahé, un homme d'ici.

Il y avait quatre ans que cela le travaillait et il n'avait pas encore fait d'éclat, il se contentait de ruminer une idée vague qui devenait tout doucement un projet.

Un beau jour, il le savait, en se réveillant le matin, il se trouverait en présence d'une idée fixe, d'une idée complètement au point, et malheur alors à ceux qui essayeraient de l'en détourner.

Les gens de Porquerolles commençaient à s'habituer à lui. Il en avait soigné plusieurs, par hasard. Il avait fait la connaissance de son confrère de l'île, le docteur Lepage. C'était un petit homme pâlichon qui n'avait accepté ce poste que parce qu'il était faible de la poitrine.

— Vous comprenez, lui avait-il expliqué, pour vivre ici, il ne faut pas avoir d'ambition. L'hiver, il n'y a en tout et pour tout que quatre cents habitants, et les malades sont rares. Si la Coopérative ne me versait pas un fixe, pour avoir un médecin dans l'île, je n'arriverais pas à manger. Il y a aussi le Préventorium qui m'assure une petite somme chaque année... Seulement, je me demande si le climat me convient... Ma sœur, qui habite les Basses-Alpes, insiste pour que j'aille vivre chez elle...

Il avait une maison rose, au coin de la place, non loin de l'église. Il faisait un peu de pro-pharmacie. On ne le voyait presque jamais, car il passait la plus grande partie de ses journées à dormir dans son jardin, à l'ombre d'un figuier.

Deux semaines plus tard, comme l'été était déjà entamé, Hélène lui demanda :

— Tu comptes vraiment aller à Porquerolles ?... Je te demande cela à cause des vêtements à préparer pour les enfants...

— Nous irons...

— Tu emmènes Marie ?

Cela lui était égal. Il écrivit à Paris pour s'assurer un remplaçant pendant le mois d'août. C'était un jeune timide, qui regarda avec un certain effroi la grande maison grise où il allait vivre tout seul. On décida de lui laisser Marie.

Il y eut encore l'auto à faire réparer, un télégramme à envoyer à Mme Harmoniaux qui leur avait réservé leur chambre.

Le matin du départ, alors que tout le monde était dans la voiture au toit couvert de bagages maintenus par des courroies et par des cordes, il se retourna vers la maison. Il faisait très chaud ce jour-là. On aurait dit qu'une légère vapeur émanait des pierres grises.

Le docteur se souvint d'un autre départ, de sa mère qui s'était retournée, elle aussi, au moment d'entrer dans la voiture d'ambulance. Il avait lu dans ses yeux comme un adieu, mais un adieu pathétique.

Elle savait qu'elle ne reviendrait pas. Elle avait pris ses mesures en conséquence. Elle avait tout prévu.

Et lui s'en allait, l'air dégagé, sans tristesse, sans remords, un peu gêné seulement, comme un homme qui commet une incorrection.

Pourtant, lui aussi, il avait le sentiment qu'il ne reviendrait pas. Il n'en savait rien la veille encore, ni au moment de ficeler les bagages sur le toit.

C'était soudain. Il regardait les murs, la grille, les buis taillés et, sans transition, tout cela se détachait définitivement de lui. Il n'y avait plus rien qu'une maison quelconque, plutôt revêche, un jeune remplaçant inconnu qui se tenait sur le perron et qui leur disait adieu de la main, une grosse servante à la fenêtre de la cuisine.

Fini ! Tant pis ! Il ignorait comment les choses s'arrangeraient, mais il avait confiance dans son pressentiment.

Il referma la portière qui claqua, posa le pied sur l'accélérateur et changea ses vitesses ; les maisons, des deux côtés de la route, disparurent les unes après les autres, happées par le passé.

— Nous n'allons pas dire au revoir aux Péchade ?

Il avait failli les oublier. Pauvre Péchade ! Il fallait rester correct malgré tout, suivre les rites jusqu'au bout. N'empêche que Péchade, lui aussi, c'était déjà du passé.

Il portait un complet gris. Il avait la peau grise. Il sortait de son cabinet où il était occupé à faire une piqûre et il tenait encore la seringue en main.

— Un mois ?... lança-t-il.

Mme Péchade était là aussi, toute rose, d'un rose fondant, avec deux des garçons auprès d'elle.

— Bon voyage... Écrivez-nous...

— Certainement...

Juste à ce moment, et à ce moment-là seulement, sa main, sur le volant, fut prise d'un tremblement. C'était une sorte de panique, quasi animale, la sensation d'un vide à l'instant précis où il se détachait de quelque chose de solide, de quelque chose qui, après quelques tours de roues, n'existait déjà plus, se fondait, derrière eux, dans le soleil.

Et désormais des bornes blanches et rouges défilaient, des noms nouveaux, des chiffres. Il était seul sur la banquette, car sa femme avait préféré s'installer derrière avec les enfants. A côté de lui, sur le siège, son chapeau était posé, orné d'un crêpe de deuil.

— Où comptes-tu t'arrêter pour déjeuner ?

Elle crut qu'il n'avait pas entendu, se pencha pour répéter sa question, mais il se contenta d'un geste vague.

— Ne roule pas si vite, François... Tu sais bien que j'ai peur...

Il la voyait, incolore, dans le rétroviseur, et il ne put s'empêcher de sourire d'un sourire presque méchant.

Qu'aurait-elle dit, bon Dieu, si elle avait su où il l'entraînait à une vitesse de bolide ?

7

La visite aux remparts

C'était comme une caserne plantée à gauche de la rue en pente, ou plutôt, avec sa façade plate, peinte en vert pâle, sans un ornement, sans une saillie, elle ressemblait à un dessin d'enfant. La ressemblance était d'autant plus frappante qu'elle se trouvait, l'après-midi, du côté ombragé de la rue, et que toutes ses fenêtres ouvertes étaient des trous noirs découpés dans du papier.

Le docteur avait eu du mal à la trouver. Le déjeuner à peine terminé à la pension Saint-Charles, il avait bondi vers le *Cormoran* d'une heure et demie. A la Tour-Fondue, il s'était aperçu que les accus de sa voiture étaient déchargés, juste à temps pour sauter dans l'autobus d'Hyères qui partait.

Cinq ou six personnes seulement, dans la voiture qui fonçait, suant son huile dans un fourmillement de lumière et de chaleur. Surtout des femmes de l'île qui allaient aux provisions. Il y avait aussi Polyte, en pantalon de toile, en espadrilles, sans veston, sa casquette d'officier de marine sur la tête. On ne pouvait guère parler, à cause du vacarme de la guimbarde. Le docteur comprit cependant que Polyte allait aussi à Toulon et il le vit, en effet, à un croisement des chemins, sauter en voltige du car pour bondir de même sur un autre car qui passait.

A Hyères, la ville était comme morte, vidée de ses habitants. Le soleil tombait d'aplomb et, dans les larges avenues de la ville basse, autour du casino et des cinémas, c'est à peine s'il restait un peu d'ombre déchiquetée au pied des platanes. Les trottoirs étaient aussi déserts qu'à trois heures du matin. Ce qui donnait surtout à la ville un aspect équivoque, c'étaient toutes les portes ouvertes, avec, devant, tombant d'aplomb dans un air sans une ride, des rideaux de perles, ou de bambous, parfois de simples étamines douteuses.

D'un côté des rues, les persiennes étaient closes, mais, de l'autre côté, celui que le soleil venait de quitter, les fenêtres étaient larges ouvertes.

Les gens étaient chez eux, fatalement ; il fallait bien qu'ils fussent quelque part. Et cependant, bien que rien ne séparât la rue de l'intérieur des maisons, on ne voyait personne, on n'entendait pas un bruit ; à peine un chien, sur un seuil, interrompait-il son rêve béat pour se gratter furieusement.

On lui avait dit :

— C'est sur le rempart, deux maisons plus bas que le claque...

Il avait cherché un rempart autour de la ville sans en trouver. Sans doute y en avait-il eu jadis et le nom était-il resté ? A cause du claque, il était gêné de demander son chemin. D'ailleurs, il parcourait des centaines de mètres de rues sans rencontrer âme qui vive, marchant sur son ombre minuscule qui parfois changeait de côté, respirant une forte odeur d'asphalte liquéfié.

Ce fut le hasard qui le conduisit à une place entourée de magasins d'artisans et, au bout de cette place, sur un mur, il lut enfin : « rue des Remparts ».

C'était à la limite de la ville. Elle était en pente raide. Les premières constructions étaient des ateliers, ou des remises, avec parfois une porte cochère qui laissait apercevoir un chantier ou un terrain vague.

Il commença par dépasser la maison quand, sur le trottoir, il vit trois femmes étendues à même le sol, sur des nattes, trois femmes en peignoir qui dormaient. La porte, les fenêtres du rez-de-chaussée ouvertes derrière elles laissaient voir des petites tables de café, un énorme piano mécanique décoré d'une profusion de nickels et d'incrustations de nacre.

Une des femmes s'était soulevée sur un coude et le regardait. Alors, par pudeur, il continua à gravir le raidillon. Mais il n'y avait plus rien. Ce n'était plus une rue ; un simple chemin de campagne, avec des haies des deux côtés, des jardinets, et enfin, cinquante ou cent mètres plus haut, plus rien du tout qu'une sorte de glacis mangé de plantes sauvages.

Il n'avait rien décidé. Il était venu à Hyères sans plan préconçu. Il avait eu tort de ne pas imiter Polyte et de s'être affublé d'un faux col, d'une cravate et d'un veston de ville. Cela le faisait remarquer. Il suait.

Il redescendit, passa à nouveau près des femmes et celle qui l'avait déjà vu passer lui adressa un geste d'invitation qu'il feignit de ne pas voir.

Il dégringola toute la rue, non sans regarder la grande façade verte et, en passant, il entrevit un large vestibule plein d'ombre, un escalier très large à la rampe de fer noir.

C'était là qu'Élisabeth habitait. Elle avait quitté Porquerolles, avec son frère et sa sœur. Il l'avait compris rien qu'en apercevant de loin le bâtiment du Génie où la porte ne s'ouvrait plus que sur une pièce vide, vide de vie, encombrée seulement de vieux matériel de pêche et d'objets disparates.

Il l'avait déjà compris, avant d'aller voir, à l'aspect de Frans, dont le pantalon et la chemise étaient en loques.

Jadis, il se rasait assez régulièrement. Presque toujours il avait les joues nettes, mais maintenant elles étaient couvertes de poils roussâtres d'un bon centimètre. La veille au soir, un peu à l'écart du port, pas loin de l'endroit où on déversait les poubelles, il l'avait vu, accroupi devant un feu allumé entre deux pierres, et faisant cuire quelques poissons dans une marmite.

Il avait employé des ruses naïves pour aborder avec les joueurs de boules un sujet qui le faisait bêtement rougir.

— Élisabeth ? C'est elle qui est partie. Voilà une petite bonne femme qui sait ce qu'elle veut ! Si vous la rencontriez à Hyères, vous ne la reconnaîtriez pas...

Les bonnes sœurs lui avaient appris la couture et elle était, disait-on, devenue une excellente lingère. Son frère était de plus en plus dans les bonnes grâces du musicien qui habitait une villa à Hyères et qui se chargeait de son éducation.

Un beau jour, elle était partie, emmenant sa petite sœur qui avait maintenant une dizaine d'années.

— Elle ne revient jamais à Porquerolles. Elle a beaucoup de travail. Frans est d'accord. Il va les voir de temps en temps, une fois tous les mois environ. On le sait d'avance, car il commence par laver son pantalon et à le mettre sécher sur le quai. Il se rase, emprunte des souliers à un pêcheur. Il paraît qu'à Hyères, avant de monter chez elles, il va acheter des douceurs. Seulement, après, il file à Toulon, où il commence une virée carabinée...

Sous quel prétexte le docteur se présenterait-il ? Si seulement les femmes du bordel n'avaient pas été couchées sur le trottoir ! Il n'avait vu cela nulle part. Personne ne semblait s'en offusquer.

Il remonta la rue une seconde fois et soudain, à vingt mètres des femmes, il bifurqua et pénétra dans le vestibule de la maison. Son cœur battait. Il n'avait que quelques instants pour inventer un prétexte.

Le plancher était gris. Des portes, partout, étaient ouvertes, la plupart garnies de rideaux de perles ou d'étamine. Il avait l'impression que, derrière ces rideaux, des yeux invisibles l'épiaient, et, ne sachant où s'adresser, il monta gauchement l'escalier.

La maison devait être pleine de ménages. Le palier du premier était plus vaste qu'une chambre et on y voyait une voiture d'enfant, un bac à lessive, des jouets qui traînaient. Il s'approcha d'une porte que rien ne voilait et toussa, frappa des coups discrets.

Quelqu'un bougea, l'osier d'un fauteuil craqua, il vit le rouge d'un géranium à l'appui d'une fenêtre, un oiseau sautillant dans une cage ; et enfin un petit vieux parut, marchant avec une canne, une casquette de cheminot sur la tête. L'homme le regardait sans rien dire, comme il eût contemplé une apparition, et ses yeux, dans la pénombre, étaient si vides que le docteur se demanda s'il n'était pas tombé chez un fou.

Il parla bas, à cause de toutes ces portes ouvertes, de toutes ces oreilles à l'écoute derrière les murs de la maison.

— Excusez-moi... Je cherche Mlle Klamm...

Il était bien décidé, si le vieux ne comprenait pas, à ne pas insister davantage et à s'en aller. Il insista cependant :

— Mlle Élisabeth...

L'autre réfléchit. Il n'avait pas compris. Si ! Le mot l'avait frappé, puisqu'il fronçait les sourcils et qu'enfin il désignait le plafond au-dessus de sa tête. Il était même capable de parler. Il disait, d'une voix éteinte :

— Je vais vous conduire...

Mais, à le voir si cassé, appuyé sur sa canne, le docteur eut peur, entrevit une scène ridicule dans le corridor et dans l'escalier.

— Je trouverai bien... Pardon de vous avoir dérangé...

Il grimpa vivement au second étage et le vieux était toujours immobile dans l'encadrement de sa porte. Si c'était la chambre juste au-dessus...

Il frappa à une porte fermée. Une voix très jeune fit aussitôt :

— Entrez.

Il était rouge. Jamais peut-être il ne s'était senti aussi mal à l'aise de sa vie. Il se trouvait dans une grande pièce qui, dans son souvenir, devait grandir sans cesse davantage. Dans cette immensité, tournant le dos à la fenêtre, il n'y avait qu'une petite fille assise devant la table et tournant les pages d'un livre.

Il ne l'avait d'abord pas reconnue et il avait balbutié :

— Mlle Klamm ?...

— C'est ici...

La petite fille se laissait glisser de sa chaise, refermait le livre, qui était un prix à couverture rouge et à tranche dorée.

Elle était propre, bien habillée, avec un tablier de cotonnette à petits carreaux rouges. Elle n'avait pas peur de lui. Il se demandait si elle le reconnaissait. Mais ce n'était pas possible.

— C'est Élisabeth que vous voulez voir ?

— Votre sœur, oui...

— Elle est justement sortie pour aller porter du travail... Si vous voulez l'attendre...

En petite personne bien élevée, elle lui désignait une chaise, et lui, ne sachant que faire, s'y asseyait, son chapeau sur les genoux. Devant lui, il voyait les persiennes closes de la maison d'en face. Peut-être l'épiait-on à travers ces persiennes ? Des gens l'avaient entendu monter. Toute la maison savait qu'il était dans cette chambre, seul, tel un ogre énorme, avec une petite fille en tablier à carreaux.

Elle n'éprouvait pas le besoin de parler. A deux mètres de lui, debout, elle le regardait curieusement des pieds à la tête et elle n'avait toujours pas peur.

— Vous ne savez pas si elle rentrera bientôt ?

— Je ne sais pas...

Une porte donnait sur une autre chambre, plus petite sans doute, dont on ne voyait pas l'intérieur, car la porte n'était qu'entrebâillée.

Dans celle où il se trouvait, il y avait une grande table couverte d'une toile cirée, puis deux lits, dont un lit-cage, celui de la gamine, sans doute, qui s'appelait Madeleine, le docteur avait retenu son nom.

Ce qui le frappa le plus, ce fut la courtepointe, sur le plus grand des lits — celui d'Élisabeth, évidemment —, une courtepointe blanche, gaufrée, exactement pareille à celle qui était dans sa chambre quand il avait une douzaine d'années. Il la revoyait, dans sa chambre de campagne, éclairée par un rayon de soleil oblique. Il entendait la voix de sa mère qui lui disait, quand il se jetait tout habillé sur son lit :

— Retire au moins la courtepointe...

Chose étrange, il l'avait retrouvée plus tard, la même, à Paris, dans la pension de Mme Chaminade, derrière le Panthéon. Et Mme Chaminade, qui tenait à ses affaires et qui s'assurait chaque semaine qu'on n'avait pas donné des coups dans les meubles, répétait à ses pensionnaires :

— Vous serez bien aimable, si vous faites la sieste, de retirer la courtepointe...

Or, voilà qu'ici, sur le lit d'Élisabeth, il la retrouvait pour la troisième fois. Il regardait autour de lui. Il savait bien qu'il n'oublierait jamais la place du moindre objet. Il y avait une machine à coudre devant la fenêtre, une table plus petite avec des travaux commencés, un réchaud à gaz et une sorte de bahut acheté d'occasion. Tout était propre, luisant.

— Je crois que je ferais mieux de revenir, balbutia-t-il.

Il ne pouvait pas rester là plus longtemps, sous le regard curieux et bienveillant de l'enfant. Que peut penser une petite fille de dix ans ? C'était à peu près l'âge de la sienne. Elle parlait. Il l'écoutait parler. Il souriait parfois à ses réflexions, mais il ne s'était jamais demandé ce qu'elle pensait, jamais non plus elle ne s'était plantée devant lui pour l'examiner de la sorte.

Il expliqua :

— J'étais venu à tout hasard pour demander si votre sœur pourrait coudre pour ma femme ?...

Et la gamine, déjà très dame :

— Je ne peux rien vous dire. Je sais qu'elle a beaucoup de travail...

— Je reviendrai...

Elle alla lui ouvrir la porte et lui tendit la main.

C'était fini. Il s'en allait, délivré d'un grand poids. Dans quelques instants, il serait dans la rue et n'aurait plus à subir que le regard de l'une ou l'autre des trois femmes affalées. Il n'avait qu'une peur : de rencontrer Élisabeth dans l'escalier. Si elle ne le reconnaissait pas — et elle ne le regarderait peut-être pas ? — il s'en irait tête basse. Si elle le reconnaissait...

Il atteignit le vestibule, le trottoir, sans encombre, et il descendit à grands pas vers le centre de la ville. Il ne l'avait pas vue, mais c'était la même chose, c'était peut-être mieux.

Ce qui serait tout à fait magnifique, ce serait de la croiser au tournant d'une de ces petites rues en pente, dont toutes les maisons étaient des boutiques, de la vieille ville.

Il avait du temps devant lui. Son car ne partait qu'à quatre heures. Dans les ruelles pittoresques, on surprenait, malgré l'heure, un peu de vie humaine. C'était très simple, très pauvre, et c'était cependant doux et rassurant ; il ne s'agissait pas d'une pauvreté sordide, mais d'une pauvreté presque somptueuse. Dans le soleil, le crépi des maisons avait des reflets dorés. Elles étaient serrées les unes contre les autres, avec des renfoncements, des détours imprévus. Les boutiques étaient si basses qu'on en atteignait le sommet de la main, qu'à certains endroits on aurait pu toucher les fenêtres du premier étage.

Un boucher était assis sur son seuil, devant sa façade peinte en rouge sang, au carrelage couvert de sciure de bois ; il était assis sur une chaise, les bras croisés, une mouche sur la paupière, et il dormait, la bouche entrouverte.

Tout à côté, il y avait des piles de fromages italiens, des barils d'anchois ou de morue, des jambons qui pendaient, et toutes les odeurs se mélangeaient, des mouches bourdonnaient, l'eau d'une fontaine courait avec un bruit de ruisseau le long du trottoir.

Il aurait fallu n'avoir sur le corps qu'un pantalon de toile, une chemise et des espadrilles, être libre de sauter, comme Polyte, d'un car à l'autre.

Il ne la rencontrait pas. Il ne la rencontrerait sûrement pas dans ce vieux quartier, car, puisqu'elle était fine lingère, elle devait travailler pour des bourgeois ou pour des gens riches. C'était dans les avenues plantées de platanes, bordées par des grilles de jardins, où des jets d'eau arrosaient mollement les pelouses, qu'il fallait la chercher.

Il n'y allait pas. Il avait peur, peur surtout du premier choc de son regard. Il pensait à la courtepointe, il la revoyait, toute blanche sur le lit, bien tirée, il revoyait la petite fille coudes sur la table, tournant les pages de son livre rouge à tranches dorées.

Il se retrouva non loin de l'endroit où l'on prenait l'autobus et entra dans un bar. Il y avait deux ou trois hommes au comptoir, qui se turent à son approche et le regardèrent curieusement.

C'étaient des hommes comme Polyte. Ils avaient la même souplesse, les mêmes attitudes dégagées, le même regard où l'on croyait toujours lire de l'ironie. Le patron, lui aussi, un maigre aux manches troussées, était de cette race-là.

— Un pastis ?

Un des hommes portait un pantalon réséda, des souliers en crocodile. Il tenait son veston négligemment jeté sur le bras. De temps en temps, il regardait dehors.

— Il est en retard...

Il attendait le car de Nice. Parfois, des autos passaient, de grosses voitures surtout, avec des chauffeurs. On les voyait à peine. On entendait comme une aspiration d'air, un glissement sur l'asphalte.

C'était un boulevard, en somme, de Nice à Marseille. Dans une heure, ces hommes seraient dans un bar identique à un autre point du boulevard, à Saint-Raphaël, à Cannes ou à Antibes...

— Qu'est-ce que Pierre a dit ?

— Il le retrouvera. Avec Pierre, je n'ai pas peur...

— C'est plutôt Jules qui doit avoir les foies...

Et ils l'observaient toujours, examinaient de haut ce gros homme qui avait chaud et qui était tombé là comme un bourdon dans un verre de bière.

Presque tous les jours, un peu avant la partie de boules, tandis que sa femme était à la plage d'Argent avec les enfants — elle s'amusait un peu mieux, car elle avait fait la connaissance de la femme d'un petit industriel de Roubaix —, presque tous les jours, vers cinq heures, il s'en allait, les mains dans les poches, jusqu'à la maison du docteur Lepage.

Il n'entrait pas par devant, mais empruntait le sentier qui la contournait. Par-dessus la haie, il s'assurait que son confrère était là, couché dans son fauteuil hamac, sous le figuier, à ne rien faire, les yeux clos ou fixés sur le bleu uni du ciel.

— Je ne vous dérange pas ? lançait-il.

Et toute de suite après on entendait le grincement de la grille.

— Asseyez-vous...

— Ce n'est pas la peine... Il va être l'heure de la partie...

Car, tous les soirs, désormais, il faisait la partie de boules avec les gens du pays, avec Gène, avec Polyte, les deux frères Cabrini et les autres. On l'attendait. On venait le chercher s'il tardait. On lui criait :

— Hé ! docteur... Au travail...

Et il allait prendre ses boules dans son casier, chez Maurice. Il pointait avec application, la langue entre les lèvres, puis il les regardait jouer à leur tour, les sourcils froncés, acharné à découvrir leur truc.

Le jardin du docteur Lepage était tout petit mais on ne s'en apercevait pas, parce que c'était un vrai fouillis de plantes de toutes sortes. On avait par surcroît fait pousser des fleurs dans des jarres vernissées sur lesquelles on butait à chaque pas. Il y avait un puits où la bonne venait puiser l'eau et son grincement était déjà familier au docteur Mahé.

— Belle journée...

— Vous êtes allé à Hyères ?

— Je me suis promené dans la vieille ville, qui est extraordinaire...

Ils n'avaient rien à se dire. Aucun des deux n'était dupe. Mahé savait que Lepage était un malin. Plus malin, peut-être, plus féroce qu'un maquignon de Saint-Hilaire ! Il ne parlait plus jamais de son désir de quitter l'île et, quand on lui demandait des nouvelles de sa santé, il prenait un air indifférent, voire étonné.

— Je vais très bien...

Tellement bien qu'il ressemblait à une lampe qui s'éteint. Sa peau était devenue incolore, comme ses cheveux d'un blond fade. De temps en temps, il toussait, puis il remettait son mouchoir dans sa poche en murmurant :

— Ce n'est rien...

Il devait se bourrer de créosote, car il répandait cette odeur à la ronde et sa maison en était empuantie.

C'était une vieille maison incommode. Du jardin, en descendant deux marches, on atteignait la cuisine au sol pavé de petits carreaux rouges. Les murs, blanchis à la chaux, n'avaient pas été lavés depuis des années. On ne se servait pas du poêle, mais de deux potagers à charbon de bois et d'un réchaud à butane. C'était délabré. C'était sale. Et pourtant le docteur Mahé trouvait toujours prétexte à y entrer, enchanté par les reflets roses du carrelage et par le bourdonnement continu des mouches. On gardait de l'eau fraîche dans une jarre et il allait en demander un verre à la bonne qui, sans raison, l'avait pris en grippe.

Il connaissait d'autres pièces de la maison. Sauf les chambres, car jamais son confrère ne l'avait invité à monter au premier étage.

A n'importe quelle heure du jour, on vivait dans une demi-obscurité et, quand on arrivait du dehors, on commençait par se diriger à tâtons, jusqu'à ce que les yeux aient eu le temps de s'habituer au clair-obscur. Pas une seule fois il n'avait vu les persiennes ouvertes.

Il y avait, dans l'angle, une étroite pièce qui servait de pharmacie, avec un vieux comptoir peint en noir, quelques pots ébréchés, des flacons sur une étagère, des boîtes de spécialités et, sur le plancher, des bonbonnes, des colis de médicaments qu'on n'avait fait qu'entrouvrir.

A côté, le cabinet de consultation n'était pas moins miteux, avec ses instruments d'émail ébréché, des sondes en caoutchouc rouge qui traînaient, un lit de consultation couvert d'une toile cirée tout usée et toute grise.

Il y avait aussi un salon. Le docteur n'avait fait que l'entrevoir. Il s'y trouvait un lit. Était-ce là que Lepage dormait ?

Chaque soir, ou presque, il venait renifler tout cela, s'asseyait un moment dans le jardin ; chaque soir, il était sur le point de dire :

— Alors, quand me cédez-vous votre place ?

Élisabeth était à Hyères, mais cela ne changeait rien à ses projets.

Hélène, sans soupçon, continuait à vivre dans l'île comme une étrangère, comme n'importe quelle pensionnaire de Mme Harmoniaux. Elle avait fini par s'habituer, en ce sens que ce n'était plus autour d'elle qu'un décor qu'elle ne voyait pas.

Elle se levait, habillait les enfants, descendait pour le petit déjeuner dans la salle à manger éblouissante. Son sac à ouvrage était prêt, et les jouets des gosses, pour aller à la plage. Elle marchait lentement, se retournait, attendant sa nouvelle amie de Roubaix qui ne tardait pas à la rejoindre.

Elle n'avait jamais eu l'idée de se mettre en maillot et encore moins de prendre un bain.

Le plus souvent, à cause du scintillement qui lui blessait les yeux, elle s'asseyait le dos à la mer. Et d'ailleurs elle ne levait guère la tête de son travail.

Elle écrivait à ses sœurs, à Mme Péchade, à d'autres personnes du pays dont elle croyait devoir donner des nouvelles à son mari.

— Écoute, François, il y a la petite Bailleux qui est encore enceinte... Son mari est pourtant averti qu'elle ne fera que des fausses couches...

Il ne l'écoutait pas. Il allait voir arriver le *Cormoran* du matin, puis il lisait le journal à la terrasse de chez Maurice, en buvant un verre de vin blanc. Il regardait de loin la maison du docteur Lepage et cette maison, comme les petites rues du vieux Hyères, s'était magnifiée à ses yeux.

Il retournait au port, traînait partout, rougissait de plaisir quand on l'interpellait familièrement.

— Hé ! docteur... Puisque vous ne faites rien, donnez-moi un coup de main à plier la maille...

Le plus curieux, c'est qu'il n'osait pas adresser la parole à Frans, autour de qui, pourtant, il était souvent à tourner. Est-ce que l'ancien légionnaire ne l'avait pas remarqué ?

Il avançait à travers les journées comme on marche dans du sable chaud, avec l'impression de s'enfoncer, et, vers cinq heures, la tête déjà lourde, il pénétrait dans le jardin de son confrère en sachant qu'il ne se déciderait pas encore à lui parler.

C'était inouï le nombre de combinaisons qu'il avait échafaudées ainsi dans le soleil, plus baroques les unes que les autres. Il avait été jusqu'à prévoir un accident. Par exemple, il se casserait une jambe. Il ne pourrait pas quitter l'île à la fin des vacances. A cause de l'école, sa femme et les enfants retourneraient à Saint-Hilaire. Ainsi, il aurait du temps devant lui.

Mais après ?

En rougissant, il pensait à un autre moyen, mais c'était encore plus ridicule et, en outre, c'était répugnant. Tout le monde, depuis la mort de sa mère, était d'accord pour affirmer qu'il avait changé et on avait prononcé le mot neurasthénie. Pourquoi ne pas écrire à Péchade pour lui demander de lui rendre service ? Péchade viendrait, sous prétexte d'un voyage d'agrément, passer quelques jours avec eux (il lui rembourserait ses frais de voyage, évidemment). Il ne lui serait pas difficile de persuader Hélène que son mari ne devait pas encore retourner à Saint-Hilaire, que sa cure était loin d'être finie...

Il s'indignait contre lui-même, demandait mentalement pardon à sa mère de s'être servi aussi vilainement d'elle, fût-ce en pensée.

Alors, il s'irritait. Quel besoin avait-il de rendre des comptes ? N'était-il pas libre de mener sa vie à sa guise ?

Sûrement que oui. Dans d'autres cas, cela aurait été facile. Par exemple, s'il avait eu de l'ambition, s'il avait rêvé de s'installer dans une ville, voire dans une grande ville.

Hélène aurait eu autant de mal à s'y accoutumer, mais il n'aurait pas été gêné le moins du monde pour déclarer :

— L'avenir que j'ai devant moi à Saint-Hilaire ne me suffit pas... Je veux avoir une clientèle importante, gagner de l'argent...

Le plus délicat, c'était d'amener Hélène — ou n'importe qui ! — devant la maison du docteur Lepage, et d'avouer :

— Voilà où j'ai envie de vivre désormais, et vous y vivrez avec moi...

Il finissait, à force d'y penser, par avoir le front barré d'un grand pli et, à certains moments, quand ses pensées lui faisaient honte, son regard fuyait celui des gens.

— Hé ! docteur... On ne travaille pas aujourd'hui ?

— Vous m'excusez... balbutiait-il à l'adresse de l'indolent Lepage. On m'attend pour les boules...

Sale type ! Oui, sale type de Lepage qui savait bien, qui comprenait tout et qui n'avait pas un mot pour l'aider. N'était-ce pas malheureux, à son âge, d'être ainsi torturé par un désir quasi enfantin et d'en remâcher la honte sans pouvoir se délivrer ?

Il traversait la place pour aller chercher ses boules et disait à Jojo, debout derrière le comptoir :

— Verse-moi vite un pastis...

Avant la partie. Les autres ne buvaient qu'après. Les autres n'avaient pas les mêmes raisons que lui de boire. On l'attendait. Ils étaient là, bleus dans le jaune doré de la place, avec les taches blanches des chemises et la petite église couleur ocre qui fermait l'horizon.

— Vous êtes avec moi, docteur... A vous de lancer le cochonnet...

Il y avait longtemps, sans doute, qu'Élisabeth était rentrée. Sa sœur avait dû lui dire qu'un monsieur était venu. Un monsieur comment ? Et la petite de le décrire. Un gros monsieur, avec un visage tout rouge, et qui avait très chaud, et qui regardait partout autour de lui...

Son frère Georges était rentré aussi, avec sa boîte à violon couleur de deuil et ses cheveux qu'il laissait pousser très longs.

Que pouvaient-ils bien se raconter tous les trois devant la fenêtre ouverte qui laissait pénétrer le vacarme du piano mécanique ? En se penchant, ils devaient voir les hommes grimper la pente à pas honteux et se faufiler soudain dans le claque.

Il avait joué. Il attendait, sa seconde boule à la main. L'odeur du pastis l'écœurait encore un peu. Il en buvait sans savoir pourquoi, parce que ça avait la couleur et l'odeur du pays.

Il avait grossi. Sous la ceinture de cuir, son ventre formait une masse rebondie.

— Tire, Gène !...

Et Gène visait longtemps, dans une pose qui semblait préparer un envol. Il bondissait, faisait trois pas ailés et la boule, décrivant une parabole, allait frapper en plein la boule adverse. Après quoi il se détournait, faussement indifférent, en homme pour qui c'est chose facile.

— A vous, docteur...

Il regretta soudain de ne pas avoir attendu Élisabeth. Maintenant il lui serait beaucoup plus difficile d'y retourner. Que dirait-il ? Ou alors, il faudrait réellement lui porter de l'ouvrage. Hélène faisait son linge elle-même...

Il avait chaud. Il cherchait toujours, un pli au front, et le plus écœurant c'est qu'il ne savait pas au juste ce qu'il cherchait avec tant d'acharnement.

Soudain, il se souvint d'un mot de Gène, parlant justement du docteur Lepage qui passait, couché dans son jardin, la plus grande partie de ses journées. Gène avait dit :

— Cet homme-là, je vais vous le dire, moi : il s'ennuie dans sa peau !

8

La victoire des péquois

— Est-ce que tu penses parfois que nous partons après-demain, François ? lui avait dit sa femme au déjeuner.

Il y avait des rougets à table, il s'en souvenait, en revoyant la tache violacée sur les plats. On était le mercredi. En principe, on devait quitter l'île le vendredi, pour être à Saint-Hilaire le samedi soir. C'était la date convenue avec le remplaçant, qui devait lui-même rejoindre quelqu'un à la montagne.

— On dirait que tu n'y penses plus...

Il ne faisait aucun préparatif. Il n'avait pas non plus, depuis quinze jours qu'il s'était aperçu qu'ils étaient à plat, donné l'ordre de recharger les accus de la voiture. Quand il allait à Hyères, il prenait l'autobus.

Préparer quoi ? Il n'avait rien répondu à Hélène, qui avait déjà rangé les jouets des enfants et la plus grande partie de leurs vêtements. Le lendemain, comme il la connaissait, ils n'auraient plus sur eux que le costume prévu pour le voyage.

Est-ce qu'il savait déjà, lui, qu'il ne partirait pas ?

En tout cas, il n'avait pas encore parlé au docteur Lepage, qui attendait toujours en sommeillant dans son fauteuil-hamac.

Il n'avait pas revu Élisabeth. Ou plutôt, ce qui était bien plus effarant, il n'était pas sûr de l'avoir vue. Trois fois, il était retourné à Hyères, la première fois le matin, quand la maison était du côté ensoleillé de la rue et que toutes ses persiennes étaient closes. Cette fois-là, il n'y avait pas de femmes sur le trottoir. Il avait fait les cent pas, sans oser entrer, et il avait vu Georges qui sortait de la maison et descendait vers la ville, son violon sous le bras. C'était devenu un adolescent très maigre, aux yeux vifs, aux narines frémissantes.

Une autre fois, au bas de la rue, il avait rencontré la petite Madeleine qui avait de l'argent dans sa main fermée et qui entrait chez un épicier. Elle l'avait reconnu. Elle l'avait regardé avec un certain étonnement, se demandant sans doute pourquoi, maintenant que sa sœur Élisabeth était chez elle, il ne montait pas la voir.

Il n'avait pas osé, justement de la savoir seule dans la grande pièce où l'air circulait. Peut-être, au fond, ne venait-il pas à Hyères pour la voir ?

La troisième fois, il descendait de l'autobus quand il avait tressailli. Une jeune fille marchait le long des maisons, à pas nets. Elle portait une robe bleu marine, un petit chapeau de paille bleue sur ses cheveux dorés. Il ne distingua qu'un profil perdu. Il eut le sentiment, plutôt que la certitude, que c'était elle. Pour s'en assurer, il suffisait de parcourir rapidement une centaine de mètres, de la dépasser, de s'arrêter à une vitrine ou de revenir sur ses pas. Il y pensait, mais il restait immobile au bord du trottoir. Elle tourna le coin de la rue. Il s'élança, réfléchit et s'arrêta dans le petit bar où il avait déjà ses habitudes.

La nuit suivante, par contre, il avait fait *le* rêve. C'était quelque chose de très spécial. Il n'aurait osé en parler à personne, car il était persuadé qu'on rirait de lui. Il fallait d'abord, le soir, se mettre en état, il disait « en état de grâce ». Et pour cela il buvait un peu plus que les autres jours, jusqu'à ce que ses pensées aient acquis un certain moelleux, un certain fondu qui les faisait déjà ressembler à du rêve.

Couché sur le côté droit, il évoquait, dans l'ordre, un certain nombre d'images, puis s'endormait. Mais le plus souvent le rêve ne venait pas et, le matin, il se réveillait déçu. D'autres fois, le rêve commençait, il le sentait commencer, il aidait de tout son être, s'éveillait brusquement et voyait devant lui les lames ruisselantes des persiennes.

Cette fois, il l'avait réussi en entier. C'était un matin, le matin qui avait suivi la visite d'Alfred au bâtiment du Génie. Il traversait la place où il ne rencontrait personne. Il n'y avait personne au port non plus. Il devait être très tôt, car l'île était vide et toutes les couleurs avaient la fraîcheur de la prime aurore.

Il gravissait le raidillon et apercevait la porte ouverte, ouverte parce qu'on l'attendait, il entrait, il savait qu'elle était là, qu'elle était seule. Elle le regardait approcher avec un triste sourire aux lèvres, triste mais sans colère, sans rancune. Elle portait sa robe rouge qui était devenue trop courte.

Alors, le cœur bondissait dans sa poitrine, il lui disait :

— Je suis venu...

Le sourire d'Élisabeth devenait plus lumineux. Tout naturellement, elle se laissait prendre dans ses bras, s'y serrait comme dans son refuge naturel et il ajoutait :

— Il le fallait !... Je vous aimais trop...

Elle répondait. Il connaissait les mots qu'elle répondait :

— Je le savais...

Mais, chose curieuse, il n'entendait pas le son de sa voix.

— Maintenant, je suis venu vous chercher pour toujours...

C'était fini. Ou plutôt il y avait alors quelque chose d'inexprimable. Ils ne partaient pas réellement, en ce sens qu'ils n'allaient nulle part, qu'il ne voyait pas, par exemple, le paysage changer. Le départ, bien plus extraordinaire qu'un vrai départ, était marqué par un mouvement intérieur, par un bondissement tel qu'à ce moment-là, sachant que son rêve était fini, il se réveillait, épuisé par un effort surhumain.

Il avait fait un autre rêve, la même nuit, avant ou après le rêve d'Élisabeth, il ne savait plus. C'était à cause de celui-là qu'il avait encore une barre autour du front. Il était difficile de préciser où cela se passait. C'était sur une place. Elle ressemblait à la cour de l'école où il avait fait ses premières études et au foirail de Saint-Hilaire.

Il était debout, il devait s'en aller, il savait qu'il y avait des raisons impérieuses pour qu'il s'en aille. Mais des gens l'entouraient, à peu près comme certains soirs les étrangers, sur la place de Porquerolles, cernaient les joueurs de boule. La différence, c'est qu'ils avaient des mines sévères, « impénétrables » — le mot était dans son rêve —, et qu'ils formaient un cercle parfait, comme pour un jeu dont il ne se souvenait plus.

Était-ce par jeu qu'ils l'empêchaient de sortir du cercle ? Il se le demandait, les sourcils froncés. Il épiait les mines graves, espérant toujours que l'un ou l'autre allait sourire, qu'ils éclateraient peut-être de rire tous ensemble de la bonne farce qu'ils lui faisaient.

Il les connaissait. Certains visages lui étaient tout à fait familiers, c'étaient des tantes, des oncles, des cousins, des cousines, c'étaient tous des Mahé de la famille. D'autres lui étaient presque inconnus, mais il savait que c'étaient des Mahé aussi, les Mahé de toutes les façades sur lesquelles il y avait ce nom écrit.

Il ne voulait pas être mauvais joueur. Il s'approchait en souriant des moins revêches et murmurait en essayant de passer :

— Pardon...

Personne ne bougeait. Ils étaient de pierre. Et il tournait, en rond ; l'angoisse le faisait suer. La notion d'urgence s'imposait, les minutes comptaient. Il devenait rouge et se fâchait pour tout de bon.

— Si vous croyez que c'est malin ! Allez-vous me laisser passer, oui ou non ? Vous savez bien que c'est *indispensable*...

Et voilà que ce n'étaient plus des hommes et des femmes qui l'entouraient. C'étaient des pierres tombales, dressées en rond, et pourtant ces pierres restaient reconnaissables, gardaient en quelque sorte les traits de ceux qu'elles représentaient.

Maintenant, il ne rêvait plus. Il avait passé une journée éreintante, poursuivi tantôt par l'un, tantôt par l'autre de ses deux rêves. Il traversait la place et, à mesure qu'il approchait de la maison du docteur, il ralentissait le pas, car il lui semblait que ses jambes s'alourdissaient. Il atteignit cependant la barrière et eut comme un espoir en même temps qu'une déception en voyant que le fauteuil-hamac, sous le figuier, était vide. Il poussa le portail. La servante lui jeta :

— Le docteur est dans son cabinet...

— Il a quelqu'un ?

— Non... Il a travaillé toute la journée... Entrez...

Si elle ne le lui avait pas dit, il ne serait pas entré, mais il n'osa pas passer outre à cette injonction. Il longea le mur bruni du corridor, frappa à une porte sombre.

— Entrez, docteur...

Il ne rêvait plus, c'était certain. Il était cinq heures de l'après-midi. Il était éveillé, en possession de toutes ses facultés, mais cela ressemblait à un rêve de voir le petit docteur Lepage, blême dans le demi-jour de son cabinet, qui, sans se lever, lui désignait une chaise.

— Je suis venu pour vous parler sérieusement, dit-il tout de go, pour s'en débarrasser. Il y a quatre ans, oui, déjà quatre ans, vous m'avez parlé un jour d'aller habiter chez une sœur, dans les Basses-Alpes, je crois...

L'autre faisait un geste vague comme pour dire que cela n'avait pas d'importance, ou qu'il n'y tenait pas.

— Je serais assez disposé à reprendre votre cabinet...

C'est alors, surtout, que cela tourna au rêve. Car, sur le bureau, des feuilles de papier étaient éparses, couvertes d'une fine écriture, avec une colonne pour les chiffres et des additions au bas des pages.

— Je m'y attendais si bien, disait le docteur Lepage, de sa voix à la fois douce et glacée, que j'ai passé ma journée à dresser l'inventaire...

Le docteur Mahé ne comprenait pas.

— Je savais que vous m'en parleriez aujourd'hui ou demain, puisque votre départ est fixé en principe à vendredi... Alors, pour gagner du temps...

Mahé rougit. Il avait l'impression qu'on venait de lui voler son libre-arbitre et qu'en outre, pendant des semaines, on l'avait trompé. Car, pendant des semaines, Lepage, du fond de son fauteuil-hamac, avait suivi les progrès de son idée fixe, établi un diagnostic si précis que, le jour venu — et pas la veille, ni le lendemain —, il s'était mis au travail.

Il aurait dû s'en aller en haussant les épaules. Il aurait donné gros pour être capable de le faire. Au lieu de cela, il murmurait :

— L'inventaire de quoi ?

— Si je vais vivre chez ma sœur, ce qui est fort probable au cas où nous nous mettions d'accord, je n'aurai besoin ni de meubles ni de rien de ce qui se trouve dans cette maison. D'autre part, une vente publique est toujours un désastre, vous le savez comme moi...

Si sa mère avait été ici, comme elle aurait remis le petit docteur blême à sa place ! Car c'était une femme d'affaires. Mahé lui-même sentait qu'on allait le rouler, qu'on lui jouait une comédie éhontée, mais il n'avait pas le courage de protester.

— Je tenais donc, quand vous me parleriez comme vous venez de le faire, à pouvoir vous citer un chiffre, afin que nous en finissions immédiatement. Tout me fatigue, vous le savez, les discussions plus que le reste. C'est pour cela que j'hésite à me retirer chez ma sœur, qui a un sale caractère et qui me contrarie par plaisir... Si donc vous n'êtes pas décidé...

Comme un maquignon à la foire, il faisait celui qui remet tout en question et sa main esquissait le geste de ramasser les papiers épars sur la table.

— Je suis décidé...

— Vous en avez parlé à Mme Mahé ?

— Ma femme sera d'accord...

Et dire que, d'un seul coup de ses poings énormes, il aurait pu écrabouiller ce bonhomme livide et diabolique !

— Il y a donc plusieurs choses à envisager... D'abord, l'achat de la clientèle proprement dite...

— Je croyais qu'elle était à peu près nulle...

— Je vous ai peut-être dit cela... Je ne tenais pas à voir un concurrent s'installer ici...

— Avec quatre cents habitants...

— L'hiver !... Vous oubliez que, l'été, nous avons une des plus belles clientèles de France, sans cesse renouvelée...

Il tenta encore :

— Ils ne sont pas malades...

— Dans ce cas... trancha le docteur Lepage, prêt à en briser là.

— Je vous demande pardon de vous faire ces remarques... Vous disiez que, pour la clientèle...

L'autre cita un chiffre si énorme que Mahé aurait dû s'en aller sur-le-champ.

— Il y a ensuite la maison pour laquelle, l'année dernière, on m'a offert...

Un chiffre aussi extravagant. Il demandait de sa bicoque le double de ce que valait la vaste et confortable maison de Saint-Hilaire.

— N'oubliez pas que les terrains sont rares dans l'île, qui appartient en grande partie au Génie... Restent les meubles et objets mobiliers dont j'ai dressé une liste en trois exemplaires, avec la valeur de chaque objet. Je suis à votre disposition pour faire le tour des pièces et...

Le docteur Mahé avait déjà une des listes dans la main et il la regardait avec stupeur. S'il avait rêvé, sans doute tous les Mahé de la nuit précédente se seraient-ils mis à ricaner ou à grincer des dents. Qui sait si leur cercle ne se serait pas resserré sur lui pour l'étouffer ?

Il se laissa conduire dans les pièces mornes où l'autre lui désignait un vieux fauteuil, une carpette mitée, une aquarelle d'amateur, tout cela tarifé à des prix de haute fantaisie.

Il imaginait Hélène entrant là dedans, reniflant, tournant vers lui un regard incrédule. Car elle n'y croirait pas. Elle le croirait encore moins qu'en vendant au mieux la maison de Saint-Hilaire et la plus grande partie de son contenu, il faudrait encore faire appel aux quelques titres et aux obligations qu'il avait hérités de sa mère.

— Vous partez toujours après-demain ?

Il dit non. Il ne savait plus. Il était écœuré, dans le sens propre du mot. Cet inventaire qu'on lui imposait, minutieux et interminable, lui donnait mal au cœur. Il reniflait de la poussière, de vieilles odeurs enfermées depuis des années dans les chambres et les placards.

Il n'était pas jusqu'à un vase de nuit fêlé qui n'eût sa place sur les listes.

— Je suppose que vous êtes en mesure de payer comptant, pour les trois quarts tout au moins ?

Non. Il s'arrangerait. En attendant la mise en vente de la maison, qui demanderait du temps, il prendrait une hypothèque. Le notaire de la famille ne le croirait pas non plus.

Alors, pourquoi ne s'en allait-il pas ? Pourquoi suivait-il, docile comme un écolier, son cicérone exsangue et sarcastique ?

— Je suis sûr que vous serez très heureux ici et que Mme Mahé s'y habituera fort bien...

Ce n'était pas possible qu'il dise cela sérieusement. Et pourtant il ne souriait pas. La voix de Polyte, sur la place, appelait :

— Alors, docteur ?... Cette partie...

— Je crois qu'on vous attend... Vous êtes déjà très populaire dans l'île... C'est un avantage... Moi, ils ne m'ont jamais adopté... Si vous voulez qu'avant votre partie nous signions une promesse de vente ?

— Ce sera peut-être long...

Ils repassaient par le cabinet. Deux papiers étaient prêts et Mahé sentit entre ses doigts un méchant porte-plume à deux sous trempé d'encre violette.

— Ici, tenez... Et encore ici... Demain, nous pourrons nous occuper des détails... Emportez votre copie... Je ne vous offre pas l'apéritif ? Comme je n'en bois jamais, je ne sais pas s'il y en a dans la maison...

— Je vous remercie... On m'attend...

Il dut encore serrer la main moite et, quand il se retrouva dehors, il avait l'air d'émerger d'un autre monde, avec ses gros yeux troubles, sa démarche maladroite.

— C'est à vous de jouer, docteur... Vous êtes avec Gène et Bastou... C'est Cabrini qui a mis cette boule, mais vous allez la gagner.

Tout le temps que dura la partie, il eut l'impression qu'on se moquait de lui. Il lisait de l'ironie dans tous les regards. Il finissait par se demander si l'île entière n'était pas complice de la bonne farce qu'on venait de lui jouer.

Qui sait si, dès le premier jour qu'il avait débarqué... Il y avait cinq ans de cela maintenant... Pendant cinq ans, il s'était débattu... Ou plutôt non... Ce n'était pas vrai... Il s'était complu à son mal, au contraire... Il savait bien qu'un jour ou l'autre cela finirait par une catastrophe...

Mais pourquoi appeler cela une catastrophe ? Il regardait la place autour de lui. Il la voyait avec d'autres yeux que jadis. Il en faisait désormais partie. Il n'aurait que cette porte à ouvrir, le matin, en pantoufles ou en espadrilles, pour aller, la peau encore moite de sueur, assister à l'arrivée du *Cormoran*, puis il irait s'asseoir à la terrasse de chez Maurice et il boirait son premier vin blanc en lisant le journal ou en bavardant avec quelque pêcheur...

Tant pis pour les Mahé ! A quoi l'avaient-ils préparé ? A rien du tout. Ils avaient vraiment tracé autour de lui, comme dans son rêve, un cercle de pierre. Tu épouseras Hélène parce qu'elle est douce et docile. Tu lui feras des enfants. Tu feras tes visites en moto pour économiser l'essence. Tu seras médecin de village toute ta vie et ta maison sera correctement tenue...

On se serait indigné s'il avait voulu monter plus haut si peu que ce soit. Alors pourquoi lui interdire de descendre, s'il ne se sentait pas à l'aise là où on l'avait mis ?

— Vous jouez mal docteur !

Savait-il seulement qu'il jouait ? Il allait ramasser ses boules. Il attendait son tour. Il avait le temps, désormais, d'apprendre à jouer.

Comme son équipe avait perdu il paya deux tournées, une de plus qu'il n'était nécessaire.

— Vous allez à la pêche, demain matin ?

Il regarda Gène qui lui posait cette question et il tressaillit, comme si ces mots avaient réveillé quelque chose dans son subconscient.

— Je ne sais pas, articula-t-il d'une voix neutre.

— En tout cas, il y a des piades dans le vivier...

Car il avait conclu un arrangement avec Gène et il avait le droit de se servir de son bateau qu'il avait appris à conduire.

On sonnait le dîner à la pension Saint-Charles. Sa femme et les enfants étaient déjà à table. Il les regarda longuement, comme étonné de les voir là, de voir les enfants si grands, sa femme qui ne lui adressait aucun reproche.

— J'ai écrit à Péchade... dit-elle tout en mangeant.

Pourquoi ? Il n'en savait rien. Il ne voyait pas le rapport. Il n'avait pas le courage de la questionner.

Après dîner il alla se promener seul sur la jetée. Il n'y avait presque plus de yachts. Dans quelques jours, les vacances seraient finies et l'île prendrait sa vie calme de l'hiver. Il alla boire. Pas beaucoup. Deux ou trois verres. Il serra des mains.

Enfin, il se coucha et passa la nuit à se tourner et à se retourner. Tout en dormant d'un sommeil irrégulier, traversé d'éclairs de raison, il avait conscience de se soulever lourdement sur son matelas et de se laisser retomber sur l'autre flanc. L'air était plus frais. Il se demanda s'il ne prenait pas froid.

De très bonne heure, au moment où les oiseaux commençaient à chanter dans les tamaris qui bordaient le chemin, il était couché sur le dos, les yeux grands ouverts, très calme, d'un calme presque angoissant. Il resta ainsi un quart d'heure environ puis se leva sans bruit, revêtit son pantalon de toile, le vieux veston de pêche, se donna un coup de peigne et sortit sur la pointe des pieds, sans prendre la peine de se débarbouiller.

Jojo, à *L'Arche de Noé*, dont les portes étaient grandes ouvertes, lavait le carrelage. Il entra et se fit servir un vin blanc.

— Vous allez à la pêche ?

Il dit oui, ne paya pas. Depuis qu'il était un vrai client, on inscrivait ses consommations sur le tableau noir pendu derrière la porte.

Le bateau de Gène était tout laqué de rosée glacée mais il savait qu'il y avait un torchon dans le coffre. Il faisait vraiment frais. Les pêcheurs quittaient le port.

Il accomplit les gestes rituels, remplit le réservoir d'essence, s'assura que les bougies n'étaient pas encrassées, releva le panier de piades qui trempait dans l'eau, monta enfin sur le quai pour retirer les amarres.

Il faisait tout cela avec une application minutieuse. Un moment, le moteur en marche, il regarda vers la place pour s'assurer que Gène ne venait pas le rejoindre à la dernière minute. Or, comme on devait l'apprendre par la suite, Gène arriva au port juste après que le bateau eut contourné la jetée, piquant droit vers les Mèdes.

Le moteur ronronnait doucement, l'eau bouillonnait, éblouissante, derrière l'embarcation à liston bleu. La mer et le ciel se rejoignaient dans un même vert frais et irisé. Les bateaux des pêcheurs qui avaient une forte avance et qui possédaient des moteurs plus puissants, approchaient déjà des deux rochers blancs marquant la pointe extrême de l'île.

Le docteur s'arrêta près de la plus grosse des roches, là où, le premier jour, il avait pêché avec Gène. Il laissa tomber au fond de l'eau, en guise d'ancre, le lourd caillou amarré à un filin. Il éparpilla quelques piades sur le banc, chercha le marteau, les boulantins.

Deux fois, il se retourna pour regarder vers la plage Notre-Dame, là où, le premier jour, sa femme et les enfants étaient installés avec Mariette.

Lentement il mit une ligne à l'eau et se pencha sur le plat-bord. La mer était toujours aussi limpide. Il reconnaissait le paysage sous-marin où se promenaient des poissons blancs, d'autres avec des raies noires. Des sars. Il se souvenait de l'histoire des péquois…

Très loin, au bout de la jetée, un petit bateau poussé aux avirons allait prendre sa place matinale pour la pêche aux gireliers, et on reconnaissait le grand chapeau de paille blanche du vieux monsieur Forgeard, un avoué retraité qui habitait l'île toute l'année.

Sa main, machinalement, donnait de légères secousses à la ligne et le premier poisson qu'il sortit de l'eau fut justement un péquois. Il le regarda avec un drôle de sourire avant de le pousser dans le fond du bateau, sous une serviette mouillée. Puis il remit sa ligne…

Il se pencha… Des formes noires, plus longues et plus vives, passaient entre le menu peuple de poissons blancs… Il se souvint du congre de l'Amiral…

Il avait laissé son casque de paille à l'avant du bateau. Le soleil lui frappait le crâne... Une houle invisible, qu'il n'avait pas encore sentie, commença à soulever l'embarcation à un rythme infiniment lent et, au même moment, sa ligne se trouva accrochée au fond, il se pencha davantage...

Voilà tout ce que lui-même put savoir. Il était debout, penché sur l'eau, et il regardait le fond. La tête lui tournait un peu, peut-être à cause de l'heure matinale, de la mauvaise nuit qu'il avait passée, ou du vin blanc, ou du soleil qui tapait déjà dur...

Il lui sembla que des milliers de paillettes dorées couvraient la surface de l'eau et que des aiguilles d'or lui entraient dans les yeux...

Il oscillait... Il était tiré en avant... Cependant, il sentait très bien qu'il pouvait réagir, qu'il suffirait d'un petit effort...

Ce mouvement avait quelque chose de reposant, de voluptueux... L'eau se rapprochait, le fond aux avenues d'algues et aux montagnes gluantes...

Tout le monde croirait que c'était un accident... Peut-être en était-ce un ?

Dans le court instant qu'il mit à être enveloppé par la fraîcheur de la mer, il se posa la question...

Était-ce seulement cette question-là ?... Ce n'était pas une question, c'était *la* question, la seule... Ses yeux tout agrandis interrogeaient candidement l'immensité et celle-ci ne lui donnait pas encore de réponse...

L'eau salée le pénétrait, il voyait le fond tout près, comme à travers une loupe énorme, puis il remontait, il redescendait encore et ses bras repoussaient le cercle des Mahé ; il avait besoin, il le sentait enfin, de descendre davantage pour atteindre la robe rouge, il y avait des moments où il était sur le point de la toucher...

Élisabeth, toute pâle, le regardait avec des yeux étonnés ; peut-être se demandait-elle pourquoi il l'avait tant fait attendre ?

Il venait... Encore un effort... Les Mahé ne comprenaient pas, ne comprendraient jamais... Lui-même n'avait pas compris, c'était maintenant seulement qu'il commençait à entrevoir la vérité...

C'était une histoire d'amour... Et puis, il y avait une autre vérité, encore plus lumineuse, une sorte de vaste embrasement dans lequel...

Mais quand il atteignit cette vérité-là, quand il s'incorpora à elle comme une bulle d'air, sa vie d'homme était finie et il ne pouvait plus transmettre son message.

On retrouva la barque de Gène la quille en l'air, le casque de paille blanche qui flottait ; ce ne fut que vers le soir qu'un grappin accrocha le corps, à plus d'un mille de là, près de l'entrée du port, où il était revenu tranquillement, tout seul, entre deux eaux.

LE CLAN DES OSTENDAIS

1

Comme une grosse mouche bleue bourdonne entre les murs blanchis à la chaux d'une cuisine vide, il n'y avait, dans les trois étages de bureaux déserts de la Préfecture, qu'un petit appareil noir, le téléphone, à vivre sa vie rageuse, à faire entendre sa sonnerie qui n'en finissait pas.

Les portes étaient ouvertes, les fenêtres déversaient partout le soleil matinal et des courants d'air, enfilant escaliers et corridors, faisaient palpiter les liasses de papiers sur les pupitres, frissonner aux murs les pages des calendriers.

La porte matelassée du cabinet du préfet, solennelle d'habitude, d'un vert si austère, perdait son prestige et son mystère d'être entrebâillée sur le vide de la pièce, et plus loin, au détour d'un couloir, une autre porte montrait un lit de camp défait, un oreiller qui conservait l'empreinte d'une tête, un pyjama à rayures sur le plancher, un livre qu'on avait laissé tomber des mains.

Ce n'était pas un bureau. On disait le cagibi. Un débarras, ou une ancienne chambre de bonne, avec un papier peint à fleurs où se voyaient la trace plus claire d'une garde-robe et de cadres, des éclaboussures là où s'était adossée la table de toilette. Depuis trois jours, le cagibi était promu au rang de chambre de veille.

Le secrétaire général y avait monté la garde la première nuit, puis un chef de service, celui qui s'occupait plus particulièrement des réfugiés, et enfin, il y a une heure encore, le chef de cabinet du préfet y était couché.

Le téléphone, posé par terre, près du lit, appelait toujours.

C'était dimanche. Le dernier dimanche de mai. Il était huit heures et les rues de La Rochelle aux pierres dorées par le soleil, aux maisons à arcades qui donnaient à la ville l'aspect d'un vaste cloître, étaient aussi vides et sonores que les bureaux de la Préfecture.

A peine, un peu plus tôt, quelques personnes s'étaient-elles glissées le long des murs pour se rendre à la messe. Les églises les avaient absorbées et leurs portes ouvertes ne laissaient sourdre, avec le chuchotement des prières, qu'une molle odeur d'encens.

Le téléphone sonnait toujours, impatient, furieux, méchant, et personne ne pouvait répondre car, pour la troisième fois, le chef de cabinet venait d'être appelé à la gare.

Cela avait commencé à onze heures du soir, quand Saintes avait annoncé sept trains de réfugiés venant du Nord. Où allaient-ils ? On l'ignorait. Étaient-ce des Belges, des Hollandais, des Français ?

— Ils seront chez vous vers minuit, annonçait la direction du trafic, à Saintes.

— Sont-ils ravitaillés ?

On n'en savait rien. On ne savait jamais rien. Le mieux était d'organiser un ravitaillement : sandwiches au pâté, café chaud, biberons pour les bébés, puis d'expédier les trains sur Bordeaux ou sur Toulouse où ils se débrouilleraient.

Le chef de cabinet avait alerté le centre d'accueil. Pendant deux heures, sur le quai à peine éclairé par une vague lumière bleue, à cause de la défense passive, ces messieurs et ces dames avaient tartiné de pâté d'épaisses tranches de pain.

— Allô... Ici, Saintes... Trois des trains sont restés à Nantes...

— Et les autres ?

— Il y en a deux à La Roche-sur-Yon...

Il en restait donc deux autres. Où étaient ces deux trains-là ? On les avait attendus jusqu'à deux heures.

— Aux dernières nouvelles, ils ne passeront chez vous que vers huit heures du matin...

Tout le monde était allé se coucher. La gare était restée vide et, à six heures du matin, tout à coup, six trains sur les sept y pénétraient sans avertissement.

Que voulait à présent cette sonnerie furibonde ? Un chef de service, celui qui n'aurait dû s'occuper que des autos et de l'essence, mais qui, depuis quelques jours, était mis à toutes les besognes, comme tout le monde, descendait de sa petite voiture et pénétrait dans les locaux déserts.

C'était un hasard. Il arrivait de la campagne, où il habitait. Il ne comptait pas travailler ce matin-là. Il venait simplement s'assurer qu'il n'y avait rien de nouveau et, à travers les bureaux, il se dirigeait machinalement vers la sonnerie.

— Allô... Enfin !... Il n'y a donc personne, dans votre sacré bordel ?... Qu'est-ce que vous foutez tous, là-dedans ?... Voilà une demi-heure que j'appelle...

Le chef de service, placide, questionnait :

— Qu'est-ce que c'est ?

— Ici, la direction militaire du port de La Pallice...

Un bureau grand comme une guérite, devant l'écluse séparant l'avant-port des bassins, avec un drapeau tricolore et des plantons au col bleu, au béret à pompon, en train de boire le café, assis sur le seuil.

— Qui parle ?

Ce n'était pas le commandant du port, ni même son adjoint. Là aussi, c'était vide. Les gros bonnets étaient allés passer le dimanche chez eux.

— C'est à cause des cinq bateaux...

— Quels bateaux ?

— Ils sont chez vous à cette heure-ci... Nous leur avons adressé les signaux réglementaires... Ils n'ont pas répondu à l'ordre de stopper...

C'était presque irréel. Un matin clair et d'un calme absolu. Une mer plate sous un ciel d'un bleu irisé. L'univers, par ses tons, ressemblait à l'intérieur d'un coquillage.

Devant l'espèce de guérite au drapeau tricolore, à La Pallice, à trois kilomètres à peine de La Rochelle, les marins de garde se lavaient en plein air, le torse nu, s'ébrouaient les cheveux mouillés.

Et voilà qu'on apercevait cinq bateaux qui venaient Dieu sait d'où, cinq bateaux qui ressemblaient à des chalutiers et qui battaient pavillon belge.

On était en mai 1940. Depuis près de quinze jours l'Allemagne avait commencé son offensive et l'on se battait pour de bon. Logiquement, ces bateaux-là auraient dû être signalés depuis longtemps.

Or, on les voyait glisser tranquillement sur les eaux calmes de la rade, on devinait dans l'air le bourdonnement de leurs diesels, le quatrième traînait en remorque le dernier des cinq qui devait avoir une avarie.

A tout hasard, on hissait au sémaphore les signaux du code et les cinq bateaux belges continuaient à cheminer l'un derrière l'autre, comme des canards, sans se soucier de rien.

Ils n'entraient pas dans le port. Ils continuaient leur route vers La Rochelle.

Pour leur apprendre à vivre, on envoyait, en l'air, quelques coups de mitrailleuse, et ils ne s'en préoccupaient pas davantage.

— Il faut faire quelque chose... disait la voix du quartier-maître. Je ne sais pas, moi... Je n'ai pas d'ordres... Il n'y a personne ici... Bordeaux ne répond pas... En tout cas, ils n'ont pas le droit de rester dans le port de La Rochelle ni de continuer leur route... Demandez des instructions au préfet...

Les cinq bateaux, depuis un bon moment, avaient franchi l'entrée du port de La Rochelle, entre les deux grosses tours, et ils s'étaient immobilisés au milieu du bassin.

Jamais peut-être celui-ci n'avait été aussi silencieux. Sur les voiliers, les voiles séchaient, immobiles, avec les filets. Un homme avait vu entrer les Belges, un vieux pêcheur qui, dans un doris, allait relever ses casiers dans la rade. Il avait aperçu une femme aux cheveux gris sur le pont du premier bateau. Au hublot d'un autre, il avait vu des têtes d'enfants et il avait haussé les épaules.

Quai Vallin, au troisième étage d'une maison blanche, un vieillard qui ne dormait pas les avait vus aussi.

Pour le reste de la ville, les bateaux étaient en quelque sorte arrivés là mystérieusement, comme des jouets qu'on pose sur l'eau d'un bassin.

Les manœuvres elles-mêmes avaient été silencieuses. Les ancres avaient glissé sans bruit. Les chalutiers, tout doucement, avaient évité dans le sens de la marée, qui était haute, et quelques minutes plus tard il n'y avait plus une âme sur les ponts, les écoutilles étaient fermées, il n'y avait que les pavillons noir, jaune et rouge à frémir dans la brise du matin.

Le chef de service parlait tout seul, au volant de sa 5 CV.

— Les ordres sont formels... Tous les bateaux sont, en principe, réquisitionnés par la défense nationale... Les bateaux belges comme les autres...

Il avait vu le préfet. Entrevu plutôt, car le préfet n'avait fait qu'entrebâiller la porte de sa chambre. Il était en pyjama, avec une mèche argentée qui lui pendait sur le front.

— Les ordres sont formels...

Un café s'ouvrait, près de la tour de la Grosse-Horloge, puis c'était les quais et, au beau milieu du miroir d'eau que la marée soulevait insensiblement comme une respiration paisible, les cinq bateaux à la queue leu leu.

Le chef de service descendit de sa voiture et se mit à gesticuler.

— Holà, des bateaux !...

Si, pourtant, il y avait quelqu'un, quelqu'un qui le regardait. Une face était collée à un des hublots, avec le nez qui s'épatait contre la vitre, et on ne pouvait pas savoir si c'était un homme ou une femme, un jeune ou un vieux. Rien qu'un visage impassible, comme vu à travers une loupe.

— Allô !... Monsieur le préfet ?...

Le fonctionnaire téléphonait du petit café où il n'y avait pas encore d'autres clients et où l'on venait seulement d'allumer le percolateur.

— Ils refusent de répondre...

Le préfet s'était recouché. Les bureaux étaient toujours vides. Des gens sortaient des églises et un garçon boulanger en triporteur livrait des pains dorés.

— Attendez où vous êtes... J'avise la Préfecture maritime...

On alertait Rochefort. On éveillait d'autres grosses légumes.

— Vous dites des chalutiers belges ?... Certainement !... Ils sont au même régime que les français... Ont-ils seulement leurs papiers en règle ?

Comment pouvait-on le savoir, puisque les bateaux se balançaient toujours, hermétiquement clos, au milieu du bassin ?

— Envoyez-leur une baleinière...

Il était neuf heures quand elle se détacha du quai, avec huit cols-bleus qui ramaient et un gradé debout à l'arrière. Le civil de la Préfecture était resté à terre, près de sa petite auto. Il y avait maintenant une pincée de curieux qui contemplaient les bateaux. C'étaient des curieux du dimanche, plus calmes d'avoir revêtu leur bon costume. De temps en temps, des gens se penchaient aux fenêtres.

Et la baleinière stoppait près du premier bateau belge, le gradé mettait ses mains en porte-voix. On n'entendait pas les mots. Il s'égosillait longtemps.

Enfin une écoutille s'ouvrait, un homme émergeait, énorme, la chemise d'un blanc éblouissant, le pantalon flasque, avec les bretelles qui lui pendaient sur les cuisses.

Parce que le chalutier était plus haut de bord, parce qu'aussi l'homme était vraiment volumineux, les gens de la baleinière paraissaient minuscules, surtout le gradé qui était un petit brun du Midi.

Et l'homme ne bougeait pas. Il les regardait d'en haut. Il écoutait sans doute ce que l'autre lui criait. Puis il se tournait vers l'écoutille et on découvrait, dépassant juste du pont, la tête d'une femme aux cheveux gris.

Les rues commençaient à s'animer qu'il n'y avait toujours rien de nouveau au sujet des cinq bateaux, qu'on ne savait toujours rien d'eux. L'homme avait répondu quelque chose, quelque chose de bref que personne n'avait compris et la baleinière revenait s'amarrer au pied de l'escalier en pierre sur lequel bondissait le gradé furieux.

— Qu'est-ce qu'il a dit ?

— Je ne sais pas... Il se moque de nous... Il refuse de faire quoi que ce soit...

A dix heures, les cinq bateaux étaient toujours là, sans aucune trace de vie à bord. Le téléphone avait fonctionné, avec la Préfecture, avec La Pallice, avec Rochefort.

— Encadrez-les et empêchez qui que ce soit de descendre à terre...

Les curieux, maintenant, debout au bord du quai, voyaient cinq, six baleinières remplies de matelots s'avancer vers les chalutiers. Sur le troisième, une femme blonde, d'un blond de soleil, était montée sur le pont et s'était mise à faire sa lessive.

Un lieutenant montait à bord du premier bateau. Le colosse de tout à l'heure, qui avait enfilé une vareuse bleue et qui s'était rasé — même de loin, on le voyait tout rose —, restait calmement debout près de lui et le dépassait de la tête.

Puis la baleinière du lieutenant revenait à quai.

— Qu'est-ce qu'il a dit ?

— Je ne sais pas... Ou bien il ne comprend pas un mot de français, ou bien il se paie ma tête... Il y a des enfants à bord... Je les ai entendus piailler...

Les cinq bateaux, qui portaient le matricule d'Ostende, faisaient toujours l'objet de coups de téléphone officiels. Le préfet s'était rasé, lui aussi, et s'était installé dans son bureau. La ville avait commencé sa vie paresseuse du dimanche matin ; des hommes attendaient leur tour dans les boutiques des coiffeurs, et, sur les marbres des pâtissiers, on empilait des tartes et des gâteaux.

— Il doit bien y avoir, au centre d'accueil, quelqu'un qui parle le flamand ?

Et la petite auto du chef de service se dirigeait vers la gare. Il existait, en face de celle-ci, une ville dans la ville, un univers improvisé, sorte de terrain vague planté de baraques en planches où s'agitait un monde silencieux et étonné.

Les sept trains annoncés avec tant d'insistance ne s'étaient pas tous arrêtés à La Rochelle. Mais, de trois d'entre eux, deux mille personnes au moins étaient descendues qui étaient là, assises par terre, debout parmi les ballots et les objets de toutes sortes, vieillards, femmes, enfants, bébés au sein, commères qui se mettaient déjà à laver des langes ou des chemises à des robinets en plein vent.

Certains erraient, le regard fixe, à la recherche de Dieu sait quoi et d'autres s'étaient endormis à même le sol, d'autres enfin, qui avaient parcouru cent ou deux cents kilomètres avant de trouver un train, caressaient machinalement leurs pieds nus et saignants.

Une infirmière bénévole, rebondie dans sa blouse blanche maculée de toute la crasse des enfants qu'elle venait de laver, était belge de naissance et comprenait le flamand.

— Attendez que j'aie débarbouillé celui-ci, qui est couvert de croûtes, et je viens avec vous...

Les cafés se préparaient, sous les vélums rayés ou orangés, pour la sortie de la grand-messe et pour l'apéritif. Les familles marchaient à pas solennels sous les arcades de la rue du Palais. Une bonne tiédeur qui tombait du ciel donnait à tout cela comme un air de paresse voluptueuse et la ville sentait bon le dimanche.

— Vous voyez ! Ils ne se montrent pas. Dieu sait ce qu'ils peuvent faire à l'intérieur. A part cette femme qui lave son linge...

Non seulement elle le lavait, mais, comme si elle avait été chez elle, dans quelque maison de banlieue, elle le mettait à sécher sur une corde arrimée au mât et à la cabine du timonier.

Le lieutenant aidait l'infirmière à descendre dans la baleinière. Le géant, qui les avait vus arriver, était déjà sur le pont, à les attendre en se balançant d'une jambe à l'autre et en fumant une courte pipe. De temps en temps, il crachait dans l'eau.

Elle lui parlait, maintenant. L'homme l'écoutait sans s'émouvoir et le lieutenant répétait à chaque instant :

— Qu'est-ce qu'il dit ?

Rien que des monosyllabes, ou presque. Et la femme à cheveux gris était venue se camper à côté de lui, un peu en retrait.

— Vous avez traduit que le règlement...

— Il répond qu'il se moque du règlement...

— Comment ?

— Les bateaux sont à eux...

— Ce n'est pas une raison... Expliquez-lui qu'en temps de guerre...

L'homme, qui pouvait avoir cinquante-cinq ou soixante ans, les regardait toujours de ses yeux clairs, tirait des bouffées de sa pipe, adressait parfois un clin d'œil à sa femme, puis crachait dans l'eau.

— En somme, que veulent-ils ?

Comme par enchantement, en quelques instants, de la vie était apparue sur le pont des cinq bateaux. Les gens du quai regardaient avec étonnement ces hommes, ces femmes, ces enfants, car il y avait au moins une quinzaine d'enfants, surgir du flanc des chalutiers et se grouper pour les regarder à leur tour.

N'était-ce pas un peu comme dans un jardin zoologique où l'on s'observe avec une égale curiosité de part et d'autre des barreaux des cages ?

On était venu voir les Flamands des bateaux et les Flamands contemplaient, eux, ces petites silhouettes noires qui se détachaient, sur les pierres dorées des quais, devant les maisons blanches aux volets verts.

— Qu'est-ce qu'il dit ?

— Qu'ils ont l'intention de continuer...

— De continuer quoi ?

— Leur voyage...

— Pour aller où ?

Des mots flamands, encore, des phrases incompréhensibles qui irritaient le lieutenant.

— Plus loin...

Et il hurlait, rageur :

— Où ça, plus loin ?

L'infirmière, grassouillette et souriante, se dandinait, seule tache claire parmi les vêtements sombres.

— Les bateaux sont à eux...

— Cela m'est égal...

— Mais cela ne leur est pas égal... Il dit...

— Il ferait mieux de prendre garde que nous sommes en guerre...

— C'est justement pour ça...

— Pour ça quoi ?

Il y avait de l'incohérence dans l'air. L'homme avait un air buté et malicieux tout ensemble. Sa femme, qui portait un tablier de cotonnette à petits carreaux bleus, se tenait toujours auprès de lui, toujours un peu en retrait. Et il semblait lui dire, quand il se tournait vers elle :

« N'aie pas peur, maman... »

— Qu'est-ce qu'il dit ?

— Qu'ils ne quitteront pas leurs bateaux...

— C'est ce qu'on verra ! gronda le lieutenant.

Cela devenait une épreuve de force, presque une affaire personnelle. Et il y avait toujours cette maudite question de langues, il y avait surtout ce calme des Ostendais qui étaient groupés par familles sur les différents bateaux, et qui regardaient. Il y avait les gens de la ville qui regardaient de plus loin, certains avec des jumelles.

— Ils en sortent... risquait l'infirmière conciliante.

— Comment ça ?... De quoi sortent-ils ?

— De la guerre... Ils étaient à pêcher dans les mers d'Islande quand ils ont appris par la radio l'attaque sur la Hollande et la Belgique... Ils ont connu l'autre...

— L'autre quoi ?

Il y avait des moments où la ronde infirmière avait envie de rire, tant tout cela était décousu, tant l'abîme devenait mystérieusement profond entre les deux groupes.

— L'autre guerre... En 1914, ils ont tout perdu...

— Ce n'est pas une raison pour...

— Alors, ils ont abandonné une bonne partie de leurs filets et ils ont mis le cap sur Ostende en forçant les machines... Quand ils y sont arrivés, un quartier était déjà en feu... Les habitants fuyaient en tous sens... On affirmait que les Allemands étaient dans les faubourgs...

— Ce n'est pas une raison... s'obstinait le lieutenant.

— Ils ont tout embarqué, sous la canonnade, leurs femmes, leurs enfants, leurs meubles... Il paraît qu'ils sont partis de justesse... Des avions les ont mitraillés...

La colère fondait. Mais, peut-être à cause de tout ce qui se passait de saugrenu dans le monde, à cause de la radio et des bobards, l'atmosphère restait tendue. Qui sait si ce n'étaient pas des espions ou de la cinquième colonne ?

— Qu'est-ce qu'ils veulent, en définitive ?

L'homme les regardait toujours paisiblement. Il y en avait un autre, sur le pont, un jeune, celui-là, taillé sur le même gabarit que le premier, qui devait être son fils et qui lui ressemblait. Il jouait avec une petite fille de deux ans.

— Continuer...

— Continuer quoi ?

On parlait flamand à nouveau et les phrases de l'Ostendais étaient toujours beaucoup plus courtes que leur traduction. Chaque fois, l'homme se tournait vers sa femme avant de parler, puis encore après avoir parlé, comme pour lui demander :

« Est-ce bien ça ? »

— Ils ne veulent pas revoir les Allemands... Ils les ont vus assez en 1914...

— Dites-leur que les Allemands ne viendront jamais à La Rochelle...

L'infirmière traduisit. L'Ostendais haussa les épaules et cracha dans l'eau.

— Demandez-lui ce que cela signifie.

Un seul mot du pêcheur.

— Qu'est-ce qu'il dit ?

— Que vous êtes jeune...

— Traduisez-lui que c'est du défaitisme...

Mais, de cela, l'autre n'avait cure, car il haussa derechef les épaules.

— Que personne ne bouge avant que j'aie reçu des ordres... Dites-le... Traduisez exactement mes paroles...

— Il a compris...

— Et alors ?

— Rien... Ils attendent...

— S'ils essayaient de lever l'ancre...

Et le téléphone fonctionna encore pendant que l'infirmière, restée à bord, jouait avec des enfants blonds. La baleinière revint qu'il était presque midi et que les terrasses des cafés, quai Vallin, regorgeaient de monde.

— Les ordres sont formels. Tous les bateaux doivent être remis entre les mains de l'autorité militaire. Ceux-ci doivent être acheminés sur La Pallice et leurs occupants seront traités comme les autres réfugiés...

L'homme le regardait parler, avec un effort pour comprendre qui durcissait tous les traits de son visage. Il écouta la traduction. Puis il regarda sa femme. Puis il regarda les quais.

— S'ils n'obéissent pas, on les prendra en remorque et...

D'autres hommes étaient à bord, venus des quatre bateaux qui suivaient le premier, et tous fixaient le petit lieutenant de leurs mêmes yeux durs.

Il y eut, entre le patron et sa femme, comme un colloque silencieux.

« Nous ne pouvons pas lever l'ancre avant ce soir... Nos gens sont trop fatigués... Il y a une petite qui a la rougeole... Quant aux bateaux... »

— Qu'est-ce qu'il dit ?

— Que les hommes ne quitteront pas leur bateau...

— C'est ce qu'on verra !

— C'est ce qu'on verra... répéta le patron en flamand.

Ils avaient refusé qu'on leur apportât des vivres, répondant dédaigneusement qu'ils possédaient à bord tout ce qu'il leur fallait. Ils n'avaient pas voulu non plus de pain frais, ni qu'on leur envoie un médecin pour la gamine atteinte de la rougeole.

Les baleinières étaient d'abord restées à courte distance. Puis elles s'étaient un peu éloignées et avaient fini par s'amarrer à quai.

La Rochelle prenait l'apéritif, déjeunait, faisait la sieste ou s'engouffrait dans la fraîcheur obscure des cinémas. Les réfugiés, au centre d'accueil, faisaient la queue devant le comptoir où des jeunes filles distribuaient des sandwiches tandis que des boy-scouts allaient et venaient, l'air affairé.

On annonçait un train de blessés. La Préfecture s'affolait. Le téléphone fonctionnait. Blessés civils ? Blessés militaires ? L'hôpital était plein à craquer.

Nantes ne savait pas. Ni Saintes. Ni Bordeaux.

Train militaire ? On alertait les autorités. Puis il y avait contre-ordre. Le train était dirigé sur une autre ville. Non. Il changeait encore sa route.

— Préparez ravitaillement et pansements pour train de blessés militaires...

Des autos passaient avec des matelas sur le toit. Des gens questionnaient par les portières, sans s'arrêter, ralentissant à peine :

— Bordeaux ?

— Tout droit ! leur criait-on.

Et on allait rôder en famille autour du camp des réfugiés pour essayer d'apprendre des nouvelles.

— D'où êtes-vous ?

— De Givet...

— Les Allemands sont à Givet ?

— Le train a été mitraillé trois fois... Le mécanicien a été tué... C'est le chauffeur qui...

Les Ostendais menaient toujours leur vie à part au milieu du port, parmi les bateaux de pêche aux voiles blanches et bleues qui chômaient le dimanche.

De loin, on voyait les Belges manger, car ils avaient dressé des tables sur le pont. Ils paraissaient faire partie d'un autre monde. Ils vivaient comme derrière un écran de verre. On ne les entendait pas. On assistait à leurs allées et venues.

Il y en avait toujours plus qu'on l'imaginait. Il en sortait sans cesse de l'intérieur des chalutiers, des hommes, des femmes, des enfants. Ils mangeaient de la soupe en plein midi. On croyait sentir de loin, par-dessus l'eau salée, l'odeur des ragoûts qu'on servait à grandes louches. Puis, sur le pont toujours, les femmes lavaient leur vaisselle.

Dans les groupes, des malins essayaient de traduire les noms des navires. *Onkel Claes*, le bateau du patron, du colosse qui paraissait être le chef de la tribu, cela voulait dire : « Oncle Claes ».

Puis le *Twee Gebroeders*... « les Deux Frères »...

De Dikke Maria... Cela signifiait-il vraiment, comme quelqu'un le prétendait, « la Grosse Maria » ?... Drôle de nom pour un bateau !

Il y avait une autre Maria : *De Jonghe Maria*... Et toujours le même interprète bénévole traduisait : « la Jeune Maria »...

Si bien qu'on cherchait, parmi les femmes qu'on voyait aller et venir, lesquelles pouvaient être la grosse et la jeune Maria.

Et la vie coulait au ralenti, sur les quais comme dans les rues, parce que le soleil tombait d'aplomb, que la mer était sans ride, le ciel animé seulement par quelques nuages ténus qui faisaient penser à des anges.

A cinq heures, quand un officier à cinq galons dorés descendit de voiture et se dirigea avec importance vers une des baleinières, il y avait davantage de silhouettes noires et de robes blanches qui glissaient lentement, en procession, sur les quais, et deux orchestres jouaient aux terrasses de deux cafés voisins, près de la tour de la Grosse-Horloge.

L'infirmière monta encore une fois à bord de l'*Onkel Claes* et le patron resta longtemps immobile, à tirer sur sa pipe et à cracher dans l'eau.

— On vous demande, avant qu'on reçoive des instructions plus détaillées, de conduire les bateaux à La Pallice... Les femmes et les enfants ne peuvent en aucun cas rester à bord... Les hommes pourront prendre leur tour de garde mais, de toute façon, les bateaux sont dès à présent sous la juridiction militaire... C'est incroyable que vous ayez parcouru une aussi longue route sans être arraisonnés...

Le géant haussait les épaules. Puis il regardait sa femme à cheveux gris d'un air résigné.

— Les Allemands ne viendront pas à La Rochelle... lui répétait-on.

Mais lui venait de là-haut et il les écoutait avec une certaine pitié.

Était-ce la peine de faire tout ce qu'ils avaient fait, un effort tel qu'ils en avaient encore les membres et la tête vides, d'avoir forcé les machines après avoir abandonné une bonne partie des filets, pénétré dans Ostende sous les obus et sous les bombes pour sauver femmes et enfants — et jusqu'à cette armoire à glace qui était couchée sur le pont, enveloppée dans une vieille voile —, était-ce la peine d'avoir fait tout ça pour tomber dans un monde où les gens ne comprenaient rien, où ils vous épiaient avec méfiance, où on vous contemplait, des terrasses des cafés, avec des lorgnettes de théâtre, et où des officiers qui jouaient à tirer en l'air à la mitrailleuse vous répétaient, l'air important :

— C'est la loi...

Vers six heures, quand la marée fut à nouveau assez haute, on vit les hommes, lentement, lourdement, à regret, aller et venir sur le pont des cinq bateaux parant à appareiller.

Le patron, sur l'*Onkel Claes*, était le plus lourd de tous et son fils le suivait comme son ombre.

Les moteurs toussèrent, puis, après quelques hésitations, tournèrent rond. Un peu de fumée s'échappa rythmiquement des cheminées. Les ancres commencèrent à virer sur les guindeaux et les vedettes de la marine, encore méfiantes, surveillaient la manœuvre. L'une d'elles, peut-être sans ordre, peut-être parce que c'était le règlement, tenait sa mitrailleuse braquée sur le premier bateau.

Ils oscillèrent, virèrent de bord, frôlèrent, pour atteindre l'étroit passage entre les deux tours, les thoniers blancs sur lesquels on voyait des familles de pêcheurs endimanchées.

Les Ostendais venaient d'Islande, à toute vitesse, au point que les machines du cinquième bateau avaient claqué et qu'on le traînait en remorque.

Il y avait, à la gare, un train qui venait, non du nord, mais de Toulouse. Train de réfugiés. Wagons à bestiaux dans lesquels hommes, femmes, vieillards, enfants étaient entassés, avec des poules dans certains, une chèvre dans un autre ; un enfant était né et deux vieux étaient morts en route.

Toulouse était plein. Bordeaux était plein. Le train, au lieu de descendre vers le sud, remontait vers le nord. Paris ne savait plus. Saintes ne savait plus.

Des gens de bonne volonté couraient le long des wagons avec du ravitaillement, des friandises pour les enfants. Et c'étaient les vieillards qui avaient les pires regards de convoitise pour les tartes et le chocolat. Une femme, un bébé pendu à son sein, ouvrait avec peine la porte de son wagon de marchandises, apercevait le nom de la gare et s'écriait en détresse :

— Mais c'est la troisième fois que nous passons ici ! Nous tournons en rond !

Est-ce que les Ostendais savaient tout cela ? Durs et fermés, ils conduisaient leurs bateaux là où on leur avait ordonné de les conduire, leurs bateaux et tout ce qu'ils possédaient en vie humaine et en fortune.

L'officier à cinq galons était resté à bord de l'*Onkel Claes*, près du patron qui n'ouvrait plus la bouche, qui avait le regard fixe et qui dirigeait machinalement la manœuvre de sa flottille. La femme était là aussi, avec ses cheveux gris, sa silhouette épaisse, son ventre proéminent sous le tablier de cotonnette.

On aurait dit, parfois, que c'était elle qui, silencieusement, gouvernait la petite flotte des Ostendais.

On ne leur avait pas permis d'aller plus loin. Le règlement ! La Loi !

Ils s'inclinaient, farouchement renfermés en eux-mêmes. Ils n'avaient encore rien vu de la France qu'un quai avec des maisons claires percées de petits trous qui étaient des fenêtres et derrière lesquels des gens s'agitaient dans la pénombre de leur chez-eux. Ils avaient aperçu, de loin, des cafés, des terrasses, des promeneurs endimanchés et des musiciens qui jouaient du violon.

Ils contournaient maintenant des bouées, pénétraient dans un nouveau port, La Pallice, où des cols-bleus jouaient au ballon devant la guérite aux trois couleurs.

Ils ne savaient pas ce qu'on allait faire d'eux, ce que les hommes et la guerre feraient d'eux, et la femme restait derrière le patron, à côté et derrière tout ensemble, à peine un peu en retrait, et les hommes, sur le pont des autres bateaux, avaient le regard fixé sur l'*Onkel Claes*.

Sous leurs pieds, d'autres femmes, les jeunes, préparaient le repas du soir et des enfants trop blonds pour le soleil de France jouaient avec gravité.

2

A huit heures, le lendemain matin, on ne savait pas encore combien ils étaient, fût-ce approximativement, dans les cinq chalutiers amarrés bord à bord à La Pallice, juste à côté de la gare maritime transformée en caserne.

La marée était haute et le pont des bateaux ne se trouvait qu'à un peu plus d'un mètre au-dessous du niveau du quai, de sorte que, de loin, on n'apercevait pas seulement les cheminées et le linge qui séchait, mais qu'on voyait les têtes des Ostendais glisser au ras du sol.

Qui avait envoyé deux gendarmes ? Cela devait rester un petit mystère parmi tant d'autres, car personne ne s'en vanta, personne non plus, à vrai dire, ne s'en préoccupa. Sans aucun doute un des nombreux services qui avaient été alertés la veille au sujet des Ostendais, comme tout le monde les appelait déjà. Peut-être la Place, ou la Région militaire, ou l'Inscription maritime ? Quelqu'un, probablement, qui était absent le dimanche et qui, arrivant de très bonne heure à son bureau le lundi, avait trouvé une note rédigée par un planton au sujet des bateaux belges.

Toujours est-il qu'à sept heures du matin, alors que le soleil commençait à tiédir, deux gendarmes étaient arrivés à vélo dans le port et s'étaient informés des chalutiers. On les leur avait désignés, qui formaient comme un îlot dont un côté touchait le quai et que parfois le flot, en tendant les aussières, écartait quelque peu.

Personne, pendant la nuit, ne s'était avisé de surveiller les gens des bateaux. Ils avaient dû dormir, car on ne les avait pas entendus. Aucun bruit ne sortait des écoutilles grandes ouvertes et, dès dix heures du soir, on ne voyait aucune lumière aux hublots. Deux ou trois fois au cours de la nuit, seulement, une lampe s'était allumée, toujours à bord du même bateau, le troisième, vraisemblablement celui qui abritait l'enfant atteint de la rougeole.

Depuis six heures, par contre, cela bougeait. Les recrues qui se lavaient sur le quai, torse nu, à la gare maritime, avaient d'abord vu émerger un long type maigre au nez proéminent, à la joue gonflée par une chique de tabac et quelques instants plus tard une voix appelait de l'intérieur :

— Pietje !...

Ainsi avait-on connu le nom de l'un d'entre eux, car Pietje avait répondu à cet appel. Un peu plus tard, la grande patronne, ainsi que les soldats la désignèrent tout de suite, la femme aux cheveux gris et au tablier de cotonnette, déjà propre et tout habillée, jaillissait à son tour de l'écoutille, prenant possession du pont et, semblait-il, de l'espace, comme elle devait prendre chez elle, chaque matin, possession de sa cuisine.

Elle était aussi grosse, aussi calme que son colosse de mari. Elle regarda longtemps, sans manifester de sympathie ni d'antipathie, les hommes en kaki rangés sur le quai, certains assis sur le rebord de pierre, les jambes ballantes, à contempler les bateaux, car ils n'avaient rien à faire. Et quand certains se poussèrent du coude en éclatant de rire, elle ne broncha pas davantage.

Elle vit les gendarmes. Elle dut comprendre qu'ils étaient là pour eux, malgré leur air innocent, et elle se contenta de hausser les épaules.

— Pietje !...

Et ils essayaient d'imiter l'accent de la grande patronne.

Des hommes se montraient sur le pont des autres bateaux et s'occupaient de raidir les amarres cependant qu'on sentait flotter une odeur de café matinal.

Combien ils étaient exactement, on ne le saurait que beaucoup plus tard. Le patron, lui, ne fit que passer la tête par l'écoutille et on ne le revit plus pendant un bon moment. C'était pour appeler :

— Maria !...

Et Maria dirigea les opérations comme elle aurait dirigé son ménage. Deux matelots, sous sa surveillance, sortirent d'abord un fourneau qu'ils installèrent au pied du mât et dans lequel, quelques minutes plus tard, pétillait déjà un feu de charbon. On montait des chaises, un fauteuil. A huit heures et quart, il y avait trois enfants sur le pont, dont une petite fille en rouge, aux cheveux si clairs qu'ils paraissaient blancs.

Les soldats, inoccupés, regardaient toujours. Les gendarmes aussi. Ils formaient ainsi deux groupes face à face, si près les uns des autres que les têtes des Ostendais, quand ceux-ci allaient et venaient sur le pont, frôlaient les jambes pendantes des soldats assis au bord du quai.

Seulement, les soldats plaisantaient, interpellaient les femmes en riant, tandis que les gens des bateaux poursuivaient en silence leur étrange vie familiale.

Deux grands gaillards, par exemple, venus du troisième ou du quatrième chalutier, s'approchaient de la grosse Maria et, comme des enfants avant de partir en classe, lui tendaient leur front à baiser.

Elle-même enjambait les bastingages pour aller rendre visite au bambin atteint de la rougeole et, en passant, elle donnait des conseils ou des ordres, on ne pouvait pas savoir au juste.

A huit heures et demie, il y avait plusieurs fourneaux dehors, avec des casseroles et des marmites où l'eau chantait. C'est à ce moment-là aussi que Pietje et un autre disparurent à l'intérieur de l'*Onkel Claes* pour en ressortir un peu plus tard en portant non sans peine un fauteuil à haut dossier dans lequel un vieillard était assis comme un roi africain dans son palanquin.

Des rires fusèrent encore une fois, côté soldats, car quelqu'un avait lancé, non sans apparence de raison :

— Tiens ! L'invalide à tête de bois...

Il était difficile d'imaginer visage plus impassible que celui du vieux qui se laissait transporter de la sorte avec une dignité comique. Il ne regarda même pas autour de lui ce pays nouveau où il était arrivé la veille et qu'il n'avait pas encore vu. Son corps, vêtu de gros drap bleu marine, gardait une immobilité rigoureuse de statue et il avait une casquette de pêcheur enfoncée sur la tête.

Ce fut la patronne qui désigna la place où le mettre, au soleil, à l'arrière, près de la cabine du timonier. Quand il fut installé, elle se pencha vers lui, les mains en cornet, et lui cria quelques mots en flamand.

Le vieux ne broncha pas. Pour tous ceux qui assistaient à la scène, il ne donna pas signe de vie. Peut-être ses lèvres remuèrent-elles imperceptiblement ? Ou bien la grosse Maria était-elle initiée au langage de ses yeux qui paraissaient vides et que bordait du rouge ? Toujours est-il qu'elle comprit, qu'elle se tourna vers l'écoutille, qu'elle cria quelque chose et qu'un peu plus tard Pietje surgit avec une longue pipe à tuyau de merisier et à tête d'écume qu'on mit dans la bouche de l'impotent et qu'on alluma.

— Quarante-deux !... compta à voix haute un caporal à l'apparition d'une grosse fille enceinte qui venait à son tour tendre son front au baiser de la matrone.

C'était un petit jeu qu'ils improvisaient. Ils comptaient les humains qui sortaient les uns après les autres de ces cinq bateaux où on se demandait comment tout le monde avait pu tenir.

— Quarante-trois... Quarante-quatre...

Des tables, sur les ponts. Des nappes, blanches ou à petits carreaux. De gros bols de faïence à fleurs. Des pains noirs.

— Quarante-six...

Au centre d'accueil, l'infirmière de la veille, que tout le monde appelait Mme Berthe, avait dit qu'il devait y avoir à peu près une quinzaine de familles d'Ostendais. Quelqu'un, en prenant son service le matin, avait eu l'idée d'envoyer du ravitaillement. On voyait arriver une camionnette avec de grands boy-scouts de seize ou dix-sept ans et deux jeunes filles vêtues de clair qui arboraient des brassards. Ils descendaient de voiture, l'air important, écartaient les soldats, déchargeaient un énorme bidon fumant qui contenait du café, puis deux paniers remplis de sandwiches et des boîtes de lait condensé.

La troupe rit à nouveau, parce que c'était drôle, involontairement drôle, ces gosses d'une part, qui accouraient, affairés, pour nourrir les réfugiés, et les Ostendais, d'autre part, qui, sur le pont de leurs bateaux, venaient justement de s'attabler devant des platées de lard et d'œufs, flanquées d'épaisses tartines et de café au lait.

Les scouts restaient un peu hésitants au-dessus de l'échelle de fer. Ils se décidaient à descendre quand même, tandis que l'autre camp les observait avec une curiosité froide.

Quand le premier fut sur le point d'atteindre le pont, la grosse Maria se dirigea vers lui et secoua la tête. Le gosse parla, expliqua, montra son bidon, ses paniers. Et elle lui disait toujours non de la tête. Elle y ajoutait quelques mots de son sabir qui devaient signifier qu'ils n'avaient besoin de personne et qu'ils ne demandaient pas la charité.

La camionnette repartit avec son chargement et il en fut à peu près de même, quelques minutes plus tard, du médecin envoyé par la Préfecture pour l'enfant atteint de rougeole. L'homme descendait de sa voiture. Il était pressé. Il avait fort à faire. Il saisissait sa trousse et se dirigeait vers l'échelle, se figurant que cela allait marcher tout seul.

Lui aussi se heurtait aussitôt à la grosse Maria qui lui barrait le passage de sa masse imposante. Il expliquait :

— Médecin... Docteur... Petit malade ici...

Les soldats riaient. Les gendarmes ne pouvaient s'empêcher de sourire. L'un d'eux dit au médecin :

— Je ne pense pas que vous y arriviez...

— Je voudrais bien voir ça !... Je suis en service commandé et il s'agit d'une maladie contagieuse... S'ils font les malins, je leur f... le gosse à l'hôpital, moi !...

N'empêche qu'il dut renoncer. Il eut beau expliquer, gesticuler, menacer, il ne parvint même pas à mettre le pied sur le premier bateau.

En ville, dans les bureaux, on devait toujours s'occuper des fameux Ostendais qui, eux, ne s'occupaient de personne et qui poursuivaient leur vie matinale comme si rien n'était sous les yeux des curieux, car, vers neuf heures et demie, alors que la plupart des femmes lavaient la vaisselle, que d'autres épluchaient des pommes de terre qui tombaient une à une dans de jolis seaux d'émail, une petite voiture arriva à son tour d'où sortit l'homme de la Préfecture.

Est-ce qu'il espérait monter, ou plutôt descendre à bord, ne fût-ce que par curiosité ? Dans ce cas, il dut déchanter. En le voyant, Maria appela, penchée sur l'écoutille :

— Omer...

Puis des mots flamands, toujours des mots flamands que personne ne comprenait et qui faisaient de ces gens-là des êtres à part.

Omer, en définitive, c'était le patron, le colosse qui avait tout dirigé la veille. Si on ne l'avait encore qu'entrevu, c'est qu'il avait procédé, à l'intérieur, à une toilette minutieuse. On le voyait maintenant tel qu'il devait être quand il se promenait par les beaux dimanches d'Ostende, son torse épais moulé dans un chandail de laine bleue presque neuf qui laissait jaillir un cou taillé comme un arbre dans une matière dure et sculpturale, avec une veste bleu marine et des pantalons de même couleur, des souliers noirs aussi luisants que des souliers vernis.

Maria s'affairait autour de lui comme autour d'un enfant qu'on envoie à la grand-messe, lui retirant un cheveu du revers de son veston, ajustant sa casquette de marin, effaçant une tache de talc sur la peau brunie, près de l'oreille. Un des garçons, aussi grand que son père et presque aussi corpulent que lui, lui apportait un gros portefeuille que l'usage avait rendu grisâtre et qui était bourré de papiers.

Omer, tourné vers les siens, leur dit quelques mots. Il regarda ensuite lentement la haie de curieux qui s'était épaissie et à laquelle s'étaient mêlés des garnements de La Pallice qui couraient entre les jambes des grandes personnes. Il fit, au fonctionnaire de la Préfecture, un vague salut de la main.

Puis, en homme habitué aux bassins des ports, il saisit l'échelle de fer dont il gravit les échelons et s'arrêta un instant sur le quai pour épousseter le genou de son pantalon.

Il se retourna une dernière fois vers les siens avec l'air de leur dire :

— N'ayez pas peur...

Et la vie continua à bord cependant que le caporal comptait tranquillement :

— Quatre-vingt-trois...

Car on avait vu au moins quatre-vingt-trois personnes sortir de l'intérieur des bateaux et passer un temps plus ou moins long sur le pont. Beaucoup d'enfants, vingt-quatre ou vingt-cinq, de tous les âges. On transportait le fauteuil du vieux, sans déranger celui-ci, dans une tache d'ombre, le soleil devenant chaud. Maria lui retirait sa pipe de la bouche, d'un geste qui devait être rituel, la vidait, la bourrait d'une main experte et la lui replaçait entre les dents.

L'invalide ne bougeait pas, ne semblait rien regarder, et il y avait toujours sur son visage tout ridé, aux prunelles humides, une expression de jubilation intense. Des enfants jouaient autour de ses jambes immobiles sans qu'il parût s'en apercevoir. Un bébé tendait ses petites mains au-dessus de son berceau, vers le ciel d'un bleu bien uni, sans un nuage, où des mouettes mettaient, très haut, leur blancheur crayeuse en accent circonflexe.

Omer, lui, restait roide et silencieux dans la petite auto de la Préfecture qui n'était pas à sa taille. Son estomac, sous le chandail, faisait une première proéminence et son ventre, en dessous, en dessinait une seconde de beaucoup plus importante. On sentait que malgré cela il n'était pas mou, qu'il n'avait pas de chair molle, que c'était un énorme animal, puissant et bien nourri.

Il n'essayait pas, à l'instar de son compagnon, de se faire comprendre, de prononcer, comme quand on parle aux enfants, des mots d'une langue ou de l'autre, en les accompagnant de gestes.

Il attendait, en regardant défiler des rues qu'il ne connaissait pas, des maisons qui n'avaient pas la même forme que les maisons de chez lui, des gens qui allaient à des affaires qui ne le concernaient pas.

Il tenait son gros portefeuille de cuir sur ses genoux, à plat. On l'emmena d'abord dans les bureaux de l'Inscription maritime où régnait une ombre fraîche, une odeur d'encre, et où il paraissait trop grand devant l'employé à casquette galonnée d'argent qui feuilletait ses papiers de bord.

On lui parlait et il ne répondait pas. Pourquoi aurait-il parlé à son tour, puisqu'il ne comprenait pas ce qu'on lui disait et qu'on ne comprendrait pas davantage ses réponses ? Ceci admis une fois pour toutes, il n'y avait qu'à se taire.

Au surplus, il n'y avait rien à dire. Il était là. Ils étaient là, tous, avec leurs bateaux bien à eux, avec leurs femmes, leurs enfants. Ils avaient fourni un effort prodigieux pour rejoindre Ostende, des mers d'Islande où ils se trouvaient. Est-ce que cet employé à galons connaissait les mers d'Islande ? Est-ce qu'il connaissait les bateaux autrement que sur le papier ?

Non ? Alors, qu'il se taise. Il n'avait pas vu les Allemands non plus. Il n'avait pas encore entendu la canonnade. Il n'avait pas assisté à l'écroulement de rues entières. Alors ?

On ne les laissait pas continuer leur route au nom de Dieu sait quel règlement, et c'était déjà assez injuste. Encore une fois, les bateaux étaient à eux, bien à eux. Ils avaient mis assez de temps à les acquérir, à les payer, année après année. Est-ce qu'on empêchait les autres fuyards d'emporter leurs bijoux, leur argent, leurs obligations ?

Qu'on les immobilise, soit. Ils se résigneraient à rester ici. C'était idiot, car les Allemands viendraient, ils le savaient, eux qui arrivaient de là-haut. Et c'était suffisamment amer de se dire qu'on avait déployé tant d'énergie pour en arriver à cette stupidité.

Mais abandonner les chalutiers, non !

Il disait « non » tranquillement, en lui-même, et ce n'était pas un non en l'air, c'était un non bien réfléchi, avec, d'avance, l'acceptation de tout ce qu'il comportait comme conséquences.

Le visage d'Omer disait non. Tout son grand corps dur comme de la pierre disait non.

A part ça, qu'on le traîne de bureau en bureau, qu'on le fasse attendre pendant que des gens qui n'y connaissaient rien essayaient de déchiffrer ses papiers, cela lui était égal. Il avait tout le temps. Il ne se donnait pas la peine de les regarder faire, ni d'écouter les coups de téléphone qu'ils échangeaient à son sujet.

Par exemple, quand l'employé fit mine de garder ses papiers, de les glisser dans son tiroir, il les reprit d'un geste calme, d'une autorité telle que l'autre n'osa pas protester.

Ces papiers-là, c'était à lui aussi, à lui seul. C'étaient en quelque sorte les actes de naissance des bateaux et on ne se sépare pas de cela.

Où le conduisait-on maintenant, après avoir rempli des tas de formules et avoir essayé en vain de les lui faire signer ? Il suivait, pénétrait dans la cour de la Préfecture, gravissait un escalier, attendait, debout, la pipe aux dents, dans un bureau où des dactylos chuchotaient en riant.

Était-ce de lui qu'on riait ? Cela lui était indifférent. Tant pis pour eux s'ils le considéraient comme une bête curieuse. Il le leur rendait bien et, du moment qu'il n'en faisait qu'à sa tête... Or, personne au monde ne l'empêcherait d'en faire à sa tête. Il l'avait promis à Maria. Il l'avait promis aux garçons. Il leur avait répété en partant :

— N'ayez pas peur...

Il ne demandait rien à personne. Qu'on ne s'occupe pas d'eux, qu'on les laisse en paix, et tout irait bien.

Cartes d'identité ? Bon. Cela, il l'avait compris. Il les avait toutes sur lui, celles des hommes et des femmes des cinq bateaux, des cartes neuves, d'un bleu soutenu, et des vieilles, toutes usées et pâlies, avec du papier collant à la pliure.

Qu'est-ce qu'ils avaient à froncer les sourcils ?

— Petermans...

C'était lui. Et après ? Omer Petermans... Est-ce que c'était extraordinaire de s'appeler Petermans ?

— Permeke... Van Hasselt... Claes... Vermeiren... Ramakers... De Greef... Jostens... Snyers...

Le scribe levait sur lui des yeux étonnés. Étonné de quoi ? De leur nombre ? C'était pourtant tout simple. Il y avait cinq chalutiers à six hommes en moyenne par bateau. La plupart des hommes étaient mariés. Beaucoup avaient des enfants. Est-ce qu'on allait laisser tout ça à Ostende, sous le bombardement ?

— A bord ?... Tout le monde à bord ?... Combien ?... questionnait l'autre.

Il n'en savait rien. Il ne les avait pas comptés. Et l'employé maniait les cartes d'identité comme un jeu de cartes pour en faire le compte.

Il arrivait au chiffre de soixante-quatre, mais il y avait des enfants en dessous de seize ans qui ne possédaient pas encore de papiers.

On discutait de leur sort, devant lui, en sachant qu'il ne comprenait pas.

— On ne peut pas les mettre dans les baraques du centre d'accueil, car ils immobiliseraient à eux seuls tout un bâtiment indispensable pour les passages...

On téléphonait. On parlait d'autres papiers dont ils avaient besoin, de lits vides dans des maisons de Fétilly, en banlieue.

Alors, on le faisait remonter dans la voiture minuscule et il traversait une partie de la ville, côtoyait un parc magnifique où chantaient des oiseaux et où, comme si rien n'était arrivé, des jets d'eau tournants lançaient une pluie fine sur le gazon. Dans un square, deux jardiniers au classique chapeau de paille à large bord replantaient en quinconce des géraniums d'un rouge ardent.

Fétilly, c'étaient de petites maisons blanches, des maisons d'ouvriers ou d'employés, autour d'une église trop neuve. Les deux hommes descendaient. Au fond d'une cour se dressait un ancien bâtiment qui avait dû servir d'écuries au temps où Fétilly était encore la campagne.

On le regardait, interrogateur. Des réfugiés belges, mais qui n'étaient pas des Flamands, qui ne comprenaient pas le flamand, cuisaient leur dîner en plein air.

Avait-on enfin compris qu'il ne ferait que ce qu'il voudrait ? Il observait tout autour de lui en tirant des bouffées de sa pipe, puis il secouait la tête. Cela voulait dire non. Ce n'était pas pour eux. Ils n'étaient pas des mendiants. Ils étaient venus avec leurs bateaux. Si on empêchait les femmes et les enfants de vivre à bord — et cela, il acceptait à la rigueur de le comprendre —, il fallait au moins leur donner une habitation décente. D'ailleurs, ils avaient tout ce qu'il fallait avec eux, leurs meubles, leurs ustensiles de ménage, leur linge. Ils ne demandaient rien à personne.

Les réfugiés le regardaient s'éloigner et l'homme de la Préfecture le suivait, le conduisait ailleurs, dans le camp, en face de la gare, où il y avait des gens partout, assis sur la pelouse, couchés sur des paillasses, des gens qui mangeaient, qui se lavaient, qui faisaient leur lessive ou qui jouaient aux cartes.

Dans une baraque, où l'on contrôlait les réfugiés belges et où on ne parlait pas le flamand, il dut encore une fois exhiber ses pièces d'identité.

— Hello, Omer !...

— Hello, Gustave...

Ils ne paraissaient étonnés ni l'un ni l'autre de se retrouver là. Ils habitaient la même rue, à Ostende. Gustave Van de Waele était menuisier de son métier et c'était lui qui avait fait le buffet de cuisine en pitchpin des Petermans, dix ans plus tôt, quand ils avaient remonté presque tout leur ménage à neuf.

— Tes bateaux ?

— Ils sont ici...

— Moi, je suis venu en partie par le train, en partie à pied, en partie sur un corbillard...

C'était vrai. Le corbillard était là, dans un coin du terrain vague.

— J'ai perdu ma femme en route... Des avions nous mitraillaient... On s'est couchés dans les champs... Puis on a dû repartir précipitamment et je n'ai pas revu Zulma... Tu sais comment elle est... Toujours en retard... Qu'est-ce qu'ils te veulent ?

Il désignait deux jeunes filles occupées à remplir les vides de belles cartes imprimées. Encore des papiers ! Qu'ils s'amusent à cela, puisqu'ils n'avaient rien d'autre à faire.

— On n'est pas mal ici, tu sais...

Un Gustave Van de Waele, peut-être. Lui, Omer, était arrivé avec cinq bateaux qu'il avait sauvés. Est-ce qu'on finirait, oui ou non, par comprendre ?

— On va boire la goutte ?

Non. D'ailleurs, on l'entraînait autre part, dans des bureaux où s'affairaient cette fois des messieurs de la marine de guerre.

— Le préfet pense qu'il serait peut-être intéressant de... si les règlements ne s'y opposent pas et si vous en preniez la responsabilité...

Téléphone.

— Allô... L'Intendance ?...

Puis Rochefort. Puis Bordeaux. Et lui, toujours placide et sûr de lui. Et la grosse Maria, à bord, qui installait son ménage sur le pont comme si elle avait été chez elle, des femmes, des belles-filles ou d'autres — ils étaient tellement nombreux qu'on ne s'y reconnaissait pas —, qui lavaient le linge, faisaient la cuisine, l'une même qui astiquait la cloche en cuivre d'un des chalutiers.

Ils étaient presque aussi nombreux, sur le quai, à les regarder, qu'eux à vivre leur vie quotidienne sous le ciel, et des hommes noirs de cambouis sortaient parfois du cinquième bateau, celui qui avait une avarie de machine qu'ils étaient déjà en train de réparer.

Il y eut un nouveau passage d'Omer à la Préfecture et d'autres coups de téléphone avec la mairie d'un village nommé Charron.

— Allô !... Passez-moi le maire...

Le maire était malade. Il se mourait. La guerre n'empêche pas les gens d'être malades, ni de mourir de maladie. C'était l'institutrice, qui servait de secrétaire de mairie, qui répondait au bout du fil. Elle avait quitté, pour répondre à la sonnerie, sa classe où les gosses en profitaient pour piailler, et elle se tenait penchée sur le grand bureau, dans la salle blanchie à la chaux, entourée de bancs, où il y avait une statue de plâtre de la République, deux drapeaux croisés et les guirlandes en papier poussiéreux qui avaient servi pour la dernière fête du village.

On voyait aussi l'ordre de mobilisation générale, déjà jauni, et, dans un cadre noir, la liste des morts de la précédente guerre.

— Combien dites-vous ?

— Une centaine...

— Voulez-vous vous taire, vous autres...

— Comment ?

— Je parle aux enfants...

On oubliait les enfants. On oubliait les classes.

— Ils ont tout ce qu'il leur faut avec eux...

L'homme de la Préfecture avait soin de ne pas ajouter que ses clients ne parlaient pas un mot de français. Pas la peine d'alarmer d'avance la population.

— Ce sont des Belges ?

— Des pêcheurs... Il y a beaucoup d'enfants...

Inutile aussi de dire à l'avance que l'un d'eux était atteint de la rougeole.

— Dans une heure ou deux, oui... Faites le nécessaire...

Et là-bas, dans un village tout blanc, au bord de la baie, parmi les prairies plates d'où seul le clocher carré émergeait des maisons basses, l'institutrice, Mlle Delaroche, pénétrait dans sa classe, l'air affairé, pour licencier les enfants.

Tandis que ceux-ci s'éparpillaient dehors, dans le soleil poudreux, elle allait, nu-tête, en corsage blanc sur sa jupe bleue, jusqu'à la quincaillerie afin d'alerter le quincaillier qui était en même temps garde champêtre.

Celui-ci, Agat, abandonnait la pompe à vélo qu'il était occupé à ressouder et passait le baudrier de son tambour, cherchant déjà des yeux sa casquette galonnée et sa plaque de cuivre.

— Avis !... La population est avisée de...

Les autorités, soudain, étaient prises d'une hâte fébrile. Il y avait vingt-quatre heures qu'on ne parlait que de ces Ostendais qui devenaient un cauchemar dont on avait hâte de se débarrasser. Comme si, de rester sur leurs bateaux amarrés à La Pallice, ils constituaient un danger pour la sécurité du territoire.

On ne les comprenait pas. On ne savait pas ce qu'ils voulaient au juste. On sentait seulement comme une sourde résistance à l'ordre établi, comme une hostilité latente, et cela créait un malaise.

— Envoyez-leur deux autocars et quelqu'un du centre d'accueil pour les accompagner... Peut-être l'infirmière qui parle le flamand...

C'étaient les autobus de la ville qu'on mobilisait de la sorte pour transporter les réfugiés dans les villages. Les Ostendais les virent arriver sur le coup de midi, alors qu'Omer n'était pas encore rentré à bord, et ils ne bronchèrent pas, feignirent de ne pas comprendre que c'était pour eux. Les conducteurs, de leur côté, n'avaient pas d'instructions, les gendarmes non plus, ni personne.

L'eau descendait, la marée baissait, les curieux, maintenant, sur le quai, étaient à plusieurs mètres au-dessus des gens des bateaux qui attendaient le patron pour se mettre à table.

A Charron, on courait de maison en maison, on s'interpellait de seuil à seuil, on harcelait Mlle Delaroche.

— Est-ce qu'ils auront mangé ?

On ne savait pas. Ne valait-il pas mieux leur préparer quelque chose ?

Les villages voisins avaient presque tous leurs réfugiés. Certains, qui avaient été servis les premiers, plusieurs mois auparavant, avaient reçu des Alsaciens. Ceux-ci ne parlaient pas le français. On avait eu un peu peur, au début, mais tout le monde avait fini par convenir qu'ils étaient tranquilles, et surtout que les femmes étaient très propres. Certaines avaient repeint elles-mêmes, à leurs frais, les chambres qu'on leur avait abandonnées.

Il y avait de bons réfugiés et de mauvais. C'était au petit bonheur la chance.

— Dites, mademoiselle Delaroche...

Le mieux était de tout apporter à la mairie, du café, du vin, des victuailles. Que chacun donne selon ses moyens.

— Vous croyez qu'ils ont vraiment des lits ?

En tout cas, il leur faudrait des draps, des berceaux. Et voilà pourquoi les femmes de Charron allaient et venaient, sous le soleil de midi, comme autant de fourmis, montant dans les greniers où elles secouaient la poussière, appelant les hommes à l'aide, courant chez les voisines puis à la mairie où il n'y avait jamais eu tant de monde.

Les deux autobus vides attendaient toujours le long du quai. Les conducteurs avaient fini par aller boire le coup à l'ombre, dans un petit café voisin. Les soldats mangeaient le contenu de leurs gamelles et enfin Omer arrivait dans la petite auto et descendait à bord.

On ne pouvait pas savoir ce qu'il leur disait. Quelques phrases seulement, puis ils se mettaient tous à table, ils mangeaient en regardant vaguement les curieux qui les regardaient manger.

Un camion de cinq tonnes vint se ranger derrière les autobus, pour les meubles et les bagages, puis Mme Berthe, l'infirmière qui parlait le flamand, arriva avec un boy-scout.

Selon les prévisions de la Préfecture, c'était l'heure de partir et il n'y avait rien de prêt, personne ne bougeait parmi les Ostendais qui continuaient paisiblement leur repas.

La grosse Maria eut seulement un coup d'œil pour Omer. Omer se tourna vers Mme Berthe qui se tourna elle-même vers le camion vide. Ils n'avaient échangé que quelques mots et Mme Berthe se dirigea vers le bistro voisin pour téléphoner.

C'était l'heure de midi et il n'y avait plus personne, parmi les responsables, à la Préfecture, de sorte qu'il fallut attendre deux heures pour voir arriver un camion supplémentaire, et enfin un troisième.

Alors seulement les Ostendais acceptèrent de bouger. Les hommes descendirent dans les cales, après avoir écarté les chauffeurs qui voulaient les aider.

Cela ne regardait qu'eux. C'étaient leurs affaires qu'ils sortaient précieusement des bateaux et qu'ils hissaient à terre pour les arrimer dans les camions.

Il y avait des lits, des tables de nuit, des armoires à glace, des salles à manger complètes. Il y avait même un piano qu'on hissa à l'aide du mât de charge et dont l'arrimage dura près d'une demi-heure.

Puis encore des caisses, des jambons entourés d'étamine, un tonneau qui contenait Dieu sait quoi, un baril de pétrole.

La grosse Maria allait et venait tandis que l'invalide à tête de bois restait imperturbable, sa pipe vissée entre les dents, au milieu de l'effervescence.

On avait groupé tous les enfants sur le dernier bateau et les plus jeunes parmi les femmes leur faisaient, à même le pont, leur toilette du dimanche. Les garçons, pour la plupart, portaient maintenant des costumes marins et les filles des robes bleues, blanches ou vertes, avec de gros nœuds qu'on plantait dans leurs cheveux filasse.

L'homme de la Préfecture vint trois ou quatre fois toujours dans sa petite auto qui faisait un bruit de ferraille quand il démarrait ou qu'il stoppait. Il était impatient. Tout le monde était impatient. A Charron, on n'y comprenait rien. On attendait les réfugiés. Il y avait un repas chaud servi dans la salle de la mairie où l'on avait dressé des tréteaux et où ces dames commençaient à désespérer.

Les Ostendais, eux, impassibles, continuaient sans fièvre leur déménagement, et il en sortait toujours de toutes les écoutilles et des cales, de tout, des rideaux, un banc de menuisier, une machine à laver d'un modèle perfectionné que les gens de La Pallice et les soldats n'avaient jamais vu, trois voitures d'enfants, des jouets, des draps de lit, des quantités incroyables de draps de lit que les hommes transportaient par piles en prenant la précaution de ne pas les salir et que les femmes suivaient des yeux comme un trésor.

Le premier camion, une fois rempli, voulut partir, mais Omer l'en empêcha, l'air presque menaçant. Les heures passaient. Les Ostendais n'étaient pas pressés.

Les trois camions chargés, ce fut le tour des femmes d'aller faire leur toilette à l'intérieur des bateaux et on les vit sortir enfin endimanchées, avec des robes de soie tendues sur des corsets, des chapeaux et des gants.

On emporta l'enfant malade dans des couvertures. Et on prenait place dans les autobus comme pour se rendre à une noce, en ayant soin de ne pas friper les belles robes.

Sur chaque bateau, un homme restait, un des fils d'Omer sur le premier, et on sentait à leur air que personne ne monterait à bord, que le patron leur avait donné la consigne.

Pendant les derniers moments de chargement, on avait installé l'invalide, toujours dans son fauteuil, sur le quai même. On essaya en vain de faire pénétrer le fauteuil, avec son occupant, par la portière de l'autobus. Le fauteuil ne passait pas. Alors, on débarrassa l'arrière d'un des camions et on hissa sur la plate-forme le vieux, toujours assis sur son siège.

Il n'avait pas l'air étonné. Il n'avait pas lâché sa pipe et un des garçons prit place près de lui, le convoi s'ébranla lentement, la voiture de l'infirmière et du scout en tête, puis les cars, puis les camions, avec le vieux, dans le dernier, qui suivait des yeux le sillage de poussière et dont la tête dodelinait enfin, perdant son immobilité sculpturale, à cause des cahots.

Du bistro, l'homme de la Préfecture pouvait téléphoner aux gens de Charron :

— Ne vous impatientez pas... Ils arrivent...

Il était sept heures du soir et la marée recommençait à soulever les bateaux dont les cheminées montaient lentement au-dessus du niveau du quai.

3

Le fait qu'un des Ostendais était ivre fut évidemment la cause principale de ce qui arriva, il vaudrait mieux dire la cause immédiate, car, tôt ou tard, les mêmes faits ou des faits semblables ne se seraient-ils pas produits ?

On ignorait qu'il avait bu. Ce n'était ni un Petermans, ni un Claes, ni un Vermeiren ou un Van Hasselt : autrement dit, il n'était à aucun degré parent avec Omer, comme beaucoup l'étaient à bord. A plus forte raison avec l'oncle Claes, l'invalide à la pipe, qui, au-dessus d'Omer lui-même, constituait la vraie souche du clan. Car c'était avec les économies du vieux, qui ne savait ni lire ni écrire et qui avait fait la morue à Terre-Neuve pendant cinquante ans, qu'on avait acheté le premier bateau.

D'autres, parmi les hommes qui étaient là, possédaient des parts sur tel ou tel chalutier ; Vermeiren, par exemple, le beau-père de Maria, fille d'Omer, celle qu'on appelait la jeune Maria et qui attendait un bébé, était le principal actionnaire du bateau qui portait le nom de sa bru : *De Jonghe Maria*...

Seppe, lui, n'était qu'un simple pêcheur, qui était à peine à bord depuis dix ans. C'était un des rares célibataires du groupe, un rouquin court sur ses jambes, au front têtu, au visage comme gonflé de sève et les gens qui ne le connaissaient pas lui trouvaient un air sournois.

Seppe, cependant, n'avait pas dû voler le cruchon de genièvre dans la réserve. Plus probablement l'avait-il trouvé à la dérive pendant le déménagement qui avait fait découvrir des tas de choses auxquelles on ne pensait plus. Il s'était caché pour boire un coup, puis un autre, entre deux allées et venues sur le pont et aux camions. De gorgée en gorgée, il avait vidé le flacon de grès et c'est seulement dans l'autocar qu'une des femmes, celle de De Greef, qui louchait, et qui était assise à côté de lui, avait remarqué :

— Tu as bu, Seppe. Tu sens la goutte...

Elle avait lancé ça en l'air, sans conviction, et Seppe avait rougi, s'était renfrogné dans son coin.

Une autre cause, sans doute, moins directe mais peut-être plus profonde, c'était la question des kilomètres. Tandis que le convoi traversait des campagnes plates semées de villages blancs d'où parfois on découvrait le miroir de la mer sous le soleil qui déclinait, Omer, assis à côté du premier chauffeur, n'avait d'attention que pour les bornes kilométriques et, à mesure qu'on avançait, son front se rembrunissait. Si un chemin qu'on parcourt pour la première fois paraît toujours plus long, les bornes kilométriques, elles, ne trompent pas.

A Marsilly déjà, le second village traversé, il crut qu'on était arrivé et il lança un regard oblique au chauffeur qui poursuivait sa route. A Esnandes, trois kilomètres plus loin, il était tellement persuadé qu'on y était qu'il s'apprêta à descendre.

Or, après Esnandes, on franchissait encore une vaste étendue de prés-marais tout au bout de laquelle on distinguait à peine un clocher bas. La mairie de Charron est loin dans le bourg, à la sortie de celui-ci. Omer crut que ce n'était pas encore fini et alors il se leva à demi sur son siège, une telle détermination sur le visage que le chauffeur crut qu'il allait arrêter la voiture.

La petite auto, devant eux, s'arrêtait enfin à un tournant. Les cars et les camions stoppaient derrière. Omer descendait et Omer, au lieu d'être attentif à ce qui se passait autour d'eux, ne pensait qu'à ses kilomètres.

La population qui les attendait, il ne la vit pas, il ne lui accorda qu'un sombre coup d'œil. Dans l'état d'esprit où il se trouvait, il ne pouvait pas deviner que ces femmes rangées des deux côtés de la route, groupées devant la mairie qui avait arboré un drapeau belge à côté du drapeau français, s'occupaient depuis le matin de leur réception.

Il descendit et, tout de suite, se dirigea vers l'infirmière, Mme Berthe, à qui il dit brutalement en flamand :

— Il y a dix-neuf kilomètres...

Or, les Ostendais, hommes et femmes, les enfants eux-mêmes, eût-on juré, avaient l'habitude de le suivre et de calquer leur humeur sur la sienne.

Voilà pourquoi personne ne sourit à la population. La secrétaire de mairie, Mlle Delaroche, voulut aider une des femmes à descendre un garçonnet du car et la femme, qui ne savait pas ce qu'on lui voulait, laissa tomber sèchement :

— *Dank u...*

Ce qui signifie merci. Les gens de Charron l'ignoraient encore. C'est le premier mot qu'ils entendirent et qu'ils allaient entendre souvent et les gamins malicieux, voire des hommes, s'amusèrent tout de suite à le déformer dans un sens graveleux.

— *Dank u...*

Les Ostendaises, les Ostendais n'avaient besoin de personne, et un moment on se demanda, tant le grand chef paraissait sombre et furieux, s'ils n'allaient pas remonter dans les véhicules et repartir. Mme Berthe faisait tout son possible, expliquait que tous les villages plus proches de La Pallice étaient déjà bourrés de réfugiés belges qui travaillaient dans les usines et qui devaient être nécessairement logés à proximité de celles-ci.

Omer hochait la tête. On l'avait trompé. A la Préfecture, on lui avait dit qu'il y avait douze kilomètres à peine. On lui avait affirmé aussi que Charron était au bord de la mer. Or, le village se trouvait tout au fond de la baie de l'Aiguillon où, à marée basse, il n'y avait guère que de la vase plantée de pieux qui servaient à l'élevage des moules.

— Les gens du village vous ont préparé à dîner à la mairie. Ils vous attendent depuis midi, traduisait Mme Berthe avec anxiété.

Avant de rien accepter, fût-ce un repas, il voulait savoir où on allait les loger.

Ainsi n'y avait-il aucun contact entre les deux groupes. Les robes de soie, les bagages qu'on découvrait, les meubles, les piles de linge déroutaient les gens de Charron qui attendaient des réfugiés et qui s'étaient apitoyés à l'avance sur leur dénuement.

Les Ostendaises ne voulaient pas de pitié.

La lumière, avec le soleil qui déclinait, devenait d'un or lourd, comme mielleux. Il y avait des fleurs en bordure devant la plupart des maisons passées à la chaux et ces maisons, à de rares exceptions près, n'avaient pas d'étage. Souvent, par les portes ouvertes, on entrevoyait un grand lit de noyer avec son édredon rouge, dans la cuisine, sous le portrait des vieux.

Omer s'éloignait en compagnie de l'institutrice et de Mme Berthe qui servait toujours d'interprète. Quelques femmes du village en profitaient pour s'approcher des Ostendaises. Elles voulaient les inviter à entrer à la mairie, impatientes de montrer tout ce qu'elles avaient fait en l'honneur de leurs hôtes. Mais les Ostendaises, en l'absence du grand patron, copiant leur attitude sur celle de la grosse Maria, restaient sur la défensive, debout autour des cars et des camions.

A deux cents mètres environ, sur la route départementale qui est en même temps la principale rue de Charron, il y avait une maison plus vaste que les autres, la seule comportant deux étages. C'était l'ancienne gendarmerie, désaffectée depuis longtemps. Elle était vide, complètement vide, avec ses murs blancs et ses lambris noirs, ses planchers qu'on avait balayés le jour même et toutes ses fenêtres ouvertes depuis midi pour chasser l'odeur de renfermé. Derrière, une cour carrée, sans un arbre, qui ressemblait à une cour de caserne, et tout au fond des cabinets avec portes à claires-voies et des écuries.

— Vous pourrez déjà installer ici quelques familles. Pour les autres, nous avons préparé une petite maison au bout du village, dont les occupants sont partis rejoindre leur fille dans le Midi. Il y a aussi des chambres par-ci par-là, de très bonnes chambres...

On voulut lui en montrer une, chez une petite vieille qui avait bouleversé toute sa maison pour faire de la place. C'était au fond d'une cour, une bicoque de deux pièces, propre mais délabrée, avec un fouillis de fleurs et de légumes autour. La vieille était émue.

Elle répétait :

— Les pauvres gens...

Tandis qu'Omer examinait d'un œil froid la pièce dont il ne voulait pas, parce qu'il fallait, pour l'atteindre, traverser la cuisine où couchait son hôtesse.

— Qu'est-ce qu'il dit ? Vous savez, j'ai encore un lit-cage pour un enfant dans la remise, s'ils en ont besoin...

Mme Berthe savait que ce n'était pas la peine de traduire.

— On verra tout cela demain... répliquait-elle.

La caserne, tout au moins, semblait avoir l'agrément de l'Ostendais. Il revint gravement vers le convoi, adressa à la grosse Maria un signe de tête qui signifiait :

— On reste...

Le signal se transmit aux autres, comme un frémissement populaire forme des vagues dans la foule, et alors seulement deux hommes descendirent du dernier camion l'oncle Claes toujours assis dans son fauteuil.

— Nous avons tout ce qu'il faut pour dîner... objecta Omer à Mme Berthe qui lui reparlait du dîner les attendant à la mairie.

— Si vous n'acceptez pas, vous leur ferez de la peine...

Ils acceptèrent, à contrecœur. Ils entrèrent, les uns derrière les autres, dans la salle qui servait pour le bal du 14 Juillet, regardèrent les tables improvisées, les couverts, les bancs, les guirlandes de papier poussiéreux. Et, dans un coin, les plus importantes de ces dames du village qui attendaient autour de plusieurs gros chaudrons.

On les servait déjà. De temps en temps, on essayait, après leur avoir souri, de leur faire comprendre quelques mots de français. On leur avait préparé un plat du pays, la mouclade, c'est-à-dire des moules à la crème et au curry.

Est-ce que les Ostendais n'aimaient pas les moules ? La grosse Maria goûtait, faisait une grimace, puis disait quelques mots et aussitôt les femmes du clan empêchaient les enfants de toucher à leur assiette.

A cause du curry, auquel les Flamands ne sont pas habitués. Les gens de Charron ne pouvaient pas le savoir. Ce qui les vexa davantage encore, ce fut de voir des réfugiés, qu'on accueillait du mieux qu'on pouvait, examiner leurs couverts avec méfiance et les essuyer avec leur mouchoir.

C'étaient des couverts en fer, empruntés au restaurant de *La Cloche*. On s'en servait pour les noces et, si le temps les avait noircis, ils n'en étaient pas moins propres.

Il y avait aussi un ragoût et on ne pouvait pas changer les assiettes pour tant de monde. La fille du maire n'avait-elle pas épluché des pommes de terre pendant des heures ? La vieille dame à cheveux blancs qui dirigeait les opérations n'était-elle pas la veuve d'un notaire qui avait habité Paris pendant quinze ans ?

Si seulement on avait pu parler ! Le seul mot qu'il était possible d'arracher aux Ostendais, et surtout aux Ostendaises, c'était un froid :

— *Dank u*...

Cela paraissait froid, en tout cas. Les sourires étaient comme vinaigrés.

Pendant les premiers moments, Mlle Delaroche était parvenue à empêcher les gens qui n'avaient rien à y faire de pénétrer dans la salle. Ensuite des gamins avaient commencé à se faufiler, puis des femmes qui prétendaient aider et, en fin de compte, il y avait au moins cinquante personnes à regarder manger les Flamands.

Les hommes, qui revenaient des bouchots, en toile bleue et en sabots, s'étaient approchés petit à petit, eux aussi, pour jeter un coup d'œil. Les gosses, à l'extérieur, grimpaient sur l'appui des fenêtres et collaient leur visage aux vitres.

— On nous prend pour des bêtes du jardin zoologique, remarqua la grosse Maria à voix haute.

Et ce fut un détail futile qui déclencha l'incident. Seppe, qui avait le sang à la tête et la nuque rouge comme une tomate, mangeait d'un air sombre, à côté de l'oncle Claes. Une des filles Petermans, Bietje, la plus amusante, qui n'avait que dix-huit ans, donnait la becquée au vieil impotent.

Pour les gens du clan, c'était un spectacle quotidien auquel ils ne prenaient plus garde. Or, c'était quand même un spectacle assez curieux, qui n'allait pas sans un certain côté comique.

Le vieux pêcheur de morue, toujours assis dans son fauteuil — on se demandait s'il le quittait pour dormir et si, alors, il restait plié en trois, dans la pose qu'il gardait toute la journée —, le vieux pêcheur de morue demeurait hiératiquement immobile, le regard toujours fixé devant lui.

Chaque fois que Bietje approchait la cuiller ou la fourchette de sa bouche, il ouvrait celle-ci d'un mouvement mécanique, si mécanique, si sec que cela faisait penser aux personnages de bois qui, à la foire, ouvrent la bouche toute grande pour y engloutir les balles lancées par les spectateurs.

C'est de la même façon qu'il ingurgitait les aliments, sans mâcher. Les dents — ou le râtelier — se refermaient avec un claquement pour s'ouvrir machinalement quelques secondes plus tard.

Est-ce de cela que les jeunes gens riaient ? Ils étaient trois ou quatre à une fenêtre, juste en face du vieux et de Seppe, des gaillards de vingt ans qui revenaient de la mer et qui se poussaient du coude, échangeaient des plaisanteries qu'on n'entendait pas à travers les vitres.

Il y avait un bon moment que Seppe les regardait en dessous et ruminait sa colère. Et ils n'étaient pas les seuls. Une véritable foule avait envahi la pièce et les regardait manger en échangeant des remarques qui étaient peut-être désobligeantes, qu'en tout cas on ne comprenait pas.

Des rires fusaient parfois et Seppe se méprit sur leur cause véritable. Il ne pouvait pas voir, derrière lui, Pietje qui faisait le comique. Car Pietje était le comique du clan. Son long visage maigre était comme en caoutchouc et il le triturait comme il voulait.

Pour le moment, il amusait les gamins avec ses grimaces. Il louchait, se caressait le bout du nez avec la langue, qu'il avait invraisemblablement longue. Puis il leur offrait son numéro favori. Il saisissait sa joue gauche entre deux doigts, tenant son éternelle chique à travers la peau, comme on tient un caillou dans un lance-pierre. Cette joue s'étirait de façon incroyable et soudain Pietje lâchait prise, on devinait la chique qui bondissait et qui allait se caler dans l'autre joue qui se gonflait à son tour.

Mais ce n'était pas de Pietje que riaient les jeunes gens de la fenêtre. C'était de l'oncle Claes. Et, quand il avait bu, Seppe se sentait plus de vénération pour l'invalide que s'il eût appartenu à la famille.

On l'entendit grommeler à mi-voix. Un des jeunes gens imita les mouvements de mâchoire du vieux et soudain Seppe n'y tint plus. Le mouvement fut si rapide que personne ne le vit. La fourchette lui partit des mains et alla briser la vitre qui vola en éclats.

Le hasard voulut qu'un gamin du pays, qui jouait dehors, reçût un éclat de verre à la joue et un peu de sang coula, on amena le gosse dans la salle, hurlant de rage bien plus que de douleur.

Les gars entraient, eux aussi, calmes, menaçants, et les Ostendais se levèrent.

Le couchant, d'un rouge somptueux, mettait ses reflets sur tous les visages. Les femmes entouraient le petit blessé. Omer, énorme, debout à sa place, attendait.

Les Charronnais hésitaient encore à s'approcher. Les deux clans se regardaient comme pour se mesurer et il ne fallait plus qu'un geste pour déclencher la bagarre.

Mlle Delaroche se précipita vers l'enfant. Mme Berthe, toujours en blouse d'infirmière, son voile un peu de travers, se tenait près des Ostendais.

— Il ne faut pas... prononça-t-elle en flamand.

Puis elle répéta, en français :

— Il ne faut pas...

Une femme cria :

— C'est dégoûtant... Ils sont ivres...

Car Seppe, titubant, Seppe chez qui l'ivresse faisait soudain des progrès effrayants, se dirigeait vers les hommes de Charron, poings serrés, la tête en avant, en se balançant comme un ours.

Ce fut Omer Petermans qui évita le pire. Il reçut, comme un message, un coup d'œil de la grosse Maria. Alors, calmement, il fit deux pas en avant, étendit le bras, sans frapper. Sa large main se posa sur le visage de Seppe, en plein milieu, s'y écrasa lentement et il repoussa le pêcheur d'un mouvement large, irrésistible, l'envoya rouler parmi les chaises et les tables.

Après quoi il se tourna vers ceux d'en face. Il avait fait son devoir. A présent, s'ils tenaient à ce que cela continue...

Cela ne continua pas. Mlle Delaroche avait eu l'inspiration d'emmener l'enfant dans la salle de classe pour le soigner et les femmes de Charron la suivaient. Les mâles s'éloignèrent à leur tour, à regret, car ils n'avaient pas peur, ils ne voulaient pas qu'on pût penser qu'ils avaient peur, ils reculaient seulement parce qu'ils gardaient le sentiment de l'hospitalité.

Ils restèrent debout, par petits groupes, en face de la mairie où stationnaient toujours les camions. Ils ne purent empêcher un des jeunes de lancer une pierre dans la direction d'un de ceux-ci où l'on voyait, dépassant de la bâche, un portrait de l'oncle Claes.

Le verre éclata. Le papier se déchira, près du front.

— Reste tranquille... dit-on à l'excité.

Et, pour éviter que cela recommence quand les Ostendais sortiraient, des camarades l'emmenèrent au *Café de la Cloche*.

Tel fut le premier soir des Ostendais à Charron. Avec, en plus, quelques mots malheureux, quelques phrases imbéciles :

— Ils parlent exactement comme les Boches...

— Qui est-ce qui nous dit que ce ne sont pas des Boches ?

On ne mangeait plus, à l'intérieur. On s'apprêtait à sortir, on sortait, Omer en tête, Maria à côté de lui, toujours un peu en retrait. Puis les garçons portaient le fauteuil de l'invalide impassible.

Les groupes, dehors, s'écartèrent. C'était l'ultime protestation contre ce qui venait de se passer. On les regardait de loin, en silence. Il y avait de braves femmes pour murmurer :

— On ne peut pas leur en vouloir... Après tout ce qui leur est arrivé !... Mettez-vous à leur place... Leur ville est brûlée... Leur maison n'existe plus... Ils ont tout perdu...

D'autres répliquaient, désignant les camions pleins à craquer :

— Tu trouves qu'ils ont tout perdu, toi ?

Les véhicules s'éloignèrent vers la caserne, avec les Ostendais qui suivaient, les hommes, les femmes, les enfants, le vieux dans son palanquin qui ne faisait plus rire. Et le soleil se couchait au fond de la baie, assombrissant jusqu'au bleu le vert des prairies, mettant des ombres violettes au pied des murs dont le blanc devenait intense.

Ils déchargèrent eux-mêmes leurs affaires, pendant près de deux heures, et à la fin le crépuscule était tombé, malgré l'heure d'été. Les femmes s'agitaient, à l'intérieur, montaient les lits des enfants qu'on couchait au fur et à mesure.

Comment s'arrangeaient-ils, là-dedans, on n'en savait rien. Il y eut quelques paysannes pour offrir leurs services :

— *Dank u*... leur répondait-on plus sèchement.

Est-ce qu'ils avaient demandé à être là ? Avaient-ils sollicité la charité ? Ils s'en allaient tranquillement, par leurs propres moyens, pour fuir l'Allemand qu'ils avaient assez vu en 1914, et c'étaient les Français qui les empêchaient d'aller plus loin, parce qu'ils se croyaient plus malins que les autres, parce qu'ils s'imaginaient encore qu'ils allaient arrêter la marée grise.

On ne se bat pas contre un mur et les règlements constituent le plus implacable des murs.

Omer avait cédé. Il avait cédé à contrecœur, de l'amertume dans l'âme, de la rancœur aussi, parce qu'il avait conscience d'avoir fait tout ce qui est humainement possible pour sauver les siens, pour sauver ses bateaux qu'il comptait parmi les siens, et qu'on jetait tout ça par terre au nom de Dieu sait quels papiers imprimés.

Ils auraient encore dû dire merci lorsqu'on leur servait à manger et qu'on venait les regarder comme des bêtes curieuses, lorsqu'on leur offrait des chambres chez des vieilles femmes qui sentaient mauvais !

Les lampes électriques s'allumèrent à l'intérieur. Par les fenêtres sans rideaux, on voyait les ampoules jaunes qui pendaient au bout des fils au milieu de la crudité des murs.

Les gens de Charron ne dormaient pas. Dans le bleuté de la nuit commençante, on en devinait sur tous les seuils, dans tous les jardinets entourés de haies vives et on ne pouvait se promener nulle part sans entendre des voix dans la pénombre.

Des jeunes filles passaient en se tenant par le bras. Des jeunes gens les suivaient par bandes. A la fin, cela tournait à la fête. Quelqu'un jouait de l'accordéon, assis sur la pierre d'un seuil. On oubliait de coucher les enfants qui étaient à la joie de rester tard dehors.

La porte de l'ancienne gendarmerie s'était refermée. Les Ostendais, vers onze heures, tendirent des draps devant les fenêtres du rez-de-chaussée et cela causa une désillusion qui n'alla pas sans quelque humeur.

Qu'avaient-ils donc à cacher ? Qu'est-ce qu'ils faisaient, là-dedans ? On les entendait clouer. Il y avait le bruit sourd des meubles que l'on change de place.

Les premières étoiles commençaient à briller dans un ciel d'un bleu encore pâle et les grenouilles chantaient dans les marais.

A quoi employaient-ils autant d'eau ? Toutes les cinq minutes, on entendait grincer la chaîne du puits, dans la cour. Est-ce qu'ils ne trouvaient pas la maison assez propre pour eux ? Est-ce que les femmes du pays n'avaient pas passé la journée à la nettoyer ?

Quelques portes se fermèrent. Les plus vieux rentraient se coucher.

Des lumières brillaient, puis s'éteignaient. Les bandes de jeunes gens et de jeunes filles étaient devenues des couples dans la nuit tiède.

— François !... Veux-tu vite venir te coucher !...

La voix aiguë des mères énervées. Des hommes restèrent tard au *Café de la Cloche*, comme les jours de fête, et plus d'un en sortit en titubant. L'un de ceux-ci, en passant sous les fenêtres de la gendarmerie, tonitrua une *Marseillaise* vengeresse.

Il était plus d'une heure du matin quand les dernières lumières s'éteignirent chez les Flamands.

Et, à cinq heures du matin, alors que les coqs chantaient, les hommes de Charron, les femmes en culottes de toile, un mouchoir noué sur la tête, s'acheminaient à pied ou en carriole vers la mer, vers les bouchots, pour la marée de moules.

Il n'y avait presque pas eu de nuit.

Il n'existait plus qu'un autobus par jour dans chaque sens, à cause de la guerre. Il passait à Charron, en direction de La Rochelle, à huit heures du matin, et on vit Omer, accompagné d'un grand gaillard qui lui ressemblait, y prendre place.

Ils ne dirent pas un mot pendant tout le voyage, se serrant à mesure que des gens montaient dans les autres villages. Puis, à La Rochelle, ils se dirigèrent vers le centre d'accueil, en face de la gare, où les réfugiés faisaient la queue devant la baraque pour la distribution de café et de pain.

Il arrivait des trains d'heure en heure. Les uns continuaient leur route. D'autres abandonnaient leur chargement humain à La Rochelle, et des autos continuaient à défiler, de tous les modèles, venant du nord, avec, inévitablement, des matelas sur le toit, à cause des bombardements aériens.

Il y avait eu une alerte, cette nuit-là. Les sirènes avaient fonctionné. De gros avions avaient survolé la ville et le port de La Pallice mais, à la surprise générale, ils n'avaient pas laissé tomber de bombes.

Seulement, les centaines de réfugiés entassés dans les baraquements du centre avaient dû s'éparpiller, sous la direction des infirmières, dans le square proche et se coucher sous les buissons. C'étaient les ordres. La gare, pendant deux heures, avait éteint toutes ses lumières tandis que les gens qui venaient de débarquer d'un train s'entassaient sur les quais, avec toutes leurs affaires, sans rien voir, se marchant les uns sur les autres, s'asseyant ou se couchant en attendant le destin.

Omer se dirigea tout de suite vers Mme Berthe qui était à son poste, à soigner des enfants.

— Il faut que vous veniez avec moi...

Même en flamand, dans sa langue, il n'employait pas de formules de politesse, il disait ce qu'il avait à dire, rien de plus, et ce n'était pas par orgueil, ni peut-être parce qu'il se savait le plus fort. C'était ainsi, tout simplement. Il avait besoin d'elle. Donc, elle devait venir.

Elle le comprenait si bien qu'elle le suivait. Le fils, lui, avait gagné La Pallice où se trouvaient toujours les bateaux.

Omer marchait à grands pas qui paraissaient lents à cause de sa taille, mais l'infirmière devait trotter derrière lui et était tout essoufflée. Il ne se donnait pas la peine de lui expliquer à l'avance ce qu'il voulait. Il suivait son idée.

Pour commencer, il voulait voir le préfet et il le vit, bien qu'on leur répondît d'abord qu'il était en conférence.

Toujours les bateaux... Les bateaux étaient à eux... Les bateaux étaient faits pour pêcher et il voulait pêcher...

— Traduisez...

Elle traduisait. Il la regardait parler avec une certaine méfiance, trouvant qu'elle prononçait trop ou trop peu de mots. Qu'est-ce qu'elle disait au juste ? Il aurait voulu parler lui-même.

Le bureau somptueux du préfet, avec les immenses fenêtres qui donnaient sur un parc, ne l'impressionnait pas. Ni le bureau, improvisé dans un hôtel particulier qu'on avait réquisitionné, de l'intendant militaire qu'on trouva entouré de jeunes officiers pimpants.

— Dites-lui...

Et il les fixait farouchement, avec l'air de vouloir coûte que coûte leur faire entrer sa volonté dans la tête. Mme Berthe traduisait toujours. On téléphonait devant lui. Il attendait, sa casquette de marin à la main, en se balançant d'une jambe à l'autre, et pas une seule fois il ne consentit à s'asseoir, comme s'il n'avait rien voulu perdre de sa taille et de sa force.

Il avait résolu de réussir et il réussirait. Elle lui traduisait :

— Cela dépend de la marine de guerre...

Il balayait les objections d'un geste, ou bien il haussait les épaules.

— Il faut du poisson, n'est-ce pas ?

C'était vrai. La population de La Rochelle, où les réfugiés affluaient, en train et en auto, s'accroissait d'heure en heure. De vingt-cinq mille qu'elle était trois semaines auparavant, elle passait à cinquante, à quatre-vingts, elle atteignait cent mille âmes, et le maire, dans son bureau historique, était aux prises avec le problème angoissant du logement et du ravitaillement.

— Nous avons cinq bateaux et les hommes qu'il faut...

La journée y passa. De bureau en bureau. Avec toujours Mme Berthe qui ne déjeuna pas parce que lui ne pensait pas à déjeuner.

A quatre heures, enfin, il obtenait un bout de papier tapé à la machine qui constituait, lui affirmait-on, l'autorisation, pour ses bateaux, de se livrer à la pêche dans un périmètre déterminé.

Cependant la bataille qu'il livrait, presque silencieusement, à la machine administrative, n'était pas finie. On voulait mettre à bord de chaque bateau un pêcheur français.

Parce qu'on se méfiait d'eux ?

— Mais non, lui expliquait-on. Seulement, ils venaient de la mer du Nord. Ils ne connaissaient pas les fonds... Ils risquaient...

Lui balayait ces objections d'un geste calme. Il disait non. C'était sa force. Il disait non, simplement, tranquillement.

Alors ? Que faire d'eux, que faire des bateaux ?

Il disait non et on sentait que c'était un vrai non sur lequel il ne reviendrait pas.

— Que, tout au moins les premiers jours, il se laisse accompagner par un capitaine qui...

Non !

Et ces gens se téléphonaient, s'interrogeaient les uns les autres, s'inquiétaient des responsabilités qu'ils encouraient.

— Il refuse.

— Qu'est-ce que vous voulez que j'y fasse ?

Le maire, qui était armateur lui-même, mais dont la plupart des bateaux étaient réquisitionnés et naviguaient au loin comme dragueurs de mines, réclamait du poisson pour les dizaines de milliers de bouches supplémentaires qu'il avait à nourrir.

— Tant pis pour lui s'il se met au sec !

De sorte qu'en fin de compte ce fut Omer qui eut raison de l'administration.

— Laissez-le faire. On verra bien...

Lui ne se donnait pas la peine de triompher, de remercier, de marquer sa satisfaction autrement que par un léger pétillement des prunelles. Il avait raison. Il le savait. Donc, il devait fatalement gagner la partie.

Il ne connaissait ni les grades ni les titres exacts de tous ces personnages devant qui il s'était balancé d'une jambe à l'autre en ordonnant à Mme Berthe :

— Dites-lui que...

On lui accordait enfin son dû. Rien de plus. Il n'avait pas à manifester de reconnaissance et il ne pensa pas à dire merci à l'infirmière qui avait trotté derrière lui toute la journée.

Enfin libérée, elle mangea un sandwich, debout, dans la cohue du centre d'accueil, et, alors qu'elle le croyait déjà loin, elle l'aperçut qui allait et venait parmi les groupes miteux.

Il y avait là des Flamands à qui il pouvait parler sa langue. Il gardait avec eux son air de patron. Ses traits n'exprimaient rien, que sa volonté et la conscience de sa force, de son bon droit.

Qu'est-ce qu'il leur demandait ? Elle n'en sut rien. Des autos, des camionnettes, des camions, des autocars qui portaient des inscriptions belges, s'arrêtaient souvent à l'entrée du centre. La plupart réclamaient de l'essence pour continuer leur exode.

L'ordre était arrivé, dans l'après-midi, d'un des ministères, d'envoyer toutes les voitures à l'autorité militaire qui en manquait. On essayait de la persuasion, de l'intimidation. Les gens, venus de si loin, n'acceptaient pas de bon gré d'abandonner leur véhicule, sauf quelques timides, et la plupart continuaient leur route par les moyens du bord, quitte à tomber en panne de carburant à quelques kilomètres.

D'autres se groupaient en face d'un café et gesticulaient. On vit Omer Petermans parmi eux, toujours calme.

Puis Mme Berthe, qu'un nouveau train appelait sur les quais de la gare, car il contenait des blessés et des morts, sans compter deux fous qu'il fallut envoyer à l'asile d'aliénés de Lagord, perdit de vue le chef des Ostendais.

Les bureaux, tant civils que militaires, tant de la Préfecture que de l'Hôtel de Ville ou de l'Inscription maritime, avaient cru se débarrasser de lui en lui accordant ce qu'il réclamait. Ainsi en aurait-on fini, s'imaginait-on, avec le cauchemar des Ostendais.

Omer, lui, n'avait pas fini. Il poursuivait son idée jusqu'au bout, avec sa même obstination sans fièvre. Dans la cohue, dans l'énervement général, parmi les gens qui ne savaient où coucher, ni où manger, parmi ceux qui se demandaient où débarquer les milliers de familles qui arrivaient par les trains, les centaines d'autres dont les autos réclamaient de l'essence, au milieu d'une ville à l'écoute de la radio et à l'affût des journaux qui donnaient des nouvelles contradictoires, il allait son chemin, têtu et dur.

Ses hommes et ses femmes, à Charron, séparés du reste du pays, dans leur gendarmerie, comme par un invisible cordon sanitaire, installaient leurs cuisines, leurs chambres, lavaient, clouaient, récuraient, sans rien demander à personne, sans mettre une seule fois les pieds dans les boutiques, sinon chez le boulanger où ils vinrent avec une brouette acheter du pain comme pour un siège.

Les autres, à La Pallice, un homme par bateau, rangeaient et nettoyaient ainsi qu'ils l'auraient fait à Ostende par un beau dimanche de paix, indifférents aux soldats logés à la gare maritime qui les regardaient curieusement parce que les chalutiers ostendais étaient leur seule distraction.

Sur le coup de sept heures du soir, on vit une camionnette qui portait un numéro minéralogique belge stopper au bord du quai, et c'était le patron, Omer Petermans, qui tenait le volant. Les roues avant n'étaient pas tout à fait parallèles et jouaient dangereusement, mais il n'en avait cure.

Il descendit à bord. Comme un adjudant à la caserne, il passa l'inspection des cinq navires, tandis que ses hommes le suivaient.

Il avait dans sa poche un annuaire des marées. Il le consultait.

Il leur disait :

— Pas la nuit prochaine. La nuit d'après, vers trois heures...

Il avait pensé au pain, lui aussi, comme la grosse Maria, sa femelle, y avait pensé à Charron. Il leur en avait apporté dans sa camionnette, ainsi qu'un énorme morceau de bœuf dont le sang coulait à travers le papier.

Il repartit, sûr de lui, en compagnie de son fils. Il n'éprouva pas le besoin de lui expliquer ce qu'il avait fait. C'était tout naturel. Un mot par-ci, un mot par-là. Il devait faire attention, parce que la voiture avait tendance à flotter d'un côté à l'autre de la route.

C'était l'heure à laquelle les gens de Charron se tenaient sur leur seuil ou dans leur jardin. On les regarda passer. Et eux ne regardaient personne.

La camionnette, avec un bruit de ferraille, les roues encore tremblotantes comme les genoux d'un malade qui a fourni une course au-dessus de ses forces, stoppait devant la gendarmerie.

Bientôt la porte de celle-ci, encore surmontée d'une hampe nue pour le drapeau tricolore, se refermait sur les Ostendais.

Il y avait maintenant des rideaux à toutes les fenêtres.

— Ils avaient jusqu'à des clous et des crochets avec eux ! disait Agat, garde champêtre et quincaillier.

Ils avaient de tout. Ils ne demandaient rien, n'acceptaient rien, ils s'installaient au cœur du village sans avoir la curiosité de jeter un coup d'œil à celui-ci et le village se sentait mal à l'aise comme si un corps étranger s'était introduit dans sa chair.

On se promena encore sous leurs fenêtres, ce soir-là, par petits groupes, par couples ensuite ; on mit cependant les enfants coucher plus tôt que la veille et à onze heures, alors qu'un faux jour persistait autour de la lune, à cause de l'heure d'été, tout le monde dormait à Charron, y compris les Flamands.

4

Est-ce que les magasins du village n'étaient pas assez bons pour elles ? Les femmes d'Ostende n'y mettaient pas les pieds, sauf à la boulangerie, parce qu'elles y étaient bien obligées. La seule à pénétrer dans une autre boutique, le troisième jour après le départ des hommes en mer, ce fut la gamine en rouge, et son entrée chez Agat, qui ne vendait pas seulement de la quincaillerie, fut précédée de tout un manège.

Elle fut la première aussi dont on connut le nom et elle devint tout de suite un personnage familier, encore que muet en quelque sorte, car elle passait une bonne partie de ses journées à promener le long des chemins les autres enfants de la tribu.

A peine était-elle sortie, avec trois ou quatre gosses, parfois davantage, qui se tenaient par la main et qui formaient une chaîne dont elle était le bout, qu'on était sûr de voir une silhouette se pencher à une des fenêtres de l'ancienne gendarmerie. Si c'était le matin, c'était le plus souvent au premier étage, l'une ou l'autre des femmes aux cheveux mal attachés par des épingles et tenant d'une main le corsage ou le peignoir croisé sur la poitrine. On l'entendait glapir, en maintenant longtemps la première note, très aiguë, comme en suspens dans l'air lourd de soleil :

— Mina...

La fille en rouge, au milieu de la route éclaboussée de lumière, se retournait lentement, sans lâcher la chaîne de mioches et, le nez levé, écoutait les recommandations qu'on lui adressait. Ou bien elle avait oublié quelque chose, les tartines des enfants, par exemple, si c'était l'après-midi, et elle faisait demi-tour.

Elle ne s'énervait pas. Ses yeux, du même bleu que les bleuets des champs, gardaient toujours la même expression sereine. Peut-être n'était-elle pas très intelligente ? Peut-être poursuivait-elle sans fin sa rêverie intérieure ?

Elle avait seize ou dix-sept ans et son corps était maigre, plat, anguleux, avec seulement deux petits seins pointus et un pubis proéminent qui se dessinaient sous la robe rouge. A part ses savates trop grandes, elle ne devait rien porter d'autre sur le corps et la robe de coton avait été tant de fois lavée et étendue au soleil qu'elle était du rose éteint des vieux drapeaux qu'on voit pendre devant les bâtiments officiels.

Mina n'était pas coquette. Elle marchait n'importe comment, d'une démarche dégingandée, et ses cheveux filasse lui pendaient sur la nuque et des deux côtés du visage. Pourtant, Mina regardait les hommes. On l'avait remarqué tout de suite. Elle les regardait curieusement, du même œil qu'elle regardait l'étalage d'Agat où il y avait des bonbons dans des bocaux de verre. Puis, seulement s'ils souriaient ou s'ils lui lançaient une plaisanterie, elle détournait la tête en essayant maladroitement de cacher une expression ravie.

— Celle-là, toute jeunette qu'elle soit, avait dit la boulangère, ne tardera pas à trouver chaussure à son pied. D'ici à ce qu'on l'aperçoive les jambes en l'air au bas d'une meule...

Mina faisait partie des « gens du fond ». Encore une chose que ceux du village avaient apprise. Au début, il n'y avait pour eux que des Ostendais, qu'ils mettaient tous dans le même sac, sans faire de distinction entre eux. C'était une seule bande, presque une seule famille.

Mais ils n'avaient pas tardé à remarquer des nuances. Par exemple, les pièces claires et aérées de l'ancienne gendarmerie n'avaient pas été réparties au petit bonheur. Les familles qui les occupaient étaient celles qui possédaient des armoires à glace, des fourneaux de cuisine en émail blanc comme on n'en avait jamais vu à Charron et de belles salles à manger en chêne massif. C'étaient les Petermans et tout ce qui tenait aux Petermans, leurs enfants mariés, gendres et brus, les Van Hasselt et les Vermeiren, tous ceux, sans doute, qui possédaient des parts dans les bateaux.

Ces femmes-là, dès le matin, étaient propres, avec des tabliers amidonnés. Elles travaillaient comme les autres, repeignaient les murs, les portes, s'agenouillaient pour laver les planchers à la brosse en chiendent et au savon, mais lorsqu'elles sortaient, elles faisaient autant de toilette que si elles avaient vécu en ville.

C'étaient toujours deux de ce groupe-là qui, le matin, en grande tenue, attendaient l'autobus devant l'église et se rendaient à La

Rochelle. Quand elles revenaient le soir, elles rapportaient une telle quantité de colis, y compris des caisses et des sacs, sur le toit de la voiture où grimpait le conducteur, que le car restait cinq bonnes minutes de plus à Charron que d'habitude.

Dieu sait pourtant quelles provisions ils avaient débarquées des bateaux ! Ils continuaient à amasser, avec une tranquille obstination. Ils avaient l'air de croire que la guerre durerait dix ans et qu'on manquerait de tout, comme si, en France, on pouvait manquer de nourriture. On leur en voulait, car, malgré soi, on finissait par se laisser impressionner.

— Des caisses de sucre, qu'elles ont ramenées hier... Vous croyez, vous, qu'il puisse y avoir pénurie de sucre ?

En opposition avec les « gens du devant », comme on disait déjà, il y avait les « gens de la cour », car les Ostendais avaient aménagé en logement les anciennes écuries, rendant même habitable, en un temps record, une bicoque délabrée où personne n'avait mis les pieds depuis des années que la vieille qui l'occupait était morte.

Eh bien ! parmi les gens de la cour, il y avait des femmes qui n'étaient pas du tout propres. On avait cru d'abord que les Flamandes étaient propres, sans exception. Or, il en existait de sales, comme partout. La mère de Mina par exemple, aussi maigre que sa fille, avec des dents qui lui manquaient sur le devant de la bouche, un chignon jamais d'aplomb, les pieds nus et sales dans des sabots. Elle avait des enfants qui avaient toujours de la morve au nez, des plaques ou des croûtes sur la tête, et qui traînaient leur derrière à même le sol de la cour.

Sa voix était criarde, vulgaire, grinçante. Elle devait boire. Plusieurs des voisines, de celles qui, de leur seuil ou de leur fenêtre, pouvaient voir dans la cour, l'entendaient se disputer avec les autres qui la traitaient en moins que rien. Le soir elle n'avait pas l'air d'être dans son assiette, ses mouvements devenaient maladroits, sa démarche mal assurée, ses yeux trop brillants.

En somme, il y avait des pauvres et des riches. Et les pauvres n'allaient pas chez les riches.

La grosse Maria, la grande patronne, était vulgaire aussi à sa manière. Sans doute, à Ostende, vendait-elle du poisson aux Halles ? Ici, quand elle sortait, elle prenait des airs de bourgeoise. Mais, dans sa maison ou dans la cour, elle avait les manches retroussées sur de gros bras d'un rose qui faisait penser à de la charcuterie. Elle mettait volontiers les mains aux hanches, parlait d'une voix forte et souvent on l'entendait éclater d'un rire qui la secouait toute.

Il était souvent question des Ostendaises, sur les seuils et dans la pénombre des trois boutiques qui sentaient le fromage, les épices, le pétrole et la cretonne. On n'avait aucun contact avec elles, non pas seulement parce qu'on leur en voulait toujours des incidents du premier soir, car beaucoup, parmi les femmes du pays, leur trouvaient des excuses. Certaines avaient proposé :

— On devrait peut-être leur rendre une visite ?

Seulement, une fois dans la maison, que leur dire ? L'institutrice avait essayé. Elle avait une bonne excuse. Parmi les circulaires qui arrivaient tous les jours au sujet des réfugiés, il y en avait une qui concernait les enfants : les mairies avaient reçu l'ordre de les faire vacciner d'urgence. L'ancienne gendarmerie était pleine d'enfants et on savait qu'il y en avait un malade.

Mlle Delaroche avait, par miracle, obtenu, en téléphonant à la librairie Pijollet, à La Rochelle, un lexique flamand-français. Quand elle était arrivée chez les Ostendais, le vieil oncle Claes était assis dans son fauteuil, dehors, à gauche de la porte. On l'y déposait le matin, dès huit heures. C'étaient les femmes qui transportaient l'infirme et son fauteuil depuis que les hommes étaient en mer. On lui allumait sa pipe. De temps en temps, la grosse Maria venait lui en bourrer une autre et lui parler.

Car, chose extraordinaire, elle paraissait avoir avec lui de véritables conversations. La main en cornet, elle lui parlait toujours dans l'oreille, et, bien que les traits du vieux ne parussent pas bouger, elle comprenait ce qu'il voulait dire. Elle parvenait même à provoquer un mouvement comme mécanique des lèvres, qui devait être un rire ou un sourire.

A midi sonnant, on rentrait fauteuil et invalide pour, une heure plus tard, le planter à nouveau, non plus à droite, mais à gauche de la porte, à cause du soleil ; et l'oncle Claes s'endormait, indifférent aux mouches qui se posaient sur son visage, sans lâcher la pipe éteinte qu'il serrait entre les dents.

La porte était ouverte lorsque Mlle Delaroche se présenta. Il n'y avait pas de sonnette dans l'ancienne gendarmerie. Le corridor dallé de bleu était frais, dégageant une bonne odeur de savon et de propreté.

— Quelqu'un !... appela-t-elle, un peu impressionnée.

On jouait du piano. C'était Bietje, la plus jeune des filles Petermans. On la voyait de la route. On l'entendait pendant des heures qui faisait des gammes.

La grosse Maria, qui se trouvait à ce moment-là au premier étage, se pencha sur la rampe, disparut, descendit quelques instants plus tard non sans avoir eu le temps de changer de robe.

Elle fut très polie, aimable même, pour autant qu'on puisse manifester de l'amabilité quand on ne parle pas la même langue. Elle introduisit l'institutrice dans la première pièce, celle où il y avait le piano et les meubles de salle à manger, la machine à coudre, beaucoup de portraits et de bibelots un peu partout.

La mère parla à sa fille qui cessa de jouer et disparut. Puis la grosse Maria désigna une chaise à la visiteuse et s'assit de l'autre côté de la table en souriant d'un sourire de bon accueil.

Mlle Delaroche, timide, ne savait que dire. Par contenance, elle désignait des portraits et son hôtesse lui citait des noms, expliquait sans doute des liens compliqués de parenté.

Cela se passait à la façon d'un film au ralenti et parfois des femmes le faisaient exprès de traverser le couloir pour apercevoir la visiteuse comme, dehors, celles du pays guettaient de loin l'institutrice qui s'était aventurée chez les Flamands.

Bietje apporta un plateau avec des tasses et une cafetière. Il y avait une pince à sucre en argent dans le sucrier. Puis elle revint avec deux grandes tartes que les Ostendaises avaient cuites elles-mêmes et qui sentaient bon la cannelle.

Il fallut en manger de larges quartiers, la grosse Maria l'exigeait avec une douce insistance. Deux autres filles, dont la fille enceinte, qui avaient été se changer et qui s'étaient lissé les cheveux avec un peigne humide, vinrent manger de la tarte aussi, maintenant sur leurs lèvres le même sourire que leur mère.

Mlle Delaroche tira le lexique de son sac, chercha les mots qu'elle avait d'avance marqués au crayon. En même temps elle tendait la circulaire reçue le matin au sujet de la vaccination des enfants de réfugiés.

Les trois femmes se passaient le papier après l'avoir regardé un moment et le lui rendaient.

— Vaccination... Enfants... *Kind*...

Les femmes ne souriaient plus. Les fronts se plissaient. Elles faisaient un effort pour comprendre, elles comprenaient, c'était une des filles qui comprenait la première et qui traduisait pour les autres.

Alors la grosse Maria redevenait la femme qu'on avait vue le premier jour, celle qui se tenait près du grand patron, un peu en retrait, et qu'il interrogeait du regard avant de prendre une décision. Elle hochait lentement la tête. Elle disait non et son non à elle était aussi définitif que les non d'Omer. Elle ne discutait pas, ne s'excusait pas. C'était non parce que c'était non, parce qu'ils étaient des Ostendais et que leurs affaires ne regardaient personne.

Mlle Delaroche, rougissante, avait beau leur expliquer, à l'aide de son dictionnaire, que la vaccination était gratuite, que c'était sans danger, qu'il fallait à tout prix éviter les épidémies, que les enfants de Charron y étaient tous passés, la femme d'Omer disait toujours non, posément, en mangeant son morceau de tarte.

De sorte qu'il n'y avait plus qu'à partir.

— Mina !...

Est-ce que la voisine qui prévoyait qu'on trouverait un jour la fille en rouge les jambes en l'air avait raison ? Mina, le soir, à l'heure où les garçons se groupent au coin des deux routes et regardent passer les filles avec des rires effrontés, se glissait hors de la cour et se promenait toute seule. Elle devait savoir qu'on allait la rappeler et elle feignait d'abord de ne pas entendre. Au troisième « Mina », elle se résignait à faire demi-tour et on voyait, dans la cour, sa mère qui gesticulait et parfois lui donnait des gifles.

C'était l'après-midi, à l'heure la plus chaude, alors qu'on est moite de sueur rien que de traverser la route, qu'elle avait fini par entrer chez Agat, après un regard craintif vers la gendarmerie.

Elle tenait par la main la chaîne d'enfants bien lavés, les enfants « de devant », à qui elle servait de bonne. Son autre main était serrée sur quelque chose qui devait être précieux. A plusieurs reprises il lui était arrivé de s'arrêter devant la boutique et de coller son front à la vitre mais, cette fois-ci, la tentation fut plus forte et elle entra, suivie de la ribambelle de gosses qu'elle ne lâchait toujours pas et avec qui elle avait l'air de faire une ronde.

Des vélos et des vêtements de travail pendaient du plafond. La boutique sombre était un véritable fouillis où il y avait de tout, des sabots et une écrémeuse, un baril de pétrole et des petits drapeaux alliés en papier. La femme d'Agat avait surgi de sa cuisine dont la porte vitrée était éclairée par le soleil et Mina restait décontenancée au milieu de la pièce, on la sentait sur le point de sortir, elle ouvrait la bouche, ne disait rien, désignait enfin, de son poing fermé, un bocal qui contenait des bonbons roses et verts plantés sur des bâtons.

— Combien en voulez-vous ?

Elle compta les gosses, mentalement, tandis que ses lèvres remuaient. Puis elle montra six doigts. C'était de la monnaie qu'il y avait dans sa main serrée et elle paya, dut revenir parce qu'on la rappelait pour lui rendre de menues piécettes, se retrouvait enfin, haletante, sur la route, comme quelqu'un qui a couru un danger.

Quelques minutes plus tard, toute la chaîne déambulait en suçant les bonbons, Mina comme les autres, tirant une longue langue, sans souci de coquetterie, la passant avec délices sur le sucre acidulé.

— Mina !... lança, en imitant les femmes de la gendarmerie, un grand garçon qui travaillait à la forge.

Elle le regarda, sa sucette toujours à la main. Puis elle se détourna et pencha un peu la tête en souriant.

— Toi, ma petite... se promit le garçon.

Il devait penser à la meule, lui aussi, en regardant s'éloigner la silhouette d'un rouge délavé.

Comment la grosse Maria s'y prit-elle ? Comment des Flamands, qui ne sortaient pour ainsi dire pas de leur caserne et qui ne parlaient à personne, furent-ils au courant ? Sans doute est-ce à La Rochelle qu'elles entendirent parler de la maison d'en face. Peut-être par d'autres réfugiés, par d'autres Flamands ?

Car c'était inouï comme les nouvelles circulaient vite parmi les réfugiés. Ils savaient tout. Trois fois déjà, des autos s'étaient arrêtées dans le village, des inconnus s'étaient présentés à la mairie, s'étaient adressés à Mlle Delaroche.

— Il paraît que vous avez, au bourg, une belle maison à louer ?

Elle avait beau leur répondre qu'elle n'était pas au courant, ils insistaient, ajoutaient, renseignés :

— La maison de Mme Masson...

C'était exact qu'une Mme Masson, la veuve de l'herboriste de La

Rochelle, qui avait tenu pendant cinquante ans une boutique rue du Minage et qui exerçait aussi le métier de naturaliste — c'était lui qui avait empaillé la plupart des oiseaux du musée —, c'était vrai que Mme Masson possédait une belle maison bourgeoise à un étage, avec un toit en tuiles rouges, presque en face de la gendarmerie.

Elle y venait l'été, jadis, du temps de son mari, quand ses enfants étaient petits. Depuis que ceux-ci étaient mariés, elle n'y mettait les pieds qu'une fois de loin en loin, juste pour aérer, et la plupart du temps elle repartait le jour même.

C'était une femme peu commode, toute sèche, avec des manies. Vingt fois, avant la guerre, on lui avait proposé de racheter sa maison. D'autres avaient voulu la louer, en avaient offert un gros prix. Pour elle, cette maison était sacrée, c'était la maison de son Eugène, de son défunt mari, comme elle disait, un vrai musée rempli d'animaux qu'il avait naturalisés.

Comment des réfugiés qui n'avaient jamais mis les pieds à Charron, qui venaient à peine d'arriver en France, savaient-ils tout cela ?

— Elle ne veut pas louer, affirmait Mlle Delaroche.

— On nous l'a dit...

Sans doute avaient-ils vu la vieille, dans le logement qu'elle avait conservé au-dessus de l'herboristerie lorsqu'elle avait cédé son commerce.

— N'empêche que vous avez ici une maison qui ne sert pas, qui reste vide, alors que des gens couchent à la belle étoile, des vieillards, des enfants...

Mlle Delaroche n'y pouvait rien et certains de ces automobilistes repartaient furieux en menaçant d'en référer au préfet.

— Allez voir le préfet si vous voulez...

Est-ce que c'est le préfet que la grosse Maria alla voir le jour où elle prit l'autobus, en grande tenue, accompagnée de sa plus jeune fille ? Toujours est-il que, quand elle revint, le soir, elle avait dans son sac la clef de la maison et qu'elle marcha droit vers celle-ci où elle resta longtemps avec sa fille, ouvrant toutes les fenêtres qui n'avaient pas laissé pénétrer d'air depuis plusieurs mois.

On raconta le lendemain qu'elle avait acheté l'immeuble. On cita un prix exorbitant. A cause du piano et des meubles, surtout à cause des piles de draps qu'ils possédaient — et tous en vraie toile fine —, le bruit courait que les Ostendais étaient riches à millions.

La vérité, c'est que la grosse Maria avait loué la maison. Elle avait offert un gros loyer, certes, qui n'avait pourtant rien d'extravagant à un moment où des réfugiés riches offraient n'importe quoi pour un toit, parfois même pour une grange.

Comme Omer, elle était allée chercher Mme Berthe, l'infirmière, au centre d'accueil, et elle n'y avait pas mis plus de formes que son mari. Ils avaient vécu si longtemps ensemble qu'ils employaient les mêmes mots, avec le même calme impressionnant.

Les trois femmes avaient sonné à la porte de Mme Masson, qui ne quittait plus guère sa chambre et qui les regarda du même œil, à peu près, que les oiseaux empaillés de son mari.

D'abord, la vieille femme se fâcha. Sans se démonter, la grosse Maria dit à Mme Berthe :

— Si elle ne veut pas louer, nous aurons la maison malgré elle, car je la ferai réquisitionner.

— Essayez voir !... riposta la vieille.

Les autres aussi lui avaient parlé de la sorte et n'étaient pas revenus. Mais l'Ostendaise, elle, ne prononçait pas de paroles en l'air ; elle traîna Mme Berthe au consulat, où on lui remit un papier, puis à la Préfecture, où les sourires des employés la laissèrent indifférente.

— Dites-leur combien nous sommes et combien nous avons d'enfants... Dites-leur que les hommes sont en mer et...

Elle obtint un nouveau bout de papier, comme Omer. Et, avec ce bout de papier, elle finit par briser la résistance de la vieille chipie.

— Nous ne demandons rien pour rien. Nous en aurions le droit, car on nous a obligés à quitter nos bateaux. Nous voulons payer quand même.

Elle avait payé un trimestre d'avance, elle était sortie de l'appartement poussiéreux en glissant une grosse clef dans son sac à main.

C'est alors, le lendemain, qu'on sentit davantage la différence entre les « gens du devant » et les « gens du fond » et même les nuances qui existaient entre les diverses familles du devant.

Malgré l'absence des hommes, le déménagement eut lieu, accompli par les femmes et par deux garçons du village qu'elles étaient allées chercher.

Il y avait à peine six jours que les Ostendais étaient débarqués et déjà ils s'étendaient, s'installaient comme pour la vie, formaient un monde à part dans le bourg.

Les mouettes, les hiboux, les hérons de feu M. Masson disparaissaient des pièces de la maison pour s'entasser, avec les meubles, dans le grenier, et les portraits de famille, les ustensiles de cuisine, tout un bric-à-brac vieillot que les Flamandes transportaient dédaigneusement en les tenant du bout des doigts.

L'eau savonneuse dégringolait en cascade des marches de l'escalier. On savonnait les portes et les lambris, les planchers, l'encadrement des fenêtres et au fur et à mesure qu'une chambre était nettoyée, les meubles des Petermans arrivaient d'en face et prenaient leur place, changeant en quelques heures le visage de la maison.

Qui déménageait de la sorte ? On ne le savait pas encore au juste. En tout cas, le piano traversa la route, et les plus beaux meubles, y compris le grand lit en noyer ciré et l'armoire à glace à trois portes au fronton sculpté.

La fille enceinte franchit la rue aussi, et les autres filles Petermans, mais pas la bru qui, elle, descendit d'un étage et prit possession des deux plus belles pièces d'en bas.

On déménagea l'oncle et son fauteuil. Cela donna par la suite quelque chose de curieux, parce que le trottoir, devant la maison du naturaliste, qui devenait celle d'Omer et de la grosse Maria, ne recevait jamais le soleil. De sorte que chaque matin et chaque après-midi on transportait l'infirme et son fauteuil de l'autre côté de la route, après s'être assuré qu'il ne venait pas d'auto.

La guerre continuait. La radio prévoyait l'évacuation de Paris et, à La Rochelle, ce n'étaient plus seulement des Belges et des gens du Nord qui arrivaient mais des Normands, des banlieusards, des usines entières qu'on repliait avec leurs ouvriers, leurs ingénieurs et leur matériel.

Tous se présentaient à la mairie. Tous cherchaient des maisons et certains avaient des priorités, des papiers signés de ministres ou de hauts chefs militaires, parce qu'ils travaillaient pour la défense nationale.

— Les gens d'Ostende ont tout occupé... répondait Mlle Delaroche, qu'on obligeait à quitter sa classe dix fois par jour.

Des soldats occupaient le Pont-du-Brault, à moins d'un kilomètre de Charron, et c'étaient presque tous des gens qu'on connaissait, des Rochelais, des vieux, des pères de famille qui avaient l'air déguisé dans leur uniforme et que leur uniforme embarrassait. Qu'est-ce qu'ils gardaient au juste ? On n'en savait rien. Eux non plus. Ils vivaient, au Pont-du-Brault, une sorte de pique-nique perpétuel, buvaient force vin blanc et venaient de temps en temps se ravitailler au village.

Le matin, à midi, le soir, on entendait la radio dans toutes les maisons, mais on ne s'y retrouvait plus dans les nouvelles, on cherchait des noms sur la carte et il n'y avait jamais moyen d'être d'accord car, à croire les communiqués contradictoires, les Allemands étaient partout et nulle part, il y en aurait eu aux portes de Paris alors qu'on se battait encore en Belgique.

Le commis du forgeron, qui n'avait que dix-huit ans et qui n'était pas encore mobilisé, ne perdait pas de vue la fille en rouge et, ce qu'il y avait de curieux, c'est que tout le village s'en apercevait, que tout le village était complice.

— Tu sais, Louis, lui disait-on, *elle* vient de passer avec les mioches. *Elle* a pris le chemin de la mer. Si tu te dépêches...

Et Louis, le corps à l'aise dans sa combinaison de mécano, enfourchait sa bicyclette, avait tôt fait de rattraper la chaîne d'enfants dont Mina formait le dernier anneau. Il passait près d'elle, faraud et joyeux, de la gaieté plein les yeux, des promesses plein sa jeune chair, et elle détournait le visage en souriant. Le soir, quand elle parvenait à s'échapper et qu'elle marchait toute seule sur la route qui traverse le village, il était toujours sur son chemin, avec les autres gars, mais ceux-ci savaient bien qu'elle était pour lui, on le poussait du coude, on lui soufflait :

— Vas-y, Louis !

Il n'y allait pas encore. Il avait le temps. Au surplus, il était effronté et timide tout ensemble.

— Tu vois bien qu'elle t'attend...

C'étaient des soirs calmes et tièdes, avec un ciel légèrement violet qui, à l'est, devenait peu à peu d'un vert étrange. Au-delà des prés-marais où paissaient les bœufs, on voyait la mer se retirer et découvrir, comme une forêt de pieux, la vaste étendue des bouchots.

Les femmes de la cour, à cette heure-là, s'installaient dehors sur des chaises, en cercle, elles épluchaient les légumes du lendemain ou tricotaient en tendant l'oreille pour s'assurer que les enfants ne pleuraient pas dans leur lit.

Les hommes restèrent en mer une pleine semaine. Quand ils revinrent, une nuit, peu avant le lever du jour, on voyait un grand paquebot à l'ancre, le *Champlain*, dans le port de La Pallice.

Il y avait eu une alerte deux heures plus tôt. Ils avaient aperçu, de la mer, des projecteurs qui balayaient le ciel ; ils avaient entendu le vrombissement des avions et le tac-tac des mitrailleuses.

Les Boches n'avaient pas lancé de bombes. On n'y comprenait rien. C'était la troisième nuit qu'ils venaient de la sorte, presque à la même heure. Ils descendaient très bas, survolaient le port, la rade, La Rochelle même et repartaient dans la direction du nord.

Omer dut faire ouvrir le garage où il avait remisé sa camionnette.

Il était en tenue de mer, avec ses bottes, et son costume de toile huilée le rendait encore plus sculptural.

Comme on donne un pourboire, il déposa un panier de soles dans le garage, en désignant de son doigt l'homme qu'il avait réveillé.

— Pour toi !... parvint-il à dire en français.

Puis ils embarquèrent le poisson et, au lieu de se diriger vers Charron, gagnèrent le centre d'accueil, en face de la gare. Tout le monde dormait, à cause de l'alerte qui avait obligé les réfugiés et les gens du centre à s'étendre dans le square une partie de la nuit.

Les hommes d'Omer transportèrent trois lourdes caisses qu'ils déposèrent devant le bureau peint aux couleurs belges et françaises. Ils virent quelques ombres rôder entre les baraques : des gens qui ne trouvaient pas le sommeil ou qui étaient pris d'un petit besoin. On distinguait à peine leurs visages dans la grisaille de la pré-aurore. Ils étaient tous, les Ostendais comme les autres, comme des fantômes, et les marins, transportant leurs caisses de poisson en silence, avaient l'air de venir faire un mauvais coup.

On construisait de nouvelles baraques dont on voyait déjà le squelette se dresser dans les coins encore libres du terrain vague.

Omer, Dieu sait pourquoi, ouvrit la porte d'une des anciennes constructions et reçut au visage une bouffée de chaleur humaine, d'odeur humaine ; on devinait, dans l'obscurité du baraquement, des formes étendues les unes contre les autres, on entendait des respirations, de vagues gémissements, toute une rumeur de foule accablée de sommeil, de bétail humain détendu, avec, par-ci par-là, des mots balbutiés, des mouvements brusques de gens en proie à leurs cauchemars.

La camionnette repartit et traversa les rues vides, prit la route juste à temps pour voir un soleil encore trempé d'humidité se lever au-dessus de la côte de Fétilly.

On avait laissé des hommes à bord, pas les mêmes que la première fois, et ils vaquaient au nettoyage des chalutiers en regardant parfois les hublots du *Champlain* dont certains étaient encore éclairés.

Quand la camionnette traversa Nieul, puis Marsilly, il y avait déjà des hommes et des femmes qui trayaient les vaches dans les étables faiblement éclairées. A Esnandes, on croisa des camions qui venaient de Charron et qui portaient les paniers de moules à la gare.

Les gens d'Omer gardaient sur eux l'odeur de la mer, la courbature des huit jours passés au large, où ils s'étaient fait arraisonner trois fois, deux fois par des Anglais — dont une par un sous-marin qui avait émergé à moins d'une encablure d'eux, tout ruisselant — et une fois par des Espagnols, car ils étaient descendus vers les côtes d'Espagne.

Les maisons, ici, leur semblaient plus basses que partout ailleurs. Même dans les villages, à de rares exceptions près, elles paraissaient se tasser pour donner moins de prise au vent et à toutes les tempêtes qui assaillent les hommes, de sorte que, de loin, on n'apercevait que les clochers. Et les terres étaient si plates qu'à mesure que le jour se levait on comptait jusqu'à cinq ou six clochers à la fois.

Quand ils atteignirent Charron, il n'y avait plus besoin de lumière dans les maisons, mais il y en avait pourtant à une des fenêtres de la gendarmerie.

Pourquoi Omer ne s'arrêta-t-il pas ? Il gagna d'abord la mairie, stoppa, dit quelques mots à ses hommes et ceux-ci débarquèrent six grandes caisses encore mouillées d'eau de mer qu'ils déposèrent sur le seuil.

Mlle Delaroche entrouvrit sa fenêtre, sans se montrer, car elle n'avait pas fait sa toilette. Peut-être l'avaient-ils réveillée et sortait-elle, encore chaude et moite, de son lit ?

— Qu'est-ce que c'est ? questionna-t-elle, derrière le rideau.

Omer se tenait debout sur la route, près de la grille. Elle devait le voir à travers la guipure.

Alors il désigna, d'un geste large, les maisons, le village. Puis les caisses. Puis encore les maisons.

Avec un fort accent, il prononça, en français :

— Tout le monde...

Enfin, non sans naïveté, le doigt tendu vers les caisses :

— Poissons...

Après quoi, sans attendre de réponse, conscient d'avoir accompli son devoir, il remonta dans la camionnette qui grinça lorsqu'il la mit en marche.

Des gens, dans les maisons, prenaient la radio et, par les fenêtres ouvertes sur la grisaille des intérieurs, on entendait des voix, la même voix presque partout. Les Flamands, qui revenaient de la mer, ne savaient pas encore. Ils frappaient leurs bottes sur le sol en face de la gendarmerie. Ils voyaient la grosse Maria à l'écoute dans la maison d'en face, dont elle venait d'ouvrir la fenêtre toute grande, la grosse Maria en camisole de nuit, avec ses bigoudis, la grosse Maria qui leur faisait signe de se taire.

Elle aussi écoutait la radio et ses filles étaient autour d'elle, y compris celle qui était enceinte. Et toutes avaient des visages de catastrophe.

Omer, debout, dehors, essayait de comprendre, de deviner, d'après ce qu'il entendait, ce qui s'était dit auparavant. Ses hommes, autour de la camionnette, ne savaient que faire. Ils entendaient :

— *... roi félon... reddition en rase campagne...*

Ils se figeaient peu à peu. Ils revenaient d'un autre monde. Il leur fallait un effort pour se replonger dans la réalité des terriens.

— *... Pour la première fois dans l'Histoire...*

Une fenêtre s'ouvrit, dans une maison voisine. Un homme se pencha, qui avait de longues moustaches, qu'ils avaient déjà aperçu. C'était le cordonnier.

Et le cordonnier, tourné vers eux, lançait un long jet de salive avant de leur crier :

— Salauds !

Pietje, le comique, pourtant, eut un mouvement pour se précipiter, mais Omer, qui avait compris, lui dit un mot en flamand et Pietje resta tranquille, frémissant des pieds à la tête comme un ressort.

Tête basse, ses pieds lourds traînant sur le sol, Omer s'avançait vers cette maison qu'il ne connaissait pas encore et dont, sans une parole, on lui ouvrait la porte.

Debout sur le seuil, immobile, il recevait la grosse Maria sanglotante dans ses bras.

Ce qu'on venait de leur apprendre, ce que les ondes répétaient dans toutes les langues, ce que la France entière avait entendu à son réveil, c'est que la Belgique, c'est que son roi, en tout cas, avait trahi en se rendant en rase campagne.

— *De deur sluiten, Bietje !* dit le père d'une voix si neutre qu'on ne la reconnaissait pas.

« Ferme la porte, Bietje ! » lui ordonnait-il.

5

Un être qui, ce jour-là, eût observé d'en haut le village, à la façon d'un entomologiste penché sur des insectes, n'aurait sans doute rien enregistré d'anormal. Le comportement des humains, autour de leurs petites cases rangées le long des traits clairs des chemins, fut sensiblement leur comportement des autres jours.

Il n'y eut pas d'attroupement, comme il s'en produit pour un oui ou pour un non dans les villes. Chacun vaqua à ses occupations. Les enfants, comme chaque matin, arrivèrent par petits paquets des fermes d'alentour, garçons et filles, avec quelques tout-petits parmi eux, et on voyait leurs groupes s'étirer sur le blanc des routes, se rompre et se reformer comme des vols d'étourneaux.

Dès sept heures, la forge laissa échapper son odeur de corne brûlée et le bruit rythmé du marteau sur l'enclume tandis que Louis aidait son patron, qui avait de grosses moustaches comme roussies au feu, à ferrer une paire de bœufs. Et un cheval de labour attendait son tour dehors, attaché à un anneau, grattant parfois le sol d'un sabot nonchalant.

Il ne se passait rien et cependant Charron, ce jour-là, garda du matin au soir comme le poids d'un malaise. Ailleurs aussi, sans doute, les Français ressentirent le contrecoup des nouvelles que la radio venait de leur donner de la guerre.

Mais la guerre était loin, à des centaines de kilomètres encore. Ce qui, à l'insu des gens de Charron, les affectait bien plus qu'une appréhension encore vague de la défaite, c'étaient les deux maisons, face à face, au beau milieu du bourg, qui gardaient obstinément portes et fenêtres closes.

Quinze jours plus tôt encore, ils en avaient tellement l'habitude qu'ils ne s'en apercevaient pas, que cette sorte de vide dans la vie du pays ne les touchait pas. C'était à croire qu'en si peu de temps la présence des Ostendais leur était devenue indispensable. Ils s'étaient accoutumés à voir, toujours larges ouvertes, les fenêtres de l'ancienne gendarmerie, le vieil impotent assis sur le seuil, à entendre les voix des Flamandes et à suivre des yeux la tache rouge de Mina traînant les mioches par les venelles.

Aujourd'hui, le silence avait quelque chose de pénible. Parce qu'on savait que les maisons étaient pleines, qu'ils étaient tous là, y compris les hommes revenus de la mer, y compris les enfants qu'on ne sortait pas. Ils étaient là, dans la pénombre des chambres. Qu'est-ce qu'ils faisaient, qu'on ne les entendait même pas remuer ?

L'amateur d'insectes humains étudiant le bourg à la loupe aurait pu tout au plus noter un détail qui révélait ce malaise. Comme les autres jours de soleil — et on jouissait du plus beau des soleils depuis que les batailles avaient commencé là-haut, dans le Nord —, comme les autres jours de soleil, les silhouettes sombres qui gravitaient dans les rues se tenaient invariablement du côté de l'ombre.

C'était aussi le côté où toutes les cases, portes et fenêtres, étaient ouvertes. En face, au contraire, sur les façades blanches ruisselantes de lumière chaude, portes et volets verts restaient clos.

L'observateur aurait noté sans doute que les silhouettes, mâles ou femelles, s'arrêtaient plus souvent que de coutume du côté ombre, devant les cases ouvertes. Certaines s'arrêtaient presque à chaque case, restaient ainsi un bon moment, tournées vers le dedans, à remuer les lèvres.

A l'intérieur, dans les pièces quasi obscures, une femme au gros ventre sous la jupe noire, un homme en bras de chemise, étaient assis près de la table couverte d'une toile cirée ; une horloge faisait entendre son tic-tac familier ; un chat sommeillait, les yeux entrouverts, sur son coussin rouge, et chaque case avait son odeur particulière, ses portraits au mur, ses totems, bibelots gagnés à la foire, cadeaux de mariage ou de première communion.

On échangeait des phrases, de la rue à la maison et de la maison à la rue.

Les cases d'en face, côté soleil, n'étaient pas vides. Lorsque les portes et les volets étaient clos, sur le devant, cela signifiait qu'ils étaient ouverts côté jardin et les femmes qui faisaient leur marché le savaient, elles contournaient la maison par le sentier entre deux haies et parlaient par-dessus celles-ci.

Agat, comme chaque matin, s'était rendu à la mairie, un peu avant le commencement de la classe. Mlle Delaroche lui avait montré les caisses de poisson que les Ostendais avaient apportées et qui étaient encore dehors, en plein soleil.

Avant tout, le garde champêtre les avait rentrées, tandis que quelques personnes des maisons les plus proches s'approchaient pour savoir ce que c'était.

Agat et Mlle Delaroche discutèrent un bon moment, à mi-voix, afin de décider de ce qu'ils devaient faire. Ce n'était pas le moment d'annoncer à coups de tambour à la population ce cadeau des Flamands.

— Il suffira de le dire aux uns et aux autres...

Et on répondait aux gens intrigués :

— C'est du poisson que les Ostendais ont apporté... Tout le monde peut en prendre gratuitement...

Est-ce qu'on en prendrait ? Voilà la question qui se posait. Voilà de quoi s'entretenaient ceux qui s'arrêtaient devant les portes ouvertes.

— Il paraît que ce sont de belles soles...

Pouvait-on décemment accepter ce cadeau, après les accusations qu'un ministre avait lancées le matin même contre la Belgique et son roi ?

A toutes celles qui entraient dans sa boutique, à l'heure où les femmes font leur marché, Agat répétait :

— Il y a des soles à la mairie... Peut en prendre qui en veut...

Et on lui demandait :

— Qu'est-ce qu'on a décidé de faire ?

Il esquissait un geste vague.

— Chacun agira selon sa conscience...

Les Charronnais n'osaient pas. En même temps ils avaient des remords, certains d'entre eux tout au moins. Non seulement parce que de belles soles se perdaient alors que des dizaines de milliers de réfugiés avaient faim, mais parce que, de refuser ce don, c'était un peu comme un acte d'hostilité, de réprobation, tout au moins.

Les Ostendais avaient fermé leurs portes et leurs fenêtres et cela rendait leur présence plus pénible. Même les femmes de la cour toujours bruyantes, toujours à remplir des seaux à la pompe, à laver du linge ou à débarbouiller les gosses, ne se montraient pas.

Certains disaient :

— Cela doit être dur pour eux...

On préférait ne pas leur répondre, ne pas prendre position, hormis quelques exaltés, comme l'ancien coupeur de bois au Gabon, toujours entre deux crises de paludisme, qui répétait :

— Ce sont des Boches... Dès le premier jour, j'ai dit que c'était pire que des Boches...

Rien que de voir passer dans les rues la fille en rouge, avec ses gosses accrochés par la main les uns aux autres, aurait été un soulagement.

Qu'est-ce qu'ils pouvaient bien faire ?

On leur en avait voulu, à cause de l'incident du premier soir, et surtout parce qu'ils étaient fiers, les femmes en particulier, qui avaient toujours l'air de proclamer qu'elles n'avaient besoin de personne. On leur gardait rancune d'un tas de choses, des provisions qu'elles allaient faire en ville, de la façon tranquille — arrogante, disaient certains — dont elles avaient envahi la maison de Mme Masson.

Et maintenant il y en avait qui se reprochaient leur sévérité. Sans doute, s'il n'y avait pas eu entre Charronnais et Flamands cette barrière quasi infranchissable des langues, des personnes sensibles auraient-elles frappé à l'une des deux portes.

Cela aurait été embarrassant, pénible. Comme quand on va présenter des condoléances dans une maison où il y a un mort et où on ne sait que dire.

— Nous n'ignorons pas que ce n'est pas votre faute...

Quelque chose dans ce genre-là. Mais on ne pouvait pas le faire et, en passant devant les deux maisons aux fenêtres aveugles, on hâtait le pas au lieu de ralentir, parce qu'on avait l'impression que, de l'intérieur, *ils* vous observaient.

Il y eut deux femmes, vers onze heures, à s'approcher des caisses et à prendre du poisson en marmonnant :

— Si ce n'est pas malheureux de laisser gâter d'aussi belles soles !... Qu'est-ce que vous en pensez, vous, mademoiselle Delaroche ?

L'institutrice n'en pensait rien. Elle eut plusieurs fois des distractions pendant sa classe. Comme les autres, elle se sentait un poids sur les épaules et elle avait hâte d'être à midi pour prendre la radio. On ne savait pas au juste ce qu'on espérait ; cependant il y avait dans les nouvelles du matin, dans ce discours agressif, dans cet acte d'accusation plutôt d'un ministre déchaîné, une telle brutalité qu'on attendait Dieu sait quoi, sinon un démenti, tout au moins une atténuation.

— Ces pauvres enfants qu'on tient renfermés toute la journée...

C'était l'ordre d'Omer, d'Omer qui n'avait jamais prononcé si peu de paroles. Il avait embrassé la grosse Maria, en entrant dans la cuisine, puis ses filles. Peut-être avait-il été sur le point d'embrasser aussi ses fils qui le regardaient avec gêne. Il avait dit quelques mots, d'une voix mal timbrée.

— Qu'on aille leur recommander, en face, de ne pas sortir, de ne pas se montrer.

Et personne ne s'avisa de lui demander pourquoi. On avait compris. Ce n'était pas le moment de lui poser des questions. D'habitude, quand il rentrait de la mer — la dernière fois c'était à Ostende, chez eux, *avant* —, d'habitude, il commençait par se mettre à table et par manger lentement avant d'étirer son grand corps avec un soupir d'aise et de monter se coucher.

Ce jour-là, sans rien ajouter, il monta l'escalier à pas lourds et on remarqua qu'il n'avait pas retiré ses bottes encore humides d'eau salée.

On l'entendit qui se déshabillait et qui se laissait tomber sur son lit. Il n'avait pas eu la curiosité de visiter la maison, qu'il ne connaissait pas encore. Comme un chien qui trouve tout de suite le coin qu'on lui a réservé dans une habitation neuve, il avait repéré sa chambre et la grosse Maria n'avait pas osé monter avec lui.

Le sommeil du patron, c'était sacré. Dès lors, on évita de parler, on se contenta, parfois, de chuchotements, et les femmes faisaient taire les enfants dès qu'ils ouvraient la bouche. On prenait même des précautions pour recharger sans bruit la cuisinière.

Qu'est-ce qu'on pouvait faire ? On attendait. La grosse Maria, qu'on ne voyait presque jamais assise, en dehors des repas, sauf quand elle recevait quelqu'un, restait immobile sur sa chaise, le regard vague, et elle tressaillait de temps en temps en regardant le plafond.

Par deux fois, pourtant, elle devina à Dieu sait quel frémissement imperceptible, que l'oncle paralytique réclamait qu'on lui bourrât sa pipe et elle le fit, d'un geste machinal, en regardant avec pitié le vieillard qui ne comprenait pas pourquoi il n'était pas dehors, au soleil, et à qui elle préférait ne rien dire.

Sa fille Maria, la jeune Maria, comme on l'appelait, la femme de Van Hasselt, allait et venait dans les pièces du rez-de-chaussée comme quelqu'un qui n'est pas dans son assiette et sa mère observa à plusieurs reprises son visage au teint plombé, le geste qu'elle avait parfois pour porter les deux mains à son ventre gonflé par la maternité.

Le dîner cuisait sur le feu. De temps en temps une des femmes tournait le ragoût avec une longue cuiller en bois.

Vers onze heures, la grosse Maria, laissant ses pantoufles sur le paillasson du rez-de-chaussée, monta l'escalier sans bruit, resta un bon moment l'oreille collée à la porte de la chambre. On n'entendait aucun bruit, pas même celui de la respiration d'un dormeur grand et fort comme Omer.

Alors, avec des précautions infinies, elle tourna le bouton, entrebâilla la porte pour jeter un coup d'œil à l'intérieur.

Il était couché sur le dos, à moitié habillé, les bras repliés sous la nuque, et il regardait fixement le plafond. Il savait bien qu'elle était là, mais il ne se tourna pas vers elle, il n'ouvrait pas la bouche, il resta enfermé dans sa solitude farouche tandis qu'elle s'éloignait, troublée, sur la pointe des pieds.

En bas, elle se contenta d'annoncer :

— Il ne dort pas.

Et, à onze heures et demie, on mit la table, avec autant de précautions pour ne pas faire de bruit que si le patron avait été plongé dans le sommeil. Les garçons commençaient à interroger l'horloge avec inquiétude, parce que les aiguilles se rapprochaient de midi et qu'ils auraient voulu prendre les nouvelles de la radio.

Le regard au plafond, la grosse Maria prononça enfin :

— Il est levé.

On entendait Omer aller et venir lourdement. Cela parut plus long que les autres jours et cependant il ne resta qu'une dizaine de minutes à sa toilette. Il descendit et, les regards tournés vers la porte, chacun avait malgré soi une angoisse dans la poitrine. On n'aurait pu dire ce qu'on craignait. C'était dans l'air que l'anxiété était diffuse et la jeune Maria avait les traits de plus en plus tirés, une expression peureuse dans les prunelles. Seule sa mère s'en apercevait, mais préférait n'en pas parler.

Le père entra. Il s'était rasé. Il portait son pantalon bleu et une chemise propre, d'un blanc éblouissant, légèrement empesée, qui faisait paraître son visage plus coloré.

Il lui fallut un effort, c'était visible, pour les regarder d'un air naturel et, tout de suite, il marcha vers la radio dont il se mit à tourner les boutons.

Il dit malgré tout, parce que c'était une tradition :

— Qu'est-ce qu'il y a à manger ?

La réponse fut noyée dans le bruit de l'appareil et d'ailleurs il n'y faisait pas attention.

On répétait, sur les ondes, les nouvelles du matin avec cependant quelques nuances. On annonçait, entre autres choses, que le gouvernement belge, replié à Limoges, rédigeait une proclamation qui serait lue au cours de la journée, et on laissait entendre que la Belgique tout entière n'avait pas abandonné la lutte aux côtés des Alliés, que les forces qui avaient échappé à la reddition seraient regroupées à Toulouse avant de retourner au combat.

L'air buté, Omer écoutait et, quand on voulut le questionner, l'émission finie, il haussa ses larges épaules, se contenta de commander :

— A table !

Il mangea. Il mangeait avec le même appétit dans n'importe quelle circonstance, les coudes sur la table, vidant son assiette que la grosse Maria lui remplissait et, ce qui parut l'émouvoir le plus, ce fut de voir le vieil oncle Claes qui, parce qu'on n'avait pas transporté son fauteuil dehors ce jour-là, avait la mine d'un enfant injustement puni.

A quoi bon lui apprendre la vérité ? Il n'y avait rien à faire ce jour-là, rien d'autre qu'attendre. Son repas fini, Omer, toujours silencieux, alla chercher des clous et des outils dans le cagibi qui était derrière la cuisine et où, sans avoir besoin de connaître la maison, il était sûr de les trouver.

On le vit aller et venir dans les pièces, sans un mot sur la nouvelle installation. Il appela Frans, un de ses fils, et lui tendit le bout d'une ficelle afin de calculer la moitié de l'espace au-dessus du lit pour y accrocher un portrait.

Il passa des heures de la sorte, à mesurer, à clouer, à suspendre des photographies et des chromos, à recouper à la scie à métaux des tringles de rideaux.

Dans la chambre de la jeune Maria, où celle-ci était montée tout de suite après avoir mangé et où sa mère était venue la rejoindre, les deux femmes chuchotaient.

Du moment que ce n'était pas encore sûr, il valait mieux ne parler de rien aux hommes. Surtout que le compte de jours n'y était pas, qu'on en était à deux bonnes semaines du délai normal.

Est-ce qu'Omer soupçonnait la vérité ? Il n'avait jamais l'air, et ce jour-là moins que jamais, de s'occuper de ce qui se passait autour de lui, et cependant il voyait tout, on aurait juré qu'il devinait tout ce qui concernait les siens.

Il vit sa femme passer dans l'escalier avec une tasse de tisane à la main. Normalement, il aurait dû la questionner, car ce n'était pas leur habitude de boire de la tisane. Savait-il que sa fille était en haut ?

Il ne posa pas de question, évita de rencontrer le regard de la grosse Maria et continua de plus belle ses aménagements comme les dimanches de pluie, à Ostende, quand il profitait des heures vides pour mettre de l'ordre dans la maison et pour bricoler.

On ne s'inquiétait pas de ceux de l'ancienne gendarmerie, dont on était coupé par la largeur de la route. On ne se demandait pas ce qu'ils faisaient, tant on avait la certitude qu'ils se conformaient à l'ordre donné. Même sans ordre, n'auraient-ils pas réagi exactement de la même manière que ceux de la maison Masson ?

D'heure en heure, maintenant, et plus souvent encore, un des fils tournait les boutons de la T.S.F. et on entendait un grésillement dans tout l'immeuble, puis une voix, tantôt dans une langue, tantôt dans une autre, parfois de la musique que l'on éteignait aussitôt.

Il y avait aussi les enfants qui faisaient du bruit, qui ne savaient à quoi jouer, qu'on asseyait devant des livres d'images ou devant des crayons de couleur, il y avait le bébé qui vagissait et que sa mère, le sein nu, faisait téter, installée dans le fauteuil d'osier de la cuisine.

D'autres chevaux étaient passés par la forge dont on entendait toujours le marteau et on percevait des pas sur la route, le passage des voitures, les cloches de l'église.

Est-ce qu'Omer pensait à ses caisses de poisson déposées à la mairie ?

A La Rochelle, on discutait bruyamment, dans les cafés, et, à l'heure de l'apéritif, au moment où les gens étaient le plus excités, il y avait eu un commencement de bagarre au *Café des Colonnes* parce qu'un Belge avait crié :

— Vive le roi !

Ce n'était la faute de personne. Les réfugiés, humiliés, ne savaient où se mettre, surtout ceux qui parlaient le flamand et sur qui, machinalement, les gens se retournaient dans la rue.

Bon nombre d'entre eux, ce jour-là, s'étaient égaillés le long des routes, pour échapper à l'atmosphère nerveuse de la ville, aux questions, aux paroles amères, voire aux consolations que certains leur prodiguaient.

Ils marchaient, silencieux et sombres, sur les chemins qu'ils ne connaissaient pas, et tous, au fond de leur cœur, gardaient un même espoir inavoué.

On s'était trompé ou on les avait trompés. Ce n'était pas possible que leur pays se soit déshonoré comme on l'avait proclamé trop hâtivement.

Certains, au consulat, où on ne savait rien, attendaient les nouvelles qui ne pouvaient pas manquer de parvenir. Et, par la fenêtre, il y en avait pour regarder avec envie les Français qui passaient sans avoir besoin de courber la tête.

La salle de la mairie, à Charron, s'était peu à peu imprégnée d'une forte odeur de poisson et les caisses laissaient sourdre une humidité grasse qui gagnait le plancher où les taches s'agrandissaient.

Des paysans passaient sur la route, derrière leurs vaches, du même pas que tous les paysans du monde parce qu'il est rythmé sur celui des bêtes, du même pas que tous les autres jours de l'année, guerre ou pas guerre. Des vieilles, dans les maisons aux murs blanchis à la chaux, aux portraits en noir et gris dans leur cadre plus ou moins chargé de dorures, se pliaient en deux, de ce mouvement quotidien qui les avait courbées de bonne heure, sur le chaudron suspendu au-dessus des quelques bûches de l'âtre.

La journée était longue. Elle n'en finissait pas. La jeune Maria, à présent, avait sans cesse des perles humides au-dessus des lèvres et on sentait dans la maison l'odeur de l'eau de Cologne avec laquelle sa mère lui essuyait de temps en temps le visage.

Elle ne gémissait pas encore. Il n'y avait rien de sûr. Bietje, qui n'était pas mariée, était fort impressionnée, encore qu'on ne lui eût rien dit, et elle n'osait pas monter chez sa sœur. Un des garçons avait fini par aller s'étendre, tout habillé, sur son lit, porte ouverte, et on entendait son ronflement dans l'escalier.

Ce n'était pas une journée comme une autre, cela se sentait aux moindres détails, alors pourtant que chacun s'efforçait de répéter ses attitudes et ses gestes des journées ordinaires.

Il y avait ces fenêtres, ces portes fermées. Il y avait le vieux Claes qu'on n'osait pas regarder tant il avait l'air navré d'être prisonnier. Le plus surprenant, c'est que lui aussi, par une sorte de mimétisme, peut-être parce qu'il associait sa présence dans la maison à l'idée de punition, prenait un air consterné et contrit, comme s'il eût commis une faute.

Pour la première fois depuis des années, sans doute, la grosse Maria oublia pendant deux grandes heures de lui bourrer sa pipe et il ne pouvait rien demander à personne, il n'y avait que ses yeux à vivre dans son visage et à exprimer le même étonnement attristé que les yeux d'un chien que le meilleur des maîtres se met à battre sans raison dans un moment d'exaspération.

De tout le clan des Ostendais, seule Mina, ce jour-là, essaya d'enfreindre la consigne. Peut-être, par les fentes des volets, avait-elle contemplé Louis, l'apprenti charron, qui sortait de temps en temps, en tablier de cuir, de son antre où rougeoyaient les flammes, pour prendre la mesure des sabots d'un cheval ?

Peut-être, à force d'étouffer dans une atmosphère trop figée, parmi des gens dont elle ne partageait pas la consternation, avait-elle besoin de sentir l'air courir dans ses cheveux blonds, de se frotter au monde du dehors, qui sait, d'entrer dans la boutique aux bonnes odeurs pour acheter des bonbons ?

Elle franchit la porte, par-derrière, marcha vite, en rasant les murs, tant qu'elle fut dans la cour.

Savait-elle que, ce jour-là, on n'oserait pas ouvrir une des fenêtres pour lancer dans l'air chaud le sempiternel :

— *Mina...*

Dans la rue, elle marcha moins vite, en se dandinant, en se tortillant plutôt, car elle n'avait pas encore de hanches ni de fesses. Elle ne s'était pas trompée. On ne la rappela pas. Peut-être ne s'aperçut-on pas de son absence ?

C'était la première fois qu'elle était aussi libre, sans la ribambelle d'enfants accrochée à une de ses mains et son pas, à certain moment, fut si léger qu'il ressembla à une danse.

Elle était émue en passant devant la forge. Elle attendait le regard de Louis et Louis, justement, à cet instant, vint se camper sur le seuil. Louis la regarda et son regard était ironique.

Une voix partit du fond de l'atelier alors que la robe rouge passait devant la porte. Elle disait quelque chose d'horrible :

— Qu'est-ce que t'attends pour faire un enfant à cette putain ? Ça serait toujours ça de pris...

Elle ne pouvait pas comprendre les mots et pourtant elle était sensible à l'injure. Louis riait soudain, d'un rire qu'elle ne lui connaissait pas, à la fois brutal, vulgaire et gêné. Il la détaillait avec effronterie des pieds à la tête et elle fut prise de peur, se sentit seule dans la rue, dans le village, seule à la merci des étrangers, sans personne de chez eux pour la protéger.

Par bravade, elle fit encore quelques pas en direction de la boutique d'Agat mais sa panique devenait trop forte et soudain elle tourna les talons et se précipita vers l'ancienne gendarmerie dans la cour de laquelle elle arriva haletante.

— D'où viens-tu ? questionna sa mère en lui donnant machinalement une gifle.

Au lieu de répondre, elle pleura et passa le reste de l'après-midi à pleurnicher dans son coin.

— Omer !... appela la voix de la grosse Maria qui était en haut.

Il se tenait, lui, debout près de la radio où l'on remettait d'heure en heure la déclaration du gouvernement belge. Il devait y avoir de l'affolement, à Limoges. On annonçait :

— Dans quelques minutes, nous diffuserons...

Puis, après quelques disques ou après un long silence, car la radio, ce jour-là, avait des silences angoissants :

— Nous nous excusons auprès de nos auditeurs... La déclaration du gouvernement belge ne nous est pas encore parvenue mais, dès que nous l'aurons en notre possession, nous...

— Omer !...

Il vit que sa fille Bietje devenait pâle. Il savait pourquoi. Il savait tout. Et, comme il était un homme, il avait encore plus peur que Bietje, mais il n'avait pas le droit de le laisser voir.

Il monta, à pas lourds et lents, prenant son temps. La porte s'ouvrit sans qu'il eût besoin de toucher le bouton et il évita de regarder vers le lit.

La grosse Maria lui parlait à voix basse, très vite, et il écoutait en courbant la tête. Il savait aussi qu'en bas les autres tendaient l'oreille, essayaient d'entendre ou de deviner.

Il redressa enfin le front et fit signe que oui. Puis il pénétra dans sa chambre pour endosser sa grosse veste de drap bleu marine et pour prendre sa casquette.

C'était la première fois qu'un du clan sortait depuis le matin. Ils ignoraient encore l'incursion de Mina dans le village. Et Mina était une femme, une gamine, une enfant, à qui on n'aurait pas osé s'en prendre.

Omer n'avait pas peur. Pas peur des coups, par exemple. C'était lui, à Ostende, qui intervenait dans les bagarres et qui empoignait les adversaires exaspérés, un de chaque main, jusqu'à ce qu'ils entendent raison et cessent de gigoter.

Il n'avait pas peur des coups, mais peut-être d'un regard, d'un sourire, d'un crachat qu'on lancerait devant lui sur le trottoir, d'une porte ou d'une fenêtre se fermant brutalement sur son passage. Parce qu'il ne pourrait rien faire, rien dire, sinon poursuivre sa route en rongeant son frein.

Frans, son aîné, le questionnait du regard pour savoir s'il avait le droit de l'accompagner, mais Omer préférait partir seul. Il prenait, dans le tiroir du buffet, le dictionnaire qu'ils avaient apporté d'Ostende et qu'il glissa dans sa poche. Il faillit allumer un cigare car, les jours où il revenait de la mer, il avait l'habitude de fumer deux ou trois cigares. C'était une sorte de récompense qu'il s'octroyait.

Il n'y avait pas droit, ce jour-là. Même ça, un cigare, pourrait passer pour une provocation. Il se contenta de sa pipe qu'il bourra d'un index lent et qu'il alluma, comme il le faisait dans sa maison de Belgique, en introduisant un morceau de papier dans la cuisinière, par le trou d'aération, pour l'enflammer.

Il était six heures du soir, la plus mauvaise heure. Les cultivateurs étaient encore dans les champs ou dans les prés, mais les boucholeurs, pour la plupart, étaient rentrés de la mer et formaient dehors de petits groupes qui devisaient à l'ombre en attendant le moment de l'apéritif.

La porte des Ostendais s'ouvrit et Omer la referma derrière lui, tourna à gauche et marcha à grands pas tranquilles en fumant sa pipe.

Il ne pouvait pas savoir que, pour les autres, c'était presque un soulagement de le voir, d'entendre enfin le bruit de la porte qui s'ouvrait et se refermait. C'était un peu, un tout petit peu comme si on les avait crus morts et comme si, enfin, on les revoyait bien vivants dans la personne de leur chef.

Il regardait droit devant lui et il avait la poitrine serrée en approchant du premier groupe d'hommes devant lequel il devait passer.

Or, les hommes se turent. Ce fut eux qui baissèrent la tête, sauf un, un galopin, qui grommela des syllabes qu'Omer ne comprit pas, et que ses camarades, quand il fut passé, assaillirent de reproches.

Qui sait, si on avait pu se parler de part et d'autre, peut-être y aurait-il eu des effusions ?

La guerre se rapprochait. On ne savait plus. On flairait des mensonges dans les nouvelles et il y avait la même inquiétude dans tous les cœurs, le même malaise, vague comme un commencement de grippe, sur toutes les épaules.

Le Flamand se dirigeait, de son pas lent et lourd, vers la mairie où il allait retrouver ses caisses de poisson à peu près intactes et il y avait des habitants pour s'en repentir, pour avoir un peu honte de la désillusion supplémentaire qu'on allait lui donner. On le suivait des yeux. Des rideaux bougeaient. Des enfants s'arrêtaient, ébahis de le voir, après ce qu'ils avaient entendu dire à la table familiale.

Qu'est-ce qu'on avait dit au juste ?

De tout. Du bon et du mauvais. On leur en voulait et on en avait vaguement pitié. On ne comprenait plus, surtout, parce que Londres ne disait pas la même chose que Paris et que des réfugiés, à La Rochelle, affirmaient qu'il y avait des Allemands, qu'ils en avaient vu là où, officiellement, d'après les communiqués, il n'aurait pas dû y en avoir.

On commençait à pressentir que la guerre n'était pas une chose lointaine, que cette fois elle était pour tout le monde. Et, comme à la caserne les bleus regardent avec respect les anciens, ceux de la classe, on avait une involontaire considération pour ceux qui y avaient déjà passé.

Est-ce que la radio, la radio officielle, ne venait pas d'avouer que seul un miracle pouvait sauver la France ? Alors, quand les Ostendais étaient arrivés et qu'ils avaient prétendu que les Allemands viendraient jusqu'en Charente ?...

Qu'est-ce qu'il allait faire à la mairie ? Une sorte de respect instinctif empêchait les hommes de s'en approcher. On le voyait franchir la grille, traverser la cour, monter les marches...

Il allait voir ses caisses intactes... Il les voyait... Mlle Delaroche, plongée dans les circulaires officielles qui lui arrivaient par plis épais à chaque courrier, se précipitait, un peu rose, au-devant de lui.

Est-ce qu'on avait honte ? Qui avait honte, en somme ? Honte pour eux ? Honte de ne pas leur avoir tendu la main, de ne pas leur avoir adressé un petit signe, comme on le fait pour les gens qui ont eu des malheurs ?

C'était complexe. C'était un sentiment triste, accablant, une lourdeur d'orage, un malaise trop vague.

Est-ce qu'il venait se plaindre ? De quoi ? On faisait taire les quelques-uns qui ne trouvaient pour eux que des injures et qui répétaient le mot « Boche » comme s'il eût suffi à tout expliquer.

— Ta gueule ! leur disait-on.

Et lui, Omer, ouvrait son petit dictionnaire à la page qu'il avait cornée avant de partir. Il avait retiré sa casquette de marin, ce qui lui arrivait rarement, et l'institutrice pouvait voir des gouttes de sueur sur son front bruni, où la coiffure avait causé une frontière nette entre le blanc du crâne et le hâle du visage.

Il soulignait un mot, de son gros pouce à l'ongle coupé carré.

« Sage-femme »...

Et Mlle Delaroche, qui portait ce jour-là une robe de toile blanche, sortait avec lui. Ils se dirigeaient tous les deux vers le bout du village, du côté du Pont-du-Brault, où il n'y avait que quelques maisons basses. Les gens essayaient encore de deviner.

On comprit quand ils entrèrent chez la mère Boineau, que tout le monde appelait « maman Boineau ». Elle vivait seule dans une maison de deux pièces où, sur le blanc des murs extérieurs, tranchait un fouillis de petites fleurs mauves. Elle avait aidé à mettre au monde tous ceux qui, dans le village, avaient moins de quarante ans.

Ici encore, avant de se pencher pour pénétrer, par la porte basse, dans une pièce où sa tête frôlait le plafond, l'Ostendais retira sa casquette qu'il tint gauchement dans sa main.

Il resta longtemps. On savait pourquoi. Maman Boineau avait l'habitude, avant de sortir pour un accouchement, de se changer des pieds à la tête et de préparer minutieusement ses instruments. Elle laissait la porte de sa chambre entrouverte. On ne la voyait pas, mais elle parlait tout le temps.

Et elle parlait encore en accompagnant l'Ostendais et Mlle Delaroche qui les quitta à la croisée des routes.

Elle parla encore après, bien que le Flamand fût incapable de la comprendre. Elle parlait parce qu'elle avait la manie de parler ; elle parlait pendant tout le temps d'un accouchement et il y avait des femmes pour affirmer que cela les aidait.

Les fenêtres et les portes, désormais, avaient beau rester closes chez les Ostendais, l'entrée de maman Boineau chez eux rendait leur maison plus humaine, parce que ce n'était plus le mystère pesant qui avait duré toute la journée, on savait ce qui se passait et ce qui se passait était commun à tous.

On put, à l'heure fraîche, déambuler devant chez eux sans détourner la tête. D'autant plus qu'aux dernières nouvelles il n'était plus si sûr que ça que les Belges avaient trahi. Et n'était-il pas question de proclamer Paris ville ouverte ?

Quand on vit une lumière au premier étage, on sut ce qui se passait derrière. Si on baissait encore la tête en passant, c'était parce que certains cris, que les murs ne parvenaient pas à étouffer, étaient trop révélateurs.

— Allez jouer plus loin ! disait-on aux enfants qui s'approchaient du seuil.

Il y avait effectivement quelque chose de changé puisque, tandis que la nuit tombait, des femmes, plusieurs fois, des Ostendaises, firent la navette entre la maison Masson et l'ancienne gendarmerie. Elles se montraient, affairées, franchissaient la rue, et personne ne songeait à leur manifester hostilité ou méfiance.

Peut-être que Louis, l'apprenti forgeron, avait un peu honte de son rire outrageant de l'après-midi ? Il était au coin de la rue, avec les camarades.

— Elle viendra pas... plaisantaient ceux-ci.

Et lui ne riait pas. Il y avait un rien d'anxiété dans son regard qui espérait toujours une petite tache rouge dans le crépuscule.

Mina ne sortit pas, n'essaya pas de s'enfuir ce soir-là.

Bietje pleurait, sans raison, dans la cuisine. Son beau-frère, Louis Van Hasselt, passait son temps à monter l'escalier, à s'arrêter, le masque tragique, sur le palier, puis à redescendre et à boire un grand coup de genièvre, si bien qu'au bout du compte il avait les yeux un peu égarés.

Les gens du pays se couchèrent sans savoir la fin, parce qu'il était trop tard. Une heure venait de sonner quand on entendit des vagissements dans la maison et il y eut à nouveau des allées et venues d'un côté de la rue à l'autre.

Maman Boineau ne partit qu'à trois heures, en interdisant par des signes énergiques et par des paroles incompréhensibles qu'un des garçons l'accompagnât. Elle n'avait pas peur de la nuit. Elle en avait l'habitude. Ne leur avait-elle pas expliqué — en vain, car ses mots étaient du latin pour eux — qu'une fois, un certain mois de mars, elle avait fait vingt-huit accouchements, dont vingt-trois la nuit, et la moitié au moins dans des fermes éloignées ?

Ceux qui ne dormaient pas dans le village, ou qui avaient le sommeil léger, l'entendirent rentrer chez elle de son pas aussi net et aussi sonore, malgré son âge, qu'un pas d'homme. Puis, deux heures plus tard peut-être, en tout cas avant l'aube, il y eut le vacarme de la camionnette qu'on mettait en marche.

Il y eut aussi, du côté de La Pallice ou de La Rochelle, on ne savait pas au juste, des détonations sourdes, trois dirent certains, quatre, prétendirent d'autres.

C'était le *Champlain* qui sautait, au petit jour, à la pointe extrême du jour, au moment où la marée, le faisant éviter sur ses ancres, le mettait en contact avec les mines posées par les avions allemands, au moment aussi où la camionnette des Ostendais se rangeait le long du quai, près des cinq chalutiers parés à prendre à nouveau la mer.

Tout cela, on ne l'apprit que plus tard, par bribes et morceaux, avec des inexactitudes, des rectifications, à tel point qu'à midi le bruit courut que c'était Omer et ses hommes qui avaient fait sauter le paquebot dans la rade et qu'on les avait emmenés à La Rochelle menottes aux poings.

Ce qui incita les Charronnais raisonnables à se méfier de cette rumeur c'est que, dès huit heures, ce jour-là, on avait transporté le fauteuil de l'oncle Claes, avec son occupant, de l'autre côté de la rue, près du seuil de la gendarmerie, où l'invalide à la tête de bois fumait à nouveau sa pipe.

6

Quand les hommes rentrèrent à La Pallice, après douze jours de mer, la première chose qui les frappa ce fut le petit café qu'ils avaient remarqué le premier jour, celui où l'homme de la Préfecture avait téléphoné à leur sujet, où les deux gendarmes qui les surveillaient allaient de temps en temps boire du vin blanc, sur un monticule, juste au-dessus de la cale de carénage.

La maison, qu'on était occupé à repeindre quand ils étaient partis, n'avait plus de toit, plus de fenêtres, on voyait le ciel par les trous des murs, les traces des planchers et des meubles sur les papiers peints. Au-dessus de la porte de ce qui avait été une accueillante auberge, pendait, de travers, mais intacte, l'enseigne, qui annonçait :

A la Grotte
Salle pour noces et banquets

Un grand bateau, dans la cale sèche, le *Foucault*, avait eu son pont déchiré par trois bombes lancées en piqué. Lui aussi, on était en train de le repeindre à neuf quand il avait été blessé à mort et sa cheminée, pimpante comme un jouet d'enfant, se penchait sur des poutrelles tordues.

Louis Van Hasselt, le mari de Maria-la-Jeune, partit le premier à vélo, à cause du bébé qui n'avait que deux ou trois heures quand il avait pris la mer et dont il avait parlé pendant toute la campagne.

Omer devait avant tout s'occuper de son poisson. Depuis des heures, il répétait mentalement les mots qu'il prononcerait — il avait consulté son dictionnaire de poche — quand il se trouverait devant l'intendant militaire, car ce n'était qu'à lui qu'il voulait avoir affaire. Pas beaucoup de mots. Il n'était pas l'homme des phrases, à plus forte raison en français. Il dirait simplement, en prenant un air détaché, modeste — ce qui prouve qu'un grand et gros capitaine ostendais peut garder quelque chose d'enfantin dans un coin de la cervelle :

— *Cinquante tonnes.*

Cinquante tonnes de merlus, de raies, de soles et de tacauds qu'ils étaient allés chercher au large de la Mauritanie, des côtes d'Afrique, sans avoir besoin de personne pour leur montrer le chemin de la « grande sole » et pour leur indiquer les fonds. Encore en auraient-ils rapporté davantage si, au retour, ils n'avaient pas dû faire escale au Portugal pour embarquer du mazout.

C'était un tout petit port, avec des maisons jaune bouton-d'or, comme cuites au soleil, des routes du même jaune qui serpentaient dans la verdure sombre des collines, une mer d'un bleu sombre aussi qui reflétait des voiles brunes et le rouge profond du liston des barques, un tout petit port paresseux où la guerre devenait si lointaine qu'elle en était invraisemblable.

On les avait regardés comme des hommes venus d'une autre planète. On avait hoché la tête devant les billets de banque belges qu'Omer avait tirés de son portefeuille usé. On n'en avait pas voulu. Il avait fallu vendre une partie du poisson pour payer le mazout.

Ils avaient traversé aussi la route de Gibraltar, sillonnée de navires de guerre et d'avions, et pendant des heures ils avaient vécu avec la peur d'être réquisitionnés par les Anglais. Ailleurs, devant Lisbonne, ils avaient croisé un petit cargo, à peine plus haut de bord que leurs chalutiers, qui avait le cap sur l'Amérique et dont le pont était encombré d'hommes, de femmes et d'enfants qui fuyaient l'Europe.

C'est néanmoins au petit port portugais, figé dans son incroyable quiétude de carte postale, qu'Omer pensa le plus ce jour-là, tandis qu'il déambulait dans les rues de La Rochelle.

La ville avait changé en leur absence. Il était impossible, maintenant, de donner un sens aux allées et venues de la foule. C'était un grouillement désordonné qui faisait penser à une fourmilière que l'on vient de bouleverser du bout du pied.

Les autos, qui circulaient dans toutes les directions, comme si elles cherchaient en vain une issue, portaient le « NL » des Hollandais, le « B » large et gras des Belges, les indications minéralogiques de tous les départements de France, et des gens arrivaient de loin à vélo ; certains, à cause de la chaleur, étaient vêtus de culottes courtes mais transportaient d'énormes ballots sur leur porte-bagages. On assaillait les boutiques, surtout les boulangeries à la porte desquelles on faisait la queue. On se battait autour des marchands de journaux et une telle foule cernait la gare que, de loin, cela faisait penser à une émeute.

Paris était occupé. Les Allemands avaient défilé aux Champs-Élysées. Aux terrasses des cafés, où il n'y avait pas une chaise libre, des hommes en bras de chemise, des femmes en robes légères, buvaient n'importe quoi, ce que les garçons affairés voulaient bien leur servir, car les caves commençaient à se vider. On parlait de dizaines de milliers d'hommes, d'autres disaient de centaines de milliers qui, le long de la Loire, creusaient un gigantesque fossé où s'arrêterait l'avance incroyable des chars ennemis.

Omer, suivi d'un de ses fils, vaquait à ses affaires, de son pas égal, écartant la foule devant lui, et, comme il l'avait fait la première fois, il déposa des caisses de poisson au centre d'accueil.

Les barrières qui entouraient celui-ci avaient été défoncées. La foule des réfugiés débordait dehors et des camions, des autos invraisemblables avaient grimpé sur les terre-pleins, servant d'abri à des familles entières.

Mme Berthe, l'infirmière, montrait un visage bouffi, aux yeux cernés de rouge. Sa blouse blanche était sale, avec une déchirure près du sein, et elle regarda les Ostendais comme sans les reconnaître, elle dut chercher dans sa mémoire, enfin elle leur demanda machinalement :

— Qu'est-ce que vous voulez encore ?

L'intendant, lui aussi, crut, au premier abord, qu'Omer venait l'assaillir de nouvelles réclamations. Des camions ? Pour quoi faire ? Pour débarquer le poisson ? On ne pensait plus au poisson. On avait oublié qu'il y avait encore des bateaux en mer.

— Donnez-leur des camions... dit-il à son lieutenant.

Autant qu'ils en voudraient ! On ne savait que faire de tous les véhicules qu'on avait réquisitionnés, selon les ordres de Paris, et qui encombraient la place d'Armes. Et tant de gens qui avaient parcouru des centaines de kilomètres et qui n'avaient pu continuer leur route faute de ces véhicules...

Est-ce que les trains roulaient encore ? Le chef de gare n'en savait rien. Des milliers d'individus l'assaillaient, campaient dans les salles d'attente et sur les quais, avec ce regard vide qui vient aux hommes quand rien ne se passe plus selon les normes, quand tout est possible, quand on ne cherche même plus à prévoir ou à réagir.

Des montagnes de bicyclettes étaient là, dont les propriétaires avaient peut-être été dirigés sur Toulouse, ou sur Lyon, et des voitures d'enfants, des ballots de vêtements parmi lesquels erraient des femmes qui n'avaient plus rien.

Comme Omer, toujours flanqué de son fils, quittait à grands pas le centre d'accueil et se dirigeait vers sa camionnette, il fut rejoint par un petit homme essoufflé, fort bien habillé, qui lui adressa la parole en flamand.

C'était un Anversois, cela se reconnaissait à son accent. Un diamantaire.

— Vous êtes bien celui qui a des bateaux à La Pallice, n'est-ce pas ?

Quelqu'un avait dû, dans la foule, lui désigner l'Ostendais que le petit homme avait suivi à la piste. Il lui offrait de l'argent, n'importe combien, si on voulait bien le conduire en Angleterre. Tentateur, il sortait son portefeuille de sa poche, laissait entrevoir des liasses de billets neufs.

Il était si nerveux que son visage était agité de tics. Ses genoux frémissaient, ses mains tremblaient, on aurait pu croire que c'était une question de minutes, que les Allemands étaient là, aux portes de la ville.

— J'achète le bateau, si vous le préférez, et je vous le paie en livres sterling...

Omer le regardait froidement, de haut en bas, sans une marque d'intérêt, haussait les épaules, continuait sa route et l'autre, qui était un monsieur, qui était arrivé dans une auto de grand luxe, se raccrochait à sa manche, comme un mendiant. Sa voix prenait les inflexions humbles de la prière.

Omer fut obligé de retirer brutalement son bras et, quand il mit la camionnette en marche, l'homme était toujours à gesticuler sur le trottoir.

Omer savait bien qu'on lui payerait son poisson avec un bon et il soupçonnait aussi que ce bon ne lui serait jamais remboursé, mais cela lui était égal. Il l'avait glissé, indifférent, dans son portefeuille, et il avait surveillé l'arrimage des caisses dans les camions.

Il s'attendait également à ce qu'on venait de lui annoncer. Les bateaux de pêche n'avaient plus le droit de prendre la mer. Peut-être, si la situation ne s'aggravait pas, leur permettrait-on de sortir du port, mais seulement pour la journée, car la navigation de nuit était interdite, les phares étaient éteints, des avions, chaque nuit, survolaient la côte et la rade.

Tout cela prit du temps. Les Ostendais, sauf Louis Van Hasselt qui était parti en avant à vélo, n'arrivèrent à Charron qu'à six heures du soir et, cette fois encore, ils apportaient des caisses de poisson. Omer y tenait. Il n'avait pas répondu aux objections de son beau-frère qui lui rappelait le poisson que, la fois précédente, les gens avaient laissé pourrir sur place.

Le village avait changé aussi. C'est à peine si on reconnaissait quelques visages, tant les gens du pays étaient perdus dans le flot des nouveaux venus.

L'oncle Claes était assis dans son fauteuil, au soleil, près de la porte de la gendarmerie et, avec les enfants qui jouaient sur le seuil, il y avait d'autres enfants inconnus, d'autres Flamands sans doute, car les gosses paraissaient se comprendre. Il y avait aussi, dans la cour, des femmes que l'on n'avait jamais vues.

Toutes les petites maisons basses débordaient, parce que d'autres réfugiés avaient déferlé de partout, à vélo et souvent à pied, y compris des habitants de Dreux et d'Orléans. Il en arrivait encore. On vivait pour ainsi dire dans la rue, car les maisons étaient trop petites. La salle de la mairie était pleine, et l'école, d'où on avait renvoyé les enfants.

Pour tous ceux-là, les Ostendais étaient des anciens, des privilégiés ; on regardait avec envie leur camionnette, on les suivait des yeux tandis qu'ils débarquaient leur poisson, on se précipitait avidement dès qu'on apprenait que tout le monde avait le droit de se servir.

Sur le visage d'hommes mûrs, de vieillards, de mères de famille, on lisait une convoitise qu'on ne voit d'habitude que dans les yeux des enfants pauvres. C'était encore plus la peur d'être privés que la privation elle-même et les gens emportaient les poissons glacés à bout de bras comme un butin.

La nouvelle se propageait et il en venait de tous les coins du bourg ; les derniers couraient et se bousculaient ; Agat fut obligé d'intervenir et de répéter de la grosse voix qu'il prenait pour lancer les « Avis » le dimanche après la messe :

— Un merlu par famille !... Pas plus d'un merlu par famille !...

Est-ce qu'on se méfiait encore d'eux ? On ne savait plus. On n'avait plus le loisir d'y penser.

— La gare de Dreux vient d'être entièrement détruite... Les avions boches y ont fait sauter deux trains de munitions... L'avenue de la Gare a sauté...

Et des paysans de Normandie poussaient devant eux leur troupeau. Les Ostendais, qui revenaient de la mer, des côtes lointaines d'Afrique, traversaient la foule à pas lents et les derniers venus, qui ne les connaissaient pas encore, les suivaient des yeux.

C'étaient les heureux. Ils étaient arrivés les premiers et ils occupaient deux grandes maisons où ils avaient leurs meubles, leurs effets personnels, tandis que certains couchaient sur la paille et ne possédaient plus une chemise de rechange.

Omer secoua ses bottes sur le seuil de la maison Masson et entra, baisant chacun au front comme il en avait l'habitude. Tout de suite, il monta au premier étage et resta debout un bon moment devant le berceau du dernier-né.

Les femmes lui lançaient des regards curieux et il ne savait pas pourquoi, il ne se rendait pas compte qu'il était beaucoup plus grave, plus lourd que d'habitude, qu'une sorte de voile était tombé sur son visage.

Une des belles-filles dit :

— On croirait qu'il a vieilli.

Est-ce qu'il pensait toujours qu'ils auraient pu être loin, lui et tous les siens, à l'abri de la guerre, par exemple dans le petit port portugais où il avait acheté du mazout ?

Pensait-il qu'il aurait pu, à la rigueur, partir encore, à la condition de s'y prendre adroitement et d'abandonner leurs affaires ? Le diamantaire anversois ne voulait-il pas embarquer ?

Une fois tout le monde à bord, rien ne pouvait les empêcher de prendre le large, pas même les mitrailleuses antiaériennes de La Pallice, et ce n'est pas contre des chalutiers chargés de réfugiés qu'on mettrait les canons de marine en batterie.

Y songeait-il vraiment ? Était-il tenté ?

Il n'en laissa rien voir. Le calme de la maison, son odeur, les allées et venues quotidiennes des femmes, leurs gestes familiers contrastaient avec l'agitation du dehors et surtout avec le chaos qu'il avait traversé à La Rochelle.

Bon gré mal gré, ils s'étaient incrustés dans le village et ce village, désormais, pour un temps plus ou moins long, était le leur.

— Omer...

La grosse Maria avait à lui parler. Elle voulait le mettre au courant de tout ce qui s'était passé pendant l'absence des hommes et il la suivit dans leur chambre dont elle referma la porte. Pendant qu'il se déshabillait pour endosser du linge propre, elle lui disait :

— Il se passe quelque chose avec Mina...

Elle ne comprenait pas qu'il restât calme, le regard comme absent. Elle lui racontait que plusieurs fois, le soir, alors que la nuit tombait elle avait aperçu la robe rouge qui se glissait le long des maisons.

Mina se conduisait mal. Mina, sans aucun doute, allait retrouver un homme. Au surplus, sur son passage, les gens du pays ne se gênaient pas pour se pousser du coude et pour éclater de rire.

La grosse Maria, la veille, avait traversé la rue et avait pénétré dans la cour de la gendarmerie où la mère de Mina mettait du linge à sécher sur des cordes.

Elle avait commencé :

— Il faut que je te dise, Flavie, que ta fille...

Et la femme édentée, sans se donner la peine de se retourner, avait lancé :

— Ne t'occupe donc pas de ma fille ! Elle vaut autant que les tiennes...

Voilà ce que la grosse Maria avait sur le cœur. Les choses n'en étaient pas restées là. Flavie, qui avait eu sa fille bien avant son mariage et que tout le monde connaissait à Ostende pour une traînée, avait prononcé des paroles presque haineuses.

— A bord, il y a peut-être un patron et des hommes qui obéissent. Mais ici, ce n'est pas la même chose. Je suis chez moi aussi. Autant que n'importe qui ! Ce que fait ou ce que ne fait pas ma fille ne regarde personne et ce n'est pas la peine de prendre des airs de gendarme...

Puis il avait été question de certains qui couchaient dans des écuries tandis que d'autres occupaient de belles maisons, de provisions que les uns pouvaient se payer tandis qu'un jour ou l'autre les pauvres gens crèveraient de faim.

Flavie grommelait des mots plus ou moins distincts qui faisaient allusion aux bateaux qu'il fallait sauver avant les humains parce que les bateaux représentent de l'argent tandis qu'on trouve toujours des matelots.

— Répète... criait la grosse Maria.

— Je répéterai si ça me plaît !

— Est-ce qu'on n'est pas allé chez toi chercher tes affaires, alors que les Allemands étaient tout près ?... Est-ce ma faute si tu n'as jamais eu d'ordre ni d'économie et si tu bois tout ce que ton mari gagne, plutôt que d'acheter des chaussures à tes enfants qui sont obligés d'aller nu-pieds ?...

Elle racontait tout cela, la grosse Maria, assise au bord du lit, tandis qu'Omer s'ébrouait en se lavant dans la cuvette, s'installait ensuite sur une chaise pour mettre à tremper ses pieds que les bottes faisaient enfler à chaque campagne.

— Il faudra la remettre à sa place... Dieu sait ce qu'elle raconte aux gens qu'elle amène dans la cour... Car il y a toujours plein de monde devant sa porte... Et, si Mina continue à courir les hommes, on ne dira pas que c'est elle, mais que ce sont toutes les filles de chez nous...

Elle observait de temps en temps son mari à la dérobée, étonnée de ne pas le voir s'indigner. Parfois il avait l'air de ne pas entendre et de poursuivre une rêverie intérieure.

— Est-ce que j'ai bien fait de lui dire...

Il la regarda avec de gros yeux surpris, mit un certain temps à rattraper le fil de la conversation et déclara gravement, avec une gravité un peu comique, car on sentait qu'il pensait à autre chose mais qu'il voulait lui faire plaisir :

— Tu as eu raison, Maria.

— Si elle est ici, elle et les autres, c'est tout de même grâce à toi...

Il s'essuyait les pieds et enfilait des chaussettes propres avec une satisfaction animale ; il se dressait et elle lui passait machinalement son linge, comme elle l'avait toujours fait.

Alors seulement elle sentit qu'il se passait dans sa tête des choses qu'elle ne comprenait pas et elle n'osa pas insister. Tout au plus lui demanda-t-elle :

— Tu crois que les Allemands viendront jusqu'ici ?

Il regardait par la fenêtre les fenêtres d'en face et il ne répondit pas.

— Certains prétendent que l'armistice sera signé avant...

Il ne répondit toujours pas et, quand elle descendit, ce fut pour chuchoter aux autres :

— Il faut que tout le monde soit très gentil avec Omer... Il a des idées qui le tracassent... Il pense trop... C'est lui qui porte toutes les responsabilités...

C'était la première fois qu'il se taisait ainsi avec elle. Est-ce qu'il avait une pensée de derrière la tête ? Est-ce qu'il prévoyait des malheurs auxquels les autres ne songeaient même pas ?

Car on ne sentait pas dans le village autant d'abattement qu'on aurait pu en attendre. On vivait au jour le jour, heure par heure. On se préoccupait surtout de manger, de la façon dont on s'arrangerait pour dormir.

Jamais le temps n'avait été aussi radieux des semaines de suite. Il n'y avait pas un nuage au ciel, pas une ride sur la mer et l'herbe des prés, luisante et grasse, restait immobile dans le soleil.

A peine rentré de la mer, Pietje, le comique, s'était assis sur le seuil de la gendarmerie, près du vieil infirme, à califourchon sur une chaise à fond de paille, et il jouait de l'harmonica, en gonflant et en dégonflant, pour faire rire les gosses, ses joues en caoutchouc.

Dans la maison Masson, on restait entre soi. Cela n'avait pas empêché la grosse Maria de donner des langes, des draps et du sucre à des femmes qui en manquaient.

En face, dans l'ancienne gendarmerie, et surtout dans la cour, c'était un va-et-vient continuel. Quand on ne se comprenait pas, on s'expliquait avec des gestes, avec des mots simples qu'on répétait à l'infini et des rires fusaient souvent.

Pour la première fois, certains des Ostendais allèrent au café et burent le vin blanc avec d'autres réfugiés, avec des gens du pays, et il y en eut qui rentrèrent en titubant un peu, parce qu'ils n'avaient pas l'habitude.

Omer, lui, ce soir-là, passa son temps à bêcher un bout de jardin et il avait toujours le même regard calme et réfléchi, mais comme sans flamme.

On n'osait pas le questionner. On respectait sa solitude. Les garçons ne dirent rien quand il annonça, en laissant ses sabots devant la porte de la cuisine et en allant se laver les mains au robinet :

— Demain, nous sortirons avec deux bateaux...

Il s'en alla avant le lever du soleil, avec seulement dix hommes dans sa camionnette. Ils accrochèrent un des filets à des fonds rocheux et ils furent des heures à travailler dessus pour le ramener à peu près intact.

Il y eut néanmoins quelques caisses de poisson qu'ils déposèrent une fois de plus à la mairie et que les gens s'arrachèrent littéralement des mains.

— Votre père est soucieux... disait la grosse Maria en soupirant.

Quand on lui parlait des nouvelles de la radio, il n'avait pas l'air d'écouter et il lui arrivait de hausser les épaules, comme si ces choses-là eussent été sans importance.

— *Ils* sont sur la Loire...

Il les regardait calmement.

— Le gouvernement s'est replié à Bordeaux et il est question qu'il passe en Afrique du Nord...

C'était exactement comme si Pietje avait joué de l'harmonica devant lui.

Des soldats commençaient à passer, par petits paquets, qui ne montaient pas vers le front mais qui en revenaient, sans armes, et qui cherchaient à acheter ou à emprunter des bicyclettes pour rentrer plus vite chez eux.

Il y en eut un du pays qui revint ainsi au village mais qui ne se montra pas, comme s'il avait eu honte, qui fut trois jours avant de reparaître, en civil, et à aller avec les autres aux bouchots.

Car on soignait toujours les bêtes et on entretenait les bouchots. La vie continuait, comme par la force acquise, et les Ostendais prenaient l'habitude de sortir chaque matin avec deux bateaux, de rapporter chaque soir du poisson.

C'était déjà considéré comme un dû. S'ils n'y étaient pas allés, sans doute aurait-on dit :

— Qu'est-ce qu'ils font donc ?

Des gens, ainsi que les Flamands l'avaient fait en arrivant, mais sur une plus petite échelle, parce qu'il n'y avait plus pour eux ni gendarmerie ni maison Masson, aménageaient leur coin, un peu comme les oiseaux façonnent leur nid, qui dans une cuisine, qui dans un coin de grange ou dans une bicoque en planches au fond d'un jardin. On les voyait aller et venir, coltinant de la paille, un vieux matelas, des ustensiles de cuisine dépareillés.

A ceux qui arrivaient encore, car il en venait toujours, on criait au passage de descendre plus bas, parce qu'il n'y avait plus de place, parce que parfois quinze personnes dormaient dans une même pièce dont il fallait laisser portes et fenêtres ouvertes à cause de l'odeur.

— Les Allemands sont à...

Des avions passaient, souvent en plein jour désormais, dont on essayait de distinguer la nationalité. On s'y trompait à tout coup. La Rochelle connaissait les alertes. Les sirènes hurlaient et la foule, au lieu de se mettre à l'abri, restait dans les rues et sur les places publiques, le nez en l'air.

Certains prétendaient qu'*ils* étaient à Tours...

Et si Omer changeait chaque jour les hommes de ses équipages, il prenait chaque jour la mer en personne, partait avant le lever du soleil au volant de sa camionnette que les gens du pays avaient appris à connaître. Au point que ceux de Nieul et de Marsilly la guettaient au retour, se groupaient pour l'arrêter au passage.

— Vous n'avez pas de poisson pour nous ?

Il en abandonnait une caisse par-ci par-là et vivait toujours une vie machinale. Maria n'osait plus lui parler de Mina et pourtant on l'avait vue, couchée au pied d'une haie, avec un garçon qui n'était autre que le Louis de la forge.

La grosse Maria évitait de lui confier les enfants, par peur des maladies.

Et la fille en rouge, à présent, rôdait Dieu sait où toute la journée, avec sa jupe déteinte comme un vieux drapeau et ses jambes maigres comme des bouts de bois. Est-ce que cela avait encore de l'importance ? Les Allemands approcheraient, qui violeraient les femmes et les filles, fusilleraient les hommes...

Qu'est-ce que les responsables faisaient, à Bordeaux et ailleurs, à changer de ministres et à former des gouvernements ?

Il n'y avait plus de trains. La gare était vide. On campait dans les écoles de La Rochelle comme dans celle de Charron et personne ne savait plus qui donnait les ordres ; il arrivait encore, dans les mairies, des circulaires qui n'avaient aucun rapport avec la situation et que Mlle Delaroche épinglait calmement les unes aux autres.

— Ils sont à Poitiers... Ils marchent sur Niort...

La radio affirmait le contraire. Les soldats, au Pont-du-Brault, ignoraient toujours ce qu'ils gardaient et ce qu'ils devaient faire si les Allemands se présentaient. Ils étaient dix, avec des uniformes incomplets, certains avec leurs pantalons de civils. Est-ce qu'ils devaient tirer ?

A tour de rôle, ils venaient au village chercher des bouteilles de vin blanc et des boîtes de maquereaux en conserve. On ne trouvait plus que cela dans le commerce. Les réfugiés, eux aussi, étaient au régime des maquereaux à la sauce tomate. Et des petits pois. Car on n'avait jamais vu autant de petits pois dans les potagers que cette année-là.

Un matin que les hommes étaient absents, la grosse Maria dut défendre sa maison contre des nouveaux venus, des gens d'en dessous de la Loire, qui voulaient absolument de la place et qui se montraient menaçants.

Elle leur montra les gosses, le nouveau-né. Avec ses doigts, elle dénombra les habitants de la maison et ils finirent par se laisser convaincre et par aller chercher abri ailleurs.

Le maire mourut alors que c'était une quasi-certitude que les Allemands occupaient Niort. Pourquoi n'avançaient-ils pas ? Qu'est-ce qu'ils attendaient pour franchir les quarante derniers kilomètres ?

On sentait leur présence, littéralement. Des gens les avaient vus, pouvaient les décrire. Or, ils n'avançaient plus. La guerre était comme en suspens. Était-ce vrai qu'il y avait des propositions d'armistice ?

Alors, qu'on se dépêche ! Et on se dépêchait d'enterrer le maire, parce que le lendemain ou le surlendemain il serait peut-être trop tard.

Les Charronnais étaient en noir. Beaucoup de vieilles portaient leur coiffe blanche. Les cloches sonnaient le glas et, en suivant le corps au cimetière, derrière l'église, on regardait malgré soi en l'air, dans le ciel d'un bleu serein, où un avion vrombissait.

Étaient-ce eux qui arrivaient ?

Les bateaux, à La Pallice, ne sortaient plus du port. On les avait groupés dans le bassin et Omer avait obtenu de laisser un homme à bord.

Il ne les abandonnait pas. Il n'était pas possible de les abandonner. Les marins à pompon rouge ne savaient pas plus que les soldats ce qu'ils devaient faire et parfois, en plein jour, on entendait le tac-tac d'une mitrailleuse, quelques hommes, derrière des sacs de sable, tiraient à tout hasard sur un avion qui les survolait.

On disait :

— Demain, sûrement...

Puis :

— Dans quelques heures...

Et on en arrivait à le souhaiter, parce que la tension était trop forte, parce qu'il fallait que cela finisse. Qu'est-ce qu'ils faisaient donc à Bordeaux ? Et qu'est-ce que les Allemands, à Niort, attendaient ?

Omer, chaussé de sabots de bois, les manches de sa chemise blanche ruisselantes de soleil, un chapeau de paille acheté chez Agat sur la tête, travaillait dans son jardin toute la journée et, aux repas, se montrait de plus en plus taciturne, tandis que la grosse Maria faisait signe aux autres de ne pas le déranger dans sa rêverie ou dans ses réflexions.

Un soir, à six heures, il y eut soudain un remous dans l'atmosphère et tout le village frémit. Une moto venait de passer à toute vitesse, avec un side-car, fonçant sur la grand-route, trouant l'air calme et laissant derrière elle un sillon de stupeur.

C'étaient des Allemands, deux Allemands. Personne n'avait imaginé que cela se passerait ainsi. A peine avait-on vu du gris, des casques mats et le tube d'une mitrailleuse. Ils étaient déjà dans le marais, roulant vers Esnandes, vers Marsilly, et les groupes se formaient dans la rue.

Trois des soldats du Pont-du-Brault, qui tenaient des bouteilles à bout de bras, ne savaient plus s'ils devaient encore aller rejoindre leurs camarades.

On avait à peine eu le temps de commenter l'événement que la moto revenait, que la foule s'écartait, que l'engin s'arrêtait à moins de dix mètres de la maison des Ostendais.

— Charron ? questionnaient les deux Allemands avec un fort accent.

Ils avaient le visage si plaqué de poussière que les yeux en paraissaient d'un blanc de porcelaine. Ils regardaient la foule sans curiosité, répétant :

— Charron ?

Puis, comme on leur faisait signe que oui, que c'était bien là, ils repartaient comme ils étaient venus cependant que la grosse Maria allait avertir Omer dans son jardin.

Ils n'arrivèrent qu'une heure plus tard, juste au moment de l'angélus, une centaine de motos du même type, avec des hommes au visage également terni par la poussière, ce qui les faisait paraître plus forts et d'une matière plus dure que les autres humains.

Ils virèrent, tous ensemble, comme à la manœuvre, devant la mairie, stoppèrent les moteurs cependant que les enfants étaient les premiers à oser s'approcher et que les grandes personnes se tenaient à distance.

On vit se dessiner sur le perron la silhouette blanche de Mlle Delaroche qui tenait une main sur son sein gauche. Un des motocyclistes marcha vers elle, un tout jeune, qui semblait cependant être le chef, et qui lui fit le salut militaire avant de lui parler.

Agat, le garde champêtre, était debout à quelques mètres. D'autres officiers ou sous-officiers s'approchaient et la foule regardait toujours ces uniformes inconnus, gris fer, ces hommes qui venaient de si loin et qui les observaient avec la même curiosité.

Mlle Delaroche ne comprenait pas ce que l'officier lui disait et l'officier s'impatientait visiblement. Il désignait ses hommes, la mairie, répétait sans cesse les mêmes mots, fumait de plus en plus nerveusement la cigarette qu'il venait d'allumer et regardait autour de lui avec une certaine inquiétude.

Est-ce qu'ils avaient peur ? Est-ce qu'ils soupçonnaient un piège ?

Un soldat de La Rochelle, un électricien que tout le monde connaissait, un de ceux du Pont-du-Brault, était là, au milieu des uniformes gris, avec son fusil en bandoulière et un litre de blanc dans la main gauche. Et personne, ni les Allemands, ni les Français, ne paraissait s'en apercevoir.

— Qu'est-ce qu'il dit ?

Mlle Delaroche faisait signe qu'elle ne comprenait rien, pas un mot, mais ses interlocuteurs ne la croyaient pas et il y avait de la tension dans l'air, certains visages devenaient menaçants.

— Agat... Si vous alliez chercher les Flamands ?...

Ne parlaient-ils pas à peu près la même langue ? Agat s'éloigna et courut à la maison Masson. Omer n'était pas sur son seuil, comme tant d'autres. Peut-être au prix d'un gros effort, il était resté dans son jardin, une binette à la main.

Il devina tout de suite de quoi il s'agissait et hésita, regarda les plates-bandes autour de lui, déposa son outil, faillit monter pour aller changer de costume.

Agat le pressait. On avait l'impression, si on ne leur donnait pas satisfaction, que les Allemands étaient sur le point de se fâcher. Et alors, Dieu sait à quelles extrémités ils se livreraient...

— Ta casquette, Omer... cria la grosse Maria.

Parce qu'elle trouvait qu'il avait plus de dignité avec sa casquette de marin qu'en chapeau de paille à large bord. Elle la lui apporta. Ils marchèrent le long de la route.

Et la foule, à ce moment-là, attendait tout de lui. On le suivait des yeux. On avait envie de l'encourager.

Les rangs, devant la mairie, s'ouvrirent pour le laisser passer et il s'avança dans l'espace libre, entre les motos, marcha droit au chef, à deux pas de qui il s'arrêta en prononçant quelques mots dans une langue que les autres ne connaissaient pas.

L'Allemand parla, lui aussi, avec volubilité. Omer se tourna vers Mlle Delaroche.

— Il demande... Il demande...

Les mots lui manquaient. Il cherchait comme un secours dans la foule et un autre Flamand, qui n'était pas de leur clan, un réfugié des derniers jours, se faufila entre les uniformes.

— Ils veulent un cantonnement pour cent vingt hommes... De la paille fraîche dans une salle avec un plancher... Pas de la pierre ni du ciment, mais un plancher... Et des chambres chez l'habitant, deux chambres pour les officiers et quatre pour les sous-officiers...

Un des Allemands, qui avait pénétré dans la mairie, en ressortait en expliquant que celle-ci faisait l'affaire. Il suffisait d'expulser les réfugiés, de changer la paille.

— Changer la paille... répétait Omer en flamand.

— Changer la paille... disait à son tour le réfugié qui parlait tant bien que mal les deux langues.

Et dans ce soir chaotique on vit les hommes du village, qui craignaient des représailles, apporter de la paille fraîche, entasser dehors, à grands coups de fourche, celle qui avait servi ; on vit des familles qui déménageaient une fois de plus et Omer, tout droit, dans un espace vide, qui écoutait, impassible, ce que lui disait le jeune officier.

7

Cela faisait un peu penser à une ville d'eau, à une station balnéaire, à un quelconque endroit de villégiature où il y a ceux qui passent, qui mangent à la table d'hôte, réclament des cartes postales qu'on les voit ensuite couvrir d'écriture à la terrasse, et ceux qui restent, qui ont leur table avec leur bouteille de vin ou d'eau minérale marquée à leur nom. Encore règne-t-il au-dessus d'eux ceux qui ont loué des villas pour la saison et, tout au sommet de la hiérarchie, ceux qui reviennent chaque année et qui appellent les gens du pays par leur prénom.

A Charron, dès le second jour, sans attendre l'annonce officielle de l'armistice, certains disparurent comme ils étaient venus, dont on ne garda pour tout souvenir que les litres vides, des boîtes de conserve et du linge déchiré que longtemps après encore on retrouvait dans la paille ; parfois des choses plus intimes et plus malpropres !

On avait beau leur répéter qu'il n'existait plus de ponts sur la Loire, que les Allemands arrêtaient les véhicules sur les routes, ils repartaient en auto, à vélo, n'importe comment, entreprenaient de refaire, à rebrousse-poil, le chemin qu'ils avaient parcouru pour venir, et leur grand souci était presque toujours de savoir si leur maison était restée debout, si on n'avait pas pillé leurs affaires.

On reçut des cartes postales, beaucoup plus tard, quand la poste fonctionna à nouveau, de gens sur le nom desquels on n'était déjà plus capable de mettre un visage.

D'autres, chaque matin, partaient à pied pour La Rochelle où ils s'agglutinaient aux milliers de personnes qui attendaient, des heures durant, dans l'espoir qu'un train se formerait et remonterait vers le nord.

Au village, des maisons, des tronçons de rue reprenaient leur visage d'antan.

Les Ostendais restaient.

Et c'était Omer que le commandant allemand réclamait quand il avait quelque chose à demander ou à faire savoir à la population.

Était-ce seulement parce que l'Ostendais pouvait à peu près le comprendre ? Omer, à l'aide de son petit dictionnaire, n'avait-il pas autant de peine que l'officier en aurait eu à se faire entendre de Mlle Delaroche ?

La raison de ce choix n'était-elle pas qu'il était grand et fort, et calme, d'un certain âge, et qu'il donnait une impression de solidité ? Ou encore qu'il ne se montrait ni hostile ni obséquieux ?

Le commandant avait établi son bureau dans la classe. Mlle Delaroche avait dû transférer celui de la mairie, où couchaient les hommes, dans un cagibi qui servait d'habitude à ranger les drapeaux et la pompe à incendie. On l'appelait pour lui dire :

— M. Omer, s'il vous plaît...

Et on allait chercher le Flamand, qui arrivait à grands pas lents et qui restait debout, écoutait en hochant la tête puis, chez Mlle Delaroche, compulsait son dictionnaire après avoir mis ses lunettes. On ne l'avait jamais vu avec des lunettes : elles contribuaient à le rendre plus grave, plus distant.

On s'habituait si bien à son rôle d'intermédiaire que les gens du pays allaient le trouver, eux aussi, lorsqu'ils avaient une demande quelconque à adresser aux occupants, de sorte que c'était le patron des Ostendais, en définitive, qui faisait figure de maire du pays.

Deux sous-officiers couchaient à l'ancienne gendarmerie, dans une chambre du devant qu'il avait fallu leur céder. Toutes fenêtres ouvertes, la plupart du temps le torse nu, ils vivaient là pour ainsi dire en public, s'asseyant sur le rebord de la fenêtre pour manger leur gamelle, hélant les enfants et leur donnant des biscuits ou des morceaux de chocolat.

Ils se lavaient dans la cour, se mettaient tout nus, puis faisaient leur gymnastique, et les femmes du fond les regardaient. Flavie, la mère de Mina, fut la première à les recevoir chez elle. Elle ne se donnait pas la peine de refermer la porte. Ils s'asseyaient dans la cuisine et on les voyait rire en buvant du café.

La grosse Maria se demandait comment Omer réagirait. Il devait savoir. Elle ne lui en parlait pas mais elle était à peu près sûre qu'il avait vu, lui aussi. Or, Omer n'y faisait pas allusion. Il était de plus en plus taciturne et, pendant une longue semaine encore, il passa le plus clair de ses journées à travailler dans son jardin avec autant d'acharnement que si le sort des siens en eût dépendu.

Des affiches en deux langues apparaissaient sur le panneau, devant la mairie, au sujet des armes, des réquisitions de bétail, puis il y en eut une au sujet des Belges qui étaient dans l'obligation de se faire inscrire. Les Flamands ne se présentèrent pas. C'était toujours comme si aucun règlement ne les eût concernés.

Le neuvième ou le dixième jour, Omer mit sa camionnette en marche, pour la première fois, et, accompagné d'un de ses fils, se dirigea vers La Rochelle. Il n'avait pas d'autorisation de circuler. Il ne possédait pas le triangle rouge que l'on commençait à distribuer pour les voitures qui avaient le droit de prendre la route.

On ne lui demanda rien. Et on le revit, calme et obstiné, dans tous les bureaux où on l'avait aperçu jadis, du temps des Français. C'étaient maintenant des Allemands qui les occupaient, qui le regardaient curieusement, l'écoutaient et ne savaient que lui répondre.

Car il était toujours question de ses bateaux. D'abord, puisque La Rochelle était envahi, tout comme Ostende, il demandait à rentrer chez lui avec ses chalutiers.

Ainsi que les Français l'avaient fait, les nouveaux téléphonaient et on commençait à constater que leurs rouages administratifs étaient tout aussi compliqués. Il existait deux ou trois « kommandantur » différentes. Il y en avait une à la mairie, où l'on distribuait des bons d'essence aux réfugiés belges qui voulaient repartir. Il y en avait une autre rue du Palais et une autre encore dans un hôtel particulier de la rue du Minage.

Omer passait sans attendre son tour et on le laissait passer. Il ouvrait son gros portefeuille, montrait ses papiers de bord.

Trois fois, quatre fois, il alla de la sorte à La Rochelle, sans se laisser décourager. Puis, quand il comprit qu'on ne le laisserait pas retourner en Belgique avec ses bateaux, il reprit son ancienne litanie.

Les chalutiers sont faits pour pêcher. Ils étaient des pêcheurs. Donc, il réclamait le droit d'aller en mer, le temps qu'on voudrait, mais d'aller en mer.

Et cela aussi prit près d'une semaine, car les services de l'occupant n'étaient pas encore organisés et personne n'acceptait de prendre des responsabilités.

A Charron, on se servait de lui tout en le regardant de travers. Surtout quand on le vit rentrer avec un triangle rouge sur le pare-brise de sa camionnette. On venait lui demander :

— Comment s'y prend-on pour obtenir une autorisation de circuler ?

Il donnait l'adresse des bureaux. Les gens s'y rendaient et revenaient bredouilles. Pourquoi les Ostendais obtenaient-ils ce qu'on refusait aux autres ?

Et pourquoi était-ce toujours Omer que le commandant allemand réclamait quand il avait une communication à faire ?

Quelques-uns des hommes partirent, un matin, car il était interdit de circuler la nuit, et deux des cinq chalutiers levèrent l'ancre. Ils rentrèrent le soir avec un peu de poisson et une partie fut réservée, comme c'était devenu une habitude, à la population du bourg.

On se demandait si les Ostendais allaient en distribuer aux Allemands aussi. Ils n'en donnèrent pas.

Dès lors, ce fut une routine. Les hommes partaient, jamais tous ensemble, car une partie de la flottille seulement prenait la mer. Omer les accompagnait toujours. Il avait obtenu un laissez-passer de nuit, afin de pouvoir profiter des différentes marées.

Des trains recommençaient à circuler. Les villages se vidaient toujours davantage. Les Allemands de Charron s'en allèrent un beau matin dans la direction du sud et on fut une semaine sans apercevoir d'uniformes, après quoi on vit arriver des soldats avec des chevaux qui réquisitionnèrent les écuries et les étables.

Ceux-là aussi, tout de suite, furent en quelque sorte attirés par les Flamands et le soir la fille en rouge se promena le long de la route, une fleur entre les lèvres, avec un sous-officier.

Cette fois, la grosse Maria fut incapable de se taire.

— Je ne sais pas, Omer, si tu as remarqué que Mina...

Elle voyait bien, à ses yeux, qu'il savait. Mais elle voyait bien aussi qu'il ne voulait pas en parler et elle se demandait pourquoi.

— Il y a toujours les Allemands dans la cuisine de sa mère... On dirait que Flavie le fait exprès...

Ne répondit-il pas quelque chose dans le genre de :

— Ce sont des hommes comme les autres, n'est-ce pas ?

C'était si inattendu que la grosse Maria n'en crut pas ses oreilles et qu'elle en resta troublée pendant des heures. Que pouvait-il se passer dans la tête de son Omer ?

A La Pallice, les Allemands avaient tendu des barbelés autour des bassins et il fallait un papier spécial pour les franchir. Omer avait son papier dans son portefeuille. Une fois qu'avec sa camionnette il sortait de la zone interdite, un Français cracha par terre et grommela :

— Salaud...

Les Flamands comprirent. Le fils d'Omer rougit, fit un mouvement comme pour sauter en bas de la voiture mais Omer, lui, ne broncha pas. Seulement ses yeux devinrent plus durs.

Maria se demandait parfois s'il n'était pas malade. Il faisait penser à quelqu'un qui couve une maladie. Quand il était dans la maison une journée entière, il ne savait où mettre son grand corps et il était rare de le voir s'amuser avec les enfants comme il le faisait autrefois. Il ne jouait plus aux cartes non plus et, depuis qu'il avait repris la mer, il ne s'occupait plus du tout de son jardin.

Certains avaient cru un instant qu'avec l'armistice c'était la fin de la guerre, mais celle-ci continuait avec les Anglais. Des avions de la Royal Air Force prenaient l'habitude de venir la nuit survoler La Rochelle et La Pallice et on entendait pendant des heures le tir de la D.C.A.

Omer et ses hommes pêchaient, avec deux bateaux d'abord, puis avec trois, avec quatre. Ils allaient toujours un peu plus loin, revenaient avec davantage de poisson qu'ils portaient aux Halles et dont ils ne manquaient pas de réserver une part, comme une dîme, aux gens de Charron.

Les troupes étaient reparties et il en était encore venu d'autres qui, celles-ci, semblaient vouloir se fixer. Un major parla de réquisitionner la maison Masson qui lui convenait. Toute une journée, on crut qu'il allait s'y installer mais, quand Omer revint, il n'eut besoin que de quelques minutes de conversation pour le faire renoncer à son projet.

Qu'est-ce que l'Ostendais lui avait dit ? Et pourquoi était-ce la femme de l'ancien notaire, une vieille personne seule et peureuse, qui devait loger l'officier et son ordonnance ?

Il n'y avait plus de doute maintenant que Mina courait avec les Boches. Elle ne se cachait même pas. On aurait dit qu'elle était toute fière de se promener en compagnie d'un sous-officier et peu lui importait si le sous-officier changeait chaque semaine.

Louis, le forgeron, parlait de lui casser la gueule, de lui couper les cheveux à ras pour lui apprendre à vivre.

— T'as couché avec elle ?

— Bien sûr... répondait-il.

La vérité, c'est qu'il n'avait pas osé, qu'il enrageait maintenant de voir que les Allemands n'avaient pas les mêmes scrupules que lui.

— Sa mère en fait autant...

C'était probable. Il y avait trop de soldats à se succéder dans la cuisine de la femme aux dents qui manquaient. Qu'est-ce qui pouvait les attirer chez Flavie, sinon qu'elle leur accordait tout ce qu'ils désiraient ? Et pourquoi, alors qu'elle laissait longtemps sa porte ouverte, qu'on les voyait rire et manger à l'intérieur, éprouvait-elle tout à coup le besoin de la refermer et de tirer le rideau après avoir envoyé les enfants dehors ?

Omer ne pouvait pas l'ignorer et Omer se taisait. La grosse Maria s'en rongeait les sangs, évitait de mettre les pieds dans la cour de l'ancienne gendarmerie. La porte de la maison Masson était interdite à Mina, qui n'avait plus le droit de promener « les enfants de devant » et à qui cela était bien égal.

Un dimanche matin, chez les Flamands, on attendait les hommes qui auraient déjà dû être rentrés de la mer. La grosse Maria et ses filles étaient habillées pour la messe et, fait étrange, Maria hésitait à quitter la maison, comme si elle avait le pressentiment que quelque chose se produirait pendant son absence.

C'était la première fois, depuis ses couches, que la jeune Maria allait à la messe. Bien qu'un peu pâle, elle avait bonne mine. Avant de partir, elle dégrafa sa robe de soie pour donner le sein à son fils, puis demanda :

— Tu viens, maman ?

Elles partirent, ne laissant qu'une femme à la maison, et pendant toute la messe la grosse Maria tressaillait et se retournait machinalement chaque fois qu'elle entendait sur la route le passage d'une voiture.

Il s'était mis à pleuvoir. Alors qu'il n'était pas tombé une goutte d'eau pendant les semaines qui avaient précédé l'arrivée des Allemands à Charron, il pleuvait maintenant deux jours sur trois et il était bien rare d'apercevoir le soleil.

La messe était longue, chantée par les jeunes filles groupées autour de l'harmonium que tenait Mlle Delaroche. N'est-ce pas à Mina et à sa mère que le curé fit allusion, dans son sermon, quand il parla de la dignité que l'on devait garder devant l'occupant ? Surtout les femmes, insistait-il...

Et on ne se gênait pas pour se retourner vers le banc des Ostendaises qui finissaient, sinon par tout comprendre, tout au moins par deviner. La grosse Maria, très rouge, respirait difficilement. La jeune Maria pleurait dans ses mains, sans trop savoir pourquoi. Heureusement qu'il faisait sombre dans l'église.

La sonnette grêle de l'enfant de chœur tintait. Tous les fidèles s'agenouillaient dans un bruit de chaises remuées.

Et voilà qu'au moment de l'élévation, on entendait du bruit au fond de la nef. La porte s'était ouverte et des gens entraient ; des pas lourds, traînants.

La sonnette tintait à nouveau. Les têtes se courbaient. Le prêtre élevait l'hostie, puis le ciboire au-dessus de sa tête.

La grosse Maria aurait juré qu'elle avait entendu à ce moment-là un sanglot rauque, un sanglot d'homme fort et corpulent.

Quand elle put se retourner enfin, elle constata que ses hommes étaient là, agenouillés sur les dalles, tête nue, dans leur costume de mer au fond de l'église.

Alors, son pressentiment la vrilla de plus belle. Elle eut la certitude qu'un malheur était arrivé. Elle chercha Omer des yeux et vit que le hâle avait disparu de son visage, qu'il était aussi pâle qu'un homme des villes.

Elle n'osa pas bouger. Elle se sentait comme prisonnière dans son banc. Ses filles, à leur tour, et ses belles-filles, tournaient la tête. Un des enfants questionnait à voix haute :

— Qu'est-ce qu'il y a ?

La communion... L'*Ite missa est*... La délivrance enfin, les pas des fidèles, la grosse Maria qui s'élançait la première, qui ne pouvait s'empêcher, devant l'Omer tragique qui venait de se redresser, de lancer de sa grosse voix :

— Que s'est-il passé ?

Puis, tout de suite, découvrant comme un vide dans les rangs des hommes :

— Où est Frans ?... Où sont...

La foule des fidèles les poussait dehors et ils se retrouvèrent sur le parvis, formant un groupe serré autour de la haute stature d'Omer qui ouvrait la bouche et qui prononçait, après un temps mort, comme s'il avait eu de la peine à retrouver sa voix :

— Le *Leeuw van Vlaanderen* a sauté sur une mine, ce matin, à cinq heures...

Tous les hommes qui étaient là avaient assisté au drame. Ils n'étaient pas loin du chalutier. A travers le rideau de pluie et de brume, ils pouvaient apercevoir la ligne basse de la côte, les hautes cheminées de La Pallice.

Les bateaux, à quelques encablures les uns des autres, retiraient leurs filets. Dans une heure au plus ils seraient au port et ce serait le dimanche familial, les œufs au lard du matin, le linge propre, les bons vêtements qu'on endosserait après un petit somme bercé par la voix des enfants dans la maison.

On avait entendu l'explosion. Seul Pietje, avant même de percevoir le bruit, avait vu une fumée et comme une gerbe d'eau qui s'élevait au flanc du *Leeuw van Vlaanderen*.

Les hommes, à cause du froid de la nuit, du froid de l'eau salée dont ils ruisselaient, avaient leurs lourdes bottes, leurs pantalons cirés, leurs suroîts.

Il y en avait un, on ne pouvait pas savoir lequel, qui s'était maintenu sur la mer assez longtemps, pendant que le bateau se retournait avec lenteur puis s'enfonçait par son avant.

Et les gens de Charron, à présent, leur missel à la main, les regardaient sans comprendre. Omer maintenait la grosse Maria debout en la tenant sous le bras. La jeune Maria sanglotait dans les bras de sa sœur et c'était pour elle qu'on craignait le plus, car elle n'avait pas repris toutes ses forces.

Soudain, écarquillant les yeux, elle questionna :

— Louis ?...

Il aurait dû être là. Louis Van Hasselt ne faisait pas partie de l'équipage du *Leeuw van Vlaanderen* car, d'habitude, il commandait en second la *Jonghe Maria*.

— Courage, Maria...

— Louis ?... répétait-elle.

Eh oui !... Parce que le moteur du *Leeuw van Vlaanderen* avait des ratés, Louis, qui était le meilleur mécanicien, avait, cette nuit-là, changé de bateau.

Maria hurlait. Elle hurlait comme un chien hurle à la mort, en fixant la foule sans la voir, et on dut l'emporter, gigotante, entre deux hommes, la transporter dans la maison tandis que, du dehors, on continuait à entendre ses cris perçants.

Six hommes étaient morts, du clan des Ostendais. Il y avait des deuils chez eux aussi. La nouvelle faisait peu à peu le tour du village. Est-ce qu'on devait les laisser en paix ou fallait-il aller leur présenter des condoléances ?

Il n'y aurait même pas d'enterrement, à moins que, dans quelques jours, la mer rejette les corps, comme cela arrivait souvent, et, dans ce cas, on les retrouverait sans doute dans les bouchots, tout au fond de la baie de l'Aiguillon, là où les courants amenaient les épaves.

Mlle Delaroche fut la première à sonner chez les Ostendais et à balbutier quelques mots. Ils étaient réunis pour la plupart dans la première pièce, toujours dans leurs vêtements du dimanche. Les femmes avaient les yeux rouges et tenaient des mouchoirs roulés en boule dans le creux de leur main. Il flottait une légère odeur d'alcool et on apercevait un cruchon de genièvre qu'on avait dû déboucher pour se remonter.

D'autres vinrent, si bien qu'on laissa la porte contre. On entrait. Les Flamandes formaient un cercle presque parfait autour de la table.

On leur touchait le bout des doigts. On balbutiait quelques mots, n'importe lesquels — cela n'avait pas d'importance, puisqu'elles ne comprenaient pas —, et on restait un petit moment tête basse, avec un air de componction.

Elles reniflaient, disaient *Dank u* avec un pauvre sourire et les gens s'en allaient, croisaient d'autres visiteurs dans le corridor.

Par qui le major allemand fut-il averti ? Toujours est-il qu'il se dérangea, lui aussi. Il fit comme les autres, chercha Omer des yeux, mais Omer ne se montra pas de toute la journée, qu'il passa seul dans sa chambre dont, parfois, la grosse Maria entrouvrait timidement la porte pour s'assurer qu'il ne lui était rien arrivé.

Petit à petit, le silence devint moins religieux. On osa chuchoter. On regardait encore le plafond avec crainte, mais les voix devenaient de plus en plus distinctes. On mangea aussi. Et, comme il y avait une éclaircie, on envoya les enfants se promener sur la route sous la garde d'une des filles.

Ce n'était pas une veillée funèbre comme les autres, parce que les corps manquaient. Et cela faisait un vide énorme dans la maison. On avait tout le temps envie d'interpeller les absents, comme s'ils eussent été là. On avait administré un fort calmant à la jeune Maria qui s'était enfin endormie et qui rêvait tout haut, comme une enfant. Et même dans son sommeil ses paupières laissaient parfois jaillir une grosse larme.

Omer n'avait pas mangé. Pendant des heures, il était resté couché sur son lit, comme le jour de la reddition de l'armée belge, à fixer le plafond.

Puis il marcha de long en large et les autres, en bas, suivaient ses allées et venues, l'oreille tendue.

Quand il descendit, il était sept heures du soir et tout le monde était à table, la soupière fumait au milieu des assiettes à fleurs.

Il ne s'était pas rasé. Il s'était contenté de passer un vieux pantalon et un chandail bleu. Il n'avait pas sa pipe aux dents, comme d'habitude.

Chose surprenante, ce fut le vieil oncle Claes et non la grosse Maria qu'il regarda comme pour lui demander conseil.

Debout, alors que tous les autres étaient assis et attendaient en silence, il parla. Quelques paroles, seulement, dont on aurait juré qu'il avait hâte de se débarrasser.

Il avait perdu un fils et un gendre, mais il lui restait deux autres fils, qui étaient là, leurs yeux fixés sur son visage. Ce fut à celui qui devenait l'aîné, maintenant que Frans était mort, c'est-à-dire à Hubert, marié, lui aussi, qu'il s'adressa personnellement.

— Il faudra prévenir les hommes que nous prendrons la mer à la marée de nuit.

C'était tout. Il ne voulait pas entendre poser de questions. Il ne voulait pas de commentaires. La preuve, c'est qu'il s'asseyait à sa place, comme de coutume, saisissait sa serviette et prononçait, en se tournant vers sa femme, le quasi rituel :

— Qu'est-ce qu'il y a à manger ?

Son regard, qui faisait le tour des visages, leur ordonnait à tous de faire comme si rien ne s'était passé, de manger en paix, de remettre les effusions à plus tard.

Hubert avait baissé la tête sur son assiette. Sa femme, qui n'avait jamais été très bien portante, n'était plus capable d'avaler une bouchée et, tout le temps du repas, elle le regarda fixement comme si elle ne devait plus jamais le revoir.

Est-ce que le vieil invalide avait compris ? C'était Omer, lui, qu'il regardait, et, malgré le vide habituel de son regard, on avait l'impression qu'il était content, qu'il approuvait.

A dix heures, Omer dit aux femmes :

— Il est l'heure d'aller vous coucher.

Car il devinait leur intention d'attendre leur départ pour leur dire au revoir. Il ne fallait pas. Cela devait se passer comme à l'ordinaire. Ils étaient des pêcheurs et ils allaient pêcher.

Il monta dans sa chambre pour se changer. Il comprit bien que la grosse Maria pleurait sous les draps et il se contenta de l'embrasser au front.

— Au revoir, Maria.

Un sanglot, au moment où il refermait la porte. Il hésita, la main sur le bouton, puis haussa les épaules, descendit, remplit sa blague de tabac, fit tous les menus gestes qu'il faisait chaque fois qu'il prenait la mer.

Les femmes avaient oublié de fermer les volets. Le jour n'était pas tout à fait tombé. Il pleuvait fin. Omer, debout dans la salle à manger, aperçut, au moment où il frottait une allumette pour sa pipe, une silhouette rouge qui se glissait le long du mur blanc d'en face.

C'était Mina qui s'échappait pour aller courir le mâle, comme les chiennes en chaleur, et qu'un soldat allemand, peut-être un sous-officier, devait attendre au coin d'un chemin.

Quand il se retourna, Hubert était debout derrière lui, qui avait vu comme lui et qui serrait les poings de rage. Est-ce que Hubert avait eu un mouvement pour courir après la petite Flamande et l'empêcher de les salir davantage ?

Omer prononça tranquillement :

— Laisse, fils.

Puis, son suroît à la main, il se dirigea vers la cour où les hommes étaient groupés, silencieux, autour de la camionnette.

Ils durent attendre plus de deux heures, à La Pallice, pour appareiller, à cause d'une alerte. La D.C.A. donnait. La nuit était sillonnée de balles traçantes et de fusées. Un réservoir d'essence flambait du côté de Nieul. Des avions bourdonnaient là-haut dans les nuages que les projecteurs s'efforçaient de percer.

Les Ostendais attendaient, accoudés à la rambarde, le signal de fin d'alerte, et alors on entendit le bruit mou des aussières sur la tôle du pont, le ronron régulier des diesels.

Omer, à la barre de l'*Onkel Claes*, partait le premier et les autres le suivaient, noirs dans la nuit, vers la passe de Chassiron au large de laquelle ils mouilleraient leur chalut.

A deux heures du matin, la jeune Maria fit une crise si effrayante que sa mère envoya une des filles à la mairie pour téléphoner à un médecin. Mlle Delaroche se leva, tourna elle-même la manivelle du téléphone. Mais, à cause de l'alerte, celui-ci ne fonctionnait pas.

Un des Allemands, réveillé par le bruit, pénétra dans le cagibi où l'institutrice croisa peureusement sa robe de chambre sur sa poitrine.

Comprit-il ce qu'on lui disait ? Il sortit, revint quelques instants plus tard avec le major qu'on trouvait, au milieu de la nuit, tout habillé et aussi correct qu'en plein jour. Sans doute ne s'était-il pas couché ?

Il accompagna Emma chez les Flamands. Il dit, chemin faisant :

— C'est un grand malheur, n'est-ce pas ?

Et il y avait dans sa voix la même gravité, le même mystère que dans celle d'Omer. Est-ce que tous les deux pensaient à des choses que les autres n'entrevoyaient pas ?

On ne pouvait pas savoir si le grand malheur c'était la guerre, ou si c'était la mort de quelques pêcheurs, du mari de la jeune Maria qui venait de mettre au monde un bébé.

Il attendit dans le corridor qu'on lui permît de monter, car les femmes, qui n'étaient pas habillées, s'affolaient dans les chambres.

Il soigna Maria, lui donna un médicament à prendre. Au moment de partir, il dit à nouveau, cette fois à la grosse Maria qui le reconduisait :

— C'est un grand malheur, n'est-ce pas ?

Et c'était peut-être à l'avenir qu'il pensait, comme Omer. Tous les deux semblaient regarder très loin dans le temps. Leur calme faisait peur, leur gravité était si pesante qu'on pressentait confusément des catastrophes auprès desquelles les drames présents n'étaient rien.

— Qu'est-ce qu'il a voulu dire ?

— Je ne sais pas.

Les deux hommes, le Belge et l'Allemand, n'avaient pas peur, ce n'était pas l'impression qu'ils donnaient. Ils faisaient ce qu'ils avaient à faire. Omer avait repris la mer avec ses bateaux et ses équipages. On sentait qu'il continuerait jusqu'au bout, quoi qu'il arrive.

C'était, chez eux, comme une résignation lourde, consciente. Ils ne fonçaient pas vers l'inconnu, à la façon de ceux qu'on avait vus s'égailler sur les routes dès l'annonce de l'armistice et qui se figuraient déjà que c'était fini.

L'Allemand avait encore dit — et sur le moment Emma n'y avait pas prêté attention :

— La guerre commence, mademoiselle...

Il y eut de la lumière toute la nuit dans la chambre de la jeune Maria qu'on dut réveiller quand vint l'heure de donner le sein au bébé. Elle n'était plus pleinement consciente. La drogue l'avait abrutie. Sa langue était empâtée et elle regardait avec étonnement ces gens qui s'agitaient autour d'elle.

— La guerre commence, mademoiselle...

Mina ne rentra pas, cette nuit-là. Où coucha-t-elle ? Au petit jour, elle se glissa à nouveau le long des maisons du village et elle marcha plus vite, fit même quelques pas en courant quand un homme qui venait de se lever et qui préparait son café ouvrit sa fenêtre pour lui crier :

— Putain...

Sa robe mouillée lui collait à la peau et elle avait de la boue jusqu'à mi-jambes, à moins que ce fût le purin de quelque étable où elle avait échoué avec un mâle en uniforme.

Dans la cour, au moment de rentrer chez elle, elle fut prise de panique et resta longtemps collée au mur, sans bouger, sous la pluie, à fixer les rideaux de la fenêtre.

Puis vint l'heure du réveil et sa mère ouvrit la porte.

— Tu étais là, espèce d'ordure ?

Mina passa vite, en levant le bras d'un geste machinal pour parer les coups. Elle reçut quand même une gifle, alla s'affaler dans un coin, par terre, près du lit de ses petits frères, d'où Flavie la délogea à coups de pied.

— Tu ferais mieux d'aller tirer de l'eau au puits...

Elle sentait l'homme. Il y avait de la paille dans ses cheveux, mais sa mère n'y pensait déjà plus.

Elle dit seulement, un peu plus tard, quand la gamine revint avec un seau d'eau, après avoir fait crier la chaîne du puits :

— Je parie que si ton père était resté au fond de l'eau avec les autres, tu serais allée courir quand même...

Ce fut tout.

Les gens de derrière, les gens de la cour, commençaient, dans le jour gris, leur vie monotone, et désormais, d'un côté de la route comme de l'autre, on parlait déjà au passé des hommes qui n'étaient pas revenus, on commençait à distribuer leurs affaires, parce qu'un bon pantalon est un bon pantalon et qu'une chaîne de montre est un objet qui revient de droit à Untel ou à Untel quand son propriétaire n'est plus.

8

La grosse Maria avait chaque jour davantage l'impression que quelque chose était changé dans le comportement d'Omer, dans son humeur, peut-être dans sa santé, et elle s'en inquiétait d'autant plus qu'elle n'osait pas se confier à ses filles ni à personne.

Elle s'efforçait de se faire une raison en se disant :

— C'est le moral...

Car, quand les hommes se mettent à penser de la sorte du matin au soir, ce n'est jamais bon. Il y avait dans sa tête des idées qui le tracassaient, et elle avait beau l'observer sans en avoir l'air, elle ne parvenait pas à les deviner.

Cette simple question, par exemple : depuis trente-six ans qu'ils étaient mariés, Omer ne faisait jamais rien sans la consulter ; même quand il s'agissait de la mer, de son métier ; il ne lui en parlait pas avec l'air de lui demander conseil, bien entendu, parce que c'était un homme ; mais il avait une façon à lui de tourner autour d'elle avant de murmurer, comme sans y toucher :

— Je crois que je vais prendre un nouveau mécanicien...

— Un mécanicien de plus ?

— Un mécanicien de plus... On m'a parlé d'un brave garçon, le jeune Snyers, qui sort de l'école des Arts et Métiers...

Pour tout comme ça. A ces moments-là, il l'appelait plus souvent maman que Maria, comme quand les enfants étaient petits. Si elle ne réagissait pas tout de suite, il savait qu'elle était d'accord. Sinon elle ne manquait pas de s'écrier :

— Tu crois vraiment que tu vas faire ça, Omer ?

Or, depuis quelque temps, il ne lui parlait pour ainsi dire plus. Qu'il aille à la mer, malgré le danger des mines, elle pouvait le comprendre. Ils étaient des pêcheurs et les pêcheurs n'ont pas à s'inquiéter de savoir s'ils courent plus ou moins de risques, puisque c'est leur métier. Autrement, les gens ne mangeraient plus de poisson.

Mais pourquoi y aller quasiment tous les jours, au point que certains de ses hommes n'étaient pas contents et commençaient à en parler derrière son dos ? Et pourquoi toujours lui, même quand la plupart des bateaux restaient au port ?

Dans la maison, il n'était nulle part dans son assiette. C'était rare de le voir rester quelques minutes dans son fauteuil d'osier. Il est vrai qu'il n'avait pas, comme à Ostende, son journal en flamand à lire le soir. Il ne s'occupait plus du tout du jardin et, si les femmes ne l'avaient pas arrosé, si elles n'avaient pas passé des heures, accroupies, à arracher les mauvaises herbes, tout ce qu'il avait semé et planté aurait été perdu.

Il y avait autre chose, dont la grosse Maria n'aurait parlé à personne pour tout l'or du monde. Elle avait entendu dire, dans la boutique d'Agat, où maintenant elle faisait son marché, que les Ostendais recevaient beaucoup plus de mazout des Allemands que les autres pêcheurs. Si elle ne parlait pas encore le français, ses oreilles avaient fini par s'habituer, elle comprenait bien des mots et, ce qu'elle ne comprenait pas, il lui arrivait de le deviner.

Un jour qu'elle s'était rendue à La Rochelle par l'autobus pour des achats et qu'avec sa fille Emma elle passait devant le café qui est tout près de la Grosse Horloge, sur le quai, elle avait tourné machinalement la tête et elle était sûre d'avoir reconnu Omer à l'intérieur, tout au fond, presque dans l'ombre. Elle aurait juré qu'Omer l'avait vue et s'était détourné.

Il n'était pas seul. Avec lui, à la même table, sur laquelle il y avait plusieurs verres, se trouvaient deux officiers allemands.

Les bateaux avaient dû rentrer plus tôt que prévu. D'habitude, Omer ne mettait pas les pieds au café. Il n'y avait, à Ostende, qu'un estaminet, dans le port, où il allait de temps en temps pour retrouver des amis et discuter avec eux, et ce n'était pas un de ces bistrots où l'on voit des ivrognes, c'était tenu par un brave homme, lui-même propriétaire de bateaux.

Quand il rentra le soir, Omer ne lui dit rien. Il fit comme s'il n'y avait rien eu. Pourtant, elle lança, pour voir :

— Je suis allée à La Rochelle cet après-midi...

Il aurait pu répondre :

— Je sais...

Ou encore :

— Je t'ai vue...

Au lieu de cela, il fit l'étonné.

La grosse Maria devint encore plus inquiète avec l'histoire de Pipke. Pipke, c'était le mari de Flavie, le père de Mina, un pauvre homme, tout le monde le savait, et c'est pour cela qu'on ne lui en voulait pas. Il était un peu plus petit qu'Omer mais plus large, plus dru et plus fort. C'était le plus fort de tous, tellement fort qu'on avait peur de le mettre en colère. Heureusement que cela lui arrivait rarement.

D'habitude, il était doux, ou plutôt comme endormi. On lui demandait à brûle-pourpoint :

— A quoi penses-tu, Pipke ?

Et il vous regardait d'un air étonné. Sans doute qu'il ne pensait pas. A l'école, déjà, il était comme ça sur son banc et les maîtres, aussi bien que les élèves, se moquaient de lui.

— Ce n'est pas sa faute, n'est-ce pas ? Il lui manque quelque chose.

Quelque chose dans la tête. Il n'était pas fin. Il lui fallait du temps pour comprendre. Puis encore du temps pour chercher ses mots, qu'il prononçait drôlement, à cause d'un bec-de-lièvre.

On avait organisé des trains spéciaux pour rapatrier les réfugiés belges. Il en était déjà parti sept ou huit. On en annonçait d'autres. La grosse Maria avait dit à Omer, comme elle aurait parlé de n'importe quoi :

— Si seulement on pouvait faire partir Flavie et sa fille...

Ce serait un bon débarras. Cela vaudrait mieux pour tout le monde. Maria ne voulait même plus mettre les pieds dans la cour où on risquait toujours de tomber sur les Boches qui étaient là comme chez eux. Si elle avait adressé la parole à Flavie, elle savait bien qu'elle aurait été reçue par des injures.

Omer avait fait semblant, une fois encore, de ne pas entendre. Cela lui était-il égal que des Ostendaises se conduisent comme Mina et sa mère se conduisaient et que les gens du pays les mettent toutes dans le même sac ?

Maria ne sut jamais ce qui s'était passé avec Pipke ; elle en devina une bonne partie et elle comprit de moins en moins, elle en arriva à envisager de faire venir un docteur sans avertir personne afin d'examiner Omer à son insu.

Ce fut le jour où Omer alla pour la dernière fois porter du poisson au centre d'accueil de La Rochelle. Pendant tout le chemin du retour, à bord, tandis que les hommes lavaient le poisson et le rangeaient dans les caisses, entre les couches de glace, Omer, qui tenait la barre, avait hésité à appeler Pipke auprès de lui pour lui parler.

D'abord, chacun avait sa place, son travail. Ensuite, justement à cause de cela, tout le monde remarquerait leur conversation. Et c'était une conversation difficile, surtout avec un homme comme Pipke.

D'autant plus qu'Omer, si catégorique et si sûr de lui pour certaines choses, devenait maladroit quand il fallait aborder d'autres sujets. Il attendit d'être à terre, et, au lieu de prendre un de ses fils avec lui dans la camionnette pour se rendre à La Rochelle, il y fit monter le mari de Flavie.

Quand ils approchèrent du centre d'accueil, il pleuvait et ils virent de loin Mme Berthe qui emmenait vers la gare un groupe de pauvres gens chargés de bagages. C'étaient ses derniers pensionnaires et cela faisait un drôle d'effet de la voir, en blouse blanche sous un parapluie, avec son voile bleu, comme une bonne sœur qui conduit les enfants à la promenade.

Il ne restait, autour des baraquements, que des lambeaux de barrières, car les réfugiés, pour faire leur cuisine, avaient brûlé tout ce qui pouvait se brûler. Les baraques, pourtant, portes ouvertes, fenêtres démantibulées, n'étaient pas vides. Par-ci par-là il restait de petits groupes, des familles, des enfants. Mais ceux-là, hommes et femmes, minables et sales, étaient de ceux qui auraient vécu de la même manière n'importe où, avec leur crasse, leurs guenilles, leur tranquille effronterie, et leur seule présence faisait ressembler à la « zone » des grandes villes ce qui avait été le camp des réfugiés.

Il y avait quelques Flamands parmi eux, des Flamands d'Anvers auxquels Omer ne répondit même pas. Il déposa ses poissons sans mot dire. Un objet brillait faiblement dans la boue, parmi les détritus, et il se baissa, ramassa une petite médaille de la Vierge, en argent, qui avait dû être suspendue au cou d'un enfant et qu'il essuya avec soin avant de la glisser dans sa poche.

Pipke ignorait toujours pourquoi le patron l'avait emmené avec lui. Peut-être ne se posait-il pas la question ? Il dut cependant être surpris quand Omer arrêta la camionnette devant le café, près de la Grosse Horloge, et lui fit signe de le suivre à l'intérieur.

— Assieds-toi, Pipke... Qu'est-ce que tu bois ?

A croire qu'Omer, au fond, avait toujours été un timide. Il choquait son verre contre celui du matelot, s'essuyait lentement la bouche.

— Je me demande, Pipke, s'il n'y en a pas qui devraient profiter des trains spéciaux pour rentrer à Ostende...

Pipke le regardait, étonné, et le patron craignait déjà d'avoir été trop vite.

— On ne peut évidemment pas partir tous ensemble, à cause des bateaux...

Quelles pensées pouvait ruminer le colosse au bec-de-lièvre ? Son front se plissait. Son regard se durcissait.

Est-ce que, par hasard, il savait ? Tout le monde était persuadé qu'il était trop bête pour s'être aperçu de quelque chose, qu'autrement on aurait entendu depuis longtemps un drôle de bruit dans le fond de la cour.

— Je ne fais plus votre affaire, *baes* ?

Et Omer rougissait, tirait sur sa pipe.

— Est-ce que je t'ai dit ça ?... Est-ce que j'ai hésité un instant à t'emmener avec nous et à aller chercher ta famille ?...

Ce fut pénible. Pas très net. Il était difficile de savoir ce que Pipke pensait. Il y eut en outre un incident, auquel Omer aurait dû s'attendre. Il avait commis une faute en choisissant ce café, où il était venu plus souvent que la grosse Maria ne se le figurait.

Un sous-officier allemand traversa la salle et, s'approchant de la table, tendit la main à Omer, qui la serra d'un air gêné. On eut l'impression que l'Allemand allait s'asseoir à leur table, mais sans doute que l'attitude de l'Ostendais lui fit comprendre qu'il valait mieux s'abstenir.

Le regard de Pipke ne perdit rien de cette scène et il se rembrunit, comme un homme qui ne comprend pas, qui cherche une explication, qui souffre de rester dans le doute.

— C'est à cause des mots que les femmes ont eus ? questionna-t-il un peu plus tard.

Et il serrait ses gros poings, comme pour dire que, s'il en était ainsi, il se chargeait de mettre Flavie à la raison. Parce qu'elle avait dû lui raconter qu'elle s'était disputée avec la patronne, que celle-ci se mêlait de ce qui ne la regardait pas, Dieu sait quoi encore ?

Flavie avait toujours mené son mari par le bout du nez, lui faisant croire tout ce qu'elle voulait.

Omer essayait d'en arriver à ses fins, de plus en plus gauchement. En même temps, il savait qu'on parlait de lui à la table des joueurs de cartes, en face de la leur. Ces gens-là, des commerçants de la ville, qui se retrouvaient chaque jour pour la belote, l'avaient vu précédemment.

Ils ne lui cachaient pas leur mépris, leur dégoût. Les deux qui lui tournaient le dos s'étaient retournés quand l'Allemand était venu lui serrer la main.

— Il faut bien qu'il y en ait qui partent les premiers, tu comprends, Pipke ? Cela ne presse pas. Tu as le temps de réfléchir. Il y a un train mercredi prochain et, je me suis renseigné, ils acceptent de transporter autant de bagages qu'on veut...

Cela n'allait pas avec Pipke, il s'en rendit compte, et il préféra en finir en se levant.

Il ne parla de rien à Maria, en rentrant à Charron. Il ne parlait pour ainsi dire plus à personne, et ce fut ce soir-là que Bietje souffla à sa mère :

— Tu ne trouves pas que papa vieillit ?

La grosse Maria lui avait répondu :

— Ne parle pas de ce que tu ne connais pas, sotte.

Ce qui prouve qu'elle-même devenait nerveuse. Pourtant, elle montait derrière Omer quand il allait dans sa chambre retirer ses vêtements de mer, lui passait son linge propre. Ils étaient seuls et il aurait eu l'occasion de lui dire quelque chose s'il l'avait voulu.

Ce qui se passa cette nuit-là dans la cour, on n'en sut rien. Mina dut sortir en rasant les maisons, selon son habitude. Elle était devenue tellement enragée que, maintenant, elle courait les hommes même les nuits que son père passait à terre.

Pipke la suivit. Du moins le supposa-t-on. Par hasard, tout le monde dormait d'un profond sommeil, cette nuit-là. Vers une heure du matin, peut-être, on entendit des portes claquer, puis des gémissements, des heurts de meubles, Dieu sait quoi.

Les hommes devaient partir pour prendre la mer à six heures du matin. Pipke ne faisait pas partie de l'équipe et pourtant, à six heures, il était dans la camionnette en compagnie de ceux qui attendaient Omer.

On n'osa parler de rien. Ce ne fut qu'au moment d'embrayer que Pietje souffla au patron :

— C'est drôle... Je n'ai pas vu ses femmes, ce matin... Il a refermé sa porte en partant et je crois qu'il a mis la clef dans sa poche...

S'il avait obéi à son intuition, Omer aurait fait demi-tour. Mais on ne laisse pas trois bateaux en plan pour une histoire de clef. Il trouva juste le temps de questionner, en regardant Pipke dans les yeux :

— Tu n'as pas fait de bêtise, au moins, Pipke ?

— N'ayez pas peur, *baes*.

Puis ils n'y pensèrent plus, parce qu'ils accomplissaient les gestes de tous les jours. D'autres bateaux étaient sortis de La Rochelle. Le temps s'était mis au beau et la mer, après plusieurs jours de pluie, était lisse comme un miroir.

On aurait dit que tous les chalutiers s'étaient donné rendez-vous au même endroit. Ils formaient une véritable flottille qui avançait lentement vers le sud-ouest en traînant les filets et, dans le calme de l'air tiède, on aurait pu s'interpeller de bord à bord.

Était-ce pour éviter de nouvelles questions du patron que Pipke était monté à bord de la *Jonghe Maria* ? Hubert, le fils aîné d'Omer, la commandait.

A trois heures, on commença à virer les cabestans pour retirer les chaluts et, cette fois encore, tous les bateaux agissaient comme de concert.

Il y avait dix-sept navires, on en fit le compte par la suite. Et c'est de la *Jonghe Maria* que s'éleva une gerbe de flammes. La moitié du chalutier vola en miettes, à tel point que quelques secondes plus tard — des secondes qui paraissaient éternelles — on voyait encore, à belle distance, des tôles et des débris de toutes sortes tomber du ciel dans la mer.

Des hommes nageaient parmi les épaves, trois. On en comptait trois, sans savoir encore qui ils étaient, tandis qu'on se dirigeait vers eux à bord des canots.

L'un des hommes hurlait. On entendait sa plainte qui semblait se répercuter entre le ciel et la mer.

C'était Pipke, qui paraissait être en proie à la terreur ou à la plus aiguë des souffrances.

Les deux autres étaient Hubert Petermans, qui put nager jusqu'à l'arrivée des sauveteurs, et Seppe, le rouquin qui avait déclenché la bagarre, parce qu'il était soûl le jour de l'arrivée à Charron. A part des égratignures, ils étaient indemnes, tous les deux.

Quant à Pipke, on s'aperçut, seulement quand on le hissa à bord d'un des canots, qu'il avait une jambe arrachée, et il poussa encore quelques hurlements, la face tournée vers le ciel, avant de se raidir pour toujours.

Les trois autres de la *Jonghe Maria*, qui se trouvaient à l'avant du bateau au moment de l'explosion, avaient été déchirés, émiettés, et on ne retrouva rien de leur corps.

Ainsi était-ce Pipke le premier cadavre que les Ostendais ramenaient à Charron, dans la camionnette qui roulait au ralenti, ce soir-là, par respect pour le mort.

L'auto s'arrêta entre les deux habitations, entre la gendarmerie et la maison Masson, et les femmes, dans l'une et l'autre, comprirent qu'il y avait un nouveau malheur.

On avait reconnu la forme d'un corps, sous la bâche. La grosse Maria fut la première à questionner, d'une fenêtre :

— Qui est-ce ?

Elle avait vu son fils. Elle était rassurée.

— Pipke... répondit Hubert.

Car Omer s'était déjà dirigé vers la cour de la gendarmerie, qu'il traversait à grands pas lents. La porte de l'ancienne écurie était fermée. C'était une porte vitrée, voilée d'un rideau. Une main écartait ce rideau et on apercevait un visage haineux sur lequel, autour des yeux, subsistaient des traces sombres.

Omer essaya d'ouvrir, mais la porte était fermée à clef. Et pendant ce temps-là, la femme, à l'intérieur, lui criait des injures.

Il aurait pu donner un coup d'épaule ; il lui sembla qu'un tel éclat était incompatible avec cette journée de deuil et il revint vers la camionnette, fouilla les poches de la vareuse de Pipke, en retira la clef collée à une blague à tabac détrempée.

Cent personnes, pour le moins, le suivaient des yeux. On accourait de tous les coins du village et lui ne voyait rien, il continuait sa tâche, traversait à nouveau la cour, ouvrait enfin la porte.

— Tais-toi... commandait-il alors d'une voix sans réplique.

A tel point que Flavie, qui ne savait rien encore, s'arrêtait, interdite, en le fixant avec une sorte de respectueux effroi.

Couchée sur son lit, dans sa robe rouge, Mina levait la tête, montrait un visage presque aussi tuméfié par les coups que celui de sa mère. Elle avait encore du sang caillé sous le nez, au coin des lèvres, du sang rouge sombre sur le rouge délavé de la robe. Une chaise cassée traînait par terre.

— Pipke est mort... prononça-t-il.

— Bien fait pour lui !

Flavie avait lancé ça tout à trac et, presque en même temps, elle éclatait en sanglots, puis se précipitait dehors ; et on la voyait, près de la camionnette d'où on déchargeait le corps, manifester sa douleur cependant que Mina rôdait peureusement, toute seule, dans la cour.

C'était le premier Ostendais qu'on enterrait vraiment, avec catafalque, corbillard, pelletées de terre sur le cercueil. Le hasard voulait qu'il s'agît justement de Pipke !

De sorte que c'étaient les deux maudites, la mère et la fille, qui conduisaient le deuil, qui marchaient au premier rang, toutes seules, tandis que les autres et les gens du pays suivaient à distance.

Pour la première fois, on vit Mina autrement qu'en rouge. Une des filles d'Omer lui avait donné une robe noire qu'il avait fallu rajuster pendant la dernière nuit et qui était encore trop large, qui flottait autour de son corps maigre dont chacun, instinctivement, imaginait les souillures.

Les deux femmes avaient eu beau mettre de la poudre, on distinguait toujours les bleus dont les coups avaient marqué leur visage.

Trois ou quatre fois, au cours des quarante-huit heures qui précédaient l'enterrement, la grosse Maria demanda à Omer, avec une persistance qu'elle ne se permettait pas d'habitude :

— Il s'est passé quelque chose ?

Et lui, sans répondre, haussait les épaules.

Tant que Pipke, tant que son corps était là, on s'occupait encore des deux femmes. On leur avait remis des vêtements, de l'argent pour des achats indispensables. Des voisines avaient donné abri aux enfants.

Mais, dès le retour du cimetière, elles se trouvèrent toutes seules, sans personne pour leur adresser la parole.

On plaignait Pipke, mais on ne les plaignait pas. On plaignait aussi les enfants, toujours si sales, si mal tenus, couverts de maux et de croûtes.

N'y en avait-il pas d'autres plus à plaindre et qui méritaient davantage la pitié que Mina et Flavie ?

Avant même de changer de vêtements, en plein midi, alors qu'un chaud soleil de juillet tombait d'aplomb entre les maisons, Omer traversa la rue, sans avoir dit à la grosse Maria ce qu'il allait faire.

Il entra dans la cour, dans les anciennes écuries. Il ne se donna pas la peine de s'asseoir. Il ouvrit son gros portefeuille usé et compta un certain nombre de billets qu'il posa sur le coin d'une table encombrée de vaisselle sale.

— Il faudra que tu partes par le train de mercredi, prononça-t-il en regardant Flavie bien en face. Tu as compris ? Je m'arrangerai pour qu'on vienne chercher tes affaires.

Elle lui lança un mauvais regard en dessous. Il y eut sur ses lèvres minces comme l'esquisse d'un sourire. Elle ne put pas se retenir de murmurer :

— Je sais bien pourquoi, va !

Il préféra faire comme s'il n'avait pas entendu. Tourné vers un autre coin de la pièce, il murmura encore, par acquit de conscience :

— Adieu, Mina...

Les gens du pays croyaient que les Ostendais ne prendraient plus la mer. Certains prétendaient qu'ils allaient quitter le pays, rentrer chez eux, qu'ils faisaient déjà leurs bagages.

Parce qu'on avait vu Omer transporter à La Rochelle, à bord de sa camionnette, les affaires de Flavie et de ses enfants.

Mais il ne transporta ni Mina ni sa mère et les deux femmes durent attendre l'autobus, à huit heures du matin, à la croisée des chemins, avec les trois gosses qu'elles n'avaient pas seulement eu le courage d'habiller décemment pour la circonstance.

Elles étaient seules à attendre le car. On les observait de loin. Elles se tenaient debout en plein soleil, avec des paquets qu'on fait toujours à la dernière minute et qui les encombraient.

Un peu avant l'heure de l'arrivée du car, un sous-officier allemand, qu'on avait aperçu avec Mina, s'approcha gauchement d'elles, leur parla, et on les regardait toujours.

Ce fut lui qui les aida à monter dans la voiture, qui leur tendit le plus jeune des enfants, puis les colis, et il paraissait gêné, plus gêné encore quand il dut traverser ensuite le village avec tous les regards fixés sur lui.

Les Flamands, sans rien dire, reprenaient la mer. Omer ne les avait pas réunis, n'avait demandé conseil à personne. Il ne s'était même pas donné la peine de leur expliquer ses intentions.

— Demain, à la marée, s'était-il contenté d'annoncer.

La grosse Maria était de plus en plus inquiète. Depuis toujours, elle s'était tenue à son côté, un peu en arrière, parce qu'une femme ne doit jamais jouer les égales, ce qui n'empêchait pas Omer de se tourner vers elle chaque fois qu'il devait prendre une décision ; et il n'y avait pas besoin de longues phrases entre eux, la plupart du temps un regard suffisait pour sceller leur accord.

Il lui semblait maintenant que son mari la fuyait. Il évitait de rester en tête à tête avec elle. Quand il montait se rhabiller après la pêche, il le faisait exprès de laisser la porte ouverte, afin qu'elle ne puisse pas lui parler de choses que les autres ne devaient pas entendre.

— Il y en a qui ne sont pas contents, en face, lui avait-elle dit. Ce sont les femmes qui leur montent la tête...

Pourquoi obligeait-on les hommes à se faire tuer alors qu'on pouvait toucher des allocations et en vivre ? Qu'est-ce qu'Omer avait dans la tête, à vouloir coûte que coûte sortir ses bateaux ? Est-ce qu'il attendait que ceux-ci soient tous par le fond, qu'il n'y ait plus que des veuves et des orphelins parmi les Ostendais de Charron ?

Il y eut encore, deux jours après le départ de Flavie et de ses enfants, l'histoire du capitaine allemand. Les hommes étaient en mer quand il vint sonner à la maison Masson, à dix heures du matin, de sorte que Maria eut juste le temps de retirer son tablier et de relever ses cheveux avant de lui ouvrir.

— Votre mari n'est pas ici ?

— Il est à la mer.

— Savez-vous quand il doit rentrer ?

— Sans doute cette nuit... Attendez... La marée est haute vers deux heures du matin... Il y a des chances qu'ils soient ici à cinq heures... Le temps de débarquer le poisson...

— Voulez-vous lui demander d'avoir l'obligeance de venir me parler à la mairie ?

Elle en trembla. Elle en parla à ses filles, qui avaient entendu. Le capitaine était un nouveau, qu'on connaissait à peine et qui, contrairement à ceux qui l'avaient précédé, se mêlait aussi peu que possible à la population. C'était lui qui, pour être plus près de son bureau et de ses hommes, à la mairie, n'avait pas hésité à occuper la chambre de Mlle Delaroche et celle-ci était maintenant obligée de coucher dans le cagibi servant de bureau pendant la journée.

— C'est la guerre, mademoiselle ! lui avait-il répondu froidement, dans un français presque sans accent. Nous ne sommes pas ici pour faire de la galanterie, mais pour faire la guerre. A l'heure qu'il est, ma sœur est peut-être tuée par les bombes anglaises...

La grosse Maria était déjà levée quand les hommes rentrèrent.

— Écoute, Omer... Le capitaine est venu... Il veut te parler... Je me demande...

Pourquoi ne lui disait-il toujours rien ? N'était-elle donc plus sa femme ?

— Tu vas te coucher ?

Il faisait signe que oui, se couchait, dormait jusqu'à onze heures sans se préoccuper de l'ordre du capitaine. Pendant qu'elle l'aidait à s'habiller, il restait soucieux, mais silencieux.

— Tu ne penses pas que nous ferions mieux de rentrer à Ostende ?... Peut-être que notre maison n'est pas détruite... Nous avons des économies...

Elle reçut un regard dur et lourd.

— Vois-tu, Omer...

Elle avait envie de pleurer. Omer n'était plus le même. C'était sans doute la fatigue ? Elle l'excusait. Elle ne lui en voulait pas. Elle avait envie de le plaindre.

Il avait tant travaillé, toute sa vie, sans jamais s'accorder la moindre distraction !

Et, dès le début de la guerre, il avait eu l'air de prévoir des choses que les autres ne soupçonnaient pas, maintenant encore il était plus sombre que les gens du village, par exemple, qui avaient repris leur existence ordinaire et qu'on entendait discuter le soir autour des tables du *Café de la Cloche*.

— Pourquoi crois-tu qu'il veuille te voir ?

Il y alla, resta près d'une heure en tête à tête avec le capitaine. Comme la fenêtre était ouverte et qu'elle donnait sur la route, des gens qui les avaient observés prétendirent qu'il était arrivé aux deux hommes d'éclater de rire et le propos, répété chez Agat, parvint jusqu'aux oreilles de la grosse Maria.

— Qu'est-ce qu'il te voulait ?

— Rien... Ne t'inquiète pas... Tout va bien...

— Qu'est-ce qui va bien ? insistait-elle.

Il se contentait de hausser les épaules.

— Tu avais parlé à Pipke, n'est-ce pas ?

Elle l'observait, soupçonneuse, comme on observe un enfant menteur ou un homme malade. Pourquoi, alors qu'elle lui avait parlé à plusieurs reprises de Flavie, avait-il fait semblant de ne pas entendre ou de ne pas s'en soucier ? Pourquoi ne pas lui répondre franchement qu'il comptait en parler personnellement à Pipke ?

Les événements prouvaient qu'il en avait parlé.

— Qu'est-ce que ça peut te faire ?... Donne-moi mes chaussettes, tiens...

— De quoi le capitaine t'a-t-il entretenu ?

— De différentes choses, de la pêche...

Elle avait envie de lui lancer :

— Tu mens, Omer...

Elle n'osait pas encore. Il lui faisait un peu pitié. Ce n'était vraiment plus l'homme que tous les Ostendais connaissaient. Par exemple, il aimait, jadis, jouer avec les enfants. Il les prenait sur les genoux. Il en avait parfois trois ou quatre accrochés à son grand corps et maintenant, quand ils s'approchaient de lui, il les soulevait, leur donnait un baiser sur la joue et les reposait par terre.

Les fils, eux aussi, étaient inquiets. Et, ce qu'il y avait de plus étrange, c'est que personne n'osait confier son inquiétude aux autres et que chacun se morfondait dans son coin.

En face, c'était déjà de la méfiance, sinon de l'hostilité, surtout dans le clan des femmes.

— Un jour ou l'autre, ils te lâcheront...

Il répondait méchamment, comme une menace :

— Qu'ils me lâchent !

Cet après-midi-là, il passa son temps, aidé de ses fils, à installer une bâche sur la camionnette. Quatre ou cinq fois, il alla à la forge voisine, pour forger les arceaux. Louis, l'apprenti, le regardait d'un air de défi, le faisait exprès de le bousculer en passant, et pas une seule fois Omer ne réagit.

Est-ce que le même Louis, penché sur le pied d'un cheval, ne prononça pas à certain moment les mots :

— Bande de Boches...

Hubert, le fils aîné, crut distinguer ces mots et fit un pas en avant, mais Omer, qui était plus près que lui de l'apprenti, resta calme et parut le faire exprès de se mettre entre eux.

On reprenait la mer, toujours et sans répit. Les chalutiers de La Rochelle sortaient un jour ou deux par semaine. On leur distribuait le mazout avec parcimonie. Les équipages étaient difficiles à trouver, à cause des risques, et on offrait aux hommes des prix invraisemblables pour les décider.

— Parbleu ! disait-on dans les cafés. Ce sont les Boches qui paient !

Un autre bateau avait sauté sur une mine, un chalutier du pays, et il y avait eu onze morts, car c'était un grand bateau à vapeur. Des pêcheurs avaient été mitraillés au large par un avion que les uns disaient anglais et que les autres affirmaient être un avion allemand camouflé.

Pourquoi Omer ne parlait-il jamais de tout cela ? Pourquoi fut-il cinq jours entiers à se replier sur lui-même, buté ou grognon, avant de laisser la grosse Maria refermer la porte de la chambre ?

— Lis ça... lui dit-il alors en lui tendant une lettre écrite au crayon.

Le papier était rugueux. C'était celui qu'on vendait chez Agat, en pochettes de cinq feuilles et de cinq enveloppes. La lettre était rédigée en flamand, avec des fautes, des mots raturés, et il y avait une tache de graisse au bas comme si le papier avait été posé sur une table de cuisine mal essuyée.

Omer Petermans se moque de vous et vous jouera de mauvais tours. Je sais ce que je dis. Ouvrez l'œil. C'est un traître. Sa femme et ses filles sont encore plus mauvaises que lui et, si vous ne les arrêtez pas, vous risquez de vous en repentir.

— Flavie ?

Elle savait. Elle avait compris.

Il se contenta de baisser la tête en signe d'assentiment.

— C'est pour ça que le capitaine est venu te chercher ?

Toujours le même signe.

Et alors, dans la chambre où il se tenait debout, à moitié déshabillé, parmi les meubles, près du lit qui était le lit de leur mariage, il sentit chez la grosse Maria comme un flottement. Elle commença, hésitante :

— Dis-moi, Omer...

Il y avait de l'angoisse dans ses yeux. Elle était prête à tout comprendre, peut-être à tout excuser, comme on excuse tout d'un malade.

— Qu'est-ce que...

La grosse Maria avait la larme facile mais, cette fois, elle ne pleura pas. Seulement, ses seins énormes palpitaient dans son corset qu'elle aurait voulu dégrafer, parce que tout cela était trop fort pour elle, parce qu'elle finissait par étouffer.

Elle ne comprenait plus. Elle ne savait plus où elle allait, où on allait. Elle n'osait plus, chez Agat, regarder les gens en face, car elle-même n'avait plus tout à fait confiance.

Omer passa tranquillement son pantalon de drap bleu dont les bretelles, attachées seulement par-derrière, pendaient sur ses mollets. Il alla ouvrir la porte. Il ouvrit ensuite les trois portes qui donnaient sur le palier et s'assura que les autres chambres étaient vides.

S'ils avaient fermé les fenêtres, par surcroît, les autres, en bas, se seraient douté de quelque chose, surtout qu'Emma, dans le jardin, juste en dessous de la fenêtre, était en train d'écosser des petits pois en compagnie de deux fillettes, dont une de la gendarmerie. On entendait de temps en temps, à intervalles égaux, les pois qui tombaient dans le seau émaillé. Emma racontait une histoire de fées qu'elle entrecoupait de silences, parce qu'elle ne se souvenait plus.

Alors, Omer s'assit au bord du lit dans lequel étaient nés leurs enfants, fit signe à la grosse Maria de s'asseoir à côté de lui.

Il parla à mi-voix, sur un ton aussi neutre que possible, lentement, posément, en homme qui a décidé depuis longtemps de faire telle chose et dont l'heure est enfin venue.

Cette conversation aussi, il l'avait décidée, mais Maria avait eu le tort de ne pas comprendre qu'il lui était impossible de parler plus tôt. Et elle s'en voulait maintenant à elle-même d'avoir alarmé ses filles. Elle se demandait par quelle aberration elle avait pu envisager la possibilité de faire venir un docteur, sans rien dire à Omer, en prétendant, par exemple, que c'était pour un des enfants. Un docteur qui l'aurait observé et qui serait revenu ensuite, en son absence, pour dire la vérité à sa femme !

C'était la première fois depuis longtemps qu'ils restaient ensemble pendant des heures et, d'en bas, on entendait le murmure de leurs voix, de la voix d'Omer surtout, si monotone qu'il avait l'air de réciter des prières.

De temps en temps, Maria l'interrompait d'une phrase, d'un mot, et il reprenait le fil de son discours.

Les autres, au rez-de-chaussée, levaient parfois la tête vers le plafond. Ils n'osaient pas échanger de commentaires, car on les avait accoutumés au respect, et ils se contentaient de se regarder avec inquiétude.

Le dîner était servi. Est-ce qu'on allait les déranger ? On hésitait à se mettre à table. Après un quart d'heure, on décida de faire manger les plus petits, qui devenaient turbulents.

Puis enfin ils descendirent, Omer d'abord, qui alla occuper sa place habituelle, le visage grave et serein. Il essaya même de plaisanter et remarqua, en fixant le plafond à son tour :

— Il me semble que maman est en retard...

Avait-elle vraiment pleuré ? Quand elle descendit, elle souriait, mais certains trouvèrent qu'elle avait les yeux un peu rouges. Pourtant, malgré elle, et en dépit de l'effort qu'elle faisait pour se montrer naturelle, elle avait parfois pour Omer des coups d'œil confiants, satisfaits, presque des coups d'œil de jeunes mariés après leur nuit de noces.

9

Ils avaient convenu qu'Omer s'occuperait des hommes pendant que la grosse Maria se chargeait des femmes. Quant à la façon dont chacun s'y prendrait, il n'en fut pas question entre eux, on pourrait presque dire qu'il ne fut jamais plus question de rien, ce qui était bien dans le caractère d'Omer. Lorsqu'une chose était décidée, elle l'était une fois pour toutes, et on n'en parlait plus.

A Maria de tirer son plan, et il ne lui demandait pas où elle en était.

Maria ne les mettait au courant qu'une à une, même les femmes de la maison, même ses filles, et seulement au fur et à mesure que c'était nécessaire, qu'il se passait autour d'elles des choses qu'il était impossible de ne pas remarquer.

Tour à tour, Emma, Bietje, puis les belles-sœurs, puis la jeune Maria la dernière — qui restait comme hébétée depuis la mort de son mari et qui jouait mélancoliquement à la poupée avec son bébé —, tour à tour elles passaient dans ce qu'à Ostende déjà on appelait « la » chambre, celle des parents, où personne n'aurait osé pénétrer sans permission.

Pendant un temps plus ou moins long, on entendait des chuchotements, comme à confesse, et celles qui étaient déjà dans le secret faisaient semblant de ne pas comprendre, les autres, qui attendaient leur tour, qui se doutaient bien qu'il viendrait un jour, évitaient de poser des questions.

Quand des pas retentissaient enfin au-dessus des têtes, quand la porte s'ouvrait, quand la nouvelle initiée descendait en prenant un air faussement naturel, on savait d'avance qu'elle aurait sur le visage un rayonnement nouveau, tempéré par la gravité.

C'était dans leur comportement avec Omer que le changement était le plus sensible. On aurait pu dire, jour par jour, qui était dans le secret, rien qu'à leur façon de regarder le chef de famille et de lui parler, de l'entourer de petits soins et d'attentions.

Est-ce qu'il s'en apercevait ? Il était toujours aussi taciturne et aussi sombre, à part de brefs moments de détente pendant lesquels on le surprenait à rire avec les petits. Uniquement avec les petits. Il évitait les autres. Il évitait tout ce qui pouvait ressembler à une conversation suivie.

Cela ne gênait plus les filles, à présent qu'elles savaient quel poids il portait sur ses larges épaules. S'il y avait encore une certaine contrainte dans la maison, c'était une contrainte acceptée, comme, par exemple, quand on prend l'habitude de marcher à pas feutrés et de parler à mi-voix dans une maison où il y a un malade.

Ce qu'il y eut de plus étonnant, c'est que les femmes ne parlèrent jamais de rien entre elles. Même pas le soir où, au lieu des couverts en argent dont on était si fiers, on mit à table des couverts en aluminium achetés la veille chez Agat.

Il y avait presque chaque jour des objets qui disparaissaient, les portraits avec leurs cadres, les bibelots qui faisaient pour ainsi dire partie de la famille.

Pour la jeune Maria, par exemple, ce furent les draps qui hâtèrent son initiation. Il y avait une armoire vaste et profonde, sur le palier, dont la grosse Maria avait toujours la clef dans sa poche et qu'elle aimait ranger pendant des heures. Un matin, elle était dans son armoire, comme on disait, quand sa fille sortit de sa chambre.

— Tu me donneras une paire de draps, maman…

Et elle avait vu. Elle demeurait interdite. L'armoire qui, quelques jours plus tôt encore, était pleine à craquer, montrait des planches presque vides.

— Viens un instant chez moi, ma fille.

Où en était Omer avec les hommes ? C'était difficile à dire, les fils, en tout cas, devaient être au courant, puisque c'étaient eux qui, la nuit, transportaient les caisses dans la camionnette. Cela se passait dans la cour. Même si les voisins les avaient aperçus, ils n'y auraient pas vu malice, puisque c'étaient les caisses qui servaient à transporter le poisson, et nul ne pouvait deviner qu'elles ne repartaient pas vides.

Cependant les hommes mariés ne parlaient de rien à leurs femmes ou bien, si l'un ou l'autre le fit, ce fut au plus secret de la couche conjugale.

Pietje était peut-être plus bruyant qu'à l'ordinaire. Quand il faisait beau, le soir, il s'installait volontiers, à califourchon sur une chaise, près de la porte de la gendarmerie, et il jouait de l'harmonica, il en jouait avec une curieuse allégresse, faisant le clown, inventant des variations ironiques, surtout quand des Allemands passaient et le regardaient.

C'était pour eux qu'il avait l'air d'exécuter son numéro, gonflant et dégonflant les joues, roulant les yeux dans leurs orbites, louchant, tirant des sons inattendus de l'instrument, et il paraissait s'amuser tellement, il y avait tant d'ironie joyeuse dans son regard qu'une ou deux fois Maria, qui l'observait d'en face, craignit que les « doryphores » s'aperçoivent de quelque chose.

Car c'était le nom que les paysans avaient fini par donner aux gens en uniforme gris qui s'étaient abattus sur leur pays.

Et il y avait souvent, le soir, à la maison Masson, un doryphore plus important et plus gros que les autres. Les troupes avaient encore changé. Le nouveau chef était un capitaine qui répétait à tout venant qu'il n'était pas allemand, mais viennois. Il était gras et blond, haut en couleur. Il avait la cordialité facile, surtout quand il était entre deux vins. Or, il était presque toujours entre deux vins, car il commençait dès le matin à prendre de grands coups de blanc.

Un jour qu'Omer, rentrant de la pêche, était allé porter son poisson à Mlle Delaroche, le capitaine était là, un cigare au bec, et il s'était penché sur les soles et les merlus.

— J'aime beaucoup les soles, moi aussi, avait-il dit avec un clin d'œil entendu.

Puis il avait tendu au Flamand un gros cigare qu'il avait tiré de sa poche.

Omer l'avait pris. Il ne l'avait pas fumé, mais il l'avait pris. Et, le surlendemain, il avait porté une paire de belles soles au capitaine qui l'avait emmené à *La Cloche* pour boire une bouteille. Sur le chemin du retour, les deux hommes avaient l'air de vieux amis et, de temps en temps, l'Allemand posait la main sur l'épaule de l'Ostendais.

Il vint sonner à la maison Masson, le lendemain, sous prétexte de remercier et d'apporter du chocolat pour les enfants. La grosse Maria devint un peu pâle quand elle vit l'homme en uniforme sur son seuil, puis dans le corridor, et enfin installé dans le meilleur fauteuil de la salle à manger, mais elle lui fit bonne figure.

Il prit l'habitude de venir ainsi leur dire bonjour. Et bientôt il se mit à l'aise, déboutonna sa tunique, fumant cigare sur cigare, appelant les enfants par leur prénom et les hissant sur ses genoux.

Le genièvre qu'on lui avait servi le premier jour et qu'on prit l'habitude de lui servir à chacune de ses visites y était peut-être pour quelque chose ? Il l'attendait, suivait les mouvements de Maria ou d'une des filles se dirigeant vers le buffet et prenant le plateau avec les petits verres à bord doré.

Il aimait bien les filles aussi, surtout Bietje, qu'un soir il voulut à toute force aider à écosser des petits pois.

Mais c'était surtout l'atmosphère de la maison qui lui plaisait, les grandes pièces qui sentaient le propre, avec des reflets sur les meubles bien cirés, le va-et-vient familier des femmes et des enfants, le poêle qu'on rechargeait, cette vie d'une grande famille, cette fraîcheur aussi des femmes, y compris de la grosse Maria, toujours tirées à quatre épingles.

Sans souci d'être compris, il racontait des histoires à l'oncle Claes et il lui arriva plusieurs fois de lui bourrer sa pipe.

— Attendez que je vous l'allume, grand-papa...

Il avait toujours les poches pleines de bonbons, de chocolats, mais il ignorait que, dès son départ, on les reprenait aux enfants qui avaient l'ordre de ne rien dire et qui ne se trahirent jamais.

Où l'on eut peur, c'est quand, un soir, il déclara avec l'air de plaisanter :

— Je me demande si je ne vais pas vous demander de me prendre en pension chez vous. C'est tellement triste d'être tout seul !

— Malheureusement, nous sommes déjà trop serrés à table, eut la présence d'esprit de riposter la grosse Maria sur le même ton.

Comprit-il qu'il était allé trop loin ? Il n'en parla plus, mais il était évident qu'il y pensait toujours. Il aurait eu le droit, s'il l'avait voulu, de réquisitionner une des chambres. Comment s'y serait-on pris, dans ce cas-là ?

Déjà, certains soirs, il fallait attendre qu'il se décide à s'en aller pour transporter les caisses dans la camionnette. Omer, cependant, ne s'impatientait pas. Ils avaient chacun leur fauteuil, l'Allemand et lui. Et Omer avait fini, parce qu'il le fallait bien, par fumer les gros cigares que l'Allemand lui tendait.

C'est ce qui frappait le plus Maria, ce qui lui resta, en somme, comme l'image la plus frappante de l'héroïsme de son mari : Omer fumant un cigare dans son fauteuil et écoutant les histoires du capitaine, hochant la tête, allant parfois jusqu'à rire d'un rire qui pouvait paraître naturel.

L'initiation gagna la maison d'en face, en commençant par ce qu'on appelait les « gens du devant ». On vit des femmes traverser plus souvent la rue, toujours chargées de paquets. Au lieu de sonner, elles toquaient à la boîte aux lettres.

— Ta mère est là ? demandaient-elles à celle des filles qui leur ouvrait la porte.

Comme si les filles n'avaient pas été au courant. Elles montaient. C'était dans « la chambre » qu'on s'occupait de ranger les objets dans les caisses, tout ce que les uns et les autres avaient de précieux, les souvenirs, les portraits de famille, des bibelots qui n'avaient peut-être qu'une valeur sentimentale mais auxquels on tenait.

Il dut y avoir quand même un certain changement dans l'attitude des femmes, quand elles allaient faire leur marché chez Agat, par exemple, car certains murmurèrent derrière leur dos :

— Les gens d'Ostende sont bien fiers depuis que le capitaine boche est toujours fourré chez eux !...

De sorte que le capitaine lui-même servait en définitive à quelque chose ! A La Pallice aussi, Omer était bien vu par les Allemands et, dès qu'on entendait le klaxon de sa camionnette, les sentinelles se précipitaient pour ouvrir le passage dans les barbelés et lui lançaient un bonjour familier.

Les derniers temps, on le vit davantage dans le *Café de la Grosse*

Horloge où les joueurs de cartes ne se retournaient plus quand il s'attablait avec des officiers ou des sous-officiers.

C'était encore Seppe, le rouquin qui avait déjà fait des siennes le premier jour, qui lui donnait le plus de souci, car plusieurs fois il faillit se bagarrer avec des pêcheurs rochelais qui, par exemple, quand ils passaient près des Flamands, lançaient avec affectation un long jet de salive par terre.

Seppe balançait ses gros poings, rentrait son cou de taureau dans ses épaules ; il fallait que quelqu'un lui mît la main sur l'épaule, comme on calme un chien hargneux :

— Tranquille, Seppe...

Et, une fois qu'Hubert le regardait à un de ces moments-là, il eut la stupeur de découvrir des larmes de rage dans les yeux du matelot que sa mère elle-même n'avait sans doute jamais vu pleurer.

L'événement approchait et l'initiation s'était étendue aux gens de la cour, maintenant que Mina et sa mère n'étaient plus là pour trahir. Plusieurs fois, on vit la grosse Maria traverser la rue en personne et entrer chez les uns et chez les autres, car sa tâche était la plus délicate, plus délicate que celle d'Omer, les femmes étant plus compliquées et tenant davantage que les hommes à leurs affaires.

— Mais non, Lucile... Tu as droit au même nombre de caisses que les autres... Si tu emportes ça, il ne te restera plus de place pour le reste... Ainsi, moi...

Certaines pleuraient, comme on pleure, par exemple, quand l'huissier vient mettre vos meubles et vos affaires les plus intimes sur le trottoir, sous les yeux de tous les passants, pour une vente à l'encan.

Omer restait sombre, surtout quand il avait l'impression qu'on ne le regardait pas. Il prenait la mer aussi souvent que possible, certaines fois par très gros temps, et il devait avoir ses raisons. Lorsqu'il rentrait, il s'asseyait dans son fauteuil et, si le capitaine n'était pas là, il pouvait rester des heures sans parler, comme absent, comme sans savoir ce qui se passait autour de lui.

Est-ce qu'on n'avait pas déjà un peu moins de menues attentions à son égard ? Tout le monde aurait affirmé que non, mais lui le sentait confusément. Il ne fallait plus trop tarder. Chacun recommençait à s'inquiéter de ses petites affaires, à s'inquiéter de l'avenir. La jeune Maria éclatait en sanglots au moment où on s'y attendait le moins, en pensant à Louis, et plusieurs fois elle dut quitter la table au beau milieu du repas.

Il y avait surtout la question de ce qu'il faudrait laisser derrière soi, de ce qui serait perdu à tout jamais, de ces choses qu'on avait mis tant d'années à acquérir. Même la grosse Maria soupirait parfois devant un meuble, devant un objet trop volumineux pour être emporté.

— Tu crois, Omer, qu'on ne pourrait pas...

Et une des femmes de la cour semait la révolte. Pas la révolte ouverte, mais une révolte sourde.

— Est-ce qu'on sait ce qu'ils vont emporter, eux ?... Et même ! Ils ont assez d'argent pour racheter tout ce dont ils auront besoin, en plus beau, en plus neuf, tandis que les pauvres gens comme nous...

Puis encore la question des salaires. A cause des risques, à cause des bateaux qui se perdaient presque chaque semaine, les armateurs en arrivaient à payer les équipages n'importe quel prix pour les décider à prendre la mer. Pourquoi Omer ne payait-il pas ses hommes autant que les patrons du pays ?

Il annonça enfin la date, un soir, dans la chambre, à la grosse Maria, qui en fut si émue qu'elle pleura nerveusement.

— Pardonne-moi, Omer... Ce n'est pas que je doute, mais...

Mais... Oui, il savait... Mais tout... Mais la maison... Mais leurs meubles... Mais le grand lit de leur mariage... Mais le fils qu'ils avaient perdu ici...

— Tu ne leur diras le jour et l'heure qu'au dernier moment... Qu'ils se tiennent prêts dès maintenant... Ils n'ont rien besoin de savoir d'autre...

De sorte qu'on vivait comme en suspens entre deux mondes, qu'on regardait déjà le village et ses aspects familiers comme on feuillette un album de cartes postales. Il arrivait que, sans raison, les mères saisissent leurs enfants pour les embrasser éperdument, les yeux humides.

Il ne restait plus que trois jours. Omer ne demandait que trois jours de mansuétude au destin, et il fallut qu'en un si court laps de temps la catastrophe s'abattît une fois de plus sur lui et sur les siens.

La mer devint mauvaise, une après-midi qu'ils étaient dehors avec les bateaux. Le ciel était bouché. Les chalutiers se perdirent de vue, chacun cherchant son meilleur cap, et quand les deux premiers rentrèrent au port, ils attendirent en vain le troisième.

C'était le *Twee Gebroeders*, le premier bateau acheté par Omer lui-même, du vivant de son frère, alors qu'ils étaient tous les deux patrons à bord.

Son frère Léopold était mort. Bêtement. Une nuit qu'il rentrait à son bord et qu'il avait peut-être un peu bu, il avait glissé, dans le brouillard, sur la planche qui reliait le chalutier au quai. Léopold buvait souvent un peu trop. C'était son seul défaut. Parce qu'il aimait la compagnie et qu'un verre après l'autre, en bavardant entre amis...

Personne ne l'avait entendu tomber à l'eau et on l'avait repêché le lendemain dans le bassin.

Debout sur le pont de l'*Onkel Claes*, Omer tirait sans cesse de sa poche sa grosse montre en argent, qui datait, elle aussi, du temps de Léopold, qui avait même appartenu à Léopold. Puis, les mâchoires dures, si serrées qu'il brisa le tuyau de sa pipe, il interrogeait l'horizon du bout de ses jumelles.

Ce fut un officier allemand qui vint lui annoncer qu'un bateau, une fois encore, avait sauté sur une mine, dans la passe de Chassiron. On ne savait pas encore lequel. Il en restait plusieurs de La Rochelle à rentrer, et, là-bas aussi, sur le quai les armateurs attendaient des détails.

Sans prendre la peine de débarquer le poisson, Omer mit le cap sur la passe, bien que la nuit tombât, et ils labourèrent la mer pendant des heures, ce ne fut qu'au petit matin qu'ils retrouvèrent à la dérive un canot portant les mots *Twee Gebroeders*.

Il n'y eut pas une parole prononcée à bord. Ni ensuite dans la camionnette. Le *Twee Gebroeders*, c'était Hubert qui le commandait. Il y avait Pietje à bord, Pietje qui emportait toujours son harmonica, et le rouquin qui buvait parfois un coup de trop.

Dans le corridor, Omer, toujours muet, écarta les femmes, puis il monta dans sa chambre où la grosse Maria le suivit.

Elle avait compris en ne voyant pas son fils descendre de la camionnette. Mais le spectacle du père était si tragique que c'était à celui-ci et non à son fils qu'elle pensait.

On aurait dit qu'Omer avait peur. Peur d'elle. Peur des autres veuves. Peur d'une fatalité qui se dressait aussi obstinément contre lui.

Et pourtant, Seigneur, n'avait-il pas fait tout ce qui était en son pouvoir ?

Il ne s'était pas étendu sur son lit, comme les autres fois. On prétend que les bêtes qui se sentent mourir ne se couchent pas, par crainte de ne jamais se relever, et qu'elles ne s'abattent qu'à la dernière seconde.

Est-ce pour cela qu'il s'assit sur une chaise qui craquait sous son poids et qu'il restait là, le menton sur les poings, à regarder devant lui ?

Il n'était qu'onze heures du soir et la nouvelle faisait le tour du village. Le capitaine allemand se rhabilla pour venir présenter ses condoléances et il y en eut d'autres, des gens plus réservés. Et on devinait au fond de leur réserve la question qui était sur toutes les lèvres :

— Qu'est-ce qui les obligeait à y aller ?

Il ne leur restait qu'un fils sur trois, Jan, le plus jeune, qui avait vingt ans et qui se tenait dans l'ombre, comme honteux d'être encore là. On n'avait même plus de photographie d'Hubert à regarder, car toutes les photos étaient à bord, les murs étaient nus, sauf quelques chromos appartenant à Mme Masson.

Des femmes chuchotaient déjà, dans l'autre maison :

— On ne partira pas...

Et peut-être certaines en étaient-elles soulagées ? La fièvre était tombée. Les hommes eux-mêmes ne savaient plus trop bien où ils en étaient et évitaient de se regarder en face.

Ce fut cette nuit-là que le grand Omer prit sa femme dans ses bras et que, d'une voix qu'elle ne lui connaissait pas, il lui dit le mot le plus bouleversant qu'elle eût entendu de lui de sa vie :

— Pardon, Maria...

Pardon de quoi, il ne le précisait pas, il ne le précisa jamais.

Puis, comme il se dirigeait déjà vers la porte de son pas lourd, avec ses bottes de mer qu'il n'avait pas retirées :

— Où vas-tu ?

— Parler aux hommes...

— On part quand même ?

Ainsi, elle aussi en était arrivée à douter. Elle comprit sa faute, balbutia à son tour :

— Pardon...

Et Omer leur parla. Il ne leur dit que quelques mots, sans leur donner d'explications. Il distribuait ses ordres, sèchement, le regard ailleurs.

Il ne fallait même pas leur laisser la journée du lendemain pour penser, car alors tout aurait été fini. Sous prétexte de rechercher les épaves, il les emmenait en mer, dès le matin, sur les deux bateaux qui restaient.

Le curé, ce matin-là, vint rendre visite à la grosse Maria. Il lui parla de la messe des morts et proposa de la célébrer le lendemain, avec un catafalque vide au milieu de l'église, puisqu'on n'avait toujours pas les corps.

Elle dit oui, mais elle savait déjà. Elle entendit sonner le glas. Puis il y eut, à tous les carrefours du village, le tambour d'Agat qui priait les habitants de Charron à la cérémonie du lendemain.

On ne pouvait plus se détendre. Il ne fallait à aucun prix se laisser aller, fût-ce pendant quelques minutes, car on sentait bien qu'on n'aurait plus le courage, après, de faire ce qui restait à faire.

Et Maria, ce jour-là, traversa cent fois la rue. On la respectait malgré tout, même celles qui étaient aigries contre elle, parce qu'elle était en définitive la plus éprouvée. Est-ce qu'elle n'avait pas perdu deux fils et un gendre ?

Elle ne pleurait pas. Elle parlait avec volubilité, les mains sur le ventre, d'une voix qui manquait d'accent. Elle avait l'œil à tout, se préoccupait des vêtements chauds qu'on mettrait aux enfants, de ce que l'on dirait aux plus grands qui pourraient crier ou s'affoler.

Certains n'y croyaient plus. On continuait les préparatifs, mais sans conviction, avec comme le pressentiment que quelque chose se produirait au dernier moment qui empêcherait le grand départ. Qui sait si on ne le souhaitait pas, s'il n'y en avait pas pour le souhaiter ?

Et les gens du pays parlaient de la messe du lendemain ! Jusqu'à ce deuil qui était en définitive une aide pour les Flamands !

A cause de cela, le capitaine allemand ne vint pas ce soir-là, car il n'était pas l'homme des deuils et il avait déjà fait son devoir en présentant, le premier, ses condoléances.

Il devait estimer que, désormais, il y aurait de la place pour lui dans la maison !

Les hommes revinrent de bonne heure, juste à la tombée de la nuit. Ils apportaient du poisson. Parce qu'ils étaient des pêcheurs et qu'ils étaient allés en mer, parce qu'il fallait que les choses s'accomplissent comme les autres jours.

Le village, ce soir-là, respectait la douleur des Ostendais et, comme il faisait froid, il y eut peu de monde dehors.

Le plus tragique, un peu avant minuit, fut d'arracher les enfants à la chaleur de leurs lits et de les habiller. Ils ne comprenaient pas. Ils vacillaient, les yeux gonflés de sommeil. Les plus grands se demandaient pourquoi on leur mettait leurs gros vêtements d'hiver qu'ils n'avaient pas vus depuis plusieurs mois.

Le pays était habitué aux allées et venues de la camionnette et n'y prêtait plus attention. Quels soupçons aurait-on pu avoir une nuit pareille, quelques heures avant la messe de Requiem que les filles du pays, groupées autour de Mlle Delaroche, allaient chanter pour les Ostendais défunts ?

Dans les chambres où tout le monde était prêt, on avait éteint les lampes et les femmes étaient assises au bord des lits, avec les enfants dans leurs bras ou serrés contre elles.

On ne se voyait pas. De temps en temps, on entendait des chuchotements. On répétait aux petits :

— N'aie pas peur...

Ou bien :

— Tout à l'heure, nous partirons en voyage...

Omer rôdait de-ci de-là, et un moment la grosse Maria se demanda s'il n'était pas ivre, tant ses gestes étaient lents et lourds.

Il s'en alla avec les hommes sans lui dire au revoir. Il était venu jusqu'à la porte de la chambre — elle l'avait entendu qui respirait derrière le battant et qui hésitait à entrer —, puis, sans toucher au bouton, il était redescendu sur la pointe des pieds.

Quelques minutes plus tard, on entendait le moteur de la camionnette dans la cour, puis sur la route, puis enfin, toujours faiblissant, dans la longue étendue de marais.

Au passage des barbelés, à La Pallice, une sentinelle s'approcha et éclaira de sa lampe électrique le visage d'Omer qui se tenait au volant.

L'Allemand le reconnut, salua, se fondit dans l'ombre. Puis la camionnette refit le trajet en sens inverse et c'était encore Omer qui la conduisait.

Ce fut le plus important changement au programme établi. En principe, ce rôle revenait à Hubert. Hubert mort, Omer était obligé de l'assumer, car les autres ne savaient pas conduire, tout au moins ceux de la famille.

L'auto rentra dans la cour. Des ombres se détachèrent des murs. Omer ne quittait pas son volant. Les femmes et les enfants, c'était la grosse Maria que cela regardait, et il y avait un quart d'heure que tout le monde attendait dans l'obscurité de la cuisine.

On entendit la D.C.A. du côté de La Rochelle et c'était peut-être la fin de tout car, si les bateaux n'avaient pas appareillé avant l'alerte, si le moindre incident les avait retardés, simplement un moteur qui met du temps à partir, ils pouvaient se trouver bloqués pendant deux ou trois heures dans le port.

Les respirations elles-mêmes paraissaient bruyantes.

— Passe-moi le petit...

Ou :

— Là !... Tu es bien ?... Ne bouge plus... Tiens la main de ta petite sœur...

Ils étaient serrés les uns contre les autres, dans la camionnette qui n'était pas faite pour transporter toute une tribu, et au dernier moment une des femmes se mettait à sangloter bruyamment tandis que sa voisine lui enfonçait les ongles dans le bras pour la faire taire.

On avait laissé, exprès, de la lumière au premier étage de la maison Masson. Omer, à son volant, gardait toujours une immobilité de cariatide et enfin la grosse Maria se hissa sur le siège près de lui, se serra pour faire la place à des enfants, en prit deux sur ses genoux.

Tous les cœurs cessèrent de battre au moment où le moteur commença à tourner. Un virage, une poterne de pierre et c'était la route, non plus vers La Pallice, mais en sens inverse, vers le fond de la baie de l'Aiguillon. Il y avait une sentinelle en face de la mairie, mais elle ne broncha pas. Le Pont-du-Brault n'était pas gardé et la voiture roulait toujours entre les terres plates, sillonnées de canaux, avec la mer parfois visible sur la gauche.

On passa devant des maisons basses sans aucune lumière. On traversa un hameau, puis un gros village, Champagné-les-Marais où, par miracle, ou parce que c'était trop loin de tout centre, les « doryphores » ne s'étaient pas encore installés. On aperçut une église massive entourée d'arbres, et un instant les phares de la camionnette éclairèrent les tombes du cimetière.

La grosse Maria priait. Ses lèvres, depuis le départ de Charron, remuaient au rythme des *Ave* qu'elle récitait dans une sorte d'hébétude.

On tourna à gauche, par un chemin de terre, et on passa entre deux fermes où des animaux remuaient dans les étables.

Cinq cents mètres encore. Et c'était la mer, le fond de la baie, avec un passage réservé pour les barques entre les pieux noirs des bouchots.

La canonnade s'était tue à La Pallice. Peut-être les avions étaient-ils repartis ? Peut-être n'y avait-il eu, comme cela arrivait, que de la nervosité parmi les desservants de la D.C.A. ?

La marée était haute, avec sa respiration régulière, son léger ressac sur les galets de la côte.

Il ne restait qu'à attendre. Et alors on vit Omer quitter son siège, faire quelques pas sur le chemin en pente, non pour scruter l'obscurité, mais pour se planter, là, parmi les ajoncs, à trois mètres à peine des femmes serrées les unes contre les autres, et pour se soulager en pissant comme si cela ne devait plus en finir.

10

Les femmes l'imitèrent tour à tour, prenant à peine la précaution de s'éloigner dans l'obscurité, sauf Bietje qui alla se cacher si loin qu'un moment on se demanda si elle était perdue, et des rires crispés fusèrent à certains bruits révélateurs. Car la tension nerveuse était si forte qu'on avait besoin de rire. On en oubliait la prudence, on aurait fini par parler à voix haute.

Les deux bateaux étaient là, quelque part, dans la grande tache noire qui s'étendait au-delà de la tache plus claire des bouchots proches.

Il fallait accomplir plusieurs voyages, trois au moins, et Omer fit entasser tous les enfants, avec quelques mères, dans le premier canot.

Il resta à terre le dernier, et la grosse Maria se tenait auprès de lui, évitant de lui adresser la parole, car elle savait qu'il n'aimerait pas ça.

Dans les maisons basses, sur le continent, les gens dormaient et les bêtes s'agitaient parfois dans les écuries et les étables cependant que les avirons poussaient lentement le canot vers les deux formes noires qui dérivaient en attendant, par crainte du vacarme que déclencherait la chute des ancres.

Est-ce que les hommes n'avaient pas rencontré, au large de Lisbonne, un cargo à peine plus grand que leurs chalutiers qui emmenait vers l'Amérique des foules entassées sur le pont ?

Il ne fallait pas de drame. Il ne fallait pas qu'on sente le drame et Omer avait fait tout son possible pour cela. Il avait toujours fait, toute sa vie, tout le possible, tout ce qu'un homme comme lui pouvait faire, et il y eut enfin le moment où il pénétra, en courbant les épaules comme il en avait l'habitude, dans la cage vitrée qui entourait le gouvernail de l'*Onkel Claes*.

Est-ce que les gens, lorsqu'ils apprendraient le départ des Ostendais, se figureraient un seul moment qu'on n'avait pas arraché le vieil infirme à son fauteuil ? Et pourtant on l'avait transporté assis, dans la camionnette d'abord, puis dans le canot, et tout le temps il avait fumé sa longue pipe d'écume sans broncher, comme s'il avait compris.

La grosse Maria attendait, près de la timonerie où il n'y avait pas place pour eux deux. Elle devait attendre longtemps, des heures, le temps de franchir les brumes de la nuit, et quand elle vit du blanc jaunâtre au ciel, du côté de l'Orient, elle vit en même temps, à travers les vitres, la tête de son homme, du *baes*, d'Omer, ses yeux mi-clos qui n'exprimaient rien qu'une fatigue immense au moment où il allait enfin pouvoir se reposer.

Elle lui sourit, pour l'encourager. Il lui sourit, d'un sourire vague et lointain.

Mais il n'osait pas encore se détendre. C'était fini ; il avait fait ce que, dès le début, il avait décidé de faire, ce que des règlements imbéciles, ce que le désordre de la guerre l'avaient empêché d'accomplir plus tôt.

Ces femmes qui dormaient, ces enfants qui ouvraient les yeux sur l'immensité du ciel marin et qui frissonnaient à la fraîcheur du matin, ces deux bateaux qui s'échappaient enfin de leur prison, il l'avait voulu, patiemment, lourdement, comme un Ostendais sait vouloir.

Il avait payé le prix et il savait ce que lui coûtait ce soleil encore un peu jaune qui se levait sur des eaux neuves où, tout à l'heure, il lui faudrait répondre à de nouveaux interrogatoires, montrer une fois de plus ses papiers, expliquer, expliquer sans fin, rester suspect, sans doute, pendant un certain temps.

Parce que les gens ne pouvaient pas comprendre, alors que c'était si simple !

Parce qu'ils étaient partis d'Ostende... De plus loin encore... Des mers d'Islande où ils pêchaient...

Pour qu'ils soient tous ensemble, avec leurs bateaux, avec leurs enfants, avec leurs affaires, avec tout ce qui faisait leur vie, loin des Allemands et de toute contrainte.

Il y en avait, à bord, qui, en s'éveillant, riaient au soleil qui était enfin le soleil de la liberté.

Omer ne riait pas, ne souriait pas. La grosse Maria fut la seule à savoir qu'à certain moment il avait envie de pleurer, parce que, tout cela, il l'avait payé le prix, le prix fort, parce qu'il se demandait peut-être s'il avait eu raison, s'il avait vraiment le droit...

Il allait, tout à l'heure, devoir à nouveau expliquer...

Expliquer quoi ?

Qu'il avait fait son métier d'homme... Qu'il avait fait ce qu'il avait pu, du mieux qu'il avait pu...

Qu'ils n'étaient plus que deux bateaux sur cinq... Qu'il ne lui restait qu'un fils sur trois...

Qu'il ramenait des veuves et des orphelins, mais qu'il avait fait son devoir.

— Seigneur, j'ai fait ce que vous m'avez...

Et pourtant, soudain, quand, vers midi, alors que tout le monde campait sur les ponts, on aperçut ces falaises blanches, les falaises d'un pays libre, on vit Omer, tout seul dans sa cabine vitrée, les deux mains sur la roue du gouvernail, qui souriait pour la première fois depuis longtemps, de son vrai sourire et non de celui dont il accueillait, à Charron, les boutades du capitaine-doryphore.

La grosse Maria l'embrassait à travers la vitre. Elle ne put s'empêcher d'entrouvrir la porte.

— C'est l'Angleterre ? balbutia-t-elle.

Et lui, détournant la tête, laissa tomber :

— Nous y sommes, n'est-ce pas ?

LE BILAN MALÉTRAS

1

Émile, le garçon du *Cintra*, fut frappé par le changement et ne se trompa que d'assez peu dans l'interprétation de celui-ci. Quand, un peu après cinq heures, Malétras s'était assis derrière les joueurs de bridge, Émile s'était avancé comme d'habitude. Comme d'habitude aussi, il avait murmuré :

— Bonsoir, monsieur Malétras. Un Impérial ?

Jules Malétras n'avait pas répondu. Il ne se donnait pas toujours la peine de répondre. Peut-être suivait-il avec attention la partie de ces messieurs ?

Tout cela, d'ailleurs, n'avait aucune importance. Émile, pensant déjà au client du 7 qui paraissait s'impatienter, se dirigeait vers le haut bar d'acajou où le barman avait posé un verre sur un plateau d'argent ; il poussait en passant une des touches de la caisse enregistreuse, saisissait au vol un ticket, s'arrêtait, au fond du café, où les reflets du soleil sur les boiseries devenaient sirupeux, devant celle des barriques scellées dans le mur qui portait l'étiquette « Porto Impérial ». La liqueur coulait, d'un rubis somptueux.

Or, juste à ce moment, la petite porte de l'office s'ouvrait. Joséphine, la bonne, apportait pour le bar un énorme plat de bouchées aux anchois. Émile regarda ceux-ci, appétissants sur leur canapé d'œufs durs, puis Malétras qui ne faisait pas attention à lui, et alors, sans intention particulière, il saisit au passage une soucoupe de bouchées qu'il posa près du verre sur le plateau.

— Voilà, monsieur Malétras.

Malétras, dont la pensée devait être loin, fixa un instant les anchois sans comprendre. Puis il leva les yeux vers Émile qu'on finissait, comme tous les garçons, par ne plus voir que comme un objet familier. On eût dit qu'il découvrait soudain qu'Émile, avec son visage rose fondant marqué par la petite vérole et ses yeux bleu pastel, était un homme. Les prunelles de Malétras contenaient presque une question, puis aussitôt, à cause de cette présence insolite des anchois sur le plateau rectangulaire, un travail se fit dans son esprit.

— C'est un homme et, comme je suis un autre homme, il cherche à me faire plaisir.

Tout cela se passa-t-il réellement, dans un rayon de soleil qui venait de la terrasse, pendant un si court moment ? Toujours est-il que les traits de Malétras, ce qu'Émile n'avait jamais vu, eurent l'air de mollir, que le bas du visage perdit sa rigidité dans une sorte d'effort pour sourire.

Il y eut vraiment tentative et même réalisation partielle de sourire, ce ne fut pas une illusion d'Émile qui n'était qu'un simple garçon. En effet, à ce moment-là, le docteur Vérel, assis juste en face de Malétras, leva un instant les yeux de dessus ses cartes et fut si surpris qu'il devait en parler aux autres un peu plus tard, une fois Malétras parti.

Émile, lui, en se dirigeant vers son client du 7 qui attendait certainement une femme et qui perdait patience, saisissait un journal avec l'intention de le lui offrir et pensait :

— M. Malétras doit avoir des malheurs. Je m'en doutais depuis quelque temps.

Il n'imagina pas des malheurs d'ordre sentimental. Pas de difficultés financières non plus, car tout le monde savait au Havre que Malétras était riche et ne s'occupait plus des affaires. Quel malheur peut s'abattre sur un homme riche de soixante ans ? La grosse catastrophe, n'est-ce pas le visage soucieux du médecin qui déclare, tandis que vous vous rhabillez :

— Eh oui ! mon ami... Le cœur se fatigue... Il va falloir...

Ou bien le foie. Ou les reins. Quand on est malade, on regarde les gens autrement, on essaie de deviner leurs petites misères, on les plaint. Il arrive que des hommes, dès qu'ils se savent condamnés, deviennent très doux avec chacun, même avec les bêtes, même avec les choses.

C'est à peu près ce que pensa Émile sans y attacher autrement d'importance, et, chose curieuse, pendant quelques secondes, alors qu'il suivait des yeux la veste blanche du garçon, Malétras se demandait :

— Quelle peut bien être sa vie intime ? Est-ce qu'il a une femme, des enfants, une maîtresse ? Est-ce qu'il a un vice ?

On était au début de mai. C'était un samedi. Même le samedi, le *Cintra* ne connaissait pas la cohue des grands cafés. Cela restait, dans le centre de la ville, une oasis discrète, au décor un peu grave comme Malétras les aimait : des boiseries sombres, des cuivres, des étains. Le vélum abritant les trois ou quatre tonneaux qui servaient de guéridons à la terrasse était d'un rouge foncé. Le soleil, à cinq heures, avait perdu sa pétulance. La température était juste assez tiède pour qu'on appréciât les quelques bouffées plus fraîches d'un courant d'air.

Malétras voyait tout et se voyait lui-même aussi nettement que dans un miroir. A ce moment, par exemple, il se voyait un peu comme le personnage central du *Syndic des drapiers* dont il avait depuis quarante ans une reproduction dans sa salle à manger.

Ils étaient là, dans un coin du *Cintra*, dans leur coin, le coin qui leur était réservé chaque jour, cinq hommes d'âge et d'importance qui avaient gravi plus ou moins péniblement la côte de la vie et qui se trouvaient au sommet.

Qui était le personnage d'une trentaine d'années qui regardait sans cesse sa montre, bien qu'il y eût une horloge juste en face de lui, et qui tremblait d'impatience ? Peu importait. Malétras ne le connaissait pas, mais il savait que cet homme, à moins d'être étranger au Havre, avait jeté un coup d'œil respectueux vers leur table, qu'il avait sans doute reconnu le maigre docteur Vérel, le neurologue, peut-être Legrand-Beaujon, des assurances maritimes, Devismes, des bois du Nord, dont le nom, sur des panneaux, ceinturait des kilomètres de chantiers. Il était en tout cas impossible de ne pas reconnaître le gros, l'énorme, le luisant Steuvels, de qui on boit la bière dans tous les cafés de France, et Malétras, des Docks Malétras, dont les comptoirs vert olive enlaidissent tous les villages de Normandie.

Quarante ans plus tôt, Malétras aurait été muet d'émotion devant une telle tablée.

A présent il tirait machinalement de sa poche, comme chaque jour à la même heure, son étui à cigares. C'était un somptueux étui à compartiments — un compartiment pour chaque cigare — en maroquin bleu entouré d'or. Poussant un peu son ventre en avant, Malétras tâtait son gilet que barrait une chaîne, prenait dans la poche de droite un coupe-cigares, en or également, en forme de guillotine, accroché à un des bouts de cette chaîne. D'une autre poche enfin, il extrayait un briquet de luxe, en or, car il aimait que tous ces menus objets dont on se sert journellement fussent en or.

Lentement, il tirait quelques bouffées et surprenait le coup d'œil d'intelligence qu'échangeaient les joueurs de cartes. Il savait. La même scène se répétait depuis des années. Jamais il n'offrait un cigare. Cela tenait moins à son avarice, car chez lui il lui arrivait d'en offrir d'une des boîtes entassées sur le coin de la cheminée, qu'au fait que son étui contenait exactement la provision de la journée.

Rituellement, son matériel remis dans ses poches il poussait un profond soupir, se renversait un peu en arrière et fermait à demi les paupières pour regarder monter la fumée.

Tout cela, il le faisait encore, avec la minutie habituelle, mais il le faisait comme un chrétien qui n'a plus la foi continue à s'approcher des sacrements. Une seconde, il ferma les yeux. Personne, par bonheur, ne le regarda à cet instant. Quelle pitié immense son visage exprima ! Pour lui-même ! Pour le pauvre Malétras !

Aussitôt après, ainsi qu'on passe aux affaires sérieuses après avoir sacrifié aux sentiments, il se mit à épier Steuvels.

— Dès qu'il fera le mort, je lui adresserai un signe discret...

Il avait choisi Steuvels. Le docteur était trop sarcastique. Legrand-Beaujon faisait vraiment vieillard, avec sa barbe blanche taillée en carré. Devismes avait huit enfants.

Steuvels, de qui la chair rouge débordait de partout, qui avait la peau grasse, les yeux noyés, des brutalités canailles, des familiarités souvent choquantes, en était à sa troisième ou quatrième femme et on chuchotait qu'il avait choisi la dernière dans un bordel.

— Trois carreaux... annonçait le docteur en secouant la tête d'un mouvement sec et rapide, car il avait un tic nerveux.

— Bon...

— Passe...

Si Devismes n'annonçait pas trois piques et si le docteur ne les lui laissait pas, Steuvels faisait le mort et Malétras pouvait lui parler.

En être arrivé là ! Lui, Malétras ! Pire encore que ce pauvre homme qui attendait depuis une heure peut-être et qui, n'y tenant plus, se précipitait vers la cabine téléphonique.

Comment pouvait être la femme qui lui posait un lapin ? Peut-être laide ? Peut-être bête ? Peut-être méchante et bête à la fois ? Malétras n'avait plus aucune illusion là-dessus. Il ne méprisait pas l'amoureux. Il souhaitait presque le voir sortir rassuré de la cabine, mais, au contraire, on le revit encore plus agité et il appela Émile pour lui demander du papier à lettres. Il devait être marié. Il avait peut-être des enfants ?

— Sans atout...

— Deux...

— Trois...

Enfin ! Steuvels était libre et Malétras, se levant brusquement, lui posait la main sur l'épaule.

— Vous voulez venir un instant ?

Pourquoi cela lui rappela-t-il l'école ? Tous ses souvenirs d'école, ou presque, étaient des souvenirs désagréables. Il avait rougi comme l'enfant pâle et méfiant d'autrefois.

Attirant Steuvels vers le fond du café, près de la porte à claire-voie des lavabos, il se trouva tourné vers la terrasse qui devait apparaître aux passants comme le plus séduisant des refuges, avec son ombre rouge, les tonneaux vernis, cerclés de cuivre, qui remplaçaient les tables, le vert sombre des plantes en caisses qui l'entouraient.

— Dites-moi, Steuvels...

Maintenant, il devait être blanc. Et pourtant il s'efforçait de retrouver le sourire qu'il avait tout à l'heure en levant les yeux vers Émile.

— Je voudrais vous demander un petit service... Pourriez-vous téléphoner chez moi pour annoncer à ma femme que nous dînons ensemble ?

Il aurait cent fois mieux aimé prononcer :

— Voilà, Steuvels. Je suis embarrassé. J'ai besoin que vous me prêtiez un million... sur-le-champ.

Pour bien faire, sa voix n'aurait pas dû être si grave, ni l'expression de son visage. Ces services-là, on les sollicite, il s'en rendait compte, du bout des lèvres, avec un clin d'œil, une tape sur le ventre.

Le clin d'œil, il l'avait espéré de la part de Steuvels, qui avait tous les vices, qui s'affichait dans les lieux les plus sordides, qui aurait dû comprendre.

Or, le gros imbécile répétait comme s'il ne comprenait pas :

— Vous voulez dîner avec moi ?

— Mais non... J'ai besoin de ma soirée... Je la passerai soi-disant avec vous... Si je téléphone moi-même...

— Quelle excuse donnerai-je pour ne pas inviter Mme Malétras ?

— Que c'est un dîner d'affaires... Que vous avez rencontré un ami belge, par exemple...

— Oui... Évidemment...

Le faisait-il exprès de prendre cet air ennuyé, hésitant ? Malétras fut persuadé que non, que l'autre reculait tout bonnement devant des complications possibles. Il craignait pour sa petite tranquillité. Qu'un autre que Malétras lui eût demandé le même service, cela ne tirait pas à conséquence. Mais Malétras !

— Bon... Quel est votre numéro ?... Venez donc avec moi dans la cabine... Vous savez, moi, ces commissions-là... Tenez ! Demandez le numéro vous-même... Vous me donnerez le récepteur...

Il fallut en passer par là. Puis, la commission faite, revenir, vers les autres joueurs qui attendaient, avec un Steuvels de mauvaise humeur.

— Émile !

— Oui, monsieur Malétras... Douze francs.

Il s'éloigna en soupirant :

— A demain, messieurs.

Ce n'était pas son heure, mais il ne pouvait plus rester immobile, dans cette atmosphère dont le calme exaspérait ses nerfs. Il avait encore une heure devant lui. Il ne savait qu'en faire.

Il pénétra dans la cohue de la rue de Paris, puis pensa qu'il risquait à chaque instant de tomber nez à nez avec Lulu en train de courir les magasins. Elle était capable de l'obliger à l'y suivre. Un tram passait. Il y monta, resta debout sur la plate-forme, se tassant dans son coin à mesure que se pressaient les voyageurs.

On aurait pu se croire en plein été. Les femmes portaient des robes et des chapeaux clairs. Les terrasses regorgeaient de consommateurs et on respirait en passant des bouffées d'apéritifs.

Le tram pénétrait dans des faubourgs où des gens étaient assis sur les seuils et partout le soleil blessait les yeux de Malétras ; dans certaines rues, tout un trottoir en était inondé ; dans d'autres, plongées dans l'ombre, le soleil renaissait soudain, comme ironique, sur la vitre d'un troisième étage ou d'une mansarde. La peau était tiède et moite, avec son odeur d'été. Quelqu'un, près de Malétras, sentait l'ail.

Comment recréer désormais la vie extraordinaire de l'hiver ? Elle ne recommencerait jamais, il le savait. Il se raccrochait à l'espoir, comme le client du 7, au *Cintra*, qui attendait peut-être encore. Il vivait dans l'incohérence. Et, le plus terrible, c'est qu'il ne cessait pas un instant d'en avoir conscience.

Il était sans illusions. Il imaginait fort bien Lulu, cet après-midi, allant de boutique en boutique, de l'argent plein son sac qu'elle devait ouvrir tout grand pour montrer les liasses aux commerçants et aux vendeuses.

Qu'allait-elle pouvoir acheter, bon Dieu ? Elle avait mauvais goût. Elle était vulgaire. Elle n'aimait que ce qui était le plus platement vulgaire.

En outre, elle était agressive. Elle était méchante. Qu'allait-elle encore inventer pour le faire souffrir ce soir-là, lui qui avait pourtant fait ce qu'il avait cru ne jamais pouvoir faire : s'humilier devant Steuvels !

Il dut descendre du tram qui était arrivé au terminus. Il marcha, dans une rue déserte, très longue, bordée de fabriques, puis, le tram le rattrapant, il y monta à nouveau pour rentrer en ville. Il faillit descendre place de l'Hôtel-de-Ville, puis continua jusqu'au port.

Le soleil avait tout changé, tout détruit. Ce n'était plus mystérieux, ni même misérable, c'était banal. C'était bête. Un décor grouillant d'une vie un peu sale.

Les soirs d'hiver, il se glissait, le col du pardessus relevé, le long de ces mêmes murs, en proie à une délicieuse angoisse, s'écartant des trous trop sombres, des recoins d'où un danger pouvait surgir. Il connaissait chaque bec de gaz et les rectangles faiblement lumineux des petits caboulots. Il tournait à droite, encore à droite. Son cœur battait. Il atteignait l'impasse de la Pie et, tout au bout, au fond du cul-de-sac où ses pieds clapotaient dans les flaques d'eau, il franchissait un premier couloir humide, puis une cour aux pavés inégaux.

L'odeur de pauvre prenait à la gorge. Au rez-de-chaussée du bâtiment qui se dressait au fond de la cour, il y avait l'atelier d'un menuisier. Quand Malétras venait avant six heures, il pouvait apercevoir celui-ci dans la lumière grisâtre de l'ampoule pendue au plafond. Il gravissait enfin un escalier extérieur, se cognait à une porte vitrée, et c'était là : Lulu lui ouvrait.

Ce n'était pas non plus la Lulu d'à présent. Le plus souvent, elle était en peignoir, à moitié nue, toujours débraillée, des cheveux sur le visage. On sentait qu'elle venait de quitter le divan, près du petit poêle de fonte, où elle lisait pendant des journées entières des romans à couverture bariolée.

— Qu'est-ce qu'il y a dans ce paquet ?

Il lui apportait de la pâtisserie, des bonbons, des chocolats. Jamais beaucoup.

Il arrivait à Lulu de bouder. Elle avait envie de ceci ou de cela, jamais de choses chères.

Elle croyait, à cette époque-là, qu'il était comptable dans une banque.

D'autres jours, elle le faisait exprès de paraître nostalgique et lui, imbécile, la questionnait :

— Tu regrettes ?

— Mais non.

— Avoue que tu regrettes un peu.

— Qu'est-ce que je regretterais ?

— Le café.

— Si tu crois que c'est drôle d'être la servante de tout le monde !

— Tu voyais du monde...

Elle n'était pas belle. Elle avait un visage irrégulier, un teint pâle que Malétras trouvait émouvant, comme il trouvait émouvant son corps de gamine pas bien portante.

Il l'avait rencontrée au début de l'automne au *Café de l'Escale* où il était entré par hasard pour se rafraîchir et où elle était serveuse. Elle portait une petite robe de serge noire toute lustrée et un tablier blanc. Maintenant encore, il lui arrivait souvent de la supplier de s'habiller ainsi, pour lui seul, dans l'intimité de la chambre.

— Les hommes te faisaient la cour...

— Pour ce qu'ils m'intéressent !

— Il n'y en avait pas un que tu écoutais plus volontiers ?

— Tous les hommes se valent.

— Moi aussi ?

— Toi, ce n'est pas pareil.

Jaloux de son passé, il la questionnait des heures durant et elle jouait le jeu, docile, lui laissant croire tout ce qu'il voulait sans jamais pourtant le rassurer trop pleinement.

— Tu n'as jamais eu d'amoureux ?

— Jamais.

— Même toute jeune ?

Elle souriait à un souvenir.

— A l'école... murmurait-elle.

— Eh bien ?

— Il y avait un garçon. Le fils Gouel. C'était un rouquin. Il voulait toujours...

— Quoi ?

— Toucher...

— Et toi ?

Un jour, il avait trouvé un homme chez elle, un grand maigre, qui portait le bras en écharpe.

— Je te présente mon frère Joseph, qui est garçon à bord du *Normandie*. Pour le moment, il est en congé, à cause d'une infection à la main...

Joseph était pâle, plutôt triste, sournois, avec toujours des boutons sur la figure, des furoncles dans le cou.

Ils s'obstinèrent, Joseph et elle, à lui apprendre la belote à trois. Puis, certains soirs, ils l'emmenèrent jouer dans les petits caboulots des environs où Malétras ne craignait pas d'être reconnu.

Il y avait maintenant une semaine jour pour jour... Il était entré dans la chambre comme d'habitude... Il avait trouvé Lulu toute droite, toute habillée, les traits tirés, les lèvres si frémissantes qu'elle fut un bon moment sans pouvoir parler.

— Tu... tu...

Il ne comprenait pas, cherchait des yeux Joseph qu'il avait pris l'habitude de trouver là.

— Tu n'as pas honte ?

Et enfin :

— Tu n'as pas honte, *monsieur* Malétras ?

Un choc à peine perceptible. Il n'avait même pas tressailli. Et pourtant il avait compris que tout était fini. Émile, le garçon du *Cintra*, ne s'était pas tellement trompé tout à l'heure en pensant à un homme à qui le médecin annonce avec ménagements qu'il est condamné.

— Eh bien ?

— Quand je pense que toi, toi qui es riche à ne savoir que faire de ton argent, tu me faisais vivre avec mille francs par mois ! Regarde les robes que tu m'offrais ! Voilà ce que j'en fais.

Il ne fallait plus y penser. C'était ignoble. Elle avait déchiré ses effets, tout cassé autour d'elle et lui, lui... il avait pleuré. Il avait demandé pardon. Il s'était mis à genoux devant elle.

Joseph était arrivé. Peut-être la scène était-elle combinée d'avance ? N'était-ce pas exprès qu'elle portait, ce soir-là, sa robe noire de serveuse ?

C'est Joseph qui avait intercédé pour Malétras.

— Voyons, Lulu, puisqu'il regrette ce qu'il a fait ! Il n'a pas pensé, cet homme. Maintenant il réparera...

— Je n'ai pas besoin de son argent. Ce n'est pas pour l'argent que je lui en veux, mais parce qu'il m'a menti...

Et c'était lui, Malétras, qui était maintenant debout dans une rue qu'il ne connaissait pas, à la recherche d'un bar où Lulu lui avait donné rendez-vous.

Une semaine ! Il lui avait d'abord donné tout ce qu'il avait en poche. Elle avait envie d'un manteau de fourrure. Ce n'était pas la saison. Il le lui avait dit. Mais elle avait depuis toujours envie d'un manteau de fourrure.

Elle en avait vu un qui coûtait onze mille francs.

— Ta femme porte bien un vison de deux cent mille...

Or, le riche Malétras pouvait signer un chèque d'un ou deux millions, mais il ne pouvait disposer de dix ou douze mille francs à l'insu d'Hermine, sa seconde femme, la veuve du général, qu'il avait épousée cinq ans plus tôt.

Déjà alors, il avait pensé à Steuvels. Il avait pensé à tous ses amis, à ceux du *Cintra* et aux autres. Par hasard, il avait rencontré son gendre.

Comment Lulu avait-elle dit ? Le *Picratt's*. C'était cette devanture d'un rouge agressif, cette porte entrouverte d'où filtraient des grincements de banjo.

Peut-être allait-il jouer le rôle du monsieur de tout à l'heure ? Qu'importait désormais ? Il entra. Il y avait un bar haut perché à droite de l'entrée.

— Jules !...

Elle était là, sur un tabouret, une cigarette aux lèvres. En dehors du barman et du joueur de banjo, il n'y avait qu'elle dans le bar, et sans doute au moment où Malétras était entré, Lulu était-elle en train de faire ses confidences au barman.

— Assieds-toi. Qu'est-ce que tu en dis ?

Elle portait évidemment le fameux manteau de fourrure, des souliers neufs, des bas neufs. Elle sortait des mains du coiffeur et une indéfrisable lui faisait une tête de poupée qu'il reconnaissait à peine.

— Je ne suis pas bien ?

— Mais si.

— Sers-lui un manhattan comme à moi, Bob... Tu verras tout à l'heure mes autres achats...

Et, à voix basse :

— J'ai tout dépensé. Tu es fâché ?

— Non.

— On dirait que tu es fâché. Qu'est-ce que tu as ?

Elle tutoyait aussi le joueur de banjo qu'elle paraissait fort bien connaître et, quand ils dînèrent dans un petit restaurant à orchestre, ce fut plus fort que lui, Malétras se mit à lui faire une scène de jalousie.

Il était mal parti, il le sentait. Elle eut des mots maladroits.

— C'est parce que j'ai dépensé tes vingt mille francs que tu es de mauvais poil ?

Puis ils discutèrent à nouveau, car elle voulait, avant de rentrer, passer une heure dans une boîte de nuit. Ce fut lui qui céda.

A la porte de *La Cloche*, sous l'enseigne mauve au néon, elle s'extasia devant une longue voiture de course à la carrosserie d'aluminium.

— Est-ce que nous entrons ? s'impatienta-t-il.

Qui sait s'il n'allait pas tomber sur Steuvels qui fréquentait ce genre de boîtes ? Il y avait foule ; la chaleur était étouffante. Des visages irréels dans une lumière rougeâtre, des couples serrés les uns contre les autres, des tables trop petites et des banquettes dans lesquelles on enfonçait.

Comme il s'y attendait, on vint inviter Lulu à danser. Elle l'interrogea du regard et il maintint un visage renfrogné. Elle dansa quand même.

C'est alors que la catastrophe se produisit. Un homme était debout au bar que Malétras ne voyait que de dos, une longue silhouette sportive, en complet gris. L'homme se retourna et tous deux se reconnurent. C'était son gendre, Étienne Laniel. Laniel crut que son beau-père était seul et s'approcha de lui.

— Ici ? s'étonna-t-il.

C'était un beau garçon, d'un blond fade au visage un peu veule, mais un beau garçon quand même et qui plaisait aux femmes.

— Vous permettez ?

Il s'asseyait. Lulu revenait.

— Tu ne me présentes pas ?

— Mon gendre... Une amie, Lulu.

Évidemment, Laniel comprenait maintenant pourquoi son beau-père lui avait emprunté vingt mille francs.

— Comment se fait-il que tu sois au Havre ? demanda Malétras à Étienne.

— Après le dîner, j'ai voulu essayer une nouvelle bagnole...

— C'est la voiture qui est devant la porte ? s'exclama Lulu. Ce que cela doit être épatant de rouler là-dedans !

— Cela vous ferait plaisir ?

— Vous le demandez ?

— Si mon beau-père le permet, je vous enlève pendant un quart d'heure.

Lulu était très animée, car elle avait bu deux apéritifs et beaucoup de vin à table. Elle vida encore deux coupes de champagne avant de suivre Étienne Laniel. De la porte, elle envoya un baiser du bout des doigts à Malétras.

Un quart d'heure passa. Il avait chaud. Il étouffait. Il lui arrivait de soupirer, tout seul :

— Ce n'est pas possible.

Ou :

— C'est fini.

Le parfum violent de sa voisine l'entêtait. Une entraîneuse vint s'asseoir près de lui.

Alors, il sortit et attendit sur le trottoir, près du chasseur qui essaya deux ou trois fois d'engager la conversation. Il n'osait plus regarder l'heure. Il y avait déjà une heure et plus qu'ils étaient partis. Du temps passa encore. A chaque taxi qui passait dans le lointain...

Enfin, le bolide... Lulu sautait à terre, avait un choc en voyant Malétras devant elle.

— Qu'est-ce qui te prend ?

Elle attaquait.

— Tu n'aurais pas pu attendre à l'intérieur ? J'ai une de ces soifs !

— Non.

— Quoi, non ?

— Viens.

Il se retournait pour murmurer :

— Bonsoir, Étienne.

Il ne savait plus. Il l'entraînait. Il la tenait par le bras. Elle avait un peu peur.

— Où êtes-vous allés ?

— Sur la route de Dieppe.

— Vous ne vous êtes arrêtés nulle part ?

— Lâche-moi ! Tu me fais mal.

— Dis-moi où vous vous êtes arrêtés.

— Nulle part. On a fait du cent quatre-vingts.

— Et après ?

— Il n'y a pas eu d'après. Et puis ! tu m'ennuies, à la fin.

— Je quoi ?

— Je dis que tu m'ennuies. J'en ai assez, là ! D'abord, tu me traites comme une je ne sais quoi en me laissant dans la misère malgré tous tes millions. Ensuite, monsieur se permet...

Ils étaient arrivés au coin de l'impasse de la Pie et Lulu marquait une hésitation.

— Je ne rentre pas ! déclara-t-elle soudain.

— Rentre.

— Pour quoi faire ?

— Rentre.

Elle faillit ne pas obéir. Il était le plus fort. Il lui barrait la retraite.

— On ne fera quand même rien ce soir, lui lança-t-elle.

— Pourquoi ?

— Parce que !

— Pourquoi ?

— Zut !

Ils franchissaient l'un derrière l'autre le premier couloir dans l'obscurité complète. Ils traversaient la cour et Lulu hésitait une fois de plus.

— Qu'est-ce que tu as ce soir ?

— Monte.

Et, une fois dans la chambre :

— J'y suis, voilà ! Et maintenant, qu'est-ce que tu me veux ?

— Tu as couché avec mon gendre.

— Imbécile !

— Avoue.

Il était vraiment fou. Il souffrait comme un damné. Et elle était folle aussi.

— D'abord, il est beaucoup mieux que toi et lui, du moins, a une bagnole. Sans compter qu'il doit être riche, puisque c'est à lui que tu as emprunté l'argent que tu m'as donné.

— Il t'a dit ça ?

— Ce n'est pas vrai, peut-être ?

Il les imaginait tous les deux, riant de lui, dans le vent de la route...

— Maintenant, va retrouver ta femme et laisse-moi.

— Déshabille-toi.

— Non... Pas aujourd'hui.

Il revenait à sa question :

— Pourquoi ?

Parce qu'elle venait de coucher avec Étienne, parbleu !

— Déshabille-toi.

— Non. Tu m'ennuies, à la fin.

— Obéis, ou sinon...

C'était une idée fixe. Il lui semblait qu'en la forçant à se déshabiller, il aurait la preuve de son infidélité. C'était absurde, et pourtant c'est sous le coup de cette absurdité qu'il vécut toutes les minutes suivantes.

— Déshabille-toi.

— Tu me fais mal, idiot... Tu ne vois pas ta tête ?... Va te regarder dans la glace... Tu as l'air d'un fou...

Combien de fois répéta-t-il encore :

— Déshabille-toi !

— Tu es fou, entends-tu ?... Si tu continues, j'appelle au secours... Au sec...

Il l'étrangla. Quand il la lâcha, elle tomba par terre tout d'une pièce et ne bougea plus. Il ne bougea pas davantage. Peut-être ressentait-il un certain soulagement. Il répéta, comme tout à l'heure dans la boîte de nuit où il étouffait :

— C'est fini.

Il éprouva le besoin de s'asseoir et dut retirer les paquets posés sur une chaise, les fameuses emplettes de l'après-midi. Il faillit prendre dans sa poche, sans s'en rendre compte, son étui à cigares, parce qu'il avait vaguement l'impression qu'il lui manquait quelque chose. Il entendit du bruit dans la pièce voisine, qui servait de cuisine et de débarras. La porte de communication s'ouvrit sans qu'il tressaillît.

C'était Joseph. Donc Malétras ne s'était pas trompé. Il avait toujours pensé que Joseph n'était pas le frère de Lulu, mais son amant. Il s'y était même résigné, parce qu'il sentait que c'était inévitable.

Malétras ne sut jamais pourquoi il prononça à cet instant, d'une voix étrangement calme :

— Il faut appeler la police.

Et l'autre, après avoir retourné le corps de Lulu, de murmurer :

— Idiot !

Glissant sur ses espadrilles, maigre et blafard comme un voyou de théâtre, il alla s'assurer que les rideaux étaient bien fermés, entrouvrit la porte, écouta, revint au centre de la pièce.

— Rentrez chez vous et ne vous occupez de rien. Je m'en arrangerai.

Malétras ne comprit pas tout de suite.

— Plus tôt vous serez rentré chez vous, mieux cela vaudra. Tâchez seulement de ne pas vous dégonfler. Si vous savez vous tenir, il n'y aura pas de pétard. Filez !

Il lui tendit son chapeau melon, referma la porte derrière lui. Et dans le corridor obscur qui reliait la cour à la rue, Malétras s'arrêta comme un somnambule pour pisser contre le mur.

2

Avant même d'ouvrir les yeux, il comprit que quelque chose d'extraordinaire venait de se passer, du soleil déjà chaud, déjà d'un or épais, s'introduisait par les fentes des persiennes ; il étendit la main et sentit que la place, dans le lit, à côté de lui, était vide et froide ; les bruits de la rue s'étaient orchestrés et avaient remplacé le pépiement des oiseaux qui l'accueillait d'habitude à son réveil. Car, depuis sa petite enfance, depuis le temps où il avait encore une mère qui l'habillait pour l'envoyer à l'école du village, Jules Malétras s'était toujours levé à cinq heures du matin.

Les autres jours, il se glissait sans bruit hors des draps, laissant Hermine endormie. Pieds nus, sans chercher ses pantoufles sur la descente de lit, il gagnait, en chemise, la salle de bains de droite, car, s'ils avaient décidé de faire chambre commune, chacun disposait d'une salle de bains. Malétras ouvrait la fenêtre toute grande. Il n'y avait pas de vis-à-vis. La rue de la Commanderie, qu'il avait choisie pour y faire construire sa nouvelle maison, dans le quartier le plus élégant, n'était pas encore complètement bâtie. Il subsistait des trous entre les gros hôtels particuliers, des terrains vagues ou des jardins. Les arbres plantés le long des trottoirs étaient tout jeunes, avec des feuilles légères, d'un vert tendre.

Il devait fermer la porte avec soin, car il n'avait jamais pu s'habituer à se laver sans souffler comme un phoque. Il descendait presque en même temps qu'Eugénie, la vieille bonne d'Hermine, qui avait dit un jour :

— Je n'ai pas de chance avec les maris de madame. Le premier, parce qu'il était militaire, était dans mes jambes dès six heures du matin et l'ordonnance tenait déjà le cheval par la bride devant la porte. Madame épouse un autre monsieur qui n'est pas militaire et il faut que c'en soit un qui se lève comme les gens de la campagne et qui casse la croûte sur la table de la cuisine...

Quelle étrange impression, ce matin-là ! Il regardait autour de lui un décor qui lui était familier depuis près de six ans et c'était exactement comme s'il eût regardé la plus étrangère des chambres d'hôtel.

Ce vaste lit, par exemple, où il traînait sans raison, lui qui ne s'attardait jamais entre les draps moites qu'il avait en horreur ! C'était un lit Louis XVI peint en gris, aux guirlandes sculptées, aux panneaux finement cannés et, pour comble, au-dessus de sa tête, il y avait un petit baldaquin en forme de couronne que supportaient des amours et d'où tombaient des rideaux de satin.

C'était le lit d'Hermine. Ce n'était pas celui du général, car, du temps du général, elle faisait chambre à part. Question de classe sociale, sans doute. Hermine était née Hermine de Dodeville.

Avec Louise, sa première femme, qui était une Belloncle, Malétras n'avait jamais fait chambre à part. Ils ne disposaient que d'une salle de bains pour deux. Au début, ils n'avaient pas de salle de bains du tout, ni cabinet de toilette, ni eau courante. Ils se lavaient dans une cuvette d'émail posée sur un trépied en bois tourné.

Pourquoi, avec Hermine, ne faisaient-ils pas chambre à part comme Hermine le faisait avec le général ? Ils se disaient vous. Jamais ils ne s'étaient tutoyés. Toute la journée, ils vivaient ensemble comme des gens qui se connaissaient à peine. Et c'était un peu cela puisque, lorsqu'ils s'étaient mariés, Hermine avait cinquante-trois ans, lui cinquante-cinq.

Jamais ils n'avaient envisagé la façon dont ils dormiraient. Ils avaient décidé que le mariage aurait lieu dès que la maison de la rue de la Commanderie serait construite.

— Demain, Hermine, si vous le permettez, je vous enverrai l'architecte, car il y a des détails que je voudrais que vous décidiez avec lui.

C'était la question des chambres. Elle avait décidé : une seule chambre. Deux salles de bains, mais une seule chambre. Sa salle de bains à elle était en marbre rose.

Eh bien ! c'était peut-être maintenant seulement qu'il découvrait la vérité : il s'éveillait, il tâtait de la main le lit à côté de lui et il était pris d'une angoisse physique en constatant qu'il était seul. Il lui semblait qu'il respirait mal, que son cœur ne battait pas régulièrement, il avait peur d'être malade, de mourir sans avoir le temps ou la possibilité de tendre la main vers le bouton de sonnerie.

Ils étaient vieux tous les deux. Ils avaient peur, la nuit, de leur solitude. Pendant la journée, rassurés, ils pouvaient se dire vous et échanger des politesses. La nuit, chacun avait besoin de sentir que l'autre était couché à portée de sa main.

Assis dans son lit, il se regarda dans la glace de la grande armoire grise qui lui faisait face et quelque chose sur son visage déclencha un souvenir : cette sorte de sourire vague, à la fois craintif et presque bon qu'il reconnaissait sur ses traits, qui amollissait sa bouche, brouillait un peu son regard, c'était le sourire qu'il avait adressé la veille à quelqu'un, à un homme qu'il connaissait à peine, à Émile, le garçon du *Cintra*.

Il se sentait misérable, à ce moment-là déjà. Or, personne n'avait jamais eu l'idée d'accorder la moindre pitié au puissant Malétras. On ne fait pas l'aumône aux riches. Et voilà qu'un inconnu, ou presque, ce garçon à qui jamais il n'avait donné aucune attention, posait devant lui un plateau avec des bouchées aux anchois et avait l'air de dire :

— Ce n'est pas grand-chose, mais cela fait plaisir.

Est-ce qu'Émile avait soupçonné que son client était malheureux ? Est-ce qu'Émile était malheureux aussi ? Il était peut-être malade ? Il avait peut-être des peines de cœur ?

Malétras chercha sa montre, mais elle n'était pas sur la table de nuit où il la posait d'habitude. Il se souvenait. Il s'était déshabillé dans l'obscurité. Il avait eu peur d'éveiller Hermine, peur surtout des questions qu'elle pourrait lui poser, des regards qu'elle lui lancerait.

Or, elle n'avait pas ouvert les yeux. Il avait laissé tomber ses vêtements sur la descente de lit. Il s'était glissé près d'elle et elle s'était reculée machinalement, machinalement aussi, dans son sommeil, elle avait balbutié :

— Il est tard ?

Il avait répondu :

— Minuit.

Il ne savait pas s'il était minuit, mais il avait dit ça à tout hasard.

Il prévoyait une nuit blanche et il s'était endormi d'un sommeil profond, puis il se souvenait que, dans le cours de la nuit, Hermine l'avait forcé à se retourner, car il glissait sans cesse tout contre elle, et elle avait prononcé :

— Vous sentez l'alcool.

Ses vêtements n'étaient plus sur la carpette, mais en ordre sur une chaise. Sa montre marquait neuf heures. Il se demanda pourquoi Hermine, qui se levait tard, n'était plus dans sa salle de bains, car il l'aurait entendue. Il pénétra dans la sienne, pris de peur, endossa une robe de chambre et sonna.

Trois minutes plus tard — il ne cessa de regarder sa montre — il n'était encore venu personne à son appel. Il sonna une fois de plus, longuement, entendit des pas précipités dans l'escalier, venant du second étage, et enfin la petite femme de chambre, Rose, se montra, ébouriffée.

— Est-ce que monsieur n'a pas sonné ?

— Où étiez-vous, Rose ?

— Là-haut dans la lingerie, avec madame.

— Que se passe-t-il ?

— Il ne se passe rien, monsieur, madame a décidé hier de mettre le second étage en ordre et on commence par la lingerie.

— Montez-moi une tasse de café.

Il n'en prenait jamais avant de descendre, mais il éprouvait le besoin de donner une raison à son coup de sonnette.

Il s'était effrayé d'avance à l'idée de son premier contact avec Hermine, des questions qu'elle pourrait lui poser, de ses regards plus ou moins perspicaces et maintenant il était dérouté parce qu'elle n'était pas là.

Quelle idée encore de demander à Rose, quand elle lui apporta son café :

— Rien de nouveau ?

— Mais non, monsieur.

Il fut encore plus mal à l'aise une fois habillé. Devait-il monter dire bonjour à sa femme ? Un autre jour il ne l'eût pas fait. Chacun vivait pour soi.

Il monta pourtant, conscient de sa maladresse. Il trouva Hermine un mouchoir autour des cheveux, occupée à ranger des piles de linge.

— Vous êtes levé ? lui lança-t-elle avec une bonne humeur à peine ironique. Vous n'avez pas trop mal aux cheveux ?

— Nous avons dîné entre amis.

— Je sais, je sais. Vous deviez être joli en rentrant. Quand je verrai Steuvels je lui ferai mes compliments. Eh bien ? Qu'est-ce que vous avez à rester là ?

Il n'avait rien à y faire, évidemment. C'était peut-être la première fois qu'il mettait les pieds dans la lingerie. Le soleil inondait la pièce toute blanche où Hermine apparaissait très claire, très alerte, avec cette netteté dans la tenue et cette précision dans les mouvements, cette fraîcheur de teint et cette humeur égale qui évoquaient une infirmière dans une clinique.

N'était-ce pas extraordinaire qu'elle fût sa femme ?

— Vous n'allez pas à votre bureau ?

— Si... J'y vais...

— Si vous voyez une belle langouste, pensez à me l'apporter.

C'était tellement différent de ce qu'il avait prévu ! Pas une fois, par exemple, depuis son réveil, il n'avait pensé à Lulu. C'était, dans un coin de sa mémoire, quelque chose de sombre, de visqueux, mais il suffisait de ne pas s'en approcher.

Il était lucide. Il était peut-être plus lucide que d'habitude ; il avait l'impression de tout voir autour de lui avec des yeux nouveaux.

Comment expliquer son malaise ? Il ne se sentait pas d'aplomb. Plus exactement, il ne se sentait pas dans le réel.

Voilà ! Avant, il était Jules Malétras, le fils de Malétras qu'on appelait Julot, le facteur de Steenvoorde. Aujourd'hui, il était Malétras des Docks Malétras, qu'il avait revendus quelques années plus tôt, après la mort de sa première femme et le mariage de sa fille, quand il avait été pris d'une sorte de dégoût pour les affaires.

Il était enfin le Malétras de la rue de la Commanderie et du *Cintra*, le Malétras qui s'était fait une nouvelle vie en épousant Hermine et qui, chaque matin, pour s'amuser, allait passer deux heures à la halle aux poissons.

Tout cela, maintenant, lui paraissait inconsistant. Il mettait son chapeau, allumait son premier cigare, sortait de sa maison et marchait le long du trottoir, et c'était aussi flou que les journées qu'on passe dans le décor anonyme d'une clinique après une opération.

Au coin de la rue, il acheta un journal, en parcourut toutes les pages sans rien trouver qui se rapportât à Lulu.

N'avait-il pas eu tort de sortir de chez lui ? Si Joseph allait lui téléphoner ?

Des images lui revenaient, comme au lendemain d'une cuite. Il les repoussait, remettait sans cesse à plus tard le soin de penser.

Les trams, le mouvement de la rue, les jeux d'ombre et de soleil ne parvinrent pas à le distraire, ni la vue de son ancienne maison, dans le bas de la rue de Paris, de son nom en grosses lettres rouges : *Docks Malétras*.

Il marcha jusqu'au port. Il n'était pas à deux cents mètres de l'impasse de la Pie, mais il n'osait pas y aller malgré son envie folle de rôder de ce côté.

Son gendre ! Au fait, il n'y avait plus pensé. Son gendre savait qu'il était parti avec Lulu, qu'il était furieux contre celle-ci.

Malétras marchait, les mains dans les poches, comme les autres jours, et, au moment où il tournait le coin d'une rue, un gamin qui courait en portant un panier le bouscula.

C'était juste devant la boutique d'un coiffeur. Il y avait une partie de la devanture en miroirs. Or, au moment du choc, Malétras se vit dans un de ces miroirs. Et il se surprit littéralement à faire le même sourire que la veille à Émile, que le matin dans son lit, tout en balbutiant :

— Pardon...

Il demandait pardon à un gamin des rues qui venait de le bousculer ! Lui, Malétras !

Il en était encore furieux en traversant le marché aux poissons et il fit exprès de marcher plus raide, plus lourd, plus large que jamais, répondant à peine par un grognement au salut des commères et des employés.

Derrière, dans une rue étroite, toujours encombrée de camions et de charrettes à bras, il pénétra dans une petite pièce vitrée sur la devanture de laquelle on lisait :

Poineau et Frères
Mareyeurs

Il avait repris sa physionomie glaciale de patron. Il mâchait son cigare éteint et on aurait dit que son chapeau melon, pour ajouter à la sévérité de son aspect, était descendu de quelques centimètres sur son front.

— Eh bien ! Poineau ?

— Oui, monsieur Malétras.

Poineau était un gros garçon sanguin, aux yeux bleus, qui travaillait comme un forcené, mais dont on disait qu'il n'avait jamais eu de chance. La vérité, c'est qu'il ne savait pas compter.

Il maniait l'argent à poignées, le fourrait dans les poches de son tablier bleu ou dans les tiroirs, oubliait de facturer ceci ou cela, tant et si bien qu'il avait été à deux doigts de la faillite.

— Venez au bureau.

— Oui, monsieur Malétras.

Il tremblait devant Malétras qui l'avait sauvé en le commanditant mais qui, depuis, venait chaque matin passer deux heures dans l'arrière-boutique où était installé un misérable bureau.

— Combien de caisses, ce matin ?

— Trente-deux caisses de soles, vingt de...

Malétras était riche à ne savoir quoi faire de son argent. Par lassitude, il avait revendu son affaire où il avait eu jadis jusqu'à trente employés de bureau sans compter les magasiniers, camionneurs, chauffeurs, etc.

Or, depuis trois ans, chaque matin, ponctuellement, comme un de ses anciens comptables, il venait ici, dans une pièce de trois mètres sur deux qui n'était éclairée que par un vasistas, et, dans l'odeur forte du poisson, il passait deux heures à rédiger des factures et à aligner des chiffres.

Il le fit ce matin-là comme les autres, passa dix fois dans le magasin pour vérifier les fiches de pesée ou les marques des caisses. Il était près de midi quand un gamin entra, une lettre à la main, et demanda :

— Est-ce qu'il y a ici un M. Malétras ?

— C'est moi. Donne.

Il ne fut pas déçu. Depuis le matin il attendait des nouvelles de Joseph.

Il n'avait jamais vu l'écriture de celui-ci et il fut surpris de découvrir une écriture nette et élégante, peut-être un peu trop appliquée, comme l'écriture d'un instituteur ou d'un sergent-major.

J'aurais besoin de vous voir cet après-midi sans faute. Voulez-vous vous trouver à quatre heures au Bar des Amis ? C'est un petit bar du quai Frissard, près des magasins de charbon. Tout ira bien.

Votre dévoué,
Joseph.

— Vous ne faites pas votre sieste ? lui demanda Hermine en lui voyant allumer un cigare alors qu'ils étaient encore à table.

— Il faut que je passe à la banque. Au fait, je voulais vous en parler...

Devant lui il y avait au mur la reproduction en couleur du *Syndic des drapiers* à laquelle il avait pensé la veille au *Cintra*. Rose venait de servir le café dans des petites tasses dorées. Hermine, selon son habitude, mettait un sucre dans la tasse de son mari et la lui tendait.

— Poineau m'a parlé ce matin d'un de ses collègues de Dieppe qui fait surtout le homard...

— Au fait, je parie que vous avez oublié ma langouste.

Il l'avait oubliée mais il n'osa pas l'avouer.

— On doit vous l'apporter tout à l'heure. J'ai pensé que c'était pour ce soir... Je disais... Son collègue est serré en ce moment... L'affaire n'est pas mauvaise, au contraire, mais ce sont les capitaux qui manquent... En lui avançant une centaine de mille francs...

Elle écoutait avec attention. N'était-ce pas lui, au début, qui avait tenu à l'intéresser à ses affaires ? Il est vrai qu'elle venait d'une famille où les femmes étaient habituées de bonne heure à s'occuper de leurs placements d'argent.

— Vous croyez que cela vaut la peine de vous mettre de nouveaux soucis sur le dos ? Vous serez obligé d'aller à Dieppe.

— Non, Poineau ira.

— Vous savez bien que vous n'avez pas confiance en lui. Comme je vous connais, vous tiendrez à tout voir par vous-même. Vous avez horreur des voyages et vous insisterez pour m'emmener. De mon côté...

Il fut obligé d'inventer toute une histoire, de mentir comme, enfant, il le faisait à sa mère.

— J'ai promis de m'intéresser à l'affaire tout au moins pour cent mille francs. Si, dans les premiers mois...

— Vous auriez mieux fait de ne rien promettre sans m'en parler.

Il alla réellement à sa banque où il prit cent mille francs en billets de mille. Il était en ville trop tôt. Il essaya de s'asseoir à une terrasse de café, ne put tenir en place et marcha au hasard, se trouva quai Frissard dès trois heures et demie, mais évita de s'approcher du bar peint en jaune qu'il apercevait après un long mur noir.

Un instant, il avait pensé enfermer les cent mille francs dans une enveloppe, tendre celle-ci à Joseph en disant :

— Voilà.

Et ce serait fini.

C'était idiot et les choses se passèrent tout autrement. Joseph arriva bien avant l'heure lui aussi. Malétras ne le vit pas venir. Il entendit soudain une voix qui disait à côté de lui :

— Je ne vous ai pas fait attendre ?

C'était Joseph, convenablement vêtu, un chapeau souple sur la tête et non une casquette. Il n'avait plus son bras en écharpe, mais portait encore un pansement à un de ses doigts.

— Il vaut peut-être mieux que nous ne nous asseyions pas dans un bar. Je vous avais donné cette adresse pour ne pas vous faire attendre sur le trottoir.

Malétras ne disait toujours rien, n'osait pas regarder son interlocuteur en face. Sa main, dans sa poche, tripotait les billets de banque.

— Voulez-vous que nous marchions le long du quai ? Si je vous ai envoyé le petit mot de ce matin, c'est d'abord que je tenais à vous rassurer.

Malétras le regarda enfin. Joseph était pâle, mais c'était son teint habituel. Il n'y avait aucune arrogance dans son regard ni dans son attitude mais, au contraire, une certaine humilité, plutôt une déférence comme Malétras aurait pu en attendre d'un de ses employés.

Il était convenable, c'était le mot le plus juste. Convenable dans sa tenue, dans ses expressions.

— Je voulais vous dire aussi que je quitte Le Havre dès ce soir.

— J'ai apporté...

L'autre comprit tout de suite, protesta :

— Oh ! ce n'est pas ce que vous pensez. Ce qu'il faut éviter, n'est-ce pas ? c'est qu'on s'étonne de son absence.

Bien qu'il évitât de prononcer le nom de Lulu, Malétras avait compris.

— Pour la propriétaire, je pense qu'elle ne s'étonnera pas, car j'ai tout emporté. Dans ces meublés-là c'est fréquent qu'on déménage à la cloche de bois et, comme on ne devait pas grand-chose, elle ne se donnera pas la peine d'avertir la police. Nous ferions mieux de marcher.

— Pardon...

Encore ! Allait-il prendre l'habitude de demander ainsi pardon à tout bout de champ, lui qui n'avait jamais demandé pardon à personne ?

— Le plus délicat, ce sont les parents, car elle leur écrivait au moins une fois par semaine et il arrivait qu'un de ses frères ou une de ses sœurs vînt la voir au Havre. Il faut leur écrire tout de suite. C'est pour cela que je m'en vais. J'ai choisi Nice, parce que c'est loin. Il faut d'abord que je passe par Paris voir quelqu'un qui nous est indispensable...

Le *nous* fit tiquer Malétras qui continua à regarder des bateaux qu'on déchargeait dans le soleil.

— C'est un garçon très instruit, qui fait surtout dans les fausses cartes d'identité et les faux passeports. Je ne le connais pas personnellement, mais j'ai entendu parler de lui. Il paraît qu'il imite les écritures au point que tout le monde s'y trompe. J'ai des modèles. Il imitera celle de Lulu et ce sera elle qui sera censée écrire à ses parents qu'elle est à Nice puis ailleurs, toujours plus loin, vous comprenez ?

Il parlait simplement et c'était cette simplicité qui était hallucinante.

— Vous voyez que je fais ce que je peux. Pour un faux passeport, cet homme demande dans les deux mille. Je crois qu'en lui offrant mille francs par lettre, il marchera.

— Je vous ai apporté de l'argent.

— Attendez. Je lui ferai écrire quatre ou cinq lettres d'avance. Mettons cinq. Cinq mille francs. J'irai poster les premières à Nice. Je me suis renseigné sur le prix du voyage. En troisième classe...

— Il y a cent mille francs dans cette enveloppe.

— C'est trop. Vous ne m'avez pas compris. Je ne veux pas vous prendre votre argent. Juste ce qui est nécessaire. Mettons cinq mille francs pour mes frais et cinq mille pour les lettres...

— Prenez.

— Attention... On nous regarde... Je vous assure que vous me froissez... Ce que j'ai fait, c'était pour vous...

Et le soleil les baignait, et des grues fonctionnaient, et des sacs, en tombant sur le quai, émettaient leur poussière lumineuse.

— Donnez-moi seulement dix mille francs. Si j'ai besoin de plus, je vous l'écrirai ou je viendrai vous voir. N'ayez pas peur, je ne vous écrirai pas chez vous, mais chez Poineau. Je signerai seulement d'un J. Vous comprendrez.

— Vous êtes sûr... commença Malétras.

Les mots ne passaient pas. Ce qu'il voulait demander, c'était si...

— J'ai compris. N'ayez pas peur. On ne la retrouvera pas...

Et voyant que son compagnon restait immobile, figé plutôt, comme un malade dans l'attente d'une attaque qu'il sent proche, Joseph s'empressa d'ajouter :

— Qu'est-ce que vous voulez ? Ce n'est pas votre faute ! Je lui ai souvent répété qu'elle exagérait. Ce n'était pas par méchanceté, croyez-le. C'était plus fort qu'elle. De sa part, c'était de la gaminerie. Tenez ! Reprenez le reste. Je n'ai besoin que de dix billets. J'y tiens. Autrement, vous vous imagineriez des choses qui ne sont pas.

Où se sont-ils quittés ? Malétras n'en sait rien. Il a toujours, au fond de sa poche, sa main droite serrée sur une poignée de billets de banque. Il a marché, franchi des ponts tournants, longé des docks, des quais, sans oser se retourner par crainte d'apercevoir derrière lui la silhouette de Joseph.

Soudain, il s'arrête net au bord d'un trottoir, car un enterrement passe, un corbillard de dernière classe que ne suivent qu'un homme et un enfant. Il prononce distinctement :

— Lulu.

Puis il est pris de panique. Il se rend compte que, s'il continue de la sorte, il est perdu.

Il faut, coûte que coûte, qu'il redevienne lui-même, qu'il redevienne Malétras.

Où est Joseph ? Sans doute s'est-il précipité vers la gare où il attend son train.

Et Lulu... La veille, à la même heure...

— Donnez-moi un verre d'eau, s'il vous plaît.

Il est entré dans un bar. Il tressaille en voyant surgir de derrière le comptoir une petite serveuse mal portante, une sorte de Lulu qui le regarde avec surprise et lui demande :

— Ça ne va pas ?

Comme pour le mettre à l'aise, et pensant se trouver devant un homme d'âge qui est malade, elle poursuit :

— Avec ces premières chaleurs auxquelles on ne s'attend pas, cela arrive à bien des gens...

Il lui sourit. Il a honte de ce sourire-là. Il s'en veut. Il cherche de la monnaie dans sa poche et il n'en trouve pas.

— Ce n'est rien. Je ne vais quand même pas vous faire payer un verre d'eau !

On lui a fait cadeau d'un verre d'eau, à lui, Malétras ! Et il dit merci ! Il se retourne pour dire merci ! Est-ce qu'il va devenir bon ?

Il se sent un peu plus d'aplomb. Il parvient à ne plus penser à Joseph, à ne plus entendre sa voix monotone, trop douce. Pourquoi ce garçon s'est-il montré si convenable, si réservé ?

Il avait préparé cent mille francs et maintenant il va être embarrassé par les quatre-vingt-dix mille qui lui restent.

Hermine est occupée à nettoyer et à ranger le second étage avec les bonnes. La semaine précédente, on a fait le grand nettoyage du premier. La semaine prochaine, ce sera le tour du rez-de-chaussée.

Il est revenu dans le centre de la ville et, parce que c'est son heure, il se dirige vers le *Cintra*. D'ailleurs, il faut qu'il y aille. Il ne doit rien changer à ses habitudes.

Il y a deux amoureux, la main dans la main, derrière les plantes vertes de la minuscule terrasse, sous le vélum pourpre.

Les baies sont larges ouvertes et les quatre joueurs de bridge sont là, à leur place, le visage rose, comme des vieillards bien soignés.

Émile se précipite pour lui prendre son chapeau et Malétras est sur le point de lui sourire quand il s'en aperçoit et se ravise, émet un grognement.

Steuvels, qui lui fait face, croit devoir lui adresser un clin d'œil complice et il hausse les épaules, s'assied sans dire bonjour, car c'est une tradition, se renverse un peu en arrière et tire de sa poche l'étui à cigares cerné d'or, puis, du gilet, le coupe-cigares en forme de guillotine.

Cela ne rate pas : au moment où il fait fonctionner son briquet, les autres échangent un coup d'œil, le fameux coup d'œil de tous les jours, la plaisanterie qui ne s'use pas, qui ne s'usera jamais, et Malétras, en soufflant la fumée bleue devant lui, formule en lui-même :

— Les imbéciles !

Et le pauvre idiot d'Émile qui, parce qu'une fois on l'a remercié par un sourire, accourt avec des grâces de toutou pour lui apporter une soucoupe de bouchées aux anchois !

3

Il ne devait pas être loin de neuf heures et demie. Il y avait déjà longtemps qu'ils avaient dîné et que, comme chaque soir, ils étaient passés dans la petite pièce qui faisait suite au grand salon. Les domestiques l'appelaient le boudoir. Malétras, que ce mot gênait, évitait de citer la pièce, ou encore il prononçait :

— Si nous passions à côté ?

Quant à Hermine, elle disait simplement :

— Chez moi.

Car, lorsque Malétras avait fait bâtir la maison, en vue de leur mariage — la notion de mariage et celle de la maison étaient tellement liées qu'ils n'avaient jamais envisagé l'un sans l'autre —, quand Malétras avait fait bâtir rue de la Commanderie, une question s'était posée, celle des meubles. Chacun possédait son ménage. Celui de Malétras était plus massif, plein chêne ou plein noyer assez sombre, car il aimait l'impression de solidité que donnent les vieilles boiseries.

Le ménage d'Hermine — de la Générale, comme certains l'appelaient encore — était fort différent. Une profusion de petits meubles anciens, comme ceux dont elle avait garni cette pièce, de la marqueterie, des bonheurs-du-jour, des secrétaires à tiroirs imprévus, à planchettes à rabattre, qui semblaient tenir à peine sur leurs pieds grêles. Puis du Louis XVI modernisé, telle la chambre à coucher. Enfin, venait de chez elle aussi le lustre du grand salon, mais les meubles d'apparat étaient neufs, avaient été choisis ensemble.

Elle écrivait. Malétras était assis dans un fauteuil crapaud en tapisserie, le seul dans lequel il lui fût permis de s'étaler à son aise, gilet déboutonné, ainsi qu'il le faisait chaque soir. Il lisait ses journaux, ou plutôt, ce soir, il feignait de les lire, reconnaissait des mots au passage, des rubriques, tournait les pages en poussant ses soupirs habituels : en réalité, il pensait.

Exactement, au moment de lever la tête et d'observer sa femme par-dessus le journal, il pensait :

— Que ferait-elle si je lui avouais tout ?

Personne, parmi ses amis, qui ne lui répétât avec conviction :

— Hermine est une femme étonnante.

D'abord, elle possédait une élégance naturelle et était à sa place n'importe où. Non seulement elle se trouvait à l'aise, mais elle mettait tout le monde à l'aise.

Elle était douce. Jamais elle n'élevait la voix. Elle se contentait de hocher la tête, et sa réprobation se teintait d'avance d'indulgence :

— Voyons, Jules... Que faites-vous ?

Toujours vêtue de clair, de teintes fondantes, elle avait le visage rose sous ses cheveux presque blancs, et, le soir, quand elle s'asseyait devant son secrétaire, elle usait de grosses lunettes d'écaille brune. Elle écrivait, s'occupait des comptes de maison, des fournisseurs, de ses propriétés, car elle possédait plusieurs propriétés à la campagne. Ou encore elle répondait à des amies avec qui elle était restée en relations.

Chaque soir, elle répétait à Malétras, qu'elle n'avait jamais cessé d'impressionner :

— Vous ne fumez pas, mon ami ?

Que ferait-elle, oui, si, à l'instant, tout simplement, il lui racontait la mort de Lulu ?

Elle aimait soigner autrui, que ce fût lui, les domestiques ou les bêtes. Elle aimait faire boire des tisanes et des potions. Mais s'il lui déclarait :

— A cette heure, je devrais être en prison. Normalement, je ne fais plus partie de la communauté humaine, car j'ai tué.

Chose étrange, il se sentit rassuré. Il avait la force de penser cela et de ne rien dire, de continuer à fumer son cigare et à feindre de lire. Il avait passé sans accroc sa première journée d'assassin. Il imaginait que c'était la plus dure. On doit s'y habituer, comme on s'habitue à tout. Donc, s'il avait tenu bon le premier jour, le danger était écarté.

Les heures les plus pénibles, il le savait maintenant, étaient celles qu'il consacrait naguère à Lulu, quand il quittait le *Cintra* vers cinq heures et demie et gagnait l'impasse de la Pie pour ne rentrer rue de la Commanderie qu'un peu avant huit heures, quand le dîner était servi.

Aujourd'hui il avait failli rester au *Cintra* avec les autres. N'était-ce pas imprudent de changer quoi que ce fût à ses habitudes, de laisser deviner qu'il y avait désormais un vide dans ses journées ?

Vraiment quand, un peu après cinq heures et demie, il s'était trouvé seul dans les rues, il avait été sur le point de flancher. Il ne savait où aller. Il devait faire un effort pour ne pas se diriger machinalement vers les ruelles où il s'était dirigé tout l'hiver à ce moment de la journée. Il se fatiguait à marcher sans fin dans les rues animées. Il avait chaud. La sueur lui perlait au visage. Il se sentait vieux, tout à coup. Il n'osait pas s'asseoir à la première terrasse venue. Il lui semblait que c'était dangereux, qu'il ne saurait que dire si quelqu'un qu'il connaissait le trouvait installé devant un guéridon.

C'était plus physique que moral. Le manque d'un coin où se réfugier. Il avait failli prendre le tram, comme la veille, mais c'était encore plus compromettant d'être rencontré dans un quartier où il n'avait rien à faire.

Alors, vers les six heures et demie, vraiment trop las pour déambuler encore, il était entré chez un marchand de vins dans une ruelle grouillante d'enfants. Jamais, jadis, il ne pénétrait dans ces sortes de débits et il était surpris d'y trouver les tables propres, un comptoir d'étain. Il n'y avait pas de clients. On se demandait ce qu'ils seraient venus y faire. Une femme aux jambes enflées, qui traînait péniblement ses pantoufles, était sortie d'une cuisine où chantaient des serins. Elle ne manifesta aucun étonnement. Elle ne devait pourtant pas être habituée à voir des gens comme lui dans son caboulot.

— Qu'est-ce que je vous sers ?

Il aurait préféré boire de l'eau, comme tout à l'heure il l'avait fait dans un autre café, mais cela encore c'était une faute.

— Il fait chaud, murmura-t-il pour se donner le temps de réfléchir, car il n'aimait pas l'alcool.

— Une anisette à l'eau ? Par le temps qu'il fait, c'est encore ce qu'il y a de meilleur.

Eh bien ! maintenant, il était presque sûr qu'il retournerait chaque jour dans cette maison et qu'il boirait une anisette. La femme était venue s'asseoir non loin de lui et avait continué à repriser une serviette. On entendait les cris des gamins dans la rue, les tramways qui déferlaient en sonnaillant au prochain carrefour, mais en deçà de la frontière de la porte, il régnait un calme si total qu'on entendait le tic-tac d'un coucou dans la cuisine.

Il était resté trois quarts d'heure. Il avait bu deux anisettes, pour ne pas passer tant de temps devant un seul verre. Il avait remarqué que la femme s'en servait un derrière le comptoir et il avait pensé :

— Demain, je lui en offrirai un pour me faire bien voir.

Qui sait, celle-là ne s'étonnerait peut-être pas s'il lui déclarait à brûle-pourpoint :

— J'ai étranglé une fille.

Il ne le lui dirait pas, évidemment. Il n'avait nulle envie d'en parler, mais c'était rassurant de penser qu'il serait possible à un moment donné...

— On sonne ! prononça doucement Hermine en levant la tête.

Leurs regards se croisèrent. Jules Malétras fut surpris et chercha à donner à son visage une expression trop indifférente.

— Je me demande si les domestiques ont entendu.

Ils avaient entendu, car la porte s'ouvrit et se referma ; des pas retentirent dans le vestibule aux cinq marches de marbre blanc, puis Rose entra, referma la porte derrière elle.

— C'est le neveu de monsieur qui demande à voir monsieur.

— Quel neveu ?

— M. Philippe.

— Pourquoi ne l'avez-vous pas fait entrer ? intervint Hermine. Vous l'avez laissé dans le vestibule ?

— Je ne savais pas.

Il entra. C'était un jeune homme maigre, nerveux, aux petits yeux vifs, à l'air tendu. Il était vêtu de noir et portait des cheveux longs de poète.

— Bonsoir, tante. Bonsoir, mon oncle. Excusez-moi de vous déranger...

— Assieds-toi.

— C'est que... je n'ai pas beaucoup de temps... Est-ce que je pourrais, mon oncle, vous parler un instant en tête à tête ?

On sentait qu'il s'était remonté avant de sonner. Sa démarche était insolite. Avait-il jamais mis les pieds dans cette maison ? Malétras se posait la question. Une fois peut-être, au début ? Mais pas dans le boudoir, où il jetait d'involontaires coups d'œil investigateurs.

— Tu ne peux pas parler devant ta tante ?

— Voyons, Jules ! Puisqu'il tient à vous parler en tête à tête...

Philippe n'était d'ailleurs pas le neveu d'Hermine. Ce n'était pas davantage un Malétras. Avec lui, c'était tout un monde que Malétras détestait qui faisait irruption dans la maison, tout un passé assez pénible.

Malétras n'aimait pas les pauvres. Non seulement il ne les aimait pas, mais il les avait en horreur. Encore aurait-il pu supporter les vrais pauvres, les misérables en haillons, qui font partie du décor de certaines petites rues, de certains quartiers. Il faisait exception aussi pour les pauvres comme son père, les pauvres de la campagne, les journaliers qui vivent avec leurs mioches dans une bicoque et vont faire des journées dans les fermes ou chez les bourgeois.

Sa haine allait aux petites gens, entre autres à la famille de sa première femme. Or, Philippe était un neveu de celle-ci.

— Viens.

D'une démarche lourde, comme menaçante, il le précéda dans son bureau, car, de l'autre côté du corridor, il avait son bureau, bien qu'il ne travaillât plus.

— Entre. Assieds-toi. Qu'est-ce que tu veux encore ?

Et cet encore était intentionnel. L'adolescent ne lui avait jamais rien demandé personnellement, mais c'était sa famille entière, c'était sa mère, ses tantes, ses oncles qui s'étaient toujours raccrochés à Malétras.

Tout cela habitait des maisons propres et étriquées. Ils étaient habillés correctement. Les femmes ne seraient pas sorties de chez elles sans chapeau ni gants. Elles faisaient des manières. On mettait les enfants dans les meilleures écoles. On voulait en faire des intellectuels. Et, en fin de compte, ils étaient toujours à courir après les quatre sous qui manquaient.

Le bureau était sombre, parce que Malétras l'avait voulu ainsi, parce que, depuis ses débuts, il avait toujours travaillé dans un bureau sombre. D'ailleurs, c'étaient encore les meubles de ses débuts, les classeurs verts, la table bureau incrustée d'un rectangle de moleskine verte et le fauteuil à dossier rond où le dos de Malétras s'emboîtait exactement.

— Écoutez, mon oncle... Vous savez que je suis à la Banque Véron... Je gagne ma vie... Je suis sérieux...

Malétras détestait les adolescents. Surtout ceux-là, les adolescents pâles et nerveux qui semblent toujours en proie à quelque fièvre, qui parlent avec une sourde énergie parce qu'ils se croient promis à de grands destins.

— Ta mère sait que tu es ici ?

— Non. Je ne lui ai rien dit.

— Et ton père ?

Encore un de ces hommes insupportables, un comptable solennel et satisfait qui a toujours l'air de vous déclarer :

— Mais moi, monsieur, je suis honnête !

Si les imbéciles se mettaient par-dessus le marché à devenir malhonnêtes ! D'ailleurs, ils n'y réussiraient pas. Des employés comme ceux-là... Malétras en avait eu des douzaines et des douzaines. De temps en temps, il en voyait entrer un dans son bureau, raide et tremblant tout ensemble fier et humble :

— Croyez, monsieur, que ma démarche d'aujourd'hui m'est pénible, que c'est la première fois de ma vie...

Il le regardait froidement en continuant à mâcher son cigare, le chapeau melon vissé sur la tête.

— Vous savez que ma femme a accouché le mois dernier. Le bébé...

Eh quoi ? Les bébés sont faits pour être malades. Les femmes aussi. Toutes les femmes ont un jour ou l'autre une maladie dans le ventre. Il faut une opération ? L'hôpital ? Et après ? Est-ce que ça le regarde, lui ?

— Si vous pouviez m'avancer seulement mille francs, que je vous rendrais à raison de cent francs, par mois...

— Dites-moi, mon ami...

L'autre tremblait d'espoir.

— Vous avez trop pour vivre avec ce que je vous donne ?

— Non, monsieur. Vous savez bien que non.

— Je ne sais rien du tout. Je vous donne tant par mois en échange des services que vous me rendez. Est-ce trop, oui ou non ?

— Non.

— Dans ce cas, comment voulez-vous vivre désormais avec cent francs de moins par mois ? C'est impossible, vous le dites vous-même. Ce n'est pas ma faute. Je regrette. Vous avez voulu faire un enfant, n'est-ce pas ? Sans compter que c'est la seconde fois en quinze jours que vous me demandez à partir avant l'heure...

Philippe, qui se tenait debout devant lui en tortillant son chapeau de feutre, allait lui demander de l'argent, il le prévoyait.

— Tu as fait une bêtise ?

— Non, mon oncle. Ce n'est pas du tout ce que vous croyez. J'ai hésité longtemps avant de venir, mais c'est une question de vie ou de mort... J'ai absolument besoin de cinq cents francs ce soir.

— Et tu as pensé que je te les donnerais ?

— Je vous les rendrai en deux mois, peut-être avant.

— Écoute, Philippe. Après ça tu diras sans doute comme les autres que je suis avare. Or, ce n'est pas de l'avarice. C'est un principe. Je n'ai jamais prêté d'argent dans ma vie. Ta mère et tes sœurs le savent bien. Quand j'avais ma maison de commerce, je leur ai dit :

» — Venez tant que vous voudrez au magasin. On vous fournira tout ce dont vous avez besoin au prix coûtant. Cela vous fera une jolie économie chaque mois. Mais pas plus de crédit pour vous que pour les autres.

— Ce n'est pas la même chose, balbutie Philippe.

— Qu'est-ce qui n'est pas la même chose ?

— Ce n'est pas pour moi que j'ai besoin d'argent.

— C'est pour qui ?

— Je vous ai déjà dit que c'est une question de vie ou de mort.

— Tous les jeunes gens disent ça. Tu verras qu'elle ne se tuera pas.

— Qui ?

— Ta petite amie, je suppose ? Un de tes cousins est déjà venu me raconter cela.

— Qu'est-ce qu'il vous a raconté ?

— Ton histoire, l'histoire de tous les gamins de ton âge. Ta petite amie est enceinte, n'est-ce pas ? C'est une honnête fille. Ses parents ne sont pas riches. Sa mère vend peut-être des harengs dans les rues, mais ce sont d'honnêtes gens. Et tu as été le premier. Tu es sûr que tu as été le premier. Alors, si tu ne trouves pas d'argent pour faire disparaître...

— Ce n'est pas cela ! Je vous jure que ce n'est pas cela.

Tout à l'heure, en entendant le coup de sonnette, Malétras a eu peur. N'avait-il pas tout à craindre d'une visite imprévue ?

Maintenant, non seulement il est rassuré, mais il est content de lui. N'y a-t-il pas de quoi ? La veille, à la même heure...

Oui. Eh bien ! à moins de vingt-quatre heures de distance, le voilà dans son bon vieux fauteuil, en pleine possession de ses moyens. Il est exactement, en face de ce neveu qui n'est plus son neveu, puisque sa première femme est morte, il est exactement le Malétras qu'on a toujours connu et devant qui tant de gens ont tremblé.

Il souhaiterait qu'Émile, le garçon du *Cintra*, fût témoin. Car Dieu sait ce qu'Émile s'est figuré en le voyant sourire de ce sourire de femme peureuse et bien élevée. Comment a-t-il pu, lui, sourire de la sorte ? Trois fois, cela lui est arrivé. Il s'est souri deux fois à lui-même de cette façon, comme pour se plaindre, comme pour se prendre en pitié.

Quelle pitié ? Hein ? Quelle pitié ?

— Si ce n'est pas cela, tu n'as pas besoin de cinq cents francs. Ou alors, tu as fait un trou dans la caisse de la banque, et tu...

— Mon oncle !

— Quoi, mon oncle ?

Il l'a bien fait, lui, jadis. Beaucoup de jeunes gens le font, ou sont tentés de le faire. S'ils ne le font pas, c'est qu'ils ont peur. Seulement après, la plupart s'effrayent, se laissent pincer.

Voilà ce qui fait horreur à Malétras : tous ces faibles, ces mal portants qui se croient honnêtes, tout simplement parce qu'ils ont peur !

— Je vous jure sur la tête de ma mère...

— Laisse ta mère tranquille.

Encore une qui est sans cesse à se plaindre et à croire que le sort est injuste, alors qu'elle a la vie qu'elle mérite. Chacun n'a-t-il pas la vie qu'il mérite ?

— Je vous jure que je n'ai rien fait de mal.

— Tant pis pour toi.

— Qu'est-ce que vous dites ?

— Rien. Je ne dis rien, moi. C'est toi qui sonnes chez moi comme un fou et qui viens me réclamer cinq cents francs.

Les lèvres du gamin tremblent comme s'il allait pleurer.

— Tant pis ! Vous me promettez de garder le secret ?

— Si tu tiens à ton secret, garde-le toi-même.

— Lisez cette lettre.

— Tu veux que je la lise ? Remarque que je ne t'ai rien demandé.

On lui tend une feuille de papier déjà fripée, et Malétras prend dans sa poche le lorgnon qui lui est nécessaire pour lire.

— C'est le fils d'un de vos amis.

Malétras n'écoute pas. Il lit :

Mon cher Philippe,

Tu as dû te demander ce que j'étais devenu et pourquoi j'avais soudain disparu sans te prévenir. Il faut que tu saches que ce n'est pas ma faute, et que même, en t'écrivant, je ne suis pas tout à fait fidèle à mon serment.

Je t'avais déjà dit que mon père avait surpris des lettres de Jeanne, mais, comme il ne m'avait parlé de rien, j'ignorais quelle attitude il prendrait à son égard.

Pendant une semaine, il a continué à se taire. Je remarquais seulement qu'il paraissait triste et qu'il avait plus souvent des crises au milieu des repas.

Avant-hier, il m'a fait monter dans son bureau tout de suite après le souper, après avoir dit à ma sœur qu'elle pouvait se coucher.

Il a posé les lettres sur la table.

« J'ai voulu me renseigner avant de te parler, a-t-il commencé d'une voix que je ne lui connaissais pas. Je te jure, Jean, que si cette personne avait été digne de toi, je t'aurais déclaré aujourd'hui : "Épouse-la." Cela m'aurait chagriné car tu es trop jeune pour te marier et ta situation en serait sérieusement compromise, mais je l'aurais fait. »

Tu connais mon père. Depuis la maladie de maman, surtout, il nous aime plus qu'un père n'a jamais aimé. Bien qu'il s'efforce de ne pas marquer de différence entre ma sœur et moi, je sens que c'est moi surtout qui représente tout pour lui.

Il a continué, de sa voix affaiblie qui me faisait mal à entendre :

« Tu peux me croire, Jean, quand je dis que je n'aurais pensé qu'à ton bonheur. Je ne me serais pas inquiété des origines de cette fille, ni de sa famille ni de sa situation de fortune. J'ai fait mon enquête sérieusement et je t'affirme qu'elle est indigne de toi. Elle a pu faire croire tout ce qu'elle a voulu à un jeune homme sans expérience, mais à moi, elle a dû avouer la vérité. Elle a eu des amants avant toi, elle me l'a dit en pleurant. Elle a vécu pendant près d'un an des subsides de l'un d'eux dont je te citerai le nom si tu l'exiges... »

Je ne pouvais rien lui répondre, puisque je le savais. Mais tu sais aussi que tout cela m'est égal, que le passé est le passé et que Jeanne sera ma femme, quoi qu'elle ait pu faire avant de me connaître.

Je n'ai pas osé le déclarer à mon père qui m'a fait part de sa décision. Comme, le mois dernier, j'ai eu une légère rechute de ma pleurésie, il m'a envoyé pour deux mois au Mont-d'Arbois, où je suis déjà venu voilà deux ans.

« Il faut que tu me donnes ta parole, m'a-t-il dit, de ne pas essayer de correspondre avec elle. J'ai confiance en toi. Je sais que si tu promets tu tiendras ta promesse. J'ai déjà annoncé ton départ à Jeanne. Elle a admis avec moi que c'était nécessaire. Je lui ai d'ailleurs laissé un espoir, si léger soit-il. Dans quelques mois, lorsque tu auras eu le temps de t'interroger, que, de son côté, elle aura à nouveau vécu seule, nous reprendrons la question ensemble. »

Que veux-tu que je te dise, mon cher Philippe ? Mon père est malade. Le médecin m'a encore répété il y a un mois qu'il ne lui fallait pas d'émotions. J'ai accepté ses conditions. Je suis parti. Le soir même ! Il m'a aidé à faire mes bagages et il m'a conduit à la gare. Je crois qu'il était aussi ému que moi quand nous nous sommes séparés...

Malétras leva les yeux et fixa un moment son neveu frémissant.

— Eh bien !

— Lisez.

Je comprends maintenant que je ne serai jamais heureux et que mon père ne consentira jamais. Je suis seul à l'hôtel car ce n'est pas encore la saison. Hier, je me suis promené toute la journée et je me suis arrêté longtemps sur un rocher qui était tout rose. J'y retournerai ce soir. J'y retournerai sans doute demain. De cet endroit, on domine toute l'étendue du lac du Bourget et, quand je fixe l'eau qui a des couleurs d'opale, je me sens pris de vertige, je sens, je sais qu'un soir je ne résisterai pas et que mes pieds se déroberont...

Tout sera mieux ainsi. On croira à un accident. Toi seul connaîtras la vérité. Tu la diras à Jeanne et...

— Je connais Jean. Il se tuera.

Malétras le regarda attentivement et le jeune homme fut repris par l'espoir. Il ne se doutait pas que c'était à une autre lettre que son oncle pensait, que c'était un autre visage qu'il cherchait en ce moment à travers les traits de son neveu.

Il avait eu un fils, lui aussi, un fils et une fille, exactement comme le père dont il était question dans la lettre. Sa fille ne comptait plus. Elle était mariée à cet imbécile de Laniel. Malétras avait tout fait pour elle. Il lui avait donné une dot magnifique. Il lui avait construit, près de Caen, une des plus belles villas de la région. Pendant une année, tout de suite après la vente de ses affaires, il était allé vivre avec elle et son gendre. Il était devenu grand-père. C'est chez eux qu'il avait connu Hermine.

Qu'était-il arrivé quand il avait annoncé son intention de se remarier ? Sa fille avait couru les hommes de loi et lui avait fait toutes les misères imaginables. Ils ne se voyaient plus. S'il rencontrait encore Laniel, quand celui-ci venait s'amuser au Havre, c'était à l'insu de sa fille.

Mais son fils ! Il était beau. Il était racé. Il ne ressemblait pas à Malétras, mais à sa mère. Tout le monde l'aimait. Il pouvait tout espérer de l'avenir. Pour lui, son père aurait amassé autant de millions qu'on aurait voulu.

Il était mort, pas au Mont-d'Arbois, mais en Suisse, où les médecins l'avaient envoyé. Il était mort à dix-neuf ans, sans aucun des siens près de lui, alors que Malétras, au Havre, brassait durement des affaires à son intention.

C'était seulement deux ans après, par hasard, en remuant pour la dixième fois les affaires de son fils, que Malétras avait découvert un petit cahier où l'enfant, à côté de poésies qu'il composait, notait des impressions :

Quel malheur que nous ne puissions pas choisir nos parents comme nous choisissons nos amis ! Et faut-il que nous portions toute notre vie la marque de ceux qui nous ont mis au monde ?

De ma pauvre maman, je garderai toujours comme le goût de la souffrance, car elle a été si malheureuse que les larmes sont presque devenues son opium.

Mais la marque de mon père, est-ce que je l'ai dans ma chair et dans mon esprit ? Il m'arrive de m'interroger avec effroi. J'ai peur de découvrir en moi...

Malétras avait fermé les yeux et Philippe, frémissant, n'osait interrompre cette rêverie inattendue. Enfin, les paupières s'ouvrirent et un froid regard tomba sur le jeune homme.

— Qu'est-ce que tu veux ?

— C'est le fils de votre ami Gancel, mon oncle. C'est mon meilleur ami. C'est comme un frère pour moi. Je sais que si on le laisse seul là-bas il fera ce qu'il a dit. Je sais aussi que, si j'y allais, si je pouvais lui parler...

— Il ne porte pas des petites moustaches blondes ?

— Si. Il a vingt-deux ans. Il préparait son droit, mais il n'a pas pu continuer à cause de sa santé...

— C'est pour aller là-bas qu'il te faut cinq cents francs ?

— Oui. J'ai demandé cinq jours de congé à la banque. Ma valise est prête. Il y a un train un peu avant minuit.

— Je parie que tu as déjà déposé ta valise à la gare.

— Oui.

— Tu as dit à tes parents que c'est à moi que tu viendrais demander l'argent ?

— Non.

— Pourquoi ?

Philippe garda le silence, baissa la tête.

— Pourquoi ? Tu n'oses pas répondre ? Parce que tes parents me détestent, voilà pourquoi. Avoue.

— Ils ne vous aiment peut-être pas.

— Parce que je suis riche et qu'ils sont pauvres ! Parce que tous, tous ceux de ta famille, sans exception, sont venus un jour ou l'autre pleurer chez moi comme tu le fais en ce moment.

— Je ne pleure pas.

— Tu mendies.

— Ce n'est pas pour moi.

— C'est pour ton imbécile de camarade qui se prend pour un héros de roman. Et toi, sais-tu pourquoi tu veux aller là-bas ? Je vais te le dire. D'abord parce que cela t'amuse de vivre une histoire émouvante. Tu te prends au sérieux. Tu joues un rôle. Ensuite, tu es très content de passer cinq jours en dehors de ton bureau où tu t'ennuies, tu es ravi de voyager, de prendre un train de nuit, de traverser Paris et enfin d'aller voir la montagne que tu ne connais pas.

— Rendez-moi la lettre.

— Tu n'insistes plus ? Tu ne veux plus d'argent ?

— Non.

— Tu es trop fier ?

— On ne m'a jamais traité de mendiant.

— Eh bien ! contre ton attente, les cinq cents francs, je vais te les donner, ou plutôt te les prêter.

— Merci mon oncle.

— Tu vois ! Il y a un instant, tu n'en voulais plus et tu dis déjà merci. Seulement, tu vas me signer un reçu et t'engager à me les rembourser à raison de cent francs par mois.

— Oui, mon oncle.

— Prends un papier. Assieds-toi ici. Pas cette plume-là, c'est la mienne. Le porte-plume rouge. Écris. *Je soussigné...*

Comme Malétras peut le détester, en ce moment, ce jeune homme qu'il sent frémir, à qui il pose la main sur l'épaule, une main pesante, comme pour lui donner davantage une sensation d'écrasement !

Il le déteste parce qu'il a dix-neuf ans, parce qu'il ne doute pas de lui, parce qu'il va de l'avant, en pleine incohérence, tremblant et pourtant sûr de sa force ! Il le déteste parce que c'est un neveu de Louise qui est morte en maudissant son mari, un cousin d'Henri, son fils, qui est mort lui aussi, après avoir confié à son cahier intime :

« Mais la marque de mon père, est-ce que je l'ai dans ma chair ou dans mon esprit ? *Il m'arrive de m'interroger avec effroi.* »

Ils le haïssent tous. Et si, maintenant, soudain, Malétras, forçant le jeune homme à tourner la tête et à le regarder en face, lui déclarait :

— Oui, regarde-moi bien. Regarde bien comment est fait ton oncle Malétras que tu crois connaître. Hier, à cette heure-ci, il était si malheureux, si misérable qu'il a serré entre ses gros doigts le cou d'une femme, d'une gamine comme cette fille pour laquelle ton ami Jean veut se tuer. Mais, lui, il l'a étranglée. Comprends-tu, maintenant ?

Qu'est-ce que le gamin comprendrait ?

Il faudra que Malétras prenne garde, il s'en rend soudain compte. Ce n'était qu'un jeu de penser de la sorte et voilà que cela devient une tentation. Avec Hermine tout à l'heure, dans le boudoir qu'il ne veut pas appeler ainsi, il s'est contenté de penser :

— Quelles seraient ses réactions si je lui révélais soudain...

Ce n'est pas allé plus loin. Il n'a pas eu vraiment envie de tenter l'expérience.

Maintenant, au contraire, debout derrière Philippe, une main posée sur l'épaule du garçon qui écrit, les joues empourprées, il a, le temps de quelques secondes, la respiration plus forte, comme cela lui arrive quand il est mordu par certains désirs, il s'interrompt de dicter.

— Si je lui disais...

Le jeune homme, qui n'entend plus sa voix, tourne à demi la tête, étonné, et Malétras reprend son sang-froid.

... à raison de cent francs par mois.

— Mets la date et signe. Voici tes cinq cents francs. File.

— Merci, mon oncle.

— Non.

— Qu'est-ce que vous dites ?

— Je n'ai pas besoin de ton merci.

— Bien. Je vais dire bonsoir à tante ?

— Ce n'est pas la peine de la déranger. Tu peux aller. Tu connais le chemin. Ne ferme pas la porte trop brutalement.

Il a horreur des portes qui claquent.

Il reste seul, debout, dans son bureau, puis referme l'encrier de cuivre, remet la plume à sa place, glisse le reçu dans son portefeuille.

Soudain, il tressaille. Il y a peut-être longtemps qu'il est là, immobile, quand il entend un glissement sur le parquet. Hermine est entrée, les lunettes sur les yeux, son porte-plume à la main.

— Je me demandais ce que vous faisiez. Il y a longtemps qu'il est parti ? Il voulait de l'argent ?

— Oui.

— Vous le lui avez donné ?

Et, comme il a honte devant elle d'avoir cédé, il force son attitude, la regarde avec défi et martèle :

— Pourquoi pas ?

4

Il n'y avait pas deux jours que l'événement s'était produit et il était capable de suivre scrupuleusement les habitudes dont il s'était fait de véritables règles. Trente-deux heures, calcula-t-il en se rasant, dès cinq heures et demie du matin, devant la fenêtre de sa salle de bains ouverte sur la rue.

Un des platanes poussait sa jeune verdure jusqu'à deux mètres de lui à peine et, au moment où il ouvrait sa fenêtre, une nuée d'oiseaux s'envolait. Ils devaient s'être habitués à ce gros homme aux joues couvertes de mousse, aux cuisses épaisses moulées dans un caleçon, car ils revenaient les uns après les autres sur leur perchoir.

Il y a des gens qui se lèvent tôt, mais qui commencent la journée en négligé, la peau grasse de sueur, la bouche pâteuse, les pieds dans des savates. Malétras, lui, quand il descendait, à peu près en même temps qu'Eugénie, avait déjà fait une toilette minutieuse.

Comme les autres jours, elle était penchée sur son feu qu'elle n'arrivait jamais à allumer du premier coup. Comme les autres jours, il resta debout dans la cuisine à la regarder faire et il ne put s'empêcher de soupirer. Elle savait qu'il était dans son dos. Elle avait horreur de ses silences et de ses soupirs. Elle le haïssait.

— Je ne pourrai jamais m'habituer à un patron qui descend dans la cuisine à six heures du matin. L'autre monsieur se levait de bonne heure aussi, mais il attendait dans la salle à manger que je lui fasse porter son déjeuner par l'ordonnance.

Car c'était une domestique d'Hermine. Il y avait plus de vingt ans qu'Eugénie était chez elle. Si Malétras, dans le nouveau ménage, avait apporté une partie des meubles, de l'argenterie, de la vaisselle, son apport avait été nul en matière de domesticité. Rose était une nouvelle. Germaine, qui venait coudre et raccommoder trois jours par semaine, était une ancienne couturière d'Hermine.

Eugénie, furieuse, allait chercher le bidon de pétrole dans la souillarde et elle devait le faire exprès, parce que c'était défendu et que la muette réprobation de Malétras l'exaspérait.

— Si vous ne voulez pas qu'on se serve de pétrole, vous n'avez qu'à faire changer la cheminée qui ne tire pas. On n'a pas idée non plus de mettre la cuisine dans les caves.

C'était sa principale humiliation. L'architecte avait installé dans le sous-sol une cuisine qui était d'ailleurs spacieuse et parfaitement aménagée. Mais, par les fenêtres à ras du trottoir, la vieille Eugénie ne voyait que les pieds et les jambes des passants.

— Si j'ouvre pour donner de l'air, prétendait-elle, c'est tout juste si les chiens ne viennent pas pisser dans mes casseroles !

— Vous m'avez gardé de la soupe, Eugénie ?

— N'ayez pas peur. Ce n'est pas encore ce matin que vous dépérirez. Vous en aurez, de la soupe.

Pendant qu'on la réchauffait, avant même de préparer le café, Malétras ouvrait le frigidaire où il trouvait toujours des restes à sa convenance, une cuisse de poulet, une tranche de pâté, un bout de saucisson.

— Quand avons-nous mangé du gigot, Eugénie ?

— Vous devez vous en souvenir aussi bien que moi.

— Il y a au moins cinq jours.

— Si vous le dites, c'est que vous le croyez.

— Que fait ce reste de gigot dans le frigidaire ?

— En tout cas, il vous fait parler.

— Quand comptiez-vous nous le servir ?

— Je n'en sais rien.

C'était plus fort que lui : il souffrait chaque fois qu'il voyait perdre de la nourriture et Eugénie avait la manie de laisser traîner des restes pendant des jours, jusqu'à ce qu'il fallût les jeter.

Peut-être eût-il souffert davantage s'il n'avait pu, chaque matin, se disputer avec Eugénie qui n'avait aucun respect pour lui et qui lui répondait hargneusement, haussait les épaules, le servait avec des gestes brusques.

— Vous tenez vraiment à venir manger dans ma cuisine pour avoir l'occasion de fourrer votre nez partout ?

— Je mange où il me plaît, Eugénie.

— Vous mangez comme vous avez été habitué, oui !

Comme un paysan, c'était vrai. Sur la table de bois blanc, sans nappe. Il s'était même acheté un grand bol à fleurs qui lui rappelait son enfance pour manger la soupe du matin. Il regrettait parfois de ne plus tirer son couteau de sa poche pour se tailler le pain ou la viande sur le pouce.

Qu'est-ce qu'Eugénie pensait exactement de lui ? Il aurait aimé le savoir. C'était une des rares personnes dont l'opinion l'intéressât.

— Qu'est-ce que vous avez, ce matin, à me regarder comme ça ?

On dirait un gamin qui a fait un mauvais coup et qui a envie de l'avouer.

Or, il venait de penser :

— Si quelqu'un soupçonne un jour la vérité, ce sera Eugénie !

Elle était inculte. Elle savait à peine lire et écrire. Mais elle avait le don de deviner les gens, surtout ceux qu'elle n'aimait pas, et par conséquent Malétras plus que tout autre.

— En supposant que je lui dise tout à coup :

» — Eugénie, j'ai tué une femme...

» Que ferait-elle ? Je parie qu'elle me croirait. C'est sans doute la seule qui me croirait. Elle ne sursauterait pas. Elle se contenterait de répliquer :

» — Vous en êtes bien capable !

Et il continuait à manger en pensant de la sorte.

— Est-ce qu'Eugénie a jamais soupçonné que j'avais une autre vie en dehors de la maison ?

— Vous feriez mieux de vous dépêcher, sinon le chien va encore faire ses besoins dans le vestibule. Qu'au moins ça serve à quelque chose de vous lever d'aussi bonne heure, alors que vous pourriez faire tous les jours la grasse matinée. Ce que je plains ceux qui travaillaient pour vous, quand vous étiez le grand patron !

C'était l'heure du chien, en effet, un petit chien jaune, sans race, à la queue coupée qui lui donnait l'air d'un saucisson, mais aux yeux qu'Hermine prétendait d'une intelligence étonnante.

Jadis, et pendant la plus grande partie de sa vie, quand Malétras descendait à six heures du matin, le chapeau melon sur la tête, son premier cigare entre les dents, il traversait d'abord une grande cour encombrée de caisses, de sacs, de barriques et entrait dans les écuries.

Il avait douze gros chevaux à lui, aux harnais lourdement chargés de cuivre, pour les livraisons en ville, et, les mains dans les poches, il surveillait le pansage, contrôlait les mesures d'avoine. Les magasiniers arrivaient ensuite, puis les employés, et Malétras était toujours là avant eux, dur et puissant, sans un mot, sans un regard d'accueil. Rien qu'un geste, quand quelqu'un arrivait quelques instants en retard : son gros chronomètre en or qu'il retirait de sa poche et qu'il contemplait en le remontant.

Maintenant, à six heures du matin, il ouvrait la porte, le chien jaune se précipitant dehors avait juste le temps de lever la patte devant le premier arbre tandis que son maître refermait la porte derrière lui et attendait.

Ils marchaient tous les deux dans le soleil. Quelques rares fenêtres s'ouvraient. Des domestiques sortaient pour traîner les poubelles au bord du trottoir. Il marchait, les mains dans les poches, en se retournant parfois pour s'assurer que le chien le suivait, et il gagnait, à une demi-heure de chez lui, un kiosque où il avait l'habitude d'acheter les journaux du matin.

Eh bien ! Il n'y avait rien changé. Il faisait exactement la même chose ce jour-là. Il en serait ainsi les jours suivants.

Debout au milieu d'un square où le gardien n'avait pas encore boutonné sa tunique, il parcourait une feuille locale qui ne parlait pas de Lulu.

On n'en parlerait pas, Joseph l'avait promis. Peu importe comment celui-ci s'y était pris. Ce n'était plus l'affaire de Malétras. Il lui avait donné dix mille francs. Il ne voulait pas savoir ce qu'il avait fait du corps de Lulu. Il ne voulait pas y penser.

A huit heures, à l'aide de la petite clef qu'il choisissait dans son trousseau, il ouvrait la boîte aux lettres, prenait son courrier, parcourait les enveloppes des yeux, posait sur un plateau du vestibule les lettres destinées à Hermine.

Toute sa vie, il avait eu ses journées minutieusement réglées. Ce n'était pas une manie. C'était une hygiène. Il avait besoin de jalonner ainsi les jours, de compartimenter le temps qui passe, il était persuadé que c'était grâce à cette précaution qu'il gardait un inébranlable équilibre.

Il l'avait bien senti la veille, un peu après cinq heures, quand il avait quitté le *Cintra*. Il y avait désormais un trou dans son horaire. Il ne savait que faire de cette heure et demie qu'il passait d'habitude dans la chambre de Lulu.

Le hasard l'avait fait entrer dans un curieux estaminet où il n'y avait qu'une vieille femme et, sans qu'il eût rien décidé à cet égard, il savait déjà qu'il y retournerait aujourd'hui, et les autres jours.

Ainsi, le trou était bouché.

Il s'enferma dans son bureau, lut son courrier, répondit à quelques lettres, ouvrit et referma des tiroirs. Il entendit Hermine qui sonnait Rose pour son petit déjeuner, puis le bruit d'eau dans la baignoire qu'on remplissait. Il entendit aussi le moteur de l'auto de son voisin, un médecin des hôpitaux.

Est-ce qu'Eugénie avait deviné quelque chose ? Non, sans doute. Elle le regardait toujours du même œil soupçonneux et maussade.

Serait-elle capable, si elle devinait, de le dénoncer à la police ?

Probablement pas ! Qui sait même s'il y aurait quelque chose de changé dans son comportement ? Elle le haïssait tant ! Elle le jugeait tellement infâme que, d'apprendre qu'il avait tué une jeune fille, n'ajouterait guère à sa haine et à son mépris.

— Kiki !... Kiki !...

Bon ! Hermine avait terminé sa toilette. Elle allait descendre. Du palier du premier étage, elle appelait son chien, lui parlait en bêtifiant.

Malétras avait les chiens en grippe, surtout les petits chiens qui ne sont pas capables de mordre ni de faire peur.

Allons ! Elle descendait, ouvrait sa porte. Il se levait.

— Bonjour. Vous avez bien dormi ?

Elle se refusait habituellement à l'appeler Jules tant elle jugeait ce prénom ridicule. Elle ne pouvait pas non plus l'appeler chéri. Alors, elle ne l'appelait pas. Ou, si c'était absolument nécessaire, s'il se trouvait à l'étage ou dans une autre pièce, elle criait :

— Malétras !

Elle était fraîche. Elle respirait la santé, l'équilibre. Son humeur était égale. Mais ils n'avaient rien à se dire et bientôt elle descendait donner des ordres à la cuisine.

C'était l'heure du marché au poisson. Il allumait un nouveau cigare, traversait une bonne partie de la ville, entrait chez les frères Poineau qui sursautaient toujours, comme pris en faute, à son arrivée. Il travaillait aussi farouchement à cette petite affaire de rien que si sa fortune en eût dépendu. Il avait retrouvé ses manies d'avoir toujours un crayon à l'aniline derrière l'oreille, de ne jamais quitter son chapeau melon dans les bureaux ou dans les magasins, de répondre au téléphone d'une voix bourrue, dès que la sonnerie retentissait :

— Malétras écoute !

Rien n'était changé. Il prenait le tram pour rentrer chez lui. Il rapportait presque toujours un poisson ou un crustacé. Il descendait à la cuisine pour le mettre dans le frigidaire et cela lui donnait l'occasion d'échanger de mauvais regards avec Eugénie.

La sieste. Le *Cintra*. Un dur coup d'œil à Émile, car celui-ci, comme un chien qu'on a caressé par hasard et sans y penser, s'attachait à Malétras depuis que celui-ci lui avait adressé un sourire. Il l'accueillait en frétillant, éprouvait le besoin de prononcer :

— Un Impérial, monsieur Malétras ?

Puis, avec un clin d'œil, il apportait la soucoupe de bouchées aux anchois que Malétras repoussait de la main.

Il ne jouait pas aux cartes. Il n'avait jamais joué aux cartes de sa vie, sauf, certains soirs, avec Lulu et Joseph, mais c'était comme si cela se fût passé dans une autre existence.

Il s'asseyait derrière les joueurs et fumait son cigare à petites bouffées en les regardant. Il ne comprenait rien au bridge. Quand on avait voulu lui expliquer le jeu, il s'y était refusé.

Pourquoi le gros Steuvels le regardait-il d'un air interrogateur ? Les gens sont ainsi. Parce qu'une fois on s'est adressé à eux, ils se croient admis dans vos secrets, comme Émile se croyait admis dans l'affection de Malétras à cause d'un sourire de raccroc.

Que pensaient-ils de lui, tous les quatre ? Quand il avait remis son affaire, le docteur Vérel lui avait annoncé :

— Vous avez tort ! Vous verrez ! Avant six mois, vous serez obligé d'aller voir un médecin.

Or, il n'avait pas vu de médecin. Il s'en était tiré tout seul. Il n'avait jamais eu besoin de personne dans la vie. Il s'était intéressé à la maison Poineau. Puis il y avait eu Lulu.

— A notre âge, on ne change pas brusquement sa façon de vivre, surtout quand on a eu une existence aussi active.

Eux jouaient au bridge pendant des heures, prenant au sérieux, quand ce n'était pas au tragique, des morceaux de carton bariolés et discutant à perte de vue d'une annonce à deux carreaux ou à trois sans atout.

Tous les quatre, même Vérel, qui était le fils d'une receveuse des postes de la campagne, avaient peiné pour arriver où ils en étaient. Steuvels avait été livreur dans une brasserie avant d'être brasseur lui-même. Devismes, si correct, si bien élevé, timide eût-on juré, avait été coupeur de bois au Gabon.

Et maintenant ?

Ils avaient pour la plupart des enfants mariés ou à marier et ils venaient jouer aux cartes au *Cintra*, ils étaient tout heureux d'appeler Émile par son prénom et d'avoir leur table retenue, une table à laquelle, dès quatre heures de l'après-midi, on ne laissait asseoir personne.

Est-ce qu'ils considéraient Malétras comme faisant partie de leur petit cercle ? Pas tout à fait. Parfois, ils faisaient allusion à quelque histoire qu'on évitait de raconter devant lui. Il y avait des silences, quand il arrivait. On le suivait du regard, quand il s'en allait.

Quelle différence y avait-il entre eux et lui et pourquoi, toute sa vie, y avait-il eu la même différence entre Malétras et les gens qu'il avait côtoyés ?

Il regarda l'heure à sa montre. Même devant une horloge publique, devant une gare au cadran gigantesque, il regardait l'heure à sa montre, fût-on en plein hiver et dût-il déboutonner son pardessus et son veston pour la tirer de son gousset.

— Émile !

Est-ce qu'Émile se précipiterait avec la même servilité s'il lui déclarait tout à trac :

— A propos, avant-hier, en partant d'ici, j'ai étranglé une femme.

Pas une seule fois, pendant ces quarante-huit heures, il n'avait pensé à Lulu elle-même. L'idée ne lui venait pas de plaindre la pauvre fille qui était morte à dix-neuf ans et dont le cadavre était maintenant Dieu sait où.

Certes, son crime le hantait, si l'on peut traduire ainsi le fait que, à tout moment, il avait conscience qu'un événement était venu qui transformait sa vie.

Mais le personnage du drame n'était pas Lulu, c'était lui. Lulu n'était qu'un accessoire.

Le vrai drame, il ne faisait encore que le pressentir : c'était Jules Malétras, le fils du facteur de Steenvoorde, à la frontière belge, qui s'était marié, qui avait eu deux enfants, qui avait fondé les Docks Malétras et les avait portés pendant trente ans à la force du poignet, c'était un homme puissant et dur, plus puissant et plus dur que tous ceux qu'il connaissait, et qui, pendant des mois, avait été contraint d'aller chaque soir, en rasant les murs, retrouver une gamine qui n'était pas jolie dans une chambre dégoûtante, au fond d'une impasse qui puait.

Or, Malétras, parce qu'elle ne voulait pas se déshabiller ce soir-là, parce qu'un peu avant elle était partie en voiture avec cet imbécile bien vêtu de Laniel, l'avait saisie par le cou et l'avait étranglée.

C'était l'heure. Il ne s'était pas trompé la veille, ni le matin même, en prévoyant que ce serait désormais son heure. Il avait à peine quitté le *Cintra*, il marchait pourtant dans des rues pleines de vie et de soleil, qu'il subissait comme un envoûtement.

Peu importait le temps qu'il faisait réellement, et les couleurs bariolées de la foule : il reniflait comme des odeurs d'hiver, de pluie fine ; il évoquait des flaques de lumière sous les becs de gaz ; il sentait son gros pardessus noir sur ses épaules, le contact, sur ses joues, du col relevé, et, insensiblement, il avait l'impression de s'enfoncer dans le mystère d'un quartier pauvre, il se faufilait parmi les ruelles.

Il s'arrêta soudain contrarié, car il venait de se tromper de chemin. Il ne retrouvait pas le petit café de la veille. Il n'avait pas pris la précaution de regarder le nom de la rue. Une angoisse lui venait à l'idée qu'il pourrait ne jamais revoir cet estaminet où il n'avait fait que passer une demi-heure dans la solitude.

— Je venais du carrefour. J'ai dû tourner à gauche. Après, je me suis retrouvé rapidement devant l'église...

Il s'ingénia à refaire le chemin de la veille et il y réussit, reconnut la porte ouverte, le vacarme de la marmaille qui jouait au milieu de la rue. Il y avait, à côté, une échoppe de cordonnier dont il renifla l'odeur.

Soulagé, comme si cela avait vraiment de l'importance, il entra. Et, comme la veille, il n'y avait personne dans le caboulot aux quatre tables et au comptoir astiqué. Comme la veille, la porte de la cuisine s'ouvrit et il entendit le ramage des canaris.

La vieille femme en pantoufles le reconnut et sourit.

— Il fait toujours aussi chaud, n'est-ce pas ? dit-elle en se glissant derrière son comptoir.

Dans le café, il faisait frais. C'était une qualité de fraîcheur toute particulière que Malétras savourait déjà. Le soleil était de l'autre côté de la ruelle mais ne descendait pas jusqu'au fond de celle-ci où les pierres étaient luisantes comme dans certains quartiers que Malétras avait habités dans son enfance.

Ce n'était qu'aux fenêtres du premier, en face, entre autres à une fenêtre garnie de géraniums, que le soleil donnait comme un épais coup de pinceau.

— Une petite anisette ?

Comprenait-elle qu'il ne fallait désormais rien changer aux habitudes ? Elle emporta une carafe, traversa la cuisine. On l'entendit qui pompait dans la cour et un instant il y eut un courant d'air, il entrevit la margelle d'un puits, comme à la campagne, de la mousse verte entre les pavés.

Puis elle alla chercher son ouvrage, qui n'était plus une serviette à repriser, mais un travail de tricot vert pâle.

Un gamin de sept ou huit ans, qui jouait dans la rue, vint se camper sur le seuil et regarder le monsieur sans essayer de cacher sa curiosité.

— Veux-tu t'en aller, Fernand !

Il y avait deux petites filles assises sur l'autre trottoir et l'une d'elles avait un gros nœud rose dans les cheveux, comme une poupée, une longue ligne de morve entre le nez et la bouche.

La vieille se taisait. Malétras se taisait. Il fumait toujours son cigare en regardant vaguement devant lui et, de temps en temps, c'était lui ou c'était la femme qui poussait un soupir comme pour marquer la fuite du temps. On entendait des bruits, des cris des femmes qui s'interpellaient d'un seuil ou d'une fenêtre à l'autre, des noms d'enfants qu'on lançait à tous les échos du quartier.

— Germaine !... Germaine !... Veux-tu rentrer ?... Gare à toi si tu m'obliges à aller te chercher...

A petits coups, par petits regards furtifs qu'elle rentrait aussitôt comme des griffes de chat, la vieille observait son client des pieds à la tête, et, deux ou trois fois déjà, elle avait ouvert la bouche comme si elle allait parler mais l'avait refermée à regret.

Une silhouette se profila dans le rectangle de l'entrée. Une longue fille maigre et brune, en cheveux, les jambes nues, plongea le regard dans la pénombre, fit mine de se retirer aussitôt en murmurant :

— Pardon... Il y a du monde...

— Entre, Martine... Viens un instant... J'ai quelque chose à te remettre.

La jeune fille, qui devait habiter une des ruelles proches, traversa le café, déhanchée, s'excusa en passant devant Malétras à qui elle jeta un coup d'œil à la fois curieux et respectueux.

— Entre...

Elles s'enfermèrent dans la cuisine dont la porte vitrée était voilée par un rideau de guipure. Malétras les entendit chuchoter un bon moment. La porte s'ouvrit.

— Je te le ferai dire... prononça la vieille en conclusion de leur mystérieux entretien.

— C'est entendu... Pardon, monsieur...

Elle le regarda encore, un peu plus audacieusement que la première fois, et, comme une gamine, elle sauta les deux marches à cloche-pied, s'éloigna le long des maisons.

La vieille s'était rassise et on sentait qu'elle n'allait pas tarder à parler. Elle hésitait.

— C'est tout jeune et encore tout enfant, murmura-t-elle enfin avec un très doux sourire, comme si elle eût parlé d'une première communiante.

Malétras ne répondit pas, ne parut pas avoir entendu.

— Cela vient d'avoir seize ans... Elle passe me voir de temps en temps, comme ça... Mais c'est timide... Quand elle s'est aperçue qu'il y avait du monde, elle a voulu s'en aller.

Chose curieuse, il ne comprenait pas encore. Il pensait. Au fait, à quoi pensait-il ? Il était assis là comme dans un bain frais. Il regardait des reflets sur les verres, sur les bouteilles, il respirait l'odeur lourde et vulgaire, il était attentif aux bruits et aux cris de la rue.

— Si des fois une petite comme ça vous faisait plaisir...

Il tressaillit, tel un homme qu'on réveille. La vieille, qui avait repris son tricot, crut un instant qu'il allait se fâcher, s'en aller pour toujours. Elle se dit qu'elle avait été trop vite, ou qu'elle s'était trompée. Un instant, elle se demanda s'il n'était pas de la police, mais elle se rassura aussitôt, car il y a des détails qui ne trompent pas : ce complet de drap fin, ces souliers sur mesure qu'elle avait déjà admirés la veille, le linge, le chronomètre et la lourde chaîne en or.

— Je dis ça comme ça, vous savez...

Il la regardait comme un objet qu'on a eu souvent sous les yeux sans y faire attention et qu'on remarque soudain.

— Il arrive que des messieurs comme vous, qui n'aiment pas se montrer ailleurs avec des femmes, et qui tiennent à être tout à fait tranquilles... Moi, n'est-ce pas ? cela ne me regarde pas. On peut tout aussi bien venir prendre un verre... Il ne faudrait pas croire ce qui n'est pas... Des petites comme Martine, qui ont de la misère chez elles, viennent de temps en temps me dire bonjour en passant...

On sentait que son esprit travaillait, qu'elle n'était pas tout à fait rassurée, que ce client silencieux restait pour elle une énigme.

Pourquoi était-il revenu chez elle, si ce n'était pas pour ça ? Il était riche, cela se voyait. C'était un homme rangé, sérieux, cela se voyait aussi, qui avait un intérieur, qui était bien tenu.

Et cependant elle avait flairé quelque chose qui ne trompe pas, quelque chose de furtif comme de honteux.

S'il n'avait pas de vice, pourquoi ?...

A moins que ce ne fût pas ce vice-là ?

Elle lui souriait, pour le mettre à l'aise. Elle avait peur de le voir partir.

— Vous n'êtes pas le premier monsieur bien, allez, et même des messieurs de la haute, à venir prendre un verre chez la vieille Maria...

Le plus étrange c'est que de son côté, il avait peur, tout à coup, de n'être plus accueilli. Non pas d'être mis à la porte, évidemment, car on ne pouvait pas le mettre à la porte, mais de ne plus être admis dans l'intimité du caboulot.

— Donnez-moi encore un verre, dit-il. Prenez-en un aussi.

— Vous êtes bien aimable. Ce n'est pas de refus... J'avais peur de vous avoir fâché. Il n'y a pas de mal à ça, n'est-ce pas ?... Un homme est un homme...

Elle se trompait sur son compte, elle le sentait. Et pourtant Dieu sait si elle avait l'expérience des hommes, surtout de ces hommes-là, d'un certain âge, qui sont riches, qui ont ailleurs une vie sérieuse et confortable, qui, comme on dit vulgairement, « ont chez eux tout ce qu'ils veulent ».

— A votre bonne santé.

— A la vôtre.

Elle ne se doutait pas qu'elle venait, sans le vouloir, de lui faire faire une découverte.

— *Il n'y a pas de mal à ça, n'est-ce pas ?* avait-elle dit. *Un homme est un homme.*

Lui, non ! Il n'était pas venu là pour ça. Il n'avait aucune envie de la fille qui était passée tout à l'heure, ni d'aucune autre.

A la vérité, il n'avait jamais eu envie du corps de Lulu. Il l'avait étranglée par jalousie et pourtant il ne l'aimait pas.

Avait-il jamais désiré une femme ? Quand il était jeune homme, ses camarades, pour autant qu'il ait eu des camarades, se moquaient de lui, car, à vingt ans, il était encore vierge.

Pas par vertu. Pas non plus par timidité. Ni par impuissance. Il était aussi capable qu'un autre de faire l'amour. Peut-être plus que la plupart, car il était extrêmement vigoureux.

Les femmes ne l'intéressaient pas. C'était une complication dans l'existence. Il était choqué de voir attacher tant d'importance à un acte aussi banal.

Il s'était marié parce qu'à cette époque-là il était seul, vivait dans une chambre meublée et, par économie, préparait ses repas sur un réchaud.

Il était employé dans une maison de commerce. Il suivait des cours de comptabilité, le soir, et trouvait encore le moyen d'aller après sa journée tenir les livres chez plusieurs petits commerçants.

Il avait rencontré Louise qui était vendeuse dans une confiserie. Elle était belle, il le savait. Pas jolie, mais belle. Elle était sérieuse. Elle vivait avec une vieille mère et une sœur, vendeuse comme elle.

Puisque l'homme doit se marier, il avait considéré qu'elle ferait une épouse convenable. En outre, le mariage lui donnerait une apparence plus sérieuse. Enfin, mieux soigné — et presque à aussi bon compte —, il pourrait travailler dans de meilleures conditions.

L'avait-il trompée ? A peine ! Plus tard, deux ou trois fois, à la suite de banquets, des amis l'avaient entraîné dans des maisons spéciales. Il avait essayé, pour faire comme les autres, sans plaisir, plutôt avec dégoût et il en avait été humilié.

Une fois, une seule, pendant une maladie de sa première femme — plus exactement quand elle avait accouché de sa fille —, il s'était servi d'une de ses vendeuses, une petite brune qui le regardait toujours d'un air effronté et qui semblait se moquer de lui.

— Voilà, avait-il l'air de lui dire en la renversant un soir, après la fermeture, sur son bureau. Tu es contente, maintenant ?

Quelques jours plus tard, il l'avait mise à la porte sous le premier prétexte venu.

Louise n'avait pas été la femme qu'il avait espérée. Il aurait dû se méfier. Depuis, il avait en horreur les familles qui ont eu des malheurs.

— Pauvre, mais honnête...

Et les gens, les femmes surtout, qui ont des sentiments délicats.

Tous et toutes, dans sa famille, avaient des sentiments délicats. Ils avaient connu des jours meilleurs. Le père, qui était mort, avait eu un assez gros commerce de charbon. C'était un ivrogne. Il avait fini par une faillite.

Eh bien ! pour ses belles-sœurs et ses beaux-frères, la brute, c'était lui, Malétras ! Il n'avait pas de sentiments ! Louise était malheureuse avec un pareil personnage.

Si malheureuse qu'elle s'était mise à boire !

— Comme son père et comme ses frères ! leur répondait-il crûment.

Elle chipait des bouteilles au magasin. Sous prétexte d'un besoin pressant, quand elle était en ville, elle entrait dans le premier bistrot venu et buvait des petits verres.

Elle était morte. Il avait fait la connaissance de la veuve du général. Celle-ci était digne, distinguée. Il s'ennuyait chez sa fille avec qui il ne s'entendait pas.

Il s'était remarié. Il s'était remarié exactement comme il avait fait construire la maison de la rue de la Commanderie. Femme et maison allaient ensemble. Il respectait sa femme. Ils entretenaient les meilleures relations. La nuit, il y avait quelqu'un à côté de lui pour le cas où il lui arriverait quelque chose.

Or, voilà qu'une femme comme la vieille Maria, qui aurait dû tout comprendre, se trompait sur son compte. A supposer qu'il lui parle de Lulu, qu'il lui dise : « J'avais une petite amie, une serveuse que j'avais prise dans un café et que j'allais voir tous les soirs. Je l'ai étranglée », elle mettrait son geste sur le compte de la passion, ou du vice !

Et l'avocat ? Qu'on retrouve le corps, qu'on fasse une enquête, que de fil en aiguille on remonte jusqu'à lui et qu'on l'arrête ?

Les journaux écriront : *Un crime passionnel.*

L'avocat, pour le défendre, parlera de la passion d'un homme mûr, d'un homme déjà sur le déclin, pour une gamine qui se moquait de lui et qui...

Eh bien ! la vérité, c'est qu'il n'avait pas fait l'amour cinq fois avec Lulu de tout l'hiver ! La vérité, c'est qu'il aurait fort bien pu ne pas la toucher. Il en avait à peine envie. C'était tout à fait secondaire. C'était elle, en réalité, qui avait voulu...

Et il avait cédé parce qu'elle n'aurait pas compris, un peu de la même manière que, lorsqu'on s'assied dans un café, on est obligé de boire, n'eût-on pas la moindre soif.

Lulu ne pensait qu'à ça. Elle croyait lui faire plaisir. Elle était toujours à moitié dévêtue, à lui montrer des morceaux de nudité.

La première fois, il s'en souvenait, comme elle manifestait bruyamment un plaisir vrai ou feint, il lui avait dit durement :

— Tais-toi.

Elle en avait été stupéfaite. Elle l'avait regardé, prête à pleurer.

— Je ne fais pas ça comme tu aimes ?

Quelle question ! N'était-il pas assez lucide pour se rendre compte qu'un gros homme comme lui, dans de pareilles circonstances, est toujours ridicule, pour ne pas dire odieux ?

Comme la petite de tout à l'heure... Il comprenait maintenant le regard qu'elle lui avait lancé... Elle avait espéré... Et qu'avaient-elles chuchoté toutes les deux derrière la porte de la cuisine ?

— Je ne sais pas encore... Il ne dit rien. Il faut y aller doucement. Ne t'éloigne pas trop... Je vais lui parler et je t'appellerai...

Il se demanda s'il reviendrait dans ce café où pourtant il avait déjà fait son trou et où il se sentait si bien.

— Voyez-vous, racontait la vieille qui préférait ne plus toucher à des sujets dangereux, même pendant les plus fortes chaleurs, ici, il fait toujours frais. Si c'est nécessaire, j'ouvre les portes de la cuisine et de la cour, et cela donne un courant d'air... Vous partez déjà ?

Il avait tiré sa montre de son gousset et fait sauter le couvercle d'or. Il n'était pas l'heure. Il se renversa un peu en arrière et ralluma son cigare à la grande satisfaction de la vieille.

— Si vous voulez me faire plaisir, vous allez accepter une autre tournée... Si, c'est la mienne !... J'y tiens !...

Il accepta. Un peu plus tard, il vit la jeune fille passer devant la maison sur l'autre trottoir. Il évita de regarder Maria à ce moment : il avait la certitude qu'elle adressait à la gamine un signe qui voulait dire :

— Rien à faire. Tu peux aller.

5

Il était au *Cintra*. Comme d'habitude, il était tourné vers les joueurs de cartes. Dieu sait pourquoi il avait jeté un coup d'œil vers la rue et, sur le trottoir opposé, il avait reconnu Joseph qui s'en allait précipitamment.

Peut-être Joseph ne faisait-il que passer ? Malétras resta persuadé qu'au moment où il avait regardé de son côté, l'ancien garçon du *Normandie*, le cou tendu, était occupé à l'épier, et que ce n'est qu'en se voyant surpris qu'il s'était mis en marche avec une précipitation qui le trahissait.

On était le quatrième jour après la mort de Lulu. Au lieu de s'effrayer, Malétras se leva et marcha jusqu'à la porte, espérant que peut-être Joseph l'attendait au coin de la rue, mais il ne vit plus personne.

Il ne changea rien à ses habitudes, fuma son cigare, quitta le *Cintra* à l'heure accoutumée et se dirigea, par un chemin qui lui était déjà familier, vers le petit café de Maria.

Une idée lui était venue tout à l'heure, alors qu'il promenait le chien d'Hermine dans la rue encore toute fraîche et comme neuve. Il ne pensait pas particulièrement à ceci ou cela. On peut à peine dire qu'il pensait. Ce n'était pas l'homme, en dehors de ses affaires, à prendre une idée par un bout et à la dévider patiemment pour savoir ce qu'il y avait à l'autre bout.

Comme il était tout seul, pour ainsi dire du matin au soir, et qu'il y avait des vides dans son emploi du temps, il les remplissait, inconsciemment, par ce que d'autres eussent peut-être appelé des rêveries.

Le matin, par exemple, quand il sortait avec Kiki et que la rue dormait encore, il emmenait avec lui pendant un bout de chemin plus ou moins long l'image d'Eugénie.

— C'est vrai qu'elle ressemble à un chien qui ne veut avoir qu'un maître...

Car Eugénie, si hargneuse avec tout le monde et particulièrement avec lui, avait pour « Mme Hermine » une véritable adoration.

— Elle était furieuse, à cause du jambon.

Il avait mangé le jambon qu'il avait trouvé dans le frigidaire. Eugénie lui avait pourtant dit qu'elle l'avait acheté la veille au soir pour farcir les raviolis.

— Vous irez en chercher d'autre.

Il regardait les moineaux... Les moineaux lui rappelaient la cour de l'école... Ce souvenir en amenait un autre, pas même un souvenir précis, une bouffée, un courant frais qui passait à travers un air lourd et brûlant, des oiseaux qui s'envolaient du tilleul et lui qui s'envolait aussi, à grand fracas de sabots, son cartable sur le dos...

Il poussait une porte sur laquelle étaient collées des réclames transparentes, une sonnette tintait et...

Il s'était arrêté, surpris d'aboutir où il aboutissait. L'odeur ! Il existait, dans la maison où il était né et où il avait vécu ses douze premières années, une odeur que souvent, depuis, il avait été sur le point de retrouver. Il était dans une rue et il s'arrêtait, reniflait, se tournait vers la porte, s'en approchait, mais ce n'était jamais cela tout à fait, c'était trop épicé ou trop fade, avec un élément de moins ou de plus.

Eh bien ! ce qui l'avait frappé tout à coup en promenant le chien, alors qu'il était si loin de son petit café et qu'il n'y pensait même pas, c'est que l'odeur de chez la vieille Maria était presque l'odeur de *chez lui*.

Il en avait été heureux toute la journée. Cela l'humiliait moins, désormais, d'être allé faire son coin dans cette boutique sordide.

— C'est l'odeur qui m'a plu, à mon insu.

Chez lui aussi, on vendait à boire. Ce n'était pas un vrai café, mais il y avait un comptoir dans un coin, comme il y en a dans tant de maisons à la campagne, surtout dans le Nord. De là, une odeur de bière et de genièvre qui se faufilait dans toute la maison et qui était plus forte que l'odeur d'épicerie. Chez Maria, on ne vendait pas d'épicerie et pourtant l'odeur était presque la même ; peut-être y avait-il une épicerie à côté, non pas à droite, où c'était une échoppe de savetier, mais à gauche ? Il se réjouissait que ce fût l'heure d'aller s'en assurer.

Sa journée avait été pareille à toutes les journées. Il était allé chez Poineau où il avait travaillé comme un employé, mais à travers les bruits, le soleil, les occupations diverses, il y avait toujours cette odeur. Avec elle lui revenait parfois dans la mémoire le maigre visage de sa mère, et, ce qui était plus curieux, c'était une ressemblance qu'il commençait à découvrir entre sa mère et Lulu.

Non, pas une ressemblance, Lulu n'avait aucun des traits de la mère de Malétras. Celle-ci était très maigre, avec un visage long, des yeux petits, toujours fatigués. Elle était si fatiguée qu'on se demandait comment, en allant et venant toute la journée comme elle le faisait, elle tenait debout. Quand on lui disait :

— Vous devriez vous reposer, Madeleine...
elle répondait avec un sourire :

— J'aurai bien le temps de me reposer quand je serai couchée à côté de l'église.

Les premières fois qu'il avait entendu cette phrase-là, le gamin n'avait pas compris que cela signifiait le cimetière et, quand il l'avait compris, il avait pleuré.

Eh bien ! dans le tram, vers midi, en revenant de chez Poineau, il avait entrevu un instant le mur du cimetière, la grille, les premières tombes qu'on apercevait du dehors et il avait eu les larmes aux yeux, juste comme quand il avait compris la phrase.

L'idée cheminait lentement, par des détours imprévus, disparaissait pour reparaître sous une autre forme, comme une source qui parfois poursuit sa route sous terre et va surgir à un endroit imprévu.

Son émotion — c'était difficile à expliquer — s'adressait autant à Lulu qu'à sa mère.

Il se promettait d'y penser tout à l'heure chez Maria. Il n'avait pas conscience que c'était une profanation.

En chemin, il pensait aussi à Joseph. Il se retourna plusieurs fois pour s'assurer que celui-ci ne le suivait pas. Si Malétras l'avait aperçu dans la foule, il serait allé droit à lui et ils auraient eu ensemble l'explication que Malétras avait eu le tort de ne pas exiger le premier jour.

C'était un mauvais souvenir. Ce jour-là, le lendemain de l'accident, il n'était pas dans son assiette. C'était physique. La preuve que c'était physique, comme les suites d'une cuite, c'est qu'il avait dormi jusqu'à neuf heures du matin.

Mon Dieu ! comme il avait marché ! Au fond, il avait peur. Il errait dans des quartiers qu'il ne connaissait pas et le souvenir de ces quartiers lui était encore désagréable, continuait à l'humilier. C'était Joseph qui l'avait conduit le long des quais, près des grues. C'était lui qui rassurait, qui décidait.

Maintenant, il en serait autrement. L'homme était revenu, comme il fallait s'y attendre. Il voudrait le faire chanter. Malétras lui parlerait net.

Il ressentait une satisfaction rien qu'à pénétrer dans la ruelle où se trouvait le caboulot. Les maisons penchées les unes sur les autres, la lumière, l'odeur, la marmaille, tout lui était déjà familier comme un souvenir d'enfance et il sourit d'un sourire presque triomphant en constatant que c'était bien une épicerie qui était à côté de chez Maria.

Il y avait, sur la porte, des réclames transparentes. Il y avait des bocaux avec de vieux bonbons roses et verts. Il y avait aussi, près de paquets de macaroni et de chicorée, quelques légumes fanés.

Qui sait si ce n'était pas la boutique tenue par sa mère à Steenvoorde qui lui avait donné l'idée, plus tard, de créer les Docks Malétras ?

Maria, tout heureuse, elle aussi, jaillissait de sa cuisine.

— C'est gentil d'être venu me voir, disait-elle comme s'il n'était pas un client ordinaire, comme s'il venait maintenant chez elle en visite.

Et, sans rien lui demander, elle lui versait un verre d'anisette, puis s'en allait avec sa carafe chercher de l'eau à la pompe de la cour.

C'était bien l'odeur de chez lui. Il y avait sur un mur, derrière le tuyau du poêle, la même affiche officielle avec le règlement sur les débits de boissons.

Dans le café où Lulu servait quand il l'avait connue, l'odeur était différente. Ce n'était donc pas cela qui lui avait fait rapprocher les deux femmes, sa mère et elle, dans son souvenir.

Ce que c'était, il n'arrivait pas à le découvrir. Sa première femme, Louise, celle qui s'était mise à boire, ne ressemblait en rien à sa mère.

Elle était résignée aussi, certes, mais avec des soupirs, avec des plaintes, avec des larmes.

Chez lui, l'ivrogne, c'était son père. Il faisait des tournées de trente kilomètres par jour, à pied les premiers temps, quand Malétras était encore tout petit, il s'en souvenait, puis plus tard à bicyclette. Il buvait des petits verres de genièvre tout le long du chemin et, quand il rentrait, ses moustaches roussâtres étaient détrempées d'alcool, il parlait haut, il avait des gestes tranchants ; s'il y avait du monde au café, on l'entendait qui criait plus fort que les autres, qui prétendait avoir raison coûte que coûte et qui se battait pour un oui ou un non.

Jamais sa femme ne s'était plainte. Jamais elle n'avait dit un mot sur lui à ses enfants. Car elle avait d'autres enfants. Elle en avait eu huit. Il devait en rester cinq, Malétras compris, mais ils ne comptaient pas. L'un d'eux était devenu menuisier et habitait encore Steenvoorde, une fille était mariée à un marchand de vélos de Hazebrouck qui faisait de la contrebande, un autre garçon était au chemin de fer.

— Voilà de l'eau bien fraîche, mon bon monsieur.

Sa mère aussi, quand il y avait un client, courait chercher de l'eau fraîche au puits et revenait en essuyant ses mains à son tablier bleu.

Louise n'avait jamais compris qu'il n'aidât pas ses frères et sœurs.

— Les aider comment ? Pourquoi ? Si l'un est menuisier, c'est qu'il est fait pour être menuisier. S'il n'est pas établi à son compte, c'est qu'il n'est pas capable de travailler à son compte. Je lui rendrais un mauvais service en lui donnant de l'argent pour s'installer. Comme je rendrais un mauvais service à Ferdinand (c'était l'employé du chemin de fer) en lui donnant de l'argent qu'il dépenserait, après quoi il serait tout dérouté de ne plus en avoir.

Il le leur avait dit, comme à la famille de Louise.

— Venez me voir si vous voulez. Mais ne comptez pas sur moi. D'ailleurs, cela ne vaut rien que vous veniez trop souvent, ni que vous ameniez vos enfants, car cela ne peut que faire naître l'envie.

Pourquoi pensait-il à tout cela alors qu'il cherchait toujours le rapport qui s'était établi dans son esprit, à son insu, entre Lulu et sa mère ?

Il regarda la vieille femme qui était venue s'asseoir près de lui, une chaise plus près que les autres jours, et qui, respectant son silence, tricotait en lui lançant de temps en temps un petit regard en dessous.

Est-ce qu'elle avait compris, maintenant ?

Si vous aviez envie d'une petite...

La pensée de Malétras cheminait toujours. Ses yeux caressaient des images : un verre, une bouteille, un bout de trottoir avec une petite fille assise au bord et une fenêtre ouverte, garnie d'un géranium rouge sang...

Cela lui rappelait les heures qu'il avait passées dans son lit quand il s'était cassé la jambe, et qu'il restait toute la journée étendu, les yeux mi-clos, près de la fenêtre.

Il ne se pressait pas, n'appelait pas les images à lui. Il les laissait venir. Il fallait même une certaine prudence pour ne pas les effaroucher, car alors elles s'effaçaient avant de s'être formées distinctement.

Il n'avait jamais aimé que sa mère. Aucune autre femme au monde ! Sa mère et quelqu'un d'autre cependant, un homme, un gamin plutôt, un adolescent, son fils, qui était mort et dont il avait lu les terribles pensées à son égard.

C'était tout. C'était peut-être, en somme, à cause de sa mère, du souvenir de sa mère, qu'il n'avait jamais aimé une femme, parce qu'il n'en avait trouvé aucune qui lui ressemblât.

C'était une campagnarde. Elle ne devait pas être très intelligente. Il ne pouvait pas en juger, puisqu'elle était morte alors qu'il n'avait que douze ans.

Pourquoi l'aimait-elle mieux que ses autres enfants ? Son père, lui, ne pouvait pas le supporter, parce qu'il était différent de tous. Il faisait déjà bande à part. On sentait qu'il s'envolerait du nid dès qu'il en aurait la force.

Comment sa mère avait-elle dit ?

— Tu deviendras peut-être quelqu'un, mon pauvre Jules, mais je crains bien que tu sois malheureux toute ta vie. Tu vises trop haut.

Est-ce qu'elle avait prévu, est-ce qu'elle avait pu prévoir qu'après des années et des années de lutte, quand il serait riche, connu de tous, membre de la Chambre de commerce, décoré, avec un hôtel particulier tout neuf dans le quartier le plus élégant, une femme qui était née noble, il se faufilerait le soir dans les petites rues pour aller passer une heure avec une gamine du peuple dans une chambre qui sentait le pauvre ?

Et qu'il prendrait plaisir à se faire passer auprès d'elle pour un comptable sans fortune ?

Maintenant que Lulu était morte, voilà que, sans le vouloir en somme, par le simple effet du hasard, il venait échouer dans un café miteux, près d'une vieille qui se traînait sur ses grosses jambes hydropiques.

Il n'avait pas choisi cet asile. Il y était venu pourtant, et il fallait donc penser que c'était un instinct qui l'avait conduit.

Au moment où il était entré pour la première fois, il ne pouvait pas se douter qu'il régnait ici une odeur qui lui rappellerait son enfance. Il ne s'en était pas aperçu les deux premiers jours. C'était loin de là, en promenant le chien sur le trottoir de la rue de la Commanderie, qu'il avait fait cette découverte.

Maintenant, il sentait qu'il en ferait d'autres encore. Il avait plus de soixante ans. Pendant plus de soixante ans, il avait vécu sans se demander pourquoi il faisait ceci ou cela, ni où il allait, ni si ses gestes avaient un sens, et voilà que normalement sa vie était finie. Si les choses s'étaient passées comme elles doivent se passer, il serait en prison, on le jugerait et, même s'il n'était condamné qu'à quelques années de travaux forcés, il ne rentrerait plus jamais dans la vie.

— On dirait qu'il va faire de l'orage, se décidait à prononcer la vieille.

Elle se demandait si elle devait parler ou se taire. Elle se doutait qu'il reviendrait toujours, que quelque chose l'attirait irrésistiblement chez elle, mais elle ne pouvait pas encore deviner quoi.

Un vicieux est plus facile à satisfaire, parce qu'on sait.

Il la regarda comme sans la voir. Il était loin, dans le temps et dans l'espace, puis soudain sa pensée revenait au logement de Lulu et, au même instant, il apercevait Joseph qui passait dans la rue.

Il faillit se lever pour l'appeler. Il aurait aimé que l'entretien qu'ils devaient avoir eût lieu ici, mais, même s'il la renvoyait dans sa cuisine, la vieille entendrait tout. Une seconde, il pensa :

— Puisqu'elle m'a offert une gamine, elle doit avoir au moins une chambre à l'étage. Je pourrais demander à y monter avec Joseph.

— Vous partez déjà ?

— Non.

Il avait failli s'en aller, oui, pour rattraper Joseph, mais ne savait-il pas que celui-ci l'attendrait quelque part ? Il ne voulait pas lui montrer son impatience. Il ne voulait pas s'avouer qu'il avait malgré tout un peu peur. S'il y avait eu un accroc dans le plan de Joseph ? Si la police…

Il but une seconde anisette, laissa s'écouler un quart d'heure pendant lequel la vieille lui raconta qu'elle avait été en son temps une belle femme, que les hommes lui donnaient alors autant d'argent qu'elle en voulait, mais qu'elle avait trop bon cœur et qu'à cause de ce bon cœur elle en était maintenant réduite à tenir un misérable café.

— Ce n'est pas que j'aie beaucoup de besoins. Je voudrais seulement mettre assez d'argent de côté pour être sûre qu'à la fin, quand je commencerai à flancher, on ne m'emportera pas à l'hôpital.

Il l'écoutait. C'était peut-être cela qu'il voulait, cet homme, des histoires de ce genre-là ? Elle en avait connu, qui ne venaient la voir que pour lui entendre raconter des histoires sordides.

— On en voit de toutes les sortes, allez ! Tous les goûts sont dans la nature, n'est-ce pas ? Et je dis toujours qu'on n'a pas le droit de jeter la pierre à quelqu'un. Vous ne me croirez pas et pourtant, pas plus tard que la semaine dernière, il en est venu un, un monsieur bien mis, qui n'avait pas cinquante ans, peut-être pas plus de quarante, et qui voulait absolument, avec moi... Oui, mon bon monsieur ! Je n'ai pas pu m'empêcher de rire... Je riais tellement qu'il est parti furieux...

Il s'en alla aussi, simplement parce qu'il était l'heure. Au lieu de tourner à droite pour rentrer chez lui, il tourna à gauche, du côté où Joseph était passé, et, quand il arriva au bout de la rue, il le trouva qui l'attendait.

Il avait toujours l'air d'un modeste employé qui a eu des malheurs. Son visage était triste, couvert de boutons. Il attendait, laissant à Malétras le soin de lui adresser ou non la parole, et Malétras le rejoignit.

— Je ne vous dérange pas ? Je ne voulais pas aller chez vous, ni vous écrire. Alors, je me suis dit que je me montrerais et que vous sauriez choisir votre moment pour me parler.

Ils marchèrent côte à côte, rebroussant chemin quand ils étaient sur le point de sortir du réseau de ruelles et d'émerger dans une grande artère. Malétras fumait un cigare. Les mains derrière le dos, il avait l'air de traiter une affaire avec un inférieur.

— Vous êtes déjà revenu de Nice ?

— J'y suis allé et j'ai envoyé la lettre. Là-bas, figurez-vous que j'ai réfléchi et que je me suis aperçu que, dans notre précipitation, nous n'avions pas pensé à tout.

D'un regard, Malétras releva ce nous et l'autre eut l'air de corriger humblement :

— Je veux dire que je...

— Eh bien ?

— Supposez que la logeuse se soit étonnée en ne trouvant plus Lulu dans la maison... Il y a toutes les chances pour qu'elle ne s'en occupe pas et qu'elle loue aussitôt la chambre à une autre... N'empêche qu'elle pourrait adresser une réflexion à un agent des garnis... Ils font leur tournée presque toutes les semaines...

» On m'a vu souvent avec Lulu... On sait que j'étais pour ainsi dire avec elle...

» Donc, ai-je pensé, on croira que nous sommes partis ensemble...

Donc, quand on me retrouvera, on me demandera ce que Lulu est devenue...

» Vous comprenez ? Et, de fil en aiguille, on serait peut-être arrivé à la vérité...

» Moi, je vous l'ai déclaré tout de suite, je cherche seulement à ce que vous n'ayez pas d'ennuis... Je me suis dit :

» — Il ne faudrait pas que cet homme qui a toujours été si généreux et qui n'est pas responsable, vu que c'est Lulu qui l'a poussé à bout...

— Qu'est-ce que vous êtes venu faire au Havre ?

— Je suis allé à la maison, comme si je ne savais rien... Il m'arrivait de rester plusieurs jours sans y mettre les pieds. Rarement, mais cela arrivait. J'ai cogné à la porte. J'ai fait du bruit, exprès. Un matelot qui cuvait son vin avec une fille est venu m'ouvrir.

» — Qu'est-ce que vous faites ici ? que je lui ai demandé.

» — Et toi, de quel droit viens-tu nous embêter ?

» — Je veux Lulu.

» — Quelle Lulu ?

» J'ai tellement crié que des locataires du premier bâtiment se sont montrés à leurs fenêtres.

» — Vous n'avez pas vu Lulu ? que je leur ai demandé.

» Puis je suis allé chez la propriétaire, qui habite la maison d'à côté. J'ai fait celui qui est furieux, celui à qui sa femme a joué un tour.

» — Et ses affaires ? Qu'est-ce qu'elle a fait de ses affaires ? J'espère qu'elle ne les a pas emportées, parce que...

» Vous comprenez ? Comme ça, je suis paré, et vous du même coup.

» Dans quelque temps, pas trop vite, car elle n'écrivait pas si souvent que ça chez elle, j'enverrai une nouvelle lettre de Nice ou de Marseille. Je laisserai entendre que je vais — enfin, c'est Lulu qui est censée écrire, vous comprenez ? — que je vais faire un voyage au loin, en Égypte par exemple, ou en Amérique du Sud...

— Et vous ? questionna simplement Malétras.

— Quoi, moi ? Je ne comprends pas ce que vous voulez dire.

— Qu'est-ce que vous comptez faire ?

— Rien... Qu'est-ce que je ferais ?... Quand je serai guéri, j'irai me présenter à la Compagnie et je demanderai à rembarquer... Chez moi, c'est le sang qui est mauvais et le mal se met toujours dans la peau...

— Écoutez, Joseph...

— Oui, monsieur... Je vous écoute.

— Vous avez raison, car je ne vous le dirai qu'une fois. Sachez d'abord que cela m'est parfaitement égal d'aller en prison. Vous ne me croyez sans doute pas, et pourtant c'est la vérité, vous en aurez peut-être la preuve. Donc, je n'ai rien à craindre de vous. Allez ce soir même dire tout ce que vous savez à la police et, quand celle-ci se présentera chez moi, je serai prêt à la suivre.

— Mais, monsieur... balbutia l'autre, scandalisé.

— C'est un fait. C'est un fait aussi que, si l'on m'arrête, on vous arrêtera par la même occasion. Je ne vous demande pas ce que vous avez fait du corps...

— Je l'ai...

— Je ne veux pas le savoir. Pour ce qui est de me faire chanter...

— Je vous jure, monsieur Malétras...

— Je dis que je ne chanterai pas. Voilà ce qu'il était bon de fixer une fois pour toutes. L'autre jour, je vous ai offert cent mille francs et vous les avez refusés. Je n'aime pas cela. Je n'ai jamais de ma vie accepté de services gratuits, parce que ce sont les plus chers. Donc, vous avez refusé cent mille francs en pensant sans doute que vous tireriez davantage de moi en jouant le désintéressement...

— Vous êtes dur.

— Je suis précis.

— Qu'est-ce que vous voudriez que je fasse avec cent mille francs ?

— C'est cela. J'ai parfaitement compris. Les cent mille francs dépensés, n'est-ce pas, vous vous retrouverez comme devant...

— Ce n'est pas ce que je veux dire...

— Soit. Mettons, puisque c'est votre idée et qu'elle ne paraît pas mauvaise, que vous allez encore envoyer une lettre et qu'ensuite, Lulu, étant soi-disant en Égypte ou ailleurs, vous ne vous occuperez plus de cela. Vous n'avez donc rien à faire au Havre.

— J'ai ma famille.

— Comment ?

— Je dis que j'y ai ma famille, ma mère et ma sœur qui...

— C'est vous qui les faites vivre ?

— Il m'arrive, des fois, de leur donner...

— Qu'est-ce qu'elle fait, votre sœur ?

— Elle est couturière... Elle a un mauvais sang, comme moi, et...

— Quelle somme estimez-vous qu'il vous faille pour disparaître définitivement ?

— Je ne veux pas m'en aller.

— Dites une somme. N'ayez pas peur.

— Je voudrais bien ne pas vous contrarier, mais je vous assure...

— Trois cent mille ?

— Je sais bien que c'est tentant pour un pauvre garçon comme moi qui...

— D'accord ?

— Non, monsieur, je vous assure. Vous vous trompez à mon sujet. On voit que vous ne me connaissez pas. Si Lulu était encore là, elle vous dirait...

— C'est non ?

— Voyez-vous, je ne peux pas m'en aller comme ça... Plus tard, je ne dis pas. On ne sait pas ce qui peut arriver. Laissez-moi le temps de réfléchir...

— Je vous préviens seulement que c'est trois cent mille, comme je viens de le dire, ou rien du tout.

— Oui, monsieur.

— Donc, rien du tout ?

— Oui, monsieur...

— Je vous préviens aussi que je ne veux pas vous trouver sans cesse sur mon chemin.

— J'essayerai de vous éviter. Pour aujourd'hui, je vous assure que c'était parce que je tenais à vous dire...

— Adieu.

— Vous me quittez comme ça ?... Vous avez tort, monsieur... Vous vous rendrez compte plus tard que vous avez été trop dur avec moi... Je vaux mieux que vous ne pensez et, si vous aviez besoin de moi pour quoi que ce soit...

— Je n'aurai plus besoin de vous.

— Je vous le souhaite... Mais on ne sait jamais, n'est-ce pas ?... Pour le moment, je loge au-dessus du *Bar de la Marine*... Vous savez où c'est ?... La façade peinte en bleu... Si je n'y étais plus, on saurait toujours là-bas où me trouver... Et si on vous demande de quel Joseph il s'agit, dites que c'est le Joseph du *Normandie*... Bonsoir, monsieur...

— Bonsoir, Joseph.

Et Malétras fut tout étonné, l'instant d'après, alors qu'il était seul sur le trottoir, d'avoir prononcé ces mots naturellement, sans rancune, avec une involontaire cordialité.

Il faillit se retourner, rappeler Joseph.

A quoi bon ? Tout était bien ainsi.

Comme il s'était mis en retard, il prit le tram pour rentrer chez lui et acheva son cigare sur la plate-forme en regardant rêveusement le défilé des maisons.

6

Il était un peu plus de dix heures du matin. Il y avait toujours ce même soleil radieux qui ne manqua pas un seul jour pendant toute cette période. Une arroseuse municipale venait de passer, laissant une traînée fraîche sur l'asphalte. A une terrasse, un garçon essuyait des guéridons de marbre cerclés de cuivre.

Pourquoi Malétras devait-il se souvenir avec tant de précision de détails auxquels il n'avait jamais fait attention ? Jusqu'au magasin de chaussures dont la porte était ouverte, l'odeur du cuir qui venait le rejoindre sur le trottoir, la vendeuse, serrée dans une blouse noire, grimpée sur une échelle, qui semblait jongler avec des boîtes...

Tout de suite après, c'était un vaste porche de marbre blanc, un escalier — quatre ou cinq marches — de marbre, des rampes de cuivre, puis les portes de la banque qui battaient l'air comme des ailes, dans un va-et-vient continu.

C'était sa banque, où il n'avait rien à faire ce jour-là. Il jeta pourtant un coup d'œil machinal dans le porche où les derniers cours étaient inscrits sur un tableau noir. Un visage le frappa, une barbe presque blanche, une silhouette voûtée et furtive. Quelqu'un de triste, de malheureux, qui ne tient à rencontrer personne, ni à parler de ses malheurs.

— Gancel !

Gancel tressaillit, jeta autour de lui un regard apeuré d'homme qu'on a arraché à sa rêverie et qui sait qu'il ne peut rien attendre de bon du hasard.

Il reconnut Malétras, essaya de sourire, découvrant de longues dents jaunes qui donnaient à son visage un aspect un peu chevalin.

— Comment vas-tu ? questionnait Malétras dont le regard sans pitié mesurait les changements qui s'étaient accomplis en quelques mois chez son camarade.

Et l'autre, avec un sourire résigné :

— Comme ci, comme ça, tu vois.

— Ton fils ?

— Il va bien, merci.

— Il est toujours au Mont-Revard ?

— Comment sais-tu ?

Cet homme qui s'était tellement usé en peu de temps, décati, laissant voir soudain des traces d'usure à toutes les coutures, comme un vieux costume, c'était le père de Jean, l'ami que Philippe était allé rejoindre au Mont-Revard avec les cinq cents francs de Malétras.

Les deux hommes restaient debout devant la banque. Il leur était souvent arrivé de se rencontrer, depuis quarante ans qu'ils se connaissaient, et jamais ils n'auraient eu l'idée d'entrer ensemble dans un café ou de s'asseoir pour bavarder à la plus proche terrasse.

En définitive, combien de gens de sa classe, d'égaux, Malétras tutoyait-il ? Il cherchait dans sa mémoire, car cela le frappait. Gancel, et puis c'était tout. Il ne tutoyait que Gancel, il n'y avait jamais pris garde, un Gancel qui était maintenant tout vidé, tout éteint, et qui souriait par crainte d'être pris en pitié.

— Ta femme ?

— Toujours la même chose. Comment as-tu su que mon fils...

— Par mon neveu Philippe. Sais-tu seulement qu'il est allé rejoindre ton fils en Savoie ?

— Jean me le dit dans une lettre que j'ai reçue ce matin.

— Et... qu'est-ce qu'il va faire ?

— Tu es au courant ?

Curieux aussi que l'homme qu'il tutoyait fût justement, de tous ceux qu'il connaissait, celui dont le caractère était le plus à l'opposé du sien.

Ils avaient à peine plus de vingt ans quand ils s'étaient connus. Malétras était maigre, à ce moment-là, si invraisemblable que cela puisse paraître à présent. Gancel, lui, avait déjà cette barbe carrée, toujours très soignée, en forme de jeu de cartes, qui était alors d'un blond pâle.

Il travaillait chez un courtier en grains tandis que Malétras, à cent mètres de là, était employé dans une épicerie en gros.

C'est à cette époque que les employés de commerce s'étaient réunis pour envisager une association en vue de défendre leurs intérêts. Les réunions se tenaient au premier étage d'un café qui n'existait plus aujourd'hui et où il y avait de nombreux billards éclairés par des becs papillon. Cela sentait le gaz et, en regardant Gancel, Malétras retrouvait cette odeur.

Gancel avait été nommé trésorier de l'association qui n'avait jamais eu de fonds et dont la vie devait être éphémère. C'était déjà l'homme intègre qu'on nommait trésorier. Il allait à la messe chaque matin avant de se rendre à son travail. Le dimanche, il s'occupait des enfants d'un patronage et on le voyait passer, se prenant au sérieux, dirigeant à coups de sifflet une débandade de mioches.

Ils étaient alors à un bout de la vie et ils se retrouvaient à l'autre bout. Ils ne s'étaient jamais perdus de vue. C'était curieux, car ils ne l'avaient pas fait exprès, ils n'avaient pas une amitié particulière l'un pour l'autre.

Tous les deux s'étaient établis à leur compte, Gancel dans les cafés, Malétras avec ses docks. Malétras avait souvent acheté des cafés à Gancel. Puis, un beau jour, ils s'étaient retrouvés, vers quarante-cinq ou cinquante ans, à la même table de conseil d'administration, celle, justement, de la banque devant laquelle ils stationnaient en ce moment.

— Je crois qu'ils se marieront, soupirait Gancel avec un visage de martyr.

— Il me semblait que cette fille était tout ce qu'il y a de plus indésirable.

Malétras était féroce, exprès. Il avait été l'amant de Lulu. Les huit derniers jours de leur liaison, jusqu'au moment où il l'avait enfin tuée, il s'était considéré comme le plus méprisable des hommes, tolérant Joseph, prêt à tolérer d'autres amants s'il le fallait, mentant à tous, usant de ruses de gamin pour dépenser de l'argent à l'insu de sa femme et enfin s'adressant, blême de honte, à un Steuvels pour mendier le fameux coup de téléphone qui devait lui donner quelques heures de liberté.

Eh bien, Gancel, qui avait toujours été bon et honnête, qui avait toujours voulu être bon et honnête, était encore plus bas que lui.

Ils devaient avoir le même âge, à un an près. Six mois plus tôt, ils paraissaient encore le même âge, bien que la barbe de Gancel fût toute blanche. Maintenant, il y avait dix ans de différence entre eux, car on discernait, chez l'un, cet affaissement de tous les traits qui est l'indice de la débâcle.

Bientôt, en suivant un enterrement, des hommes du même âge, des membres de leur conseil d'administration, de gros négociants, des gens comme Steuvels, comme Legrand-Beaujon, comme Devismes, diraient :

— Il n'était pourtant pas vieux. C'est étonnant comme il a été vite parti.

C'était déjà un demi-mort. Si ses affaires avaient prospéré et s'il était devenu très riche, il avait eu, dans sa famille, tous les malheurs possibles. Depuis plus de quinze ans, sa femme était couchée, en proie à un mal incurable. Il fallait la soigner, la laver, la faire manger comme un bébé et elle priait tous les jours le bon Dieu de la rappeler à lui.

Sa fille était une petite boiteuse aux traits désagréables, qui refusait de se marier, car elle savait qu'un homme ne pouvait l'épouser que pour son argent. Par crainte d'un sourire, elle s'habillait déjà comme une vieille et courait à toutes les messes.

Et voilà que son fils...

C'était Job, en somme, que Malétras avait devant lui et qu'il examinait curieusement, sans pudeur, sans se donner la peine d'exprimer une compassion qu'il ne sentait pas.

— Je suis allé demander conseil au père Clouet, qui est mon directeur de conscience.

— Et qu'est-ce que le père Clouet t'a dit ? Cette fille, je pense, a eu des amants ?

— Elle en a eu moins, toutefois, que Marie-Madeleine.

Était-il vraiment, sincèrement croyant, sans arrière-pensée ? Jadis, il était arrivé à Malétras de se moquer de lui, car Gancel avait déjà cette façon de porter sa foi avec ostentation, de braver les rires des incrédules.

— Tu es chrétien au fond de ton cœur ? lui avait-il demandé, un matin comme celui-ci, alors qu'ils sortaient d'une séance du conseil.

— Je suis chrétien.

— Tu crois aux Évangiles ?

— J'y crois.

— Dans ce cas, je ne comprends pas comment tu as pu devenir riche. Car, pour devenir riches, toi comme moi, nous avons dû en écraser quelques-uns sous nos semelles, n'est-ce pas ? Ce n'est pas en pratiquant l'humilité et la charité chrétienne qu'on ramasse des millions.

Il ne se souvenait plus de ce que Gancel lui avait répondu à cette époque. Toujours est-il que, un nouveau malheur s'abattant sur lui, c'était encore à son confesseur qu'il allait demander conseil.

— Je suis allé voir cette fille plusieurs fois. Elle m'a avoué qu'elle attendait un enfant. Elle prétend, et cela paraît vrai, que cet enfant est de Jean. Elle l'aime vraiment, car je pense qu'on ne peut pas jouer la comédie à ce point-là.

— Si bien que tu vas rappeler ton fils et les marier ?

C'était à la montagne que le fils Malétras était mort. Jean Gancel vivrait, il vivrait avec une femme qu'il ne pourrait présenter nulle part, qui lui interdirait tout avenir.

— Elle est jolie ?

— Elle n'est pas belle. Elle est quelconque. Elle n'est pas coquette et elle se porte mal.

Comme Lulu. Ainsi, un jeune homme de vingt-deux ans avait, comme lui, mis toute sa joie à aller rejoindre dans une chambre pauvre une fille qui ne présentait d'attraits pour personne.

— Tu as écrit à ton fils pour lui annoncer ta décision ?

— Pas encore. J'irai sans doute en personne au Mont-Revard si la santé de ma femme le permet. Je lui parlerai d'homme à homme, non comme un père, mais comme un ami, comme un aîné. Et, si je sens que c'est son destin...

Quarante ans d'efforts aussi, comme lui, Malétras ! Quarante ans d'une lutte sans pitié, car, comme il l'avait dit jadis, on n'arrive pas là où ils en étaient arrivés avec de la pitié.

Ils étaient tous les deux, face à face, la soixantaine passée, devant une banque, où ils avaient leurs fonds, où les employés se précipitaient à leur entrée. Dans la rue, des gens qu'ils connaissaient à peine saluaient respectueusement les importants citoyens qu'ils étaient devenus.

— Et voilà où nous en sommes ! grogna Malétras, en conclusion à ses pensées.

Gancel ne pouvait pas comprendre.

— Ta fille ?

— Je suppose qu'elle va bien. Depuis mon remariage, je ne la vois plus. Elle vit toujours avec son imbécile de mari qui lui a déjà fait trois enfants.

— Ta femme va bien ?

— Elle va bien, merci.

Une fois encore, et cette fois avec plus de force, il avait envie de prononcer d'un ton parfaitement naturel :

— Quant à moi, j'ai étranglé une fille. Une fille, tiens, dans le genre de celle que ton fils va épouser !

Quelle serait la réaction d'un Gancel ? Et pourtant c'était vrai, et cela ne l'empêchait pas d'être dans la rue, près d'un marchand de chaussures et d'une banque, de regarder les trams jaunes qui passaient dans le soleil, cela ne l'empêchait pas de tirer de petites bouffées de son cigare ni de jouir de la tiédeur de l'air.

C'était Gancel le plus misérable des deux. Tout à l'heure, il rentrerait dans une vaste maison triste qui sentait la maladie et les prières, qui sentirait bientôt les cierges et les chrysanthèmes.

— Au revoir, lui dit-il brusquement.

Et il alla chez Poineau, en se réjouissant déjà du moment qu'il passerait vers la fin de la journée dans le caboulot de Maria. Il lui arriva aussi, chemin faisant, de penser à Joseph, et c'était sans dégoût, sans effroi. La veille, il avait essayé de l'écarter définitivement et maintenant il désirait le revoir, lui parler, le questionner.

Les frères Poineau l'accueillirent comme d'habitude avec gêne et humilité. Ces deux géants qui remuaient des caisses de poissons et de homards souffraient chaque matin de voir Malétras entrer chez eux en maître et leur faire des observations comme à de simples employés. D'autant plus que Malétras attendait qu'il y eût du monde autour d'eux pour les prendre en faute et leur dire des choses désagréables.

N'était-ce pas son droit ? N'était-ce pas son argent qui était en jeu et ne les avait-il pas sauvés de la faillite ?

Il rentra chez lui par le tram. Depuis quelques jours, on ouvrait la porte de la salle à manger pour le déjeuner et on apercevait le jardin plein de fleurs.

Il lui sembla qu'Hermine le regardait avec plus d'attention que d'habitude, une certaine ironie dans les yeux, des lèvres minces qu'il n'aimait pas. Pendant tout le repas, elle fut silencieuse, laissant tomber les unes après les autres les conversations qu'il essayait d'amorcer. Quand on eût apporté le café, seulement, elle murmura comme sans y attacher d'importance :

— Dites-moi, mon cher...

C'était mauvais signe, car chaque fois qu'elle l'appelait « mon cher » c'est qu'elle avait quelque chose de désagréable à lui dire.

— Vous vous souvenez de ce soir de la semaine dernière, quand vous êtes allé dîner avec votre ami Steuvels ?

Il avait rarement rougi dans sa vie. Il n'était pas sanguin. Il avait le teint plutôt pâle. Il n'en ressentit pas moins une chaleur aux oreilles.

— Eh bien ?

— C'est chez Steuvels que vous avez dîné ?

— Vous savez bien que non. Si le dîner avait eu lieu chez Steuvels, vous auriez été invitée, ou alors je n'y serais pas allé.

— Votre ami Steuvels était gai, ce soir-là ? Il ne vous a rien dit de particulier ?

Il feignit de chercher dans sa mémoire.

— De particulier ?... Non... Je ne vois pas...

— Il vous a beaucoup parlé ?

— Voulez-vous m'apprendre à quoi riment ces questions ?

A ces moments-là, il la détestait. Justement à cause des qualités qui l'avaient poussé à l'épouser, à cause de ce calme, de cette dignité, de cette élégance de race qui l'impressionnaient.

Était-ce par suite de sa naissance, de son éducation, ou parce qu'elle avait été la femme d'un général, qu'elle se sentait tellement supérieure à lui ?

Il enrageait. Il était humilié, furieux. Il se leva et prit un cigare dans son étui.

— Quand vous me direz franchement où vous voulez en venir, je vous répondrai.

— Eh bien ! ce soir-là, je suis sûre que votre ami Steuvels a dîné chez lui.

Il ironisa :

— Vraiment ! Il vous l'a affirmé ?

Car elle connaissait Steuvels. Elle pouvait l'avoir rencontré en ville.

Et Steuvels était bien assez bête ou assez méchant pour s'être coupé, comme sans le faire exprès.

Sans lui répondre, elle poursuivit, plus ironique que jamais :

— Je puis vous donner son menu de ce soir-là. Ils avaient un neveu à dîner, un neveu qui habite Anvers et qui est arrivé chez eux à l'improviste. Il n'y avait rien de spécial à la maison et la cuisinière a couru toute la ville pour trouver des homards vivants, elle en a déniché malgré l'heure et les a préparés à l'américaine.

— Vous m'en voyez ravi mais, comme je n'ai pas dîné chez eux, je n'en ai pas mangé.

— Steuvels, lui, en a mangé. Il a même fait une scène à sa cuisinière parce qu'elle avait mis trop de poivre rouge. Vous voyez que je suis bien renseignée.

— Si vous interrogez les cuisinières de nos amis !

— Ne vous troublez pas, mon cher. Dites-moi plutôt franchement, au lieu de vous obstiner comme un gamin, avec qui vous avez dîné ce soir-là en buvant si abondamment que vous êtes rentré ivre.

— Avec Steuvels.

— Encore ? Voulez-vous que nous lui téléphonions ?

— Si vous y tenez.

— L'appareil est à côté de vous. Demandez donc la communication.

Il faillit le faire, par défi. Cette scène était ridicule et, des deux, il se sentait le plus ridicule.

— Je ne veux pas vous faire souffrir davantage.

— Moi ?

— Oui, vous, mon pauvre ami, ni vous mettre dans une situation humiliante. Figurez-vous qu'Eugénie...

— Vous auriez dû me prévenir que c'étaient des ragots de *votre* cuisinière.

— Eugénie, que vous aimez tant et qui vous le rend, a rencontré ce matin au marché la cuisinière des Steuvels, qui est une de ses amies. Elles ont bavardé. Il a été question de homards. De fil en aiguille, elles en sont arrivées à parler de ce dîner et de la colère de Steuvels.

— Et, bien entendu, Eugénie n'a rien eu de plus empressé que de venir vous mettre au courant.

— Bien entendu.

— Vous la croyez ?

— Je n'ai aucune raison pour ne pas la croire, car elle ne m'a jamais menti.

— Je vous remercie.

— De rien. Avec qui avez-vous dîné ?

— Avec des amis.

— C'est pour dîner simplement avec des amis que vous m'avez fait donner ce coup de téléphone par Steuvels ?

— Vous venez de dire vous-même que son neveu était arrivé à la dernière minute. Il devait nous accompagner, mais il nous a fait avertir ensuite...

— C'est dommage que vous mentiez encore. Remarquez, mon cher, que cela m'est parfaitement égal. Je ne suis pas jalouse. C'est plutôt de votre dignité et de la mienne que je m'occupe en ce moment.

— Quelle dignité ?

— Vous ne comprenez pas ? Sachez donc qu'on vous a rencontré avec cette petite.

Cette fois, il commença à avoir vraiment peur et il resta immobile, par crainte de se trahir.

— C'est toujours Eugénie qui...

— C'est toujours Eugénie, oui. Vous allez voir comme le hasard fait bien les choses. Elle a l'habitude de prendre ses œufs et son fromage dans une petite crémerie qui se trouve au coin de la rue. La marchande de fromages a un fils de vingt ans qui est un assez mauvais sujet. Vous ne le connaissez pas mais lui vous connaît. Tout le quartier connaît, au moins de vue, l'important M. Malétras...

— Je ne comprends toujours pas.

— Ce fils fréquente à l'occasion les bistrots plus ou moins mal famés des environs des quais. Or, qui a-t-il eu la surprise de rencontrer récemment dans un de ces bistrots ? L'important M. Malétras dont nous parlions à l'instant. Ainsi, vous savez jouer aux cartes et vous ne me l'avez jamais dit ! Moi qui vous ai demandé d'inviter de temps en temps des amis pour un bridge. Mon pauvre ami, comme je vous plains !

— C'est tout ce que vous avez à me dire ?

— Vous ne trouvez pas que c'est assez ? Vous ne comprenez donc pas combien c'est pitoyable, pour un homme de votre âge et de votre situation, d'aller s'exhiber dans Dieu sait quels petits cafés avec une gamine mal lavée ? Toute la rue est au courant. Vous jouiez à la belote ! Vous rendez-vous compte ? Et vous la couviez des yeux ! Et vous étiez, paraît-il, comme un pauvre gros toutou qui attend un morceau de sucre ! Elle vous dit tu. Elle vous fait marcher comme un pauvre imbécile que vous êtes et vous, vous courbez votre lourde échine...

Elle changea de ton, tout à coup, sans transition, devint grave, et même dure.

— Vous avez l'intention de continuer ces relations ?

Il la regarda sans répondre et ses yeux étaient pleins de haine.

— Je vous ai posé une question. Je désire savoir si vous avez l'intention de continuer à courir les gamines.

— Parce que ?

Ce fut son tour de répéter, menaçant, comme elle restait sans rien dire :

— Parce que ?

Alors, elle se contenta de laisser tomber, en faisant volte-face et en se dirigeant vers la porte :

— Vous verrez !

Elle sortit. Il l'entendit monter au premier étage. Puis, quelques minutes plus tard, elle descendit et la porte d'entrée s'ouvrit et se referma.

Sans doute était-elle allée simplement faire des courses en ville, ou voir une amie, car elle avait gardé ses relations personnelles.

Il n'en restait pas moins inquiet. Il avait prévu beaucoup d'éventualités, y compris la véritable catastrophe. La perspective de la prison l'avait à peine effrayé.

Or, voilà qu'il était atteint, non par une accusation précise, mais par des ragots de boutique et d'office. On l'avait vu avec Lulu ! On l'avait vu jouer aux cartes dans un des estaminets où il lui était arrivé d'entrer avec elle et Joseph !

Et Hermine était jalouse !

Jalouse de Lulu, qui était morte !

Il frappa un tel coup de poing sur la table qu'il se fit mal et, quittant la salle à manger où son café était froid, il alla s'enfermer dans son bureau.

Jalouse !

C'était le plus inattendu, le plus ahurissant. Ils ne s'aimaient pas. Ils n'avaient jamais eu le mauvais goût de parler d'amour. Jamais Malétras n'avait eu l'idée d'embrasser Hermine sur la bouche.

Ils s'étaient mariés parce qu'ils étaient vieux. Voilà la vérité crue. Il avait eu le tort de remettre son affaire à un âge où il était encore trop actif pour rester dans l'oisiveté. De sa vie il ne s'était autant ennuyé que dans la jolie villa de sa fille, où il avait vécu plus d'un an.

L'idée ne lui était pas venue qu'on pût vivre seul. Il ne se voyait pas en garni, ou dans un appartement, comme un petit retraité.

Il avait d'abord eu envie d'une maison et c'était à cause de la maison qu'il avait pensé à la femme.

Aucun amour, ni d'un côté ni de l'autre. Elle était veuve et il était veuf. Ils avaient vécu l'un et l'autre. Ils arrivaient à l'âge où l'on souffre de diverses incommodités, où l'on se soigne, où il advient, la nuit, qu'on croit étouffer, ou qu'on sente son cœur battre trop fort, et qu'on soit pris de panique.

Dans la journée, ils étaient comme des gens qui se connaissent, sans plus, qui vivent, par exemple, depuis longtemps dans le même hôtel. Ils se disaient vous. Ils se faisaient des politesses, comme des étrangers. Ils parlaient de leurs affaires.

Le soir, sans pudeur, ils se déshabillaient dans la même chambre, dévoilaient leurs corps vieillis, il leur arrivait de se soigner mutuellement.

Hermine était jalouse !

Il leur restait quelques années à vivre l'un et l'autre. Est-ce que Malétras avait eu trop de bonheur jusqu'ici ? N'avait-il pas travaillé comme un forçat ? Si une joie se présentait, n'était-il pas légitime que...

La vérité n'était pas ce qu'elle croyait, soit, car elle le prenait pour un vieux monsieur dégoûtant qui court après les petites filles.

Eh bien ! même s'il en avait été ainsi ? De quel droit lui aurait-elle refusé ces dernières joies ?

Il n'avait pas toujours été un mécréant. Jadis, dans son adolescence, il avait fait partie d'un cercle catholique, car il pensait qu'on peut être aidé par les prêtres.

Il avait étudié la Bible et les Écritures. Il se souvenait d'un passage qu'il n'avait pas compris en ce temps-là, qu'il avait pris pour une sorte d'incongruité, ce passage où il est question de David, le saint homme, appelant de jeunes vierges pour réchauffer sa couche de vieillard.

Ils étaient deux, dans cette grande maison claire et riche, deux qui avaient presque fini leur vie, deux qui ne s'étaient unis que pour vivre au mieux leurs dernières années et voilà qu'Hermine...

Il la connaissait. Avec une pareille idée en tête, elle allait désormais le regarder froidement, avec une curiosité mêlée de dégoût.

C'était fini de leur tranquillité, des petits soins qu'ils avaient l'un pour l'autre.

Sa fille n'avait-elle pas agi à peu près de la même façon ? Il lui avait tout donné. Gamine, elle était l'enfant la plus gâtée de toute la ville. Il mettait son point d'honneur à ne rien lui refuser. Dieu sait pourtant si elle avait mauvais caractère et si elle traitait durement son père !

Il l'avait richement dotée. Il avait accepté sans un mot l'idiot de mari qu'elle avait choisi parce qu'il était élégant et qu'il faisait partie d'un milieu distingué.

Il lui avait bâti une des plus jolies villas qu'on pût voir entre Caen et Deauville.

C'était lui encore qui avait donné à son gendre, qui voulait avoir au moins l'air de travailler, les fonds nécessaires pour s'intéresser à un garage.

N'avait-il pas le droit, ayant ainsi agi, de vivre le reste de sa vie à sa guise ?

Eh bien non ! Dès qu'il avait parlé de se remarier, cela avait été les larmes d'abord, les menaces ensuite.

— Quand je pense à ma pauvre maman dans sa tombe...

Or, sa mère, il lui était arrivé, à cette même fille qui pleurait, de l'enfermer froidement dans un cabinet de débarras pendant qu'elle recevait ses petites amies, par crainte de laisser voir à celles-ci que Louise buvait !

Elle l'avait battue, une fois, battue comme plâtre !

Son père se remariait-il ? On courait les hommes de loi, on allait jusqu'au tribunal pour d'écœurantes questions d'intérêts.

Elles se valaient, elle et Hermine.

Il était seul à tourner dans son bureau comme un taureau furieux. Jusqu'à son fils, son fils qui était un dieu pour lui, son fils pour qui, sans littérature, il aurait sans hésiter donné son sang, et qui souffrait romantiquement d'avoir un tel père, confiait ses souffrances à un cahier !

Soudain, au moment où il y pensait le moins, des phrases de la conversation précédente se transformèrent en images : le petit café qu'Hermine méprisait tant, la partie de cartes, dans une lumière rougeâtre, sur un tapis-réclame tout poisseux.

... Il bruinait dehors. On s'en allait dans le noir, penchés en avant, et la main de Lulu saisissait tout naturellement son bras...

... Il rentrait avec elle dans sa chambre où il n'y avait pas l'électricité, où elle levait le verre de la lampe à pétrole, tandis qu'il frottait une allumette...

Que lui arrivait-il ? Que regardait-il fixement, debout près de son vieux bureau qui l'avait suivi pendant toute sa carrière ? Ce n'était pas, sur la cheminée, le portrait de deux enfants penchés l'un vers l'autre, dans une attitude imposée par le photographe, son fils et sa fille quand ils avaient trois et cinq ans.

Les yeux écarquillés, il ne voyait rien, il sentait une chaleur étrange monter à ses yeux, sa vue devenait trouble, sa lèvre se soulevait dans une moue qu'il ne connaissait plus depuis le temps de sa prime jeunesse.

Il sentait qu'il pleurait, lui, Malétras. Et, au lieu de cacher son visage, sans s'essuyer les yeux il alla s'accouder devant le miroir.

Ce n'était pas beau. Un vieux qui pleure. Un vieux qui, tout à coup, fond lamentablement et qui, faute de trouver de la pitié autour de lui, regarde avec pitié sa vieille tête, se regarde pleurer, tout seul, dans l'eau trouble d'une glace.

Il balbutia :

— Lulu !...

Que n'aurait-il pas donné, maintenant, pour monter en trébuchant le mauvais escalier de pierre, au fond de la cour, au-dessus de l'atelier du menuisier, pour la trouver affalée sur le lit, à moitié nue dans son peignoir, pour l'entendre dire de sa voix toujours un peu cassée, car elle fumait du matin au soir en lisant des livres naïfs :

— Tu m'apportes des chocolats ?

Elle était morte, simplement parce qu'elle avait eu envie de se promener dans une belle auto de course, parce que tout excitée par cette joie violente, elle avait répondu avec insolence à ses questions et avait refusé de se dévêtir.

Il n'y avait rien eu d'autre. Elle refusait de se déshabiller, elle qui n'avait aucune pudeur et qui recevait le facteur, ou n'importe qui, le peignoir entrouvert, les seins dehors, le ventre nu.

Elle était maigre. Elle avait la peau très blanche, un peu jaune en dessous des seins.

Ce soir-là, bêtement, comme une enfant têtue, elle n'avait pas voulu se déshabiller et elle était morte.

La tête dans ses mains, il restait accoudé à la cheminée et continuait à pleurer, il le faisait exprès, il s'excitait à pleurer.

On frappait à la porte. Il n'écoutait pas. On essayait d'ouvrir.

— Vous êtes là, monsieur ? questionnait la voix de Rose.

Il se taisait encore, devinait qu'elle s'inquiétait. Elle parlait à quelqu'un.

— Pourtant, la porte est fermée à l'intérieur.

Il fit un effort.

— Qu'est-ce que c'est ?

— Un télégramme.

Il le prit par une fente de la porte, en évitant de se montrer.

Bien arrivé à temps Mont-Revard. Stop. Ai pu éviter le pire. Espère tout ira bien. Stop. Tiens à vous exprimer ma reconnaissance et mon affection.

Philippe.

Il regarda autour de lui, posa le papier bleu sur son bureau et, ne sachant plus que faire, ne retrouvant plus ses larmes ni l'image de Lulu, il resta comme vide de pensées et soupira :

— Pauvre idiot !

7

Ce ne fut pas prémédité. Et pourtant il choisissait, d'instinct, les quartiers, les rues dont l'aspect était le plus apte à l'irriter ou à l'accabler. Il avait soif de tristesse ou de fureur.

Il était un peu moins de neuf heures du soir et jamais il ne se trouvait dehors à ce moment, car c'était l'heure à laquelle le dîner prenait fin rue de la Commanderie.

Malétras détestait toute infraction aux règles. Sa vie durant, il avait scrupuleusement suivi des horaires, depuis l'école, peut-être parce qu'il n'avait pas autant confiance qu'il voulait le croire dans sa volonté. Toujours aussi il avait eu peur de cette heure couleur d'ardoise qui sert de transition entre le jour et la nuit.

Il était l'homme du matin, des aubes grises et humides, tandis que le crépuscule, avec sa profondeur et sa solennité, lui faisait l'effet d'un lac où on se noie, d'un désert où l'on se perd, d'une nuit qui ne serait pas tout à fait la nuit et qui ne finirait jamais, un peu de ce que son catéchisme d'enfant appelait les limbes.

Dans le centre de la ville, il aurait encore trouvé un reste de mouvement, des hommes à qui se frotter, des bruits familiers. Mais, du centre, il se dirigerait fatalement vers la petite rue de la vieille Maria et il ne voulait pas y aller.

Il s'enfonçait dans des quartiers bourgeois aux artères larges, grises et mornes, sans un chat, ou plutôt sans un homme, mais avec parfois un chat qui se glissait d'une porte à l'autre, ou encore, ce qui était pis, avec, devant un seuil, un couple de concierges, l'homme en bras de chemise, assis sur des chaises dans une pose d'éternité.

Des lampes s'allumaient derrière les rideaux. A l'intérieur, il ne faisait déjà plus assez clair. Certains, la fenêtre ouverte, émergeant d'un monde qu'on ne voyait pas, se tenaient accoudés à la frontière du dehors, immobiles, eux aussi, comme si c'était l'heure qui interdisait de parler ou de faire du bruit.

Chez lui, soudain, un peu plus tôt, il avait fui lc silence. Il y avait deux jours que cela durait, depuis la scène stupide qu'Hermine lui avait faite.

Depuis, elle ne lui avait plus adressé la parole, ou plutôt, ce qui était pis, ce qui soulignait davantage ce que son silence avait de volontairement définitif, elle ne prononçait en sa présence que les mots nécessaires, en évitant de le regarder. Voilà ce que cette femme, qui se croyait supérieure, avait trouvé. Il avait triché comme un écolier pour se procurer une soirée libre. On l'avait vu jouer à la belote dans un petit café du port.

Eh bien ! puisqu'il ne s'était pas expliqué, elle se taisait désormais. Ils vivaient dans la même maison, ils dormaient dans le même lit, chemise à chemise, chair à chair, ils mélangeaient leurs odeurs, mais, pour ce qui était des contacts les plus humains, de l'échange de pensées, c'était fini.

Elle ne se donnait pas la peine d'être triste, ou de mauvaise humeur. Au contraire. Pendant le dîner, par exemple, elle avait fait exprès d'appeler Rose plus souvent qu'il n'était utile pour avoir l'occasion de bavarder.

— Dites-moi, ma petite Rose, il faudra que vous pensiez à votre congé. Où comptez-vous aller cette année ?

— Chez moi, madame.

Et patati, et patata.

Malétras se sentait écrasé par une montagne de stupidité, de méchanceté, et tout à coup, alors qu'on servait l'entremets, il s'était levé, il était sorti de la salle à manger, il avait pris son chapeau au portemanteau et il avait franchi le seuil de la maison.

Il ne savait pas où il allait, ni quand il rentrerait. Ulcéré, il s'enfonçait méchamment dans ces rues qu'il détestait, dans ce silence inhumain du soir qui soulevait son cœur d'angoisse.

A un moment donné, il se rendit parfaitement compte qu'il n'était plus qu'à deux cents mètres de chez Gancel. Une rue lui permettait de tourner à droite ou à gauche, mais il continua à marcher tout droit, sachant déjà, devinant plutôt que, malgré l'heure incongrue, il ne résisterait pas au trouble désir de sonner à la porte de son ami.

On ne fait pas de visites à neuf heures du soir sans y être invité. Il lui était arrivé, peut-être deux fois, et la dernière dix ans plus tôt, de mettre les pieds chez Gancel, à une occasion dont il ne se souvenait plus.

On sonne encore moins à l'improviste chez un homme fatigué dont la femme est malade.

Il se mentait :

— Je ne sonnerai pas.

Puis il apercevait la maison, sombre et vaste, où tout était obscur, sauf une fenêtre du premier étage. Encore fallait-il l'observer avec attention pour deviner un peu de lumière jaune derrière les rideaux épais. Or, au premier, c'étaient les chambres.

Il sonna, ayant conscience de commettre un acte agressif. Il attendit un bon moment avant d'entendre le bruit d'une fenêtre qui s'ouvrait au premier et il leva la tête, vit Gancel qui penchait son visage tout décollé.

Ils n'eurent le temps, ni l'un ni l'autre, d'ouvrir la bouche, car la porte s'ouvrait, une servante maigre introduisait Malétras dans un vaste vestibule non éclairé où elle pensait seulement à tourner le commutateur électrique.

— Entrez. Je vais voir si monsieur est là.

Elle ouvrait une autre porte à deux battants, celle d'un salon, glacial, malgré la saison, où on sentait que nulle vie ne pénétrait depuis longtemps, au point qu'on avait l'impression de déranger dans leur intimité les objets terriblement figés.

Gancel descendait, en pantoufles, s'attardait, parce qu'il était en train, tout en marchant, de reboutonner son faux col.

— Bonsoir, Malétras. Je me demandais qui cela pouvait être.

— Je passais. J'ai pensé à venir te dire bonsoir.

Il les dérangeait, c'était évident. Gancel hésitait. Il était impossible de recevoir quelqu'un, fût-ce un gêneur, dans ce salon dont les persiennes n'avaient pas été ouvertes depuis des mois et où des housses vertes recouvraient les meubles.

— Monte un instant. Ma femme sera contente de te voir. Elle reçoit si peu de visites !

On n'osait pas le mettre à la porte.

— Tu permets une seconde que j'aille la prévenir ?

On espérait encore qu'il refuserait, mais Malétras ne disait rien, restait lourdement présent. Il savait que, là-haut, on s'attendait à son arrivée, car quelqu'un allait et venait en hâte, sans doute pour mettre de l'ordre dans une pièce. Quand le vieux Gancel fut monté, les allées et venues furent plus rapides encore.

Qu'est-ce qu'on faisait disparaître ? De ces choses intimes, sordides, qui traînent dans les chambres de malades ? Il reconnut le bruit particulier d'un seau d'émail qu'on saisissait par son anse.

— Monte, Malétras.

Gancel l'appelait, du milieu de l'escalier. Était-ce par politesse qu'il ne laissait voir aucune contrariété ? Était-ce par bonté, par charité chrétienne ? La maison était vieille et ses moindres détails avaient pris une physionomie définitive et solennelle, comme dans un presbytère ou une sacristie.

— Entre. Donne-moi ton chapeau. Je m'excuse de te recevoir ici, mais c'est à peu près la seule pièce où nous nous tenions. Tu dois comprendre. C'est Malétras, Isabelle.

Isabelle, au nom si poétique, c'était sa femme, couchée, entre les deux fenêtres, sur une chaise longue, le corps recouvert d'une couverture sombre. Tout était sombre, la tapisserie des murs, les meubles anciens, les silhouettes. Il n'y avait de clair que les visages.

Elle disait d'une voix lointaine de malade qui se sent déjà séparée des vivants par une sorte de voile :

— Asseyez-vous, monsieur Malétras. Mon mari m'a si souvent parlé de vous ! Vous êtes venu une fois, je pense, il y a longtemps, une fois qu'il avait une angine et que vous deviez lui faire signer des papiers. Tu te souviens, Gérard ?

Elle souriait faiblement.

— Alice ! Tu devrais offrir quelque chose à M. Malétras...

Et, de la pénombre, émergeait leur fille, vêtue de noir, les cheveux et les yeux noirs. Elle avait des traits vulgaires et sans grâce qui faisaient penser davantage à un homme qu'à une jeune fille.

— Qu'est-ce que je sers, papa ?

Or, la voix de cet être contrefait était très douce, enveloppante.

Ils étaient riches, peut-être plus riches que Malétras, mais ils avaient gardé les habitudes de leurs débuts modestes.

— Va chercher le carafon qui se trouve dans le buffet de la salle à manger. Je crois qu'il est encore à moitié plein.

La maison était immense, parce qu'elle s'était trouvée ainsi, mais ils n'en animaient qu'un petit coin, ils s'étaient repliés sur cette chambre de malade qui s'était transformée peu à peu en salle commune.

Ce n'était pas par avarice. Ils ne sonnaient pas la bonne. Alice, tout en boitant, descendait elle-même l'escalier.

Malétras se rendait compte de ce que sa présence avait d'agressif. Qu'était-il venu faire ? Rien. Ou plutôt si, il était venu faire quelque chose de précis et les regards qu'il lançait autour de lui le trahissaient.

Il était venu... C'était difficile à dire... C'était odieux... Non, c'était simplement laid et bas, c'était encore pis qu'odieux, car l'odieux revêt une certaine grandeur...

Il était venu voir des gens qu'il espérait trouver plus malheureux que lui !

Ils avaient débuté ensemble, Gancel et lui. Ils avaient travaillé, fait fortune ensemble. Ils s'étaient mariés et avaient eu des enfants, chacun d'eux un garçon et une fille.

Deux jours plus tôt, il avait rencontré par hasard, en face de la banque, un Gancel qui paraissait déjà avoir un pied dans la tombe et, ce soir, quand il avait senti monter en lui comme un trop-plein d'amertume ou de rage, il avait été tenté de venir renifler le malheur des autres.

— Ta femme va bien ?

— Très bien. Du moins, il y a une heure...

— Tu vois. La mienne se défend. Elle souffre encore beaucoup, mais refuse de se plaindre.

— Tout le monde est si gentil pour moi, murmurait-elle, tandis que son visage prenait ce qu'on appelle vulgairement une expression céleste.

— Mais non. Nous sommes heureux près d'elle, tu comprends ? Ailleurs, la maison nous paraît vide. Alors, petit à petit, nous nous sommes complètement installés ici. Jusqu'à ce bureau que j'ai monté dans un coin. Nous prenons nos repas dans cette pièce...

C'est bien pour cela que, si sombre qu'elle fût, elle était lourde d'une vie intime et chaude. Partout des objets abandonnés pour un instant trahissaient les occupations des uns et des autres : les lunettes de Gancel et un livre, près de son fauteuil, un travail de couture à la place de la jeune fille...

— Le soir, comme ma femme a les yeux trop fatigués pour lire, je fais la lecture à haute voix.

Pourquoi tout cela ne dégageait-il pas une impression d'ennui ou de tristesse profonde ? Elle était impotente et souffrait plus de la moitié des jours et des nuits. Gancel, affecté par le destin de son fils qui venait de se décider dans un sens si imprévu, si contraire aux règles de la famille, était miné, cela se voyait sur son visage, par un mal qui ne tarderait pas à avoir raison de lui. Alice, au nom aussi doux que celui de sa mère, Alice laide et disgraciée, serait dans quelques années, dans quelques mois, une vieille fille solitaire.

Or, dans aucun regard, on ne sentait de haine ou de révolte.

Il n'y eut que les yeux d'Alice, quand elle apporta un plateau et des verres, pour trahir, à l'égard du visiteur importun, de la méfiance et de la colère.

— Gérard nous parle si souvent de vous que nous avons l'impression de fort bien vous connaître, disait Mme Gancel.

Les yeux de sa fille disaient, eux :

— Nous ne vous aimons pas. Vous êtes un homme dur et méchant. Ce n'est pas par hasard que vous êtes venu ce soir et votre but ne peut être que perfide. Qu'est-ce que vous êtes venu faire à mon pauvre père ?

Car, l'instant d'après, elle regardait son père et son visage se transfigurait, on sentait une adoration qui faisait mal à voir, parce qu'un humain ne peut vouer, semble-t-il, pareille adoration à un autre humain, une fille ne peut nourrir un sentiment d'une telle plénitude à l'égard de son père, d'un petit homme à barbe blanche déjà tout cassé par l'âge et par les soucis.

— Tu prendras bien un peu de cognac. Je ne sais pas s'il est bon, car nous n'en buvons jamais.

Chez Malétras aussi, quand il était jeune marié, quand il était pauvre, il y avait dans le buffet une carafe d'un alcool quelconque qu'on achetait au détail chez l'épicier et qu'on ne servait, dans des verres minuscules, qu'aux visiteurs imprévus.

N'attendait-on pas qu'il fournît une raison de sa visite ? Il n'en avait pas à donner. Il n'était pas fâché de leur infliger à tous trois le supplice de se demander ce qu'il était venu faire.

Il ne se mettait pas en frais de conversation, comme c'eût été son strict devoir. Il restait là, lourdement assis dans un fauteuil, les jambes écartées, son verre à la main, et c'était à eux à chercher quelque chose à dire s'ils ne voulaient pas laisser s'appesantir un silence qui les gênait plus que lui.

Ce qu'il était venu faire ? Voir Job sur son fumier. Voir chez lui, dans la hideur de l'intimité, un homme qui avait toutes les raisons de se plaindre du destin.

Or, cet homme, qui n'en avait plus pour longtemps à vivre, entourait de menus soins et d'attentions, comme un amoureux, une femme desséchée étendue sous sa couverture. Il lui posait des petites questions bébêtes :

— Il n'y a pas trop de lumière ? Tu ne veux pas que je tourne un peu ta chaise longue ?... Tu n'as pas trop chaud ?

Et elle le regardait avec la même tendresse, avec la même confiance !

Voilà ce qui le mettait en rage : leur confiance, à tous les trois, les uns envers les autres. Ils pouvaient vivre tous les jours que Dieu fait, du matin au soir, à trois dans cette pièce, avec leurs misères qu'ils partageaient comme sans s'en douter.

Malétras cherchait la fêlure. Il eût donné gros pour la trouver, pour découvrir un de ces petits détails révélateurs, une de ces craquelures, qui laissent soudain apercevoir une cruelle vérité sous l'harmonie de surface.

— J'ai reçu indirectement des nouvelles de ton fils.

N'était-ce pas le point faible ? En mettant les pieds dans le plat, comme sans le savoir, n'allait-il pas enfin les troubler ? Alice, en effet, lui lançait son plus dur regard. Gancel, au contraire, se tournait vers sa femme pour s'assurer qu'elle recevait le choc sans inquiétude.

— Justement le jour où nous nous sommes rencontrés... L'après-midi, j'ai reçu une dépêche de mon neveu, Philippe, qui est allé rejoindre ton fils au Mont-Revard...

Alors, Mme Gancel murmura avec douceur :

— Jean va très bien, n'est-ce pas ? Il sait que son père ne fera jamais rien contre lui. Cette personne paraît avoir du cœur et c'est le principal dans la vie.

La preuve qu'Alice l'épiait, c'est qu'elle ne put s'empêcher, devant la déconvenue de Malétras, de laisser glisser sur ses lèvres un sourire à la fois ironique et méprisant.

— J'ai fait ce que j'avais à faire, soupira Gancel en remettant ses lunettes qu'il avait minutieusement essuyées avec une peau de chamois. Pour le reste, Dieu décidera.

Alors, Malétras tressaillit. Et son tressaillement lui rappela ses années de catéchisme, quand on lui enseignait que le diable s'enfuyait au contact de l'eau bénite ou à la vue d'un signe de croix.

L'eau bénite, on venait de la lui lancer. Il était le diable. Il éprouvait, à l'être, et à les détester tous, une étrange satisfaction.

Il avait de l'amertume — du fiel, aurait dit son curé — plein la bouche.

Ce fut une satisfaction pour lui de sentir chez autrui une méchanceté qui rappelait la sienne quand Alice murmura en détournant le visage :

— Votre fille va bien ?

Elle ne pouvait pas ne pas savoir, puisque Gancel leur parlait si souvent de lui, qu'ils étaient brouillés, que le père et la fille ne se voyaient plus, qu'ils ne se saluaient même pas quand parfois Malétras rencontrait sa fille, venue dans son auto faire des emplettes au Havre.

Elle avait voulu le blesser à son tour. De son côté, il pouvait maintenant la détester tout à son aise, cette fille laide et difforme qui avait une telle adoration pour son père, mais qui devait haïr le reste du monde et lui, ce soir-là, en particulier.

— Je suppose que ma fille va bien...

Et la mère, pour rattraper ce qu'elle considérait comme un impair :

— Croyez-vous que la sécheresse va continuer ? Voilà près d'un mois qu'il n'a pas plu...

Trop tard, il pensait à sa fille, à la voiture qu'il lui avait achetée, qu'elle conduisait, souvent accompagnée de ses enfants, et qu'il croisait dans les rues, qu'il voyait en stationnement devant les magasins.

Ils ne se regardaient pas. Elle ne devait même pas dire à ses enfants qu'il n'avait vus que bébés — et encore n'avait-il jamais vu le dernier :

— Ce monsieur qui passe, avec son chapeau melon et son cigare, c'est ton grand-père.

Ou plutôt si. Comme il connaissait Berthe et son absence de sentiments, elle devait le désigner au passage :

— Tu vois ce laid monsieur ? C'est ton grand-père. C'est un mauvais homme. Il a essayé de nous dépouiller pour une femme.

Il les regardait tous les trois. Qu'avaient-ils de différent des autres ? Il ne pouvait pas croire que c'était la bonté qui les unissait de la sorte, car il ne croyait pas à la bonté. L'homme n'est pas bon.

C'était avec ses belles-sœurs, jadis, qu'il lui arrivait d'aborder ce sujet. Elles étaient toujours à mettre en avant la délicatesse du cœur, la bonté.

— Cet homme est si bon, Malétras...

Et lui répondait en mâchant son cigare :

— S'il est bon momentanément, c'est qu'il se sent faible ou malheureux. L'homme n'est bon que quand il a besoin des autres.

On n'avait jamais été bon avec lui, personne, sinon sa mère. Il n'avait jamais été bon, car il n'avait jamais eu besoin de personne.

Ce n'était pas par méchanceté foncière, il en était persuadé. Il ne se croyait pas plus cruel qu'un autre. C'était par orgueil d'homme.

Tout gamin, il se cachait pour pleurer s'il avait mal, car il ne voulait pas de consolations, fût-ce de sa mère.

On disait :

— Il est dur.

Est-ce être dur que croire que l'homme doit se défendre seul dans la vie ?

Il n'avait jamais emprunté un centime.

— Il n'y a pas de raison pour que quelqu'un me confie un argent que je n'ai pas gagné.

Il n'en prêtait pas davantage. Si quelqu'un voulait de son argent, qu'il le lui vole, à ses risques et périls, comme il en avait volé jadis dans le tiroir-caisse de son patron. S'il avait été pris, il aurait subi sa peine sans se plaindre.

— Ils sont bons, se disait-il maintenant, parce qu'ils ont besoin les uns des autres, parce qu'ils ne seraient rien l'un sans l'autre.

Et alors, il lui sembla qu'une lueur se faisait dans son esprit. Il cessa de s'intéresser à ce qui l'entourait. On dut lui parler, mais il n'entendit pas ce qu'on lui disait. Il était loin. Il était dans la chambre de Lulu.

Il était sur le point de comprendre pourquoi il l'avait choisie, pourquoi, pendant les mois d'hiver, il avait éprouvé tous les soirs le besoin d'aller la retrouver.

Ne cherchait-il pas obscurément, sans s'en rendre compte, quelqu'un qui lui devrait tout, quelqu'un qui, comme cette Mme Gancel incapable de se lever toute seule ou d'accomplir le moindre des besoins humains sans aide, n'existerait pas sans lui ?

Il se leva.

— Tu t'en vas ?

— Oui. J'ai encore une course à faire.

Un regard de Mme Gancel à sa fille, un regard qui signifiait :

— Reconduis-le.

Alice se levait, docile, mais le père se levait en même temps qu'elle.

— J'y vais.

Ils descendirent l'escalier l'un derrière l'autre et Malétras était plus sombre en partant que quand il était venu. Dans le vestibule, il parla, à mi-voix :

— Tu sais que ton fils avait l'intention de se suicider ?

— Il ne l'aurait pas fait. Il est jeune.

— Il avait déjà choisi l'endroit où...

Et l'autre, avec une confiance bien faite pour exacerber la rage de Malétras :

— Il me l'a écrit.

C'était tout. Ils se serraient la main. La rue, maintenant, était noire. Il y avait des étoiles au ciel, mais pas de lune. Deux silhouettes, très loin, bras dessus, bras dessous, le long des murs. La porte se refermait. On mettait la chaîne à l'intérieur et Gancel devait se hâter de rejoindre les siens dans la chambre du premier dont la lumière, derrière le rideau, était un peu plus brillante, à cause de l'obscurité du dehors.

Malétras avait envie, lui aussi, de se blottir dans son coin et son coin c'était...

Il marcha vite, les mains dans les poches. Les rues étaient désertes.

Il avait l'air d'un homme riche. Qui sait si, un soir, un homme ne surgirait pas de l'ombre pour lui prendre, mort ou vif, tout ce qu'il avait sur lui ? Il n'avait pas peur. Il n'avait jamais eu peur.

Il traversa quelques rues plus éclairées où des gens prenaient le frais aux terrasses des cafés. Il vit un homme tout seul, un peu à l'écart, devant un guéridon. Dans le café, un orchestre jouait. On entendait des bruits de billard qui sortaient par la fenêtre ouverte du premier étage.

L'homme était déjà entre deux âges, un employé, un gagne-petit proprement habillé, sans doute bien élevé, à l'air timide, et chaque fois que passaient des femmes seules, surtout des professionnelles qui le regardaient dans les yeux, il tressaillait et détournait la tête.

Qui sait ? Peut-être avait-il honte de sa solitude comme d'une maladie honteuse ?

Des rues sombres, encore. Des ruelles. Il retrouvait leur odeur, reconnaissait de loin la porte de chez la grosse Maria, entrait, déjà soulagé, s'asseyait, avec cependant déjà l'impression qu'il y avait quelque chose d'étranger, d'hostile.

Il n'était jamais venu le soir. Il n'avait jamais vu le petit café avec la lampe allumée.

Le rideau de la porte de la cuisine bougeait. Maria arrivait, mais elle n'avait fait qu'entrouvrir la porte qu'elle refermait avec soin derrière elle. Elle s'était faufilée par l'entrebâillement comme pour éviter qu'on vît à l'intérieur.

— Je ne vous avais pas reconnu tout de suite. Je ne m'attendais pas à vous voir à cette heure-ci. Qu'est-ce que vous prenez ?

Pourquoi ne lui servait-elle pas d'autorité son anisette, comme lors de ses autres visites ? Elle lui apportait enfin un verre, s'asseyait un instant près de lui et chuchotait :

— Je vous demande un petit moment. J'ai quelqu'un. Mais je vais être à vous tout de suite...

Elle allait jusqu'au seuil, se penchait, impatiente ou inquiète. Elle lui adressait, en passant devant lui, un sourire d'excuse.

— Tout de suite !... promettait-elle à voix basse.

Elle rentrait dans la cuisine, où il ne put rien voir, et, pendant plusieurs minutes, il entendit le murmure de deux voix, celle de Maria et une voix d'homme.

Enfin, il y eut des pas précipités sur le trottoir. Quelqu'un entra, qu'il reconnut tout de suite.

C'était la fille qui était déjà venue une fois quand il était là, celle au sujet de laquelle la tenancière lui avait murmuré :

— Vous ne voudriez pas une petite ?

Elle l'avait reconnu aussi. Elle était étonnée. Elle allait s'avancer vers lui, elle souriait, elle lui tendait la main, mais la porte de la cuisine s'ouvrait à nouveau :

— Par ici, Martine.

— Ah ! bon.

Et sa physionomie disait :

— Tant mieux ! Il me semblait bien qu'il y avait erreur.

Le murmure reprit, de l'autre côté de la porte vitrée et du rideau de guipure. Puis des pas dans un escalier qui paraissait passer dans le mur, juste derrière le dos de Malétras. Celui-ci entendait quelqu'un souffler en montant.

— Un vieux, pensa-t-il.

On marchait au-dessus de sa tête. On remuait des meubles. On posait un broc quelque part.

Enfin, la vieille Maria redescendait, laissait cette fois ouverte la porte de sa cuisine et venait s'asseoir en s'excusant.

— C'est un monsieur qui est quelque chose d'important, je ne sais pas dans quoi, mais je soupçonne que c'est dans la magistrature. Il vient à jour fixe, à cette heure-ci. Cette traînée de Martine était en retard, comme cela arrive toujours à ces gamines qui n'ont encore rien appris de la vie. Je vous offre un petit verre pour vous avoir fait attendre ?... Mais si... Vous, n'est-ce pas ? ce n'est pas comme les autres.

N'y avait-il pas, dans ces derniers mots, tout un monde de pensées inexprimées ? Lui, ce n'était pas un vrai client. Il ne venait pas là « pour ça ».

Elle n'osait pas dire qu'il était un ami. Elle n'était pas encore tout à fait fixée sur son compte.

— N'ayez pas peur. Il ne passera pas par ici. Quand j'entendrai que c'est fini — et cela ne dure jamais bien longtemps —, je fermerai la porte de la cuisine. Il aime mieux ne pas me rencontrer, après. Il est comme ça. On l'entend gagner la cour sur la pointe des pieds et il s'en va par l'impasse qui débouche après l'échoppe du cordonnier.

Elle ne savait plus que dire. Malgré le petit verre qu'elle lui avait offert, malgré ses clignements d'yeux confidentiels, malgré les histoires qu'elle lui racontait comme à un vieil habitué ou à un ami, elle sentait qu'il n'était pas content et qu'il pensait à s'en aller.

— Il faut que vous tombiez justement sur son jour ! Les autres soirs, je suis la plupart du temps toute seule...

Ne se rendait-elle donc pas compte que ce qu'elle disait là était bien plus grave ?

Toute seule... Ainsi, il venait ici, dans cette ruelle qui sentait mauvais, pour se retrouver en tête à tête avec une vieille femme qui trafiquait de petites filles !

Et Hermine qui manifestait un tel mépris parce qu'elle croyait qu'il courait derrière les jupes des gamines !

Ce n'était même pas cela. C'était plus terrible. Sa chair était sans besoin. Il n'était pas vicieux. Il ne l'avait jamais été. Il n'avait que dégoût en surprenant certains bruits à travers le plafond trop mince.

— Les autres soirs, avait dit la vieille Maria pour lui rendre sa tranquillité, je suis la plupart du temps toute seule...

Et c'était, en effet, seule qu'il désirait la trouver, puisqu'il avait été contrarié, jaloux, oui, il n'y avait pas d'autre mot, en constatant la présence d'un homme derrière la porte.

Jaloux de quoi ?

Il avait un ami, le docteur Vérel, justement, qu'il voyait chaque jour au *Cintra* et qui, un soir, était sorti furieux parce que leur table de bridge était occupée par des Anglais de passage qu'on n'avait pas osé déloger.

Pendant une semaine, il avait boudé. Chaque soir, les autres devaient se mettre à la recherche d'un quatrième, et on avait été contraint d'aller le chercher chez lui, de discuter longtemps, de le supplier, pour le ramener au *Cintra*.

Vérel — lui qui pourtant soignait les grands nerveux et les fous ! — était-il jaloux d'une table et d'une chaise ?

— Vous êtes fâché ? Il faut bien que je vive, n'est-ce pas ? Oh ! à l'âge que j'ai, je n'ai pas besoin de grand-chose.

Il la regardait fixement. Elle prétendait qu'elle avait été belle et c'était possible. Maintenant, elle montrait un gros visage lunaire presque sans expression.

Ce n'était pas l'âge qui la rendait ainsi. Cette passivité, que dénotaient ses traits comme effacés, sans doute l'avait-elle toujours eue ?

Elle avait traîné n'importe où, sans effroi, comme un papier que le vent emporte le long des trottoirs. Elle avait couché sur n'importe quel lit, avec n'importe qui, elle avait mangé et bu n'importe quoi et, tout à la fin seulement, une crainte, une seule, lui était venue : celle de la maladie définitive dans un lit d'hôpital.

Lulu non plus n'avait pas peur. Elle ne s'inquiétait pas de l'avenir, ni du présent. Au début, elle essayait de lui faire croire qu'elle avait toujours été sage, parce qu'elle sentait que cela faisait plaisir à Malétras.

Ensuite, devant son insistance, pensant qu'au contraire il aimerait entendre des histoires, elle lui avait raconté ses passades du temps qu'elle était serveuse à *La Frégate*.

— C'était un petit rouquin qui ne parlait pas le français.

Ou bien c'était un homme comme ceci, ou comme ça...

Et elle le suivait, pour rien, pas même pour le plaisir, car, elle l'avouait, cela lui avait toujours fait mal.

Elle entrait dans une chambre qu'elle ne connaissait pas, se déshabillait, se couchait...

— Et les maladies ? questionnait-il.

— Si on devait y faire attention !

— Et si tu étais tombée sur une brute, ou sur un maniaque.

Elle haussait les épaules.

— Et si tu avais eu un enfant ?

Eh bien, elle aurait eu un enfant, voilà tout. Elle l'aurait mis en nourrice ou elle l'aurait envoyé à sa mère.

Quand elle avait su qu'il était riche, elle avait été furieuse, parce qu'elle avait été dupe, parce qu'il lui avait joué la comédie. Elle avait d'abord voulu le chasser et ce n'est qu'après que l'idée lui était venue d'en profiter.

Qu'est-ce qu'elle avait acheté ? Un manteau de fourrure, en plein mois de mai !

Et pourquoi avait-elle pris comme amant ce Joseph qui n'était pas beau, qui était mal portant, peu appétissant avec ses furoncles ?

C'était comme ça !

Elle avait eu envie de se promener la nuit dans une grosse auto. Peut-être Laniel en avait-il profité pour s'arrêter quelque part et prendre son plaisir avec elle ? S'il le lui avait demandé, elle n'avait sûrement pas refusé.

Il faut bien payer sa place.

Tant pis pour elle. Tant pis pour Malétras. Elle avait eu envie de danser et elle avait dansé. S'il lui avait annoncé qu'il l'abattrait d'un coup de revolver au cas où elle danserait, elle l'aurait fait néanmoins, tout comme elle avait refusé de se déshabiller, même quand elle avait lu dans ses yeux que c'était sérieux.

Il but une gorgée de mauvais alcool. Il était mal à l'aise. Maria s'en aperçut.

— On dirait que vous avez une contrariété.

Elle appelait ça une contrariété ! Il ne s'agissait pas seulement de sa vie présente, de sa vie de demain, mais de toute la vie qu'il avait vécue, de soixante ans de vie, de soixante ans d'un effort de chaque instant dont il ressentait dans les moindres replis de son être l'écrasante courbature.

— Allons, un petit verre avec Maria et vous n'y penserez plus.

Il sourit... Le sourire que, pour la première fois, il avait eu, quand il se sentait si misérable, pour cet Émile inconnu qui lui servait un porto chaque soir. Un sourire de pitié, de pitié pour lui, plus que pour les autres.

Il n'aimait pas l'alcool. Il n'avait jamais été buveur. C'était le troisième verre ce soir. L'alcool de Maria était fort et de mauvaise qualité, et cependant il l'accepta.

Puis il la vit qui allait précipitamment refermer la porte de la cuisine. Une ombre passa derrière, s'enfuit par la cour, on entendit encore des bruits d'eau au premier. Martine descendit enfin.

— Viens prendre un verre avec nous, ma fille. Vous permettez, n'est-ce pas ?

Elle devait se demander si c'était elle qu'il avait attendue et si elle n'allait pas devoir remonter. Elle s'assit timidement à la place qu'on lui désignait et, les mains sur son sac en faux crocodile, les bas roulés au-dessous des genoux qu'on apercevait, pointus, en dessous de la robe d'un vert acide, elle lui sourit vaguement.

Sans doute ne pensait-elle à rien.

8

Ce fut dans la rue, après, dans une rue qu'il ne connaissait pas et qu'il ne devait jamais retrouver — il y avait pourtant une curieuse maison à laquelle on accédait, non en montant des marches, mais en en descendant cinq ou six et il faillit y tomber comme dans une trappe — ce fut dans la rue, alors qu'il était peut-être onze heures du soir, peut-être minuit ou plus, qu'il prit sa décision.

De cela, il devait se souvenir avec précision, comme de la maison aux marches qui s'enfonçaient dans le trottoir. Il était lucide. Il se voyait errant dans les rues comme un chien malade.

Avait-il été ivre, avant ? C'était difficile à dire. Il n'avait été ivre qu'une fois en sa vie, le soir de la conscription. Ils avaient échoué tous dans la salle de danse d'un café où il n'y avait pas de musique ce jour-là. C'était déjà, avec la vaste étendue de plancher gris, les murs d'un laid vert et les bancs sans dossier, un avant-goût de la caserne.

Il était avec les gars de son pays qui, jusqu'alors, l'avaient respecté parce qu'il était plus instruit qu'eux et qu'il les tenait à l'écart.

Or, ce soir-là, peut-être de l'avoir vu tout nu comme les autres, ils le traitèrent d'égal à égal, et il fut bientôt leur tête de Turc. Il avait bu, sans y prendre garde. Il se fâchait à chaque éclat de rire et, plus il se fâchait, plus les autres s'excitaient. A la fin, il s'était affalé au milieu d'eux tous, ridicule, pitoyable, et il avait été salement malade.

Depuis, il n'avait jamais bu, sauf ce soir, peut-être.

Il n'avait pas eu conscience de boire. Il était allé chez Gancel, où on lui avait servi un petit verre, un seul. Puis, chez Maria, deux verres d'abord, avant que Martine descendît. Il avait offert une tournée. Est-ce qu'ensuite Maria n'en avait pas offert une autre ? C'est probable. Il n'y faisait pas attention.

Il ne se sentait pas ivre, à ce moment-là, mais dans un état extraordinaire, dans un état de sensibilité décuplée. Il lui semblait que des choses qu'il n'avait fait jusqu'alors que deviner vaguement devenaient à ses yeux d'une netteté étonnante.

Hermine, par exemple. Comme il la voyait de haut ! Comme elle lui paraissait petite, mesquine, ridicule, avec sa pauvre assurance et son sourire si supérieur !

C'était lui qui avait eu tort de choisir une femme qui n'avait pas besoin de lui, voilà tout. Elle avait une petite fortune personnelle. Elle en parlait assez, la pauvre : pas avec arrogance, certes, avec discrétion au contraire, par allusions, mais ces allusions étaient aussi ridicules que les vantardises d'un nouveau riche comme lui.

Quand, le soir, elle s'asseyait avec une satisfaction qui ne manquait pas de solennité devant son petit bureau, ses lunettes sur le nez, on savait qu'elle allait écrire à un de ses fermiers, à un de ses locataires, s'occuper de la réparation d'un toit, ou d'une hypothèque.

Sa façon de dire : mon notaire...

Ou bien « mon oncle Kénavan »... Ou « ma tante de La Lourcerie »...

Elle touchait un petit héritage par-ci, un autre, par-là, car il n'y avait personne de pauvre dans sa famille, ou alors des gens dont elle ne parlait pas ; tous avaient un petit bien, tous avaient un notaire aussi, et elle parlait avec plus d'emphase de certain cousin qui possédait une écurie de courses à Paris, et dont elle espérait hériter, bien qu'ils fussent peut-être quarante à attendre son héritage.

Elle était toute fière d'être *née*, comme il lui arriva de le dire, une seule fois, il est vrai. Fière d'avoir été générale. Quant à son argent à lui, c'était de l'argent vulgaire, roturier.

Voilà...

Il avait pensé cela chez Maria, assis entre les deux femmes, tandis que Martine le regardait toujours avec curiosité, en se posant peut-être toujours la même question.

Est-ce que cela se voyait qu'il avait bu ? Sans doute, car Maria, elle aussi, l'observait drôlement. Il eut l'impression, comme à travers un brouillard, de lire de la pitié dans ses yeux et il en fut vexé. Il ne voulait de la pitié de personne. Il n'admettait pas la pitié.

Chez Gancel, on n'avait pas eu pitié de lui. On n'avait pas soupçonné pourquoi il venait. On s'était mépris sur sa visite, la fille surtout, cette créature de cauchemar dont le visage blafard le hantait encore, et qui avait cru à de la méchanceté gratuite de sa part.

Pourquoi Maria avait-elle pitié ? N'était-ce pas parce qu'elle commençait à soupçonner la vérité, à deviner pourquoi il venait la voir ?

Il n'avait pas de vice, pas de désirs troubles. Il venait là... comment dire ? Parce qu'il n'avait pas de place ailleurs. Ce n'était pas tout à fait exact. Il venait là parce que c'était comme un dernier refuge.

Non ! Il n'arrivait pas à préciser sa pensée. En tout cas, c'était désagréable, humiliant.

C'était le soir des humiliations. Il était humilié en sortant de chez lui, humilié en entrant chez Gancel, humilié... Penser qu'ils étaient là, tous les trois, dans cette vaste chambre de maladie et de mort, à parler de lui et peut-être à le plaindre !

Voilà à peu près ce qu'il pensa, ce qu'il ressentit avant de se lever soudain et alors, pour montrer à ces deux femmes qu'elles se trompaient sur son compte, pour leur faire croire qu'il était un homme comme les autres et qu'il n'avait pas besoin de leur pitié, il s'était tourné vers la porte de la cuisine, avait regardé un instant le plafond, ce qu'elles avaient immédiatement compris.

— Tu veux ? s'était étonnée Maria, en le tutoyant pour la première fois au moment où leurs relations devenaient comme professionnelles. Martine !

— Oui.

Martine le précédait, il butait dans un escalier étroit, regrettait déjà sa sotte décision, mais il était trop tard, on allumait. Il y avait un mouchoir de soie rouge, avec un gland de bois à chaque coin, sur l'abat-jour de la lampe électrique.

Maria refaisait le lit. La carpette, par terre, était si usée qu'on ne pouvait plus deviner sa couleur première. On n'en voyait que la corde. Martine versait de l'eau dans une cuvette.

— C'est pour toi, disait-elle. Moi, j'ai fait ma toilette avant de descendre.

Autrement dit, après l'autre, le monsieur qui devait être quelque chose dans la magistrature.

C'est drôle. Il devait être ivre, car, debout au milieu de la pièce, il se sentait osciller légèrement. Mais il avait bien remarqué que Maria avait une dernière hésitation, comme un remords de les laisser seuls. De quoi avait-elle peur ?

Enfin ! elle avait descendu lourdement l'escalier tandis que Martine passait sa robe par-dessus sa tête, faisait glisser sur ses épaules maigres les bretelles de sa chemise qui tombait aussitôt en cercle à ses pieds. Elle ne portait rien d'autre, que ses bas roulés sous les genoux.

Elle demanda :

— Je les enlève ?

Lui répondit-il ? Il n'en savait plus rien. Il venait de ressentir un petit pincement dans la poitrine et il s'était immobilisé, effrayé, intrigué de ce qui se passait dans sa propre carcasse. Il avait toujours imaginé qu'un jour il tomberait tout d'une pièce, comme ça, et il pensait maintenant à un homme politique dont on avait beaucoup parlé quelques années plus tôt, qui était mort dans un endroit à peu près semblable.

— Tu ne viens pas ?

Elle s'était couchée en travers du lit et regardait le plafond : ses jambes pendaient ; il détournait les yeux, comme un jeune homme, du triangle obscène, noir d'encre, de son ventre.

Il aurait dû partir à ce moment-là. Ou plutôt non. Car, s'il était parti alors, il n'aurait pas eu l'impression de toucher le fond, il se serait raccroché à Dieu sait quoi.

Il se souvenait maintenant d'un silence visqueux, de sa respiration bruyante, du visage que la fille levait parfois vers lui, étonné, un peu apitoyé, un peu agacé aussi.

Il devait s'être passé bien du temps déjà quand il entendit Maria qui, croyant ne pas faire le moindre bruit, venait écouter à la porte.

C'était atroce, répugnant. Il voulait se relever, mais c'était Martine, maintenant, qui s'obstinait. Dieu sait pourquoi, peut-être par une sorte de coquetterie, peut-être parce qu'elle craignait les reproches de la vieille ?

Quand il était redescendu enfin, le gilet mal reboutonné, il devait être effrayant. Son regard était d'une dureté telle que Maria lui demanda :

— Vous n'êtes pas content ? Elle n'a pas été gentille ?

Il avait failli sortir sans répondre, sans payer, avec l'envie d'écarter tout ce qui gênerait son passage. Sur le seuil, seulement, il s'était souvenu du dernier geste qu'il lui restait à faire. Il avait tiré son portefeuille de sa poche, il avait tendu deux ou trois billets, sans compter. Il n'avait pas dit au revoir. Il ne s'était pas retourné.

Maintenant, c'était fini. Il y avait longtemps qu'il marchait, qu'il se traînait dans les rues comme une bête malade, c'était le mot, comme une bête malade. Avec la différence, cependant, qu'il tâtait de temps en temps sa poitrine, qu'il lui arrivait d'avoir peur de sentir une sueur froide l'envahir à l'idée de l'accident possible.

Il serait malade. C'était décidé. Toute sa vie, il avait caressé ce rêve-là. Car c'était aussi consolant qu'un rêve. Quand il avait l'impression de vaciller dans le vide, il se disait qu'un jour il se coucherait, qu'il serait malade et qu'alors il ne verrait plus autour de lui que des visages bienveillants.

Il n'aurait plus à penser, à décider. On penserait et on réfléchirait pour lui.

Tout serait douceur... Douceur ! Un mot dont il ne connaissait pas le sens, dont il n'avait jamais goûté la saveur.

Autour d'un malade, tout le monde s'efforce de sourire et on crée un monde rassurant, un peu comme le monde des images d'enfants.

Il était malade, il allait être malade. Il n'y avait plus que cette issue. Peut-être sa maladie serait-elle réelle ? Il savait qu'il n'aurait qu'à se coucher pour la créer.

Un instant même, au coin d'une rue où il apercevait deux agents cyclistes en pèlerine, appuyés sur leur vélo, il se demanda s'il n'allait pas être malade tout de suite, là, sur le trottoir.

Il n'avait qu'à se laisser glisser par terre. On accourrait. On téléphonerait sans doute pour appeler une ambulance. On le conduirait à l'hôpital... Non, il aurait encore la force de dire qui il était, de réclamer le luxe d'une clinique...

Un de nos plus estimables concitoyens, lirait-on le lendemain dans les journaux locaux, *a été pris d'un malaise alors que...*

Non ! Il valait mieux être malade chez lui, obliger Hermine à le soigner, à se montrer douce, indulgente. Peut-être ferait-on venir sa fille ?

La tête lui tournait réellement, l'angoisse s'installait dans sa poitrine et il se mit à marcher plus vite, le corps un peu penché en avant.

Il avait sa clef dans sa poche. Il aurait pu la prendre, entrer sans déranger personne. Il sonna.

Peut-être tout le monde était-il déjà couché ? Il ne savait pas l'heure. Après quelques instants, de la lumière se fit dans le vestibule, puis la porte s'ouvrit. C'était Rose qui était devant lui, en tenue de tous les jours, Rose qui dut se demander pourquoi il n'entrait pas, pourquoi il restait debout dans l'encadrement de la porte à la regarder.

Il comprit qu'il lui faisait peur. Il vit le moment où elle allait s'enfuir en criant.

Il ouvrit la bouche, soupira :

— C'est moi, Rose... Madame est là ?

N'était-il pas réellement malade, plus malade qu'il ne le pensait ? Il fit quelques pas. Il y avait cinq marches de marbre à monter. Cela lui rappela les marches de la maison en contrebas. Dans quelle rue était-ce, bon Dieu ? Très loin, sans doute. Il avait dû marcher beaucoup, longtemps.

— Cela ne va pas, monsieur ?

Il s'était arrêté sur la deuxième marche et il épiait son cœur qui menaçait de s'arrêter. Alors, elle passa à côté de lui en courant, se précipita vers le bas de l'escalier en criant :

— Madame !... Madame !... Descendez vite !... C'est monsieur qui...

Il sourit... Ce fut sa dernière notion claire : il était sur la deuxième marche, debout, une main sur la poitrine, et il souriait vaguement, il voyait la robe noire de Rose, son tablier brodé, son bonnet blanc, il pensa...

Il ne tomba pas tout d'une pièce. Il eut encore la présence d'esprit de redescendre les deux marches, de se pencher en avant, de s'accroupir, de se laisser aller doucement sur l'escalier de pierre.

Désormais, la femme de chambre pouvait crier et se précipiter comme une folle dans la maison.

Malétras, sans doute à cause du froid du marbre, se mettait à trembler convulsivement.

9

Cela commença par une mouche. Il avait les yeux clos. Son corps était immobile, inerte, sans doute était-il encore en partie endormi, en tout cas il lui semblait qu'il était incapable de remuer et la mouche voletait autour de lui, il la suivait, la guettait, ses sens en éveil s'efforçaient de prévoir l'endroit où elle allait se poser, sur le nez, sur le front, sur la tempe, sur l'oreiller moite de sueur ?

Il y avait plus de cinquante ans que Malétras ne s'était pas occupé des mouches et que celles-ci n'existaient plus pour lui. Il savait encore qu'elles existaient, parce qu'on suspendait des papiers collants dans les chambres — et il en avait vendu en gros ! Peut-être lui était-il arrivé de chasser de la main, sans le savoir, des mouches qui tournaient autour de lui alors qu'il lisait son journal ?

Depuis plus de cinquante ans, il n'avait plus conscience de la vie des mouches. Or celle-ci, qu'il ne voyait pas, puisqu'il gardait les paupières closes, il la reconnaissait, après si longtemps. C'était une mouche du matin où l'on fait la grasse matinée. Comme Malétras, même enfant, n'avait jamais fait la grasse matinée sans y être forcé, c'était une mouche d'un matin de maladie. Du matin de ses oreillons, la seule maladie qui, jadis, l'eût retenu trois jours au lit.

C'était une mouche de mai ou de juin, quand l'été n'est pas encore trop chaud et surtout qu'on n'y est pas encore habitué.

Le soleil ne pénétrait pas n'importe comment dans la chambre, il n'y avait pas besoin d'ouvrir les yeux pour le savoir : il se glissait par les fentes des persiennes, et le mur, le lit, Malétras lui-même étaient rayés d'ombre et de lumière dorée.

La mouche se posait sur son front. Le chatouillement était semblable à celui d'autrefois, exaspérant et voluptueux. Malétras se retenait de sortir la main des draps ; il sentait qu'il ne pourrait pas résister longtemps et, juste au moment où il était à bout, la mouche s'envolait, tournait, décrivait des cercles grands ou petits, s'éloignait, se rapprochait tandis qu'il se demandait à nouveau où il allait sentir se poser ses petites pattes en mouvement...

Oh ! il ne se faisait pas d'illusion ! Il n'avait pas la fièvre.

Il était lucide et même, à peine réveillé, d'une cruelle lucidité. Il savait que ce qui était couché là était la vieille carcasse de Jules Malétras, un gros corps usé, avec un visage tout planté de poils gris aussi durs que le chiendent d'une brosse. La mouche devait le voir encore plus monstrueux qu'il n'était, terrifiant, et c'était peut-être pour cela qu'elle tournoyait si longtemps avant de se poser, qu'elle ne restait qu'un instant à la même place ?

Quelque chose lui monta dans la gorge, comme une bulle d'air. Une pensée informe, un vague désir émana de son cerveau, se détacha de lui, se dissipa aussitôt, qui laissa un peu d'humidité sous ses épaisses paupières picotantes. Il avait eu une seconde, un dixième de seconde, l'envie... non, c'était plus vague qu'une envie... comment dire ?... être encore le jeune garçon à la peau rose et bien tendue qui souffrait des oreillons ! Sortir de cette carcasse qui le dégoûtait, en finir avec cette peau usée, épaissie, avec ces poils hirsutes, avec cette respiration rauque...

Cela se traduisit par une image, plus encore par des odeurs, celles du samedi soir, dans la cuisine derrière l'épicerie, avec le baquet à lessive plein d'eau savonneuse où on le lavait.

Après, il continuait, même dehors, sur la place de l'Église, à sentir le bain, à sentir le propre.

Pourquoi était-il impossible, une fois devenu homme, une fois vieux, d'être nettoyé à fond, corps et âme ?

Il n'était pas triste. Il ne se révoltait pas. Il ne se révolterait jamais plus. Il lui semblait qu'il savait tout. Cette nuit qu'il venait de vivre, par exemple, il aurait été capable d'en faire un bilan minutieux, pas avec des mots, pas avec des phrases, mais, lui semblait-il, avec des chiffres, des chiffres précis, tracés d'une plume d'acier, à l'encre très noire, sur le dur papier d'un grand livre Malétras.

Pour connaître l'heure il n'aurait eu qu'à entrouvrir les paupières. Il entendait le tic-tac, sur la cheminée de marbre blanc, de la pendule Louis XVI en bronze doré qui venait, comme on disait dans la maison, du côté d'Hermine. Mais il n'avait pas besoin du secours des aiguilles sur le cadran bombé, aux chiffres élégants. La mouche, l'odeur de la maison, les bruits de la rue situaient cette minute-là vers le milieu de la matinée, entre dix heures et dix heures et demie.

Tout près de lui, dans la chambre, quelqu'un allait et venait, qu'il n'avait jamais vu. Il entendait un froufrou particulier, qui n'était pas celui d'une robe souple mais d'une blouse empesée, d'une blouse d'infirmière. Parfois on s'approchait de lui, on le regardait et il restait immobile, continuant à donner le spectacle d'un homme qui dort. Une fois, on lui saisit le poignet délicatement. Il comprit qu'on lui prenait le pouls et il faillit sourire, il dut faire un effort pour garder ses lèvres rigides.

Il savait d'avance qu'il y aurait une infirmière près de lui à son réveil. Il savait aussi qu'il n'était plus malade. Quant à cette torpeur qui persistait dans ses membres, elle avait la même cause que l'arrière-goût un peu fade, pas désagréable pourtant, qu'il gardait dans la bouche : c'était le médicament qu'on lui avait administré par trois fois en trois heures.

Car la crise avait duré trois heures. A ce moment-là, il avait les yeux ouverts et il avait suivi, quart d'heure par quart d'heure, les progrès des aiguilles dorées sur le cadran Louis XVI.

Pas une minute, il n'avait perdu conscience. Probablement, de toute sa vie, n'avait-il jamais été aussi lucide ?

En bas, dans le vestibule dallé de blanc, il avait cru s'évanouir, il avait vu l'univers tourner autour de lui, mais l'évanouissement qu'il espérait, auquel il aspirait comme à une délivrance, n'était pas venu.

Il était là, mou et affalé au bas des marches, pendant que Rose se précipitait en criant vers le premier étage. Il était si peu évanoui qu'il pensait :

— Elles ne pourront jamais me porter à elles deux. Il faudra qu'elles réveillent Eugénie.

Puis aussitôt :

— Mon haleine doit sentir l'alcool et Hermine croira que je suis ivre.

Il pensait cela et il était persuadé qu'il allait mourir. Son principal souhait était d'atteindre son lit et il s'effrayait d'obstacles insurmontables qui l'en séparaient.

Hermine descendait, épouvantée par les cris de la femme de chambre, portant son peignoir de liberty bleu à grand col de dentelle. Il préféra fermer les yeux.

Elle le tâtait. Elle s'affolait. Elle lui parlait.

— Vous m'entendez, Jules ?

Elles tournaient toutes les deux autour de sa masse énorme, le saisissaient sous les bras, parvenaient à l'asseoir, et alors il comprit qu'il devait les aider, fit un effort et, soutenu par les deux femmes, se trouva debout.

Dans l'escalier déjà, pour ne pas perdre de temps, Hermine criait à l'intention de la cuisinière qui couchait au second étage :

— Eugénie ! Eugénie !... Monsieur est malade... Descendez vite... Eugénie !...

Il se souvenait qu'elle avait remarqué avec colère, en n'entendant aucun bruit :

— Cette vieille chipie est sourde !

On l'avait poussé, traîné, manœuvré comme un corps mort, et enfin on l'avait laissé tomber au bord de son lit où il était resté assis, les bras ballants, le regard vague.

Il allait mourir. Il en avait la conviction. Il semblait qu'un mécanisme, en lui, menaçait de s'arrêter d'une seconde à l'autre. On le questionnait. Quelle idée de le questionner alors qu'il était incapable de répondre, qu'il avait besoin de toutes ses forces pour lui-même, qu'il était tout entier tourné vers l'intérieur de son être ?

Pourquoi continuait-il à voir, à entendre, à comprendre ? Rose qui courait dans l'escalier, qui frappait à une porte comme une folle, des pas au-dessus de sa tête, la grosse Eugénie lunaire qui se levait.

— Rose !... Eh bien, Rose ?... s'impatientait Hermine. Téléphonez vite au docteur Vérel... Son numéro est inscrit au-dessus de l'appareil... Qu'il vienne tout de suite... Dites-lui que monsieur...

Sans doute lui était-il arrivé, comme à tout le monde, de penser à la mort, mais jamais comme cette nuit-là.

C'était bête !

Il n'y avait pas d'autre mot. C'était tragiquement bête ! Rose qui téléphonait, Eugénie à qui on commandait de rallumer du feu, Dieu sait pourquoi, Hermine qui l'observait, lui conseillait de se coucher, qui s'impatientait, qui était sur le point de se fâcher parce qu'il s'obstinait à rester assis au bord du lit, le corps penché en avant, les deux mains sur sa poitrine.

Il ne pouvait pas lui expliquer que, s'il se couchait, ce serait fini. Il lui semblait que le moindre mouvement suffirait à arrêter la machine invisible qui fonctionnait encore en lui mais qui pouvait flancher d'une seconde à l'autre.

Elle ne pleurait pas. Elle devait penser à la mort, elle aussi. Pas de la même façon. Il comprenait maintenant le drame des chambres de moribonds. Tout le monde pense à la mort. Mais il n'y en a qu'un à y penser pour son compte. Les autres savent que le matin ils verront blanchir les fentes des persiennes et qu'on leur servira du café.

Il avait les souliers crottés. Il les voyait, et la boue sur son pantalon. Était-il possible que cela l'affectât ?

— Eh bien !... Vérel ?... parvint-il à articuler à un moment où tout, autour de lui, perdait sa solidité.

— Il va venir... Calmez-vous... Rose lui a téléphoné... Il vient tout de suite...

Quelle étrange curiosité dans le regard d'Hermine ! Une curiosité respectueuse ! Parce qu'il allait sans doute mourir !

— Rose ! Descendez et tenez-vous près de la porte pour ouvrir au docteur Vérel dès que vous entendrez sa voiture.

Que c'était bête, bon Dieu ! Il avait à peine eu le temps de vivre ! Il s'était à peine aperçu qu'il vivait ! Il avait travaillé, toujours travaillé ! Quel effort il avait fourni, inlassablement, quelle masse de labeur, de volonté, dont il sentait sur ses épaules la masse écrasante !

Et tout d'un coup, comme ça...

Il se leva. Hermine s'effraya, voulut le forcer à se rasseoir. Il résistait. Elle ne comprenait pas que, debout, il était déjà un peu plus loin de la mort. Il fallait faire vite. Il fallait que Vérel arrivât. Il était temps. Il ne pouvait plus se défendre tout seul.

Des voix enfin, dans l'escalier. Hermine, qui se précipitait, qui chuchotait, sur le palier, et lui, l'imbécile, qui se croyait obligé de jouer sa petite comédie.

— Alors, mon vieux Malétras, il paraît que cela ne va pas ? Voyons les yeux... Allons !... Le mal ne me paraît pas grand...

Il avait apporté sa trousse. Il cherchait machinalement où se laver les mains, retroussait les manches de sa chemise.

— Aidez-moi donc à le déshabiller.

Maintenant, Malétras tremblait. Il avait froid. C'était peut-être de peur. On mettait à nu sa poitrine blême et velue. On y appliquait une serviette. Hermine se penchait pour observer le visage du praticien.

— Faites monter mon chauffeur... Je suppose que vous ne voulez pas vous coucher, n'est-ce pas, Malétras ?... Passez-lui une robe de chambre...

— Il tremble.

— Vous avez de la glace ?

— Il y en a dans le frigidaire.

Rose, qui se tenait sur le palier, près de la porte restée ouverte, était allée chercher le chauffeur, qui tenait sa casquette à la main et se balançait d'une jambe à l'autre.

On parlait à mi-voix. Malétras entendait.

— Écoute, Désiré... Tu vas aller chez le professeur Picard... Tu sais où il habite ?

— Oui, monsieur.

— Tu le ramèneras... Tu lui diras...

Il balbutia le reste et Malétras devina. C'était grave. C'était urgent.

Eugénie était dans l'escalier. On l'envoya à l'office chercher de la glace.

Quant à Hermine, elle essayait d'entraîner Vérel vers le palier pour le questionner, mais il feignait de ne pas comprendre.

— Ne vous inquiétez pas, Malétras... Cela va passer... Comme ce n'est pas ma partie, j'ai envoyé chercher le professeur Picard... Vous devez connaître Picard ?... Mais si !...

Il parlait, parlait. Ce n'était pas lui qui était menacé de mort subite.

De temps en temps, il observait d'un coup d'œil aigu, aussi bref que possible, le visage de Malétras. Sans doute avait-il un peu pitié ? Le lendemain, à cinq heures, au *Cintra*, il annoncerait :

— A propos, ce pauvre Malétras ne viendra plus... Cette nuit, j'ai été appelé chez lui et...

De temps en temps, Malétras parvenait à émettre un léger soupir qui le soulageait, et alors il se risquait à lever la tête, à regarder autour de lui.

Les autres étaient des vivants. Parce qu'ils étaient des vivants, ils étaient gênés par son regard, s'efforçaient de sourire, éprouvaient aussitôt le besoin de dire n'importe quoi.

Que c'était bête !

Une heure moins dix déjà. La cheminée de marbre blanc... C'était Hermine qui avait voulu une cheminée de marbre blanc... Quand il l'avait vue pour la première fois, Malétras en avait été flatté, car elle donnait à la chambre un cachet de luxe particulier qui lui était étranger.

— Voici la glace, madame. Où dois-je la mettre ?

Eugénie apportait le tiroir en aluminium du frigidaire, avec les carrés de glace bien réguliers, comme ceux qu'on mettait dans l'orangeade quand on recevait quelqu'un.

— Vous n'avez pas une bouillotte en caoutchouc, ou un bock ?

L'angoisse revenait de plus belle. Il la sentait venir. Elle croissait, croissait, il avait l'impression qu'elle le soulevait, que ses pieds ne touchaient plus terre, que tout allait disparaître, il ouvrait la bouche pour crier de peur, ou plutôt, non, il voulait ouvrir la bouche, mais il n'osait pas, il ne voulait rien perdre de son énergie et, comme une fusée qui a atteint son point culminant, cela s'épanouissait en lui, la douleur s'émiettait en mille petites douleurs qui se fondaient peu à peu et lui laissaient un moment de répit.

Le professeur Picard, que Malétras n'avait fait jusque-là qu'entrevoir, un homme très élégant, très riche, aux manières un peu cassantes, entra dans la chambre et serra la main de Vérel.

Il ne dit rien, sortit ses instruments de sa trousse.

— A quelle heure la crise a-t-elle commencé ?

Il était tourné vers Vérel, mais c'est Hermine qui répondit.

— Il est rentré un peu après minuit. Il est tombé tout d'un coup dans le vestibule du rez-de-chaussée...

Malétras ne comptait plus. Il n'était là que comme un objet qu'on examinait, dont on s'entretenait à mi-voix, parfois à voix haute.

— Vous ne trouvez pas, monsieur le professeur, qu'il serait mieux dans son lit ? Il grelotte.

Pas de réponse.

— Voulez-vous me passer un demi-verre d'eau ?

Il prit dans son portefeuille un mince sachet de poudre qu'il dilua avec le bout de son stylo en or.

— Buvez... Buvez lentement... Ce n'est pas mauvais.

Ce n'est pas mauvais ! Quelle importance cela pouvait-il avoir que cela fût mauvais ou non ?

— J'ai pensé qu'une application de glace sur le cœur... disait Vérel.

On l'approuva d'un mouvement de la tête.

Dès lors, il n'y eut plus qu'à attendre. Ils attendaient tous, les deux médecins et Hermine dans la chambre, Rose sur le palier, Eugénie et le chauffeur de Vérel dans la cuisine où Eugénie préparait à tout hasard du café.

On attendit d'abord en silence. Puis, comme par hasard, les médecins se retrouvèrent ensemble près de la fenêtre la plus éloignée et s'entretinrent à voix basse. On sentait qu'Hermine brûlait d'envie de les rejoindre. Elle n'osait pas y aller tout de suite. Elle demandait, sans penser à ce qu'elle disait :

— Cela va mieux ?

Et lui, Malétras, savait fort bien qu'elle allait se diriger vers la fenêtre, il prévoyait les questions, prévoyait même le haussement d'épaules du professeur qui semblait dire :

— On ne peut pas encore savoir...

Ses sens étaient tellement aiguisés qu'il surprit le mot fille pourtant balbutié.

— Croyez-vous que je doive appeler sa fille ?

Qu'est-ce que le professeur pouvait répondre ? Il ne savait pas, cet homme ! Il n'était pas dans la peau de Malétras !

Tout ce qu'il avait pu faire pour lui, c'était de lui donner un médicament, sans doute de la trinitrine. On verrait bien l'effet que cela produirait.

Malétras était tout seul. Certes, il lui était souvent arrivé d'avoir le sentiment de sa solitude. Cette fois, c'était différent. Il réalisait la solitude intégrale, il se rendait compte, une fois pour toutes, que l'homme, quoi qu'il fasse, est seul dans la vie et dans la mort.

Hermine pensait à faire venir sa fille à son chevet ! Elle était prête à envoyer des télégrammes, à donner des coups de téléphone. Qui sait ? Elle obéissait peut-être en partie à son désir de s'éloigner un moment de cette chambre, d'échapper à cette attente exaspérante, de n'être pas là au moment le plus désagréable.

Deux fois, elle revint vers son mari. Deux fois, elle rejoignit les médecins et enfin elle sortit de la chambre, descendit dans le bureau et il entendit qu'elle téléphonait.

Si sa fille venait, si elle était là, quelle différence y aurait-il ? Si n'importe qui était là...

Une heure trente-cinq. Le professeur remplissait à demi le verre d'eau et y laissait tomber la poudre d'un nouveau sachet.

— Buvez... Je crois que cela commence à produire son effet... Vous devez vous sentir un peu mieux, n'est-ce pas ?

Il fit non de la tête et comprit que c'était tout à fait indifférent au professeur qui souffrait de ne pas pouvoir allumer une cigarette. Par deux fois, il lui était arrivé de tirer un très bel étui de sa poche. Quand ce serait fini et qu'il remonterait en voiture, il pourrait enfin...

Malétras, pendant ce temps-là, cherchait quelque chose à quoi se raccrocher, une image, un souvenir : quand il avait eu son fils, par exemple, et que... Mais non ! Son fils était mort. Ce qu'il revoyait de lui, c'était l'odieux cahier. Sa femme... Sa fille...

Il ne retrouvait rien, c'était vide, chaotique, il avait l'impression d'avoir tourné à vide et il lui fallait faire un saut plus grand en arrière, chercher dans les souvenirs de sa petite enfance.

Mais alors, s'il n'y avait que son enfance qui comptait, à quoi bon ?

Hermine remontait, gênée, s'efforçait de lui sourire.

— Cela va mieux ?

Elle mendiait et il évita de lui répondre non. Il ne savait plus. Il était une sorte de champ de bataille. Des forces contraires luttaient en lui et il n'était pas capable d'aider l'une d'elles, il ne pouvait que se replier sur lui-même, que guetter les échos du combat, les battements de cette machine invisible.

Pourquoi, dans l'escalier, Rose reniflait-elle ? Elle n'aimait pas Malétras. Elle n'avait aucune raison de l'aimer. C'était l'atmosphère de la maison qui l'impressionnait.

Le timbre de la porte d'entrée résonna. Qui avait-on appelé ? Ce ne pouvait être sa fille, qui n'habitait pas Le Havre. Hermine se précipitait et il eut une intuition, car elle s'en allait comme une coupable, avec des regards apeurés : elle avait fait appeler le prêtre !

La preuve que c'était un prêtre, c'est que le visiteur ne montait pas, qu'on le faisait entrer dans le bureau, qu'Hermine restait un bon moment près de lui et, qu'une fois de retour, elle allait parler bas aux deux médecins qui ne savaient que lui répondre.

A deux heures dix, il s'assit au bord du lit et on lui donna sa troisième dose de drogue. Les accalmies étaient plus longues, plus nombreuses. Malgré la glace, qu'il tenait toujours contre sa poitrine et qu'on avait déjà renouvelée, il ne sentait plus le froid.

Il planait. Il était très au-dessus d'eux tous, au-dessus de tous les hommes.

— Vous ne trouvez pas, docteur, qu'il a déjà de meilleures couleurs ?

Mais oui ! Il n'avait pas besoin de miroir. Il sentait que le sang recommençait à circuler dans ses artères. Il ne se résignait pas encore à se coucher. La peur continuait à le tenailler.

Parfois il entendait une sirène de bateau, parfois un train. C'était un signe car, pendant deux heures, jusqu'au coup de sonnette du prêtre, il n'avait rien entendu de la vie extérieure à sa chambre.

Eugénie avait monté du café et des tasses sur un plateau. Est-ce qu'on ne mange pas aussi les jours d'enterrement ? Hermine proposa :

— Vous ne prendrez pas un petit alcool ?

Les deux médecins refusèrent, mais, s'ils n'avaient pas été sous les yeux de Malétras...

Allons... Il n'était pas mort. Il ne mourrait pas, il en avait la quasi-certitude. Une chaleur voluptueuse s'emparait de lui, plus intérieure qu'extérieure. Un fluide coulait dans ses membres. Il ne voulait pas encore le laisser voir. Il voulait être sûr. Il fixait le cadran d'émail blanc de la pendule. Il lui semblait qu'il suivait le mouvement pourtant insensible des aiguilles.

Et enfin, à trois heures dix, exactement, il poussa malgré lui un soupir plus profond. La fusée était montée très haut, beaucoup plus haut que les autres. Elle s'était transformée en une gerbe immense qui s'était irradiée jusqu'aux extrémités de son corps. Il s'était senti gonflé, gonflé à lâcher terre, et toute l'angoisse, en moins d'une seconde, lui était sortie de la peau.

Il était à nouveau un homme comme les autres.

Il n'était pas mort. Il n'avait pas plus de raison d'être mort que n'importe qui. La preuve, c'est qu'il se levait, tout seul. Hermine s'écriait, croyant peut-être au délire :

— Qu'est-ce que vous faites ?

Il allait pisser ! C'était la réaction ! Il était capable d'aller pisser tout seul dans son cabinet de toilette.

Il flottait un peu. Ses mouvements étaient vagues. Hermine voulait le soutenir, mais il la repoussa et ce fut Vérel qui l'accompagna dans la salle de bains.

— Vous êtes sauvé, mon vieux... Vous nous avez donné chaud, mais c'est fini, à présent... Picard me le disait il y a quelques minutes... Du moment que la crise est surmontée... Une bonne nuit et il n'y paraîtra plus...

Pourquoi Malétras esquissa-t-il un sourire d'une féroce ironie ?

— Je crois que Picard va vous faire une piqûre, pour que vous dormiez une dizaine d'heures...

Cela, ça lui était parfaitement égal.

— Et le curé ? lança-t-il d'une grosse voix sarcastique que sa femme dut entendre.

— Mme Malétras a cru bien faire... Voulez-vous que je vous aide à vous déshabiller ?

Car il avait encore son pantalon crotté sur le corps, ses chaussures aux pieds.

Quand il rentra dans la chambre, sa femme, aidée de Rose, était occupée à arranger le grand lit. Elle avait allumé la veilleuse sur la table de nuit et tout désordre avait disparu.

— Comment vous sentez-vous ?... Couchez-vous, maintenant... Le professeur va vous faire une piqûre pour vous procurer un bon repos...

Qu'est-ce qui les gênait tous ? Était-ce l'expression de son visage ? Il sentait qu'il n'avait pas son expression habituelle. Il ne souriait pas, à proprement parler, mais ses traits n'avaient pas leur dureté. Il était détendu, encore un peu flottant. Il regardait tout, autour de lui, avec un détachement extraordinaire, où il entrait de l'ironie et peut-être un peu de mépris.

Il se montrait docile comme un enfant. Il avait l'air de dire :

— Maintenant, faites de moi ce que vous voudrez. Cela m'est égal. Je n'ai plus rien de commun avec vous.

Il entendit qu'on parlait d'une infirmière. Hermine, par principe, par tradition, parce qu'elle voulait être la femme qui se dévoue jusqu'au bout, qui accomplit tout son devoir et plus que son devoir, affirmait qu'elle était capable de le veiller et de le soigner.

Alors, il se tourna vers Vérel comme vers un complice capable de le comprendre et dit simplement, d'une façon telle qu'il n'y avait qu'à s'incliner :

— Une infirmière !

Il se coucha. On dénuda sa cuisse pour y faire une piqûre. Rose détourna la tête.

Puis on s'agita encore un peu autour de lui, on chuchota, on changea des objets de place. La porte d'entrée s'ouvrit et se referma, une auto s'éloigna dans la nuit, presque dans le petit jour déjà.

Il comprit un peu plus tard qu'on dressait un lit dans la salle de bains d'Hermine et finit par s'endormir.

Il savait tout. L'infirmière, pendant son sommeil, avait arrangé la chambre à sa guise. Hermine devait être allée se coucher, dans la chambre d'amis, au fond du corridor, pour céder sa place dans la salle de bains à l'infirmière.

La maison était éveillée. Il percevait des bruits familiers. Il lui semblait que dans son sommeil il avait reconnu le bruit des lettres qui tombent dans le fond de la boîte aux lettres, puis les pas du facteur qui s'éloignait.

Il jouait toujours à la mouche. Il la sentait sur le point de fondre sur lui et il ressentait alors un délicieux frisson, attendait, s'impatientait, jusqu'au moment où un chatouillement l'atteignait au front.

Il aurait voulu continuer longtemps, mais un besoin le lancinait, comme quand il était petit, comme quand il avait les oreillons et qu'il résistait, jusqu'à l'exaspération, avant de se dresser sur la carpette et de saisir son vase de nuit.

Il ne pouvait plus y tenir. Il ouvrit les yeux, vit, près de son lit, une table qu'il ne connaissait pas, qu'on avait dû aller prendre au grenier et qu'on avait recouverte d'une nappe blanche. Elle supportait des fioles et des instruments rangés avec minutie.

Sa première idée fut de se lever et il rejeta la couverture, mais au même instant l'infirmière s'approcha sans autre bruit que le froufrou sec, presque cassant, de sa blouse empesée.

— Vous avez bien dormi ?

Il fut déçu. Elle n'était ni belle ni jolie. Elle devait avoir quarante ans. Elle était courte, solide, les traits durs, avec cet air calme et ordonné d'une femme qui fait son devoir.

— Vous désirez quelque chose ?

— Je voudrais... commença-t-il, tourné vers la porte de sa salle de bains.

— Ne bougez pas... Vous ne devez pas vous lever aujourd'hui. Le professeur a prescrit le repos complet.

Elle avait si bien compris qu'elle glissa sous lui, d'un geste de prestidigitateur, comme sans le frôler, une cuvette de porcelaine d'une forme qu'il n'avait vue que pendant la maladie de sa première femme.

— Restez calme... Dans une demi-heure... A onze heures, le professeur viendra vous voir...

Lui qui n'avait jamais été pudique, qui n'avait jamais eu de ces délicatesses, avait toutes les peines du monde à uriner en sa présence. Elle ne pouvait rien voir, mais l'idée qu'elle entendrait le bruit...

Elle dut le comprendre. Elle avait l'habitude des hommes malades. Et elle alla lever les persiennes, laissant le soleil pénétrer à flots dans la chambre. Quand elle revint, elle retira la cuvette avec la même aisance, comme en jonglant, la fit disparaître, prit un thermomètre dans une fiole et l'agita avant de le lui glisser entre les lèvres.

— Fermez bien la bouche. Ne bougez plus... Madame m'a recommandé de l'éveiller dès que...

Elle allait se diriger vers la porte. Il l'arrêta en faisant énergiquement non de la tête. Qu'Hermine continue à dormir. Il n'avait pas besoin d'elle. Il n'avait aucun désir de la voir.

— Elle me grondera.

Le thermomètre dans la bouche, il haussa les épaules et il devait être comique ainsi, car l'infirmière se détourna pour sourire.

Jamais la chambre n'avait été aussi claire, aussi ordonnée et, chose inattendue, la présence de la table aux fioles, au lieu de lui donner un aspect triste ou équivoque, avait quelque chose de rassurant, presque de gai.

On lui retirait, comme à un enfant, le thermomètre de la bouche.

— Vous n'avez pas la moindre fièvre. Au contraire !

— Combien ? questionna-t-il pour dire quelque chose, car cela lui était égal.

— 36°7.

Il devait la faire sourire à nouveau en prononçant avec une conviction inattendue :

— J'ai faim.

— Je ne puis rien vous donner avant l'arrivée du professeur. C'est lui qui décidera si vous pouvez manger ou non.

— Bien.

Il avait dit « bien » d'un ton boudeur, sans reconnaître sa voix. Pendant quelques instants encore, il regarda le plafond où un petit disque de soleil tremblotait. Il chercha ensuite sa mouche des yeux, mais cela le fatigua de tourner la tête en tous sens et il ferma les paupières en attendant l'arrivée du professeur.

10

Le papier était bleuté, l'encre bleue, l'écriture longue, aux jambages d'une remarquable régularité.

Madame,

Je crois de mon devoir de porter à votre connaissance que votre père a fait, dans la nuit du 26 au 27, une crise d'angine de poitrine assez grave. J'ai aussitôt mandé le professeur Picard, qui continue à le soigner. Selon ce praticien, bien que l'état du malade soit satisfaisant, une rechute est toujours à craindre.

Recevez ma considération distinguée.

Hermine Malétras.

Dans une première version qui, déchirée, se trouvait dans la corbeille à papiers, elle avait ajouté :

Je ne verrais aucun inconvénient à ce que vous lui rendiez visite.

Hermine n'avait aucun tort. Ce n'était pas d'elle que la brouille était venue. En outre, elle n'avait rien à attendre de Berthe Laniel. C'était celle-ci qui s'était prise d'une haine subite à son égard — car elles sympathisaient auparavant — quand il avait été question du mariage. C'était Berthe aussi qui, la première, avait cessé de la saluer.

Fallait-il, pour cela, l'empêcher de venir au chevet de son père ? Hermine, au contraire, avait d'abord voulu lui faciliter ce retour.

Je ne verrais aucun inconvénient à ce que vous lui rendiez visite.

Quand même ! Assise à son petit bureau du boudoir, elle s'était raidie un tant soit peu en relisant ces mots. Elle était une Dodeville, après tout. Elle possédait une fortune personnelle. En écrivant de la sorte, n'avait-elle pas l'air de faire les premiers pas, presque de s'excuser ?

— Avec ou sans cette phrase, elle ne manquera pas d'accourir !

Elle timbra la lettre, l'envoya par exprès. Un télégramme eût été de mise la nuit, mais plus maintenant que le gros danger semblait écarté.

Hermine allait et venait, toujours calme et diligente, dans la vaste maison, ayant l'œil à tout, prévoyant que la maladie de son mari leur vaudrait des visites.

Berthe Laniel reçut la lettre, vers la fin de l'après-midi, dans sa villa des environs de Caen. Son mari était au garage. Elle lui téléphona de rentrer aussitôt puis, l'appareil à la main, elle se ravisa, car cette nouvelle inattendue la rendait fébrile et elle préférait se donner du mouvement.

— Attendez-moi plutôt. C'est moi qui vais venir vous voir.

Les enfants étaient sous la garde de leur gouvernante et elle ne manqua pas de les embrasser avant de sortir avec la voiture.

— Mon père a failli mourir la nuit dernière, annonça-t-elle tout à trac à son mari, une fois dans le bureau vitré qu'il s'était réservé au fond du garage.

Il n'osa pas lui avouer qu'il avait récemment vu Malétras bien portant, qu'il lui avait même prêté une petite somme d'argent.

— Qu'a-t-il eu ?

— Une crise d'angine de poitrine. Du moins c'est *elle* qui le dit. Qu'est-ce que nous allons faire ? Si tu commençais par téléphoner à Picard, qui le soigne, pour savoir s'il y a vraiment du danger ?

— Cherchez-moi le numéro du docteur Picard, au Havre, mademoiselle Jenny.

On apercevait la secrétaire qui, dans un second bureau vitré, feuilletait l'annuaire.

— Allô ! Le professeur Picard est-il chez lui ? En consultation ? C'est urgent, oui. Vous dites dans une dizaine de minutes ? Bien, je rappellerai.

Ils attendirent, chacun dans ses pensées, en regardant vaguement les allées et venues du garage.

— Il faudra peut-être avant tout consulter l'avoué, murmura Berthe au moment où son mari saisissait à nouveau l'appareil.

— Allô !... Le professeur Picard ?... Ici, Étienne Laniel, le gendre de M. Malétras... J'apprends à l'instant la nouvelle... Oui... Ma femme est fort inquiète et désirerait savoir... Comment ?... Oui... Oui... Je comprends... Évidemment... Oui...

Berthe saisit le second écouteur, mais il était trop tard, la conversation s'achevait.

— Je vous remercie, docteur. Veuillez m'excuser de vous avoir dérangé...

Et, à sa femme :

— Il paraît que la crise a été très violente et que, pendant trois heures, il a été à deux doigts de la mort. A présent, on ne peut rien dire. Il y a des chances pour qu'il ne supporte pas une nouvelle crise, mais celle-ci peut aussi bien se produire dans une heure que dans trois ans.

— Qu'est-ce que je dois faire ?

— Décidez.

— Il vaudrait peut-être mieux que vous alliez le voir le premier ?

Dans le vaste hall, sept ou huit mécaniciens s'affairaient autour des autos en réparation. Le pompiste en uniforme était debout près de la porte de fer. Ils discutèrent un bon moment, fort calmes tous les deux.

— Ce soir, cela passerait pour de la précipitation.

— Demain matin.

— Je devais justement aller au Havre pour un essayage.

— Allons-y ensemble.

Il fut ainsi décidé : ils partiraient ensemble. Laniel rendrait visite à son beau-père et, quand il rejoindrait ensuite sa femme, ils décideraient ensemble de la conduite que tiendrait Berthe.

C'étaient des soucis supplémentaires, voilà tout !

Au *Cintra*, pendant la partie, le docteur Vérel annonça, comme si cela lui revenait soudain à la mémoire :

— A propos, ce pauvre Malétras a bien failli y passer la nuit dernière...

Frans Steuvels le regarda avec cette inquiétude qu'il manifestait chaque fois qu'un homme de son âge mourait ou était en danger de mort. Devismes continua de donner les cartes. Beuvin remarqua, en se tournant vers la place vide de Malétras :

— C'est donc pour cela qu'on ne l'a pas vu aujourd'hui.

— Qu'est-ce qu'il a ?

— Angine de poitrine.

— Il s'en tirera ?

— Pour un temps plus ou moins long. Cela dépend. En tout cas, il a eu une fameuse peur. Nous sommes restés trois heures à son chevet, avec Picard, à nous demander s'il n'allait pas nous claquer dans la main.

Les trois heures commençaient déjà à devenir une tradition. On allait répéter :

— J'ai un ami, Malétras, celui des Docks, qui est resté trois heures entre la vie et la mort.

Devismes proposa :

— Il faudrait peut-être que l'un d'entre nous aille le voir ?

C'est par Devismes, avec qui il était en affaires, que Gancel apprit la maladie de Malétras. Il se demanda s'il en parlerait chez lui, car il évitait autant que possible toute allusion à ce qui pouvait assombrir l'humeur de sa femme.

— C'est curieux, murmura-t-il pourtant après le dîner. Je me suis demandé pourquoi Malétras était venu nous voir. Or, j'apprends aujourd'hui que, la même nuit, il a fait une grave crise d'angine de poitrine. Je me demande maintenant s'il en avait le pressentiment.

— Pour quelle raison, se sentant malade, serait-il venu nous rendre visite ? questionna sa femme.

Et Alice, leur fille, de trancher méchamment :

— Parce qu'il ne trouvait peut-être personne d'autre pour le plaindre !

— J'irai le voir demain. Comme je le connais, cela a dû être plus terrible pour lui que pour un autre.

Malétras était dans son lit et son univers se bornait aux quatre murs clairs de sa chambre où l'infirmière allait et venait sans bruit. Il ne se plaignait pas, restait la plupart du temps immobile, à fixer un point quelconque de la chambre, la pendule par exemple, ou un reflet sur un flacon, ou la couverture de satin rose. Ou bien encore il fermait les yeux sans dormir.

— Vous n'avez besoin de rien ?

— Merci.

Il était très poli avec l'infirmière qui s'appelait Mme Hamon, se montrait d'une docilité inespérée. Il n'avait insisté que sur un point auquel il tenait particulièrement : la visite du barbier qui, dès midi, l'avait rasé.

Il avait réclamé un miroir, s'était regardé longuement. Puis, comme Mme Hamon voulait reprendre le miroir pour le remettre à sa place, il lui avait dit avec une pointe de nervosité :

— Laissez ça.

Il suivait à la lettre, mais sans y attacher l'importance tatillonne que certains malades y apportent, les prescriptions du professeur Picard.

Celui-ci avait été quelque peu surpris, lors de sa visite du matin. Il s'attendait aux questions angoissées auxquelles il était habitué. Or, Malétras s'était laissé ausculter sans un mot. On aurait presque dit que ce n'était pas de lui qu'il s'agissait. Quand son regard se posait sur le visage du professeur, ce n'était pas pour épier les réactions de celui-ci. C'était un regard indifférent. Peut-être le regardait-il sans le voir ?

— Quelques jours de repos complet encore et vous serez debout. Je vous conseillerai seulement, même alors, d'éviter les fatigues et les émotions. Moyennant ces précautions, vous pouvez encore vivre vingt ans.

Ses yeux ne trahirent aucune joie. Y croyait-il ? N'y croyait-il pas ? Cela lui était-il désormais égal de mourir ?

Hermine reconduisit le professeur jusqu'au rez-de-chaussée, le fit entrer dans son boudoir.

— Qu'est-ce que vous en pensez, docteur ?

— Je pense qu'il va aussi bien qu'il peut aller.

— Ce n'est pas de son cœur que je parle.

Il attendit, comme un homme qui ne comprend pas.

— Depuis plus de six ans que nous sommes mariés, je le connais, n'est-ce pas ? Eh bien ! docteur, il me fait peur. Je me demande s'il n'y a pas quelque chose de dérangé en lui.

— Que lui trouvez-vous d'anormal ?

— Ce n'est plus le même homme. Je ne sais comment m'expliquer. Quand il me regarde, je perds contenance, tant son regard me gêne.

— C'est peut-être encore l'effet de sa piqûre ?

— Je ne le pense pas. D'ailleurs, cela ne date pas tout à fait d'aujourd'hui. Depuis quelque temps, je sens en lui comme un détachement qui n'est pas dans son caractère.

— Si je comprends bien, vous supposez qu'il est en proie à une préoccupation nouvelle ?

— Oui, docteur… Non… ce n'est pas tout à fait cela encore…

Elle avait le sens des nuances. Elle ne trouvait, pour exprimer le fond de sa pensée, que des mots beaucoup trop précis qu'une pudeur l'empêchait de prononcer.

— Ce matin, je me suis demandé s'il me reconnaissait.

Il l'observa de telle façon qu'elle rougit.

— Je comprends. Mais ceci n'est plus de mon domaine. Puisque le docteur Vérel est de vos amis, c'est à lui que vous devriez vous adresser.

— Je vous demande pardon, docteur...

Cette idée ne la quittait pas. Dix fois, elle monta dans la chambre. Évidemment, Malétras reconnaissait son pas, sa façon précautionneuse d'ouvrir la porte sans bruit, sans provoquer de courant d'air. Or, il ne manifestait en aucune façon qu'il la savait près de lui. Il gardait les paupières closes, ou bien il continuait à fixer un point de l'espace.

Elle s'approchait sur la pointe des pieds, se penchait, murmurait :

— Vous vous sentez bien ?

Alors, comme à regret, comme un homme qu'on dérange, il la regardait. Il l'aurait regardée avec rancune, voire avec haine, qu'elle eût été moins déroutée.

C'était différent, infiniment plus troublant. Il ne pouvait pas ne pas la reconnaître. Il n'avait ni fièvre ni délire. Quand il parlait, c'était d'une façon raisonnable.

Or, il la regardait comme si elle n'était pas sa femme, comme si elle était un être indifférent, une chose. Pas même ! Car son regard était lucide. Il ne regardait pas les apparences, les joues fraîches qui, sous la poudre, commençaient à se couperoser, les prunelles d'un joli bleu pastel, les lèvres charnues. Il la regardait à l'intérieur, elle le sentait.

Mieux, elle était persuadée qu'il avait deviné son inquiétude et qu'il la laissait se débattre contre ses suppositions.

Il n'était pas fou et pourtant il n'était plus lui-même, il n'était plus Malétras.

Il était sans haine comme sans affection, sans mépris, et sans ironie.

Il la voyait à nu, telle qu'elle était, telle qu'elle ne s'était jamais vue elle-même, et cela lui était égal qu'elle fût ainsi ou autrement.

Elle eut la preuve, le soir même, qu'elle ne se trompait pas. Vers sept heures, Vérel et Devismes se firent annoncer. C'était en quelque sorte la délégation officielle du groupe du *Cintra*. En principe, Steuvels aurait dû venir, car il entretenait des rapports plus étroits avec Malétras, mais il s'était récusé, il avait le cœur délicat, lui aussi, et l'atmosphère d'une chambre de malade risquait de l'impressionner.

— Vous pouvez monter, docteur. Vous aussi, monsieur Devismes. Je pense que mon mari sera content de vous voir.

Elle les précéda. Entra la première dans la chambre pour annoncer leur visite et s'assurer que tout était en ordre. Il ne sourcilla pas, les regarda comme il regardait sa femme. Devismes, après les premières paroles de circonstance, ne savait plus que dire. Vérel, plus que jamais, était en proie à son tic nerveux.

— Eh bien ! nous espérons que la semaine prochaine vous reprendrez votre place au *Cintra*. N'est-ce pas, Vérel ?

— Il n'y a aucune raison pour qu'il ne la reprenne pas.

Il écoutait. Il entendait. Son visage restait immobile. Sans doute soupçonnait-il les débats qui avaient eu lieu entre les joueurs de bridge pour décider de celui d'entre eux qui se chargerait de la corvée ?

Il eût été moins pénible de lui voir manifester de la mauvaise humeur, ou de l'amertume. Alors qu'ils étaient tous les deux debout près de son lit, il dut penser à autre chose.

— Je suppose que vous avez écrit à ma fille ? dit-il à Hermine.

Il le savait. Ce n'était pas une question. Il était sûr de lui. Il ne lui en voulait pas. Il acceptait les événements et les visites, les paroles qu'on lui adressait et les sourires, les encouragements et les promesses comme faisant partie d'un mécanisme extérieur à lui et indifférent.

— Eh bien ! mon vieux, reposez-vous. Dépêchez-vous d'être sur pied et de venir prendre votre porto avec nous.

Ils fuyaient, avaient hâte d'être dehors, de retrouver le monde rassurant auquel ils étaient habitués.

— Entrez un instant chez moi, docteur. Vous permettez, monsieur Devismes ? Vous n'êtes pas de trop. Dites-moi, monsieur Vérel, qu'est-ce que vous en pensez ?

— De quoi ?

— De Malétras. Vous savez bien ce que je veux dire. Vous le connaissez peut-être mieux que moi.

Vérel se raccrochait à des banalités.

— Je me demande si ce n'est pas la réaction. Il ne faut pas oublier qu'il a été sévèrement secoué.

— Vous croyez vraiment ?

Elle savait d'avance qu'il détournerait les yeux. Il chercha autre chose.

— Il ne faut pas oublier que Malétras a toujours eu un caractère très particulier. C'est un homme qui ne s'est jamais livré à personne.

— Vous ne me ferez pas croire qu'il n'y a pas quelque chose de changé. Quand il me regarde, il m'arrive d'avoir peur. Écoutez-moi, docteur. Vous êtes son ami. Il ne trouvera pas étrange que vous veniez le voir souvent. Je voudrais que vous l'examiniez de ce point de vue. J'en ai parlé tout à l'heure au professeur Picard.

— Qu'a-t-il dit ?

— Que c'était votre affaire plutôt que la sienne.

Vérel se résigna.

— Je viendrai le voir. Mais il ne faut pas non plus vous faire des idées. Je suis persuadé que, dans quelques jours, quand il sera debout... Pensez que cet homme-là n'a sans doute jamais gardé le lit de toute sa vie...

— Je sais.

Elle n'était pas convaincue. Elle l'était si peu qu'à table, toute seule dans la salle à manger, elle y pensait toujours.

— Dites-moi, Rose...

— Oui, madame.

— Tout à l'heure, quand vous aurez apporté le dessert, je voudrais que vous montiez chez monsieur pour demander s'il n'a besoin de rien. Vous vous arrangerez pour rester un moment dans la chambre. L'infirmière a dîné ?

— Oui, madame. Elle dîne à six heures.

— Vous avez l'excuse de desservir.

— Elle n'a pas voulu manger dans la chambre et elle a fait dresser une table pliante dans la salle de bains de madame.

— Peu importe. Vous ne comprenez rien. Je vous demande de vous attarder dans la chambre et d'observer monsieur. Sans en avoir l'air, bien entendu ! Vous viendrez me parler après.

— Oui, madame.

Quelques minutes plus tard, Rose redescendait et se tenait debout près de la porte de la salle à manger.

— Eh bien, Rose ? Qu'est-ce que monsieur vous a dit ?

— Il ne m'a rien dit, madame.

— Qu'est-ce qu'il faisait ?

— Il se regardait dans son miroir et il se passait la main sur la figure.

— Vous n'êtes pas sortie tout de suite ?

— Je suis restée un bon moment au pied du lit.

— Il ne s'est pas impatienté ?

— Non, madame. Il n'a pas eu l'air de me voir.

— Il ne vous a pas regardée ?

— Si, madame.

— Vous n'avez pas trouvé... enfin... Vous n'avez pas eu l'impression que monsieur était... était différent de ce qu'il est d'habitude ?

— Oh si, madame ! Déjà ce matin. Je l'ai dit à Eugénie. Je lui ai dit qu'on pourrait laisser tomber le plateau devant lui sans qu'il bronche. Ce n'est pas comme...

— Je vous remercie, Rose.

A neuf heures, il y eut un coup de sonnette. C'était Philippe, le neveu de Malétras, qui n'était au courant de rien et qui venait rapporter deux cents francs sur les cinq cents qu'il avait empruntés.

— Mon oncle n'est pas là, tante ?

— Il est dans sa chambre. Ton oncle a été très malade. Il a failli mourir. Maintenant, il va mieux. Qu'est-ce que tu lui voulais ?

— C'est personnel, tante.

— Je vais lui demander si tu peux monter.

Malétras ne dormait pas. Hermine, par discrétion, n'assista pas à l'entretien, mais elle eut l'impression que le regard que son mari posait sur le jeune homme aux cheveux longs était plus insistant, plus profond que celui qu'il accordait aux autres.

— Entre, fiston.

Le mot la frappa, puis elle sortit.

— Je vous demande pardon de vous déranger, mon oncle. Je ne savais pas. J'ai voulu, comme je vous l'ai promis...

Il fronça les sourcils, comme pour se souvenir, puis ce fut une question qu'il posa.

— Ton ami Jean Gancel est resté là-bas ?

— Il est revenu.

— Il a revu son amie ?

— Oui. C'est arrangé. M. Gancel a permis qu'ils se voient deux fois par semaine, en sa présence, jusqu'à ce que...

Le jeune homme s'arrêta, car il lui semblait que son oncle ne l'écoutait pas. Ce qui le gênait surtout, c'était de sentir un regard aigu glisser sur son visage, scruter les moindres détails de celui-ci, un regard tellement palpable à force d'intensité que Philippe passa la main sur ses joues comme pour enlever un fil de la vierge.

— Continue.

— Je vous ai apporté deux cents francs au lieu de cent, car Jean m'a payé mon voyage de retour.

Il posa les deux billets sur la table de nuit.

— Je reviendrai le mois prochain. Je vous remercie, mon oncle. Je crois que c'est grâce à vous que Jean n'a pas... n'a pas...

— Et ta mère ?

— Elle va bien.

— Ton père ?

— Mon père aussi.

— Tu leur as dit que tu venais me voir ?

— Non. Ils ne savent pas.

— Tu peux leur dire que j'ai été très malade.

— Oui, mon oncle. Ma mère viendra sûrement.

— Si elle veut.

— Bonsoir, mon oncle.

— Bonsoir, Philippe.

Malétras avait demandé à Philippe des nouvelles de son père et de sa mère, ce qui ne lui était jamais arrivé. Pourquoi ? Pourquoi surtout le faisait-il de cette voix indifférente ?

Un an plus tôt, Philippe avait lu un roman où l'on mettait en scène un personnage *impassible*. Le mot l'avait séduit. Il avait voulu devenir impassible, lui aussi. Pendant plusieurs jours, il s'était observé, s'efforçant de garder à ses traits une expression neutre.

Il n'avait pas pu. Les gens ne sont jamais neutres. Même quand on ne fait que saluer quelqu'un d'un trottoir à l'autre, on esquisse machinalement un sourire, on manifeste un sentiment, que ce soit de plaisir, de déférence ou de surprise.

Malétras lui avait demandé des nouvelles de Jean Gancel, de son père et de sa mère, mais pas une seconde on n'avait senti en lui un sentiment quelconque.

— Tu as vu ton oncle ? Comment le trouves-tu ?

— Bien, tante.

— Il ne t'a rien dit de spécial ?

— Non, tante.

— Bonsoir, Philippe.

Et Malétras était toujours seul dans son lit, avec son miroir à portée de la main sur la couverture de satin.

Laniel vint le premier rue de la Commanderie pendant que Berthe se rendait en l'attendant chez sa couturière. On le fit attendre, parce que le barbier était dans la chambre. Hermine avait cru plus discret de rester dans son boudoir, sans se montrer, sauf au cas où on demanderait à la voir.

— Bonjour, père. Nous avons appris, Berthe et moi...

On aurait dit que Malétras avait lu la lettre de sa femme, qu'il avait assisté à la conversation dans le bureau vitré du garage, écouté la consultation téléphonique du professeur Picard. Il n'était pas étonné, ni fâché, ni impatient, ni sardonique.

— Assieds-toi.

— Ce n'est pas la peine. Berthe m'attend. La nouvelle de votre maladie l'a profondément affectée et elle voudrait, si vous ne vous y opposez pas et si... si Hermine n'y voit pas d'inconvénient, venir vous dire elle-même...

— Elle peut venir.

Ils pouvaient venir, tous, autant qu'ils étaient, et les parents de sa première femme, les belles-sœurs pauvres, les beaux-frères miteux, ils pouvaient même endimancher leur marmaille et lui faire la leçon pour venir présenter leurs vœux de meilleure santé à l'oncle Malétras.

Cela n'avait aucune importance. Quand il entrait quelqu'un, quand ce quelqu'un s'en allait enfin, Malétras se tournait vers l'infirmière et lui lançait un drôle de regard qui était comme un regard complice.

Il semblait dire d'abord :

— Bon. On nous dérange. Encore un qui vient contempler la vieille carcasse de Malétras sur son lit.

Puis, après le départ :

— Voilà. Nous sommes tranquilles, maintenant.

Et il reprenait le fil de son rêve qui n'en était pas un, rentrait dans son univers, son univers à lui seul, l'unique univers réel.

Tout le reste n'avait pas de consistance. Pendant des années et des années, il avait vécu avec ces gens-là, avec des parents, des amis, il avait brassé des affaires, signé des milliers et des milliers de papiers, remué des millions, il avait veillé, il s'était inquiété, il s'était emporté, il s'était réjoui.

Maintenant, passé soixante ans, voilà qu'il s'apercevait que cela n'existait pas. Il l'avait bien senti la veille, pendant que les trois autres attendaient de savoir s'il mourrait ou non. Il avait cherché obstinément, désespérément, tout seul avec lui-même, quelque chose à quoi se raccrocher, fût-ce un souvenir, et il n'avait rien trouvé, il n'avait trouvé de réel, en fin de compte, que la mouche sur son visage et quelques impressions de son enfance.

— Je crois qu'il est l'heure de ma potion, madame Hamon.

Il lui parlait doucement. Rarement elle avait eu malade aussi poli, aussi doux. Cependant, elle aussi se sentait mal à l'aise dans le tête-à-tête de la chambre.

— Je vais chercher Berthe et je reviens tout de suite.

— Elle a amené les enfants ?

— Elle a eu peur de vous fatiguer. Un autre jour, si vous le permettez.

Il vit sa fille, la regarda avec attention et fut étonné que cette personne déjà empâtée fût son enfant. Elle était habillée avec recherche. On sentait qu'elle attachait une importance capitale à tout ce qui marque la position sociale, que sa robe venait de telle maison, qu'elle avait les mêmes boucles d'oreilles que madame Unetelle.

Elle crut devoir essuyer ses yeux qui n'étaient pas humides.

— Si tu savais, père, l'effet que cela me fait de...

Et après ? Elle accomplit son petit tour de piste, comme les autres, et, quand elle partit, Malétras se tourna vers la porte, avec l'air de dire :

— Au suivant !

Il y avait d'ailleurs un suivant, qui attendait depuis un quart d'heure dans le salon d'Hermine. C'était Gancel, qui ne crut pas nécessaire de parler, qui se contenta de serrer longuement la main de son camarade et qui s'assit à la tête du lit, son chapeau sur les genoux.

Jamais il n'avait paru aussi maigre, aussi décati. On sentait littéralement la mort en lui. Pourtant, il n'y avait aucun abattement dans son regard, pas de résignation non plus. Il luttait. Il voulait se montrer courageux jusqu'au bout.

Ils se regardaient tous les deux et ils avaient tous les deux le même âge, ils avaient mené des vies à peu près parallèles, accompli les mêmes efforts et ils aboutissaient presque au même point.

Malétras chercha du regard Mme Hamon qui se tenait discrètement près de la fenêtre. C'était un regard machinal. Même si elle n'avait pas été là, il n'aurait pas pu faire ce dont, une seconde, il avait eu envie.

Il était tenté, pourtant. Sa main tenait le manche en ivoire du miroir, c'était un miroir qui appartenait à Hermine, le miroir de sa trousse de toilette.

Il avait envie de se regarder une fois de plus, de comparer sa décrépitude avec celle de Gancel, de mesurer, sur chaque visage, les marques que la vie avait laissées.

Qu'est-ce qu'ils auraient pu se dire ?

— Alors, Gancel ?

Alors, oui ! Qu'est-ce que tu en penses, toi ? Qu'est-ce que tu penses de tout, de ce que nous avons fait, du résultat obtenu, du point où nous en sommes ? Hein ? Qu'est-ce que tu en penses ?

Ta femme est malade. Ta fille est laide et désagréable. Ton fils va épouser une fille de la rue. Et toi, un de ces quatre matins, on te conduira au cimetière, en première classe.

Alors ? Il ne t'arrive pas de te révolter ? Il ne t'arrive pas de...

Écoute, Gancel ! Moi, Malétras, il m'est arrivé une chose inouïe. Inouïe pour les gens qui ne savent pas, qui vivent machinalement. Figure-toi que je me suis mis à courir tous les soirs chez une gamine qui n'était même pas jolie, une petite femelle mal portante et sans intelligence, et que c'était devenu si nécessaire à ma vie, que c'était devenu à tel point toute ma vie que je l'ai tuée.

Oui, moi, Malétras. Ce n'est pas si extraordinaire qu'on le pense. La preuve, c'est qu'après j'ai continué à rôder dans son quartier et que, finalement, j'ai échoué chez une vieille maquerelle... Comment dis-tu ?... Oui, une vieille maquerelle... Pourquoi ?... Ha ! Ha ! Voilà... Pourquoi ?... Hein, veux-tu me le dire, toi, pourquoi ?... Pourquoi as-tu travaillé toute ta vie et pourquoi considères-tu que ta fille, qui est laide et bête, cela je te le jure, vaut la peine qu'on se sacrifie pour elle ?

Je suis allé chez cette vieille chaque soir, parce que c'était devenu ma vie, et un beau soir... Tu n'as rien compris quand j'ai sonné chez toi et que vous étiez si embêtés tous les trois devant Malétras...

Non ?... Tu ne comprends pas ?

Dans ce cas, dis-moi ton secret, car tu en as certainement un. Moi, en échange, je te révélerai un truc... Tu te souviens, quand on échangeait des billes ?... Eh bien, nous allons échanger des trucs, des trucs de vie... Le tien contre le mien... Le mien, c'est facile... Tu as bien chaud dans les draps. Ta peau sue un peu... Pas trop... Juste assez pour que cela t'engourdisse...

Tu fermes les yeux ou tu ne les fermes pas... Cela dépend. Les deux ont du bon. Tu écoutes voler une mouche ou tu fixes un point quelconque à travers tes cils.

Alors, surtout si tu as été malade quand tu étais petit, tu...

Il ne dit rien de tout cela. Et pourtant il aurait donné gros pour connaître le truc de Gancel. Celui-ci devait en avoir un. Le contraire n'était pas possible. Que Gancel se regardât dans la glace, ce qui ne manquait pas de lui arriver, et il devait comprendre que...

Malétras se mit soudain à enrager devant l'impassibilité de son ami, devant sa propre impuissance à découvrir son secret, et Mme Hamon, qui le croyait si bon et si doux, sursauta en l'entendant prononcer d'une voix grinçante :

— Ainsi, tu es venu voir si c'était moi qui crèverais le premier ?

11

Il était dix heures du matin quand il descendit pour faire sa première sortie. C'était un événement pour toute la maisonnée, sauf pour lui. Rose, qui travaillait dans une autre pièce, avait entrouvert la porte pour le regarder passer, s'était penchée sur la rampe, et sans doute allait-elle courir à la fenêtre. Hermine marchait derrière lui, dans l'escalier, en manifestant une émotion joyeuse.

— Vous voyez, Jules, que vous êtes aussi solide qu'avant. Il y a huit jours au moins que vous auriez pu effectuer une courte promenade.

C'était vrai, mais qu'est-ce que ça pouvait leur faire, à elle, à Picard, à Vérel, à sa fille qui revenait à charge, elle aussi ? Car, tandis qu'il était bien à son aise au fond de son lit, ils ourdissaient autour de lui une sorte de conspiration dont il surprenait les chuchotements derrière les portes.

— Vous ne trouvez pas, docteur, qu'il se laisse aller ?

D'une voix doucereuse, puis insensiblement plus perfide, on lui demandait s'il se sentait vraiment si faible, s'il n'essayerait pas de marcher un peu, ne fût-ce que pour aller s'asseoir au soleil dans le jardin. Tous ceux qui vivaient dans la maison ou qui y pénétraient, en somme, s'acharnaient sur le dernier bastion qu'étaient sa chambre, son lit.

Il résistait de toute sa force d'inertie. On avait beau prendre devant lui son infirmière à témoin.

— N'est-ce pas, madame Hamon, qu'il est aussi fort que n'importe qui et que c'est le lit, maintenant, qui risque de l'affaiblir ?

L'infirmière n'osait pas se ranger contre lui. Elle n'osait pas se mettre avec lui non plus, par crainte d'avoir l'air de défendre sa place.

Jusqu'à une sœur de sa première femme, Félicie, la mère de Philippe, qui était venue à la rescousse !

— Mon Dieu, Jules, je me demande si tu ne te laisses pas aller. Tu n'as pas la mine d'un homme à garder le lit.

Elle lui avait parlé de ses sœurs, de ses frères et beaux-frères.

— Tout le monde s'inquiète de toi et de ta maladie. Ils voudraient bien venir te voir, mais ils craignent de te déranger.

C'était une conspiration. Hermine devait prendre les visiteurs à part, au bas de l'escalier.

— Essayez donc de le distraire. Ce qui le mine, c'est son apathie. Il ne s'intéresse à rien, ne désire rien. Il y a une semaine qu'il pourrait être debout et il s'obstine à rester au lit.

Vérel venait lui parler du *Cintra* où, selon lui, il manquait terriblement au petit groupe des bridgeurs. On ne savait qu'inventer, qui appeler à la rescousse. Et cela, parce que cela les effrayait de voir un homme tranquille dans son lit, se suffisant à lui-même, regardant froidement ceux qui l'entouraient, comme un poisson rouge regarde les hommes à travers son bocal.

Sans doute, s'il avait insisté pour se lever, pour sortir, on aurait monté la conspiration en sens inverse, on lui aurait prouvé qu'il était trop faible, qu'il avait encore besoin de ménagements, que peu lui importait, puisque c'était pour sa santé, de rester quelques jours de plus dans sa chambre.

Il aurait pu balayer tout ça d'un mot, d'un geste, mais cela n'en valait pas la peine. Il les écoutait sans répondre. Des tas de gens étaient venus le voir, car *Le Phare du Havre* avait publié un entrefilet annonçant sa maladie et lui présentant des vœux de prompt rétablissement. Les Poineau étaient venus, et d'autres, ceux de la banque, ses successeurs aux Docks, d'anciens employés.

Un jour que Rose était dans sa chambre en même temps qu'Hermine, Rose, qui se tenait près de la fenêtre, avait vu quelque chose dans la rue et avait aussitôt appelé sa maîtresse d'un geste discret. Hermine avait regardé à son tour, avait hésité. On devinait qu'il s'agissait d'un mystère dont il avait déjà été question entre elles.

— Vous devriez venir jeter un coup d'œil sur cet homme, Jules.

Il n'était pas couché à ce moment-là, mais assis dans une bergère pendant qu'on aérait son lit.

— Voilà plusieurs jours que Rose m'en parle. Il paraît qu'il passe ses journées à rôder autour de la maison. Quand il n'est pas sur un des trottoirs, il est embusqué dans l'estaminet du bougnat, mais il ne quitte pas nos fenêtres des yeux.

Il était allé voir, pour avoir la paix plutôt que par curiosité, car il savait déjà que c'était Joseph. Et c'était lui, en effet. Il avait, une fois de plus, un emplâtre au cou. Il paraissait nerveux, découragé.

— Vous ne le connaissez pas ? Vous ne savez pas ce qu'il nous veut ?

Malétras avait haussé les épaules. Maintenant, il leur cédait à tous, non pas à cause de Joseph, qui était sans doute dans la rue à l'épier, mais parce que toutes ces petites manœuvres finissaient par le fatiguer.

Soit, il n'était plus malade. Ce n'était pas une raison, parce qu'il venait enfin de s'habiller comme tout le monde, pour l'entourer d'exclamations émerveillées.

— Vous ne trouvez pas, Rose, que monsieur a bonne mine ?

— Oui, madame.

— C'est à peine s'il a un peu maigri. Et encore, cela ne se remarque qu'au gilet ! Quelques promenades au soleil et... Attendez-moi un instant, Jules, que je mette mon chapeau...

Non ! Pas cela ! Il voulait bien se promener, puisqu'on l'envoyait prendre l'air comme un enfant ou comme un toutou, mais il ne voulait pas qu'on le promène.

— Je préfère sortir seul.

— Pourtant, si...

— Je dis que je sortirai seul.

Simplement, sans élever la voix, avec douceur, mais en la regardant avec ses yeux nouveaux, selon le mot qu'Hermine avait trouvé.

Elle l'escortait dans l'escalier. Il gagna le vestibule, puis revint sur ses pas, pénétra dans son bureau tandis que sa femme l'observait du seuil. Il aurait pu refermer la porte. Il aurait pu faire n'importe quoi. Mais c'était justement parce que les gens n'avaient aucune importance qu'il ne se donnait plus la peine de les contrecarrer, ou de se cacher. Et devant elle, au grand étonnement, à l'inquiétude d'Hermine, il saisit son carnet de chèques dans un tiroir et le glissa dans sa poche.

— Vous ne resterez pas trop longtemps, n'est-ce pas ? La première sortie doit être courte. Vous n'êtes plus malade, mais le lit vous a affaibli.

Elle allait le suivre, il en était sûr. Ou bien, si elle n'osait pas, elle enverrait Rose sur ses talons. Il ne se retourna pas pour s'en assurer. Il marcha, comme il le faisait jadis. Il esquissa le geste de prendre son étui à cigares dans sa poche, mais il n'y avait plus d'étui, le professeur Picard lui avait formellement interdit le tabac en le menaçant d'une nouvelle crise s'il fumait.

Il lui parut que son pas avait changé. Il ne marchait plus comme quelqu'un qui va quelque part, mais comme un homme qui se promène n'importe où, sans but, et cela était extraordinaire, car cela ne lui était jamais arrivé, même quand il n'avait rien à faire.

Il regardait les maisons, les fenêtres ouvertes, les draps et les couvertures qu'on secouait dans le soleil, un domestique en gilet rayé qui astiquait le marteau de cuivre d'une porte cochère.

Un air tiède l'enveloppait comme d'une caresse bruissante et on sentait une vie plus intense dans les lointains, on devinait la mer, là-bas, derrière les blocs de maisons, la vaste respiration de sa surface paisible et miroitante. Il écouta avec ravissement le vacarme d'un tramway qu'il ne voyait pas encore, qui annonçait les rues animées du centre de la ville dont il approchait et, à ce moment, il vit Joseph qui marchait un peu en avant de lui sur l'autre trottoir.

Joseph ne se cachait pas, ne s'imposait pas non plus. Malétras tourna à gauche et Joseph s'empressa d'en faire autant. Malétras le dépassa et Joseph hâta le pas. A un coin de rue, Malétras s'arrêta et l'autre s'arrêta aussi, dérouté, en lui jetant un coup d'œil inquiet. Il était pâle. Il avait les yeux cernés. C'est lui qui paraissait avoir été malade et sa démarche trahissait sa nervosité.

Il fut dérouté quand Malétras, traversant franchement la rue, s'avança vers lui et prononça :

— Eh bien ?

Il avait la mine d'un homme pris en faute. De quoi avait-il peur ? Pourquoi semblait-il chercher du secours autour de lui ?

— Je vous demande pardon. Je ne voulais pas vous gêner en vous abordant dans la rue. Je pensais...

Qu'est-ce qu'il pensait ? Il pensait que Malétras, comprenant sa manœuvre, l'emmènerait discrètement dans un endroit écarté, vers les quais, par exemple, où avait déjà eu lieu certaine entrevue, avant de lui adresser la parole.

— Tu as eu peur que je crève ?

Si les mots étaient durs, ils étaient prononcés sans ironie, sans méchanceté. C'était plutôt une constatation, indifférente d'ailleurs, qu'une question. Et au même instant, Malétras, comme il s'y attendait, apercevait à quelque distance la silhouette de Rose qui avait perché un ridicule chapeau rouge sur sa tête.

— Ce n'est pas ce que vous croyez, monsieur Malétras. Cependant, il faut que je vous parle.

— Marchons.

— En pleine ville ?

Ils étaient arrivés dans la rue de Paris et on apercevait la façade solennelle de la banque dont Malétras était un des administrateurs.

— Raconte.

Joseph ne pouvait pas, comme ça, de but en blanc. On aurait dit qu'il avait honte de marcher dans la rue au côté d'un homme comme Malétras, que plusieurs personnes venaient de saluer. Il marquait mal, évidemment. Il n'avait pas l'air d'un vagabond, ni d'un voyou. Il était habillé avec une certaine décence. Mais il y avait en lui quelque chose d'anxieux, de trouble, de malsain dont il devait avoir conscience, car il s'efforçait d'éviter les regards.

— Tu as dû avoir très peur ?

Joseph lui lançait de petits coups d'œil bien difficiles à définir. On y sentait une sorte d'admiration mêlée de crainte et d'envie. Il y avait surtout de l'étonnement devant la sérénité si totale de Malétras.

— Je comprends que vous pensiez cela. Ce n'est pas juste. Je vous assure que vous vous méprenez sur mon compte.

Ils passaient devant la terrasse d'un grand café et Malétras, qui ne s'asseyait jamais à une terrasse, eut envie de s'y installer. Il s'approcha d'un guéridon, se carra dans un fauteuil d'osier, soupira d'aise, étendit les jambes.

— Assieds-toi.

Rose, déroutée, ne savait où aller, hésitait à un coin de rue où elle essayait de se cacher.

— Qu'est-ce que ce sera, messieurs ?

— Pour moi, un bock.

— Moi aussi, balbutia Joseph.

De temps en temps, la brise gonflait légèrement le vélum rayé sous lequel ils se trouvaient. Les passants les frôlaient. La mousse était d'un blanc crémeux dans les verres posés sur des disques de feutre brun.

— Combien veux-tu ?

— Je vous jure, monsieur Malétras... Oh ! pardon...

— De quoi ?

— J'ai prononcé votre nom sans le vouloir.

— Eh bien ?

— Ah ! bon... Je croyais...

Il était émerveillé et bouleversé tout ensemble. Il ne comprenait plus. Il ne savait plus que dire.

— Peut-être qu'un moment, en effet, j'ai eu l'idée... C'est difficile à expliquer... Voyez-vous, je me connais... Quand j'ai de l'argent en poche, je suis incapable de me raisonner...

Malétras le regardait et c'est en vain que l'autre tentait d'échapper à ce regard comme transparent.

— Je peux bien, à présent, vous dire quelle était mon idée... J'ai toujours rêvé de tenir une brasserie. Pas une brasserie de luxe comme celle-ci... Quand même un établissement propre, gai, bien achalandé... Alors, un beau jour, quand j'en aurais trouvé l'occasion, je vous aurais demandé...

— Tu as changé d'avis ?

Joseph baissa la tête et balbutia :

— Je ne peux plus.

Puis il se tut, comme après avoir prononcé un aveu capital.

— Qu'est-ce que tu ne peux plus ?

Il leva les yeux. Il ne pouvait croire que Malétras lui posât cette question si tranquillement, si naïvement.

— Je ne peux plus rester au Havre.

— Tu as peur ?

— Je m'ennuie.

Et soudain, faisant craquer ses doigts en tirant dessus dans un paroxysme de nervosité :

— Je m'ennuie de Lulu.

Ils se turent. Malétras, une fois de plus, fit le geste de prendre son étui à cigares dans sa poche.

— Cela vous étonne, n'est-ce pas ?

Puis, lâchant brusquement le fond de sa pensée :

— Je ne sais pas comment vous faites. Quand j'ai appris que vous étiez malade, j'ai pensé...

— Qu'est-ce que tu as pensé ?

— Vous le savez bien... Ou alors...

Alors, si Malétras ne devinait même pas, c'était plus renversant que tout !

— Tu veux t'en aller ?

— Oui.

— Où ?

— Je ne sais pas... Dans un autre pays... Ici, je m'ennuie d'elle... Cela devient plus fort chaque jour... Je me demandais si vous guéririez jamais...

— Tu n'as jamais eu l'idée de sonner à ma porte ?

— Comment pouvez-vous penser...

— Garçon ! appela Malétras. Apportez-moi de l'encre et une plume...

On lui apporta aussi un sous-main rouge avec une réclame, mais il le repoussa. Ils étaient au beau milieu de la ville. De temps en temps, Malétras apercevait encore, ici ou là, dans la foule en mouvement, le chapeau rouge de la femme de chambre qui nageait à contre-courant.

Il ne se cachait pas. Joseph n'en croyait pas ses yeux. Il étalait son carnet de chèques sur un coin du guéridon, remplissait les blancs, hésitait sur le chiffre à inscrire.

— Combien ? questionna-t-il.

Et on avait l'impression qu'il écrirait docilement n'importe quel chiffre.

— Ce sera à votre estime.

Le mot frappa Malétras qui observa longuement Joseph avant d'écrire à nouveau.

— Voilà. Je l'ai rédigé au porteur. La banque est à deux pas. Tu pourras le toucher tout à l'heure.

Joseph n'avait pas osé regarder. Il avait lu vaguement 200 000 ou 300 000. Il avait hâte de s'éloigner. Il frémissait des pieds à la tête, mais n'osait pas encore quitter sa chaise.

Malétras, qui avait bu une large gorgée de bière et qui essuyait ses moustaches, suivait une nouvelle idée.

— Où est-elle ?

Et Joseph, à voix basse, avec des regards de coupable autour de lui :

— Vous n'avez pas à avoir peur.

— Qu'en as-tu fait ?

— Je ne pouvais pas la transporter tout seul.

— Évidemment.

— Je ne voulais pas non plus me mettre à la merci de quelqu'un.

— Alors ?

— J'ai dû la découper.

— Ah !

Et Malétras le regardait, avec plus d'attention que jamais, avec une curiosité froide. C'était curieux. Joseph était peut-être effrayé de parler de ces choses, mais il se montrait moins ému que précédemment.

— Je m'ennuie de Lulu, avait-il avoué tout à l'heure avec sincérité.

Mais il pouvait prononcer son nom. Il pouvait maintenant évoquer une scène monstrueuse. Les détails matériels, pour lui, n'avaient pas d'importance.

— Une partie est dans un des bassins du port et une partie dans un autre... Le plus dangereux, c'était la tête...

— Eh bien ?

— Quand je suis allé à Nice, je me suis arrêté quelques heures à Paris... Vous comprenez ?... Comme ça, même si on retrouve une partie... Je suis allé jusqu'au canal Saint-Martin.

Le cigare manqua vraiment à Malétras, à ce moment. Il fit signe de la tête qu'il avait compris, que c'était fini.

— Vous avez tenu à savoir...

— Merci.

— Je vais sans doute prendre un bateau pour l'Amérique...

Malétras contemplait le défilé des passants et l'autre ne savait comment prendre congé.

— J'ai fait ce que j'ai pu...

Une question lui brûlait les lèvres. Il ne trouvait aucun moyen décent de la poser. Toujours il observait à la dérobée l'homme assis devant lui.

— Vous... vous restez au Havre ?

Malétras avait compris. Il fit oui de la tête, simplement. Il appela le garçon.

— Je vous dois ?

— Quatre francs, monsieur.

Il paya, chercha une pièce de dix sous pour le pourboire dans la poche de son gilet.

— Je vous dis adieu...

Debout, Malétras fit encore signe que oui, que c'était entendu, que son compagnon pouvait s'en aller. On aurait dit qu'il ne pensait plus à lui.

— Je vous promets que vous n'entendrez plus parler de moi...

— Adieu.

Et Malétras, tranquillement, prit sa place dans la foule qui coulait le long du trottoir. Joseph resta longtemps à le regarder s'éloigner, espérant peut-être qu'il se retournerait, mais il ne se retourna pas et Rose fila par une rue transversale.

On le revit au *Cintra*, à l'heure de l'apéritif. Le premier jour, Émile, le garçon, se précipita vers lui en souriant, des paroles de joyeux accueil plein la bouche. Malétras le regarda. Il le regarda simplement, froidement, il le regarda comme il regardait tous les hommes et le garçon s'en alla tête basse vers le comptoir.

Un jour, rue de Paris, une gamine qui marchait vite se jeta presque dans ses jambes. Elle leva la tête pour demander pardon, le reconnut et sourit, hésita à lui parler, crut devoir, tout au moins, lui adresser un petit signe de reconnaissance. C'était Martine.

Il l'avait vue lui aussi. Il l'avait regardée. Exactement comme si elle était un objet, une chaise ou un bec de gaz.

— A propos, madame Maria, j'ai rencontré le monsieur... Vous savez... Celui qui...

— Il est passé hier devant la maison.

— Il vous a dit bonjour, à vous ?

On voyait bien, à la tête de la vieille Maria, qu'il ne lui avait pas dit bonjour, qu'il l'avait regardée, elle aussi.

— J'en ai été toute saisie.

Il retourna une fois, une seule, chez Poineau ; ce fut pour annoncer que, s'il laissait ses fonds dans l'affaire, il ne s'en occuperait plus personnellement.

On le vit se promener, s'asseoir aux terrasses, y rester parfois des heures durant, ou encore sur un banc, au soleil, devant la mer, dans un square, n'importe où.

Hermine avait peur de lui, il le savait. Elle voyait souvent Vérel. Vérel, au *Cintra*, l'observait comme on observe un malade.

Malétras savait tout cela. Et même que sa fille et sa femme s'étaient réconciliées. L'inquiétude les avait rapprochées.

— Que dit Vérel ?

— Il ne répond ni oui ni non...

— Vous croyez qu'il s'est réellement passé quelque chose ?

— Pourquoi aurait-il donné deux cent mille francs à cet homme ?

— Vous ne l'avez jamais revu ?

— Jamais. J'ai trouvé, dans les comptes de la banque, d'autres irrégularités que je ne m'explique pas.

— Mon mari m'a avoué hier qu'une fois mon père lui avait emprunté de l'argent.

On se montrait trop doux avec lui. C'était ridicule. On l'entourait de petits soins, comme un malade. On le suivait des yeux par la fenêtre quand il s'éloignait. Dès qu'il restait trop longtemps seul dans une pièce, on envoyait Rose voir ce qu'il faisait.

Rien n'échappait à Malétras, mais cela lui était indifférent. Il emmenait son univers avec lui. Sur n'importe quel banc, sur n'importe quelle chaise de terrasse il pouvait s'isoler, sans même fermer les yeux. Il n'avait plus besoin des mouches. Une demi-torpeur l'envahissait à volonté, qui se peuplait bientôt de sons, de couleurs, d'odeurs...

— Un bouquet, monsieur ?

C'était vers la fin juin ou le début de juillet. On lui avait appris la veille que Gancel était mourant.

— Vous n'irez pas le voir ? lui avait demandé Hermine.

— Non.

— Quand vous avez été malade, il est venu.

Il n'avait pas répondu.

Il était à sa terrasse préférée, en plein soleil. Il regardait fixement quelque chose, mais il ne voyait rien. Il y avait du monde autour de lui, on parlait, mais il n'entendit que l'appel de la marchande de fleurs.

— Un bouquet, monsieur ?

Il n'aurait pas pu dire au début le parfum qu'il respirait. Il aperçut vaguement des fleurs blanches, rouges et roses. Il ne bougea pas. Seulement, l'instant d'après, il s'efforçait de parcourir dans l'inconnu un chemin difficile, il respirait à pleines narines, se retrouvait, couché dans un jardin, dans l'herbe luisante, et tout près de lui, contre lui, il y avait un massif d'œillets frémissant de mouches bourdonnantes.

C'était huit jours avant sa première communion. Il allait chaque après-midi chez le curé qui le recevait dans le jardin du presbytère. De l'autre côté du massif d'œillets s'ouvrait, noir et froid dans le mur de pierre, le couloir qui conduisait à la sacristie et une odeur d'encens se mêlait à celle des fleurs.

Pourquoi, couché de tout son long dans le soleil, avait-il pleuré de joie ?

— Cette chaise est libre, monsieur ?

Il ne répondit pas et on dut le croire endormi. Il entendit qu'on posait des verres sur le guéridon, mais il entendait surtout les abeilles qui bourdonnaient en allant d'un œillet à l'autre, il entendait l'harmonium.

— Gancel est mort, lui annonça sa femme quand il rentra ce soir-là. Je suis arrivée juste au moment où le prêtre entrait pour l'extrême-onction.

Il assista aux obsèques. L'absoute fut chantée dans l'église Saint-Séverin, où un vitrail lançait un feu d'artifice éblouissant.

Malétras se promenait tous les jours, à petits pas. Il avait beaucoup maigri. Il maigrissait encore. Le gilet était flasque sur son ventre.

Ce fut une fois de plus Eugénie qui le trahit.

— Madame ne le croira jamais ! Hier, comme je faisais mon marché, j'ai aperçu monsieur qui...

— Eh bien, Eugénie ?

— Puisque je vous dis que madame ne me croira pas. J'ai aperçu monsieur qui entrait à l'église Saint-Séverin. J'étais tellement stupéfaite que je suis entrée un peu après lui. Il n'y avait personne dans l'église. Que lui ! Tout seul, dans la nef de droite, près d'un confessionnal.

Le dimanche suivant, il alla à la messe.

A l'automne, il se levait à nouveau le matin à six heures, comme autrefois, et il se rendait chaque jour au premier office.

Il ne s'en cachait pas, n'y mettait pas d'ostentation.

Il restait le même, docile, indifférent.

Un soir, Hermine murmura en s'efforçant de sourire pour l'encourager :

— Je savais bien que vous finiriez par croire en Dieu.

Il la regarda. Il laissa tomber :

— Non.

Et il lui tourna le dos, s'occupa d'autre chose.

Hermine mourut cinq ans plus tard. Malétras lui survécut sept ans pendant lesquels, dans la grande maison de la rue de la Commanderie, où la plupart des pièces restaient closes, il ne garda qu'Eugénie à son service. Elle le détestait toujours autant.

LE BATEAU D'ÉMILE

Deux autres nouvelles de ce recueil ont déjà paru dans *Tout Simenon*. On trouvera *Le deuil de Fonsine* dans *Tout Simenon 4* et *L'homme à barbe* dans *Tout Simenon 12* sous le titre *Nicolas*.

LA FEMME DU PILOTE

On dit qu'on fera ceci ou cela, et ce n'est que du vent. La plupart du temps, on ne fait rien et, si d'aventure on fait quelque chose, on en est soi-même ahuri car c'est tout le contraire de ce qu'on avait prévu. On ne comprend pas et les autres ne comprennent pas davantage, de sorte que chacun reste, en fin de compte, avec son morceau de vérité.

Un exemple : pour Mme Dutrillaut, dont la vie s'écoulait pourtant dans une cuisine humide, à faire des prodiges pour nourrir avec un budget trop juste une famille mal portante, il n'y avait rien de plus triste au monde que le sort de son locataire. Et ce, non pas tant parce qu'il vivait seul (on supposait qu'il était veuf), que parce que son travail l'obligeait à dormir tantôt la nuit et tantôt le jour. Elle s'éveillait en sursaut à deux heures du matin, écoutait les pas lourds dans l'escalier, puis les bottes qui tombaient l'une après l'autre sur le plancher et elle soufflait à son mari endormi :

— Voilà M. Porel qui rentre...

Dans la journée, si les enfants avaient le malheur d'élever la voix, vite elle murmurait :

— Chut !... Vous oubliez que M. Porel dort...

Une voisine, à l'heure où passait la charrette aux légumes, insinuait :

— Est-ce que votre locataire ne boit pas ? Il y a des jours où les yeux lui sortent de la tête...

Elle répliquait, offensée :

— Vous oubliez qu'il travaille plus souvent la nuit que le jour !

Ce soir-là, elle était dans sa cuisine, à ravauder un bas de laine noire — un bas du locataire, justement. Son mari lisait le journal en fumant sa pipe. Les enfants étaient couchés. On entendit M. Porel qui allait et venait dans sa chambre, s'asseyait sur le bord du lit pour mettre ses bottes (elle lui avait demandé de ne plus s'asseoir au bord du lit, parce que cela abîme les sommiers, mais il n'y pensait jamais).

Mme Dutrillaut regarda l'heure au réveil, puis elle regarda le calendrier.

— Nous sommes le 29, annonça-t-elle d'une voix triste.

Son mari ne broncha pas et elle éprouva le besoin d'ajouter :

— Il va commencer sa neuvaine...

M. Porel sortit, fit claquer la porte. C'était encore un de ses défauts. Toute la maison en tremblait. Les rues étaient obscures, vernies de pluie. Les mains dans les poches, il traversa les vieux quartiers et poussa la porte d'un café, à cent mètres du port.

Il portait un ciré noir, une casquette bleue de marin. Il était court et large, avec un teint clair de Normand, un soupçon de couperose.

— Salut, capitaine...

Un gros poêle. Des marins. Une forte odeur de calvados, avec quelque chose en plus qui caractérise les cafés de ports, comme un arrière-goût de salaison.

— Un calva ?

Il resta debout, le dos au poêle, à écouter vaguement des conversations. Il but un calva, deux, trois verres de calvados, en s'essuyant chaque fois les lèvres du revers de la main et le patron regarda, lui aussi, le calendrier fixé à l'étagère.

Voilà pour la première partie de la nuit. C'était tout simple. La chambre meublée d'homme seul dans une petite maison de faubourg, les bottes, le ciré, la pipe, le calvados : les faits et gestes quotidiens d'un pilote de la Basse-Seine qui va prendre son service à l'heure de la marée.

Encore un calvados, un coup d'œil à l'horloge-réclame, un geste de la main vers le bec-de-cane toujours visqueux et à nouveau la rue et le crachin.

Presque tout Rouen dormait. Le *Café de la Comédie* avait fermé ses volets. Les quais étaient noirs, avec des silhouettes de douaniers. Sur quelques bateaux seulement des lampes électriques suspendues au-dessus des cales guidaient les bras grinçants des grues.

Porel entra au poste de pilotage, prit sa feuille, serra une main, écrivit quelques mots dans un registre et prononça en sortant :

— Salut !

L'*Ada* était à quai, non loin du pont transbordeur, toujours à la même place. Chaque mois, il arrivait de Hollande chargé de bois et repartait avec une cargaison de « divers ». C'était aussi régulier qu'un tramway et il n'y avait que l'heure de la marée qui changeait.

Porel gravit l'échelle. Tout était mouillé. Une vache était amarrée sur le pont et il la frôla sans la voir, tressaillit à ce contact chaud et inattendu.

— Paré ? demanda-t-il machinalement.

Et tandis qu'il pénétrait dans la cabine faiblement éclairée, on larguait déjà les amarres, la sirène lançait deux longs hurlements qui allaient traverser le sommeil des bourgeois de Rouen.

Pendant un quart d'heure au moins, tout se passa comme d'habitude. Le cruchon de genièvre était prêt, sur la table des cartes, flanqué de deux petits verres à fond épais. C'était ce qui variait le plus de bateau à bateau, selon la nationalité : du gin, du whisky, de l'aquavit, du cognac, parfois rien du tout, parfois au contraire un petit souper froid.

L'*Ada* glissait le long du fleuve et ses machines ronronnaient doucement. Les jambes un peu écartées, Porel regardait devant lui un paysage toujours pareil : du noir piqueté de feux qui lui étaient plus familiers que les becs de gaz de sa rue.

Derrière lui, les deux mains sur la roue du gouvernail, le corps immobile, les yeux fixés sur Porel, un timonier anonyme. Il suffisait de lui adresser des signes à peine perceptibles : à droite... encore un peu... attention à la balise... maintenant à gauche...

Devant Porel, le disque blanc du télégraphe : arrière... stop... avant... avant toute...

Et là, dans le coin droit, immobile comme le pilote, vêtu comme lui d'un ciré, casquette de marin sur la tête, le capitaine Popinga, large aussi, un peu gras aussi, clair de peau, plus grand d'une demi-tête que Porel.

Il y avait peut-être trois ans qu'ils ne s'étaient pas adressé la parole, trois ans qu'à date fixe ils descendaient la Basse-Seine côte à côte dans la même cabine de commandement, à fixer les mêmes feux, à éviter les mêmes sables et à guetter le mascaret.

Ce fut entre le fanal de Caudebec et celui de Villequier, là où une bonne portion du fleuve est sans danger, que Porel tourna la tête et sentit qu'il y avait quelque chose d'anormal. Ce fut d'abord une gêne à peine sensible, comme quand, en rentrant chez soi, on devine confusément que des objets ont été dérangés.

Puis il plongea le regard par la porte toujours ouverte de la cabine du capitaine. Elle était éclairée, comme d'habitude. Mais sur la cloison, au-dessus de la toilette, il y avait une aquarelle représentant un paysage de montagne, sans doute le mont Blanc.

Pourquoi, à ce moment, Popinga toussa-t-il ? Parce qu'il était embarrassé. Parce qu'il avait quelque chose à dire et qu'il ne savait comment s'y prendre.

— Un peu à droite... commanda le bras de Porel tandis que le timonier tournait sa roue.

Et on frôla une barque de pêche d'où montaient des voix paisibles.

Pourquoi un paysage était-il accroché à la place de la photographie ? Pourquoi, en allumant son cigare et en éclairant un instant son visage au feu d'une allumette, Popinga avait-il l'air mal à son aise ?

Porel, lui aussi, aurait voulu parler, poser une question, mais il enfonçait ses mains dans ses poches, se penchait vers le noir et ne soufflait mot.

Si elle avait su ce que représentait la photographie qui, le mois précédent encore, était suspendue dans la cabine du capitaine Popinga, si elle avait connu quelques autres détails sur la vie de son locataire, Mme Dutrillaut aurait compris pourquoi, à partir du 29 de chaque mois, et pendant quelques jours, le pilote avait les yeux plus gonflés, la démarche plus lourde, pourquoi, en un mot, comme l'affirmait la voisine, il donnait l'impression d'un homme ivre.

Il n'en donnait pas seulement l'impression : il buvait. Et Mme Dutrillaut le savait, elle qui faisait la chambre à fond et qui était capable de reconnaître le relent du calvados. Mais elle aurait été déshonorée à ses propres yeux si elle avait admis qu'un ivrogne habitait sous son toit.

Elle avait annoncé ce soir-là :

— Il va commencer sa neuvaine...

La neuvaine était commencée. Porel avait bu quatre petits verres au lieu d'un. Maintenant, dans l'obscurité, il se servait à plusieurs reprises.

La photographie qui manquait, c'était celle de Madeleine. Et Madeleine était encore, trois ans plus tôt, la femme de Porel.

Madeleine était jeune. Elle avait des taches de rousseur, une bouche charnue et un regard effronté qui, quand elle le voulait, devenait d'une tendresse tout à fait extraordinaire. Une façon bien à elle de se promener dans les rues en se moquant de tout et en regardant les gens dans les yeux. Une certaine vulgarité savoureuse, jusque dans la voix. Par contre, quand elle disait soudain, dans un élan :

— Mon chou...

Ou :

— Grosse bête...

Porel l'avait épousée. Il avait loué un appartement dans une maison presque neuve (le rez-de-chaussée était occupé par un professeur d'anglais) et il avait acheté des meubles coquets. Il était fier du buffet, des deux fauteuils verts, d'un tas de menus détails qui faisaient vraiment confortable et gentil, et il lui arrivait, quand un capitaine était devenu presque un camarade, de l'emmener chez lui passer la soirée.

— Sers-nous un petit verre, Madeleine. Le capitaine Popinga habite Delfzijl, dans le nord de la Hollande... Il paraît que la ville est en contrebas de la mer, de sorte qu'on a dû l'entourer de digues...

— Je vous apporterai des photos... promettait Popinga.

— Viens t'asseoir près de moi, ma petite chatte... N'est-ce pas qu'elle est mignonne ?

Il s'étalait béatement, en propriétaire heureux, et sa main caressait l'épaule de sa femme.

Jusqu'au jour où il l'avait surprise avec Popinga et où tous les trois avaient été fort embarrassés. Les deux hommes du moins. Madeleine, elle, n'avait pas perdu son sang-froid.

— Zut !... Maintenant, il va falloir que je file... Enfin !... Ce que c'est malin !...

Popinga répétait stupidement :

— Je vous demande pardon...

Quant à Porel, il ne trouvait à hurler, en lançant les affaires de sa femme dans l'escalier, que :

— F... le camp ! F... le camp, roulure !

Ils avaient divorcé. Il se croyait tranquille. Il avait cherché une pension de famille et il s'était installé chez les Dutrillaut qui étaient bons pour lui.

Il menait à nouveau la vie calme d'un célibataire et il avait des habitudes qui finissaient par remplir son existence.

Sa chambre... le *Café Louis*... la cabane des pilotes... les bateaux et les marées...

Puis, le 29 de chaque mois, l'arrivée et le départ de l'*Ada* et la photographie dans la cabine du capitaine.

Est-ce que Popinga l'avait fait exprès ? Probablement non. Peut-être n'avait-il pas pensé que Porel continuerait à piloter son bateau à la descente de la Seine ? Porel aurait pu se faire remplacer par un camarade : il ne l'avait pas voulu.

Tant pis pour lui ! La photographie était là. Elle représentait une maison très jolie, avec un toit très haut, de curieuses fenêtres, un jardinet bien soigné et, accoudée à une barrière, près d'un chien blanc, Madeleine en robe blanche et en capeline de paille d'Italie.

A droite de la maison, il y avait un canal et on devinait l'amorce d'une écluse.

Chaque mois, le 29, Porel montait à bord. Chaque mois, un peu après le feu de Criquebeuf, il se retournait pour regarder la photographie. Puis il saisissait le cruchon de genièvre et quand, devant Tancarville, le navire étalait pour changer de pilote, quand Porel s'engageait le long de l'échelle de corde pour sauter dans le canot, il était plus lourd et plus maladroit que d'habitude.

Les jours suivants, Mme Dutrillaut était triste, surtout quand elle remettait de l'ordre dans la chambre qui sentait l'alcool.

Or, la photographie n'était plus là !

— Droite... Encore droite...

On voyait, devant l'*Ada*, la ratière d'un pétrolier qui n'avançait pas et qui ne cédait pas le passage. Porel tendit la main vers une poignée et lança les coups de sirène réglementaires.

— Laissez le passage à tribord...

Trois fois, quatre fois. Cet idiot de pétrolier ne bougeait pas plus qu'un rocher et la vache, sur le pont, excitée par la sirène, se mettait à beugler.

On passa de justesse. Feu de La Vaquerie. Un mauvais fond, un peu plus loin, au large du Vieux Port. Appuyer à gauche...

— Alors ? fit soudain la voix de Porel.

Il paraissait enroué. Et cette voix, ce simple mot dans le silence qui durait depuis Rouen, prenait soudain une valeur inouïe.

Le capitaine Popinga tira sur son cigare avant de répondre. Puis il toussa. Il dit, en se tournant vers le timonier, comme pour savoir s'il écoutait :

— Partie...

Même si Mme Dutrillaut avait été là, elle n'y aurait rien compris. La photographie de Madeleine n'était plus à sa place. On ne voyait à peu près rien des deux hommes, sinon le cigare de Popinga et, quand il l'élevait dans un certain angle, la main de Porel qui donnait des ordres au timonier.

Et pourtant il y avait, dans la cabine humide, une présence mystérieuse, comme un relent féminin, des taches de rousseur sur un visage effronté, un rire un peu vulgaire, une robe blanche, plus encore, des reflets de chair blonde, des rires plus aigus que les deux hommes connaissaient bien, une légère odeur d'aisselles, des dents pointues se plantant soudain dans l'ourlet rose des lèvres...

— Avec qui ?

Popinga dut hausser les épaules et le silence dura le temps, pour le navire, d'aller d'un fanal à l'autre.

— Où est-elle ?

— Anvers...

Porel but un verre et bourra sa pipe. Une rafale de pluie passa sur les vitres et on laissa passer à gauche un charbonnier anglais qui montait à Rouen.

Ensuite, plus rien. Est-ce qu'un jour, en rentrant chez lui, Popinga avait trouvé sa femme comme Porel l'avait trouvée ?

Est-ce qu'elle était partie sans rien dire, en lui laissant un billet ?

Quelles images s'agitaient sur les rétines de Porel qui regardait machinalement ses feux ? Il connaissait Anvers. Il en connaissait surtout les petits cafés où de grasses servantes viennent s'attabler avec les marins en riant d'un rire innocent.

Est-ce que Madeleine... ?

Toute une rangée de feux, sur la droite, dessinant comme une rue de grande ville : le canal de Tancarville. Une houle plus puissante. Une luciole qui dansait sur le flot. Des appels.

Enfin, un heurt contre la coque de fer, un petit bateau qui s'accrochait, un homme en ciré, tout pareil à Porel, qui se hissait le long de l'échelle de corde. L'*Ada* changeait de pilote avant de s'engager dans l'estuaire.

Le nouveau pilote marchait lourdement sur le pont.

— Vous avez son adresse ?

On aurait pu croire que Popinga s'y attendait. En tout cas, il lui suffit de prendre un bout de papier dans sa poche et ce bout de papier humide et tiède passa d'une main dans une autre.

Après quoi Porel, au moment de sortir, se ravisa et vint vider le cruchon.

Il n'eut pas, cette nuit-là, de navire à remonter à Rouen. Il dormit donc dans la cabane de pilotage, et prit le train aux premières heures du jour, un jour sale et pluvieux. Encore, en attendant son train, un petit café et du calvados.

M. Dutrillaut, lui, à neuf heures précises, s'asseyait devant un bureau et débouchait son encrier.

Mme Dutrillaut, ce jour-là, gronda les petits plus souvent qu'à l'ordinaire.

— Silence ! Puisque je vous dis que M. Porel est malade...

Malade ? Peut-être, après tout. Il ne savait pas. Il restait dans son lit, à remuer de drôles d'idées.

Mme Madeleine Popinga,
chez Mme Smeets, 27 rue van Artevelde,
Anvers (Belgique).

*L'*Ada *est passé hier. Je suis au courant. Si tu veux revenir à Rouen, je ne te ferai pas de reproches. Préviens-moi car je suis en meublé. Au cas où tu manquerais d'argent pour le voyage je t'en enverrai.*

Écris vite.

Julien.

M. Julien Porel, pilote de la Basse-Seine,
chez Mme Dutrillaut, 13 rue aux Ours,
Rouen (France).

J'ai beaucoup pleuré en lisant ta lettre. Je te jure que j'ai bien changé et que j'ai compris bien des choses. Je me rends compte des torts que j'ai eus envers un homme comme toi.

J'ai honte de te dire que je suis ici sans argent. Mme Smeets, chez qui je loge, m'en a prêté un petit peu en attendant que je trouve du travail. J'ai essayé de me placer en usine, car tu sais que je suis incapable de coudre proprement.

Je lui dois déjà deux cents francs. Je ne connais pas le prix du train, mais si tu m'envoyais un mandat de cinq cents francs à la poste restante (cela ne regarde pas Mme Smeets) cela suffirait.

Celle qui ne t'a jamais oublié,

Madeleine.

L'heure du marchand de légumes. Mme Dutrillaut, sur son seuil, et la voisine perfide. Un taxi s'éloigne, emportant M. Porel et ses bagages.

— Il ne se trouvait plus bien chez vous ? Ou est-ce vous qui l'avez mis à la porte ? Je disais toujours à mon mari qu'un homme qui boit…

— Il ne buvait pas… S'il s'en va de chez nous, c'est qu'il se marie…

— Je croyais qu'il était veuf…

— Eh bien ? Qu'est-ce qui empêche un veuf de se remarier ?

— Pourvu qu'il tombe bien…

Porel avait visité vingt, trente maisons à louer. Toutes étaient vieilles et grises, avec des cuisines tristes et des papiers sombres sur les murs.

Alors, il avait préféré faire trois kilomètres de plus. Il en serait quitte pour acheter un vélo. Il laisserait ses bottes au poste de pilotage, car il est difficile de rouler à vélo avec des bottes de marin.

La maison était gaie, toute neuve, presque pareille à celle de la photographie.

Porel avait quarante-deux mille francs d'économies. Il en consacra dix à acheter un mobilier moderne.

J'arriverai à onze heures du matin. Merci. Baisers.

Madeleine.

Il n'y avait pas de soleil. C'eût été trop demander. Mais il ne pleuvait pas. Le ciel était d'un gris assez lumineux et, derrière ce voile, on devinait parfois comme un halo jaunâtre.

Deux fois Porel, agacé par la lenteur de l'horloge de gare, pénétra en coup de vent à la buvette et avala quelque chose pour se calmer les nerfs.

Le train arriva. Il eut la certitude, surtout quand la moitié des voyageurs fut sur le quai, que Madeleine ne viendrait pas.

Or, elle descendait du dernier wagon, tellement semblable à ce qu'elle était trois ans plus tôt, que c'en était hallucinant. Il s'approchait, lui, en se dandinant gauchement. Il s'était demandé ce qu'il dirait, ce qu'il ferait. Il la trouvait debout au milieu de paquets de toutes sortes et elle s'avançait enfin vers lui, les yeux pailletés d'or, soulignés de taches de son.

— Julien !

Elle l'embrassait. Elle se suspendait à son cou. Elle riait d'un rire un peu nerveux.

— Mon Julien !... J'ai toujours pensé que tu n'étais pas un homme comme les autres... Si tu savais ce que j'ai pu te regretter...

Large et lourd, il s'emparait des paquets, s'encastrait dans la file des voyageurs.

— Cela fait drôle de se retrouver chez soi après si longtemps...

Sur la place, elle regardait les tramways, les taxis, les maisons.

— Il n'y a rien de changé... C'est vrai que tu t'es beaucoup ennuyé de moi ?

Les gens allaient, venaient, les bousculaient sans les voir. Ils n'étaient qu'un couple ordinaire, un homme un peu fort, entre deux âges, et une femme de dix ans plus jeune, perchée sur ses hauts talons.

L'agent de police leva son bâton pour leur faire traverser la rue.

Quant à Madeleine, dans le taxi, elle parlait, parlait, non sans jeter des regards par la portière.

— Où habites-tu, maintenant ?... Tu m'as écrit que tu vivais en meublé... C'est là que tu me conduis... Ils ne diront rien en te voyant revenir avec une femme ?... Mon chou !... C'est vrai que tu n'as jamais eu l'idée de me remplacer ?... J'ai été méchante, n'est-ce pas ?... Tiens ! Il y a une nouvelle pâtisserie au coin de la rue... Je t'ai rapporté un cadeau... Tu verras tout à l'heure... Où allons-nous ?... On sort de la ville ?...

Qui aurait pu dire ce qu'il pensait ? Le savait-il lui-même ? En croisant les jambes, elle dévoilait ses genoux et il rougissait presque en les regardant. Il retrouvait son odeur. Cela aussi le gênait.

— Tu crois que tu pourras vraiment me pardonner ?... Quand je pense que... C'est ici ?... C'est ta maison ?... C'est pour moi que tu l'as louée ?...

Un véritable envahissement. Elle s'agitait, ouvrait les portes, les armoires.

— Tu as même fait le marché ! Je n'aurais jamais cru un homme capable d'attentions si délicates... Du pain, du beurre, des œufs, du jambon... Des oranges ! Tu t'es souvenu que j'adore les oranges !... C'est la salle à manger ?... Dis donc ! On pourrait avoir des poules...

Elle riait, babillait, s'arrêtait parfois, l'espace d'une seconde à peine, pour le regarder.

— C'est là-haut ?...

Elle s'élançait dans l'escalier, se retournait comme pour s'assurer qu'il la suivait.

— Un divan ! J'ai toujours rêvé d'avoir un divan au lieu d'un lit... Je peux t'embrasser ?... Oh ! Julien... Si tu savais...

Il n'avait jamais été aussi gauche de sa vie. En voyant ses gros yeux, la voisine de Mme Dutrillaut aurait encore prétendu qu'il était ivre, et pourtant il n'avait presque rien bu.

Madeleine hésitait. Elle ne savait pas encore jusqu'où elle pouvait aller. Elle le guettait, souriait, de son sourire humide, portait les mains à son corsage.

Est-ce que... ?

— Il faut que je me change... trouva-t-elle enfin. Mes vêtements doivent sentir le train... Tu permets ?...

Elle ne se tournait pas vers lui, mais vers le miroir. Elle s'attardait aux agrafes, levait ses bras nus pour arranger ses cheveux.

— Ferme la porte, au moins... C'est vrai ! J'oublie que nous sommes seuls dans la maison...

Qu'est-ce que les voisins pouvaient savoir ? Il y avait un retraité des postes qui travaillait dans son jardin.

« On a apporté les meubles la veille, avec une tapissière jaune des Déménageurs Réunis... Il n'a pas passé la nuit dans la maison... Mais il est venu de bonne heure le matin, à vélo... Puis il est reparti... Il est revenu avec elle un peu avant midi... Et alors... »

L'homme, qui avait une barbiche d'un blond sale, croyait nécessaire d'achever sa pensée d'un clignement d'yeux.

Et après ? Tout cela était parfaitement exact. A cela près que l'ancien postier était certainement loin d'imaginer la violence des passions de Porel.

Madeleine était là toute, pleinement elle-même, plus elle-même que jamais, avec ses yeux, sa chair, ses lèvres ourlées, ses taches de rousseur et son rire...

Était-ce calcul de sa part ? Était-ce sincère ? Personne ne pourra le dire, mais jamais elle ne s'était pareillement épanouie. Il y avait en elle de l'enfant et de la femme, de la joie spontanée et de la rouerie, de la frénésie et de l'angoisse.

Quand elle disait :

— Mon chou...

Et quand ses cils s'abaissaient...

« L'homme, je veux dire M. Porel, est descendu à un certain moment... On pouvait le voir par la fenêtre de l'escalier... Il n'avait que sa chemise blanche et son pantalon sur le corps... Ses cheveux étaient défaits comme ceux de quelqu'un qui sort du lit... Enfin, je me comprends... »

C'était toujours exact. Madeleine, étalée et béate, avait murmuré, les yeux clos :

— Tu n'as pas faim, toi ?... Moi, cela m'a toujours donné faim... Tu te rappelles ?...

Et le voisin à barbiche miteuse de continuer :

« Je l'ai entendu aller et venir dans la cuisine... Il est remonté peu après avec un plateau... J'ai remarqué, parce que je le voyais de dos, que ses bretelles lui pendaient sur les cuisses... »

Sur le plateau il y avait du pain, du beurre, du jambon et une bouteille de bordeaux blanc.

« Tout de suite après, comme ma femme venait donner à manger aux poules et que nous regardions vers la maison, vu qu'on se demande toujours qui on a comme voisins... »

En arrivant sur le palier, Porel avait d'abord vu Madeleine, non au naturel, mais dans la glace. Elle avait les paupières baissées, les lèvres entrouvertes dans un sourire, un sourire dont il se souvenait, un sourire qu'il avait revu mille et mille fois en rêve pendant les trois dernières années.

Une main pendait par terre. Ses jambes étaient légèrement repliées. Sa poitrine se soulevait régulièrement.

Il était resté un moment immobile, son plateau à la main, cherchant où le poser. En fin de compte, il l'avait mis sur une chaise.

— Madeleine... avait-il appelé à mi-voix.

Et cette voix lui était arrivée à elle dans son assoupissement, mais de très loin, comme une voix de rêve. Les lèvres s'étaient entrouvertes davantage. Un profond soupir avait soulevé les seins très haut puis, lentement, le corps s'était détendu.

De plus loin encore était arrivé dans un souffle :

— Mon chou...

« On a entendu, en même temps qu'un bruit de vaisselle cassée, un cri terrible, un cri, sauf votre respect, monsieur le juge, comme quand on égorge une bête... »

Quant à Porel, affaissé, indifférent, sur le banc, en face du magistrat, il répétait en fixant le plancher sale et le méchant bout de tapis rouge :

— Je voulais la reprendre... J'avais tout arrangé... C'est quand je l'ai vue, comme ça... Je ne peux pas vous expliquer... Je crois qu'elle a ouvert les yeux et qu'elle a eu peur... Pourtant... Enfin ! Je ne sais pas... Je l'ai étranglée... Je vous demande bien pardon, monsieur le juge...

LE DOIGT DE BARRAQUIER

Une sorte de lune rousse pendait devant eux dans la nuit humide : l'horloge d'une église ou d'un monument public. Elle marquait deux heures vingt. Et ils pouvaient croire qu'il n'y avait plus qu'eux à graviter, comme au fond d'un labyrinthe sonore de tranchées, dans les rues étroites de Nevers.

Qui ne dormait pas dans la ville ? Quelques malades suant dans leurs draps, des femmes veillant un agonisant, deux ou trois nouvelles accouchées, peut-être Francis qui fermait *La Boule Rouge* et qui faisait sa caisse tandis que le garçon, sur son vélo, gagnait la campagne proche où il habitait...

« Si nous rencontrons un agent de police... »

Et tandis que Charlotte pensait ainsi, tandis qu'elle était décidée, si elle apercevait un gardien de la paix, à se précipiter vers lui et à tout lui dire, l'homme qui marchait à côté d'elle et qui caressait sa hanche grassouillette d'une main insistante questionnait :

— Quelle rue habites-tu ?

Était-ce un hasard ? Charlotte se demanda s'il ne l'avait pas deviné et elle frémit une fois de plus, comme elle avait frémi tout à l'heure en sortant de *La Boule Rouge*. Qu'est-ce que cela pouvait faire, au passant qu'il était, qu'elle habitât telle ou telle rue ? Elle s'était doutée, dès le début, qu'il n'était pas ivre, qu'en tout cas, malgré qu'il avait bu, il gardait une lucidité aiguë.

— J'habite rue Creuse... Tu connais Nevers ?

— Un peu...

Ainsi, elle ne pourrait pas réaliser le plan qui lui venait tout à coup à l'esprit : faire un détour, passer près du poste de police où il y avait presque toujours un agent en faction, et là...

— Tu loges seule, au moins ?

— Avec qui voudrais-tu que je loge ? répliqua-t-elle en riant nerveusement.

Tous les volets étaient clos. Du trottoir jusqu'au toit les maisons étaient aveugles. Ils ne rencontraient pas d'agent. Charlotte le savait. Elle faisait le même chemin chaque nuit, presque toujours seule, parfois accompagnée. Elle avait invariablement un certain serrement de cœur, jusqu'au moment d'introduire la clef dans la serrure. Mais cette fois...

L'homme continuait, en marchant, à lui masser la hanche à travers la soie de la robe, un bras sous le manteau de fourrure.

Elle avait eu raison de ne pas tricher, car il tourna à gauche de lui-même. Il connaissait vraiment Nevers et la rue Creuse.

— Qu'est-ce que tu as ? questionna-t-il en jetant le bout de sa cigarette.

C'était nerveux. Tout son être tremblait. Elle n'aurait pas pu tenir un verre plein sans renverser la moitié du liquide.

— Tu me fais un peu mal...

Crier ? Appeler au secours ?

Elle cessa de marcher. Ses pieds butèrent contre le seuil d'une vieille maison de quatre étages. Elle ouvrit son sac, fouilla, cherchant sa clé de ses doigts qui tremblaient, tremblaient. Et lui était si avide d'elle qu'il la pétrissait toujours.

Francis, tout de suite, lui avait adressé un clin d'œil qui signifiait :

— Un bon client pour toi !

Cela se sentait à sa façon de s'accouder au bar après s'être hissé sur un haut tabouret, à sa façon d'allumer sa cigarette, de contempler autour de lui la boîte à peu près vide.

— Un Honolulu ! commanda-t-il.

Il avait déjà repéré Charlotte qui se poudrait devant un des miroirs et il la détaillait des pieds à la tête.

— Non, mon vieux... Un Honolulu, ce n'est pas ça... Passe-moi les bouteilles... Le rhum blanc, d'abord...

C'est à ce moment que Francis avait fait signe à Charlotte et que celle-ci s'était approchée.

Il n'y avait pas deux heures de cela et, tandis que Charlotte poussait la porte de la maison, il lui semblait que c'était déjà si loin dans le temps et dans l'espace :

— Attention aux marches... Il n'y a pas d'électricité dans l'escalier... Tu as des allumettes ?...

La Boule Rouge était si calme, si douillette ! Francis, en veste blanche, derrière son bar ; Joseph, le garçon chauve, que les habitués appelaient Absalon, debout dans un coin, la serviette sous le bras ; les trois musiciens en blouse russe et madame Pipi tricotant à la porte des lavabos...

— Vous m'offrez un petit verre ?

— Non, ma jolie...

Tout en préparant son cocktail il avait eu le temps de la déshabiller du regard.

— Pas un petit verre... Je connais la musique : de l'eau colorée qu'on me comptera vingt francs et que tu boiras tandis que je me saoulerai la gueule... Un Honolulu, si tu veux...

Le regard de Francis qui conseillait :

— Vas-y !

Pas même le coup du champagne ! On sentait que cela ne prendrait pas, qu'on était en présence d'un habitué.

— C'est gai, ici ! remarqua-t-il, tourné vers la salle. Qu'est-ce que c'est que ces deux pantins-là ?
— Des clients...
Elle ne pouvait s'empêcher de rire. Il avait une façon à lui de fixer gens et choses, de poser les questions, de se moquer sans sourire. Francis, qui pourtant s'y connaissait, ne l'avait pas encore classé.
— On t'appelle ?
— Charlotte...
— A ta santé, Charlotte...
— Tu es de Paris ?
Il n'avait pas répondu et il s'était mis à lui caresser le genou. Cinq minutes plus tard, Charlotte devait lui dire :
— Reste tranquille...
Elle le disait en souriant, tant il y allait de bon cœur. Cela lui semblait naturel de la caresser devant tout le monde. Les deux clients avaient interrompu leur discussion.
— Qu'est-ce qu'ils font dans la vie, ces deux-là ?
— Le grand maigre, qui porte monocle, est archiviste départemental... Nous l'appelons de Chose de Chose, parce qu'il a un nom à tiroirs... Il est noble... L'autre est le fils d'un charcutier... Ils sont là tous les soirs...
— Couché ?
— Qu'est-ce que tu dis ?
— Je demande s'ils ont couché avec toi...
— Tu es fou ?
Il haussa les épaules.
— Dis donc, si on filait ?
— Pas maintenant...
— Pourquoi ?
— Parce que !
Quelques minutes plus tard, ils étaient assis dans un coin sur la banquette de velours cramoisi.
— Tu viens d'arriver à Nevers ?... Attention !... De Chose de Chose nous observe.
— Tu veux que j'aille lui enlever son monocle ?
Il l'aurait fait ! Elle avait dû le retenir. Il vidait ses verres d'un trait. Pourtant, il ne paraissait pas ivre. Il était tout jeune, vingt-trois ans, à peine. Parfois ses sourcils se fronçaient.
— A quoi penses-tu ?
— A rien... Viens plus près...
— Sois sage !
Elle en avait presque peur. Il avait une façon de l'attirer à lui qui n'admettait aucune résistance. Pour un peu, dans son impatience, il l'eût dévêtue, là, devant les gens.
— Écoute, ma petite Charlotte... On ne va pas continuer à moisir ici...
— Je n'ai pas le droit de partir avant la fermeture...

— A quelle heure est la fermeture ?

— Parfois trois heures... D'autres fois quatre...

— Demande au patron...

— Il ne voudra pas...

— Bon !

Il s'était levé. Est-ce qu'il ne titubait pas un tout petit peu ? En passant devant les deux clients, il s'était arrêté net et il les avait contemplés comme on contemple une vitrine, posément, puis il avait haussé les épaules et s'était dirigé vers le bar. Penché en avant, il avait discuté longtemps avec Francis qui ne paraissait pas décidé. Enfin, il avait tiré son portefeuille de sa poche...

C'est à ce moment que Charlotte remarqua que son complet gris, un complet de sport, était fripé comme après plusieurs jours de chemin de fer.

— Ouste !... On s'en va...

— Mais le patron... ?

— C'est arrangé... Je connais le truc, tu comprends !... Qu'est-ce qu'on aurait bu, d'ici quatre heures du matin ?... Trois bouteilles de champagne au maximum... J'en ai payé quatre...

Et de loin Francis expliquait par signes à Charlotte :

— Vas-y !... Il n'y a rien à faire d'autre...

— Mets ton manteau...

— A quel hôtel es-tu descendu ?

Il avait hésité un instant.

— On ne peut pas aller chez toi ? avait-il questionné, anxieux.

Elle avait eu un soupçon, léger, mais un soupçon. Quand des jeunes gens de son âge ont l'argent trop facile... Elle ne pouvait s'empêcher de sourire devant son regard suppliant. Drôle de garçon ! Jamais elle n'avait vu quelqu'un avoir d'elle une envie aussi dévorante. Ses yeux la caressaient partout. Ses mains ne quittaient pas sa chair.

— Alors ?...

— Viens !

Il n'y avait personne à la boîte ce soir-là. C'était un mauvais jour, un lundi. La seconde entraîneuse, Olga, était malade et Charlotte était allée l'après-midi chez elle pour lui poser des ventouses.

— Mon manteau, madame Pipi...

La lumière orangée... Les musiciens qui jouaient sans conviction, les deux habitués, tirés à quatre épingles, le regard blasé, qui mettaient leur point d'honneur à se coucher les derniers de Nevers. Un clin d'œil de Francis en guise de bonsoir. Charlotte savait qu'on allait fermer...

Dans l'escalier, déjà, les mains curieuses de son compagnon.

— Tu es si pressé ?

La fraîcheur de la rue, le bruit de leurs semelles, des hauts talons de Charlotte sur les pavés. Puis...

Ils n'avaient pas fait cent mètres. Il venait de tourner l'angle d'une rue plus sombre où le trottoir n'était pas assez large pour deux.

L'homme qui marchait à droite glissa le bras sous le manteau de fourrure et palpa la hanche de Charlotte.

D'abord ce ne fut qu'une gêne vague. Charlotte se rendait compte de quelque chose d'anormal. Mais quoi ? Quelques pas encore et soudain elle sentait tout son sang se retirer, elle était prise d'une telle peur qu'elle s'immobilisait, le souffle coupé.

— Qu'est-ce que tu as ?

La question lui fit encore plus peur. Il ne fallait à aucun prix qu'il devinât qu'elle savait...

— Rien, c'est mon talon qui a tourné...

Car elle savait... Cette gêne... Cette main... Elle s'était demandé ce que cette main qui triturait sa hanche avait d'étrange... Eh bien, maintenant, elle en était presque sûre... Il y manquait un doigt... Il y manquait l'index... Son compagnon n'était autre que Barraquier !

« Il faut que je m'en assure... »

Mais comment ? Elle n'osait pas prendre la main de l'homme dans la sienne. Elle avait envie de crier. Et si elle se trompait ?

Elle feignit d'avoir trop chaud, entrouvrit son manteau. Sa main frôla l'autre main qui n'avait pas d'index !

Toute les portes étaient fermées, tous les volets étaient clos !

« Si nous rencontrons un agent de police... »

L'homme qui lui palpait la hanche et dont elle sentait le souffle chaud sur sa nuque, l'homme qui s'arrêtait sous un bec de gaz pour l'embrasser, l'homme qu'elle emmenait chez elle et qui allait dormir dans son lit était l'assassin de la rue Daunou !

Depuis huit ou dix jours, la police le recherchait dans toute la France. Aux frontières, des inspecteurs examinaient soupçonneusement les voyageurs et arrêtaient les voitures. Les journaux avaient publié son signalement. Des lettres anonymes lançaient quotidiennement les enquêteurs sur cent fausses pistes.

Barraquier, qui avait tué sa vieille maîtresse dans la baignoire d'un entresol, rue Daunou, était à Nevers, frais et désinvolte, sans autre souci apparent que d'étreindre avidement sa compagne.

— C'est plus haut ? questionnait-il dans l'obscurité de l'escalier.

Et elle, d'une voix de fantôme :

— Au quatrième...

Si elle criait ? Au troisième, il n'y avait que deux vieux, Philémon et Baucis, comme on les appelait, qui ne lui seraient d'aucun secours. D'ailleurs, ils ne se dérangeraient pas. Dix fois ils avaient écrit au propriétaire pour se plaindre des mœurs de Charlotte.

— Entre... Attends... Je fais de la lumière...

Deux pièces, une chambre et une cuisine, gentiment meublées, très propres. Charlotte n'était pas comme sa copine Olga qui vivait en meublé et qui n'avait pas d'ordre. Elle cirait elle-même son parquet et faisait la plupart de ses robes.

— Tu veux que je te prépare une tasse de café ?

— Sans blague !

Il retirait son veston. Elle remarquait que sa chemise de soie était fripée, sans doute la chemise qu'il avait sur le corps depuis la rue Daunou !

L'homme au roadster bleu... C'est ainsi qu'on l'avait d'abord appelé dans les journaux, parce que la tenancière de la rue Daunou avait déclaré à la police qu'il venait à ses rendez-vous en roadster bleu ciel.

Deux jours plus tard, on retrouvait la voiture abandonnée à Dieppe et certains supposaient que l'assassin était parvenu à s'embarquer.

— Je me souviens d'un détail... déclara alors à la Police Judiciaire la femme de chambre du meublé. Il lui manque l'index de la main gauche...

C'est grâce à cela qu'on l'avait identifié. Ou plutôt sa mère...

Car il vivait avec sa mère. Elle était veuve. Elle appartenait à une bonne famille.

— Je ne peux pas croire, monsieur le commissaire, que Jean...

Jean Barraquier ! Jean Barraquier ! Jean Barraquier ! En huit jours, c'est à des millions et des millions d'exemplaires que ce nom, la veille inconnu, avait été imprimé en caractères gras dans les journaux.

La baignoire tragique... L'assassin de la rue Daunou... Le gigolo meurtrier...

— Qu'est-ce que tu attends ? s'impatienta-t-il, assis au bord du lit.

Et il retira ses chaussures. Penché en avant, il disait le plus sérieusement du monde, comme on parle à soi-même :

— Tu ne me croiras sans doute pas... Jamais, de ma vie, je n'ai eu autant envie d'une femme que de toi...

Elle sourit, malgré elle, ferma les yeux. Est-ce que, si elle avait pu appeler... ?

— Tu me mords... se plaignit-elle d'une voix enfantine.

La Boule Rouge était fermée. De Chose de Chose et son ami le fils du charcutier s'étaient résignés à dormir, comme le commun des mortels.

Quand le jour pointa, il y avait encore de la lumière à une fenêtre d'un quatrième étage, rue Creuse, et les boueux avaient commencé leur tournée lorsque cette lumière s'éteignit.

Elle ne savait pas si elle avait dormi. Plutôt un demi-sommeil entrecoupé de trous plus sombres. Elle tourna lentement la tête et vit le visage de Barraquier tout près du sien, la bouche entrouverte. Alors, avec des précautions infinies, elle sortit une jambe du lit, puis l'autre, fit un pas, un second dans la pièce.

Le réveil, sur la cheminée de la cuisine, marquait neuf heures. Des bruits de voix montaient de la rue et elle reconnut la trompette du marchand de légumes.

Elle prit au hasard une robe de laine dans l'armoire, releva ses cheveux, regarda une fois encore vers le lit. Il dormait toujours, un bras hors des draps, le bras gauche, dont la main pendait par terre, la main à l'index coupé.

Si le plancher allait craquer ?... Elle toucha le bouton de la porte. Sur le palier, elle dut s'arrêter tant son cœur battait et soudain elle s'élança en courant dans l'escalier. Même sur le trottoir, elle ne s'arrêta pas. Elle gagna la grand-rue où elle plongea en quelque sorte dans la vie matinale. Une auto la frôla. Le chauffeur lui cria une injure.

Elle savait où était le poste de police. On l'y avait conduite, une fois qu'il y avait eu du grabuge à *La Boule Rouge* et que tout le monde avait été emmené au violon.

Elle s'était habillée si vite qu'elle n'avait pas mis de linge et que, dans l'air frais, elle se sentait nue.

— Jean Barraquier... Oui, monsieur... Il est chez moi, au 13 *bis* de la rue Creuse... Il dort... Cette nuit...

Si elle allait demander conseil à Francis... Si elle... D'autres hommes étaient venus dans sa chambre. Mais jamais, jamais, elle n'en avait vu en proie à une telle fièvre amoureuse. A *La Boule Rouge*, il avait peut-être l'air d'un homme. Il crânait, prenait des attitudes catégoriques.

Au lit, seul avec elle, c'était un gosse exacerbé. Quand il lui avait dit, suppliant :

— Non... Ne dors pas encore... Écoute, Charlotte...

Et il s'était endormi, une joue brûlante sur son sein, tout d'un coup, comme s'endorment les enfants. Elle avait dû le repousser avec précaution, le couvrir. Longtemps, elle avait écouté sa respiration que l'alcool rendait un peu rauque. Une fois, il avait parlé. Elle s'était penchée. Elle avait essayé de comprendre, mais elle n'avait pas pu...

On la bouscula soudain et elle se rendit compte qu'elle était debout, immobile devant le poste de police. Un agent en faction la regardait en souriant. Elle crut devoir esquisser un vague sourire et elle repartit droit devant elle.

— Si par malheur, il s'éveille, il va croire...

Alors, elle entra dans une crémerie, acheta un quart de beurre, des œufs, du fromage. Heureusement qu'elle avait emporté machinalement son porte-monnaie.

— Il faut qu'il s'en aille... Peut-être est-il déjà parti ?...

Et elle lui avait demandé naïvement à quel hôtel il était descendu ! Comme s'il pouvait descendre à l'hôtel ! Mais alors, les jours précédents ?... Dans d'autres villes, sans doute... Car il devait aller de ville en ville... Est-ce qu'il s'y était pris de la même façon ?...

Elle ne se l'avouait pas, mais à cette pensée elle ressentait un pincement au cœur. Non ! Ce n'était pas possible ! Il n'avait pas pu être, avec les autres, comme avec elle. Certains détails qui ne trompent pas...

Sa clef... Voilà qu'elle avait oublié sa clef !... Elle dut sonner. La propriétaire vint ouvrir et selon son habitude ne lui dit pas un mot.

— Je vous demande pardon, madame Maigre... J'ai oublié ma clef et...

Elle était déjà dans l'escalier. Elle avait peur. Si elle ne rentrait pas chez elle ? Si elle allait demander l'hospitalité à Olga ?

Baucis entrouvrit sa porte pour la voir passer et hocha la tête en soupirant.

Il lui fallait prendre un air naturel. N'était-ce pas naturel d'aller le matin chercher des provisions ? Elle se donna le temps de se remettre, ouvrit la porte, sourit.

— Éveillé ? murmura-t-elle avec quelque peine, car le souffle lui manquait.

Il était tout habillé, le dos à la fenêtre, et il la regardait s'avancer.

— J'ai pensé qu'il n'y avait rien à manger et je suis allée...

Il paraissait fatigué, soucieux. Il avait allumé une cigarette, qu'il fumait sans goût.

Elle pensa que, si elle entrait dans la cuisine, elle serait comme prisonnière. D'autre part, elle ne pouvait rester debout devant la porte.

— Qu'est-ce que tu as ? questionna-t-elle.

— Qu'est-ce que j'aurais ?

— Je ne sais pas... Tu me regardes drôlement...

Elle ne se rendait pas compte que c'était elle qui n'était pas naturelle !

— Tu es restée longtemps dehors...

Elle parla beaucoup trop vite. Elle le savait, mais c'était plus fort qu'elle.

— Il y avait du monde chez la crémière... Puis j'ai rencontré une ancienne copine qui... Figure-toi qu'elle était danseuse et qu'elle a épousé un...

Il ne sut jamais ce qu'avait épousé la danseuse, car Charlotte s'arrêta net.

Ce fut, en beaucoup plus fort, en irrésistible, la même sensation que la nuit, dans la rue, quand elle avait senti la main sur sa hanche et qu'elle avait compris.

Il soufflait toujours devant lui la fumée de sa cigarette. Tandis qu'elle restait immobile, clouée au sol, il fit un mouvement pour se redresser et alors, soudain, elle lâcha ses petits paquets et poussa un cri strident.

Pendant combien de temps crut-elle qu'elle ne pourrait pas s'arracher du sol, comme dans un cauchemar ? Quelques secondes ? Sans doute moins. Il la regardait, étonné, fronçant les sourcils.

Enfin, elle put bouger, bondit vers la porte, s'élançant dans l'escalier en criant de toutes ses forces :

— Au secours !... A l'assassin !... A l'assassin !...

Des portes qui s'ouvraient, d'autres qui se refermaient, le vieux Philémon qu'elle bouscule en hurlant toujours :

— A l'assassin !... A l'assassin !...

Il devait être sur ses talons. Il allait la saisir, la tuer.

— A l'as...

Elle tomba en avant, sur le trottoir. Déjà un groupe se formait autour d'elle.

— Là-haut !... Barraquier !...

Elle ne sut jamais d'où surgit l'agent de police.

— Pour ce qui est d'avoir un homme dans sa chambre, il y en a un, affirma la propriétaire.

Et dès lors commença ce qui fut raconté dans les journaux. On cerna la rue. L'agent attendit le commissaire. Ils furent quatre ou cinq à monter. Il n'y avait personne dans la chambre où s'étirait encore de la fumée du tabac. Plus haut, la porte d'un grenier avait été défoncée.

Le professeur de chant, qui habitait en face, parut à sa fenêtre, désigna quelque chose sur les toits en criant des mots qu'on ne comprit pas.

Du coup, toutes les fenêtres se garnirent de curieux.

— Comment savez-vous que c'est lui ? questionnait un inspecteur.

Charlotte ignorait chez qui on l'avait fait entrer : une cuisine où rissolaient des oignons et où un bébé barbouillé jouait, dans sa chaise, avec une cuiller en bois.

— Son doigt... Quand je suis rentrée, il m'a menacée...

Elle le croyait. Elle était même sûre qu'il avait couru après elle.

— Avec quoi vous a-t-il menacée ?

— Je ne sais pas... Sans doute un revolver...

On avait téléphoné aux pompiers. Des voisins avaient aperçu Barraquier tapi derrière une cheminée, quatre maisons plus loin. Il y avait des agents à toutes les lucarnes.

— Quand l'avez-vous identifié ?...

Elle gardait assez de présence d'esprit pour répondre :

— Quand je suis rentrée et qu'il a marché vers moi... J'ai regardé sa main...

On lui versa un verre de rhum qui la fit tousser. Elle en profita pour pleurer, car ses nerfs flanchaient.

— On l'a arrêté ?

— Il a filé par les toits... Mais on ne tardera pas à mettre la main dessus...

Elle avait honte. Elle aurait voulu pouvoir lui dire qu'elle ne l'avait pas fait exprès, qu'elle n'avait pas voulu le dénoncer, que...

— Vous êtes sûr qu'on l'arrêtera ?

Il le fallait ! Sinon, comment vivrait-elle désormais, avec la peur de le voir surgir au coin d'une rue ?

— Alors, mon petit ?

C'était Francis. Il venait des curieux de partout. La rue était barrée. Dieu sait comment Francis s'y était pris pour passer.

— Pourquoi as-tu fait ça ? lui demanda-t-il tout bas.

— Je te jure, Francis...

En disant cela, elle rougissait. Elle se demandait maintenant s'il l'avait vraiment menacée. Elle le revoyait, adossé à la fenêtre, fatigué, les yeux cernés, le teint brouillé, sa cigarette collée à la lèvre.

— On l'a attrapé ?

— Pas encore...

C'était plus difficile qu'on n'avait pensé. Au point qu'à midi la chasse sur les toits continuait. Une échelle de pompiers avait été déployée et on voyait des casques de cuivre jeter des éclairs dans le soleil.

— Écoute, Francis... A toi, je peux bien l'avouer... J'ai voulu... Je suis allée jusqu'au poste de police... Je n'ai pas pu et je suis rentrée...

— Tu es sûre qu'il...

Mais non, elle n'était pas sûre ! Il ne lui aurait peut-être rien fait ! Qui sait s'il ne pensait pas à autre chose, ou bien si ce n'était pas sa gueule de bois qui...

La preuve, c'est que, quand, à trois heures, il se rendit enfin, il n'avait pas de revolver dans ses poches.

— Ça va !... fit-il dédaigneusement. Où est-elle, la garce ?

Tout le monde s'y trompa comme lui. Les journaux imprimèrent :

Grâce à la dénonciation d'une entraîneuse de La Boule Rouge qui...

Est-ce qu'elle pouvait les contredire ?

Tout cela parce qu'en rentrant chez elle, elle avait été saisie de le voir à contre-jour, les sourcils froncés, et qu'elle avait été prise de panique.

Sinon, ils auraient sans doute déjeuné en tête à tête, dans la cuisine si propre et si nette, puis...

Le président des assises ne lui disait pas moins, quelques mois plus tard, avec une désinvolture un tantinet méprisante :

— *Le tribunal vous remercie...*

Pendant que Barraquier qui, dans son box, lui semblait très loin, très loin, comme au bout d'une lunette qu'on tient par le mauvais bout, la regardait d'un air détaché en suçant des pastilles que lui passait son avocat.

VALÉRIE S'EN VA

Elle avait dormi avec ses bas et il allait faire plus froid que la veille, elle le sentait à ses engelures. En jupon, les cheveux dans le dos, Valérie alluma la lampe à pétrole. Il était six heures du matin. Valérie dormait dans la cuisine. Celle-ci était séparée de l'épicerie par une porte vitrée garnie de papier imitant le vitrail et on avait gratté le papier à deux endroits pour voir dans le magasin.

Bientôt ce serait Noël, puis le premier de l'an, le Carême, la Semaine sainte... Valérie vivait toujours en avance sur le calendrier... Bon ! Le feu ne prenait pas... Elle alla chercher un bidon de pétrole dans la boutique et versa un long trait du liquide dans le poêle... Sa mère avait toujours dit... Mais elle prenait la précaution de tenir ses jupes aussi loin que possible... cela faisait « pouf »... et toute la maison était imprégnée de l'odeur si caractéristique du feu qu'on allume.

Il y avait du givre sur les vitres et grâce à la lune, on aurait pu croire que c'était déjà l'aube. On distinguait tout, jusqu'aux brindilles des arbres, comme dessinées à la plume sur le ciel. La terre noire du jardin était craquante, les feuilles des choux congelées. Parfois les poules bougeaient, dans le poulailler, mais elles ne sortaient pas encore.

Il n'y avait que Valérie à sortir de si bonne heure, chaque dimanche, pour aller à la première messe, après avoir mis l'eau du café à chauffer. Elle allait et venait sans bruit, à cause de sa mère qui dormait derrière la porte. Sa robe noire, son manteau noir, l'étroite cravate de martre que quelqu'un avait comparée à une queue de rat, étaient préparés sur une chaise depuis la veille au soir.

Elle baissa la mèche de la lampe qui s'éteindrait toute seule et on vit des cendres rouges au-dessous du poêle d'où émanait une tiédeur vivante. Dans la boutique, elle sentit que le lacet de son soulier s'était dénoué. Elle s'assit sur l'escabeau. Elle s'assit sur quelque chose de rond, se releva et vit que c'était encore l'affreuse tête de poupée.

Impossible d'empêcher la petite d'à côté, Ninie, de venir jouer dans le magasin et de laisser traîner cette tête de poupée décapitée, sans crâne, sans yeux...

Valérie la jeta par terre avec humeur ; au même moment, ses engelures, serrées dans la chaussure, commençaient à lui faire très mal, et à l'idée des deux kilomètres...

La tête de poupée roula sur le sol cimenté et alla s'arrêter contre la porte de la cuisine. Aucun doute n'était possible sur ce point. Valérie, en renouant le lacet, l'avait regardée. Puis elle avait saisi son sac, son missel entouré de feutre noir, ses gants de fil, et elle était sortie. Enfin, elle avait refermé la porte à clef tandis que le chien des voisins tirait sur sa chaîne et s'aplatissait sur le sol pour la contempler en soufflant par-dessous le portail.

L'univers était comme barré par une gigantesque croix blanche : deux routes blêmes qui se coupaient à angle droit. C'est pour cela que l'endroit s'appelait les Quatre-Bras. Comme par hasard, il n'y avait que quatre maisons. Sur celle du coin, qui faisait l'angle, il était écrit en lettres noires sur fond gris : *Conche-Maupré — Épicerie — Débit.*

Et, tout au bout d'un des quatre bras, le village de Foussage, son clocher maigre et ses toits.

Il n'y avait que Valérie sur la route. Elle était toute petite, toute noire ; ses pieds lui faisaient de plus en plus mal, son nez devenait rouge, ses yeux humides, ses doigts se glaçaient dans les gants de fil. Elle marchait vite. Les champs étaient nus et vides. Elle n'était plus qu'à cinq cents mètres du bourg quand les cloches sonnèrent la première messe.

Elle frôla d'autres femmes en noir, prit place à son banc. Des bougies étaient allumées. On entendit le curé chuchoter les prières et les lèvres de Valérie remuaient, elles aussi. Quand elle revint de communier, mains jointes et tête baissée, se dirigeant sans se tromper malgré ses paupières à peu près closes, elle priait, comme chaque dimanche :

— *Mon Dieu, rendez des forces à ma mère et faites qu'elle puisse à nouveau marcher... Faites aussi, mon Dieu, que je sois un jour couturière en ville... Faites qu'il ne nous arrive rien de mauvais et que...*

Elle avait acheté la viande, en passant, au boucher qui venait d'ouvrir sa grille peinte en rouge. La lune avait disparu mais le soleil ne se levait pas et la lumière était aussi terne que quand Valérie était venue. Elle marchait vite.

— *Faites que mes engelures ne suppurent pas comme l'autre hiver...*

Elle n'était plus à l'église, mais il était encore temps de faire une rajoute à ses prières.

— *Faites que mes pauvres pieds...*

Chacun a ses misères. La voisine, la mère de Ninie, c'était le ventre qui la faisait souffrir. Quant à la blanchisseuse, c'était son dos, toujours son dos.

— Si vous saviez comme j'ai mal au dos, mademoiselle Valérie.

Une auto la dépassa, ralentit, et l'homme qui était au volant se pencha un instant pour lui adresser un signe. Une belle voiture, d'au moins cinquante mille francs. Dedans, c'était son beau-frère, le mari de sa sœur Marthe qui était docteur à Coulonges et qui se rendait sans doute à la chasse au canard. Il ne s'arrêtait pas. Ils avaient une servante. Ils passaient l'été à la mer avec les enfants et, quand on leur avait demandé de verser deux cents francs par mois pour...

— Deux cents francs par mois, ma pauvre Valérie !... Où veux-tu qu'on les trouve ?... Avec toutes les obligations que nous avons !... Maman n'a besoin de rien... Tant que tu es là...

Et Geneviève, mariée à un employé du chemin de fer, prétendait qu'elle ne joignait pas les deux bouts. Pis encore ! Chaque fois qu'elle venait, c'était pour mendier un peu de marchandise.

— Tiens, je prendrais bien un peu de sucre... As-tu encore de la cannelle ?... Je me demande s'il me reste des clous de girofle...

Valérie marchait et ses pieds lui faisaient toujours plus mal. Elle tira la clef de son sac, entra dans la boutique dont elle retira le volet. Puis, tout de suite, elle s'assit sur l'escabeau pour enlever ses chaussures et elle resta un bon moment à frotter ses pieds endoloris. Elle ne regardait nulle part. Elle se reposait un moment. Après, elle changerait de robe, préparerait le déjeuner, soignerait les poules, les lapins, irait attacher la chèvre au bord de la route...

Ensuite, ce serait le tour de sa mère... La laver, l'habiller, la mettre dans son fauteuil roulant... Des clientes en profiteraient pour la déranger...

Soudain, son regard s'immobilisa et elle fut un temps sans comprendre... La tête de poupée... Valérie, les sourcils froncés, se demandait si elle rêvait... La tête de poupée n'était plus contre la porte de la cuisine, mais au beau milieu de la boutique...

Mme Conche faisait semblant de dormir. Valérie, toute droite devant son lit, le savait. Et elle répétait durement :

— Maman...

La vieille, au visage rose et bouffi comme un monstrueux bébé, joua jusqu'au bout son innocente comédie, tressaillit, ouvrit et referma les yeux, s'étira, balbutia d'une voix pâteuse :

— Tu es déjà revenue ?

— C'est Gérard ? questionnait Valérie sans se laisser attendrir.

— Quoi, Gérard ?

— Qu'est-ce qu'il est venu faire ? Comment est-il entré ?

— Je ne saisis pas ce que tu veux dire...

Jamais les traits de Valérie n'avaient été aussi durs. D'habitude, son visage était sans expression ou, s'il exprimait quelque chose, c'était une douce résignation. Cette fois, son visage rond et comme lunaire de vieille fille semblait s'être allongé, le nez était devenu pointu, les lèvres plus minces.

— Qu'est-ce qu'il voulait ?

— Je n'ai pas vu Gérard...

C'était le frère de Valérie, un vaurien qui, à trente-deux ans, n'avait pas de travail régulier, et à qui il fallait sans cesse donner de l'argent pour le sauver des gendarmes.

— On va bien voir...

Valérie alla ouvrir le tiroir-caisse où elle compta l'argent. Contre son attente, il ne manquait pas une pièce d'un franc.

Pourtant, la tête de poupée... Pour la déplacer, il avait fallu ouvrir la porte de la cuisine...

— Recule ! dit-elle à sa mère.

La vieille, docile et effrayée, obéissait.

— Qu'est-ce que tu veux faire ?

Ce qu'elle faisait ? Elle retirait du matelas le portefeuille usé dans lequel la vieille gardait ses onze mille francs d'économies. Car elle avait onze mille francs qu'elle défendait sauvagement. Il était arrivé à Valérie d'avoir besoin d'argent pour payer un fournisseur, mais sa mère ne lui en avait pas prêté.

— On ne sait jamais ce qui peut arriver... Si, un jour, tu venais à disparaître...

Mme Conche prévoyait la mort de tout le monde, sauf la sienne.

— Ainsi, j'aurais au moins de quoi entrer la tête haute dans une salle et...

Quand elle parlait de l'asile, elle en pleurait d'attendrissement. En attendant, c'était Valérie qui faisait tout, qui s'occupait des bêtes, du commerce, qui lavait sa mère, la soignait, la portait, l'installait dans son fauteuil ; c'était Valérie qui vivait aux Quatre-Bras balayés par tous les vents alors que le rêve de sa vie était d'être couturière en ville !

La vieille l'épiait pendant qu'elle comptait les billets tout cassés d'avoir été si souvent comptés et recomptés.

Il n'en manquait pas un !

— Dis-moi qui est venu...

— Mais personne, Valérie. Je n'ai rien entendu. Tu sais, mais... Mon Dieu ! que tu es méchante avec ta pauvre vieille maman...

Alors, si personne n'était venu...

— Montre-moi tes pieds... commanda soudain Valérie.

— Pourquoi veux-tu voir mes pieds, à présent ?... Je ne te les montrerai pas... Je...

Mais Valérie les tirait des draps. Ils étaient entourés de flanelle blanche. La veille, Valérie avait mis à sa mère des chaussons propres, après l'avoir couchée. Or, sous ces chaussons, il y avait de la poussière...

— Qu'est-ce que tu as fait ?

— Moi ?... Qu'est-ce que j'aurais fait, bonnes gens ?... Comment peut-on brutaliser ainsi une pauvre vieille qui...

— Avoue que tu t'es levée...

Alors, la mère se mit à pleurer tout doucement, sans répondre, en hochant la tête comme pour prendre le ciel à témoin de la méchanceté des humains et en particulier de Valérie.

Celle-ci pleurait aussi. Elle n'oubliait cependant pas de verser sur le café l'eau qui bouillait et qui avait mis de la buée sur toutes les vitres.

— Je m'en doutais... récitait-elle, un peu comme à l'église elle récitait ses prières. Il y a longtemps que je m'en doutais, mais je ne voulais pas le croire... Quand je pense que tous les matins tu m'obligeais à te porter dans ton fauteuil et que tu geignais quand je touchais à tes jambes... Je comprends maintenant !... Tous les chouchous sont partis... Ce n'est pas Berthe qui viendrait te soigner, n'est-ce pas ?... Quant à Geneviève, on ne la voit que quand elle a besoin de quelque chose... Je ne parle pas de Gérard... Alors, il faut bien que ce soit Valérie, la bonne bête, qui...

— Tu es méchante... gémissait la vieille.

Et Valérie, transformée, frémissait des pieds à la tête. Toute son enveloppe de douceur et de résignation venait de craquer, d'éclater, à cause d'une tête de poupée.

— C'est le docteur qui avait raison... Tu te souviens de ce qu'il a dit la dernière fois, le docteur Tiskin ?... Il a dit que tu aimais te faire dorloter et que, si tu étais plus courageuse...

Car aucun doute n'était plus possible : sa mère était sortie de son lit ! Sa mère avait traversé la cuisine et avait ouvert la porte de la boutique !

— Et quand je me plaignais que je te trouvais lourde, qu'est-ce que tu me répondais ?

» — Souhaite d'avoir toute ta vie à porter ta vieille mère, mon enfant...

Elle faillit casser une tasse. La sonnette tinta. La voisine était dans la boutique.

— Un quart de café moulu, mademoiselle Valérie...

Du coup, Valérie redevint calme, parce qu'il ne faut rien laisser voir aux clientes. Mais, quand la femme fut sortie, elle retrouva intactes sa colère et son indignation.

— Quand je pense que toute ma vie, toute ma jeunesse... Veux-tu me dire pourquoi tu t'es levée ?... Veux-tu me dire ce que tu es allée faire dans la boutique ?...

— Tu es méchante !... Tu es méchante !... gémissait toujours la mère. Est-ce que tu vas me laisser dans mon lit, à cette heure ?...

— Bien sûr que je t'y laisserai, dans ton lit !... Tu t'es bien levée tout à l'heure sans moi, n'est-ce pas ?... Et d'abord, c'est fini... Puisqu'il en est ainsi, je m'en vais, moi aussi, comme mes sœurs et mon frère.

— Valérie ! cria la maman prise de panique. Je t'en supplie. Pardon ! Je...

— Qu'est-ce que tu es allée faire dans la boutique ?

— Je ne sais pas... Il ne faut pas que tu partes...

— Ainsi, tu étais capable de marcher et tu me laissais croire...

— Valérie !

— Il n'y a pas de Valérie qui tienne... Tu as de l'argent, n'est-ce pas ?... Tu as onze mille francs... Eh bien, tu n'as qu'à te payer quelqu'un qui... La Rose, à côté, sera assez contente de...

— Je ne veux pas être soignée par la Rose... Je ne veux pas que tu partes... Mon Dieu ! Qu'est-ce que je vous ai fait pour mériter...

Elles pleuraient toutes les deux, elles reniflaient, elles s'épiaient, Valérie sans cesser d'aller et venir, la vieille assise dans son lit et lançant de petits coups d'œil anxieux à sa fille.

— Je m'en vais... Pas plus tard qu'aujourd'hui !... Quand je pense que, pendant ce temps-là, Victor est à la chasse... Et Marthe a une servante !... Elle se lève à neuf heures, quand le déjeuner est prêt et tous les feux allumés... Moi, si seulement je m'attarde un moment sur le seuil, j'entends crier comme s'il y avait le feu :

» — *Valérie !... Valérie !...*

» Et il faut encore que je prépare à manger pour les chauffeurs de poids lourds !... Il faut que je serve à boire, que je coltine des caisses et des bidons... Quand je te laisse seule un instant...

Elle avait ouvert le tiroir de sa commode et elle en tirait du linge et des vêtements.

— Ah ! Tu t'es levée... Ah ! tu m'as fait croire...

Et soudain plantée au milieu de la chambre de sa mère :

— Pour l'amour de Dieu, dis-moi au moins ce que tu es allée faire dans la boutique !... Si c'était Gérard qui était venu, il manquerait sûrement de l'argent... Qu'est-ce que... ?

— Aide-moi à me lever...

— Non...

— Valérie !... Pense que si ton pauvre père était là...

— Mon pauvre père te dirait que tu as toujours été une égoïste...

— Est-il possible de blasphémer ainsi alors que le cher homme...

— Qu'est-ce que tu es allée faire dans...

Sa mère s'était couvert le visage du drap de lit mais elle regardait par une petite ouverture et Valérie s'en aperçut. L'œil était clair, rusé.

— Tant pis ! Tu t'arrangeras avec la Rose... Avant de prendre l'autobus de midi, j'irai la prévenir et...

— Je ne veux pas que cette fille entre ici...

— Dans ce cas, tu resteras toute seule... Dire que j'ai toujours hésité à m'acheter un vélo, alors que mes pauvres pieds...

Il n'y avait dans la maison qu'une vieille valise et Valérie y empilait tout ce qui lui tombait sous la main.

— Je ne suis pas en peine, va !... Une petite chambre en ville, pas au rez-de-chaussée parce que c'est plus facile à chauffer... Je ferai prendre ma machine à coudre... Car c'est moi qui l'ai payée... On verra si je tarderai à avoir des clientes... Toute ma vie, j'ai...

— Donne-moi au moins une tasse de café...

Valérie lui tendit un bol, hésita, alla chercher du sucre dans le magasin, une cuiller dans l'armoire.

— Il est trop chaud... gémit la vieille à qui ces plaintes réussissaient si bien d'habitude.

— Laisse-le refroidir...

— Je vais salir le lit... Ma main tremble...

— Tes jambes ne tremblaient pas ce matin pour aller dans la boutique...

— Tu es méchante...

— C'est moi qui suis méchante !... Seigneur Jésus ! Et il faut encore entendre des choses pareilles... Moi qui n'ai jamais eu de jeunesse... Moi qui...

— Donne-moi un morceau de pain...

Elle hoquetait comme les enfants longtemps après leurs larmes et Valérie avait des sillons mouillés sur les joues.

— Oui, je partirai... Tout le monde s'est moqué de moi et j'aurais continué jusqu'à ma mort à être la servante des autres... Je me demande...

Oui, qu'est-ce que sa mère était allée faire dans la boutique ?

Il était neuf heures. Les cyclistes commençaient à passer sur la route, quelques voitures rapides qui n'apercevaient les Quatre-Bras que comme un jeu de construction au milieu de la croix des chemins.

Elle s'en irait ! Du moment que sa mère avait de l'argent... S'il le fallait, si elle ne trouvait pas de chambre un dimanche, elle coucherait une nuit à l'*Hôtel du Marché* où on la connaissait et où on ne lui prendrait pas trop cher. Quand ses sœurs apprendraient... Qu'est-ce qu'elles avaient fait pour leur mère, ses sœurs ?... Est-ce qu'elles l'avaient lavée des pieds à la tête ?... Est-ce qu'elles l'avaient portée deux fois par jour, même que certains soirs Valérie en avait les reins brisés comme si elle avait fait la lessive toute la journée...

— Tu ne feras pas ça... Tu sais bien que j'en mourrais...

Elle vivrait cent ans, oui ! Elle avait toujours prétendu qu'elle vivrait cent ans comme sa grand-mère !

Si elle n'était pas allée ouvrir la porte à Gérard...

— Il va falloir que je remette mes souliers...

Valérie parlait toute seule. Elle regardait ces deux instruments de torture, informes, sur le carreau de la cuisine. Maintenant que ses pieds étaient chauds, c'était toute une affaire de les chausser et, pendant une demi-heure au moins, cela lui ferait mal à crier...

Qu'est-ce que sa mère...

— Avoue que tu m'as toujours sacrifiée... Déjà quand j'étais petite, c'était moi qui devais m'occuper de mes sœurs, et on me taillait mes robes dans tes remises-bas, alors que pour elles...

— Tu sais bien que tu n'étais pas coquette...

— Parce que tout le monde disait que j'étais laide !

— Ma petite Valérie...

— Il n'y a pas de petite Valérie... Je m'en irai... Dans deux heures, je...

— Mets-moi dans mon fauteuil, au moins...

— Non...

— Tu vas me laisser dans mon lit ?

La vieille pleurait à nouveau, sans bruit, en faisant cette moue enfantine qu'elle savait émouvante.

— Assieds-toi... Tiens-toi raide...

— Je savais bien...

— Je te mets dans ton fauteuil, mais je partirai quand même...

— Donne-moi ma couverture... Tu n'as pas encore porté à manger aux poules...

— Cela m'est égal...

— Elles ne t'ont rien fait...

Évidemment ! Valérie alla leur jeter quelques poignées de maïs, mais elle n'eut pas le courage de couper de l'herbe pour les lapins. Elle se contenta de leur mettre des morceaux de betterave.

— Valérie !...

— Qu'est-ce que tu as fait dans...

— Je ne sais pas... Je te jure que...

— D'ailleurs, cela m'est égal... Tout ce qui importe, c'est que tu es capable de marcher seule et que, pendant dix ans...

— Une chopine de rosé ! cria quelqu'un dans la boutique.

Un cycliste, un gars d'un village voisin, raide dans son costume des dimanches, des pinces au bas des pantalons. Valérie alla le servir. Par la porte entrouverte, elle voyait sa mère dans son fauteuil, devant le poêle, où elle passait toutes ses journées.

— Vous me donnerez un bout de saucisson...

Elle en coupa deux tranches et les pesa.

— Cela fait quinze sous de saucisson et dix-huit sous de vin...

La dernière fois qu'elle en servait ! Elle n'avait jamais supporté l'odeur de vinasse et elle avait des nausées chaque fois qu'elle allait tirer une chopine au tonneau.

Les cloches sonnaient pour la grand-messe. Car il y a des gens qui peuvent se lever tard et s'habiller avec soin pour aller à une messe qui dure près d'une heure ! Et ils traînent encore, après, dans le village !

Qu'est-ce que sa mère...

Du moins, elle ne laisserait pas la maison seule, pour que la Rose ou n'importe quelle voisine...

— Va jouer hors d'ici, toi...

C'était Ninie, qui était entrée dans la boutique et qui se traînait à quatre pattes derrière le comptoir.

Valérie fit le lit de sa mère, retourna les matelas en forme de nuages, bourrés de plumes, tapota l'édredon rouge. Puis elle fit son lit. Puis elle se dit que la chèvre... Est-ce que la chèvre, qu'on entendait bêler, était responsable ?... Elle traîna la chaise, saisit le piquet de fer, le maillet...

Qu'est-ce que sa mère...

Et elle regardait, toute triste, cette croix comme tracée à la craie par les deux routes dans la campagne livide et froide.

A midi, l'autobus de Vervant s'arrêterait en faisant criailler ses freins. Le chauffeur se pencherait pour voir dans le débit s'il y avait des clients pour lui.

— Pas de commissions, mademoiselle Valérie ?

Elle mollissait. Cela lui faisait à l'intérieur l'impression d'un bain tiède.

Pourquoi sa mère ne voulait-elle pas lui avouer…

Quand elle rentra dans la cuisine, elle la trouva devant le poêle, tête basse, les mains emmêlées d'un chapelet, car elle avait l'habitude de prier pendant l'heure de la messe.

Valérie boucla sa valise. Elle avait encore le temps de mettre ses chaussures. La porte de la rue était vitrée comme celle de la cuisine. Au lieu de l'imitation de vitrail, elle était garnie de réclames transparentes, une bleue, pour de l'amidon, avec un gros lion blanc, une rouge pour de la pâte à fourneaux. Depuis qu'elle avait ouvert les yeux à la vie, Valérie avait vu ces deux réclames à la même place et ses journées avaient été entrecoupées par la sonnette de la boutique qu'elle reconnaîtrait entre toutes les sonnettes du monde.

Bon ! Voilà que Mme Paillat…

Celle-là, qui n'allait pas à la messe, profitait du dimanche matin pour faire ses achats, comme si…

— Qu'est-ce qu'il vous faut, madame Paillat ?

— D'abord un paquet de chicorée…

— Voilà !

— Un quart de kilo de sucre… Une bouteille de vinaigre blanc…

— Vous avez rapporté la bouteille vide ?

— Non… Mais cela ne fait rien… Je vous la rapporterai une autre fois…

Régnait-il quelque part la même odeur que dans le débit ? C'était très compliqué. Il y avait des relents de pétrole, mais traversés par l'odeur plus aiguë du marc et du cognac, avec une pointe de cannelle, de girofle et comme un arrière-fond de café. C'était doux et tiède. L'encaustique des tables, que Valérie passait chaque matin au chiffon…

— Une boîte de sardines… disait Mme Paillat, qui tenait son filet sur son ventre. Tiens ! Tant que vous y êtes, servez-moi donc un petit verre, que j'ai l'estomac tout barbouillé…

C'était chaque matin qu'elle avait l'estomac barbouillé et qu'elle éprouvait le besoin de le nettoyer avec un petit verre.

— Par le froid qui court… Un litre de pétrole… Je me demande quand ils se décideront à nous mettre l'électricité… On paie ses impôts comme les autres et cependant… Vous n'avez plus de cornichons ?…

— Mais si, madame Paillat…

Valérie prenait des précautions pour servir, à cause de sa robe des dimanches, et surtout pour passer près du fût de pétrole, toujours couvert d'une sueur malodorante.

— C'est le fond du bocal… Si vous vouliez m'en ouvrir un autre…

Valérie s'était tendue pour atteindre le bocal en question et à ce moment...

— Ce n'est pas possible... dit-elle.

— Quoi ? Qu'est-ce qui n'est pas possible ?...

— Rien...

Elle avait ouvert le bocal trois jours plus tôt. Elle n'en avait servi que quatre fois et elle était sûre que la veille, quand elle avait pesé un quart de livre à la mère de Ninie...

— Je n'en ai plus d'autres... Mais il y en a assez, vous voyez... Je vous fais même bon poids...

— Tant que vous y êtes, mettez donc ce qui reste...

Valérie était toute drôle. Elle servait machinalement et, contre son habitude, elle ne prit pas garde au plateau de la balance qui retombait trop lourdement.

— Voilà, madame Paillat... Cela fait...

Elle calcula, sur un morceau de papier brun.

— Onze francs et six sous... Vous n'avez pas de monnaie ?...

Elle dut aller en chercher dans son porte-monnaie resté dans la cuisine où sa mère ne bougeait toujours pas. Elle oubliait de regarder l'heure à chaque instant, comme elle le faisait un peu plus tôt.

La porte, en s'ouvrant et en se refermant, déclencha la sonnette. Il n'y eut à nouveau plus que la mère et la fille dans la maison.

La vieille semblait résignée et ne soufflait plus mot, pendant que Valérie retirait sa robe.

— Maman...

— Quoi ?...

— Tu ne veux toujours pas me dire...

— A quoi bon torturer une pauvre vieille qui n'en a plus pour longtemps à...

— Qu'est-ce que tu...

— Je mourrai toute seule dans mon coin et vous viendrez sur ma tombe, me supplier de...

— Tais-toi ! Qu'est-ce que le docteur t'a défendu ?

— Est-ce que je sais, moi ?...

— Moi, je le sais !... Il t'a défendu... Il t'a défendu...

Valérie, comme quelqu'un qui perd la respiration, se jeta sur son lit, dressé dans la cuisine et, la tête dans les mains, se mit à sangloter.

— Tu le sais bien ! cria-t-elle tout à coup. Tu le sais bien, qu'il t'a défendu les cornichons...

La vieille n'osait pas encore se réjouir.

— Et pourtant, tu as profité de ce que j'étais à la première messe, pour... pour... Où les as-tu mis ?...

Allons ! Elle se redressait. Inutile de pleurer sur son sort. Elle ne s'en irait pas. Avait-elle jamais espéré sérieusement qu'elle s'en irait et qu'elle deviendrait couturière en ville ?

— Dis-moi au moins où tu les as mis ?... Il y en avait plus d'une demi-livre et...

— Tu es méchante...

— Je te préviens que, si tu ne réponds pas, si tu ne me dis pas où tu les as mis...

Alors la vieille baissa la tête.

— Réponds, maman...

On entendait un bruit lointain, celui de l'autobus qui...

— Réponds vite... Si tu ne réponds pas...

Elle oubliait qu'elle n'avait pas encore mis ses souliers et elle menaçait de prendre sa valise.

— Je les ai...

Un silence.

— Passe-moi un mouchoir... Je les ai... Je les ai mangés...

Le chauffeur, un beau garçon à moustaches brunes, se pencha sur son siège :

— Pas de commissions, mademoiselle Valérie ?

Et elle, sur le seuil, avec un petit sourire amer, mais presque résigné :

— Pas de commissions, monsieur Eugène... A part les fromages que vous devez me rapporter.

Dans la maison, comme elle refermait la porte, il y avait une odeur de plus, mêlée à toutes les odeurs, mais qui aurait pu deviner que c'était l'odeur des larmes ?

— Un pernod, Valérie !...

— Un vermouth-cassis !

Ils ne sentaient que leur verre ! Car l'odeur des larmes n'existe que pour ceux qui les versent.

Et ces larmes-ci avaient un arrière-goût de vinaigre, d'estragon, et de cornichon.

L'ÉPINGLE EN FER À CHEVAL

La marchande de lait était encore au bout de la rue, à fournir les deux dernières maisons avant de tourner dans la rue de l'Enseignement. La scie mécanique de chez Halkin, derrière la palissade peinte en vert, rythmait l'univers et il y avait, dans le bleu du ciel, des frémissements mystérieux, des formes invisibles qui passaient, qu'on devinait, mais qui avaient déjà disparu quand on s'était fait mal aux yeux à essayer de les fixer.

— Toi, tu es trop petit... venait de déclarer gravement Doudou, qui avait un peu plus de quatre ans.

A part la voiture de la marchande de lait, là au bout, et une femme aux cheveux défaits qui se penchait sur son seuil en tendant un poêlon d'émail, la rue Pasteur était vide, coupée en deux dans toute sa longueur par l'ombre et le soleil. De l'herbe poussait entre les pavés. Et, du côté du soleil, il sortait des pierres et des maisons ce même frémissement qu'on sentait errer dans le ciel.

— Si tu étais plus grand, je te le dirais...

Quel était ce secret que Doudou ne pouvait pas confier au petit Corbion, qui avait un an de moins que lui ? Il ne devait pas s'en souvenir. Mais tout le reste serait désormais gravé dans sa mémoire. Ils étaient debout au milieu du trottoir. A quelques mètres, la fenêtre d'une cuisine-cave était ouverte et, dans l'ombre bleutée, on voyait la maman de Corbion qui repassait du linge très blanc.

En face d'eux, le mur en briques de l'école. Encore quelques minutes et à dix heures exactement, les portes des classes s'ouvriraient, la cour s'emplirait d'une telle clameur qu'on n'entendrait même plus la scie de chez Halkin.

— Dis-le-moi ! insistait le petit Corbion aux longs cheveux de fille.

Et Doudou, regardant vers le coin de la rue de la Loi, voyait déboucher son oncle Nicolas. C'était un événement. L'oncle Nicolas, qui était marchand de parapluies dans une autre ville, à plus de cent kilomètres, ne venait presque jamais rue Pasteur. Il avait de grosses moustaches et un crâne presque chauve. Et la mère de Doudou qui n'avait pas fini son ménage et qui était encore en négligé ! Elle allait s'affoler !

— Ne fais pas attention, Nicolas... Assieds-toi un instant, que je me donne un coup de peigne.

Pour Nicolas, justement parce que ses visites étaient rares, on ouvrait la porte du salon qui sentait l'encaustique. Il fallait écarter les persiennes toujours closes, prendre dans le buffet le carafon d'eau-de-vie qui ne servait pour ainsi dire que pour lui.

Doudou entendit la sonnette. La silhouette sombre de son oncle disparut dans la maison. Les bruits de la récréation éclatèrent dans la cour de l'école. Les mains dans les poches de son pantalon, flânant comme un petit homme, il ne s'inquiéta plus de Corbion et il alla rôder autour de chez lui. On avait repeint la porte au printemps, mal sans doute, car la peinture s'était cloquée. Par la serrure, Doudou observa le corridor sombre avec, au fond, la porte vitrée de la cuisine.

Il aurait pu toquer, comme d'habitude. Il préféra faire le tour. Deux maisons plus loin, il y avait une étroite venelle sur laquelle s'ouvraient les portes des jardins. Il se trouva dans la cour. On avait lavé le linge la veille. Il restait de l'eau bleuâtre dans les baquets. Les murs blanchis à la chaux ruisselaient de soleil.

— Ce n'est pas possible, Nicolas... disait sa mère. Comment veux-tu que ce soit lui ? Charles n'a jamais eu d'auto. Il ne sait même pas conduire...

Elle s'efforçait de rire, un peu nerveusement. La fenêtre du salon était ouverte. Doudou voyait son oncle et sa mère dans la pénombre. Un journal était étalé sur la table. Et Nicolas déclarait en allumant une cigarette :

— En arrivant à la gare, je me suis rendu à son bureau... J'ai demandé Charles et l'employé m'a répondu qu'il y avait deux ans qu'il n'était plus chez M. Bastien...

— Voyons, Nicolas, c'est impossible ! Ce matin encore il est parti à huit heures et demie, comme d'habitude...

Un rayon de soleil traversait la pièce en biais et enflammait les cheveux blonds de la maman de Doudou.

— Qu'est-ce que tu fais là, Émile ?

Car sa mère ne l'appelait jamais Doudou. Elle prétendait qu'il est ridicule de donner des surnoms aux enfants, que ça leur reste, que plus tard, ils en souffrent, que...

— Va jouer !... Je t'ai déjà défendu d'entrer par le jardin...

Elle était persuadée — tout le monde en était persuadé — qu'il était trop jeune pour comprendre. Les mains dans les poches, dodelinant sa grosse tête, il avait passé le reste de la matinée sur le trottoir. L'oncle Nicolas était parti.

— Émile !... Émile !...

Et sa mère lui recommandait :

— Quand ton père rentrera, il ne faut pas lui dire qu'oncle Nicolas est venu ce matin. Je t'expliquerai plus tard. Tu ne le diras pas ?

— Non...

Cela lui valut un morceau de chocolat. A midi et demi, son père, à son tour, tourna le coin de la rue. Il marchait, comme toujours, à grands pas mous. Il se penchait pour embrasser son fils. Il enfonçait la clef dans la serrure et il questionnait selon le rite de la maison :

— On mange ?

Sa femme souriait, d'un sourire un peu crispé.

— Rien de nouveau, au bureau ?

— Toujours la même chose...

— M. Bastien est aussi aimable avec toi ?

— Pourquoi me demandes-tu ça ?

— Je ne sais pas... Comme ça... Il nous a fait tant de cadeaux que je ferais peut-être bien d'aller le remercier...

Ils mangeaient tous les trois dans la cuisine. De l'autre côté de la fenêtre, le mur blanc de la cour reflétait toujours le soleil.

— Mange, Émile...

— Je n'ai pas faim...

— Mange au moins ta viande...

Il y avait, ce midi-là, quelque chose de pas naturel dans l'air.

— M. Bastien, prononçait gravement le père de Doudou, n'aime pas les effusions... C'est un original... Il est très généreux mais, si on le remercie...

— C'est bien dans la région de Boulogne que tu as fait ta dernière tournée ?

— Qu'as-tu à me poser ces questions ?

— Rien... Quelqu'un a cru te voir à Paris...

— Qui ?

— Je ne sais plus... Mange... Cela n'a pas d'importance... Il s'est sûrement trompé, puisque tu étais à Boulogne... En tout cas, tu diras à M. Bastien que je le remercie pour le nécessaire de couture qu'il m'a offert la semaine dernière... Il gâte beaucoup trop notre fils...

— C'est tout naturel... Depuis quinze ans que je suis chez lui...

Car il y avait quinze ans que Charles Boutet était entré en qualité d'employé chez M. Bastien, qui avait un important portefeuille d'assurances.

M. Bastien était vieux et riche. Charles Boutet n'avait pas tardé à devenir son homme de confiance.

— Qu'est-ce qu'il fait, ton père ? demandait-on à Doudou.

Et on lui avait appris à répondre :

— Directeur d'assurances.

Deux fois par mois, Charles Boutet quittait la ville pour trois ou quatre jours, afin d'aller visiter la clientèle dans les différentes villes du Nord.

— Une heure et demie... Il est temps...

Il se levait de table, se lavait les mains dans l'évier de la cour, mettait son chapeau melon et saisissait sa serviette.

— A ce soir !... A ce soir, Doudou...

— N'oublie pas de remercier M. Bastien de ma part...

A peine la porte s'était-elle refermée qu'elle éclatait en sanglots, le front sur la table non desservie.

— Surtout, ne dis pas à ton père que j'ai pleuré... Tu ne peux pas comprendre... Quand tu seras plus grand...

Elle repassait, dans la cuisine, comme Mme Corbion le faisait le matin.

La fenêtre était ouverte sur la cour où les ombres avaient changé de place. Doudou, assis par terre, jouait avec des cubes bariolés, quand il entendit la sonnette. Le réveille-matin sur la cheminée marquait cinq heures moins dix.

— Entre, Nicolas... Entrez, monsieur...

Un homme que Doudou ne connaissait pas, très gros, aux joues violacées, et qui soufflait. On le fit entrer avec l'oncle Nicolas dans le salon.

— Eh bien ?

— C'est ce que je pensais, répliqua Nicolas, il y a deux ans que ton mari a donné sa démission à son patron, en prétendant qu'il venait de faire un petit héritage et qu'il voulait travailler désormais pour son compte...

— Pourquoi ne me l'a-t-il pas dit ?... Excusez-moi, monsieur... Je suis tellement bouleversée...

Elle reniflait. Elle pensait cependant à retirer son tablier blanc, puis à venir dans la cuisine s'assurer qu'elle n'avait pas laissé un fer chaud sur la table.

— Va jouer, Émile...

L'oncle Nicolas poursuivait :

— M. Gilles l'a suivi tout à l'heure... Il a pris le tram et il s'est rendu derrière la gare, dans un petit café où on joue au billard...

— Mais il ne jouait jamais au billard !

— Maintenant, il y joue... Presque chaque jour, paraît-il...

— Voyons, Nicolas, comment est-ce possible ?... Et l'argent ?...

Les deux hommes se regardèrent. Doudou ne savait pas encore que le gros était un commissaire de police.

— Justement, madame... C'est ce qu'il faudra découvrir... Quant à cette photographie...

Il tira de sa poche le même journal que l'oncle Nicolas avait montré le matin.

— Reconnaissez-vous ce complet gris ?

Elle sourit sans assurance.

— Mon mari n'a jamais porté de complet gris... Sa profession l'oblige à être toujours en sombre...

— Et ce chapeau ?

— Non, monsieur... Depuis que je le connais, il ne porte que des chapeaux melons ; rarement, l'été, à la campagne, un panama...

— Pourtant, c'est bien lui, n'est-ce pas ?

— C'est peut-être quelqu'un qui lui ressemble ?

— Mais non, Sophie ! intervint Nicolas. Tu sais bien que c'est lui… Il n'est pas possible que deux hommes…

Entre eux, sur la table, un journal de Paris, à la première page abondamment illustrée. Sous un cliché, un titre :

Le nouveau système de signalisation a commencé hier à fonctionner.

Une photographie d'un carrefour des Grands Boulevards. Des autos arrêtées devant un signal. Au premier plan, seul au volant d'une voiture découverte, Charles Boutet, ou en tout cas quelqu'un qui lui ressemblait à tel point…

— Tu ne pourrais pas faire sortir le gosse ?

— Émile… Va jouer, je te l'ai déjà dit… Veux-tu laisser ce journal tranquille ?… Excusez-moi, monsieur, je fais tout ce que je peux pour bien l'élever, mais…

— C'est papa…

— Qu'est-ce que tu racontes ?… Va jouer !… Laisse les grandes personnes discuter et…

— C'est papa…

Et le commissaire de se pencher, bonhomme :

— Pourquoi dis-tu que c'est ton papa ?

— Parce que c'est lui.

— Pourtant ton papa n'a pas d'auto…

— C'est papa…

— C'est peut-être quelqu'un qui ressemble à ton papa, mais ce n'est pas lui…

Les oreilles de Doudou étaient devenues écarlates et il défiait les grandes personnes qui l'entouraient.

— C'est papa…

— Émile, encore une fois, je te dis d'aller jouer avec le petit Corbion…

— Un instant, madame… Pourquoi es-tu si sûr que ce soit ton papa ?

— A cause de son épingle…

— Quelle épingle ?

— Son épingle de cravate… Il l'avait encore mise à midi…

Les autres n'avaient pas vu les détails, surtout un aussi petit détail qui n'était, sur le cliché, qu'une tache blanche en forme de fer à cheval.

— Vous comprenez ce que votre fils veut dire, madame ? Peut-être que, si vous aviez une loupe…

— Je crois qu'il y en a une dans le tiroir…

Elle bouscula le gamin en passant.

— Quel genre d'épingle de cravate avait votre mari aujourd'hui à midi ?

— Il n'en a qu'une, monsieur le commissaire…

— Depuis longtemps ?

— Depuis un peu plus d'un an… Il avait toujours eu envie d'une épingle de cravate en forme de fer à cheval, avec de petits rubis incrustés... C'est son patron...

— M. Bastien la lui a offerte il y a un an ?

Elle rougit, examina la première page du journal à la loupe.

— Qu'est-ce que vous allez faire ? questionnait l'oncle Nicolas un peu gêné.

Quel besoin avait-il eu, celui-là, de se mêler de ce qui ne le regardait pas et d'aller demander conseil au commissaire ?

— A quel heure rentre votre mari ?

— A six heures et demie... Son bureau ferme à six heures... Enfin, il devrait quitter son bureau à six heures... Maintenant, je ne sais plus... Pour l'amour de Dieu, Émile, va jouer !...

— Dans ce cas, si vous le permettez, je vais attendre... Lorsqu'il rentrera, ne lui dites rien, ou plutôt dites-lui que quelqu'un l'attend dans cette pièce...

— Il faut que j'aille prendre mon train... fit Nicolas en se levant. Ma pauvre Sophie, je me demande vraiment... S'il y avait quelque chose de grave, télégraphie-moi, et...

Des grands jouaient aux billes le long du ruisseau et le soleil n'éclairait plus que le premier étage et le toit des maisons. Doudou, qui regardait, s'éloigna quand il aperçut son père au coin de la rue et, comme il avait l'habitude de le faire, il alla à sa rencontre puis marcha la main dans la sienne.

— Pourquoi ne m'as-tu jamais montré ton auto ?

— Qui est-ce qui t'a parlé de ça ?

— Oncle Nicolas et le commissaire... J'ai reconnu tout de suite ton épingle de cravate...

— Il est à la maison ?

— Qui ?

— Le commissaire ?

— Oui...

Charles Boutet ralentit à peine le pas. Puis il tira sa clef de sa poche et la tourna dans la serrure.

— Va jouer, fils...

— Papa...

— Quoi ?

Rien ! Doudou n'aurait pas pu dire ce qu'il ressentait. Il était triste. Il avait des remords, il ne savait pas au juste pourquoi. Il se souvenait de ses promenades du dimanche matin avec son père, quand ils allaient tous les deux à la pâtisserie acheter le saint-honoré traditionnel.

Doudou pouvait demander ce qu'il voulait, des billes, des bonbons, un jouet.

— Chut !... Attends quelques jours... N'en parle pas à ta mère...

Ce « n'en parle pas à ta mère... » était aussi traditionnel que le saint-honoré. Quelques jours plus tard, en effet, Charles Boutet, un peu gauche, revenait avec le jouet.

— M. Bastien, pour me remercier des heures supplémentaires que j'ai faites, ces temps derniers, m'a remis ceci pour le gamin...

Comment M. Bastien pouvait-il deviner ainsi ce dont Doudou avait envie, sans jamais se tromper ? Et pourquoi son père lui adressait-il un clin d'œil, comme pour recommander :

— Surtout ne dis rien à ta mère !

Personne dans le corridor. Boutet se débarrassait au portemanteau.

— Va retrouver ta mère...

Il poussait la porte du salon. Dans la cuisine, la maman pleurait.

— Tu lui as dit quelque chose ?

— Que j'avais reconnu son épingle...

Un murmure de voix. La porte qui s'ouvrait à nouveau.

— Sophie ! Veux-tu venir un instant ?

Et le salon resta fermé pendant près d'une heure. Des haricots brûlaient sur le feu. La fenêtre était toujours ouverte, mais de la fraîcheur humide venait maintenant de la cour.

— Qu'est-ce que vous répondez, monsieur Boutet ?

— Je me doutais que cela arriverait un jour. Je n'ai jamais eu de chance...

Il était grand et doux, blond, avec des traits flous comme sur une photographie qui commence à s'effacer. Il se tournait vers sa femme et balbutiait :

— Je te demande pardon...

Elle avait déjà tant pleuré ce jour-là qu'elle ne pouvait plus que renifler en frottant ses yeux du coin de son tablier.

— Vous aviez un pied-à-terre à Paris ?

— Une chambre meublée, près de la gare du Nord, rue de Maubeuge...

— Et une auto ?

— Je l'ai achetée voilà un mois...

— Pourquoi ?

— Parce que j'avais envie d'avoir une auto...

— Vous aviez aussi une maîtresse ?

Il rougit, secoua la tête.

— Je n'ai jamais eu de vraie maîtresse...

— Il vaut mieux tout avouer, Charles !

— C'est la vérité... Je n'ai jamais eu de vraie maîtresse... *Ce n'était pas pour ça...*

— Il est évident que vous n'avez fait, voilà deux ans, aucun héritage...

— C'est exact...

— Comment vous êtes-vous procuré l'argent pour vivre une double vie ?

— *Je ne l'ai pas fait exprès...*

— Expliquez-vous...

— C'est simple, monsieur le commissaire... J'en demande encore une fois pardon à ma femme... Je gagnais très peu d'argent chez M. Bastien... Il m'aimait beaucoup... Il me le répétait sans cesse, mais il ne pensait pas à m'augmenter... Il ne sait pas, je crois, ce que coûte un ménage... Alors, j'ai pris de petites sommes, de très petites sommes, presque chaque jour... C'est moi qui tenais la caisse... M. Bastien n'était jamais au bureau, ne s'occupait pas des affaires... C'était facile... Cinq francs... Dix francs... De quoi rapporter à la maison une pâtisserie, un jouet au bébé, de quoi m'acheter des cigarettes, un cigare. En rentrant, je disais :

» — M. Bastien m'a donné ceci...

» Et ma femme le croyait...

Elle retrouvait des larmes et se cachait le visage.

— Voyez-vous, je n'avais pas envie de vivre autrement mais envie de vivre un peu mieux, d'acheter des choses dont nous parlions toujours sans pouvoir nous les offrir... C'est devenu une manie... Je prenais aussi des objets, des objets inutiles... Chez M. Bastien, il y a de pleins greniers d'objets inutiles, dont il ignore même l'existence, et dont nous rêvions...

— Charles !

— C'est comme ça... Trois fois, pendant que j'étais chez lui, M. Bastien a hérité, de tantes ou d'oncles qu'il connaissait à peine... J'étais chargé de dresser l'inventaire, de classer tout ça. Le sous-main qui est dans la chambre...

— Charles !

— Et bien d'autres objets... Cela aurait pu durer longtemps, toute la vie... Quand il a hérité de sa tante Grégoire, de Bourges, j'ai découvert des titres et des obligations de toutes sortes, qui n'étaient même pas répertoriées... J'ai pris une obligation... Elle valait peut-être trois cents francs... Je n'avais aucune idée préconçue... Or, quelques mois plus tard, elle est sortie au tirage à cinq cent mille francs...

— Vous avez encaissé les cinq cent mille francs ?

— C'est de là que tout est venu. Je ne pouvais me servir de cet argent... Je ne pouvais pas en faire profiter ma femme et le gamin... Pendant des mois, j'ai continué à aller au bureau... Je rapportais des cadeaux, toujours en prétendant que c'était de la part de M. Bastien... Je m'ennuyais... J'étais riche et je continuais à vivre comme un petit employé...

» J'avais souvent pensé, en voyant les gens dans la rue aux heures de bureau, que ceux-là étaient heureux qui disposaient de tout leur temps...

» Alors pour faire comme eux, j'ai donné ma démission... Seulement, ma femme devait l'ignorer... Je devais m'amuser tout seul... Je me suis mis à jouer au billard... Je fréquentais des petits cafés loin du centre de la ville...

» Quand il manquait quelque chose à la maison, il me fallait employer des ruses pour faire croire que c'était un cadeau de M. Bastien que je rapportais...

» C'était le matin le plus pénible, parce que je ne savais pas où aller... Je ne trouvais pas de partenaire pour une partie de cartes...

» Alors, je suis allé jusqu'à Paris... J'ai loué une chambre... Je me suis acheté d'autres vêtements... J'allais au cinéma, au théâtre... Mais je vous jure que je ne m'amusais pas...

» Même l'auto... Je craignais toujours d'avoir un accident, et d'être ainsi découvert...

» Je suis bien content que ce soit fini... Je demande pardon à ma femme... Je demande pardon à M. Bastien...

Il baissait la tête, résigné au pire.

— Je savais bien que cela ne durerait pas, qu'il y aurait une anicroche, *mais comment faire* ?

— Vous êtes prêt à renouveler vos aveux devant le juge d'instruction ?

— Quand vous voudrez...

— Charles ! Comment as-tu pu... ?

Dans la cuisine par terre, il y avait un petit bonhomme qui essayait en vain de s'amuser avec ses cubes et qu'incommodait l'odeur des haricots brûlés.

Il vit la porte s'ouvrir. Le commissaire était très poli.

— Puisque vous êtes d'accord, le mieux est que nous allions tous les deux...

Dans le corridor, Charles Boutet se retourna vers la porte vitrée de la cuisine.

— Bonsoir, fils ! lança-t-il.

— Papa !...

Mais les deux hommes s'en allaient déjà et Sophie prenait l'enfant dans ses bras en balbutiant :

— Ton papa est parti... Nous allons être nous deux pendant longtemps...

Du mouillé, du salé sur ses joues. Des gens sur les seuils, dans la rue. Une étrange soirée, dans la cuisine qui semblait vide.

— Où est-ce qu'il a mis l'auto ?

— Il ne faut pas parler de ça...

— Pourquoi ?

Trois hommes, le lendemain, qui, en compagnie du commissaire à la respiration courte, fouillaient la maison, y compris le linge des armoires.

— Va jouer, Émile...

La rue coupée en deux par la frontière d'ombre et de lumière. Le petit Corbion qui était vraiment trop petit pour comprendre.

— Pourquoi est-ce qu'on l'a emmené, ton père ?

— Parce qu'il a volé !

Un mot attrapé par hasard.

— Il a volé une auto...

— Jojo !... Jojo !... Veux-tu rentrer tout de suite...

C'était Mme Corbion qui rappelait son fils et qui le secouait :

— Je t'ai défendu ce matin de jouer avec ce gamin-là...

Un grand vide. Les souvenirs des enfants ne s'enchaînent pas toujours. Un déménagement. Le train. Une autre ville. Un logement de deux pièces dans une rue plus étroite qui sentait le pauvre. L'école. Mais ce n'était pas l'école aux murs de briques roses dans la cour de laquelle les enfants s'égayaient pour la récréation. Il y avait des usines autour, sans le bruit familier de la scie mécanique des Halkin.

Un an ! Deux ans...

Un homme qui l'attendait, un jour, à la sortie de la classe avec une barbe courte sur tout le bas du visage et des yeux tristes.

— Tu ne me reconnais pas ?

Et lui, les yeux braqués sur ce visage.

— Papa...

— Nous allons encore déménager... Ta maman ne travaillera plus dehors.

— Et l'auto ?

— Il n'y a plus d'auto... Tu comprends... Il n'y a jamais eu d'auto... Est-ce que, pendant que j'étais parti, tu as été gentil avec ta maman ?

— Oui...

Mais ils n'étaient plus dans leur ville, dans leur rue aux lumières, aux ombres et aux bruits familiers. Les campagnes n'étaient pas les mêmes non plus.

— Qu'est-ce qu'il fait, ton père ?

Il aurait voulu répondre :

— Directeur d'assurances...

Ce n'était pas vrai. Qu'est-ce qu'il faisait ? Il changeait de métier. On changeait encore de ville. On changeait de maison. Il y éclatait des disputes.

— Quand on a été capable de faire ce que tu as fait...

Et c'est pourquoi le souvenir de la rue Pasteur, certain matin, un peu avant la récréation, quand la marchande de lait était déjà au bout de la rue, et quand l'oncle Nicolas tournait le coin, restait plein de magnificence.

— Qu'est-ce qu'il fait, ton père ?

Doudou répondait fièrement :

— Il *était* directeur d'assurances... Il *avait* une auto...

Et une épingle de cravate en fer à cheval où étaient sertis de petits rubis !

Et le dimanche matin, la main dans la main de son père, il allait à la pâtisserie Montussier acheter un saint-honoré, qu'il portait délicatement par la ficelle rouge...

— Tu comprendras plus tard ! lui répétait-on.

LE BARON DE L'ÉCLUSE
ou
la croisière du Potam

Un *écurie* montant venait de quitter l'écluse. Il n'avait pas parcouru cinquante mètres que déjà le cheval était happé par la grisaille, avec la petite fille au parapluie qui le conduisait et la péniche elle-même devenait floue comme une mauvaise photographie. Pourtant, ce n'était pas du brouillard ; c'était de la pluie. Et l'éclusier, son pardessus sur la tête, prenant garde de ne pas faire glisser son pilon dans la boue, se dirigea vers chez Maria.

Cette fois-ci, son excuse était que sa femme faisait le grand nettoyage et qu'il gênait dans la maison. Mais il aurait pu fendre du bois dans le bûcher ou faire n'importe quoi, à l'abri.

— Une goutte, Maria.

Il disait une goutte pour un petit verre, comme les marins belges qui passaient sur le canal. Il se chauffait les mains. Il reniflait la bonne odeur de goudron, d'épices, de pétrole et de genièvre de contrebande. Il regardait Maria toujours calme, toujours raide, toujours aussi nette qu'au sortir de sa toilette. C'est elle qu'il aurait dû épouser et il n'aurait sans doute pas cinq mioches, sans compter celui qui était en route.

Maria garda un instant en suspens la main qui prenait la bouteille. Elle écoutait quelque chose et il écouta aussi. Il alla jusqu'à la porte, essuya la buée de la vitre.

C'est ainsi qu'il fut le premier à apercevoir le *Potam*. Ce n'était encore qu'une tache blanche. En dessous de l'écluse de Bissancourt — l'écluse 68 du canal de la Marne à la Saône — le bief avait trois kilomètres. Le bief d'amont en avait juste autant ; 2 km 900 pour être précis, comme c'était inscrit sur la plaque bleue du bureau de déclaration. L'*écurie*, tout enrobé de hachures, n'avait pas parcouru deux cents mètres.

Quant à ce petit bateau blanc qui s'approchait avec un bruit énervant d'insecte, c'était évidemment un de ces yachts qui vont de Paris à la Méditerranée sans se douter qu'ils dérangent plus de mille éclusiers.

— A ta santé, Maria...

— A la tienne, Paul...

Le petit bateau était déjà là, mais Paul ne se pressait pas d'aller l'écluser. Il ne se pressait jamais et les habitués préféraient manœuvrer eux-mêmes les portes et les vannes.

— On dirait qu'il cherche à s'amarrer... Quand on pense que des gens font ça pour le plaisir !...

Il n'y avait qu'un homme à la barre, vêtu d'un ciré noir. Il cherchait visiblement une bonne place près du talus. Il fit deux ou trois manœuvres maladroites, chercha des yeux quelqu'un à qui lancer son amarre, ne trouva personne et finit par sauter sur la berge où il s'étala dans l'herbe mouillée et glissante.

Maria et l'éclusier continuaient à le contempler en silence. L'homme mit une amarre à l'avant et une amarre à l'arrière, plaça une étroite passerelle. Puis il disparut quelques minutes dans la cabine et en ressortit coiffé d'une belle casquette à écusson et monocle à l'œil.

Enfin, il s'approcha de la boutique de Maria où celle-ci et Paul, figés derrière la vitre glauque, avaient l'air de deux poissons muets dans un aquarium. La sonnette tinta. Il laissa la porte ouverte et cela fit de l'air.

— Le bureau de poste, s'il vous plaît ?

— Le bureau de poste de Bissancourt ? C'est au village, à deux kilomètres et demi...

Il parut déçu. Sans doute s'attendait-il à trouver le village au bord du canal et, après avoir touché le bord de sa casquette, il s'éloigna entre les deux rangées d'arbres de la route.

L'éclusier resta encore un petit moment chez Maria puis, malgré la pluie, il alla examiner le yacht de plus près. Il se pencha pour jeter un coup d'œil dans la cabine et il devint fort rouge, car ce qu'il apercevait, c'était une femme presque nue qui faisait sa toilette.

— Dossin, avec deux *s*...

— Il n'y a rien.

— Vous êtes certain ?

— Puisque je vous dis qu'il n'y a rien...

Il allait sortir. Il revint sur ses pas.

— Et au nom du Baron ?...

— Comment, du Baron ?...

— Oui, d'habitude, on m'appelle le Baron...

— Je n'ai pas vu un mandat télégraphique depuis plus de trois mois...

On aperçut à nouveau la silhouette du Baron sur la route déserte où le macadam était aussi luisant qu'un miroir. Son visage mouillé de pluie était rouge et le monocle y paraissait encastré comme une vitre.

— Eh bien ? questionna une voix quand il sauta sur le quai.

Il descendit sans mot dire. Lola avait troqué son peignoir bleu, qu'elle ne quittait guère de la journée, contre un tailleur de serge marine.

— Pourquoi t'es-tu habillée ?

— On ne va pas manger ?

— Le mandat n'est pas arrivé.

— M... ! fit-elle en retirant sa veste. Qu'est-ce qu'on va faire ?

— Qu'est-ce que tu voudrais qu'on fasse ?

— Combien te reste-t-il ?

— Six francs... Et à toi ?

Elle fouilla dans son sac, ses poches, une petite boîte où elle mettait ses menus objets et elle trouva trois francs cinquante.

— J'ai de quoi envoyer un télégramme à John... dit-il.

— C'est loin ?

— Deux kilomètres et demi...

— Dépêche-toi... La poste sera fermée.

S'il n'y avait rien à manger, il restait à boire. Trois pleines bouteilles de whisky.

— Ce sera peut-être arrivé...

Il passa trois autres bateaux montants et deux avalants. Du pont des péniches, les mariniers regardaient par les hublots du yacht une jeune femme en peignoir bleu qui, étendue sur une couchette, les genoux hauts, lisait en fumant des cigarettes.

L'éclusier ne manquait pas de leur lancer un clin d'œil.

— Vous l'avez vue ?... Tout à l'heure... Eh bien !... Hum !... Elle était pour ainsi dire nue...

Les manivelles étaient froides. Tout était froid, mouillé, gluant, et il faisait bon entrer chez Maria pour boire quelque chose de fort près du poêle qui ronflait.

S.O.S. Envoyer coûte que coûte fonds extrême urgence poste restante Bissancourt.

— Par exemple, dit la postière, si le mandat arrive demain je ne pourrai pas vous le payer. C'est dimanche...

Et si Châlons-sur-Marne avait oublié de le faire suivre ?

— Vous êtes certaine qu'il n'existe pas d'autre Bissancourt ?

Ce soir-là, le Baron et Lola vidèrent une bouteille entière de whisky, se disputèrent, échangèrent des grossièretés et finirent par s'endormir. Le dimanche matin, il pleuvait de plus belle et une péniche était amarrée tout près d'eux.

Le Baron, la bouche pâteuse, l'estomac tiraillé, se rasa avec soin, mit une chemise de soie — il n'en avait pas d'autres —, une cravate assortie à son veston bleu croisé, et il avait vraiment grande allure.

— Puisqu'on t'a dit qu'on ne te payerait quand même pas !

— Si le mandat est arrivé, je m'arrangerai... J'irai dans un magasin et je dirai...

Il commençait à connaître la route, le vilain village aux maisons trapues, en briques noirâtres, l'église ramassée sur elle-même comme une grosse bête, et la postière qui lui laissait à peine le temps d'entrer.

— Il n'y a rien pour vous...

— A quelle heure fermez-vous ?

— Onze heures...

— Je reviendrai à la dernière minute...

Des boulangers, deux bouchers, un charcutier... A onze heures il n'eut pas la peine d'entrer à la poste : la receveuse lui fit signe que non par la fenêtre grillagée.

— S'il restait seulement de quoi prendre le train, songeait Lola qui, elle, n'avait pas eu le courage de se débarbouiller et qui avait la peau luisante.

— Si tu crois qu'il y a des trains par ici...

— Cela t'amuse, toi !

Cela ne l'amusait pas, mais il s'efforçait de rester digne.

— Demain le mandat sera ici et... John est un chic type... Il a dû oublier mais, quand il recevra mon télégramme...

— J'aurais dû me méfier de tes combines... Avec toi, c'est toujours pareil... Toujours demain... En attendant... Tu n'as rien à vendre ?

— Tu sais bien que j'ai bazardé ma montre à Châlons...

— La mienne aussi ! Toi, je te retiens !... Ah ! Comme croisière vers la Côte d'Azur, c'est réussi...

A l'arrière de la péniche voisine il y avait une tente et sous cette tente, une petite fille barbouillée mangeait une énorme tartine.

— Tu vas encore être ivre...

— Faute de manger...

Et pourtant, cette fois-ci, le Baron n'avait pas bluffé. C'était peut-être la première fois de sa vie. D'habitude, oui, peut-être avait-il tendance à prendre ses désirs pour des réalités, ou plutôt à créer des réalités momentanées avec de simples espoirs !

— J'ai presque vendu la collection de Mme Oswald... Demain, je dois toucher dix mille francs...

Il ne touchait pas les dix mille francs. Il n'en était pas moins tiré à quatre épingles, monocle à l'œil, à l'heure de l'apéritif, dans un des bars élégants qu'il fréquentait. Et, ma foi, si les dix mille francs ne tombaient pas, il en tombait des miettes, puisqu'il y avait des années que cela durait et qu'il n'était pas mort !

— A propos, Baron, tu ne voudrais pas me rendre un service ?

Il rendait des services. C'était en quelque sorte sa profession et on l'emmenait à Deauville ou à Cannes, on l'invitait à chasser ou à dîner. Comme il avait invariablement oublié son portefeuille...

Cette fois, par contre, c'était sérieux. Il l'avait dit à Lola.

— Tu veux vivre deux ou trois mois en yacht sur la Côte d'Azur ?

— Sans blague ! Tu as hérité ?

— Presque... Je vais toucher deux cent mille francs... J'ai déjà le yacht... John me l'a donné en acompte... On fera les canaux et les rivières sans se presser et on sera à Nice pour le Carnaval...

Qu'est-ce qui pouvait être arrivé à John ? Car, enfin, le Baron avait bel et bien gagné son argent.

— Tu ne connais personne qui veuille acheter un hôtel particulier tout à côté de l'Étoile ?

— Combien ?

— Deux millions... Dix pour cent pour toi...

Il y avait un an de ça. Depuis lors, le Baron ne pouvait pas rencontrer quelqu'un dans un bar sans lui demander :

— Dites donc... Vous n'auriez pas besoin d'un adorable hôtel particulier à deux pas de l'Étoile ?

Le miracle s'était produit. C'était à *La Coupole*, à cinq heures du matin, devant des saucisses grillées.

— Combien ?

— Deux millions...

— Je prends...

Le lendemain, il n'était pas sûr que ce n'était pas une blague, mais avant midi son compagnon de la veille lui téléphonait. C'était un Américain du Sud.

— A propos... Quand est-ce qu'on peut voir votre petite maison ?...

Le surlendemain, tout était conclu en principe et John, grand seigneur, annonçait :

— Il doit me payer la semaine prochaine... Si, en attendant, tu veux le *Potam*... J'en ai commandé un autre.

— Tu n'aurais pas pu attendre l'argent ?

— Bien sûr ! Mais c'était si beau, ce départ en plein hiver, vers le soleil !

— Je t'enverrai une partie des fonds en route et je déposerai le reste à ta banque... Où t'arrêteras-tu ?

A Épernay, c'était trop près. Le Baron choisit Châlons-sur-Marne. Et, à Châlons, il n'y avait rien à la poste. Toute la journée, des gamins venaient contempler le yacht sous la pluie, cracher dessus, faire des réflexions plus ou moins agréables ou jeter des pierres.

— Allons un peu plus loin, dans un village... Je préviens John par télégramme...

Et il avait pris au hasard une écluse sur la carte : Bissancourt.

— Tu ne te sens pas malade, toi ? Tu ne vois vraiment pas le moyen... ? Pour un type qui a passé sa vie à taper les gens...

— D'abord, tu exagères... Ensuite, si on peut taper, comme tu dis si élégamment, des gens de la même espèce que soi, il est autrement délicat de...

Chez Maria, en face, il y avait des saucissons en vitrine, des boîtes de sardines, une demi-boule de Hollande. Mais peut-on, pour quelques francs, déclarer à une femme comme elle :

— Je n'ai pas de monnaie... Je vous paierai demain...

La pluie, par-dessus le marché. Il valait mieux rester dans son coin et attendre. Et l'idiot de marinier qui les observait parfois par le hublot ne manquait pas de dire à l'éclusier :

— Vous parlez d'une nouba qu'ils font là-dedans !... Qu'est-ce qu'ils se mettent comme bouteilles !...

— Où vas-tu, Lola ?
— Je n'en sais rien... Je crève de faim...
— Si tu crois que tu auras moins faim dehors...
Elle s'habilla néanmoins et s'éloigna dans la direction du village. Il essaya de dormir et n'y parvint pas. A cinq heures, elle n'était pas rentrée. Alors, il poussa la porte de chez Maria, où deux mariniers jouaient aux cartes avec Paul l'éclusier. Sa voix sonna un peu faux quand il lança :
— Sale temps, n'est-ce pas ? Vous faites la belote ?
— A trois, malheureusement...
— Si vous voulez un quatrième...
Il joua. Il but du vin. Il raconta des histoires.
— Dites donc, patronne, vous n'auriez pas une tranche de saucisson ?
Il en mangea cinq tranches, six tranches, tout en maniant les cartes et l'odeur d'ail, qu'il ne supportait pas d'habitude, ne l'écœurait pas.
— Hum !... fit l'éclusier.
— Quoi, hum ?
— Vous n'avez pas remarqué ?
— Quoi ?
— Maria !... Vous avez une touche...
Il regarda Maria qui avait une quarantaine d'années et qui, effectivement, lui lançait de petits coups d'œil bienveillants.
— Votre saucisson est une merveille...
— Vous en voulez encore ?
La femme d'un marinier vint chercher son mari pour la soupe.
Le Baron, resté le dernier, bégaya en se fouillant :
— Bon ! Voilà que j'ai laissé mon portefeuille à bord... Je vais aller le chercher...
— Ce n'est pas la peine de vous déranger exprès...
— Alors, à demain... Nous comptons rester quelques jours...
Il rencontra Lola qui rentrait avec un petit air satisfait.
— D'où viens-tu ?
— Du village.
— Qu'est-ce que tu as fait ?
— Et toi ?
— Rien...
— Moi non plus...
— Je parie que tu as mangé...
— Et toi ?
Lola avait eu le culot de se faire servir un dîner complet à l'*Hôtel du Lion d'Or*.
— J'ai dit que tu passerais payer demain matin... D'ailleurs, tu as mangé aussi... Tu sens l'ail...

— Rien, monsieur... Mais il est encore tôt matin...
— Bien sûr... Je reviendrai...

Il tourna dans le village, en évitant l'*Hôtel du Lion d'Or*. A midi, il n'y avait toujours aucun mandat télégraphique à la poste. Quand le Baron arriva à l'écluse, une auto était arrêtée sur le chemin de halage. Il trouva Lola qui bouclait sa valise.

— Qu'est-ce que tu fais ?

Un gros marchand de bestiaux, sur la berge, se demandait s'il ne ferait pas mieux de s'en aller.

— Il était hier au *Lion d'Or*. Il va rentrer à Paris en auto. Il m'a offert une place...

— Tu me dégoûtes...

— Et toi, tu me fais pitié... Je parie que tu es encore allé manger sans rien dire...

— Ce n'est pas vrai...

— Tu mens !...

— File !

— C'est ce que je fais... Quant à m'y reprendre...

Le Baron était tout à fait ivre, mais très digne, quand, à l'ouverture de la poste, il en poussa la porte.

— Un télégramme, monsieur...

— Combien ?

— Un simple télégramme...

Difficultés imprévues. Stop. Quelques jours délai nécessaires. Stop. Amitiés. John.

— Je vous demande pardon de vous déranger... Mon matelot est en congé... Ma cousine...

— Ah ! C'était votre cousine ?

— Ma cousine a dû se rendre à Paris... J'ai pensé que vous accepteriez peut-être de me faire la pension et...

— C'est que nous ne sommes pas trop bien ravitaillés. Pour ce qui est de la viande, par exemple, le boucher ne passe qu'une fois la semaine...

Ce fut magnifique. Il n'avait jamais aussi bien mangé de sa vie. Une boîte de sardines. Il n'en laissa qu'une, par principe. Une boîte de langouste en salade, avec des échalotes hachées menu. Puis un morceau de lapin sauté et des pommes de terre rissolées. Du fromage blanc. Une pomme et des biscuits secs par surcroît, de ces biscuits qu'on appelle des éventails et qui lui rappelaient le temps où il allait à l'école.

— Je suis honteuse de n'avoir rien d'autre à vous offrir... Nous sommes si loin de tout !... D'habitude, les yachts ne font que passer...

— Vous n'avez pas de cigarettes ?

— Rien que des ordinaires... Vous en trouverez d'autres au bureau de tabac du village...

Jamais de la vie ! Il aurait fallu les payer !

— Cela tombe bien... Je ne fume que des Gauloises...

Repu, il ne quitta pas son coin de tout l'après-midi. Maria allait et venait. De temps en temps, on entendait la corne d'un bateau. Pendant l'éclusée, l'homme venait boire le coup, la femme se précipitait pour les provisions. L'éclusier, avec son pilon, arrivait ensuite pour réclamer sa goutte et on n'éprouvait guère le besoin de parler, on regardait tous les trois les vitres couvertes de buée, on rechargeait le poêle, on soupirait, on déclarait enfin :

— Eh bien, comme ça...

— Oui...

— Il y en a pour dix jours à pleuvoir... Quand ça commence avec la lune...

Matin et soir, le Baron allait jusqu'à la poste. Il n'entrait plus. On reconnaissait son pas. La receveuse paraissait à la fenêtre et faisait non de la tête. La seule crainte du Baron était de voir surgir le patron du *Lion d'Or* d'où ce poison de Lola avait eu le culot...

Après quatre jours, il semblait déjà qu'il eût engraissé. Sa peau était lisse et tendue. Dès le matin, il essayait de deviner ce qu'il allait manger ce jour-là. Il reniflait, en entrant :

— On dirait que cela sent le cassoulet...

— Vous n'y êtes pas... C'est du chevreau en daube... Vous aimez le chevreau ?... Cela ne vous gêne pas, ce verre que vous avez toujours à l'œil ?

— J'ai l'habitude...

— Moi, il me semble que je préférerais des lunettes... J'en mets le soir, pour lire le journal...

La fin de la semaine lui faisait peur. Ne serait-il pas décent, à ce moment, de parler enfin d'argent ?

— Une lettre pour vous, monsieur le Baron...

La postière en était tout heureuse. Elle avait fini par le prendre en affection — ou en pitié.

Mon vieux Jo,

Tu ferais bien de te tirer des pattes. J'ai vu hier un ami de John, le Russe que tu connais. Il m'a dit que cela n'allait pas du tout. Au moment de signer, on s'est aperçu que John n'était pas le seul héritier de la maison, bien au contraire. C'est une histoire assez louche. Au point qu'il a préféré filer après avoir touché un assez gros acompte. On parle de deux cent mille. Hum !...

J'espère que tu as trouvé le moyen de te sustenter. Quant au bonhomme qui m'a conduite, il a promis de venir me voir une fois par semaine, quand il a à faire à la Villette. Je t'envoie tout ce que j'ai de liquide. Ce n'est pas lourd.

Je t'en veux quand même un petit peu. Mais tu ne changeras jamais.

A bientôt sans doute. Ne monte pas chez moi sans parler à la concierge. On ne sait jamais.

Lola.

Il y avait cent francs dans l'enveloppe.

— Deux cents de valets... exultait l'éclusier au pilon.

— Tant pis pour mon cinquante... soupira le Baron.

Un des mariniers cracha par terre. L'autre gratta sa tignasse rousse et joua le sept de pique.

Quant à Maria, derrière son comptoir, elle mouillait de temps en temps son crayon du bout des lèvres et traçait quelques chiffres au bas d'une addition.

— Vous n'avez pas de pique ?

— Pardon... bafouilla le Baron.

— Sept et sept quatorze et huit... et...

Maria comptait à mi-voix.

— Et voilà ! triompha l'éclusier. Deux cents de valet, cent de capot, vingt de belote et...

Cela valut trois tournées de petits verres. La porte vitrée s'ouvrit et se referma deux fois. La table était dressée dans un coin, près de la fenêtre.

Le Baron alors, murmura d'une voix trouble :

— Maria...

Elle tressaillit.

— Monsieur le Baron...

— Maria... Il faut que je vous fasse un aveu... Je... Je crois que je vais...

Il en arrivait à être sincère. Il faisait bon, il faisait chaud dans la boutique aux parfums mélangés et l'odeur de pétrole elle-même n'y était plus désagréable. Il sacrifierait le monocle, car, dans ce cadre...

— Je crois, Maria, que je vais prendre une grande décision... Voilà huit jours qu'on m'attend sur la Côte d'Azur... Je me demande si...

Il vida son verre, en emplit un autre, le vida.

— Maria, si vous voulez accepter, je suis prêt à...

Eh oui ! Il serait tranquille. Plus de soucis dès le réveil. Plus d'angoisse le soir. Plus de...

— Monsieur le Baron...

— Je sais que je vous étonne... J'ai des goûts simples, voyez-vous... Au fond, j'étais né pour...

Combien de fois, à Paris, lui était-il arrivé de dîner de quatre ou cinq cocktails et de chips ? Eh bien, il était né, il le découvre maintenant, pour faire trois repas par jour, comme tout le monde.

— Je ne suis plus tout jeune... Je...

— Qu'est-ce que c'est ? cria-t-elle en sursautant.

Un gamin en sabots qui poussait la porte.

— Pour M. Dossin... Ça y est !...

— Qu'est-ce qui y est ?

— Votre mandat...

Maria ne comprenait pas.

— La receveuse a dit comme ça que si vous voulez passer ce soir, bien que ce soit fermé...

T'adresse vingt mille acompte et verse solde ta banque. Stop.

M'excuse pour retard mais ai été ennuyé par imbéciles. Stop. Amitiés. John.

— Vous disiez, monsieur le Baron, que vous...

— Qu'est-ce que je disais ?... Vous m'excusez ?... Il faut que j'aille au village et que...

Il hésita, pourtant. Il resta un moment debout sur le seuil. Maria, toute triste, le regardait.

Trois repas par jour, la belote, d'honnêtes petits soucis et cette brave Maria qui...

A quoi cela tint-il ? Il descendit la marche. Il eut conscience qu'il faisait une gaffe. Il alla à la poste. Les vingt grands billets...

— Je savais bien... disait-il.

Puis il chercha l'enseigne du *Lion d'Or* et il poussa fièrement la porte.

— Mon amie m'écrit qu'elle a laissé ici une petite note... Si, en attendant, vous voulez me servir un bon dîner...

Maria ?... Les sardines, les...

— Dites-moi... Vous ne connaîtriez pas quelqu'un qui puisse me servir de matelot pour gagner Marseille ?... Le mien est malade et...

Chez Maria, le lendemain, il questionnait assez froidement :

— Je vous dois ?

Et il maniait toute la liasse de billets, que l'éclusier contemplait avec une douce stupeur.

Mais, une fois à la barre du yacht, tandis qu'on ouvrait les portes du sas, il jeta un coup d'œil aux vitres derrière lesquelles s'effaçait un visage.

Tant pis ! C'était comme ça ! Il aurait pu...

Si cet idiot de John n'avait pas eu l'idée d'envoyer les vingt mille francs...

Un quart d'heure plus tard, c'était fini. Des fenêtres de chez Maria, on ne voyait plus rien que le canal glauque entre ses deux rangs de sapins et on entendait une corne impatiente qui réclamait l'ouverture de l'écluse suivante.

— Je me demande combien il pouvait y en avoir ! murmurait l'éclusier qui avait toujours la liasse de billets sur la rétine.

LE NÈGRE S'EST ENDORMI

— Figurez-vous, Maria, que j'ai encore une fois cassé la navette de ma machine à coudre... Si Jef savait que je viens vous déranger pour ça...

Voilà ce qu'elle devait dire. A tel point qu'elle avait répété mentalement la phrase pendant cent mètres au moins. Au lieu de cela, quand elle arrive sur la *barza*[1], elle aperçoit la petite négresse qui s'occupe du bébé de Maria en train de faire taire celui-ci en lui fourrant dans la bouche un bâton de guimauve. Du coup, son sang ne fait qu'un tour et elle crie. Elle crie d'autant plus qu'elle emploie le dialecte indigène qui ne lui est pas encore très familier.

Et tandis qu'elle crie de la sorte, elle voit, par la fenêtre, Maria qui s'éveille, sur un divan, les cheveux épars (elle a des cheveux bruns qui font très désordre), le visage luisant.

Au lieu de venir lui parler, Maria se lève précipitamment, tâte le sol de ses pieds nus pour cueillir ses pantoufles, croise son peignoir bleu ciel et se précipite dans sa chambre.

Jef pourra répéter à sa femme :

— Tu es toujours à déranger les gens pour leur emprunter une épingle !

Pourtant, Jeanne a attendu quatre heures et à quatre heures on ne fait plus la sieste.

— Je peux entrer, Maria ?

Un bruit, comme si Maria refermait vivement un tiroir pour cacher quelque chose.

— Figurez-vous que j'ai cassé la navette de ma machine... Je vous demande pardon de vous avoir éveillée... Quand j'ai vu cette gamine mettre un sale bâton de guimauve dans la bouche de bébé...

Maria se poudre devant son miroir. Elle a la bouche pâteuse, d'avoir trop dormi.

— Il fait ses dents, réplique-t-elle.

— Seulement cette fille avait tripoté le bâton dans ses doigts...

Elles auraient mieux fait de s'asseoir tout de suite. Il fait trop chaud pour s'agiter. Il y a huit jours déjà que le soleil s'est éteint, mais son reflet est partout, dans le ciel lourd comme un mauvais édredon, dans la verdure jaunie de la brousse, dans les pierres, dans les briques du

1. Sorte de véranda qui entoure complètement les maisons coloniales du Congo belge.

bungalow et des aiguilles invisibles vous crépitent dans les prunelles. Il faudra bien que cela crève à un moment donné. La saison des pluies est en retard. Peut-être cette nuit, peut-être demain ?...

Maria, sans s'habiller, se traîne jusqu'à la cuisine et allume une lampe à alcool pour réchauffer le biberon du bébé, puis elle revient dans le salon.

Calme relatif. Elle est de mauvaise humeur, c'est visible. Jeanne Penning, maigre et blonde, souffre moins qu'elle de la chaleur, et elle n'a pas d'enfant à soigner. Cette idée de déranger les gens pour...

Le bébé pleure à nouveau, sous la *barza*. Maria, qui se gargarise d'un verre d'eau fraîche, ne bronche pas.

— Vous avez confiance dans cette gamine ?... Moi, il me semble...

— Il vous semble quoi ?

— Je ne sais pas... Je me trompe peut-être... Si j'avais un enfant, à l'idée qu'une petite négresse mal lavée...

Elle a tort, elle le sait. Elle ferait mieux de se taire, ou de s'en aller tout de suite. Mais aussi avec ce gosse qui piaille et cette Maria placide qui se rince la bouche !

— Vous voulez peut-être insinuer que je suis une mauvaise mère ?

— Mais non, Maria... Seulement...

— Vous en avez élevé, vous, des enfants ?

Et ça éclate, comme l'orage qui couve depuis tant de jours et qui, lui, ne se décide pas. Entre Maria et Jeanne aussi il y a longtemps que ça couve. Des mois.

Chaque soir, ou à peu près, quand ils rentrent après le bridge, Jeanne dit à Jef quelque chose dans le genre de :

— Je ne comprends pas qu'on soigne si mal un enfant...

Et lui, conciliant, un peu effrayé :

— Surtout, ne t'occupe pas de ça... Victor est quand même mon chef...

Cela remonte à plus loin que le Congo où ils sont maintenant. Cela remonte à leur petite ville de Belgique, où la maison des parents de Maria était en pierre de taille, tandis que chez Jeanne c'était de la brique, et dans un quartier pauvre.

— Je vais vous dire une bonne chose, Jeanne... Quand on ne fait pas d'enfants soi-même, on ne se mêle pas d'aller donner des leçons aux autres... Surtout lorsqu'ils ne vous ont pas appelée...

— Merci... Je m'en souviendrai...

— Vous ferez bien...

— J'ai toujours pensé que nous étions de trop, Jef et moi...

Et l'enfant crie tout ce qu'il peut. Et le biberon, dans la casserole d'eau bouillante, est chaud à éclater.

Le salon, bien qu'on soit au fond de la brousse, est exactement ce qu'il serait à Namur, à Liège ou à Bruxelles. Il y a un piano, des photographies dessus, un divan avec des coussins multicolores. L'un des coussins est jaune comme un soleil avec un gros chat découpé dans du velours noir.

A deux cents mètres, au-delà de ce qu'on appelle le parc, un autre bungalow tout pareil, sauf que la machine à coudre est dans le salon à la place du piano et qu'il y a un phonographe arrivé par le dernier bateau.

Quant aux hommes, ils sont pour le moment assis face à face dans les bureaux de l'administration qu'on aperçoit à gauche, avec un planton noir devant la porte.

Ils ne se doutent de rien. Vêtus de toile blanche, ils suent, écrivent, calculent et fument des cigarettes, s'épongeant parfois les mains et les poignets parce que la sueur tache le papier.

Pour trouver un autre blanc, il faut aller à Faradge, et c'est à cent kilomètres exactement.

Van Overbeek lève enfin la tête et constate qu'il est six heures moins trois. Il referme ses dossiers, allume une nouvelle cigarette, regarde le ciel qui ne fond pas encore et, mettant son casque, murmure son habituel :

— Ce soir, pour le bridge...

Jef Penning lui répond :

— A ce soir...

Chacun s'en va de son côté. La nuit tombe, sans transition. On ne distingue que la lumière des deux bungalows.

Van Overbeek rentre chez lui et sa femme, toute droite derrière la porte, les lèvres encore frémissantes, des perles de chaleur sous les narines, lui annonce :

— J'ai jeté dehors cette chipie de Jeanne... Si jamais elle remet les pieds ici, elle et son blanc-bec de mari qui se moque de toi derrière ton dos...

Elle n'a pas fait de piano. Il a essayé de lire sans y parvenir. Ils ont fini par aller se coucher à neuf heures du soir.

Des heures durant, ils se sont retournés dans leur lit, crispés au moindre contact.

— Mais recule donc !... Tu es tout mouillé...

Le lendemain, Van Overbeek se sent vide et il ne pleut toujours pas. Au bureau, il regarde son administrateur adjoint avec des yeux glauques et hésitants.

— Hum... Dites donc, Penning...

— C'est ennuyeux, n'est-ce pas ?

C'est tout. Ils travaillent. A midi, ils vont déjeuner, en ayant soin de ne pas se serrer la main dehors, car on les verrait des fenêtres.

— Qu'est-ce qu'il a dit ?

— Rien...

— Il est capable de tenir avec sa femme... Son père était savetier dans une échoppe...

Lui aussi répète parfois en marchant ce qu'il voudrait dire. Malheureusement, il ne le dit pas.

— Écoute, Maria... Jeanne Penning n'a pas voulu être méchante... Il est certain qu'une petite négresse pour s'occuper d'un enfant...

A quoi bon ? Ce serait pis ! Et d'ailleurs il sent qu'elle est malheureuse.

— Je me demande ce qu'ils vont faire chaque soir... se contente-t-il de soupirer.

Et elle, avec une logique implacable :

— Ils feront comme nous !

La même chose que la veille ! Ils traînent un peu, le repas fini, tripotant le tas de journaux qui n'arrivent, en vrac, qu'une fois par mois. De temps en temps une phrase, suivie d'un long silence.

— Tu ne pourrais pas l'obliger à demander son changement ?

— Il le demandera sans doute de lui-même... Où vas-tu ?

— Me coucher...

Si seulement il pleuvait. Ils en sont à leur troisième terme de trois ans et c'est la première fois que la saison des pluies se fait attendre aussi longtemps. Il y a des moments où on crierait pour soi seul, pour se soulager.

— Dis donc, Maria... Ce soir, il faut que je retourne au bureau... L'inspecteur passe dans quelques jours et j'ai du gros travail...

— Jef aussi ?

— Bien sûr...

Il la voit qui fronce les sourcils. Elle est jalouse, il le sent. Pas de Jef, bien sûr. Mais enfin, son mari va passer la soirée avec quelqu'un, à faire quelque chose.

Et c'est peut-être cela qui lui donne une idée. C'est encore flou, embryonnaire. Il travaille sous la lampe, en tête à tête avec Jef.

— Dites donc, Penning...

Il s'en veut d'avoir parlé.

— Quoi ?

— On peut jouer au bridge à trois, n'est-ce pas ?

— On peut...

Ils n'y font plus allusion ce jour-là. Mais déjà ils évitent de se regarder en face, comme des coupables.

Il faut trois jours pour que Jef murmure :

— Une fois, à bord du *Léopoldville*, nous avons joué au bridge à trois... C'est moins scientifique, mais...

Et ce soir-là, par hasard, Jeanne Penning vient rechercher son mari, timidement, car elle ne sait pas encore comment Van Overbeek la recevra.

— A propos, Jeanne... Je disais à Jef... Un jour qu'on voudrait essayer le bridge à trois... Seulement, il vaudrait mieux ne pas entrer par le bureau... En faisant le détour par-derrière...

Son audace le met en nage et ses doigts en tremblent. Chez lui, il se sent coupable à tel point que Maria murmure :

— Je parie que tu as parlé à Jeanne...

— Je te jure...

— Si je savais ça, vois-tu... Une femme qui m'a dit ce qu'elle m'a dit...

— Deux piques...

— Trois trèfles...

— Trois sans atout...

Et sans cesse il jette un coup d'œil anxieux au vasistas. C'est déjà la huitième, non, la neuvième fois qu'ils se retrouvent tous les trois de la sorte. Le prétexte de travail au bureau, le soir, n'est pas mauvais. Surtout que l'inspecteur n'est pas encore passé. Après, il faudra trouver autre chose.

Le dîner fini — et dès la fin du repas il est pris de fièvre — Van Overbeek soupire, geint, parle de fatigue, tandis que Maria ne bronche pas.

— Enfin !... Le travail est le travail...

Il l'embrasse au front, se glisse dans la nuit, arrive au bureau où l'attend Jonas, un nègre qu'il appelle ainsi sous prétexte qu'il ressemble à une baleine.

— Tu as bien compris... Si madame vient...

Le nègre affirme qu'il a compris. Jef entre par la grande porte. Tous deux passent dans le magasin où Jeanne ne tarde pas à les rejoindre après avoir fait prudemment un grand tour.

— Au travail !...

Le magasin communique avec le bureau par un vasistas. Il contient des fusils, des caisses de sel, des outils, des provisions, des drapeaux et même des lanternes vénitiennes pour la fête nationale.

On s'assied autour d'une caisse. On a pris l'habitude, sans trop savoir pourquoi, de boire de petits verres de genièvre.

— Vous avez dit trois sans atout ?... Je contre...

Bien entendu, on laisse les lampes du bureau allumées. De loin, on peut croire que les deux hommes sont enfoncés dans un travail acharné. Assis à la place de Van Overbeek, Jonas rêve.

— L'as du mort...

Les chemises collent à la peau. On a pris l'habitude aussi de tomber la veste, ce qu'on n'osait pas faire dans le salon de Maria. Jeanne fume. Elle a un long fume-cigarette en jade sur lequel elle serre ses petites dents pointues. Il lui arrive de se tromper, de dire en parlant à Van Overbeek :

— A toi, Victor...

Mais elle se reprend vite. C'est sans intention, simplement parce qu'ici on est entre camarades, tandis qu'avec Maria...

— Je coupe et je joue trèfle...

Ces mots-là, Van Overbeek s'en souviendra. Il les entendra toute sa vie, prononcés par Jef qui répète :

— Je joue trèfle... Hé !...

Une sensation qu'il n'a encore connue que dans les cauchemars. Il est brûlant et glacé tout ensemble. Le sang se retire de partout et son cœur se ratatine comme une éponge qu'on presse à pleine main. Pourtant, il a la présence d'esprit de prendre une carte dans son jeu et de la laisser tomber sur la caisse qui sert de table.

Derrière le vasistas, il a aperçu un visage et c'était le visage de Maria. Jamais de sa vie il ne l'a vu ainsi. Plus froid, plus implacable qu'un bloc de pierre. Deux yeux où il a senti la haine.

— Pas de trèfle ?

— Pardon...

— Qu'est-ce que vous avez, Victor ?

— Je ne sais pas... Je me sens...

Il n'y tient plus. Il jette ses cartes. Il bondit à côté et il réveille en sursaut Jonas qui s'était endormi, la tête sur le bureau. Jonas le regarde avec des yeux ahuris. Il n'y a personne d'autre dans la pièce.

Sans prendre son casque, Van Overbeek s'élance dehors. Il ne s'aperçoit pas qu'il pleut enfin, que ses épaules sont détrempées, que ses cheveux blonds ruissellent. Il pique droit vers la lumière de son bungalow.

Et c'est d'un coup de pied qu'il ouvre la porte.

— Maria !...

Par extraordinaire il y a de la lumière dans toutes les pièces. L'enfant pleure. Maria, avec des gestes fébriles, empile des effets dans une cantine en fer.

— Qu'est-ce que tu fais ?

Elle ne répond pas. Comme il la connaît, elle ne parlerait pas pour un empire.

— Maria... Je te prie de me dire ce que...

Rien qu'un regard. Mais quel regard ! Et elle s'agite de plus belle. Les robes, les chemises, les souliers, tout y passe, pêle-mêle, puis, dans une autre cantine, les langes de l'enfant, ses biberons, les tétines, les boîtes de phosphatine, la cuiller en argent que... Tiens ! C'est le cadeau de baptême de Jeanne Penning...

— Écoute, Maria...

Elle l'écarte de son chemin.

— J'espère que tu n'es pas devenue folle ?... Où veux-tu aller ? Il n'y a pas une maison à moins de cent kilomètres et...

Il serre les dents, il trépigne, il a envie de casser un objet et il cherche autour de lui. Chose curieuse, il se voit, il se voit, minuscule, se débattant au milieu d'un flot de bêtise qui le submerge, au milieu d'une marée d'incompréhension, et le destin lui apparaît comme un nuage monstrueux qui...

— Mais, sacrebleu, tu ne vas pas partir toute seule sur la route avec l'enfant... Qu'est-ce que je t'ai fait ?... Veux-tu me dire ce que je t'ai fait ?... J'ai joué au bridge !... Oui, tout cela pour un pauvre, pour un innocent petit bridge...

Il n'est pas soûl et pourtant il s'attendrit comme quand il est ivre, il s'attendrit sur le pauvre petit bridge qui... que...

— Enfin, si encore je t'avais trompée...

Un nouveau regard, plus dur que le premier.

— Est-ce ma faute à moi si tu ne peux t'entendre avec personne ?... Nous avons fait un bridge, là, c'est vrai...

Tiens ! Elle ouvre enfin la bouche. C'est pour répéter d'une voix qu'il ne lui connaît pas :

— Oui, *un pauvre petit bridge*...

— Écoute, Maria, je t'empêcherai de...

— Recule...

— Maria, je vais te dire une chose...

Où est Céline, la petite négresse ? Probablement tapie, toute tremblante, sous la table de la cuisine. Et dire que c'est elle, avec son bâton de racine de guimauve, qui est la vraie cause de...

— Maria !...

— Laisse-moi passer...

Elle a pris l'enfant dans ses bras, enroulé dans une couverture.

— Mais tu es donc devenue folle ?... Maria !... Ou bien tu es folle, ou alors c'est moi qui suis fou... Tu ne vas pas...

L'univers lui semble plus immense que jamais, et vide, absolument vide, avec rien qu'eux deux à se démener, à s'entrechoquer dans un véritable délire.

— Maria !... Si tu franchis cette porte...

De quoi pourrait-il bien la menacer ?

— Si tu franchis cette porte...

Il se précipite vers la table de nuit. Une chambre à coucher qu'ils ont payé trois mille deux cents francs à leur prédécesseur ! Dans le tiroir, il saisit son revolver dont il ne s'est jamais servi.

— Tu es prévenue... Si tu pars, tu ne me retrouveras pas vivant... Écoute-moi, Maria...

Elle l'a encore regardé une fois, la troisième, mais cette fois c'est un regard méprisant qu'elle lui a lancé, un regard qui signifie sans ambiguïté :

— Tu n'oserais pas ! Tu es trop lâche ! Tu tiens trop à ta petite peau...

— Tu pars quand même ?

C'est affreux. C'est affreux de devoir prendre une décision en si peu de temps, quand on est dans un tel état. Le plus affreux, c'est peut-être qu'il ne perd pas sa lucidité et qu'il garde même une sorte de sang-froid. S'il tire en l'air, elle le méprisera définitivement. S'il tire sur elle... Alors, c'est perdre sa place, le bénéfice de trois termes et s'attirer Dieu sait quelles histoires...

L'eau ruisselle sur les tuiles du toit, coule comme un rideau de la *barza*.

— Une dernière fois, Maria...

Elle lui a tourné le dos. Elle va atteindre le perron. Il en profite. Il cherche la place. Dans le gras du bras, en essayant de ne pas atteindre l'os. Il tire.

Malheureusement, il ne tombe pas. Il s'était toujours imaginé qu'un blessé tombait et il reste debout, lucide, embarrassé. Sa femme est rentrée. Elle crie :

— Céline...

Le petit l'embarrasse. Comme la table est encombrée elle le dépose par terre au moment où Van Overbeek se décide à se coucher sur le divan.

— C'est malin... murmure-t-elle, des larmes dans la voix. Victor !... Victor !... Où es-tu blessé ?... Répond-moi...

Il a fermé les yeux, mais il n'est pas évanoui.

— Céline !... Céline !...

Les boys ne couchent pas dans la maison. L'enfant se remet à piailler. On ne peut pas le laisser par terre. Et pourtant...

Elle se redresse. Elle s'éponge. Soudain, les sourcils froncés, elle se précipite dehors. Elle ne parcourt qu'une centaine de mètres. Elle crie de toutes ses forces :

— Jef !... Jeanne !... Jef !... Au secours !...

A travers le rideau de pluie, elle voit une fenêtre qui s'ouvre et une voix répond :

— Qu'est-ce que c'est ?...

— Au secours !... C'est Victor... Venez vite...

Victor en a profité pour se soulever, pour regarder son bras. Avant même de voir, en posant sa main droite sur sa manche, il sent un contact visqueux et alors, il tourne de l'œil.

Qu'est-ce qu'on pourrait dire ? Jusque-là, il y avait quelque chose à faire et on n'avait pas le temps de se rendre compte de la situation. L'air sent le genièvre. On en a ouvert un cruchon pour tirer Van Overbeek de son évanouissement et par la suite tout le monde en a bu.

C'est Jeanne qui a fait le pansement, une épingle de sûreté entre les lèvres. Le réchaud brûle, car il a fallu faire bouillir de l'eau pour laver la plaie. Tout est en désordre ; on bute dans des objets et dans des vêtements, à croire qu'on a subi un typhon, une inondation ou un incendie.

Maintenant, Victor est assis dans un fauteuil. Les autres sont debout. Le plus difficile reste à faire. Car il faut quand même dire quelque chose. Il faut ensuite se séparer, se souhaiter la bonne nuit.

Maria a une inspiration. Elle court vers le cabinet de débarras, en disant :

— Je vais vous prêter un parapluie...

— Ce n'est pas la peine... C'est tellement rafraîchissant...

— On vous a dérangé pour presque rien... soupire Victor.

Et cette étourdie de Jeanne Penning de prononcer :

— Nous venions à peine de rentrer...

C'est malin ! Du coup Maria lui lança un petit coup d'œil comme elle sait les lancer. Parbleu ! Le magasin où ils étaient trois à jouer au bridge autour d'une caisse tandis que le nègre ronflait dans le bureau... Jef a marché, mais trop tard, sur le pied de sa femme. Maria tend le parapluie.

— J'oubliais que vous sortez le soir...

Il s'en est fallu d'un rien. Ils étaient là, tous les quatre, apaisés, la tête vide comme un lendemain d'orgie. Si Jeanne Penning...

— Bonsoir et meilleure santé...

— Bonsoir...

Les deux hommes n'osent pas se serrer la main. A peine dehors, Jef murmure :

— Tu ne pouvais pas te taire ?...

Maria, elle, dit simplement :

— Viens te coucher.

Monsieur,

Je serai absent du bureau deux jours encore, et je vous prie, pendant ce temps, de prendre des dispositions pour expédier les affaires courantes ainsi que...

— Tu ne vas pas demander de ses nouvelles ? demande Jeanne à son mari.

— J'y suis allé. On m'a fait répondre par le boy qu'il n'allait pas plus mal...

Et le quatrième jour, Van Overbeek revint au bureau, un peu raide, le bras en écharpe, les yeux cernés. Jef attendait, hésitant, quand il reçut un froid :

— Bonjour, monsieur Penning... Veuillez, s'il vous plaît, me remettre les dossiers en cours et...

Ce fut tout. Calme. Digne. De temps en temps il se levait et enfonçait la tête dans un placard personnel dont il avait la clef. Après, une légère odeur de genièvre flottait dans la pièce.

Il recommençait dix fois, quinze fois par jour et le soir, quand il se dirigeait vers son bungalow, il était encore plus raide que le matin.

— Bonsoir, monsieur Penning.

— Bonsoir, monsieur l'administrateur...

Cela dura encore deux ans. Les Penning, les premiers, partirent en congé, furent nommés ailleurs. Et c'est ainsi qu'ils se perdirent enfin de vue.

Mais Van Overbeek, le soir, marchait toujours aussi sec, et de plus en plus il parlait tout seul. Il lui arrivait même de prendre un poteau pour un nègre et de l'engueuler !

LE BATEAU D'ÉMILE

1

Le clin d'œil et les cigares

Il est presque toujours difficile, sinon impossible, de savoir comment et surtout quand les choses ont commencé, mais lui le savait, à la minute, à la seconde près. Il y pensait constamment, sombre, furieux, comme un homme en pleine force qui se sent soudain miné par une maladie sournoise. Comment l'idée lui était-elle entrée dans la tête ?

Car il ne s'agissait pas de microbes. Il s'agissait d'une idée. Une idée aussi, ça commence par une petite tache de rien du tout à laquelle on ne fait pas attention. Puis on se met à la regarder de temps en temps. On a l'impression qu'elle grandit, qu'elle s'étend. On s'efforce de la chasser et c'est un peu comme si on grattait un bouton, ça grandit toujours plus vite et un beau jour on est obligé d'aller sonner chez le docteur.

Seulement, pour lui, il n'y avait pas de docteur possible.

Cela avait commencé, très exactement, au moment où il écrasait sa signature au bas des lignes dactylographiées de l'acte de vente.

— Je mets tous mes prénoms ? avait-il demandé au notaire, M. Chave, qui poussait une à une les pièces vers lui.

— Un seul suffit, avec le nom de famille.

Il écrivait gras, massif, de tout son poids. Émile Bouet.

— Votre paraphe ici... Encore ici... Un dernier au bas de cette page...

Voilà. C'était fait. Il relevait la tête et, juste à cet instant, il surprenait un échange de regards entre le notaire et M. Larmentiel.

Au moment même, il n'y attacha pas d'importance. Il était très content, ou plutôt il était glorieux, car enfin il vivait une minute comme peu de gens en vivent.

Est-ce qu'on a déjà vu, à Fécamp, un homme qui a débuté comme mousse à bord d'un de leurs bateaux, pénétrer dans le salon de M. Larmentiel ? Pas dans le bureau sombre des pêcheries, près de la douane, non ! Là, tout le monde y est allé, ne fût-ce que pour la paie.

C'était dans la grande maison du quai, dans le vrai salon, et, si Émile s'y trouvait, c'était presque en égal, c'était mieux que cela, il était l'homme à qui on faisait des amabilités, car il représentait l'acheteur, il venait bel et bien, en signant son nom d'une encre épaisse, de se rendre propriétaire des *Deux Frères*, le meilleur bateau des Larmentiel.

Pourquoi M. Larmentiel et le notaire Chave se regardaient-ils à la dérobée ? Il sembla à Émile que le notaire faisait un clin d'œil qui signifiait :

— Vous pouvez y aller...

Et M. Larmentiel se dirigeait vers la cheminée en disant :

— Vous fumerez bien un cigare ?

Peut-on croire que de pareilles petites choses ont de l'importance ? Et pourtant, c'est de cela que tout découle. Il y avait, dans l'angle de la cheminée, plusieurs boîtes de cigares les unes sur les autres. L'armateur en choisit une ; la plus large, qui contenait de très gros cigares bagués.

Encore une minute incroyable, si on y réfléchit. Avec le vieux Larmentiel, celui qu'Émile avait connu à ses débuts, le père de M. François qui était en face de lui, cela aurait été impossible. Et même inimaginable. Offrir une prise de tabac à un de ses capitaines, dehors, ou dans le bureau qui sentait la saumure, passe encore. Une fois par an, peut-être ! A l'occasion d'une pêche tout à fait exceptionnelle ou lors d'un retour miraculeux d'un bateau qu'on croyait perdu.

Mais non ! Ici, c'était dans le salon. Il s'agissait des meilleurs cigares. François Larmentiel lui souriait d'un air encourageant et, quand Émile eut coupé le bout de son cigare, il lui tendit une allumette enflammée.

Or, Émile avait à peine trente-huit ans et personne ne l'avait aidé. Au contraire, pourrait-on dire. La vie avait été aussi vache que possible avec lui. Un père qui était peut-être bon pêcheur mais qui n'était jamais à terre parce qu'à peine débarqué il avait déjà bu toute sa part. Une mère qui travaillait à l'usine de conserves et qui gémissait parce qu'elle était d'un bout de l'année à l'autre couverte de furoncles.

Eh bien, c'était lui, Émile, qui venait d'acheter le meilleur bateau des Larmentiel et qui se trouvait chez eux, c'était à lui qu'on disait de s'asseoir dans un fauteuil doré, à lui encore que le notaire demandait après un nouveau regard à François Larmentiel :

— Toujours pas marié ?

Cela le fit rougir, à cause de Fernande. A ce moment-là, il ne comprenait pas encore. Il se demandait pourquoi le notaire lui posait une pareille question alors que tout le monde, à Fécamp, savait qu'il était avec Fernande. Ne s'en était-il pas assez vanté lui-même ?

Plus tard, tous ces détails allaient lui revenir. Il faisait gris. Trois fenêtres donnaient sur le quai où il y avait des wagons en déchargement, un morutier qui était arrivé la veille du Groenland. Il y avait de grands rideaux aux fenêtres et le salon sentait un peu le renfermé.

Le notaire, M. Chave, était un personnage qu'Émile avait toujours considéré comme extrêmement sérieux, un de ces êtres à qui un homme comme lui ose à peine adresser la parole. Or, voilà que M. Chave avait une expression à la fois familière et un peu équivoque, un drôle de sourire aux lèvres.

— Un beau morceau de femme, hein ? prononçait-il.

Et après ? Où voulait-on en venir ? Fernande, bien sûr, était la plus belle femme de Fécamp, et même d'ailleurs. Tout le monde le savait aussi. Et tout le monde savait d'où elle sortait, où il l'avait prise : à la maison publique.

On aurait dit que François Larmentiel, avec ses airs discrets de gentilhomme déplumé, attendait quelque chose, laissait à son comparse le soin de faire les premiers pas.

— Vous voilà un homme important, à présent, Bouet. Quel âge avez-vous au juste ?

Or, le notaire le savait, son âge, puisqu'il venait d'inscrire sa date de naissance sur l'acte de vente !

— Trente-huit...

— Vous n'avez pas envie de vous marier ?

Tout cela sonnait faux. Il en était sûr maintenant, c'était une scène préparée et les acteurs jouaient plus ou moins bien leur rôle.

— Pas avec Fernande, évidemment... Du moins, je suppose que vous n'avez pas l'idée d'épouser Fernande ?...

Il dit non, entre ses dents, parce qu'il n'avait pas encore l'habitude, parce qu'il était impressionné. Et, gauchement, il tirait des bouffées de son cigare.

Au tour de François Larmentiel de plaisanter :

— Il paraît que cela ne va pas toujours très fort, elle et vous...

Il la rossait. A quoi bon en parler, puisque c'était de notoriété publique ? Il la rossait chez lui et elle gueulait si fort que tout le quartier en était alerté. Il la rossait dehors, aussi bien au café que dans la rue.

C'était une garce, la pire des garces. Elle le trompait. C'était plus fort qu'elle. Avec n'importe qui. Et il cognait, peut-être parce qu'il était jaloux, peut-être simplement par orgueil, pour qu'on dise :

— Émile a encore flanqué une de ces tournées à Fernande...

Cela durait depuis cinq ans. Cela avait commencé à une époque où l'idée ne lui serait pas venue à l'esprit qu'un jour il pût être propriétaire d'un chalutier à moteur.

Il n'était qu'Émile, alors, un des meilleurs patrons pêcheurs, un des plus costauds, un bagarreur. Fernande était déjà célèbre. On allait au bobinard rien que pour elle. On s'y battait.

Il y était allé comme les autres. Et il leur avait joué le bon tour d'emmener Fernande, de la garder pour lui tout seul. Si l'on peut dire...

— Vous ne comptez pas prendre une autre maison ?

Il sentait confusément que les deux hommes avaient leur idée, mais il n'y attachait pas d'importance, et il répondait avec une certaine naïveté, car, au fond, il était aussi naïf que malin :

— Peut-être bien que oui...

Il habitait une petite maison étroite de la rue d'Étretat, quatre pièces, deux au rez-de-chaussée, deux au premier. Tantôt c'était propre comme une maison hollandaise, quand l'envie en prenait à Fernande, tantôt au contraire on y vivait comme des cochons dans un désordre impossible.

Alors ? Qu'est-ce qu'ils voulaient ?

— J'aurai peut-être quelque chose à vous proposer, une maison tout en pierre, sur le quai, pas loin d'ici...

— Je ne dis pas non... On verra...

Ils échangeaient encore un regard. M. Chave, tout en noir, avec un plastron très blanc et une cravate montée sur un appareil, fumait un cigare, cependant que François Larmentiel se contentait d'une cigarette. Peut-être par économie ?

Il était aussi grand que feu son père, légèrement voûté, le front dégarni. Il ne s'habillait pas comme les autres armateurs, en gros drap bleu, avec des bottes ou des galoches, mais plutôt comme les châtelains des environs. D'ailleurs, il possédait un petit château du côté de Criquetot et on prétendait qu'il y avait installé une femme, une étrangère, qu'on apercevait parfois dans le parc et qui ne mettait jamais les pieds à Fécamp.

Sa femme légitime, Mme Larmentiel, était là-haut, dans son appartement, impotente depuis déjà des années. C'était son visage flou qu'on voyait toujours à une des fenêtres, encore estompé par les brise-bise, en passant sur le quai.

— Au fait, lançait soudain Larmentiel (et Émile resta toujours persuadé que c'était le notaire Chave qui avait donné le signal), si nous buvions quelque chose ?... Un acte de vente, cela s'arrose, n'est-ce pas, Bouet ?...

Il ouvrit la porte à bouton de cuivre bien astiqué, disparut un moment, revint.

— On nous sert tout de suite...

Depuis qu'il était né, Émile avait entendu prononcer le nom de Larmentiel, non pas comme un nom ordinaire, mais comme celui de quelque divinité. Les syllabes en devenaient différentes de toutes les autres syllabes.

La maison du quai des Belges n'était pas non plus une maison comme une autre. Tout enfant, il la regardait en passant un peu comme on regarde une église.

Du temps avait coulé, certes. Le vieux Larmentiel, celui à qui il arrivait de donner à ses capitaines des coups de sa canne d'ébène, était mort. M. Edmond, le fils cadet, était quelque part en Océanie, à Tahiti, disait-on, où il vivait presque nu avec les indigènes.

Les anciens bateaux, les plus vieux, l'*Ardent*, le *Sans Entraves*, à bord desquels le père d'Émile avait fait le hareng pendant tant d'années, pourrissaient au fond du bassin.

On prétendait en ville que le château de Criquetot était hypothéqué, et que les quatre derniers bateaux se vendraient à leur tour.

C'était la maison Larmentiel quand même et c'était François Larmentiel, M. François, qui se tournait vers la porte au moment où celle-ci s'ouvrait. C'était lui qui prononçait avec un curieux sourire qui n'était qu'un étirement des lèvres :

— Vous connaissez ma fille Claude ?... Émile Bouet, qui vient nous acheter les *Deux Frères*... Un garçon qui ira loin, s'il prend la peine de continuer...

Émile était gêné, ne savait comment se tenir. Il la connaissait aussi, certes, pour l'avoir vue passer dans la rue, au volant de sa voiture.

— Mademoiselle...

— Qu'est-ce que tu vas nous servir, Claude ?... Un vieux calvados, Bouet ?... Et vous, Chave ?...

A vrai dire, il ne se passa rien d'autre. La jeune fille les servit, jouant son rôle de maîtresse de maison avec une souriante indifférence. A deux ou trois reprises, elle lança au marin un regard curieux, peut-être un peu étonné.

Se rendait-elle compte, elle aussi, qu'il y avait autre chose ?

Émile, lui, ne put plus en douter quand le notaire Chave, sortant avec lui, faisant avec lui quelques pas sur le trottoir, lui prit le bras avec une familiarité inattendue et murmura, en aîné qui donne un bon conseil et qui sait ce qu'il dit :

— Croyez-moi, mon ami... Il y a des situations qui ne peuvent pas durer... Laissez tomber !...

Sans prononcer le nom de Fernande, bien sûr. Mais à quoi pouvait-on penser d'autre ?

Voilà où Émile en était exactement à six heures du soir, tandis que, de sa démarche lourde, il suivait le quai des Belges. Un peu mal à l'aise, alors qu'il s'était promis tant de joie et surtout tant d'orgueil de cette après-midi-là.

Pourquoi l'avoir mis ainsi en face d'un problème qu'il s'était toujours défendu d'examiner à fond ?

Il y avait deux cafés, à moins de trente mètres l'un de l'autre. Son café, c'était le premier, chez Léon, toujours plein, toujours bruyant, le café des pêcheurs et des matelots. Il ne passait pas de jour sans aller s'y asseoir.

L'autre, plus loin, moins éclairé, plus feutré, était évidemment ouvert à tout le monde, puisque c'était un café, mais il était bien rare de voir un simple pêcheur, voire un patron pêcheur en pousser la porte à vitre dépolie.

C'était le rendez-vous des armateurs, des constructeurs de bateaux, des marchands de moteurs et d'huile lourde. Ils n'y étaient jamais que cinq ou six ensemble, à fumer paisiblement, à bavarder sans fièvre et parfois à faire une partie de cartes sur un petit tapis rouge.

Il aurait dû entrer chez Léon et, en passant devant, il savait bien qu'il avait tort, qu'on s'attendait à le voir arroser son nouveau bateau, car tout le monde était au courant.

Or, il passa et, comme par défi, poussa la porte des *Goélands*, resta un moment debout sur le seuil, à regarder les visages à travers la fumée des pipes et des cigarettes.

Chez Léon, son entrée aurait été saluée par des cris et il aurait été le grand homme.

Ici, on l'observait en silence et un instant il fut tenté de s'en aller. Mais cela aurait ressemblé à une retraite et il fit quelques pas en avant, toucha sa casquette de drap bleu à galon noir.

— Bonsoir, la compagnie...

Il s'assit, les jambes écartées, déboutonna sa veste sous laquelle il portait un chandail bleu.

— Un calvados, ma petite...

C'était sa place. Logiquement, maintenant qu'il était armateur comme les autres, c'était ici qu'il était à sa place. Il les connaissait tous. Il avait navigué pour plusieurs d'entre eux.

Il leur eût été facile de l'accueillir, de manifester une sorte de confraternité. Simplement, à son entrée, de reculer un peu leurs chaises pour lui faire place à leur table.

Ils reprenaient leur conversation comme si de rien n'était. Si bien qu'il était tout seul et d'un geste, ayant vidé son verre, il en commandait un autre tandis que son front se plissait.

Pourquoi l'idée lui vint-elle que c'était à propos de Fernande qu'on lui battait froid ? A cause du notaire Chave. A cause aussi de François Larmentiel et de leurs manigances.

Il y avait bien dix minutes qu'il était là, enfoncé dans sa mauvaise humeur, quand Mignelet, le voilier, se tourna à moitié vers lui et questionna :

— Quand est-ce que tu armes ?

— La semaine prochaine...

Cela aurait pu être l'amorce d'une conversation générale, mais on la laissa tomber.

Pour un peu, il eût frappé d'un formidable coup de poing la table de marbre qui sentait le calvados et il leur eût crié :

— Attendez voir seulement que je vous apprenne à vivre ! Ah ! Vous me trouvez encore trop nouveau... Ah ! cela vous scandalise que je vive avec une putain comme Fernande... Eh bien, si cela vous fait plaisir, c'est le gendre de François Larmentiel, parfaitement, le mari de Mlle Larmentiel qui viendra s'asseoir ici avec vous...

» Oui, messieurs, pas plus tard qu'il y a une demi-heure, on m'a pour ainsi dire offert sa main...

Ce n'était pas tout à fait exact et cependant il sentait qu'il n'était pas loin de la vérité. Pourquoi pas ? François Larmentiel était un mou, certains disaient un dégénéré. Dans trois ans, dans cinq ans, il ne posséderait plus un seul bateau.

Tandis qu'avec un homme comme lui, Émile, dans la maison...

— Un calvados, ma petite...

Il avait l'habitude de boire et cela ne faisait que donner plus de force à ses pensées.

Il avait chaud, chaud à la tête surtout. L'atmosphère de ce café auquel il n'était pas habitué lui pesait aux épaules, comme ce demi-silence équivoque qui l'entourait.

— Paie-toi...

Il se levait, il passait près d'eux, il touchait encore une fois sa casquette, avec une moue de mépris, et il tournait le bouton de la porte.

— A la revoyure, pensait-il. On se retrouvera, n'ayez pas peur. Et alors, vous serez bien contents, tous tant que vous êtes, d'avoir Émile à votre table...

— Émile !... Hé !... Émile...

Il était devant chez Léon et la porte s'ouvrait, des camarades l'appelaient.

— Alors, ça ne s'arrose pas, dis ?

Il entra, lourd et large, aussi large que l'encadrement de la porte, bien campé sur ses jambes solides et là il se sentit fort, fort à abattre n'importe qui d'un coup de poing.

— Ça s'arrose ! laissa-t-il tomber.

Puis, au patron :

— Vas-y, Léon... Pour tout le monde... Ce qu'ils voudront...

Ici, il était le grand homme. Il avait encore aux lèvres un bout du cigare donné par Larmentiel. Il le cracha, l'écrasa sous son talon et son regard rêveur errait autour de lui sur les glaces ternes, sur les inscriptions à la craie, sur les visages burinés des hommes dont il avait été.

— Dis donc, maintenant que te voilà riche...

Il sourcilla. Il sentit qu'on allait encore lui parler de Fernande et son regard devint dur, menaçant.

— Continue...

L'autre battait en retraite.

— Je ne sais plus ce que je voulais dire... Simplement que te voilà armateur, à présent...

— Dis ce que tu pensais...

— Je te jure...

— Tu pensais à Fernande, hein ?...

Il les fixait les uns après les autres, buvait son verre sans les quitter du regard.

— Si quelqu'un me parle encore de Fernande, je lui casse la gueule... A boire, patron...

Il buvait comme dans ses mauvais jours, petit verre après petit verre, d'un trait.

— Quand est-ce que tu armes ?

— Je n'en sais rien !

Cela ne les regardait pas. Cela ne regardait personne. Qu'est-ce que les gens avaient soudain à s'occuper de ses affaires ?

Il garderait Fernande ou il la flanquerait à la porte, cela ne concernait que lui. S'il lui plaisait d'épouser la fille de Larmentiel...

Mais, d'abord, il ne pourrait jamais flanquer Fernande à la porte. Ce sont des choses qu'on dit, mais qu'on est incapable de faire.

Et, ça aussi, tout le monde le savait. Dans un petit port comme Fécamp, les gens connaissent toutes vos affaires et ils ont l'air de croire que ce sont les leurs.

D'abord, il l'avait déjà flanquée à la porte, Fernande. Et pas une fois, dix fois, cinquante fois peut-être, chaque fois qu'il était saoul.

Il rentrait et il la trouvait dans son lit, comme chez elle, elle dont la place était au bobinard, et alors il la rossait, il la secouait, il la poussait dehors, jusqu'à l'envoyer rouler au milieu de la rue, il lui lançait ses affaires par la fenêtre, il gueulait :

— Ne t'avise pas de remettre les pieds ici, fumier...

Et après ? Le lendemain, il n'en avait pas moins besoin d'elle, parce que c'était la plus belle garce de la terre. Et justement parce que c'était une garce, parce qu'on pouvait lui crier des injures, la battre, la piétiner...

— T'as été rien vache, mon gros, disait-elle en rentrant. La prochaine fois, je ne me laisserai pas faire...

Elle levait sa robe pour montrer des bleus sur sa peau satinée, une peau comme n'en avait aucune autre femme, plus blanche, d'un grain plus fin que n'importe quelle peau.

Voilà ce qu'ils pensaient tous, ici et dans le café voisin, celui des singes qui ne daignaient pas lui faire une place à leur table, ce que pensait aussi le notaire, et cette nouille aristocratique de Larmentiel : il était collé avec Fernande et bien collé !

Les femmes en cheveux, sur leur seuil, quand il passait, devaient chuchoter :

— Dommage qu'il soit avec une femme pareille !

La flanquer à la porte ! Tous se disaient qu'il devrait la flanquer à la porte, surtout maintenant qu'il était propriétaire d'un beau chalutier à moteur.

Il savait si bien ce que les gens pensaient de lui. Jusqu'aux matelots, qui étaient là à boire sur son compte !

— Il n'aura pas le cœur de la quitter... Il l'a dans la peau... Elle n'a qu'à venir balancer les hanches autour de lui et il est à nouveau pincé... Elle coucherait avec toute la ville devant lui qu'il irait pleurer pour qu'elle lui revienne...

On lui avait gâché sa belle journée. Il buvait. Il pensait. Il choquait son verre contre d'autres verres et il leur en voulait à tous.

Mais c'était Larmentiel qui avait commencé. Pas le notaire. Le notaire avait parlé. Seulement c'était l'autre qui lui avait fait signe. C'était combiné d'avance.

Parbleu ! On voulait le marier à la demoiselle. Encore une qui n'était pas facile à tenir. On n'en racontait pas autant sur son compte que sur celui de Fernande, parce que cela ne se passait pas toujours en ville, parce que les gens bien élevés sont plus discrets, qu'ils font leurs coups en cachette.

Combien de fois avait-on prétendu qu'elle était fiancée ? Et c'était sans doute vrai. Mais au dernier moment, ça ratait invariablement.

— Quand les hommes s'aperçoivent qu'elle est aussi chaude, ils se méfient...

Et pourtant, en apparence, c'était une jeune fille comme les autres, pas très jolie, pas vilaine non plus, avec des yeux rieurs et plutôt candides.

Pourquoi, oui, pourquoi lui avait-on mis cette idée-là dans la tête ? S'il le disait, personne ne le croirait, on prétendrait qu'il se faisait des illusions et pourtant il était sûr.

— Il faudra venir nous revoir de temps en temps...

Quand il aura mis Fernande à la porte ! Oui, messieurs, il avait compris. Il avait fort bien compris. Émile n'était pas un imbécile.

— T'as pas l'air gai, ce soir...

— Qu'est-ce que cela peut te faire, à toi ?

Ça commençait à le chatouiller de se bagarrer. Il savait que cela finirait comme cela, qu'il suffisait de quelques verres encore.

— A propos, t'as pas vu Fernande ?

— Qu'est-ce que tu lui veux, à Fernande ? Hein ?

— Moi ?... Il y a longtemps que je ne lui veux plus rien...

— Cela signifie ?...

L'autre recula devant les gros poings d'Émile.

— Cela signifie ?...

Comme si on n'avait pas compris !

Le coup partit. Des chaises furent renversées. Émile était trop lucide pour que cela dégénère en vraie bataille comme il en éclatait certains soirs. Il n'avait frappé qu'une fois et il s'en repentait, il n'y avait pas trouvé le soulagement espéré.

— T'en veux encore ? Parce que j'aime mieux te dire tout de suite que tout ce qu'on pourra raconter sur Fernande me laisse froid... Une fois pour toutes, compris ?... Froid comme ça...

Et il frappa de sa main plate sur le marbre visqueux d'une table.

— Et d'ailleurs, Fernande...

Il s'arrêta net et se regarda dans la glace, surpris lui-même de la gravité subite de son expression, de l'air sournois que venait de prendre son visage.

A ce moment-là, il eut peur.

— Je te dis de me donner à boire, Léon...

Il était peut-être onze heures du soir, peut-être minuit. Il restait le dernier dans le petit café et Léon essayait de lui faire comprendre qu'il était temps d'aller se coucher.

Émile s'obstinait, la langue pâteuse, le regard tantôt vague, et tantôt trop fixe, effrayant.

— Je te dis de me donner à boire... Un jour, peut-être que tu comprendras... Ce soir, vois-tu... Ce soir...

Non ! Il ne fallait pas en dire davantage. Surtout, pas un mot de plus. Il valait mieux s'en aller se coucher, mais il n'en avait pas le courage, parce qu'il avait peur.

Cela lui était venu tout à l'heure, après le coup de poing, au moment précis où il s'était vu dans la glace. Une idée lui était venue, soudain, elle l'avait comme traversé, aiguë, dure, méchante, terrible.

Fernande... Eh bien ! Fernande...

Il n'osait même plus le penser. Il ne fallait plus de Fernande dans sa vie, voilà. C'était fini. Fi-ni !

Cela, il l'avait senti avec une telle force — d'où cette idée lui était-elle venue, mon Dieu ? — il l'avait senti avec une telle force que c'était comme déjà fait.

Plus de Fernande. Alors, alors seulement cela vaudrait la peine d'avoir accompli tout l'effort qu'il avait accompli.

On rigolait, c'est entendu. On le félicitait d'avoir réussi. On en parlait comme d'un miracle. Or, il n'y avait pas de miracle, c'était lui, c'était son effort, l'effort de tout son être, de ses muscles, de sa tête, de sa volonté, l'effort de presque quarante ans de vie d'homme...

Et il était entré dans la maison des Larmentiel et on l'avait reçu dans le salon où on lui avait allumé son cigare ! Il n'avait plus qu'un mot à dire, un geste à faire, pour que les imbéciles du café d'à côté se bousculent à son entrée pour lui donner la meilleure place.

— Vois-tu, mon vieux Léon, ce sont tous des imbéciles...

Le pauvre Léon, qui tombait de sommeil, approuvait prudemment.

— Des lâches...

— Mais oui...

— Qu'est-ce que c'est, un lâche, à ton avis ?

— Ma foi...

— Avoue que tu n'en sais rien. Je vais te le dire, moi. Un lâche, c'est quelqu'un qui n'a pas le courage d'aller son chemin...

Il ricanait.

— Ne te fais pas mal à la tête... Tu n'y es pas du tout... Un lâche... Est-ce que tu crois que je suis un lâche, moi ?

Il frappait sa forte poitrine de son poing fermé et Léon niait farouchement.

— Si tu savais ce que ce type-là a pu me faire du mal...

Léon ne demanda pas de quel type il s'agissait. Il avait l'habitude des ivrognes et ne les contrariait jamais.

— Tu as couché avec Fernande ?

Léon dit non.

— Tant pis pour toi... Au fond, tu es un lâche aussi... Car tu en as eu envie, comme les autres, mais tu n'as pas osé. A cause de ta femme, je parie... Avoue que tu n'as pas osé...

— Du moment que c'est la femme d'un ami...

— Je te défends de dire que c'est ma femme, tu entends ?... Ma femme... Ma femme... Quand on pourra parler de la femme à Émile...

Il se leva et balaya les verres d'un geste de la main.

— Qu'est-ce que je te dois ?

— On verra ça demain...

— Parce que je suis trop saoul... J'ai compris... Retiens bien ce que je t'ai dit : un lâche...

Il se regarda encore une fois dans la glace et son sourire était menaçant. Il restait là à se contempler avec complaisance, comme quelqu'un qui veut faire peur.

Tous, autant qu'ils étaient, ils étaient chaque jour à le guetter, derrière les portes, derrière les rideaux, le notaire, Larmentiel, les singes de l'autre café, les matelots, les femmes en cheveux, et jusqu'à la marmaille des ruelles.

— Il n'osera pas...

— Un homme comme lui...

— Une fille comme Fernande...

— Il la bat et puis...

— Ce sera toujours la même chose...

— Il irait la rechercher à l'autre bout du monde...

Il passa la main dans ses cheveux drus, chercha sa casquette qu'il posa de travers sur sa tête en se regardant toujours dans le miroir.

— Salut, Léon... Ne te tracasse pas...

— Je ne me tracasse pas... Bonne nuit, Émile... Demain...

— Demain cela ira mieux, c'est cela que tu veux dire, n'est-ce pas, andouille ?...

Et Léon, qui accrochait ses volets, l'entendit qui ricanait encore le long du quai.

2

Le soir du doris

Il plut presque tous les jours, pendant cette quinzaine-là, avec un ciel qui courait bas, une mer grise, moutonneuse, et du vent de suroît. Quand bien même il y avait une éclaircie de quelques heures, le pavé des quais, toujours gluant de poisson, n'avait pas le temps de sécher et les bottes des pêcheurs traçaient des sillons mouillés dans la sciure des cafés.

Pas un seul soir peut-être Émile ne se coucha sans être plus ou moins ivre, d'une ivresse méchante, sourcilleuse, lourde de rancœurs et, ce qu'il y avait d'extraordinaire, c'est qu'il s'enivrait tout seul, dans son coin, exprès.

Ce qu'il y avait de plus extraordinaire encore, c'est qu'au matin, en se levant, il retrouvait ses fantômes. Pas tout à fait ceux du soir. Quelquefois Fernande était levée, d'autres fois pas, car il lui arrivait de rester couchée beaucoup plus tard que lui. D'habitude, c'est ce qu'il préférait. Comme tous les marins, il aimait assez préparer son déjeuner et, au besoin, allumer le feu.

Dans son sommeil, elle était extraordinaire. Elle dormait n'importe comment, plus ou moins nue, en travers du lit ou une jambe pendante, et c'était alors, le corps chaud et moite, les lèvres renflées, les paupières closes, qu'elle était le plus magnifiquement femelle.

Pourquoi, ces temps-ci, s'obstinait-elle à se lever la première ? Il la trouvait dans la cuisine, en peignoir, en pantoufles, ses cheveux roussâtres sur la figure. Était-ce un hasard ? Était-ce lui qui se faisait des idées en remarquant ou en croyant remarquer que depuis le jour de l'achat du bateau elle avait une drôle de façon de l'observer ?

Il était de mauvaise humeur. On se lève toujours de mauvaise humeur quand on a trop bu la veille. Il questionnait durement :

— Qu'est-ce que tu as à me regarder ?

— Moi ?... Rien... Je ne te regarde pas...

Or, cela, ce n'était pas leur ton habituel. D'habitude, s'il grognait, elle grognait, s'il gueulait, elle gueulait plus fort que lui. On aurait dit qu'elle filait doux, qu'elle avait quelque chose sur le cœur, peut-être qu'elle avait peur de lui.

Elle ne pouvait pourtant pas avoir deviné. Il n'avait rien dit à personne. Ivre, il gardait assez de lucidité pour s'observer. Il savait que les femmes ont des dispositions pour deviner mais, à ce point-là, alors qu'il s'agissait de choses qu'il avait à peine osé penser, cela aurait tenu du miracle.

Déjà de cela il lui en voulait. Et du reste, de cette maison qui sentait le pauvre, de cette vie qui ne ressemblait pas à la vie des autres. C'était lui qui l'avait voulu. Et puis après ? Était-ce une raison pour que cela dure toute une éternité ? Ils ne formaient pas un ménage. Rien ne se passait comme dans un ménage, mais plutôt comme entre une femelle et un mâle dans la forêt. C'était sa femelle. Il la prenait, ou il la battait. Ils s'en allaient chacun de leur côté, se retrouvaient, se reniflaient, essayaient leurs griffes l'un sur l'autre et, ce qu'il y avait de terrible, c'est qu'il ne pouvait pas s'en passer.

Alors, à quoi bon l'effort qu'il avait fait ? Il était gentil avec elle, exprès, pour qu'elle ne se doute de rien. Cela lui faisait mal de lui mentir. Il disait des mots, comme en l'air, en sachant bien ce qu'ils signifiaient en réalité.

— Il me semble qu'il y a longtemps que tu n'as pas vu ta mère...

Car Fernande avait une mère à la campagne, près d'Orléans, une vieille femme de qui elle avait toujours une photo dans son sac.

— Tu ne crois pas que tu devrais aller voir ta mère ?

— Peut-être... Un de ces jours...

Il avait honte. Il en était malade. Il enfilait ses bottes, son ciré, il gagnait les quais à pas lourds et il traversait trois chalutiers pour atteindre les *Deux Frères* amarré en quatrième position dans le bassin à flot. Avant cela, il entrait chez Léon, ou dans un autre cabaret pour boire un ou deux cafés arrosés, avec rincette, double rincette, et comme les autres, à cette heure-là, il était parfumé d'alcool chaud.

— A quand la première sortie, Émile ?

— Bientôt...

Les tôles du bateau étaient noires, mouillées, glissantes. On l'attendait, tantôt un mécanicien, tantôt le cordier, tantôt le charpentier ou le peintre. Juste en face, sur le quai, il y avait la large maison des Larmentiel avec ses rideaux qui empêchaient la vie de sourdre au-dehors.

Il avait l'œil à tout. Il discutait de tout. Dix fois par jour, il enjambait les bastingages et gagnait un bistrot du quai avec l'un ou l'autre des fournisseurs et il buvait ferme, sans un éclat de gaieté dans les prunelles.

Bien des fois, quand ils se battaient comme des bêtes, quand parfois ils roulaient tous les deux par terre en essayant de se mordre, Fernande lui avait dit :

— Un jour, tu me tueras...

Mais ce n'était pas à « ça » qu'elle pensait. C'était à ses crises de jalousie, aux moments où il voyait rouge et où il cognait sans plus se rendre compte de sa force ou de l'objet qu'il avait à la main.

Il avait toujours pensé, lui aussi, que cela finirait un jour. Ainsi ou autrement. Il se disait :

— Quand je voudrai...

Et il ne voulait jamais, ou bien, quand il voulait, il n'en avait plus le cœur.

Or, maintenant, c'était fini. Dès le matin, en voyant Fernande dans la cuisine, il pensait qu'il allait se débarrasser d'elle. Il savait déjà comment. Il envisageait les choses presque froidement.

C'était le plus terrible. C'était ça, ses fantômes du matin.

Alors, à mesure que la journée s'écoulait, qu'il buvait des petits verres, puis des apéritifs, puis encore des petits verres, qu'il parlait à Pierre et à Paul et qu'il jouait à bord son rôle de grand patron, ses idées perdaient cette netteté cruelle comme certains ciels d'hiver.

La pluie lui lavait le visage, tout était mouillé, ses vêtements et ce qu'il touchait, tout avait goût de sel et de marée et son regard comme ses pas devenaient plus lourds, c'était à lui qu'il se mettait à penser, au petit Émile qui n'était rien du tout qu'un gamin des rues et qui était devenu, à la force des poignets, un véritable armateur.

Il s'attendrissait. Il s'admirait. Il regardait la maison d'en face derrière une des fenêtres de laquelle on devinait la silhouette douloureuse de Mme Larmentiel.

Est-ce que Larmentiel n'avait pas compris, lui, qu'il devait encore monter plus haut ? Et le notaire Chave ? Est-ce que lui-même n'avait pas toujours senti confusément que c'était cette maison-là, ou une autre pareille, qu'il finirait par habiter ?

Sinon, à quoi bon les efforts qu'il avait fournis au lieu de se laisser vivre comme les autres ?

Il rentrait manger. Fernande était dans une de ses périodes de bonne ménagère. Il lui en voulait de cela aussi. Il l'épiait. Elle l'épiait. Cela le rendait furieux, mais il ne voulait pas le laisser voir. Par prudence. Parce que sa décision était prise.

— Tu n'es pas sortie ?

— Non...

— Tu n'as pas écrit à ta mère ?

— Pas encore...

— Est-ce que, oui ou non, tu comptes aller la voir ?

Elle haussait les épaules. Son insistance était maladroite. Elle commençait à se demander où il voulait en venir.

— Tu as envie que je m'en aille ? T'as peut-être besoin de vacances... ?

Le tête-à-tête, dans ces conditions-là, devenait insupportable. D'ailleurs, ils n'avaient jamais connu les longs tête-à-tête des autres couples. Leur liaison, leur collage, c'était le mot le plus juste, n'était pas un collage comme les autres.

On ne pouvait pas toujours dire s'ils s'aimaient ou s'ils se détestaient. Elle s'en allait parfois rôder des trois jours et plus quand ça la prenait, puis un beau soir il la retrouvait à la maison en rentrant, sachant bien qu'elle allait être rossée à en rester au lit quarante-huit heures avec des bleus sur tout le corps.

Ce n'était pas possible de la mettre à la porte. Ils se retrouveraient. Tant qu'ils existeraient tous les deux, ils se retrouveraient.

Voilà pourquoi le soir, quand il avait bien bu, il ne lui en voulait pas. Au contraire. Il s'attendrissait sur elle. Et ce qu'il détestait, c'étaient les autres, les Larmentiel, les Chave, c'était le monde entier qui l'obligeait à faire ce qu'il allait faire.

Car on l'y obligeait. Sans cela, sa vie n'aurait pas de sens. Est-ce que les singes du *Café des Goélands* ne l'observaient pas avec ironie en se disant chaque jour :

— Ce sera peut-être pour demain ?

Il en arrivait, oui, il en arrivait à croire que toute la ville était au courant, que toute la ville attendait « ça », qu'on l'épiait avec des yeux goguenards en disant :

— Il le fera...

— Il n'aura pas le cœur...

Il l'avait ! Et, la preuve, c'est qu'il pensait à tous les détails. La preuve c'est qu'il en revenait sans cesse sur la visite à la mère.

Seulement, la garce flairait un danger. Elle résistait.

— Pourquoi tiens-tu absolument à ce que j'aille voir ma mère ? Tu n'es pas encore assez cocu, que tu m'envoies dehors ?

— T'es bête... Cette pauvre femme...

A force de vouloir agir avec intelligence, il en devenait maladroit et il le sentait, cela le vexait, il s'obstinait quand même.

— J'irai voir maman quand tu seras en mer, puisque tu fais la première sortie...

La première campagne du hareng, une campagne d'un mois, sur les côtes de Norvège.

— Je te mettrai dans le train avant de partir... Comme ça, je serai sûr que tu ne traîneras pas avec tous les hommes d'ici...

La veille de l'embarquement ! C'était plus plausible. Elle venait de lui tendre la perche.

— Je comprends, maintenant, disait-elle. Eh bien, si tu y tiens, je prendrai le train la veille...

Le jour fut fixé. On levait l'ancre le mercredi à la marée du matin. Elle partirait donc le mardi.

Six jours à attendre, à ressasser sans cesse les moindres détails. Six jours à s'agiter sur le pont des *Deux Frères* et à boire des petits verres avec tout le monde, à regarder la maison des Larmentiel qui deviendrait sa maison.

Il avait pitié de lui. L'impression ne le quittait pas qu'on lui avait mis sur les épaules un fardeau écrasant, mais il ne voulait pas se dégonfler. Est-ce qu'il s'était jamais dégonflé ? Est-ce que quelqu'un, à Fécamp, aurait osé venir lui dire en face :

— Émile, tu t'es dégonflé...

Jamais ! Même s'il devait en crever, il ne se dégonflerait pas. Il était un homme. Tout gosse, simple mousse, il se serait laissé battre jusqu'à l'évanouissement plutôt que de se dégonfler et son père en savait quelque chose.

Plusieurs fois, il vit François Larmentiel qui sortait de chez lui pour gagner ses bureaux. Chaque fois il se tournait vers le bateau et adressait à Émile un signe comme encourageant.

Il ne pouvait pas rester avec Fernande. Donc...

Il avait toujours beaucoup bu, dès le matin — café arrosé, fil-en-six, rincette et re-rincette —, comme la plupart des marins du pays. Maintenant, du matin au soir, du soir au matin, il avait la tête lourde, l'œil un peu fixe. Mais il ne perdait pas son sang-froid. Jamais !

Il pensait. Il ne fallait laisser aucun détail au hasard. C'est ainsi qu'il prit l'habitude d'aller poser des casiers à homards à un mille à peine des jetées, au pied de la falaise d'aval. Il se faisait accompagner par le vieux Pierre et déjà il avait son idée.

Le jour approchait. Fernande ne se permettait pas la moindre fugue. Cela lui arrivait ainsi de rester une semaine et plus sans sortir, sinon pour faire son marché dans les boutiques voisines. Elle ne s'habillait pas. Elle tripotait un peu le ménage, puis elle se couchait sur le lit et, pendant des heures, elle lisait de gros romans populaires au papier rugueux qu'elle échangeait dans une librairie de la rue d'Étretat.

— Tu te crois toujours au claque ! lui disait-il alors.

N'était-ce pas ce qu'il avait voulu ?

Elle se fit aussi une robe pour aller voir sa mère. Par la fenêtre, elle appelait une voisine pour la lui essayer et il les trouvait toutes les deux avec des épingles entre les lèvres, entourées de bouts de tissu.

Il était malin comme un singe. Sa mère lui répétait déjà quand il était petit :

— Tu es trop malin pour être honnête...

Il le prouvait avec l'histoire du vieux Pierre. Ce n'était pas pour rien qu'il l'avait choisi comme compagnon pour aller le soir relever les casiers. Car il y allait le soir, sous prétexte que le matin il avait du travail à bord.

Le vieux Pierre, qui les accompagnait dans la campagne du hareng, habitait Benouville, un petit village sur la falaise, à dix kilomètres de Fécamp. La veille du départ, il irait chez lui, comme c'est la règle, pour aller chercher ses effets et ses vivres.

Il y avait aussi le billet de chemin de fer. Émile n'en parlait pas. Il attendait. De tout, c'était le plus terrible : attendre, ne faire chaque chose qu'à l'heure qu'il avait décidée.

Le mardi à midi, il était plus pâle, plus froid que de coutume. Il ne pleuvait pas ce jour-là. Le ciel était d'un blanc de craie, avec seulement quelques fumées grisâtres qui accouraient du large et qui allaient s'accrocher aux falaises.

Ses affaires étaient prêtes pour le lendemain. Fernande aussi était prête et, quand il rentra, à midi, il la trouva qui bouclait sa petite valise en fibre.

Elle paraissait étonnée, encore un peu inquiète. Au fond, elle n'avait jamais cru qu'il l'enverrait vraiment chez sa mère car elle commençait à le connaître et elle savait qu'il avait toujours le temps de changer d'avis.

— Ça ne t'a pas rendu causant de devenir armateur, remarqua-t-elle comme il mangeait sans prononcer une parole.

Pauvre imbécile ! Si elle avait pu se douter... Il la regardait avec de gros yeux troubles, mais maintenant il était trop tard pour reculer. Tant pis pour elle, tant pis pour « eux », tant pis pour François Larmentiel et pour toutes les crapules de la terre.

— Faut que je te donne de l'argent...

— T'as le temps avant ce soir, non ? Tu ne viendras pas me conduire à la gare ?

— Tu me prendras à bord à six heures... Mais c'est prudent que tu aies déjà ton billet, des fois qu'on ne serait pas en avance...

Et il posait de l'argent sur la table, il se levait, regardait ailleurs tout en répétant :

— N'oublie pas de passer prendre ton billet...

— Si tu y tiens...

Elle haussa les épaules. Elle ne comprenait pas. Elle avait flairé un danger, elle l'avait observé dix jours durant sans parvenir à deviner quoi que ce fût et, du moment qu'elle allait partir...

C'étaient les heures les plus dures, les dernières, les heures d'attente. Dix fois il enjamba le bastingage pour aller boire. Trois fois il alla s'assurer que le doris était amarré à un des anneaux du quai, de l'autre côté de l'écluse.

— Les casiers, patron... remarqua le vieux Pierre avant de prendre le car pour Benouville.

— T'en fais pas... Je m'occuperai de les relever...

Un mousse voulut ramener le doris à bord, mais Émile se fâcha et lui cria de se mêler de ce qui le regardait.

Il avait la tête si lourde que parfois il n'y voyait pas très clair. Il se sentait plus fatigué qu'après une campagne de six mois à Terre-Neuve, et il fixait méchamment la maison des Larmentiel.

A cinq heures et demie, il alla boire encore et il se cogna le genou contre une bitte d'amarrage en se faisant très mal.

A six heures, il vit arriver Fernande avec sa petite valise jaunâtre à la main. Elle s'était mise en dame, avec un chapeau noir, et elle était ridicule. Elle avait fait croire à sa mère qu'elle était une femme convenable, peut-être qu'elle avait un mari ?

Il ricana.

— Tu montes ? lui cria-t-il du bord.

— Nous n'avons pas le temps...

Le train était à six heures vingt. Ils en avaient pour dix minutes à gagner la gare.

— Tu as ton billet ?

Il aurait été capable, si elle ne l'avait pas eu, de piquer une colère terrible.

— Oui... Dépêche-toi...

Il traînait, exprès... Debout sur le quai comme elle l'était, tout le monde pouvait la voir, tout le monde remarquait la valise, tout le monde savait qu'elle partait en voyage.

Cela, il l'avait combiné. Mais il fallait avoir l'œil à tous les autres détails, car c'était loin d'être fini.

Heureusement ! Dans une tempête, par exemple, si on n'avait rien à faire, on crèverait peut-être de peur. Seulement, comme il faut veiller à tout, se battre avec les filins, avec les dalots, avec les pompes, avec toute une machinerie familière et méchante, on n'a pas le temps de penser et ce n'est qu'après coup qu'on se sent les jambes molles et la poitrine vide.

C'était pareil. Il pensait aux détails, rien qu'aux détails, et chaque geste viendrait à son heure.

— Encore un instant...

Encore un ordre, un autre à donner, encore descendre dans la chambre du moteur où il se trouva seul et où il resta un moment à se tenir le front à deux mains.

— Allons...

Le train sifflait déjà à la gare. Fernande marchait vite et c'était lui qui ralentissait leur allure.

— Tu as pris de quoi manger ?

— J'ai acheté de la charcuterie...

— Attends-moi une seconde...

Il entra dans une boutique et demanda des oranges et des bananes.

— Pour Fernande, qui va voir sa mère, eut-il soin de préciser. Dépêchez-vous... Elle prend le train dans quelques minutes...

Il suait. Il avait, exprès, retardé sa montre de dix minutes.

— Pas la peine de tant se presser... Nous avons le temps...

Il lui montrait sa montre. Mais elle entendait le train qui sifflait.

— Attends-moi encore un instant... Je parie que tu as oublié du pain.

— J'en ai...

— De quoi boire ?

— Je ne bois jamais dans le train. Cela donne encore plus soif...

Il acheta des gâteaux, chercha longtemps de la monnaie dans ses poches et enfin, quand ils ne furent plus qu'à cinq cents mètres de la gare, le train partait.

— Tu vois ! dit-elle en posant sa valise par terre et en le regardant fixement.

— Je ne l'ai pas fait exprès...

— Je l'espère...

Un mot malheureux qu'il avait prononcé car il comprit, un peu plus tard, qu'elle y pensait. Pourquoi l'aurait-il *fait exprès* ? Qu'avait-il voulu dire ?

— J'en serai quitte pour prendre le train demain matin...

La nuit était tombée peu à peu et cela aussi avait été calculé. Ils avaient des chances de rentrer chez eux sans être vus. Personne d'autre n'habitait la maison.

— Je ne sais pas ce que tu as depuis quelques jours... Si c'est une poule et que je t'embête, vaudrait mieux le dire tout de suite...

Il poussa la clef dans la serrure, la fit entrer. Il pensa à baisser le store avant d'allumer la lampe. On dîna avec les vivres qu'elle avait achetés pour les emporter, mais personne ne toucha aux oranges et aux bananes qui restèrent sur la toile cirée de la table.

Il fallait encore attendre une demi-heure, que la nuit soit bien noire, que le port soit désert. Comme toujours quand elle rentrait, Fernande avait retiré sa robe — comme on s'épluche — lui disait-il. Un mouvement qu'il lui connaissait bien et qui, cette fois-ci, lui serra la gorge.

— Comme ça, j'irai te dire au revoir au départ du bateau... C'est drôle... Depuis que t'es armateur, j'ai l'impression que c'est fini, nous deux... A quoi penses-tu ?

— A rien... Au fait, ne te déshabille pas...

— Pourquoi ?

— Je pense tout à coup que j'ai mes casiers à la mer... Le vieux Pierre est à Benouville... Si on ne les retire pas ce soir, ils seront perdus...

— Tu trouveras bien quelqu'un pour...

— Pas ce soir... Tu sais bien qu'ils sont tous chez eux... Tu me donneras un coup de main...

Il évitait de la regarder, cependant qu'elle cherchait son regard.

— Dis donc, Émile... commençait-elle lentement.

— Quoi ?

— Rien...

Et il pensait :

— Elle est méfiante, la garce...

Tant mieux ! Plus elle lui donnerait de fil à retordre et moins il penserait. Il prit une bouteille dans l'armoire, se versa un grand verre d'alcool.

— Tu picoles ferme, hein, ces temps-ci ?

— Si on te le demande... Tu viens, oui ou non ?

Il se fâchait. Il était dur, méchant, exprès.

— C'est trop te demander, sans doute, de me donner un coup de main ? C'est toi qui travailles, oui ? C'est toi qui nous entretiens, peut-être ?

Elle enfilait de vieilles chaussures, une robe usée, cherchait son imperméable.

— C'est loin, tes casiers ?

— Près de la falaise d'amont...

— T'aurais pas pu y penser plus tôt ? Et si je n'avais pas raté mon train ?...

— Ta gueule !

Il fallait l'empêcher de penser, elle aussi. Il avait eu le tort, les dix derniers jours, d'être trop mou. C'est cela qui l'avait rendue méfiante.

— Viens...

Leurs pas sonnaient dans la rue. Ils ne rencontrèrent que des ombres. Émile évitait les becs de gaz. Le bateau, amarré sous un escalier de pierre, se soulevait au rythme de la respiration de la mer.

— Descends...

Il ne la voyait qu'indistinctement mais il sentit qu'elle hésitait et il fut pris de rage.

— Tu descends, oui ou non ?

Elle murmura quelque chose entre ses dents, et il se demanda quoi, sans oser la questionner.

— Assieds-toi à l'arrière...

Il largua le bout, s'arc-bouta contre les pierres du quai et le doris glissa vers le chenal, emporté doucement par le jusant.

Il installa les avirons dans les tolets, s'assit sur le banc de nage. Le phare tournait au-dessus de leurs têtes. Les petites lumières jaunes des quais s'éloignaient, les devantures éclairées des cafés, et une humidité noire et bruissante les happait toujours davantage.

Il était trop tard pour penser. D'ailleurs, il n'en avait pas l'envie. Tout était décidé et on aurait dit que cette décision c'était un autre que lui qui l'avait prise. Maintenant, il avait une tâche à accomplir, un point c'est tout, une tâche difficile, désagréable, mais il était un homme et il ne s'était jamais dégonflé.

Ce qui le gênait, seulement, c'était de sentir Fernande immobile et de se dire qu'elle devait le regarder fixement. Elle tournait le dos au port et au vague halo lumineux qui en émanait. Lui, au contraire, tendu sur les avirons, devait lui montrer, se découpant sur l'obscurité, un visage légèrement laiteux.

Il s'efforçait de garder ses traits rigides, son regard sans expression.

— T'es devenue muette, oui ?

Car elle ne disait pas un mot, ne bougeait pas.

— T'as pas entendu que je te parle ?

— Si.

— Alors ?

— Alors rien...

Elle avait peur. Il fut certain qu'elle avait peur. Sa voix n'était pas sa voix habituelle. Elle ne tremblait pas mais le son n'avait pas l'air de sortir de sa bouche.

Encore quelques minutes. Dès qu'ils auraient contourné la dernière falaise, ils seraient dans la nuit complète et tout était préparé dans le doris.

Pour tout le monde, elle était partie. Elle avait pris son billet à la gare, l'après-midi, quand il n'y a personne et que l'employé a tout le temps de remarquer ses clients. Elle était assez connue.

Le soir, dans la bousculade, on pouvait fort bien ne pas l'avoir vue monter dans le train.

— Tu n'as pas froid ? questionna-t-il.

C'était le silence qui lui était insupportable. Cette fois encore, elle ne répondit pas et cela le tracassa, il se demanda ce qu'elle pensait, il commença à avoir peur à son tour.

— S'il y a quelques homards, tu pourras les porter à ta mère.

Il eut honte de ces mots-là, mais il fallait absolument trouver quelque chose à dire pour rompre le bruit monotone des avirons.

— Dans une heure...

Il avait placé lui-même une gueuse de fonte dans le fond du doris, et un filin. Il y avait un marteau sous son banc.

Puis c'était décidé, il n'y avait plus à y revenir.

— Écoute, Fernande...

— Quoi ?

— Tu ne vois pas un signal à gauche ?

Car ils n'étaient pas loin de l'endroit où il avait posé les casiers.

— Je ne vois rien...

— Un peu plus à gauche...

Sa voix blanchit. Il ne pouvait plus attendre. Il était pris d'une sorte de vertige et il fallait en finir tout de suite. Il lâcha les avirons, saisit, sans bruit, le marteau sous le banc.

— Plus à gauche... Regarde bien... Tiens... Là-bas...

Il était debout dans le doris, il s'avançait vers l'arrière. Il répétait obstinément :

— Tu ne vois rien ?...

Quand il serait juste derrière elle, il n'aurait qu'à frapper.

— Tu ne vois rien ?...

Elle lui tournait le dos, il en était persuadé. Il faisait trop noir pour en être sûr. Il leva le bras.

Ce n'était plus que l'affaire de quelques dixièmes de seconde mais, à ce moment précis, il sentit quelque chose qui glissait le long de son corps. Il faillit perdre l'équilibre. Fernande avait brusquement changé de place. Elle s'était précipitée vers l'avant, avait enjambé les bancs.

Et elle avait prononcé un mot, un seul, qui continuait à lui bourdonner dans les oreilles :

— Crapule !...

Elle restait debout, face à lui, à l'autre bout du doris, et il s'aperçut que son bras était encore levé, il le baissa, laissa tomber le marteau.

C'était fini, c'était raté. Il était tout froid maintenant, tout bête, à ne savoir que faire, et il eut même un instant envie de demander pardon.

L'idée ne lui venait pas de la poursuivre au bout du doris, de l'attaquer en face, d'en finir malgré tout, ce qui était facile puisqu'il était le plus fort.

Elle le savait si bien qu'elle n'avait plus peur. Elle constatait seulement :

— Je me doutais de tes manigances...

Le flot les balançait. Ils frôlèrent le gros cône de liège qui servait de signal à un des casiers. C'était bien le moment de relever les casiers ! Et pourtant il eut un mouvement comme pour s'en saisir au passage.

— Tu peux te remettre aux avirons...

Pour cela, il devait s'asseoir et lui tourner le dos. Il hésita. Il eut presque peur à son tour.

— Dépêche-toi... J'ai froid...

Alors, il s'assit et empoigna les lourdes rames. Le phare continuait à tourner dans le ciel. On entendait le murmure du ressac au pied de la falaise.

Il ne disait rien. Il ne pouvait rien dire. C'était effrayant. De la sentir derrière lui, silencieuse, elle aussi, le regard sans doute fixé sur la tache noire de son dos massif.

Une telle détresse le submergeait, une telle humiliation surtout, une telle conscience de son sort misérable, qu'il était persuadé que nul homme n'en avait connu de pareilles.

Il aurait pu pleurer. Pleurer bêtement, doucement, comme un enfant. Il aurait pu balbutier des « pardon »...

Et il ne faisait rien que ramer en cadence, sans savoir où il était avec derrière lui Fernande, qui, à cette heure-ci, aurait dû être morte et qui le savait.

Cela dura des siècles. Elle ne disait rien et il ne disait rien. De temps en temps, il se retournait pour apercevoir les fanaux vert et rouge des jetées. Entre les pilotis, la nage se fit plus pénible à cause du jusant qui les poussait vers le large.

Enfin, ils approchèrent du mur gris, de l'escalier presque entièrement découvert, dont les marches inférieures étaient gluantes de mousse verdâtre.

Elle n'avait plus peur. Tandis qu'il tenait l'anneau, elle passa une fois de plus tout près de lui, le toucha, fit une enjambée et se trouva sur la terre ferme.

Elle monta, sans se retourner. Elle ne lui avait pas dit où elle allait. Il se demandait s'il devait la suivre.

Il ne savait plus rien et, comme un vieux matelot abruti, il remontait avec le bout qu'il lovait à un anneau, après avoir rangé avec soin les avirons au fond de l'embarcation.

Elle marchait sur le quai. Il entendait son pas qui s'éloignait. Soudain, il tressaillit. Elle tournait à droite. Elle s'engageait dans la rue d'Étretat.

Alors, il eut la certitude qu'elle rentrait chez eux et il resta longtemps, tout seul sur le quai, les bras ballants, le dos tourné à la masse noire des chalutiers où brillaient quelques petites lumières.

3

Les fantômes du matin et les fantômes du soir

Il y a des phrases, comme ça, qui s'imposent à l'esprit comme la ritournelle d'une chanson oubliée, qui vous obsèdent et dont on n'arrive pas à se débarrasser.

— Je savais bien que ce serait l'un ou l'autre...

Il remâchait stupidement ces mots sans savoir au juste ce qu'ils signifiaient. Et pourtant, pour lui, c'était, il en était persuadé, la conclusion logique de ce qu'il venait de vivre, la conclusion de toute son existence, de l'existence d'Émile.

Cela se rattachait, il le savait, à des choses vécues, qu'il était incapable de préciser, car il avait la tête trop vide. Ses fantômes du matin et ses fantômes du soir...

Le matin, quand il se levait et qu'il trouvait Fernande en savates dans la cuisine, quand il se disait qu'il fallait en finir, coûte que coûte...

Mais à quoi bon penser, maintenant ? Les autres, les fantômes du soir, quand il plaignait le petit Émile qui avait fourni tant d'efforts et qui était devenu un homme...

Il avait envie de boire. Il avait une soif d'ivrogne, un besoin de boire, de boire encore, mais les cafés du port étaient fermés et les rues étaient vides, avec seulement quelques lumières aux fenêtres des étages. Des malades qu'on soignait, ou des gens qui ne pouvaient pas dormir, peut-être des morts qu'on veillait ou des femmes qui accouchaient ? Il ne savait pas. Cela n'avait pas d'importance.

Il était vide. Il ne tenait plus à rien, il n'était plus attaché à rien, mais il avait soif et il ne pouvait pas rentrer chez lui pour vider la bouteille qu'il avait remise dans l'armoire au moment de s'en aller.

— *Il me semble que tu picoles beaucoup ces temps-ci, Émile...*

Était-ce cela qu'elle avait dit ? Peu importe.

Il avait soif. Et il faillit aller donner de grands coups dans les volets de Léon pour le faire lever. Léon lui devait bien cela. Combien de milliers et de milliers de petits verres avait-il bus chez lui ? Hein ?... S'il fallait compter... A dix... A vingt par jour... Et ceux qu'il offrait... Car il avait la tournée facile... Pas par bonté... Pas par générosité... Parce qu'il était un homme, parce qu'il était Émile et qu'Émile était capable de payer à boire à n'importe qui...

Il marcha... Il espérait toujours trouver un peu de lumière filtrant à travers des volets mais tout était fermé, tout était noir, et alors il pensa au seul endroit encore ouvert, là-bas, au fond du bassin, la maison où il avait connu Fernande, le bobinard où il avait passé tant de nuits.

Il poussa la porte à claire-voie de l'estaminet et il resta un bon moment debout dans la lumière rougeâtre, à regarder deux femmes, une en chemise bleue, une en chemise jaune — une brune et une blonde — qui tricotaient sur la banquette.

— A boire... commanda-t-il avant de s'asseoir.

Il avait soif. Il avait besoin de boire tout de suite pour remplir ce vide insupportable qu'il sentait en lui.

— Tu ne t'assieds pas avec nous ?

Il les regarda de loin, de haut, avec une suprême indifférence et, quand on apporta la bouteille et les verres, il saisit la bouteille sur le plateau, malgré le mouvement de résistance de la serveuse, colla les lèvres au goulot et aspira le liquide à peine doré.

— Ben ! mon vieux...

On voyait baisser dans la bouteille le niveau de l'alcool et il buvait toujours, à en perdre haleine, après quoi il laissa tomber tout simplement le récipient sur le sol où il se brisa.

Cela allait mieux. Des bouffées chaudes lui montaient à la tête, mais il était si harassé qu'il fut obligé de s'asseoir.

— Qu'est-ce que t'as, Émile ?... Ça ne va pas avec Fernande ?

Il ne ricana même pas. Et pourtant il en avait envie. C'était tellement loin ! Et les deux femmes étaient si minuscules, comme tout au bout de jumelles qu'on tient à l'envers.

Il riait en dedans. Tout seul. Parce que personne d'autre ne pouvait comprendre. Émile, le petit Émile...

— Émile est foutu !

Encore une phrase qui lui vint comme ça et qu'il se répétait à lui-même. Le petit Émile était foutu !

Et après !

— T'offres quand même à boire ?

Un geste large et vague. Qu'est-ce que tout cela pouvait lui faire, bon Dieu ?

— A boire aussi... balbutia-t-il.

Sa tête était si pesante qu'il faillit la laisser tomber sur ses bras et alors, sans doute qu'il se serait endormi là, sur la table, d'un sommeil si pesant que personne n'aurait été capable de le réveiller.

Il y avait des peintures au mur, des femmes nues, mal dessinées comme à la foire, et des anges joufflus dans un ciel bleuâtre.

— Je savais bien que ce serait l'un ou l'autre...

Il tressaillait. Il ne se souvenait plus. Qu'est-ce qu'il avait décidé ? Qu'est-ce que cette phrase-là voulait dire ?

Il s'y raccrochait comme à un oracle. Il avait conscience qu'il avait encore une tâche à accomplir cette nuit-là. Mais laquelle ?

Il but encore des petits verres dont il renversait la moitié sur son chandail.

— Je vais puer l'alcool... dit-il à voix haute.

Et il se rendait compte que les femmes commençaient à avoir peur de lui, qu'une d'elles, celle en chemise jaune, allait chuchoter dans un coin, près du comptoir, avec la sous-maîtresse.

— Je suis inoffensif... décréta-t-il pesamment en essayant de rire.

Pour elles, en tout cas. Pour le reste, il lui fallait essayer de se souvenir.

— Ce sera l'un...

Ou l'autre ! Voilà ! Est-ce qu'il était un homme, oui ou non ? Est-ce qu'il était Émile ? Est-ce qu'un Émile se laisse manœuvrer comme ça par une poule mouillée ?

Oui ou non !

On verrait !

— *Ce sera l'un ou l'autre...*

Fernande était rentrée chez eux. Et ça, ça c'était chic ! Jamais il n'aurait cru qu'elle serait si chic. Ou plutôt si. Fernande, c'était sa femelle et ce n'était pas pour rien qu'il l'avait choisie.

La preuve, c'est qu'elle n'avait pas eu peur !

Les crapules, c'étaient...

— *L'un ou l'autre !* cria-t-il en frappant du poing sur la table.

Et il se leva. Il se heurta à l'angle d'un mur. Il tira toute une poignée de petits billets de sa poche, parce qu'un homme, un vrai, ça ne s'amuse pas à arranger les billets dans un portefeuille comme des livres dans une bibliothèque.

Voilà comment il était.

— *L'un ou l'autre !* cria-t-il encore au moment où la porte à claire-voie se refermait derrière lui.

Il zigzaguait un peu. Il le savait.

— Mais je ne suis pas saoul...

S'il avait été saoul, il s'en serait rendu compte. Il était fatigué, atrocement fatigué. Seulement, il n'était pas encore temps d'aller dormir. Il ne pouvait pas rentrer comme ça, se coucher à côté de Fernande...

— *L'un ou l'autre...*

Devant la maison des Larmentiel, il faillit hurler :

— Hé ! François !... Descends donc...

Mais il était bien élevé. Brute peut-être. Parce qu'il était un homme. Bien élevé malgré tout. La police ne l'avait jamais ramassé comme tant d'autres dans la rue. Il était poli avec les agents, même quand il avait bu le double de ce qu'il venait de boire.

Il sonna.

Il sonna deux fois, trois fois, en regardant les fenêtres qui s'obstinaient à rester noires. La colère commençait à l'envahir.

— Puisque j'ai dit l'un ou l'autre...

Les fantômes du soir... Cela ne regardait personne que lui... Il se comprenait et cela suffisait...

— Allons, François !

Qui est-ce qui ouvrirait ? Une bonne ? Ils avaient au moins trois bonnes dans la maison, des petites niaises de seize ans qu'on payait mal et qui avaient toujours l'air d'avoir pleuré. Ces gens-là, c'est comme ça. Ça ne paie pas. Ça vous dit :

— Je suppose que vous n'allez pas rester avec Fernande...

Ça vous offre un gros cigare, après un regard en coin au notaire Chave. Puis ça vous appelle la jeune fille comme, au claque, la sous-maîtresse...

Il donna un coup de pied dans la porte, un tout petit coup de pied de rien du tout, pour leur apprendre à ouvrir quand des gens viennent poliment tirer leur sonnette. Juste à ce moment-là, une voix demanda, derrière l'huis, tout près :

— Qui est là ?

C'était la voix de François, de M. François Larmentiel, qui était enfin descendu et qui devait trembler dans son pyjama à rayures. Car Émile était sûr qu'il portait un pyjama à rayures comme on en voit aux vitrines des chemiseries élégantes.

— Émile...

— Comment ?

— Émile, que je dis... C'est moi, Émile... J'ai besoin de vous parler...

L'autre tripotait des verrous, une chaîne de sûreté, tournait une clef dans la serrure pendant qu'une sorte de sérénité envahissait Émile.

Comment n'y avait-il pas pensé plus tôt. C'était *celui-ci* le plus facile.

— *L'un ou l'autre...*

Une fente laissait passer de la lumière. On entrevoyait un visage inquiet, des cheveux en désordre.

— Laissez-moi entrer...

A regret. Vraiment à regret. François Larmentiel s'éloignait en hésitant de la porte.

— Qu'est-ce que... ?

Les bonnes, au troisième, n'entendirent rien. Peut-être qu'au premier, Mme Larmentiel entendit du bruit, mais pas beaucoup, celui d'une chute sur les carreaux.

Après, la porte se referma. Des pas s'éloignèrent. C'était Émile qui s'en allait et qui avait mal aux doigts car il avait dû serrer très fort, c'était beaucoup plus dur qu'il n'avait cru.

Enfin, il y était arrivé, et maintenant il se hâtait vers la rue d'Étretat. Il y avait de la lumière à une fenêtre du premier, celle de la chambre, dans sa maison.

Fernande n'était pas encore endormie. Tant mieux ! Et lui avait toujours sa clef dans sa poche. Il tâtonnait un peu avant de trouver le trou de la serrure.

Qu'est-ce qu'elle pensait en l'entendant rentrer ? Est-ce qu'elle avait encore peur ? Sûrement non ! C'était sa femelle. Et cela, elle avait dû le comprendre tout de suite.

Il referma la porte. Ses gestes étant hésitants, encore que précis. Il prenait son temps. Désormais, il avait tout son temps devant lui. Et encore de reste !

Il chercha le commutateur et se souvint que la lampe de l'escalier était grillée. Il monta à tâtons.

— *L'un ou l'autre...*

Elle ou lui !

Est-ce qu'il ne valait pas mieux que ce soit lui, que ce soit le salaud qui lui avait mis des idées dans la tête ? Il chercha le bouton, poussa la porte et il la vit sur le lit, en chemise, qui le regardait tranquillement entrer.

Il avait envie de lui dire quelque chose, de lui apprendre la nouvelle, mais il ne trouvait pas les mots tout de suite, il ne savait pas comment s'y prendre et il commença par retirer ses bottes. Il lui fallut du temps. Puis pour sa vareuse, pour son pantalon.

Elle le regardait. Il se réjouissait de la surprise qu'il allait lui faire.

— Émile, vois-tu... c'est...

C'est un homme ! Et un homme, ça ne se dégonfle pas. Avec sa femelle, passe encore. Mais avec un François Larmentiel, non ! ou alors...

Il enleva ses tricots par-dessus sa tête et il se trouva en caleçon, sans honte, au milieu de la chambre.

— Pousse-toi... dit-il en s'approchant du lit.

Et, comme elle ne bougeait pas, comme elle le regardait toujours, en essayant de comprendre, il laissa tomber enfin, sans pouvoir éteindre une flamme d'orgueil qui brillait dans son regard :

— N'aie pas peur, va !... Je l'ai tué... Émile, vois-tu... Émile, c'est...

Il s'étendit avec un soupir de soulagement à côté du corps déjà chaud de Fernande puis, longtemps après, les yeux fermés, avec un peu d'eau trouble qui suintait entre les paupières, il balbutia :

— Ils viendront me chercher demain matin... Faut pas t'en faire...

INDEX

Cette liste répertorie « romans » et « Maigret » (indiqués par la lettre M). Chaque titre est suivi du lieu et de la date de sa rédaction [1], du nom de l'éditeur et de l'année de la première édition.

1. La plupart des manuscrits des romans Fayard et Gallimard ayant été dispersés ou ayant disparu, et peu d'entre eux portant mention des lieux et dates de rédaction, ces précisions avaient été reconstituées longtemps après par l'auteur ou par ses proches ; mais elles comportaient de nombreuses lacunes ou erreurs. Aussi ces données biographiques ont-elles été vérifiées — et le cas échéant complétées ou rectifiées — au vu des recherches les plus récentes.

Nous donnons ici les dates conformes à la tradition et, entre crochets, les rectifications établies par les deux savants biographes/bibliographes que sont Pierre Deligny et Claude Menguy. (Cet index a été revu et complété à l'occasion de l'édition de ce dernier tome.)

Tous les romans

M **L'affaire Saint-Fiacre,** « Les Roches Grises », Antibes (Alpes-Maritimes), janvier 1932. Fayard, 1932. TOUT SIMENON 17

L'aîné des Ferchaux, Saint-Mesmin-le-Vieux (Vendée), 7 décembre 1943. Gallimard, 1945. TOUT SIMENON 25

M **L'ami d'enfance de Maigret,** Épalinges (Vaud), 24 juin 1968. Presses de la Cité, 1968. TOUT SIMENON 14

M **L'amie de Madame Maigret,** Carmel by the Sea (Californie), 22 décembre 1949. Presses de la Cité, 1950. TOUT SIMENON 4

L'Ane Rouge, « La Richardière », Marsilly (Charente-Maritime), automne 1932. Fayard, 1933. TOUT SIMENON 18

Les anneaux de Bicêtre, « Noland », Échandens (Vaud), 25 octobre 1962. Presses de la Cité, 1963. TOUT SIMENON 11

Antoine et Julie, « Shadow Rock Farm », Lakeville (Connecticut), 4 décembre 1952. Presses de la Cité, 1953. TOUT SIMENON 6

L'assassin, Hôtel P.L.M., Combloux (Haute-Savoie), décembre 1935. Gallimard, 1937. TOUT SIMENON 20

Au bout du rouleau, Saint Andrews (Nouveau-Brunswick), 5 juin 1946. Presses de la Cité, 1947. TOUT SIMENON 1

M **Au Rendez-Vous des Terre-Neuvas,** à bord de l'*Ostrogoth*, Morsang-sur-Seine (Seine-et-Marne), juillet 1931. Fayard, 1931. TOUT SIMENON 16

Les autres, « Noland », Échandens (Vaud), 17 novembre 1961. Presses de la Cité, 1962. TOUT SIMENON 11

Le bateau d'Émile, recueil de nouvelles. Gallimard, 1954. TOUT SIMENON 25

Bergelon, Nieul-sur-Mer (Charente-Maritime), septembre 1939. Gallimard, 1941. TOUT SIMENON 22

Betty, « Noland », Échandens (Vaud), 12 octobre 1960. Presses de la Cité, 1961. TOUT SIMENON 10

Le bilan Malétras, Saint-Mesmin-le-Vieux (Vendée), 12 mai 1943. Gallimard, 1948. TOUT SIMENON 25

Le blanc à lunettes, « Les Tamaris », Porquerolles (Var), printemps 1936. Gallimard, 1937. TOUT SIMENON 20

La boule noire, « La Gatounière », Mougins (Alpes-Maritimes), 28 avril 1955. Presses de la Cité, 1955. TOUT SIMENON 8

Le bourgmestre de Furnes, Nieul-sur-Mer (Charente-Maritime), automne 1938 [29 décembre 1938]. Gallimard, 1939. TOUT SIMENON 22

M **La danseuse du Gai-Moulin,** à bord de l'*Ostrogoth*, Ouistreham (Calvados), septembre 1931. Fayard, 1931. TOUT SIMENON 17

Le déménagement, Épalinges (Vaud), 27 juin 1967. Presses de la Cité, 1967. TOUT SIMENON 13

Les demoiselles de Concarneau, Porquerolles (Var), printemps 1934 [« La Cour-Dieu », Ingrannes (Loiret), automne 1935]. Gallimard, 1936. TOUT SIMENON 19

Le destin des Malou, « Coral Sands », Bradenton Beach (Floride), 22 février 1947. Presses de la Cité, 1947. TOUT SIMENON 1

Dimanche, « Noland », Échandens (Vaud), 3 juillet 1958. Presses de la Cité, 1959. TOUT SIMENON 9

La disparition d'Odile, Épalinges (Vaud), 4 octobre 1970. Presses de la Cité, 1971. TOUT SIMENON 15

Les dossiers de l'agence O, recueil de nouvelles. Gallimard, 1943. TOUT SIMENON 24

M **L'écluse n° 1,** « La Richardière », Marsilly (Charente-Maritime), avril 1933. Fayard, 1933. TOUT SIMENON 18

En cas de malheur, « Golden Gate », Cannes (Alpes-Maritimes), 8 novembre 1955. Presses de la Cité, 1956. TOUT SIMENON 8

L'enterrement de Monsieur Bouvet, Carmel by the Sea (Californie), 25 février 1950. Presses de la Cité, 1950. TOUT SIMENON 4

L'escalier de fer, « Shadow Rock Farm », Lakeville (Connecticut), 12 mai 1953. Presses de la Cité, 1953. TOUT SIMENON 6

L'évadé, « La Richardière », Marsilly (Charente-Maritime), été 1932 [automne 1934]. Gallimard, 1936. TOUT SIMENON 19

Les fantômes du chapelier, « Stud Barn », Tumacacori (Arizona), 13 décembre 1948. Presses de la Cité, 1949. TOUT SIMENON 3

Faubourg, « La Cour-Dieu », Ingrannes (Loiret), octobre 1934 [automne 1935]. Gallimard, 1937. TOUT SIMENON 20

M **Félicie est là,** château de Terre-Neuve, Fontenay-le-Comte (Vendée), été 1941 [« Les Peupliers », La Faute-sur-Mer (Vendée), mai 1942]. Gallimard, 1944. TOUT SIMENON 24

La fenêtre des Rouet, château de Terre-Neuve, Fontenay-le-Comte (Vendée), 7 juillet 1942. Éditions de la Jeune Parque, 1945. TOUT SIMENON 1

Feux rouges, « Shadow Rock Farm », Lakeville (Connecticut), 14 juillet 1953. Presses de la Cité, 1953. TOUT SIMENON 6

Les fiançailles de Monsieur Hire, Porquerolles (Var), printemps 1933 [« La Richardière », Marsilly (Charente-Maritime), automne 1932]. Fayard, 1933. TOUT SIMENON 18

Le fils, « Golden Gate », Cannes (Alpes-Maritimes), 28 décembre 1956. Presses de la Cité, 1957. TOUT SIMENON 9

Le fils Cardinaud, château de Terre-Neuve, Fontenay-le-Comte (Vendée), octobre 1941 [22 juillet 1941]. Gallimard, 1942. TOUT SIMENON 23

M **Liberty Bar,** « La Richardière », Marsilly (Charente-Maritime), mai 1932. Fayard, 1932. TOUT SIMENON 17

Le locataire, « La Richardière », Marsilly (Charente-Maritime), mars 1932 [automne 1933]. Gallimard, 1934. TOUT SIMENON 19

Long cours, Paris [Neuilly-sur-Seine (Seine)], octobre 1935. Gallimard, 1936. TOUT SIMENON 19

M **Maigret,** Porquerolles (Var), juin 1933 [« La Richardière », Marsilly (Charente-Maritime), janvier 1934]. Fayard, 1934. TOUT SIMENON 18

M **Maigret à l'école,** « Shadow Rock Farm », Lakeville (Connecticut), 8 décembre 1953. Presses de la Cité, 1954. TOUT SIMENON 7

M **Maigret à New-York,** Sainte-Marguerite-du-Lac-Masson (Québec), 7 mars 1946. Presses de la Cité, 1947. TOUT SIMENON 1

M **Maigret a peur,** « Shadow Rock Farm », Lakeville (Connecticut), 27 mars 1953. Presses de la Cité, 1953. TOUT SIMENON 6

M **Maigret au Picratt's,** « Shadow Rock Farm », Lakeville (Connecticut), 8 décembre 1950. Presses de la Cité, 1951. TOUT SIMENON 5

M **Maigret aux assises,** « Noland », Échandens (Vaud), 23 novembre 1959. Presses de la Cité, 1960. TOUT SIMENON 10

M **Maigret à Vichy,** Épalinges (Vaud), 11 septembe 1967. Presses de la Cité, 1968. TOUT SIMENON 13

M **Maigret chez le coroner,** Tucson (Arizona), 30 juillet 1949. Presses de la Cité, 1949. TOUT SIMENON 3

M **Maigret chez le ministre,** « Shadow Rock Farm », Lakeville (Connecticut), 23 août 1954. Presses de la Cité, 1955. TOUT SIMENON 7

M **Maigret en meublé,** « Shadow Rock Farm », Lakeville (Connecticut), 21 février 1951. Presses de la Cité, 1951. TOUT SIMENON 5

M **Maigret et l'affaire Nahour,** Épalinges (Vaud), 8 février 1966. Presses de la Cité, 1967. TOUT SIMENON 13

M **Maigret et la Grande Perche,** « Shadow Rock Farm », Lakeville (Connecticut), 8 mai 1951. Presses de la Cité, 1951. TOUT SIMENON 5

M **Maigret et la jeune morte,** « Shadow Rock Farm », Lakeville (Connecticut), 18 janvier 1954. Presses de la cité, 1954. TOUT SIMENON 7

M **Maigret et la vieille dame,** Carmel by the Sea (Californie), 8 décembre 1949. Presses de la Cité, 1950. TOUT SIMENON 4

M **Maigret et le client du samedi,** « Noland », Échandens (Vaud), 27 février 1962. Presses de la Cité, 1962. TOUT SIMENON 11

M **Maigret et le clochard,** « Noland », Échandens (Vaud), 2 mai 1962. Presses de la Cité, 1963. TOUT SIMENON 11

M **Maigret et le corps sans tête,** « Shadow Rock Farm », Lakeville (Connecticut), 25 janvier 1955. Presses de la Cité, 1955. TOUT SIMENON 8

M **Maigret et le fantôme,** « Noland », Échandens (Vaud), 23 juin 1963. Presses de la Cité, 1964. TOUT SIMENON 12

M **Maigret et le marchand de vin,** Épalinges (Vaud), 29 septembre 1969. Presses de la Cité, 1970. TOUT SIMENON 14

La maison du canal, « La Richardière », Marsilly (Charente-Maritime), janvier 1933. Fayard, 1933. TOUT SIMENON 18

M **La maison du juge,** Nieul-sur-Mer (Charente-Maritime), hiver 1939-1940 [31 janvier 1940]. Gallimard, 1942. TOUT SIMENON 23

Malempin, château de Scharrachbergheim (Bas-Rhin), mars 1939. Gallimard, 1940. TOUT SIMENON 22

La Marie du port, Hôtel de l'Europe, Port-en-Bessin (Calvados), octobre 1937. Gallimard, 1938. TOUT SIMENON 21

Marie qui louche, « Shadow Rock Farm », Lakeville (Connecticut), 17 août 1951. Presses de la Cité, 1952. TOUT SIMENON 5

La mauvaise étoile, recueil de récits-reportages, « La Cour-Dieu », Ingrannes (Loiret), juin 1936 [1935]. Gallimard, 1938. TOUT SIMENON 20

M **Les Mémoires de Maigret,** « Shadow Rock Farm », Lakeville (Connecticut), 27 septembre 1950. Presses de la Cité, 1951. TOUT SIMENON 4

M **Mon ami Maigret,** « Stud Barn », Tumacacori (Arizona), 2 février 1949. Presses de la Cité, 1949. TOUT SIMENON 3

M **Monsieur Gallet, décédé,** à bord de l'*Ostrogoth*, Morsang-sur-Seine (Seine-et-Marne), été 1930. Fayard, 1931. TOUT SIMENON 16

Monsieur La Souris, « Les Tamaris », Porquerolles (Var), février 1937. Gallimard, 1938. TOUT SIMENON 21

La mort d'Auguste, Épalinges (Vaud), 17 mars 1966. Presses de la Cité, 1966. TOUT SIMENON 13

La mort de Belle, « Shadow Rock Farm », Lakeville (Connecticut), 14 décembre 1951. Presses de la Cité, 1952. TOUT SIMENON 6

Le nègre, « Golden Gate », Cannes (Alpes-Maritimes), 16 avril 1957. Presses de la Cité, 1957. TOUT SIMENON 9

La neige était sale, Tucson (Arizona), 20 mars 1948. Presses de la Cité, 1948. TOUT SIMENON 3

Les noces de Poitiers, Saint-Mesmin-le-Vieux (Vendée), hiver 1943-1944. Gallimard, 1946. TOUT SIMENON 25

M **Les nouvelles enquêtes de Maigret,** recueil de nouvelles. Gallimard, 1944. TOUT SIMENON 24 et 25

Nouvelles exotiques. Publiées dans le volume intitulé *Signé Picpus*. Gallimard, 1944. TOUT SIMENON 24

« Nouvelles introuvables » 1931-1934. TOUT SIMENON 18

« Nouvelles introuvables » 1936-1941. TOUT SIMENON 22

Novembre, Épalinges (Vaud), 19 juin 1969. Presses de la Cité, 1969. TOUT SIMENON 14

M **La nuit du carrefour,** château de la Michaudière, Guigneville près La Ferté-Alais (Seine-et-Oise), avril 1931. Fayard, 1931. TOUT SIMENON 16

M **L'ombre chinoise,** « Les Roches Grises », Antibes (Alpes-Maritimes), décembre 1931. Fayard, 1932. TOUT SIMENON 17

45° à l'ombre, à bord de l'*Araldo*, en Méditerranée, juin 1934. Gallimard, 1936. TOUT SIMENON 19

Quartier nègre, à bord de l'*Araldo*, juillet 1934 [« La Cour-Dieu », Ingrannes (Loiret), été 1935]. Gallimard, 1935. TOUT SIMENON 19

Les quatre jours du pauvre homme, Tucson (Arizona), 4 juillet 1949. Presses de la Cité, 1949. TOUT SIMENON 3

Le rapport du gendarme, château de Terre-Neuve, Fontenay-le-Comte (Vendée), septembre 1941. Gallimard, 1944. TOUT SIMENON 24

Le Relais d'Alsace, à bord de l'*Ostrogoth*, au pont Marie, Paris, juillet 1931. Fayard, 1931. TOUT SIMENON 16

Les rescapés du Télémaque, Igls (Tyrol), décembre 1936. Gallimard, 1938. TOUT SIMENON 20

M **Le revolver de Maigret,** « Shadow Rock Farm », Lakeville (Connecticut), 20 juin 1952. Presses de la Cité, 1952. TOUT SIMENON 6

Le riche homme, Épalinges (Vaud), 9 mars 1970. Presses de la Cité, 1970. TOUT SIMENON 15

La rue aux trois poussins, recueil de nouvelles. Presses de la Cité, 1963. TOUT SIMENON 12

M **Les scrupules de Maigret,** « Noland », Échandens (Vaud), 16 décembre 1957. Presses de la Cité, 1958. TOUT SIMENON 9

Les sept minutes, recueil de nouvelles. Gallimard, 1938. TOUT SIMENON 20

M **Signé Picpus,** château de Terre-Neuve, Fontenay-le-Comte (Vendée), été 1941. Gallimard, 1944. TOUT SIMENON 24

Les sœurs Lacroix, Hôtel de l'Étoile, Saint-Thibault-sur-Loire (Cher), décembre 1937 [novembre 1937]. Gallimard, 1938. TOUT SIMENON 21

Strip-tease, « Golden Gate », Cannes (Alpes-Maritimes), 12 juin 1957. Presses de la Cité, 1958. TOUT SIMENON 9

Les suicidés, « La Richardière », Marsilly (Charente-Maritime), été 1932 [décembre 1933]. Gallimard, 1934. TOUT SIMENON 19

Le suspect, Paris, octobre 1937 [Neuilly-sur-Seine (Seine), septembre 1937]. Gallimard, 1938. TOUT SIMENON 21

Tante Jeanne, « Shadow Rock Farm », Lakeville (Connecticut), 8 septembre 1950. Presses de la Cité, 1951. TOUT SIMENON 4

Les témoins, « Shadow Rock Farm », Lakeville (Connecticut), 27 septembre 1954. Presses de la Cité, 1955. TOUT SIMENON 7

Le temps d'Anaïs, « Shadow Rock Farm », Lakeville (Connecticut), 1er novembre 1950. Presses de la Cité, 1951. TOUT SIMENON 5

Le testament Donadieu, « Les Tamaris », Porquerolles (Var), août 1936. Gallimard, 1937. TOUT SIMENON 20

M **La tête d'un homme,** Hôtel L'Aiglon, boulevard Raspail, Paris, septembre 1930 [hiver 1930-1931]. Fayard, 1931. TOUT SIMENON 16

Toutes les nouvelles

M **L'affaire du boulevard Beaumarchais,** Neuilly-sur-Seine, 1936. Publiée pour la première fois dans *Paris-Soir-Dimanche,* le 25 octobre 1936. In *Les nouvelles enquêtes de Maigret.* Gallimard, 1944. TOUT SIMENON 24.

L'affaire du canal, 1929. Nouvelle inédite. TOUT SIMENON 18

L'affaire Lefrançois, Paris, hiver 1928-1929. Publiée pour la première fois dans *Détective,* les 21 mars et 4 avril 1929. In *Les 13 mystères.* Fayard, 1932. TOUT SIMENON 18

L'Amiral a disparu, La Rochelle, printemps 1938. Publiée pour la première fois dans *Police-Roman,* le 10 mai 1940. In *Le Petit Docteur.* Gallimard, 1943. TOUT SIMENON 23

L'amoureux aux pantoufles, La Rochelle, printemps 1938. Publiée pour la première fois dans *Police-Roman,* le 24 janvier 1941. In *Le Petit Docteur.* Gallimard, 1943. TOUT SIMENON 23

M **L'amoureux de Madame Maigret,** Neuilly-sur-Seine, hiver 1937-1938. Publiée pour la première fois dans *Police-Roman,* le 28 juillet 1939. In *Les nouvelles enquêtes de Maigret.* Gallimard, 1944. TOUT SIMENON 25

Annette et la dame blonde. Publiée pour la première fois dans *Pour Elle,* janvier-février 1941. In *La rue aux trois poussins.* Presses de la Cité, 1963. TOUT SIMENON 12

Arnold Schuttringer, Stavoren (Pays-Bas), hiver 1929-1930. Publiée pour la première fois dans *Détective,* les 17 avril et 1er mai 1930. In *Les 13 coupables.* Fayard, 1932. TOUT SIMENON 17

L'arrestation du musicien, La Rochelle, printemps 1938. Publiée pour la première fois dans *Police-Roman,* le 16 mai 1941. In *Les dossiers de l'Agence O.* Gallimard, 1943. TOUT SIMENON 24

L'as de l'arrestation. Publiée pour la première fois dans *Benjamin,* le 13 décembre 1934. Non recueillie en volume. TOUT SIMENON 18

M **L'auberge aux noyés,** Neuilly-sur-Seine, hiver 1937-1938. Publiée pour la première fois dans *Police-Film/Police-Roman,* le 11 novembre 1938. In *Les nouvelles enquêtes de Maigret.* Gallimard, 1944. TOUT SIMENON 25

L'aventurier au parapluie. Publiée pour la première fois dans *Tout et Tout,* le 22 février 1941. Non recueillie en volume. TOUT SIMENON 22

Le baron de l'écluse, ou la croisière du Potam. Publiée pour la première fois dans *Gringoire,* le 12 décembre 1940. In *Le bateau d'Émile.* Gallimard, 1954. TOUT SIMENON 25

Le bateau d'Émile, rue de Turenne, Paris, juillet 1945. Publiée pour la première fois dans *Lectures de Paris,* juillet 1945. In le recueil du même titre. Gallimard, 1954. TOUT SIMENON 25

La bombe de l'Astoria, Paris, hiver 1928-1929. Publiée pour la première fois dans *Détective,* les 6 et 20 juin 1929. In *Les 13 mystères*. Fayard, 1932. TOUT SIMENON 18

La bonne fortune du Hollandais, La Rochelle, printemps 1938. Publiée pour la première fois dans *Police-Roman,* le 31 mai 1940. In *Le Petit Docteur*. Gallimard, 1943. TOUT SIMENON 23

Bus, Stavoren (Pays-Bas), hiver 1929-1930. Publiée pour la première fois dans *Détective*, les 5 et 19 juin 1930. In *Les 13 coupables*. Fayard, 1932. TOUT SIMENON 17

La cabane à Flipke. Publiée pour la première fois dans *Tout et Tout*, le 19 avril 1941. Non recueillie en volume. TOUT SIMENON 22

La cabane en bois, La Rochelle, printemps 1938. Publiée pour la première fois dans *Police-Roman,* le 2 mai 1941. In *Les dossiers de l'Agence O.* Gallimard, 1943. TOUT SIMENON 24

La cage d'Émile, La Rochelle, printemps 1938. Publiée pour la première fois, sous le titre *La jeune fille de La Rochelle,* dans *Police-Roman,* le 25 avril 1941. In *Les dossiers de l'Agence O.* Gallimard, 1943. TOUT SIMENON 24

Le capitaine du Vasco. Publiée pour la première fois dans *Gringoire,* le 15 février 1940. In *La rue aux trois poussins.* Presses de la Cité, 1963. TOUT SIMENON 12

Les cent mille francs de P'tite Madame. Publiée pour la première fois dans *Notre Cœur*, les 27 décembre 1940 et 3 janvier 1941. Non recueillie en volume. TOUT SIMENON 22

M **Ceux du Grand Café,** Neuilly-sur-Seine, hiver 1937-1938. Publiée pour la première fois dans *Police-Film/Police-Roman,* le 12 août 1938. Recueillie en volume par Gilbert Sigaux, Éditions Rencontre, 1967. TOUT SIMENON 25

Le châle de Marie Dudon. Publiée pour la première fois dans *Gringoire*, le 10 octobre 1940. In *Le testament Donadieu* (réédition), Gallimard, 1954. TOUT SIMENON 22

Le chantage de l'Agence O, La Rochelle, printemps 1938. Publiée pour la première fois dans *Police-Roman,* le 28 novembre 1941. In *Les dossiers de l'Agence O.* Gallimard, 1943. TOUT SIMENON 24

La chanteuse de Pigalle, Lakeville (Connecticut), 30 janvier 1952. Nouvelle inédite. TOUT SIMENON 12 (supplément)

Le château de l'arsenic, La Rochelle, printemps 1938. Publiée pour la première fois dans *Police-Roman,* le 28 juin 1940. In *Le Petit Docteur.* Gallimard, 1943. TOUT SIMENON 23

Le château des disparus, 1929. Publiée pour la première fois dans *Détective,* les 14 et 28 novembre 1929. In *Les 13 énigmes.* Fayard, 1932. TOUT SIMENON 18

La cheminée du Lorraine, Paris, hiver 1928-1929. Publiée pour la première fois dans *Détective,* les 9 et 23 mai 1929. In *Les 13 mystères.* Fayard, 1932. TOUT SIMENON 18

Le chien jaune, 1929. Publiée pour la première fois dans *Détective,* les 24 octobre et 7 novembre 1929. In *Les 13 énigmes.* Fayard, 1932. TOUT SIMENON 18

M **Le client le plus obstiné du monde,** Ste-Marguerite-du-Lac-Masson (Québec), Canada, 2 mai 1946. In *Maigret et l'inspecteur Malgracieux.* Presses de la Cité, 1947. TOUT SIMENON 2

Le Club des Vieilles Dames, La Rochelle, printemps 1938. Publiée pour la première fois dans *Police-Roman,* le 10 octobre 1941. In *Les dossiers de l'Agence O.* Gallimard, 1943. TOUT SIMENON 24

Le coffre-fort de la S.S.S., Paris, hiver 1928-1929. Publiée pour la première fois dans *Détective,* les 28 mars et 11 avril 1929. In *Les 13 mystères.* Fayard, 1932. TOUT SIMENON 18

Le comique du Saint-Antoine. Publiée pour la première fois dans *Gringoire,* le 18 janvier 1940. In *La rue aux trois poussins.* Presses de la Cité, 1963. TOUT SIMENON 12

Le corps disparu, 1929. Publiée pour la première fois dans *Détective,* les 10 et 24 octobre 1929. In *Les 13 énigmes.* Fayard, 1932. TOUT SIMENON 18

Le crime du Malgracieux. Publiée pour la première fois dans *Gringoire,* le 25 avril 1940. In *La rue aux trois poussins.* Presses de la Cité, 1963. TOUT SIMENON 12

La demoiselle en bleu pâle, La Rochelle, printemps 1938. Publiée pour la première fois dans *Police-Roman,* le 24 novembre 1939. In *Le Petit Docteur.* Gallimard, 1943. TOUT SIMENON 23

Les demoiselles de Queue de Vache, 1941. In *La rue aux trois poussins.* Presses de la Cité, 1963. TOUT SIMENON 12

Le dénommé Popaul, Paris, hiver 1928-1929. Publiée pour la première fois dans *Détective,* les 25 avril et 9 mai 1929. In *Les 13 mystères.* Fayard, 1932. TOUT SIMENON 18

Le destin de Monsieur Saft. Publiée pour la première fois dans *Gringoire,* le 21 novembre 1940. Recueillie en volume par Gilbert Sigaux, Éditions Rencontre, 1969. TOUT SIMENON 22

Le deuil de Fonsine, Les Sables-d'Olonne (Vendée), 9 janvier 1945. In *Maigret et les petits cochons sans queue.* Presses de la Cité, 1950. TOUT SIMENON 4

Les deux ingénieurs, Paris, hiver 1928-1929. Publiée pour la première fois dans *Détective,* les 30 mai et 13 juin 1929. In *Les 13 mystères.* Fayard, 1932. TOUT SIMENON 18

Le docteur de Kirkenes. Publiée pour la première fois dans *Gringoire,* le 21 décembre 1939. In *La rue aux trois poussins.* Presses de la Cité, 1963. TOUT SIMENON 12

Le docteur Tant-Pis, La Rochelle, printemps 1938. Publiée pour la première fois dans *Police-Roman,* le 31 octobre 1941. In *Les dossiers de l'Agence O.* Gallimard, 1943. TOUT SIMENON 24
Le doigt de Barraquier. Publiée pour la première fois dans *Gringoire,* le 24 octobre 1940. In *Le bateau d'Émile.* Gallimard, 1954. TOUT SIMENON 25
Le dossier n° 16, Paris, hiver 1928-1929. Publiée pour la première fois dans *Détective,* les 4 et 18 avril 1929. In *Les 13 mystères.* Fayard, 1932. TOUT SIMENON 18
Le drame de Dunkerque, 1929. Publiée pour la première fois dans *Détective,* les 28 novembre et 12 décembre 1929. In *Les 13 énigmes.* Fayard, 1932. TOUT SIMENON 18
L'écluse n° 14, Paris, hiver 1928-1929. Publiée pour la première fois dans *Détective,* les 23 mai et 6 juin 1929. In *Les 13 mystères.* Fayard, 1932. TOUT SIMENON 18
Émile à Bruxelles, La Rochelle, printemps 1938. Publiée pour la première fois dans *Police-Roman,* le 29 août 1941. In *Les dossiers de l'Agence O.* Gallimard, 1943. TOUT SIMENON 24
L'énigme de la Marie-Galante, à bord de l'*Ostrogoth,* Morsang-sur-Seine (Seine-et-Marne), printemps 1931. Publiée pour la première fois, sous le titre *La croisière invraisemblable,* dans *Marianne,* août-septembre 1933. In *Les sept minutes.* Gallimard, 1938. TOUT SIMENON 20
L'enquête de Mademoiselle Doche, Neuilly-sur-Seine, hiver 1937-1938. Publiée pour la première fois dans *Police-Roman,* le 17 mars 1939. In *Signé Picpus* (« Nouvelles exotiques »). Gallimard, 1944. TOUT SIMENON 24
L'épingle en fer à cheval. Publiée pour la première fois dans *Gringoire,* le 20 juin 1941. In *Le bateau d'Émile.* Gallimard, 1954. TOUT SIMENON 25
L'escale de Buenaventura, Neuilly-sur-Seine, hiver 1937-1938. Publiée pour la première fois dans *Police-Film/Police-Roman,* le 21 octobre 1938. In *Signé Picpus* (« Nouvelles exotiques »), Gallimard, 1944. TOUT SIMENON 24
L'escale de Buenaventura, Saint Andrews (N.B.), Canada, 31 août 1946. In *Maigret et les petits cochons sans queue.* Presses de la Cité, 1950. TOUT SIMENON 4
L'esprit déménageur, 1929. Publiée pour la première fois dans *Détective,* les 26 septembre et 10 octobre 1929. In *Les 13 énigmes.* Fayard, 1932. TOUT SIMENON 18
L'Étoile du Nord, Neuilly-sur-Seine, hiver 1937-1938. Publiée pour la première fois dans *Police-Film/Police-Roman,* le 30 septembre 1938. In *Les nouvelles enquêtes de Maigret.* Gallimard, 1944. TOUT SIMENON 25
L'étrangleur de Moret, La Rochelle, printemps 1938. Publiée pour la première fois dans *Police-Roman,* le 30 mai 1941. In *Les dossiers de l'Agence O.* Gallimard, 1943. TOUT SIMENON 24

Le fantôme de Monsieur Marbe, La Rochelle, printemps 1938. Publiée pour la première fois dans *Police-Roman,* le 5 janvier 1940. In *Le Petit Docteur*. Gallimard, 1943. TOUT SIMENON 23

La femme du pilote. Publiée pour la première fois dans *Gringoire,* le 3 octobre 1940. In *Le bateau d'Émile*. Gallimard, 1954. TOUT SIMENON 25

M **La fenêtre ouverte,** Neuilly-sur-Seine, 1936. Publiée pour la première fois dans *Paris-Soir-Dimanche,* le 8 novembre 1936. In *Les nouvelles enquêtes de Maigret*. Gallimard, 1944. TOUT SIMENON 24

Le flair du Petit Docteur, La Rochelle, printemps 1938. Publiée pour la première fois sous le titre *Rendez-vous avec un mort,* dans *Police-Roman,* le 3 novembre 1939. In *Le Petit Docteur*. Gallimard, 1943. TOUT SIMENON 23

Les « Flamands », Stavoren (Pays-Bas), hiver 1929-1930. Publiée pour la première fois dans *Détective*, les 3 et 17 avril 1930. In *Les 13 coupables*. Fayard, 1932. TOUT SIMENON 17

La fleuriste de Deauville, La Rochelle, printemps 1938. Publiée pour la première fois dans *Police-Roman,* le 18 juillet 1941. In *Les dossiers de l'Agence O*. Gallimard, 1943. TOUT SIMENON 24

La folle d'Itteville, Morsang-sur-Seine [Guigneville-sur-Essonne], printemps 1931. Publiée pour la première fois dans la collection « Phototexte », Éd. Jacques Haumont, 1931. Recueillie en volume par Gilbert Sigaux, Éditions Rencontre, 1967. TOUT SIMENON 18

Le Grand Langoustier, à bord de l'*Ostrogoth*, Morsang-sur-Seine (Seine-et-Marne), printemps 1931. Publiée pour la première fois dans *Marianne,* septembre-octobre 1933. In *Les sept minutes*. Gallimard, 1938. TOUT SIMENON 20

Le gros lot, Lakeville (Connecticut), le 11 novembre 1953. Nouvelle inédite. TOUT SIMENON 12 (supplément)

« G.7 », 1929. Publiée pour la première fois dans *Détective,* les 12 et 26 septembre 1929. In *Les 13 énigmes*. Fayard, 1932. TOUT SIMENON 18

Hans Peter, 1929. Publiée pour la première fois dans *Détective,* les 17 et 31 octobre 1929. In *Les 13 énigmes*. Fayard, 1932. TOUT SIMENON 18

L'homme à barbe. Voir *Nicolas*.

M **L'homme dans la rue,** Nieul-sur-Mer (Charente-Maritime), 1939. In *Maigret et les petits cochons sans queue*. Presses de la Cité, 1950. TOUT SIMENON 4

L'homme qui mitraillait les rats. Publiée pour la première fois dans *Match*, le 13 octobre 1938. Non recueillie en volume. TOUT SIMENON 22

L'homme tatoué, 1929. Publiée pour la première fois dans *Détective,* les 3 et 17 octobre 1929. In *Les 13 énigmes*. Fayard, 1932. TOUT SIMENON 18

L'homme tout nu, La Rochelle, printemps 1938. Publiée pour la première fois dans *Police-Roman,* le 9 mai 1941. In *Les dossiers de l'Agence O*. Gallimard, 1943. TOUT SIMENON 24

M **L'improbable Monsieur Owen,** Neuilly-sur-Seine, hiver 1937-1938. Publiée pour la première fois dans *Police-Film/Police-Roman,* le 15 juillet 1938. Recueillie par Gilbert Sigaux, Éditions Rencontre, 1967. TOUT SIMENON 25

L'incendie du parc Monceau, 1929. Publiée pour la première fois dans *Détective,* les 31 octobre et 14 novembre 1929. In *Les 13 énigmes.* Fayard, 1932. TOUT SIMENON 18

L'inconnue d'Étretat, 1929. Publiée pour la première fois dans *Détective,* les 5 et 19 décembre 1929. In *Les 13 énigmes.* Fayard, 1932. TOUT SIMENON 18

L'invalide à la tête de bois, Lakeville (Connecticut), février 1952. Nouvelle inédite. TOUT SIMENON 12 (supplément)

M **Jeumont, 51 minutes d'arrêt !,** Neuilly-sur-Seine, 1936. In *Les nouvelles enquêtes de Maigret.* Gallimard, 1944. TOUT SIMENON 24

M **Les larmes de bougie,** Neuilly-sur-Seine, 1936. Publiée pour la première fois dans *Paris-Soir-Dimanche,* le 22 novembre 1936. In *Les nouvelles enquêtes de Maigret.* Gallimard, 1944. TOUT SIMENON 24

La ligne du désert, Neuilly-sur-Seine, hiver 1937-1938. Publiée pour la première fois dans *Police-Roman,* le 7 avril 1939. In *Signé Picpus* (« Nouvelles exotiques »). Gallimard, 1944. TOUT SIMENON 24

Little Samuel à Tahiti. Publiée pour la première fois dans *Gringoire,* le 23 novembre 1939. Recueillie en volume par Gilbert Sigaux, Éditions Rencontre, 1969. TOUT SIMENON 22

Madame Quatre et ses enfants, Les Sables-d'Olonne (Vendée), janvier 1945. In *Maigret et les petits cochons sans queue.* Presses de la Cité, 1950. TOUT SIMENON 4

Madame Smitt, Stavoren (Pays-Bas), hiver 1929-1930. Publiée pour la première fois dans *Détective,* les 27 mars et 10 avril 1930. In *Les 13 coupables.* Fayard, 1932. TOUT SIMENON 17

Mademoiselle Augustine. Publiée pour la première fois dans *La Jeune France littéraire,* décembre 1932. Non recueillie en volume. TOUT SIMENON 18

M **Mademoiselle Berthe et son amant,** Neuilly-sur-Seine, hiver 1937-1938. Publiée pour la première fois dans *Police-Film,* le 29 avril 1938. In *Les nouvelles enquêtes de Maigret.* Gallimard, 1944. TOUT SIMENON 25

M **Maigret et l'inspecteur Malgracieux,** Ste-Marguerite-du-Lac-Masson (Québec), Canada, 5 mai 1946. In le recueil du même titre. Presses de la Cité, 1947. TOUT SIMENON 2

Les mains pleines, Les Sables-d'Olonne (Vendée), mars 1945. Publiée pour la première fois dans *La Patrie* (Bruxelles), le 7 juin 1945. In *La rue aux trois poussins.* Presses de la Cité, 1963. TOUT SIMENON 12

Le mari de Mélie. Publiée pour la première fois dans *Toute la vie,* le 21 août 1941. In *La rue aux trois poussins.* Presses de la Cité, 1963. TOUT SIMENON 12

Les mariés du 1er décembre, La Rochelle, printemps 1938. Publiée pour la première fois dans *Police-Roman,* le 26 janvier 1940. In *Le Petit Docteur.* Gallimard, 1943. TOUT SIMENON 23

Le mas Costefigues, 1929. Publiée pour la première fois dans *Détective,* les 7 et 21 novembre 1929. In *Les 13 énigmes.* Fayard, 1932. TOUT SIMENON 18

Le matin des trois absoutes. Publiée pour la première fois dans *Gringoire,* le 21 mars 1940. In *La rue aux trois poussins.* Presses de la Cité, 1963. TOUT SIMENON 12

M **Menaces de mort,** hiver 1937-1938. Publiée pour la première fois dans *Révolution nationale,* du 8 mars au 12 avril 1942. Non recueillie en volume. TOUT SIMENON 25

M **Monsieur Lundi,** Neuilly-sur-Seine, 1936. Publiée pour la première fois dans *Paris-Soir-Dimanche,* le 20 décembre 1936. In *Les nouvelles enquêtes de Maigret.* Gallimard, 1944. TOUT SIMENON 24

Monsieur Mimosa. Publiée pour la première fois dans *Paris-Soir,* le 24 janvier 1937. Non recueillie en volume. TOUT SIMENON 22

Monsieur Rodrigues, Stavoren (Pays-Bas), hiver 1929-1930. Publiée pour la première fois dans *Détective,* les 20 mars et 3 avril 1930. In *Les 13 coupables.* Fayard, 1932. TOUT SIMENON 17

Le mort invraisemblable, Paris, hiver 1928-1929. Publiée pour la première fois dans *Détective,* les 11 et 25 avril 1929. In *Les 13 mystères.* Fayard, 1932. TOUT SIMENON 18

Le mort tombé du ciel, La Rochelle, printemps 1938. Publiée pour la première fois dans *Police-Roman,* le 16 février 1940. In *Le Petit Docteur.* Gallimard, 1943. TOUT SIMENON 23

Moss et Hoch. Publiée pour la première fois dans *Aujourd'hui,* le 14 décembre 1933. Non recueillie en volume. TOUT SIMENON 18

Les mystères du Grand-Saint-Georges, Neuilly-sur-Seine, hiver 1937-1938. Publiée pour la première fois dans *Police-Roman,* le 24 février 1939. (« Nouvelle exotique »). Recueillie en volume par Gilbert Sigaux, Éditions Rencontre, 1969. TOUT SIMENON 24

Le naufrage de l'« armoire à glace ». Publiée pour la première fois dans *Gringoire,* le 3 avril 1941. In *La rue aux trois poussins.* Presses de la Cité, 1963. TOUT SIMENON 12

Le naufrage du Catherine, 1929. Publiée pour la première fois dans *Détective,* les 19 septembre et 3 octobre 1929. In *Les 13 énigmes.* Fayard, 1932. TOUT SIMENON 18

Le nègre s'est endormi. Publiée pour la première fois, sous le titre *La passion de Van Overbeek,* dans *Gringoire,* le 30 janvier 1941. In *Le bateau d'Émile.* Gallimard, 1954. TOUT SIMENON 25

Nicolas, Stavoren (Pays-Bas), hiver 1929-1930. Publiée pour la première fois dans *Détective,* les 8 et 22 mai 1930. In *Les 13 coupables.* Fayard, 1932. TOUT SIMENON 17

Nicolas, Les Sables-d'Olonne (Vendée), 20 janvier 1945. Publiée pour la première fois dans la *Revue de Paris,* juin 1945. (A également paru sous le titre *L'homme à barbe* in *Le bateau d'Émile,* Gallimard, 1954.) In *La rue aux trois poussins.* Presses de la Cité, 1963. TOUT SIMENON 12

M **Le notaire de Châteauneuf,** Neuilly-sur-Seine, hiver 1937-1938. Publiée pour la première fois dans *Police-Film/Police-Roman,* le 17 juin 1938. In *Les nouvelles enquêtes de Maigret.* Gallimard, 1944. TOUT SIMENON 25

Nouchi, Stavoren (Pays-Bas), hiver 1929-1930. Publiée pour la première fois dans *Détective,* les 10 et 24 avril 1930. In *Les 13 coupables.* Fayard, 1932. TOUT SIMENON 17

La nuit des sept minutes, à bord de l'*Ostrogoth,* Morsang-sur-Seine (Seine-et-Marne), printemps 1931. Publiée pour la première fois dans *Marianne,* avril 1933. In *Les sept minutes.* Gallimard, 1938. TOUT SIMENON 20

La nuit du pont Marie, hiver 1929-1930. Publiée pour la première fois dans *L'Intransigeant,* le 10 juin 1933. Recueillie en volume par Gilbert Sigaux, Éditions Rencontre, 1967. TOUT SIMENON 17

M **On ne tue pas les pauvres types,** Saint Andrews (N.B.), Canada, 15 avril [15 août] 1946. In *Maigret et l'inspecteur Malgracieux.* Presses de la Cité, 1947. TOUT SIMENON 2

L'oranger des îles Marquises. Publiée pour la première fois dans *Marianne,* le 5 février 1936. Non recueillie en volume. TOUT SIMENON 22

Otto Müller, Stavoren (Pays-Bas), hiver 1929-1930. Publiée pour la première fois dans *Détective,* les 29 mai et 12 juin 1930. In *Les 13 coupables.* Fayard, 1932. TOUT SIMENON 17

Le Pacha, Stavoren (Pays-Bas), hiver 1929-1930. Publiée pour la première fois dans *Détective,* les 22 mai et 5 juin 1930. In *Les 13 coupables.* Fayard, 1932. TOUT SIMENON 17

Le passager et son nègre, La Rochelle, printemps 1938. Publiée pour la première fois dans *Police-Roman,* le 29 mars 1940. In *Le Petit Docteur.* Gallimard, 1943. TOUT SIMENON 23

Le pavillon de la Croix-Rousse, Paris, hiver 1928-1929. Publiée pour la première fois dans *Détective,* les 2 et 16 mai 1929. In *Les 13 mystères.* Fayard, 1932. TOUT SIMENON 18

M **Peine de mort,** Neuilly-sur-Seine, 1936. Publiée pour la première fois dans *Paris-Soir-Dimanche,* le 15 novembre 1936. In *Les nouvelles enquêtes de Maigret.* Gallimard, 1944. TOUT SIMENON 24

M **La péniche aux deux pendus,** Neuilly-sur-Seine, 1936. Publiée pour la première fois dans *Paris-Soir-Dimanche,* le 1er novembre 1936. In *Les nouvelles enquêtes de Maigret.* Gallimard, 1944. TOUT SIMENON 24

Le petit restaurant des Ternes, Tucson (Arizona), décembre 1948 [Brandenton Beach, Floride, janvier 1947]. In *Un Noël de Maigret.* Presses de la Cité, 1951. TOUT SIMENON 5

Le petit tailleur et le chapelier, Bradenton Beach (Floride), 1er avril 1947. In *Maigret et les petits cochons sans queue.* Presses de la Cité, 1950. TOUT SIMENON 4

Les petits cochons sans queue, Bradenton Beach (Floride), 28 novembre 1946. In *Maigret et les petits cochons sans queue.* Presses de la Cité, 1950. TOUT SIMENON 4

Philippe, Stavoren (Pays-Bas), hiver 1929-1930. Publiée pour la première fois dans *Détective,* les 1er et 15 mai 1930. In *Les 13 coupables.* Fayard, 1932. TOUT SIMENON 17

M **La pipe de Maigret,** rue de Turenne, Paris, juin 1945. In le volume du même titre. Presses de la Cité, 1947. TOUT SIMENON 1

La piste de l'homme roux, La Rochelle, printemps 1938. Publiée pour la première fois dans *Police-Roman,* le 19 avril 1940. In *Le Petit Docteur.* Gallimard, 1943. TOUT SIMENON 23

La piste du Hollandais. Publiée pour la première fois dans *Gringoire,* le 27 juin 1941. In *La rue aux trois poussins.* Presses de la Cité, 1963. TOUT SIMENON 12

Le policier d'Istanbul, Neuilly-sur-Seine, hiver 1937-1938. Publiée pour la première fois dans *Police-Roman,* le 13 janvier 1939. In *Signé Picpus* (« Nouvelles exotiques »). Gallimard, 1944. TOUT SIMENON 24

Le prisonnier de Lagny, La Rochelle, printemps 1938. Publiée pour la première fois dans *Police-Roman,* le 19 septembre 1941. In *Les dossiers de l'Agence O.* Gallimard, 1943. TOUT SIMENON 24

La révolte du Canari. Publiée pour la première fois dans *Gringoire,* le 25 juillet 1940. Recueillie en volume par Gilbert Sigaux, Éditions Rencontre, 1969. TOUT SIMENON 22

La rue aux trois poussins. Publiée pour la première fois dans *Gringoire,* le 11 juillet 1941. In le recueil du même titre. Presses de la Cité, 1963. TOUT SIMENON 12

M **Rue Pigalle,** Neuilly-sur-Seine, 1936. Publiée pour la première fois dans *Paris-Soir-Dimanche,* le 29 novembre 1936. In *Les nouvelles enquêtes de Maigret.* Gallimard, 1944. TOUT SIMENON 24

Le secret de fort Bayard, 1929. Publiée pour la première fois dans *Détective,* les 21 novembre et 5 décembre 1929. In *Les 13 énigmes.* Fayard, 1932. TOUT SIMENON 18

Sept petites croix dans un carnet. Carmel by the Sea (Californie), 4 avril 1950. In *Un Noël de Maigret.* Presses de la Cité, 1951. TOUT SIMENON 5

Sing-Sing ou la maison des trois marches. Publiée pour la première fois dans *Vu,* le 25 mars 1931. Non recueillie en volume. TOUT SIMENON 18

La sonnette d'alarme, La Rochelle, printemps 1938. Publiée pour la première fois dans *Police-Roman,* le 8 mars 1940. In *Le Petit Docteur.* Gallimard, 1943. TOUT SIMENON 23

Sous peine de mort, Bradenton Beach (Floride), 24 novembre 1946. In *Maigret et les petits cochons sans queue.* Presses de la Cité, 1950. TOUT SIMENON 4

M **Stan le Tueur,** Neuilly-sur-Seine, hiver 1937-1938. Publiée pour la première fois dans *Police-Roman,* le 23 décembre 1938. In *Les nouvelles enquêtes de Maigret.* Gallimard, 1944. TOUT SIMENON 25

La tabatière en or, Paris, hiver 1928-1929. Publiée pour la première fois dans *Détective,* les 13 et 27 juin 1929. In *Les 13 mystères.* Fayard, 1932. TOUT SIMENON 18

M **Le témoignage de l'enfant de chœur,** Ste-Marguerite-du-Lac-Masson (Québec), Canada, 28 avril 1946. In *Maigret et l'inspecteur Malgracieux.* Presses de la Cité, 1947. TOUT SIMENON 2

M **Tempête sur la Manche,** Neuilly-sur-Seine, hiver 1937-1938. Publiée pour la première fois dans *Police-Film,* le 20 mai 1938. In *Les nouvelles enquêtes de Maigret.* Gallimard, 1944. TOUT SIMENON 25

La tête de Joseph. Publiée pour la première fois dans *Gringoire*, le 26 octobre 1939. Recueillie en volume par Gilbert Sigaux, Éditions Rencontre, 1969. TOUT SIMENON 22

Le ticket de métro, La Rochelle, printemps 1938. Publiée pour la première fois dans *Police-Roman,* le 8 août 1941. In *Les dossiers de l'Agence O.* Gallimard, 1943. TOUT SIMENON 24

Les Timmermans, Stavoren (Pays-Bas), hiver 1929-1930. Publiée pour la première fois dans *Détective*, les 15 et 29 mai 1930. In *Les 13 coupables.* Fayard, 1932. TOUT SIMENON 17

Les trois bateaux de la calanque, La Rochelle, printemps 1938. Publiée pour la première fois dans *Police-Roman,* le 27 juin 1941. In *Les dossiers de l'Agence O.* Gallimard, 1943. TOUT SIMENON 24

Les trois messieurs du consortium. Publiée pour la première fois dans *Le Point* (Colmar), juin 1938. Non recueillie en volume. TOUT SIMENON 22

Les trois Rembrandt, Paris, hiver 1928-1929. Publiée pour la première fois dans *Détective,* les 16 et 30 mai 1929. In *Les 13 mystères.* Fayard, 1932. TOUT SIMENON 18

Un certain Monsieur Berquin, Saint Andrews (N.B.), Canada, 28 août 1946. In *Maigret et les petits cochons sans queue.* Presses de la Cité, 1950. TOUT SIMENON 4

Un crime au Gabon, Neuilly-sur-Seine, hiver 1937-1938. Publiée pour la première fois dans *Police-Roman,* le 2 décembre 1938. In *Signé Picpus* (« Nouvelles exotiques »). Gallimard, 1944. TOUT SIMENON 24

M **Une erreur de Maigret,** Neuilly-sur-Seine, 1936. Publiée pour la première fois dans *Paris-Soir-Dimanche,* le 3 janvier 1937. In *Les nouvelles enquêtes de Maigret.* Gallimard, 1944. TOUT SIMENON 24

Une femme a crié, La Rochelle, printemps 1938. Publiée pour la première fois dans *Police-Roman,* le 15 décembre 1939. In *Le Petit Docteur.* Gallimard, 1943. TOUT SIMENON 23

M **Un Noël de Maigret,** Carmel by the Sea (Californie), 20 mai 1950. In le recueil du même titre. Presses de la Cité, 1951. TOUT SIMENON 5

Valérie s'en va. Publiée pour la première fois, sous le titre *Les larmes à l'estragon,* dans *Gringoire,* le 6 mars 1941. In *Le bateau d'Émile.* Gallimard, 1954. TOUT SIMENON 25

M **Vente à la bougie,** Nieul-sur-Mer (Charente-Maritime), 1939. In *Maigret et les petits cochons sans queue.* Presses de la Cité, 1950. TOUT SIMENON 4

Le vieillard au porte-mine, La Rochelle, printemps 1938. Publiée pour la première fois dans *Police-Roman,* le 13 juin 1941. In *Les dossiers de l'Agence O.* Gallimard, 1943. TOUT SIMENON 24

M **La vieille dame de Bayeux,** Neuilly-sur-Seine, hiver 1937-1938. Publiée pour la première fois dans *Police-Roman,* le 3 février 1939. In *Les nouvelles enquêtes de Maigret.* Gallimard, 1944. TOUT SIMENON 25

Le vieux couple de Cherbourg. Publiée pour la première fois dans *Gringoire*, le 16 mai 1940. Recueillie en volume par Gilbert Sigaux, Éditions Rencontre, 1969. TOUT SIMENON 22

Le vol du lycée de B..., Paris, hiver 1928-1929. Publiée pour la première fois dans *Détective,* les 18 avril et 2 mai 1929. In *Les 13 mystères*. Fayard, 1932. TOUT SIMENON 18

Waldemar Strvzeski, Stavoren (Pays-Bas), hiver 1929-1930. Publiée pour la première fois dans *Détective*, les 24 avril et 8 mai 1930. In *Les 13 coupables*. Fayard, 1932. TOUT SIMENON 17

Le yacht et la panthère. Publiée pour la première fois dans *Ric et Rac,* le 15 mars 1930. Non recueillie en volume. TOUT SIMENON 18

Ziliouk, Stavoren (Pays-Bas), hiver 1929-1930. Publiée pour la première fois dans *Détective*, les 13 et 27 mars 1930. In *Les 13 coupables*. Fayard, 1932. TOUT SIMENON 17

Les romans de Simenon dans l'ordre de leur rédaction [1]

Hiver 1928-1929

Les treize mystères.
Les treize énigmes.

Hiver 1929-1930

Les treize coupables.
Pietr le Letton.

1930

Le charretier de La Providence.
Monsieur Gallet, décédé.
Le passager du Polarlys.

Hiver 1930-1931

Le pendu de Saint-Pholien.
La tête d'un homme.

1931

Le chien jaune.
La nuit du carrefour.
La folle d'Itteville.
Le Grand Langoustier.
La nuit des sept minutes.
L'énigme de la Marie-Galante.
Un crime en Hollande.
Au Rendez-Vous des Terre-Neuvas.
Le Relais d'Alsace.
La danseuse du Gai-Moulin.
La guinguette à deux sous.
L'ombre chinoise.

1932

L'affaire Saint-Fiacre.
Chez les Flamands.

---

1. A côté des romans sont répertoriées ici (en italiques) les quelques nouvelles dont la date de rédaction est bien établie. (Source : Pierre Deligny et Claude Menguy.)

Le port des brumes.
Le fou de Bergerac.
Liberty Bar.
Les fiançailles de Monsieur Hire.
Le coup de lune.
L'Âne Rouge.

1933

La maison du canal.
L'écluse n° 1.
Les gens d'en face.
Le haut mal.
L'homme de Londres.
Le locataire.
Les suicidés.

1934

Maigret.
Les Pitard.
45° à l'ombre.
Les clients d'Avrenos.
L'évadé.

1935

Ceux de la soif.
La mauvaise étoile.
Quartier nègre.
Long cours.
Les demoiselles de Concarneau.
Faubourg.
L'assassin.

1936

Chemin sans issue.
Le blanc à lunettes.
Le testament Donadieu.
Les nouvelles enquêtes de Maigret (1re série).
Les rescapés du Télémaque.

1937

Les trois crimes de mes amis.
Monsieur La Souris.
L'homme qui regardait passer les trains.
Touriste de bananes.
Cour d'assises.
Le suspect.
La Marie du port.
Les sœurs Lacroix.
La maison des sept jeunes filles.

Hiver 1937-1938

Les nouvelles enquêtes de Maigret (2e série).
Nouvelles exotiques.

1938

Le Cheval Blanc.
Le Coup de Vague.
Le Petit Docteur.
Les dossiers de l'Agence O.
Chez Krull.
Les inconnus dans la maison.
Le bourgmestre de Furnes.

1939

L'outlaw.
Malempin.
Bergelon.
Oncle Charles s'est enfermé.
Il pleut, bergère...
Les caves du Majestic

1940

La maison du juge.
La veuve Couderc.
La vérité sur Bébé Donge.
Annette et la dame blonde.
Cécile est morte.

1941

Le voyageur de la Toussaint.
Le fils Cardinaud.
Signé Picpus.
Le rapport du gendarme.
Pedigree (1re partie).

1942

Félicie est là.
La fenêtre des Rouet.

1943

Pedigree (2e et 3e parties).
L'inspecteur Cadavre.
Le bilan Malétras.
L'aîné des Ferchaux.

Hiver 1943-1944

Les noces de Poitiers.

1944

La fuite de Monsieur Monde.

1945

Le deuil de Fonsine.
L'homme à barbe.
Les mains pleines.
Le cercle des Mahé.
La pipe de Maigret.
Le bateau d'Émile.
Maigret se fâche.

1946

Trois chambres à Manhattan.
Maigret à New York.
Le témoignage de l'enfant de chœur.
Le client le plus obstiné du monde.
Maigret et l'inspecteur Malgracieux.
Au bout du rouleau.
Le clan des Ostendais.
On ne tue pas les pauvres types.
Un certain Monsieur Berquin.
L'escale de Buenaventura.
Sous peine de mort.
Les petits cochons sans queue.
Lettre à mon juge.

1947

Le petit restaurant des Ternes.
Le destin des Malou.
Le petit tailleur et le chapelier.
Le passager clandestin.
La Jument Perdue.
Les vacances de Maigret.
Maigret et son mort.

1948

La neige était sale.
Le fond de la bouteille.
La première enquête de Maigret.
Les fantômes du chapelier.

1949

Mon ami Maigret.
Les quatre jours du pauvre homme.
Maigret chez le coroner.
Un nouveau dans la ville.
Maigret et la vieille dame.
L'amie de Madame Maigret.

1950

Les volets verts.
L'enterrement de Monsieur Bouvet.
Sept petites croix dans un carnet.
Un Noël de Maigret.
Tante Jeanne.
Les Mémoires de Maigret.
Le temps d'Anaïs.
Maigret au Picratt's.

1951

Maigret en meublé.
Une vie comme neuve.
Maigret et la Grande Perche.
Marie qui louche.
Maigret, Lognon et les gangsters.
La mort de Belle.

1952

La chanteuse de Pigalle.
L'invalide à la tête de bois.
Le revolver de Maigret.
Les frères Rico.
Maigret et l'homme du banc.
Antoine et Julie.

1953

Maigret a peur.
L'escalier de fer.
Feux rouges.
Maigret se trompe.
Crime impuni.
Le gros lot.
Maigret à l'école.

1954

Maigret et la jeune morte.
L'horloger d'Everton.
Le Grand Bob.
Maigret chez le ministre.
Les témoins.

1955

Maigret et le corps sans tête.
La boule noire.
Maigret tend un piège.
Les complices.
En cas de malheur.

1956

Un échec de Maigret.
Le petit homme d'Arkhangelsk.
Maigret s'amuse.
Le fils.

1957

Le nègre.
Strip-tease.
Maigret voyage.
Le président.
Les scrupules de Maigret.

1958

Le passage de la ligne.
Dimanche.
Maigret et les témoins récalcitrants.

1959

La vieille.
Une confidence de Maigret.
Le veuf.
Maigret aux assises.

1960

L'ours en peluche.
Maigret et les vieillards.
Betty.

1961

Maigret et le voleur paresseux.
Le train.
La porte.
Maigret et les braves gens.
Les autres.

1962

Maigret et le client du samedi.
Maigret et le clochard.
La colère de Maigret.
Les anneaux de Bicêtre.

1963

La chambre bleue.
Maigret et le fantôme.
L'homme au petit chien.

1964

Maigret se défend.
Le petit saint.

1965

La patience de Maigret.
Le train de Venise.
Le confessionnal.

1966

Maigret et l'affaire Nahour.
La mort d'Auguste.
Le chat.
Le voleur de Maigret.

1967

Le déménagement.
Maigret à Vichy.
La prison.

1968

Maigret hésite.
La main.
L'ami d'enfance de Maigret.
Il y a encore des noisetiers.

1969

Maigret et le tueur.
Novembre.
Maigret et le marchand de vin.

1970

Le riche homme.
La folle de Maigret.
La disparition d'Odile.

1971

Maigret et l'homme tout seul.
La cage de verre.
Maigret et l'indicateur.
Les innocents.

1972

Maigret et Monsieur Charles.

TOUT SIMENON

Tout Simenon 1

La fenêtre des Rouet / La fuite de Monsieur Monde / Trois chambres à Manhattan / Au bout du rouleau / La pipe de Maigret / Maigret se fâche / Maigret à New-York / Lettre à mon juge / Le destin des Malou

Tout Simenon 2

Maigret et l'inspecteur Malgracieux / Le témoignage de l'enfant de chœur / Le client le plus obstiné du monde / On ne tue pas les pauvres types / Le passager clandestin / La Jument Perdue / Maigret et son mort / Pedigree

Tout Simenon 3

Les vacances de Maigret / La neige était sale / Le fond de la bouteille / La première enquête de Maigret / Les fantômes du chapelier / Mon ami Maigret / Les quatre jours du pauvre homme / Maigret chez le coroner

Tout Simenon 4

Un nouveau dans la ville / Maigret et la vieille dame / L'amie de Madame Maigret / L'enterrement de Monsieur Bouvet / Maigret et les petits cochons sans queue / Les volets verts / Tante Jeanne / Les Mémoires de Maigret

Tout Simenon 5

Le temps d'Anaïs / Un Noël de Maigret / Sept petites croix dans un carnet / Le petit restaurant des Ternes / Maigret au Picratt's / Maigret en meublé / Une vie comme neuve / Maigret et la Grande Perche / Marie qui louche / Maigret, Lognon et les gangsters

Tout Simenon 6

La mort de Belle / Le revolver de Maigret / Les frères Rico / Maigret et l'homme du banc / Antoine et Julie / Maigret a peur / L'escalier de fer / Feux rouges

Tout Simenon 7

Maigret se trompe / Crime impuni / Maigret à l'école / Maigret et la jeune morte / L'horloger d'Everton / Maigret chez le ministre / Les témoins / Le Grand Bob

Tout Simenon 8

Maigret et le corps sans tête / La boule noire / Maigret tend un piège / Les complices / En cas de malheur / Un échec de Maigret / Le petit homme d'Arkhangelsk / Maigret s'amuse

Tout Simenon 9

Le fils / Le nègre / Maigret voyage / Strip-tease / Les scrupules de Maigret / Le président / Le passage de la ligne / Dimanche

Tout Simenon 10

Maigret et les témoins récalcitrants / Une confidence de Maigret / La vieille / Le veuf / Maigret aux assises / L'ours en peluche / Maigret et les vieillards / Betty

Tout Simenon 11

Le train / Maigret et le voleur paresseux / La porte / Les autres / Maigret et les braves gens / Maigret et le client du samedi / Maigret et le clochard / Les anneaux de Bicêtre

Tout Simenon 12

La colère de Maigret / La rue aux trois poussins / La chambre bleue / L'homme au petit chien / Maigret et le fantôme / Maigret se défend / Le petit saint / Le train de Venise

Tout Simenon 13

La patience de Maigret / Le confessionnal / La mort d'Auguste / Maigret et l'affaire Nahour / Le chat / Le voleur de Maigret / Le déménagement / Maigret à Vichy

Tout Simenon 14

La prison / Maigret hésite / La main / L'ami d'enfance de Maigret / Il y a encore des noisetiers / Novembre / Maigret et le tueur / Maigret et le marchand de vin

Tout Simenon 15

Le riche homme / La folle de Maigret / La disparition d'Odile / Maigret et l'homme tout seul / La cage de verre / Maigret et l'indicateur / Les innocents / Maigret et Monsieur Charles

Tout Simenon 16

Monsieur Gallet, décédé / Le pendu de Saint-Pholien / Le charretier de La Providence / Le chien jaune / Pietr le Letton / La nuit du carrefour / Un crime en Hollande / Au Rendez-Vous des Terre-Neuvas / La tête d'un homme / Le Relais d'Alsace

Tout Simenon 17

La danseuse du Gai-Moulin / La guinguette à deux sous / L'ombre chinoise / L'affaire Saint-Fiacre / Chez les Flamands / Le fou de Bergerac / Le port des brumes / Le passager du Polarlys / Liberty Bar / Les 13 coupables

Tout Simenon 18

Les 13 énigmes / La folle d'Itteville / Les 13 mystères / Les fiançailles de Monsieur Hire / Le coup de lune / La maison du canal / L'écluse n° 1 / L'Ane Rouge / Les gens d'en face / Le haut mal / L'homme de Londres / Maigret / Nouvelles introuvables 1931-1934

Tout Simenon 19

Le locataire / Les suicidés / Les Pitard / Les clients d'Avrenos / Quartier nègre / L'évadé / Long cours / Les demoiselles de Concarneau / 45° à l'ombre

Tout Simenon 20

Le testament Donadieu / L'assassin / Le blanc à lunettes / Faubourg / Ceux de la soif / Chemin sans issue / Les sept minutes / Les rescapés du Télémaque / La mauvaise étoile / Le capitaine Philps et les petits cochons

Tout Simenon 21

Les trois crimes de mes amis / Le suspect / Les sœurs Lacroix / Touriste de bananes / Monsieur La Souris / La Marie du port / L'homme qui regardait passer les trains / Le Cheval Blanc / Le Coup de Vague / Chez Krull

Tout Simenon 22

Le bourgmestre de Furnes / Malempin / Les inconnus dans la maison / Cour d'assises / Bergelon / L'Outlaw / Il pleut bergère... / Le voyageur de la Toussaint / La maison des sept jeunes filles / Nouvelles introuvables 1936-1941

Tout Simenon 23

Oncle Charles s'est enfermé / La veuve Couderc / Cécile est morte / Les caves du Majestic / La maison du juge / Le fils Cardinaud / La vérité sur bébé Donge / Le petit docteur

Tout Simenon 24

Les dossiers de l'agence O / Signé Picpus / L'inspecteur Cadavre / Félicie est là / Nouvelles exotiques / Les mystères du Grand-Saint-Georges / Le rapport du gendarme / Les nouvelles enquêtes de Maigret (1)

Tout Simenon 25

Les nouvelles enquêtes de Maigret (2) / L'improbable Monsieur Owen / Ceux du Grand Café / Menaces de mort / L'aîné des Ferchaux / Les noces de Poitiers / Le cercle des Mahé / Le clan des Ostendais / Le bilan Malétras / Le bateau d'Émile

Composition : Nord Compo, Villeneuve-d'Ascq, Nord, France.
Impression : Richard Clay Ltd, St Ives plc, Bungay, Suffolk, Grande-Bretagne.